〈他者〉としての古典

中世禅林詩学論攷

山藤夏郎 著

和泉書院

序文

五山文学とは不思議な深邃世界である。そもそも五山という叢林は俗人が近づくことの出来ない峻厳な雰囲気を有している。そういう中で、中四国中世文学研究会の仲間である朝倉尚先生の研究は、刺激的で蒙を啓かせるに充分過ぎるものであった。

本書の著者山藤夏郎君は、篤学の士である。恩師朝倉尚先生の訓育に飽き足らず、恩師の方法や到達点とは全く違った独自の方法で「禅僧はなぜ詩を作ったのか」を考究しようとするのであった。彼は方法論に強い客観性を持たせるために過去の研究を網羅するが、安易な妥協を許さない徹底した彼の性格も相俟って、それは苛烈とも言うべき周到な調査に委ねられている。詳しくは「方法序説」以下を参照されたいが、『楞伽経』及び諸禅籍の分析によって仏教の言語理論を抽出して、その論理構造が中世禅僧の詩作行為といかにして関わっているのかを解析するという斬新なものである。さらに歌論・能楽論との交叉関係を視野に入れ、中世の文藝理論及び古典理論一般への展開（彼の用語では「開かれ」）を試みている。また、近代に創造された「国語」モデルを言語の原態に据えて過去の文学現象を捉えてしまうような視座に批判を加え、「文学」が空間の標準性を措定する回路を担っていたこと、そして古典リテラシーが主体を公共化（脱人称化）させる文化装置として働いていたことに及ぶという徹底ぶりである。

朝倉尚先生は、詩作品の博捜とその分析を通して、禅僧の詩の特徴を「禅的発想」と「観念的世界の展開」の二点にあるとの結論を見出している。そのうちの「観念的世界」とは、「文字語言によっては表現しがたい心境を、自己の貧弱で恣意的な言葉ではなく、可能なかぎり読者と共有する言葉で表現しようとした」もので「典拠を知った読者は、多くの言葉を弄することなくその典拠の世界・境地に至り、それを媒介にしたうえで作者の意図した独自の世界・境地を理解することができる」のだと喝破する。そして、そのような「観念的世界」の存立を可能にするのが「博引旁証の徹底」であると説く。禅僧の「博引旁証」は該博な知識に支えられたもので、長期的な教育制度（課程）の整備、大量の書物の閲読を可能にするだけの物資の充足が前提とされている。

そうした恩師の堅牢な臺の上に、新たな方向性を見出すのが弟子の常道と言うべきものだが、山藤君はそのことをあっさりと裏切ってくれる。本書では「個別的な詩作品の分析は全く行われていない。無論、その必要がないなどとは考えていない。その準備運動である」と婉曲に断りを入れながら、恩師とは異なる方向性から詩作品に立ち向かう。禅僧のリテラシーがどのような歴史条件の中で可能になってゆくのか、「儒学と仏学の（再）雑婚化」、「中華グローバリゼーションとローカリティの生成」以下の検証へと続くが逐一掲げれば切りがない。本論を熟読戴きたい。

現在、山藤君は台湾・南臺科技大學に勤めているが、現代の文学研究者が読むことの少ない先行研究にまで目通しすることは、却って「異郷の地に居るからこそ雑音に邪魔されることがなかった」とさえ思わせる。彼が帰国の度に共に食事をする機会を持つが、その前に国会図書館・国文学研究資料館などの諸機関の調査を精力的に行う姿に感動する。

ところで、どうして和歌文学研究者の私が序文を書いているのかについて釈明をしておきたい。彼の恩師朝倉尚先生は広島大学定年退官の後、鈴峯女子短期大学の学長職を務められ、折からの広島修道大学との合併話に東奔西走されている。朝倉先生が序文を執筆されるのが物事の道理であると思うが、先生が御多忙ということもあり、朝倉先生の中四国中世文学研究会の仲間（というより敬愛する先輩）である私が僭越ながら蕪辞を連ねることになったという次第である。私の喜びが著者と共に味わい得たことは著者よりも私自身の喜びであることを記し、私のような者が蕪辞を捧げることの釈明としたい。

平成二七年躑躅咲く皐月

御所南の仮寓にて

石　川　　一

目次

凡例

一　本書中に用いられている〈 〉記号は全て、本書で言うところの〈他者〉と同義であることを示している（たとえ、その中にどのような語が用いられていようとも）。それと区別する場合は、〈心〉／「心」など、「 」記号を用いてその区分を示した。

二　資料の引用にあたっては、使用したテキストの出典をその都度、掲出することを原則とした。ただし、各章再掲の場合はこれを省略した。

三　引用文献の字体は原則的に現行の通用字体に改めた。但し、「藝《ゲイ》」と「芸《ウン》」、「餘」と「余」のように通用字体を用いることによって意味が混同されるものについてはそのままとした。また、引用文が新字体を用いている場合はそのまま原文の表記に従った。なお、引用文中のルビ・傍点・圏点については、論述の展開上特に必要がないと判断した場合はこれを省略した。中略箇所は「……」で示した。引用文中に附されている傍線は、特に断りのない限り、すべて筆者の手によるものである。また、誤字誤植が疑われる場合には「ママ」、或いは〔○○カ〕等と傍記した。

四　本文中に漢文資料を引用する場合、適宜私に句読点を附した。また、原文と併記して、書き下し文ないし現代日本語訳を載せることを原則とした。但し、特定の語の用例を確認するために掲出したもの、及び各章後註において引用した資料については、任意に訳文を省略した。なお、訳文は原則的に筆者自身の私訳によるものであるが、何点かは先行論著を参照している。その場合はその旨を附記した。

五　本文中の年号表記は、原則的に和暦と西暦を併記し、前近代は「和暦（西暦）」、近代以後は「西暦（和暦）」というかたちで表記した。

六　宋代以降の禅僧は、その名（法諱）とは別に、道号や字《あざな》を冠して自称・他称することが多いが、慣例として、法諱二字の下一字に字・号を冠して呼称することがある。例えば、明極《みんき》楚《そ》俊《しゅん》は、楚《そし》俊《ゆん》が法諱、明極《みんき》が道号であるが、「明極俊《みんきしゅん》」或いは「俊明極《しゅんみんき》」と呼ばれることがある（つまり①②〈字・号〉・③④〈名〉を、「①②・④」「④・①②」と呼称する）。しかし、あまり著名ではない禅僧の場合、その資料上の表記から法諱の上一字（③）、すなわち「系字」が判明しないことがある。例えば『白雲詩集』の作者、「実存英」などであるが、このようなケースについては、本書においては、「系字」の部分を「□」で補って、「実存□英」と表記することとした。なお、それら道号・法諱の読み方については、慣例的に「宗門」の読みに従って（今日では一般的ではない）宋音（唐宋音）で読む場合がある一方（例、無準師《ぶしゅんし》範《ぱん》、石渓心月《しっけいしんがつ》）、一般的な漢音・呉音で読む場合もあるなど、必ずしも定型的な法則が定められているわけではないことを注記しておく。

七　頻出叢書名は、それぞれ以下の如く略称した。

『大正新脩大蔵経』→『大蔵経』
『卍新纂続大蔵経』→『新纂続蔵経』
『日本大蔵経』→『日本蔵』
『古典文学大系』→大系
『新日本古典文学大系』→新大系
『日本古典文学全集』→古典全集
『日本思想大系』→思想大系

八　巻末に「人名索引」及び「書名索引」を附した。

方法序説　禅僧はなぜ詩を作ったのか

——問いを開くための「歴史」(学)的諸省察——

本書は、〝禅僧はなぜ詩を作ったのか〟という問いに答えることを目的として書かれたものである。

1 序

*

「中世」(1)——一般に、一二世紀から一六世紀頃までの期間として措定される時系列上の一時期——日本列島において知の前衛を集団的-組織的にかたちづくっていたのは禅宗系の僧侶の群れであった。彼らは、単に禅僧という身分においてそれぞれが個別-無秩序に生活空間を形成していたわけではなく、「清規《しんぎ》」(2)と呼ばれる内規《ルールブック》に従って集団を組織し、列島各地に研究教育機関としての寺院を陸続と建設しながら、(それらを——五山/十刹/諸山というように階層的な寺格を定めて——序列化した)「五山制度」と呼ばれる法人組織体系を編制していた。当時の資本家であった皇族・貴族、武士、商人(博多綱首)等からの経済援助を受け(場合によっては自ら土地=荘園を所有し)、経済構造の中でも自らの財政的地歩を固めていた。同時に彼らは、外部へと開かれた人的ネットワークを(協働的に)構築し、出資者・資本家へと(直接的/間接的に(=説法・対話を通じて/書物の刊行を通じて))知を還元する役割＝教育を担ってもいた。それは後述するように、あたかも今日における高等教育‐研究機関としての「大学」の社会的地位に類比されうるようなものであった。勿論、南都北嶺に代表される旧仏教諸派や公家の博士家（菅原・大江・日野・中原・清原等）などもまた古来よりそのような研究教育機関であったし、かつまた「知」の中枢《センター》（集積地‐発信地）として資料群《アーカイヴス》生成の場でもあったが、これら禅宗寺院と旧仏教・博士学問家との間に相違点があるとすれば、圧倒的なアーカイヴスの産出能力の差異であったであろう。その要因の一つに、当時の最先端テクノロジーであった出版技術の摂取という技術史的な側面を指摘することもできるのだが、そもそも禅僧の言語表現は形式的な自由度が高く（逆に言えば、正書法《オーソグラフィー》に準拠するという意識が低く〔禅僧の身体には脱形式化という形式化がプログラムとして組み込まれていたことに拠る。本論参照〕）[3]、また語録文体というフォーマットが創設‐確立されることで文字情報の生産量の拡大が容易になっていたという要因も与かっていた（和文体における抄物文体〔口語筆録文体＝ただしそれは口語をそのまま転写したものではなく、あくまでも口語的な文体として定式化されたもの〕も同様である）。そのような環境の中で、彼らは詩を作った。それも、生涯をかけて膨大な量の詩篇を絶えず作り続けていた。われわれにとって特異な現象に映るかもしれないが、彼らは、仏道修行の傍ら、漢籍を渉猟し、典故を引用しつつ詩を作り、互いに批評し合いながら、自らの詩集を編纂したりしていた。それらは、今日に遺され、「五山文学」或いは「禅林文学」などと呼称される一群のテクストとして研究‐批評の対象となっている。

本書の研究もまた狭い意味では、その系譜に列なるものである。ただし、ここでまずもって注意を喚起しておきたいのは、本書は必ずしも従来的な学律《ディシプリン》の枠組《フレームワーク》に収まるようなかたちで「五山文学」の考察‐検証を行ったものというわけではないということ、そしてそれゆえ、詩作品の分析を検証の主要な目的《ターゲット》としているわけでもない、ということである（本書では個別的な詩作品の分析は全くと言っていいほど行われてはいない。無論、その必要がないなどとは考えていない。本書はむしろそのための準備運動である）。本書が企図しているのは、なぜ詩をめぐる諸実践が禅林という空間において継続的に生起することになったのかという根本的な問題を解決することである。詩は学ばれ、暗記され、それに基づいて製作され、場合によっては何度も反芻‐推敲され、私的‐公的な場で吟じられ、批評され、また筆写され、編集され、公刊もされた。それらは個人として実践された慣習行動だったわけではなく、組織的実践を可能にする環境整備の上に成り立っていた。個人の思考‐行動様式は、集約されて（大局的に）「文化」というシステムを形成するが、同時にそのような「文化」＝思考・行動様式のストックによって前因的に制約されたものでもある。そこでは循環的なルーティンが形成されるが、個人のルーティンもまた他者／社会からの引用として、無数の前歴を有する複雑な世界の中で構造化されつつ、同時にそのような世界を構造化するものでもあった。例えば、以下のような「詩」にまつわる諸行為――詩を作る、読む、批評する、交換する、価値を見積もる、詩集をもらう、借りる、買う、メモをする、筆写する、討論する、推敲する、燃やす、編集する、聞く、声に出す、書く、木版を彫る、出版する、売る、講義をする、講義を聴講する、といった諸行為の数々もまた社会的な構築物‐関係体として編制されたものであり、またそうである以上、基本的に、そのようなルーティン・システムに組み込まれた社会的な行為であらざるを得なかった。これらはすべて「行為《パフォーマンス》」として彼らの知の制度の中に埋め込まれていたものであった。その意味で、本書の基本的立場は、詩学を、詩をめぐる「知識」としてではなく一連の「行為体系《パフォーマンスシステム》」として、それも個人的な「行為体系《パフォーマンスシステム》」としてではなく組織的‐集団的な「行為体系《パフォーマンスシステム》」として考えてゆくことを志向するものである。それは楽譜と音楽‐演奏の関係のように、或いは、台本（戯曲）と演劇‐演技の関係のように、詩として編まれた書記《エクリチュール》と上記の如き諸行為との関係に関して、前者のみを対象化して論ずることの不全性を説明している。言葉を換えて言えば、詩作という行為によって禅僧という主体ないしは身体にどのような変化が起こっていたのか（或いは起こっていなかったのか）という問いを、仏教的思考法から導き出される論理構造の中で仮説的に検証してゆくことを企図している。その意味で、本書の設定した〝禅僧はなぜ詩を作ったのか〟という問題系と、「五山文学」研究として展開されてきた従来の研究群とは、実は殆ど論点を交叉させてはいない、ということも予め附言しておかねばならない。

従来は、五山文学という枠組《フレームワーク》の内部において、各禅僧がどのように詩・偈頌等の文学作品を製作していたのかという実態レヴェルでの法則《パターン》の把握が試みられ、文献学的-書誌学的レヴェルでの整理・系統化が実証的に進められてきた。その結果として膨大なアーカイヴスの個別情報や諸関係が整理・分類され、また多くの歴史的「事実」が知識として蓄積されてきた（とは言え、未だ未翻刻資料も多くその作業工程は必ずしも充分な進展を見せているとは言い難いが）。勿論、基礎情報を整理する上で本書がそれらの学恩を蒙るものであったことは言うを俟たない。しかし、本書が目標《ターゲット》としているのは、そのような枠組《フレームワーク》の「内部」において立項された問題群ではなく、枠組《フレームワーク》それ自体、つまり、「五山文学」という枠組《フレームワーク》がどのような可能性の条件の中で準備され、実際に歴史の中に立ち現れることになったのか、というメタフレーム的な検討課題についてである。勿論、そのような大きな問いかけがこれまで全く為されて来なかったわけではないが、為されたとしても深刻な問いとしては引き受けられて来なかったと言ってよい。その理由は後段で改めて詳述することになるが、本書では、〝禅僧はなぜ詩を作ったのか〟という素朴な難問に肉薄することで、「五山文学」研究、ひいては仏教的思考法によって知の基盤を共軛的に形成してきた「中世文学」研究の発展――外への開かれ――に何らかの形で資することを目指すものである。そこでは自ずから従来的な学律《ディシプリン》から逸脱しつつそれを裂開するような新たな思考の圏閾を作り出すことが目指されることになる。その意味で、本書は決して網羅的な五山文学研究を志向するものではないし、概説的な紹介を構想するものでもない。その叙述は関心に沿って限定的にならざるをえない。五山禅僧各作家の「個性」を抽出してくることもまた主眼にはないが、それが問うに値しないものだと言うことではない。個々の禅僧がどのように詩を作ったのかという問題には少なからず一定の法則《パターン》が認められるのは確かであるだろうが、以下に問うのは、むしろその前提となる条件

——彼らを集団的に詩作行為へと向かわせたものが何であったのかという問いである。

その上で本書の目的を達成するためには、五山文学という枠組《フレームワーク》を、その内側からではなく外側から捉えうるような異なる審級の枠組《フレームワーク》（足場）が、必然的に要請されることになる。そこで本論中で試みるのは、禅僧の言語理論／主体理論に志向的照準を合わせることで、禅僧の詩作行為を、〝言語とは何か〟〝我《わたし》とは何か〟という、われわれにも共有されうる現在的《アクチュアル》な問いと交叉する位置において検証してゆくことである。

その時、われわれにとって喫緊の課題となる事柄は、禅僧の詩作行為というものが歴史の中に埋め込まれた一つの被歴史拘束的出来事であったという事実と、それを可能にしていた思考原理が上記の如き非歴史的な問いに基づいたものであるのかもしれないという可能性とを、いかにわれわれの歴史的負荷の中で明らかにしてゆくか、という点である。つまり、〝言語とは何か〟〝我《わたし》とは何か〟という現在的《アクチュアル》な問いを禅僧の思考の痕跡を追認するかたちで描写してゆき、それによってわれわれのパースペクティヴが禅僧のそれと全く重なり合う場処で新たな地平を開くことができたとしても、「われわれ」と「禅僧」との間にリテラシー（読み書き能力）の質と量に大きな懸隔が存在する以上、そのことが両者それぞれにおける詩作行為の意味するところにおいても完全な一致を齎すわけではない、ということである。言い換えれば、仮に禅僧の詩作行為を可能にしていたその思考範型が非歴史的な機構《メカニズム》の中で構成されたものであったという蓋然性が証明されたとしても、彼らの詩作行為を可能にしていた要因は必ずしもその一点に収斂されるわけではない、ということである。つまり、禅僧の詩作行為というのはまずもってその歴史的-状況的な限定-負荷の中で開かれた可能性の一つであった、ということである。実際、全ての禅僧が詩を作ったわけではないのは確かであり、詩が禅僧にとって単なる「餘技」ではなかったと言いうるのだとしても、禅僧にとって詩作行為は必要十分条件というわけではなかった（詩作を行わなければ禅僧として認められないというわけではなかった）。結論を先取りして言えば、われわれは本書を通じて、仏教と文学の本質的連帯を主張してゆくことになるのだが——明晰に言えば、〝禅僧なのに詩を作った〟のではなく、〝禅僧だからこそ詩を作った〟（禅僧としての存在論的構造が詩を作らせた）と考えているのだが——一方で忘れてはならないのは、すべての仏教者が詩を詠んだわけではないという確かな歴史的事実である。確実に言えることは、〝禅僧はなぜ詩を作ったのか〟という問いを非歴史的な地平で引き受けるためには、まずもってその歴史性自体を見極め、そのような行為を可能にする諸前提を整理しておく必要があるということである。つまり、問題の「解」は、歴史性と非歴史性を跨ぐような帯域において存在するものであり、いずれか一方へと所在が還元されうるような性質の問題ではないということである。さらには、前者の歴史性の問題にしても、それは研究対象《オブジェクト》のみならず研究主体《サブジェクト》の歴史的負荷を考慮に入れて二重に問いかけられるべきものであって（われわれのものを見る「眼」は、超歴史的《トランスヒストリカル》に「自然な」ものでもなければ「正常な」ものでもなく、それ自体歴史的-状況的擬制の中で「作られた」、「異常な」ものでしかない）、その視差《ギャップ》に何らかの型取りを与えうるまでに相互の「眼《パースペクティヴ》」を相対化してゆかなければならない。そしてそのためには、そのような相対化を可能にしうるだけの言語技術の導入を、そして理論言語の構築を図ってゆくことが強く要請されることにもなるはずだ。

そこでまず、以下では、本論に入る前の準備運動として、禅林内部において文学現象の発生を可能にした、そして上記のような問いを可能にする幾つかの外発的要因-歴史的諸前提について予め整理しておくことが肝要となる。それにあたってまずもって確認しておきたいのは、禅僧の詩作行為を可能にする重要な条件として〝高度なリテラシー（読み書き能力）〟が不可欠であったという歴史的事実である。リテラシーは、文学（学問）を可能にする条件であると同時に、文学（学問）によって身体化される能力でもあったからである。ただし、その場合、禅僧のリテラシーがどのような社会制度の中で、そしてどのような「質」と「量」をもって形成されていたのかを精確に確認しておく必要がある。

2 リテラシー選良《エリート》としての禅僧

ただし、ここで当座に問題とするリテラシー（読み書き能力）とは、「仮名文字／和文」リテラシーではなく、所謂「漢字／漢文」リテラシーに照準を合わせたものであるということは予め注意しておきたい。古来一般に、日本列島の文化的先進地域に集住していた知識人の社会では、エクリチュールのヒエラルキーは、「漢文」を上位言語に、「和文」を下位言語に位置づけるようなダイグロッシア的編制において構成されてきた（さらにはそれらの「文字の世界《リテラシー》」の下層には、それと限定的かつ不定形なかたちで（場合によっては殆ど無関係なかたちで）関係性を結んでいた不均質で異種混交的‐雑音的な「声《オラリティー》の世界」が遍在的に広がっていた。蛇足だが、仮名文字の世界にも文体的な正書法《オーソグラフィー》が（部分的に）形成されていたのであってみれば、それらはあくまでも「文字の世界《リテラシー》」に属するものであって、決して「声《オラリティー》の世界」そのものを記述‐転写したものではないということには留意しておかねばならない）。

一二世紀末、僧澄憲（一一二六—一二〇三）によって編まれた『源氏一品経』（阿部秋生・岡一男・山岸徳平編『国語国文学研究史大成3 源氏物語 上』三省堂、一九六〇・二、三七頁）には次のように示されている。

> 夫文学之興、典籍之趣、其旨旁分、其義区異也、如来経菩薩論、示戒恵解之因、遙開菩薩炎之門、周公書孔子語、専仁義礼智之道、正君臣父子之儀、是以内典外典雖異、悉叶世出世門正理、若又左史記事、詳百王理乱四海安危、文士詠物、恣煙霞春興風月秋望、此外有本朝和歌之事、蓋日域風俗也、有本朝物語之事、是古今所製也、

ここでは、当時、読書の対象となっていたテクスト群が、（一）内典＝仏教経典、（二）外典＝儒教経典、（三）史書、（四）詩文、（五）和歌、（六）物語、という順序で類別されて記述されていたことが確認される。国文学者、高

橋亨〔一九四七―　〕やハルオ・シラネ〔一九五一―　〕は、この記述の順序をテクストのヒエラルキー構造を示すものと解するが（高橋亨「狂言綺語の文学―物語精神の基底―」『日本文学』二八‐七、一九七九・七、ハルオ・シラネ／衣笠正晃訳「カリキュラムの歴史的変遷と競合するカノン」ハルオ・シラネ／鈴木登美編『創造された古典―カノン形成・国民国家・日本文学―』新曜社、一九九九・四）、いまここでその見解に従うならば、漢文／和文の差異とはまずもって漢／和という空間的分節以上に、階級的分節＝classとして認知されるものであったことが知られる。近代以後、この序列関係は「近代化」のプロセスの中で完全に転倒させられたが、それは国民‐国家nation-state編制に動機づけられた和文イデオロギーというナショナリズムの産物というべきものであって、少なくとも当時の仏教者（知識人階級）にとって、正統的な、読まれるべき古典《カノン》とは、まず第一に内典（仏教経典）及び外典（儒教経典）であった。それゆえ要求されるリテラシーもまた学問言語としての「漢文」であったということは基礎事実として押さえておく必要がある[4]（ただし、禅僧は「仮名文字」を用いなかったわけではなく、実際、漢籍の注釈書或いは講義録としての「抄物」の多くは「片仮名」で書かれている。なお、「平仮名」が彼らの社会からほぼ排除されているという事実は、古来より僧侶の使用文字が「片仮名」を慣例としていたためと、禅僧の主体が「男性」であったことに拠ると思われる）。また、テクストの分類が上記のように一つのヒエラルキーの中で構成されていることを鑑みて附言しておくならば、われわれの近代的概念の中で区別されている「文学」と「学問」は、当時にあっては連続的或いは混合的な地平の中で認識されるものであったということも確認しておく必要がある[4]（なお、初期近代においても両者の間には明確な区別が存在しなかった。一八九〇年出版の芳賀《はが》矢一《やいち》・立花銑三郎《たちばなせんざぶろう》編『国文学読本』（冨山房、一八九〇・四）はその「緒論」で「文学《リテラチユア》」を定義してこう述べている――「唯文学の終始欠く可からざるものは、普通の性質なりとす。蓋し世に普通の性質を有する学問二あり。上に在りて百科の学問の絶頂をなす者を哲学と云ひ、下に在りて百科の学問の基脚をなすものを文学と云ふ」。また正岡子規〔一八六七―一九〇二〕は「普通に称ふる所の文学なる語に両義あり。一は技藝に属し一は学問に属す」と述べている（「文界八つあたり（七）学校」『子規全集』一四、講談社、一九七六・一、三八頁、初出、『日本』、一八九三・五）。

さらに言えば、リテラシーと言っても、無論、識字者／非識字者というように截然と二分されるわけではないことにも注意しておきたい。識字者にも程度があり、文盲にも程度があった。加えて言えば、テクストの質的な差異、記録文書の作成と詩作行為とはリテラシーの性格を異にしていた。禅僧の社会の正式な構成員であるためには、経典・禅籍の読誦が欠かせないため「完全なる文盲」がその中に含まれていたとは考えにくいが、[5]読めるが書けないといった半文盲や、書けたとしても文法詩法の放縦な作品しか作れないといった未熟者も含まれていたはずである。例えば顕密擁護の立場から禅宗・念仏宗批判を展開している（源有房伝）『野守鏡』（下）は、禅宗に見られる非学問的傾向、或いは学問の平俗化を次のような辛辣な筆致で難詰している――「いま愚学の禅定は、わづかに頌文のことばをきゝて、はやく得法の思をなし、僻案の専修たゞ一称の文をもて、たやすく往生の業をなす。……禅念両宗の人、さとりやすく行じやすきをたてゝ、学をわづらはしくせざるによりて人みなこれに帰して、顕密の法学する人も稀になれり。……いまの愚学のともがら、速疾の文をひき、権化の証をいひつゝ凡身を権化にひとしくし、愚鈍を智徳になずらへて、行学をやすくして人をも懈怠ならしめ、みづからも懈怠ならしむ」（『歌学大系』四、八七頁）。これは「釈尊の教文をば信ぜずして祖師の語録をば信ず」（同上、八八頁）という批判に集約されるような、リテラシーの偏向性、旧来的な経典解釈学の脱制度化が、保守的仏教者の視座からは、仏学の後退であり頽廃であると見られていたことを示唆するものであるが、実際にもそのような傾向を持つ禅者が禅林の一部に含まれていたのは確かであったと推測される。[6]というのも禅林内部からもやはりリテラシーの偏向及び欠落を非難する声が折に触れてあがってきていたことが同時に窺えるからである。夢窓疎石（一二七五―一三五一）の『夢中問答集』には「古人は大畧、内外典を博覧して後に、禅門に入り給へり。これの故に、その所解、皆偏見におちず。末代禅宗を信ずる人の中に、未だ因果の道理をもわきまへず、真妄の差別をも知らざる人あり」（川瀬一馬校注、講談社学術文庫、二四四頁）とある。さらに降って、大徳寺六一世天琢宗球の講義を録したとされる『抄本江湖風月集』（明応七年）には、「唐土ニハドノ禅僧モ皆初ハ先ツ講師ニ物ヲ読ム教学シテサテ参禅ス、皆由レ教入レ禅、初ハ受業師トテ教僧ニ物ヲ習ゾ、此辺ノ喝食ノ髪ヲハサムヤウナル事ソ、先ツ学文シテ其後参禅ヲスル也」とあり（上村観光《かみむらかんこう》「古抄中に見えたる古徳の遺事」『禅林文藝史譚』大鐙閣、一九一九・九、一七七頁より転載）、日本の禅僧の一部に「学文」という過程を経ることなく禅林へと入ってきていた者が少なからず含まれていたことが察せられるのである。しかしながら、一方で、禅林は、旧来的な学問体系から逸脱しつつリテラシーの自由度の高さを確保することで、例えば、教授体系の硬直していた博士家ではもはや対応するのが困難になっていた大陸新来の書物にも、機敏に対応することができるようになっていたのも確かであった（博士家では、後述する儒学と仏学の雑婚化と中華グローバリゼーションという大規模な知の地殻変動の中で新たな価値序列の中に組み込まれることになった諸漢籍、例えば、『孟子』や杜詩・蘇詩・黄詩などを「読む」技術が伝承されてこなかったため、それらに迅速に対応してゆくことは少なからず困難なことであった）。

禅僧のリテラシーの水準が、総体的な観点から、旧仏教・博士家とどこまで対比可能であるかはここでは問わないとしても、われわれはここで、禅僧でありさえすれば誰でも詩を作りえたというわけではなかった、という基礎事実を、そして、上記のように識字能力にも偏差があって決して均一ではなかったという基礎事実をまずもって確認しておきたいと思う。その上で強調しておくべきは、まさにその、リテラシーに〝偏差が存在する〟ということ自体にとりもなおさず重い意味があったということである。

今日、われわれが五山文学の作者として認知している一群の名は、有形無形の選抜制度を勝ち残ってきた選良《エリート》中の選良《エリート》であった。上村観光『五山詩僧伝』（民友社、一九一二・七）に収録されているのは凡そ二三〇人、玉村竹二

『五山禅僧伝記集成』（講談社、一九八三・五、〔新装版〕思文閣出版、二〇〇三・三）には概算七一九人が採録されている（「序」）。無論、鎌倉‐室町期にかけて禅宗の徒として活動した人員全体にあって、彼らは僅かに氷山の一角に過ぎなかったが、禅林の構成員の中には能力不足によって大成しなかった、或いは病によって志半ばに仆《たお》れた等の諸事情によって、その名を記録されることのなかった膨大な数の無名者が含まれていた。つまり、禅僧の文学とは一面的には無名者を「無名者」として歴史の水面下へと排除し（蹴落とし）、それによって自らに「選良《エリート》」という「価値」を附与することによって成り立っていたのである（ただし、それは出世した禅僧たちが「のしあがってやろう」という強い意志‐野心を持っていたことの表徴という意味においてではなく、禅林という場＝社会的圏域に身を置く以上、彼らの身体には意識せずとも自発的にそうしてしまうような——読書をし、詩作をすることで「自己卓越化《ディスタンクシオン》」（P・ブルデュー[7]）を図るような——ハビトゥス＝規範システムがプログラムされていたという意味においてである。例えば、われわれ自身の卑近な例をもって譬えれば、「よい研究者になりたい」という願望‐意志そのものは、研究者集団の相互評価によって「現実化」されるが、論文を量産する過程で為される〝他者＝すぐれていない研究者〟の排除‐放擲それ自体を、少なくとも意識の面で意志するものではないのと同じ論理である）。そして、そのようなヒエラルキー構造の中で、五山文学の主体の地位を占めた諸禅僧が位置していたのは、まさしく識字者の頂点であった。彼らのリテラシーの水準は、漢文によって読み書きができるかできないかといった水準《レヴェル》を遥かに超越するものであったが、彼らは後述するような、各種の選抜試験を突破して「住持」（各寺院の最高責任者。「大学」でいう「学長」「総長」のポストに相当する。ただし、今日の「大学」と当時の禅宗「寺院」の規模を比較した場合、後者のほうが圧倒的に小規模であるため、「住持」の社会的地位を「大学」との類比関係から考えるならば、「大学専任教員」に相当するという程度で理解しておいたほうがよいだろう。つまり、禅僧の「出世」（修行の修了→指導者への就任）後のキャリアは寺格の低い寺院の「住持」からスタートするが、それが「大学講師」に相当し、五山・十刹クラスの「住持」が「大学教授」に相当するといった如くである）の地位にまで昇った高級技術官僚《テクノクラート》であり、禅僧の身体の一つ一つが移動する資料庫《データベース》・書庫《ライブラリー》であって、その場に応じて適切な古典籍を引用しつつ言葉を発することのできる文化装置、ないしは正統的かつ高級な情報媒体《メディア》であった。(8)

ところでここで改めて注意を喚起しておきたいのは、読書をするということが、今日のようには決して当たり前の行為ではなかったという基礎事実である。それゆえ漢文リテラシーなるものは、当時の社会にあっては——今田洋三『江戸の本屋さん—近世文化史の側面—』（平凡社、二〇〇九・一一）、鈴木俊幸『江戸の読書熱—自学する読者と書籍流通—』（平凡社、二〇〇七・一二）、中野三敏監修『江戸の出版』（ぺりかん社、二〇〇五・一一）等が示すような、リテラシーの相対的に大衆化した「近世的」世界以前においては——極めて特殊かつ先端的な技能であったという点である。(9)それは譬えて言えば、今日における高度情報処理技術（コンピュータ言語によるプログラミング技術など）に類比されうるようなものであったであろう。われわれにとって、コンピュータプログラミングのような一部の上級技術者の有する特殊技能（高度なITリテラシー）が「国民化」された状態を想像するのは著しく困難なことであるが、かつての漢文リテラシーはこれと同等の稀少技能の一つであったのである。(10)

「漢字」という技術《テクノロジー》の身体への埋め込み《インストール》

次いで、「漢字」という文字の性格から附言しておきたいのは、その音声との互換規則のあり方である。この点は、第Ⅸ・Ⅹ章でも詳述することになるが、「漢字」は一種の広域通信テクノロジーであり、広域ネットワークを可能にする通信儀礼《プロトコル》の一つであった。よく言われるように、中国語の「方言」と分類されている諸「言語」間の差異は、ヨーロッパのロマンス系諸語（フランス語・イタリア語・スペイン語等々）間の差異よりも大きいと言われる。「方言」という発想が可能になるのは、土地土地の土着の口頭語が文字によって中華化され、一見すると同系言語であるかのような類縁性を結ぶようになっていたからであるが、実際には大陸の口頭諸語は基礎語彙ほど同系統ではないことが明らかにされており（橋本萬太郎『言語類型地理論』弘文堂、一九七八・一、本書第Ⅸ章参照）、「中国語」という発想は少なくとも前近代においては指示対象《リファラント》を持たない架空のカテゴリーでしかなかった。中国文学者、鈴木修次（一九二三—一九八九）はこう言っている——「中国では、この広大な地域において、いくつかの種族が単一の中国語をはなしているように思われがちであるが、それは表記符合として単一な漢字を用いていることから生まれた錯覚である」（『漢字——その特質と漢字文明の将来——』講談社、一九七八・二、四二頁）。しかも、リンガ・フランカ（広域共通語）としての文字の音価は、原則上、相対的なかたちで措定されうるものでしかなかったために、口頭での会話は決して容易に成り立つようなものではなかった（鈴木は、中国語圏において、もしアルファベットのような表音本位の文字が使用されていれば、その中に一七ないし一八の〝外国語〟が発生していただろうと指摘している（前掲書、四九頁）。つまり、中国大陸は決して単一にして均質-透明な言語空間であったわけではなく、今日の「ヨーロッパ」程度の緩やかな共軛性しか持っていなかったということである）。「漢字」は、純粋なる視覚記号というわけではなかったものの、音声と単一の結合関係を結ぶような限定的構造にはなっていなかった。酒井直樹（一九四六— ）の表現を借りれば、漢字は「必ずしも、音を喚起しない記号というのではない。むしろ、それは複数の音を喚起することもあれば、あるいはまったく喚起しないこともある記号なのであり、したがって音と多声的に関係する」ものであったのである（酒井直樹／川田潤・斎藤一・末廣幹・野口良平・浜邦彦訳『過去の声——一八世紀日本の言説における言語の地位——』以文社、二〇〇二・六、三五八頁（原著、一九九一））。だからこそ異なる音声空間からも同等にアクセス可能な記号体系となりえたのであり、遠隔地に住む異言語話者同士で書簡の遣り取りをしたり、面識のない異域の人々の間に人的結合を敷設することも可能となっていたのである。それによって複雑にして雑居的な空間を系統化し、音声的に不均質な空間であった東アジア諸地域（それは大陸内部の不均質性、日本列島内部の不均質性を含む）[11]において、共軛的関係をもった「共通言語」を敷設することができたのである。「不立文字」を標榜する禅林という場において、宋元代だけで「八〇〇種」を超える禅籍が乱生産された[12]という背景には、このような中国大陸の多言語（雑音）状況という要因が深く関わっていたものとも考えられるのである（ちなみに、知識人階層にあっては、同郷者のような相対的に音声的均質性の保証された空間であったとしても、やはり「文字」は必要とされたと思われる。というのも、禅学や〔道学系〕儒学という土壌において要請される、世界の仕組《メカニズム》や自己の限界といった哲学的主題を議論する上では、口頭でのコミュニケーションのみでそれを成り立たせるのは困難であったのではないかとも想像されるからである。そもそも口頭語の体系の中に、その種の議論を精緻なレヴェルで可能にするだけの抽象概念が存在していたかどうかが疑わしく、文字というテクノロジーを迂回することなくしては雑談以上の議論は困難であったのではないかと考えられる）。

　加えて言えば、ここで重要なのは、文字＝漢文とは、原理的に母語話者が存在しない記号体系であったということである（B・アンダーソン／白石さや・白石隆訳『増補　想像の共同体―ナショナリズムの起源と流行―』NTT出版、一九九七・五、三六頁〔原著、一九八三〕の説明を借りれば、それは数字記号に類比されうるものであった。つまり、数字記号に母語話者が存在しないのと同じ意味で、漢字記号にも母語話者は存在しない、ということである。しかし、逆に言えば、音声と一定の結合関係を持っていなかったからこそ、リンガ・フランカとして広域化されえたのである。第Ⅸ章参照）。それは決して誰にも完全に占有されることのない言語であった。儒学者・仏教者は、そのような「聖なる言語」（ソースコード source code）で編まれた諸テクストを暗誦することで、俗なる空間＝文盲者の生活空間との媒介者として、自らの体躯の内に規律的な発話・行動を可能にするプログラムを埋め込み、広域空間を「移動」する身体となった（禅林にあってそれは「遍参」〔＝できるだけ多くの師の下で修行を積むこと、それゆえ「移動」を繰り返して各地を続ることとなる〕として制度化されていた。それは人的ネットワークを開放系として維持し、コネクションの癒着＝固定化を回避するシステムとして制度設計されていた）。そのような身体は同時に、社会階級を上方へと「移動」する身体でもあり、過去の書物を参照し古人（仏＝聖人）との対話を可能にする、時間的「移動」を可能にする身体でもあった。そして何よりもそれはそうであるがゆえに――「聖典の言語《ソースコード》」それ自体へと変身した存在であるがゆえに――凡人から〈聖人〉へと、此岸から〈彼岸＝真理の（非）場処〉へと（不可能な）「移動」を可能にする身体でもあった。

以上のような四重の意味で、「越境的《トランスローカル》」(13)「超歴史的《トランスヒストリカル》」な存在として社会的に「理念化」（錯覚）されていたからこそ、漢字リテラシーの有能者は、文化的ヘゲモニーを握ることができたのである（その結果、非リテラシー中下層階級は、支配されているという実感の無いまま支配され、自発的に彼らに服従した。場合によってはそれは「信仰」という形態をとった(14)）。彼らは真理の体現者という衣装＝意匠を纏いつつ、社会の標準的な価値を作り出し、正統＝正当な言語標本（すなわち詩文集）を公開することによって知的権威＝社会的標準の表徴として自らを文化的ヘゲモニーの再生産回路の中核へと組み込んでゆくことに成功していた（しかし後世、周知のように、「近代化」＝「西洋化」＝「脱宗教化」＝「国民‐国家建設」という社会システムの連動的変革の過程において、「古典文言」リテラシーは「越境的《トランスローカル》」な存在という「理念」を失墜させ、その言語資本的価値を急速に低減させていった。現在に至っては、〔研究教育機関の僅か一部を除いて〕その価値はほぼゼロだが、当時の「古典文言」リテラシーは、現代の世界共通語＝「英語」リテラシーに相当するものであった）。

ところで、このような知識階級の主体性のあり方を理解する上では「ヘテロトピア」（heterotopia）という概念をもって抽象化するのが、或いは有効であるかもしれない。同語は、M・フーコー（一九二六―一九八四）の著作（「ヘテロトピア」佐藤嘉幸訳『ユートピア的身体／ヘテロトピア』水声社、二〇一三・六〔原著、一九六七〕、或いは、「他者の場所―混在郷について―」『ミシェル・フーコー思考集成X』筑摩書房、二〇〇二・三）の中で示された造語であるが、それは、上村忠男〔一九四一―　〕の要約を借りるならば、「ユートピアのように非在の場所ではなくて、実在の場所」であり、「実在の場所でありながら、ひとつの文化の内部に見いだすことのできる他のすべての場所を表象すると同時にそれらに異議申し立てをおこない、ときには転倒もしてしまうような異他なる反場所」と定義されるもののことである（『ヘテロトピアの思考』未来社、一九九六・三、八頁）。上村はまた、アブドゥル・R・ジャンモハメドが「世界‐なき‐世界性、故郷‐としての‐故郷喪失――状況反映的な境界的知識人の闡明にむけて――上／下」（『みすず』、一九九六・二／三に崎山政毅による邦訳掲載）と題する文章の中で「ヘテロトピア的主体」という概念を用いていることを紹介し、それを「相異なる二つまたはそれ以上の文化の交錯する境界線上にあって、それらのすべてと関係をとりむすびながらも、そのいずれにも帰属することなく、ひとつの〈異他なる反場所〉を形成しているような批判的知識人主体」のこと、と解説している（同上、二四頁）。

宋代に入って、とりわけ南宋以降、渡来僧や留学僧の数は飛躍的に増加したが、当時にあって彼らはまさに上記のようなイメージを先鋭化させる存在として（自己）認識されていたように見られる。例えばそれは以下のような資料からも窺われるところである。

○伝聞。寧公元国望士。其受二重寄一又可レ知矣。而又出二于抑逼一也。且夫沙門者福田也。有道之士。無レ心二於万物一也。在二元国一元之福也。在二我邦一我之福也。豈必区区慕二子卿之節一哉。若長朽二于窮裔一。非下吾土郷二比丘一之素上也。

伝え聞く、寧公（一山一寧）は元国の望士なりと。其の重奇《ちょうき》（重大な任務）を受くることも又た知るべけん。而れども又た抑逼《よくひつ》（無理強いする）を出でたり。且つ夫《か》の沙門の者は福田なり。有道の士にして、万物に於いて心すること無きなり。元国に在りては元の福なり。我が邦に在りては我の福なり。豈に必ずしも区区として子卿（漢・蘇武）の節を慕わんや。若し長《とこし》えに窮裔《きゅうえい》（僻地）に朽ちなば、吾が土の比丘に郷《とも》するの素には非ざるなり。

○予乃曰、公昔之寓唐土、亦猶予今之寓日域、行雲谷神、動静不以心、去来不㠯象、情隔則鯨波万里、心同則彼我一如。所以道、無辺刹境、自它不隔於毫端、十世古今、始終不離於当念、苟者一念子拶得破、那一歩子踏得着、不妨朝離西天、暮帰東土、天台遊山、南嶽普請、高掲寝眉、乎〔平〕歩五台、乎〔手〕攀南辰、身蔵北斗、大唐国裏打鼓、日本国裏作舞、

予乃ち曰く、公の昔の唐土に寓するは、亦た猶お予の今の日域に寓するがごとし。谷神《こくしん》（万物の生成原理＝道）に行雲せば、動静するに心を以てせず、去来するに象《かたち》を㠯《もつて》せず。情隔《へだ》たれば則ち鯨波の万里にあるがごとくなるも、心同ずれば則ち彼我も一如たり。所以に道《い》う、無辺の刹境、自它毫端も隔てず、十世古今、始終当念を離れず、と。苟《いや》しくも者《こ》の一念子をもつて拶得破《つきやぶ》り、那《あ》の一歩子をもつて踏得着《ふみつ》ければ、不妨《〔やってみればよい〕》、朝《あした》に西天を離れて暮《ゆうべ》に東土に帰り、天台に遊山して南嶽に普請し、高く寝眉を掲《すくいと》りて平らかに五台を歩み、手づから南辰に攀《よじのぼ》りて身に北斗を蔵《かく》し、大唐国裏に鼓《つづみ》を打ちて日本国裏に舞《まい》を作《な》すを。

前者は、元寇の記憶が未だ残る中で来朝した渡来僧、一山一寧〔一二四七―一三一七〕（台州出身、一二九九年来日）の処遇をめぐって鎌倉幕閣内で為された議論の声の一つとして記録されたものである（『一山国師語録』下「行記」、『大日本仏教全書』〔新版〕四八、三二三頁）。後者は、渡来僧、大休正念〔一二一五―一二八九〕が、留学経験のある無《む》象静照《ぞうじょうしょう》〔一二三四―一三〇六〕に贈った詩軸の序の一節である（「無象照公夢遊天台偈軸并序」、『五山文学全集』六、六三九頁）。これらの文章から、禅僧が「脱土着性《トランスローカリティ》」の表徴として認知され、また自らもそう自認していたことが察知されるのだが、まさにその意味において、禅僧は、自らの言説《ディスクール》の内部に「異他的な空間《ヘテロトピア》」を建設することでそこに理念的レヴェルにおける超越性を組織し、自らのみならず他をしてその自己同一性を転覆せしめるような存在であることを志向していたのだと見ることができる。そして、そのような理念性は、一方でそれと相対するような、「俗」なる言説《ディスクール》に対する否定的反応として実際化されるものであった。渡来僧、明極《みんき》楚俊《そしゅん》〔一二六二―一三三

六〕の次の語は、そのような態度を強く窺わせるものである。

> 末法横流、致有一種、妄攀晋習、刱白蓮社、裒集善類、但只念仏而已、蔑聞禅観之法、且倣巴謌俚諺而歌誦之、鄙俚至極、使聞者見者不能敬信、以故其法全不振起、（史料編纂所蔵本『明極和尚語録』巻五「西山蓮堂振興頌什序」）

> 末法の横流、致すに一種有り。妄りに晋習に攀《すが》りて白蓮社を刱《はじ》め、善類（信徒）を裒集《よせあつ》めるも、但只《ただ》念仏するのみにして、禅観の法を蔑すみて聞く。且つは巴謌俚諺に倣《なら》いて之れを歌誦す。鄙俚も極に至れば、聞く者、見る者をして敬信せしめること能わず、以て故に其の法全く振起せず。

ここで明極は念仏宗を異端派として非難しているのだが、その理由の一つに「巴謌俚諺」という俗なる言語による「歌誦」の実態を挙げ、それを批判の俎上に載せているという点が注意される。それは、そのような俗なる空間が「彼我一如」とは対極的な〝閉じられたもの〟であり、そうであるがゆえに、人をして「敬信」の念を抱かしめることができないと考えられていたからである。逆に言えば、禅僧は、自らの主体性及び言語空間において、その内部のあらゆる関係性を相互反射させつつ自己同一性を崩壊させ、名と名の連絡を裁断しつつ新たな概念の連関を作り出せる存在であることを、そして、そこに堅牢な安定をもたらすことなく自らをそこから引き剥がし続けられるような浮遊する「自由」な存在であることを志向していた。ゆえにその対立物であるところの、土着的に拘束された〝俗なるもの〟からの離脱を自らの使命と任じ実践していたのである。しかしながら、その一方で、既存のコードをただ上書きするような従属的な解釈に対して、抵抗を目論む定義不可能な存在であることは、同時に、自明視する価値体系を転覆させるような言説空間を至るところに産出せしめる装置であることを意味するものであったために、彼らの存在及び言説パターンはシステムの安定性を志向する保守的なプログラムからは、危機的なもの、逸脱者の住まう身体-空間として認知されることとなったのである（前述、『野守鏡』の批判はそのようなプログラムの発動の結果として理解される）。

＊

勿論、禅僧の全てが上記の意味における高度なテクノクラートであったわけではないが、制度的にそのような人材を自らの内に養成してきたのは確かであったと言ってよい。語録の類を作成し出版することで、口頭でのコミュニケーションを通じて生まれる誤読やバグを回避し、記録化‐文書化することによって、教育形態のフォーマット化‐マニュアル化を遂行し、広域空間で同じような教育（思考回路の構造転換）を行えるような制度を整えていた。禅林はかくの如くして知へのアクセス権限を保全し、かつまたそれを寡占する場処でもあった。禅僧の言語技能は、社会に不平等に分配される階級言語であったからこそ、その越境的《トランスローカル》な機能を保ち得たのである（この点、近代の「国語」世界とは全くリテラシーの価値が異なることには持続的な注意を払っておかねばならない。近代以後、国民‐国家nation-stateという名の大規模分業体制を建設‐維持するため、階級‐階層の脱制度化――人員を随意に必要な作業工程に大量投入できるフレキシブルな社会システムの設計――が図られ、分割された排他的空間内部における言語の垂直的共約性が求められた。そのため言語資本の寡占状態を転覆させ、下層民を制度化された貧困から脱却させる必要性が生じ、社会階層のどこからでもアクセス可能な、「国語」national languageという不在の人工言語が創造された。それは「文明化」の名の下に周到に遂行された「植民地化」であった。われわれは忘却しがちだが、「日本」という近代国家が誕生してまもなくの間、「国語」＝「日本語」を十分に理解しえた「日本人」はひどく限定的であった。近代統治機構は、空間外部への帝国主義的な水平的膨張を開始する以前、まずもって垂直的な征服＝「国民化」を遂行せねばならなかったのである）。つまり、禅僧のリテラシーは、公共的であると同時に階級的、開かれていると同時に閉じているようなものであった。換言すれば、禅林は誰でも自由に出入りができるような公共空間ではなかった。とは言え、閉じられた排他的空間というわけでもなかった。そこは、いまいる場処の外へと自らの身を引き剥がし続けられるような、それに耐えうるような強靭な身体にのみ滞留が許されるような選別的な公共空間というパラドキシカルな場であったのである（今日の「大学」がどのような意味で公共空間たりえているのかを考えてみればよい）。

重要な点は、禅僧が基本的に言語選良《エリート》であったこと、そして、そのような識字エリートの内部においてさえ排除の論理がその機構の中に組み込まれており、選良《エリート》中の選良《エリート》が選抜的に作り続けられてきたこと、そしてそのような階級は（詩文の交換などを通じて反復される）「言説闘争」の効果として制度的に作り出されたものであったということである。かくの如くリテラシーがその稀少性によって自らに価値を与えることに成功していたのだとすれば、必然的にリテラシーは言語資本としての交換価値を帯びてくることにもなるはずだ。つまり、リテラシーとは、そもそも本質的に階級と強く結びついたものであり、そうであるがゆえに資本として機能する、という循環的な階級再生産回路でもあったのである。かつてこのような言語資本は、貴族・旧仏教階層に寡占されていたが、禅林の形成はそのような独占状態を破壊‐自由化し、それを横領するものであった。渡来僧・留学僧という存在が可能になったのは、彼らが上記のような意味での階級的な言語資本を獲得していたからであるが、そもそもそれが可能であったのは漢文が（非現前的＝脱土着的《トランスローカル》な）「聖なる言語」であったからである。それゆえ、それをインストールした身体はネットワークの内部を自由に、かつまた社会的意味をもって「移動」することができたのである。そして禅僧という身体の群れが広域空間を「移動」することによってリテラシー能力もまた空間的な膨張‐拡散を開始し、「越境」を可能にする装置として東アジア及び日本列島の内部に網の目のように張り巡らされることとなったのである（禅僧という存在そのものが一種のネットワークとして機能した）。そして、それは同時に、地方の資本家へのリンクを可能にし、広域的な経済ネットワーク（＝資本の経済回路《エコノミー》）を組織することにもなったのである（それゆえ、朝廷・幕府、さらにその下部の地方勢力であるところの資本家は、挙って禅僧を膝下に招聘することとなった。そのような競争原理は同時に、すぐれた人材を引き抜いてくることによって当地に多くの修行僧・参学者を蝟集せしめるという経済効果と文化波及効果を生んだ）。

リテラシーの「中世」と「近代」

さて、リテラシーの基本的な質を確認する上で、それを「近代」との対比の上から確認しておくことも重要であろう。「中世」において「書く」ということは、ただ文字を書けると言うことではなく、暗記した聖典から適切な語句を「引用する」ことができるということを意味していたからである。日本文学研究者・文藝評論家、勝又浩〔一九三八―　〕の『引用する精神』（筑摩書房、二〇〇三・一〇）には、仏教の成文法に関して述べた断章があるが、そこでは『往生要集』や『教行信証』といった書物について、その内容のほとんど全てが仏典からの引用によって構成されたものであることが指摘されている（『往生要集』の「十万字のうち九万五千字までが引用ではないか」と推定されている）。また文章中、仏教文学者、山田昭全〔一九二九―　〕の次の言葉が「引用」されていることにも注意が引かれる――「空海や源信のような第一級の著作者たちの方法と『臨終行儀』の方法とはほとんど共通している。これらは要するに〝抄集〟という著述法なのであろう。それが当時のこの手の著作をする場合の基本的スタイルであったようだ」（「日本仏教における仏典引用と成文法―成賢作『臨終行儀』の場合―」和漢比較文学会編『和漢比較文学研究の構想』汲古書院、一九八六・一二）。

仏教テクストの構成原理が、過去の権威ある古典《カノン》を再話―再現前することに主眼が置かれ、それが結果として引用のモザイクの如き書物の再生産に繋がっていたという事態がここに確認されるのだが[15]、この点に関連して、英文学者、大橋洋一〔一九五二―　〕が、ヨーロッパの事例に基づいた見解として、「中世の作者」と「近代の作者」とを対比させてこう説明していることが傾聴に値する――「中世において、作者というのは、権威ある書物についての該博な知識をもち、それを応用できる人間」であり、「なにか出来事なり現象が生じた場合、それを過去の権威あるいは権威ある書物と照らしあわせて、過去の権威にもとづいてアレゴリカルな解釈のできる人間」であった。一方で、近代的作者とは、大航海時代における未知なるものの発見（ヨーロッパ世界の相対化）の中で「経験だけを拠り所とする文化領域が新たに誕生し、それが、自己のみを権威の拠り所とする近代的作者の可能性を導入することになった」。つまり、近代的作者とは、「自らの内に蓄積された経験を権威として、未来の可能性あるいは未知の空間と密接なつながりをもつ」ことで、過去の反復ではなく、「オリジナリティを起点とする未来への運動」を担いうる人間として再生されることとなったというのである（『新文学入門―T・イーグルトン『文学とは何か』を読む―』岩波書店、一九九五・八、六一―三頁）。

また「読む」行為に関しても、同様に、音読／黙読の差異が、前近代的／近代的な読書行為の典型として理解されている点も指摘しておく。例えば、古典学者、W-J・オング（一九一二―二〇〇三）の著作においては、「手書き本の文化と初期の印刷文化においては、本を読むということは、多くの場合、一人の人間が集団の中で他の人びとに読んで聴かせるという社会的な活動となっていた」（W-J・オング／桜井直文・林正寛・糟谷啓介訳『声の文化と文字の文化』藤原書店、一九九一・一〇、二六八頁（原著、一九八二））と述べられており、印刷文化は、「ことばの私有という新しい感覚をつくりだし」（二六八頁）、また「〔テクストが〕閉じられているという感覚sense of closureを（われわれがもつようにと）うながした」（二七〇頁）という。そして、そのような「テクストのなかに見いだされるものが、ある終わりによって区切られ、ある完成の状態に達しているという感覚」（二七〇頁）によって作られた精神的枠組の中で、「独自性」や「創造性」というロマン主義的な概念が生みだされたのである（二七四頁）、とオングは指摘する。他方で、一次的な声の文化の中では、「知っている」ということ（知識）は「思い出せる」ということ（記憶）を意味するものであり、そのためにすぐに口に出るようにつくられた記憶しやすい「決まり文句」「紋切り型」が思考や統語法のありかたを決定づけていたと指摘する。それは例えば、「強いリズムがあって均衡がとれている型にしたがったり、反復とか対句を用いたり、頭韻や母音韻をふんだり、〔あだ名のような〕形容句を冠したり、その他の決まり文句的な表現を用いたり、紋切り型のテーマ（集会、食事、決闘、英雄の助太刀、など）ごとにきまっている話しかたにしたがったり、だれもがたえず耳にしているために難なく思い出せ、それ自体も、記憶しやすく、思いだしやすいように型にはまっていることわざを援用したり、あるいは、その他の記憶をたすける形式にしたがったりすること」（七八頁）であった。つまり、黙読／音読の差異は、単に読書行為の形態的区分の問題として、つまりインプットの水準において重要であったというわけではなく、産出されるテクストの形態が「記憶」と強く結びつくことによって質的に分岐してくるという、アウトプットの形質を決定づける要因としても大きな意義を有するものであったのである（「記憶」を必要としない「黙読」が主流化すれば、必然的にテクストの形態は、共有された「紋切り型」から次第に離脱してゆき、より散文化‐複雑化してゆくことになるだろう）。また、英文学者（メディア研究）、M・マクルーハン〔一九一一―一九八〇〕の『グーテンベルクの銀河系―活字人間の形成―』（森常治訳、みすず書房、一九八六・二〈原著、一九六二〉）でもまた、「古代および中世時代を通して「読み」は音読を、ときには誦詠すら意味していた」（一三三頁）と述べられ、それがやはり記憶力との関係の中で説明されている点が注意される（ただし、以上のオング、マクルーハンの主張は大略ヨーロッパの事例に基づいたものである）。さらには、前近代（から近代初期）の「読者」のあり方を「音読」する共同体の中に見出そうとした国文学者（近代）、前田愛〔一九三一―一九八七〕は、「音読から黙読へ」という文章の中で次のように指摘している――「漢籍の素読はことばのひびきとリズムとを反復復誦する操作を通じて、日常のことばとは次元を異にする精神のことば――漢語の形式を幼い魂に刻印する学習課程である。意味の理解は達せられなくとも文章のひびきとリズムの型は、殆ど生理と化して体得される。やや長じてからの講読や輪読によって供給される知識が形式を充足するのである。そして素読の訓練を経てほぼ等質の文章感覚と思考形式とを培養された青年たちは、出身地・出身階層の差異を超えて、同じ知的選良《エリート》に属する者同士の連帯感情を通わせ合うことが可能になる。しかも漢語の響きと律動に対する感受能力の共有を前提に、漢詩文の朗誦・朗吟という行為が、あたかも方言の使用が同じ地域社会に棲息するもの同士の親近感を強化するように、この連帯感情を増幅する作用を示すのである」（『近代読者の成立』岩波書店、岩波現代文庫版、二〇〇一・二、一八〇—一頁〔初出、有精堂、一九七三・一一〕）。

加えて言えば、国文学者（中古・中世）、前田雅之（一九五四—　）は、「古典知」と呼ばれる前近代的な思考範型と、「近代知」と呼ばれる近代的な思考範型を明確に区別した上で、後者が「裁判における判決文や自然科学の論文に典型的な要約・主題・線形論理」に則るものであるのに対して、前者が、「記憶・連想（＝想起）・アナロジー」の連鎖によって繋がってゆくような柔らかな一体性をもった知的世界として形成されたものであったと指摘する。[16]そして、それは近代的に分節化された学問体系——国文学・思想史学・仏教学・神道学・中国学など——が混在する古典註釈学的な知的世界であったため、「テクストに存在する要約不可能な論理化できないものを最初から夾雑物として排除してしまう」ような近代知によってはそもそもうまく捉えられるものではない、と述べている（ということは、専門領域の細分化が進めば進むほど、われわれの知的枠組《フレームワーク》は「古典知」の世界からますます遠ざかってゆくことになるだろう）。

さらに国文学者（近世）、諏訪春雄（一九三四—　）の『国文学の百年』（勉誠出版、二〇一四・一）は、古典文学と近代文学との区別が単に日本文学史上における時代区分の相違にとどまるものではなく、本質的な違いを有するものであることを主張する。それは日本の伝統文化がアジア文化の一部に属するのに対し、近現代文化は西欧文化の一部に属するという相違であり、さらに端的に言えば、「日本の伝統文化は神と人が交流する文化であるのに対し、近現代文化は神と人を峻別する方向に向かう」という違いであるとされる（二四〇頁）。その上で、古典文学の顕著な特色として以下の六点を指摘している。（1）人と神仏に代表される超越的な存在とが自在に交流する。

（２）主人公が超越的存在であったり、超越的存在の意志に従っていたりする作品が優勢である。（３）複数の作者による共同制作で作品が成立する場合が多い。（４）長編が乏しく短編が優勢である。（５）典拠・型を尊重する。（６）享受の場は一回性、集団性が重視される。以上の六点が失われてゆき、対極に移ってゆくという変化が、近現代文学の辿った歴史であった、というのが諏訪の理解である。

以上を総合して言えば、「中世」のリテラシーは、古典の再現前（再編集）を実践規範とするものであったため、書かれたもの《エクリチュール》は、（明示的に注釈という形態をとっていないものであったとしても）顕在的-潜在的に古典世界と必ず連結《リンク》したものであって、一個の作品として独立したものではありえなかった。いかなる作品であれ、古典の間《インター》テクスト構造の内部において組織されることで初めて作品としての「意義」が（仮構的に）発生するのであって、作品は自らの経験の反照でなければならない必然性はなく、むしろ乖離していることが通常であった[17]。「中世」において、古典を読むということは古典世界を読むということであって、決して一個の作品、一人の作家、一つのジャンルを読むことではなかった。この点において、古典を全く必要とせず、自らの経験に依拠しつつ「個性」を重んじた「近代」のリテラシーとはその基本的性格を大きく異にするものであったと言える。そしてこの差異がそのまま「近代的」リテラシーを身体化させた「われわれ」と、「中世的」リテラシーの中で養育された「禅僧」との落差《ギャップ》となることにも改めて注意を留めておく必要がある。また、読む行為《レクチュール》においても、「中世」においては、古典の再生産を可能にする「暗記」行為と不可分であって、必然的にそれを簡便化した手法、すなわち音読や筆写（手習い）が主要な方法として採用されていたという点にも留意しておく必要がある。

ただし、以上のような「読み書き」行為の時代的変質という問題系に関しては、われわれは早々に次のように即断してしまわぬよう、併せて注意しておく必要もある。すなわち、これをもって前近代には、黙読が全く行われていなかったとか、「オリジナリティー」という概念に類する意識、或いはそこから派生する盗作・剽窃という発想が全く見られなかったという予断‐先入観を形成してしまわぬように気をつけなければならない[18]。例えば、プライベートスペースの確保されていた平安貴族女性の読書実践に関しては、孤独な黙読も可能であった。よく知られているように、『更級日記』には「はしる〳〵、わづかに見つゝ、心も得ず心もとなく思（ふ）源氏を、一の巻よりして、人もまじらず、木ちやう《（几帳）》の内にうち臥してひき出でつゝ、見る心地、后のくらひ《（ゐ）》も何にかはせむ」（大系、四九二―三頁）とある。また、前近代に盗作・剽窃という発想が全くなかったわけではないし、作品の所有権という意識（誰の作であるのかという意識）が資料上、認められるのも確かであった[19]。したがって、如上指摘したような「読み書き」行為の差異とは、「中世的モード」「近代的モード」とでも呼ぶべき（一個の人間の中に併存する）〝知の様式〟の差異であって、必ずしも編年的《クロニクル》な質的変化を意味するものではなく、ましてやそこに乗り越えられない時間的或いは認識論的「断絶」が存在していたと結論づけられるものでもない。ただし、ここでより注意深くあらねばならないのは、そのような視座が、前近代的／近代的という二分法を本質主義的な「断絶」として歴史的事実の水準へと横辷りさせてしまうような危うさとも紙一重であるという事実である。換言すれば、歴史的「断絶」を既成事実化し、「前近代人」というカテゴリーを本質化させることで、自らをその対立物、すなわち「近代的」にして「理性的」な主体へと仕立て上げてしまう、というイデオロギー的な知の仕組が滑り込んでくる蓋然性を排除するのが困難になってしまうということである。古典を対象化する本書においては、特にこの点には特別な関心をもって注意を払っておく必要があるのだが、この問題の「問題性」に関しては本書巻末「結びに代えて」の中で詳細に検討することとして、ここでは取り急ぎ議論を先に進めることにしたい。

*

さて、禅僧の文学は、「博引旁証」という語によって特徴付けられるように、該博な漢籍の知識に下支えされていた。[20]そのような技能は当然のことながら、一朝一夕に身体化されうるようなものではなく、膨大な詩作品の産出を可能にするだけの長期的な教育制度（課程《カリキュラム》）の整備、大量の書物の閲読を可能にするだけの物資の充足がその前提となっていた。

では、禅僧のリテラシーとはどのような歴史的条件の中で可能になっていたのだろうか。その点について具体的には、以下の三点の要因ないしは特徴を想定して考えてみたい。（ⅰ）宋代の儒学革命＝新儒教（Neo-Confucian-ism）の勃興によって、或いは、端的に言えば〝儒学と仏学の（再）雑婚《ハイブリッド》化〟によって内典と外典の文体的差異が曖昧化し、知識階級（儒者・僧侶）における読書空間の質が変容したこと。（ⅱ）禅僧の文学は、平安漢文学の自律的（ガラパゴス的）変容の結果として勃興した文学現象なのではなく、中華グローバリゼーション＝シニサイゼーション（Sinicization）の過程で起こった「効果」の一つであったということ。（ⅲ）禅林（禅僧によって形成された組織体）は、単に宗教団体として存在していたのではなく、社会的には高等研究教育機関（知の生産と継承を実践するために社会に埋め込まれた装置＝今日の「大学」の社会的機能に類比されうる存在）としての役割を担っていたということである。

3 儒学と仏学の（再）雑婚《ハイブリッド》化

（ⅰ）日本列島に限った議論で言えば、前近代における知の前衛は常に「儒学」と「仏学」、そしてその受容体である皇族・貴族、僧侶、そして官僚化した武士という特権的知識階級の下に置かれていた。そして、テクストのヒエラルキーは、前述のように（少なくとも僧侶に関しては）内典を頂点として、外典がそれに次ぐ、というかたちで構成されていたが、禅僧がそれ以前の仏教者と大きく異なっていた点の一つは（勿論、空海などの例外はあるが）、読書対象が広がったということ、つまり仏教関係の典籍（内典）のみならず、儒教或いは老荘思想関係の典籍（外典）を単なる個人的趣味からではなく、組織的に読むようになっていったということが挙げられるだろう。では、それはいったいどのような理由によるものであったのだろうか。従来は、「中国趣味」という一言で片付けられることも少なくなかったが、問題をより構造的に捉えるならば、既に儒仏老の区別が文体レヴェルでその腑分けが困難になるほどに一体化されており、テクスト産出の機構における文体の融合を通して、知の地平が大きく再編されていたという歴史的状況性を考慮に入れておかねばならないだろう。言い換えれば、もはや儒教を儒教としてのみ、仏教を仏教としてのみ受容するというのは、当時の大陸の「知」の編制状況から見て著しく困難或いは不自然になっていたということである。

かつて儒学と仏学は、形式的には相互に独立した学知として維持・教育・伝播されていたが、宋代になると、儒学の仏学への接近という変化が東アジア規模での知の地殻変動を起こした[21]。旧来的な儒学が、「五経正義」（唐代に編纂された五経の諸注釈の集成）の訓詁学という枠組から抜け出すことなく硬直化し、上級官僚登庸制度としての科挙試験の合格を第一目標に掲げながら、ただひたすらに経典字句の暗記暗誦に終始してきたことへの反省がその内部から生まれてきた。そこで宋代の儒者は、諸経典の字句及びその「精神」に対する新解釈を積極的に試みるようになっていった。それは、仏教との比較考量の中から、世界の仕組《メカニズム》を説明する理論体系の構築が自然発生的に要請されるようになったという事情と少なからず関わっていた。その上で、彼らは同時に自らの欲求をコントロールしうるような倫理実践（静座・居敬）を継続することによって、（「官僚」ではなく）「聖人」になる可能性を開くことを自覚的な目的下に置き、自己自身のための学問（為己の学）として、その学的体系を大きく変質させていった。そのような体系哲学として儒学を再編する試みは、幾らかの内的論争を通じて言説的重心を移動‐分散させながらも、宋代以降も持続的に発展していったのである。

ところで、このような宋代における儒学の変質――「道学」の形成――に関して常についてまわる議論が、仏教からの「影響」の有無をめぐる議論である。それは当事者である当時の儒者の内部においても既に深刻に問われるべき課題として受けとめられていたが、その後も近代の研究者に至るまで断続的に再帰してくる議題となっていた。

中国哲学者、荒木見悟（一九一七―　）の『新版　仏教と儒教』（研文出版、一九九三・一一）がその冒頭で「思想史の解明に志す者が、最も厳に戒めなければならないのは、それぞれの思想の純潔性を擁護しようとして、かえってこれを主我的潔癖性にすりかえることである」と述べていることに留意しつつ言えば、この種の「影響」論に関して当世の儒家／禅家から後世の研究者に至るまでしばしば見られる、各々の属する学問分野の思想的純潔性を主張したがる傾向は、他の思想を一種の夾雑物・不純物と見なし、それを除去することで、その思想固有の純粋な〝原型《オリジナル》〟を摘出‐復元することができるはずだという本質主義的にして実体主義的な信念に下支えされたものであるようにも思える。しかし、歴史的に他からの「影響」を雑えずに構成された「純粋な」思想などありうるはずがないのであってみれば、その種の見解は、畢竟、その学的イデオロギーの保護（自閉）装置以上の意味を持ちうるものではない。勿論、「道」「心」「理」「気」など、儒仏老の各学知が相互に語彙を廻附しあって自らの理論体系を調律してきた歴史を持っていたのが確かだとしても、その交通の過程で幾らかの概念的変化は起こりうるものであるし、それ自体が思想的共軛性を証明するものではない。とは言え、少なくとも宋代に至って文体レヴェルで分かちがたいほどに相互に接近していたというのは確かであると言ってよい。ただし、もしそれを「影響」と言いうるのだとしても、それは一方通行的な、一方が他方へと「影響」を与え続けるようなものとしてあったわけではなく、相互に多方向的に「影響」しあうような、「雑婚的なもの《ハイブリッド》」それ自体の形態変化の過程として捉えられるべきものであった。それは、純粋なる儒教と純粋なる仏教とが先在しつつも、ある時をもって融合を開始し、混淆していったというモデルとは大きく異なるものである。そもそも、東アジアの思想空間は、儒教・老荘思想・仏教による「シンクレティック」（ごちゃまぜ）なものであったという視点も既にある。[22] 少なくとも儒教と仏教との共通性を論ずる言説——例えば、仏日契嵩『輔教編《ふぎょうへん》』、圭堂居士『新編仏法大明録』（円爾が帰国の際、師の無準師範から同書を附与されている）——と共に、その差異を主張する言説が絶えなかったと言うことは、それだけ両者がそもそも近似的相貌を示していたからであり、かつまた異他的《ヘテロトピア》な思考空間であったからであろう。

いずれにせよ、仏教と儒教の同一性と差異性にまつわる議論をより生産的に発展させてゆくためには、この問題が研究主体の立場・信念に応じて恣意的に「解」が書き換わってしまうような不安定な構造下に置かれているというその難点を直視することから始めなければならないだろう。実際問題として、似ているところだけを取り出してくれば一致している（或いは「影響」している）ことを証明することはできるし、異なるところをだけを抽出してくれば、影響関係は認められないと証明することもできるからだ（ただし、改めて注意しておくとすれば、そのような「解」の恣意性は、研究主体の「意図」によるものではなく、学律《ディシプリン》の機能に依存するものと考えられる）。理論物理学者、渡辺慧《さとし》（一九一〇—一九九三）の『認識とパタン』（岩波書店、一九七八・一）がわれわれに教えてくれたように、相互に区別されうる任意の二つの事物-事象があるとき、それらの述語的な類似点あるいは相違点を数え上げれば、いかなる物件の間にも同程度の類似性が認められることになるという（所謂「醜い家鴨《あひる》の仔の定理」、一〇一頁）。また、「其の異なる者よりこれを視れば、肝胆も楚越なり。其の同じき者よりこれを視れば、万物も皆一なり」（自其異者視之、肝胆楚越也、自其同者視之、万物皆一也）（『荘子』徳充符篇第五、岩波文庫、第一冊、一四九—五〇頁）という古人の言葉を想起するならば、同じであるとか異なっているというのは、どのような認識枠に準拠するかという問題であるに過ぎないようにも思われる。[23] 勿論、これによって比較・分類という研究行為の全てが無意味であると結論づけられるものではないが、（「比較する」という行為によって初めて二つのアイデンティティーが先在的なものとして、自明の型取りをもって立ち現れてくるという側面があることを考慮した上で）本件の問題に限って言えば、その類同性や差異性を強調するよりは、儒教と仏教（と老荘思想）とが、包括的な知の地平の中で、少なくとも文体レヴェルにおいては解紐が困難になるまで相互の襞に固く織り込まれ、内典／外典の区別を実質的に無化するような読書実践が形成されていたという事実それ自体に注視することのほうがより生産的であるように思われるのだ。さらに言えば、「儒仏混淆体」とでも名づける他ないような（仏学と儒学との交叉配列を可能にする）文体が創出され、後学がそれを読む＝身体化させることでそのような文体が標準的文体として再生産されてゆくような回路が作り出されていたということ自体に重い意味があるのではないかと思われるのである。

そこで、本書の関心に沿って言及しておくべきは、第一に、「道学」の勃興によって儒学者のリテラシーが変質したこと——すなわち質的には、五経（『周易』『尚書』『毛詩』『礼記』『春秋左氏伝』）から四書（『大学』『中庸』『論語』『孟子』）へ、また道学系書籍（『通書』『太極図』『東銘』『西銘』、語録等）へとその対象が偏向（或いは専門分化）していったこと、それにともなって読書量が量的に低下したことである（後述。これらの問題については、本書第Ⅷ章（補論）でも論究を試みた）。そして第二に、その一方で士大夫（高級官僚《キャリア》）の読書リストの中に仏典が入ってきたことである。一例として士大夫の蔵書リストを確認すれば、南宋四大家の一人に数えられる尤袤（一一二五—一一九四）（進士、最高官職は礼部尚書＝総務相或いは文科相に相当）の家蔵書目録『遂初堂書目』には、釈家類として六一品目の書籍が数えられている[24]。この分量がどの程度の一般性を示すものであるのかは俄かには判じえないが、少なくとも『首楞厳経』『円覚経』（大陸編纂の偽経）などが当代の知識人にとって必読の書となっていたのは確かなようである[25]。

次いで、儒仏の「雑婚化」が展開されうる歴史的な環境要因を整理しておくとすれば、主要な要因として次の三点が指摘できるのではないかと考えられる。

まず、第一には、寺院の立地条件、及びそれに基づく生活空間の共有という事態である。すなわち当時の主要禅宗寺院の多くが都市の近郊に所在していたという点である。例えば、五山《ござん》・十刹《じっさつ》・甲刹《かっさつ》という禅宗の上位に位置づけられる寺院は、人口の集中する浙江に多く分布している(26)（それぞれの割合は、五山の五／五、十刹の六／一〇、甲刹の一一／三五）。このことが何を意味するかと言えば、禅林が人跡未踏の山中に集団として韜晦するようなものではなく、一般社会と接触する機会を日常的に有するものであったという事実である（勿論、そもそも仏教は衆生の済度を本分の一つとするものであるから、一般社会に対して開かれた存在であることに矛盾はないのだが、仏教関係の研究者の中には、権力〔者〕への／からの接近を宗教的純粋性を阻害する一種の夾雑物・不純物と見て――それ自体根拠のない漠然としたイメージにも関わらず――これを否定的に捉え、自らの隠れた宗教的信念・価値判断を学的探求の中に無自覚に投影させるような傾向も一部に見られる。第Ⅷ章では、五山史研究者の玉村竹二の歴史記述をそのような一例として指摘した）。また、周密『癸辛雑識』後集には、宋の南渡によって、高宗〔一一〇七―一一八七〕（在位、一一二七―一一六二）が士大夫に対して寺院に居住するのを許す命を発したとある(27)。このような事態も士大夫の禅への接近を助長させたものと見られる。加えて言えば、宋代から元代にかけての科挙の変遷の過程でどのように人材の流動化が起こったのかという問題にも注目しておく必要があるかもしれない。まず、宋代に入って、出版革命に端を発する科挙受験者数の増加という現象が起こったことに注視するならば(28)、それによって生まれたであろう読書人階級の餘剰人員の整理が社会構造的にどのように為されたのかという問題もまた重要な検討課題となってくるだろう。ただ、その問題について今ここで網羅的に証拠資料を提示して論及する準備はないものの（断片的なデータとしては、次項「儒者の禅林への流入」参照）、禅林がその〝受け皿〟の一つになったというのは十分に想定される蓋然性の一つであるだろう。そして、南宋寧宗〔一一六八―一二二四〕（在位、一一九四―一二二四）の代に、道学が偽学として排斥され道学系儒者が政界から追放されたこと（「慶元党禁」）、しかし理宗（一二〇五―一二六四）（在位、一二二四―一二六四）の代に至って道学系儒者が政界に復帰し、科挙の方針もまた道学系へと転じていったこと、そして祥興二年（一二七九）南宋が滅亡し、科挙が停止されたこと、その後、元朝の仁宗延祐元年（一三一四）に科挙が復活したが詩賦が課されることはなかった、等々の一連の流れも看過することはできない。飯山知保『金元時代の華北社会と科挙制度―もう一つの「士人層」―』（早稲田大学出版部、二〇一一・三）に拠ると、元朝になってしばらく科挙が実施されなかったとは言え、さまざまな仕官ルートが存在し、政界へ進む道が完全に閉ざされていたわけではないと指摘されているものの、四十年もの長きに渡って科挙が実施されなかったということは、その間の禅林への人材流入という問題を考える上でもその歴史的意義を過小評価することはできないだろう。加えて言えば、このような道学の社会的地位の不安定さは、同時に、道学系儒者が基本的に文学或いは詩学を「玩物喪志」として軽視-排除したことを考慮に入れるならば、非常に重い意味を持ってくると言える。なぜならば、知識人世界とネットワークを結んでいた南宋-元代の禅林においても、そこで為される詩学の評価を続る議論が、禅林とも連動（同調／反動）していた可能性が出てくるからである（詳細は、第Ⅷ章及び〔補論〕参照）。南宋-元代禅僧の作品集を一瞥すれば、彼らがいかに士大夫階級、或いは市井の知識人と生活空間、人脈（社会関係資本）を共有していたかが知られるが、禅僧と知識人階級との接触は、リテラシーの転移という側面から考えても注意されるべき事態であるだろう。

そして第二には、寺院運営の公制化である。五山・十刹・甲刹という寺格が設定され、その住持の人事権が公制化されれば、必然的に官僚との接触の機会も増えてくることになる。官寺の住持の人選については、制度的には禅林内外の推挙という形式を取るが、当時の禅僧の行状等を見ると、（地方の末寺の場合）住持の人事が各地方官僚の招請というかたちをとって行われる場合も少なくなかったようである。このような制度化は、適材を適所に配し、寺院の私物化を抑えるという利点を有するが、僧の立場からすると、好むと好まざるとに拘わらず官僚との交渉は避けて通れないものとなる。このように、禅林の官僚制度化が進み、また、「末俗の住山、尤も黄紙を尊ぶ」（内閣文庫蔵本『蔵叟摘藁』巻下「祭介石」）という状況が生まれてくると、時には官僚に迎合し、「出世」の道を切り開こうとする者が出てくることも予想される。物初大観《もつしよたいかん》の『物初賸語《もつしよようご》』（内閣文庫蔵本）巻二四「北磵禅師行状」には、「嘉定の間（一二〇八―一二一四）、廟堂（＝朝廷）、仏法に鋭意し、人材に急《せま》る。鼎《かなえ》（＝権力）に抝りて禅席を望む者は、争いて知る所を挙げ、附離する（人について頼りにする）者は掖《ひじをと》りて升る」（嘉定間、廟堂鋭意仏法、急於人材、抝鼎望禅席者、争挙所知、附離者掖而升）などと述べられている。

また、当時の禅林は、「道喪《うしな》われ俗壊《やぶ》れて、人、修心を懐《いだ》けり。利欲の波、肝を溺《しづ》め肺に浹《はふ》る。飴蜜の如く群居共処するも、履践を講明するに、私《わたくし》の外に他の営み無し。江南山色の間、十寺に九は廃れたり」（道喪俗壊、人懐修心、利欲之波、溺肝浹肺、如飴蜜、群居共処、講明履践、私外無他営、江南山色間、十寺九廃）（国会図書館蔵『無文印』巻三「崇寿寺記」）と言われるほどに疲弊し(29)、当時の禅者の多くが利己的な行動に終始し、禅林全体のことを考えてその興隆に全力を傾けるようなものではなかったことが告発されている。また、当時の寺院にとって、一度火災などによって荒廃してしまうとその再建は財政的に或いは物資不足という面からも困難を窮めるものであったが(30)、それゆえに、寺院の再建は重要な職責の一つとして、その実務能力を備えた人物に住持職が任されることとなったのである。しかし、僧は基本的に個人として資産を持たないために（寺院として土地を所有することはある）、その実務能力の有無とは即ち財政的な支援者・庇護者を有するかどうかという問題とも大きく関わっていた。この点からも僧の人間関係が官僚社会へと広がらざるを得なかったという事情が察せられるのである。

第三には、出版技術の進歩によって、僧の語録・詩文集が多数公刊されるに至ったということである。僧の作品が出版されるようになれば、必然的に外からの眼にも晒されるようになる。つまり、僧と貴紳とがその垣根を超えて互いの作品を鑑賞しあうという機会が生まれることになるのである。椎名宏雄『宋元版禅籍の研究』（大東出版社、二〇〇一・三〕に拠れば、「宋元代において製作された禅籍の数は、記録に遺るものだけでも八〇〇種をこえ、実際の著作数は、さらにその何倍にものぼることが推定される」と言われる（四一頁）。勿論、これをもって僧と俗の作品が全く同質のものとなってゆくと言えるわけではないが、環境的な要因として、僧が僧の詩を読むのは勿論のこと、僧が一般諸儒の詩を読む、一般諸儒が僧の詩を読むという、立場を超えた鑑賞・批評の機会が整備されることとなったのは確かだと言ってよい。そしてそれは、僧が俗人に従って詩法を学ぶという関係にまで発展していた。例えば、休庵元復は、陳傅良（字君挙、号止斎。乾道八年〔一一七二〕進士〔高級官僚《キャリア》〕、事功学派）〔一一三七―一二〇三〕に、[31]南翁□康は馮去非（字可遷、号深居。淳佑元年〔一二四一〕進士〔高級官僚《キャリア》〕）〔一一九二―?〕に、[32]仲剛□潜は趙師秀（字紫芝、号霊秀・天楽。紹熙元年〔一一九〇〕進士〔高級官僚《キャリア》〕。四霊と称される著名な詩人の一人）〔一一七〇―一二二〇〕に[33]従ってそれぞれ詩文の法を学んでいたらしいが、これらの事実は作詩作文の規範が貴紳の文学のそれを受容する形で雑婚化してゆく蓋然性を示すものでもあった。

儒者の禅林への流入

以上のような歴史的条件を素地として、知識人世界における人材の混淆は進んでいったのだが、南宋―元朝禅林に焦点を絞って、その経歴上、儒学階級出身であることが確認される者を随意摘記すれば、以下のようになる。

まず著名な禅僧の中に、実際に科挙を受験したと思われる者がいる。その一人は、痴《ち》絶道冲《ぜつどうちゅう》〔一一六九―一二五〇〕である。曹源道生《そうげんどうしょう》の法嗣《はっす》（正式な嗣法の弟子）。武信長江（現、四川省）の人。俗姓は苟氏。母は郭氏。長じて進士の業を以て詔に応ずるも利あらず、仏学を梓州の妙音院に学び落髪したと、その伝に記されている（「径山痴絶禅師行状」、『新纂続蔵経』七〇）。痴絶は、その当時にあっては、同郷の無準師《ぶしゅんし》範《ばん》〔一一七八―一二四九〕（円爾、蘭渓道隆の嗣法の師）と共に禅林の「二甘露門」と称されてこれを領導する地位にあったが、この二人に親炙しその会下で書記をつとめた禅僧、無文道璨《むもんどうさん》[34]〔一二一四―一二七一〕もまた科挙の受験経験者の一人であった。

無文は、吉安泰和柳塘（現、江西省）の人。俗姓は陶氏。その遠祖が陶淵明という儒家の家に生まれ、父は陶躍之（一龍）、「予章進士」とされる。兄に迪功郎贛州贛県丞の陶叔量がある（宝祐四年〔一二五六〕科挙及第）。母は呉氏（以上の家族構成についてはその著『無文印』巻四に収められる実母の墓誌銘「先妣贈孺人呉氏壙誌」に詳しい）。幼少期、父より学を授けられ、紹定六年・端平元年〔一二三三―三四〕の間、兄に従って、白鹿堂書院（江西に所在する道学系の私立学校）の湯巾（号晦静）の講席に与る（巻一五「湯太博〔湯漢〕」）。その間、少なくとも一度、科挙を受験したものと思われる。李之極の手に成る『無文印』の序には、「東湖ノ無文師、方テ二弱冠ノ時一ニ、天資穎脱、出ハレ語ヲ輒チ驚レス人、坐テ二白鹿ノ講下一ニ、師シ二事ヘ晦静湯先生一ニ、雅《ツネニ》見ル二賞異一セ、一再戦レ藝ヲ不レ偶《カナハ》、既弃去、従テ二竺乾氏一ニ遊フ」とあって、一、二度科挙を受験したものの失敗したことが記されており、三歳一挙（三年に一度の実施）の科挙の原則からすれば、端平三年〔一二三六〕、二三歳で緇衣に身を転じて閩浙への遊歴に出発する（巻五「中沙先生張公墓誌銘」）以前に受験できるのは、やはり一度か二度ということになる。その後、出世し笑翁妙堪〔一一七六―一二四七〕の法を嗣ぎ、饒州薦福寺などの住持をつとめた。その著『無文印』は、はやく輸入され、日本の禅僧の間で広く読まれた痕跡を残している（第Ⅳ章註(19)参照）。その詩論は、道学系の用語を積極的に取り入れたものであった。その集中に見られる交友関係には、『文章規範』の謝枋得〔一二二六―一二八九〕や、書家の張即之[35]〔一一八六―一二六六〕などがいた。また禅林の詩友、玉礀宗瑩もまた科挙の受験生であったようであり、太虚徳雲ももとは儒者であったという[36]。

次いで、科挙の受験には至らなかったものの、儒者の家系で幼少期から儒学の経典を学習していたと思われる者としては、北礀居簡《ほっかんこかん》〔一一六四―一二四六〕、環渓惟一《かんけいいいち》〔一二〇二―一二八一〕、石渓心月《しっけいしんげつ》〔?―一二五五〕、偃渓広聞《えんけいこうもん》〔一一八九―一二六三〕などがいる。

北磵居簡、字は敬叟、名は居簡。「北磵」の称は、彼が壮年時代の一時期、十年に亘って臨安府（杭州）郊外にある飛来峰の「北磵《きたのたに》」に庵居していたことから、叢林がそれをもって号称したことに拠る。出身は、蜀の潼川（現、四川省）。儒家の家に生まれたが、郷里にある広福院の円澄に入門して一二歳の時に剃髪したという。当代随一の文豪であり、その著作、『北磵文集』『北磵詩集』『北磵外集』は五山版として上梓され広く読まれた。北磵の履歴については、その法嗣、物初大観《もつしょたいかん》撰述の行状（『物初賸語』巻二四に収録されている）が最も詳細であるが、物初もまた、『明州阿育王山志』巻八「物初観禅師塔銘」（『蔵外仏経』二一、一〇一頁）の記述に従えば、齠齔（幼少期）に怙恃（両親）を失して後、叔父に挙業（科挙）の為の教育を受けたが、やがてそれを棄て出家したという。出身は、明州鄞県横渓（現、浙江省）。俗姓は陸氏。渡来僧、無学祖元の俗の近親に当たるという（「仏光円満常照国師年表雑録」『仏光国師語録』『大日本仏教全書』〔新版〕四八、一六四頁）。その著、『物初賸語』もまた五山禅僧に広く読まれた。

環渓惟一もまた蜀の出身である。十代の頃までは挙業を習学していた（「行状」『環渓和尚語録』、『新纂続蔵経』七〇）。前述の無準師範の法嗣である。なお、渡来僧、無学祖元の師兄（兄弟子）に当たり、天童寺住持であった当時、日本から招聘されたが老齢を理由にこれを辞退し、代理として同寺首座《しゅそ》（修行僧を束ねるリーダー的な職階）であった無学が来朝することになったのだという（『臥雲日件録抜尤』康正三年五月二一日条〔『新訂増補史籍集覧』第三五冊・続編三〕に「先代時。遙請㆓天童環渓㆒。々々年八十。故令㆔天童首座仏光。代来㆓于本朝㆒云々」とある）。なお、無学もまた七歳頃から家塾にて経書の学業を始め、同輩を圧倒するほど優れた資質があったが、一三歳の時、父の死を契機として出家したという（各種「行状」『仏光国師語録』巻末、『大日本仏教全書』〔新版〕四八）。

石渓心月も蜀出身、眉山青神（現、四川省）の人。掩室善開の法嗣。俗姓は王氏。その家は儒家を世業とした。その母楊氏の縁戚に楊棟（字元極、号平舟。紹定二年進士）がある。その法嗣には、留学僧であった無象《むぞう》静照《じょうしょう》（一二三四―一三〇六〕、渡来僧、大休正念《だいきゅうしょうねん》〔一二一五―一二八九〕（温州出身、一二六七年来日）などがいる。
偃渓広聞は候官（現、福建省）林氏の子。儒を世業とする家であった。歳一五の時、父母は宿縁をもって宛陵光孝寺の僧にして俗門の叔父智隆に従って出家させ、一八で受戒した。浙翁如琰《せっとうにょえん》の法嗣。ちなみに、九条道家への答書が語録中に収録されている（「答日本国丞相令公」『偃渓和尚語録』偈頌、『新纂続蔵経』六九）。

さらに、偃渓の法嗣に枯崖円悟なる禅僧がおり(37)（ちなみに、石渓にも師事している）、景定四年〔一二六二〕、径山蒙堂において近代叢林の逸話を蒐集し、『枯崖和尚漫録』なる一書を成している。福州福清（現、福建省）の人で、元は儒家であったという（林希逸題跋）。そのためであろうか、元儒者の経歴を持つ、さほど有名ではない禅僧の伝を多く収録している。例えば、肯庵円悟は、建寧（現、福建省）の人で、嘗て朱熹〔一一三〇―一二〇〇〕より儒学を学び、辛棄疾〔一一四〇―一二〇七〕とは同門の友人であったという(38)。また、伊巌□玉(39)は、厳州（現、浙江省）の人。初め儒家として篤行があったが、中年には挙業を習うを厭い、専ら洛学を究めるも、それでは吾が事を了ぜずとして出家したという。さらに、泉山（子愚）太初(40)は、泉州（現、福建省）の人。俗姓は陳氏。郷里で儒学の先生であったが、後、趙州従諗《じょうしゅうじゅうしん》〔七七八―八九七〕の語を看て省あり、剃髪受具して諸知識の下に遍参し、木庵安永の高弟となったという。同郷の儒者、真徳秀〔一一七八―一二三五〕（字景元、号西山先生、謚文忠。建州浦城（現、福建省）の人。慶元の進士。官は参知政事。朱熹に私淑）が泉山の承天寺僧堂の再建記を見て喜び、湖南から書を致して潙山に招請したという履歴も伝わる。次いで、古潭元澄・東岡元省・秀巌□玉の三兄弟は儒家の家庭に生まれたが、そろって禅僧となった（法系は不明だが、痴絶道冲に参学している）。また福州径江（現、福建省）の人、王孔大は、太学博士宗合の猶子であったが、莆田（現、福建省）の辟支巌主の立堅に従って杜多行（乞食行）を修し、また茅屋を編んで隠居した。二年目に泉南教忠寺の南翁汝明の法道を聞き、庵を焼き払ってこれに参じた。正式に僧となって名を惟玉と改めたとある(41)。

ことの性質上、また資料の残存状況から、禅林中に占められる儒家出身者の割合について具体的数値を解析することはほぼ不可能であるが、宋代における科挙受験者数の激増[42]という事態から推察するに、法系を問わず儒家出身者はある程度の割合を禅林中に占めていたであろうと想像される[43]。そのような禅僧が、出家するまでの十年前後、或いはそれ以上の期間、科挙受験のための経典の暗誦を続けていたとすれば、その身体の内奥には、儒者としてのハビトゥス（規範システム）が刻印されており、それ以外の文体を身につけていない彼らの作るテクストが儒学経典の文言を鏤《ちりば》めたものとなるのは必然であったと言える。

このように禅林という空間には、道学系儒者（陸学・朱子学など）を少なからず含むものであったが、他にも教学者（天台・華厳の講師（法師））や、義学者（倶舎・法相の論師）、律師・道士との交際や履歴上の転身も窺え、そこは多様な出自の人間を抱え込んだ雑居的空間であったことが知られるのである[44]。

ちなみに、「日本」禅林の成立を語るときにしばしば用いられる定型句《クリシェ》に「純粋禅」「兼修禅」なる概念がある。これは禅宗の移入当初の実際が、教学兼備の「兼修禅」であったことに対して、純粋に禅院の規式に則った寺院運営、修行実態が確認されるものに「純粋禅」という呼称を与え――より肯定的な価値を含めて――区別したものである。しかし、この対立図式の問題点は、あたかも大陸の禅林に教学的な要素が全く存在していなかったかのような誤認を誘引してしまうという点で些か問題を含んでいる。勿論、大陸の禅僧にも、経典の研究-注釈を行うものもあったし、青年期に教学を学んでいたものも決して例外的な存在というわけではなかった。特に一大仏教拠点であった四川出身の僧の中には、成都の大慈寺などにおいて華厳教学を修めた上で、浙江の禅院へ翻衣・進出したとされるものも少なくはなく、当時においてその学問系統が「蜀学」と呼ばれていたことが資料上、確認される[45]（さらに言えば、渡来僧に蜀出身の僧が多かったという点からもこの事実には注意を払っておく必要がある）。

以上を念頭に置いた上で整理すれば、当代の禅林の内部には、リテラシーの量的な偏差――識字／非識字の別

――と共に、質的な偏差も存在したと見られ、五経・文選・唐詩などのテクストに全く通じていない者がいる一方で、それらを殆ど共通言語として使用しうるほどの一群もその中には存在していたことが推知されるのである。かつて、明教《みょうきょう》契嵩《かいすう》〔一〇〇七―一〇七二〕は「三蔵十二部百家異道の書と雖も、知らざるは無し。他方殊俗の言、通ぜざるは無し」（『鐔津文集』巻二・『輔教編』中、「雖三蔵十二部百家異道之書。無不知也。他方殊俗之言。無不通也」。引用は、『禅門逸書』初編〔明文書局〕第3冊）と述べ、夢窓疎石もまた「ただ禅宗の手段のみならず。教門の施設、乃至孔孟老荘の教へ、外道世俗の論までも、知らずんばあるべからず」（『夢中問答集』中、講談社学術文庫、一一七頁）と述べていた。このような雑婚性は、仏語・禅語の局限的使用――隠語化《ジャルゴン》を回避すると共に、外への開かれを保証するものであり、禅林の内部と外部が相互に対話を可能にするためには、双方の語彙・文体が雑種化してゆくことはむしろ歓迎すべきことであったし、実際上、そのようなかたちで展開していったのである(46)。

そして、このような雑婚的な言語状況及び思想形態は、そのまま――雑婚的なもののまま――東アジア空間において膨張を開始していった。そのような中華グローバリゼーション現象に関して、「五山文学」の歴史との関連から注意されるのは、渡来僧である、清拙《せいせつ》正澄《しょうちょう》（福州出身、破庵系、一三二六年来日）、明極《みんき》楚俊《そしゅん》（明州出身、松源系、一三二九年来日）、竺仙《じくせん》梵僊《ぼんせん》（明州出身、松源系、一三二九年来日）などもまた儒学家の出身であったという事実である。清拙は、四歳にして郷校に入り、一五歳にして出家したとされ（東陵永璵撰「清拙大鑑禅師塔銘」、『続群書類従』第九輯下、四二〇頁）、明極は幼年にして郷塾に入って強記をもって群童を圧倒したという（夢堂曇噩撰「仏日焔恵禅師明極俊大和尚塔銘」、『続群書類従』第九輯下、四一六頁）。竺仙は、明州儒学家の学匠の家系に生まれ、父・徐応（字景陽）は、隠逸を好んで仕えなかったという。竺仙も六歳には郷校に入学し、一〇歳の時、僧童となったとある（「建長禅寺竺仙和尚行道記」、『続群書類従』第九輯下、四五四頁）。また、竺仙の嗣法の師にして、日本僧の留学先として人気を集めた古林《くりん》清茂《せいむ》もまた温州の儒学家の出身であった（その会下には、天岸慧広をはじめとして多くの日本僧が参集していたという。『竺仙和尚語録』住建長寺録、『大日本仏教全書』〔新版〕四八、三八八頁。なお、古林については第Ⅷ章参照）。さらに加えて言えば、古林の師、横川如珙《わんせんにょこう》（行珙）（一二二二―一二八九）もまた儒者の家系林氏の出身であった。この点からも禅学の空間的膨張という現象は、高度なリテラシーを有する身体群の日本列島への量的な浸透という一つの側面においてもその重要性が知られるのである。

4　中華グローバリゼーションとローカリティの生成

（ⅱ）日本列島が海によって孤絶させられた「島国」であるという常識が、実は近代的な偏見・神話に過ぎないとさまざまな場所で批判したのは中世史家、網野善彦（一九二八―二〇〇四）であるが、彼は前近代の列島が海によって囲まれているからこそむしろ広く開かれた世界であり、「アジア大陸の北方と南方を結ぶ巨大な懸け橋の一部」であり、「人と人とを緊密に結びつける、太く安定した交通路」であったというヴィジョンを様々な実例をもって説明している（「アジア大陸東辺の懸け橋―日本列島の実像―」『「日本」とは何か〈日本の歴史00〉』講談社、二〇〇〇・一〇）。例えば、網野が強調するヴィジョンの一つは、日本列島の東部と西部の差異は、列島西部と朝鮮半島との差異よりも大きいものであった、というものである。[47] 被差別部落の分布が西日本に多く偏って見られ、それが「穢」（人の死、新生児の誕生、火事による焼亡、家畜の死など）に対する社会の対処の仕方の差異に起因すると見られることから、北東アジア系のツングースの流れとみられる膨大な人々が朝鮮半島から列島西部へと移住してきたことによって形成された弥生文化の特質との照応性を示すものであると説明されている。また、カブの品種とその地理的分布、古代住居の形態、或いは婚姻の形態からも、列島の東部と西部の差異が確認されるともされ、さらには、済州島には「船を以て家と為す」といわれる、鮑をとる海民《ボートピープル》がいたが、「瀬戸内海にも安芸の能地・二窓、備後の吉和などで、「家《え》船《ぶね》」が最近まで活動して」おり、「伊予の河野氏の家譜『豫章記』にはその源流とみられる「海士ノ釣船」や「今治ノ海人」などが姿をみせるだけでなく、河野氏によるこれらの海民に対する支配の由緒が、朝鮮半島との戦争を含む交渉の説話の中で語られている」とした上で、その点から「瀬戸内海の世界も朝鮮半島ときわめて近かった」と指摘している（前掲書、五一―二頁）。そのような海部・海夫による海上交通路を通じて、「多様かつ膨大な文物」が「列島外の大陸・半島から列島の太平洋岸、日本海岸を東進、北上していった」のだという。

　また網野は、従来までアジア大陸北東部と本州島以南の列島の交流がほとんど注目されてこなかったという事実に注視し、その原因を〝アイヌ＝遅れた未開の人々〟と考えるような進歩史観的偏見によって、アイヌの活発な交易活動を見過ごしてきたためであると説明している。そして、太平洋もまた古くからの海上交通路であったと強調し、次のような例を挙げる。一六一〇年、京都の商人、田中勝介がメキシコに渡航、翌年帰国したことや、一六一三年、伊達政宗（一五六七―一六三六）によって派遣された支倉常長（一五七一―一六二二）が、メキシコ経由でスペインへ渡航したことなどはよく知られているが、一七世紀、ペルーのリマに日本人（日系人）が二十名居住していたことや、一六世紀のメキシコの公証人文書からも当地に日本人が住んでいたことが確認されるとする。また、伊予の八幡浜の漁民は、打瀬《うたせ》船《ぶね》を操り、三陸沖まで北上し、そこから太平洋を渡って毎年、バンクーバーまで行っていたとされ、紀州の串本、潮岬、大島などの漁民は、戦前まで毎年、オーストラリア沿岸に貝類採取の出稼ぎ漁業を行っていたのだという。網野の指摘に従うならば、日本列島弧がそもそも実態として一つの凝集性を持っていたという偏見は、空間を排他的に構成することをその構成原理の一つに掲げた国民‐国家編制という政治的作用の忘却の上に成り立つものであったと見てよい。

　二一世紀の今日に至り、われわれの歴史認識のパラダイムは、明確にナショナル・ヒストリー（一国史）に対するアンチテーゼの上に形成されたものとなっている。従来、過去の諸事象を学問の対象に据えてきた諸々の学律《ディシプリン》（学問分野）は、近代に構築されたネイションを基礎単位として自明視し、それを単純に過去へと遡及させた上で、前近代の歴史的諸事象を解明するという基本的な認識論的枠組を堅持してきた。しかし、国民‐国家システムの近代的構築性が広く周知されるに及び、われわれの知的枠組は、もはや国家を単位とした発展段階論的歴史観に凭れかかるばかりでなく、グローバル・ヒストリー（世界レヴェルでのシステム変化のプロセス）という、より広い視座を持った対立軸をその一方に睨みながら、いかにネイションという単位を自然視‐自明視することなく歴史認識を行うかという課題を強く意識づけられるものとなっている。

例えば、アンドレ・グンダー・フランク『リオリエント――アジア時代のグローバル・エコノミー――』（山下範久訳、藤原書店、二〇〇〇・五）に示されるヴィジョンはその代表的なものの一つであるだろう。ヨーロッパ中心主義というイデオロギー的パースペクティヴに対する批判的な眼差しをその基調としつつ、中華世界が少なくとも一八〇〇年までは世界の中心的役割を担っていた、と同書は指摘する。しかしそれは、その導入部で注意喚起されているように、決してヨーロッパ中心主義の代替案として中華中心主義を唱えようとするものではなく、その基本的ヴィジョンは、中心の存在しないグローバル経済《エコノミー》にある。その中にあって日本列島もまたオホーツク海・環日本海・東シナ海・南シナ海を通じてそのようなグローバル経済《エコノミー》の中に確かに組み込まれていたのである。

われわれは、素朴に現代は過去に例を見ないほどにグローバル化していると信じているのかもしれないが、実際、局面を限れば、中世日本列島は現代ほどに域内的《ドメスティック》でもガラパゴス的でもなかった。東アジアから東南アジアにかけて「宋銭」を統一通貨とする経済ブロックが形成され、統治機構の管理を離れて海商が自由に貿易を行えるような経済圏・市場が編制されていた[48]（ただし、日本の商船が違法に通貨を輸入流用することが当局ではたびたび問題視されていた）。また、知の前衛を形成していた日本（列島）禅林の領袖《リーダー》は、（鎌倉‐南北朝期に限って言えば）大陸から渡来してきた「移民」であった[49]（後述する高等教育機関との類比から言えば、今日の「大学」の学長・総長に外国籍の研究者が就任することは一般的にはない）。

さらには、博多に宋人の居留区（東アジア海域で交易を請け負うグローバル企業の駐在員の集住地区）が形成されていたこともよく知られた事実である。所謂、「博多綱首」と呼ばれる一群で、彼らは、自船団を所有し、東アジア海域で広く貿易活動を行い巨財を成した。また、周辺有力寺社と神人・寄人関係を結び、土地も所有していたとされる。考古資料より判明した生活実態としては、「日本家屋に住みながら、屋根の軒先だけを中国系の瓦で飾ったり、身辺にのみ中国の器物を置き、宋風の日常を装った」「和漢折衷」の様相であったと言われている（大庭康時「博多綱首の時代―考古資料から見た住蕃貿易と博多―」『歴史学研究』七五六、二〇〇一・一一、八頁）。近年の研究では、当時の記録における「日本商人」という呼称は民族的意味における日本人の商人ではなく、単に日本の商人ということであるとされ、実質的に東アジア海域における貿易従事者は宋人が主体となっていたことが明らかにされている（榎本渉「宋代の「日本商人」の再検討」『史學雜誌』一一〇-二、二〇〇一・二、同『東アジア海域と日中交流―九～一四世紀―』吉川弘文館、二〇〇七・六、収録）。その点では、ある意味で彼らは「民族」という発想を無効にする存在であり、歴史学者、フィリップ・カーティン（一九二二―二〇〇九）の概念化した「交易離散共同体《トレード・ディアスポラ》」に類同するものであったとも言えるだろう（田村愛理・中堂幸政・山影進訳『異文化間交易の世界史』NTT出版、二〇〇二・七（原著、一九八四））。また本書の主旨に沿って注目されるのは、彼らが、鎌倉得宗家・京九条家と並び、日本列島への禅林の移植者であったことである。彼ら博多綱首は、博多に禅宗寺院を開いて（太宰少弐武藤資頼と共に開基として承天寺を開創し（博多綱首・謝国明を開基壇越とし、少弐資頼を捨地壇越とする）、箱崎宮領を購入して同寺に寄進している）、大陸から帰朝した円爾を開山に迎え、大陸の五山筆頭径山が火災に遭って伽藍を焼失させた際には、円爾を介して、当時の径山住持無準師範（円爾の嗣法の師）に対して大量の木材を寄進、ないしは販売をしている。[50]

この頃、無住〔一二二六―一三一二〕は、「近代唐僧多ク渡テ唐様《カラヤウ》世ニ盛《サカリ》也。国コトニシテ、人ノ風情スコシカハレリ」（『雑談集《ぞうたんしゅう》』巻五、山田昭全・三木紀人校注、三弥井書店、一七六頁）と述べて、社会が「唐様」に変化してきたことを書き留めているが、東アジア貿易圏の「東端のターミナル」と評される鎌倉[51]もまた、「数《す》百艘《はくそう》ノ舟ドモ、縄《つな》ヲクサリテ大津《おほつ》ノ浦ニ似タリ。千万宇《せんばんう》ノ宅《いへ》、軒ヲ双《ならべ》テ大淀渡《おほよどのわたり》ニコトナラズ」（『海道記』、新大系『中世日記紀行集』、一一三頁）という賑わいを見せ、大陸から運ばれた種々の文物が珍重されていた。鎌倉南北朝期を通じて、人の移動は貿易を介して継続され、当時、日本から年間に四、五十隻もの船が渡宋していたともされ（包恢『敝帚藁略』巻一「禁銅銭申省状」、『景印文淵閣四庫全書』第一一七八冊、七一三頁下）、途中、元寇による軍事的緊張が生じたものの、民間の貿易は続行された為に、商船に便乗した僧の往来も途絶えることはなく、入元僧の数はむしろ増加傾向にあった。

そのような活発な往来を支えていたのは、航海技術の発展であったが、東シナ海の渡航に際しても海難事故に遭う確率は格段に低くなっていた。中華グローバリゼーションは、諸技術の空間的膨張をもたらしたが、一方でそのような技術の一つである航海術は中華グローバリゼーションを支えるものでもあった。渡来僧の中には、兀庵普寧《ごったんふねい》のように来日後、再び大陸へと帰郷したものや、西磵子曇《せいかんすどん》のように、帰郷後に再来日したものもいた。このような事例は、渡日を躊躇する大陸僧を説得する材料にも使われた（竺仙梵僊を説得する時など。『竺仙和尚語録』住建長寺語録、『大日本仏教全書』〔新版〕四八、三八八頁）。

南宋・元から日本に渡来した主な禅僧を枚挙すれば、蘭渓道隆（四川出身、松源系、一二四六年来日）、兀庵普寧（四川出身、破庵系、一二六〇年来日、六五年帰国）、大休正念（温州出身、松源系、一二六九年来日）、無学祖元（明州出身、破庵系、一二七九年来日）、鏡堂覚円（四川出身、破庵系、一二七九年来日）、一山一寧（台州出身、曹源系、一二

九九年来日）、石梁仁恭（台州出身、曹源系、一二九九年来日）、西礀子曇（浙江出身、松源系、一二七一年来日、七八年帰国、九九年再来日）、霊山道隠（杭州出身、破庵系、一三一九年来日）、東明慧日（明州出身、曹洞―宏智系、一三〇八年来日）、清拙正澄（福州出身、破庵系、一三二六年来日）、明極楚俊（明州出身、松源系、一三二九年来日）、竺仙梵僊（明州出身、松源系、一三二九年来日）、東陵永璵（明州出身、曹洞―宏智系、一三五一年来日）等が挙げられる。なお、来日時に、数人の子弟を引率するのが常であり（例えば蘭渓は義翁紹仁・龍江応宣を、明極は懶牛希融を伴っている）、来日僧の実数はこの数倍に上ると推される。ちなみに、村井章介『東アジア往還―漢詩と外交―』（朝日新聞社、一九九五・三）に拠れば、資料上、二一九名の渡来僧が確認されるという。

留学僧に関して言えば、榎本渉『僧侶と海商たちの東シナ海』（講談社、二〇一〇・一〇）の指摘によると、南宋時代の入宋僧は、単に量的に拡大しただけでなく、北宋時代のものとは質的に異なるという（第3章）。北宋時代の入宋僧（奝然・成尋・戒覚など）が国賓待遇――「日本僧が入国を申告すると、宋の朝廷は使者を派遣して都の開封までこれを招いた。その間の滞在費・宿泊施設や交通手段などは、すべて宋側の負担である」（同上、一四三頁）、「入宋僧は皇帝から大師号と紫衣の賜与を受けるのが慣例」（一四四頁）――であったのに対して、南宋時代は文字通りの留学であった。他の僧と同じように一修行僧として集団生活を行い、能力が認められれば当地の高名な禅僧から印可（伝法の証明）を受けることも可能であった。これによって留学僧の現地への土着化が促進され、大量の留学僧が帰郷することによって、当地の言語・生活習慣・規範意識などといった有形無形のハビトゥス（規範システム）を内部に埋め込んだ《インストールした》身体が列島内部へと瀰漫してゆく過程が編制された。勿論、言語不通などの理由から現地に適応できずにすぐ帰国してしまったものもいたであろうし、龍山徳見（一二八四―一三五八）のように四六年もの長期に亘って滞在したものもおり、また結局帰国しなかった（或いはできなかった）ものもいただろうが、実際のところ、宋元の禅籍には、素性の詳らかではない日本僧の存在が数多く書き残されており、この当時にいったいどの程度の日本人が大陸へと渡ったのか、その概数を把握することさえ容易ではない状況であった[52]。

日本禅林の異郷的-脱土着《トランスローカル》的風景

以上のように、日本列島は中華グローバリゼーションに覆われていたが、禅宗寺院はその最前線に位置していた。当時の資料を紐解けば、一三—四世紀の日本禅林がいかに〝異郷的〟な雰囲気に覆われたものであったのかが知られる。

まず、清拙正澄『大鑑清規』[53]は、日本禅院における運営諸規式を定めたものだが、清拙が日本式の因習《ローカル》・慣行《ルール》の幾つかを改めるよう規定している箇所があって非常に興味深い。その中に次のような条項がある。

陸堂聴法ノ時、戒臘高キ者近前立チ、後生ノ兄弟次第ニ皆ナ近前立。不レ可三退縮シテ在二門外一。此ハ皆因二老戒退縮一。以テ致二後生不〔レ〕コトヲ能二近前一スルコト。又陸堂時、後生半分懈怠。其意ニ謂、唐音聴コト不レ得。不レ如ニ懈怠シテ不妨。此之謂二軽レ師慢レ法。向後決定住院スルニ無レ分。自然鬼神妬テ滅ン二其福一。可レ不二自思一。法鼓一鳴、諸天皆臨。在寺掛搭者、軽二慢住持一、土地神必罰。

本来であれば、住持の上堂説法（大学の「講義」に相当する）の際に、「戒臘」（出家歴）の長ずるものから順に前方に席を取るべきなのだが、老僧が〝尻込み〟して「門外」にいるため、若輩僧が前に来られないと指摘し（教室の後ろの席が人気なのは今も昔も変わらないようだ）、その若輩僧にしても半分は「唐音」が聴き取れないために説法を聞いていないと厳しく難じている。

他にも、渡来僧、竺仙梵僊（一二九二—一三四八）と寿侍者（椿庭海寿）（一三一八—一四〇一）との間で交わされた問答の中には、その途中、椿庭が唐突に言葉を「日本郷談」にコードスイッチングして問うたのに対して（つまり、それまでは唐音を用いて話していたことになる。椿庭は留学僧であるが、入元は竺仙寂後の一三五〇年であるから、この時は未だ留学経験はない）、竺仙もまた「日本音」をもってこれに答えたと記されており、続けて竺仙は「禅客唐様に禅を問えば、山僧唐様に答話す。禅客日本様に禅を問えば、山僧日本様に答話す」と述べている（『竺仙和尚語録』住浄智寺語録、『大日本仏教全書』〔新版〕四八、三五〇頁）。

ただし、禅僧全体に占める留学経験僧の割合から考えて、このような事例がどこまで一般化できるのかは些か疑わしいところではある。「唐音」による上堂語（＝講義）を聴講するのでさえ〝尻込み〟してしまうのだから、一対一の問答（＝ゼミ）に怯懦を感じないわけにはいかなかったであろう。

加えて注意される点としては、渡来僧は一般に「言語不通」という状況をあまり意に介していないように見えるということである（少なくともその話法の上では）。例えば、無学祖元は、一僧との問答の中で「修行者がどう質問して、和尚がどう答えるか。心と心が相通じていれば、句《ことば》と句《ことば》も相通じるものと思いますが、もし日本国人が言葉がわからなければ、どのようにして他《かれ》に明珠《さとり》（の在処《ありか》）を示すことができるのですか」と問われ、無学は「我《わたし》には方法がある」と答え、大声で何度も「喝」と叫んで応じたとある（『仏光国師語録』巻五「建長普説」、「進云学人与麼問。和尚与麼答。心心相知。句句相知。只如二日本国人不レ会二語言一。教二他如何得レ見二此珠一。師云。我有箇方便。進云。和尚有何方便。師連喝両喝」、『大日本仏教全書』〔新版〕四八、一〇五頁）。また、無学の法語の中には「言葉が通じないということこそが（逆説的に）吾が宗と契合するところなのだ」という主旨の発言も見え（この点は、確かに禅の要点を知る上で避けて通れない検討課題となる。本論参照）（同上巻七「法語」、「示慶禅人」、「上人既真誠請益、不レ通二上人言語一、言語不通、正与二吾宗一相合」、一一二頁）、また竺仙梵僊の上堂語にも「人則曰、彼此言語又不レ通、何能知二其愛念一、汝平〔乎〕当知心通不レ在レ言也、相顧之間、彼此心肝五蔵、皆可二洞暁一、又何在二多言一」（『竺仙和尚語録』住南禅寺語録、三七八頁下―九頁上）と述べられている。要するに心が通じていれば言語の不通など枝葉末節の問題に過ぎないということだが、それがたとえ一つの哲学的議論を誘発するパフォーマンスとしては適切であったとしても、そのようなロジックが現実にあるディスコミュニケーション状態を改善してくれるわけではなかった。渡来僧のこのような言語不通への〝無関心〟は、各種方言の混在する大陸の言語状況を念頭に置けば、それがあまりにも〝ありふれた〟状態であったために特段の関心を呼ばなかったという事情を示唆するものと理解することも或いは可能である（第Ⅸ章参照）。

また、一山一寧（台州出身）の来朝が、非常な熱狂をもって歓待されたことは、虎関師錬『済北集』巻九「上一山和尚書」（『五山文学全集』一、一四四頁）が当時を回顧しつつ記している通りだが、虎関は、直接相見の機会を望みつつもやはり「況有ルヲヤ二言語不レ通之虞リ一邪」として言語不通に対する憂慮の念を示している。また一山は、建長寺住持に就任した際、諸方から参集し、「掛搭」（一定期間、正式な成員として寺院に居住し修行すること）の許可を求める僧を審査するのに偈頌を作らせ、それをもって合否を判定し、さらに合格者を上・中・下の三科に区分したとされているのだが、上科合格者は僅かに二名であった。そして、そのうちの一人が夢窓疎石であったが（『夢窓国師年譜』正安元年〔一二九九〕条〔夢窓二五歳〕、『大正蔵』八〇、四八四頁上）、その夢窓にしても結局は「直是言語不レ通故、不レ能二子細詳問一、焉能得レ決二所疑一」（言葉が通じなかったため、仔細を問うことができず、疑問を決することができなかった）として、日本僧の高峰顕日〔一二四一―一三一六〕の許へと席を移すこととなっている（同上、嘉元元年〔一三〇三〕条〔夢窓二九歳〕、四八四頁下）。

このような状況であったがゆえに、渡来僧との間の実際のコミュニケーションは、多く筆談をもって為されていたものと推察される。『明極和尚語録』（史料編纂所蔵本）には、「寄大友殿直翁居士」として来朝間もない頃に接待してくれた大友貞宗（直庵）〔？―一三三四〕に寄せた詩が収録されているが、そこでは、「通人」（通訳）や筆談を介したコミュニケーションが為されていたことが示されている――「万里凌渡到岸時／民音国語未諳知／但開口裏吧吧説／不解言中歴歴辞／大旆忽臨孤客舎／卑情方識異邦儀／通人為報吾儂道／此是朝官一白眉」、「客舎鄰居未久

時／締交来往熟相知／通心吾以筆伝舌／領意君将眼聴辞／展席尚存唐宴礼／対賓猶習漢冠儀／最忻洞暁禅中旨／話葛藤時署露眉」。

その他にも、無学祖元の語録には、「但語音不レ通。不レ能三細叙二委曲一。今託二筆舌一。略申二大槩一」（『仏光国師語録』巻九・書簡「長楽一翁長老書」、『大日本仏教全書』〔新版〕四八、一五二頁）、「雲乃持レ紙出。接レ紙再問云」（同巻七・法語「偈示海雲比丘尼」、一二五頁）、「一日出レ紙求レ語」（同上、「示明侃上座」、一二九頁）、「出レ紙求レ語。因書贈」（同巻七・請益問答心要、一三二頁）と見え、虎関師錬撰述「一山国師行状」にも「然言語不レ通。乃課二ス觚牘一ニ。隻字片句。朝ニ諮暮ニ詢。師。道韻柔婉ニ執レテ翰ヲ酬之」（『済北集』巻一〇、『五山文学全集』一、一六一頁）と見えるなど、筆談をもってコミュニケーションを取っていたことを知りうる資料が確認される。

さらには、義堂周信（一三二五—一三八八）の『空華日用工夫略集』永徳二年（一三八二）正月四日条（『新訂増補史籍集覧』第三五冊・続編三）には、洛中の等持寺（足利家の「家刹」）に退居していた義堂の許に建仁寺から知己の僧三名が訪ねてきた時の記事があるが、ここで義堂が彼らに建仁寺の「堂頭和尚」（住持）の歳節（大晦日）の説法（小参）はどのようなものであったのかと尋ねるも、彼らは「唐語の説法でありましたから、聴き取れなくて、筆録もかないませんでした（或いは、記《おぼ》えられませんでした）」（唐語説法、故聴不得記不得）と答えたとある。問題は、当時の建仁寺住持が誰だったのかだが、その人は月心慶円、入明経験のある日本出身の僧であった（この当時、五山住持レヴェルの渡来僧は全員既に示寂している）。つまり、日本僧が唐語をもって説法していたということがこの事例から窺われるのである。このような事例がどの程度一般化できるかは判断が難しいところだが、留学経験のある住持が「唐語」をもって説法していたとしても、留学経験者は全体から見れば構成員のごく一部を占めていたに過ぎない。上記のように「唐語」による説法を聴き取れない僧がいるにもかかわらず、「唐語」が禅院内の公式言語として通用していたのだとすれば、それがいかにヘゲモニックな作用を担うものであったのかが知られるのである。

すなわち、「唐語」によるコミュニケーションが、実態はどうあれ、理念上、標準化されていた禅林にあって、大多数の僧がそのようなコミュニケーションへとついてゆけなかったということが、よりいっそう文字を迂回したコミュニケーションの必要性を感じさせる結果となり、文学への需要を高めてゆくことになったのだとも推測されるのである。

ところで、このような大規模交流の実態から注意される点を幾つか整理しておくとすれば、まず第一に言語的に大陸の土着口頭語への適応という現象が起こったことが挙げられる。留学僧は前述したように、大陸現地の生活に適応した文字通りの留学生活を送っていたため、現地の発音に通じる必要性が生じることになった。単に書物を読むだけであれば、大陸の土着音に従って読む必然性などは生まれなかったが、少なくとも留学僧にとってそれは標準音として意識されるものであった。そのような彼らが帰国後もそのような規範意識を日本禅林に持ち込み、禅林における一つの標準規格として定着させることとなったのである（日本漢字音における唐宋音の成立）。一方で、渡来僧においてもまた、前述の竺仙のように日本音を交え、コードの混淆《ミックス》した、或いはピジン的なコミュニケーションを一部に行っていたのではないかとも想像される。無学祖元の語録にも「いろはにほへと、囉囉哩哩囉囉囉」（『仏光国師語録』巻四・住円覚寺語録、『大日本仏教全書』〔新版〕四八、九四頁）、「打㆓日本郷談㆒説㆓日本条貫《すじみち》㆒」（同上、九八頁）といった語も見える。

そして第二に、日本／大陸という空間的分節が持続的に意識されることとなった結果、「日本列島」及び「大陸」の内的多数多様性が認識論的次元において縮減した、という蓋然性を指摘できる。資料上、「日本」／「唐」（「宋」、「元」）という用語は、この時期多く確認されるが、それらは実態として「日本」や「宋」といった均質で透明な空間が既に成型されていたという事実を示すものではなく、また日本人／宋人というアイデンティティーが形成されていたとしても、それは何を他者とするかという個別状況に応じて可変的に立ち現れてくる意識化過程のうちの、再現性の高い一つのパターンであったに過ぎない（鎌倉出身者が、京へ行けば「鎌倉人」というアイデンティティーが発現し、大陸へ行けば「日本人」というアイデンティティーが発現する）。しかしながら、中華グローバリゼーションによる列島の文化的中華化によって、「日本」或いは「日本人」というアイデンティティーが発露してくる強度が増す一方で、認識論的次元においてその内的複数性が意識の上に上って来にくくなるような機制が整備されることとなった（ただし、その社会階層的な範囲は現在の国民-国家と一致するわけではなかっただろう。当時の知識階級の眼差しの中に、農村・漁村の住民を同じ「日本人」だと見るような連帯意識が発現する機会が編制されていたとは考えにくいからである〔両者に共通の外部が意識化されなければならないため〕）。その結果、資料上あたかも、渡来僧が一つの均質なグループであるかのような視線が作られるとともに、その異質性が隠蔽されることとなったが、実際には、大陸出身の僧の間にも同様のコミュニケーション難の問題が横たわっていたのではないかとも想像される。たとえば、福州出身の清拙正澄と明州出身の明極楚俊は同時期に鎌倉にあったが、彼らの間で円滑な口頭でのコミュニケーションが可能であったのかどうかは実は疑わしいところではある（ただし、清拙は浙江での生活が長く、現地音に適応していた可能性はある）。「宋人」というアイデンティティーが外部（＝日本）からの眼差しによって形作られ、それと同時に、より狭小な単位のエスニシティーが抹消されてしまうのが確かだとしても、われわれがそれをもって「渡来僧」というものを一元的に捉えてしまっているのだとすれば、われわれは事態を単純に捉えすぎていると言うべきなのかもしれない。

つまり、われわれがここで「中国」「日本」という用語を使うことが許されるのだとしても、当然のことながらそれは近代的な国民-国家としてのそれではない、ということには持続的な注意を払っておく必要があるのだ。勿論、前述したように、宋／日本、宋人／日本人という空間的分節、アイデンティティーの分節が存在していなかったわけではなく、実際、そのような認識論的分節の証拠については、資料上、枚挙に遑がない。しかしながら、そもそも、差異の網の目の張り巡らされた世界の中にあって、われわれ／彼らという二分法は、コンテクストに応じてさまざまなかたちで線引きされて立ち上がってくる可変的な意識化過程に他ならず、その境界は常に移ろいゆくものでしかない（岡村圭子『グローバル社会の異文化論―記号の流れと文化単位―』世界思想社、二〇〇三・八、参照）。そのようなかたちで編制される連帯意識は、口語の使用域に限定されることもあれば、文語の共約性に発現することもあった。ゆえに、ここで問われなければならないのは、「中国」や「日本」という辞項の下に、内的な多数多様性を抹消・透明化してしまうという〝単純化〟の機制《メカニズム》についてである。それは言語に対する認識においても同様である。

中国大陸における各種音声「言語」間の距離については既に述べた通りだが、例えば、以下の事例の如く、（初期）近代においてさえ、地方間のコミュニケーション難の問題は確実に彼らの間には残存していた。清末民初の政治家、梁啓超（一八七三―一九二九）は、現在の広東省の出身で粤《えつ》語（広東語）を母語とするが、北京音を標準とする官話をうまく話せなかったために、光緒帝の謁見を受けるもその不興を買ってしまい、重用されなかったという伝もある（齋藤希史「官話と和文―梁啓超の言語意識―」『漢文脈の近代―清末＝明治の文学圏―』名古屋大学出版会、二〇〇五・二）。

また、二〇世紀前半、大陸を訪れた外国人が眼にしたのは、方言の異なるもの同士の会話は、話すときはお互いの方言を用い、聴くときは相手の方言音を聴くというものであった[54]。一九三七年、西安事件直後の延安に滞在し、共産党の取材活動をしていたアメリカのジャーナリスト、ニム・ウェールズ（一九〇七―一九九七）は当時の大陸の人々のコミュニケーションの様態を次のように記録している。

> 共同生活をしている兵士たちがあらゆる方言を話すのであるから、赤軍が中国の言語の困難さをどう解決したのかということは科学的興味のある問題であった。南方方言のあるものは北方人にとってまったく理解できな

いものであったし、その逆の場合もあった。事実、中国のほかの地方では中国人の会合でも英語を使ったほうが話が通じやすいという場合も少なくないのである。上海の中国人クラブでさえもいろいろ試みた結果、中国語をやめて英語を使用せねばならなかったのである。私の発見したところでは、赤軍ではすべての人があらゆる方言を耳で学んだ。しかし、しゃべるのはやっぱり自分の方言である。政治をやる人たちはたいてい、国語《クオイー》、つまり北京官話を知っているが、普通の会話でかれらがわざわざそれを使うとは思えない。方言間では、単語や句がまるっきり異なっていることも多いが、普通ちがっているのは発音だけである。それだからかれらはあるキーになる音をおぼえておいて、心のなかでそれをほかの方言に翻訳すればそれでよいのだった。単語が違うときには、両地方の人間はお互いに翻訳語を使うのだった。というのは、個人的にはそれを使っていなくても、経験上、ほかの方言でそれに相当する単語を知っているからだった。かれらがけっこうやすやすとお互いに理解しあっているところをみると、言語上の絶えざる努力が兵士たちの頭脳を鋭敏にしたらしい（実際、かれらのあいだでは、自分たちのことばをできるだけお国なまりで発音して、お互いにそれをあてるという遊びが流行していた）。（浅野雄三訳『人民中国の夜明け』新興出版社、一九七一・九、九三頁〔原著、一九三九〕）

日常的な会話ならこのように「耳で学ぶ」ことで齟齬はなかったのかもしれないが、複雑な内容になると議論はそれほど容易ではなかったであろうと想像される。岡田英弘〔一九三一―　〕「真実と言葉」（『講座・比較文化　第二巻　アジアと日本人』研究社、一九七七・一二）は、漢字と中国大陸における言語の実態について最も適確な情報を与えてくれる論考の一つであるが、そこで示されている事例をさらに一つ付け加えるならば（前掲ウェールズの記録も同論文によって紹介されている）、一九七二年に実施された、蒋介石〔一八八七―一九七五〕の中華民国第五期総統の就任式での事例はわれわれの注目を惹くものである。当日、台北陽明山の式典会場、中山堂には、参列者の入場に先立って、座席の一つ一つに蒋介石の就任演説を印刷したプリントが置かれていたという。そして、蒋介石が演壇に上り聴衆に対すると、会衆は一斉に印刷したプリントを眼で追いながら、演説を聴いたという（ちなみに、現代中国語における「講義」の意味は、「プリント」である）。演説の内容を予め印刷して配っていたのは、蒋介石が浙江省奉化県の出身で、寧波方言を話すため、他の地方の出身者には話がわかりにくかったという以上に、この演説がきわめて格調の高い、古典的な文章で綴られていたためである、と岡田は指摘する。日常語から乖離した語彙と文法を用いて綴られた文章では、漢字の助けなしに単に耳に訴えるだけでは、ほとんど意味がわからなかったはずだというのである。「国語」創設後でさえ、この状況であったのだから、「国語」以前の世界のコミュニケーションの実際が、むしろ「不通」（不透明性）をデフォルト（初期状態）とするものであったことは想像に難くない（実のところ、前近代の大陸世界において「言語不通」という状態を記録した資料はめったに見られないのだが（禅林という言語空間を対象として管見に入った事例については第Ⅸ章に示した）、それは、必ずしもそのような状態が歴史的に存在しなかった証拠を示すものではなく、むしろそのような事態があまりにも当然すぎることであったために記録には残らなかったと見るのがむしろ妥当ではないかと思う）。中華帝国は雑婚的《ハイブリッド》なもの、雑種的《クレオール》なものであったがゆえに(55)（歴代王朝のほぼ半数は非漢族系であり、官話の導入以前は、漢族同士でさえ口頭でのコミュニケーションは容易ではなかった）、「文字」を迂回するコミュニケーションの形態が必要とされたのである。音声的に不均質な空間の中で、〝文字を迂回したコミュニケーション〟を取る上で何よりも重要なのはその「文体」であった、と岡田は指摘しているのだが（同上、一四三頁）、岡田に拠ると「もともと困難な表意文字による伝達をより容易に、より確実にし、誤解の余地をなるべく少く《ママ》するためには、それぞれの単字・熟字が出現しうる文脈を制限し、プレディクタブルにしておかなければならない。つまり文体を一定にする」ことが強く要請されることになるのだという。その点から言えば、「儒仏混淆体」という共約的な文体が成型されたことは、様式的な齟齬から生まれるディスコミュニケーションの蓋然性を縮減させ、予測可能性《プレディクタビリティ》を高めてゆくことで新たな標準的な文体が流通する素地を作ったという意味において大きな歴史的意義を有する形態変化であったと言える。

加えて言えば、方言と言っても、予め可算化されうるようなものとして区画化されるかたちで散在していたわけではなく、グラデーション状の差異をともなって（個人的‐地域的かつ文体的なヴァリアントを編制しつつ）空間的に多様な型取りをもって渾沌的に展開していたはずである。自明なことであるが、標準語というものがまずあって、その変種として方言が存在していたわけではないし、方言は標準語の下位グループというわけでもない（社会言語学的には、その言語構造的性格から、方言と言語とを弁別する客観的基準を見つけるのは困難だと考えられており、それはむしろ政治学の領分に属す問題となる）。それらを区画整理して作られた人工的言語モデルが「国語」であったが、そこでは透明な内部と不透明な外部という境界が実定され、その透明性（純粋性‐直接性）を維持するために内部の居住者（の幼年者）を強制的に「学校」という閉鎖空間に長期的に隔離し身体の改造を強いることが要件化されることとなった。そのような「国語」のイデオロギー性が隠蔽され、未だに文化的へゲモニーを握っているのは（内部居住者がそれに自発的に服従しているのは）、それが（可視的な「国土」という）限定的空間であるとは言え、「越境的《トランスローカル》」な「聖なる言語」の代替（後継）装置としてひそかに機能しているからであろう。「国語」誕生による認識論的変質に関する議論が幾つも公になっているにも関わらず、そのインパクトが未だにどこか過小評価されているのもそのようなへゲモニーがいまだに有効に機能しているからなのかもしれない。

近年、ヨーロッパでは、社会が複数の言語を使用することを目指す多言語主義（multilingualism）から、個人が複数の言語を使用する状況を目指す複言語主義（plurilingualism）へと発想を移行させつつある（柳瀬陽介「複言語主義（plurilingualism）批評の試み」『中国地区英語教育学会研究紀要』三七、二〇〇七・四、細川英雄・西山教行編『複言語・複文化主義とは何か―ヨーロッパの理念・状況から日本における受容・文脈化へ―』くろしお出版、二〇一〇・一一、参照）。前者のように社会的に複数の言語の共生が認められたとしても、それがモノリンガル（単一言語話者）によって構成された社会であった場合には、真の意味での共生とはなりにくいからである（それはむしろ分裂‐コンフリクトの要因へと転化しかねない）。この種の複言語主義は、今後教育システムを利用して――ルイ＝ジャン・カルヴェの語法に準じて言うならば――「インヴィトロな」〔in vitro　実験室内の〕方法によって進められてゆくだろうが、かつての前近代社会においては、このように個人が複数の――ただし、不可算の――言語を複合的に使用し、絶えずアイデンティティーを変容させてゆくという言語実践の形態は、「インヴィヴォな」〔in vivo　生体内の〕管理方法としてごく普通に見られるものであったのではないかとも推察される（ルイ＝ジャン・カルヴェ／萩尾生訳『社会言語学』白水社、二〇〇二・一〔原著、一九九三〕、参照）。実際、中世ヨーロッパでは「職種や社交の場、そして相手しだいで人びとは使う言葉の種類を変えていった」し、「個人はその場その場で異質な言語を使い、そうした多言語的能力に基づく多様な社会編制がありえたし、いまもある」と指摘されているが（酒井直樹『死産される日本語・日本人――「日本」の歴史‐地政的配置――』新曜社、一九九六・五、一四二頁以下）、近代の実体性としての「国語」（「日本語」――「日本人」）の生成が、「こうした多言語性と複綜主義的社会編制の徹底的抑圧として現われ」たのだとも説明されている。この点から、前近代の大陸社会でも（少なくとも都市部では）同様の実践的調整が行われていたのではないかとも想像されるのである。つまり、一〇〇％の完全なるコミュニケーションが可能となるような、透明な空間が実在していたわけでもなければ、コミュニケーションが全く不可能な、不透明な空間が実在していたわけでもなく、その場その場で発話者の構成に応じて、使用言語が使い分けられ、また混淆的に未分化に使用‐調整されるような半透明な空間が展開されていたのではないかと想像されるのである（勿論、この場合の「調整」とは、理念的に仮構された母語話者native speakerを到達目標に据えるような今日的な外国語学習の実態とは大きく異なり、より断片的で無計画だが実際的なものであったであろう）。

さらに酒井直樹が続けてこう述べていることに注意しよう（同上、一八四―五頁）。すこし長くなるが重要な点なので引用する。

一八世紀の日本列島では、漢文、和漢混交文、いわゆる擬古文、候文、歌文、そして、俗語文というように多数の異なった文体と書記体系が用いられていた。これらの異なった雅俗混交的《マカロニック》な文体は、地方別の俚言あるいはお国ことばとともに混在しており、それぞれを民族言語としてひとつの輪郭に収めることはできなかった。階級や身分によって大きな差異があるとはいえ、一個人がこれらの異なった言語の間を機会に応じて動き回ることを、奇妙とも異常とも思わない社会編制があったのである。だから、個人は異なった言語に重層的に帰属しており、ひとつの言語共同体に無媒介的に同一化することができるとは思いもよらなかった。一貫した体系性としてのある共同体内で共通して了解される可能性をもった民族言語あるいは国民語を、そこに見出すことはできなかったのである。そもそも、言語の同一性が政体の統治の正当性の根拠になることがなかった。だから、日本語の誕生は、ある標準語の成立あるいは国民共同体内で普遍的に通用する言語の、事実上の成立として考えることはできない。しかし、国民語を実定的に確認できなかったということは、日本語が成立しなかったということをただちに含意するわけではない。こうした状況を、あるべき均質な言語媒体の欠如の状態、つまり、日本語の欠如の状態として認知する可能性が残されているからである。なによりもまず、国民言語の形象はひとつの要請として構想される。それは、まず、格律として発明され、所与の現実を、あるべき制度の欠如態として知覚することを、可能にするのである。／日本語の生成は、したがって、雑種性を許容する多言語性から、雑種性を異常事態とみる多言語性への移行の試みのなかで起こる、といわなければならないだろう。

地域の「標準語」という発想にせよ、その下位に区画整理された「方言」という発想にせよ、決して自明の与件なのではなく、それは、それらが数えられるものであるかのような視線が内面化される条件を問うことで初めて受け入れが可能になる、一つの分析概念でしかない。それはすなわち「移動」と「接触」に伴う差異化の産物に他ならないのだが、ただし、それは予め実体的に先在する異方言・異言語があってそこで相互に「接触」が起こったという意味ではなく、あくまでも移動によって初めて異他性が相互に現前し、異方言・異言語という発想そのものが可能になったという意味においてである。言語がどのように群生するか、そのカテゴリーは予め区切られているわけではなく、コミュニケーションの実際において意識化される規格的な逸脱率／互換可能率の差違によって暫定的に決せられるものでしかない。そこで初めて空間的分節が生起してくることになるのだが、その場合においても、空間を排他的に構成しあう国民-国家の構成原理とは異なり、中華帝国（というグローバル企業《エンタープライズ》）の外延は曖昧であったし、中華帝国それ自体が異種混淆性《ハイブリディティ》、クレオールの産物に他ならなかった（言うまでもなく、「民族《エスニシティ》」は帝国の構成原理ではない）。純粋な「中国」や純粋な「日本」なるものが先在し、前者が後者に「影響」を与えた結果として文化伝播が行われたというわけではない。いかなる文化、いかなる言語も原的に雑婚的《ハイブリッド》なもの、雑種的《クレオール》なものでしかなく、それに先在するような純粋文化、純粋言語など存在すべくもない（それゆえ、厳密な意味においては、ハイブリッド、クレオールというのは実は分析概念としては無意味である。その有効性は、雑種性から、純粋性が生産されてくるその機構と過程を記述する場合に限って承認される）。その意味において、「言語は本質的に雑種性の場所であり、純粋な言語という考えは、言語の正しい見方からすれば捏造された、しかも独断的な逸脱である」（酒井直樹／川田潤・斎藤一・末廣幹・野口良平・浜邦彦訳『過去の声――一八世紀日本の言説における言語の地位――』以文社、二〇〇二・六、三〇頁（原著、一九九一））、「雑種性は純血性に論理的に先行するという主張に至るまで徹底的に、雑種性は重視されなければならない」（「多言語主義と多数性――同時的な共同性をめざして」三浦信孝編『多言語主義とは何か』藤原書店、一九九七・五、二二八頁脚注）という、酒井直樹の注意喚起にはぜひとも耳を傾けておかねばならない。音声と書記とが相互に互換可能な記号体系であるという予断的信憑が近代の産物であるのと同じように、文字／言語に国籍が附帯しているという素朴な信念もまた近代の所産に過ぎない。勿論、ここでいう「雑種性」とは認識不可能なものとして考えなければならないが、もしわれわれがそれを有標化して「雑種性」と呼んでいるのだとすれば（「純粋性」の対立項として要請された概念なのだとすれば）、それは雑種性という純粋な項のことであって、雑種性そのものではない。例えば、加藤周一〔一九一九―二〇〇八〕の雑種文化論はその典型であるが（『雑種文化―日本の小さな希望―』講談社、一九七四・九）、それは雑種性こそが日本（文化）の固有性であるというかたちで「雑種性」を一種の「純粋性」へと読み換えて現前させたものでしかない。今日しばしば見受けられる、異種混淆性・クレオール性・多言語主義への無条件の礼賛は、あたかも単一性を無効化しうるような視座《パースペクティヴ》の転換であるかのように見えて、それが関係論としてではなく実体論として、可視的な事例のみを抽出してくるようなやり方である限り、原子論的な単体としての「個性《オリジナリティ》」への欲望をそれと秘かにすり替えているだけのようにも見える。敢えて言えば、現実に展開していたのは、東アジア／東ユーラシア、或いはグローバル経済《エコノミー》回路の全体が、絶え間なき雑種化――雑種性が自らを雑種化させてゆく（互いが互いを複製《コピー》してゆく）――という過程の中に置かれていたというただそれだけのことであって、ここで問われるべきは、雑種というコンセプトが純粋種の複合というヴィジョンとして意識化されることの不可避性であり、なぜ他との弁別が可能になるような純粋項が理念的に仮構されてくるのかというわれわれの思考・意識・言説《ディスクール》の機制《メカニズム》のあり方についてである。前述したとおり、それは「移動」と「接触」を契機として事後的に生成される意識化過程でしかなく、その時に発生する異他性／純粋性は単なる想像上（imaginary）の、或いは言説システム上の産物でしかない。その意味で、人間の「移動」と「接触」を加速させつつ、東アジアを巨大な「接触圏」へと改鋳していった中華グローバリゼーションの歴史認識論的「意味」が、われわれの言語意識の内部において強く問われてくることになるのである。

グローバリゼーションとしての戦争

上記のように、中世にあって日本列島は急速に中華化していったが、中にはそのようなグローバル化による社会変革に対して反感を示す声も挙がっていた。九条兼実〔一一四九―一二〇七〕は宋銭の輸入による経済システムの混乱を憂慮していたし[56]、兼好などは、「唐《(から)》の物は、薬の外は、なくとも事欠《か》くまじ。書《(ふみ)》どもは、この国に多く広《ひろ》まりぬれば、書《か》きも写《うつ》してん。唐土舟《もろこし(ぶね)》のたやすからぬ道に、無用の物どものみ取(り)積《つ》みて、所狭《ところせ》く渡しもて来《く》る、いと愚《おろ》かなり」（『徒然草』一二〇段、大系、一八六頁）と、舶来品を珍重する当時の世相を揶揄している（なお、ここで如上の文脈から注意されるのは、兼好が、書物などは既に「この国」に多く弘まっているので書き写せばよく、これ以上輸入してくる必要はないと述べている点である。つまり、兼好〔を含めた当時の人〕にとっての「読書」とは「筆写」と強く結びつくものであった）。このような中華の衝撃《チャイニーズ・インパクト》の中にあっては、当然、反グローバリズム的反動も引き起こされることになるが、禅林もまた旧来的仏教勢力のパワーエリートとの衝突《コンフリクト》を避けられなかった。（源〔六条〕有房『野守鏡』（『歌学大系』四）には、禅宗・念仏宗に対し、それぞれ十箇条に及ぶ理由を挙げてその弊害を論難した箇所があり、また、三条公忠『後愚昧記』に収録される応安元年（一三六八）閏六月日、延暦寺三千大衆法師による「山門訴状案」には以下のように見える――「頃年《けいねん》禅法興行し、黒衣流布す、城に盈《み》ち堺に溢《あふ》れ、烏鵲《うじやく》の柏府に集まれるが如く、党を結び群を成し、鴟鳶《しよく》の枯林に嘯《な》けるが似《ごと》し。是れ則ち弘安以後新渡の僧、来朝の客、皆な是れ宋土の異類、蒙古の伴党なり」〔頃年禅法興行、黒衣流布、盈城溢堺、如烏鵲之集柏府、結党成群、似鴟〔鵄〕鳶之嘯枯林、是則弘安以後、新渡之僧、来朝之客、皆是宋土之異類、蒙古之伴党也〕（『大日本古記録』「後愚昧記一」、一七一頁）。反グローバリズムの旗手が宋・元を自らと相対化されうるローカルな存在と捉えている点が注意されるが、この文章自体が（変体）漢文によって書かれていることも忘れてはならない。

さらには、所謂「康永の嗷訴」（一三四五年、天龍寺供養の勅会化に反対する比叡山の運動）、「南禅寺楼門破却事件」（一三六九年、南禅寺の楼門造営への幕府の助成金支給に対する比叡山の反対運動。結果、楼門は破却、天台非難を著作で展開した禅僧、定山祖禅（一二九八―一三七四）は流罪となった）など、幾つかの衝突事案も発生した。しかし、結局、中華グローバリゼーションという世界システムの変化はその勢いを止めなかった。その過程は大きな混乱を惹起し、階級構造を流動化させるとともに、資本の再生産回路を書き換え、貴族・寺社勢力が寡占していた既得権益を破壊する結果となった。

列島の中華化は、端的に言えば、グローバルスタンダードへの適応過程であったが、当然、既存のシステム（及びその内部のプレイヤー）はこの新たなるグローバルスタンダードに対して順応／拒否などの対応を迫られることとなった。ただし、その場合におけるグローバリゼーションという現象には、「主体」が存在していないということにも注意を留めておく必要がある。これは世界システム論的な効果の一つとして論じられるべきものであって、それを特定勢力の「主体的意志」によって推進された一種の運動として理解するのは適切とは言えない（たとえて言えば、現代の「国語」の中に多くの外来語が入ってきて旧来的な和語／漢語系語彙が駆逐されつつあるという現象を、特定の誰かの「主体的意志」の効果であるとは考えないのと同じ論理である）。

ところで、中世は中華グローバリゼーションが東アジアを覆った時代であると同時に、戦争の諸世紀でもあった。京都という大都市＝人口密集地域＝移民の群生地帯で起こった戦争のインパクトは、保元（一一五六―五八）に始まり、応仁（一四六七―六八）に苛烈を極めた。またその間にはモンゴルを発端とした、ユーラシア大陸全土で展開された世界大戦もあり、日本列島もまたそれに巻き込まれていった。ただ、そこで注目すべきは、それらもまた戦争という形態をとったグローバリゼーションであったという事実である。そのような世界大戦下においては、遠く離れた場所で何が起こっているのかという情報の価値が高まり、遠隔地で起こった出来事・状況が相互に作用を及ぼしあうような状態が準備されることとなる。そして、ある時は列島規模で、ある時は東アジア規模で、ある時はユーラシア規模で、遠隔地域が何らかの社会的諸関係＝ネットワークを結び、連動し合っているという意識が反復的に前景化してくるような世界システムが人々の「想像力」の中に培養されることとなった。それは単純に中華グローバリゼーションが（中華）世界の単一化‐均質化過程であったという意味ではなく、むしろその反動として、或いは人類学者、前川啓治〔一九五七―　〕の用語を借りて言えば、その「翻訳的適応」の結果として、ローカリティ――後世に「日本」という単位として群生してくるもの――が産出されてくる過程であった（「翻訳的適応」とは、前川啓治『グローカリゼーションの人類学―国際文化・開発・移民―』〔新曜社、二〇〇四・一〕の説明に拠ると、「土着の社会は、自身の伝統的な観念や価値に基づく基本的な文化形態を全面的に変えてしまうわけではなく、むしろ既存の文化形態によって新たな外的・文化的諸要素を「翻訳」（読み換え）することにより、そうした観念や価値を存続させるのであり、その結果「適応的な変容」となる」〔七七頁〕のだとされる）。そもそも意識の面で類縁関係の希薄であった日本列島が群生を開始しえたのも、このようなグローバリゼーションの効果、一つの文化的共同体が「想像」可能なものとなった効果であると考えられる。そのような相互作用の過程でローカリティが産出されてくるのであって、その逆ではないという点にはくれぐれも注意しておかなければならない（第Ⅸ・Ⅹ章参照）。

〝日本の原郷としての禅〟という歴史的倒錯

如上、禅林は、日本列島の内部において閉じた中華的世界を形成していたわけではなく、そこでは新たな土着的《ヴァナキュラー》な文化形態も混淆的に（再）編制されていた。テクスト産出のレヴェルで言えば、具体的には「抄物」「仮名法語」「和漢聯句」等の営為がその典型であるが、さらには禅林からも歌人が輩出され、また能楽理論も禅籍との接触の痕跡を示すなど、混淆化の過程の中からローカルなものが産出されることとなったのも確かであった。このとき、後述するように、安良岡康作〔一九一七―二〇〇二〕が五山文学を「中国文学の一支流としてではなく、日本文学史の展開における文学活動の一つとして」考察すべき対象と捉え、朝倉尚〔一九四二―　〕が「五山文学

〈禅僧の文学〉は、中世文学の一分野として、中世国文学とともに論ずることが可能であるのみならず、中世国文学としても論じられなければならない」と述べていることが想起されるのだが、もしこのような「国文学」化が（われわれの認識の中で一定の妥当性をもって）可能となるのだとするならば、それは、中華性の否定の上に成り立つものとしてではなく、逆にその文化的膨張によって「日本的なもの」として後世に認められるような、凝集性をもった文化単位及び文化形態が産出されることになったというその「結果」に依存するものとしてであることには注意を留めておく必要がある。

禅は今日でこそ日本文化の粋たるものであるかのように言われているが、歴史学者、村井章介（一九四九―　）が適切に指摘するように、鎌倉時代にあっては「禅文化ほど日本的でない文化はなかった」（『東アジアのなかの日本文化』放送大学教育振興会、二〇〇五・三、一八七頁、傍点原文）。また、村井は「通念では、禅文化は日本文化の粋であり、〈わび〉〈さび〉こそ禅につちかわれた純日本的な美意識とされている。だがこの説は、明代以降日中禅宗界の交流がおとろえ、日本の禅宗界が自立とひきかえに国際性を失ってのちの状況を典型とみる点で、大いなる錯覚といわねばならない」（村井章介『東アジア往還―漢詩と外交―』朝日新聞社、一九九五・三、七九―八〇頁）とも述定している。さらに、鈴木貞美・岩井茂樹編『わび・さび・幽玄―「日本的なるもの」への道程―』（水声社、二〇〇六・九）は、「中世美学」「象徴美学」という概念装置を基盤として「わび」「さび」「幽玄」概念が「日本的なるもの」を代表するものとして、日本文化の精髄たるかのような言説が編制されてくる過程を、広範な資料分析に基づいて描き出している。最も「日本的」ではなかったはずの「中世」が「日本的なるもの」へと書き換えられ、時間的に原‐日本として表象されるに至るには、「国民‐国家」の創設とその過去への遡源的適用という歴史認識論的な歪曲‐転倒を必要とする。例えば、以下に見られるような、「中世」＝日本の原型という言表群もまたわれわれの歴史認識が、そのような倒錯的な想像力の中に置かれてきたこと、そしていまなお置かれていることを示す証左となる。一九三四年（昭和九）五月、「日本精神」を主題とする特集号を組んだ雑誌『思想』五号に収録された論文の中には、須永克己「音楽に於ける日本的なるもの」のように中世の「僧侶の階級」を「真に日本的なるものの最初の創造者」（二一一頁）と位置づけるような言表も戦前には現れていたが、戦後にも唐木順三（一九〇四—一九八〇）の言葉にこう見える——「日本独特の文化の非常に大きい部分はいはば中世的といつてよい。一口に、「さび」とか「わび」といはれる文化の様式は中世の生み出したもので、その根底には禅がある」（『中世から近世へ』筑摩書房、一九六一・一〇、七頁）。ここでは、禅—中世—日本という一組のセットが本質的に連帯するものとして措定されるという言説の配置が確認されるのだが、このような認識が完成した背景には、鈴木大拙の著書が欧米で出版され、一種のオリエンタリズムをもって受容されたこと、そしてそのような西洋からの眼差しを内面化させることで、「Zen」を「日本」の代理-表象概念として客体化させつつ、そのような自画像を自らの手で構築していったという要因も多分に介在していた[57]。大拙の著作の中にはこうある——「いまさらいうまでもないが、日本人の道徳的または修養的ないし精神的生活に関し、公明にかつ理解をもって、書いている内外権威者の多くは、禅宗が日本人の性格を築きあげる上にきわめて重要な役割を勤めたという点で、意見をひとしくしている」（鈴木大拙／北川桃雄訳『禅と日本文化』岩波書店、一九四〇・九、一頁、原著は、*Zen Buddhism and its Influence on Japanese Culture*, Kyoto 1938, The Eastern Buddhist Society, Otani Buddhist College）。付け加えれば、二〇〇二年に編まれた『中世文化の美と力』（中央公論新社）の冒頭においても、「いわゆる古典芸能の源流が中世に発しており、いわゆる日本文化の原型が中世に形成されてきていることなどは、おぼろげながらでも知っておられよう。今日につながるような文化の源流・原型は中世に生まれているのである。とくに生活文化の素地は疑いもなく中世に発している」（五味文彦）として、中世＝〝日本の原郷〟という認識が踏襲されている。こうして、一二世紀以来の中華グローバリゼーションのただ中で列島が中華的に改造された時期であったという事実や日本の伝統文化の外来性は忘却されてゆくこととなった。とは言え、「中世」が捏造された「日本文化の原型」であるのだとしても、われわれは国民‐国家以前の「それ」をどう認識すればよいのかわからないし、それが不可避的に日本列島というフレームワークを表象してしまうものである限りにおいて、「中世」―「日本」という語の連帯から正確な解答を導き出してくることも非常に困難な事態となっている（そのような欲望を捨て去ることさえもが、もはや不可能となっているのだ）。所詮、われわれの有限な認識作用は、そのような忘却の作用からも、そして「原日本」という本質的な日本性（なる虚像）を惹起するその効果からも決して自由にはならないのである。

＊

また、人的移動のレヴェルで言えば、鎌倉末期から南北朝期にかけては、列島全土が戦火の絶えない時期であったが、このような大規模な戦争状態の持続は地方の武士階級の自主独立を促すとともに、禅僧の地方展開という事態を惹起してゆくことにもなった。さらに、京都で勃発した統治機構内部の軍事紛争（所謂「応仁の乱」）は、禅僧の地方への疎開‐分散を誘発し、その結果として、学問の地方伝播が推進されるという副作用をもたらした。このような長期的な戦争の諸世紀の過程で、武士階級が地方に散居すると共に、その子弟から禅僧になるものが生まれ[58]、禅僧の出身地の分布は日本列島全土にわたることとなった。試みに、玉村竹二『五山禅僧伝記集成』（講談社、一九八三・五、〔新装版〕思文閣出版、二〇〇三・三）に収録されている五山僧の出身地を調査してみると、表Ⅰのようになる。なお、同書に採録された禅僧は、「鎌倉時代後期（正和・文保頃）より室町時代末期（大永・天文初期）に至る五山禅僧のうち、何等かの学藝（文学・絵画・講書）に長じた人およびその学識を買われて政治外交に活躍した僧」と規定されているが（同書「凡例」）、その過半は郷国・俗姓不詳とされている。収録僧「亡慮七百十九員」（同書「序」）の中で、例えば「京都の人」などと出身を明記されている人物を拾ってこれを数え、「越前の人か」の如

表Ⅰ　五山文学僧の出身地

東北	陸奥	出羽						
(7)	(4)	(3)						
関東	上野	下野	相模／鎌倉	武蔵	下総	上総	安房	常陸
(38)	(1)	(4)	(16)	(8)	(3)	(0)	(0)	(6)
甲信	飛驒	信濃	甲斐					
(18)	(0)	(12)	(6)					
北陸	若狭	越前	加賀	能登	越中	越後	佐渡	
(17)	(3)	(7)	(1)	(2)	(2)	(2)	(0)	
東海	美濃	尾張	三河	遠江	駿河	伊豆		
(36)	(17)	(6)	(3)	(8)	(2)	(0)		
	山城／京都	近江	大和	摂津	河内	和泉	紀伊	丹波
近畿	(49)	(15)	(0)	(3)	(0)	(2)	(6)	(1)
(80)	丹後	伊賀	伊勢	志摩				
	(0)	(0)	(4)	(0)				
	播磨	美作	備前	備中	備後	安芸	周防	長門
中国	(7)	(3)	(0)	(2)	(2)	(2)	(4)	(1)
(29)	但馬	因幡	伯耆	出雲	石見	隠岐		
	(0)	(1)	(0)	(6)	(1)	(0)		
四国	淡路	阿波	讃岐	伊予	土佐			
(17)	(3)	(4)	(3)	(2)	(5)			
	豊前	豊後	筑前	筑後	肥前	肥後	日向	薩摩
九州	(1)	(4)	(9)	(3)	(7)	(2)	(4)	(4)
(34)	大隅	壱岐	対馬					
	(0)	(0)	(0)					
総計								
(276)								

く、推定レヴェルで記載されているものを計数から除外すれば、総計二七六名の出身地リストが作成できる。無論、玉村による「五山禅僧」の定義をめぐって恣意性が排除できないため、統計的な正確性を約束できるようなものではないが、禅林ネットワークの布置状況をイメージする上で、一つの指標として参考にすることは許されるのではないかと思う。なお、読者の便宜を図って、旧街道別ではなく現行の地方区分ごとに各国を分類しその小計を載せておいた。

この表を一瞥して、京都／山城出身者が群を抜いて多いのは別として、五山禅僧の出身地がほぼ万遍なく日本列島の全土に渡っているという事実は、われわれが素朴に考えるほどに当然の事柄ではない。このようなネットワークの形成は、留学経験者が地方の文化的後進地域へと「移動」し当地での教育活動に従事したという事実、一方、地方出身者が、京・鎌倉・博多などの文化的先進地域へと「移動」し、当地で雑多な出自の人々から構成される集団の中に組み込まれるという人事システム上の効果の上に成り立つものであり、陸奥の禅僧と薩摩の禅僧が、京で出逢って生活空間を共有するという不自然な出来事が可能であったのは禅林というネットワーク環境があればこそであった。

それには、足利政権が各国に安国寺・利生塔を建設し、広域ネットワークを整備したという政策上の条件も与っていたが、加えて言えば、後述するように、出版によって文化事業が地方にも普及し、地方の文化的自主独立が推進されたことによって、後世の「日本文学」という枠組を可能にするような基礎的な環境条件が整備されることとなったという要因もここでは看過し得ない点となる。ただし、日本列島が一つのまとまりとして認知されるのは、このようなネットワーク形成の「結果」であって「原因」ではないことにはくれぐれも注意しておかなければならない。「日本列島」という空間もまた社会制度的に「生産」されたものであって決して〝自然に〟〝本質的に〟そのようなかたちをとっていたわけではない。勿論、垂直的共約性をもった「国民」の誕生は、未だその発想さえ予期されるものではなかったが、将来的な「日本」のかたちを準備しうるような条件が、水平的な紐帯（ネットワーク）を整備した禅林の分布に示唆されるものであったことは明白であるだろう。また、そのネットワークは日本列島の外へとも繋がっており、前掲玉村書には「五山禅僧」として、異域出身の僧も数えている。高麗一名、明州（慶元）五名、台州三名、温州一名、漳州一名、福州一名、四川三名、その他に、宋・元の出身が確かであるものが四名数えられている。渡来僧の実数がこれより遙かに多いのは上述した通りである。このように、高度なリテラシーを備えた一群の身体が日本列島を埋め尽くすような事態が起こったが、それが列島規模で閉じていたわけではなく、大陸とも連繋《リンク》していたという点も重要な視点であるだろう。それは、「日本」と「中国」の関係としてという以上に、列島において、情報量が過疎化せざるを得ず、文化的に孤立しがちであった文化的後進地域さえもが、世界の中心、知の前衛であった「江南」とも広域的にネットワーク化されることになったという意味において、またそのネットワークを通じてリテラシーが転移-拡散してゆく条件が整備されることになったという意味において、その重要性が知られるのである。以上のように、日本列島が文化的に中華化（「唐様」への変質）＝先進化してゆく過程において「五山文学」という現象が発生したという事実は、基礎事実として強く銘記しておく必要がある。

書籍及び出版技術の輸入と伝播

さて、視点を変えて、書籍の輸入と出版技術の移植という観点から、日本列島における禅林の編制という現象について改めて整理を加えておこうと思う。書籍の大量輸入と出版技術の移植にともなう書籍の量産化は、知の形態を広汎に媒介するシステムを整備し、そこに書物の流通経路、知の伝播経路としてのネットワークを構築するに至ったが、それこそが禅林を編制する歴史的条件の大きな要因の一つであったと見られるからである。

宋代の中国大陸は、まぎれもなく世界の中心であったが、中華帝国は歴史的にさまざまな技術革新《イノベーション》を起こした地域でもあった。「前近代において中国が達成した主要な技術革新の長いリストには、鋤の改良、水力学、火薬、天然ガス開発、羅針盤、機械式の時計、紙、印刷、ふんだんに刺繡がほどこされた絹布、そして洗練された金属加工技術などが含まれている。数百もの小さい用水路を配した巨大灌漑システムの構築は、その地域の農業生産性を向上させると同時に、世界最良の運河輸送システムを提供した。法の成文化と度量衡および鋳造貨幣価値の固定化は、貿易と市場の拡大を促進した。荷車の車輪サイズの規格化とそれらが往来する道路の規格化により、中国の商人たちは初めて、輸出入される財の最適量を正確に計算できるようになった」と要約されている通りである（マンフレッド・B・スティーガー／櫻井公人、櫻井純理、高嶋正晴訳『新版グローバリゼーション』岩波書店、二〇一〇・三、三〇頁、〔原著、二〇〇九〕）。

これらの中で本書の関心に沿ってとりわけ重要なのは、印刷‐出版技術の発展である（一一世紀には、「宋版」と称する木版印刷物が発行されていたと言われ、地方都市の商業資本が出版業界に参入し、「坊刻本」と呼ばれる民間書肆による刊行物が広く流通した。なかでも四川の蜀本、福建の閩本〔建本・麻沙本〕、浙江・杭州の浙本、浙江・金華の婺州本の四種がよく知られていたと言われる。鈴木修次『漢字―その特質と漢字文明の将来―』講談社、一九七八・二、第二章参照）。歴史的に見れば、「五山文学」という現象は、出版技術と航海技術というテクノロジーの飛躍的進歩の上に成り立っていた。宋代に入って、出版技術は急速に普及し、その影響は禅林にも及んだが、航海技術の進歩によって、東シナ海渡航の危険性は著しく緩和され、人と物とが盛んにその間を往来することになり、書物の輸入も飛躍的に簡便化することになった。

書籍の輸入は単に入宋僧によってのみもたらされたものではなく、日宋間の交易が整備された平安末期頃より、宋商によって堂上家の人間に進呈されたり、或いは購入されたりしていたが（大庭脩『漢籍輸入の文化史―聖徳太子から吉宗へ―』研文出版、一九九七・一）、その規模が大幅に増えたのは、実際に僧が大量に現地に赴くようになってからであった。例えば、栄西・俊芿・円爾等の禅律僧が、帰国時に厖大な数の書籍を持ち帰ってきたことは史料上よく知られるところである。栄西は仁安三年（一一六八）の第一次入宋時には、天台関係の新章疏三〇餘部六〇巻を将来しており（『元亨釈書』巻二、『新訂増補国史大系』第三一巻、四二頁、「明庵禅師塔銘」、『続群書類従』第九輯上、二七四頁）、律僧俊芿（一一六六―一二二七）は、律宗三二七巻、天台七一六巻、華厳一七五巻、儒道書二五六巻、雑書四六三巻、その他雑碑等を併せて総計二一〇三巻をもたらした（「泉涌寺不可棄法師伝」、『続群書類従』第九輯上、五二頁）。円爾請来の書籍を含んだ「普門院経論章疏語録儒書等目録」[59]の中には、禅僧の詩文集数点――『鐔津文集《たんしんもんじゅう》』一〇冊、『北礀《ほっかん》文集』一部六冊、一部四冊、『北礀外集』一冊、『橘洲文』一部二冊、『無文印《むもんいん》』三冊など数点が確認され、その他にも、『注坡詞』二冊、『東坡長短句』一冊、『誠斎先生四六』といった外典（仏教関係以外の書籍）も見られる。

なお、椎名宏雄に拠れば、「宋元代において製作された禅籍の数は、記録に遺るものだけでも八〇〇種をこえ、実際の著作数は、さらにその何倍にものぼることが推定される」と言われるが（『宋元版禅籍の研究』大東出版社、二〇〇一・三、四一頁）、このことを考慮し、かつまた当時の日中間の活発な交流の実態を顧みれば、相当数の書籍が日本に輸入されていたのではないかと推測される。事実、義堂周信編『重刊貞和類聚祖苑聯芳集』一〇巻、或いはその未定稿を盗刊した『新撰貞和分類古今尊宿偈頌集』三巻（『大日本仏教全書』（新版）八八、所収）は、宋元代尊宿の偈頌を選集した作品であるが、そこには、語録・詩文集の現存しない人々の作品も多く収録されており、その当時の禅籍輸入の実態を推察することもできる。また開版技術も禅僧によって伝えられ、五山版の成立を見ることになったが、その書目には、禅僧の作品集のみならず、多くの外典が含まれていた。

五山版として刊行された書籍のリストは、その当時の社会的需要の実態を示すものである。当然その大部分は、語録等の禅籍を含む「内典」であったが、参考までに、本書の問題関心に沿うかたちで、開版が確認される五山版の「外典」のリストを、川瀬一馬『五山版の研究』（日本古書籍商協会、一九七〇・三）の整理に従って掲出するならば以下のようになる（上、一九九―二一二頁）(60)。

○経部

『古文尚書』『毛詩鄭箋』『春秋経伝集解』『論語集解』『論語』（天文本）『音注孟子』『大学章句』『大広益会玉篇』『増修互註礼部韻略』『韻鏡』『重編改正四声全形等子』『古今韻会挙要』『重編詳備砕金』『魁本対相四言雑字』

○史部

『立斎先生標題解註音釈十八史略』『歴代帝王紹運図』『歴代帝王編年互見之図』『歴代序略』『唐才子伝』『分類合璧（壁）図像句解君臣故事』

○子部

『冷斎夜話』『重新点校附音増註蒙求』『新板大字附音釈文千字文註』『四体千字文書法』『増広事吟料詩韻集大成』『韻府群玉』『聯新事備詩学大成』『新編排韻増広事類氏族大全』『荘子鬳斎口義』『列子鬳斎口義』『新刊名方類証医書大全』『新刊勿聴子俗解八十一難経』『察病指南』

○集部

『寒山詩』『杜工部文集』『集千家分類杜工部詩』『集千家註分類杜工部詩』『五百家註音辨昌黎先生文集』『新刊五百家註昌黎先生聯句集』『新刊五百家註音辨唐柳先生文集』『新板増広附音釈文胡曾詩註』『鐔津文集』『王状元集百家註分類東坡先生詩』『山谷詩集注』『山谷黄先生大全詩註』『須渓先生評点簡斎詩集』『誠斎集』『名公妙選陸放翁詩集』『北磵全集』『蔵叟摘藁』『雪岑和尚続集』『碧山堂集』『白雲詩集』『廬山外集』『趙子昂詩集』『范徳機詩集』『澹居藁』『掲曼碩詩集』『蒲室集』『増補新編翰林珠玉』『雪廬藁』『新芳薩天錫雑詩妙選藁全集』

『全室外集』『増註唐賢三体詩法』『諸家集註唐詩三体家法』『唐賢三体家法詩』『唐朝四賢精詩』『石門洪覚範天厨禁臠』『江湖風月集』『精選唐宋千家聯珠詩格』『中州集』『皇元風雅』（前後集）『金玉編』『澹游集』『魁本大字諸儒箋解古文真宝』『雅頌正音』『詩人玉屑』『詩法源流』『雪窖集』『独庵外集続藁』

集部には大陸禅僧の詩文集を多く含んでいる。また、『趙子昂詩集』（趙孟頫《ちょうもうふ》（一二五四―一三二二）、五山版南北朝刊）、『范徳機詩集』（范梈（一二七二―一三三〇）、元詩四大家の一、五山版延文六年（一三六一）刊）、『掲曼碩詩集』（掲傒斯《けいけいし》（一二七四―一三四四）、元詩四大家の一、五山版南北朝刊）など、同時代の詩人の集が含まれているところから見ると、当時の流行書を刊行しうるような同時的《シンクロニック》―リアルタイムな出版環境―読書環境が整備されていたという事実も確認される。経部が少ないが、それはそれらが彼らの読書対象にならなかったためではなく、おそらく前代からの蓄積があるためにわざわざ上梓する必要がなかったからだと思われる。また、読書対象となる書物の選択、読書実践の質には個々の禅僧の興味関心に応じて幾らかのブレがあったと想像され、また「禅僧のリテラシー」と単純に一括できるような、完全に画一化―均質化された読書実践の形態が制度的に整備されていたわけではないと思われるが、彼らの詩的実践における典故引用に一定のパターンが見られることから言えば、基礎となる範疇は概ね類するところであったと見られる。

　ところで、出版技術の浸透下における読書実践の変質を示唆する資料としてしばしば挙げられるものに、蘇軾「李君〔李常〕山房記」（「李氏山房蔵書記」）がある（一部抜粋、『経進東坡文集事略』巻五三・記、『四部叢刊正編』四七、三〇六頁上―下、割注箇所は省略した）。近時の若い士人が本を読まなくなっているという主旨の文章である。

自孔子聖人、其学必始於観書、当是時、惟周之柱下史老聃為多書、韓宣子適魯、然後見易象与魯春秋、季札聘於上国、然後得聞詩之風雅頌、而楚独有左史倚相、能読三墳五典八索九丘、士之生於是時、得見六経者、蓋無幾、其学可謂難矣、而皆習於礼楽、深於道徳、非後世君子所及、自秦漢已来、作者益衆、紙与字画日趨於簡編、而書益多、世莫不有、然学者益以苟簡、何哉、余猶及見老儒先生、自言其少時、欲求史記漢書而不可得、幸而得之、皆手自書、日夜誦読、惟恐不及、近歳市人転相摹刻、諸子百家之書、日伝万紙、学者之於書、多且易致如此、其文詞学術、当倍蓰於昔人、而後生科挙之士、皆束書不観、遊談無根、此又何也、

孔子のような聖人以来、学問は必ず読書をもって始められた。当時にあっては、周代の柱下史（法令・文物を管理する役職）・老聃（老子）のみが書を多く所蔵していたぐらいであった。韓宣子（韓起）は魯国に赴いて後初めて『易象』や『魯春秋』を目にすることができたという。また、（呉の）季札が諸国を歴遊し、『詩経』の風・雅・頌を耳にし、楚にあってはひとり左史の倚相のみが、三墳五典、八索九丘といった古典籍を読むことができた。当時に生をうけた士人で（実際に）六経を目にすることができたものは殆どいなかったであろう。それほど学問は困難というべきものであった。それでいて礼学への習熟、道徳の深さは後世の君子の及ぶところではなかった。秦漢以降、文を書くものはますます衆《おお》くなったが、紙や文字・書画は日を追うごとに簡便になってゆき、書物はますます多くなっていった。世にこれを有《も》たないものはいないほどであったが、学ぶ者はますますもって苟簡《いいかげん》になっていったのはどうしてだろうか。余《わたし》がまだ年配の先生にお目にかかれた頃、先生方がおっしゃっていたのは、若い頃は『史記』や『漢書』を読もうと思ってもなかなかかなわず、幸いに手にすることができれば、誰もが手ずから書写し、日夜これを読誦し、それでも不十分ではないかと心配するほどであった、ということだ。近頃では、出版業者が毎日のように諸子百家の書物を大量に印刷刊行している。（それによって）学生たちも書物を大量に、かつ簡単に手に入れることができるようになった。（そうすれば）その文章・学問は昔の人々の数倍も優れるようになるのが理の当然だが、若い科挙の士を見ていると、皆書を束ねておくだけで読もうともせず、浮ついた根も葉もない談義に興じてばかりいるのは、これまたどういうことなのだろうか。

この嘆きの文章から注意しておくべきは、ただ本を読まなくなったというだけではなく、書写しなくなった、そして読誦しなくなった（声に出して読まなくなった）、つまり暗記を目的とした読書実践の様式から乖離し、むしろ「討議」が優先されるようになったということである。そのような背景には、宋代における道学系儒学の学問実践の誕生（の萌《きざ》し）が関わっているものと思われる。ただひたすらにテキストを暗誦するのではなく、例えば、人間の本質は善であるのか悪であるのか、人間が「聖人」へと移行することは可能か、可能であるとするならばいかにして、等々の「討議」「議論」をすることがより重要な学問的実践であると考えられるようになっていたのである。換言すれば、知の〝インプットの量〟よりも〝アウトプットの質〟のほうがより重要視されるようになった、ということである。それを可能にした背景には、出版物の大量生産によって書物の家蔵が可能になったというメディア革命の勃興、そのような歴史的環境条件の変化があったと考えられるが、それは当然のことながら、暗記することの意味と価値を低減させてゆくことにもなった。それによって、読書行為の意味そのものが変質してゆくことになったのである。M・マクルーハン『グーテンベルクの銀河系―活字人間の形成―』（森常治訳、みすず書房、一九八六・二（原著、一九六二））は、活字文化によって人間の記憶力が欠損されたことを指摘するが、彼に拠れば、記憶が不完全になったことのさらに根本的な原因は、「印刷の導入とともに視覚が聴覚-触覚連合母体からさらに完全なかたちで切り離されたということ」にあるという。つまり、「今日の読者が本を読むとき、頁を視ながら、その視覚的映像をすべて音へと翻訳する作業が一枚加わらなければならない。したがって眼によって読まれた文献を思い出そうとする場合、視覚からの記憶と聴覚による記憶とが衝突して混乱をおこしてしまう」のだと言うのである（二四六頁、傍点原文）。先にリテラシーの中世的モードと近代的モードの差異を説明したが、この資料から窺えるのは、出版資本主義の到来によって、大陸にあっては宋代に既にリテラシー・モードの質的な変化――「近代的」リテラシーの形成――が部分的に現れるようになっていたということである。ただし、禅僧の場合に限って言えば、書物を大量に私蔵できるような個人財産などを所有していないため、読書は依然、暗記を前提とするものであったと推定される（禅僧の暗記力については、今泉淑夫「暗記する―禅林の記憶力―」『禅僧たちの室町時代―中世禅林ものがたり―』吉川弘文館、二〇一〇、参照）。実際、禅僧の伝記中、様々な典籍を暗誦したという記録は多く見られる。例えば、雪村友梅（一二九〇―一三四七）は、入元後、二四歳の時、間諜《スパイ》の容疑で元兵に捕縛され、長安に流謫されること三年、さらに四川成都に幽閉されること十年、この間に経史諸子の典籍を学び、一目にして悉く暗記したと伝えられる。またある時、船中で『荘子』を読み、一葉読み終わるごとに裂いて水中に投じていたところ、なぜかと問われて「記《おぼ》えざれば胡《なん》ぞ為さん」と笑って答えたという伝もある（「雪村大和尚行道記」、『五山文学新集』三、九一四頁）。印刷物は、少なくとも当時の禅僧にあっては、引用の際に改めて参照しなおしたり記憶違いを確認するためなど、あくまでもその限界を補完するためのものという地位に留まるものであったと思われる。各種「抄物」資料の存在が物語っているように、彼らは手控え帳（ノート）を作って記憶を保管し、学習を効率化させていたが、古来より、読書実践のプロセスには「抄撮」（重要箇所を抜き書きしておくこと）という行為が含まれていたこともよく知られている（小川剛生『中世の書物と学問』山川出版社、二〇〇九・一一、勝又浩『引用する精神』筑摩書房、二〇〇三・一〇、参照）。虎関が作成した韻書『聚分韻略』、或いは大陸から将来された『玉篇』『広韻』『韻府群玉』（抄物として『玉塵抄』がある）などは、記憶を完全に外部化させることを目的としたものではなく、あくまでも自らの記憶回路と結合しそれを補完するインデックスとして利用されたものであったと見られる。

5 高等研究教育機関としての禅林

（iii）さて、以下では禅林の諸制度について述べるにあたり、リテラシーの養成と使用実態という本書の関心に焦点を合わせるかたちで、読者の便宜を図って今日の大学制度との類比の上からこれを説明してみようと思う。

そこでまず、禅林という組織体を考えるにあたってつきまとうある種の偏見を、われわれの認識枠から剔抉しておく必要がある。それはすなわち、現代的状況における宗教団体のイメージがそこに無批判に投影されてしまうという点である。その結果、かつての仏教に対する社会的認知のあり方がわれわれの認識論的枠組の中から根刮ぎ取り除かれ、現代のそれとの間に相当な乖離が生じてしまっているという事態が完全に忘却される結果となっている。近代になって宗教の文法が書き換えられ、神仏といった超越的な記号は、非合理的なものとして公領域から追放-再編されることとなったが、それによって理性と宗教は相容れないものであると考えられるようになった。少なくとも、宗教の存在論的公式を変形させることなくして、合理性の基盤と調和を保つことは難しいと考えられるようになった。しかし、かつては宗教こそが、理性の光であり、前近代の知の少なくともその一部にあっては、仏教は人間理性の可能性の根源でさえあった。当時、仏教は先進的な最先端科学としてのイメージの中に置かれており、仏教寺院は、広い意味で人間とは何であるかという普遍的にして根源的な課題を研究-教育する機構として存在していた。言語論・存在論・認識論・主体論・時間論を包括する総合哲学の上に諸種の実践が組織されていたのである。となれば、われわれもまた、仏教に対する非合理性、後進性、前近代性という（近代化の産物としての）イメージをいったん括弧に入れて留保しておく必要がある（われわれは、「近代」に創造された「宗教」観を通して過去を捏造しているだけなのかもしれない。その過程には「公教育」と「宗教」とを分離させるという近代教育政策の方針も関与している)。要するに、禅林は、われわれが一般にイメージするような宗教団体としてのみ存立していたわけではなく、社会的には多機能的な公的機関であったということを――例えば、宗教団体として存在していただけでなく、高度な教育機関であり研究機関でもあった[61]、と同時に図書館でもあり博物館でもあり出版機関でもあり、また藝術工房でもあった。日本禅林の場合では外交官僚としての職責を求められるものもいた。また五山版には、『医書大全』や『察病指南』といった医学書の上梓の例も確認され(川瀬一馬『五山版の研究』、四六三、四七一頁)、医学等の実学もその学的範疇に置いていた、ということを――一つのパースペクティヴとして設定し、そのような再定式化によって(近代の「宗教」イメージから一定の距離を取りつつ)従来的な歴史的評価から自らの立ち位置を予め引き剝がしておく必要があるということである。

組織及び人事制度

ではまず、「五山」制度についてその梗概を述べておこう。ただし、この問題については既に多くの先行研究によってその歴史的実態が明らかにされており[62]、本書がこれについて新たに付け加えるべき知見を持っているわけではない。したがって、基本的には従来までの諸研究の成果を概括するかたちでこれを素描するに留めることとする。

同制度は既に大陸で形成されていた制度をそのまま輸入するかたちで導入されたものであるとされる。寺院の序列設定は、基本的に、優秀な人材を公平に選抜-抜擢するという目的のために制度設計されたものであった。寺院の私有化を防ぎ、広く諸方から優秀な人材を集め、寺格の高い寺院の住持を能力主義的に選抜する「十方住持制」と呼ばれる原則を人事制度の基礎に置いていた。五山の位格は、建武年間の設定以降、目まぐるしく変転するが、至徳三年(一三八六)に、南禅寺を別格として、京都五山第一=天龍寺、第二=相国寺、第三=建仁寺、第四=東福寺、第五=万寿寺、鎌倉五山第一=建長寺、第二=円覚寺、第三=寿福寺、第四=浄智寺、第五=浄妙寺、というランキングが設定されて以降、基本的に変更はない（ただし、一時期、義満の代に相国寺と天龍寺の位次が入れ替えられたことがあるものの、応永一七年〔一四一〇〕、義持の代に元に復している）。現代的な高等教育との類比で考えるならば（実際「単位」など禅林に由来すると思われる用語もある）、五山寺院は、今で言う国公立大学に相当する機関、大徳寺（当初は五山の枠内にあったが後に離脱）・妙心寺などの「林下」諸寺は私立大学に相当する（ただし、京五山第四位の東福寺は九条家をその檀越とし、その開創以来、円爾の法脈に連なるものしかその住持に就任できないという内規が存在し、また幕府開創の相国寺も夢窓疎石の門派に限定されるなど、「十方住持制」の採用されていない例外もあった）。とは言え、「五山」と「林下」は、公的／私的（幕府の法的統制下にあるもの／ないもの）の区別があるものの、相互に自律し断絶していたわけではなく、人事交流の面では同一のネットワーク平面に属していた。幕府の公的管理は、例えば、住持ポストの許認可や、一寺における修行僧（＝学生）の定員・上限人数の制限というかたちで施策化されていた。鎌倉・京洛の五山寺院の修行僧は、創建当初は千人近くに上っていたことが知られるもの[63]の、幕府の財政的制約からか、例えば乾元二年（一三〇三）二月、北条貞時（一二七一―一三一一）によって「円覚寺制符条々」が定められ、同寺僧衆の定員は二〇〇名を超えないようにとする法令が下されており（「崇演北条貞時円覚寺制符条書」『円覚寺文書』三七、『鎌倉市史』史料編第二、三五頁）、その後も、嘉暦二年（一三二七）一〇月、北条高時（一三〇三―一三三三）によって定員は二五〇名に（「崇鑑北条高時円覚寺制符条書」『円覚寺文書』七五、同上、一三二頁）、さらに暦応三年（一三四〇）二月、足利直義（一三〇六―一三五二）によって三〇〇名にそれぞれ制限されていたことが確認される（ただし同法令では、現在既に在籍中の者は敢えて除籍とせず、人数が自然に減少して定員上限に達するまで掛搭《かた》〔新規の在籍〕を禁ずるというかたちで処理すべき旨が記されている。「足利直義円覚寺規式条書」『円覚寺文書』一一七、同上、一七一頁）。この点に関して言えば、現在の大学とでは大きくその規模が異なっていたことが知られる。また住持（＝学長）のポストは公選、或いは幕府の推薦によって決定されることになっており、その人事権は、五山系

列の公立寺院である場合は、原則的に「十方住持制」と謂われる能力主義・実力主義的方法によって決定されていた。(64)

○文和三年（一三五四）大小禅刹規式条々　第一条(65)

一、諸山住持事

寺院興廃、宜レ依二住持一、不レ訪二儀於寺家一者、容易不レ可レ請二定人一、住持有二其闕一者、任二叢林法一、於二本寺大衆中一、以三公論議二定論之一、択二三名一被二注進一者、於二官家一可レ被二拈鬮差定一焉、

次小刹事、依二寡衆定一、不レ可レ及二公論一歟、仍訪二諸方公儀一、可レ被レ択二三名一、子細同前、

○永徳元年（一三八一）諸山条々法式　第一条(66)

一、住持職事、或異朝名匠、或山林有名道人、或為二公方一以二別儀一勧請、不レ在二制限一、若七十五以後老西堂亦同前、直饒其器用雖レ堪レ可レ任、若捧二権門挙一者、不レ可レ成二公文一、叢林大弊依二此一事一、故固制レ之、若有二理運並出一者、拈二鬮子一可レ定レ之、

住持に欠員が出た場合、叢林の法によって公論の上、決定してもよいし、「公方の別儀」によるものでも構わないが、権門の推挙に依る者（将軍以外の権力者に依るコネ人事）は、その「器用」が任に堪えうるものであったとしても認可できないとしている。なお、その出自は問わず、「異朝の名匠」であっても七五歳以上の「老西堂」（過去に住持歴のある、現在は退居中の僧）であっても構わないとされる。また、適任者が複数いる場合は鬮《くじ》で決することとされている。

以上のように、人事権は完全に禅林の内部において所管されているわけでもなく、また完全に外部（統治機構）に依存しているわけでもないような、恣意的な中間帯域に位置していた。そのため、場合によっては、権門の排除が徹底されず十方住持制が形骸化していることを指摘する声も挙がってくることとなった。中巌円月「無夢住東福江湖疏并序」（『五山文学新集』四、六四八頁）には「吁、公挙久廃、宗門寂寥、妄庸競馳、以住持為奇貨、善良見忌

而永沈」〔ああ、公挙の制度はもう久しく廃れたままとなっている。我が宗門は衰退し、凡庸な者たちが競い合い、住持の職《ポスト》を奇貨（利益を得る機会）とさえ見なしている。善良（優秀）な者のほうがむしろ忌み嫌われずっと沈んだままとなっている〕という一条が見られる。東福寺は五山の中にあって、九条家を檀家（＝理事会）とする「私立大学」であったが、ゆえに、その住持は、開祖である円爾の弟子筋、その門派から選定するように限定されていた。また、その他の五山寺院にあってもその内部に「塔頭《たっちゅう》」と呼ばれる小寺院を建設し、特定の門派によって地位を独占するという慣行も普通に行われていた。それらは「徒弟院《つちえん》」と呼ばれ、官寺からは区別されていた。

さらに、『空華日用工夫略集』応安二年五月一八日条には次の記事がある（『新訂増補史籍集覧』第三五冊・続編三）。

十八日、問註所奉二府命一、請二蔵珍首座於善福寺一、珍再三拒レ之、余勧令レ応レ命、因謂曰、凡今時江湖公挙不レ行、挙レ之者只同族而已、江湖之義安在哉、珍遂応レ之、

応安二年（一三六九）五月、玉崗蔵珍に相模善福寺の住持へ就任するよう「府命」が下ったが、蔵珍がこれを固持したため、義堂が説得し、近年では（厳密な意味での）公挙は行われておらず、推挙する者はもっぱら同族（同門）に限られているのだから、これを受諾せよと迫っているのである（中世史家、東島誠〔一九六七―　〕は、上記史料を含む多くの文献を分析した結果、公挙制度は半ば形骸化してゆき、〔「公共圏」へとつながりうる〕「江湖」とは中世禅林においても〝不在の理念〟でしかなかったと指摘している）。また、「今時往々にして人材を得るを務めずして、専ら土木の事を務む。是れ乃ち般若叢林の以て寂寥と致す所なり」〔今時往々不レ務レ得二人材一。而専務二土木之事一。是乃般若叢林所三以致二寂寥一也〕（『空華日用工夫略集』応安元年一二月八日条、『新訂増補史籍集覧』第三五冊・続編三）、「今時の禅宗の弊、乃ち名位なり。名位とは皆な職なり」〔今時禅宗之弊。乃名位也。名位皆職也〕（同上、応安元年一二月一〇日条）、「今時の仏法は淡薄にして、諸方は皆な名利闘争の場と為る」〔今時仏法淡薄。諸方皆為二名利闘争之場一。〕（同上、応安三年正月七日条）、「今時吾が宗の寂寞たること、他無し。吾が徒の禅定を修めず、心地を明らめざるを

以て、惟だ名利人我《にんが》の是れ争うがゆえなり」〔今時吾宗寂寞。無レ他。以二吾徒不レ修二禅定一。不レ明二心地一。惟名利人我是争也〕（同上、応安三年正月九日条）など、伽藍の建築に奔走したり、名声を求めたりするような運動を否定的に捉える見方も提示されていた(67)。

とは言え、禅林において、出自（身体化された文化資本）・人脈（社会関係資本）への依存が強まり、部分的に形骸化していたにせよ、五山制度の能力主義の原則が完全に転倒していたと見られるのかどうかは慎重に判断せねばならない問題である。というのも、清規に則って衆目の集まる中で資格試験が行われる以上――少なくともそのような制度が公正なかたちで機能している以上――禅林の「門跡寺院」化は発生しないはずだからである。確かに、禅林には皇室・公家・武家の子弟が多く入ってきていたが、貴種出身の僧であっても、住持の地位が約束されていたわけではなく、基本的に能力がなければ、「出世」（住持への昇進）は不可能なシステムになっていた。その点において、例えば「天台座主」のような選定システムとは根本的にその性格を異にするものであったといえる。

僧階と職掌

次いで、僧階がどのようなかたちで組織されていたのかについて確認しておこう。以下、玉村竹二『五山禅僧伝記集成』巻末に収載される「用語解題」を手掛かりとして概略的にまとめておく。

官寺の組織編制は、簡単に言えば、一寺の最高責任者として一名の住持がおり、その下に様々な職掌をもって任じられた複数の管理職が置かれていた。それは寺院の事務管理を管轄とする東班と、教育行政を所管する西班に分けられ、さらにそれらとは別に住持直属の部局として侍者局（侍者寮）が設置され、住持の身辺にあって秘書の任を担っていた。職掌に応じて、衣鉢《いぶ》侍者・焼香侍者・請客《しんか》侍者・湯薬《とうやく》侍者・書状侍者に分類されるが、一般には単に「侍者《じしゃ》」と呼ばれている。

東班には、主に寺院運営上の事務官僚としての活動を司る副寺《ふうす》・都寺《つうす》・監寺《かんす》・直歳《しっすい》・維那《いのう》・典座《てんぞ》という管理職が置かれ、それらは総称して「六知事」と呼ばれる。副寺とは、東班の首位にあって、東班全体を統括する職であり、副住職に相当する。都寺とは、金銀土地財宝の管理を司る職。その下に収入業務を司る納所《なっしょ》と支出業務を司る出官が置かれ、それぞれを別の人員に管理させることで不正を防ぐ効果を狙っていた。監寺とは、寺院の財務監査役。典座とは、大衆の食事係。直歳とは、一年交代の年番で何かを司る職分だが、その職責はよくわかっていない。維那とは、本来は、寺内の治安維持・秩序整正を監督する職であったが、やがて仏事法要の際に誦呪の秩序を率先して引っ張っていく役目を担っていたことから、一種の音頭取りとなり、読誦する経文の題名、最初の一句を独唱して、衆を従わせるのが主要な職分となったとされる。美声の人がこれに充てられ、一種、名誉なことと考えられるようになったという。

本書の主題から言えば、これら東班衆は、禅僧であるとは言え、五山文学の主要な担い手であったわけではない。原則的に彼らは詩作能力を欠いていたからである。例えば、朝倉尚「相国寺維那衆強訴事件」（『禅林の文学―詩会とその周辺―』清文堂、二〇〇四・五）に拠ると、室町時代には、「友社」という閉鎖的なグループの中で詩文の応酬が為されていたが、そのような「詩会」の参加資格は基本的に厳しく制限されていたため、事務官僚である東班僧は必然的にそのような場からは排除され、竟には「詩会」への参加を求めて東班僧が強訴するという事件にまで発展したこともあったという。ただし、室町期には、東班と西班は人事制度上独立しており相互に異動することはないと理解されているものの、少なくとも南北朝期に限って言えば、人事交流もあったし詩文の応酬も認められるという、川本慎自の指摘もある（「南北朝期における東班僧の転位と住持」『禅文化研究紀要』二八、二〇〇六・二）。彼らが詩文の作成能力に劣っていたとしても、禅林という組織体を維持・運営してゆくために必要なリテラシー、高度な事務処理能力を有していたのは確かであった。例えば、東班衆は、自らの寺院領であるところの荘園経営に参与するだけではなく、公家諸氏、或いは東寺をはじめとする旧仏教寺院の荘園代官をも請け負っていたことも指摘されている[68]。勿論、荘園経営のためには、納税＝収奪のメカニズムについて理解しておかねばならないが、それを執行するには、諸々の計算＝定量化や記録の管理、場合によっては訴訟・嘆願の処理、狼藉といった暴力事案への対応、報告書の作成などが必要だったはずであり、それを効率的・合理的に執行するには、過去の記録を参照し対応を決定するなど、リテラシーという基盤は不可欠であったと思われる。記録はどのような突発的な出来事にも即座に対応できる予測可能性を保全する上で必要であったし、それをマニュアル化することで、人材の能力に左右されることなく、管理のメカニズムを継承してゆくことを可能にしていた。その点、禅僧（とりわけ東班僧）が管理者（マネージャー／アドミニストレーター）として有用な人材となりえたのは確かであった。

一方で、西班は、修行僧の教育を所管する部門であり、首座《しゅそ》・書記《しょき》・蔵主《ぞうす》・知客《しか》・知殿《ちでん》（殿主《でんす》・殿司）・知浴《ちよく》によって構成されていた。これらは一般に「六頭首《ちょうしゅ》」と総称される。首座とは、大衆の参禅を僧堂内に於いて率いる職分である。僧堂は通常、前堂《ぜんどう》と後堂《ごどう》の二室に分かれ、戒臘（僧としての経歴）の高いものは前堂に、低いものが後堂にその単位（修行のために宛てがわれた個人の座席）を持つので、その両堂にそれぞれ首座が置かれた。前堂のものを前堂首座といい、また第一座ともいわれ、単位以外に一室を与えられているので単寮ともいい、また座元《ぞげん》ともいわれる。名実共に修行の上では住持に次ぐ地位であり、衆の手本になるべきものとして表率ともいわれる。後堂にも首座がおり、これを後堂首座といい、第二座とも称せられ、第一座に次ぐ地位にあり、主として新到またそれに近い戒臘の低い大衆を督励する職分であった。後世、単に首座といえば後堂首座をいい、前堂首座をこれと差別するために座元と称するようになった。書記とは、禅院の公的文書を作成する職。蔵主とは、蔵殿に収められている大蔵経などの管理をする職。知殿は、殿主ともいう。殿堂の保守・修理を職分とするが、実際には鐘を叩くことなどの雑務を司っている。知浴は、浴主ともいい、浴室・風呂の管理をする職。知客とは、禅院の公的な来賓を接待する職である。

この中で、「五山文学」との関連から特に注意される職掌は「書記」である。書記は、外記などとも呼ばれ（それに対して書状侍者を「内記」と称する）、事務文書の作成をその主務としていた。この「書記」という僧階の存在こそが禅林に学藝が発生した起因の一つであったという指摘もある（荻須純道「禅林学藝の起因について」『印度学仏教学研究』一〇-一、一九六二・一）。疏（公開上表文、四六文）、榜（掲示文書、四六文）、啓札（儀礼的書簡、四六文）など、公的書類の作成をその任務としていた。疏とは、四六駢儷体を用いた公的な表白文のことで、入寺疏（新しい住持の就任に際し、四方から寄せられる祝辞）、幹縁疏（建築物の修造などに際する募縁のための文書）などの種類がある。禅僧の編纂する作品集（外集）には多く、これらの公文書が収録されている。注意しておくべきは、それらが単なる事務書類にとどまるものではなかったということである。文章表現は非常にレトリカルな四六駢儷体という文体が用いられ、「機縁の語」と呼ばれるダブルミーニングの技法が要請された（詳細は、玉村竹二『五山文学―大陸文化紹介者としての五山禅僧の活動―』（至文堂、一九五五・五）一九六六年版一四八頁以下）。そのために、虎関が『禅儀《ぜんぎ》外《げ》文集《もんじゅう》』と題する、宋元尊宿の四六を集成した例文集を編纂したり、また、笑隠大訢（一二八四―一三四四）の著『蒲室集』の疏の部分は、「蒲室疏法」として、書記のマニュアル／チュートリアルとして大いに利用された。このように、禅林の内部に高度なリテラシーを必要とする業務が制度的に組み込まれていたという事実がその内部に文化資本＝言語資本の高い禅僧の誕生を嚮導することとなったのも確かであった。

禅僧の初等教育カリキュラム（学習課程）

さて、禅僧が詩人であるためには、幼少期からの長期的・体系的訓練が欠かせないが、そのような詩的実践は、それを可能にする学問及び古典リテラシーを必要としていた。その意味で、禅僧の初学期のカリキュラムを整理しておくことも必要であろう。[69] 彼らが幼少期から組織的に作詩の訓練を行っていたことは、例えば、『臥雲日件録抜尤』宝徳元年（一四四九）八月二一日条の記事からも窺うことができる――「天龍寺の寿村喝食《かっしき》（注、「喝食」とは未だ剃髪していない幼少の修行者を指す）が、五月初旬から八月中旬にかけて作ったという日課の詩、百首一巻を持ってきた。年を問えば一五歳だという。詩のよしあしはともかくとして、まず賞賛すべきはその志である。今の叢林の喝食と言えば、二〇《はたち》歳を過ぎてもまだ詩の平仄《ひょうそく》さえわきまえていない者が八割九割である。この童《わらべ》のように学を志し、自らに詩作を課すとは（全く）尚《とうと》ぶべきことだ」〔天龍寺寿村喝《カツ》食、持㆘五月初至㆓八月中旬㆒日課之作一百首一巻㆖来、問㆓其年㆒則十五也、不㆑論㆓詩好悪㆒、先可㆑賞㆓其志㆒耳、今叢林喝食間、過〔二〕丁年《廿年也》㆒而未㆑弁㆓詩律平仄㆒者、十而八九矣、此童纔志㆑学、以㆑詩自課可㆑尚也〕（『新訂増補史籍集覧』第三五冊・続編三）。勿論、この内容から推知されるように、詩作行為に没頭的に励んでいたものは僧衆の中で僅かに一部であったであろう。しかし、重要なのは、それが禅林の上位層からは必要不可欠な、かつまた賞賛されるべき行為だと見なされていたことである。

では、彼らはどのように詩を学んでいたのであろうか。

とは言え、禅僧の伝記中においてその初学期の学習課程が記述されている例は決して多くはない。またその記述も断片的・恣意的なものであるため、われわれにとっては参考程度の意味にしかならないが、試みに著名な禅僧の伝記から、その初学の読書実践を概略的に把握しておけば、以下のようになる。[70]

まず、義堂周信の履歴を、『空華日用工夫略集』（『新訂増補史籍集覧』第三五冊・続編三）に窺えば、以下のようになる。

元弘元年辛未後伏見皇帝長子践祚

七歳入小学、依邑里松園寺浄義大悳読法華経、及諸儒書、

二年壬申

一日、於家蔵襍書中、探得臨済録一冊、喜而読之、宛如宿習、父母怪之、以為天授、又就別処集置珍玩種々者、洎諸経書、令師取之、師乃於中揮取玉篇広韻爛壊者、自裱装而秘之、人咸作奇異之想、周念道人曰、師之祖父某、学儒釈之教、専修禅那、嘗謁由良国師、参禅問道、且白曰、願得禅録一巻、以為理性学本、国師乃与臨済録、是其本也、師之令父亦爾、常時読浄土三部経不離身云々、

七歳の頃に、郷里土佐の寺で、『法華経』と諸儒書を読む、とある。また八歳の頃、家蔵の『臨済録』を読み、また別処で珍玩種々のもの、そして諸経書、『玉篇』『広韻』のボロボロになったものを装丁し直し、自ら秘蔵したという。さらに義堂の祖父が、儒釈兼学であったこと、紀州の由良法灯国師、無本覚心（一二〇七―一二九八）（別号心地）に相見し、「理性の学」を学ぶために禅録一書を求めたところ、『臨済録』を渡された、ということなどを知りうる。この記述から窺えるのは、まず「家蔵」の書があったという点で、つまり祖父―父―義堂と読書階級であったという点で、文化資本の高い社会的階層に位置していたと考えられるということである。これは禅僧一般の出自を考える上で重要な問題である。勿論、名も無き農民・漁民などの下層階級の子が、禅僧として出世する可能性は理論上はありえたが、リテラシーの育成に長期的な学習を可能にする教授システム及び書籍へのアクセスが必要であったことを考慮すれば、実際上、下層出身者が禅僧として名を成すのは殆ど不可能に近かったのではないかと思われる。それは科挙が受験資格を持たず万人に開かれていたにもかかわらず、実質的に長期的学習が可能な有産階級＝エリートに限定され、非リテラシー階級が排除／自己排除されていたというのと同じ論理である（ベンジャミン・エルマン／秦玲子訳「再生産装置としての明清期科挙」『思想』八一〇、一九九一・一二、参照）。また、紀州と土佐とがネットワーク化され交通環境に置かれていたこともここから窺われるが、土佐のような文化的後進地域から、禅林を代表する文豪が生まれていることから言えば（ちなみに、絶海中津も土佐の出身である）、リテラシー・ネットワークは、階級的（垂直的）には制限されていたとは言え、空間的（水平的）には広汎に整備されていたも

のと考えられる。

さて、虎関師錬〔一二七八―一三四六〕は、京都の出身、父は左金吾校尉、母は源氏。幼少の頃から読書を好み、一〇歳で東福寺塔頭三聖寺の東山湛照〔一二三一―一二九一〕の下で祝髪した。毎日、『論語』二篇を課して旬日にして暗記したという。一二歳の時には、『大乗起信論』を一日で背誦した。その後、南禅寺の規庵祖円〔一二六一―一三一三〕、鎌倉円覚寺の桃渓徳悟〔一二四〇―一三〇六〕に従学した後、帰洛して三聖寺に掛籍し、菅原在輔の『文選』の講義を受けている。また二〇歳の頃には、歌人源有房〔一二五一―一三一九〕から『易経』と卜筮の秘説を伝授されたという（以上、『海蔵和尚紀年録』、『続群書類従』第九輯下）。

中巌円月〔一三〇〇―一三七五〕は、俗出を相模鎌倉の平氏、土屋氏の一族という。八歳で鎌倉の寿福寺にて僧童となった。応長元年〔一三一一〕、一二歳、池房の道恵から『孝経』『論語』、九章算法を学んだ。翌年一三歳、密教を鎌倉の三宝院に学び、さらに翌年には寛通禅師に従って諸家語録を読んだ。寿福寺の嶮崖巧安に偈頌を呈して文才を認められ、建長寺の約翁徳倹〔一二四四―一三二〇〕、万寿寺の雲屋慧輪〔一二四八―一三二二〕はその才能に感嘆したという。この点から、中巌は、一三、四歳の頃、既に詩文をアウトプットできる段階にまで訓練されていたことがわかる。また言語能力の観点から特筆されるのは、彼が渡来僧の東明慧日〔明州出身、一二七二―一三四〇〕に随侍し、霊山道隠〔杭州出身、一二五五―一三二五〕に参禅している、という事実である（以上、「仏種慧済禅師中岩月和尚自歴譜」、『五山文学新集』四）。つまり、留学以前から、十分とは言えないまでも、浙江語による口頭のコミュニケーションの訓練を受けていたであろうことが推察されるのである。その後、中巌は、入元七年の留学を果たすが、帰国後、清拙正澄〔福州出身、一三二六年来日〕に送った書中には「但以略能渕音」（だいたい浙江音はわかります）などと述べている（『東海一漚集』二「与清拙和尚」、『五山文学新集』四、三八六頁）。

一休宗純〔一三九四―一四八一〕は、一三歳で建仁寺の慕哲龍攀について作詩の法を学び、毎日一首作るのを日課とした。この頃から周囲でその才能が褒めそやされていたという。また、一七歳で清叟師仁による外書・経録の講筵にあずかったという（以上、『一休和尚年譜』、東洋文庫、今泉淑夫校注）。

桃源瑞仙（一四三〇―一四八九）、近江出身。父は、佐々木京極氏の臣、市村某、年登居士と称した。四歳の頃には、永源寺派慈雲庵の斉岳性均の下で養育され、一二歳の頃には、相国寺勝定院の明遠俊哲に師事した。文安二年（一六歳）頃には、天龍寺の竺雲等連、相国寺の瑞渓周鳳の下で四六文などの指導を受けている。その後も、三〇歳に至るまでに、建仁寺清隠庵の正宗□雅蔵主の『人天眼目』『碧巌録』講義を聴講し、また『周易』の学を志して関係書抄を買い漁り、竺雲から『漢書』の講義を、南禅寺の牧仲梵祐から『史記』の講義を、雲章一慶から『勅修百丈清規』の講義を受けている。また『史記』研究については、竺雲・瑞渓・雲章の他、一条兼良や清原業忠からも学を授けられたという（以上、今泉淑夫「桃源瑞仙年譜考」『東京大学史料編纂所報』一九、一九八四、参照）。

策彦周良（一五〇一―一五七九）、丹波出身。永正六年（一五〇九）九歳の時、心翁等安の下で童役となる。記憶力にすぐれており、師が句読を授けるのを一誦して忘れることがなかったという。一〇歳の時、『三体詩』を日々十首、書写学習するのを日課としていた。『三体詩』が学童の主要なテキストであったことは、『梅花無尽蔵』巻五に「海内叢社の諸童子にして、之れを読まざる者なし」（海内叢林之諸童子、無不読之者）（『五山文学新集』六、九〇三頁）と述べられていることから察せられる。『初渡集』中、天文八年八月一一日条には一一歳の頃を回想して、師の随侍の餘暇に、『論語』『孝経』、杜甫・黄庭堅の詩などは大半手ずから書写して暗誦していた一方で、『鄭氏箋』『左氏伝』『古文真宝』『荘子』『孟子』などはまだ全ての学習を終えていなかったと述べている（『大日本仏教全書』〔新版〕七三、一九五頁上）。

さて、禅僧の初学期の学習実践の記録については、既に堀川貴司「五山僧に見る中世寺院の初期教育」（井原今朝男編『富裕と貧困』竹林舎、二〇一三・五）によって指摘されているように、暗記力を賞賛するというのが一つのパターン化された話法となっていることが知られる。つまり、古典籍の暗記能力こそが後の五山文学僧としての大成を準備するものとして考えられていたのである。

ただし、以上を瞥見してみれば、初学期においては書目も課程も一致しているわけではないということにも気づかされる[71]。そもそも近代教育が依拠している画一性の原則（同年齢の学習者に同内容・同水準のカリキュラムで教える）という発想はこの当時にはまだ存在していなかったが（人々が同じ教育を受けなければならないという発想が政治的課題と見なされる歴史的状況が成立したのは、勿論、近代になってからである。ちなみに、少数の教師によって大量の学生を教育するというシステムは、効率性を重視する近代化-合理化過程の典型であるが、効率性-合理性の追求が逆に非効率的-非合理的な結果を生むという典型でもある）、教育システムは禅林の内部で閉じていたわけではなく、禅林の外部にある教学系の地方寺院もそこに包摂されていたものと思われる。

ちなみに、歴史学者、黒田日出男（一九四三―　）は、地方寺院が中世を通じて初歩的なリテラシー教育・訓練の場であり続けたことを指摘し、村落における民衆の読み書き・計算能力の発展が、中世後期の技術と生産力の発展の条件となっていたと指摘している（「戦国・織豊期の技術と経済発展」『講座 日本歴史4 中世2』東京大学出版会、一九八五・一二）。確かに、山鹿素行（一六二二―一六八五）が「学校と云ふはあらざれども、在々所々に寺社多く、一里一郷の処にも神社仏閣のまうけなきはあらず、其の所の民人の小弟必ず相あつまりて手習ひ物学ぶ」と述べているように、地方の寺社は民衆の読み書き訓練の場ではあった。しかし、一方で「子弟皆手習ひ物まなぶといへども教ふるもの学の道をしら《（知）》ざるゆゑに、唯だ往来の文をいとなみ日記帳のたよりとのみなりて、世教治道の助《たすけ》となり風俗を正す基となることなし。或は源《（玄）》恵が庭訓《ていきん》、明衡《めいがう》が往来等の俗書を弄《もてあそ》んで、年長《た》けよはひさかんなるまで道に志し業をつとむるに志あるものは無レク之レ……」（『山鹿語類』二一・巻第七・君道七・治教上「学校を設け道学を立つ」、『山鹿素行全集』第五巻、岩波書店、一九四一・五、四六頁）と述べられているように、所詮、それらの地方寺院は、

「往来物」をテキストとする、最低限の識字能力を養成する場であったに過ぎず、それらは体系的な「学問」の場へと発展する可能性を持つようなものではなかった。地方の末寺において、どのようなかたちで初等教育が実践されていたのかは必ずしも明瞭ではないが（そもそも制度的にカリキュラムが画一化されるということはなかったであろう）、少なくとも禅林の末寺においては、広く民衆を対象とした教育は全くシステムの外にあったと思われる（そこから例外的にあらわれる「神童」が五山内部の教育システムに吸い上げられることはあったかもしれないが）。

「出世」への階梯

次いで、禅僧の「出世」コース――（五山）住持の地位へ陞る階梯――がどのようなものであったのかを確認しておこう（引き続き、玉村竹二『五山禅僧伝記集成』巻末収載「用語解題」参照）。

まず、禅僧という身分において寺院内に居住し、修行を実践するには、何らかの入寺資格審査――簡単な問答など――を経なければならなかった（この在籍申請を「掛搭《かた》」と呼ぶ）。審査に通過し滞留を許可されたものは、「単位」（僧堂における個人の座席）を与えられ、正式な修行僧として身を置くことができた。つまり、ここで重要なのは、禅宗寺院は決してどんな人間でも自由に出入りができるような完全なる公共空間ではなかったということである（物理的な意味ではなく）。ちなみに、先ほど五山の人事制度について、実力主義が形骸化することへの警戒の声がしばしばその内部から発せられていたことを指摘したが、そのような姿勢は清拙正澄『大鑑清規』に見られる「掛搭《かた》」をめぐる記述にも窺われる。そこでは、北宋・雪竇重顕（九八〇―一〇五二）が「掛搭《かた》」を申請するにあたって、士大夫からの「挙書」（推薦状）を持っていたにもかかわらず、それを見せなかったという行動が、一種の〝美談〟として示されているのだが、その一方で昨今の日本僧に、（政治的）権力者からの「挙書」をもって「掛搭」を求める者が多いことに対して「全く羞恥無し」という強い非難の言葉が浴びせられている[72]。つまり、権力者からの推薦状による評価が信頼できるものではないこと、それが実力主義を欠損させる可能性があると見られていたことが示唆されているのだが、それは逆に言えば、権力者からの推薦状をもらえる立場の人間がそれだけ多く禅林の構成員を占めていたという事実を同時に徴証するものでもあった。また、禅僧は所定の寺院に数年といった長期に亘って滞留することを許されておらず、「遍参」と呼んで、できるだけ多くの尊宿の下で修行し、定期的に——二夏三年——修行場所を変えてゆくことが義務づけられていた。「古人云、参須㆓実参㆒、悟須㆓実悟㆒、是故善財参㆓五十三人知識㆒、汾陽参㆓七十餘員知識㆓」（『永源寂室和尚語』巻下・法語「示元参禅人」、『大正蔵』八一、一二九頁上）などと言われている通りである。「一師一友」が「禅病」とされるように（『虚堂録』巻四「双林夏前告香普説」、『大正蔵』四七、一〇一四頁上）、できるだけ多くの師の許で研鑽を積み、同輩と切磋琢磨することが求められていたのである。

ちなみに、禅院には、正式な修行僧とは別に、主に初級のリテラシー教育を受けるためにそこに居住していた男児がいたことが知られており、「喝食」と呼ばれている(73)。彼らは必ずしも将来、正式な僧になることを前提としていたわけではなく、公家・武家の子弟の初等教育の場としても利用されていたことが知られる。

このような修行の過程で特に傑出した能力を示したものは、前述の侍者や西班の六頭首といった職階を与えられることとなった。典型的な出世コースは、侍者→蔵主→書記→首座→住持であったが、住持になるためには、「秉《ひん》払《ぽつ》」と呼ばれる、問答形式の資格試験を通過しなければならなかった。受験資格のある僧階は、前堂首座・後堂首座・書記・蔵主二人とされ、一年に四回実施された（日本では二回）。各回五名と規定されるが、実際には五山・十刹の一部の寺格でしか行われず、また五名揃わなかったり、極端な時は一名だけだったり、或いは実施されなかったりすることもあったらしい。今で言う、大学院生の博士学位口頭試問、或いは学会での口頭発表に相当する。その質問者は、「問禅」或いは「禅客」と呼ばれ、侍者の法階にあるものが勤めた。侍者は、この役を勤めおわらなければ、蔵主に昇進できないとされている(74)。

では、「秉払《ひんぽつ》」はどのような手続きで進められたのか。以下の通りに実施される。①垂示（問答を引き出す語）、②問答（古則公案を基盤とする）、③提綱（住持の総評）、④結座（住持の意見。このうちに、古則公案を引用すれば、その部分を小区分して拈提とも言う）、⑤謝語（住持が秉払頭首の労をねぎらう）。以上の段取りで「秉払《ひんぽつ》」を終了すると、住持への「出世」の手続きに入る。その手順は以下の通りである。⑥秉払頭首は住持に謝語を書いてもらい、秉払終了の証拠として僧録（五山以下の諸寺を統括し、諸寺の寺格決定や住持の人事を所管する機関）に提出する。⑦僧録及び蔭涼職（僧録司と幕府の連絡役）は協議の上、この終了者のうちから諸山の寺格の住持候補として「書立」という文書に列記する。⑧将軍がその中から選定する。⑨僧録・蔭涼職は、選定された前堂首座に対して公帖（＝辞令）を発給する。⑩前堂首座から諸山の西堂位（住持有資格者）に昇進し、官僧となる。その後、はれて一寺の住持に任命されたとしても、その在住期間は、原則、三年二夏、つまり足かけ三年と限定されていた。その間に二回の夏《げ》安居《あんご》（寺域に閉じ籠もって行われる合同夏合宿《サマースクール》のようなもの）を行い、機会があるごとに別寺へ移るというように、基本的な人事制度は流動的に——脱土着的《トランスローカル》に——処理されるよう法制化されていた。もし住持就任の機会がなければ「西堂」としてその機会を待つこととなった。

そして、所定の選抜システムを通過して有資格権を取得し、晴れて一寺の住持に昇進した禅僧は、入寺式の席上、衆人の前で、自分の嗣法の師が誰であるのかを正式に表明するという規定になっていた(75)。つまり、法脈の最終決定権は師の側ではなく、弟子の側にあるとされていた（この点は、現在の「大学」の師弟関係の決定過程とは異なっている）。修業時代に学んだその他の師は、「受業師」と呼ばれて「嗣法師」とは区別された。この点が人間関係上の不和を呼ぶこともあり、中巌円月がかつて師事した東明慧日の門徒から危害を加えられそうになるという事件も起こっている（「自歴譜」暦応二年条、『五山文学新集』四、六二一頁）。とは言え、勿論、弟子の側が一方的に、師となるものの許可なく、師資関係を宣言できるわけではなく、また「私淑」による嗣法も認められてはいなかった。嗣法の候補となる師からは、事前に仮免許的な資格証明として、印可の証明、頂相《ちんぞう》と呼ばれる肖像画や法語の類をもらっておくのが通例であった（ちなみに、道元は宋代の禅林で商人などにも無闇矢鱈にこれを乱発していると批判している――「おほよそ法語・頂相等をゆるすことは、教家の講師《こうじ》および在家の男女にもさづく、行者《あんじゃ》・商客《しやうかく》等にもゆるすなり。そのむね、諸家の録にあきらかなり。あるいはその人にあらざるが、みだりに嗣法の証拠をのぞむによりて、壱軸の書をもとむるに、有道《いうだう》のいたむところなりといへども、なまじゐ《(ひ)》に援筆するなり」、『正法眼蔵』第三九「嗣書」、思想大系、下、四三七頁）。師が嗣法を許す（嗣法は弟子に一任されるが）のは、生涯を通じて若干名から二、三〇人程であり、五山の長老ともなればその会下に千人近い学者が雲集することもあったため、その競争率は非常に激しいものがあった。つまり、実際にはほとんどの禅僧が印可-証明（「師」となる資格）を授与されることなく（ゆえに「住持」の地位に昇ることもなく）、その修行生涯を終えることになっていたということである。なお、このようにしてできあがった法系は人間関係の一つの重要なネットワーク形態を示すものであるが、それによって交際関係が自閉していたわけではなく、法系の枠組を越えて人事交流が為されるのもごく一般的なことであった（これは現在のアカデミアでも同様である。指導教員・学閥のネットワークは当人にとって重要であるが、それによって研究上の交流、人間関係が閉じているわけではない。その意味から少し注意しておくべきは、今日の禅宗史研究、五山文学研究の中に、「法系」関係を固定的な「教団」と見てその意義を過大に評価し（「〇〇派」という呼称を用いるのを特徴とする）、そのような（架空の）「教団」のパワーバランスの中で個々の禅僧の言動が予め決定されているかのような歴史記述を行うタイプのものが散見されるという点である。どの禅僧の著作を見ても、交際関係が「法系」で閉じていることなどなく、「法系」がセクト化して言動を制約しているかどうかは、個々の禅僧の事例に応じて吟味してゆくべき学問的課題であって予断的前提とすべきではないだろう）。

次いで、禅院の正式な年間スケジュールを住持を中心に整理しておこう。まず、住持による上堂説法（垂示・問答・提綱・結座から構成される。「大学」における「講義」に相当する）が、毎月一日、一五日に定期的に実施された（「旦望上堂」と称する）。また、三月三日（上巳）・五月五日（端午）・七月七日（星夕）・九月九日（重陽）にも上堂説法することになっている。さらには、夏安居（＝夏合宿のようなもの）が四月一五日から七月一五日の三ヶ月実施されたが、その開始日に当たる「結制」（四月一五日）、その終了日に当たる「解制」（七月一五日）、及び冬至（一一月中）と歳節（大晦日）には、「小参」と呼ばれる、住持が壇上からではなく、衆の中に入って説法することになっていた（だが、次第に儀礼化され、上堂と同様になった）。さらには、達磨忌（正月一七日）・臨済忌（一〇月五日）・仏誕生（四月八日）・仏成道（一二月八日）・仏涅槃（二月一五日）は、「二祖三仏忌」と呼ばれ、住持が仏殿で拈香・法語を挙揚した。「結制」（四月一五日）と「冬至」（一一月中）は、前述の「秉払」の実施日にあてられた。その他、不定期で仏事（葬式）が催された。

禅林に産出されるテクストの諸形態

さて、禅僧たちはどのような形態のテクストを産出していたのか。語録・詩文集を基に整理しておこう。まず、禅僧の個人的著作物としては、「語録」と、それとは区別される「外集」（詩文集）があった。さらにその外部に、抄物、聯句、仮名法語、詩軸集成といった作品や、『新選集』『新編集』『錦繡段』といった詩の総集、[76]等が独立して編纂されることもあった。

語録は、住持の各種説法を筆録‐集成したもので、原則的に弟子たちが編纂した。喩えて言えば、現在、高名な研究者の没後、その弟子の手によってその著作集・全集が公刊されるようなものである。それゆえ、侍僧は将来の語録編纂に備えて記録を取っていた、或いは、住持自身が説法の原稿を予め準備し、それを保管していたのだと思われる。その主な内容は以下の通りである。住院法語（入院・上堂・小参・秉払・陞座）・小仏事法語（拈香・安座点眼・祖堂入牌・下火［秉炬］）・拈古（＝古則公案に対する意見を述べた法語）・頌古法語（＝公案の内容を韻文形式で表現したもの）・偈頌（＝宗教詩）・示衆法語・像賛などである。

詩文集は禅僧自身が存命中に自ら編纂することが多かったようである。収録されたのは、主に、疏（公開上表文、四六文）、榜（掲示文書、四六文）、啓札（儀礼的書簡、四六文）、序、跋、記、説、論、書牘（手紙）、そして詩であった。

これらはまずもって、何らかの必要性と必然性をもって資料群《アーカイヴス》として生産され、保管されたものである。これらはわれわれに情報群として多くのことを教えてくれるだろう。しかしながら、本書では、これらの文学的資料群《アーカイヴス》を歴史資料の次元で整理・系統化するということを目的に置くものではない。とりわけ本書の主題とする「詩」は決して単なる情報として生産されたわけでも、保存されていたたわけでもなかったからである。少なくとも五山の禅僧にとって、「詩」は表現形式以上のものであった。ただし、いまここで「詩」と呼んだものを、本書でどのように措定するかは十分な慎重さをもって示さなければならない。「詩」というものは、他のあらゆる諸概念と同様、言説の中で固有の位置を占める特異な一点としてあり続けてきたわけではなく（時代ごとにその内容が入れ替わる容器のようなものとしてではなく）、地層‐知層にそってその都度、複層的に再生産され、また再構成されるものであったからだ。

「詩」という形式に準拠していなくても、語録中の上堂語や法語なども、われわれの目には充分に「詩的」と映るものであったし、実際、中世の禅僧が「詩」と呼んだものは、そのシニフィエの空虚さによって抽象化されえないようなものもあり（所謂「詩禅一味」という場合の〈詩〉）、「詩」という辞項によって多様にして散居的な実践群が統合されている様子を窺うこともできる。ゆえに、分類・範疇・系譜は、むしろ言表が響くに任せたい。起源・

区分・系譜化は、それ自体が歴史化可能なものであり、再生産回路の内部で無数に張り巡らされている差異の群れのどこに断層を見つけ、どこに系譜を見出すかは、パースペクティヴの恣意性に依存しているからだ。「詩」と「偈頌」の差異についても、それは一つの学問的課題を提起しているものの、サンスクリット「gāthā」の翻訳語としての「偈頌」と、儒学の伝統の中に配置されてきた「詩」、という二つの来歴の異なる語が混在する場であったがゆえに、用法の恣意性もまたその場に組み込まれていた。それは「五山文学」という範疇《カテゴリー》についてもまた同様である。たとえば、空海のテクストと五山文学とは、或いは芭蕉の理論と五山文学とは、非連続的な関係にあると素朴に考えてもよいのだろうか。学問制度の区分の恣意性を想えば、「時代」の違いにせよ、「宗派」の違いにせよ、それらはわれわれが制度的に作り出した差異（近世以来の宗派史観）であって、必ずしもテクストそれ自身が持っている差異というわけではない。問題設定《プロブレマティーク》が既に「解」の算出法を制約しているのだ。芭蕉は、「西行の和歌における、宗祇の連歌における、雪舟の絵における、利休が茶における、其貫道する物は一なり。しかも風雅におけるもの、造化にしたがひて四時を友とす」（『笈の小文』、大系、五二頁）と領域横断的な視線の中でそれらを〈一〉という概念によって統括させたが、それらを分けて考えるのはわれわれの置かれている学問制度の区分、政治力学的作用の結果であって、テクストそれ自身の問題というわけではない。

ゆえに、本書においては、「禅林詩学」と呼んでいるそのテクストの外延を予め定めるようなことはしていない。勿論、慣例に基づいて問題圏が予断的に措定されざるをえないのは確かである。しかし、〝禅僧はなぜ詩を作ったのか〟という問題系に関わるものであれば、テクストの質・類に前提を設けて排除したりはせず、むしろ積極的に外部へと参照の眼差しを向け、異質なものと異質なものとを結びつけつつそこに新たな「問題的な思考の圏閾」を形成することを試みてゆきたいと思う。それゆえ、日本古典文学研究というディシプリンからは異質なテクストを多く引用することになるということも予め断っておきたい。本書の見定める「禅林詩学」のテクスト自体、臨界点

（聞こえない声）を求めて自己増殖し、それによってテクスト網の内部にさまざまな声を反響させつつ、そのような臨界点を自らの内に反転させてゆくことを、それ自身の企図の一つに置いているからである。

6 「五山文学」に対する知的関心の形成過程とその前提的偏見

――戦後「国民文学論」による「階級」の克服という歴史的操作――

さて、先に〝禅僧はなぜ詩を作ったのか〟という問いを可能にする歴史性を整序しておく必要があるという主旨のことを述べた。これに関しては、まず「研究対象《オブジェクト》」の歴史性という問題から着手したが、それに次いで、今度は「研究主体《サブジェクト》」としてのわれわれの背負っている歴史的被拘束性も同時に問題にしておかなければならない。われわれ自身の過去を見る「眼《パースペクティヴ》」が歴史的にどう作られてきたのかという自己点検を怠ることは、自己の視点の絶対化、対象の恣意的な変形を誘発することにもなりかねないからだ。

その際、着眼するのは「文学」と「宗教」という二つのカテゴリーが、どのようなかたちでわれわれの「眼」を歴史的に構成してきたのか／いるのかという問題である。勿論、この限られた場処で両概念の揺らぎに満ちた歴史的展開を網羅的に検証してゆくことはできない[77]。それぞれ、本書の関心に応ずるかたちで論点を限定させておく必要がある。そこでまず、前者の問題に関しては、漢文／和文という書記《エクリチュール》の階級的位相差が、地域的‐民族的位相差へと改変されたこと、それによって「文学」を担う階級という視点が消失したことを確認する。それは換言すれば、上述のように、漢文の超地域的《トランスローカル》‐超歴史的《トランスヒストリカル》な位相という視点が欠失したことを意味する。そこで、そのような「眼《パースペクティヴ》」の再編成の過程において重要な転機となった「事件」として、戦後の「国民文学論」を取り上げる。さらに、次節では、宗教と文学との関係性の記述のパターンを追跡し、宗教の合理的定式化によって実質的に宗教への恣意的接近が許容されるようになったという現状を確認する。いずれも近代化のプロセスの過程でそれらがどのように変形させられることになったのかという観点からそれを問題化してゆく試みである。

＊

ところで前節までに述べてきたように、五山文学が中華グローバリゼーションの産物だと言いうるのだとしても、以上を承けて、本書が予め退けておきたいのは、五山文学は「中国文学」の「影響」の産物であるという単純な視座である。中華グローバリゼーションの過程で形成された文化ブロックの中で、日本列島が地政学的にその周縁に位置するのだとしても、そこに「中国文学」／「日本文学」といった近代的分節が予め存在していたわけではない。古代以来の古典文言作品を、その「越境性」を忘却した上で、「中国」という国民‐国家に帰属させて考えるのは、近代的な政治力学的作用の「結果」であって、一つの「創られた伝統」に過ぎない。その結果、五山文学を「中国文学」の〝模倣〟と見る視座が編制‐整備されてゆくこととなったが、他方で、その反動として「国文学」（日本文学）として処遇すべきという主張も展開されるようになった。以下では、「五山文学」の自己規定のあり方が、かつての／そして現在の「知的関心」とどのようなかたちで関わり合い、言説編制体の中に位置づけられていたのか／いるのかをラフスケッチというかたちで描出してみることにしたい。というのも、このような視線には、「五山文学」という文学現象について考える上で、（場合によっては大きな誤解を誘発しかねない）非常に深刻な問題が沈潜しているようにも思われるからである。それは五山文学を「中国文学」と見るのか「日本文学」と見るのかというカテゴリーをめぐる問題としてというよりも、その背後に、「漢文」を「中国語」と見るような、近代化の過程で構築された素朴な信憑（或いはその反動として発現される「日本語」と見るような主張）が潜在しており、そのことが「五山文学」の基礎的な知的座標をめぐる問題としてわれわれの認識に深刻な制約を加えてくるものであるように思われるからである。

五山文学の研究が本格的に始まったのは戦後からだが、他の研究領域に比して研究の進度は必ずしも迅速とは言い難い状況にあった。その一因として考えられるのは、五山文学が、所謂、典型的な「漢文学」の類型に位置づけられるものであったからである。現在ではその学律《ディシプリン》の境界が朧気になってきた「国文学」だが、その枠組が明確に堅持されていた時期にあっては、「漢文学」はあくまでも「国文学」の内なる傍流に過ぎず、全体としてあまり大きな関心を向けられないという過去があった。

そのような中で、国文学者、安良岡康作〔一九一七―二〇〇二〕が、一九五九年（昭和三四）に書いた文章「五山文学」の冒頭で、〝五山文学は日本文学史の中に位置づけられるべきである〟という趣旨の宣言を行っていることが注意される。

かつては、これらの漢詩文（筆者注、五山の漢詩文）を中国文学の一支流とみる見解さえあったのであって、そういう見解も成り立つほど、そこには、中国文学の模倣・追随の跡がいちじるしく現われている。したがって、こうした立場からは、中国文学の域に近い作品ほどすぐれた価値があり、いわゆる和臭を帯びた作品のごときは、軽蔑されるべき存在というほかはないわけである。これは、一つの文化現象を、力の大なるもの（中国文学）から小なるもの（日本文学）へと波及し、影響し、浸潤してゆく過程として把えようとする立場にほかならない。五山文学も、こうした立場からみれば、輸入文学・植民地文学であり、後進国の拝外感情の表現にほかならなくなってしまう。しかし、外来の宗教である禅宗が、日本人の精神生活に摂取され、融化された結果、印度・中国にもない、独自な禅者を生み、特異な禅文化を形成し、さまざまな発展形態をとって国民生活一般に浸透している事実を直視する時、これを中国仏教の一分派としてのみ観察してよいものではないだろう。これと同様に、漢詩文という表現の媒介を経ているにしても、そこに、日本民族の独自な文学的真実の披

> 遷があり、個性的体験の形象化が認められるならば、中国文学の一支流としてではなく、日本文学史の展開における文学活動の一つとして当然考察すべき対象となってくる。（安良岡康作「五山文学」『岩波講座　日本文学史第六巻　中世』岩波書店、一九五九・四、三頁）

「中国文学の一支流」「中国文学の模倣」「輸入文学」「植民地文学」として五山文学が捉えられることを否定的筆致の中に置き、「独自」「特異」「個性」、並びに「日本民族」という語に強い価値を置くというこの種の言表は、今日の思想状況に照らして言えば、些か奇妙なものに映る。それは、「国民-国家」が近代化のプロセスの中で構築されたものであるとする認識、そして「国語学」「国文学」「国史学」という学律自体がそのプロセスの過程で「国民-国家」編制のための装置として制度化されたものであったという視線が常識化している思想状況――すなわち研究主体自身がそのようなイデオロギーの一部であり、内化された権力作用の発動装置であることに自覚的であらざるを得ない状況――からすれば、この種の問題構成自体が時代錯誤《アナクロニック》的な印象を残すものでしかないからである。

所謂「国民-国家論」が文学研究の方法論として広く採用され始めたのは一九九〇年代半ばから後半にかけてと見られるが（なお、歴史学ではもう少し早く、西川長夫〔一九三四―二〇一三〕に拠ると、一九八九年という歴史的日付がその起点になるという〔西川長夫「戦後歴史学と国民国家論」歴史学研究会編『戦後歴史学再考』青木書店、二〇〇〇・六〕）、国民-国家論／ナショナリズム論を基調とした、われわれの知的枠組にインパクトを与えた幾つかの書物の刊行年をもってその流れを追えば、例えば、E・サイード『オリエンタリズム』の日本語訳が出版されたのが一九八六年（原著、一九七八）、B・アンダーソン『想像の共同体』が一九八七年（原著、一九八三）、E・ホブズボウム編著『創られた伝統』が一九九二年（原著、一九八三）、雑誌『思想』八四五号（岩波書店）において「近代の文法」なる特集が組まれ、酒井直樹「死産される日本語・日本人―日本語という統一体の制作をめぐる（反）歴史的考察―」等が収録されたのが一九九四年である。以後、国民-国家論は人文諸科学において支配的パースペクティヴとして定着‐自明化されてゆき（二〇一〇年四月にまとめられた日本学術会議による学術展望「日本の展望―人文・社会科学からの提言」にはこうある――「近代の諸科学は、西欧を起点として普遍化する「国民国家」の形態に枠づけられながら発展してきた。諸科学の研究は、明示的にそれぞれが属する「国民国家」の発展に寄与することを求められ、あるいは「国民国家」を自明の前提とする発想を暗黙の内に内面化してきた」。そして、その上で、「国民国家を自明の前提とする諸科学のあり方が、20世紀末葉から21世紀にかけて明確化した時代の課題に対応できな」くなっていると指摘されている（二頁））、古典文学論においてもハルオ・シラネ／鈴木登美編著『創造された古典―カノン形成・国民国家・日本文学―』（新曜社、一九九九・四）に代表される、国民‐国家論を下敷きにした古典の相対化論が相次いで公刊され現在に至っている（例えば、品田悦一『万葉集の発明―国民国家と文化装置としての古典―』（新曜社、二〇〇一・二）、鈴木貞美、岩井茂樹編『わび・さび・幽玄―「日本的なるもの」への道程―』（水声社、二〇〇六・九）、川勝麻里『明治から昭和における『源氏物語』の受容―近代日本の文化創造と古典―』（和泉書院、二〇〇八・三）、大津雄一『『平家物語』の再誕―創られた国民叙事詩―』（NHK出版、二〇一三・七）等）。

　しかし、ここで前述の安良岡の説明の中に、現在的視点からの認識論的な齟齬《アナクロニズム》を見出し、それを指摘すること自体を議論の目的とすることは殆ど無意味だと言ってよい。

　人は何らかの構造《システム》の中にしか生存の場を持ってはおらず、人の言動の逐一は原的には構造の作用（構造体の内部にストックされた諸言表‐諸行動の引用行為）でしかない。世界という構造体には、ある特定の、パターン化された言表を規則的‐反復的に産出する計算公式（関数）が埋め込まれているが、人はそれが遍在的に配備されているような諸空間に位置づけられることで――そのような存在様式、行動様式に自発的／強制的に順応することで（例えば、学校において学生として学ぶことで）――その計算公式を自らの身体に埋め込んでゆくこととなる。そこで個別の発話が産出されるが、それは単純に「個人」の思想を反映したものであるという以前に、言説という一つの巨大な

（ゆえに不可視の）システムの「効果」であるに過ぎない。そのような言説システムはさまざまな主体の口を借りて類似する発話実践を反復的に行わせるが、それらはわれわれには全く自発的に行われているようにしか見えない。しかしながら、その自発性ゆえに、それがシステムの一部であることは通常全く意識されない（発話主体本人にさえ。ただしそのような言説システムに盲従するだけの「主体」と、言説システムを内側から書き換える〈主体〉との差異は「ある」と考えられる。禅僧のとっていた問題構成の一つは、いかにして後者の意味での〈主体〉となるか、というものであったが、その問いと答えについては、本論を参照されたい）。

上記の安良岡の発言もまた何らかの歴史的文脈の中に配置されたものであって、言説システムによって語らされた「効果」の一つでしかない。ゆえに、われわれは、近代化のプロセスにおいて、漢文学が和文イデオロギーを対立軸として排除と抵抗の歴史を持っていたことを想起した上で、なぜこのような言論が立ち現れることになったのかを理解しておかなければならない。

排除／包摂される漢文

「国語」national languageの創設を目指した近代国家・日本にとって、「漢字」「漢文」は自らの内部に深く血肉化した、どうしても取り除くことができない痼《しこ》りのようなものであった。本来であれば除去したいのだが、それを国語の内部に留保せざるをえなかったのは、和文の純粋性が事後的に捏造された観念でしかなかったからである。

近代化の過程における漢文の社会的地位については、一八九三年（明治二六）、文部大臣、井上毅《こわし》（一八四四―一八九五）が「今日国文ヲ発達サセヤウト云フタメニハ国文ヲ主トシテ漢字漢文ヲ客トセンコトヲ主義トセ子《〔ネ〕》バナラヌ」と宣言し（木村匡『井上毅君教育事業小史』一八九五・一、一二二頁）、漢文を国文を補佐するものという地位に措定したことに端的にその方向性が示されているが（なお、井上の漢文教育観については、野口伐名「文部大臣井上毅における漢文漢学教育観（1）」『弘前大学教育学部紀要』八〇、一九九八・一〇、及び同「（2）」『同』八一、一九九九・三、参照）、とりわけ「国語」の創造という使命を推進する主要な担い手であった国語学者（の少なくとも幾人か）にとって、知識人社会に残存する「漢文」のヘゲモニックな作用は明らかに障害として考えられていた。上田万年《かずとし》（一八六七―一九三七）は一八九四年（明治二七）、「日本の国語は国語でありながら、まことに情けなき次第にも、支那語及支那文脈の「つま」となり下りて居るのであります」（「国語研究に就て」『明治文学全集　落合直文・上田万年・芳賀矢一・藤岡作太郎集』四四、筑摩書房、一九六八・一二、一一四頁）と述べ、大槻文彦（一八四七―一九二八）は一九〇一年（明治三四）、「日本支那同文国ならず」と題する講演の中で、「日本では、漢字は全廃して、総仮名文とすべきである」と主張している（大槻文彦／鈴木広光校注『復軒雑纂1』〈東洋文庫〉、平凡社、二〇〇二・一一、二三七―四二頁）。さらに、国文学者、落合直文（一八六一―一九〇三）もまた「漢文漢詩廃れて国文国詩大に起りぬ。その勢力のおよぶところ、学者としてこを談ぜざるものなく、またこを論ぜざるものなし」（「国文国詩を論じて世の文学者に望む」『明治文学全集』四四、一一頁〈初出、『日本評論』一八九〇・五〉）と述べて、漢文／和文のヒエラルキーが転倒しつつある現況を歓待するような姿勢を示している。その後、明治三〇年代に漢字漢文廃止論が本格的に議論の俎上に載せられるようになって以降、漢文を教育課程から排除しよう（或いは簡素化しよう）という動きが断続的に表面化してくることになったが、そのような意見の主たる根拠は、漢文は習得に時間・労力を費やす割には近代社会にあってはもはや実用性、実益性が低いといったような功利主義的観点に基づくものであった（石毛慎一「大正期の漢文教育廃止論」『国語教育史に学ぶ』学文社、一九九七・五）。それに対して漢文擁護派が主張したメリットは必ずしも画一的なものではなかったが、そこで唱えられた有用性の根拠は、その言語技能の育成というよりは、人格涵養・精神陶冶のためという徳育的な有益性に力点を置くものに傾いていた（小金澤豊「雑誌『斯文』に見る近代漢文教育史」『二松学舎大学人文論叢』七〇、二〇〇三・三、一六六頁）。

その後も漢詩漢文は、時には排除され、時には有用とされるような曖昧な地位に留めおかれたまま、知識階級の言語構成の内に残留していたが、「本邦文学史の嚆矢」を謳う三上参次・高津鍬三郎《くわさぶろう》『日本文学史』（金港堂、一八九〇・一二）は、その「緒言」において、「本書は、本書の総論に述べたる、文学の定義に従ひ、漢文は凡て之を採らず、但し其国文学と関係せるところは、固より之を明かにせり」（上巻、一一頁）と述べている。ここに言う「総論」の「定義」とは、「一国の文学といふものは、一国民が、其国語によりて、その特有の思想、感情、想像を書きあらわしたる者なりといふべきなり。さては、文学と云へば、各国を通して云ひ、国文学といへば、一国に限りたる文学を云なり」というものであった（上巻、二九頁）。そのような中にあって、アカデミックな国文学者は「漢文」の処遇にどう応じることになったのか。例えば、国文学の〝学祖〟芳賀矢一（一八六七―一九二七）の「漢字」「漢学」「漢文学」観を窺うならば、そこに看取される特徴は、必ずしも一定の主張には収斂してゆかぬような揺らぎの振幅の中に置かれるものであった。芳賀の講義録『日本文献学』（『芳賀矢一遺著 日本文献学・文法論・歴史物語』冨山房、一九二八・三）には「我が日本民族の文献学に於いては、日本語の外、漢学即ち支那語の研究が缺くべからざることである」（第二章、二〇頁）と記されているが、一方で「漢字」の置かれるべき社会的地位については、「我が国民と漢字」という文章の結びの一節でこう述べている――「千年以前に始めて漢字を採用したことが《ママ》、今日では却つて我が文化の進歩の上に障害を来してゐる以上、我等は一日も早く、これを排除するのに努めなければならぬ。厄介な漢字を使つて居るのでは義務教育が八年に延張《ママ》しても矢張り、諸外国と競争は出来ないであらう。我々は漢字の過去を考へると同時に、漢字の将来についても大いに考へなければならぬと思ふ」（『書物春秋』一三、一九三一・一一〈遺稿として収録〉、『書物関係雑誌叢書』六、ゆまに書房、一九九三・四、復刻版に拠る）。

とは言え、一般的にも、当時の漢字漢文廃止論は、漢字／漢学（儒学）／漢文学（詩文）という、「漢」と名のつくものを全面的に社会から抹殺しようとしたものであったわけではなく、例えば、漢字の制限的-簡略的使用は認めつつ、漢文・漢文学を教育課程から削減／廃止しよう、といったように、それぞれを（曖昧なかたちではあるが）個別的検討課題として対応しようとするものが殆どであった。その意味で、芳賀の態度もまたそれらを包括的に排除しようというようなラディカルなものではなかった。ただし、それは「漢字」の廃止を唱える一方で、「漢文学」を「国文学」の範疇に収めて検討すべきだという些か奇妙な主張であった[78]。「日本漢文学史」という講義を行い、それを後にノートをまとめて上梓した際には、日本の漢文学について「一体、此等の漢詩・漢文は、支那文学と見るべきか、又は日本文学と見るべきか、これは問題である」としつつも、これを「支那文学」の中に入れる人などいない以上、これらはどこにも入れるところがなくなるため、「日本文学史」の中に含めるべきだとの妥協的な主張を展開している（『芳賀矢一選集』第五巻・日本漢文学史編、國學院大學、一一頁）。また、その中で「元来、国文学史に於て漢文学を除くやうになつたのには、二つの原因がある。一は、これまで漢学と国学とは、互に相容れず、国学者は漢学を非常に排斥して、支那文明の入らなかつた古代を貴ぶ風があつたこと。これは時代の風潮としては已むを得ない事であるが、真の文学研究の側から見れば、大によくないことである。二は、西洋の文学史に於ては、たゞ自国語の文学のみを扱ひ、外国語で書いたものを入れないためである。かういふ原因から、日本文学史に於ても、右にいふやうな風が生じたのであらう」と述べている（同上、一二頁）。この中で強調されているのは、漢文が「飽くまでも日本語であることを忘れてはならぬ。単に思想の上のみならず、形式の上から見ても、我が国の漢詩文は、日本文学としなければならぬ」というものであったが、その主たる根拠となったのは、「日本人は初から訓読して読み、又作つた」のだからそれらは日本語に他ならない、という基本認識であった（同上、一五頁）。

このように漢文学は、ネイションを基本単位とする国文学の形成によって近代の当初から固有の場を与えられることなく、その地位は不安定なものであったが、「漢字」「漢文」の「国語」化‐「国文」化という認識論的操作によって早い段階から矛盾の恣意的な解消が試みられていたのである。その後も、国文学者、小池藤五郎（一八九五一九八二）が「漢文如きは早く書下し文とし、国語の中に完全に包摂すべきである」（「大東亜文藝と国文学」『国文学 解釈と鑑賞』七-六、一九四二・六、一三〇頁）と述べ、また歌人・評論家、児山敬一（一九〇二―一九七二）が「わが国文学の作品が、シナ文字によつていかにいちじるしくひづめられてきたかをさとり、シナ文字をすてて、日本語そのものをまもる」（「大東亜戦争を機会に国文学は如何あるべきか」項『国文学 解釈と鑑賞』七-六、一九四二・六、一六四頁）と述べているように、和文（日本語）イデオロギーの強化＝無謬化によって漢文学の国文学化、及びその内なる傍流化は正当な処遇であると考えられるようになっていったのである。

ただし注意しておくべきは、漢字漢文を排除しようとするその視線は、漢文それ自体の自律的問題としてというよりは、「国文学」の自律性と純粋性を確保するための認識論的操作を目的とした、対他的-関係的問題として形作られたものであった、という点である。齋藤希史『漢文脈の近代―清末＝明治の文学圏―』（名古屋大学出版会、二〇〇五・二）は、漢文に外国としての「支那」を読みとるような土台が、近代化の過程で構築されたことに触れ、それが近代国家としての「日本」の輪郭の曖昧さに動機づけられたものであると指摘している。つまり、「「支那」を対象として捉えることで行われたのは、結局その実像を求めることではなくて、むしろ「支那」を除いたあとの「日本」の純粋性に価値を見出す試みであった」（三九頁）のである。同様に、笹沼俊暁『「国文学」の思想―その繁栄と終焉―』（学術出版会、二〇〇六・二）もまた「明治期における「国文学研究」という学問ジャンルは、その背後に「支那文学研究」の形成を前提としていたとし、「国文学」の領域の自己同一性を確定するためには、前近代における東アジアの共通文化であった漢詩文を、外部に対象化し特殊化する必要があったからである」（七二頁）と指摘している。そして、その中で、『帝国文学』三-六、一八九七年（明治三〇）六月の無署名論文、雑報「再び漢詩に就き」（九〇―二頁）から次のような文章を引用する。

支那文学の為にせんとするは、支那人の為にすと云ふと略ぼ逕庭なし。嗚呼我国民文学未だ樹立せず、何の暇ありてか支那文学の為に殉せんや。且つや本来の理に戻ること甚し。自国の文学を棄て、外国文に尽さんとするは、古今東西其例なく、実に未聞の珍事にあらずや。

「支那文学」と「国文学」を未分化なものとして扱おうとすることへの批判が文章の基調にあるが、ここで注意されるのは、和文体と漢文体という階級的差異（ダイグロッシア状況）が、「国語」間の空間的差異へと読み換えられる、という認識論的転倒が介在しているという点である。「漢文」という東アジアを歴史的に覆っていた階級言語を「支那文」という地域言語へとその本質を転換させることで内なる不純物を排除するという（純-認識論的な疑似）操作が可能となり、純粋なる和文が創出されるという、本居宣長以来の偏見が再現前されてくる過程をここに見ることができる。しかし子安宣邦『漢字論―不可避の他者―』（岩波書店、二〇〇三・五）が既に示唆しているように、「日本（語）」という自己表象は「漢字」という文化的他者を通して初めて可能になるようなものでしかないのであって、和文と漢文が歴史的に相互を相対化するかたちで一体化しつつ知の地平を構成してきた歴史を意図的に忘却しない限り、「国文学」構築における「漢文学」の完全なる排除など、もとより不可能な試みでしかなかった。それゆえ、実際的にも、「漢文学」を包摂的に排除する――「国文学」の内部においてマイナージャンルという地位を与える――かたちで「国文学」化することでしかその処遇法を見出すことはできなかったのである。

上掲、安良岡の発言の素地に以上のような文脈があったことは忘れてはならない。しかも、安良岡の前掲論文と同じ岩波講座『日本文学史』の第一六巻（岩波書店、一九五九・一）に収録された「日本の漢文学」は、中国文学研究者、神田喜一郎（一八九七―一九八四）によって著されたものであった。そして、そこでもやはり「日本の漢文学」の帰属先をめぐって判断の難しさが存することが指摘され、「これまで「日本の漢文学」を取扱う学者の態度には……これを単に日本文学の一環として把えようとするものと、中国文学の支流として把えようとするものと、相異った二派があった」と記されており、その上で、中国文学プロパーの筆者が「日本文学の一環」としてこれを論ずるのは不可能であるため、「中国文学の支流」としての「日本の漢文学」を論ずると表明され、その中には「五山文学」も立項されているのである。

民族と階級と文学

また前述、安良岡の発言で注意されるその民族主義的文脈であるが――「日本民族の独自な文学的真実の披瀝があり……」――戦後、一九五二年（昭和二七）頃から、中国文学者、竹内好（一九一〇―一九七七）の発言を発端として「国民文学論」が広く展開されたという歴史を想起しておく必要がある。それは「国民文学」が不在であるという現状認識に動機づけられ、その構築を欲望する知識階級の罹った一種の集団感染症の如きものであった。その経緯については、小熊英二『〈民主〉と〈愛国〉―戦後ナショナリズムと公共性―』（新曜社、二〇〇二・一一）、佐藤泉『戦後批評のメタヒストリー―近代を記憶する場―』（岩波書店、二〇〇五・八）、笹沼俊暁『「国文学」の戦後空間―大東亜共栄圏から冷戦へ―』（学術出版会、二〇一二・九）、内藤由直『国民文学のストラテジー―プロレタリア文学運動批判の理路と隘路―』（双文社出版、二〇一四・二）等に詳しいが、「国民文学論」は、共産党系知識人やそれと対立する近代主義者を巻き込んだ議論となり、一九五〇年代前半、「民族」を強調したマルクス主義歴史学者による「国民的歴史学運動」とも連動しながら展開していった。しかしその後、結局、充分に咀嚼された有用な議論として結果することのないまま、一九五五年（昭和三〇）頃（六全協〔日本共産党第六回全国協議会〕で日本共産党の方針転換――中国革命に範をとった武装闘争方針の放棄――が示された時期）には収束していったとされる。

では、国民文学論には、どのような歴史的「意味」があったのだろうか。その回答は着眼点に応じてさまざまであるだろうが、本書は、まずそれを歴史的に終わった出来事としてではなく、われわれの視座の奥深くに流れ込み、われわれの認識に（無意識-無自覚レヴェルで）いまなお一定の制約を加えているものとして検証を試みてみたい。

その点を含め、議論の見通しをよくするために予め論点を整理しておくとすれば、まずこの問題をいまこの場で取り上げて再検討する価値があると考えたのは、〝文学が階級的に分裂しており、国民文学の構築によってその状況を是正する必要がある〟という国民文学論の基本的主張が今日の思想状況に照らして少なからず違和感を覚えさせるものであるからである。それは先ほど述べたように、認識論的な断絶があるという意味においてではなく、むしろ連続しているがゆえに消失した認識なのではないかという仮説に動機づけられている。というのも、もしわれわれの視座から〝文学が階級的に分裂している〟という視線が消去されたのであれば、それは国民文学論が立てた目標が（少なくとも認識論的次元において）〝成功〟していることを意味するものであるからである。つまり、議論自体としては歴史的な成果を見せることなく終わったものの、国民文学論は六〇年代以降の（広義の）「民衆史」の構築という歴史学の流れと合流するかたちで、文学と階級という問題系——具体的に言えば、文学が階級によって作り出されたものであると同時に階級を作り出すものであるという視座——をわれわれの視界から消失させてゆく過程として編制されたものであったと見られるのである。それは当然、現実社会において階級が剔抉されたという意味においてではなく、逆にその不可能性ゆえに、それを過去の中に無階級社会＝平等社会を見出すことによって、或いは階級の克服という歴史的運動が反復されたという視象《ヴィジョン》を作り出すことによって、単一なる民族及び民族言語の「伝統」という虚像＝神話が構築される過程として展開されたものであったと見られるのである。近代化とは、一面的には、言語と文学の大衆化（階級的差異の解消）を「学校」と「マスメディア」という装置の普及によって推進する過程であったが、それは場合によっては、反近代（＝反西洋＝日本への回帰＝伝統の創造）という逆説的な名目の下に遂行されることもあった。加えて言えば、われわれが、戦後、「階級」を克服したいという願望-使命を歴史的事実へと横辷りさせることによって「階級」という発想自体を忘却してしまったという歴史的事実、それによって「文学」概念の操作が大規模に遂行されたという歴史的事実に無頓着になってしまっているという現況に対して改めて注意を喚起したいという狙いもある。それは別の角度から言えば、「文学」の主体を階層的-垂直的に拡張、或いは重心を低下させたことによって、「文学」概念が近代以降も内包していた「学問」概念――「古典」という制度を成り立たせていた、超越的なるもの、仏教哲学、儒教哲学、神道哲学、歴史哲学、言語哲学等々を包括する総合哲学としての学問性――をほとんど切除してしまったこと、それによって、文学のヘゲモニックな作用を失効させてしまったという認識論的次元の諸効果を意味する。文学は、いまや特権階級の専有物ではない。逆に言えば、文学を専有する特権階級という発想そのものが消失してしまっている。そこでは文学リテラシーが社会の中に不平等に分配されることによって初めて（知識人／民衆という階級分化によって初めて）「文学」（≠「学問」）が機能してきたという過去が忘却されてしまっている。国民-民族が階級的に分裂しているという認識は、今日の思想状況に照らして明らかに褪色しているが（勿論、経済格差は現在にあっても深刻な検討課題として認識されているが、少なくとも上層であれ下層であれ、同じ「日本人」であることは疑われてはいない）、文学の大衆化という戦後の展開は、それが未だ理想として渇望されていた時代と、まさにその結果としての大衆化状況＝脱学問化状況の内部からこれを捉えているわれわれとの間の視差《ギャップ》として結実している。それは、国民文学論に対する違和感がそれらの対立軸としてではなく、その延長線上に設置されていることをわれわれに告げている。われわれは今日、〝文学は階級的ではない〟すなわち〝文学は学問ではない（＝あれば何かの足しになるような教養、或いは消費財でしかない）〟という視座から「文学」（作品）を読むように強く動機づけられているのである。

次いで、一点附言しておくとすれば、国民文学論を点検する意義は、それが古典文学研究の学律史の展開に対しても大きな衝撃《インパクト》を与えるものであったという歴史性に求めることもできる。詳細は後段に改めて述べてゆくことになるが、戦時下における国文学研究は、東アジア諸民族を「古典」によって指導してゆくべきだ、というファナティックな植民地言説を拡散させ、戦争協力者の任務を銃後において遂行していた。しかし、戦争の終結後、その自己嫌悪的反動から、古典は一時期、著しくその社会的地位と評価を低減させることとなった。しかし、そのような不遇から救い出してくれたのがまさにこの国民文学論であったのである。国民文学論が「国民」の原型としての「民衆」を過去に求めたことがその理由であった。つまり、古典文学研究は国民文学論を利用するかたちで延命を果たし、そのために〝文学は民衆にこそ担われていた〟という公式を掲げつつ自らのかたちを変形させることをも喜んで受け容れていったのである。

ところで、五山文学研究は、このような「国民文学」運動とは直接的な脈絡を持ってはいない。しかしながら、その後の潮流を含めて「国民」を単位とする文学が渇望されたという文脈は、それが文学の階級性という視座を暈かしてゆく過程であったという意味において、そして（「国民文学」の典型から疎外されざるをえない）「五山文学」の基礎的外殻を決定する重要な眼差しを形作るものであったという意味において決して看過しえない問題系であると言える。その意味からも、少しばかり迂遠ではあるが、以下に「国民文学論」の流れを概略的に見通し、その歴史的布置を明確にしておきたい。

＊

戦後の文学運動の展開の中で見られる「近代主義者」（雑誌『近代文学』の一派）は、個人主義への固執、藝術至上主義的な立場をその主張の基軸に置いていたと言われる。そして、そのような動態に反発するかたちで、日本共産党系の文学グループが、近代主義者を独占資本主義イデオロギーと共犯関係にあるとして論難しつつ、民主民族戦線の結成を掲げるようになっていったというのが、後の国民文学論への伏線になったと言われている（臼井吉見監修『戦後文学論争 下巻』番町書房、一九七二・一〇、「国民文学論争」項「解題」〔高橋春雄〕参照）。

今日では「民族」主義的主張を展開するのは右派の専売特許のようにも考えられているが、戦後しばらくの間、

「民族」主義的言説は、左派的言説の中において強くそのかたちを表出させるものであった。一九五〇年（昭和二五）、日本共産党臨時中央指導部が発表した文章「ロシア大革命卅三周年記念日にあたってすべての愛国者に檄す」にはこうある――「わが日本民族は、いまや重大な危機に直面している。わが祖国が巨大帝国主義の植民地となって、日本民族のすべての栄誉と誇りを失い、わが祖国を世界侵略の基地と化し人民を肉弾とするか、ソ同盟・中国をふくむ全面講和によって軍国主義日本を永《ママ》久にとどめをさし世界平和と民族の繁栄の道に立つか、われわれはいまこのわかれ道に立っている」（『前衛』五三、一九五〇・一二、二頁）。

勿論、戦後まもない時期にあって「民族」という用語を使用することへの躊躇が戦後の（左派系）知識人の中にあったのも確かであった。例えば歴史学者、遠山茂樹（一九一四―二〇一一）は「「民族意識」とか「愛国心」とか「自衛」とかが声高に説かれる最近の風潮は、正直のところ私たち、とくにインテリゲンチャはぞっとした気持で眺めているのである。「またか」というのが偽らぬ気持であろう」（「二つのナショナリズムの対抗―その歴史的考察―」『中央公論』六六-六、一九五一・六、三三頁）と述べており、また同じく歴史学者である藤間《とうま》生大《せいた》（一九一三―）――後述する国民的歴史学運動の主唱者の一人――は「民族という言葉をきくと、すぐに眉をひそめる人がいる。かつての戦争の時に、大和民族の名の下に、いろいろ気狂いじみたことがいわれて、それに盲従させられたことが忘れられないからである」（『日本民族の形成―東亜諸民族との連関において―』岩波書店、一九五一・一一、二八九頁）などと、当時の空気を記している。さらに、国民文学論の過程で、民族主義的な文学論を唱えた国文学者、永積安明（一九〇八―一九九五）もまた、戦前の日本浪漫派によって主導された民族文学論を「文学伝統のすべてを古代天皇制に結びつけてしまい、そのことによって「敷島の道」としての超民族文学論におちいってしまった」（永積安明「文学的遺産のうけつぎについて―日本古典と現代―」『文学』二〇-三、一九五二・三、二三〇頁）と批判しつつ、自らの民族主義的文学論＝国民文学論が戦前の「超民族文学論」と同一視されることを拒むような姿勢を示している。多くの左派系知識人は自らの展開する民族論を、戦前は「上から」（国家から）、戦後は「下から」（国民‐民衆から）などと規定することによって、少なくとも見かけ上は同一視されることを峻拒していた。

例えば、文藝評論家、山本健吉（一九〇七―一九八八）は、国民文学論として展開される「国民」概念が「国家」と結びつくものではなく、あくまでも「民衆」と結びつくものであることを強調している。「「国民」といった場合、それは国家の構成要素としての人間を指していることに間違いないが、私には国家という言葉は、われわれをおびやかし痛めつけるものとしての軍隊や官僚の機構の連想なしに、思い浮べることは出来ない」（山本健吉「国土・国語・国民―国民文学についての覚書―」『理論』、一九五二・八、臼井吉見監修『戦後文学論争 下巻』番町書房、一九七二・一〇、一二三頁）と述べ、さらに「私はこれまで「国民」という言葉を用いてきたが、実は「国」よりも「民」にアクセントがあるのであって、むしろ「民衆」とか「庶民」とかいう言葉が適切なのである。「民衆」を発見し、それと結びつくことが文学者の課題となるのであって、それが同時に「国土」（「国家」ではない）への愛情となり、新しい力強い「国語」の樹立となるような文学なのだ」（同上、一二七頁）と主張している。また、現状の変革を希求するという意味で、左翼のナショナリズムは、「民主的進歩的ナショナリズム」（遠山茂樹「二つのナショナリズムの対抗―その歴史的考察―」『中央公論』六六‐六、一九五一・六、四二頁）と自称され、保守反動的なナショナリズムとは区別されるものとして自己理解されていた。

文壇文学と大衆文学の乖離

だが、なぜ戦争の記憶が色濃く残っていたはずのこの時期にあって、民族主義的な文学運動が発生したのか。それを確認する前に、まずは国民文学論の主張の骨子を概略的に把握しておこう。

「国民文学」の提唱を投げかけた竹内が指摘するように、彼ら知識階級が共有し、また問題視していた現状認識とは、文壇文学（純文学）と大衆文学とが乖離しているという事実であった。「国民文学が提唱されるのは、今日の日本文学が、国民文学の欠如の状態としてとらえられるからであって、この点は、およそ国民文学に関心をもつか、その方向に指向性をもつ人々の共通した見解である。……そして、国民文学の不成立は、いいかえれば近代文学の不成立、あるいは不完全ということであって、そのあらわれが、文壇文学と大衆文学の乖離という特殊現象になるわけだ」（「国民文学の問題点」民科藝術部会編『国民文学論―これからの文学は誰が作りあげるか―』厚文社、一九五三・一二〔以下、民科編『国民文学論』と略称〕、一一頁〔初出、一九五二〕）。そして竹内の批判の矛先は、まず文壇文学に向けられることとなった。それはまず、文壇を形成している近代主義が「民族を思考の通路に含まぬ、あるいは排除する」という性向を帯びていることを批判するものであり（「近代主義と民族の問題」『国民文学論』東京大学出版会、一九五四・一、六八頁〔初出、一九五一・九〕）、そしてそのような文壇が生産者兼消費者のような家内工業的なギルド的社会として閉鎖していることを批判するものであった。そしてドイツ文学者、道家《どうけ》忠道〔一九〇九―一九八四〕の所説（「最近の日本文学研究について―一外国文学研究者の感想―」『文学』一九‐一二、一九五一・一二）を引用するかたちで次のように具体的に文壇を批判するのである。すなわち、文壇が生む「私小説のようなあのように一般的な興味のない対象を扱うものが栄えるのは、一つにはそれがいわば楽屋話的な意味をもつからである。お互に知りあい飲みあうごくせまいサークル、ほとんど小説家同志と評論家と雑誌記者そしてそれらの志願者とからなるようなグループの間だからこそ、日常茶飯的な些末な「私事」も興味がある。そこには「典型化」によって広い大衆にうつたえるという要求も地盤もないのである」（前掲道家論文〔一八頁〕からの引用。「国民文学の問題点」民科編『国民文学論』、一二頁〔初出、一九五二〕）。文壇のギルド的形態は、そのまま日本社会の封建制＝非近代性をあらわすものであり、近代文学の不成立、国民文学の不成立を意味した。「国文学者の畑からする国民文学論は、われわれの近代文学が民族の文学古典の遺産を正当にうけつぐことなく、それとの断絶の上に近代的な自我確立の文学、小市民的な自己形成の文学が確立されたので、民族に背を向けた私小説的な文壇文学に没落してしまった」と見なされてもいた（山本健吉「国土・国語・国民―国民文学についての覚書―」『理論』、一九五二・八、『戦後文学論争 下巻』、一二四―五頁）。また、「大正・昭和以後の文学は、支配階級の恫喝《ママ》政策が效を奏して、作家の身辺雑記、個人的内省の告白みたいなものになつてしまつたが、それ以前の文学には、多少とも日本社会の矛盾を描いたものがあつたことは、何人も喜んで認められるところであろう」（小場瀬卓三「国民文学の諸問題―外国文学研究者の立場から―」民科編『国民文学論』、一三九頁）と言われ、「文壇文学は、そもそも硯友社のはじめからあつたものだ。それは、ひとりよがりの技巧的美文調、大衆にわからない言葉使い、高踏的でデリケートな感情の表現、特殊な情緒への偏愛などの文壇文学的特徴が、この頃から徐々に形成されていつたのである。そして文壇文学者は、国民大衆を何か俗物のように見倣し、自己を国民とは異つた特殊の異端者、「文学の鬼」にとりつかれた文学の殉教者のように考える傾向が、だんだん文壇文学者のうちに形ちづ《ママ》くられさえしたのである」（高沖陽造「文学サークルと国民文学」民科編『国民文学論』、一九三頁）などと非難されていた。文壇文学はサロン化し、言論を閉鎖的に再生産しているという批判であり、また、個人の内面の告白のような私小説は、封建制といった社会矛盾から目を背けるという意味でその保護装置であるとも見られていたのである。

このように竹内らは、文壇文学の現実的な形態には大きな問題があると考えていたが、それ以上に問題だと考えていたのは、文壇文学と大衆文学といった区分そのものであった。それはそれぞれの担い手である知識人と民衆の隔絶を意味するものであったが、では、なぜ知識人と民衆とが分裂しているという認識が彼らの中で強く形成されるに至ったのか。その分裂とはコミュニケーションを可能にする通約的言語の不在という意味を含んでいたが、その原因は知識人と民衆の双方にあると理解されていた。簡単に言えば、西洋的知性によって主体化された知識人は、自らの自閉的言語へと引き籠もってしまい、それを民衆に届けようとする意志を持たず、また近代的主体＝個人という単位へと文学の主題を特化させすぎたために、社会矛盾に対する批判的視座を持ちえなくなり、実質的に封建遺制を裏側から支える保守装置として働くようになってしまった、という批判。そして、一方の民衆に対しては、封建制という前近代的な遺制に対してあまりにも従順で、近代知性の欠落した時代遅れの文化的消費財をただ受動的に享楽するだけの存在でしかなく、社会構造を変革する主体として十分に自己形成ができていない、という批判であった。ゆえに、多くの知識人は、当時、既に形成されていた「大衆文学」がそのまま「国民文学」になることはないと考えていた(79)。

国文学者、風巻景次郎〔一九〇二―一九六〇〕の「文学を制扼するもの」(『日本文学史の周辺』塙書房、一九五三・七)は、直接的に国民文学論として立論されたものではないが、戦後の文学状況を知識層と民衆という枠組から論及したものとして主題を同じくしている。そこで風巻は、「日本では、民衆的なものの中には、多分に極端に、封建時代の農民的町人的なものが停滞し重層してゐる」(三六七頁)、「日本の一般民衆は殆ど封建的なものから解放され得ない状況に引き止められてゐた」(三六九頁)というように、「民衆」の中に封建的前近代性を見ていた。一方で「知識層」は、その実、一般民衆の一部に他ならないにもかかわらず、「その心につけた西欧文化のさまざまな衣装によつて、自ら文化的特権階級としての自己意識を持ち、一般民衆に親しまず愛し得ず理解しようとせず、ただ嫌悪したり見下げたり」していた。文学研究者の多くはそのような「知識層」に属することを自認し、西欧文学や純文学系統の近代文学の享受者となっていったが、一般民衆から超越しているという偏狭なモラルから「前近代的な臭気」を放ってもいた。知識層が享受していた純文学から隔絶したところに大衆文学があり、短歌・俳句・歌舞伎といった伝統文学が存在していたが、フランス文学者、桑原武夫〔一九〇四―一九八八〕の「第二藝術論」(現代俳句は党派性によって作品の価値が決せられるような疑似藝術でしかなく、所詮、老人や病人の餘技の域を出ないものであって、学校教育の中から厳としてこれを排除すべきだと主張した論。「第二芸術―現代俳句について―」『世界』、一九四六・一一、『第二芸術』〔講談社、一九七六・六〕収録）に象徴されるように、それらは知識層からは否定的に捉えられるものでしかなかった、と風巻は観測する。そこで彼は森鷗外（一八六二―一九二二）という純文学の代表格と、大衆文学作家、直木三十五（一八九一―一九三四）・吉川英治（一八九二―一九六二）とを比較考量しつつ、「後者をつらぬくモラルは極めて前近代的であるに対し、前者のモラルははつきり近代人のものである」と区別する（三七五頁）。ここに言う「近代的なモラル」とは、「すべての人間を人間として感じている人間愛、自己を解放しようとする欲望、自由への念願、人間として万人平等であるとの人類的認識、それ等が満されぬ場合に生れる反逆的精神、社会に対する批判等々」を指しているが、一方で彼が吉川英治の『宮本武蔵』に見出したのは、例えば「完全無欠な道徳的修養と、立身出世の志と類型的な男の意地と女の操」、「家族主義の道徳と、男子門を出れば七人の敵あり的な武士道」といった「如何にも封建社会にふさはしいもの」であった。このような対比において、「吉川英治の創作の動機には何等か一般民衆の中に停滞してゐる前近代的なものへの阿附追従がひそんで」いるように感じられるとし、そうであるがゆえに一般民衆にとっては「娯楽」の条件となっているのだと指摘している。そして、そのような「大衆作家の体現しているオッポチュニズムは民衆を前近代的なものに引とめておくものと同根」（三七七頁）なのだと難じている。その上で風巻は、「全民族が前代的遺制の沼地から何うして足を抜きあげ、新しく約束の地に向つて踏み出すことができるかは、誰かの命令ではなく、民衆全体の自発的な協力の中から生れさせたいものである」（三七八頁）と結論づけている。勿論、このような風巻の理解は、「大衆文学」を、或いは「民衆」自身を〝変革されるべきもの〟〝近代化されるべきもの〟と考えている点で、批判されるべきものとされている当時の「知識層」の一般的視線をなぞるものでしかなかった。

他にも、「民衆は無智だから……」（竹内好「「アカハタ」の終焉」『展望』六六、一九五一・六、三六頁）などと何気なく口にしてしまう竹内好にしても、「ただ、民衆とともにうたえばいいのだ」（「亡国の歌」『国民文学論』東京大学出版会、一九五四・一、二三―四頁〈初出、一九五一・六〉）と叫ぶ一方で、「読者の相対的な量だけを目安にして、多く読まれるのが国民文学だという考え方（林房雄氏など）は排除しなければならない」と述べ、中里介山（一八八五―一九四四）・吉川英治のような大衆文学を国民文学のモデルとするような見方は取らなかった（「国民文学の問題点」民科編『国民文学論』、一四頁〈初出、一九五二〉）。また、「衆愚は必ずしもよき文学の生産者とはなり得ない。ベストセラーズといわれる書物が、必ずしも常に国民文学の優秀な作品たり得るとは限るまい」（「「国民文学」をめぐる二三の問題」『日本文学』三―六、一九五四・六、六頁）と、国文学者、池田亀鑑（一八九六―一九五六）は言っている。そして文藝評論家、高沖陽造（一九〇六―一九九九）は、国民文学は「大衆的な面白さをもったものでなければならない」と断言しつつも、一方ではっきりとこうも言うのである――「国民文学のもつ面白さは、決して浪花節的な大衆小説的な面白さを意味してはいない。……もしかりに庶民感情の公約数が、大衆小説的なものを好むとしても、庶民は決して国民ではないのである。……庶民感情はそのまま国民感情ではない。この民草的庶民を国民にし、庶民感情を国民感情に高めるのが、民主的な組織であり、それと結びついている文化サークルである」（高沖陽造「文学サークルと国民文学」民科編『国民文学論』、二〇三頁）。

文藝評論家、岩上順一（一九〇七―一九五八）に至っては、「講談社その他大資本によるいわゆる大衆文学もまた多分に日本社会の封建的な残り滓とむすびつき、それを維持し補強しようとする文学」であるという理由からこれを退けている（「創作方法と国民文学」民科編『国民文学論』、二一七頁）。さらには「大衆文学というものは、そのなかに愚民性を含んでいるのが問題だ」という小説家・英文学者、阿部知二（一九〇三―一九七三）の率直な発言に触れることもできる（鼎談「ワクのせまい文壇」民科編『国民文学論』、二六九頁）。以上のように、「知識人にとって大衆は浪曲と股旅物しか解さない俗悪を意味」するものであった（石母田正『歴史と民族の発見』東京大学出版会、一九五二・三、三八頁）、というのが、当時の知識人に通底する民衆への眼差しであり、それを自らの内からどのように剔抉してゆくかが彼ら自身の意識していた重要な克服課題でもあったのである。

以下に詳しく見てゆくように、戦後左派系知識人は「民衆」の中に社会変革の可能性を見出そうとするのだが、彼らが肯定したのは、あくまでも封建制の残滓を取り除く可能性をもった存在としての民衆、換言すれば、社会から階級を剔抉せしめた、（仮想的な、或いは潜在的な）未来の民衆であって、現状の民衆はまさに封建制の残滓そのものとして否定されるべきものでしかなかった。以下に見てゆく知識人の民衆に対する両価的《アンビヴァレント》な眼差し、言説の恣意性――時には民衆を賞賛し、時には民衆を罵倒するという両極的態度――こそが、知識人を知識人たらしめる機構（自らを近代的知識人としてアイデンティファイさせる機構）として戦後の言論界を形作っていたのである。

なぜ統合されねばならないのか――「アメリカ帝国主義」による「植民地化」という政治的文脈――

社会学者、小熊英二（一九六二―　）は、「総じて文学者たちは、文壇が閉鎖的で自分たちの文学が「国民大衆」に届いていないという反省はもっていた。西洋文学にモデルを求め、日本の内発的な文学創造の努力が足りないという劣等感も、彼らがそれなりに共有していたものであった」（『〈民主〉と〈愛国〉』、四四三頁）と国民文学論の方向性を要約しているが、国民文学論に参与した知識人が文学の分裂という共通認識を持っていたとして、なぜ両者は統合されねばならないと考えられていたのか。その点について考えてみよう。結論から言えば、国民文学論を支えていたのは、ＧＨＱによる占領（一九四五年（昭和二〇）九月～一九五二年（昭和二七）四月）、サンフランシスコ講和会議における日米安全保障条約の調印（一九五一年（昭和二六）九月）、日米地位協定の締結（一九五二年（昭和二七）二月）によって日本が事実上の米軍の軍事的統制下に置かれることとなったという危機意識――端的に言えば日本が植民地化されることとなったという危機意識であった。例えば、安部公房（一九二四―一九九三）が「端的にいえば植民地化という現状の中で起きている文化に対する不満と要求が、国民文学という形で現われた」などと言っているのがその典型だが（「座談会 日本文学の中心課題は何か」『人民文学』三-一〇、一九五二・一〇、三頁）、「サンフランシスコ講和条約の強行によって国民が未曾有の危機の中につき落されてゆくという現実」（永平和雄「国民文学論の根拠—菊池章一氏の見解について—」『日本文学』三-六、一九五四・六、一頁）、「戦争の危機のなかでいま日本民族が日本民族であることを日に日にうばいさられつつある現実、ならびにそれと日本民族がたたかい、独立と自由と平和を日に日にかちとろうと努力している現実」（西郷信綱「文学における民族—反省と課題—」『文学』一九-九、一九五一・九、四四頁）の中で、当時、「外国におさへられてゐる日本であつてみれば、民族的なものへの欲求はあくまで正当」なものであるという感覚が彼らの中にはあった（西郷信綱の発言、「討論会 最近の古典流行をどう見るか」『国語と国文学』二九-四、一九五二・四、七九頁）。それゆえ竹内は、当時の日本の政治状況下において「日本民族の滅亡がかけられているとしたら、それでも文学は局外中立を保てるだろうか」（「亡国の歌」『国民文学論』東京大学出版会、一九五四・一、二〇頁〔初出、一九五一・六〕）、と呼びかけることができたのである。小説家・評論家、杉浦明平（一九一三—二〇〇一）はこう言っている——「国民文学論は竹内が一九五二年五月の読書新聞で提唱したものであるが、それは竹内が無から創造したのではなく、解放をねがう日本国民の胸の中にもやもやとしていた要望を適切にとらえて形を与えたということを意味する。単独講和後の日本の国際的国内情勢はそれまで呼ばれてきたような人民という言葉に含まれるよりもつと広い民族解放統一戦線を要求していた」（「国民文学の基礎」『日本文学』三-六、一九五四・六、一五頁、傍点原文）。このような過程では朝鮮戦争の勃発（一九五〇年六月）によって日本が再び戦争に巻き込まれることになるかもしれないという不安や、鹿地事件（一九五一年〔昭和二六〕、小説家の鹿地亘〔一九〇三—一九八二〕がソ連のスパイの嫌疑をかけられて米軍の秘密諜報機関によって拘束され、約一年後に釈放されたという事件）に代表されるように、言論界の主権が米軍によって侵害されているという危惧も介在していた。文藝評論家、岩上順一は、「創作方法と国民文学」の冒頭、その鹿地事件に触れながらこう述べている——

「日本の文学者の多くのものも、それぞれ心の底では日本がアメリカ占領軍によってひきつづき支配されているなと感じている。吉田政府がアメリカの代辨政府にすぎないこともうすうす知っている。これらの支配者たちが日本を再軍備し、軍国主義化し、破壊活動防止法その他によってファッシズムを復活させ、情報機関をもうけて言論思想の統制にのりだしつ、あることになにかしら不満と危惧とをもっている。そして、これらの不満や危惧や憂慮の気持は、おしつめればすべてアメリカ帝国主義者の支配にたいする不満であり、日本の民族的独立をのぞむ心だといえるであろう。今日、われわれのもっともふかい要求、心の底の底からの要求は、日本国民の民族的独立だといえる。民族解放こそいまのわれわれの、いわば《魂の要求》なのだ」（岩上順一「創作方法と国民文学」民科編『国民文学論』、二一三頁）。このように国民文学論は、純粋な文学論として展開されたわけではなく、むしろ一つの政治運動というべきものであったが、その基調には、日本がアメリカに支配されているという危機意識が実感として強く共有されていたのである。

既に問題の一端には触れたが、当時の左派系知識人は、文学から封建的な前近代性を除去する必要性を強く訴えていた。竹内好は、「独立と統一（筆者注、階級的統一）は不可分な関係にあって、封建的分裂をそのままにしておいて独立はできないし、独立を目ざすことは当然、内部の封建制の排除につながってくる」（「国民文学の問題点」民科編『国民文学論』、一五—六頁）、「文学における独立とは、この創造性の回復を戦いとることでなければならない。そして、創造の根元が民衆の生活そのものにあることは、ほとんど自明だから、創造性を回復するための努力は、文学の国民的解放を目ざすことと実践的には一致するわけである」（一八頁）と述べている。それは既に見てきたように、現実の政治的文脈と大きく関わるものであったが、彼らの認識においては、日本社会に残存している封建制こそが、アメリカ帝国主義と結託して、日本の植民地化を推進していると考えられていた。岩上順一は、国民文学を「国民解放の文学」と位置づけた上で、それを「封建的な残りかすと闘い、独占資本の束縛と闘うこと」

と定位している（「創作方法と国民文学」民科編『国民文学論』、二一五頁）。ここで「封建的な残りかす」として名指されているのは、「天皇制、旧反動軍閥、特権官僚、寄生地主、財閥などの勢力」であるが、岩上は、アメリカ帝国主義がこれらの「残りかす」と結びつき、占領制度の支柱として利用していると難じ、それらを取り除く闘いのなかで「あたらしい国民意識がつくりあげられ、この国民意識の形成が、日本国民の独立と自由の運動をうながす」のだと主張している（二一五頁）。そして、「国民文学を創造する主体としての勢力は、労働者農民を中心とする反封建反帝国主義のすべての国民諸層にある。しかしながら、これらの国民諸階層のなかで、民族解放をめざす国民文学のもつともすぐれた先進的な作品を創造しうるものは、プロレタリアートであり農民であるといわなければならない」（二一八頁）と強い調子で訴えている。また、国文学者、西郷信綱（一九一六―二〇〇八）の「遺産としての古典文学」（『岩波講座　文学』第六、一九五四・三）は、戦後という時局を強く意識しながら古典継承のあるべき姿を論じた文章であるが、その中でも以下のような認識が示されている――「資本主義の高度に発達したアメリカが、日本の封建制や天皇制を完全に利用し、あやつることで、われわれの上に新しい軍国的ファシズム支配をおしつけようとしている」（三六頁）、「日本の古典文学が精神主義、回顧主義でよまれてきているということは、主観的にはどうであろうと、それは古典の遺産が支配者の立場から継承されているということである。いいかえれば、じぶんたちの祖先のしごとにたいする国民の素朴な愛情や共感が、ちょうど農民の愛郷心がボスによって組織されているようなぐあいに、支配者の手で組織されているということだ。……「君が代」をうたい、日の丸をかかげ、谷崎源氏が流行し、古典が復活することで、ますますわれわれはアメリカ帝国主義の支配の網のなかふかくすいこまれていく」（三七頁）。

しかし、このような左派系知識人の危機意識に反して、「多くの日本人の場合、民族の自覚が今なお淡いように見え」、「民族の生活を自主的に再建設する方策を忘れ、アメリカへの依存を決定的なものとした講和及び日米安全保障条約の締結を「民族の独立」と混同」してしまっている、というのが彼らの見た「国民」の反応であった（上原専禄「民族の自覚について」『民族の歴史的自覚』創文社、一九五三・一、三六頁）。そして、そうであるがゆえに、彼らの危機意識はいっそう増幅されることとなったのである。

竹内好は、「日本文学の現状が、植民地的であることを、私は認める」と述べているが、その植民地性とは、戦後の占領に始まったものではなく、「白樺」以後に始まり、「新感覚派」に顕著になり、戦争中に「十全のドレイ性を発揮したことによつて、戦後に完全な植民地になつた」という経緯を辿るものであったとし、日本の植民地化はいまに始まったものではなく、近代化のプロセスと半ば重なり合うものであったという認識を示している（「国民文学の問題点」民科編『国民文学論』、一七頁（初出、一九五二））。それゆえそのような民族的「独立」は、純粋に政治的な体制の問題としてではなく、むしろ日本という国民-国家を編制してきた歴史そのものを否定し、そのやりなおしの中で実現されるものであると考えられたのである。そのためにこれまでに西洋知性に範を取って「近代」をかたちづくってきた「近代文学」の根本的再編が強く求められたのである（ちなみに、そのような認識は、戦前、保田與重郎「文明開化の論理の終焉について」（『コギト』八-一、一九三九・一）などにおいても既に見られる視線であったことも注記しておく──「日本の知性はある意味で植民地の知性であつた。それは文明開化史を概観せずとも、鷗外や漱石の地位と気概を見ずともわかることである。日本の植民地文学的性質は、大正末期に完成されたのである」（一六頁））。

ところで、彼らは具体的にどのような文学を国民文学の理想態だと考え、その実現を模索していたのだろうか。中国文学者である竹内は、現代の中国文学にその可能性を見出そうとし、山本健吉もまた、「国民文学のスローガンが主として左翼陣営の間から唱えられて」いる中で、「手近な手本としては中国近代の人民文学が意識されている」と述べている（山本健吉「国土・国語・国民─国民文学についての覚書─」『理論』、一九五二・八、『戦後文学論争下巻』、一二四頁）。また、左派系知識人によって顕彰された文学作品の一つに、自身の（貧困）生活をありのままに（中には方言で）記録した、中学生の詩文集『山びこ学校』（山形県山元村の中学教師、無着成恭《むちゃくせいきょう》〔一九二七―　〕が教え子の詩文集をまとめたもの。一九五一年に青銅社から刊行された）があり、さらには、労働者のサークル運動（職場ごとに組織された文学同好会。全国的に展開され、夥しい量の詩文集を発行した）を国民文学の主体に位置づけようとする声もあった。

とは言え、種々の国民文学論を通読して率直に感じられるのは、彼らの言論の節々から醸し出される、ある種の冷めた空気である。諸論中、理念的・抽象的な所信表明は盛んに飛び交っているものの、実際には議論の内容に、というよりも、議論すること自体にその目的を見出しているようなところもあり、[80]議論に参加している各論者の間に議論に傾ける情熱の程度、温度差が見られるのは当然のこととしても、全般的傾向を見渡した場合でも、彼らの間に「国民文学」の具体的形態に関して真剣にコンセンサスを形成しようという意欲があったのか、そもそものところで疑わしいようにさえ感じられるのである。論争が幾らか進んだ時点であっても、「国民文学は、そのものとして存在しないし、イメージ（幻影）をえがくことさえも、十分にこころみられていない」（竹内好「国民文学の問題点」民科編『国民文学論』、九頁〔初出、『改造』、一九五二・八〕）と、竹内は言っている。また論文や対談の中には、「国民文学について議論が大分盛んになってきたが、私はそれを系統立って読んでいるわけではない」（山本健吉「国土・国語・国民―国民文学についての覚書―」『理論』、一九五二・八、『戦後文学論争 下巻』、一一三頁）、「いゝわけをちよつと申したいのですが、いろいろこの方面の文献があるにもかゝわらず、蔵原さん（筆者注、蔵原惟人）のを除いてその一つも読んでいない」（神山彰一の発言、公開座談会《国民文学をどう見るか》、民科編『国民文学論』、二七九頁〔座談会日時、一九五二・八〕）、「全体としては、神山さんの論文に同感するところがあつたわけです。あまりよく読んでおりませんし、勉強していないので、あとで何かありましたら附け加えて……」（安部公房の発言、同上、二八四頁）等々の発言に表れているように、国民文学論は、各々が自ら信じるところの「国民文学」なる理念についての所感を述べるだけで、そもそも国民文学の主体や具体像について真剣にコンセンサスを形作ろうという意欲を見せるようなものではなかったとも言える。そのような状況にあって、福田恆存〔一九一二―一九九四〕のような後の保守派となる論客からは、論争自体が冷淡な眼で見られていた。福田は、竹内の国民文学の提唱が国民に向けられたものではなく、あくまでも文壇に対して語りかけられたものであることを批判し、「いつぽう文壇文学をあまりに文壇的なりとしてしりぞけ、他方で左翼文学をあまりに政治的なりとしてしりぞけ」るという態度を、「ひとさわがせ」と退け、国民文学というレッテルはそれに見合う作品ができあがった後で貼ればいいのであって、「レッテルのはうをさきに用意しておかうといふのは、どう考へても政治的だ」と述べている（「国民文学について」『文学界』、一九五二・九、『戦後文学論争　下巻』）。

左派系の知識人は国民文学の具体像についてはほとんど共有すべき志向性をもってはいなかったものの、ただ彼らが漠然と共有していたのは、文学が分裂しているという現状認識と、文学には国民を統合する力があるという素朴な信憑だけであった。

「一般に道徳の荒廃が支配しているとき、文学だけがそれから自由であるはずがない。むしろ、文学はそれを忠実に反映することによって文学の機能を果すことができる、という説がある。私はこの説を認める。たしかに、文学だけが自由であるはずがない。文学は修身科ではなく、文学者は説教師ではない。かれはただ、民衆とともにうたえばいいのだ。かれは道徳者である必要はない。むしろ転換の時代には、古い価値観をほろぼすために進んで反道徳者となっていい」（「亡国の歌」『国民文学論』東京大学出版会、一九五四・一、二三―四頁〔初出、一九五一・六〕）

――というように、提唱者の一人である竹内は、文学の力を強く信じているような――或いは、信じているように聞こえるような――スローガンを発していた。また、近代文学研究者、永平和雄〔一九二三―二〇〇三〕もまた国民文学論の流れを総括する中で以下のように述べている――「いまだ一度も直面したことのない重大な国民的課題に立ち向うためには、闘いの主体である国民の魂を一つに結びつけ、闘うことのできる主体に国民を変革しなければならないのであり、国民の魂の教師としての文学の機能が重要な役割を果さなければならない」、「未曾有の民族的危機、国民が明治以来の日本近代の矛盾の中でつくり上げてきた生き方では、もはや受けとめることのできない現実を切り開いていくための武器として、現在の学問を根本的につくりかえる――学問、文学観念の徹底的変革という、まったく現実的今日的な場所からの客観的要請として出され、その課題を真に遂行するためには、現実の国民の場所、すなわち民族の場所に立つことなくしては、近代以来の文学のあり方の矛盾を解決すること」はできない（『国民文学の問題』日本文学協会編『国民文学の課題』岩波書店、一九五五・一一、八一頁）。さらに永平は、「日本民族」を「被圧迫民族」と捉えた上で、「現実における被圧迫民族の文学としての日本文学の根本的な見なおし」が必要なのだと主張している（八五頁）。また近代文学者、平林一（一九二六―　）による、「民族の危機、更にはビキニにおける水素爆弾の実験がもたらす人類の危機の中で、「たたかいの武器」としての文学の機能を最大限に発揮すべき時……」（『国民文学の問題―「玄界灘をめぐって」―』『国民文学の課題』、一六八頁）などといった言述を含め、当時の文学者の発していた言葉の中には、文学に現実変革の力があるという信念の強さや願望の大きさを窺わせるものが少なくはなかった。

以上、当時の政治的文脈から「国民」「民族」の統合が強く求められていたことを見てきた。そこで、次に問題となるのは、ではなぜ「文学」が統合されねばならないと考えられていたのか、という問題であるが、それは端的に言えば、「文学」の統合とは、「言語」の統合であり、それはそのまま「民族」の統合を意味する、と考えられていたからである。そして、その解釈を支えていたのは、これまで見てきたような、「文学」が階級的に分裂しているという現状分析と、「文学」には「国民」「民族」を統合する力があるという願望を帯びた認識であった。その上で、上から下までの「民族」を統合する文学の実現のために彼らが希求したのは、民族全体で共有される、民族の交通路となりうる「民族語」の存在であった。「民族語」の不在とは、日本民族が自由に行き交うことのできる「共通の広場」の不在を意味するものであったが（ちなみに、「広場」という用語は、当時の文献にしばしば見られるもので、公共圏を意味するクリシェとして当時広く流通していた。竹内好「共通の広場」『竹内好全集』第七巻所収）、それゆえ彼らは「民族語」への欲望を強く表明することになっていったのである。勿論、近代化の過程で同様の構想から「国語」の建設が唱えられ、実際に文学を通じてそれは創作されていったのだが、この当時の知識人にとって「国語」はインテリの言語であって、国民の言語ではないという発想が生まれていた。なぜそのような認識が形成されることになったのか。そして「民族語」はどのようなかたちで構想されるべきだと考えられていたのかについて、以下に詳しく見てゆきたい。

言語の階級性と民族語

言語が階級的に分裂しているという認識が強く形成され、それが異常な状態であると認識されるようになった要因の一つに、ヨシフ・スターリン〔一八七八―一九五三〕の言語学論文の存在があった。それは「民族語」という脱階級的な単一言語が歴史的に実体的に存在していたという（奇妙な）主張を打ち出したものだが、それを教条的に読んだ左派系知識人は、あるべきはずの民族語が階級によって分裂してしまっており、それを是正しなければならないという理想を強く抱くようになっていた。スターリン論文とは、一般に、一九五〇年六月から八月にかけて、ソ連共産党機関誌『プラウダ』に掲載された、「言語学におけるマルクス主義について」（六月二〇日）、「言語学の若干の問題によせて―同志イエ・クラシェニンニコヴァへの回答―」（六月二九日）、「同志たちへの回答」（八月二日）という三篇の総称を指す。それぞれ問答式（カテキズム）の叙述形式をとっており（例えば次のような形式である。問：言語は土台の上にたつ上部構造であるというのは正しいか？　答：いや、正しくない。〔以下長い解説〕）、スターリンの言葉は、あたかも神の託宣のごとき形態をもって示されている。日本では、日本共産党機関誌『前衛』五一号（一九五〇・八）に翻訳掲載されたが、小規模な謄写刷りの小冊子でも出回っていたらしく、当時、言語学・哲学・歴史学その他の研究者によって集会が開かれ、盛んにその意義が討論されていたと伝えられている（田中克彦『「スターリン言語学」精読』岩波書店、二〇〇〇・一、第4章参照）。また、『学生評論』七号（一九五〇・一〇）にも翻訳掲載された他、ソヴィエト研究者協会の翻訳によっても出版されている（コンスタンチーノフ・アレクサンドロフ監修／ソヴィエト研究者協会訳『弁証法的唯物論と史的唯物論』大月書店、一九五二・一〇、巻末附載）。

スターリンの言語学論文の決定的な意義は、左派系知識人をして民族の概念を拡大解釈させ、民族概念を前近代社会にまで遡って再検証しなければならないと強く意識させた点にある。当時、民主主義科学者協会は、『言語問題と民族問題』（言語科学部会監修、理論社、一九五二・一二）と題する論文集を発行しているが、その巻頭「編集のことば」は、「一九五〇年六月、わたくしたちは、二つの世界的な文献をうけとった」という文言で始まる。一つはアメリカ大統領、ハリー・トルーマン（一八八四―一九七二）による「朝鮮出兵声明」であり、もう一つがスターリンの言語学論文であるとし、前者は「バク弾と殺リクを送りものとし、民族の血を流させた。後者は、世界の文化に大きな影響をあたえ、そのことによって、各民族のエネルギイを昂揚せしめた」と記されている。このようにスターリン論文は、単なる言語学論文としてではなく、「民族」を論じたものとして読まれたのである。現に、日本史学者、藤間生大（一九一三―　）はこう言っている――「民族の概念はより豊かに理解しなければならなくなった。一九五〇年七月《ママ》にスターリンが言語学について発表した論文は、まさにそのことに拍車をかけた。……資本主義以前にも、ナロードノスチあるいはフォルクという言葉を生み出す必要のある人間結合がある以上、必然的にそれの本質をつかまえ、それの構造変化としてあらわれるナーチィア（ナチオン）を把握しなければならない」（藤間生大「民族問題のとりあげ方」『日本民族の形成―東亜諸民族との連関において―』岩波書店、一九五一・一一、二八四頁)。ここで言う「ナロードノスチ」народностьは、きわめて重要だが曖昧な概念でもある。日本史学者、石《いし》母《も》田《だ》正《しょう》(一九一二—一九八六)の「歴史学における民族の問題」(『歴史と民族の発見』東京大学出版会、一九五二・三〔初出、一九五〇・九、補修、一九五一・一二〕)は「ナロードノスチは前資本主義社会の民族集団を指している」とし、「ナロードノスチを民族と訳するなら、ナーツィヤは国民とでも訳すべき」と述定しており(一一六頁)、また、社会学者、本田喜代治(一八九六—一九七二)は「民族は近代になって突如として湧いて出たものではない。それは、徐々に、それこそ歴史的に、できあがったものであり、それには、前近代的な発展段階、いわばそれの原料になったものがある。……その民族になるまでの、いわばその原料になった人間集団は、これは、やはり、一種の民族ではなかろうか?／このようなものを、ロシヤ語では、ナツィヤ нация(民族)に対してナロードノスチ народность(民族体)といっている。ナロードノスチは、いわば前近代的な民族の総称である。だから、それには、いわゆる未開民族、古代民族、中世の民族等々も含まれる。ところで、そのように歴史的に異なった、いろいろの形態を、ひとしく民族の名で呼ばせる当のものは何であろうか? わたしはそれの根源は原始共同体のなかにあると思う」(『社会学入門—史的唯物論による基礎づけ—』培風館、一九五八・五、二二五—六頁)と述べている(ちなみに、「民族」という日本語の概念は、一九世紀末頃に形作られたものであり、「国家と国民を抽象的個人から構成されるものとしてではなく、風土・歴史・文化に基礎づけられた「伝統」を共有する集団として、自分たちを意識」するために「発見」された概念であるという。安田浩「近代日本における「民族」観念の形成—国民・臣民・民族—」『思想と現代』三一、一九九二・九)。この当時の(マルクス主義系)知識人にとって「国民」(ナーツィヤ)は既に近代的構築物と見なされるべきものであったが[81]、それに歴史的に対置‐前置されるものとして、「ナロードノスチ」という概念が立ち上げられたことは、ある意味で決定的な認識論的変化をもたらすものであったと言える。というのは、「ナロードノスチ」という「容器」がその内容物、その具体性を問う以前に理念として成型されたことによって、そこには必然的に人工的なものの＝他者的なものの対立物として（相対的に）〃自然〃にして〃原初的〃な自己性――民族の「原料」――という表象-想像を惹起することにつながるからである。そして、その曖昧な規定性に凭れかかるかたちで、その「内容物」は一つの連帯を形成することとなった。近代的「国民」に対する前近代的な「民族」、或いは超歴史的な民族の〃核〃がここに発見されることになったのである。それは（戦前から唱えられていた「民族の永遠性」という非科学的な願望とは一線を画すものとして）マルクス主義という科学的な衣装を身に纏って提出された理念であったが、勿論、そのような認識は、前近代的な民族と近代的な国民とを無媒介的に接合するものであったという点で、戦前のそれに限りなく接近するものでしかなかった。

　では、その理論的布置はいったいどのような言説の配置の中で可能になっていたのだろうか。実際に、スターリンの言語学論文を読み解くことで考えてみよう。

　スターリンの言語学論文「マルクス主義と言語学の諸問題」の要点は、言語が階級的であるという発想、民族語が上部構造であるという発想（すなわち近代の産物であるという発想）、この二つの発想を否認するところにあった（この規定は、当時のソヴィエト言語学の主流派を形成していた、言語学者、ニコライ・マル〔一八六五―一九三四〕の学説に対する批判として展開されたものである）。「階級のない社会では階級的な言語などというものは問題にもなりえないことは理解するに難くない。原始共同体的氏族体制は階級を知らなかった。したがってそこでは階級的な言語もありえなかった、――言語はそこでは全集団にとって共通、単一なものであった。……いたるところすべての発展段階において、言語は社会における人間交通の手段として社会にとって共通かつ単一であり、社会的地位にかかわりなく社会の成員平等に仕えるものであった」（コンスタンチーノフ・アレクサンドロフ監修／ソヴィエト研究者協会訳『弁証法的唯物論と史的唯物論』大月書店、一九五二・一〇、付録「マルクス主義と言語学の諸問題」、五七一頁）――とスターリンは言っている。

では、スターリンは、われわれが考えるところの階級的言語差をどのように理解していたのだろうか。彼によると、言語は階級に対して無差別であるが、各階級は言語に対して差別的である、そして、人々は自己の利益のために言語を利用し、自己独特の語彙・専門語・表現を言語に押しつけようと努めるが、とりわけ有産階級の上層部は、階級的な「方言」としての通語《ジャルゴン》、サロン語をつくりあげるのだという。しかしそれらは決して「言語」ではないと強調する。なぜならば、それらはある「言語」から派生した二次的な変種《ヴァリアント》のようなものに過ぎず、それ自身固有の文法組織や基礎的語彙を持っているわけではないからである。さらにそれらは、階級の上層部の成員の間での狭い通用範囲しか持たず、社会全体にとっての交通手段としては役立たないからである。

スターリンの言語論に対する言語学的見地から見た妥当性については今ここではさしたる問題ではない。ここで重要なのは、この主張が、「言語の発展を人民大衆の活動や生産と結びつけ、諸民族にとってその自国語を放棄することが不合理かつ不可能であることをしめ」すものであると受けとめられたように（同上『弁証法的唯物論と史的唯物論』、二〇頁）、また上述、藤間によって資本主義以前＝前近代に遡って「ナチオン」＝国民を把握しなければならない、と意識化されたように、この言語観を拠り所として民族（日本人）・民族語（日本語）が歴史的に実体として存在していたかのような視線が形成されることになったという点である。

スターリンの見解で重要なのは、方言や階級語のような変種《ヴァリアント》を「言語ではない」と考えている点であるが、社会の中にばらまかれている地域的変種（方言）、階級的変種、職業的変種、個人的変種、或いは文体などは、文字通り「言語」から派生した変種であって「言語」ではないと考えられていた（ただし、スターリン論文は「変種」という用語は使っていない）。その場合、言語／変種の二者関係は、あくまでも一次的／二次的、オリジナル／劣化コピーのような非対称的関係として考えられることになるが、熟考するまでもなく、その場合における「言語」、すなわちあらゆる変種を全て取り除いた後に出現するであろう純粋な「言語」とは、実質的な対応物を持たない、理念的なレヴェルにおいてのみ仮構が許されるようなものでしかないのであって、実際には、文体／方言／言語の区別を科学的に認定することは不可能である。言語とは変種の混淆態のことでしかなく、それに政治的な切断を施すことによって初めて可算的な「言語」なる仮想が抽象されてくるのであってみれば、スターリンの考える「言語」とは「内容物」を持たない純粋な「容器」のようなものでしかなかった（人工的に作られた「国語」もまたそのような変種の一つでしかなく、他の変種との区別も恣意的である）。その意味においては、皮肉にも、言語は階級的ではなく単一である、といったスターリンの所説は正しいのだが（中には何もないのだから分裂しようがない）、言語学者の時枝誠記《ときえだもとき》（一九〇〇―一九六七）が適切に指摘したように、「言語は、たといス氏が単一説を主張しても、歴史的事実としてそこに差異が現れ、対立が生ずるのは、如何ともし難い。もしそれを階級性といふならば、言語の階級性は言語の必然であつて、これを否定して単一説を主張するのは、希望と事実を混同した一種の観念論に過ぎない」（「スターリン「言語学におけるマルクス主義」に関して」『中央公論』六五‐一〇、一九五〇・一〇、一〇二頁）ということになるだろう。

　となれば、問題は、スターリンの言語論から導出された民族論の観念性である。石母田正は「歴史学における民族の問題」（『歴史と民族の発見』東京大学出版会、一九五二・三（初出、一九五〇・九、補修、一九五一・一二））において、スターリン論文に導かれる形で「民族」の再措定を試みている。石母田は、日本の戦前の社会学者・政治学者・近代史家が、明治以後成立した「近代的ブルジョア的民族」（石母田はこれを「国民」と考えている）を過去へと投影することによって民族を超歴史的に観念化し、歴史の発展から離れた民族性や国民性を規定しようとする傾向を持っていたと批判し、民族はあくまでも歴史的カテゴリーとして考察されるべきだという主旨の主張を行っている（一〇五頁以下）。しかしながら一方で、石母田は、「「民族」というものは資本主義の産物であって、それ以前の段階には「民族」はないのだから、近代民族の歴史さえ学べばよいという議論」に対しても（一定の同意を示しながらも、結局は）「反対」の意を表明している（一三八頁）。石母田の基本的な考えは、歴史を単純に（近代と前近代とに）截断してしまうことなく、統一や地盤を検討することによって初めて区別や分離の議論が可能になるというものであって、その点では、ネイションを純粋に近代の産物とみる「近代主義者」と、ネイションを恒久的な存在とみる「永続主義者」との中間にネイションとエスニシティーの関係を措定するアントニー・スミス（一九三三―　）の基本的立場に類するものであったと言える（アントニー・D・スミス／巣山靖司・高城和義・他訳『ネイションとエスニシティ―歴史社会学的考察―』名古屋大学出版会、一九九九・六〈原著、一九八六〉）。そこで石母田が展開した主張の骨子は、「ブルジョア的民族の成立の問題は、「民族」の存在しない封建社会から、「民族」が出現してくる単純な過程として把握されるのでなく、封建的民族＝ナロードノスチが、それに固有な矛盾の展開の結果がいかにしてブルジョア的民族＝ナーツィヤ（筆者注、国民）に転化してゆくかという過程として、全構造的に把握されることが必要」だというものであった（一二〇頁）。そして「ブルジョア的民族の「萌芽」や可能的な要素が、前近代社会にあったというだけではなく、それらの萌芽や要素の主体としての社会集団が全面に出てきた」（傍点原文、一一七頁）と主張するに至るのだが、ここで肝心なのは、その「主体としての社会集団」に関連して、「大衆や人民といわれるもの、あるいはこれらの民衆の労働こそが、段階と段階、時代と時代を一つの鎖につないでゆく地盤を形成」しているとしつつ、「この大衆こそが民族」なのだと主張している点である（一四〇頁）。つまり、「民衆」＝「民族」を「鎖」として歴史が連続しているというヴィジョンが明確に示されることとなったのである。勿論、このような主張は、「ブルジョア的民族が社会主義的民族にいたる過渡的なものにすぎないこと」（傍点原文、一二一頁）を確認した上で、それゆえにブルジョア的民族＝近代的国民を克服可能なものとして再措定するという未来志向的なメッセージを意図するものであったのだが、石母田が「動かないと見えるほどひじょうに転変ののろい」「土壌にちかいもの」の生産者として民衆＝民族の存在を規定した時、それが一国史《ナショナル・ヒストリー》という学的編制の枠内において発展段階論的に捉えられるものである限りにおいて、そこで規定される「民族」が超歴史的に実体化されるのも一つの必然的帰結であったと言わざるを得ない。

戦後歴史学はこの時に提出された石母田の民族観をほとんど検証することなく無批判に継承していったとされるが（磯前順一「石母田正と敗北の思考─一九五〇年代における転回をめぐって─」安丸良夫・喜安朗編『戦後知の可能性─歴史・宗教・民衆─』山川出版社、二〇一〇・一二、参照）、この当時のマルクス主義史観が歴史学にとって、或いは石母田にとって、どれほど強固な絶対的公式であったのかという点をここで簡単に確認しておきたい。戦前のアカデミズムが演じた種々の非科学的言説の垂れ流しという負の記憶は、戦後のアカデミズムにおいて科学主義への性急な凭れかかりを促すことになったが[82]、石母田は、自身のマルクス主義歴史学と、実証主義歴史学とを峻別した上で、「マルクス主義歴史学が本来真の実証的精神にみちている科学であり、近代的歴史学の基礎としての実証性を正当に継承したものがマルクス主義歴史学である」（『石母田正著作集』第13巻「歴史科学と唯物論」〔初出、一九五六〕、七九頁）と強調している。そして、「周知のように、実証主義の欠点は、個々の歴史的事実の相互の連関、その発展を全体的に認識する点、いいかえれば対象の法則＝本質を認識する点などにおいて不十分なことであった（だから、多かれ少なかれ観念論が支配する）。……したがって、個々の歴史的事実、あるいはそのせまい領域においては、十分に唯物論的であり得ても、社会の全体制、その変化等の問題になると、その唯物論的＝実証的立場をつらぬき得ない弱点があらわれてこざるを得ない。高い実証主義歴史家といえども、歴史の全体の把握になると宗教的その他の観念論的妄想にとらえられることが多かったことは、史学史のしめす通りであり、その一部は天皇制的な歴史観とさえ結びつき得たのである」（同上、八〇頁）と指摘する。つまり、石母田にとって、実証主義史学は実質的に封建制イデオロギーの保護装置であり、厳密な意味で科学的でありうるのは、唯一、マルクス主義唯物論だけであったのである。マルクス主義歴史学は、主観の入り込む餘地のない徹底した唯物論的立場であるがゆえに、実証主義以上に実証的であり、客観主義以上に客観的であった。そのために、ブルジョア的イデオロギーと結びついている実証主義を超克し、プロレタリアートの世界観としての弁証法的唯物論を徹底させることが正当な道であると信じることができたのだ。石母田にとって「歴史」とは「いかなる人間の、歴史研究者の解釈からも独立した世界であり、それ自身の客観的法則によって動いている」ものであり（九一頁）、歴史学は「客観的絶対真理へ一歩一歩ちかづくために」努力されるべきものであった（八六頁）。ゆえに、「科学的であるということは、唯物論的立場に立つことを意味するし、必然的にそうならざるを得ない」（同上、六一頁）という石母田の眼に映った「民族」もまた、（彼がその後もこの時の民族観を放棄していなかったところから見ると）決して研究主体のパースペクティヴに応じて仮構的に立ち現れてくる一つの「観念」などではなく、言わば証明不要のア・プリオリな絶対公式によって裏付けられた、そして歴史の客観的法則の中に埋め込まれた、実体的存在であると見なされることになったのだと考えられるのである。

ところで前述したように、スターリンは言語は上部構造ではないと規定していたのだが、それは社会変革が起こり、下部構造（土台）が変わっても言語はそのまま存続し続け、変化しないという認識に基づくものであった。言語を、変化するもの（断絶したもの）と見るか、変化しないもの（連続したもの）と見るか、この二つの側面のどちらに焦点を当てるかで言語に対する基本認識は異なってくるのだが、言語というものがその点における両義性を有するものである以上、どの程度、時間的に自己同一性を保持するものであるのかは、恣意的な判断に委ねられることになる（書記と音声という二つのシステムの互換が必然化された近代から見れば、人々の認識は後者に流れやすくなるだろう。とすれば、過去の書記はそのまま過去の音声を再生するものという認識もまた自然で正当なものとなってくるだろう）。スターリンというドグマを経由することによって[83]、言語の不変性に照準が合わせられることになり、それによって、言語は確かにゆるやかに変化するものではあるものの、基本的には文化的規定から離れた超歴史的なものであると見なされることとなったのである。つまり、歴史の中には確かに〝変わるもの〟と〝変わらないもの〟があるのだが、民族と言語は後者へと位置づけられるべきものとして考えられるようになったのである（ちなみに、そのようなヴィジョンが、「永遠」「不易」という形容詞によって価値化されてきた「古典」に接続しやすいのは言うまでもない。例えば、戦前の国文学者の発言の中には次のような主張も少なからず見られたが、このような認識が全く対極的なマルクス主義の所説によって再び正当性を附与される可能性が出てきたのである――「日本文化は日本の民族や国民と独自の歴史や風土との関連に於てその性格や精神を形成して居る点が多いのである。……もとより文化の歴史性は時代によつて変遷する方向もあるけれども根本に於て一貫した不易性が存するのである」〔久松潜一「文化と国民的性格」『国文学 解釈と鑑賞』六-九、一九四一・九、一二―一三頁〕）。

ここで注意されるのは、スターリンの教条主義的な言語論が、言語の階級性の克服という目標を現実的水準においてではなく、（もともと階級などなかったのだという論法に訴えることで）理念的水準において完遂してしまったことである。その結果として、民族と民族語は超歴史的なものとして実体化されることとなった。換言するならば、無階級社会という目標は、純粋にまだ見ぬ理想態へ向けた未来志向的な運動としてではなく、失われた過去の回復として物語化されることとなったのである（まさにその意味において、マルクス主義という自称科学は、ロマン主義へと転倒してゆくことになる）。

杉浦明平（戦後共産党に入党。後、党規違反により除名）はこう言っている――「国民文学というものは、帝国ホテルの食堂でボーイが運んでくるものではない。それを抵抗《ママ》する国民そのものが、もしくは国民そのものとの、不可分離的協力によって、こしらえるものにほかならぬ。文学者は国民の解放及び抵抗活動や意欲や感情を国民じしんから頒けてもらって、その行手をより明確にするように、形象化する、いわば国民の文学的代理人になるのである。……われわれ、つまり小市民インテリゲンチャは歴史的社会的な成りゆきによって一般国民大衆とは生活的に、従って文化的にも感情的にも切りはなされていた。長いこと、はなれていた体を一つにもどすということがどんなに困難であるか、ここでは言う余裕がない」(『国民文学の基礎』『日本文学』三-六、一九五四・六、一五―六頁、傍点原文)。

そこで知識人は、「言語は階級的ではない」という所説を受け容れつつ、現実には階級的であるように見える言語変種をいかに処理してゆくべきかという課題の解決を迫られることとなった。つまり、階級的であるはずのない言語が階級的に分裂しているという状態が現実社会の中で是正されるべきものとして強く意識づけられることとなっていったのである。その上で、現状の言語が分裂しているのか否か、分裂しているとしてどのようなかたちへと変革するのが適当かという論点が提出され、それぞれの所感が述べられてゆくこととなった。それらの議論は必ずしも画一的なものであったわけではないし、また、国語の成立/不成立の問題についても意見は分かれていたが、概ね一致していたのは、「民衆の生きた言葉」を回復しようというヴィジョンであった。ドイツ文学者、新島繁(一九〇一―一九五七)はこう述べている――「労働者を先頭とする国民大衆の生活現実、およびそれに伴う社会的行動・実践が最終決定的な原動力となつていて、そこから生まれる生活感情、社会意識が、一方では、集積された民族的語彙の宝庫のなかから今日において生ける言葉をつかみ出すことを可能にすると共に、他方では、自己の行動・実践が必要とする新しい語彙や語法を発見し創出することをも可能にするのである。かくて、そのような国民大衆の生活現実=社会的行動・実践と、生ける言葉との結合においてこそ新しい「文体創造」の契機はつかまえられることになるのである」(『国民文学の《流れと鏡》において―新しい日本文学の「伝統と創造」の問題―』民科編『国民文学論』、七三―四頁)。そして、山本健吉はこう言っている――「庶民たちはあらゆる意味で文学の対象からはみ出してしまったのである。庶民はあらゆる時代に於て、文学がすくい取る網の目から取りこぼされて、表現の外に残されてきたが、それでも例えば、『古事記』が拾い残したものを『万葉集』が、或は『源氏物語』が拾い残したものを『今昔物語集』が、『謡曲』が拾い残したものを『能狂言』が、という風に多く断片的ながら表現の機会を見出だしてきたのである。『閑吟集』や『俳諧七部集』などもこの中に数えてよいであろう。……それらはまだ庶民の生きた言語から甚だしく引き離されていず、健康な生命力に呼吸ずいており、言語と民衆とのシノニムがそこでは多かれ少なかれ実現されているといえるのだ」（山本健吉「国土・国語・国民―国民文学についての覚書―」『理論』、一九五二・八、『戦後文学論争 下巻』、一二八頁）。

左派系知識人にとって、民衆の言葉こそが「生きた言語」であったのだが、そのような認識を裏側から支えていたのは、自らの言葉＝「国語」が近代によって作られた死んだ言葉、天皇制イデオロギーの産物であるという思いであった。「我々、上流階級のものは、既に甚だしく民衆から、つまり生きた言語から引き離されている」（山本健吉、同上、一二五頁）。「文壇という閉ざされた地帯」「で用いられる言語はまた、民衆の間の生きた言語とは切離された特殊用語に昇華してしまっている。このような世界に閉籠められることから来る窒息感、外界に窓を開いて新鮮な空気を胸一杯吸いたいという欲求――このようなものが国民文学の要望への根底には在るのだ」（山本健吉、同上、一二七頁）。

それゆえ「国語」はいまなお成立していないという見解も出された。例えば、劇作家、木下順二（一九一四―二〇〇六）は、（かつて「国定教科書というやつで」「教えられた」）標準語を、たまたま東京に首府が置かれたという政治的な理由によって措定されたに過ぎない、「歴史的必然性」を欠いた言葉、「どの地方のどんな家庭でも用いられてはいな」い言葉、「大変つまらない言葉」、「死んだ言葉」であると批判している（「戯曲の言葉について」『近代文学』七‐八、一九五二・八、『民話劇集』第一巻「あとがき」、未来社、一九五二・六、「戯曲の言葉に就いての随想」『不死鳥』一、一九四九、一）。また、竹内の文章にも簡単に「国語が成立しているかいないか（私はいないと思う）ということ……」といった一文も見えるが（「文学の自律性など―国民文学の本質論の中―」『国民文学論』東京大学出版会、一九五四・一、一〇一頁（初出、一九五二・一二））、一方で、民衆の言葉の汎用性‐通用性の低さを冷静に見極め、当時の標準語を肯定する見方もあった。フランス文学者、小場瀬卓三《おばせたくぞう》（一九〇六―一九七七）は、国民文学成立の条件として、民族の成立と共に、国語の成立を指摘しているが、その中で、「昨年の秋から、国民文学の問題が提起されて以後、新聞雑誌に出た論文を見ていると、標準語は、あれは国語ではなく、日本では国語はまだ成立していないのだといったような意見がちょくちょく眼につく。これらの人々が強調されることは、標準語（＝教科書の言葉）は、あれは天皇制が造りあげた、いわば人造語であつて、生きた言葉ではないということである。しかし私は、これはいささか大胆にすぎる発言ではないかと思う」（小場瀬卓三「国民文学の諸問題―外国文学研究者の立場から―」民科編『国民文学論』、一四一頁）と言っている。ここで言う天皇制による人造語という発想は、「儒教思想を取り入れ、国民を愚民化することを根本方針として天皇制が、むやみやたらと漢字を用い、新しい言葉を造る必要に迫られた場合にも、この漢字で言葉を造っていったので、日本語がやけにむずかしいものになつてしまった」という認識に反映されたものであったが、小場瀬は、その点は認め、また仮名やローマ字を用いることで国字を平易化させる方向で努力すべきことを唱えつつも、やはり国語は成立しているとする。その根拠の幾つかは、例えば、木下順二のような「国語不成立論者[84]」による、方言のほうが生活実感をよく現しているという主張に反論するかたちで述べられたもので、方言が「いまの日本人の複雑な生活感情を全面的に表現しうる」とは考えにくく、「政治や経済や科学上の問題を論じるとなると」方言ではどうにもならない、というものであった。鹿児島の山奥で標準語が通用しなかったというのは例外的なもので、実際、ラジオが普及し、著名作家の傑作が放送され全国で聴かれているという状況から、国語は成立していると主張する。そしてさらに、そのような学校で教えられる人造言語にしても、明治以来の作家が「できるだけ美しい、使いやすい言葉にしようと」努力を傾けてきた結果としてできあがったものであって、それを国語として受け容れるべきだと唱えている。

既にその一端に触れたように、当時の知識人には、「国語」が西洋語に範をとった人工的な言語であるという共通認識があった。(85) それゆえ、その対極に歴史的に不変の自然な言語が残存しているはずだという楽観が発生する餘地が作られたのだが、それは、換言すれば、書き言葉の世界に他者性が意識されることによって、話し言葉の世界に自己性が発見されるという認識論的回路の効果でもあった。それまで文字を持ったことのない、ましてや（自らの主体性によって）文学作品などを生み出したことさえない「民族」、つまり「民衆」の声を〝われわれの声〟へと吸収することによって自己性を回復することができるはずだ、という無根拠な欲望がそこには潜在していた。そこで、木下順二は、方言を用いた民話劇という一つの実験を行っているのだが（『民話劇集』第一巻「あとがき」、未来社、一九五二・六）、その方言とは、どこか特定の地方の方言をそのまま利用したものではなく、さまざまな地域の方言を取り混ぜて作ったパッチワークのような「方言的な」言語であった。木下は、「方言的ニュアンスやリズムや味わいを強く保ちながら、しかしどこの地方の人々にも分る言葉」という意味においてそれを「普遍的方言」を作る試みであると称しているのだが、それは彼にとって「歴史的必然性」を欠いた標準語の中に含まれている、「夾雑物や不必要な要素を整理」することであり、「純粋な日本語」の探求を意味するものであった（ちなみに、木下は東京生まれ、小学校までは東京育ちである。旧制熊本中学・第五高等学校を経て、東京帝大文学部英文科及び同修士課程を修了した）。しかし、木下の実験は、所詮、既存の標準語に対抗的な、もう一つの標準語を作る試みに他ならず、それが母語話者の存在しない人工語であるという点では、それこそ「歴史的必然性」を欠いた政治的仮構物でしかなかった。また木下は、別の文章で、「正しい標準語」を「水の味をぬいた蒸溜水」で、「誰もどこでも使ってはいない」言葉であると述べ、そうであるがゆえに、そのような言葉によって戯曲を書こうとしても、そうして出来あがった「紙の上に並べた文字は、大抵何か「わざとらしい」ような「作りもの」のような」ものになってしまう、だから「戯曲のせりふを書く場合、人物のイメージがリアルに浮んで来れば来るほど、彼はどこかの何かの方言をしゃべり始める」と言っているのだが（「日本語の不便さについて―劇作家の立場から―」竹内好編『国民文学と言語』

河出書房、一九五五・一〇、一一六―七頁）、それにしても、そのような言述それ自体、自己性（＝方言）の内部を浸食している夾雑物（＝標準語）を排除することによって、自己自身との直接性・無媒介的一体性・純粋性を回復することができるはずだ、という根拠の乏しい信念と願望に支えられたものでしかなかった。

また、『山びこ学校』、サークル文学に代表されるように、田舎の子どもたちに文章を書かせたり、農民や労働者を文学の主体へと仕立て上げることもまた（口頭の発話を仮名文字へと変換することによって、それらを「方言」という「言語」の派生物として自らの内部に組み込めるようになる）、自らの普遍語＝共通語の体系の中へと本来的な自然性を吸収させる試みに他ならず、それ自体がやはり完全に他者化してしまった自己の自己性を、民族的原初性としての自己性を回復することができるという夢想に他ならなかったのである。そうして「民衆」はもともと、日本語を話す日本人、日本民族であったとして表象の内部へと回収され、歴史的に抹消されることとなった。ここにおいて、「国語」の人工的構築性＝他者性という問題は、超歴史的な「民族語」の自然性＝自己性の発見によって置換され、あっさりと解消されてしまうのである。例えば、永積安明は、「日本の大多数の国民わ《ママ》、ひとにぎりの文壇的知識層とかかわりなく、よかれあしかれ伝統のなかに住みつず《ママ》け、けっして「断絶」などという気のきいたことわしていない」と述べているが（永積安明「文学的遺産のうけつぎについて―日本古典と現代―」『文学』二〇―三、一九五二・三、二二九頁）、そのような理解は、「現代のことばが過去のことばの遺産のうけつぎなしにわ《ママ》、ぜったいに民族の共通の場として成りたつことができないという単純な事実」、「文学がなによりもまず、ことばの藝術であるということ、文学の第一の要素がことばであり、日本語なしに日本の文学わありえないという事実」、このような言語の連続性という認識の上に成り立っていた（同上、二二六頁）。またドイツ文学者、新島繁などは、「単語（語彙《ボキャブラリー》）において、われわれの言葉が、『枕草子』ないしそれ以前から今日まで共通するものを夥しく持つているばかりか、あの〝俳諧的自然観〟などの点では、むしろ――幸か不幸か――清少納言から宮本百合子への直線が想定されるほどに、いわば民族的思考形式としての発想法に一貫性」が認められるとして、スターリン論文との整合性を唱えている。さらには「民間語ないし方言といえども、それらは完全に別個の起源をもつ独自のものではなくて、そこには過去の主導的勢力から伝えられ、彼等なりに受けとめられた語彙や語法も夥しく集積されているものと見るべき」だとして、単一の民族語を過去に想定する見方を採っている。それに加えて、「わが国の伝統藝術は、実に、大衆的には存続して居るが、個人主義的（近代的）インテリ層の間では断絶していた」（傍点原文）という認識が示されていることをあわせ見るならば、民衆＝民族の歴史的連続性から近代（すなわち知識人たる自己）が分裂‐遊離してしまった（がゆえに、民衆を主体とするかたちで過去の統一性を恢復しなければならない）という典型的なスターリン主義的国民文学論者の理解図式をここに見出すことができるのである（「国民文学の《流れと鏡》において――新しい日本文学の「伝統と創造」の問題――」民科編『国民文学論』、七〇―八〇頁）。

以上から、ここでいったん整理を加えておけば、近代「国民‐国家」の認識論的次元における形成は、明治以来、単一のプロセスとして展開されてきたわけではなく、大別して二段階のステップが存在したということが明らかとなる。まず第一段階として、近代的な「国語」の創設による国民統合が企画‐実践された。そこでは、国粋主義的な国学者グループが（保田與重郎のような一部の理論家を除き）、前近代からの民族的永続性を実体的に信憑するような言説を拡散させており、国民と民族とはその時点で既に一体化されていた。しかし、左派系知識人は国民統合が近代の所産であることに気づいていた。そこで戦後、第二段階として、前近代的な「民族語」の（想像的）創造による「民族」の統合と、「国語」「国民」への吸収が遂行されたのである。それが左派系知識人によって推進されたというのがここでの鍵鑰となる。つまり、これによって左派・右派ともに民族の永続性というヴィジョンを理念的な次元で共有し、完遂させてしまったのである（そして誰もいなくなった）。その後、民族の仮構性に対する点検は、国民‐国家論という西洋の眼差しの輸入を待たなければならなかった）。戦後の国民文学論はまさにその意味において「国民-国家」編制の歴史における重要な認識論的転換点として位置づけられるのである。

知識人と民衆の乖離

以上、「国民」「民族」が分裂しているという現状認識が形成されていた当時の状況が確認されたが、ここで問題となるのは、この当時、なぜ「分裂」しているという意識がここまで強かったのか、という点である。勿論、マルクス主義思想によって主体化された彼らが、階級を克服するという使命を背負うものである以上、階級的分裂という現状認識から自らの言論を立ち上げるのは当然の成り行きであっただろう。しかしながら、分裂しているという状態は、それを社会的な常態（非敵対的矛盾）と見るにせよ、或いは克服されるべき異常事態（敵対的矛盾）と見るにせよ、いつの時代においても見られるものであったはずである。そのような「分裂」という理念-表象を、克服されるべき矛盾として彼らに強く意識させたものは何であったのか。

その可能性の条件として考えられるのは、戦後知識人が基本的に（直接的-間接的な）戦争体験者であったという事実である。具体的には、戦中における〝軍隊〟という空間編制（平時のヒエラルキーが無化或いは転倒し、軍人として平等に無産階級化されつつ、「星」の数で厳格に階級化された社会空間の編制）の中での体験、或いは〝疎開〟という人口移動によって上層民と下層民の接触空間が形成されたという事態の中での体験である（とは言え、勿論、戦争体験といっても一律なものではなかったし、世代や階層によって体験の意味するところには断絶もあった。福間良明『「戦争体験」の戦後史―世代・教養・イデオロギー―』〔中央公論新社、二〇〇九・三〕、高田里惠子『学歴・階級・軍隊―高学歴兵士たちの憂鬱な日常―』〔中央公論新社、二〇〇八・七〕参照）。通常、一般論に即して言えば、自らの周囲には同一階層の人間が集合する傾向が強く、異なる階層の人間と社会的意味をもって接触し、関係化されるという機会はそう多くはない。しかし、戦争による社会階級の攪拌は、自らとは〝全く異質な存在〟とも同じ共同体を形成しなければならない、という異常事態へと知識人を追いやることとなった。小熊英二『〈民主〉と〈愛国〉―戦後ナショナリズムと公共性―』（新曜社、二〇〇二・一一）は、特権階級出身である学徒兵が経験した、下層出身兵との共同生活の中で感じとった民衆への嫌悪と尊敬というアンビヴァレントな心情を描き出している（五三頁以下）。自らに向けられた反感・憎悪、リンチという暴力を目の当たりにし、農民出身兵を「卑しさだけがあって、屈辱ということを知らぬ人びと、ごまかしの名人、盗みのベテラン、勝てる喧嘩では、徹底的に傲慢であり、敗ける喧嘩には、徹頭徹尾、卑屈になる人びと」（安田武『戦争体験―一九七〇年への遺書―』未来社、一九六三・七、一六四頁）と回想する者や、「ぼくは予想以上の大衆への嫌悪に悩まされた。彼らを人間だと思いたくなかった」（日本戦没学生記念会編『きけ わだつみのこえ 第二集』岩波書店、岩波文庫、一九八八・一一、一七八頁、松永竜樹の手記）と記録するものがいた一方で、素朴な義理人情を行動原理とする下層出身兵のほうが、自己の行為を論理で正当化しがちな学徒兵よりも倫理的な行動をとる場面もあり、「敗走中、病気や負傷で落伍してゆく兵隊に、看護のため一緒に落伍していったのは多くそのような兵士たちであった（私は彼らを見捨ててきた）」と、体験談を述べる元学徒兵もいた（半澤弘「歪曲された農民兵士像」『思想の科学』、一九六二・四、一〇一頁）。

社会学者、山本明（一九三二―一九九九）は、一九五〇年代前半当時の大学生時代を回顧しつつ、「このころは、都市と農村とは完全に分裂していた。都会から村に行くと、これが同じ日本かと疑うほど、万事が違っていた」、「地方が開発され、都市も農村も同じ日本だと人々が考えるようになったのは、一九六〇年以降のこと」などと述べている（『戦後風俗史』大阪書籍、一九八六・一一、九六―七頁）。都市と農村の対立という歴史的状況は、例えば、『歴史学研究』一五五号（一九五二・一）に掲載された「歴史学はどうあるべきか」と題する座談会における以下のような発言からも窺われる（五二頁、中国史家、古島和雄（一九二一―二〇〇四）の発言）――「戦争中田舎へ疎開した都会の人たちが、一人残らずという程、まるで骨身に徹したような憎悪感をもって、百姓ってのはひどい連中だと言うようなことを言っていた。所が敗戦後に少し活気ずいてくると、まるで都市にはあるが、農村にはないものが近代的なものだと言わんばかりに、そうしたひどいめに合《ママ》わされたようなことは、農村が遅れているからで、どうしてもその近代化を計らなければならないと言い始めたわけです。所が少しばかりいろいろなものをおしつけてみてもどうもうまくゆかないと、やはり遅れた農村はどうにもならないというような事を言いはじめる。つい先程までもっていた憎悪を今度は軽蔑することによって忘れてしまおうとするのです」。また、映像作家、宮崎駿〔一九四一—　〕は当時を振り返って、「農村の風景を見ますと、農家のかやぶきの下は、人身売買と迷信と家父長制と、その他ありとあらゆる非人間的な行為が行われる暗闇の世界だというふうに思いました」〔「それぞれの八月十五日」堀田善衛・司馬遼太郎・宮崎駿『時代の風音』朝日新聞出版、一九九七・三、一六五頁〔初出、一九九二・一一〕〕と述べている。

そのような中で左派系知識人が描いていた民衆像とは、例えば、以下のようなものであった。高沖陽造はこう言っている——「一般国民は真の意味の宗教改革もルネッサンスも経験しなかつたし、またブルジョア革命も経験しなかつたので、ほんとうの自由な社会的空気を吸つたことはなかつた。彼《ママ》は外部の自由を獲得しなかつたので、心の内部においても自由ではなかつた。彼らは外部において天皇制専制主義の鉄の鎖《ママ》りに縛られていたように、心の内部においてはいろんな偏見や既往の信条に心の自由を縛られていたのである。地主や村長や町の顔役に対する遠慮、いろんな偶像に対する迷信、お上の威信への追従、氏神への盲従などの自由な批判をさまたげる重い偏見のきずなで、かたく縛られていたのである」〔高沖陽造「文学サークルと国民文学」民科編『国民文学論』、一九三頁〕。つまり、自由な主体であるところの高沖の眼からは、民衆とは天皇制-封建制-前近代性の桎梏に絡め取られた、解放されるべき対象であったのである。そして同時に、彼ら知識人の心底には、いつ暴走するかわからないという民衆への不信感もあった。例えば、遠山茂樹などはこう言っている——「勤労民衆が本来侵さず侵されざる民主的革命的ナショナリズムへの志向をもっていることは、疑いない事実であろうが、指導なき組織なき、民衆の本能的なナショナリスティックな感情の爆発が、いかにアルトラ・ナショナリズムの基盤に利用されてきたか、たとえば権力者の弾圧はまだしも、この抗すべからざる大衆の「好戦」的感情の怒濤の前に、いかに良心的平和主義者が孤立の苦杯を喫したか、わが国の反戦思想史の一頁でもひもといた者には、民衆の善意への底抜けの楽観に安んじてはおれない。民衆の善意を信ずればこそ、民衆の革命的志向を貴重とするからこそ、指導なき組織なき場合の恐ろしさを、かえって身に沁みて感じるのである」（遠山茂樹「二つのナショナリズムの対抗―その歴史的考察―」『中央公論』六六‐六、一九五一・六、三四―五頁）。逆に言えば、だからこそ、知識人は「民衆」を何とかしなければならない――啓蒙しなければならない、統治《ガバナンス》‐監督しなければならない――と強く意識せざるをえなかったのである。

さて、「日本人」という単位が危ぶまれているという類の危機意識を煽るような発話の中で、「国民」「民族」の訴求‐統合を図るような言説は、近代化の歴史の中で幾度も言い古されたクリシェとして、一定のパターンをもって形成されたものであったが、当時の知識階級にとって、「アメリカ帝国主義」の植民地支配‐奴隷化へ抵抗するためには、民族の独立は、何としても達成せねばならない現実の克服課題であった。そのためにはまずもってその主体となるべき「民族」が確立していなくてはならなかったのだが、その前提として、知識階級が現状の中に見出したのは、知識階級と民衆とが分裂して連帯をしていない、という一つのヴィジョンであった。小熊英二が指摘するように、「当時の日本は、人びとが地方と階層によって分断され、均質な「日本人」などという概念が、およそ通用しない世界であった。……当時の進歩的知識人や共産党系の論者たちが、「民族」や「国民」の成立をめざすべき目標と考えたのは、こうした社会状況を背景としていた」（『〈民主〉と〈愛国〉』、二六〇頁）のである。

国民的歴史学運動

ここで国民文学論と連動して展開された「国民的歴史学運動」についても触れておかねばならない。それは、マルクス主義唯物論を理論的基盤に置いたものであり、その運動それ自体が一種の階級闘争として展開されることになったのだが、それに際して、彼らがまずもって直面したのは、自らがインテリゲンチャであって、民衆からは乖離した存在であるという自己認識であった。そこで国民的歴史学運動の担い手たちは、「もっと農民の生活の中にとけこみ、農民の思想と感情に学び、私たち自身を変えてゆかなければ、学問は一歩も前進しないのではないか」（加藤文三「国民的歴史学について」『歴史評論』四四、一九五三・四、六七頁）という反省から学問と自己の変革を自らに課し、研究室や書斎の中に閉じ籠もっていては真の歴史、真の社会は見えてこないと考え（リテラシーが社会の固有階層に寡占されていたという歴史的条件を勘案するならば、文書史料は必然的に権力者＝識字階級の視点《パースペクティヴ》に依存したものとならざるをえない。となれば、そのような文書史料に依拠して描き出される歴史像もまた、喪失された非識字者の視点を、忘却という作用によって捨象せざるをえなくなる）、従来的な歴史記述が黙過してきた存在、そのような民衆の〝声〟を拾い上げようとしたのである。そして自ら農村へと、工場へと足を運び、聞き取り調査や民衆自身を書き手へと育て上げてゆくことで、農民・労働者と共に歴史を作るという運動を志してゆくこととなったのである。

それを文学運動の側面から言えば、工場において組織された企業内労働組合を利用するかたちで、サークル活動や学習会を催し、労働者が文筆活動に関わってゆくことを積極的に奨励してゆくというものであった。そこでは、題材として民衆を描くというだけでなく、書く主体として民衆を育成することが慫慂されたのである。つまり、それによって民衆に自己自身を語る〝生きた声〟を与えることが企図されたのである。例えば、新島繁は「国民文学の《流れと鏡》において——新しい日本文学の「伝統と創造」の問題——」と題する論攷の末尾において、全国各地で展開された職場サークル誌における民衆詩・ルポルタージュ・長編小説に言及しながら、民衆に対する自らの期待の大きさを次のように語っている――「思うに、解放運動の高まりの中では、いかに労働者を先頭とする国民大衆の社会的行動・実践の中から、生ける言葉と新しい発想法とによる――即ち新しい「文体」による――真実の叫びが、本当の民衆の歌声が、あらゆる地域や職場から、町から村から工場から、逞しく湧き上つて来るかを、それは立証するものでなくて何であろうか」、「やがて新しい〝文壇〟の〝主人〟ともなるべき、実力ある作家は必ずこの新しい気運の中から生まれて来るにちがいない」（民科編『国民文学論』、八四―六頁）。

このような民衆への過剰な理想化は、民衆こそが歴史の主体であるという基本認識の上に成り立っていた。例えば、石母田正はこう述べている――「日本人が戦争から解放された結果、幾十万、幾百万の人たちが、あらゆる種類と形態の社会的実践を経験した。平和と独立と民主主義と生活の安定のためのたたかいのなかで、人民大衆こそ歴史の創造者であることを感じてきた」（『石母田正著作集』第13巻「歴史科学と唯物論」〔初出、一九五六〕、六九頁）。その他にも、「歴史上のもろもろの変革が具体的にどう進められるかということは、その変革のエネルギーとなる民衆の主体的な条件によるもので、社会構成や権力機構の分析から直接には出てこないのではないだろうか」、「われわれといたしましては、歴史は人民が作り出してきたものであることを、もう一度確認することが必要であることを痛感するものであります」（「《平和懇談会記録》歴史学はどうあるべきか」『歴史学研究』一五五、一九五二・一、西洋史家、太田秀通〔一九一八―　〕の発言、四七―八頁）といった言表に接することもできる。

このような認識は歴史学の外部、共産党の外部においても見られるもので、竹内好もまた「歴史をつくるものが民衆であるというテーゼの真実性を、私はほとんど疑わない。歴史のにない手はつねに民衆である。古今東西を通じてそうである。創造のもっとも深い根元は民衆のなかにある」（「日本の民衆」『国民文学論』東京大学出版会、一九五四・一、三頁〔初出、一九五三・六〕）と述べている。その根拠と考えられたのは、民衆の基本的属性、すなわち〝直接的生産者〟であるという属性であり、かつまた〝社会的多数者〟であるという属性であった。彼らはその属性ゆえに、社会的生産力を高め、或いはその低下を防ぐことができるという歴史に対する合法則性を持ち、そうである場合に限って権力の交替を要求することのできる唯一の存在となる、すなわち、「革命の主体」となりうる、というのが彼らの考えた（信じた）ロジックであった（同上、三頁以下）。

このように、民衆が歴史の主体として考えられるようになった背景には、民主主義的価値観の絶対化だけではなく、やはりスターリンの民族観が反映していたと思われる。民衆こそが民族の主体であり、そうであるがゆえに歴史の主体である、歴史の主体であるがゆえに革命の主体である、というのが左派系知識人の思い描いたスキームであったのである。

しかし、国民的歴史学運動は挫折する。現実の民衆が到底、革命の主体などにはなりえないことが徐々に明らかになっていったからである。石母田正は、民主主義科学者協会第六回大会に言及しつつこう述べている――「第六回大会は、民科が大衆の中に入らねばならないことを決定した。会員の中には、これを……科学者の「啓蒙活動」とだけ考えている人がまだ多い。これは重大な誤りである。大衆が自ら学ぼうとしていること――このことを確信しない人は大衆について語る資格がないものと考える」。しかし、その「追記」においては次のような現実的障壁が横たわっていることも同時に注記しているのである――「古いやり方（筆者注、相当難しいテキストでも前もって読んでくるような、実質的には「大衆」とは言い難い、知的に訓練された労働者・農民の参加する研究サークルでのやり方）でやると、あとの質問によって何も理解されていないことがわかり、一体自分はなんのためにしゃべったのかとがっかりすることが多い。これは大衆の発想法や考え方が、私どもとひじょうにちがうものであって、話が正常に反射しないで、いわば乱反射するのである。この困難は技術や話法によって改められる性質のものではなく、大衆自体の発想法や考え方、見方について学ぶこと、それだけでなく、そこに貴重なものがあるということを確信することからはじめなくてはならないのである」（「大衆は学ぼうとしている」『歴史と民族の発見』東京大学出版会、一九五二・三、二九六―七頁)。

また、一九五三年(昭和二八)三月、民科は「国民的科学について」というテーマのシンポジウムを実施したが、その歴史部会の準備委員会が作った「討論覚書」には、「自分たちがやっていることが、国民と、ほとんどつながりをもっていない」、「都会にいては農村はわからぬ。勿論農民の気持ちもわからぬというので農村に行った。行ってみると、農村の人と自分たちの差がひどくて国民というものの実体がわからなくなった」といった文言も見える(藤間生大『歴史と実践』大月書店、一九五五・五、一一〇頁以下)。

しかし、国民的歴史学運動の参加者は、歴史学の改革を訴え、或いは「自己改造」「自己変革」の理念を掲げて農村へと入っていったが、それは見方を変えれば、「民衆」をその手段として利用するものでしかなかった。歴史家、加藤文三(一九三〇―　)などは、(当時、東京都立大学の学生であったが)従来の実証史学に対して、「歴史学を何かむずかしいもの、体系だったもの、完成したものとして考えており、いぜんとして民衆から遊離した古い学問象牙の塔にとじこもった学問にとらわれてい」ると不満を抱いていたが(加藤「〝石間をわるしぶき〟に寄せられた批判について」『歴史評論』四〇、一九五二・一一、九五頁。以下、加藤文三の国民的歴史学運動については、小国喜弘「国民的歴史学運動における「国民」化の位相―加藤文三「石間をわるしぶき」を手がかりとして―」『人文学法　教育学』〈首都大学東京〉三七、二〇〇二・三、同『戦後教育のなかの〝国民〟―乱反射するナショナリズム―』吉川弘文館、二〇〇七・八、参照)、石母田の運動に対しても「事件と抽象的な「農民」一般との関係」を描くばかりで、「毎日生活している具体的な農民との関係となるとさっぱりつかめない」(加藤文三「国民的歴史学について」『歴史評論』四四、一九五三・四、七三頁)、「石母田さん自身の生活の苦しみ、研究の矛盾について書いておられない」、「農民の生活の苦しさをしり、農民に奉仕しなければならないという事だけでは、歴史家は、農民に同情した一人の良心的なインテリゲンチァとして存在しているにすぎません。自分自身の生活の苦しさと矛盾の中に、同時に農民の苦しみと矛盾を発見してはじめて、その歴史家は同じ民族の一員として存在することができます」（八三頁）などと批判するような言辞も残していた。しかし、その彼の認識にしても、極貧農民の苦しみを、「つまらないといって授業を欠席していると、その先生は単位をくれない」、「単位をくれなければ卒業も就職もできなくなり」、それによって「私の生活の基礎」がおびやかされる、といった自らの大学生活の苦しみと並べてそこに「連帯感」、「同じ悩みをもつものとしての親近感」を見出し、「民族を発見」してしまうような、あっけらかんとした楽観に凭れかかるようなものでしかなかった（八二―三頁）。

また、民科奈良支部では、龍門騒動と呼ばれる百姓一揆を題材とした紙芝居を作り（「共同研究龍門騒動」『歴史評論』四九、一九五三・一〇）、その製作過程や反省の弁なども記録しているのだが、その中には、「いままでの製作の過程のなかで、なにひとつ現地の人の意見をきいていないことが残念であり、申し訳なく思っている」などと述べられている。このような態度が示唆しているのは、彼らが所詮、民衆をあくまでも〝啓蒙すべき対象〟としてしか見ていなかったということであるだろう。またこの龍門村の人々に龍門一揆のことを紹介したときに、「昔と比べれば、今はまだましだ」という反応があったことに、民科の研究者は「愕然」としたという（藤間生大『歴史と実践』大槻書店、一九五五・五、一五四頁）。というのは、「闘争を激励し、闘争をおこすのに役立てるために紙芝居をもって出かけた」のに、かえって「今は昔とくらべて楽だから、闘争をやるほどではないという気がまえをつくるのに紙芝居の上演が役立」ってしまったからである。このように、運動の参加者は、明らかに〝闘争する民衆〟というスキームを思い描いて、その方向へと導くような思想的啓蒙活動を行っていた。したがって、そのようなスキームから逸脱する民衆像が示されたときには率直に困惑の表情を見せることもあった。例えば、農民や労働者を集めて行われていたサークルでは、チューターという民科の運動員が議論やテキスト読解の方向性を誘導していたのだが、あるサークルで非人間的な労働環境の事例を出したときに、「ある労働者から、これは誇張ではないであろうか。いかに奴隷でも、もっと愛情が奴隷に対してはらわれると思うが」という質問があって「虚をつかれた」という心情が綴られている（同上、一九四頁）。また、寄生地主の問題が出た時に、チューターが簡単にこれを「労働しないで地代で生活している階級」と説明したところ、農村の人々は「この村で遊んでくらせる人はない。寄生地主の問題は、この村では大して問題はない」という話になって「大変だと思った」などと記されている（同上、二〇七頁）。さらには、サークルの参加者が、空気を読んで、階級意識に目覚めた民衆という役を自ら演じてみせるようなところもあったらしく、藤間生大はこう記している――「あとでサークル員にきいて苦笑したことがある。それは自分では先方の潜在力を生かすための誘導訊問のつもりであったのに、サークル員の方では、こんな解釈の仕方をすればチューターがよろこぶだろうと思って、答えていた例があった。自分の考える方に、すっぽりと入ってくれたと思ったのに、とんでもないヤブにらみであったわけである。自分の好みや見方にサークル員を右へならえさせるということは、相当に注意しなければならない」（同上、一九九頁）。

また参加者の一部には歴史学の基礎的なディシプリンさえも十分に身につけぬまま歴史を語ってしまうようなところもあり、当時学生であった加藤が自戒的に回顧しているように、吉田松陰の著作を一篇も読まないまま、松陰が民衆を弾圧しながら抑圧した明治政府のイデオローグであったのか否か、現代の変革期に彼の愛国心を学ぶべきなのか否かといった問題を機関誌上で議論してしまうような杜撰さもあった（加藤文三「国民的歴史学について」『歴史評論』四四、一九五三・四、六六頁）。

後に、「ロマンティックと言えばロマンティックだったし、吉田常吉の唐人お吉の再評価まで考えたようなアホさもあって、実証研究としては甘いところはありましたね」（色川大吉・芳賀登・斎藤博『鼎談　民衆史の発掘―戦後歴史学と自分史を通して―』つくばね舎、二〇〇六・一一、六二頁、芳賀登〔一九二六―二〇一二〕の発言）、「こんなものが民衆の魂に刺さるはずがないし、現実からもきわめて遊離している」、「村とか民衆とかいうものはそんな生っちょろいものじゃない」（同上、六八頁、色川大吉〔一九二五―　〕の発言。当時、運動参加者であった網野善彦〔一九二八―二〇〇四〕に手紙でこう伝えていたという）などと評されるなど、国民的歴史学運動は無残な結果に終わった。アカデミズムでも一様に歓迎されていたわけではなく、実証主義歴史学からは批判的に見られていたらしく、例えば、東京教育大学教授、家永三郎〔一九一三―二〇〇二〕が国民的歴史学運動に影響を受けた卒業論文を学問にあらずという理由から認可しないと言って物議を醸したという逸話も伝わる（同上、六三頁、芳賀登の発言）。また運動の内部からも、農村やサークルに入って、「アジ・プロ的なパンフや紙芝居」といった仕事を行うことは確かに意義あることだが、「『科学』でないことは疑う余地がありません」という批判の声もあがっていた（黒田俊雄〔一九二六―一九九三〕「「国民的科学」の問題と歴史研究」『歴史評論』四六、一九五三・六、七二頁）。また、加藤らが秩父事件（一八八四年）のあった農村の歴史を描いたパンフレット「石間をわるしぶき」を作成した際には、実際に「諸君は最近困ったものだ。あまり勉強しないであのようなパンフレットをつくることばかりしている。もっと歴史の勉強をした方がよい」、「これは殆どききとり調査からできているが、もっと役場の史料や古文書を利用しなければ学問的なものにならない」、「あのパンフレットは歴史ではない。たかだか歴史物語にすぎない」といったような批判の声が身近な教員や学友から寄せられたとも記されている（加藤「〝石間をわるしぶき〟に寄せられた批判について」『歴史評論』四〇、一九五二・一一、九四頁）。

結局、歴史を動かす主体としての民衆を歴史の中に見出そうという試みは、歴史に動かされるだけの客体的存在でしかなかった民衆という像を捨象することでしか成り立つようなものではなかった、という点では明らかに政治的イデオロギー性を免れるものではなかった。

さらに文学運動の面から見ても、高沖陽造「文学サークルと国民文学」（民科編『国民文学論』）は、「文学サークルは全般的に、サークルを導く理論と方法との上で行き詰まり、悩んでいる」と述べ、サークル文学もまた、「文壇ジア《ママ》ーナリズムやラヂオ、商業新聞など、いわゆるマス・コンミユ《ママ》ニケーシヨンの破壊的な影響」を受けて、「文壇小説まがいのスタイルと思想の作品」が生まれているとして失望の念を露わにしている。具体的な例も幾つか示されているが、一部を再掲すれば、日本鋼管川崎製鉄所の「川鉄詩人懇話会」が編輯発行している『川崎詩人』第二号（一九五二年（昭和二七）九月）に収録されている作品から、「どこの国の船かしら、遠くむせぶドラの音、聴けば」、「見えない運命の階段をのぼつてゆくとき、彼女は静かに悲歌を奏でる」、「新宿むすめ、消えてまた灯《つ》く恋ごころ、そつと袖引きや」といったものを挙げ、「こんな虚無的なまたはセンチメンタルな、甘つちよろい感情が、世界でも珍らしい低賃銀と労働強化に苦労している日本の労働者の生活に根ざし、そこから湧きでた感情でないことはいうまでもなかろう。それは生活から遊離した幻想的な詩やラヂオなどの流行歌が植えつけた文学的感情なのである」（一八一頁）と語っている。加えて、石母田もまた、サークル詩を読んでそれらが「ひじょうに観念的なものが多い」傾向にあることを指摘し、「自分の感動にたいする正しい言葉を発見し得ないでいるために、マンネリズムの弊が出て」いると批判している（石母田正「言葉の問題についての感想―木下順二氏に―」民主主義科学者協会言語科学部会監修『言語問題と民族問題』理論社、一九五二・一二、一一頁）。

　しかし、民衆を書く主体として改造するという思惑は、戦後当時のリテラシー状況を考慮に入れてあまりにも楽観的、非現実的なものであったと言わざるを得ない。戦後一九四八年（昭和二三）、連合軍総司令部民間情報教育部、文部省、教育研究所の指導・援助の下で実施された、読み書き能力調査委員会によるリテラシー全国調査の結果、新聞程度の文章が読み書きできる＝社会生活を正常に営むのに必要な最低限度の能力を有するものという調査で満点だったのは、全体の四・四％に過ぎなかったという（不注意による誤りを見込んだ場合でも六・二％。ただし一方で文盲率も低いことが明らかにされており、調査結果で〇点を取った完全文盲は一・七％、仮名はなんとか書けても漢字は全く書けないという不完全文盲を含めても二・一％と推量されている。読み書き能力調査委員会『日本人の読み書き能力』東京大学出版部、一九五一・四）。また、一九五〇年代の大学進学率は一〇％にも満たず、高校進学率も五〇％を前後する数字でしかなかった（須田努『イコンの崩壊まで―「戦後歴史学」と運動史研究―』青木書店、二〇〇八・五、五一頁、参照）。さらには、国民的歴史学運動の推進者が当時の農村の状況をこう記しているのが注意される――「学習がはじまって、わかったことであるが、「予想外に字をしらないのにおどろいた。相当に覚悟はしていたが」とはキャップの話である。トーソーというのは、こんな字であったのか、ホーケンセー、ホーケンセーというが、それはこんな字であったのかという状態であった」（藤間生大『歴史と実践』大槻書店、一九五五・五、二〇四頁）。よしんば書くことができたとしても、彼らの書くものが類型的な陳腐さに陥らないという保証などはなく、一個の文学として或いは一個の歴史記述として見るべきものが生まれうるというのは、知識人による民衆の偶像化、願望の投影でしかなかったと言わざるを得ない。

啓蒙-解放されるべきものとしての民衆

知識人がほぼ共通認識としてもっていたのは、文学の担い手を大衆にまで拡張してゆくべきだという問題意識であった。その意味で国民文学論とは、実質的な文学大衆化運動であった。戦前から文壇においては藝術大衆化論争もあったが、戦前戦後で大きく変わったのは、アカデミズムにおける「民衆」というものに対する反応であった。例えば、歴史学の分野では、色川大吉が次のように述べている――「私が東京帝国大学の学生だった昭和十八年頃、国史学科の主任教授に平泉澄という人がおりました。その先生は、近代史はもちろんのこと、民衆史に類する研究などは一切認めませんでしたが、中世の農民史を卒論の主題として研究したいという学生などに対しては、いつも嘲笑していたそうです。「いったい民衆に歴史があるのか。そんな研究に何の意味があるのだ」と。民衆の思想史なんてとんでもない話で、福沢諭吉を卒論にとりあげることさえ喜ばなかったのです。このようなことが日本の最高の研究機関であるはずの東京大学の戦前の教授の感覚でした。そしてそれをあまり不思議と思わないアカデミズムの雰囲気があった」（『民衆史―その一〇〇年―』講談社、一九九一・一一、一五頁）。

　そのような戦前の状況が一転して、「民衆」が忽然と価値あるものへと姿を変えた背景には、民主主義という価値観が普遍的な正義として社会の中に瀰漫-浸透していったという要因が強く働いていたものと思われるが、加えて、戦前には抑圧され非合法化さえされていたマルクス主義が、大手を振って知識人社会の中で唱えられるようになり、アカデミズムの主流へと成長していったという環境変化もその基本線にあった(86)。しかし、もう一つ重要な要因として見逃してはならないのは、自らの手によって啓蒙-解放すべき対象として自覚されていた「アジア」が、戦争終結を一つの分岐点として、知識人の視界から喪失したという点である。例えば、東大総長を務めた南原繁（一八八九―一九七四）の「外地異種族の離れ去つた純粋日本に立ち帰つた今、これをしも失はば日本民族の歴史的個性と精神の独立は消滅するでありませう」（一九四六年四月二九日講演演説「天長節―同祝賀式における演述―」『祖国を興すもの』帝国大学新聞社出版部、一九四七・二、七一頁）という発言に代表されるように、そこには、戦前の「五族協和」思想を基調とする、混淆的な日本人像から、外地（人口の三割）が分離独立したことによってより強く純粋な日本人という単位が意識づけられるようになり、「日本」の新たなかたち、「日本人」「日本国民」の再定義が必要とされ、単一民族「日本人」という神話的自画像が公式的な語りの場を通じて描かれることになった、という認識論的な状況変化も介在していた（小熊英二『単一民族神話の起源―〈日本人〉の自画像の系譜―』新曜社、一九九五・七）。そこでは「太古から単一の民族だけがいた、隔離された平和な辺境の島国。そこに住むのは、異民族との接触がなく、戦争や外交に不慣れな自然児の農業民」（小熊前掲書、三五七頁）といったイメージが――肯定的な意味でも否定的な意味でも――創造されてゆくことになったのである。

　しかし、現実化されるはずの「純粋日本」を阻害する要因があった。「民衆」である。知識人にとって「民衆」

とは従来、「われわれ」という連帯意識の中に組み込みうるような存在ではなかったし、場合によってはそのような「われわれ」の対立物という意味での「彼ら」でさえなかったのだが、それまで自らとは全く無関係であった、表象の外部としての蠢動を、内化（われわれ化）させつつ、その声を代理表象《リプレゼンテーション》してゆく必要性が生じたのである。「民衆」とは、既に見てきたように、知識人の視角から見れば、文明化＝教育されるべき野蛮な存在であった。しかし一方で、彼らは教育‐啓蒙されるべき野蛮人であったがゆえに、彼らとの触れあいは、自らが愚かなる者であることを忘れさせてくれる絶好の機会でもあった。自称インテリは、軍部によって〝騙された民衆〟（封建遺制が内部に残留していたことによって近代的に主体化＝自立化できなかった人々／それゆえやむを得ず戦争に参加させられた被害者）というカテゴリーの中へ自らの名を書き加えることで、自らの社会的位置をエリート（＝戦争責任のある支配階級）から離脱させるような身振りさえ見せたが、同時に〝民衆への配慮を欠かすことのない、彼らを救済‐解放する知識人〟という自画像を描いてもいたのである。「民衆」なるものが、「つねに単一の力の統一体ではない」「雑多な利害関係によって分裂している」存在（竹内好「日本の民衆」『国民文学論』東京大学出版会、一九五四・一、六頁〈初出、一九五三・六〉）、「一体ではありえず、異質な諸集団として、かつその間に深淵を抱えた、しかし複雑な相互関係をもった存在」（ひろたまさき「パンドラの箱―民衆思想史研究の課題―」酒井直樹編『ナショナル・ヒストリーを学び捨てる』東京大学出版会、二〇〇六・一一、四二頁）でしかないのだとすれば、それに対して、総体的にコミットし、彼らの「声」を代弁《リプレゼンテーション》することなどできるはずもなかった。日本史学者、須田努（一九五九―　）が評したように、「国民的歴史学運動の担い手たちは、農民・労働者を政治と歴史学の対象でしかみていなかったことに無自覚・無神経であった」（『イコンの崩壊まで―「戦後歴史学」と運動史研究―』青木書店、二〇〇八・五、五九頁）のである。そして、実際、現場からはそのような反発も受けていた。例えば、浪曲師、津田清美は、民科藝術部会の機関誌『藝術研究』誌上において大衆藝能としての「浪曲」が討議されていることを承けて次のような批判の言葉を寄せている――「討論に参加した先生方がどのような立場に居られるか解りませんが、少しも大衆の立場から問題を考えて居らぬこと、インテリと云う高さから大衆を見下して、低級な人間共の（と云う文句こそ使って居らぬが）好む浪花節なるものを討議しているんだと云う気障ツポさが、あれだけの文章を通してつよく感じられる。／大体民科の先生達が何故浪花節なぞを討論しなくてはならないのか、それは云う迄もなく浪花節の持つ大衆性がそうさせたのである。大衆に親しまれていると云う動かすことの出来ぬ事実がそうさせたのである。然るに大衆の解放を願う先生方が浪花節が嫌いである。これは一つの矛盾だと思う」（「浪曲家の立場から」『歴史評論』四〇、一九五二・一一、五九頁）。

「外」から「下」へ

戦前、知識人にとっての啓蒙‐解放されるべき他者とは、アジアの諸民族であった。例えば、一九四一年（昭和一六）、日本軍の侵攻によって英領シンガポールが陥落し、「昭南」と改称されたが、当地は「人種の展覧会」（井伏鱒二「花の町」『井伏鱒二全集』第一〇巻、筑摩書房）と形容されるほどの異人種・異言語の混淆する空間として認識されていた（以下、阮文雅『「昭南文学」研究―南方徴用作家の権力と言語―』日月文化出版〔台湾〕、二〇一四・一、参照）。その「昭南」に日本語学校、「昭南日本学園」が開設されることになり、同校の校長に、徴用作家、神保光太郎（一九〇五―一九九〇）が就任することになった。そこで彼はその教育方針についてこう述べている――「僕はやはり、大和民族が、彼らに数等すぐれてゐるものと考へる。その意味で、相当遠慮なく、彼らを指導して行つて良いと思ふ」（神保光太郎「銅鑼のひびき―学園の出発―」『昭南日本学園』愛之事業社、一九四三・八、六九―七〇頁）。また、同じく徴用作家として「昭南」で文化工作任務に就いていた作家、中村地平（一九〇八―一九六三）は、自らの眼に映った異民族それぞれの性格について以下のように記録している――「いったい、マライ人といふのは、一般に男でもその程度に頭が低い。高等の教育を受けてゐる者は、極めてまれである。男でもさうであるから、女の頭脳の程度など知れたものである。単純で、素朴だから憎めないが、勤労精神といふものが殆んどなく、気が善くて、おしやれで、金でもはいると、すぐに化粧品やサロン（腰巻き）を買つてしまふ」（中村地平「マライの女達」『マライの人たち』文林堂双魚房、一九四四・三、二〇九―一〇頁）、「印度人の多くは、大変善良であるらしい。それは支那人の一部、ある狡猾な華僑たちとは較べものにならない位である。また、彼らのある者には深い教養があり、知識欲にも燃えてゐる。／民族的に言つて、既に半ば去勢されてゐるやうな馬来人とは、その点可なりちがつてゐるやうに感じられる。もつとも一部印度の消息通に聞くと、彼ら印度人のある者も、大変狡猾であるし、又、怠惰である。民族的な欠点や短所が少くないといふことである」（中村地平「印度人の友」『マライの人たち』、一〇〇頁）。このような徴用作家のさまざまな記録はすぐさま内地で出版され、現地の体験報告として、内地人のアジア認識に一定のパターンを与えてゆくこととなった。

しかし、戦争の終結は、知識人にとっての他者、自らを啓蒙的知識人＝指導者としてアイデンティファイさせてくれる「啓蒙されるべき他者」を喪失させることになった。そこで新たに発見されたのが、自らのそばにいた愚かで純粋な人々――民衆であった。戦争の終結を契機として、啓蒙‐解放すべき対象が、「外」＝アジアから「下」＝民衆へと転じていったのである。ゆえに、民衆に対する純粋性という表象、侮蔑嫌悪の感情は、戦前の植民地言説と相同的であった（かつまた、それらは、人民を救済するという使命を自らに課した宗教言説の発展形態でもあった）。啓蒙‐教育は、前近代的な封建遺制の対立物として自らを近代的＝理性的主体へと仕立て上げてゆくという操作であり、また自らの似絵として純朴な他者を発見してくるという作業でもあった。このような言説「操作」は、自らが自律化する、自由に思考できる主体へと変身してゆくという、（長期的忍耐を要する）「学習」或いは「学問」のプロセスに比して極めて手っ取り早い方法であった。何の努力をせずとも〝愚かな〟（という符牒を何の躊躇《ためら》いもなく貼り付けることのできる）人々を自らと関係づけさえすれば、相対的に近代的主体としてのヒエラルキーの階梯をのぼってゆくことができるからである（啓蒙＝教育とは、必ずしも社会的に非対称的関係に置かれた二者関係の間においてのみ生起するものではない。むしろ教育-啓蒙するという行為に附随するアイデンティファイ効果として、そのような非対称的な布置関係のほうが生起してくるのである。それゆえ実質的には何の教育をしていなくても、自らを教育者＝啓蒙者＝指導者と位置づけることはできるし、社会的非対称性を構築することもできた）。マルクス主義という理論によって自らを科学的真理の体現者へと位置づけることを許された知識階級は、民衆を啓蒙するという使命を自らに課してゆくことになった。それが上述の国民的歴史学運動と国民文学論であった。しかし、現実の「民衆」を植民地化＝同化してゆくという営為は蹉跌に見舞われた。少なくとも、短期的に可能になるようなものではなかった。知識人の民衆化は美しい理念＝スローガンのみで実質をともなうものではなかったし、民衆の知識人化は、大規模かつ持続的なリテラシーの統合制度が必要であった。具体的には、民衆を長期にわたって社会から隔離した上で、「学校」（小・中・高・大）という空間に閉じ込め、そこでリテラシーを同質化させてゆくという大規模な教育編制の充実（とりわけ高等教育の拡充＝大衆化）を待たなければならなかった。そこで知識人が手っ取り早くとった方法が、「過去」の植民地化であった。それは「われわれ」意識を作るために遂行された過去の再編集であり、その担い手となったのが、歴史学者と文学者（とりわけ古典文学研究者）であったのである。

戦後直後の「国文学の新方向」をテーマとする論文の中には、既に古典学者のあるべき姿としてこう述定しているものもあった。左派系の国文学者、重友毅（一八九九―一九七八）の発言である――「結局歴史の進展を担ふ者は、いはゆる指導者層なぞではなく、実に国民大衆であることを認め、また社会の健康は、常にそこにこそ維持せられるものであることを悟り、彼等のなかにあり、彼等と共に呼吸し、彼等と共に生活の艱難を味はゝなければならない。更に彼は、そのやうな国民大衆の生活・文化を、より善く、より正しく、より明るく、より美しく進めて行くためには、いかなる手段を取り、いかなる方途に出づべきかについて、彼等と共に深い思慮を廻らし、これに対する静かな情熱を湛へる人間とならなければならない。かうして彼の生活の足場は、常に現実の世界の側にあり、また国民大衆の側にあり、そこからする冷厳な科学的精神による、古典への鋭い追求と批判とによつて、或ひは否定的或ひは肯定的なるが故にもつそれ〴〵の権威を明らかにしつゝ、歪められざる正常の姿において、それを今日に再誕せしめるのでなくてはならない」（重友毅「古典学者の立場」『国語と国文学』二三-三、一九四六・三、二四頁）。ロマン主義的な空想の産物ではなく、現実世界の国民大衆の中に古典を位置づけることが古典学者の使命として宣言されているのだが、それがこれまで見てきたようなイデオロギー言説の一部に属することは言を俟たない。マルクス主義に動機づけられていた文学論も、その理想態を過去に見出し始めた時、明らかにロマン主義へと傾斜してゆくことになった。それは反近代主義とは別の立場をとった過去の讃美の機制であったが、伝統の再創造という行為を通して、過去と現在とを本質的連続性によって結合させる営為であったという点では、素朴な反近代主義＝伝統主義と大同小異であったのである。

過去の讃美――発見された「民衆」――

現実の「民衆」は到底、革命の主体へと改造されうるようなものではなかった。そこで知識人は革命主体を「過去の民衆」へと投影させていった。遠山茂樹は、「ナショナリズムを成立せしめる直接的契機は、いうまでもなく資本主義的関係の成長による経済的連帯性にあるのだが、しかもそれのみでは成立せず、間接的契機としては、言語の共通、領土の共通、伝統的心情の共通などの諸条件があり、これらは近代の特殊的なものではなく、古代・中世を通じての永い期間に歴史的に築かれたもの」（「二つのナショナリズムの対抗―その歴史的考察―」『中央公論』六六-六、一九五一・六、三六頁）であると述べる。その上で、「いいかえれば、民族意識においては、歴史的遺産＝伝統が大きな力をもっている」のだと強調し、「その場合の伝統とは、民衆のもつ革命的伝統である」（三七頁）と措定する。そのような視座に従えば、百姓一揆は当然、「近世における階級闘争」と定位されることになる（林基「近世における階級闘争の諸形態」『百姓一揆の伝統』新評論、一九五五・八〔初出、一九四八・一一〕）。そして文学という場においては武士階級がそのような革命主体であると見られるようになっていった。例えば『平家物語』は、貴族（ブルジョワジー）に対する階級闘争の記録として読み換えられることとなったのである。「わたしたちがすぐれて伝統としてもっている古典の多くは、民族の歴史を発展させた幾つかの革命期に生れたものである。それらは、変革期の下からの民族的エネルギーを形象して民族的伝統となり、階級闘争を通して民族が発展する時期にいつもよみ返《ママ》えりうけつがれてきた。『平家物語』は今日、革命と文学、大衆と文学の創造、そしてまた集団と個の統一のなかで生みだされた叙事詩の伝統として発見されようとしている」（広末保「近世文学の伝統と国民文学―近松の場合から―」民科編『国民文学論』、八九頁）。さらに、谷宏「平家物語の創出・流動・没落を中心として」（『文学』一九‐九、一九五一・九）もまた『平家物語』を「民族の新生」の物語として表象化したものだが、そこで谷は、「厳密な用語としての「民族」は近代の成立なしでは確立しないし、また真の解放された民族は階級制の克服なしではあらわれない」と、「民族」概念を制限した上で、『平家物語』を「貴族出身の作者・武士・名主およびそれと欲求を基本的に共通させた農民を、一つのタイプにおける叙事詩《エポス》のなかに組織した」ものとして読み、「そのいみで階級なき真の民族に可能な文学のありようを、限定的先駆現象的にではあるが、しめしている」と述べている。

ここに無階級社会、民族の統合が過去の文学的実践の中に実現されていたかのような視線が出現してくることとなった。「私たちのめざすこの国民文学とは、現在の植民地下の日本民族の生活の苦しみや、喜び、それをはっきりと表現しそれを徹底的に解放する文学である。これまでの日本の近代文学は主として小市民層、インテリゲンチヤが中心になってきて生れてきたものであって、それはまだ日本国民全体の心と魂を解放する形式をつくりだしてはいなかつた。……私たちが過去の民謡やたたかいの歌や記録を求めるのは、そこに日本民族の魂をひらく鍵になるものをさぐりとろうと考えるからである」（野間宏「国民文学について」民科編『国民文学論』、三六頁〔初出、一九五二〕）。

一九五四年（昭和二九）三月に刊行された岩波新書、『日本文学の古典』は、西郷信綱・永積安明・広末保の三名を書き手とし、「日本文学の背骨となっているような大事な作家や作品に焦点をしぼり、そこを中心に古典の再評価、よみなおしということを、なるべく具体的にやってみよう」（「はしがき」）という企画の下に編纂されたものである。その内容は、一貫して「民衆」というキーワードによって古典を「よみなおし」たものとなっている[87]。例えば、以下の如くである。「『万葉集』には、たくさんの民謡がのっている。……『万葉集』は貴族のへんさんした集であるのに、民謡がこのように惜しみなく席をあたえられている。これは当時の貴族がなお、地方の生活や民衆の文化に興味をもち、親しみをかんじていたことを示すものである。荘園制度の上にあぐらをかき、地方から孤立した狭い京都のなかで長袖のくらしをしていた平安時代の貴族は、一般民衆を下衆《げす》、あるいは土人などとよび、ひどくさげすんだが、万葉時代の貴族は、こういう卑しい階級的偏見にまだふかく毒されていなかった」（一九頁）。『今昔物語集』については、「これらの説話体の根底には、頽廃をしらない在地の生活のリズムがあり、虚飾や外観によって、かくしたりおどしたりする必要のない、庶民のしらべがあった。／つまり、これらの単純で素朴な生活のリズムが、口づたえにつたえられて来た民話や伝説や昔語りの説話的発想をささえて、『今昔』独特のなまなましい藝術性を形成しているのである」（七四頁）と解説される。

そして、『平家物語』は、前述の文章と同様、階級闘争の物語、「革命と反革命」の物語として読み解かれることになるのだが、ここで強調されているのはその享受者の階層的広がりである。琵琶法師の語りを享受した聴衆は「貴族たちや上層の領主としての武家たちばかりでなく、ずっと下層の近畿周辺の農村地帯から、つまり、古代荘園制の解体のなかからおし出て来て、都のなかで雑多な階層を形成しながら、その多数を占めていた、まだきわめて在地的で農村のにおいのする庶民たちをひっくるめた、当時の複雑で多様な構成をもった都市人であるに相違ない」（八九頁）と述定され、「『平家物語』は、「語り」という媒介をとおして、当時としての、いわば「国民的」なひろがりをもった聴衆のなかへ出ていくことに、はじめて成功したのである」（九〇頁）と要約される。このように『平家』は「国民文学」の先蹤的成功例であるかのように措定されるのだが、文体面についても、「新しい話しことばの大量の導入」が指摘され、さらには和漢混淆文という和文脈と漢文脈の対立的統一に「古代貴族の物語」の「変革」が読みとられるなど、明らかに「国民文学論」という解釈コードに寄り添った、古典の再評価という基調を叙述の表面に露出させていた。また藝能方面についても、「狂言の作者は、なお農村のにおいを身辺にただよわせているが、もはや農村人そのものではない。かれらはもっと広い視野と展望にめぐまれた場所に生きている。新しい中世の庶民が、農村とのたえまない交流のなかで、古代都市のつくりかえをはじめていた都のなかに、狂言の作者はたちまじっていたに相違ない」などと述べられ（一二六頁）、ここにも階層的拡大という現象に対する好意的な眼差しの下に解釈が為されていることが窺われる。

さらに、芭蕉を「民衆詩人」と称し、俳諧を「民衆詩」と名づけ、「民衆詩である俳諧は、あくまでも生活の言葉、つまり、俗語によらなければならなかった。が、談林がそうであったように、俗語をただ機械的にもちこんだだけでは、詩にすることができなかった。蕉風のなかで、俗語は新しい詩語として正され、きたえなおされたのである」と説明する（一五八頁）。

その他、「近松のテーマが、民衆の生活から発見されているように、浄瑠璃というその形式もまた、民衆的な形式であった。というよりも、近松が、浄瑠璃の伝統を正しく受けつぎ、発展させたことと、彼が民衆の「悲劇」を創造することのできたこととは、深く結びついているといえる」（一九七頁）、「歌舞伎の様式化は、多くその音楽的・舞踊的要素にたすけられていた。ところで、三味線を主楽器とするその庶民音楽は、封建時代の民衆の悲しみや喜びを反映していた」（二〇九頁）等、その「庶民」性を強調する文面に多く接することができる。以上の記述から明らかなように、この当時の文学論は、「民衆」的であることを無条件に価値肯定的なもの、よいものとして考えるようなところがあった(88)。

さらに、一九五三年（昭和二八）六月に御茶の水書房より上梓された『国民の文学―古典篇―』（永積安明・松本新八郎編）は、現実の国民文学の創造という課題に答えるために書かれたものであるとされ、その分担執筆者は日本文学協会を中心とする人々があてられている他、川崎庸之《つねゆき》・石母田正・藤間生大・家永三郎・松本新八郎・林屋辰三郎・林基などの歴史家も加わっている。国文学者、今井源衛〔一九一九―二〇〇四〕の書評に見える次のような評言が端的にこの書の性格を表している。すなわちそれは、「歴史家の文章と文学者のそれとが、その発想から措辞の末まで」ひどく似かよっており、「とくに、抵抗、批判、現実、頽廃、階層、変革、民衆などの用語が、おおげさに云えば、各項目毎に現われてくる」というものであった（「書評「日本文学思潮―史的展開」・「国民の文学―古典篇」」『日本文学』二―六、一九五三・八）。勿論、このような露骨なマルクス主義的文学批評は今日ではほとんど見かけることはないが、これをもってそれがもう〝終わった〟議論だと見なすこともできない。民衆のヴァナキュラーな世界に価値を附与するという視線が形作られた結果として、それが作られた視座であることが忘却され制度の中に残存しているのだとしたら、われわれはそれを今なお思い起こす努力を怠ってはならないだろう。そして無価値として無視‐軽視されてきたものに「文化」という衣装を纏わせるという転倒的操作によって、そもそも彼らもまた文学の主体であったのだ、という神話が創られたのだとすれば、それを忘却の淵から掬い出すことも重い意味を持ってくることになるだろう。鈴木貞美の指摘に従うならば（『「日本文学」の成立』作品社、二〇〇九・一〇）、近世文学研究者、中村幸彦〔一九一一―一九九八〕の「近世儒者の文学観」（『岩波講座 日本文学史』第七巻、岩波書店、一九五八・七）などはまさに俗の遊藝を「文学」へとカテゴライズした、そのような主要な装置の一つであった。同論文では、「江戸時代のうちに近代的な要素が独自に発展していたという内在的近代化史観」によって、和歌・物語・能狂言などの「雅」の「遊芸」の文字文化が「上の文学」と呼ばれ、一方で、江戸時代後期に発展した町人層の読み物などが「下の文学」などと呼ばれているのだが、そのような、広い意味での「文学」が江戸時代に既に成立していたかのように論じるその手法は、実際には戦後の「純文学」と「大衆文学」の図式を投影させたものでしかなかった、と鈴木は観測する。このような、民衆を文学の主体として発見してくる作業においては、都市民衆の享楽的な消費財を「文学」へと改鋳する操作が必要となるが、それは必然的に「文学」概念を「学問」から乖離させてゆくことを意味した。そのような「文学」の中にあった「学問」概念がわれわれの認識においても今なお薄められているのだとすれば、やはり見過ごすことのできない歴史の操作だと言わねばならない。

自己肯定の方法としての「民衆」の「文学」の肯定

以上見てきたように、当時にあって「民族」問題とは、すなわち「民衆」問題であり、実質的に「階級」を認識論的な次元で消失させてゆくという歴史の改鋳作業であった。このような、民族を肯定的な文脈で捉え、日本国民の文学をかたちづくってゆくような運動は、戦前における国文学者の戦争協力という暗い過去の記憶と、戦後の「アメリカ帝国主義」への反動という時代潮流に動機づけられて戦後に広く展開された。ただし、そのような国民文学論は、一九五五年（昭和三〇）七月の六全協（日本共産党第六回全国協議会）で示された日本共産党の方針転換――中国革命に範をとった武装闘争方針の放棄――によってあっけなく終息したと言われる。とは言え、それをもってすぐさま「民族主義」的な文学論のイデオロギー性が問われ始めたわけではなく、九〇年代に開始される国民-国家論まで、「国民」や「国家」の理想態や内容が問われることはあっても、「国民-国家」というフレームワークそのものを相対化する視線はまだ育っていなかった。その中で、支配的なパースペクティヴの一つであったのは、歴史学の「民衆史」であった（成田龍一『近現代日本史と歴史学―書き替えられてきた過去―』中央公論新社、二〇一二・二、ひろたまさき「パンドラの箱―民衆思想史研究の課題―」酒井直樹編『ナショナル・ヒストリーを学び捨てる』東京大学出版会、二〇〇六・一一）。（広い意味での）マルクス主義的価値観に下支えされた歴史観は、「階級」をア・プリオリに価値否定的なものと捉え、そのような階級を転倒させうるような事象を歴史資料のなかから発掘し、民衆を歴史の主体へと組み換えることによって、前近代の「日本列島」の居住者が（現実には形成されていなかったにせよ、理想的には統合されるべきものとして）一つのアイデンティティーを共有し、連帯していたかのような神話を「日本史」の範型として回収してきた。歴史学者、成田龍一（一九五一― ）は「初期の民衆史においては、民衆の追体験をすること、すなわちいままで歴史の叙述に登場してこなかった人々、歴史の叙述から疎外されていた人々を主人公として、彼らの追体験をすることによって、豊かな日本史像（意地悪く言えば日本国民像）をつくろうというモチベーションがあった」と指摘している（酒井直樹編『ナショナル・ヒストリーを学び捨てる』、「座談会」〔酒井直樹、キャロル・グラック、成田龍一〕、二一〇頁）。

戦後の国民文学論・国民的歴史学運動の流れを追ってゆくなかで、彼ら発話主体が意識して実践していた審級の言説がある一方で、彼らの意識の地平には上ってこないような言説構造、彼らをして無自覚にそう語らせてしまうような言説の機能も同時に視野に入れておかねばならない。フランスの哲学者・批評家、R・バルト（一九一五―一九八〇）が言うように、言語の暴力性は、あることを語ることを禁じるという強制性にあるのではなく、何かを自発的に語らせてしまうという強制性において如実に露出するものである（花輪光訳『文学の記号学―コレージュ・ド・フランス開講講義―』みすず書房、一九八一・八、一五頁〔原著、一九七八〕）。それは、彼らが文学を大衆化させることで何を為そうとしていたのか、ということである。なぜ彼らは執拗に「民衆」を自らの問題構成の内へと召還しようと試みたのか。勿論、そこには、現実の「民衆」を封建遺制から解放するという〝善意〟があったのは確かであっただろう。しかしながら、そのような〝善意〟の上位次元において、彼らを一定の行動パターンへと駆り立ててゆくようなシステムの存在を想定するならば、民衆なるものが、そもそも知識人にとって自らを「知識人」としてアイデンティファイするために必要な理念装置であったということも忘れてはならないだろう。

戦後の古典文学研究は、これまでに見てきたような歴史学の直接的・間接的関与を除いて考えてゆくことはできないが、永積安明は「古典文学の戦後十年」と題する論攷の中で、（戦後、古典文学研究の主流派の一つへと成長していた）「歴史社会学派が、その当初において、歴史学へおっかぶさってしまった」ことを指摘し、その研究成果の少なくとも幾つかが、「歴史学の主導によって」、すなわち「古典文学研究者のうけ身の形で」うち立てられたと批判的に総括している（『文学』二三―八、一九五五・八、一〇頁以下）。国民的歴史学運動、国民文学論の残餘として、一九六〇年代以降、民衆を主体とする歴史の構築が歴史学のパラダイムの一つを形成したが、その隣接学である古典文学がその影響下において、民衆を主体とした国民文学を描くのは、永積がそれを「うけとめてゆくだけの準備が十分にととのっていなかった」（前掲）と概括した以上に本質的な問題を抱えていたと言える。なぜなら、前述の通り、文学リテラシーは一種の文化資本であってみれば、文学は階級（class）の産物であると同時に、階級をいわばシステムでもあったからである。真の意味で民衆の側から内発的に「国民文学」という「単位」の必要性が訴えられることなどありえようはずもなく、あったとしてもそれは「民衆」という仮面を被った「知識人」の運動に過ぎなかった。その意味において、国民文学論は、知識人と民衆との間で起こった文化的へゲモニーをめぐる象徴闘争というわけでは全くなかった。そもそも「国民」―「文学」という発想そのものが、「文学」が階級を作り出し、それを維持するシステムであることの忘却の上に成り立っていた。上から下までの「国民」に所有される国民文学とは、かろうじて「国語」モデルの中で想像＝創造可能なものでしかなく（それさえも「国語」教育の現場で文学リテラシーを身体化することなく（する必要さえ感じず）、脱落ないし離脱してゆく階層の存在を無視している）、竹内自身、国民文学とは「それに到達することを理想として努力すべき日々の実践課題」として位置づけられるものでしかなかった（「国民文学の問題点」民科編『国民文学論』、一四頁（初出、一九五二））。少なくとも竹内にとっては国民文学論は確信犯的な扇動であったが、現実的な政治的文脈が国文学者に対しても、このような（研究方法というよりは）政治運動に真面目に呼応することを慫慂していたのである。

「国民文学論」の歴史的意義は、文学の大衆化（垂直的展開）＝「国民」と「文学」という組み合わせが必然的なものであるという意識を透明化させ、それと同時に文学の階級性を不可視化させた（民衆の文学を肯定するという営為によって）という点にある。確かに論争そのものはさしたる成果を見せることなくあっけなく終わった。しかし、そこで問われるべきは、論争が何を作り出したのかではなく、論争とともに何が消え去ったかである。民衆という不透明な存在が透明化されてゆく過程は、決して民衆の実像を正しく把握することを求めたものではなかった（そもそもそのような試みは不可能であるが）。それは知識人が自らに似せて民衆を改造する過程であり、民族の実体化は、（「文学」を支えるものとしての）階級の消失と表裏一体であった。

しかし、重要な点は、このような文学の大衆化は、文学の持っているヘゲモニックな作用（多数者をして少数者の価値に自発的に従順な態度を取らせる作用）を結果として弱めてしまうことに、文学者自身がおそらくは気づいていなかったことである。われわれが見落としてはならないのは、文学が大衆化するという現象は単純にその享受者が「量的」に拡大するということのみを意味するものではなく、そこに何らかの「質的」変化、構造的変化が伴われるという点である。

勿論、「民衆」を「文学」の主体として回収しようという試みは、戦後「国民文学論」に始まったことではない。それどころか、近代明治以後、軸足をずらしながら断続的に行われてきた営為でもあった。例えば、日本文学研究者、品田悦一（一九五九―　）が指摘するように、既に明治期において、『万葉集』の「東歌」は、一九世紀ドイツロマン派の文学論の影響下に「民族の声」を体現する「民謡」として読まれていた（『万葉集の発明』第三章）。また「民衆」を肯定的な概念として文学の中に迎え入れようとした、所謂「民衆詩派」の実践も大正期には行われていた（ただし、「俗悪」などと評価されて失敗に終わったとされる）。さらには、雑誌『古典研究』（雄山閣）の創刊号（一九三六・一〇）の「生誕言」には、「古典文献は国民文化の成果であり、大衆のともに享受すべき宝典である。……従来、国民と隔離された古典を国民全体の手に還し、国家理念を確立し現代の指導精神を樹立するはこれ『古典研究』の使命である」と述べられ、その編集後記にも「吾等の目標は古典の街頭進出だ。研究の民衆化だ」とあるなど、古典の担い手を民衆にまで拡張すべきだという考えは戦前の知的編制の一部には確かに存在していた。またこの頃、詩人・国文学者、浅野晃（一九〇一―一九九〇）は、「模倣的な寄生的なインテリゲンチァ」によって作られた日本近代文学は国民的な「タイプ」となる人物を造形できなかったと批判し、「伝統」と「民衆」に基礎づけられた「民族的カオス」へと回帰すべきことを唱えている（「国民文学論の根本問題」『新潮』、一九三七・八、『現代日本文学論争史』未来社、一九五六・七、収録）。そして、戦後の国民文学論は、そのような文学の国民化をいっそうラディカルに進め、意識の上で階層が消失したかのような錯覚を生んだのである。

　だが、われわれは不思議に思う。文学と階級という問題系はいつわれわれの視線からかき消されてしまったのかと。克服すべきものであった階級が、いつしかすでに克服されたものとして、われわれの視線から消し去られてしまったのである。そして戦後の（広義の）民衆史へと吸収され、民主主義（一元化を促進する社会システム）という絶対価値の下で（大衆《マス》＝多数者の価値に社会システムを適合させるという考え方が支配的になる中で）、大衆的なものにこそ〝価値がある〟という素朴な視線が自然化されていったのである。いまや文学は特権階級の専有物ではない。誰もが簡単にアクセスできる、映画・漫画・音楽などのサブカルチャーと併置される文化的消費財の一つに過ぎない[90]。勿論、文学の担い手を民衆に求めてゆくことは、学問的真理の探究を民衆に委ねる（＝学問的真理を多数決で決する）ことを意味するものではなかったが、それは別の側面から言えば、それほどこの当時においては、「文学」が「学問」であるという認識が薄れつつあったということを示唆するものであるだろう。そうして文学を専有する特権階級という発想そのものがわれわれの中から剔抉されることとなったのである。

とは言え、社会の中から完全に撤去されたというわけではなく、アカデミズムという特殊空間に限定して言えば、「文学」のヘゲモニックな作用はいまなお残存していると言ってもよいのかもしれない（勿論、希薄化しつつはあるが）。その中にあっては、（文学そのものは学問ではないが）文学を語る技術が「学問」として社会的に高い交換価値を持っていると信じられているからである。それは一種の象徴資本として機能しており、現実の高等教育制度によって（博士学位と取引をするかたちで）経済資本と交換されている（ただし、周知のように、近年、博士学位の交換価値は著しく低減しつつある）。当然、そのような技能にア・プリオリに、また無条件に価値があるわけではないのだが、文学研究が社会的に不可欠な、何か崇高な——少なくとも何か意味のある——行為であると信じられているのだとすれば、そのような錯視を可能にしているのは、学校教育という社会制度——その内部に「国語」（古文・漢文を含む）という授業科目が存在しているということ自体——がそれを価値あるものとして国民に刷り込んでいる《インプリンティングしている》からである（文学を語る技術と、米を作る技術のどちらにより高い社会的有用性があるのだろうか？）。

既に繰り返し見てきたように、国民文学論の視座には、文学は一部の知識階級《インテリゲンチャ》に寡占されるべきものではなく、国民全体に所有されるものでなければならない、という発想がその基底にあった。知識階級と民衆（農民・労働者）との統合によってこそ、「国民文学」の創造と実践が可能になるのだと夢想されていたのである。風巻景次郎は「日本知識人が民衆の一人に外ならぬに拘らず、鋭く民衆と異質的である点の最も重要なものの一つは、実にこの知識人であるという自意識に伴う独善主義であるように思われる。それが私どもを虚心に民衆に融合させることから拒んでいる。何故このような事態が生じたのであろうか。それをはっきり摑むことが、私どもにとって最初に重要な仕事の一つであることは間違《ママ》がないであろう。それから脱却するためには、まずその事実をはっきり知らねばならぬ。そして国民文学の創造という課題に答えるにも、これは必要である。何故なら、心理的統一を持たない時に国民は成立していると言いがたいからである」と述べている（「知識人がまず自らを変革しなければ」『日本文学』三-六、一九五四・六、八頁）。ここで注目すべきなのは、知識人／民衆という二分法の中で、風巻自身（その独善主義を批判しながらも）自らが「知識人である」という前提を信じて疑っていないという点である。

しかし、よく考えてみれば、自らを知識人であると自認するためには幾つかの条件が必要となる。例えば、日本語というマイナー言語でしか語る技術を持っていない知識人とは、世界的な視点で見た場合、どのような意味で「知識人」でありうるのだろうか。実際のところ、彼らは世界的インテリから見れば、全く沈黙する存在に過ぎず、インテリの一員でも何でもない、声も名も持たぬ埋没した「民衆」でしかないのである。その点、彼らが自らを「知識人」であるとアイデンティファイできるのは、まず「日本（語）」という枠組によって社会を（恣意的に）閉じているからであり、あくまでもそれは日本語空間という特殊限定的な場においてのみ承認される限定的アイデンティティーに過ぎないのである。その点でまず彼ら（或いはわれわれ）が日本語＝国語という制度、国民-国家という制度に大きく依存する存在であった／あるのは確かだと言える（さらに附言すれば、その意味からも「国語」が階級的に閉じていることは彼ら（われわれ）にとって不都合な事態である）。次いで必要となるのは、「民衆」という表象を自らに反射させるという行為、そのような言説の仕組である。知識人／民衆という枠組自体、その双方にとって有用な二分法というわけではない。例えば、農民などにとっては、知識人とは単なる消費者の一人でしかなく、そのような二分法には根本的に何の意味も価値もない。民衆という表象は、知識人が自らをインテリとして主体化するために要請した一つの理念装置に他ならず、まさにその意味において（皮肉にも）、風巻が知識人の「独善主義」

と言ったことは正しいのである。民衆との融合を拒んでいるものは何か、という風巻の自問が、克服困難な課題として認識されていたのだとすれば、風巻の中では未だ「文学」がなお「学問」として機能していたということであるだろう。文学の大衆化が、文学の脱学問化を促進するものであるにもかかわらず、それでも、民衆との融合が必要だというのは、実際的に民衆に対して高度なリテラシーを身体化させるよう教育-啓蒙を行うか、或いは、自らの知的規格を大衆にも理解可能な（最大公約数的な）言説規格――長時間をかけて多くの本を読まなければ理解できないような学問性を根刮ぎ剔抉した、或いは抽象言語・専門用語の一切を剝脱させた簡便な言説規格――へと変質させるか、さらには形式上、自らをインテリという地位に置くためだけに「民衆」という表象を利用するかのいずれかの方途として結果することになる。当時の知識人の歩みがそれらの一方向にのみ傾いていたとは思えないが（結果として見れば、そのいずれでもあったのだろう）、いずれにせよ民衆との融合というものが著しく困難な試みであると同時に欺瞞に満ちたスローガンであったことは、（近代主義者を中心とした）知識階級の幾人かには、はっきりと自覚されていた。

文藝評論家、荒正人《あらまさひと》（一九一三―一九七九）の「民衆とはたれか」は、自らを民衆と同質化させてゆこうとする知識人の態度を批判的に述べた文章である――「では、藝術家が生活を賭して、民衆のなかへ這入つてゆくとは、具体的にいつてどんなことであるのか。かれらは異口同音に答へる――ストライキ応援、選挙運動参加、労働学校出講、セツルメント経営、文藝講演会開催、サークル活動、等等等。……よし、わかつた！／わたくしは何遍でも断言する。そんなことで、そんな甘つたれた、ふやけた精神で、藝術家として、民衆のなかへ這入ることは金輪際できない、と」（『近代文学』、一九四六・四、臼井吉見監修『戦後文学論争 上巻』番町書房、一九七二・一〇、五〇頁、収録）、「こんにち、諸君民衆を叫び、民衆のなかへ突貫してゆかうと心構へてゐる小市民インテリゲンチヤの英雄たち、指導者たちのなかに、……自分と民衆のあひだにある越えがたい溝を越えきつたやうな錯覚を起して、いざといふときべそをかいたり、正体を暴露したりする手合は絶無であらうか」（五一頁）、「意識の閾の奥の方には、民衆は愚昧であるといふ観念が骨がらみになつて残つてゐることを自覚するがよい。へべれけに酔つぱらつてゐる野卑な労働者や、買出しで接する狡猾きはまりない百姓しか、映像《イメージ》にないくせして、愛すべき善良なる民衆について論議するのは空々しいきはみであらう」（五一頁）。また、文藝評論家、小田切秀雄（一九一六―二〇〇〇）は「新文学創造の主体―新しい段階のために―」（『新日本文学』五・六合併号、一九四六、臼井吉見監修『戦後文学論争 上巻』番町書房、一九七二・一〇、収録）と題する文章の中で、やはりこう述べている――「文学者が民衆のためにといひ、民衆を描くといひ、民衆の立場に立つといふのも、それ自体としては誠に結構なことだ。だが、民衆を神聖化することがあつてはならぬ。民衆を描くといつたつて、愛情をこめてさういふことが言はれてゐる程に民衆はただちに文学が肯定し愛し得るほどのものになつてゐるかどうか。……／ふたを開けてみたら、日本の民衆はあまりにも無気力だつた」（七九頁）。

知識人が「民衆」に向けた眼差しはアンビヴァレントなものであった。一方でその「愚民性」を読み取り、一方では「神聖性」を読みとっていた。ある意味では典型的な「聖なる愚か者」を讃美する宗教言説の発展形態であった（第Ⅶ章における、無知無能な「嬰児」に聖性を見出す仏教言説参照）。そこで、古典文学や歴史の中に、革命主体を見出すことで日本の歴史という連続性と民族性とを創作していった。そして、そのようにして生成された自己認識は、（事実上定義不可能な）「民衆」（被支配階級）を主体とする「日本」の「歴史」及び「文学」の創造が「知識人」（文化的ヘゲモニーを掌握した支配階級）によって為されるという（広義の）民衆史、すなわち国民史＝民族史の形成過程へと接続してゆくこととなったのである。

近代文学と古典文学の構造的分離

これまでに確認してきた問題群の中で最も重要な核心となるのは、国民文学論の展開の結果、民族語（国語）―民族文学（国民文学）の形成という願望の持続が、そのような概念の実体化を促し、学的編制それ自体を駆動してゆくことになったという点である。おそらく近代文学者にとって国民文学論は、何ら生産性をもつ議論ではなかっただろうが、古典文学者にとっては、国民文学論こそが、戦前のファナティックな古典礼賛によって反転的に失墜した自らの社会的地位を恢復させてくれる重要な契機となったのである。戦後の古典文学研究が置かれた状況がいかに困難なものであったのか、古典文学研究者、永積安明は当時においてこう語っている（永積安明「文学的遺産のうけつぎについて―日本古典と現代―」『文学』二〇―三、一九五二・三、二二三頁）。

国文学者たちが日本古典のなかにうずもれて、多かれ少なかれ伝統的な文学によりかかってしまったのに対して、近代および現代の作家・批評家たちわ《ママ》、おしなべて日本古典を軽蔑しつづけて来た。／かれらわ公然というのである。ぼくらの自己形成にとって、日本の古典わかつて何の役割も果たさなかった。ルネッサンス以後の近代ヨーロッパ文学、とりわけてフランス文学・ロシヤ文学が、ぼくらの血となり肉となった。／伝統的な日本の文学、たとえば短歌にしろ芭蕉の俳諧にしろ、おしなべてぼくらを暗い中世えひきもどす、マイナスの意味しか持つことができなかったし、またこれからもできないであろう。いまこそこれらの伝統文学に対し、はっきりと訣別すべき時期だ。

戦後の国文学研究は大きく近代文学研究へとシフトしてゆき、古典文学者をして次のように言わしめるほどの趨勢を形成した――「私じしん、古典に抵抗して「古典をよむな」と、じぶんにいいきかせようとした」（西郷信綱「遺産としての古典文学」『岩波講座　文学』第六、一九五四・三、一四頁）、「文学、特に日本の古典研究などに閉ぢこもつてゐることは殆ど意味のないことのやうに感じる者も生じたことは確かに著しい事実であつた」（風巻景次郎「文学を制扼するもの」『日本文学史の周辺』塙書房、一九五三・七、三六一頁）、「はたして戦後の教科書は、まったく大はばに古典文学を削除し、近代文学および言語教材によってとってかわられた」（永積安明「古典文学の戦後十年」『文学』二三‐八、一九五五・八、九頁）、「戦後は教育の制度が改められ、教科書が新しく編纂され、近代的な材料が盛んにとり入れられるやうになつた。即ち国民生活が挙げて近代文学重視の色調に塗りかへられたのである。中には――しかしこれは非常に稀な例であらうが――敗戦の結果、日本的なもの伝統的なものを蔑視し、横文字のものなら無条件にこれをよしとして盲従雷同する、もつとも卑屈にして唾棄すべきものもなかつたとは言ひきれない」（池田亀鑑「近代文学研究の流行化について」『国語と国文学』三二‐六、一九五五・六、四頁）。そして、竹内好もまたこう回顧している――「戦後におとずれた新しい啓蒙の機運に乗じて、文学の分野でも、おびただしい概説書があらわれた。そのほとんどすべてが、ヨーロッパの近代文学（あるいは現代文学）をモデルにして日本の近代文学の歪みを照らすという方法を取っている」、「戦後しばらくの間は、「国文学」はほとんど世間から省られない学課《ママ》になった」（「近代主義と民族の問題」『国民文学論』東京大学出版会、一九五四・一、六四、六五頁〔初出、一九五一・九〕）。そのなかで、桑原武夫の「第二藝術論」や、志賀直哉〔一八八三―一九七一〕の国語＝フランス語化論などが唱えられていた。

そこで古典文学研究者は、国民文学論を利用するかたちで、「古典」の再定義‐再構築を図っていった。例えば、西郷信綱は、古典（＝前近代）／近代という対比をうち立て、古典世界は、作者＝知識人と読者・聴衆＝民衆とが「有機的に感覚的につよくむすばれて」おり、また「直接的であり、一体化していた」が、その一方で、近代世界は、「作者と読者との関係が抽象的になり、多少とも読者が作者の「市場」となるか、作家が大衆を俗衆として……軽蔑し、それから離反せざるをえぬ」ようになっていった、というかたちで対照的に図式化している（「遺産としての古典文学」『岩波講座　文学』第六、一九五四・三、二〇―一頁）。西郷のヴィジョンにおける近代は、「一般的に、とくに私たち大正期以降の知識人は、その大多数が、「上から」と「外から」の近代化の波にまきこまれ、人民との、そして民族伝統との生きた生活的なつながりをもたぬコスモポリタンになるか、ないしはイデオロギーや世界観の上でのみ人民とつながる孤立した「良心的・進歩的インテリゲンツィア」になるかしていった」(西郷信綱「文学における民族―反省と課題―」『文学』一九-九、一九五一・九、四五頁)という言辞に示されているように、民族的伝統を喪失した西洋そのものであった。そこで形成された「文壇」は、まさしく「国民の社会から隔絶された地帯」、「先進国の植民地」(永積安明「文学的遺産のうけつぎについて―日本古典と現代―」『文学』二〇-三、一九五二・三、二二七頁)に他ならなかった。それゆえ、近代文学研究者、佐藤泉(一九六三―)が整理したように、「そこで西洋文学の影響下に成立した近代文学が受け継ごうとしなかった「古典的文学や民間的文芸のもつよき特質である素朴的と英雄的の伝統」(西郷信綱)を発展的に継承することが、このとき国文学者の責任として意識にのぼるようになった。民衆/インテリの対立が、古典文学/近代文学の対立に重ねられたのである」(『戦後批評のメタヒストリー―近代を記憶する場―』岩波書店、二〇〇五・八、一〇五頁)。

以上の議論を見ても明らかなように、国民文学論が戦後の古典文学研究に対して再生-延命の契機を与え、その保護装置として機能したのは明らかであった。古典が復興したのは、古典研究者の研究成果によるものでも、対外宣伝的な努力の結果によるものでもなく、何もせぬまま突っ立っていたところに突然降って湧いた、「棚から牡丹餅」式の環境変化への迎合、ないしはその流用-横領の結果でしかなかった。しかも、これによって、古典文学と近代文学という学律区分は、単に時代区分に従った対象の別という以上の差異をその内に含むこととなったのである。国民文学は前近代にこそ成立していた、しかし、近代化の過程で、国民-国語-国民文学の一体性は喪失していった、そのような分裂状態を克服するためにいまこそ古典が求められるのだ、というのが当時の古典学者の論法であった。古典文学は「民族的伝統」をア・プリオリなものと措定することによって、反近代的-反西洋的-反植民地的な、特殊空間を造型し、方法論的にも自閉していったのである。現在でも、近代文学研究が西洋の文学理論を摂取する傾向が強いのに対して、古典文学研究が文献至上主義的な、批評理論の欠如という状態を積極的に是認しているように見られるのは、まさしく構造的に作り出された分離の結果に他ならないのである。戦前の教養主義の中で訓育された古典学者の多くは（ただし、自称国学者を除く）、西洋の哲学書、文学理論書を濫読していた。しかし、戦後の政治的文脈の中で古典を西洋の理論に適応させて読み解くことは、古典＝日本の再植民地化、伝統の破壊を招くものでしかなくなっていた。それゆえ、西洋の理論を拒否することは、日本古典文学研究者にとってはきわめて正当的＝正統的な態度であると見なされることとなったのである。しかし、このような反西洋↓日本への回帰↓古典の礼賛というロジックは、全く戦前の言論界のデジャヴの如き光景でしかなかった、ということも忘れてはならない（本書「結びに代えて」参照）。

とは言え、具体的な古典の読み方については、さらなる操作が必要であった。貴族に対する民衆、男性に対する女性、漢文に対する和文へと視線の中心を移してゆき、そこに文学の新たなる主体を発見してくることが強く求められたのである。西郷信綱は、「女の文学」と題する文章の中で、「先進中国文学の影響は日本文学の発展に大きな役割を果した。しかし一方では、民族形式をふまえないでそれを猿のように口真似した儀式的な漢詩漢文も、ずいぶんさかんであった。それは公の文学であったが、奴隷文化であり、インテリ的文学にすぎなかった。それにたいし仮名の物語は、私の世界に住み、漢字のよめぬ女性たちの新しい要求にもとづいて作られた」と述べている（『日本文学の古典』岩波書店、一九五四・三、六四頁）。西郷は、宮廷の貴族の間で漢詩が力をもっていることを「彼らが日本人としての民族性をうしない、植民地化・コスモポリタン化されてゆく過程」として捉えているが（『日本古代文学史』岩波書店、一九五一・一〇、一一五頁）、ここで注意したいのは、「植民地化」と併用されている「コスモポリタン化」という用語である。というのも、この当時にあって「コスモポリタン」とは、「国民文学」の対立概念の一つとして否定的に把握されるものであったからである。西郷は前掲の別の文章においても「私たち大正期以降の知識人は、その大多数が、「上から」と「外から」の近代化の波にまきこまれ、人民との、そして民族伝統との生きた生活的なつながりをもたぬコスモポリタンになるか、ないしはイデオロギーや世界観の上でのみ人民とつながる孤立した「良心的・進歩的インテリゲンツィア」になるかしていったとおもう。……／歴史のあたらしい次元で提起された文学における民族の問題は、まさに右のような秀才的進歩主義、教養的コスモポリタニズムの克服、その自己改造を求めているに外ならぬとおもう」と述べており（「文学における民族―反省と課題―」『文学』一九-九、一九五一・九、四五頁）、さらに他にも端的に「敵の道具である世界主義（コスモポリティズム）や近代主義」といった文言も見える（「遺産としての古典文学」『岩波講座　文学』第六、一九五四・三、三七頁）。また、文藝評論家、高沖陽造は、一九五二年（昭和二七）八月に行われた公開座談会「国民文学をどう見るか」の中でこう発言している――「今日いわれる国民文学はコスモポリタン的な傾向がヨーロッパでも日本でも……直接作家の小説を読んでいないので断言できないが、やはり文学にとつて、大衆小説とか、映画とかでは民族的な国民的な意識をもたないコスモポリタン的な感情というのが相当根深くあると思うのです。予備隊でも客観的にはコスモポリタン的な意識だと思うのです。そういう意味でコスモポリタン的な意識に対抗する、いわゆる国民文化を作り出す文学、そういうものが要求されているので、それが国民文学という名称で呼ばれている、というふうにいつた方がいいのではないか」（民科編『国民文学論』、二九一頁）。さらに広末保もまた、「生きるために、いやでも封建制と、疑似近代化――それを支え、またそれによつて支えられているコスモポリタニズムとたたかい、そして政治的な高さで民族の場所をまもるものが、大衆であるとすれば、その大衆の生活に根ざすことによってこそ、民族的な発想をつかみ、国民文学の形式を発見することができるであろう」（「近世文学の伝統と国民文学―近松の場合から―」民科編『国民文学論』、八八―九頁）などと言っている。その意味で、中世史家、芳賀幸四郎（一九〇八―一九九六）――戦前の一時期、マルクス主義運動に関わっていたことから不遇を託っていたとされる(91)——が中世禅林の学問と文学に通ずる「最も顕著な性格」として、「大陸模倣的な性格」を挙げさらにそれを次のように規定していることが注意される——「民族的性格の欠少しているのに反し、いわば世界性ないしコスモポリタン的性格のゆたかなことである」（『中世禅林の学問および文学に関する研究』日本学術振興会、一九五六・三、四三三頁）。加えて上記の安良岡によって「植民地文学」としての側面が否定的に捉えられていたことが改めて想起されるだろう。

このような知の配置の中で、五山文学もまた、「国民文学」的に「国文学」化されなければならなかったのである。

つまり、安良岡の発言に見られる、民族・国民は、むしろ当時の空気にあっては文学を語る上での価値肯定的な「定型《クリシエ》」として処遇されていたのであり、「五山文学」の中国文学からの独立という発想が前景化してくる背景には、戦後の日本民族の独立というコンテクストが介在していたのである。

「模倣」というヴィジョン

そのような中で、五山文学の国文学化の流れは続いたが、戦後、五山文学研究を主導していたのは、国史学者、玉村竹二（東京大学史料編纂所）であった。『五山文学―大陸文化紹介者としての五山禅僧の活動―』（至文堂、一九五五・五）、『日本禅宗史論集』全三巻（思文閣出版、一九七六・八―一九八一・一）、『臨済宗史』（春秋社、一九九一・一）等の関連著作が多数公刊され、『五山文学新集』全六巻（東京大学出版会、一九六七・三―一九七二・一〇）、同別巻一・二（同上、一九七七・三／一九八一・二）、或いは『五山禅僧伝記集成』（講談社、一九八三・五、二〇〇三・三に思文閣出版より再版）、『五山禅林宗派図』（思文閣出版、一九八五・一二）の編纂上梓は研究の進展を強く後押しした。とは言え、そのような中にあっても五山文学研究に対する学界内の知的関心は未だ高いものとは言えず、玉村自ら「文学界の孤児」（玉村竹二編『五山文学新集』第一巻「序」、東京大学出版会、一九六七・三）と評すほどのマイナージャンルとして細々と続けられる程度でしかなかった。しかし、その間、玉村の他に、国文学者、安良岡康作や、国史学者、芳賀幸四郎などが着実な成果を積み重ねていった。その後、七〇年代以降、五山文学（禅林文学）プロパーの研究者が次々と学界内に地歩を固めるようになり、そして、八〇年代、九〇年代以降には、国文学者による五山文学を主題とする専著も相次いで公刊され始めた。蔭木英雄『五山詩史の研究』（笠間書院、一九七七・二）はその早い例だが、その改訂版『中世禅林詩史』（笠間書院、一九九四・一〇）や、朝倉尚『禅林の文学―中国文学受容の様相―』（清文堂、一九八五・五）、同『就山永崇・宗山等貴―禅林の貴族化の様相―』（清文堂、一九九〇・九）、同『抄物の世界と禅林の文学―中華若木詩抄・湯山聯句鈔の基礎的研究―』（清文堂、一九九六・一二）、同『禅林の文学―詩会とその周辺―』（清文堂、二〇〇四・五）、中川徳之助『日本中世禅林文学論攷』（清文堂、一九九九・九）、千坂嵃峰『五山文学の世界―虎関師錬と中巌円月を中心に―』（白帝社、二〇〇二・一〇）、兪慰慈『五山文学の研究』（汲古書院、二〇〇四・二）、堀川貴司『詩のかたち・詩のこころ―中世日本漢文学研究―』（若草書房、二〇〇六・一一）、同『五山文学研究―資料と論考―』（笠間書院、二〇一一・六）、小野泰央『中世漢文学の形象』（勉誠出版、二〇一一・一二）等はその代表的なものである（その他、一休宗純・中巌円月など、個別の禅僧を主題とする著作は多数にのぼる）。これらの多くは国文学者の手に成るものであった。しかし、少なくとも九〇年代以前は、まだ「国文学」という学律のイデオロギー性を相対化するような視線が整備されておらず、五山文学の国文学化論は一九八〇年代にも引き継がれていた。朝倉はこう言っている――「五山文学（禅僧の文学）の特徴が中世を代表する国文学の特徴と共通することになれば、それは中世文学の特徴ということにもなろう。五山文学（禅僧の文学）は、中世文学の一分野として、中世国文学とともに論ずることが可能であるのみならず、中世国文学としても論じられなければならないと考えるのである。異質の文学、中国文学の一分野として処遇しがちな従来の考え方は改めねばなるまい」（朝倉尚「五山文学の特性」稲田利徳・佐藤恒雄・三村晃功編『中世文学の世界』世界思想社、一九八四・五、二一九頁）。

　ここで問いたいのはこのようなヴィジョンの当否ではない。このようなヴィジョンによって「国文学」という装置が維持されていたということについてである。勿論、如上八〇年代以降に活躍の場を与えられた五山文学研究者の多くは、国民文学論の直接的影響下にあって研究を進めていたわけではないだろうし、国民文学論が盛んに議論されていた五〇年代当時にあってさえ、それが時のすべての国文学者にとっての最重要の関心事であったとも思われない。確かに戦後の国文学界において左派的な政治志向性の強い、歴史社会学派は理論の方面において学界を領導する主流派を形成してはいたが、そのような研究者を除いて、多くの実証主義的な研究者は、そのような議論を自らの関心の外に位置づけていたのかもしれない。しかし、そこでナショナリティに対する批判的な眼差しが育たなかったということが問題なのである。大津雄一『『平家物語』の再誕―創られた国民叙事詩―』（NHK出版、二〇一三・七）が指摘するように、「国民文学運動が国民的歴史学運動とともに終息したあとも」、「民族」、「伝統」、「国民」といった「言葉を手掛かりに古典は延命した」（二〇六頁）と言われる。この当時、〝日本〟文学研究者というアイデンティティーが、無自覚の内に各研究者の意識下において〝ナショナリティの構造〟を維持せしめるよう働いていたのは確かであると言ってよい。とは言え、勿論、上記の朝倉の発言にしても、その背後には五山文学が国文学というフレームワークから排除-黙殺されることによって消失してしまう視座があることに対する懸念がその素地にあったと思われ、単に漢文脈としての歴史だけでなく、和文脈と同一空間の中に配置されてきたという歴史性を同時に顧慮することで初めて、上述したような「翻訳的適応」の結果として、和歌・連歌・能楽といった諸学への地続き的な連絡構造を整備-点検することが可能になるというのも確かであったであろう。

　しかしながら、問題なのは国文学イデオロギーの内実が、未だに「国語」イデオロギーを不問の前提として、和文中心主義によって構成されているという実態に変化がないままに五山文学をそのようなイデオロギーの内部に回収したとしても、結局は、和文中心主義を下から支える、或いは外側からその輪郭を縁取る異質物という地位へと閉じ込めてしまうという結果を再び招いてしまうという点である。言い換えれば、五山文学は国文学イデオロギー或いはアイデンティティーを強化する装置として敢えてその内部へと招聘された〝外部〟として利用されるだけであり、読みの実質がそこで刷新されることはないということである（アイデンティティーの恣意的な型取りは、今日の「東アジア」というパースペクティヴの導入の中で見られる、五山文学に対する関心の変化に現れている。(92)「五山文学」はいままさに「東アジア」への接合剤として利用されようとしている）。五山文学がマイナージャンルであったのは、戦前から九〇年代にかけてのこのような国文学パラダイムの結果であったが、「国民」という単位が、「日本文学」の主体であるとするならば、禅僧は、その階級性にしても、その漢文中心主義にしても、「国民」の代表-典型として見なしうるような存在では全くなかった。そもそも「国文学」「日本文学」の主体は誰かという問いは、「国文学」自体が擬制的《フイクシヨナル》な歴史構築的単位に過ぎない以上、固有の「解」のない問いであって、何らかのイデオロギーに凭れかかることなくしては論ずることさえ不可能な問いであった。

したがって、問題の所在は、五山文学を日本文学と見るか中国文学と見るかという二者択一的な問題構成の内部にあるわけではなく、そもそもそのような問い自体が近代の産物であって、そのような二分法的パースペクティヴによって処理できるような性質の問題ではない、という点にこそ向けられなければならないだろう。そこでさらに強く問われなければならないのは、五山文学をエクリチュールレヴェルでアイデンティファイしている「漢文」の言語的地位についてである。つまり、安良岡が「中国文学の模倣・追随の跡」と述べていたような視座、すなわちオリジナル／コピーという価値判断の問題をどう処理すべきかという問題が深刻な検討課題として突きつけられてくることとなるのである。それに関連して言えば、まず、思想史研究者、村井紀〔一九四五―　〕が、日本漢文学を「模倣」と見る眼差しについて、「『懐風藻』―模倣の思考―」（『文字の抑圧―国学イデオロギーの成立―』青弓社、一九八九・五）と題する文章の中で次のように述べていることに注意を向けておく必要がある。そこで、村井はまず、「模倣」とは端的に「私たちの考え方とは別の思考や論理の働き」を見落とした「近代的な偏見」にとらわれた発想であると批判する。模倣とは見方を変えれば、C・レヴィ＝ストロース（一九〇八―二〇〇九）が言うところの「ブリコラージュ」（手元のあり合わせのものを寄せ集めて作るタイプの創作活動。理論・設計図に基づいた「エンジニアリング」の創作と対照される）に類する活動形態と見なされるものであるのだが、「母国語」という発想が自明視されることで、「国文学」「日本文学史」は、日本漢詩文を「デラシネ」（根無し草）として排除するよう機能し、かつまたそうすることによってアイデンティティーを確立しているのだ、と村井は指摘する。それによって「模倣」、すなわち創造的ではないもの、オリジナリティがないもの、「オリジナル」（和文、和歌）よりも劣った「コピー」（漢文、漢詩）として低い評価を与えるよう、学律《デイシプリン》自体が「漢文学」という自らに対して一種の制約を加えてきたことが明らかとなるのである。

そのような視点に立ったとき、われわれはもはや次のような言表をどう処理すべきかについて、戸惑いを感じずにはいられないだろう。蔭木英雄『中世禅林詩史』（笠間書院、一九九四・一〇）の発言である――「中国の伝統的類型的詩情や典故に拠りながら、亜流文学、模倣文学に堕していないか、又、日本人が中国の文学様式を借りて表現する時、常につきまとう和習をば如何に評価するか等々、これらは五山文学のみならず、日本漢文学研究に常に解決を迫られる問題である」（六頁）、「中国語に習熟せず、しかも文学的才能の乏しい者が慣れぬ詩の製作に携わる時、最も安易な方法は中国の詩句の模倣である。近体詩の煩瑣な規格は、一層彼等の自由な創作を制約する。室町時代の五山僧の詩を読んで、作者の名を言い当てることが困難なのは、彼等が個性的詩句を駆使し得なかった右の事情にもよる」（八頁）、「五山詩史の後半期の禅僧たちは、同じ素材や同じ情趣の詩を飽きもせずに繰り返しうたう。彼等はその事にあまり神経質ではなかったようで、中国文人の雅趣を日本禅林の閉鎖的な社会に移し、そこで観念的に追体験しながら、語句や発想を新奇なものに加工して、楽しんでいたのである」（九頁）、「この主体的個性的真実の稀薄が、当時の禅僧の時代精神なのであった」（五一頁）。

あたかも自明のことであるかのように語られているが、ここには存在しないはずの母語幻想が見られる。「母語」（に強い価値を置く）という発想は「国語」モデルの中で誕生したイデオロギーに過ぎないが、大陸の生活者にとって、文言があたかも母語の如く自然に一体化されているかのような眼差しが持ち込まれている。その一方で、日本列島の生活者にとっては、それが非母語としての「中国語」であるがゆえに、「模倣《コピー》」という営為から逃れることができず、それゆえ「個性《オリジナリティ》」の欠落した、拭いがたい「和習」－「和臭」に苦しめられることになる、という発想が生まれてくるのである。

前掲、安良岡や蔭木の言述に見られるように、また西郷信綱が「外国文学の形式によって、日本人の生活感情や思想が藝術的に表現されうるはずがない。……たとえどんなに高級であってもそれはしょせん内容を形式に隷属させた口まねの文学、技巧的模倣文学以上のものではありえなかった」（『日本古代文学史』岩波書店、一九五一・一〇、一二一頁）と言うように、日本漢文学は中国文学の「模倣」であるというヴィジョンは、近代国文学の伝統を貫く見方であった。そして、上海出身の兪慰慈（一九五六―　）による『五山文学の研究』（汲古書院、二〇〇四・二）もまたそのようなヴィジョンを踏襲する書物である。兪は、「日本漢文学」を「中国文学の空間拡張」であると見る中国学界の主流的な見解については留保の態度を示しつつも、一方では、明確に五山文学を「模倣文学」という呼称によって捉えている。その上で、「無論、「日本文学」が中国文学から莫大な影響を受容したことは事実であるが、しかし、その受容上で、大和民族の「心」と「海洋性文化」の美という独特なものとが、完全に溶け合った結果、まったく独特な「民族文学」となっていることは言うまでもない」（二五三頁）と言う。「いずれの国家間であれ、いずれの時代間であれ、たとえ一方が他方の文化を模倣したとしても、全面的な模倣など存在するはずはない。模倣する側に主体性がある以上、その模倣作品には、模倣による「類似点」と共に、必然的に幾許かの模倣者の「独自性」も発現されているに違いない」（五三七頁）と述べ、「模倣文学」であるがゆえに「文化的大和心」という「独自性」が発現し、それが一つの「民族文学」としての形をなしているのだと主張する。

しかしここで問われなくてはならないのは、なぜ「模倣」というパースペクティヴが成立するのかである。このことは決して自明なことであるわけではなく、むしろまったくもって奇妙なことだと言わねばならない。言語が反復可能性を持ち、その習得が、原的に、学び＝真似びという反復的実践を通して為されるものである以上、文学の形成において「模倣」＝学習というパースペクティヴの成立は不可避であるが、「日本人」による「中国文学」の「模倣」というヴィジョンは次のような機制においてのみ可能になるものである。すなわち、前近代において、「中国」という原理的に不在の「国民-国家」を不問の前提に据えつつ、「中国人」という不在の「国民」に、母語としての不在の「中国語」を原的かつ自然に所有する主体としての地位を与えながら、その無媒介的な一体性を想像の次元から歴史的実定性の次元へと横辷りさせ、一方でそこに原的に帰属すべきではない外部の「国民」＝「日本人」を排除し、「外国語」として距離化させる。それによって「模倣」というコンプレックスが「日本人」としての研究主体の中に発生するが（それを「中国人」としての研究主体の地位に反転させればそこに無根拠な私有感覚が発生する）、「国文学」（国民文学・民族文学）という近代的な構築物に依存して「模倣」を論ずるのは認識論的倒錯でしかない。また、漢字を東洋のラテン語といったように一種の接合剤として考えた場合にしても、そのようなヴィジョンがネイション構造を維持したまま構想されたとき、その接合それ自体が（分離した複数の共同体を前提とするものであるため、かつまたそこに「国語」モデルを言語の原態に据えるようなヴィジョンを持ち込むものであるため）「模倣」という発想を正当化することになる。一方で、「漢文」の他者性を意識的に忘却し、「日本」の「国語」の中に回収し直した場合、（訓読文として固有の音韻変換規則を実定化することで）その他者性は無根拠に自己性へと転換され、それに「日本人」というアイデンティティーを結合させることで、「模倣文学」というコンプレックスを恣意的に解消することが可能となる（それゆえ、安良岡はこうも述べることができた——「五山文学の意義は、中国文学の追随・模倣の程度いかんにあるのではなくして、もっと、文学制作の第一義から顧みなくてはならなくなってくる。ここに文学制作の第一義というのは、制作者が自己の人間的真実の発現を直接に漢詩文に寄託することである。したがって、和臭の問題のごときも、この角度から観察すべきであって、無条件に否定することも、無反省に肯認することも許されなくなってくる」（同上、三—四頁））。しかしながら、それは中国／日本というナショナルな構造を持続させたまま、過去の問題を処理するという認識論的倒錯を犯した議論でしかない。

ここでもう一度確認しておきたいのは、漢文というのが決して誰にも完全に所有されることのない、浮遊した「越境的《トランスローカル》」な言語であったということである。日本列島の生活者にとって、中華古典の世界が異物＝不純物であり、それゆえ「模倣」が必要になるというのは確かであった。しかし、それは朝鮮半島やヴェトナムの知識人にとっても同じであったし、何よりも大陸の人々にとってもそうであったはずである。中国文学研究者、金文京（一九五二—　）の『漢文と東アジア—訓読の文化圏—』（岩波書店、二〇一〇・八）は、「漢文文化圏」が単一‐均質な言語圏だったわけではなく、異種混淆的な文体の混在する場であったことをさまざまな実例をもって論証しているが、俗語の混入はそのどこにおいても見られる現象であった。だからこそ、雅／俗という二分法が絶えず知識人の意識の中に再帰してくることになっていたのである（本書第X章参照）。近代的な「個性」＝オリジナリティ信仰を相対化して言えば、日本の禅僧に「個性」が欠如しているという批判は、大陸詩人の作品にはオリジナリティが存在しているはずだという先入観を反転させたものである。しかし、大陸の人間の作品が、ただ大陸の出身であるというそれだけの理由で、類型化から脱していると信じられているのだとすれば、そのような見解は単なる空想でしかないだろう。前述したように、古典知はむしろ古典-過去の再話-再現前であることに強い価値を置くものであったし、それゆえに結果として「類型的」であることにもまた重要な意味があったのである。また、日本の禅林に土着化=翻訳的適応が起こっていたのだとしても、それは大陸においても同様であって、彼らにとっても古典文言リテラシーはあくまでも学習によって獲得される能力であり、それは原理的に反復的な「模倣」の産物に他ならなかった。当然、能力には偏差があり、身体感覚からは完全に乖離していたはずである。口語と文語の一致／不一致は問題にさえならなかった。ゆえに、前近代的世界にあってはそのような「問題」は意識されないがゆえに言表化もされなかった。それは両者が全く異なるシステムであると把握されていたからである。

ここで言いたいのは、決して安良岡・朝倉に反論して「五山文学」というものが「中国文学」の一変種《ヴァリアント》なのだということでもなければ、それに同意して「国文学」として処遇すべきだということでもない。ここではこのようなテクストが産出される前提条件が問われなければならない。かつて国文学構築のために漢文を（内部の）外部へと放擲しようとしたことがここで水準をずらしながら——つまり、国文学の内部に構築された外部（傍流）という地位を与えることで——再演されている、ということに注意しておかなければならない。これは単純に日本文学というフレームワークをめぐる問題なのではない。文学の読みの実質に関わる問題なのだ。

＊

さて、五山文学を中国文学という枠組《フレームワーク》から切断-独立させようという運動が、実際問題として、五山文学の成立に大きな影響を与えたと思われる大陸禅僧の著作、『北磵文集《ほっかんぶんしゅう》』『北磵詩集』『北磵外集』『橘洲文集《きつしゅうぶんしゅう》』『無文印《むもんいん》』『淮海挐音《わいかいなおん》』『淮海外集』『蔵叟摘藁』『物初賸語《もつしょようご》』等々に対する分析を学律の死角へと追いやり、殆ど放置させたままにしてしまっているという弊害も指摘できるのだが[93]、ここで問題にしたいのは、五山文学が日本文学であるか中国文学であるか、ということではなく、日本文学／中国文学という編制を自明視しつつ、その帰属先を議論すること自体が、国民-国家構築という編制作用そのものであるということである。五山文学というカテゴリー自体が、両者を跨ぐような帯域に設定されているからこそ、不明瞭な「日本」にかたちを与える営為が未だに有効となるのだが、問題は、それをそのいずれに含めて考えるのが妥当かということではなく（その両義的恣意性・境界性によって、そもそもその問いには固有の「解」は存在しない）、そのような「知的関心」が持続的に構成され続けているという言説の配置パターンにあるのだ。[94] 文学という現象に必ず国籍が附与されていなければならないかのような信憑が未だに持続しているのだとするならば、その前段にある学律の区分を深刻な問いとして引き受けなければならない。学問分野＝学律《ディシプリン》は、その内部に登録されているメンバーに対してどのような知識が正当＝正統であるのか、独自の規則《パターン》を作り上げ、発話を管理してゆくような機制を備えている。それによって透明化された空間が編制され、その内部で真理＝正統な解釈が作りあげられる。隠語《ジャルゴン》の共有、方法論の共有などを通じて、それは自然化されるが、言説は系統立てられた学律の外にも拡がっており、学律の保守システムは、別種の異質な言説が内部に侵入してくるのを阻止する——無視する（意識的にというよりは、そもそも異質な言説が存在することにさえ気づかないように自らのフレームワークの四囲を高い壁で取り囲み、耳に入ってこないようにする）——ような機制を備えている。その上で、日本文学／中国文学という編成から脱却するために、われわれはまずもって何を為すべきなのだろうか。

「中国語」という不在（架空）の言語

そこで大きな問題となるのは、「古典文言」すなわちわれわれが「漢文」と呼んでいるものを、「中国語」であると言ったり、その反動として「日本語」であると主張したりするような視線である。[95] 前近代という過去を見るわれわれの視点は、直接的にありのままを捉えることはなく、「近代」というイデオロギーによって拘束ないし屈折させられているが、「国語」national languageという人工言語が言語の原態であるかのような視座に飼育されてきたわれわれの視線の中に、不問に附されてきた慣例がある。それは、前近代の中国大陸で話されていた口頭諸語のみならず、古典文言さえをも包括して「中国語」と呼んでしまうことに何の躊躇いも感じないような、鈍重な感覚麻痺である（学術論文の中にさえ、不用意に用いられているところに、その感覚麻痺の重さが知られる）。それは例えて言えば「ヨーロッパ語」「アフリカ語」といった、不在の（単一の構造をもった）言語《ラング》を想定するに等しい奇妙な倒錯であり、「国語」モデルの過去への遡源的適用でしかない。

そこで、まず確認しておきたいのは、（政治学的カテゴリーの要因を無視し、社会言語学的機能の面に限定して言えば）古典文言（漢文）は何語でもなかった、だからこそ何語にもなり得た、ということである。数字記号と同じように、脱空間的-脱土着的（トランスローカル）な記号であった。例えば、数字の「1」は何語でもないが、「いち」[it͡ɕi]と言えば（national languageとしての）「日本語」となり、「yi」[i:]と言えば、（national languageとしての）「中国語」となり、「one」[wʌn]と言えば（national languageとしての）「英語」となるというように、多様な音声と多元的に結合関係を結ぶことができた。そして異域間においては相互に「文字」をどのような「音声」へと変換《コンパイル》するかは全く知る必要がなかった。アンダーソンの周到な説明を借りれば、「タイ人が+をなんと呼ぶか、ルーマニア人はまるで知らないし、その逆もまたしかり。しかし、両者はこの記号《シンボル》を理解する」（白石さや・白石隆訳『増補 想像の共同体―ナショナリズムの起源と流行―』NTT出版、一九九七・五、三六頁〔原著、一九八三〕）のである。そこに漢字の特質があった。韻書による拘束はあったが、「反切」という音韻システムにしても、それは漢字によって漢字の音を指定するという仕組であって絶対的な音価を同定しうるものではなく、あくまでも字と字との相関的音韻構造から音価を相対的に措定するものでしかなかった。したがって、聴取者相互には音韻構造は類似したものとして聞こえるが、語と語の弁別に欠かせない声調《トーン》の数は四～八（平・上・去・声の四声をそれぞれ陰陽二類に分けたもの）と地域差があり、北方音では、早々に（遅くとも元代に）入声が脱落してしまったために、平仄は身体感覚から少なからず乖離したものとなっていた(96)（北方のアルタイ語系諸語との混淆の影響とも言われる。なお、「入声」音とは、子音で終わる閉音節タイプの声調であり、「一」「木」等のように、（子音＋）母音＋子音〔(C)VC〕構造を有する閉音節語がそれに当たる。日本漢字音においては、音韻構造上、開音節化〔母音で終わるように変化〕せざるをえなかったために複音節化し、「－フ」「－ツ」「－ク」「－チ」「－キ」で終わるような漢字音として現在も残っている。ちなみに、北京音を基礎として作られた「中国語」＝普通話／國語においてもやはり末尾子音が脱落している。結果、声調数の減少によって語の弁別機能が低減したため、複音節語彙が増加するという副作用も表れた。例えば「目」→「眼睛」、「耳」→「耳朶」等である）。

ただし、この場合の脱土着性とは、あくまでも理念の次元における性質だということにも注意しておかねばならない。漢字は純粋な視覚記号というわけではなく、発話されることによって何らかのかたちで音声との結合関係をとり結ぶものであるため、発話されるたびに土着化《ローカル》されるというのも、漢字の持つもう一方の性格であった。そして、まさにその発音されるというその瞬間において、元来何の歴史必然的な関係性を有していなかった二つの記号システム――書記と発話――が一定の法則をもって変換《コンパイル》されることになるのである。ゆえに、現実の政治力学的作用の中で形成された不平等‐不均質な空間の中にあって、あらゆる地域的音韻体系が平等な関係において並列展開されてゆくことなどはなく、発話段階において音声の標準化作用が感覚的に生起してくるのも不可避であった。つまり、時に「中原音」などと呼称される標準的《スタンダード》という感性も古くから存在したのである(97)。例えば禅林においても、竺仙梵僊が「然らば夫の浙人の雅音が若きは、口を出づれば章と成り、自然に諧叶す。……虚谷和尚（虚谷希陵）、乃ち婺州（現、浙江省金華）の人。婺は浙に在ると雖も、而して語音は甚だ贅牙と為す」〔然若夫浙人雅音、出口成章、自然諧叶、……虚谷和尚、乃婺州人、婺雖在浙、而語音甚為贅牙〕（『古林和尚拾遺偈頌』巻上「次虚谷和尚韻送覚侍者」注解、『新纂続蔵経』七一、二七五頁中―下）と述べているように、元代の禅林にあって、浙江音が雅音＝標準音として認識されていたこともまたそのような例証の一つとなる。

以上を踏まえて約言すれば、漢字は脱土着的《トランスローカル》な記号体系であると同時に、土着的《ローカル》な言語体系であったという両価性をもって有用とされていたのである。問題の真の所在は、単に文言を「中国語」と呼んでしまうような用辞レヴェルの不用意さにあるのではなく、われわれの視線から、文言を文言たらしめる根源的な性格を剔抉せしめ、その空所を「国語」モデルによって補塡することによって形成されたその視線が、文言の理念的な脱土着性――越境性《トランスローカリティ》-膨張性《グローバリティ》――という、漢字漢文の有する一方の性格を消失させてしまった、という点にある。換言すれば、文言に国籍が附与される、或いは何らかのかたちで土着的なものであると見ることで「聖なる言語」としての非現前的な理念性が欠損されてしまうということである。そのような視線が自然化されれば、なぜ漢字が広域空間のリンガ・フランカとして長い歴史の中で使用され続けてきたのか、そして日本の知識階級において「真名」と呼ばれて「仮名」よりも上位に置かれてきたのか、そのリテラシーが求められてきたのかが説明できなくなるのだ(98)。

7　われわれはなぜ禅僧の詩作行為を〝不自然〟だと感じるのか

禅僧の詩作行為に対する従来的評価

さて、最後にわれわれの「宗教」に対する先入観――近代に作られた制度的視線――が、〝禅僧はなぜ詩を作ったのか〟という本書の立てた問いの扱いをいかに困難にしているのかについて論じておこう。

前述のように、禅僧は、膨大な量の詩を作った。さらには、究極のところ、詩と禅は異なるものではないのだ、という類の〝奇妙な〟主張を繰り返してもいる。いまここで敢えて〝奇妙な〟と言ったのは、それがわれわれの常識に照らして首肯される一つの実感であるように思われるからであるが、実際、これまでの研究では、たびたびそのような理解が示されてきた。例えば、芳賀幸四郎は室町中期以降の五山文学は、「禅文学」ではないとの認識を示しつつ、その理由をこう説明している。

五山派の禅僧はわれ劣らじと詩文の述作や外典の学習にはしり、きびしい禅の修行を放棄して顧みない有様となった。こうして五山派の禅は室町中期の頃には禅の生命である法脈が絶え、形の上では法系は続いたが、真の伝法・嗣法は行われず、五山派の禅は単なる伽藍仏法・法会仏法に堕してしまった。五山派の禅僧は形は禅僧であるが悟りを開いておらず、せいぜいのところ浅い悟りにとどまり、単なる詩僧・学問僧にすぎなくなってしまった。とすれば、そこには花鳥風月の詩や禅語を駆使し修辞の妙をつくした文章は生れても、何よりも禅の悟りの流露であるべき真の禅文学は生れるはずもなかった。そのようなわけで、室町初期の五山禅僧の作品にはなお禅文学と称しうるものもあるが、中期以降の作品はもはや禅文学ではない、と断言してよいであろう。(『中世文化とその基盤〈芳賀幸四郎歴史論集Ⅳ〉』思文閣出版、一九八一・一〇、四三一頁)

ここで注意されるのは、研究主体としての芳賀の中に〝宗教的純粋性〟という信念が潜在しているように見られるということ、そしてそのために詩(文学)がそれを汚染する一種の障害物として理解されているように見られるということである(ちなみに、芳賀は二十代の頃より参禅の経験があり、「洞然」の号を与えられている。晩年は、人間禅教団の師家として布教活動に邁進し、日頃より「われ僧にあらず、俗にあらず、禅者なり」と称していたという。追悼文集『二山行盡』〔二山行盡刊行委員会、一九九八・八〕、参照)。同様に、禅宗史研究者、竹貫元勝(一九四五―　)もまた「不立文字を標榜する禅であるけれど、「文字」は禅僧に必要であったのである。しかし、その文字・言語は、単に禅院の伝達や告示のためであり、見解を表現する補助的手段としての偈頌作成に限られており、漢詩文の勉強は坐禅の合間に時間を見つけてやればよいのであって、漢詩文の研鑽に多くの時間を費やしてはならないのである。本来、坐禅あっての文字であり、修禅よりも漢詩文研鑽を優先する本末転倒は誡しめるべきなのである」（竹貫元勝「中世に花開いた五山文化—禅と漢詩文—」『ユリイカ』三五-七、二〇〇三・四、一五七頁）と述べている。また、国文学者、安良岡康作は、室町期以降の禅林に関して、「五山僧の官僚化・貴族化は一層甚だしくなり、公家・武家との接触も日常化したために、宗教的生命を喪失し、五山禅林は修道の場よりも学芸の苑と化してしまった。そのために、作風は次第に繊弱化し、和様化して、東福寺の書記、清厳《ママ》正徹の如き専門歌人さえも五山の中から現れるに至った。それほど、禅林生活が通俗化し、時には頽廃を示していたのである」（安良岡康作「五山文学」東京大学中世文学研究会編『中世文学研究入門』至文堂、一九六五・六、三六三—四頁）と、芳賀の理解をなぞるような説明をしている。

　また「彼らにとって「詩を作る」ことはどのような行為であったのか。彼らは「詩を作る」ことにどのような価値があると考えていたのだろうか」という問いを立てた中国文学研究者、浅見洋二（一九六〇—　）もまた次のように述べている——「五山文学（わが国の中世、鎌倉時代末期から室町時代にかけて京都・鎌倉の五山をはじめとする禅宗の寺院に属する僧侶たちによって担われた漢文学の潮流）の僧たちもまた、本来「詩を作る」べきではないにもかかわらず詩に巻き込まれてしまった人たちである」（「「文章一小技」—五山禅林の詩僧にとっての「道」と「詩」—」『漢籍と日本人』〈アジア遊学93〉、勉誠出版、二〇〇六・一一、九一頁）。これは、われわれの素朴な実感をそのまま反映したような一文であるだろう。詩を作らなくてもよかったはずの、或いは詩を作るべきではなかったはずの禅僧が、なぜ詩を作ったのか。

　だが、もしわれわれが〝禅僧はなぜ詩を作ったのか〟という問いに対して、未だに十分に整合性の取れるような妥当な解法を見つけられていないのだとすれば、それはそもそも初段の問いの立て方が間違っていたからではないだろうか。われわれがまずもって考えるべきは、なぜ彼らは詩と禅は一致するなどと言っていたのか、ということではなく、なぜわれわれは禅僧の詩作行為を不自然なものだと、或いは場合によっては不当なものだと考えているのか、ということである。なぜわれわれは宗教と文学とが分離したものであるという基本認識を共有しているのだろうか。そのような自らの認識枠を問うことから始めなければならない。

詩禅一味論

その問いについて検討する前に、当の禅僧たちがそれについてどのように言表化していたのかについて、いまいちど確認しておきたい。彼らはそれに対して明晰な答えを用意しているわけではないものの、彼らが繰り返し主張してきたのは、結局のところ、〝詩と禅は同じものだ〟ということであった。このような考えは、今日に詩禅一致論、詩禅一味論などと呼ばれている。

具体的にそれは次のような言表において確認される主張である。

○参詩猶如参禅ト云ホドニ、詩句ニ参ズルトモ、単伝直指向上ノ詩ニ参ゼヨ、カマイテ詩魔ノ向下ニ参ズルナト云タゾ。……禅僧ガ書ク文ハ、ソツト書ケドモ、我ガ宗ヘ引入テ書ク事ガ、本意デアルゾ（寿春妙永「湯山聯句序」『湯山聯句鈔』、新大系、三〇五頁）

○詩者非吾宗所業也、雖然、古人曰、参詩如参禅、詩也禅也、到其悟入則非言語所及也、吾門耆宿不外之、……豈謂吾宗無詩乎、……花晨月夕、手之口之、則詩之外無禅、々之外無禅〔詩カ〕（天隠龍澤「錦繡段後序」『天隠和尚文集』、『五山文学新集』五、九八八頁）

○古曰、参詩如参禅、然則詩也禅也一律乎（天隠龍澤「跋龍渓侍者詩後」『天隠龍澤作品拾遺』、『五山文学新集』五、一一二一頁）

○参詩参禅、安心豈有二（景徐周麟「容安斎記」『翰林葫蘆集』巻九、『五山文学全集』四、四四一頁）
○詩外無禅、々外無詩（江西龍派「村庵藁序」〔希世霊彦〕『村庵藁』、『五山文学新集』二、一六七頁）
○参詩如参禅、誠哉此言（横川景三「梅雪斎詩後序」『補庵京華新集』、『五山文学新集』一、六六七頁）
○離詩無禅可参、離禅無詩可参（以心崇伝「翰林五鳳集序」『翰林五鳳集』、『大日本仏教全書』〔新版〕八八、二一二頁）
本書ではこれらを「詩禅一味」言説と総称する。(99)なお、これらの言表は、直接的には「中国」の典籍からの「影響」を受けたものとされている。例えば以下のような例が知られる。
○論詩如論禅（厳羽『滄浪詩話』、『景印文淵閣四庫全書』第一四八〇冊、八一〇頁下）
○参禅学詩無両法、死蛇解弄活鱍鱍（葛天民〔朴翁義銛〕「寄楊誠斎」『葛無懐小集』、『南宋群賢小集』、『叢書集成三編』四〇、六八一頁上）
○凡作詩如参禅、須有悟門（呉可『蔵海詩話』、『叢書集成新編』七八、五九八頁上）
○識文章者、当如禅家有悟門、夫法門百千差別、要須自一転語悟入、如古人文章、直須先悟得一処、乃可通其他妙処（范温『潜渓詩眼』、郭紹虞校輯『宋詩話輯佚』巻上、哈佛燕京学社、四〇三―四頁）
○学詩当如初学禅、未悟且遍参諸方、一朝悟罷正法眼、信手拈出皆成章（韓駒『陵陽集』巻一「贈趙伯魚」、『景印文淵閣四庫全書』第一一三三冊、七七〇頁下）
○欲参詩律似参禅、妙趣不由文字伝、箇裏稍関心有悞、発為言句自超然（戴復古「論詩十絶〔其七〕」『石屏詩集』巻七、『四部叢刊広編』三九、一三五頁上）
さらには、これまで注目されてこなかったところでは以下のような例もある。
○詩中有禅、東湖湖上浪滔天、一葉扁舟破暁煙、禅中有詩、手把烏藤出門去、落花流水不相知、禅与詩何所為断（南宋・率庵梵琮『雲居率庵和尚語録』、『新纂続蔵経』六九、六五七頁下）

○詩悟必通禅（元・実存□英『白雲詩集』〈内閣文庫蔵本〉巻二）
○夫詩不離禅、々不離詩、二者廓通而無閡、則其所得異於世俗宜也（元・趙孟頫「白雲詩集叙」、同上巻頭）

このような言表に対して、これまでの研究者がとってきた態度は、主に「詩禅一味」言説が存在するということ自体を記述してみせるに留まるか、そうでなければ、なぜこのような言表が立ち現れてきたのかという問いそのものを考察の対象から外すような否定的説明を与えるものでしかなかった。例えば以下のような記述に触れることができる。玉村竹二（一九一一―二〇〇三）『五山文学―大陸文化紹介者としての五山禅僧の活動―』（至文堂、一九五五・五）（以下、引用は一九六六年版に拠る）は、その「はしがき」において、本論中に「詩禅一味論を度外視」して論及を欠いている旨を述べた上で、その理由のひとつとして、（詩禅一味論は）「題材を仏教的なものに限定され、しかも表現には文学的な意欲が旺盛であった元末の古林派下の人々が、その調和に苦しんで言出したことに過ぎず、実際の文学活動には、左程に影響のないものであると思うから」という見解を示している。そして、中国文学研究者、入矢義高（一九一〇―一九九八）の「五山の詩を読むために」（『五山文学集』、新大系、岩波書店、一九九〇・七）は、「〈詩禅一味〉論」について、これを、「詩作と禅体験に共通する高度のシンボリズムを一種神秘主義的な次元にまで増幅して、それを単純明快なオプティミズムのオブラートでくるんだもの」（三二五―六頁）と要約している。また、中国明代の紫柏真可《達観》の「禅と文字と二有りと曰はんや」という記述を引用しながら、その姿勢を「余りにも見事な楽天主義」という批判的筆致の中に捉えている（三三〇―一頁）。そして、蔭木英雄（一九二七―　）『五山詩史の研究』（笠間書院、一九七七・二）においても、五山僧の文学に対して、「文学の独立永遠性を説くことは、それはそれでよいのであるが、彼等の主張は多分に禅修行の代償、極言すれば禅修業の怠慢と引きかえに提唱された嫌いがあり、その行きつく所が江西竜派の詩禅一致論であった」（七頁）というふうに批判的文脈の中にまとめられている。このように、従来の研究の少なくともその幾つかは、「詩禅一味」言説という案件をそもそものところで考察の対象から外すような傾向を持っていたと言えるのだが、しかして、ここで問い直しておきたいのは、このような五山僧の立ち位置が「単純明快なオプティミズム」などと見えてしまうような準拠枠＝認識論的土台の存在である。その時とりわけ注意されるのは、彼らが詩禅一味言説を取り合おうとしないのが、彼らが決して禅（宗教）を非合理的なものとして批判する宗教批判の立場に立っていたからではないということである。むしろ逆に、彼らの言表は宗教の優位性、そして純粋性を信じているようにさえ見える。記述の外に示された彼らの隠された宗教的信念こそが「詩」と「禅」を同格のものとする言表に対して意識下で拒否感を働かせているようにも見えるのである。

本書では、本論での検証を通して、禅僧の詩禅一味言説に一定の論理的妥当性を見出すことになるのだが、それは単に上記の如き言表群が確認されることを論拠として、その妥当性を承認しようとするものではない。それどころか、これらの言表群が教示していることはむしろ全く逆であると言わねばならない。というのも、詩禅一味言説をパフォーマティヴな水準で見れば、それは詩と禅は異なるものであるという対立的理解が発話の生起してくる場の一部を構成していたことを徴証するものであり、その意味で言えば、詩と禅を異なるものとして捉えるような意味での詩作が禅林で実際に行われていたということの証言となるからである。夢窓疎石が、「心を外書に酔わしめ、業を文章に立する」者を、「剃頭の俗人」と呼び、弟子の「三等」のうちの「下等」でさえないと手厳しく非難していることは有名であるが（『夢窓国師語録』巻下之二「三会院遺誡」、『大正蔵』八〇、五〇三頁下）、義堂周信もまた「凡そ吾が徒の詩を学ぶは、則ち俗子の及第等の為めならず。蓋し七仏以来、皆な一偈を以て意を見《あら》わす。一偈の格、俗子の詩を仮りて作るのみなり」（凡吾徒学詩、則不為俗子及弟《ママ》等、蓋七仏以来、皆以一偈見意、一偈之格、仮俗子詩而作耳）（『空華日用工夫略集』応安二年（一三六九）九月二日条、『新訂増補史籍集覧』第三五冊・続編三、三五頁）と述べており、『抄本江湖風月集』（明応七年（一四九八））にも春林周藤の話頭として「仏祖已来、此道ヲ心得ザル者ヲバ出家トハイハザルゾ、文字バカリアル人ハ儒者ヂャ、其上、宋朝以来ノ儒者ハ東坡、山谷ヲハジメテ参禅ヲシタ、文字バカリノ僧ハ惟肖（南禅の僧）江西（建仁の僧）ヲバハジメテ儒者デコソアレ、禅僧デハナイ」（上村観光「古抄中に見えたる古徳の遺事」『禅林文藝史譚』大鐙閣、一九一九・九、一七四頁より転載）などと見える。ただし、問題は、禅僧自身が詩作行為をどのようにメタ言説化しているかを確認することではなく、現に詩作行為を行っているという事実をどう考えるかということである。禅と詩とが互いにその場所を共有しあうような位相が存在するのか、存在すると仮定して、それをいかに描出することができるのか。詩作という現象は、少なくとも中世禅林という言語空間にあっては例外的な特殊事象であったわけではなく、きわめて再現性の高い現象であった。それは『五山文学全集』『五山文学新集』『大日本仏教全書』、各種『大蔵経』、そして手つかずの未翻刻資料に収録される詩作品（偈頌を含む）の厖大な分量自体が既に証明している歴史的事実である。問題は、それがどのような意味で宗教的行為であり、またどのような意味で宗教的行為ではないのか、という点であるが、禅僧の発話群がこれを明晰に説明することはない。しかも、時には詩と禅は一致すると言い、時には詩は禅の妨げになるといったように、両価的《アンビヴァレント》な態度を見せるのが常態であった。後世の研究者は、このような禅僧による語りの実践に志向的照準を定めることで、後者の言表により強い正当性を認めてきた。したがって、禅僧の詩作行為は禅修行からの逸脱-乖離であって、詩禅一味言説はその自己正当化の強弁であると理解されてきた（安良岡上掲論文には「詩・禅の一致が自己弁護的に唱えられたのも……」という記述がある。三四頁）。しかしながら、このようなわかりやすすぎるほどわかりやすい解法には、やはり大きな問題が含まれているとは言えないだろうか。というのは、それではまずなぜあれほどまでに厖大な量の詩篇が遺されてきたのか、というその理由を合理的に説明できなくなってしまうからである。ならば、詩禅一味言説が正しく、詩作批判は誤っていると考えるべきなのかというとそうではない。それはいずれかが正しく、いずれかが間違っているという事実確認的《コンスタティヴ》な水準で発話された言表ではないからである。この問題は禅僧の言語運用が基本的に行為遂行的《パフォーマティヴ》な水準で実践されたものであるということを抜きにしては理解することはできない。その点については後段ですぐ述べることとして、まずはここまで見てきたような、仏教と文学とを同一のものと見るような眼差しが五山文学に固有の問題系ではなかったという点についても少し触れておきたいと思う。

和歌即陀羅尼論

文学と仏教という主題系に照準を合わせるならば、当然、和歌と仏教という論点も視野に入ってくるのだが、そこでも詩禅一味論の和歌ヴァージョンとでも言うべき和歌即陀羅尼論が形成されていた。例えば、無住は和歌を「仏道ニ入媒《いるなかだ》チ、法門ヲサトルタヨリ」（『沙石集』巻五本、大系、二二〇頁）、「一心ヲウル始ノアサキ方便、和歌ニシクハナシ」（同巻五末、二五〇頁）と位置づけ、西行が慈円に伝えたと言われる言葉として「先《まづ》和歌ヲ御稽古候へ。歌御心エナクハ、真言ノ大事ハ、御心エ候ハジ」（同巻五末、二五一頁）という文句を引く。さらに連歌師・心敬は「本より歌道は吾が国の陀羅尼なり」（『さゝめごと』、大系、一八三頁）と述べている。そもそも空海・慈円・西行・明恵など、仏教者の傍らに詩歌が誘われてきた歴史をわれわれはよく知っている。それゆえ、歌論研究においてもやはり和歌と仏教の関係性の処遇をめぐって一つの学問的課題の場が形成されてきた[100]。勿論、その問題に対しては長い考察の伝統があり、仏教と文学とを関係づけて論じるという方法は、むしろこれまでに膨大な量の研究が蓄積されてきたと言ってよい。しかし、そこで示される知見、アプローチの方法、立ち位置は、無論、論者によって異なるものの、多くは、仏教テクストと文学テクストとの関係性（影響関係-引用関係）を問うものであって、仏教そのものと文学そのものの関係を問うといった論点に踏み込んでゆくものは稀であったと言える（勿論、そのような、そもそも仏教とは何であるかという根本的な問いへとアプローチする試みは、文学研究としての学律《ディシプリン》を超過する問題系であると見なされるため、当然の処置と言うべきであるが）。しかも、そのような「仏教」と「文学」の影響論という問題構成自体が、既に両者を弁別したものとして位置づけているという点で固有の宗教観-文学観を反映したものとならざるをえなかった。

例えば、宗教と文学という問題機制に関連して、文藝評論家、唐木順三（一九〇四—一九八〇）はこう言っている。

> 歌人西行法師といふとりあはせには不自然がある。歌人で法師、法師で歌人といふのは当然ではない。そこでは、歌人がディレッタントになるとともに、法師もまたディレッタントとなる。さうしてこの双方のディレッタンティズムの最後のよりどころが、「数奇」といふ観念であった。このディレッタンティズムと数奇は、単に西行にだけあらはれたのではない。時代を掩ふ現象であり、そこをつきぬけて鎌倉、室町の新しい世界がひらけてきたのである。（唐木順三『中世の文学』筑摩書房、一九六五・一一、八頁）

唐木はまた、「新仏教がまづ否定したのはさういふディレッタンティズムであつた。宗教をディレッタンティズムから洗ひ清めること、宗教を純粋に宗教的なものにすることであつた」（同上、一〇頁）と述べ、歌を宗教に対する夾雑物と見る。そして「ディレッタンティズム」という用語の中に、われわれが抱えている「不自然」という実感を処理しようとした[101]。「ディレッタンティズム」とは、戦前から戦後しばらくの文藝批評の中でしばしば見かける用語だが、その当時に池田亀鑑が与えた説明によると、「ディレッタンティズム」はゲーテの所説に由来するものであり、その定義は簡単に言えば次のようなものであるという——「ディレッタントということは、イタリヤ語の「楽しむ」に発して、藝術を鑑賞し享楽するばかりでなく、みずからそこにたずさわろうとする各種藝術の愛好者を意味しているようである。これらの人々は、それぞれの藝術に特別な才能をもつものではない。教養をもつものでもない。単に一般的な模倣衝動に従っているだけである」（「ディレッタンティズムについて（1）」、「同（2）」、『国文学 解釈と鑑賞』二一-一一／一二、一九五六・一一／一二）。要するに、藝術愛好家ではあるものの、先蹤の模倣追従に終始するだけの素人藝の水準にとどまる者であって、真の創造者、藝術家ではないもののことであり、それは歴史的な「数奇」という用語と無媒介的に結びつけられることとなった。

実際、僧侶自らは、文学的諸実践を仏教者としての本分から逸脱するものとしてこれを批判する言説を一方では反復的に露出させてもいた。僧がなぜ詩を作る必要があるのか、という疑問の眼差しは、同時代において既になかったわけではないし、それを戒める言述もまた少なくはなかった。例えば、明恵は、「学生貴くは、頌詩を能く作り、文を多く暗誦したる白楽天・小野皇《をののたかむら》《ママ》などをぞ貴むべき。されども、詩賦の芸を以て閻老の棒を免《まぬが》るべからず。されば、能《よ》き僧も徒事《いたづらごと》也、更に貴むに足らず」（『梅〔栂〕尾明恵上人伝記』巻上、久保田淳・山口明穂校注『明恵上人集』、岩波文庫、一二八頁）と述べ、道元は、「暫ク存命の間、業を修し学を好マンには、ただ仏道を行じ仏法を学すべきなり。文筆詩歌等そノ詮なきなり。捨ツべき道理左右に及ばず」（『正法眼蔵随聞記』二、ちくま学芸文庫、一〇二頁）、「今代の禅僧、頌を作り法語を書かん料に文筆等を好む、是レ則チ非なり。頌作らずとも、心に思はん事を書イたらん。文筆調ハずとも、法門を書クベキなり。是レをわるしとて見たがらぬほどの無道心の人は、好キ文筆を調へ、いみじき秀句ありとも、ただ言語計《ばかり》を翫んで、理を得べカラず。我レも本幼少の時より好み学せし事にて、今もややもすれば、外典等の美言案ぜられ、文選等も見らるるを、詮無キ事と存ずれば、一向に捨つべき由を思ふなり」（同三、一七二頁）などと語っている。

パフォーマンスとしての禅籍

では、文学を批判しつつ文学的実践に従事しているという行為矛盾に対して、われわれはこれにどのような処方箋を与えればよいのだろうか。これについては、端的に禅僧の「行為遂行的《パフォーマティヴ》」な言語運用という特性にその答えを見出すことができる。例えば、夢窓疎石はその著『夢中問答集』の中で、禅僧の言語運用の特質を次のように解説している――「宗師の手段は、すべて定まれる途轍なし。撃石火のごとく、閃電光に似たり。ある時は疑うて看よと示し、ある時は疑ふことなかれといふ」（『夢中問答集』中、講談社学術文庫、一五四頁）、「有の見を破せむためには、諸法の空無なることを説き、無の見を破らむためには、諸法の常住なる由を演べ給へり。仏意を知らざる人は、方便をとめて真実と思へり」（同上、一三七頁）。禅僧の教化のあり方は、一般に、所謂「覿面提持《てきめんていじ》」と呼ばれる手法として約されるように、対話（問答）というプロセスを通じて、眼前の対話者の陥っている思い込み（ドグマ）のパターンを見抜いた上で、それを多様な方法をもって打ち砕いてゆくという狙いの下に実践されているのだが、ここで先に「行為遂行的《パフォーマティヴ》」と言ったことについて少し補足説明を加えておこう。この概念は本書を通じてきわめて重要な鍵概念《キー・コンセプト》となるからだ。「行為遂行的《パフォーマティヴ》」という用語は、現代思想系の議論の中できわめてよく使われる用語だが、それらはJ・L・オースティン／坂本百大訳『言語と行為』（大修館書店、一九七八・七、〔原著、一九六二〕）の所説に由来するものである（ただし、以下の議論は、あくまでも禅の言語観を確認するために為されるものであって、オースティンの意図を忠実に祖述するためのものではないことは予め断っておきたい。加えて言えば、J・デリダによるオースティン論、「署名 出来事 コンテクスト」〔高橋哲哉・増田一夫・宮﨑裕助訳『有限責任会社』法政大学出版局、二〇〇二・一二、藤本一勇訳『哲学の余白〈下〉』法政大学出版局、二〇〇八・二、所収〕、或いは、東浩紀『存在論的、郵便的―ジャック・デリダについて―』〔新潮社、一九九八・一〇〕は、言語行為論に対するわれわれの適切な理解を助けてくれるという意味で非常に有益である。併せて参看を乞う次第である）。

J・L・オースティン〔一九一一―一九六〇〕は、言語とは「行為」であるという基本認識に立ち、いかなる発話においても、それは事実確認的（constative）な機能だけではなく、行為遂行的（performative）な機能を持っているということを例証した。一例をもって示せば、「ああ、暑いな……」という発話は、真／偽という二分法の水準において、そして事実の陳述として発話されているわけではなく、時に〝同室の人物に窓を開けさせる〟という

「効果」を及ぼすという意味で、行為遂行的《パフォーマティヴ》な「力」を現働化-現実化する行為の一つとして働いている。つまり、いかなる発話であれ、それが上記の意味での「行為」である限りにおいて、それは場の構成を書き換え、世界を創造しなおす〈力〉の発動であり、そのような創造過程への参与として読まれうるのである。このような、コンスタティヴ（事実確認的）／パフォーマティヴ（行為遂行的）という二分法に準じて言うならば、禅僧の言語運用が、とりわけ後者の水準を意識した上で遂行されているということにわれわれは持続的な注意を払っておかねばならない。例えば、夢窓疎石の前述の言葉などは、まさにこの意味で、禅僧の言語運用が「行為遂行的《パフォーマティヴ》」な水準で自覚的に使用されていたことの証左となるだろう。このような禅僧の言語運用は、それを事実確認的《コンスタティヴ》な水準における「教説」と見なした場合、個人の発話パターンとしても、或いは禅僧群全体の言表の構成パターンとしても、首尾一貫性ないしは論理性を欠いた脆弱な思想の如く映ることとなる。例えば、禅林の外部からは次のような典型的な反応もあった——「今の禅家は、多くは是れ麻三斤《まさんぎん》・乾屎橛《かんしけつ》の説にして、之れを窠臼《かきゅう》[102]（常套的な言語表現）に落ちず、理路（論理的解釈）に堕せず、と謂う。妙喜（大慧宗杲）の説は、便《すなわ》ち是れ此《か》くの如し。然れども又た翻転して此くの如く説かざるの時有り」〔今之禅家多是麻三斤乾屎橛之説、謂之不落窠臼、不堕理路、妙喜之説、便是如此、然又有翻転不如此説時〕——南宋・朱熹〔一一三〇—一二〇〇〕の発言である（『朱子語類』巻一二六・釈氏、『和刻本朱子語類大全』中文出版社、六二七八頁）。確かに、「禅」を体系的な「知」の対象として構築しようとする立場においては、その論理は曖昧の一語に尽き、首尾一貫性を欠いた不可解な思想のように映るに違いない。ただ、このような「翻転」は、学者（修行者）の機根（才能・性格）に応じて接化（教育）の手段を変えるという、禅家の特有の教授法に過ぎないのであって、そもそも事実確認的《コンスタティヴ》な水準において論理的な整合性や首尾一貫性を構築しようなどという意図は禅僧の発話実践の構想には入っていないのである（その不可能性ゆえに）。言うなれば、師家たる者の発話実践の責は、すべてがその現場——発話実践の文脈における判断に委ねられているのであって、そのような場を離れて公理化されるべき方法論などがあるわけではないのである。

また、『一休和尚伝』に収められる、一休の母の遺言とされる言葉に「かへす〲も、方便のせつをのみ守る人は、くそ虫と同し事に候」（『一休和尚全集』光融館、一八九八・三、八頁）という記述が見える如く、単なる「方便＝方法」に過ぎない、パフォーマンスとしての言語使用を、教義＝真理の陳述（現前）という「目的」と見なして混同するという視座《パースペクティヴ》は、禅僧にとっては単なる謬見でしかなかった。禅僧にとっての言語使用の「目的」は、自他をともに〈異界＝彼岸〉へと連れ去ることであって、事実確認的《コンスタティヴ》な水準において、教義を主張することにあるのではなかった（その不可能性ゆえに）。それゆえ、その語り＝「方法」はコンテクストに応じて変化してゆかざるをえないのだが、われわれは往々にしてそれを禅僧個人の思想へと還元し、語りの矛盾を、禅僧間の意見の相違として理解してしまうことも少なくない。しかし、夢窓によって「明眼の宗師の仏祖をそしり、仏祖をほむるも、仏祖のためにはあらず。学者のために施す手段なり」（二二九頁）、「宗師の互ひに褒貶することは亦、これ小玉をよぶ手段なり」（二二四頁）などと注意されているように、禅僧にとっての発話とは、どの祖師がより優れているとか、どの祖師がより劣っているとかいった価値判断の提示として為されたものではなかった。そのような毀誉褒貶もまた、やはり眼前の弟子がどのような思い込み（ドグマ）に囚われているかによって使い分けられる方法論の一つでしかなかった。そもそも「語録」なり「灯史」なりは、そのような矛盾-相互否認に満ちた言表群を編集することによって「解」の固有な再起点を抹消しつつ、思考不可能な言語の〈外部〉を炙り出すことを企図した言説装置として読まれるべきものであって、禅僧の視角から見れば、そもそもそれらのテクストは、その内部に「正解」を隠し持っているようなものではないのである。

なお、前述の夢窓の言述に見える「小玉をよぶ手段」とは、宋・五祖法演（？—一一〇四）が所謂「小艶詩」を示すことによって、圜悟克勤（一〇六三—一一三五）を契悟に導いたとされる故事を指している（『大慧宗門武庫』、小玉を呼ぶも、元より無事／唯だ檀郎が声を認得せんことを要す」〔一段風光画不成／洞房深処悩愁情／頻呼小玉元無事／只要檀郎認得声〕という、当時に流布した俚謡とも言われる一篇の詩である。ある女性が「小玉、小玉」と呼んで、侍女に簾を上げ下げさせていたが、それは別に簾をあげてほしかったからその名を呼んでいたのではなく、屋外にいる男性に自分の声を聞かせ、自らの存在を気づかせるために敢えて「小玉」の名を声に出して呼んでいたに過ぎないという主旨の小話に基づいている。したがって、ここで呼ばれている「小玉」の名に「意味」がないのは言うまでもない。それは全く別の名であっても構わなかった。実際にはそれは男性への呼びかけという行為遂行的《パフォーマティヴ》な発話であったからだ（なお、『湯山聯句鈔』〔新大系、9項〕によると、その小話には異なる筋の物語もあることが記されているが、それが行為遂行的発話だと解されている点で一致していることがここでは重要である。また夢窓は「西山夜話」〔『夢窓国師語録』巻下之二、『大正蔵』八〇〕でもこれを引用してその重要性を強調していることも注意しておく）。

禅僧の視角には、個人A→個人Bと矢印で結ばれるような意思伝達型のコミュニケーションモデルは存在していない。禅僧の言表は対話者へ何らかの知識を与えることを志向していたわけではなく、思考を誘発しうるような知的刺激そのものであることを志向するものであった。禅僧の発話実践の技術及び戦略は、そのようなパフォーマティヴな企図に基づいて組織的に訓練-編制されたものであった。語りが凝固しないように、テクスト網のどこかに発話を反射させることで、パフォーマンスされていたのである。とは言え、このような禅僧の言語使用が意味の陳述というレヴェルをできるだけ捨象しようという意図の下に試みられたものであったのだとしても、意味生成作用から完全に離脱することもまた不可能であってみれば、われわれがそのような意味を捨象してテクストを読むこともまた不可能であるには違いない。ただ、禅僧の発する対立的言表のどちらがより本来的であるのか、或いは、どちらがより正しく仏教を理解した言表であるのか、といった性急な議論がもはや意味を為さないのは明らかである。禅僧の言表は、一つの出来事なのだ。言葉の集積なのではなく、出来事の痕跡が示されているだけなのだ。しかも、それは舞台の上で演じられたものであるに過ぎない。禅僧の「演技」は時に人を喰ったような相貌を現す。しかしそれは、真面目に演技された不真面目さであり、不真面目に演技された真面目さなのだ。確かなことは、仏教者は、詩なり歌なり、仮に「文学」という語によって総称されるものに対して、二重の態度をとり続けてきたということである。それを、発話者の個人的信条の問題へと還元することは、以上に述べた理由から不当である。

となれば、われわれにとって確実だと言えるのは、禅僧のテクストには意味論的には矛盾した言表が含まれているというその事実だけである。肯定／否定のどちらがより正しい言表であるのかという命題それ自体が固有の言語観を反映したものとならざるをえない。われわれの「近代的」な言語観が、禅僧のものと著しく懸け離れたものであるため、言語観を転換させる作業を経ずしてはいつまでたっても議論が平行線を辿ってしまうことになる。したがって、問題の核心は、仏教者にとっては肯定されるべき文学と否定されるべき文学とが併存していたという事実を基本的前提としつつ、そのような文学の二重性をどのようなかたちで記述することができるのか、という点に求められることになるだろう。その上で、われわれの宗教に対する認識が、どのようなパターンをもって形成されてきたのか／されているのかについて以下に改めて問い糺しておこうと思う。

研究主体の意識下に潜在する宗教的信念

芳賀幸四郎は、「禅文学と五山文学」（『中世文化とその基盤〈芳賀幸四郎歴史論集Ⅳ〉』思文閣出版、一九八一・一〇）と題する文章の中で、自らの宗教藝術観を「清純でゆたかな宗教的心情ないし信仰に深く根ざし、そこで培われた作者の芸術意欲が、諸種の機縁に触発されて自らを客体化したもの、やや強調していえば宗教的心情が高揚し、それがおのずから外にあふれて結晶したもの、それが真の宗教芸術というものである」と述べた上で、「禅芸術の禅芸術たる本質が何よりもまず悟りの表現にあり、さらに禅者としての境涯の発露にあるべきことは、理の当然というべきである。禅の修行によって体得した悟り、またたゆまない多年の修行によって錬磨された禅者としての悟境が、縁にふれ機に応じておのずから外にあふれ、文字や筆墨などの素材をかりて自らを客体化したもの、それが真の禅芸術・禅文化というものでなければならない」と「禅文学」の定義を試みる。そしてその定義に従って、「作者が悟りを開き、さらに道眼が明白で道力が熟し禅者としての実境涯が高まっているならば」、その作者の僧俗は問われず、また題材・表現の形式・技法等の差異-優劣に関係なく禅藝術なのだと主張する。一方で「未だ悟っていないもの」が作った作品は決して禅藝術・禅文学ではないのだと言う。そこから、「詩文の述作や外典の学習にはしり、きびしい禅の修行を放棄して顧み」ず、「単なる伽藍仏法・法会仏法に堕してしまった」五山中期の作品は「もはや禅文学ではない」と結論を下す。しかしながら、「悟り」の有無を禅文学の核心的要素に措定することで、五山文学の核心をポジティヴに「宗教」化させてはゆくものの、問題は、肝心のその「悟り」の実際が何であるのかという論点については文章中に一切その方向性が開示されていないということである。

この問題を考えるにあたっては、幾つかの前提的作業が必要となってくるが、それは、まずわれわれが「近代」と呼ばれる思考的枠組の中に埋め込まれた被拘束的存在であり、とりわけ「宗教」というものに対するある種の偏見を捨てるのが困難になっているという点を確認することである。近代化＝宗教の脱自明化（世俗化）の効果の中で、宗教を語ることの難しさは、とりわけ「宗教学」という学律の中で最も先鋭化された問題意識として浮上してくることとなったが、例えば、宗教学者、深澤英隆（一九五六―　）は、「近世以降今日に至るまで、一方には宗教を「終わったもの」「凌駕されたもの」と見なす宗教批判の陣営がある。他方では、曖昧なレリジョニズムの立場から宗教を称揚する人びとがおり、両者はしばしば調停しがたく、すれ違ったままである」（深澤英隆『啓蒙と霊性

―近代宗教言説の生成と変容―』岩波書店、二〇〇六・五、vi―vii頁）と述べている。そして、五山文学研究（仏教文学研究）もまたこのような宗教学の抱えている難問《アポリア》と同型の問いを引き受けざるをえないように思われるのである。

或いは、これは、「五山文学」研究に限らず、仏教をその思考範型に組み込んでいる「中世文学」研究或いは「古典文学」研究一般の問題であると言ってもよいのかもしれない。研究主体の「信仰」――という言い方が大げさであれば「信念」――の問題は、研究主体が「宗教」というものをどのようなカテゴリーの概念であると考えているのか、そしてどのような宗教的信念を持っているのかという問題と密接に関わっている。例えば、仏教文学者、小林智昭はこう言っている――「研究者が仏教的であることは、学問研究の分野に於ては少くとも第二義的であり、場合によってはむしろ学的体系の純粋性を損う恐れもあるとする論考などがある。これらには人間実存の深みにおいて必然的に仏教と出会う過程には、まるで無関心な科学への盲信があり、文学研究に哲学や宗教は縁遠い特殊領域として怪しまないドグマがある。そういう精神的な構図に仏教への展望が開かれるはずもなく、まして仏教のもたらす価値観の顚倒などは、それこそ倒錯以外のなにものでもないと受けとめられるであろう」（小林智昭『続 中世文学の思想』笠間書院、一九七四・一二、二一四頁）。また、蔭木英雄は禅文学研究に取り組むことになった際の思いをこう吐露している――「晩学でしかも大切な青年期に基礎的学問を積んでいない者にとっては、これは大へんな研究テーマであった。何といっても致命的な弱点は禅体験の欠如である。体験から迸り出た禅詩を理会するのに、訓詁的解釈のみでは隔靴掻痒も甚だしい。原田龍門氏の名著『寂室元光』を読むに及んで、この感を一層強くした」（蔭木英雄『訓注 空華日用工夫略集―中世禅僧の生活と文学―』思文閣出版、一九八二・五、「あとがき」）。さらには、中川徳之助『日本中世禅林文学論攷』（清文堂、一九九九・九）はその「まえがき」に「本格的な漢文学研究の鍛錬も経ず、禅修行の経験もない者の、それなりの成果としてご覧いただきたいと思います」と記している。これらでは、研究主体の信仰或いは宗教的実践の有無が問題視されているのだが、このとき、信仰や禅体験（宗教的実践）の有無と文学研究行為との間に本当に関連があるのか、もしあるとすればいかなる意味において、という根本的な問いがわれわれの前に投げかけられることになる。

就いて、研究者がとる「宗教」に対する態度としては、次のような二つの可能的立場が想定されることになるのではないかと思われる。一つは、研究主体の信仰と研究対象とは無関係であり、またそうあるべきでもあり、特定の信仰と癒合していないぶんだけ対象を客観視することが可能になるという立場。そしてもう一つは、逆に、宗教的実践経験のない研究主体、或いは信仰のない研究主体に、宗教文学の本質は摑めないとする立場である。しかし、これらの理解が一種の教条として受け止められているのだとすれば、そのいずれの立場にも同程度の危うさが含まれていると言わざるをえないだろう。というのも、いずれも神仏といった信仰の対象を自明なものとして設定し――前者は否定的なものとして、後者は肯定的なものとして――それがいったい何であるのかという問いを実質的に退けているからである[103]。ここで特に問題にしたいのは前者の立場である。夙にマックス・ウェーバーは、「学問が神とは没交渉なものであるということは、こんにち――たとえそれとははっきり認めたわけではないにしても――腹の底ではだれでもこれを疑わない」（マックス・ウェーバー／尾高邦雄訳『職業としての学問』岩波書店、一九三六・七、〔原著、一九一九〕、四一頁）などと述べているが、（近代合理主義に基礎づけられた）文学研究一般は、主観性の罠から逃れるために、科学的でなければならない、客観的でなければならない、というコンプレックスを刺激され続けるような機制《メカニズム》を自らの内に組み込んでいる《プログラムしている》（「結びに代えて」参照）。それゆえ文学研究という学律《ディシプリン》の中では、前者の身振りを選択するよう、より強く動機づけられやすくなる（だからこそ前述の小林のような批判が生まれてくる）。宗教的信念の有無は研究行為とは無関係である、というそのもっともらしい批判的な視線が、思索の帰結として導かれたものであるならばともかく、批判的であることが研究主体として自らを措定する上での必須の前提となっているのだとすれば、それはやはり問題だと言わざるを得ない。何の論証的手続きもなく、排除したり、自明の前提に位置づけたりするという、このような排除の手続きが、研究主体にとって証明を必要としない前提となっているのだとすれば、それ自体、不合理な思考範型として、忌避すべきものとされている宗教的信念と酷似していることにもなるからだ。禅僧の詩禅一味言説を退けるためには、禅とはいかなるものであるのかを明晰に述定した上で、それがいかなる次元において詩と同列に論じられるべきものではないのかを論証しなければならないが、そのような慎重な手続きが取られた、詩禅一味言説否定論は未だ存在しない。

近代の研究教育制度下において、汎科学主義が文学研究という場においても支配的な思考範型となり、科学的実証（仮説—実験—証明）という言説形式があらゆる現象に適用可能な法則であるかのような思い込み《ドグマ》が形成されたが、では、その中で残された、「宗教」という不可解なものを語ることの難しさに対してわれわれはどのように対峙すればよいのだろうか。肯定的であるにせよ否定的であるにせよ、「神」「仏」が自明の前提であるかのように、一つのクリシェとして語られることで、畢竟するところそれが何であるのかが問われなくなったのだとすれば、「宗教」を処理する手続きの恣意性はまったく温存されてしまうこととなる。

そのとき、ここで立ち止まってよく反問してみなければならない。宗教は当然、文学とは別のものであり、であるからこそ、文学研究を実践する上で、研究主体の宗教的信念は問題にならないのだという立場は、「宗教」を自明のものとして取り扱うことで問いを放り投げ、場合によっては、中立を装うことで限りなく後者の立場に近づくことを許容しているのではないかということを。前者の立場を基礎としながらも、後者の立場へと自由に往来することが可能な恣意的な圏域が研究主体の中に作られることで、研究主体の意志としてではなく、自らも気づかないほどに血肉化した宗教的信念を無自覚の内に発露させてしまうという機制《メカニズム》を起動させてしまってはいないか。

前掲、諏訪によって指摘されていたように、古典によって形成されてきた知の体系は、〈超越的なもの〉を自らの言説的基盤に位置づけているという特性を有する（本書、二四頁）。それは不可説-不可思議なもの、眼に見えぬもの、対象化不可能なものであるとされてきたために、決して明敏には語られてはおらず、われわれにとっても容易には接近し難いものである。それに対して研究者が取ってきた態度-作法は、上述の「宗教」に対する態度と呼応して――極端に図式化すれば――以下の二類型になる（ただし、各研究主体がどちらか一方に偏頗的であることは殆どない。ほとんどは両者の混淆態であり、問題は重心の位置とその移動の恣意性にある）。一つは、テクストを徹底的に情報・データの次元に落とし込んで、基盤に触れることを諦め、文学史（歴史学）の思考圏へと遁走するという方法である。それは、用例の蒐集・帰納によって実証可能なことだけを問題化する、という誠実な方法であったが、歴史化-可視化されたもの＝語られたものという範疇からその外へと決して出て来ないために、結局の所、歴史資料と文学テクストは「文献」という一元的地平の上で並列化され、テクストの質を問うことが棚上げされてしまう（古典が古典である所以を構造的に問えなくなり、〝古典の価値〟は単なる擬制《フイクショナルなもの》として失墜する）。もう一つは、超越的なものを不明瞭な言葉――仏教者の文学を語るときに特有のクリシェ――で礼賛-特権化するという（それ自体ながらく歴史的に持続されてきた）行為遂行的な公式を踏襲するという態度である。しかし、それは言葉を換えて言えば、究極的に証明不可能なものを（辞項としての）最終原理に据えて、疑問を先送りするような言表だと言ってよい。例えば、芳賀が「悟り」の有無を禅文学の分岐点に措定したことは――仮にその見解が正しいのだとしても――全く論証の姿勢を見せていないという意味で知的誠実さを欠いていると言わざるを得ない。おそらくそれは古典テクストの中で、その超越的なものへの〝ぼんやりとした〟礼賛――例えば、（思考不可能という実感を反映した）「妙」といった用語はその代表的なものである――を承けて（そのような言説は明確に根拠づけられているものの）、その根拠や論理構造を問うことなく、ただ礼賛-聖視という身振り・語り口だけを情緒的に継承してゆくことで、超越的なものとの想像的同居が自己陶酔的に欲望され、自らを明晰なる主体へと格上げするようなパフォーマンスとして実践されることになる。勿論、言表不可能であるがゆえに古典テクストそれ自体の筆致が〝ぼんやりとした〟漠然とした〟ものであるのはやむをえないが、しかし、なぜそれが〝ぼんやりとした〟ものでなければならないのかをブラックボックス化したまま、〝ぼんやりとした〟言葉でこれを追認するのは、単なる知的怠慢でしかないだろう。われわれは仏教者の文学を語る上で、どこまで有効な理論的言語を持ち得ているのだろうか。それらは、「日本的なるもの」、「中世的なるもの」、「中世美」という観念によって暈《ぼか》されることもあるが、それ以上の説明が不可能な抽象的観念を実体化することで、そこに文学の原因を求めることにいったいどのような意味があるのだろうか。「中世的なるもの」が兼好をして『徒然草』を書かしめ、「日本的なるもの」が世阿彌の能楽論を可能にした、という言表類において、注意しなければならないのは、超越的なものを対象化することによって、それが意識するにせよそうでないにせよ、自らをそれと一体化させるような――それが何であるのかを既に知っているかのような――自己聖域化-自己無謬化の手段として用いられてしまうことである。

以上の意味で、敢えて自らの埋め込まれている社会的位置を顧みるならば、筆者に関しては、少なくとも次のことが言える――筆者は、神社仏閣への儀礼的参拝行為、結婚式・葬儀への参列を除けば、いかなる宗教的実践も行ってはおらず、いかなる宗教団体にも所属してはいない（し、これからもしないと思っている）。「研究対象《オブジエクト》」であるところの「五山文学」と、「研究主体《サブジエクト》」であるところの「筆者」との間には何の利害関係もない。しかし、このように発言してみせることのパフォーマティヴな「効果」が問われるのだ。それは実質的に、研究結果が不合理な宗教的信念から導き出されたものであるとか、少なからず左右されたものであるというレッテルから逃れるために、自らを「理性的主体」という地位に措定する手続きに他ならない。しかしながら、このような宣言が宗教に対して客観的位置に立っていることを証明するものではないのは言を俟たない。もし宗教から離脱することが研究の前提で、或いはその過程で必須の要件であると仮定した上で、そうであるためには、まずそれが何であるのかを確定しなければならない。でなければ、そもそも離脱できているかどうかさえわからないからだ。宗教について深く考えることをやめたとしても、それ自体が宗教に対して中立的《ニュートラル》であることを意味するものではない。近代に入って宗教の文法が書き換えられたとしても、実は世俗的領域が宗教的に構成されているのかもしれず、われわれが日々為している行為が、脱宗教化された宗教的祭祀である可能性もまた完全に払拭されるわけでもない。なぜなら、それを確定するためには、宗教とは何かが事前に確定されておらねばならず、それ自体が証明を要する検討課題であるからだ。自らが超越性への志向性と完全に手を切れていると信じているのだとしても、それこそが宗教への欲望である可能性をどう否定できるというのだろうか。われわれは宗教から遠ざかっているように見えて、むしろ近すぎて（同一化してしまって）ただ見失っているだけなのかもしれない。つまりは、仮定としてこのように考えることもできなくはないはずだ――すなわち、われわれは近代の到来とともに、合理性の基盤と調和させるかたちで自らの思考法を完全に脱宗教化させたと無根拠に信じているが（だからこそそれは問われることのない暗黙の前提として既成事実化された）、むしろ逆に宗教との距離をつめすぎてしまい、自らの思考回路が〝宗教的〟であることを自身の視界から消し去ってしまったのではないか、と。

　例えば、仏教は、人間はいかにして自由でありうるのか、という普遍的ないし（相対的に）一般的な問いとも重なっている。となれば、われわれが〈自由〉であるために為している種々の実践――例えば、学習・仕事――が仏教的実践とどのような意味で異なるものであるのかも、われわれが素朴に信じているほどに分明なものではないということになるだろう。その意味から言えば、宗教から離脱することの意味自体が変質してくることになる。文学研究では、一般に宗教の「宗教性」について深く問わないという方法は、自然化されているが（なぜなら、それは学律の主たるターゲットだとは考えられておらず、逆に文学研究の本質的課題‐本分から逸脱するものであると信じられているから）、しかし、それもまた言説システムの効果であるということを忘れてはならない。勿論、前近代の人々が神仏という記号をどのように記述してきたのかという系譜やパターンを追跡する作業は絶えず行われてきたが、宗教的次元の問題については、肯定的にも否定的にも発言を避けるという慎重な、そしてある意味では誠実な態度で接してきた。そして、非理性的な言説を退けるという行為において、近代的主体＝理性的主体を立ち上げること、その遂行性を無自覚のうちに反復することは、いまなお継続されている。或いは「よく知らないもの」を何の理由もなく自らから遠ざけようとする行為は、人種差別主義と酷似した行為パターンでしかないとも言える[104]。われわれは自らが「宗教」という神話の中からはもはや脱け出していると考えているのかもしれない、或いは、神話の中にいるのだとしても、それは、前近代の人々の神話よりは〝まし〟なのだと考えているのかもしれない。今日、無宗教であると宣言することは、自らが「科学的」であり、「理性的」であるというパフォーマティヴな宣言となるが、その宣言自体は「科学性」や「理性」との一体化を証明するものではない。

一方で、日本古典文学研究を含めた、宗教に関わる諸学が、日常と宗教とを同次元化するような言説に批判の眼差しを向けるとき、宗教を「未決定のもの」として、或いは「理解不可能なもの」として、日常から遠ざけようとするパフォーマンスを知らず知らずのうちに演じているのだとすれば、それは形を変えたスピリチュアリズムであり、神秘主義の温存となる。その時、それは宗教への反復的回帰という効果を生む。

本書の試みは、古典テクストに対する前述の二類型のうち、「超越的なもの」を主題化しているという点では後者の部類に入ると言えるのかもしれない。ただし、なぜそれが〝ぼんやりとした〟言葉によってでしか語りえぬのか、という問題については能う限り明晰に語るように努めたつもりである。中世文学の少なくともその一部の歴史は仏教と共にあると言っても過言ではないが、それが「宗教」的問題の周辺的な小問題であったとしても、結局のところは、「神」なり「仏」なり、超越的なものが結局何を意味するものであるのか、或いは何を意味するものではないのか、という問いを引き受けなければならない（その場合、いったい何が何を超越しているのか、その限界線はどこにあるのかという問いを明らかにせねばならない）。しかしながら、多くの研究主体は、そのことをあまり深く考えないようにしてきたのではないだろうか。敢えて「宗教」に触れないことによって、自らの内に理性的主体が立ち上がるように錯視してきたのだと言ってもよいのかもしれない。研究主体が、それを信じる信じないはともかくとして、その境界を等閑視したまま宗教を論じてしまえば、自らの中の隠れた宗教的信念を無自覚のうちに研究結果に投影させてしまう懸念も生ずる（言うまでもないが、無神論というのもそれが証明不要の信念から来るものであるならば、それもまた一つの宗教のかたちでしかない）。一方に、神仏を克服されたものと信じている研究主体がおり、もう一方に、神仏を理由も分からず盲信している研究主体がいるとする。そしてその中間に、仏教を〝物事に（自己に）執着してはならない〟という人生訓の次元で理解している研究主体が存在するとすれば、それらの立場の相違の間では、当然、研究結果は異なる相貌を見せることになるだろう。場合によっては、そこで理想化された自己像《セルフイメージ》が投影されることにもなりかねない。

「宗教」或いは「文学」という概念それ自体が透明なものではないのは確かである。それゆえ、そのような概念を使用することによって餘計なものを引き連れてきてしまう恐れもある。いずれも、何らかのプロトタイプを一般化-普遍化した結果として構築された概念でしかなく、家族的類似性が概念的連帯を可能にしているにせよそうでないにせよ、「概念」の中に包括される普遍性があるという前提を受け入れることはできない。われわれの中には、「宗教」という概念に関して、いかなる共有された先行理解も存在していない。そもそも存在しているかどうかを確かめるすべさえないからだ（ジャック・デリダ「信仰と知―理性のみの境界における「宗教」の二源泉―」磯前順一・山本達也編『宗教概念の彼方へ』法藏館、二〇一一・九、参照）。そうしてわれわれは、一つの語彙の下に異なるものについて語り合うはめに陥る。宗教を論じることの難しさは、それが定義上、定義不可能なものであることによって、互いの有する概念規定の異同を確認する方途を持ち得ないという点にある。それゆえ、宗教或いは神仏という同じ言葉を使っていても、実際には異なるものについて議論してしまうという泥沼に嵌ることになるのである。

ここで一例をもってその難しさを示すとすれば、例えば、以下のような記述に触れた時にその懸念は現実化されることになるだろう。阿部泰郎「歌う聖―聖人の詠歌の系譜―」（阿部泰郎・錦仁編『聖なる声―和歌にひそむ力―』三弥井書店、二〇一一・五）が、空也・行基・僧〔増〕賀の歌について述べた次の一段である（二五四―五頁）。

それらの歌は、聖による〈聖なるもの〉への出会いという決定的な瞬間を証言するものであった。むしろ、その契機をうながし生成するのが詠歌であったと言ってよい。それは詠歌においてこそ顕現するところの〈聖なるもの〉であり、それを媒ちする聖のはたらきを何より端的にあらわすのが詠歌なのである。

〈聖なるもの〉との出逢いが詩歌を生成する――実は本書でこれから述べようとしていることも大略、阿部の説明と類同するものとなる。しかし、問題なのは、このような語りは確実に読者を選ぶことになるということだ。ある読者はこのような言表に接して置いてきぼりを喰らったように感じるかもしれない。そして、問わずにはいられないだろう、ではその〈聖なるもの〉とはいったい何なのか、ということを。同じく和歌研究者である川平ひとしの『中世和歌論』（笠間書院、二〇〇三・三）の中にもやはり「聖なるもの」について言及している箇所がある――「「モユラニ」はもともと単一の知覚のみによって捉えられた事象や行為を指すのではなく、むしろ諸知覚の分離しない、あるいは分化する以前――旧くルドルフ・オットーの云う「聖なるもの」あるいは「ヌミノーゼ（Numinöse）」の漲る、分節されえない未分化・未定形な〈力〉の寄り集まる様――を言い表すべく用いられた〈表現〉として捉えることができる」（四一〇頁。また、四三〇頁以下〈補記〉参照）。しかし、R・オットー（一八六九―一九三七）の著作――『聖なるもの』（原著、一九一七）（岩波文庫、山谷省吾訳、一九六八・一二、岩波文庫新版、久松英二訳、二〇一〇・二）――を読んだところで、或いはそれと主題を同じくするミルチャ・エリアーデ（一九〇七―一九八六）の『聖と俗―宗教的なるものの本質について―』（風間俊夫訳、法政大学出版局、一九六九・一〇（原著、一九六七））に目を通したところで、「聖なるもの」が何か、という問いに対する明晰な答えは恐らく得られないだろう。それは究極のところ、言表不可能、論理的に証明不可能な、ア・プリオリなものだとされているからだ。また、それを仏教的文脈に再布置して、〈仏〉と言い換えても、或いは〈真理〉と言い換えても、では〈仏〉とは何か、〈真理〉とは何か、という問いの中を循環し続けるだけでしかない。勿論、そのような概念群の系譜や連関を追ってゆくことはできるし、その作業は歴史的布置を描写する上で必要な手続きであるのかもしれない。しかし、「実ニ真実ノ仏法ハ、言説ノ外ニアルベシ。念慮ノ内ニアラズ」（『沙石集』巻五末、大系、二五一頁）と言われるように、それが概念ならざるものだと設定されていることを強く想起するならば、そこで、強く問われなければならないのは、語りえぬものであるならば、なぜそれが語りえぬのかという論理構造を分析することであるだろう。勿論、例えば「一切諸法皆不可説、其不可説亦不可説」（あらゆる存在は言葉によって言い表すことができない。その言い表せないということもまた言い表せない）（『勝天王般若波羅蜜経』巻五・無所得品第八、『大正蔵』八、七一一頁下）というように、それが語りえぬものである以上、定義自体がその定義に従って無限後退してゆくというアポリアをも同時に引き受けなければならない。それは何らかの瞬間に語り得るものへと転化するようなものではありえないからだ。それが条件に応じて語りうるものになったり、語りえぬものになったりするのではないのだとすれば、原理的にその語りえなさは、永遠の循環の中にしかありえないことになる。その語りえなさというのは、うまく言葉にならない思いのようなものではない。それは「不可思議」と言われるように、思議すべからざるもの、意識することも思考することも不可能なもののことである。したがって、実際のところ、〈語りえぬもの〉とは何か、という問いを立てることさえできない。

もちろん、すぐさまそれを「不可説」「不可思議」なもの、すなわち言語化不可能なものであるという真理の基盤に訴えて、永遠の循環の中に落とし込むことはできるし、ある場合ではそれは誠実な態度であると言えるのかもしれない。実際、仏教テクストにはそのような循環的説明の例は少なくない。しかし、それがなぜ言語化不可能であるのか、ということの言語化可能性に賭けてみることによって、人は、その解けない問いへの探求を保持し続け、まさにその〈聖なるもの〉との出会いを可能にしてきたのである。それが〈聖なるもの〉である所以は、まさにそれが何人にも侵すべからざるもの（＝思考不可能なもの）として屹立していることによってであるのだとすれば、人がそれに「聖なるもの」という語を与えることは、まさしくそれを思考可能なものへと意匠化すること、それを侵犯し続けることに他ならない。

また、錦仁「和歌の思想―詠吟を視座として―」（院政期文化研究会編『院政期文化論集一　権力と文化』森話社、二〇〇一・九）は、歌を読みあげ、吟詠する行為の中に、「神仏と人間とが共存しあえる聖なる空間」が顕現するのだとされ、神を歌の発給者と見る。以下に、本論中で述べてゆくこともまた錦の指摘を補完するものとなるのだが、しかしここでも同型の問いが浮上してくるのだ――すなわち、「神」とは何かという問いである。ここでも問題となるのは、このような類の言表に留まっている限り、わかっている人にしかわからないという対話的な意味での配慮が欠落してしまう、換言すれば、外への開かれが欠落してしまうという点である。

超越的なものをめぐる言説の中に見られる不可避の陥穽は、それ自体を語ろうとしてしまうことにある（それが概念ではない以上、直接的に肉薄できるものではないため）。ゆえにわれわれの探求は、言語によって言い表すことができないものなど本当にあるのか、あるとすればそれは何なのかということから始めなければならない。勿論、その探求を直接的に言語の〈外部〉に向けても決して成功はしない。なぜなら、人が言語の内部に囚われた存在である限りにおいて（＝人が言語の〈外部〉へと脱け出すことができないのだとすれば）、〈外部〉とは定義上、言語によって言い表すことができないものであるからだ。そこで、われわれの志向的照準は、そもそも言語とは何か、というところに定められなければならない。

禅林という空間の中でなぜ詩をめぐる諸実践が反復的に生起してきたのか、この問いを解決する上で鍵となるのは、禅僧という主体が持っている言語モデルを整理することである。そうすることによって、彼らの思考範型を抽出してくることが可能となり、それがどのような論理構造の中で詩作という行為と繋がっていたのかを明らかにすることも可能となるからだ。

この問題については、本論第Ⅰ章以下で検討を進めてゆくことになるが、予め注意を喚起しておくとすれば、本書は禅僧の詩作行為を、〝餘技〟であるとも〝言語遊戯〟であるとも見てはいない。たとえ禅僧自らがそのように自己規定しているとしてもである。本書は、文学を事例として仏教を論じたものではないし、文学を仏教的解釈コードに準拠して語ろうとするものでもない。また、言表可能な教義を、詩という形式において表現しているという理解形式、つまり、表現（文学）／内容（宗教）という理論モデルを踏襲するものでもない。もし教義が完全に言表可能であるとするならば、詩という形式をかりるまでもなく、ただ「論」として陳述すればよいだけのことだ。さらには禅僧自らがメタ的次元において、宗教と文学との関係をどう論じているのかも、ほぼ問題ではない。焦点となるのは、彼らが、組織的に作詩行為の訓練を行い、実践に没頭していたという行為遂行性《パフォーマティヴィティ》それ自体をどう考えるかということである。本書が目指しているのは、禅僧がどのような言語モデルを有していたのかを分析し、それによって禅僧が詩と禅を一つのものと考えるようになったそのロジックを記述することである。その結果として、彼らの主張の論理的妥当性‐是非を見極めてゆくこととなるが、予め結論を示しておくとするならば、その中で主張したいことは、ただ一つである。すなわち、禅僧の言っていたことはほぼ正しい、ということだ。つまり、ある視角《パースペクティヴ》から見れば、究極のところ、詩と禅は一致する。ただしすぐさま附言しておくとすれば、それは、本書の成否が、詩と禅が一致するかどうかを証明できるか、ということにかかっているのではなく（それは不可能な命題であるため）、禅僧のそのような視角《パースペクティヴ》を描出することができるかどうかという一点にかかっているということである。

言語の〈外部〉へ／から

そのために、これまで暈かされたまま、深く考えることをやめてしまった問い――〈仏〉とは何であるか、という問いを真摯に引き受けなければならない。ただし、それに直線的に肉薄するのではなく、〈仏〉という概念はひとまず措き、われわれにとって言語によって語りえぬものとは何であるのかという問題について、まずは深刻に問い直してみなければならない。そしてそれが語りえぬものである以上、その問いは、言語の臨界点とはどこにあるのか、という迂路を辿ることによってのみ可能となる。それを明らかにすることで、宗教と文学の交叉する点を示すことが可能になるのだとすれば、仏教言説と中世の文学言説の中に見出される臨界点を言語の側から描き出すこともまた可能となるだろう。勿論、そこに〝言語ではないもの〟という審級を持ち込んだとしても、それは常に言語的なものとの対置の中で関係化され、その関係性自体が言語的にしか定位されえないために、それ自体、〝言語ではないもの〟を語ることはできない。つまり、臨界点もまた言語的にしか構成されえないという臨界点を抱えているのだ。だがしかし、逆説的なことだが、われわれはまさにこの点――不可能性の中にこそ唯一、可能性という語で呼ぶに値しうる「門」を見出すことができる。臨界点――それは言語的に構成されたものである以上、実際には疑似臨界点でしかない。しかし、その疑似性によって、臨界点／疑似臨界点という分節＝裂け目が、疑似臨界点の向こう側に無言の声をあげるのだ。そのことは、われわれが臨界点に触れうるということではなく、臨界点がわれわれに触れうるという意味で、触知不可能性による触知可能性を証明することになる。そして本論中に述べるように、その皮膜が言語の〈外〉に、というよりも言語の〈中〉に秘匿的に遍在しているという理由によって、人がいままさに臨界点を生きているという事実を知ることを可能にする。その時初めて、われわれは、言語の中において「宗教」と「文学」とに同時に出逢う可能性を見出すこととなる。

ただし、その臨界点を「宗教」と呼びたくなければそう呼ばなくてもかまわないし、「文学」と呼びたくなければそう呼ばなくてもかまわない。それがどのような問題構成の中へと還元‐再領域化されるかはもはや重要ではない。天隠龍澤が「禅も詩も、頂門の一隻を持つ者でなくては、言葉にはし難《がた》いものだ」（禅也詩也、非具頂門一隻者、難言之）（「蒙庵〔春荘宗椿〕百首明応八年秋」『翠竹真如集』二、『五山文学新集』五、九〇三頁）、「詩も禅も、その悟入のところに到達すれば、言語の及ぶところではない」（詩也禅也、到其悟入則非言語所及也）（「錦繍段後序」『天隠和尚文集』、同上、九八八頁）と言ったように、「禅」も「詩」もそのような臨界点に与えられた仮の名でしかなく、それが言語の臨界点と定義されるものである以上、そこに固有の名などありえないからだ。

言語の問題から検証を開始することの有効性は、まずわれわれの言語に対する向き合い方に——「宗教」や「文学」に比して——それほど大きな偏差がないという事実に求められる。勿論、例えば、「国語《ナショナル・ランゲージ》」（＝「日本語」「英語」「中国語」……等々）という言語の構築性／自然性に対する視座の相違や、言語の本質が「意味」であるのか「使用」であるのかなどの見解には大きな偏差があるといってもよい。しかし、ここで言いたいのはそのような次元の問題ではなく、まずわれわれが「言語」（≠「国語」）というものを端的な事実として受け入れている、ということである。「言語」はわれわれにとってその存在を信じたり疑ったりするようなものではない。言い換えれば、それは、われわれには「言語」を捨てるという選択肢が存在していない、という端的な事実性の問題である（一方、「宗教」や「文学」は万人にとって端的な事実であるわけではない）。人は言語という法《システム》の虜囚であり、その法《システム》からはどう足掻いても脱け出す（解脱する）ことはできない。言語は人間を拘束する、と同時に（そうであるがゆえに）、そのような拘束から解放する（という可能性を立ち上げる）。その意味で、議論として導入しやすいのは、われわれが信／疑という分節以前にそれを受け入れているという前提が、禅僧がそれを根本から疑えと言っている事の「奇妙さ」「不可解さ」もまた同時に受け入れやすくしてくれるからである。

ここで言う、疑いというのは、言語はわれわれが伝えたいことを十全には伝えられない、という不確実性＝不全性への疑いではない。言語に信／疑という裂け目を入れることは、ある種の可視的なテクストに聖域を作り、その他を退けるということではない。疑いはその全てへと向けられる。その上で、禅僧は言語を二重化する。そしてわれわれが知りうるのはその一方でしかないという。そしてそのわれわれの認識しうる言語の全てを隅から隅まで疑えというのである。信ずべき言語とはその向こう側にある。正確に言えば、それが「在る」という語によって想像可能な次元で「在る」のかはわからない。そもそも、それが「信」なる「言語」（全く無条件に身体へと浸透してくる言語）という語によって措定される想像可能な何かであるのかもわからない。なぜならそれは言語の向こう側＝彼岸であるからだ。それを臨界点＝裂け目と呼ぶならば、その認識不可能性、思考不可能性こそが、信／疑を非対称的な関係性へと転倒させる。臨界点はそれが臨界点として経験される限りにおいて、確かな事実である。そしてそれが確かな事実である限りにおいて、その経験は疑いうるものではない。それゆえに、それは敢えて信じなければならないようなものでさえない。それは端的な事実としてただそこにあるものだからである。つまり、全面的に否認されるべき言語——われわれが素朴に「言語」だと考えているもの——に対する比類なき疑いの果てに、全面的に肯定される他ない〈言語〉が疑い以前の彼岸から無言の声をあげるのだ。『荘子』天道篇第一三には「意には随《したが》う所あり、意の随う所の者は、言を以て伝うべからざるなり」（意有所随、意之所随者、不可以言伝也）（岩波文庫、第二冊、一七四頁）とあり、三教老人（顔丙、如如居士）の手に成る『碧巌録』「序」には、「古に《いにしえ》〝文字に在らず、文字を離れず〟と謂うは、真に知言なる已《かな》」（古謂不在文字、不離文字者、真知言已）（『碧巌録』、岩波文庫、上冊、二八頁）という一文がある。それはもはや言語という名で呼ぶには相応しいものではないのかもしれない。しかし、本書を通じて議論を重ねてゆくことになる一つの結果として、いまそれをあえて〈言語〉という名で呼んだことの行為遂行的《パフォーマティヴ》な企図は理解してもらえるのではないかと考えている。

本書は一貫してその意味における〈言語〉について考察したものである。ただし、直接的に〈言語〉として考察されているのは一部に過ぎない。その他で検討されているのは、〈言語〉としての〈他者〉であり、〈言語〉としての〈外部〉であり、〈言語〉としての〈死者〉であり、〈言語〉としての〈我《わたし》〉であり、〈言語〉としての〈主体〉であり、〈言語〉としての〈心〉であり、〈言語〉としての〈共同体〉であり、〈言語〉としての〈古典〉であり、〈言語〉としての〈　〉である。そしてそれらはいずれも「言語」ではない。

なお、ここで示した、〈　〉と「　」という区別は、本書における最も重要な記述形式の差異となる。それらは、存在論的、認識論的、言語論的、主体論的な最も根源的な本質的位相差を決定する二分法である。つまり、本書で主題とする〈思考不可能な絶対外部〉は、以下に全て〈　〉の記号によって示すこととし、思考可能な内部は「　」で示してこれと区別する。そして、〈　〉の非同一的同一性の原則に準拠して、〈　〉の中にはいかなる語が入っていようと、それらは全て同〈義〉語となる、ということをここに予め注記しておく。

＊

〝禅僧はなぜ詩を作ったのか〟――本書はこの素朴な疑問によって動機づけられ、また本書を貫いている。勿論、その問いは、言説編制体の中で仕組まれた問いであり、可能性の条件の中で偶然発せられたものに過ぎない。その答えを一言でまとめるのは容易ではないが、本論中で示そうと考えていることは、

> 主体を公共化させる（脱-「人称」化させつつ〈主体性〉を与える＝誰でもないからこそ誰でもありうるような非-存在へと変身させる）文化装置であったという点で、詩学と禅学とは異なるものではない

ということである。ただし、それにはそれが知識としてではなく、実践である限りにおいてという限定がつく。今日のわれわれが目にしうる、禅僧の手に成った膨大な詩篇の数々は、人であることの有限性へと思索をめぐらすこ

とによって歴史の中に立ち現れてきた一つの効果《かたち》と見なしうるものである。となれば、本書が主題とする中世禅林詩学というのは、人の有限性を思考するための一つの方法であったと言ってもよいのかもしれない。それはあまりにも基本的であるがゆえに答えるのが難しく、ながらく棚上げされてきた問いである。そしてその問いは同時に、「文学」「言語」「宗教」「共同体」「自己」「他者」など、われわれが当たり前のように用いていながら、実のところよくわかってはいない、知の限界に触れる問いである。

本書が焦点化しているのは、人間の有限性への視座を迂回することなくしてはうまく読み解けないような問題群である。嬰児は不可避的に言語に被曝することによって、人間へと変身するが、人が言語によって可能になっているのだとすれば、言語の有限性とは人間であることの有限性に他ならない。有限性は、人に、言語に、影のように貼り付いており、われわれに無限への接近不可能性を告げつつ、その無限への接近を可能にさせている唯一の存在である。自己の有限性、すなわち〈他者〉を議論の端緒に編み込むことで、われわれが不可能な共同性によって繋がっていることが開示されることになるだろう。そして、臨界点について思考することは以下の問いを導き、それに答えることになるだろう。我《わたし》はなぜ他者であるのか。それでいて我《わたし》はなぜ我《わたし》であるのか。人はなぜ苦しまなければならないのか。死とは何か。心とは何か。なぜわれわれは分かり合えないはずの他者と分かり合うことが出来るのか。なぜ古典という制度が求められてきたのか。

本書は、〈他者〉を思考する試みとして書かれたものである。そしてまたその壮大な挫折の足跡を記したものである。自らを禅僧という称号において措定してきた一群の身体から、なぜかくも膨大な詩篇が産出されてきたのか。その問いを解くためにわれわれは、テクスト実践の中核に措定されてきたもの、すなわち言語の〈外部〉への接触を試みる。その〈外部〉とは、そのような実践の束としての〈古典〉であり、その古典の内部に幽在する〈外部〉であり、〈他者〉としての古典である。中心的に論じられているのは、「五山文学」「禅林文学」などと呼ばれる中世禅僧の文学であるが、それは〈他者〉を論じるという挫折への運動が繰り返されている挑戦の一方途に過ぎない。恐らくそれ以外のことは何も語ってはいない。ただし、すぐさま附言しておかねばならないのは、本書で言う〈他者〉とはわれわれの眼前に相対する存在のことではない、ということである。眼前にあっても目に見えず、その声が届けども耳に聞こえないような存在――「存在」と呼びうるとすればだが――のことである。他者を問うことは自己を問うことに他ならないが、それは両項をその対立関係の中に措定しようという試みの上に成り立つものではない。そうではなく、他者でありながら自己であるような、二項が分岐してくる不明瞭な境界に、〈他者性〉であり〈自己性〉であるような根拠の在処を求めようという試みである。そのような極限において禅僧が目指していたものは、自らを世界から消すことであった。詩的実践において自己を非-人称化してゆくこと=言語という動的システムそのものとなること、自己（世界像）を変形させること、そしてその変形させる力が自己に所有されることは決してないということを知ること、それが〈他者〉の／という〈能力〉であることに気づくこと、それゆえ「我」という場所を根こそぎ〈他者〉にあけわたすこと、こうして自己（世界像）を間断なく変形させること、すなわち「学び」「習う」こと。本書は中世の禅僧に〝成り代わって〟（第Ⅴ章）書かれたものであり、不当に批判されてきた彼らの詩作行為を徹底的に擁護する試みである。それがうまく結実しているかどうかは読者の判断に委ねる他ないが、以下、その思索及び呻吟の足跡を記録し、大方の叱正を仰ぎたいと思う。

註

（1）「中世」という辞項を使用するにあたって、それに附随して二つの問いが自然に引き寄せられてくることを想定しておく必要がある。一つは、中世とはどこからどこまでか、という問いであり、もう一つは、中世とは何か、という問いである。この点については、バーバラ・ルーシュが「そもそも十九世紀の遺物である、中世文学会や中世日本研究所の「中世」という言葉（英語のmedievalの直訳）を狭義に解釈することをやめる」べきことを提唱しつつ、こう述べていることが注意される――（中世とは）「ビクトリア朝時代の思考法の名残であり、これが日本に輸入され、明治期の学者によって受け入れられたものである。しかし、現在では日本の中世文学作品は、このような人工的な整理箱にはうまく入らないということがわかってきている」（「今は未来」中世文学会編『中世文学研究は日本文化を解明できるか』笠間書院、二〇〇六・一〇、三三四頁）。この指摘の通り、時代区分という発想それ自体は、自らに普遍的-客観的な保証を与えうるほどの根拠-正当性を内在させているわけではなく、根本的には〝区分しておいたほうが何かと便利だ〟という程度の有効性の上に成り立つような惰性的なヴィジョンの一つであるに過ぎない。その意味において「中世」に何らかの本質があり、それを探求してくるのが研究者の仕事であるという、かつてのディシプリン内部で広く信じられていた思考範型を今この場で踏襲してゆくのも難しいと言わざるを得ない。例えば、永積安明『中世文学の成立』（岩波書店、一九六三・六）、『中世文学の可能性』（岩波書店、一九七七・六）などは、中世文学の本質規定が可能であるという前提に立った上で、その不在という現状を克服するために為された研究であるが、かつてはこのように「中世的なるもの」への知的関心が断続的に刺激されうるような台座が存在した。また、久保田淳・北川忠彦編『中世の文学』（有斐閣、一九七六・六）の「はしがき」にも次のように見える――「中世は文学の多様化・拡散化した時期だけに、おのずとその研究も細分化の道をたどることはやむをえまいが、それだけにまた一方、そこに貫通する中世的なものについての関心も失われてはなるまい」。さらに、『国文学　解釈と教材の研究』三二-七（学燈社、一九八七・六）が「中世とは何か」という特集を組んでいることも端的に時代の空気を表すものであり、専門が細分化した現在にあっては難しい、単独の研究者が多ジャンルを総括的に研究することが許されるような知的土壌が形作られていたことも確認される。八〇年代以前、「中世文学」を題目に冠し、和歌・物語・芸能などについて幅広く論及する――単独の著者の手に成る――研究書が陸続と上梓されるという研究史上の特異点が存在したのである。

とは言え、八〇年代以前の中世文学研究者の総てが「中世的なるもの」の実定性を信じていたわけではなく、そのような基本前提に懐疑的な見方もあった。「日本文学における中世的なものは何かについて、多くの見解が提示されているけれども、ある一つの理念なり様式なり文学方法なりでもって、すべてを覆い尽くすこと」は「できない」というのが、木藤才蔵『中世文学試論』（明治書院、一九八四・三、二七七頁）の基本的な認識であった。また近くは、田中貴子『中世幻妖―近代人が憧れた時代―』（幻戯書房、二〇一〇・六）によって、近代知識人によって「中世」のイメージが歴史的に作り出されたものであることが指摘されるとともに、中世に何らかの本質があるという主張が退けられていることも注視に値する。また、近年刊行される専門書においても、「中世文学」と冠しているものであったとしても実際には特定のジャンルに限定されたものか、複数の著者の手に成る論文集がほとんどであるところに、「中世的なるもの」の探求という問題構成の失効を見ることもできる。

当然、「中世」に何を代理表象《リプレゼンテーション》させるかという問題は、完全に恣意的であり、それは言説編制体に埋め込まれた政治力学的作用の結果であるにすぎない（「現代」の本質とは何かという問いを考えればわかることだ。その答えは無数に考えられるし、しかもその一つ一つは、決して「事実」としてそうだということではなく、認識論的な問題構制の中で立ち現れてきた効果の一つに過ぎない）。パースペクティヴに応じて多様な相貌を見せることになる「中世」というカテゴリーの設定、そしてその〝設定する〟という行為が意味しているのは、何らかの基準を立ててテクストに凝集性を見出すということが同時に、何らかのテクストを「排除」することによって初めて可能になるような政治力学的行為だということである。われわれはもはや「定義する」という行為の政治力学的作用を無視して無邪気にそれを行ってみせることなどはできない。どのような記号と「中世」という記号とを強度をもった結合関係に置くか、何をプロトタイプ（典型）とするか、というそれ自体学問的課題として正当性を証明しなければならない事柄が恣意的な前提として予断されてしまうことになるからだ。それはテクストの質や相互連関性をいかに見極めるかという問いに学律《ディシプリン》が先立つという転倒を惹起する。とは言え、その一方で、議論を可能にするために何らかの恣意的な「場」或いは「カテゴリー」が必要となるのも確かである。その「場」の名として「中世文学」というカテゴリーが全く無効であることを証明することもまた難しい。ただし、その有効性が認められるのだとしても、それは立てられた問いに応じてその相貌を変えてゆくような、緩やかな共約性の中にその配置を求めうるようなものでしかないだろう。したがって、本書でいう「中世」にしても、単に禅僧の文学という現象が、一般通念的に用いられている「中世」という輪郭にほぼ重なるというそれだけのことであって、それ以上の意味を与えているわけではないことは注意しておきたい。無論、禅僧の文学が「中世」を代表しているなどと主張したいわけではない。ただし、仏教的思考法が知の基盤をより強く形成していたという点で、「中古」や「近世」から離れて「中世」というカテゴリーを立てることに意義を見出すこともできるのではないかとも考えている（勿論、そこに幾つもの反証が存在するという事実を考慮した上で）。ちなみに、禅僧の文学作品は、今日「五山文学」という呼称を与えられ、その範囲をどのように限画するかという点に学問的課題を認める議論もあるが、本書ではそのような境界画定は行わない。端的に言えば、そのようなカテゴリーをめぐる議論に建設的な意義があるとは思えないからである。それはプロトタイプをどこに設定するかの問題であり、結論として証明されるべきものを前提に持ってくるという倒錯的な議論であるからだ。カテゴリーを可能にするものがあるのだとしたら、それは（現前するものというレヴェルで言えば）形質上認められうる家族的類似性の問題でしかない。

（2）今枝愛眞「清規の伝来と流布」（『中世禅宗史の研究』東京大学出版会、一九七〇・八）参照。

（3）対照的なのは、博士家における学問伝承のあり方であるだろう。小川剛生『中世の書物と学問』（山川出版社、二〇〇九・一二）が示すように、博士家では父祖伝来の経書解釈に従うことが何よりも重視され、教授法・教授内容そのものが閉鎖的・私秘的な伝統の中で「師読」として保守されていた。また、「日本国見在書目録」の成立以前に将来された、点のある古典は「施行《しぎょう》」（師行）の書物として博士家のテリトリーに属すものとされていた。

（4）「文学」概念については、鈴木貞美『日本の「文学」概念』（作品社、一九九八・一〇）、鈴木貞美『「日本文学」の成立』（作品社、二〇〇九・一〇）、参照。

（5）ただし、レトリックの一種とは言え、次のような文章もある。南宋・石田法薫の法語中の一節である。「儒釈二家の学、各《おの》おの一門を貴ぶ。吾が人は既《すで》に形を毀《こわ》して削髪し衲衣を著《ちゃく》す。自ら衲衣下の事有り。若し学道に餘力有らば、傍らに儒典を捜し、粗《あら》あら其の梗概を知るは可《か》なれども、往往泥《なず》みて返るを知らず、未だ逐指喪月を免《な》れず。必ず其の底止（行き止まるところ）を窮めんと欲するも、曷若《いか》にして吾が家の底止を極めんや。……古人尚お謂《い》えらく、書は姓名を記すに足るのみ。況や吾が方外の人をや」（儒釈二家之学、各貴一門、吾人既已毀形削髪著衲衣、自有衲衣下事、若学道有餘力、傍捜儒典、粗知其梗概可、往往泥而不知返、未免逐指喪月、必欲窮其底止、曷若極吾家之底止、……古人尚謂書足記姓名而已、況吾方外之人哉」（『石田法薫和尚語録』「示観書記」、『新纂続蔵経』七〇、三四二頁中）。

（6）鎌倉期における禅僧の急激な増加と質の低下について、無住（一二二六―一三一二）はこのように記している

――「律僧・禅僧ノ世間ニ多クナリ侍ル事、ワヅカニ五十餘年也。幼少ノ時ハ斎ノ僧ト云事不知《しらず》侍シ。鎌倉ニ戒堂《ダウ》ト名《ナツケ》テ、寿福寺ニ、ウス墨染《スミソメ》ノ唐衣ノ僧見ヘ侍シヲ、小童部《ワランベ》ニテ侍シ時、見侍シカドモ、イカナル僧トモ不ニリ知侍一ラシ。律僧モ近比《コノ》ヨリ盛《サカン》也。僧の次第《シダイ》ニ多クナルマヽニ、如法ナルハスクナク、不調ノ者ノ多ク聞ヘ侍リ。南岳《ナンガク》大師ノ、始テ行ヒ給ヒケル時ハ、僧十人アリケル。十人ナガラ得法スル。後ニ二十人ニ、又十人得法シケリ。後ニ百人ニ又十人得法シケル。「徒《ト》衆《シユウ》転《タ、》多ケレバ、得法転少シ」ト云テ、二三百人ノ時ハ、ワヅカニ、二三人得法シケル。上人ノ高僧ノ門徒、猶ヲ如レシ此ノ。辺地末代ノ僧ノ多キマヽニ、非法ノ輩《トモカラ》聞事不レル可カラレ恠《アヤシム》事也。……昔ハ僧マレニシテ、タマ〳〵有ルハ尊《タツト》カリケル。ヲホカタ法師世《ヨ》ニ少《スクナ》ク希《マレ》ナリケリ」（『雑談集』巻八、山田昭全・三木紀人校注、三弥井書店、二四八―九頁）。

（7）P・ブルデュー／石井洋二郎訳『ディスタンクシオン―社会的判断力批判―〈1〉』（藤原書店、一九九〇・四）、同『ディスタンクシオン―社会的判断力批判―〈2〉』（藤原書店、一九九〇・四、〔原著、一九七九〕）。

（8）当時の様々な文献の示すところでは、僧は遍参するに当たって自らの、或いは師や友人の詩篇を携帯して去来していたようである。行く先々で詩の品評を行い、時にはそれらを寺壁に書き残しながら、叢林の評判を形作っていた。例えば、田山方南『禅林墨蹟』「解説」篇の「馮子振（海粟道人）墨蹟」（四八頁）によると、無隠元晦は在元中、闡提正具の語録を持参して歩いていたという。それを読んだ馮子振がこれを激賞する墨蹟を遺している。この点、僧そのものが情報媒体《メディア》としての機能を有していたと見ることもできるだろう。

（9）ただし、興味深い事実だが、リチャード・ルビンジャー／川村肇訳『日本人のリテラシー―1600-1900年―』（柏書房、二〇〇八・六）が指摘するところに従うならば、藩校・寺子屋などの教育体系の導入によって引き上げられたとされる江戸の識字率だが、それも実はわれわれが素朴に考えるほどには高いものではなかった、少なくとも均質的に高水準なものではなかったとされている。明治期に徴兵新兵を対象として調査されたリテラシー能力の調査記録（『陸軍省統計年報』）から非識字者（読み書きができない者）の割合を計算すると、一八九九年（明治三二）の調査では顕著な地域差が存在し、青森、北海道、四国、九州などの列島周辺部で特に高い非識字率を示していることが明らかとされている――非識字率が高い地域では、高知＝五七・六％、鹿児島＝五二％、大村＝四六・五％、松山＝四四・六％、丸亀＝四四％、沖縄＝七六・三％となっていた。また陸軍省の記録は二〇歳の男性を対象としたものであったが、一九世紀末に実施された文部省の調査では女性も対象となっている（『文部省年報』）。滋賀・岡山・鹿児島三県しか有効なデータが得られないようだが、地域差があるものの、いずれも相対的に女性の非識字率のほうが高かったことがわかっている。ちなみに、一八八四年（明治一七）の鹿児島県の女性の非識字率は九六％であったという（以上、前掲書「エピローグ」参照）。また、永嶺重敏『雑誌と読者の近代』（日本エディタースクール出版部、一九九七・七）には以下のような指摘も見える――「木版時代に書物の入手がいかに困難であったかは、幕末期に生まれた政治家や言論人等の回想にしばしば描かれるところである。嘉永元年に東北のある寺に生まれて後に新聞記者となる干河岸《ひがし》貫一の回想するところによれば「村中を尋ねた末、漸く四書のある家を探しあて、これを借りて読んだのが学問のはじめであつた」が、さらに五経を持つ家は村中に一軒もないために、彼は他藩にまで書物を求めに出かけている。書物は稀少で、人々は書物を得るためには干河岸貫一のように、それを所有する家を探し、さらに自らの書写によってそれを一言一句書き写す作業が必要であった。近世における書写への依存度の強さは、例えば近世農民の蔵書において版本よりも写本の割合の方がはるかに高かったことからもうかがわれる」（二一―三頁）。これらの事実は、中世世界の識字状況を問題とする本書にあって、識字世界（文字社会）と非識字世界（無文字社会）という分裂状況が（相互に偏差を持ちながらも不明瞭な境界線を形成し）「日本列島」を形作っていたことが改めて想像されると共に、禅僧のリテラシーの特異性を一層色濃く前景化させるものとして注意される。

(10) 中世史家・網野善彦〔一九二八―二〇〇四〕は、一四・五世紀が日本の社会における文字普及の劃期であったと指摘するが、その場合の文字とは、平仮名混じりの文を指しており（備中国新見荘関係の文書のうち七〇～八〇％は平仮名まじりの文書であるとされる。網野善彦『日本の歴史をよみなおす』筑摩書房、一九九一・一、一二九頁以下）、後述するように、古典の再現前（再編集）を主眼とする禅僧のリテラシーは無論これと同質なものではなかった。

(11) 網野善彦が列島各地で資料調査を行った経験を回顧して、鹿児島・能登・青森などでは現地の人と口頭でのコミュニケーションがほとんどできなかったにもかかわらず、現地所蔵の「文書」を読むことはできるという現象の不思議さを述べている（網野善彦、註(10)前掲書、一五頁以下）。ここで言っているのは漢文記録ではなく、より強い音声との互換規則を有する仮名まじり文書のことであるが、このような事例は、「文書」の定型性が、脱土着的作用を発揮して音声的不均質性を覆い隠してしまう作用を持っていることを再認識させてくれる。

(12) 椎名宏雄『宋元版禅籍の研究』(大東出版社、二〇〇一・三)、四一頁。

(13) ただし、われわれは「越境的」「越境性」という用語を使用するにあたって、くれぐれも次の点は注意しておかなければならない。すなわち、「越境」という用語自体が、事後的に成型されるに過ぎない「境界」をその前提に持ってきてしまうような倒錯を犯してしまっているという点である。しかし、存在論的次元における雑種性‐異種混淆性の中で、認識論的次元における「境界」(＝内／外の透明性／不透明性)が倒錯的に生成されてくるという事態が不可避であるというその理由によって、われわれの認識がその自／他の二分法をモデルとして、境界画定作用と不可分であることを想起するならば、そのような転倒こそが「越境性」という語の有効性を教示するものとなりうるということも併せて注意しておくべきであるだろう。

(14) 民俗学者、丸山学〔一九〇四―一九七〇〕は、一九三九年に著した文章「支那人と文字」(『文藝文化』二―一二、一九三九・一二)の中で、「筆談なるものを随分やつた。鉛筆と紙片とがあれば大抵な要件は通訳なしで済ますことが出来ると云ふのはまことに有りがたいことである。尤も支那人の中で文字を識つてゐるものは農村などでは十軒目に一人位のものではあるが、吾々が村に入つて行くとその村のインテリがすぐに村人の先頭に泳ぎ出して来る」という体験を語った上で、「支那人で苟くも文字の読み書きが出来るものは非常に尊敬される。それは一種の神的存在でさへもある。このことは支那の社会に於ける識字者の神格的昂揚、何と云ふか西洋の錬金術師の様な限られた少数者の特殊技能となつて発展したのではないかと私はひそかに思ふのである。それだけの文字に対する一般社会の信仰があつたからこそ文字の形が正しく精しく今日まで伝承せられたと見ることが出来る。そしてその反面には文字の普及は却つて制限せられたのではあるまいか」と記している。

(15) この点に関連して注意されるのは、詩学における「集句」と称される実践形態である。集句というのは、他人の句を集めて一篇の詩として再編成するという創作形態のことであるが、その嚆矢は一説に晋の傅咸にあるとも言われる(『升庵詩話』、『叢書集成新編』七九、一四六頁上)。本格的には宋代に始まったとされるが、「集句は唯れ荊公最も長ず」(集句唯荊公最長)(『滄浪詩話』、『景印文淵閣四庫全書』第一四八〇冊、八一七頁下)と言われるように、王安石の得意とする所であった、というのが宋代の一般的な理解であった。同時代には、文天祥が獄中に著した「集杜詩」二百篇が人のよく知るところであるが、南宋末期の江湖詩壇(本書第Ⅷ章〔補論〕参照)にも一つの類型となっていたことが注意される。例えば、李龏（字和父）に『剪綃集』二巻、『梅花衲』一巻がある。前者は唐人の集句、後者は唐宋詩人、中でも四霊などの江湖詩人の句を採用しているのが特徴である。いずれも、陳起編『江湖小集』『南宋群賢小集』に収録されている。また、宋伯仁『雪巖吟草』（『江湖小集』所収）には、「別友人集唐人句」「水辺聞雁偶集四霊句」「遠訪友人不値亜集句小絶」「客楼戯集唐人句」があり、更に、永嘉の詩人、戴栩（字文子）の『浣川集』巻三には「上丞相寿」として唐人の集句七絶十首がある（『景印文淵閣四庫全書』第一一七六冊、七〇九頁下―次頁下）。なお、集句の先行研究については、山岸徳平「集句の詩について」（『実践女子大学文学部紀要』一二、一九六九・一〇）、根ケ山徹「『還魂記』における集句詩について」（『広島女子大学文学部紀要』三〇、一九九五・二）、市野沢寅雄『滄浪詩話』〈中国古典新書〉（明徳出版社、一九七六・七）九一頁注釈を参照。

なお、参考までに集句の実践例について、亜愚紹嵩（一一九四―?）（廬陵〔江西省〕の人）『江浙紀行集句詩』七巻（以下、『紀行』と略す）を事例として紹介しておく。陳起編『南宋群賢小集』『江湖小集』に収録されている。またその他の著作として、『漁父詞集句』二巻があるとも伝えられている（『宋僧録』下）が未見。また、亜愚は、江湖の詩人王諶（字子信、陽羨の人。『潜泉蛙吹集』〔『江湖後集』巻一三〕）と親しかったらしく、その作中には、「題詩僧亜愚眉白集」「次亜愚韻」「嘉興戊戌季春一日画渓吟客王子信為亜愚詩禅上人作漁父詞七首」と題するものがある。これより、『眉白集』という詩集があったことが分かるが所在を知らない。『紀行』は、その自序に拠れば、紹定二年（一二二九）秋に長沙を出発し、江浙を遊歴した時の作品である。三十代半ばのものということになる。その後、同五年、嘉禾の大雲寺に住し、知己の僧より再三再四に亘って『紀行』の公刊を請われ、已むを得ず、嘉熙元年（一二三七）に刊行するに至ったという（刊記）。

さて、『紀行』の構成上の問題から注意されるのは、それが五律・七律・七絶の三体から成っているという点である。その句の総計を数えると、二三三二句にのぼる。内訳は、五律一五六篇一二四八句。七律五一篇四〇八句。七絶一六九篇六七六句。句数から詩体別に割合を示すと、五律五三・五％、七律一七・五％、七絶二九・〇％となっている（数値は小数点第一位で四捨五入）。

そこで、次の問題として興味を引くのは、『紀行』が誰の句を多く集めているか、という点である。次頁の表は、その上位①位から⑳位を一覧表にしたものである（なお、「鄭工部」と表記される人物の句が四例見られるが、これは或いは鄭谷と同一人物である可能性もある。もし、そうであれば表の順位は多少入れ替わることになるが、その点は、現在調査中である）。ただ、亜愚の誤解などの理由によって、詩句や表記作者名が不正確であるという事態も想定し得るが、今は表記のままに従った。

この一覧から窺えるのは、亜愚の集句の方向性が、江西詩派と中晩唐詩に向けられているという点である。⑬⑰⑱が江西詩派。⑲がその派祖に置かれた人。①はその後継に位置づけられた人。⑧は方回によって詩派の三宗の一人に

	人名	時代	総計	五律	七律	七絶
①	楊万里（号誠斎）	1127-1206	191	114	23	54
②	仲温暁瑩	1116?-?	135	72	20	43
③	翁元広	宋	92	23	19	50
④	方干	809-888	89	35	27	27
⑤	鄭谷	?-910?	88	56	21	11
⑥	杜荀鶴	846-904?	77	33	22	22
⑦	林逋	967-1028	77	25	22	30
⑧	陳与義	1090-1138	76	32	18	26
⑨	賈島	779-843	71	64	4	3
⑩	杜甫	712-770	67	63	1	3
⑪	韋荘	836?-910	62	21	24	17
⑫	張釜（字君量）	宋	61	17	21	23
⑬	李彭（字商老）	宋	50	22	12	16
⑭	温庭筠	812?-866?	45	18	15	12
⑮	荷屋蘊常	宋	33	10	4	19
⑯	邵雍（号康節）	1011-1077	33	11	10	12
⑰	徐俯（字師川）	1075-1141	27	14	3	10
⑱	呂本中	1084-1145	23	5	5	13
⑲	黄庭堅	1045-1105	22	2	8	12
⑳	張孝祥（字于湖）	1132-1169	21	7	3	11

置かれた人。そして④⑤⑥⑨⑪が中晩唐詩人である。亜愚が江西詩派中の詩人に注目しているのは、彼が江西の出身であったことが大きく関わってくるのだろうが、時に江西詩派の特徴が「汗漫」と評されることもあったということを勘案すると、彼が晩唐詩人に注目しているという事実はどう説明できるだろうか。以下、この問題を取り上げて少しばかり考えてみたい。

群を抜いて多い①楊万里（号誠斎）の詩学に関しては、彼がその早年に江西を学んでいたことが注意される。その点において彼は、詩学の系譜上、江西詩派の末流に名を加えられることもある。例えば、劉克荘は、「江西詩派総序」（『後村先生大全集』巻九五、『四部叢刊正編』六二、八二〇頁下）を製して、その宗派に加えられた二五人についての寸評を加えているが、その流れ自体はそこに留まることなく、以後も受け継がれていったと唱える。そして彼は、それを禅学に比して、黄庭堅（山谷）を初祖に、呂本中（紫微）・曾幾（茶山）を南北二宗に、楊万里（誠斎）を臨済・徳山に当てはめ（『後村先生大全集』巻九七「茶山誠斎詩選」、『四部叢刊正編』六二、八四二頁上―下）、とりわけ誠斎を高く評価しているのである。しかし、誠斎自身は、次第にそこから脱却して自家の体を成したと言われ、王安石や晩唐体を指向するようになったとされる（王安石の晩年の詩は精巧を極めたと伝えられる。陳善『捫蝨新話』巻八、『宋元人説部叢書』上冊、二七〇頁上）。なお、誠斎の先行研究については、横山伊勢雄「楊万里の詩論と詩―近体詩を中心として―」（『鎌田正博士八十寿記念漢文学論集』大修館書店、一九九一・一、所収）参照。

ちなみに、誠斎は陸亀蒙の詩集を読んで詩を製し（『朝天続集』「読笠澤叢書」〔其二〕、『誠斎詩集』巻二七、『四部叢刊正編』五七、二五二頁下―次頁上）、

笠澤詩名千載香　一回一読断人腸　　笠澤の詩名　千載に香し　一回一読　人腸を断つ
晩唐異味同誰賞　近日詩人軽晩唐　　晩唐の異味　同《とも》に誰か賞さんや　近日の詩人　晩唐を軽んず

と、晩唐軽視の風潮を難じている。また、「三百篇（『詩経』）の後、此の味わい絶えたり。惟だ晩唐の諸子のみ差《やや》之れに近し。……三百篇の遺味、黯然として猶お存するがごとし。近世惟だ半山老人（王安石）のみ之れを得たり」〔三百篇之後、此味絶矣、惟晩唐諸子差近之、……三百篇之遺味、黯然猶存也、近世惟半山老人得之〕（〔謝応時〕「順庵詩藁序」『誠斎集』巻八三、『四部叢刊正編』五八、六八八頁下。『詩人玉屑』巻一六所引、楊家駱主編『校正詩人玉屑』世界書局、三五九―三六〇頁）として、『詩経』の遺味が晩唐諸子に、そして王安石に受け継がれているとする見解も見

られる。

以上を踏まえて、物初大観『物初賸語』巻一三「浮清詩序」に次のような一節が見られることが注意される。

> 詩盟江西為盛、山谷執牛耳、諸君子争□血法度、森厳追《ママ》浣花翁、而与之偕過、是又強弩之末矣、誠斎忽作、齾風雅輪、体備百家、所謂、刺手抜鯨牙、挙瓢酌天漿者也、然法度自是一変、終不可復、故今之宗江西者亦兼有晩唐風味、斯句以観時矣、
>
> 詩は江西を盟として盛と為る。山谷（黄庭堅）牛耳を執るや、諸君子争いて法度を□血し、森厳として浣花翁（杜甫）を追う。而して之れと偕に過ぐるも、是れ又た強弩の末なり。誠斎（楊万里）忽ち作《おこ》りて、風雅の輪《りん》を齾《けつ》り（輪を作る）、百家を体備す。所謂「手を刺《さ》して鯨牙《げいが》を抜き、瓢《ひょう》を挙げて天漿《てんしょう》を酌む」（韓愈詩「調張籍」）という者なり。然して法度自から是れ一変し、終に復す可からず。故に今の江西を宗とする者も亦た兼ねて晩唐の風味有り。斯の句、以て時を観たるかな。

韓愈の「張籍を調す」詩は、彼が平生より推服していた李杜についての論である。その詩を学習研究することで、おのずからそれが自己のものとなり、水底深くにいる鯨の牙にも、天上の酒にも手が届くようになるのだと言う。物初は、誠斎の、晩唐体をも該博した博覧強記をそこに認めているのである。

なお、『紀行』には、陳応中（字崧叟）なる者の後序が附されており、その冒頭には次のようにある。「作詩は固に難し。集句は尤も易からず。前輩云う有り、『万里の路に行かざれば、杜甫の詩を読むこと莫れ』と。一杜詩すら且《しばら》く読み難きに病む。而るに況んや諸家の詩を集むるをや」。しかして、亜愚が律詩・絶句という「唐律」に拘って、その詩句を集めたのも、単にそのような言葉の精巧さに惹かれたからではなく、それを兼ね備えた博覧強記を志向していたからではないかと推されるのである。

（16）前田雅之「国文学に「偉大な敗北」はあるか―人文学の総崩壊を目前にして―」（松澤和宏・田中実編『これからの文学研究と思想の地平』右文書院、二〇〇七・七）。

（17）例えば、『野守鏡』上は、京極為兼の和歌実践を「彼卿は歌の心にもあらぬ心ばかりをさきとして、詞をもかざらず、ふしをもさぐらず、姿をもつくろはず、たゞ実正をよむべしとて、俗にちかくいやしきを、ひとつの事とするがゆゑに、皆歌の義をうしなへり」と批判しつつ、こう述べている――「有為の法はみな、仮体なるべきによりて、実

あらざるを実とすべし。ことに歌は又はかなき言の葉あだなる思なるがゆゑに、かりの事をのみよめり。また見ざる事をも見、きかざる事をもきゝ、おもはざる事をもおもひ、なき事もあるやうによむをもて、歌の義とす」(『歌学大系』四、七三頁)。

(18) 読書の音読／黙読問題については、前田勉『江戸の読書会―会読の思想史―』(平凡社、二〇一二・一〇)三四―五頁にも言及があるが、その中で引用されている江村北海(一七一三―一七八八)『授業編』巻二「読書第三則」(一七八三年刊)に「書ヲヨムニ、声ヲアゲテヨムガヨキヤ、黙シテヨムガヨロシキヤト問フ人アリ」(内閣文庫蔵本)とあることから言えば、少なくとも黙読という実践が当時に行われていたことを徴証している。

(19) 「近時の学者、四霊を歆艶し、剽竊模倣す。愈《いよ》いよ陋にして愈いよ下る。嘆く可きなる哉」(近時学者、歆艶四霊、剽竊模倣、愈陋愈下、可嘆也哉)(南宋・呉子良『林下偶談』巻四、『叢書集成新編』一二、五三一頁下)。「魯直、詩を論ずるに「奪胎換骨」「点鉄成金」の喩え有り。世以て名言と為すも、予を以て之れを観れば、特《た》だ剽竊の黠者《かつしや》(ずるがしこい者)なるのみ」(魯直論詩、有奪胎換骨点鉄成金之喩、世以為名言、以予観之、特剽竊之黠者耳)(金・王若虚『滹南遺老集』巻四〇・詩話、『四部叢刊正編』六五、二〇四頁下)。宋・呉曾『能改斎漫録』巻一〇には「詩有奪胎換骨詩有三偸」の項も見える(『景印文淵閣四庫全書』第八五〇冊、六九五頁下)。また、井上進『中国出版文化史―書物世界と知の風景―』(名古屋大学出版会、二〇〇二・一)、四八頁以下参照。

(20) 朝倉尚は「五山文学の特性」(稲田利徳・佐藤恒雄・三村晃功編『中世文学の世界』世界思想社、一九八四・五)において、禅僧の詩の特徴を「禅的発想」と「観念的世界の展開」の二点にあると要約したが、そのうちの「観念的世界」とは、「文字語言《もんじごげん》によっては表現しがたい心境を、自己の貧弱で恣意的な言葉ではなく、可能なかぎり読者と共有する言葉で表現しようとした」もので「典拠を知った読者は、多くの言葉を弄《ろう》することなくその典拠の世界・境地に到り、それを媒介にしたうえで作者の意図した独自の世界・境地を理解することができる」のだとする。そして、そのような「観念的世界」の存立を可能にするのが、「博引旁証の徹底」であると説明している。

(21) 宋代儒学の展開、仏教との連絡に関しては、荒木見悟『新版 仏教と儒教』(研文出版、一九九三・一一)、土田健次郎『道学の形成』(創文社、二〇〇二・一二)参照。

(22) 菊地章太『儒教・仏教・道教―東アジアの思想空間―』(講談社、二〇〇八・一二)。

(23) 実際、儒道釈三教の異同について、「大量の者、之れを用うれば即ち同なり。小機の者、之れに執すれば即ち異なり」〔大量者用之即同、小機者執之即異〕（『景徳伝灯録』巻二八、『大正蔵』五一、四四一頁中）という言表も見られる。

(24) 『叢書集成新編』二一、七頁。書目リストは以下の通りである。「金銀字傅大士頌　金剛経　六祖金剛経解義　王荊公注金剛経　華厳経　楞厳経　円覚経　楞厳経疏　円覚経疏　維摩経疏　六祖壇経　正法眼蔵　馬祖四家録　笑道論　非韓論　万善同帰　原人論　宏〔弘〕明集　広宏〔弘〕明集　通明論　仏教総年　仏運統紀　僧宝伝　続僧宝伝〔僧宝正続伝〕　僧史　僧史略　高僧伝　法蔵砕金録　裴休問源禅師承襲図　宗門統要　釈氏要覧　祖庭事苑　釈氏六帖　伝灯録　臨済語録　雲門語録　勇禅師語録　普融禅師語録　詔国師語録　諸祖偈頌　龐居士詩　寒山詩　大慧武庫　林間録　芙蓉般陽集　北山録　端禅師語録　無住語録　釈梵　雪竇〔徳山カ〕語録　近世尊者語録　古塔主語録　晁文元耄智餘書　道院集要　禅源諸詮　風穴語録　謝陽以下二十二家語録　徳仙語録　曹洞語録　長蘆覚語録　法雲語録」。

(25) 土田健次郎『道学の形成』（創文社、二〇〇二・一二）、二六七頁、参照。

(26) 张十庆（張十慶）『五山十刹图与南宋江南禅寺』（东南大学出版社、二〇〇〇・一）。浙江の都市部と言えば、江湖詩人の活動圏とも重なる。四霊、或いは江湖派詩人の作品を見ると、寺院への参詣、僧への献呈、僧との応酬の作なども多く見られる。

(27) 「南渡之初、中原士大夫之落南者衆、高宗愍之、昉有西北士夫許占寺宇之命、今時趙忠簡居越之能仁、趙忠定居福之報国、曾文清居越之禹跡、汪玉山居衢之超化、他如范元長、呂居仁、魏邦達甚多、曾大父少師亦居湖之鉄観音寺、後選〔遷カ〕天聖寺焉」（『癸辛雑識』後集、『唐宋史料筆記叢刊』中華書局、七三頁）。

(28) 飯山知保「女真・モンゴル支配下華北の科挙受験者数について」（『史觀』一五七、二〇〇七・九）四〇頁、同『金元時代の華北社会と科挙制度―もう一つの「士人層」―』（早稲田大学出版部、二〇一一・三）六頁、参照。

(29) 元・楊維楨（一二九六―一三七〇）の『東維子文集』巻一〇「送儀沙彌還山序」にも「海内兵変、三教之厄、浮屠氏為甚壇、塔資為烽燎、幸存者、宿為戍舎、沙門之桀、至有易廬改服、以従山台野色、毀去、幾与会昌之厄等、其能、卓然自立、不忍償其法門者百無一二」（『四部叢刊正編』七一、七三頁上）とあり、仏教界全体が戦渦に巻きこまれて深刻な苦況に立たされていたことが知られる。

(30) 例えば、この頃、五山筆頭の径山は無準師範の住持職在任中に、二度の火災に見舞われているが、二度目の罹災時には、衆人からはもはや復興は出来ないだろうという声も上がる程であったとも伝えられる（劉克荘『後村先生大全集』巻一六二・墓誌銘「径山仏鑑禅師」、『四部叢刊正編』六三、一四三二頁上）。その背景には、この当時、杭州（臨安）は家屋密集などの問題を背景に火災の頻発が深刻化していたという事情があり（梅原郁「南宋の臨安」『中国近世の都市と文化』京都大学人文科学研究所、一九八四・三、木良八洲雄「南宋臨安府における大火と火政」『人文論究』〈関西学院大学〉四〇-二、一九九〇・九）、そう容易に建築資材を充足しうる状況にはなかったのではないかと思われる。なお、この件については、結局、蜀・日本からの物資援助によって復旧を遂げている（劉克荘「径山仏鑑禅師」、無文道璨「径山無準禅師行状」『無文印』巻四）。ちなみに『臥雲日件録抜尤』康正三年四月二三日条（『新訂増補史籍集覧』第三五冊・続編三）には、天童寺回禄の時に、円爾が木材を送ったという記事が記載されている。日本からの木材寄進の例は、楼鑰『攻媿集』巻一一〇「育王山妙智禅師塔銘代魏丞相」に拠れば、日本国王が妙智従廓〔一一一九—一一八〇〕の偈を聞いて発明する所有り、弟子の礼を取って、舎利殿の建材を寄進したという記述もある。「日本国王、閲師偈語、自言有所発明、至遜国以従釈氏、歳修弟子礼、辞幣甚恭、且以良材、建舎利殿、器用精妙荘厳無比」（『四部叢刊正編』五五、一〇八八頁上—下）。また、同じく楼鑰『攻媿集』巻五七「天童山千仏閣記」には、栄西が明州天童寺の千仏閣再建のために木材を寄進したことが記されている。「日本国僧千光法師栄西者、奮発願心、欲往西域、求教外別伝之宗、若有告以天台万年為可依者、航海而来、以師（虚庵懐敞）為帰、及遷天童、西亦随至居、歳餘聞師有改作之意、請曰、思報摂受之恩、糜軀所不憚、況下此者乎、吾忝国主近属、它日帰国、当致良材以為助、師曰、唯、未幾遂帰、越二年、果致百囲之木、凡若干挟大舶泛鯨波、而至焉、千夫咸集浮江蔽河輦致山中、師笑曰、吾事済矣」（『四部叢刊正編』五五、五二七頁上—下）。また、偃渓広聞の語録中に「答日本国丞相令公」という作が見られるように、九条道家（一一九三—一二五二）は積極的に大陸の禅僧と交流を持っていた。

　なお、田山方南『禅林墨蹟』「解説」篇、八四頁、「西磵子曇墨蹟　尺牘」（西磵が日本の僧に宛てた書簡）には、天童・育王が火災に見舞われ、「浙東の気象、蕭索として旧日の如くならず」とあり、無文道璨「崇寿寺記」（『無文印』巻三）の「江南山色の間、十寺に九は廃れたり」という記述を見れば、南宋末期の禅林がいかに疲弊したものであったのかが推察される。

（31）無文道璨「西湖高僧伝序」（『無文印』巻九）、同「跋復休庵詩集」（同巻一〇）。休庵元復は、温州東嘉の人と推され、同じく温州出身の陳傅良との接点はこのあたりに求められるのではないかと思われる。ちなみに休庵は、天竺寺に寓居し、『西湖高僧伝』（三二人の僧伝）を編纂。三十年後、節庵元敬がこれを孤山に刻印したと伝えられる。

（32）無文道璨「送然松麓帰南嶽序」（『無文印』巻八）、同「跋康南翁詩集」（同巻一〇）、同「祭庸越台康南翁」（同巻一二）、物初大観「康南翁詩集序」（『物初賸語』巻一三）。なお、南翁□康は、禅学の上では、北磵居簡に従学している。また、詩文の交遊者には、無文の記すところに拠れば、彼の他に、呉惟信（号菊潭）・周弼（字伯弜、『三体詩』の編者）・杜汝能（号北山）・淮海元肇があったという。三十過ぎで夭逝した。没年は、淳祐九年（一二四九）春。霊隠寺で書記を勤めたことが知られる。

（33）無文道璨「潜仲剛詩集序」（『無文印』巻八）。なお、仲剛□潜は、北磵に従学したとされ、また華頂（天台山の華頂峰）・雁蕩・飛泉などに居したと伝えられる。

（34）無文の経歴については、加藤一寧「無文道璨略伝」（『禅学研究』八一、二〇〇二・一二）によって詳細な考証が為されている。

（35）法諱は宗瑩。道号は玉磵。もとは儒者であったが、転じて仏門に入った。饒州光孝寺に出世した。無文道璨「瑩玉磵詩集序」（『無文印』巻八）、同「瑩玉磵出世饒州光孝疏」（同巻一一）参照。

（36）嘉熙三年（一二三九）、無文道璨と共に東山（湖北省の五祖山か）に遊んだ（『無文印』巻六「見山楼銘」）。四六文に長じていたという。太虚が寂して翌年、無文は、物初大観に工致精粋の作品を選抜してもらい、その法孫、訥に託してこれを上梓したという。無文道璨「見山楼銘」（『無文印』巻六）、同「雲太虚四六序」（同巻八）、同「江湖祭雲太虚」（同巻一三）、同「跋無準痴絶北磵送演上人法語後有太虚物初跋」（『無文和尚語録』題跋）、物初大観「太虚禅師塔銘」（『物初賸語』巻二三）参照。

（37）石渓心月・偃渓広聞に師事した。偃渓下にて霊隠に寓し、径山にて書記を掌る。その後、泉南の興福寺に出世し、景定年間に保寧に寓居した。景定四年（一二六三）、径山に帰り、その蒙堂にて近代叢林の逸話を蒐集して一書を成した。『枯崖和尚漫録』と呼ばれる。これを評して、劉克荘（号後村）は「何時か茗《ちゃ》を煮て重論を為さん」と言い、林希逸（号竹渓）は「它時共に僧宝伝に入らん」と言った。□起蔵主（或いは座元）がこれを上梓せんとし、北山紹隆・陳叔震に序跋を需めた。

(38) 枯崖円悟『枯崖和尚漫録』巻中（『新纂続蔵経』八七）、三三三頁下。

(39) 枯崖円悟『枯崖和尚漫録』巻下（『新纂続蔵経』八七）、三九頁上―中。

(40) 枯崖円悟『枯崖和尚漫録』巻下（『新纂続蔵経』八七）、四〇頁上―中。

(41) 枯崖円悟『枯崖和尚漫録』巻下（『新纂続蔵経』八七）、四四頁下―四五頁上。

(42) 註(28)に同じ。

(43) 西尾賢隆「禅僧と科挙」（『清泉』一八、一九八五・四）。

(44) また、南宋末期の禅院に商人が出入りしていたことは、道元が「おほよそ法語・頂相をゆるすことは、教家の講師《こうじ》および在家の男女等にもさづく、行者《あんじや》・商客《しやうかく》等にもゆるすなり」（『正法眼蔵』第三九「嗣書」、思想大系、上、四三七頁）と、当代当地の禅林が「商客」などの俗人にも法語・頂相を与えていたことを批判的に語っていることからも察せられる。ただしこの点に関しては、宋代における出版技術の発展を契機とする識字階層の増加によって、「士大夫」になりえたかもしれない社会階層の人々が商業界へと大量に流出していったこと、そして、道学の勃興による儒学者の間の倫理的実践の一般化という現象がそのまま、「士大夫」のエートスを持った商人の出現という現象を誘った、という歴史的状況が関わっている可能性があることも併せて考慮に入れておく必要がある（関連研究として、余英時／森紀子訳『中国近世の宗教倫理と商人精神』平凡社、一九九一・四、参照）。なお、吉川幸次郎「海商であった二人の僧」（『決定版 吉川幸次郎全集』第一三巻、筑摩書房、一九六九・二）においても、商人出身の僧侶の事跡が報告されている。

(45) 「蜀学」の呼称については、例えば以下のような資料に窺うことができる。袁桷（清容居士）（一二六六―一三二七）『清容居士集』巻一七「仰山熙禅師真賛」である（『四部叢刊正編』六七、二七二頁上）。

蜀僧曇簡、以文詞振林下、繇是東南学者翕然師之、育王観禅師才辯継其学、弟子熙公復継之、有詩名鳴、咸淳間、試嘉慶図詩禁中定為第一、余獲見于浄慈植節刻行、言語若氷雪、欲以蜀学広其徒、後帰隠仰山以逝、其嗣隆教師祖瑛、以遺象〔像〕従海上、請余賛、廼為賛曰、

心之精神、繇言以宣、匪事琢雕、合於自然、維師集思、泉湧雲溢、億万森列、復貫以一、蜀学日淪、志士是惜、

瞻彼粛容、以楷以式、

蜀僧曇（橘洲宝曇）・簡（北礀居簡）、文詞を以て林下を振《にぎわ》す。是れに繇《よ》りて東南の学者、翕然《きゅうぜん》として之れに師す。育王観禅師（物初大観）、才辯にして其の学を継ぐ。弟子熙公（晦機元熙）復た之れを継ぐ。詩名有りて鳴る。咸淳の間、試嘉慶図詩、禁中定めて第一と為す。余、浄慈に植節刻行せらるるを見るを獲たり。言語、氷雪の若し。蜀学を以て其の徒に広めんと欲するも、後、仰山に帰隠して以て逝《ゆ》く。其の嗣、隆教（明州隆教寺）師祖瑛（号石室）、遺像を以て海上従り余に賛を請う。廼《すなわ》ち為めに賛して曰く、心の精神、言に繇《よ》りて以て宣う。琢雕に事《つか》うるに匪《あら》ざれば、自然《じねん》と合す。維れ師の思いを集むれば、泉の湧くがごとく雲の溢るるがごとく、億万と森列す。復た貫ぬくに一を以てす。蜀学日《ひに》ひに淪《しず》み、志士是れを惜しむ。彼の粛容を瞻《み》て、以て楷《のっと》らん以て式《のっと》らん。

さらに、同『清容居士集』巻三一「天童日禅師塔銘」の一節には、「紹定辛卯（四年、一二三一）、蜀破、士大夫蔽江東下、成都大慈寺主華厳教、僧之秀朗、率棄旧業、以教外伝、游東南、若痴絶冲・無準範、導達後進、表表名世者、皆其門人、而範之成就益衆」とある（『四部叢刊正編』六七、四六四頁上）。なお、天童日禅師とは、東巌浄日（一二二一—一三〇八）。破庵派、西巌了慧の法嗣である。育王・天童寺に住した。俗姓廖氏、江西南康都昌の出身である。

これらの資料から、「蜀学」は四川成都の大慈寺を中心とする教学系寺院において華厳教学などを修めた学問系統を指していることがわかるのだが、他にも、無文道璨の詩文集『無文印』巻八・序に「送源霊叟帰蜀序」と題して、次のような記述がある。

自蜀学盛行於天下、蜀士之明秀膚敏者、袂属而南、前輩長者、余不及多見、頃於痴絶老人会中得友四人焉、曰沂艮巌・遷廉谷・定勝叟・遠無外、蓋所謂明秀膚敏者、無何艮巌死、勝叟又死、余哭之哀、去京之三年、廉谷又死、余哀之甚於艮巌・勝叟也、渝江源霊叟、蓋痴絶之所愛、四君子之所敬、余之所畏者、……然余切有憂焉、蜀之遺老才二三人、短景滅没、夕陽在山、此正蜀学隆替通塞之時也、艮巌諸君子不可復見、霊叟又自是而西、流通蜀学之淵源、発揮諸老之遺響、其遂付之誰手哉、此余所以憂也、此余所以重為霊叟惜也、

蜀学の盛んに天下に行われしより、蜀士の明秀膚敏なる者、袂《たもと》を属《つら》ねて南す。前輩の長ずる者、余《われ》多く見《まみゆ》るに及ばず。頃《さきごろ》、痴絶老人の会中に友四人を得たり。沂《ぎ》艮巌《ごんがん》・遷廉谷《せんれんこく》・定 勝叟《じょうしょうそう》・遠《おん》無《む》外《がい》と曰う。蓋し所謂明

秀膚敏なる者なり。何と無くして、艮巌の死し、勝叟も又た死す。余之れを哭して哀しむ。京を去ること三年、廉谷も又た死す。余之れを哀しむこと艮巌・勝叟よりも甚だし。渝江の源霊叟、蓋し痴絶の愛する所、四君子の敬する所、余の畏るる所の者なり。……然して余切に憂うること有り。蜀の遺老、才かに二三人、短景滅没して、夕陽山に在り、此れ正に蜀学の隆替通塞の時なり。艮巌諸君子復た見ゆる可からず。霊叟も又た是れ自り西す。蜀学の淵源を流通し、諸老の遺響を発揮せんとす。其れ遂に之れを誰《た》が手に付する哉、此れ余の憂うる所以なり。此れ余の重ねて霊叟が為に惜しむ所以なり。

ここで述べられている「蜀学」の主導者——霊叟道源・艮巌智沂・廉谷□遷・勝叟宗定・無外義遠——について、その経歴をそれぞれ簡単に素描しておこう。

霊叟道源。破庵派。無準師範の法嗣。重慶（四川省）の人。後、痴絶道冲・無準師範の会下にあって研鑽を積み、無準の法を嗣いだ。霊巌寺・天台国清寺に住した。元・黄溍『金華黄先生文集』巻四一「霊隠悦堂禅師塔銘」（『四部叢刊正編』六九、四二八頁下）の記述に拠れば、焦山にも住したらしい。友人の無文道璨は、「円熟せる言語は盤を走る明珠の如く、痛快なる機鋒は天に倚る長剣の如し」〔円熟語言、如走盤明珠、痛快機鋒、如倚天長剣〕と評す（『無文印』巻一一「江湖勧請源霊叟住霊巌疏」）。文筆をもって知られたが、その作はほとんど今に伝わらない。何処かの首座を勤めていた時。雲谷□慶首座と共に浄慈寺偃渓広聞を訪れている。また『江湖風月集』の作者の一人に「重慶霊叟道源禅師」の名が見える。

艮巌智沂。蜀の人。痴絶道冲の嘉興府光孝寺にて侍者を勤めた。『光孝寺録』の編者でもある。石渓心月の『語録』『雑録』には「師寄蒋山痴絶和尚 并沂艮岩」「痴絶和尚 和答 沂首座」なる唱和偈があり、痴絶道冲の『語録』には「示智沂首座」なる法語がある。如上、艮岩智沂は蒋山の痴絶下で首座を勤めた人と知られる。また、広漢（四川省）の人□垓と行動を共にし、名山の招聘を尽く辞退していたという（『石渓語録』「垓蔵主為父母請普説」に「初与艮岩沂首座偕行、艮岩亦屢却名山之招、如是高尚」とある）。詩文を善くし、石渓心月がその旧作を刊行せんとしたが、石渓の勅住によって果たされなかったという（『枯崖和尚漫録』序〔北山紹隆〕、「石渓閑居太白、欲刻仲宣孚・非庵光・艮岩沂・勝叟定諸人旧作、及捧黄住山酬応不韻而不果」）。

廉谷□遷。『無文和尚語録』題跋に「題遷廉谷禅会図」とあるのを見ると、画僧であったらしい。天童寺に分座を勤めたことが知られる。

勝叟宗定。法諱は宗定。道号は勝叟。潼川（四川省）の人。蒋山（鍾阜）の痴絶道冲の会下にあった。また琴川の敬叟居簡に入門している。石渓心月の建康府能仁寺に首座を勤め、嘉熙二年九月九日には無準師範の径山に掛錫した。その後、明州興善寺に出世したが、間もなく示寂したらしい。

無外義遠。法諱は義遠。道号は無外。閬州（四川省）の人。痴絶道冲の門下にあった。偃渓広聞の育王寺に前堂の首座を勤めた。天童如浄に法を嗣ぎ、明州瑞巌寺に出世したという。また、日本の永平寺道元に如浄語録を送附している。

次いで、大慈寺について述べておく。正式には、「大聖慈寺」と称する。隋の創建。唐代には玄奘が受戒している。明代には回禄に遭っているが、復建された。「震旦第一の叢林」と称された。大聖慈寺に学んだ禅僧としては、雪竇重顕・真歇清了・大智斉璉・掩室善開・痴絶道冲・環渓惟一・蘭渓道隆、等の名が知られる。

なお、大慈寺について注意されるのは、その絵画文化である。伽藍には膨大な壁画群を有したという。この方面のまとまった研究としては、王衛明『大聖慈寺画史叢攷―唐、五代、宋時期西蜀仏教美術発展探源―』（文化芸術出版社、二〇〇五・四）がある。ちなみに、日本語論文として、王衛明「五代における西蜀寺観壁画に関する一考察―成都大聖慈寺の絵画史料をめぐって―」（『京都橘女子大学研究紀要』二六、一九九九・三）、同「五代における西蜀寺観壁画に関する一考察（続篇）―范成大『成都古寺名筆記』訳註―」（『京都橘女子大学研究紀要』二七、二〇〇〇・二）もあり便利である。宋、李之純に「大聖慈寺画記」がある（『全蜀藝文志』巻四〇所収、『景印文淵閣四庫全書』第一三八一冊、五五五頁以下）。ところで、蜀が藝術的風土の豊饒な地域性を有していたことは、古く唐末の争乱を避けて多くの文人・画家が中原を離れて入蜀（入植）したことに因るものと思われるが、宋代にも蘇軾をはじめとする蜀人の文人的性格によって察知されるところでもある。『画継』（宋、鄧椿）巻九には「蜀は僻遠と雖も、而も画手独り四方より多し。李方叔（李廌）、『徳隅斎画（品）』に載するに、蜀筆は半ばを居《し》めり。徳麟（趙令時）は貴公子なり。画を蓄えて数十函に至りしが、皆な京師に留め、載する所、止《ただ》襄陽（米芾）・随軒の絶品のみ。多きこと已に此くの如し。蜀学其れ盛んなる哉」（『景印文淵閣四庫全書』第八一三冊、五四七頁下―次頁上）とある。また、蜀に絵画が盛んであったことは、宋・范成大「成都古寺名筆記」（『全蜀藝文志』巻四二所収）、宋・黄休復『益州名画録』（『景印文淵閣四庫全書』第八一二冊）という著作があることによっても窺える。詩書画という文藝的営為そのものに強く価値を認めるその特質は、蜀学において極めて特徴的な一類型を示している。ゆえに蜀僧にはその才を兼ねるものが多く、叢林中に占めるその割合が増えるにつれて、自ずと禅林全体の特質へとなっていったのではないかと推測される。例えば内閣文庫蔵『橘洲文集』巻六「跋雪庵常思惟像」には、蜀の絵画文化が浙江文化と融解する様子を窺えるような記述がある。

補陀太士像、唐待詔左全所作、唐二宗幸蜀、翰林待詔負絶藝者、皆扈従而西、故蜀成都太慈興聖寺有画仏菩薩神王像、充斥遍満如鹿苑祇園之初集也、此像在大慈普賢閣之後壁左方、有一仏十菩薩囲繞説法、閣之中又有八大菩薩像、坐高尋丈兀然如山、率皆左首傾聴、謂之常思惟相、妙絶動人、亦全所作、唐画録列全為妙格上品、蜀好事者戸知之、予頃還郷、暇日、挈諸友訪尋故処、得善工摹写甚真、久蔵笥中、今以奉雪庵老子、為太士結歳寒香火之盟也、雪庵又欲誌其顛末、敬為書之、

補陀太士像、唐待詔左全が作る所なり。唐の二宗（玄宗・僖宗）蜀に幸す。翰林待詔絶藝を負う者、皆な扈従して西す。故に蜀の成都太慈興聖寺に画仏菩薩神王像有り。充斥遍満すること鹿苑祇園の初集の如し。此の像大慈の普賢閣の後壁左の方に在り。一仏十菩薩有りて囲繞説法す。閣の中に又た八大菩薩の像有り。坐高尋丈兀然として山の如し。率ね皆な左首傾聴す。之れを常思惟の相と謂う。妙絶にして人を動かす。亦た全が作る所なり。唐の画録、全を列ねて妙格上品と為す。蜀の好事の者、戸、之れを知る。予頃《さきごろ》郷に還る。暇日、諸友を挈《ひっさ》げて故処を訪尋す。善工を得て甚《そ》の真を摹写し、久しく笥《つつ》中に蔵《かく》す。今以て雪庵老子に奉じ、太士の為めに歳寒香火の盟を結ぶ。雪庵又た其の顛末を誌《しる》さんと欲す。敬しみて為めに之れを書す。

ちなみに、日本に伝わった禅画の作者として最もよく知られた牧谿法常も蜀の人とされる。また、先に痴絶門下に在った蜀士の一人に廉谷□遷があることを述べたが、無文は「題遷廉谷禅会図」なる画跋を製しており（語録）、廉谷が画を餘技とする者であったことを知りうる。

また、大慈寺は、出版機関でもあったらしい。『碧巌録』は大慧宗杲が焼却した後しばらく読まれることはなかったらしいが、元初に大聖慈寺の版木によって再刊されたという（所謂「張本系」の『碧巌録』諸本のうち、五山版の巻五末には「此集自大慧一炬之後、而又罹兵燹、世鮮善刻。今得蜀本、板正頗完。……」という刊記があり、そして

張本系諸本の巻頭扉には「得成都大聖慈寺白馬院趙大師房真本」と記されているという。末木文美士「『碧巌録』諸本について」『禅文化研究所紀要』一八、一九九二・五、参照）。なお、宋、葉夢得《しょうぼうとく》の『石林燕語』巻八（『景印文淵閣四庫全書』第八六三冊、六〇五頁上―下）に拠れば、当時の主要な出版地として、杭州が最上であり、蜀がこれに次ぎ、福建が最下位であったという。しかし、蜀や福建は板木に柔木を用いているため簡易性が高く、故に品質も劣化するのだが、福建本が天下に流布しているのもその簡易性のためであると伝えている。このような出版文化は蜀人の文学リテラシーを育成する要因の一つにもなったと思われる。ちなみに、「蜀学」という呼称については、仏学としてのものだけではなく、儒学の系譜においても見られるという点にも注意しておく。その語用例はそれ程多くはないが、『宋元学案』巻九九において「蘇氏蜀学略」という門が立てられていることが最もよく知られる（田中正樹「蘇氏蜀学考―出版から見た蘇学の流行について―」宋代史研究会編『宋代人の認識―相互性と日常空間―』汲古書院、二〇〇一・三、参照）。つまり、二蘇（蘇軾・蘇轍。蜀眉山出身）ないし三蘇（その父蘇洵を加える）の学問系統を「蜀学」と呼んでいるのである。これは禅林に言うところの「蜀学」とは基本的に無関係だと考えられるが、古くから蜀は文学リテラシーの高い地域であったらしく、『三国志』蜀志・秦宓伝に拠れば「蜀本無学士、文翁遣相如東受七経、還教吏民、於是蜀学比於斉魯」とされている（盧弼『三國志集解』巻三八、宏業書局、八三一頁上）。

(46) ちなみに、小川豊生「十三世紀神道言説における禅の強度―「中世神学のメチエ」続稿―」（『文学』六-六、二〇〇五・一一）は、禅と神道言説の接触の痕跡を示唆している。

(47) この問題を主題化した書としては、『東と西の語る日本の歴史』（講談社、一九九八・九〔初出、そしえて、一九八二・一二〕）がある。

(48) 「宋銭は他国でも用いられた。シンガポール、ジャワ、西南インド、さらにはソマリアやザンジバルといったアフリカからも宋銭は発見されている」（シャルロッテ・フォン・ヴェアシュア／河内春人訳『モノが語る日本対外交易史―七―一六世紀―』藤原書店、二〇一一・七）一八二頁、参照。

(49) 村井章介『東アジア往還―漢詩と外交―』（朝日新聞社、一九九五・三）の整理したところに拠れば、所謂「渡来僧の世紀」と呼ばれる一三・一四世紀において、五山の住持に占める渡来僧の割合は、京都の東福・相国両寺のように一人も渡来僧の住持就任の例が見られないところがある一方で、鎌倉の建長・円覚両寺の五〇％弱、京都の南禅・建仁両寺の約二五％のように高い割合を示すところもあった。

(50) 榎本渉『東アジア海域と日中交流―九〜一四世紀―』（吉川弘文館、二〇〇七・六）参照。

(51) 石井進「中世都市としての鎌倉」（『新編 日本史研究入門』東京大学出版会、一九八二・三）、七七頁。

(52) 周密（一二三二―一二九八）『癸辛雑識』続集下「倭人居処」（『唐宋史料筆記叢刊』中華書局、一七六頁以下）には、日本人の衣食住環境について述べた箇所があり、その詳細な記述からすれば、その当時、或いは明州辺りには日本人の居留区――内容から見れば「遊郭」に類するものか――が存在していたのではないかとも推測される。

(53) 引用は、南禅寺聴松院蔵本を底本とする翻刻資料、尾崎正善「翻刻・聴松院蔵『大鑑清規』」（『鶴見大学佛教文化研究所紀要』五、二〇〇〇・四）一三三―四頁に拠る。ただし、一部表記を改めた。なお、『大鑑清規』については、大石守雄「大鑑清規の研究」（『禪學研究』四五、一九九五・一）、尾崎正善「「大鑑広清規」について―「大鑑広清規」の紹介を中心として―」（『宗学研究』三七、一九九五・三）に詳細な考証がある。

(54) また、平田昌司「目の文学革命・耳の文学革命―一九二〇年代中国における聴覚メディアと「国語」の実験―」（『中国文学報』五八、一九九九・四）においても、二〇世紀初頭における、耳と口を異にする者同士でのピジン的なコミュニケーションの実態についての論及がある。陸費逵（一八八六―一九四一）が一九一九年に述べた、自らの家庭内における複雑な言語情況の記録である（『中華教育界』八-一）。「わが家で話していることばは、わが家にとって（方言の違いを）統一する国語にあたる。なぜならわが家には誰ひとり出身地を同じくする者がいないからである。父は、故郷の（浙江省）嘉興で生まれ、小さい頃に家族とともに外へ出て、直隷・山東・河南に長らく住んだ後、二十数歳のときにはさらに陝西に行った。母も浙江出身ではあるが、何代も前から北方で暮らしており、生まれたのは（山西省）大同、大きくなってからは陝西・四川にいた。わたしは（陝西省）漢中生まれ、上の弟は（陝西省）興安生まれ、下の弟は（江西省）南昌生まれである。わたしは雲水のようなもので、上海に滞在した年数がやや多いほか、南北各省ほとんど行ったことがある。妻は福建の出身で、湖北・広東・北京・上海で成長した。上の弟の嫁だけはきっすいの（浙江省）杭州人だ。使っている女中は四人、江蘇・福建・浙江・安徽各省から一人ずつである。うちで話されているようなことばが、国語の典型だろう。といっても、うちでみんなが使うことばは、なにも標準にしたがって定められたわけではないから、北方方言で言ったかと思うと南方方言で言い、北京方言で言ったかと思うと上

海方言で言う調子である。発音に至ってはもっとさまざまである」（我家裏説的話就是我家的統一国語、因為我家的人幾乎没有一個同郷的。我父親生在故郷嘉興、幾歳就随侍出門、長在直隷、山東、河南、二十幾歳又到陝西。我母親雖然也是浙江人、已経幾代在北方、生在大同、長在陝西、四川。我生在漢中、二弟生在興安、三弟生在南昌。我像十方僧、只有在上海的年数多点、南北各省大半都跑到了。我妻是福建人、長於湖北、広東、北京、上海。只有仲婦是純粋的杭州人。家中女傭四個、江蘇、福建、浙江、安徽毎省一個。我家的説話、可算得国語標本了。然而家中公用的言語、没有経過標準的審訂、故這一句是北方語、那一句是南方語、這一句是北京話、那一句是上海話。発音更不相同了」（「小学校国語教授問題」『〔重版〕中国近代教育史資料汇編 普通教育』上海教育出版社、二〇〇七、七一〇頁）。引用原文は、簡体字表記だが、ここでは通用漢字に改めた。訳文は上記平田論文、七八―九頁に拠る。

(55) 「過去1千年の間だけをとってもみても、「中原」地方は、金・元の3世紀半、清の3世紀弱と、その半分以上は、北方のアルタイ諸民族の支配下にあったことを、われわれは深刻に考えるべきである。「中国」人の入植が、唐代末にはすでに渤海地方にまで及んでいたことがわかっている以上、遼（契丹）、金（女真）などの諸民族が「中原」に進出する以前に、そのもとに、多数のいわゆる「中国」人のいたであろうことは、容易に想像がつく。それらの集団のなかで、どのような言語が、どのような変貌をうけながら、話されていたかは、これからの研究の課題である。しかし、けっしてわすれてはならないことは、金が亡び、元が崩壊し、清が滅亡しても、この「亡国」とか「滅亡」ということばの暗示するような、民族の文字通りの消滅（extermination）が、「中原」地方にあったわけでは、けっしてない点である。いいかえれば、こんにちわれわれが、なんの疑いもなく、中国の――ということは「漢民族の」という意味に、ふつうはおきかえられてしまう――文化・政治という、その文化・政治の中心地の人口のかなり（もしくは大半）が、実は遼の遺民であり、金の後裔であり、清の子孫なのである。中国は、中国でありながら中国でない、という逆説の生まれるゆえんである」（橋本萬太郎『言語類型地理論』弘文堂、一九七八・一、二一七―八頁）。

(56) 『玉葉』治承三年七月二五日条及び同二七日条。

(57) また、日本人にとって「禅」が一つのセルフイメージとなる過程においては、オイゲン・ヘリゲル（一八八四―一九五五）の『弓と禅』（一九四八年原著出版）のインパクトも看過できないだろう（関連論考として、山田奨治『禅という名の日本丸』弘文堂、二〇〇五・四、参照）。さらに言えば、川端康成（一八九九―一九七二）が、一九六八年のノーベル賞の受賞式で行ったスピーチ「美しい日本の私」で、道元や明恵の歌、禅語や一休の詩、古典文学の一節を縦横に引きながら、（西洋流のニヒリズムとは異なる）東洋的「無」を思想的根幹に置くものとして「美しい日本」を紹介していること、そしてそのような対西洋的宣言によって「日本」のステレオタイプなアイデンティティーを上書きしていることなども（同種の言説として）注意されるだろう（『美しい日本の私―その序説』講談社、一九六九・三）。講演全文は国内の新聞等のマスメディアに掲載されて広く流通することになったが、結果、多くの人が自らをそのような「日本」の伝統に連なるものとして位置づけることによって、「日本人」というただそれだけの理由で、西洋人にとって不可解なものを既に知っている存在として自らを位置づけることが可能となった。つまり、精神的な自己神秘化と自己優越化を行うことが「国民」レヴェルで容易に遂行されることとなったのである。

（58）　試みに『五山禅僧伝記集成』よりその俗出を調べてみると、上流階級出身の禅僧が多く含まれていることが確認できる。随意摘記すれば、高峰顕日は、後嵯峨天皇（一二二〇―一二七二）の皇子、松嶺知義は、後深草天皇（一二四三―一三〇四）の皇子と伝えられる。無我省吾は、花園天皇（一二九七―一三四八）の皇子、母は仁木氏。龍泉令淬は、後醍醐天皇（一二八八―一三三九）の皇子。母の妊娠中に源氏某に再嫁し、龍泉を産んだという。梅隠祐常・竺源慧梵は、ともに後村上天皇（一三二八―一三六八）の皇子、それぞれ俗名を中務卿惟成親王、兵部卿師成親王といった。海門承朝は、南朝・長慶天皇（一三四三―一三九四）の皇子、俗名を憲明王といった。用健周乾・明江□叡は、崇光天皇（一三三四―一三九八）の皇子。松崖洪蔭は、伏見宮栄仁《よしひと》親王（一三五一―一四一六）の王子。また伏見宮家からは宗山等貴・就山永崇の兄弟が出た。伏見宮貞常親王（一四二六―一四七四）の王子で、母はいずれも庭田盈子（重有の女）である。強中□忍は、後円融天皇（一三五九―一三九三）の皇子。一休宗純は、後小松天皇（一三七七―一四三三）の皇子、母は南朝の遺臣花山院の一族と言われる。

雲章一慶・東岳澄昕は、関白一条経嗣（一三五八―一四一八）（一条経通の猶子、実父は二条良基）の子息。すなわち、古典学者として知られる一条兼良（一四〇二―一四八一）の兄弟である。明叟彦洞は、洞院実遠の子息。遠渓祖雄は、藤原光基の子息。簡中元要は、内大臣（南朝）・花山院家賢（?―一三六六）の子息。兄は花山院長親（一三四七?―一四二九）。長親もまた、禅門に入って子晋明魏、別号・耕雲と称し、足利将軍家の歌道師範となり多くの著作を残したことで知られる。月林道皎は、久我具房の子息。天祥一麟は、九条道教の子息。厳中周噩は、道教の猶子、関白・九条経教〔一三三一—一四〇〇〕（実父は二条道平）の子息。光遠珍暉は、権大納言・日野有光〔一三八七—一四四三〕の子息。仙巌澄安は、日野重光〔一三七四—一四一三〕の子息。模堂承範は、日野房光の子息。無極志玄・松蔭常宗は、四辻善成〔一三二六—一四〇二〕の子息。善成は皇族の家系（曾祖父は順徳天皇）、源姓を下賜されて臣籍に降下した。源氏物語注釈『河海抄』の著者として知られる。善成の妹、智泉聖通尼の子、紀良子は、足利義詮の側室にして足利義満の生母。松裔真龍は、関白・九条政基〔一四四五—一五一六〕の子息、赤松政則〔一四五五—一四九六〕の猶子となる。東源宗漸は、権中納言・山科教行の子息、教言《のりとき》〔一三二八—一四一一〕の弟。大中中建は、その山科教言の子息（俗名、教友）。東雲景岱は、滋野井教国の子息、実種の弟、政所執事・伊勢貞宗〔一四四四—一五〇九〕の猶子となる。鳳崗桂陽は、和歌古典に精通した内大臣・三条西実隆〔一四五五—一五三七〕の子息。端照は、俗名、吉田冬方。その実子、妙愚は、俗名、吉田冬長。

次いで武家出身者としては、無象静照が、五代執権・北条時頼〔一二二七—一二六三〕の近親者であったと言われ、碧潭周皎・峰翁祖一が、一説に一四代執権・北条高時〔一三〇四—一三三三〕の遺児と伝えられる。独峰清巍は、豊後守護大友氏泰〔一三二一—一三六二〕の出家後の名。以参周省は、大内教弘〔一四二〇—一四六五〕の子息。葦洲等縁は、細川国範の子息。原古志稽は、細川義久の子息、満久の兄弟、持常の叔父。一峰通玄は、佐々木（古志）義信の子息。雲渓支山は、土岐頼清の子息。久庵僧可は、上杉憲将〔一三二四？—一三六六〕の子息。月山周枢は、佐竹貞義〔一二八七—一三五二〕の子息、義篤〔一三一一—一三六二〕の兄。紫岩如琳は、朝倉高景〔一三一四—一三七二〕の猶子、高景実弟松尾宗景の子息。九峰以成は、武田国信〔一四三八？—一四九〇〕の子息。月甫清光は、若狭守護武田信繁の子息。大喜法忻は、今川基国の子息。空谷明応は、熊谷直勝の子息。景徐周麟は、大舘持房〔一四〇一—一四七一〕の子息。南陽智鳳は、細川勝元〔一四三〇—一四七三〕の子息。江西龍派は、東師氏の子息。実弟に慕哲龍攀があり、また同じく実弟・東益之の子に（つまり、江西の甥）に正宗龍統・南叟龍朔が出るとともに、和歌の古今伝授で著名な東常縁〔一四〇一？—一四八四〕がいる。天庵懐義は、日向守護島津盛長の子息。

将軍家の一族出身も少なくなく、虎山永隆は、三代将軍・足利義満〔一三五八—一四〇八〕の子息。柏庭清祖は、足利義満の兄、母は義満と同じく紀良子。廷用宗器は、足利義満の弟。友山周師は、足利義満の子息（長男）。宝山乾珍は、足利直冬〔一三二七？—一三八七？〕（尊氏の庶子にして直義の猶子）の子息。同山等源は、六代将軍・足利義教〔一三九四―一四一一〕の子息、九峰宗成は、八代将軍・足利義政の子息・松王丸が出家したものと推定されている。

この他、下級貴族・下級武士の子弟は枚挙に遑がない。

(59) 上村観光『禅林文藝史譚』(大鐙閣、一九一九・九) 収載。

(60) 上冊、一九九―二一一頁のリストから転載したが、一九四頁に記載のある『独庵外集続藁』がそのリストから漏れていたので補った。

(61) そのような視座の忘却は、近代化政策における宗教教育のあり方とも連動している。つまり、公教育が信教の自由を尊重する政策を打ち出したことにより、宗教教育が実質的に公教育という場から排除されることになったという過去がここで強く働いているのである。山口和孝「文部省訓令第十二号(1899年)と「宗教的情操教育ノ涵養ニ関スル」文部次官通牒(1935年)の歴史的意義について」(『国際基督教大学学報I-A教育研究』二一、一九七九・三)。

(62) 日本の五山制度については幾つかまとまった研究があるが、ここでは代表的なものとして、斎藤夏来『禅宗官寺制度の研究』(吉川弘文館、二〇〇三・四)を挙げておく。その冒頭に研究史が整理されているので参照されたい。

(63)『空華日用工夫略集』永徳二年一〇月二一日条には、「參二上府一。府君〔足利氏満〕出二先国師〔夢窓〕和歌墨蹟一而読レ之。且問三新寺相国殿宇大小安二衆幾箇一。修禅辨道等事一。或五十人或百人。要下選二僧侶一共住上。吾以二道服不時入レ寺行レ道。是吾建寺本意也。余因白云。昔先代時。関東造二立建長円覚等寺一安衆幾乎一千人。先帝創二建南禅天龍一亦如レ是。府君但建二大伽藍一。準二相洛五山一。勿三以事二小刹一。府君曰。吾本乏二貲財一。欲下建二大伽藍一。効中須達長者上。必見レ笑二於旁観者一矣。余曰不レ然。府君但令二願力堅固一。縦雖二今生不一レ成。在二他生一而必成就」と見える(『新訂増補史籍集覧』第三五冊・続編三)。

(64) 東島誠『公共圏の歴史的創造―江湖の思想へ―』(東京大学出版会、二〇〇〇・一一)、原田正俊『日本中世の禅宗と社会』(吉川弘文館、一九九八・一二) 参照。

(65) 文和三年九月廿二日関東公方足利基氏御判御教書(円覚寺文書、『中世法制史料集』第二巻〔岩波書店、一九五七・六〕、室町幕府法・追加法六六―七七号)。

(66) 永徳元年一二月一二日室町幕府管領斯波義将奉書(円覚寺文書、『中世法制史料集』第二巻〔岩波書店、一九五七・六〕、室町幕府法・追加法一二八―一四三号)。

（67）また、『空華日用工夫略集』康暦二年五月三日条には「今時叢林の弊、名位競進に在り。先ず宜しく俗挙を停止すべし」〔今時叢林之弊。在二于名位競進一。先宜レ停〔止カ〕二生俗挙一〕とある（『新訂増補史籍集覧』第三五冊・続編三）。

（68）禅僧がいかに組織的に荘園経営に関わる実務的知識を蓄積し、それを継承していったのかについては、川本慎自の研究に詳しい（「禅僧の荘園経営をめぐる知識形成と儒学学習」『史学雑誌』一一二―一、二〇〇三・一）。

（69）関連研究としては、堀川貴司「五山僧に見る中世寺院の初期教育」（井原今朝男編『富裕と貧困』竹林舎、二〇一三・五）がある。

（70）各人の経歴は、『五山禅僧伝記集成』、及び久須本文雄『日本中世禅林の儒学』（山喜房佛書林、一九九二・六）参照。

（71）参考までに、司馬光『司馬氏書儀』巻四「居家雑儀」（『叢書集成初編』一〇四〇、四五頁）には、男女別の初学教育課程を説明した箇所があるが、それに拠ると、男子の場合、六歳にして字を学び始め、七歳で『孝経』『論語』、八歳で『尚書』、九歳で『春秋』及び諸史といったテキストを暗誦しつつ、この頃から講義を受け、一〇歳で「外傅」の下で『詩』『礼』を読解し仁義礼智信を学ぶという。そして女子の場合、『論語』『孝経』『列女伝』、女戒の類を学ぶというように簡略化された課程となっていた。

（72）「侍者寮牓真本在南禅侍香寮
昔シ雪竇明覚禅師、在レ衆日、与二曾〔曽会〕侍郎一談シテ道ヲ交契。一日明覚入レ浙二。曾公与テ二書一封一、至二霊隠珊〔延珊〕和尚処一求ム二掛搭一。明覚至二霊隠一、相看得掛搭一、匿二其書一。明年曾公、訪二霊隠一。問、去年有レ書、送レ僧掛搭到否。珊和尚云ク、無シ。取テ二床歴一看、有二重顕上坐名一。問レ之乃チ作二浄頭一。曾公乃チ相見、問二其書一。明覚出二其書一還レ之、緘封未レ開。曾公大悦、知二其ノ遠大之人一ナルコトヲ也。今日本僧、人々求二挙書一掛搭、全無二羞耻一。実ニ使二人ヲシテ愁一。有二高見遠識兄弟一、別有二格外相見一。不二挙書一為セレ妙、相看求掛搭礼。」（尾崎正善「翻刻・聴松院蔵『大鑑清規』」『鶴見大学佛教文化研究所紀要』五、二〇〇〇・四、一四二―三頁）。

（73）今泉淑夫『禅僧たちの室町時代―中世禅林ものがたり―』（吉川弘文館、二〇一〇・一〇）、三六頁以下参照。

（74）ただし、住持資格審査である「秉払」にしても、芳賀幸四郎は、「首座と質問者いわゆる問禅客との間で事前に数回にわたって打合せ、美辞麗句をならべた草案を作っておき、その筋書き通りにやりとりする」といった様相であったとその形骸化を指摘している（『中世文化とその基盤〈芳賀幸四郎歴史論集Ⅳ〉』思文閣出版、一九八一・一〇、三六五頁）。ただし、どのような資料に依拠してこう述べているのかは不明である。

(75) ただし、川本慎自「室町期における東班衆禅僧の嗣法と継承」（五味文彦・菊地大樹編『中世の寺院と都市・権力』山川出版社、二〇〇七・四）は、東班僧の嗣法の実際を問題にするなかで、『百丈清規抄』に次のような一節があることを指摘している——「嗣法ハ出世シテ定ルソ、出世ト云ハ第一番ノ住山ソ、日本ナラハ、諸山西堂ニナル時カ出世ソ、今日本様ハ二三歳ノ時カラ嗣法カ定ルソ、唐様ハ平僧カラ嗣法ノ定ル事ハアルマイソ」（『百丈清規抄』第四冊、『続抄物資料集成』第八巻、清文堂出版、五八一頁）。つまり、日本の禅林の制度下においては、出世時に初めて嗣法が決せられるという建前は存在していたものの、実際には修行期間のかなり早い段階で予め嗣法が定められているという慣例ができあがっていたということである。

(76) 朝倉尚『禅林における「詩の総集」について—受容の実態と編纂意図—』（『古典学の現在Ⅳ』文部科学省科学研究費補助金特定領域研究「古典学の再構築」総括班、二〇〇一・一一）参照。

(77) 「文学」概念については、鈴木貞美『日本の「文学」概念』（作品社、一九九八・一〇）、鈴木貞美『「日本文学」の成立』（作品社、二〇〇九・一〇）、参照。「宗教」概念については、磯前順一・山本達也編『宗教概念の彼方へ』（法蔵館、二〇一一・九）、星野靖二『近代日本の宗教概念—宗教者の言葉と近代—』（有志舎、二〇一二・二）、磯前順一『宗教概念あるいは宗教学の死』（東京大学出版会、二〇一二・七）、参照。

(78) このような漢字漢文に対する芳賀の揺れは、学問研究という立場から為された場合の発言と、国民教育という立場から為された場合の発言との相違に由来するものであると考えられる。というのも、実際、芳賀は「漢文の羈絆を脱せよ」という文章の中で次のように語っているからである——「語彙の尠い国語の事であるから、一概に漢文起源のものを棄てよといふのでは無い。又実際上棄てられるものでも無い。併しどうしても学者的（gelehrte）のものでなくして、国民的（volkstümliche）のもので充分の発達をさせなければならぬ。少数の人が少数の読者を満足させる文学では無くして、国民一同が興味をもつ様な文学を発生させなければならぬ」（「文章世界」、一九〇六・五、『芳賀矢一選集』第四巻上、四〇一頁）。また当時の仮名遣い改定議論の中でも同様に、「古学ヲ貴ブ人ハ動々モスレバ学問ト云フモノト教育ト云フモノヲ混同シテ、自分ノ研究シタ学問ト云フモノカラ推シテ、ソレヲ直チニ国民教育ニ用ヰヨウト云フ考」えがあることを指摘し、「高尚ナ学術ト普通教育トハ固ヨリ別途ニ行カナケレバナラヌコトハ言フマデモ無イコトデ、……（契沖・宣長など――筆者注）此古学者ノ研究シタコトガ直チニ教育ノ上ニ応用ガ出来ルカドウカト云フコトハ申ス迄モ無ク疑問ニ属シテ居リマス」（「仮名遣改定賛成意見」、「臨時仮名遣調査委員会議事速記録」、一九〇九・一、同上、一二頁）などと述べている。つまり、漢字・漢文、或いは（旧仮名遣いの）古文は、一部少数の専門の研究者のみが理解すればよい言語文体であって、大多数の国民にとっては早々に棄て去るべき無用の長物でしかないということである。「私共は国語改良又国文改良といふ点から見て、漢字から離れたいのである。漢字はもと少数の学者、物知り所謂読書人に用ひられた文字であつて、国民一般の使用に便利なものではない」（「国字問題について」、「東亜の光」、一九二五・一〇、同上、八頁）。「余は日本文明が支那文明の寄与を受けたことの多大なことを知つて居る。日本の古典が多く漢文で書かれて居る事も知つて居る。現に漢字をさへ、通用文字として使用して居ることも知つて居る。併し今日の第一等国たる日本国民が、また自国の文章を軽んずることの甚しいのには慨歎せずには居られぬ。漢文で無ければ文章でないといふ考が、まだ国民の一部に残つて居ることを慨歎せずには居られぬ」（「将来の標準文体に就いて」『筆にまかせて』、一九一八・一二、同上、五二頁）。

（79）とは言え、中には「大衆文学」に「国民文学」の可能性を見出す論者もいた。例えば、歌人、古賀多三郎（一九三〇―　）は、「大衆文学の研究を」と題する論考を、『日本文学』の「国民文学」特集号（三―六、一九五四・六）に寄せてこう述べている――「日本文学の研究はすべて純文学のみに集中されている。このようなことでどうして国民文学が創造されようか。純文学は、何百万かのインテリー《ママ》によって愛されているものだ。そして、大衆文学は何千万の大衆によって親しまれているのだ。大衆文学を無視し、ケイベツして、国民文学が創造されるはずはない。大衆文学をケイベツする者は、大衆をケイベツする者だ」（一四頁）。

（80）竹内などのように、議論をするという行為自体に「共通の広場」を作るという目的を見出しているような論調もあったが、結果的に見れば、それとても、取り除くべきだと考えていたインテリと民衆の壁を超えるようなものではなかった。民衆がリテラシーの制約からそもそも議論への参加の可能性が閉ざされている以上、結局はインテリというギルド的閉鎖空間における密談以上の意味は持ち得なかったと言える。

（81）例えば、遠山茂樹はスターリン言語学論文以前／以後に見られるマルクス主義史学の「民族」観の転回をこう要約している――「従来はマルクス主義歴史学は、民族を超歴史的、超階級的にとらえるブルジョア史学を批判し、民族が封建制を克服し上昇する資本主義の時代の歴史的産物であること、従って資本主義社会以前には民族は存在しないこと、民族運動の本質はブルジョア的であること、帝国主義時代には、民族問題はプロレタリア社会主義革命の一部分となることを主張した。ところが言語学の論文は、それとはちがった側面、ちがった力点のおき方に眼をひらかせる機会となった」（『戦後の歴史学と歴史意識』岩波書店、一九六八・六、一〇四頁）。

(82) 例えば、国文学者、橘純一（一八八四―一九五四）は、雑誌『国語と国文学』が一九四六年三月に組んだ特輯号「国文学の新方向」（二三-三号）に、「より科学的に」と題する論考を寄せ、「今後は、反動的だと他から眉をひそめられる程度意識的に、独善排他的乃至は安易な自己陶酔的態度を精算し、科学的態度が身について来るまで不断の努力を続けねばならぬと思う」（一八頁）などと述べている。

(83) ただし、容易に看過しえないことだが、上島武《かみじまたけし》「マルクス主義と民族問題―田中克彦『「スターリン言語学」精読』に寄せ―」（『大阪経大論集』五一-一、二〇〇〇・五）によると、当時の複数の証言から、スターリン論文は本人によって発案・執筆されたものではなく、少なくとも部分的には、専門の言語学者、ヴィノグラードフによって書かれたものであると推測されるという。

(84) 同論文ではただ「国語不成立論者」とだけ述べられているが、それが木下順二を指していることは、民科藝術部会編『国民文学論―これからの文学は誰が作りあげるか―』（厚文社、一九五三・一二）、二八七頁に掲載される対談の中で、小場瀬が「日本には国民文学が成立しているのかいないのか。私はいろ〳〵な点で明治以後の日本の文化というものを評価する。国語は成立していないという意見、植民地文学という意見、私はかならずしもそうではないと思う。この間も木下順二氏が書いていた中で、標準語は国語ではない。だから日本には国語は成立していないということをいつていた。標準語は天皇制が政治的圧力で作つたもので、本当に国民の間から生れた国語ではないということをいつておられたが、これはいゝ過ぎではないか」と述べていることから明らかである。

(85) 例えば、西尾実は「昔の文章は、中国で発達していた漢文を手本にしたものであった。近代になっては、そのうえに、西洋で発達していた欧文の影響がいちじるしい。そのため、われわれの文章は、まだ、われわれの文章になりきっていないとさえいえる。いいかえると、まだ国民的にはよそ行きの文章であるという感をまぬがれていない」と言っている（西尾実「口語文にもう一段の発展を」竹内好編『国民文学と言語』河出書房、一九五五・一〇、一〇一頁）。

(86) 竹内洋『教養主義の没落―変わりゆくエリート学生文化―』（中央公論新社、二〇〇三・七）には戦後アカデミズムにおけるマルクス主義の浸透状況に関するデータが掲載されている（六六―七頁）。一九五五年（昭和三〇）に行われた京都大学教養部の学生を対象とした調査によると、（入学後一ヶ月の）一回生の支持政党は、約六二％が革新政党（左派社会党＝三五・一％、右派社会党＝一七・二％、共産党＝九・七％、労農党＝〇・五％）で、約五％が保守政党（自由党・日本民主党）であったという。またマルクス主義については、四三・九％が支持すると答えており（積極的支持が一〇・二％、消極的支持が三三・七％）、（積極的・消極的）反対の一〇・七％を大きく上回っていた（『学園新聞』一九五五年五月二三日）。

(87) 事実、谷宏による書評には、「著者たちが、古典と民衆とをあまりに結びつけたがりすぎていると感じられる」（七三頁）、「著者たちが民衆と文学ということをやや安易に古典のなかにもちこんでいる」（七四頁）などといった批判の言がある（『日本文学』三―六、一九五四・六）。

(88) 広末保「近世文学の伝統と国民文学―近松の場合から―」（民科藝術部会編『国民文学論―これからの文学は誰が作りあげるか―』厚文社、一九五三・一二）は、「近松は悲劇をかいたのだつた。そして、その主人公を名もなき民衆のなかに発見した。……別のいい方をするなら、名もなき民衆のなかに主人公を発見したからこそ、悲劇をかくことができたのだつた。矛盾を人間らしいひたむきさで生きようとする心は、民衆のなかにしかなかつたのである」（九八頁）など、露骨に「民衆」をキーワードとして近松を讃美するような記述で溢れかえっている。

(89) ドイツ文学者、道家忠道は日本文学史の「書きかえ」の仕事が、戦後に非常に活潑に行われているように見える、としながら続けてこう言っている――「それは万葉や源氏や平家や芭蕉や西鶴などの古典の再吟味に、日本人民の生活と歴史とに深く結びついた・今《ママ》までかくされていた多くの面を明らかにして見せ、ぐっと身近い問題を掘起してくれたばかりでなく、たとえば日本民族の「英雄時代」というような新しい発見、また狂言や連歌の再評価など隅隅への鋭い照明も進められている。ここに戦後解禁された日本歴史学との密接な協同作業は大きな力になっている。石母田、藤間、松本、林などの諸氏をはじめとする歴史家が、しばしば主導的な示唆を与えているのも著しい現象である」（「最近の日本文学研究について――外国文学研究者の感想――」『文学』一九‐一一、一九五一・一一、一一頁）。

(90) ちなみに、「サブカルチャー」概念は、今日ではアニメ・漫画・ゲームなどの特定創作物を指示するものとして理解されること多いが、一九七五年（昭和五〇）に民衆思想史研究者、鹿野政直（一九三一―　）が「日本のサブカルチュア研究史」と題してまとめた当時においては、柳田國男（一八七五―一九六二）の民俗学をその嚆矢に位置づけるような、広く「民衆文化」を対象とする研究領域として理解されていた。その中で鹿野は、「サブカルチュアを知識人的に色あげしすぎる」ことや、「サブカルチュアの研究」が「知識人のひとりよがりな空まわりにおちいる」ことに対して警戒を示しており、ここでもなお知識人／民衆の二分法が生きていたことを知りうる。鹿野政直「日本のサブカルチュア研究史」（『思想の科学』四六、一九七五・四）。

(91) 日本史研究者、芳賀登（一九二六―二〇一二）が次のように証言している――「『東山文化研究から近世文化』、『禅の研究』の芳賀幸四郎氏が、戦前から助手だったんですけれど、やっと戦後になって彼は上がることができました。戦前、若くからマルクス主義の運動――山田盛太郎の影響――に彼はかかわったものだから、一ぺん学校から追い出されたんですね。それで一九四一年に、東山文化の研究をすることで学校の助手に採用された。一九四四年に講師へ昇格させようと先生方は思ったけれど、文部省の許可が降りなかった。そういうことで、肥後さん〔肥後和男〕が追放されると、彼が昇格して東京文理科大学の講師をやるようになったんですね」（色川大吉・芳賀登・斎藤博『鼎談　民衆史の発掘―戦後歴史学と自分史を通して―』つくばね舎、二〇〇六・一一、三五―六頁）。

(92) 五山文学に対する関心の変化は、二〇一一年秋、岩波書店の学術雑誌『文学』が「五山文学」の特集号を組んでいるという事実にも端的に現れているが、その中で、論者の一人、朝倉和は「近年、様々な専門分野の研究者が交流して、五山文学作品に取り組まんとする気運、すなわち各専門分野を跨いだ五山文学研究ブームとでも言えるような風潮が認められる」と記している（「五山文学版『百人一首』と『花上集』の基礎的研究―伝本とその周辺―」『文学』一二‐五、二〇一一・九、一九六頁）。ただし、一方で、「五山文学は中世の異文化交流の壮大な結実であるが、専門の読み手がきわめて少ない。キリシタン文学などとあわせて中世の読まれざる古典の最たるものであろう」（小峯和明「東アジアの中世文学」『国文学　解釈と鑑賞〈特集　中世文学研究の現在〉』七五‐一二、至文堂、二〇一〇・一二、二三頁）という評価もいまなお見られており、相対的に関心が高まったと言えるのだとしても、全体から見ればそれほど強いものとは言えないようにも思われる。しかも古典文学研究全体が地盤沈下を始めている昨今にあっては、その「ブーム」という状況の意味も深刻に問われなければならないだろう。加えて言えば、そのような関心の高まりというものが、五山文学の内的要因に基づく知的亢進というよりは外的要因に基づく認識論的変化に由来するものであるように見られるという点にも注意を留めておく必要がある。その変化とは、ナショナルヒストリーという認識論的枠組に対する批判が一般化してきた、という現象に由来するものである。ここ十数年の間、一国文学史《ナショナルヒストリー》批判が研究者にとっての常識的な視座へと成長するにともない、グローバルヒストリーという認識《パースペクティヴ》の文法が提出され、「日本」という境界限定的な認識装置を批判的に点検するような試みが広く為されるようになってきたが、その流れを受けて、古典文学研究界にあっても、「東アジア」に対する知的関心の亢進という状況が形作られている。例えば、河添房江『源氏物語と東アジア世界』（NHKブックス、二〇〇七・一一）の「あとがき」にはこう記されている――「二〇〇六年正月、国語国文学界のスター研究者である石原千秋氏からとどいた年賀状には、「なぜみんな東アジアなのですか」と添え書きされていた」。ただし、一方ではこのような東アジアへの地辷り的照射に対して批判的な声も上がっている。例えば、小峯和明は、東アジアをめぐる研究が「九〇年代から二〇〇〇年代にかけて急速に進展し」、「今や人文社会の各分野で「東アジア」を標榜していない領域はないといってもよいほど」であるという現状を指摘した上で、「たとえば『源氏物語』研究などに露呈するのは、東アジアを銘打ちながら東アジアそのものには入り込むことなく、むしろ東アジアを方便やダシにして『源氏物語』の優位性や固有性を主張するにとどまることで、カノンとしての絶対史観が強化されるだけで相対化の視座をもつこともないまま、日本主義のナショナルアイデンティティに回帰してしまう傾向」さえ見られると概括している（「シンポジウム・東アジアの説話圏をめぐる」『説話文学研究』四六、二〇一一・七、一頁）。つまり、このような知的モードの中にあって、「五山文学」もまた、上記のパラダイムシフトに呼応するかたちで俄かな関心の高まりを見せるようになったのではないかとも見られるのである。

(93)　ただし、近年、黄啟江によって関連研究が進められている。黄啟江『一味禪與江湖詩―南宋文學僧與禪文化的蛻變―』（台灣商務印書館、二〇一〇・七）、同『文學僧藏叟善珍與南宋末世的禪文化―《藏叟摘稾》之析論與點校―』（新文豊出版、二〇一〇・八）、同『無文印的迷思與解讀―南宋僧無文道璨的文學禪―』（台灣商務印書館、二〇一〇・一〇）、同『靜倚晴窗笑此生―南宋僧淮海元肇的詩禪世界―』（台灣商務印書館、二〇一三・五）、同『南宋六文學僧紀年錄』(臺湾學生書局、二〇一四・二)。

(94) 兪慰慈『五山文学の研究』(汲古書院、二〇〇四・二)は、その冒頭に、中国文学者、岡村繁による「序」を置いているが、その中で述べられている次のような言述は、まるで中国文学者と日本文学者の間に勃発した、一種の領土紛争の如き相貌を呈している――「わが国の「五山文学」に関する研究は、残念ながら資料蒐集や現代語訳など紹介程度の段階に止まっており、しかもその研究者は、主として日本文学者・日本史学者・仏教学者など、言わば非漢文族と称してもよい門外漢の手に多く委ねられてきたために、少なからず未開拓な研究分野が放置されたままになっていた。/……かかる日本学界の絶望的で呆れ果てた実態は、確かに従来の日本学界の怠慢と無智の致す所とはいえ、わが国の文学の歴史を正しく把握する上で、まことに歯痒く歎かわしいことであった」(一―二頁)。

(95) 例えば、吉川幸次郎の記述を参考に掲げよう――「では漢文とは何か。いうまでもなく、漢字で表現された中国語の文章である。それは中国人ばかりでなく、日本人、朝鮮人、越南人《ベトナム》などによっても書かれている。ただし、あくまでも中国語として書かれたものでなければならぬ。「古事記」、「万葉集」、「吾妻鏡」は、漢字ばかりで書かれているけれども、中国語として書かれたものでないから、漢文ではない。/ところで、かく漢文とは中国語で書かれた文章であるというだけでは、この存在に対する充分な説明でない。それは、中国語で書かれた文章ではあるけれども、中国人が読むように、その本来の発音また語序によって読む場合のことでは、ない。日本語に訳して読む場合のことである。且つその訳し方を「訓読」という法則ある方法による場合を、普通「漢文」と呼ぶ」(吉川幸次郎『漢文の話』筑摩書房、一九六二・一二、三七頁)。

このように「日本漢文学」を概観する、或いは総括する立場において、しばしば投げかけられる、「漢文」とは何かという問いかけを瞥見してみても、「漢文」は、その社会的・言語的地位という水準において、常に「日本」という辞項との相関性の中に、ある種の複相性を発露させていることに気づかされる。整理して言えば、「漢文」をめぐる語りには、「日本」という辞項を枢軸化した場合において、「外部性」「内部性」「交通性」という三つの異なるアスペクトが含まれており、そのアスペクトの差違は、[A]外部性(中国性)―中国語、[B]内部性(日本性)―日本語、[C]交通性(世界性)―国際語、という三系列の編制をもって立ち現れている。つまり、「漢文」は、中国語であり、日本語であり、国際語であるという矛盾した複相性を有するものとして表象されているというわけである。例えば、［A］タイプの言説としては、（漢文とは）「漢民族によって作られた文語体の詩文」（『中学校高等学校・学習指導要領・国語科編（試案）』一九五一年版、江《え》連《ずれ》隆《たかし》『漢文教育の理論と実践』大修館書店、一九八四・一〇、二一三頁）。［B］タイプの言説としては、「それを学んで日本人が作った文」（同上）。或いは「いわゆる漢文は、わが言語・文学・文化の各方面から学ばざるを得ないものである」（柳町達也『漢文読解辞典』角川書店、一九七八・四、一頁）。［C］タイプの言説としては、「かつて漢文は、東洋のエスペラントであった。／漢文で筆談すれば、日本人も、中国人も、朝鮮人も、ベトナム人も、意思疎通をすることができた。また漢文は、語彙や文法が安定しているため、千年単位の歳月の変動にも、あまり影響されない」（加藤徹『漢文の素養―誰が日本文化をつくったのか？―』光文社、二〇〇六・二、一一頁）。これらは、言うまでもなく、どれかが正しくどれかが間違っているという性質の問題ではないが、問題はここで「国民‐国家」や「民族」が自明の単位として用いられていることである。

　そして、漢文は何語であるかという問いは、漢文という書記体系が、どのような「音声」記号と置換されうるのかという問題へと接続し、漢文は中国語音によって直読されるべきか、日本語への翻訳として訓読されるべきか、という――現代においてもなお継続する――不毛な議論へと逢着してゆく（例えば、この問題を対象化しているものとして、加えて言えば、この議論に自ら参入しているものとして、古田島洋介「滅びゆく漢文教育―再生への提言―」（小堀桂一郎編『東西の思想闘争』中央公論社、一九九四・四）がある）。

　以上のような意味での漢字文化圏研究の難しさは、たとえば「東アジア文化研究」というディシプリン――文字通り、北はモンゴル平原から南はインドシナ半島まで、東はヤポネシア列島弧から西は中央アジアに至るまでの空間を言語的・文化的・社会的に包括研究するように訓練されたディシプリン――が不在であるという制度編制上の制約に支えられている（それが著しい困難であるのは、現実的にその空間内部の解釈コード＝俗語を全て身に付けることが実質的に不可能だからである）。このようなパースペクティヴの制約は、単に恣意的に設置されたに過ぎない空間の区画の内部があたかも自律的に変動しているかのような視線を温存させ、外部との連動性に対する知的探求に怠惰であることに免罪符を与える。その結果として、われわれの視線の中に、不問に附されてきた慣例、古典文言を「中国語」と呼んでしまうことに何の躊躇いも感じないような、鈍重な感覚麻痺が起こってしまうのである。前近代という過去を見るわれわれの視点は、直接的にありのままを捉えることはなく、「近代」というイデオロギーによって拘束ないし屈折させられている。それは、「漢字文化圏」という学際的パースペクティヴでさえもが、実際のところ、漢字文化圏研究＝中国研究＋台湾研究＋日本研究＋朝鮮／韓国研究＋ヴェトナム研究＋αという「ディシプリンの寄せ集め」（立本成文『地域研究の問題と方法（増補改訂）―社会文化生態力学の試み―』京都大学出版会、一九九九・一一）、「学際研究」という名目において共同研究を行うための方便に帰着していることからも察知されるのであるが、このように各研究主体がフレームワークを局所的な具体像に限定することによって「解」を算出し、そうして得られた「解」の総和をして「知の体系」を構築しようと試みたとしても、結局、そうして出来上がった「知の体系」は、自己を相対化する契機に乏しいため、われわれの認識を下支えする構築性――近代的なネイション編制――を無自覚のうちに上書きするものとなってしまうのである。

(96) ちなみに、鈴木修次『漢字―その特質と漢字文明の将来―』（講談社、一九七八・二）に興味深い事例が掲載されているので参考までに引用しておく。「北京大学教授で、楚辞《そじ》研究家として国際的に高名な游国恩《ユウクオエン》という方がおられた。この方が訪日学術代表団の一員として、日本に来られたことがあった。昭和三十八年のことである。当時わたくしは東京の大学に勤めていたが、游国恩先生の案内役をつとめて東京の各大学を訪問した。／東京都立大学に出かけたときのことであった。学生たちの『楚辞』の勉強ぶりを見ていただいたが、学生たちは『楚辞』の「離騒《りそう》」篇に北京音をいれたプリントを用意していた。ひととおりのスケジュールが終わったとき、学生たちは游先生に、「離騒」を本場の中国音で読んでいただきたいとせがんだ。游先生はすると、大汗をかかれてしまわれた。そしておっしゃった。「わたしはたしかに長いこと北京大学で中国文学を担当しており、専門が『楚辞』ですからなんどか『楚辞』もやりました。しかしわたしは、『楚辞』を北京音で読んだことがないのです。わたしの故郷は湖南《フーナン》省なので、これまで中国の古典はずっと湖南音で読んできました。だから、もし湖南音でよいというなら、お読みしましょう。」／実は「離騒」の作者とされる屈原《くつげん》は、湖南の人で、最後は湖南省の汨羅《べきら》（洞庭《トンチン》湖の付近）で投身自殺をした人である。したがって「離騒」を湖南音で読んでいただければ、それはまさに願ったりかなったりだ。さっそく先生にお願いして、湖南音で「離騒」を読んでいただき、その読みをテープにとらせていただいた。／すんでからあとで、研究者たちだけの席で游先生の述懐をうかがった。「わたしは長く北京に住んでますので、北京語もはなすし、わかりますが、中国古典を北京語で読むと自国の文学という感じがしないので、わたしのばあいは、古典を読むばあい湖南音でやっています。」びっくりした同僚のひとりが聞いた。「ほかの先生方も、それぞれ故郷の方音でなさるのですか。」游先生は泰然としておっしゃった。「だいたいそうするのが習慣です。」」（四九頁以下）。

(97) 陸游『老学庵筆記』巻六には、各地の訛りと韻の食い違いについて具体的な実例を挙げて示している箇所がある——「諸国の音は訛りがあれば一韻ことごとく訛る。如《たと》えば閩人は「高」の字を訛るが、そうなれば「高」は「歌」となり、「労」は「羅」となってしまう。秦人は「青」の字を訛るが、そうすれば「青」は「萋」となり、「経」は「稽」となってしまう。蜀人は「登」の字を訛るが、そうすれば一韻どれも合口となってしまう（唇を丸くすぼめる介音が挿入される）。呉人は「魚」の字を訛るが、そうすれば一韻どれも開口となってしまう（上記介音が略訛される）。他の地方は中原の真似をしている。ただ洛陽だけは天地の中心を得て、語音が最も正しいのだが、「絃」が「玄」となり、「玄」が「絃」となり、「犬」が「遣」となり、「遣」が「犬」となるようなものも少なくはない」（四方之音有訛者、則一韻尽訛、如閩人訛高字、則謂高為歌、謂労為羅、秦人訛青字、則謂青為萋、謂経為稽、蜀人訛登字、則一韻皆合口、呉人訛魚字、則一韻皆開口、他放此中原、惟洛陽得天地之中、語音最正、然謂絃為玄、謂玄為絃、謂犬為遣、謂遣為犬之類亦自不少」（『宋元人説部叢書』上冊、三二〇冊下）。

(98) これまでナショナルヒストリーが描き出してきた「神話」の形態に反して、「日本列島」の歴史はほとんどの期間、権力構造が一元化されてはいなかった。統治機構としての諸権門はそれぞれが下位に細分化された組織体系（家・寺）をもち、それぞれが半自律的に日本列島を分割統治していた。それらの統治機構は多元的に群居しつつ、相互に支配の様式を参照しあうことでそれぞれが独自の収奪回路を構築していた。それらは協働的或いは競合的に複合的なネットワークを形成していたが、そのいずれの統治機構にしても、その実、統治‐支配の合法性をア・プリオリに説明する様式を持ってはいなかった。いったい何の権限があって租税を徴収しているのか。何の権限があって民衆（原住民）を労働力や軍事力として動員しているのか。勿論、それを明文法として措定したとしても、その法を措定する権限が誰から与えられたものなのかという疑問に答えることはできなかった。また、統治機構の幾つかは確かに軍事力を有してはいたが、支配が常に軍事力に訴えることで可能になっていたというわけでもなかった。そこでは古典文言によるヘゲモニーが大きく作用していたのであって、基本的には、被治者は支配されているという実感のないままに支配されていたのである。一方で統治者の側もまた支配しているという実感のないままに支配することが可能になっていた。なぜか。そこでは〈法を措定する法〉の存在が強く信じられていたからである。すなわち、〈仏法《メタ》〉により賦与された代理人資格において統治しているのだと広くそして（場合によっては）漠然と信じられていたからである。それは被治者がそう信じていたという以上に、統治者自身が統治権限の所在という永遠の疑問《アポリア》に対する解として、そして自らを説得するロジックとして要請してきたものであった。ゆえに王法はその存立を全面的に仏法に依存する他なかったのである。〈仏〉／「衆生」という関係性モデルを現実の〈君〉／「臣」関係に適応させたわけだが（天皇は、その不可視性‐不可聴性による非現前の現前として、不在の法人格と見なされた。それゆえに、幼少天皇を立てつつそれを現実的な政務から分離し、実際の執政権を補弼する臣下が代理執行するという制度が考案されえたのである）、その関係性を極小の単位に置き換えれば、人が人を支配する‐教育することの合法性を問うことでもあった。一方が君主であり、他方が臣下であるような、或いは一方が師であり、他方が弟子であるような非対称的な関係性はどのような意味で合法的でありうるのか。その関係性の連鎖である社会秩序（父子／君臣関係）にはどのような意味で正当性＝正統性が認められるのか。その解が「聖なる言語」の非現前性にあると信じられていたがゆえに、統治機構は、自らを「越境的《トランスローカル》」な存在へと意匠化する技術として、すなわち統治の合法性及び正当性＝正統性を自己証明する能力として漢字リテラシーが、そして古典リテラシーが求められたのである。そして中世にあってそのような機構の内部に組み込まれることになったのが禅林及び禅僧という存在であった。

(99) 詩と禅という問題系に関して、中国語圏において書かれた専論は膨大である。例えば、著書に限って近年のものを幾つか拾ってみただけでも以下のようなものがある。周裕鍇『中國禪宗與詩歌』（麗文文化、一九九四・七）、楊惠南『禪思與禪詩―吟詠在禪詩的密林裡―』（東大圖書、一九九九・一）、李淼『禪宗與中國古代詩歌藝術』（麗文文化、一九九三・一〇）、皮朝綱『禪宗的美學』（麗文文化、一九九五・九）、林湘華『禪宗與宋代詩學理論』（文津出版社、二〇〇二・二）、程亚林『诗与禅』（江西人民出版社、一九九八・一〇）、吴言生『禅宗诗歌境界』（中华书局、二〇〇一・六）、季羨林『禪和文化與文學』（臺灣商務印書館、二〇〇三・九）、杜松柏『禪學與唐宋詩學』（新文豐出版、二〇〇八・二）、蕭馳『佛法與詩境』（聯經、二〇一二・七）、蕭麗華『「文字禪」詩學的發展軌跡』（新文豐出版、二〇一二・一二）。

(100) 和歌と仏教との関係については、山本章博「中世和歌と仏教―その研究と課題―」（『上智大学国文学論集』四一、二〇〇八・一）において、先行研究を踏まえた整理が為されている。その他、最近の論考では、平野多恵『明恵――和歌と仏教の相克――』（笠間書院、二〇一一・二）がその劈頭、「なぜ僧侶は和歌を詠んだか」という問いを立てて議論を展開していることが本書の関心と呼応していることも注記しておく。

(101)　しかし、その一方で、唐木は、宗教と文学の関係性について次のようにもまとめており、その立論は幾らか複雑なものとなっている――「宗教の問題は、自己と自己をも含む全体とのかかはりの問題である。内在と超越とのつながりの問題であつて、切り離された主観と客観対象との間の認識の問題ではない。文学も単に認識の問題ではないであらう。むしろ自己をもふくめた人生、社会の問題が文学の主題である。みづから人間でありながら人間を問ひ、主体でありながら主体を問ひに問ひ、世俗のありきたりの答へに満足しえないところに文学の精神があるとすれば、それは必ず宗教的なものにつらなる契機をもつであらう。近代に至つて分離したかにみえた宗教と文学は、その性質上からいつても分離しきることのできないものをもつてゐる」（『中世の文学』、三八―九頁）。

(102)　禅家がその言語表現上、最も注意せねばならないと考えていたのは、「窠臼」に陥ることである。「窠臼」とは、鳥の巣。鳥の安住する場所。つまり、鳥が巣に安住するように、言葉・思考が定型・常套を成すこと。「語窠臼を離れずんば、焉んぞ能く蓋纏（＝煩悩）を出でん」、というのは禅籍にまま見られる文句である（第Ⅰ章参照）。また、拙庵徳光が、「仏法は妙に至れば窮已有ること無し。如し窮已有らば則ち住著を成す。纔かに住著を成せば便ち窠臼有り」（仏法至妙、無有窮已、如有窮已、則成住著、纔成住著、便有窠臼）（『古尊宿語録』巻四八「仏照禅師奏対録」、『新纂続蔵経』六八、三三九頁上）と述べるように、思考が一処に停滞し、定型化・常套化してくる要因は、そもそもが要妙を得ていないからであると指摘されている。

(103)　一方で宗教を礼賛することを許す「場」というものがあり、一方でそれを許さない「場」というものがあるのだとすれば、それぞれの言表に正当性を与えているのは、その「場」自体だということになる。しかし、そのような「場」に正当性を与えているものがその内部で語られる言表群の類型化によって発生する法則性なのだとすれば（外部との隔絶性に担保されるかたちでその法則性が客観性へと横辷りするため）、「言表」と「場」とが相互に正当性を回附しあっているというこの循環構造こそが、宗教を語る「場」の分離を原理的に構成していることになる。しかも、宗教がその定義上、言語によっては定義不可能なものだとされていることからすれば、両者を調停しうるような第三の場も第三の言語も原理的に考えて構築することは不可能となる。もし宗教が言語構造の内部にあって語りうるものであるのだとすれば、そもそもこのような「場」の分裂が起こることはない。どれだけ宗教がどのような仕組になっているのか、どのような構造の上に成り立っているのかを精緻に観察してみたところで、宗教がこれまで予想可能―統御可能なものになったことはないし、（その原理に従えば）これからもなることはない。

（104）テリー・イーグルトン『宗教とは何か』の「訳者あとがき」（大橋洋一）の表現を借りた。生物学者、リチャード・ドーキンス（一九四一―　）、ジャーナリスト、クリストファー・ヒッチンス（一九四九―二〇一一）による宗教批判は、実際のところ、「よく知りもしないものを、ただの偏見にもとづく一面的判断で嘲弄しているだけで、人種差別発言となんら変わらない」と述べられている（テリー・イーグルトン／大橋洋一・小林久美子訳『宗教とは何か』青土社、二〇一〇・五〔原著、二〇〇九〕、「訳者あとがき」、二四四頁）。

I 禅において言語とは何か

——「詩禅一味」言説を可能にする地平——

1 緒言

「詩禅一味」言説について考えるための予備的省察

禅僧は、なぜこれほどまでに意味生産の現場に立ち戻ろうとするのか。彼らはその言語実践において、沈黙を貴んでいるふうでありながら、むしろその饒舌さを誇示するかのようであり、しかもただ饒舌というだけではなく、その様式においては〝語る〟というよりも〝歌う〟に近く、彼らの生産する表現の束は、今日に「文学」literature或いは「藝術」artという「枠」frameworkの中で語られうるような性質を認めさえする。なるほど「禅問答」と揶揄される、彼らのふざけたようなコミュニケーションの形態を想起すれば、羅列された記号群は、公共性の高い意味（論）的な配列を示すというより（換言すれば、誰にでもわかるように言うことより）、その公共的な意味列を剥落させる企てとして編制されているようにも見える。その時、彼らの濫用する、「詩的」と形容し得るような表現の束の存在は、禅僧はいかにして詩人であるか、という本書の主題を動機づけるものとなる。

所謂「五山文学」（「禅林文学」）という枠組が、膨大な量の詩篇とともに、「詩禅一味」或いは「詩禅一致」などと呼び慣わされる言説を内に含んでいることはよく知られている（本書「方法序説」参照）。これに関して従来の研究のその幾つかは、なぜ禅僧は「詩」と「禅」とを一体化させようとするような言表を繰り返し発してきたのか、という類の「問い」を立て、これを問題化してきた。しかし、そのようなものでさえ、実際上、十分に議論を尽くして検討したものであったとは言い難く、全般的にはあまり表立った関心を向けてこなかったようにさえ見られる。それは、この「詩禅一味」言説を、禅僧たちが自らの「文学趣味」を正当化するために作り出した「短絡」的な強弁に過ぎない、という基本線の中でとりあえず納得させてきたからだと思われるのだが、この点について端的に藉問すれば、〝禅僧はなぜ詩を作ったのか〟というわれわれの率直な疑問は、このような解法によって十分に解きほぐされたと言えるのだろうか。

このときにわれわれが見逃してはならないのは、このような「問い」自体が既に、われわれの理解の仕方をある種の予断へと導くような二重の過誤を犯しているのではないか、ということである。

すなわち、(1)この「問い」は、「詩」及び「禅」という摩耗した辞項をその前提としているため、それらの意味性がわれわれにとってあたかも自明のものであるかのように承認‐誤認され、「詩」とは何か、「禅」とは何か、という根本的な問い――本質主義的な語法を避けて言うならば、どのような条件下で「詩」や「禅」という辞項が使用されていたのかという問い――が棚上げにされてしまう。そのため、辞書的分類において全く異なる位層に登記されている両辞項の一致性という問題には、はじめから詭弁性が密輸入されてしまっており、そもそものところでわれわれの常識的思考と合致しないようにできているということである（つまり、抽象的な、特権的記号としての「禅」と、日常的な、ごくありふれた記号としての「詩」の間に横たわる違和感が潜在的なバイアスとしてわれわれの判断を制約してしまっているということだ）。

また、(2)この「問い」が、「五山文学研究」という「枠」framework／学問制度＝規律disciplineの内部において発せられることの必然性によって、われわれのパースペクティヴperspective＝視点はまずもって、詩作品という表出された静的構造体の内部へと拘束されることになる。となれば、この「問いかけ」自体が、〝禅僧はなぜ詩を作ったのか〟という疑問の発展性を妨げ、さらには〝「詩」という構造を生み出している「動力」〟に対する了解可能性を閉ざしてしまうことにもなりかねないということである（つまり、詩作品自体をどれだけ注意深く観察したとしても、そこから「詩」の生成原理を認めることはできない。譬えて言えば、林檎の木に実がなるメカニズムを解明するのに、どれだけその実だけを観察してみても、それが明らかにならないのと同じである）。

(1)も(2)も、われわれの認識論的土台の構築性＝恣意性を隠蔽することによって、われわれの視点を無条件に客観的位相に引き上げてしまっていることに問題の所在があるが、とりわけ(2)の問題について言い直せば、（文学「作品」という静的構造体の対象化をその基礎的前提に据える）「文学研究」という学問制度＝規律 discipline 自体が、「五山文学」を可能にする「動力」を黙殺しても良いという事実上の免罪符を与えているということに他ならない。もちろん、いかなる学問制度＝規律もまた研究主体間の議論を可能にする「場」を創出する上で不可欠であるが、それらがわれわれの思考に限定を加えることによって成り立つものであることもまた事実である。そこで、われわれはまず旧来の発想法を剔抉し、参照枠（資料体）を「五山文学」／「文学研究」の外部へと拡大することによって、これまで不可視化されてきた「動力」のありかを発掘してゆかねばならない。そこで本章が方法として選択するのは、「詩」という階層からひとまず離れ、それを包括するであろう、「言語」についての解剖を試みることである。

禅僧は、歴史的に見て、言語――この概念自体が再考の対象となるが――について深く探求する存在であり続けてきた[1]。となれば、このように考えることもできるのではないか。つまり、禅僧がこのように言語に対する深い洞察を経ていることと、禅僧が詩人であることとの間には、何らかのかたちでの必然的脈絡があるのではないか、と。このような仮定に立てば（そして「詩」が自明の概念ではないのだとすれば）、われわれも同様に言語に対する彼らの洞察を追認し、それがどのようなヴィジョンの下で捉えられてきたのかを問い直すことが不可欠の作業となってくるだろう。そうしてはじめて「詩禅一味」言説を考察する準備が整うのではないだろうか。

本章ではまず、禅籍／仏典中における言語をめぐる語りを読解する作業を通じて、禅という圏域の中で、言語はいかなる性質をもったものとされ、いかに働くべきものとされていたのかを確認することを試みる。そしてその結果を踏まえた上で、「詩禅一味」言説というものがどのような土壌の中で醸成されることとなったのかを明らかにすることを目指すこととする。

なお、結論を前もって示しておくとすれば、本書は、禅僧の詩作行為には必然性が認められる、という点を主張の眼目とするものである。

2　言語×定式＝苦しみ

言語が現実を作り出す

以下、本節では、禅の言語論を再確認することを企図する。ただ、この問題については、その体系性が体系的記述によって説明されないという禅籍一般の性質によって、われわれに議論の足がかりを要請する。そこでまずは、井筒俊彦〔一九一四―一九九三〕（イスラームを中心とする東洋思想研究者）という補助線を利用することで問題を整理しておくこととしたい。

井筒は「禅における言語的意味の問題」「対話と非対話―禅問答についての一考察―」（『意識と本質―精神的東洋を索めて―』岩波書店、一九八三・一、〈本文中の引用は、一九九一年版〈岩波文庫〉に拠る〉所収）などの一連の論考において禅と言語の問題に取り組んでいるが(2)、それらでは禅の言語論は、以下のような基本線においてまとめられている。すなわち、（禅において）「言語は主として……本来なんの区別もなく、なんの線も引かれていない絶対無限定者の平面に多くの複雑な線を引いてそれを区分し、そこに無数の意味単位の「目に見えぬ格子」（invisible grid）、すなわち輻輳する分節線の体系を作り出すもの」であり、「しかもこの分節線を構成する意味単位はそのまま認識の単位となり、それに対応する「現実」の諸部分はそれぞれ独立に存在するものや事柄として認識されて、そこにいわゆる経験的世界なるものが現出してくる」（三九三―四頁、傍点原文）、というものである。

つまり、言語こそが「絶対無分節」な存在を秩序化し、現実を作り出しているのであり、そのような現実は、言語以前においてはいかなる分節的構造も即自的価値も有していないというわけである。ここにおいて改めて触れておくべきは、われわれの認識するあらゆる現象-事物は、固有の実体をもって単体として自律するものではなく、相互依存的な「関係性」の中で共起-共変するものである、という仏教の存在論的-認識論的基盤としての「縁起」という法理《ことわり》についてである。禅籍の幾つかにおいて「縁起」は、「言説者是縁起之法」（虎関師錬『仏語心論』[3]）、「言語是縁」（大珠慧海《だいじゅえかい》『頓悟要門』[4]）などと、端的に言語のことと言い換えられているが、このようなヴィジョンにおいては、諸事物の即自的実体性は決定的に抹消され（「無自性」）、すべては言語という「関係性」の網の目によって事後的に産出されたものに過ぎない、と理解されることになる。これを端的に咀嚼すれば、諸事物があるから（それに対応した）言語があるのではなく、言語があるから諸事物があるのだ、ということになるが（なお、しばしば指摘されることだが、仏教のこのようなヴィジョンは、近代言語学の祖と言われ、現代思想の歴史的起点に位置づけられるフェルディナン・ド・ソシュール（一八五七―一九一三）の言語論と相似するものと言えるだろう[5]）、このような観点からはおのずから、言語以前／言語以後、という存在論的-認識論的な二元性が議論の基軸として浮かび上がってくることになる。

そして、われわれの経験するあらゆる現象が言語的水準——言語以後——の中でこそ可能になっているのだとすれば、いかなる現象Aもまたその現象Aをめぐる〝語り〟の中でこそ〝現実〟化されてゆくのだ、ということになるだろう。しかし、そのようにして作り出された現実の構成は、絶対無分節な〈実相〉――言語以前――に対していかなる自然的根拠をも持ち得ないがゆえに、〝虚構〟的産物と見做されることになるのである。

さらにここで、われわれの通念的理解と対蹠させつつ注意しておくべきは、言語とは、われわれの世界の一部を構成する要素の一つなのではなく、それはまさにわれわれの世界を包括するものであり、言語の限界線は、世界の限界線とぴったりと一致する、ということである。つまり、言語とは、まさしく〝われわれの生きている（意味的）世界〟を（ノエシス的に）生成するものでありなおかつ、そのように生成された世界（ノエマ的な意味連関）そのものなのである（したがって、本章の用いる言語という用語は、原則的に〝われわれの生きている世界〟と置換されうるものである）。このことから、禅においては、いかなる問題も言語の水準へと還元されてゆくことになるのである。

その原理において、禅は、言語とは単なるコミュニケーション・ツールである、という日常の中にどっぷりとつかった惰性を脱自明化することから探究を始めてゆく。それは例えば、菩提達摩Bodhi-dharmaが修行者に対して「これは何か」と眼前の個物の「名」を問い続けたこと[6]、あるいは六祖《りくそ》慧能《えのう》に自身の「名」を問われた南嶽懐譲が、「説似一物即不中」（少しでも言葉にすればもはやあたりません）と答えたこと[7]、また『臨済録』などに見える「爾纔開口、早勿交渉也」（少しでも口を開けばもう的はずれだ）[8]という文句などにその一端を察知しうる。如上、言語を疑うことは、禅において初歩的な方法そのものとされているのだが、以下、禅において重要なテクストのひとつとされてきた『楞伽経』（四巻楞伽）[9]、及び虎関師錬（一二七八―一三四六）によるその注釈書、『仏語心論』[10]を参照軸として、禅の言語論という問題系についてさらにその理解を深めてゆくこととしたい。

まず『楞伽経』が言語の問題を、「語」と「義」の関係性の問題として展開していることがわれわれの目を引く。同経によると、「語」とは、「言字」と「妄想」との「和合」であり、喉・唇・舌・歯・歯茎・頬輔《ほほ》という身体器官によって、「彼我」（自他の差異）、「言説」、「妄想」、「習気」（身に染みついた過去の潜在的影響力）、「計着」（思案・思いこみ）、を因として生ずるものとされる〔云何為語、謂言字妄想和合、依咽喉脣舌歯齗頬輔、因彼我言説妄想習気計著生、是名為語〕[11]。一方、「義」とは、あらゆる「妄想相」「言説相」から離れたものとされる〔云何為義、謂離一切妄想相言説相、是名為義〕[12]。このことからまず銘記しておくべきは、「語」と「義」の関係は、言語と意味、或いは、言語と概念の関係とは等しくないということである。われわれにとっての意味・概念とは、むしろ言語と表裏一体化したものであり、「義」とは、そのような意味・概念から離脱したもの、すなわち〈意味以前の対象＝存在そのもの〉、と見做さなければならない。つまり、「義」＝存在そのものとは、「語」のように分割された存在ではないがゆえに固有の〝かたち〟がなく、例えば「花」という「語」に対応するような実体的個物の像《イメージ》のことですらない、ということになるだろう（そのような像《イメージ》も既に分節的存在・言語的存在である）。それは、『頓悟要門』（大珠慧海）に、「言説は生滅、義は不生滅、義は形相なくして、言説の外に在り」と要約される通りである[13]。

そこで、『楞伽経』は、「語」／「義」問題についてわれわれに次のように注意を喚起することになる。（ⅰ）「義」＝〈意味以前〉を「語」＝意味以後（のような構造体）と同一のものとして見てはならない[14]。これは、われわれが、経験的世界の中で、〈意味以前〉という存在そのもの＝客観的対象を、まさに意味の通りにしか見られないということ、そしてそれが本質的に錯視・誤認であることの告知である（ただし、これは不可避の錯視・誤認である）。しかしながら、『楞伽経』は、その一方で、（ⅱ）「語」＝意味以後と「義」＝〈意味以前〉とが「非異非不異」（異なるものでもなく、異ならないものでもない）という関係性にある、ということも重ねて強調しているのである[15]。両項が「非不異」の関係にあるということは（ⅰ）の観点から了解されうるし、それが禅僧の言語への不信という態度へと連続していることは容易に察することができる。しかし、ここで注意されるのは、両項が「非異」の関係にあるという点である。

この点に着眼するならば、「義」＝〈意味以前〉とは何かについていま少し慎重に考察を重ねておく必要があるだろう。

われわれは諸経論の中に、「不可説」（語り得ない）、「不可思議」（認識し得ない）、「不可得」（捉え得ない）などの用語を瞥見することができるが、これに関して、例えば「一切諸法皆不可説、其不可説亦不可説」（あらゆる存在は言葉によって言い表すことができない。その言い表せないということもまた言い表せない）（『勝天王般若波羅蜜経』巻五・無所得品第八、『大正蔵』八、七一二頁下）、「当知一切法不可説、不可念、故名為真如」（まさに知るべきである、あらゆる存在は言い表すことができず、思念することもできない、ゆえに真如と名づけるのだ、と）（『大乗起信論』第三解釈分、『大正蔵』三二、五七六頁上）などという言表に接することもできる。このような論法の中に確認しておくべきは、（A）〝あらゆる存在は言葉によって言い表されない〟、（B）〝あらゆる存在は真実である〟、（C）〝真実は言葉によって言い表されない〟という論理構造である。これによって、〝〈真実〉は言語を超越している〟、という耳慣れた言表は、ここでは次のように嚙み砕かれることになる。すなわち、われわれの眼前にあるいかなる存在者、そしてまたわれわれ自身さえもが、〈言語以前〉においてはいかなる即自的実体性も有していないという理由によって、決して言葉にはされえない（また認識もされえない）。しかし／それゆえ、このような〝言語によって意味づけられる以前の「一切法」＝あらゆる存在〟は、本来的に名を持たぬ存在であるがゆえに、名を持つ存在者と成ることそれ自体の〈真実性〉（絶対的不可避性）を同時に証明しているのだ、と。つまり、一方で、〈真実＝認識不可能で未分化な前言語的存在〉の遍在性は、眼前の個物群がそれぞれ何であるのか、そして自らは何と呼ばれるべきなのか、その名状する方法を決定的に失効させ、われわれに沈黙を強いることになる。しかしながら、その一方で〈真実〉

は、本来的に〈名づけ得ぬもの〉であるために、まさしく逆説的に多様な〝名づけ〟を可能にするのである。(16)『楞伽経』は、このような〈名づけ得ぬもの〉の同義語として、「如来・一切智・仏・救世・自覚・導師・広導・一切導・仙人・梵・毗紐・自在・勝・迦毗羅・真実辺・月・日・主・無生・無滅・空・如如・諦・実際・法性・涅槃・常・平等・不二・無相・解脱・道・意生」という三十三種の〝名づけ〟の例を列挙しながら、われわれ衆生が、名に随ってそれぞれを即自的実体性を有するものと捉えてしまうことを批判する。(17)〈意味以前〉の質的存在は、言語＝関係性によって分節化されながら、可算的な単位を有する量的存在へと変換されることになるが、(18)その各項が、同一性identityの形式を附与されることによって（他項との差異性を本質不変のものとわれわれに錯視させながら）自立＝自律してしまうのである。こうして、〈語り得ぬもの〉は、言語の産出物として複数化され、世界の構成要素の一つへと矮小化・有限化されてしまうのである。われわれの捉えようとしている〝言語ではないもの〟は、Xという言語によって名づけられたその瞬間においてまさしく〝言語ではないもの〟ではなくなる。言語の〈外部＝彼岸〉は、不可避的に言語の内部＝此岸へと回収されてしまうのである。

とはいえ、このとき注意しておきたいのは、これによって言語の内部と〈外部〉は一致する、などという言い方を安易にとってはならないということである。このことは、「語」＝意味以後と〈義＝意味以前〉の「非異」の関係が決して「一」の関係に置換され得ないということでもある。〈真実〉は言語の内部にある、といったときの〈真実〉は、もはやわれわれの捉えようとしていたものではないが、これを仮に〈　〉と表記した場合においても、〈　〉とわれわれの生きている世界との関係は、ただ異なっていない＝「非異」というだけであって、決して同じなのではない（つまり「非不異」である）。実はこのようなパラドクス構造こそが禅の言語論の基幹をなしていると見られるのだが、この問題については次節に改めて検討することとして、ここでは、「語」＝意味以後と「義」＝〈意味以前〉の関係性に関して、両項の同一性と差異性が同時に否認されるところに『楞伽経』の言語論の基本構造を見ることができる、という点を確認しておくにとどめたい。

さて、当然のことながら、禅は単に学問的水準において言語とは何かを問うているのではないし、言語が本質的に虚構性を有するものであることを指摘すること自体にその目的を定めているわけでもない。禅が言語を重く見るのは、そのような虚構的であるところの言語が、苦悩を生産する原因であると見られていたからである。

苦悩はどこからやってくるのか

さて、仏教は、世界は苦しみに満ちている（「一切皆苦」）、という世界認識を始発点に持ち、われわれが不可避的に苦しみや痛みを抱え込む存在でしかありえないことを告知するものであるが、このような苦悩の遍在性は、言語の遍在性――われわれ衆生が不可避的に言語に覆われているということ――と呼応するものである。

それは例えば、

○我等諸仏及諸菩薩、不説一字不答一字、所以者何、法離文字故、非不饒益義説、言説者衆生妄想故、（『楞伽経』[19]）

○凡愚楽妄想／不聞真実慧／言語三苦本／真実滅苦因（『楞伽経』[20]）

○真実義者、微妙寂静是涅槃因、言説者妄想合、妄想者集生死、（『楞伽経』[21]）

○不生不滅自性涅槃三乗一乗心自性等、如縁言説義計著、墮建立及誹謗見、異建立異妄想、如幻種種妄想現、（『楞伽経』[22]）

○蓋言説者従妄想生、以妄想者言説因故、……若以言説妄想為異、不可妄想是言説因、而実言説因妄想生、是故為同、……若以言説妄想為同、言語之法不顕真義、何以故、言語即是妄想生法、妄想言説共為一体、而言説法顕示真如、彼妄想者与真如遠、是故言説与妄想異、（『仏語心論』[23]）

○一切衆生不知真実者、皆為言語之所覆、（『宗鏡録』(24)）

などの記述によって窺われるところである。このように、言語は、「三苦」（苦苦・行苦・壊苦）の根本として把握されるのを基本線に、われわれが、言語の構造の中に取り込まれてしまうことで妄想を起こすこと、そしてこのような言語と妄想との共犯関係の中で苦悩が（再）生産されてゆくように仕組まれていることなどが告発される。(25)

前述の通り、主体を含めた諸存在は、言語によって偽造‐捏造されたものである。そこでは、われわれは不可避的に、そのような言語的現実へと没入した状態に置かれている。われわれは、主体及び諸事物の即自的実体性を信憑しながら、あらゆる辞項間の関係性＝差異の本質化、各辞項の自己同一化、価値体系《イデオロギー》の自然化を推し進め、それによってその言語的被造性を忘却する。われわれがこのような状態に陥っているのは、言語の世界に放り込まれたからにほかならないのだが、より根本的に言えば、われわれ自身がその中の言語的一項目だからである。われわれは一切の例外なく、言語的現実の内部における局限的立場＝「我」（他の誰でもない私）を与えられているが、そのような限定性は、決して俯瞰的視点＝絶対的客観と交差しないために構造の全体性――絶対的無価値性――を不可視化し、諸辞項の言語的被造性を覆い隠しながら構造内部の局所＝「我」を絶対化してゆくことになるのである。

『安心法門』はこう述べる。(26)

若無我者、逢物不生是非。是者我自是、而物非是也。非者我自非、而物非非也。即心無心、是為通達仏道、即物不起見、是名達道。逢物直達、知其本源、此人慧眼開。智者任物、不任己、即無取捨違順。愚人任己、不任物、即有取捨違順。不見一物、名為見道、不行一物、名為行道。

若し我無くんば、物に逢うて是非を生ぜず。是とは我自ら是とすることにして、而も物は是に非ず。非とは我自ら非とすることにして、而も物は非には非ず。心に即して無心なる、是れを仏道に通達すと為し、物に即して見を起さざる、是れを道に達すと名づく。物に逢うて直に達して、其本源を知らば、此人の慧眼は開けるなり。智者は物に任せて己に任せず、即ち取捨違順無し。愚人は己に任せて物に任せず、即ち取捨違順有り。一物も見ざるを、名づけて道を見ると為し、一物をも行ぜざるを、名づけて道を行ずと為す。

もし「我」という独立自存の言語的主体がなければ、「物」に対して是／非の区別――価値――が生ずることはない。そのような是／非の区別は、「我」という局限的立場から、「順境」（自分にとって好ましい現実のあり方）と「違境」（自分にとって好ましくない現実のあり方）の区別を作り出し、「我」という場所に苦悩を発生させる。しかし、このような「物」の是／非の別は、「物」自体が生み出すものではない。「物」自体はそもそも是も非も、善も悪も生産することはないのである。「物」的視点＝絶対的客観に立てば、そのような価値は完全に水平化＝フラット化するのだが（「涅槃寂静」）、われわれは不可避的に「我」的立場に立たざるを得ない。「物」が是／非の区別――価値――を有しているように見えるのは、「我」＝主体＝主観の効果であり、そのような主体を捏造している言語の効果と言えるのである。

以上のように、言語は主体を生産しながら、その主体をして妄想を起こさせしめ、苦しみや痛みを作り上げてゆく装置となる。このように言語が苦しみを（再）生産する回路であるのだとすれば、いかにしてその回路から離脱することができるかが、おのずから問題関心として浮上してくることになるだろう。となれば、言語からの離脱とはいったいどのような手段‐行為として具体化されることになるのだろうか。

このとき、われわれがまずもって発想するのは、沈黙するということであるだろう。しかしながら、これまでの文脈から、沈黙が言語からの離脱と単純な等式関係を結び得ないことは明らかである。というのも、既に見てきたように、禅において言語とは、ただの声や文字のことではないからである。言語は、われわれの目や耳などの身体的感覚諸器官を様式化しながら、知覚の水準においてものの見え方を操作しうるものであり[27]、ただ沈黙することによってでは言語からの離脱は可能にならない。言語からの離脱とは、われわれの生きている世界（＝世間）から離脱するということであり、その点で、禅僧の実践的方法＝修行は、言語行為を抛擲することによってではなく、むしろそれと徹頭徹尾、向き合うことによってはじめて可能となるのである（この問題は後段でもう一度触れる）。

言語の定式化→苦しみの定式化

井筒の指摘に見られるように、「禅はものの固定化をなによりも忌み嫌う[28]」（傍点原文）という一般的傾向を有する。如上の文脈に沿って言えば、「ものの固定化」とは〝言語の固定化〟のことにほかならない。石頭希遷「参同契」（『景徳伝灯録』巻三〇）に「言を承けては須く宗を会すべし、自ら規矩を立つること勿れ――承言須会宗／勿自立規矩」という句があるが（『大正蔵』五一、四五九頁中。『碧巌録』第二一則にも言及される）、永明延寿《ようみょうえんじゅ》『宗鏡《すぎょう》録《ろく》』はそれに解説を加えて「若し規矩を立つれば、則ち限量に落つ。纔かに限量を成せば、便ち本宗に違《たが》う。但だ言語の転ずる所に随うのみなり。所以に一切の衆生の真実を知らざる者、皆な言語の覆う所と為る」（若立規矩、則落限量、纔成限量、便違本宗、但随言語之所転也、所以一切衆生不知真実者、皆為言語之所覆）（『宗鏡録』巻六一、『大正蔵』四八、七六四頁中）と述べる。このように言語に「規矩」が立てられる＝固定化することによって、われわれは言語（＝苦悩の再生産回路）によってコントロールされる存在であることから遁れられなくなるというわけである。

そこで禅僧は、このような、言語の固定化→現実の固定化→苦しみの固定化、という連続構造を視野に収めながら、言語実践の方法を次のように理念化してゆくことになる。すなわち、「語不離窠臼、焉能出蓋纏」（『碧巌録』七二則、岩波文庫、下冊、一六頁、他。「蓋纏」は、煩悩の意。言語が「窠臼」から離れなくては、苦しみから脱け出すことはできない）、或いは「若是語不離窠窟、堕在毒海中也」（『碧巌録』二二則、岩波文庫、上冊、二九六頁。言語が「窠窟」から離れなくては、苦しみの構造の中へと取り込まれてしまう）、などの言表によって示されるところである。

ここで言う「窠臼」（或いは「窠窟」）とは、近世の詩僧、六如慈周《りくにょじしゅう》（一七三四—一八〇一）の説明を借りれば、「窠ハ鳥ノ巣ナリ、トリノスハ多クフチダカニシテ、中ヲ臼ノ如ククボメテ造ルユヘ、窠臼ト云、鳥棲托シテ安住ノ想ヲ生スル故、学者ノ得タリトシテ、心ヲヲトシツクル場所ヲ指シテ窠臼ト云ナリ」と解される(29)。このように禅僧は、鳥が巣に安住するように、定型的思考パターン（固定観念）に嵌り込んでしまうことを極端に嫌う。そして、言語の運用に照準を合わせて、その定式化を忌避しようとするのである。

　このような禅僧の〝定式＝静的《スタティック》な構造〟に対する、ある種の嫌悪感は、例えば無学祖元の「倣頌之法亦無定式」（偈頌を作る方法に定式などはない）(30)、或いは虎関師錬の「説法豈有定式、只随時機也耳矣」（説法にどうして定式などあろうか。ただ時機《タイミング》に随えばよいのである）(31)という変奏によっても約言されているが、この基本線を延長する形で、禅僧はその言説の多くの局面に運動性を表象させる概念——例えば「活」など——を組み込んでゆく。つまり、言語からの離脱とは、このような〝反-定式〟とも呼びうる方法によって可能になってゆくと見られていた、と考えられるのである(32)。

意味の交換／生産

　こうして禅僧は、言語の用い方——何を言うかではなく、どう言うか——という問題へと意識を先鋭化させてゆくことになる。

　われわれは意味の再認-パターン化を通してコミュニケーションを可能にしており、通常、コード（意味体系）に従ってわかりやすく言うことを強いられている。しかしながら、禅僧はわれわれのこのような常識とは異なる地平において言語実践を展開する。このような態度の相違はその言語観の相違に下支えされたものであるが、禅僧にとって言語が虚構的なものであること、そしてわれわれの苦悩を作り出すものであることは繰り返し見てきた通りである。その点において、禅僧は言語をそのコード（意味体系）のままに受容し再生産してゆくことを断固として拒否-棄却してゆくのである。

ただし、禅僧は一面的には言語をそのような負の性格を持つものと捉えつつも、その用い方に応じてその性格は変わってゆくものとも見ているのである。[33] つまり、言語はその用い方という水準において、定式的用法と反-定式的用法の二方面に、換言すれば静的発話と動的発話の二方面に区分される。すなわち、前者が苦しみの再生産構造を上書き-固定化するものとなるのに対して、後者は苦しみの再生産構造を解体しうるものとなる。その上で、彼らは言語の抑圧に抵抗するために反-定式的言語実践を遂行してゆくのである。そうすることによって、言語の内部にいながら〈外部〉へと越境してゆくことを試みるのである。

それは具体的には意味の取り扱いという水準において実践されてゆくものと予期される。

禅のパースペクティヴにおいて言語は、〈意味以前の存在そのもの〉とは完全には一致しない。そのため、それはおのずから恣意性＝可変性を有するものと見做される。そしてそれに呼応して、言語（＝われわれの生きている世界）の組み替えの自由度もまた増大してゆくことになる。このことは、禅僧の言語表現の多くが、〝意味の交換〟（コードに準拠した定型的なコミュニケーション）という次元よりも、〝意味の生産〟（コードから逸脱し、コードそのものを書き換えてゆくような発話）という次元において実践されている（ように見える）ことの理由を説明している。[34]「須彌芥子に入る」（広大な世界がちっぽけな芥子の中に収まる）というような類いの、われわれの常識的認識と大いに齟齬するような現実様態を禅僧が繰り返し言い立てているのは、このような意味（コード）の固定性・限定性を打破しようという企図の下になされているためだと見られる。そうすることによって、意味という安定構造――当然のこと、自明のことと思い込んでいた価値体系――は揺らぎ始め、瓦解してゆき、書き換え可能な不安定な構造へとすがたを変えるのである。その中において、言語的現実への没入状態、虚構的価値体系の本質化＝自然化状態からの目覚めの可能性が開かれてくるのである[35]。

ここで、禅僧の言語の組み立てが公共的意味配列（誰にでもわかるように言うこと）を意図的に侵犯している（ように見える）ことを顧慮するならば、禅の言語論の如上の基調が、コミュニケーション（定型的意味交換）における〝わかりやすさ〟の危うさをわれわれに告げているのだ、ということがわかるだろう。言語が慣性の圏域において公共性（＝わかりやすく言うこと）に担保されている限り、われわれは世界に遍在する〝苦しみの再生産回路〟（輪廻）から脱け出す（＝解脱する）ことはできないのである。すなわち、「語、窠臼を離れずんば、焉んぞ能く蓋纏を出でん」という所以である。こうして、禅の問題構制は、言語をどう用いるか、という焦点に傾斜してゆくことになるが、ここにおいて、禅という圏域における「詩」の生成原理がおぼろげながら見えてくるのである。

3　二元論でもなく／あり、一元論でもなく／あり……

此岸と〈彼岸〉の関係

仏教は方法論として、此岸／彼岸、世間／出世間、穢土／浄土、娑婆／寂光土、這辺《こちら》／那辺《あちら》などの二元構造を暫定的に仮構するが、目下の文脈に沿ってそれらを言い換えるとすれば、〝意味以後／〈意味以前〉〟＝〝苦しみの世界／〈苦しみのない世界〉〟などとなるだろう。しかし、既に触れておいたように、上記両項は完全に不一致なのではなく、「非異」の関係にもあるのである。つまり、意味以後の世界にいるということは、全く同時に（ただし絶対的に交差しないまま）〈意味以前〉の世界にもいるということにもなるのである（「是以聖人空洞其懐、無識無知、然居動用之域、而止無為之境、処有名之内、而宅絶言之郷、寂寥虚曠莫可以形名、得若斯而已矣」『肇論新疏』巻中、『大正蔵』四五、二二七頁下)。

ただし、仏典中に散見される、二元構造を提示しながらもその二元性そのものがすぐさま相即性へと収斂し、不可分な一致へ向かってゆくという一元論的ヴィジョンは、あらゆる差異を絶対的同一性（という「名」の下）へと予定調和的に収斂させてしまいかねない、という点で危うさを残している。そのなかでは、〈意味以前〉とは何か、という探求を決定的に停止させてしまうことになりかねないばかりか、初期条件としての苦悩の再生産構造が全面的に容認されるという誤読――現状維持イデオロギー（禅僧の用語を使って謂えば、「自然見」＝「自然外道」(36)、或いは「任病」(37)）――を呼び込んでしまうおそれもあるのである(38)。その点において、このような意味での一元論を最終的観点として規定することは明確に退けておく必要がある。

しかしながら、その一方で、二元論を最終的観点とする、というヴィジョンもまた妥当しないことをここで銘記しておかなければならない。

苦悩の世界＝意味以後の先行条件として、苦悩のない世界＝〈意味以前〉を措定するとき、それは、われわれの日常性を離れた特別な、非日常的経験（として現れるはずだという信念）として肥大化してくる。そして、われわれの生活する場からは完全に遮断された真実性・原初性・本来性・自然性（という「名」）に対する信仰へと展開してゆく。そこでは、われわれは、〈言語以前〉を直接的に経験するという言葉自体に対し、想像的カタルシスを感得し、そこへ陶酔してゆくような危うさを持っているが、どれだけ非日常の中に〈意味以前＝意味の剝落した存在そのもの〉を追い求めたとしても、それは「兎の角」を認識しようとするようなもので(39)、どう足掻いても、無限後退に帰するほかはないのである(40)。

また、もし仮に言語というものが、われわれにとって苦悩の原因でしかないのだとすれば、われわれは、そこから脱け出すために否応なく言語からの逃避という行動を選択せざるを得なくなる。が、そのとき、それがいかにして可能になるかが強く問われてくるのである。このことは、既に問題の一端として触れておいたが、それを言語行為の抛擲の中に捉えようとする見方については、ここでもう一度、徹底的に疑っておく必要があるだろう。

すなわち、言語からの逃避という行動とは、具体的には、沈黙、或いは微笑（などのノンバーバル・コミュニケーション）、或いは叫び（＝動物的鳴き声）、或いは楽器の演奏、或いは絵画の創作、などの諸行為として想定されるが、これらの実践的方法は、真実性・原初性・本来性・自然性という領域を予断的に措定することによって、冗長な発話よりも、より〈意味以前〉らしいという地位へと無条件に格上げされたものに過ぎない。だが、どれだけ、叫びを実践してみたところで、それが意味によって把握され、方法としての定型性を帯びる以上、非‐叫びと弁別化されつつ自己領域化され、その行為の内に自らの自由を閉ざしてゆくことになる。すなわち、〈意味以前〉に近づこうとする意思が、（定型的方法に固執することによって）かえって〈意味以前〉から遠ざかってゆくことになるのである。また、それればかりか、みずから進んで意味的束縛の中に幽閉されることにもなるのであり、実際のところ、沈黙や叫びなどは、〝意味の拘束から離脱している〟という意味的地位を保全‐隠蔽しているのであり、意味の圏域において〈意味以前〉を模造しているに過ぎないのである。(41)

しかも、このような二元論的ヴィジョンにおいては、〝此岸／〈彼岸〉〟＝〝内部／〈外部〉〟という分離を作り出しながら同時に、否定されるべきもの／肯定されるべきもの、という序列構造を絶対化することで、〝絶対的外部＝絶対的他者としての〈意味以前〉＝「仏」〟の存在が確定されるが、それは自己を〝苦悩する主体＝「衆生」〟としての地位に永久に保全しておくことに他ならない。(42)つまり、論理的にわれわれが苦悩の再生産回路から脱け出す道を閉ざしているのである。

しかしながら、既に見てきたように、〈意味以前〉とは、意味以後と「非異」の関係にもあるのである。禅僧は、所謂「悟」なるものが、言語の世界から沈黙の世界に逃げ込むことであるという、われわれの安易な理解、一定の誤認識を回避させるために、次のような布石を打つこともある。「心真者語黙総真」（心が真実であるならば、語るも黙るも真実である」（『頓悟要門』(43)）、「若其悟者、千言万語無弊焉、其不悟者、纔啓唇吻即錯」（若し其の悟る者ならば、千言万語も弊え無し。其の悟らざる者ならば、纔《わず》かに唇吻《しんぷん》を啓《ひら》けば即ち錯まる」（虎関師錬『済北集』(44)）。言語という関係的構造体は、パラドキシカルな両義性を備えている。すなわち、〝苦しみに束縛されること＝「煩悩」〟と〝苦しみから解放されること＝「菩提」〟には、言語を媒介とした表裏一体の同根性・同系性が認められるのである。

如上、禅僧は、苦悩再生産装置であるところの言語から逃避するのではなく、その内に深く潜り込みながらそれを操作することによって苦悩の根源を絶とうとしていたのだと考えられるのである。

絶対矛盾構造の〈中間〉

ここで、われわれが考えるべきは、〈意味以前＝存在そのもの〉は、われわれにとって、はたして認識可能であるのか否か、という根本的な問いである。これは、われわれが言語の〈外部〉へと脱け出す（＝解脱する）ことができるのか、或いは言語を与えられる以前の〈乳児的未分化状態〉へと回帰できるのか、という問いと相即する(45)。結論から言えば、禅は、この問いに対して固有の「解」を提出することはない。それは、既に示唆しておいたように、禅が次のような全く矛盾する二つのヴィジョンを同時にその構成の中に含み込んでおり、それが禅の存在論‐認識論の基本構造となっているからである。

［1］　一元論的ヴィジョン―〈意味以前＝意味以後〉

［2］　二元論的ヴィジョン―〈意味以前〉／意味以後

以下、前者を［1］、後者を［2］と記号化して論を進めることにするが、［2］において、〈意味以前〉は絶対的に意味以後に先行するため、通時的・不可逆的であり、不可視である――ここから、〈存在そのもの〉は捉えられない、というヴィジョンが発生する。一方で、［1］においては、〈意味以前〉は意味以後と相即するため、共時的・可逆的であり、可視的である――ここから、〈存在そのもの〉はいまさに捉えられている、というヴィジョンが発生する。しかし、いずれの言述にしても、それが言語という関係的構造の内部に拘束された被造物であるという理由から〈真理そのもの〉と完全に一致することはなく、［1］は［2］によって反駁され、［2］は［1］によって反駁されるため、上記の問いの「解」は、このような循環的反駁構造の中をぐるぐる回ることとなる。

　言語という関係的構造体は、コード‐自己原因に応じて、ただ自己解体‐自己生成を繰り返しているだけであり、その過程の中で、普遍的かつ絶対的に正しい言表を生産することなどありえない。そもそも「物」自体は是／非の区別を生産しないのである。そのような中で、われわれの言語実践とは――あえて俯瞰的視点＝絶対外部からの視点において捉えれば――言語自身の自己解体‐自己生成のプロセスのことにほかならない。したがって、禅においては、いかなる「解」もそれをポジティヴな水準においては主張しえないのである。そこでなされる主張は、対立項の否認というネガティヴな水準においてやむなく言語化されたものに過ぎない（例えば、「存在そのものは無である」という言明は、有の否認としてのみ暫定的に容認されるのであって、そのような主張そのものを単体として見た場合には、決して妥当しない）。しかして、このような相互反駁構造は決して弁証法的に止揚されることはなく、両軸の接片において可能になる意味世界は持続的に（再）現働化されてゆくことになるのである。

　これらのことから、禅は、［1］と［2］という絶対矛盾構造の〈中間〉を遊動する構えの中で言語行為を実践してゆくことになるのである。このことは、例えば、「若し人有りて汝に義を問わんに、有を問わば無を将って対《こた》え、無を問わば有を将って対え、凡を問わば聖を以て対え、聖を問わば凡を以て対えよ。二道相因して、中道の義を生ず」（『六祖壇経』[46]）などという言表によって説明されるところでもあるだろう。

　ただ、ここでも示唆されていることだが、言語が線条的論理性に拘束される以上、禅僧の（／われわれの）言語行為が〈中間〉という固有の立場をとって表出されることはなく（〈中間〉という立場を可能にするためには、肯定と否定という固有の立場――つまり、［1］と［2］――に依存せざるを得ない）(47)、（不可避的に）パラドクスとして表出されることになる。例えば、よく知られるところでは、「即心是仏」／「非心非仏」、或いは「山是山、水是水」／「山非山、水非水」などの言表があるが、これらは決して二項対立的にかみ合っているわけではないということにはくれぐれも注意しておかなければならない。それがそのように見えてしまうのは、禅僧のパフォーマティヴ（行為遂行的）な「言語行為」を、（真／偽という）コンスタティヴ（事実確認的）な次元で見ようとしているからである(48)（本書「方法序説」参照）。つまり、それらがどのような〝場〟で、誰を相手に発話されたものなのか、その相手がどのような定型的思考に嵌り込んでいるのか、そしてその発話によってその〝場〟がどのように書き換えられていったのか、といったテクスト／コンテクストの個性的-一回的-歴史的な〝効果〟を抹消してそれを意味的に同定しようとしているからである。禅僧の立っている基本的位置を（非現前的な）〈中間〉に措定するならば、歪みを中立化し偏見を正すという〝効果〟において、二つの言表は同一の基軸にあることになる。そういう意味において、「即心是仏」／「非心非仏」という意味論的矛盾を、発話者の思想に還元しながら、そのいずれが正しいのかを議論するといった読みは、少なくとも禅僧の狙いからは大きくズレてゆくことになるだろう。

このように、禅僧があらゆる意味を否定詞によって斥けつつ、一方で肯定詞によって絶対肯定の地平へと迎え入れている（ように見える）のもこのような仕組のあらわれであり、全体としてはパラドクスを構成しながら、方法としてはいずれかの極へと偏向することを避けようとしていたのだと見られるのである。つまり、禅は、一元論も二元論もその構成の内に含みながら、それらを二重に拒否することもまたその内に含んでいるのである。ゆえに、禅は固有で確定的な論理的立場を主張しえないのだが、だからこそあらゆる苦しみから自由であることの可能性を打開できるのである。

われわれは、自らが苦悩の再生産構造＝関係性の内部に包み込まれていることを知ることによって、（不安定な）〈外〉へ〈外〉へと脱け出ようとする。しかし〈外〉へ出たと思ったとしても、意味は執拗に追跡してくる。意味の把捉は既に内への定住化であり、われわれが「語」と〈義〉の結合関係を解体‐動態化し、意味の固有性・同一性を再構成し直したとしても、それは外延なき関係性の内部で発話しているに過ぎない。その意味において、禅僧は永続的に意味の圏域の内部を遊動しながら声を出し続けることを義務づけられているのである。南宋・無文道璨が「無文とは文字を廃弃〔棄〕するの謂《いい》に非ざる也。文字の中を周旋して文字の性を離るる者なり」（無文者非廃弃文字之謂也、周旋文字之中而離文字之性者也）（国立国会図書館蔵刊本『無文印』巻一五「周時甫」）と述べるように、言語の〈外部〉へと逃避するのではなく、言語の内部を「周旋」することによって、「文字之性」から離脱しようと試みているのである。

そして、上記のような終局なき螺旋運動・循環的パラドクスの中で残るのは、欲望の体系から離脱し、言語の限界線、すなわち言語の内部としての〈絶対外部‐絶対他者〉を目指してゆくという意思（求道心、向上心）であり（さらに言えば、それが「意思」という形を取って意識‐内省されることさえないような、意思への〈意思〉であり）、解体と再生、分解と合成、破壊と創造という、構造自体の恒常的ダイナミズム（力動性）である。こうして構造が不断的に浸食されるような言語空間が創り出されることになるが、それこそが時に彼らをして「詩」と呼ばしめるような現象のことであったと見られるのである。

4　禅における〈詩〉の生成原理

〈禅〉とは何か

さて、最後に本章の題目、「禅において言語とは何か」という問いを再び掲げた上で、〈禅〉という辞項の意味性について言及しておこう。

禅僧の用いる〈禅〉という辞項は、その原義――「禅那」と音訳され、「定」「静慮」「思惟修」などと意訳される、座して精神を集中する行為・状態――からはいったん離れ、固有の意味を失ってゆく。『血脈論』は言う――「仏是西国語、此土云覚性、覚者霊覚、応機接物、揚眉瞬目、運手動足、皆是自己霊覚之性、性即是心、心即是仏、仏即是道、道即是禅、禅之一字、非凡聖所測」〔仏とは西国の語《ことば》であるが、当地では覚性と呼んでいる。覚とは霊覚のことであり、応機接物、揚眉瞬目、運手動足、これらはいずれも自己の霊覚の性である。性とはすなわち心であり、心とはすなわち仏であり、仏とはすなわち道であり、道とはすなわち禅である。禅の一字は、凡人であれ聖人であれ測度されるようなものではない〕[49]と。また、元朝の僧、中峰明本は述べている――「禅之一字、不可見、不可聞、不可覚、不可知」〔禅の一字は、見ることもできず、聞くこともできず、覚《さと》ることもできず、知ることもできない〕、「禅無儞会底道理、若説会禅、是謗禅也」〔禅とは儞《そなた》が理解できるようなものではない。もし禅を理解できると言うなら、それは禅を謗《そし》ることである〕[50]と。つまり、〈禅〉とは、どこまでいっても意味の把捉から逃れた〈何か〉＝〈意味以前〉でしかなく、原材＝実体を持たない隠喩でしかない。つまり、〈禅〉という辞項は、どれだけコピーを繰り返し、増殖されていったとしても、どこか特定の地点へと再帰されることはないのである。

ただし、すぐさま言い直しておかねばならない。つまり〈禅〉はそれゆえどのような記号にも置換されうるのだ、ということを。〈禅〉という辞項の核がこのような定義不可能性にあるのだとすれば、その再帰点は、本章の文脈に沿って言えば、［1］と［2］という絶対矛盾構造の（非現前的な）〈中間〉へと向かってゆくこととなるだろう。こうして〈禅〉という帯域においては、あらゆる意味の固有性が失われていき、持続的な動的状態が保たれるのである。

安定化に対する抵抗

さて、ここでこれまでに述べてきたことに加え、さらに言語の解剖を試みれば、まず、われわれは等しく社会化された存在であり、ある共同体に内蔵されるコミュニケーション回路＝言語に強制的に接続させられている存在である。そのようなコミュニケーション（定型的意味交換）は、周期的・慣習的に運用されるものであるがゆえに、それを基礎づける性質の一つは、疑いなく、安定性を志向する。(51) それゆえ、われわれは言語をコミュニケーション・システムとして公共化することを可能にしているのだが、言語の持っている規律は、そのまま存在秩序の安定性と照応している。言語は、社会的共同性、同一性を意義とするものであるがゆえに、そう簡単に変化してはならないのである。こうしてわれわれは、構造を安定化させるために解読格子（コード）の公共性（＝わかりやすさ）を高めてゆき、またコミュニケーション・システムは、それ自身が安定化・平衡化するように最適化の地点へと向かってゆく。前述のように言語は存在‐認識を可能にする仕組であると同時に、苦悩を再生産する装置でもあったのだが、逆にわれわれ自身がそのような言語の安定構造＝苦悩の再生産構造を堅持しようという圧力を自らに課す存在であることも忘れてはならない。安定に対する欲求は、変化（消滅・死）に対する恐怖へと反転し、あらゆる存在を一つ残らず意味づけ尽くしてしまおうという抵抗となる。そのため、われわれは自らの局限的立場＝「我」を保守しながら、自らの帰属する言語的＝共同的秩序を積極的に受け容れ、それに基づいてわれわれ自身の捉えがたい〈心〉をも（集合的‐協働的に）固定化・硬直化させてゆこうとするのである（そうすることで苦しみが再生産されることには気づかないまま）。

しかして、このように誰もが自らの苦しみを保守しようという拭いがたい性質を持っているからこそ、（共同性のあり方を規定する）言語実践のあり方が広く、そして強く問われてくるのである。

そのとき禅僧は、このような安定化・公共化（わかりやすさ）に対する抵抗として次のように言語実践を具体化することになるだろう。すなわち、ある時は、対話的言語行為を通じ、状況に応じて肯定と否定とを適切に選びとることで、言語（＝われわれの生きている世界）に力動性を注入してゆくことを試み、ある時は、公共化された意味配列をずらした発話を繰り返すことで、意味の網の目を裂開し〈空白＝原像〉（例えば、「妙」＝何とも言えないという質感）を抉り出そうと試みる。

これらの実践は、ある場合においては、「詩」という辞項によって囲い込まれることになるが、本章で言う〈詩〉とは、五言律詩・七言絶句などといった、歴史的に制度化されてきた韻文の様式の限りではない。また、漢詩・和歌・俳句などの表現様式を問うものでもなく、場合によっては言語表現でないことさえあるだろう（ただし、改めて注意を喚起しておくとすれば、言語表現ではないとしても、本章で用いてきた言語のヴィジョンに立ち帰れば、それらもまた言語としての例外ではない）。（禅僧を含めた）われわれの言語実践とは――〈絶対外部〉からの視点において（想像的に）捉えれば――言語自身の自己解体‐自己生成のプロセスのことにほかならない。このような地平において、〈詩〉とは、言語の動的状態――言語が言語であることを失効してゆく状態――として隠喩化されることになるだろう。その限りにおいて〈詩〉は、意味の確定性・固有性を失効させつつ、われわれの周りに一分の隙もなく嵌め込まれている堅牢な価値体系（コード）を、そしてわれわれ自身を書き換えてゆく原動力となるのである。しかして、〈禅〉（僧）及び〈詩〉（篇）と呼ばれうる存在者はいずれも、それぞれが固有の再帰点を持ち得ない――動的である――という点において〈一義〉性＝〈真実〉性を表象しうるのである。そして、〈詩〉と〈禅〉は異なるものではない、という言説が主体の口を代えて繰り返し現働化されてきたのは、まさにこのような（われわれの常識的思考からは隔絶した）地平においてであり、まさにここにおいて、禅僧が膨大な量の詩篇を生産してきた所以が認められるのである[52]。

註

（1）禅僧（正確に言えば、禅僧と呼称される人々）が、歴史的に見て、言語について深く探求する存在であり続けたことは、禅が、中観派と唯識派という、言語をその思索の対象としてきた大乗仏教の二大潮流の流れの中から発生した哲学であることからすれば当然の帰結と言うべきであるだろう。なお、仏教の言語理論をテーマに論じた先行研究は少なくないが、一部を列挙すれば、例えば、以下のようなものが挙げられる（ただし、研究史を網羅しているわけではないのでくれぐれも注意されたい）。赤松明彦「言葉は永遠なものか創り出されたものか―バルトリハリの場合―」（『勝呂信静博士古稀記念論文集』山喜房佛書林、一九九六・二）、同「空の言語学―仏教における「語りえぬもの」―」（『言語』三四-四、二〇〇五・四）、石井公成「初期禅宗と『楞伽経』」（『駒沢短期大学研究紀要』二九-一、二〇〇一・三）、市村承秉「道元禅師の言語観―特に般若波羅蜜と空華の両巻に参照して―」（『曹洞宗総合研究センター学術大会紀要』一一、二〇一〇・六）、同「道元禅師の言語観 Ⅱ 言語使用における論理的矛盾性の超克―正法眼蔵有時の巻に参照して―」（『曹洞宗総合研究センター学術大会紀要』一二、二〇一一・六）、同「道元禅師の言語観 Ⅲ―宗教的究極性と行為：正法眼蔵仏向上事に参照して―」（『曹洞宗総合研究センター学術大会紀要』一三、二〇一二・六）、井筒俊彦『意識と本質』（岩波書店、一九八三・一）、同『コスモスとアンチコスモス―東洋哲学のために―』（岩波書店、一九八九・七）、井筒俊彦／野村宗弘訳『禅仏教の哲学に向けて』（ぷねうま舎、二〇一四・一〔原著、一九七七〕）、伊原照蓮「陳那に於ける言語と存在の問題」（『哲学年報』一四、一九五三・二）、同「陳那の言語観」（『印度学仏教学研究』二〔一-二〕、一九五三・三）、同「リグ・ヴェーダの言語観の種種相―真言思想のひとつの源流―」（『成田山仏教研究所紀要』四、一九七九・一二）、今西順吉「言語世界の構造とその破壊―『中論』の言語哲学について―」（『印度哲学仏教学』二、一九八七・一〇）、岩井貴生「西田哲学「行為的直観」にみる禅の言語化」（『仏教経済研究』三九、二〇一〇・五）、上杉宣明「阿毘達磨仏教の言語論―名・句・文―」（『仏教学セミナー』三〇、一九七九・一〇）、上田閑照『ことばの実存―禅と文学―』（筑摩書房、一九九七・一一）、同「言葉と禅」（『川並総合研究所論叢』二、一九九四・三）、同「仏教と言語知」（『日本仏教学会年報』六六、二〇〇一・三）、畝部俊也「バルトリハリと言語生得説」（『印度学仏教学研究』五六-二、二〇〇八・三）、江島恵教「空・ことば・論理」（『理想』五四九、一九七九・二）、大類純「インド哲学諸派と「ことば」の本性論」（『東洋学研究』〈駒沢大学〉一、一九六五・一二）、岡島秀隆「禅仏教の言語観」（『禅研究所紀要』二一、一九九二）、岡田憲尚「言語協約・言語活動の点より見たアポーハ論」（『印度学仏教学研究』六一-一、二〇一二・一二）、冲永宜司「禅言語の逆説構造―ウィトゲンシュタインの規則論を手がかりに―」（『比較思想研究』二六、二〇〇〇・三）、奥住毅「中論における言語と実在の問題」（『印度学仏教学研究』三三-二、一九八五・三）、同「中観における思想と言語」（『仏教学』二〇、一九八六・一〇）、小谷信千代「瑜伽師地論に於ける縁起説と言葉」（『日本仏教学会年報』五五、一九九〇・五）、同「有部の言語観―名の実在をめぐって―」（『加藤純章博士還暦記念論集　アビダルマ仏教とインド思想』春秋社、二〇〇〇・一〇）、同「唯識思想における意識とことば」（『仏教学セミナー』七三、二〇〇一・五）、同「唯識思想はなぜ「ことば」を重視するか」（『大谷学報』八一-一、二〇〇二・三）、蒲池信明「言語の差違性・恣意性と縁起」（『教化研究』〈真宗大谷派教学研究所〉一〇六、一九九一・九）、神川正彦「禅のコトバと一般意味論―比較思想論的な一つの試み―」（『人文学研究所報』〈神奈川大学〉三、一九六七・三）、菅英尚「『楞伽経』における唯心」（『印度学仏教学研究』二九-一、一九八〇・一二）、菅野博史「中国における『維摩経』入不二法門品の諸解釈―仏教における真理と言語―」（『大倉山論集』二二、一九八七・一二）、木村清孝「龐蘊と道元―禅思想における言語観の二極―」（『東アジア仏教思想の基礎構造』、二〇〇一・三）、木村俊彦「ダルマキールティにおける宗教的言語論―バラモン教との聖典論争をめぐって―」（『論集』一四、一九八七・一二）、木村隆徳「『金剛経』を媒介とした禅と印度仏教の比較」（『仏教学』一一、一九八一・四）、工藤英勝「法相唯識教学における「ことば」の問題」（『印度学仏教学研究』八〇〔四〇-二〕、一九九二・三）、久保田力「マナ識と『楞伽経』」（『印度学仏教学研究』三九-二、一九九一・三）、同「『楞伽経』依用の最初の論師達」（『文化』〈東北大学〉五二〔三-四〕、一九八九・三）、小池一郎「龍樹『中論』における言語の位置」（『同志社外国文学研究』七九、一九九八・二）、古賀英彦「初期の禅宗と楞伽経の伝持」（『花園大学研究紀要』一七、一九八六・三）、同「楞伽経の如来蔵説と大乗起信論」（『禅文化研究所紀要』二五、二〇〇〇・一二）、斎藤明「空と言葉―「中論」第24章・第7偈の解釈をめぐって―」（『宗教研究』七二-一、一九九八・六）、清水要晃「楞伽経の如来蔵思想について―特に「刹那品」を中心にして―」（『大崎学報』〈立正大学〉一二八、一九七六・三）、徐海基「澄観の『華厳経疏』に見られる「理」について―「理」と「言語」との関係の観点から―」（『印度学仏教学研究』九〇〈四五-二〉、一九九七・三）、末木文美士『解体する言葉と世界―仏教からの挑戦―』（岩波書店、一九九八・一〇）、同「禅の言語は思想を表現しうるか―公案禅の展開―」（『思想』九六〇、二〇〇四・四）、菅沼晃「入楞伽経の不立文字論」（『東洋大学紀要 文学部篇』二五、一九七一・一二）、同「入楞伽経の如来蔵論」（『東洋大学大学院紀要』一三、一九七六・二）、竹村牧男「唯識説における「事」と「理」」（『仏教学』二、一九七六・一〇）、同「唯識説における言語の問題―三性説をめぐって―」（『仏教学』二〇、一九八六・一〇）、同「「春は花」の風光〈言語〉」（『はじめての禅』講談社、一九八八・六、『禅の哲学―自己の真実を尋ねる―』沖積舎、二〇〇二・七、再刊）、同「仏教の言語観―道元を中心に―」（『中世文学』四五、二〇〇〇・八）、谷口富士夫「『金剛般若経』における言語と対象」（『仏教学』三〇、一九九一・三）、田村昌己「バーヴィヴェーカの瑜伽行派アポーハ論批判」（『印度学仏教学研究』五九-二、二〇一一・三）、槻木祐「ナーガールジュナの言語観―「空」を理解するための若干の提言―」（『北陸宗教文化』一三、二〇〇一・三）、辻直四郎「法華経の言語」（『法華経研究』三、一九七〇・三）、鳥海輝久「『成唯識論』と言語論」（『仏教学』二、一九七六・一〇）、長尾雅人「『維摩経』を機縁として―否定と肯定の二方向について―」（『仏教学セミナー』五〇、一九八九・一〇）、中川英尚「「楞伽経」と世親唯識」（『密教学研究』一五、一九八三・一二）、中島志郎「道元の身体と言語」（『禅文化研究所紀要』三〇、二〇〇九・七）、永橋治郎「禅と言葉の問題について―鈴木大拙を手掛かりとして―」（『人間文化学研究集録』七、一九九八・三）、中村元「バルトリハリに於ける絶対者の観念」（『哲学雑誌』六九三／六九四、一九四四・一二）、同「ことばの形而上学（上）」（『哲学雑誌』六九五、一九四五・一）、同「ことばの形而上学（下）―スポータ説―」（『哲学雑誌』六九七、一九四六・一二）、那須円照「『倶舎論』における言語観」（『パーリ学仏教文化学』二六、二〇一二・一二）、西義雄「達摩の禅と楞伽経の関係」（『PHILOSOPHIA』〈早稲田大学〉四八、一九六四・一二）、西嶋和夫（愚道）「中論の新しい理解と宗学」（『宗学研究』三八、一九九六・三）、八力広喜「『中論』と中観派」（『印度学仏教学研究』二九−二、一九八一・三）、服部正明「インド言語哲学における人間観」（『東洋における人間観―インド思想と仏教を中心として―』東京大学出版会、一九八七・二）、浜田智純「天台智顗禅師における「文字」」（『天台学報』二八、一九八六・一〇）、原島达『不立文字』（岩波ブックサービスセンター、一九九一・四）、菱田邦男「『サプタパダールティー』における言葉と物」（『愛知学院大学文学部紀要』二六、一九九七・三）、松岡寛子「『唯識三十頌』第一頌'vijnanapariname'の第七格解釈について」（『印度学仏教学研究』五五−三、二〇〇七・三）、神子上恵生「瑜伽師地論における言葉と意味」（『龍谷大学仏教文化研究所紀要』一四、一九七五・一〇）、務台孝尚「道元禅師の道得について」（『宗学研究』三〇、一九八八・三）、村上真完「ヴァイシェーシカ（勝論）派の認識論と言語表示」（『東北大学文学部研究年報』三六、一九八七・三）、森山清徹「後期中観思想の形成とダルマキールティのプラマーナ論―推理（anumana）による無自性論証の成立根拠―（『文学部論集』九一、二〇〇七・三）、同「カマラシーラの因果論及びプラマーナ論の吟味とダルマキールティ―Madhyamakaloka 和訳研究―」（『文学部論集』九〇、二〇〇六・三）、安井光洋「初期『中論』注釈書と『十二門論』について―青目釈『中論』における言語観を中心として―」（『仏教文化学会紀要』二一、二〇一三・一一）、安武智丸「『中論』帰敬偈の意義―無着による「順中論」造論の視点から―」（『真宗教学研究』二二、二〇〇一・六）、安永祖堂「宗教と言語―禅体験に於ける言語の媒介性―」（『京都・宗教論叢』七、二〇一三・一）、柳田聖山「こころ（意）と言葉―語録の歴史―」（『松ヶ岡文庫研究年報』三三、一九八九・二）、山口等澍「禅の論理的象徴的形態―中論論理特に根本五位説を中心として―」（『哲学雑誌』六〇六、一九三七・八）、頼住光子『道元の思想―大乗仏教の神髄を読み解く―』（ＮＨＫ出版、二〇一一・一〇）、同『道元―自己・時間・世界はどのように成立するのか―』（日本放送出版協会、二〇〇五・一一）。

（2）井筒の禅に関する考え方を見通すには、最近訳出刊行された、井筒俊彦／野村宗弘訳『禅仏教の哲学に向けて』（ぷねうま舎、二〇一四・一（原著、一九七七））がまとまっていて便利である。

（3）虎関師錬『仏語心論』巻八・言説相心分第二七、『日本大蔵経』一〇・経蔵部・方等部章疏三、一五八／三三二頁上。

（4）大珠慧海『頓悟要門』（平野宗浄『禅の語録6　頓悟要門』筑摩書房、一九七〇・三、二〇五頁）。

（5）仏教学者、竹村牧男（一九四八―）は『禅の哲学―自己の真実を尋ねる―』（沖積舎、二〇〇二・七、三九頁以下）において仏教の言語理論、とりわけ陳那（ディグナーガ）（四八〇―五四〇）のアポーハ論とソシュールの言語論との共通性について述べている。また、蒲池信明「言語の差違性・恣意性と縁起」（『教化研究』〈真宗大谷派教学研究所〉一〇六、一九九一・九）も同様にソシュール言語論と仏教の言語観との共通性を指摘している。一方、ソシュール研究者である丸山圭三郎（一九三三―一九九三）もまた、「西欧における〈世紀末〉から第二の〈世紀末〉に至る思想の変遷はまことに複雑な様相を呈していて、表層的にはマルクス主義、実存主義、構造主義→ポスト構造主義、近代主義→ポスト・モダンとめまぐるしい動きを見せているが、私たちはその底に二つの大きな流れを読みとることができるように思われる。その第一は、E・マッハやF・ド・ソシュールに代表される〈実体論から関係論へ〉という視座の転換であり、その第二は、フロイト、ユングらが発見した〈無意識〉の復権である。そしてこの二つの視座こそ、実はすでに二千年近くも以前から、大乗仏教の二大系統とみなされる〈中観派〉（＝ナーガールジュナの空観）と〈唯識派〉（＝ヴァスヴァンドゥーたちのアーラヤ識）の哲学の底に見出されるものであった。しかもそのいずれの思索も、存在喚起力としての〈コトバ〉と人間存在をめぐる問題から出発していることに注目したい」（『欲動』弘文堂、一九八九・九、三―四頁、傍点原文）と述べている。

（6）『楞伽師資記』（柳田聖山『禅の語録2　初期の禅史I―楞伽師資記・伝法宝紀―』筑摩書房、一九七一・三、一四〇―一頁）。「（達磨）大師又指事問義、但指一物、喚作何物。衆物皆問之、迴換物名、変易問之」。

（7）「懐譲禅師、金州杜氏子也、初謁嵩山安国師、安発之曹渓参扣、譲至礼拝、師曰、甚処来、曰、嵩山、師曰、什麼物、恁麼来、曰、説似一物即不中」（『六祖壇経』機縁第七、『大正蔵』四八、三五七頁中）。

（8）『臨済録』（『鎮州臨済慧照禅師語録』）、『大正蔵』四七、四九六頁中。

（9）所謂『楞伽経』には三訳がある。劉宋・求那跋陀羅訳『楞伽阿跋多羅宝経』四巻（四巻楞伽）、後魏・菩提流支訳『入楞伽経』十巻（十巻楞伽）、唐・実叉難陀訳『大乗入楞伽経』七巻（七巻楞伽）。禅宗で多く用いられたのは、最古の四巻楞伽と言われるが、その訳は「簡古」で読み難いと言われる。本章では、『仏語心論』が底本としている四巻本に拠った。なお、本文中の引用は、『大正蔵』一六所収『楞伽阿跋多羅宝経』（四巻楞伽）を用い、『楞伽経』と略称した。
(10) 本文中の引用は、『日本大蔵経』一〇・経蔵部・方等部章疏三所収本を用いた。なお、訓点は省略した。
(11) 『楞伽経』巻三、『大正蔵』一六、五〇〇頁中(『仏語心論』巻一二・善語義相分第五九、『日本蔵』一〇、二四二/四一六頁下)。
(12) 『楞伽経』巻三、『大正蔵』一六、五〇〇頁中(『仏語心論』巻一二・善語義相分第五九、『日本蔵』一〇、二四三/四一七頁上)。なお、『仏語心論』によると、「妄想相」とは、「心法」であり、「言説相」とは、「境法」であるとされる。
(13) 平野宗浄『禅の語録6 頓悟要門』(筑摩書房、一九七〇・三、二〇一頁)。
(14) 「彼諸痴人作如是言、義如言説義説無異、所以者何、謂義無身故、言説之外更無餘義、惟止言説、大慧、彼悪焼智不知言説自性不知言説生滅義不生滅、大慧、一切言説墮於文字、義則不墮、離性非性故、無受生亦無身故」(『楞伽経』巻四、『大正蔵』一六、五〇六頁中〔『仏語心論』巻一五・言義差別分第七三、『日本蔵』一〇、二八九/四六三頁上〕)。「諸菩薩摩訶薩、依於義不依文字、若善男子善女人依文字者、自壊第一義、亦不能覚他」(『楞伽経』巻四、『大正蔵』一六、五〇六頁中〔『仏語心論』巻一五・言義差別分第七三、『日本蔵』一〇、二九〇/四六四頁下〕)。「如為愚夫以指指物、愚夫観指不得実義、如是愚夫隨言説指、摂受計著至竟不捨、終不能得離言説指第一実義」(『楞伽経』巻四、『大正蔵』一六、五〇七頁上〔『仏語心論』巻一五・言義差別分第七三、『日本蔵』一〇、二九一/四六五頁下〕)。
(15) 「観語与義非異非不異、観義与語亦復如是」(『楞伽経』巻三、『大正蔵』一六、五〇〇頁下〔『仏語心論』巻一二・善語義相分第五九、『日本蔵』一〇、二四三/四一七頁下〕)。
(16) 「諸宗共に仏心仏性と号し観する処は、皆是れ平等一如にして一仏是なり。然りといへども、衆生の根機種々不同なるか故に、仏の入門も亦一に非ず、宗々門々を立て、仏性の名を替へ、衆生夫々何れの道になりとも、気根に応して仏門に引入れ、彼の一仏の仏性を知らしめんか為めなり。然れは、正道顕密の宗には、之を大日と名つけて本尊とし、或は金剛の正体と名け、或は本不生と名つけて、此の根本を悟る。法華には、妙の一字を本尊として、妙法蓮華経の五字に極めて之れ唱へ、禅宗には、本来の面目、或は主人公、或は法身仏、又は真如の月など、号し、色々に名つけ、観念工夫して、修行の道、種々之れ有りと雖も、尋ね入て見れは、本有常住の如来は、平等一如にして、只是れ彼の一仏なり。譬へは人生る、とき、手振りの赤裸の子にて、名はなけれとも、親色々に工夫分別して、子の行末を思ひ、或は鶴千代、亀松など、、幾久しく目出たき名を付るか如し。其の子、後には、官位に登り、左大臣、右大臣、又は関白太政大臣と登り玉ふ人もあるべし。心も其の時々に変して、早や衆生を憐む心が出来て、世を利益するものなり。そのとき是れ何人ぞと尋ぬれば、別の人にあらず、元の鶴千代なり。其の一名もなき鶴千代已前を省れば、元の手振りの裸子なるかごとし。彼の一仏も此の如く。一に其の一名もなきとつとむかし父母未生已前を悟り得て見れは、只十方世界の虚空に法如として来りもせず去りもせず、何時も絶えず有りて、色形もなく、一名もなく、言の葉にも述へがたき一仏なるを、世尊種々工夫分別して、衆生の為めに方便利益を廻らして、色々に名つけ玉ふ一仏なり。此の処の理を能く〳〵明め玉ふべし」（『一休和尚全集』光融館、一八九八・三、「あみたはだか物語」、六―七頁、傍点原文）。

(17)　『楞伽経』巻四、『大正蔵』一六、五〇六頁上―中〔『仏語心論』巻一五・如来異名分第七二、『日本蔵』一〇、二八七／四六一頁下―二八八／四六二頁上〕。

(18)　われわれの構築した言語なるものは、われわれが日常的に感じる、色あい・響き・香り・味わい・手触り、或いはこのような感覚さえも未分化な存在感とでも呼ぶべき質をも意味的に規定している。また、われわれの感覚諸器官さえもが、文化的に（共同的に）作られている。それゆえ、感覚そのものは意味化・価値化されて美／醜などの価値判断の根源となり、煩悩の原因として忌避される。これらの不可算の質は、意味という公共化された定型の中に縮減・平均化され日常の中に埋没してゆく。逆に言えば、質が平均化され、単一の意味なるものへと縮減＝変換されることで、われわれの認識は成り立っているのだとも言え、その質は言語を通じて分割＝量化されることによって共有することが可能になる。勿論、それはあまりにも粗雑なやり方だが、それゆえ効率的でもある。

(19)　『楞伽経』巻四、『大正蔵』一六、五〇六頁下〔『仏語心論』巻一五・言義差別分第七三、『日本蔵』一〇、二八九／四六三頁下〕。

(20)　『楞伽経』巻三、『大正蔵』一六、五〇五頁上〔『仏語心論』巻一四・内外涅槃分第七〇、『日本蔵』一〇、二八〇／四五四頁下〕。

(21)『楞伽経』巻四、『大正蔵』一六、五〇七頁上（『仏語心論』巻一五・言義差別分第七三、『日本蔵』一〇、二九二／四六六頁上）。
(22)『楞伽経』巻三、『大正蔵』一六、五〇〇頁下（『仏語心論』巻一二・善語義相分第五九、『日本蔵』一〇、二四四／四一八頁上）。
(23)『仏語心論』巻八・言説相心分第二七、『日本蔵』一〇、一五七／三三一頁上―下。
(24)『宗鏡録』巻六一、『大正蔵』四八、七六四頁中。
(25)蘇軾に「人生識字憂患始／姓名粗記可以休」（『集註分類東坡先生詩』巻三「石蒼舒酔墨堂」、『四部叢刊正編』四七、九二頁上）の句もある。
(26)引用は、岩波文庫版『頓悟要門』巻末附載のものに拠った（ただし一部表記を改めた）。
(27)『楞伽経』における「言説妄想相心」という六字について、『仏語心論』（巻八・言説相心分第二七、一五五／三二九頁上―下）は「二法」と「四法」の二種の解釈があると指摘した上で、その「四法」を「言説前五、妄想六識、相為七識、心是八識」と規定している。つまりその中で「言説」は、視覚・聴覚・嗅覚・味覚・触覚の知覚系に相当するものとして説明されている。
(28)「禅における言語的意味の問題」（『意識と本質―精神的東洋を索めて―』岩波書店、一九八三・一）（本文中の引用は、一九九一年版〈岩波文庫〉に拠る）、三六一頁。
(29)六如慈周『葛原詩話』巻四（『日本詩話叢書』第四巻）。なお、一部表記を改めた。
(30)『仏光国師語録』巻五・建長寺普説、『大日本仏教全書』〔新版〕四八、一〇七頁下。
(31)『済北集』巻一一、『五山文学全集』一、一九四頁。
(32)ところで、「詩禅一味」言説の歴史性という文脈で注意されるのは、なぜそのような言説が、宋末―元というこの時期において強く「知」の表層に浮かび上がってくることになったのか、という問題についてである。その点に関してわれわれの関心を惹きつけるのは、尤焴（一一九〇―一二七二）（嘉定元年〔一二〇八〕進士）の「痴絶禅師語録序」（『痴絶和尚語録』、『新纂続蔵経』七〇、三九頁上）の中に、「余、近世尊宿の語録を観るに、多く窠臼を成す」とあり、物初大観（一二〇一―一二六八）の「重修人天眼目集後序」に、「言句の窠窟は、今時学者の大病なり」（言句窠窟、今時学者之大病也」（『人天眼目』、『新纂続蔵経』六四、七六四頁上）などと述べられていることである。これらの「窠臼」言説を「詩禅一味」言説との相関性の中に配置して読めば、南宋末期―元という歴史の知層線にあって、禅僧の言語使用のあり方というものが、当時の一部の人々の意識の内面下に一種の危機感として刻み込まれるほどに否定的な評価を下されるものであったらしい、という事実が推知されるのだが、そのことは同時に、本来であれば禅僧にとってわざわざ言葉にして語る必要さえなかったはずの「詩禅一味」という言表が、この時期にあって、さまざまな主体の口を通して語られ（そして、記録され）ているということ自体が、詩と禅の乖離を自然視するような「場」が、禅林の内部に形成されていたという事実を徴証しているのだとも言えるのである。

(33)　言語というものがわれわれにとってもっぱら棄却すべきものであったわけではなく、両義的な存在であると見られていたということは、例えば次のような記述からも窺われる。「言説為法都有二種、一真、二妄、妄言説者不顕真諦、真言説能入第一義、……語不顕義而有顕示、……語不顕義云妄辺也、而有顕示云真辺也、故随仏意分真妄説、若亦学者知真妄由、言説之法豈有咎耶」（『仏語心論』巻八・言説相心分第二七、一五八／三三二頁上―下）。

(34)　禅僧が、〝意味の交換〟という次元ではなく、〝意味の生産〟という次元で言語実践を試みている、と述べたことに関して再度注意を喚起しておきたいのは、彼らにおいて重要であったのは、産出された意味ではなく、意味の産出というパフォーマンス――「語る」という実践――であったということである。

(35)　このような効果を、ロシア・フォルマリズム、或いはブレヒトの用語を借りて、「異化（効果）」と呼ぶことができるかもしれない。「対象を芸術的事実とするためには、実生活のさまざまな事実からそれを抽象しなければならない。……事物を、それが置かれている一連の通常の観念連合から引き離さなければならない。火にくべた薪をひっくり返すように、事物をひっくり返さなければならないのだ。……詩人はあらゆる看板をその定位置からとりはずして見るし、芸術家はつねに事物の反抗を呼びかける煽動者なのだ。事物は詩人のところで、自己の古い名称を打ち捨て、新しい名称とともに新しい風貌を現わしながら反抗する。詩人は比喩や比較のイメージを使用し、……そのことによって語の意義の転位を行ない、それがこれまで置かれてあった意味の系列から概念をとりだし、言葉（比喩）の助けを借りて別の意味の系列に移し変え、そうすることによって、われわれは新しさと新しい系列に加わった対象の存在を実感できるのである」（ヴィクトル・シクロフスキー／水野忠夫訳『散文の理論』せりか書房、一九七一・六、一二七—八頁、（原著、一九二五））。「形式が素材を捉え、素材はその隅々まで形式に被われる。形式は紋切型となり、やがて死ぬ。不条理の詩的構成が再び新たに喜びを与え、新たに怯えさせ、新たに衝激を与えるためには、新たな素材の流入、日常言語の清新な諸要素の流入が、不可欠になる。……詩が用いるのは《耳なれぬ語》だ」（ロマン・ヤコブソン／北岡誠司訳「最も新しいロシアの詩—素描一」水野忠夫編『ロシア・フォルマリズム文学論集1』せりか書房、一九八四・六、六二—五頁、（原著、一九二一））。「異化とはなにか？／ある出来事ないしは性格を異化するというのは、簡単にいって、まずその出来事ないしは性格から当然なもの、既知のもの、明白なものを取り去って、それに対する驚きや好奇心をつくりだすことである。……異化するというのは、……歴史化することであり、つまり諸々の出来事や人物を、歴史的なものとして、移り変わるものとして表現することである。もちろん現代の人間たちにも同じことが起こり得る——かれらの態度もまた時代と結びついた、歴史的な、推移するものとして表現できるわけである。／そうすることでどんな利益があるか。舞台上の人間が全然変えることのできない、影響を及ぼすことのできない、運命の手に握られた救いようのないものとして演じられるのを、もはや観客が見ないですむという利益があるのだ。……観客は舞台上の人間世界の映像に対して、かれがこの世紀の人間として自然に対するときと同じような態度を身につけるようになる。観客は、自然過程だけでなく社会過程にも手を突っこむことのできる、ただ世界を受け入れるだけでなく支配することのできる偉大な変革者として、劇場においても迎えられるようになる」（ベルトルト・ブレヒト／千田是也訳「実験的演劇について」千田是也訳編『今日の世界は演劇によって再現できるか—ブレヒト演劇論集—』白水社、一九六二・一二、一二三—四頁）。

（36）「身学道といふは、身にて学道するなり。赤肉団の学道なり。身は学道よりきたり、学道よりきたれるは、ともに身なり。尽十方界是箇真実人体なり、生死去来真実人体なり。この身体をめぐらして、十悪をはなれ、八戒をたもち、三宝に帰依して捨家出家する、真実の学道なり。このゆへ《（ゑ）》に真実人体といふ。後学かならず自然見の外道に同ずることなかれ。百丈大智禅師のいはく、「若執二本清浄本解脱自是仏、自是禅道解一者、即属二自然外道一《若し本清浄、本解脱、自ら是れ仏、自ら是れ禅道の解を執せば、即ち自然外道に属す》」。これら閑家の破具にあらず、学道の積功累徳なり」（『正法眼蔵』第四「身心学道」、思想大系、上、七七—八頁）。

（37）『夢中問答集』中（講談社学術文庫、一〇六頁）。

(38)　このようなヴィジョンは「本覚思想」と呼ばれて時に批判されるが、本章の着眼点は、このような一元論的思考の真／偽の別に向けられているわけではなく、それらが禅の構成の中でどのような「機能」を持っているかに向けられている。

(39)「仏法在世間／不離世間覚／離世覓菩提／恰如求兎角」(『六祖壇経』般若第二、『大正蔵』四八、三五一頁下)。このように経論中で思念不可能な存在の譬喩としてしばしば用いられる「兎角」「亀毛」だが、それらが思念不可能であるのは、そこで実際にわれわれの頭の中で思念されているものが、「兎」＋(牛・鹿などの)「角」という個別イメージの結合体でしかないからである(そのような想像力を離れて「兎の角」や「亀の毛」それ自体を意識・思考することはできない)。ただし、ここで重要なのは、「兎角」が思念不可能な存在である一方で、例えば「花」などの存在が思念可能だということではない、ということである。「花」をはじめとする一切の事物もまた、「兎角」と全く同じように、名状不可能、思念不可能な非-存在である。というのも、「花」はもとより「花」としてそこに存在していたわけではなく、未分節的世界の全的な分節化作用によって、事後的に(その他一切の事物と共に)立ち現れた一つの効果＝仮象に過ぎないからである。言語という構造的な差異化作用の連関の中で、質的な原-存在そのものが分割＝量化され、そこに一個の「花」が出現する。しかし、われわれは「花」として現成してくる以前の〈何か〉を思念することはできない。その場合の〈何か〉とは決して虚無ではない。「外道常者只以言説有名而已、有名無実、有兎角過」(『仏語心論』巻六・内外常異分第一三、一二一頁)。

(40)　まさにこの「無限後退」の中において、客観世界＝存在そのもの＝〈仏〉の地位を簒奪／僭称しようという(不可能な)試みを実践するため、われわれの日常的在所を離れた何か特別な実践方法があるに違いない、という神秘主義的な仏教観が発生する。

(41)「心之寓於意曰法焉、心之寓於舌曰声焉、根塵之間未曾有尊卑矣、然今之言道者、例貴声前言前、偏嫌渉言渉説、何哉、蓋声言之前皆法塵也、言説之間是声塵也、斉是塵也、何尊卑之有乎、若所寓之理高、在舌也高、所寓之理卑、在意也卑、顧所寓如何耳、若善於斯、千説万話為無妨、不善於斯、黙契冥証皆入邪路、故曰偏忌言説者刻舷矣、曰古人豈不然乎、曰古人吠虚今人嚇実」(『済北集』巻一二、『五山文学全集』一、一八七頁)。

(42)〈仏〉を不可知論という実定性の監獄の中に押し込めることによって、その不可知性を犯すというパラドクスに陥ってしまう。『荘子』斉物論篇第二には、「知は其の知らざる所に止《とど》まれば、至れり」（知止其所不知、至矣）（岩波文庫、第一冊、七一頁）という一文があり、これ以上認識不可能という臨界点に到達することが「至」であると告げられている。しかし、このような老荘系の思想に対しては禅僧からの批判もある。「此ノ万物ノ始ノ無名ニ至ルカ大事ソ。サル時ハ老子ノ悟ハ此マテチヤソ。宗門ニ此後ニ的意ト云、大用ト云、真空ト云、度人ト云事トモカアルソ。サルホトニ老子ハ虚無自然マテカ、至極テハツルソ」（桃源瑞仙『史記抄』一七・日者列伝第六七、『抄物資料集成』一、五七四頁、句読点筆者）。

(43) 大珠慧海『頓悟要門』（平野宗浄『禅の語録6　頓悟要門』筑摩書房、一九七〇・三、一八九頁）。

(44) 虎関師錬『済北集』巻一四・宗門十勝論第六、『五山文学全集』一、二一四頁。また、虎関には、次のような言述もある。「道因言顕、言以字伝、言字二法載道之器、増上慢空不察所由、離除文字以為正法、如来嫌之、執計之謂、……吾祖所謂不立文字、増上慢空除離文字、学仏之者乞詳甄別」（『仏語心論』巻一二・有無倶離分第五六、二三三／四〇七頁下）、「蓋外道中以絶言句為正法者、言義竝滅堕空無見、吾宗門中不立文字直指見性、後学膚浅不善分別、錯入此格者不寡矣」（『仏語心論』巻一五・言義差別分第七三、二八九／四六三頁下）。

(45) ここで、〝われわれは言語の〈外部〉へと脱け出すことができるか〟という問い（或いはそれに類する問い）を立てて論じているが、このことについては一言を附しておかなければならない。それはつまり、このような問いの立て方自体がそもそも決定的に誤謬である、ということである。なぜなら、このような問いの中では、脱け出そうとしている主体の言語的存在性は全く不問に附されてしまっており、自己同一的な即自的実体としての地位に保全したまま議論を進めてしまっているからである。もし「われわれ」或いは「われ」が言語的存在ではないのだとすれば、そもそも〈外部〉に位置しているために脱け出す必要性はない（それゆえ、そもそも「脱け出す」という行為そのものが不可能となる）。しかし、それが言語的存在であると仮定した上で、もし脱け出せるというのなら、それはもはや「われわれ」でも「われ」でもない。つまり、「われわれ」或いは「われ」という立場を保守する限り、上記の問いにはもとより「脱け出すことができない」という「解」しかないのである。しかし、逆に言えば、だからこそ「われわれ」或いは「われ」という主体の言語的存在性が強く問われてくるのである。

その上で、ここでいま一度、〈意味以前＝存在そのもの〉は、われわれにとってはたして認識可能であるのか否か、という問いについて議論の構図を整理しておこう。例えば、禅家にとって周知の「南嶽磨塼」の公案は、瓦をどんなに磨いても鏡にはならないように、どんなに座禅をしても「作仏」するのは不可能であることを示しているように読める。この問題系は、『臨済録』示衆では『法華経』の「仏法不現前／不得成仏道」の句（巻三・化城喩品第七）に言及するかたちで次のように変奏されている――「〝仏法現前せず〟とは、仏本《も》と不生、法本《も》と不滅、云何《いかん》ぞ更に現前《げんぜん》すること有らん。〝仏道を成《じょう》ずることを得ず〟とは、仏応《まさ》に更に仏と作《な》るべからず。古人云く、仏は常に世間に在《いま》すも世間法に染まず」（仏法不現前者、仏本不生、法本不滅、云何更有現前。不得成仏道者、仏不応更作仏。古人云、仏常在世間、而不染世間法）（『大正蔵』四七、五〇二頁中）。すなわち、〈意味以前〉（＝絶対的に無意味な前‐言語的世界）は決して現前しない、それは「更に」＝二重に現前することが不可能だからである。また、〈仏〉は〈作仏〉することは決してできない、それは「更に」＝二重に〈作仏〉することが不可能だからである。このような論法は（本論中に提示した）［1］と［2］をいずれも構成の内に含み込んでいるからこそ可能になるものである。ここで「南嶽磨塼」の公案と組みあわせて考えると、人がどんなに座禅しても〈作仏〉することが不可能なのは、二重に〈作仏〉することが不可能だから、ということになる。つまり、二重の〈作仏〉の不可能性によってこそ〈作仏〉の可能性が開かれているのである。［1］は終局的視点たりえないので、われわれは既にして〈仏〉であるなどとは言えない。しかし、［2］もまた終局的視点たりえないので、〈作仏〉の可能性が閉ざされているわけではない。〈作仏〉は可能か、という問いに対しては、ここでも固有の「解」を導き出すことはできない。しかしながら、ここではこのように言っておきたい。いかなる人も〈作仏〉は不可能である、だからこそ、〈作仏〉の可能性が開かれているのだと。

（46）「若有人問汝義、問有将無対、問無将有対、問凡以聖対、問聖以凡対。二道相因、生中道義」（『六祖壇経』付嘱第一〇、『大正蔵』四八、三六〇頁下）。

（47）「問、何者是中道義。答、辺義是。問。今問中道、因何答辺義是。答、辺因中立、中因辺生。本若無辺、中従何有。今言中者因辺始有。故知、中之与辺、相因而立、悉是無常。色受想行識、亦復如是」（大珠慧海『頓悟要門』、平野宗浄『禅の語録6　頓悟要門』筑摩書房、一九七〇・三、八五頁）。

（48）この点は、禅籍の基本的な読み方に関わる重大な問題であると共に、〝禅僧はなぜ詩を作ったのか〟という本書の問いにも深く関わる基幹的問題となるため、いま少し紙幅を割いてその要点を整理・詳解しておきたい。そこで、まず、確認しておくべきは、禅僧の視線は、決して「意味」を無視しているわけではないものの（そもそも無視しえない）、そこで強く問われているのが（われわれが考えているような意味での）「意味」ではない、ということである。

この問題については第Ⅲ章でも詳しく述べることになるが、禅僧は、「機」という語を用いつつ、言語のはたらき（機能、効用）が特定の位置に停滞することを戒めるような言表を多く残している。例えば、「機不離位墮在毒海、妙在転位也」（『人天眼目』巻三「三種滲漏」、『新纂続蔵経』六四、七四八頁中）、或いは「機不離位、墮在毒海、語不驚群、陥於流俗」（『碧巌録』二五則、岩波文庫、上冊、三二一頁）などである。この言語自体の「機《はたらき》」とは、『中華若木詩抄』（新大系、3項）に「機ハ隠レテ見エヌ処也」とあるように、われわれには決して見えぬものであるが、そのような「機」が渋滞し、言語の運用が惰性的意味や予定調和的二分法の同位的反復-再生産へと堕してしまうことに対して、禅僧は強い抵抗を示していた。それは語録などから観察される発話実践の形態的特徴に端的に現れている。「庭前栢樹子」「東山水上行」といった常軌を外れた、突飛なかたちで繰り返されるパフォーマンスの変奏には、その句そのものに真理値が担わされていない――真でも偽でもない――ことがすでに仄めかされているのだが、このことを明確に示しているのは、本論中にも引用した『六祖壇経』の次の言表である――「若し人有りて汝に義を問わんに、有を問わば無を将って対え、無を問わば有を将って対え、凡を問わば聖を以て対え、聖を問わば凡を以て対えよ。二道相因して、中道の義を生ず」（『六祖壇経』「若有人問汝義、問有将無対、問無将有対、問凡以聖対、問聖以凡対。二道相因、生中道義」（『六祖壇経』付嘱第一〇、『大正蔵』四八、三六〇頁下）。禅僧の発話は、読み手をして固有の位置へと凝滞させないような工夫の中に展開されているのだが、一方でそれはただ無意味な発話を繰り返すことに目的を定めているわけでもなかった（道元は祖師の語が「無理会話」〔理解不可能な語〕だと吹聴する杜撰の輩を批判している。『正法眼蔵』第二九「山水経」、思想大系、上、三三三―四頁）。無意味であることは意味的水準を離れていないどころか、むしろ無意味という一意性《アイデンティティー》において窒息死しているからである（「語中有語、名為死句、語中無語、名為活句」〔『古尊宿語録』巻三八・洞山守初、『新纂続蔵経』六八、二四八頁上〕）。ここで強調しておきたいのは、いかなる発話も状況の中に埋め込まれることによって初めて発話として機能しうるのであってみれば、禅の視界における「機《はたらき》」は、発話の概念的意味にではなく（また発話者の意図でもなく）、発話の力能性、つまり、発話それ自体が持っている、〝状況〟を書き換えうるような〝力〟を照射するものであったということである。先の『六祖壇経』の記述は、禅僧の発話が、〈中道の義〉をあぶり出すためのパフォーマンスとして実践されていることの宣言でもあった。禅僧がコンスタティヴな水準で真理を語っている（＝現前させている）わけではない――その不可能性ゆえに――ことにはくれぐれも注意しておく必要がある。しかしながら、その時、同時に大きな論点となるのは、先にいう〝状況《コンテクスト》〟がどこまで続いているのかという点である。つまり、状況の外延が確定不可能であるということがここでの鍵鑰となる。禅僧の描き出す世界像の中では、前言語的なア・プリオリな指示対象は何もない。毛細血管状に張り巡らされた網状組織の中で、あらゆる項はあらゆる項と乱反射しつつ参照関係を取り結んでいる（ただし、繰り返すが、参照関係の網目が項の群れを全的に作りだしているのであって、その逆ではない）。ゆえに、放射された力が状況を書き換え、書き換えられた状況が次なる力を産出する、という言い方もまた十分とは言えない。ポジティヴに自己同一的な項がありえない以上、ある力を別の力と区分しうるようなア・プリオリな条件は何も存在していないからである（力は加算も減算もされない）。ゆえに、状況の外延を確定することも全く不可能であるに違いない。いかなる力／状況も自律的な実体ではなく、相互参照的に立ち現れた仮象に過ぎないのであってみれば、「風吹けば砂塵が舞い……」式の無限の連鎖にあって、力という「種子《しゅうじ》」が状況という連続体の中で継起的に（相続されつつ）「薫習《くんじゅう》」されてゆくのだとしても、そのような種子《しゅうじ》の薫習《くんじゅう》↓現行《げんぎょう》の連鎖は、同時或いは無時間的なものとして理解されなければならない。というのも、力は必ず後継され、その連鎖に際限はないが、それは、人がある行為を選択した原因を同定するのが困難であるという意味においてではなく、原因は結果に対して（時間的にではなく）構造的な事後性（或いは相差）の下にしか構築されえない――意味生成の果てしない延期によって永遠の循環の中に陥る――という意味において無時間的なのである。そうであるからこそ因果の連鎖は構造的に世界の〈彼岸＝外部〉にしか存在しえないのである。日常生活の中で、われわれは普通、物事の原因を物語論的に標定することに疑問を感じることはないし、それを真偽のレヴェルで議論することにも慣れきっているが、力の連鎖が分割不可能であるという原則に従えば、実際のところ、任意のある行為・出来事が世界の始発点＝原因であるといったような語りには、何ら正当的な根拠を見出すことはできない。換言すれば、因果関係とは確かに原因と結果の連鎖をとり結ぶが、それはわれわれが素朴に考えているような意味での時間的な連鎖なのではなく、完全に無時間的、或いは同時的な関係化原理のことに他ならないのである。そして、そのような因果という原理が此の世界の中に現前することなどはないのであってみれば、〝状況〟に外延はなく、力の及ぶ範囲にも外延はない、ということになる。また現在（身体）という定点から観測される力は、その現在性に呼応するかたちで未来を書き換えようとするだけでなく過去の再整序をも始めてゆくことになるのだが、ここでも注意しなければならないのは、過去―現在―未来の三世（時制）は、いずれかの観測地点を設定することによって立ち現れる仮象に過ぎず、そもそもそこにはいかなる主体も存在してはいないということである。つまり、効果とは常に過渡的状況に暫定的に置かれたものに過ぎず、〈力の流れ〉には予め定められた設計図はなく、統合された意志のようなものもないのである。いかなる発話も世界を動かしうるが、その変化は定点から予期・計量されうるようなものではない。その意味において、力は分割不可能な持続状態において複雑に絡み合い、外延も時制も持たず、いわば茫洋とした無限定の〝（風の）流れ〟のようなかたちなきかたちで、起点も帰結もなく、どこから来るのでもなくどこへ去《ゆ》くのでもなく、錯綜したままただひたすらに遍在しているのである（「如来者、無所従来、亦無所去、故名如来」『金剛経』、『大正蔵』八、七五二頁中）（もちろん、その運動には規則《システム》＝法があると考えられるが、それを規則《システム》＝法として取り出してきた瞬間にそれは切断され、隠蔽される。ゆえにわれわれにはその規則《システム》＝法をそれとして認知することはできない）。また、『六祖壇経』には「道須通流、何以却滞、心不住法、道即通流、心若住法、名為自縛」（中川孝『禅の語録4　六祖壇経』筑摩書房、一九七六・二、五五頁）という語が見え、「道」とは「通流」するものであると説明されている。流れゆくものであるがゆえに、心が物に停滞すれば、自己を束縛することになる、というのだが、この「流れ」のメタファーは、内部（言語）と〈外部＝力〉の相互作用という中間性によって初めて可能となるものであって、〈外部〉はもちろん、〈流れ〉という実質があるわけではない。ここには流れを静止させるような摩擦力は存在していないため（分割という作用がないため、それはこの流れが分割という作用それ自体であるため。なぜなら、分割そのものは分割されない＝〝解る〟そのものは解らないから）、ひたすら持続しており、それはもはや完全に静止した運動という他ないようなパラドキシカルな作用なのである。「若し真の不動を覓《もと》めば、動上に不動有り」（『六祖壇経』、同上、一八一頁）と言われる所以である。

　ただし重要な点だが、言語のうちに幽《かく》れているその〈力の流れ〉は、主体という定点において有限化されることが避けられないため、「機《はたらき》」もまた必然的に所定の「位《ポジション》」へと凝滞することを避けられなくなる。有限の状況の中で、

〈流れ〉は堰き止められ、「力」として可視化され、「意味」へと形を変えて立ちあがってくるのである（常に事後的に）。そこでは、主体／テクスト／コンテクストという切断が起こり、それによって相互が相互を組織として立ち上げ、主体の言わんとすることに全権性が与えられる。そのような可感的な力が状況の構成を固有の再帰点へと凝滞させるような負の力である場合、物事は固有にして自律的な意味をもった実体として生起してくることになるだろう。辞項は個別化された物質の中に沈殿し、自然化される。そして〈力の流れ〉は忘却され、世界は意味を単位として構造化され、現状において自然‐不変なものと信じられるようになる。そして人は事実の陳述が言語の全てであるかのような視座に凝滞してゆくことになるのである（「機不離位、墮在毒海。語不驚群、陥於流俗」『碧巌録』二五則、岩波文庫、上冊、三二一頁）。

　つまり、このことからわれわれが学ぶべきは、もっぱらパフォーマティヴな水準でのみ言語を運用することなどできない、ということである。ゆえに、いかなる「機《はたらき》」もまた意味づけられ、発話の有効性／無効性が審議されるのも不可避となる（真理値を担わされる）。となれば、まさにこの時、「機」はむしろ逆の効果を担わされることになるのである。「忘機是仏道」（『宛陵録』〔『古尊宿語録』巻三〕、『新纂続蔵経』六八、一九頁上）と言われるように、「機」から離れることが強く要請されることになるのである。この点に関しては、中川徳之助『日本中世禅林文学論攷』（清文堂、一九九九・九、三六一―五二頁）において、禅僧の観念的世界において形成される「鷗」の基柢的属性が、「忘機」「無機」「息機」といった語と強く関連づけられ、「人間のさかしらな心」としての「機」を離れていることに観念形象体としての「鷗」の誕生があるとする理解の過程において詳解されている通りである。その中では多くの用例を以てそのことが例証されているが、その中から、本章の文脈に合わせて、特に以下の文章に注意しておきたい。『荘子』天地篇第一二「機械ある者は必ず機事あり。機事ある者は必ず機心あり。機心、胸中に存すれば、則ち純白《じゅんぱく》備わらず。純白備わらざれば、則ち神生定まらず。神生定まらざる者は、道の載《の》せざる所なり」（有機械者、必有機事、有機事者、必有機心、機心存於胸中、則純白不備、純白不備、則神生不定、神生不定者、道之所不載也）（岩波文庫、第二冊、一一二頁）。『抱朴子』外篇巻四八「純白、胸に在れば、機心、生ぜず」（純白在胷、機心不生）（『四部叢刊正編』二七、二三五頁上）。『中華若木詩抄』巻下・晏同叔「上竿奴」詩注（新大系、243頁）「カウ云タ心ハ、機械トハ、上ヘハ現レズシテ下ニテ操ル也。機トハ、戸ノ枢《クロヽ》ナンドノヤウニ操ルコト也。世上ニトレバ、人ナンドヲ上ヲバイカニモケツラウテ、底ニハ朝暮《あけくれ》シ落トサント巧《タク》ムヲ機心機事ト云ゾ。機械ハ機事ノ為ナレバ、機械アレバ機事ガ無テハ叶ワヌモノゾ。機事ヲシ出スモノハ、心ニ操ル心ガ無テハ也。器ニツイテ巧ムバカリデハアルマイ也。人生ノ中ニモ色〻ノコトヲ胸中ニ構エンゾ。ソノ心ガ胸中ニアレバ、純白不備トテ一途ニ落着カズシテ、一言モノヲ云イ出ス中ニモ種〻ノカラクリアルホドニ、月ヲ月ト云イ花ヲ花ト尽《コト〴〵》クソノマ、ニ云イ出スコトガナイ也。純一無雑トテ、チットモ別心モナクソノマ、ノ心ゾ。人ハ純白ガ肝要ナルゾ。人ノ胡乱《ウロン》ナルモ虚言妄語モ、純白ナラヌ故也。純白ニナケレバ、神ガ不ㇾ定也。色〱ニモノヲ廻シテ案ズルホド定当セヌホドニ、我ナガラ我ガ心ヲ知ラヌヤウナルゾ。カヤウノコトヲバ道トハセヌホドニ、取ルニ足ラヌゾ」。

　ゆえに禅僧にとって「機」はまったく両義的《アンビヴァレント》なものとなる。働きの完全なる停止は、意味作用の絶えざる運動の中でのみ可能となるからだ。禅の歴史が〈語りえぬもの〉に「名を与える」パフォーマンスの連鎖として展開されてきたのもこのためである。それがいかに効果的な名であったとしても、それが現前的な名である以上、凝固‐実体化してしまうことは避けられない。それゆえ、その凝固した名を解体しまた別の「名を与える」という連鎖が永続的に継起されることになるのだ。その反復の中で、名は歴史的に宙づりにされ続けることになるが、この「名を与える」という行為こそが、禅僧の身体において歴史的に規定されてきた一種のハビトゥスとして、「詩作」というパフォーマンスを誘発する結果となったのである。そこではその一篇の詩それ自体が、与えられた名であったが、その各詩篇が自らの外部と間テクスト的に連動することによって、意味論的に同定されることを巧妙に回避してきたのである。

　上述のように、人の発話において意味の働きが停止することはないが、意味の実体化という働きを停止させることは可能だ、と禅僧は考えていた。言語の地殻変動はそれとして自己完結するものではなく、〈言語ならざるもの〉、つまり〈力の流れ〉との相互作用の中で確かに可能になっているからだ。そのような〈力の流れ〉はテクストの基底に隠れ、われわれには決して見えない。しかし、言語が世界に／として遍在するその限りにおいて、そのような不可視の〈力の流れ〉は、それ自体、運動‐再編成され続け、決して凝固することはない（なお、このような不可視の〈力の流れ〉は伝統的詩学の射程の中では、「それを揮発化した」「気」の概念によって捉えられてきた。第Ⅳ章註（19）参照）。〈それ〉は主体を含めた諸事物を絶えざる構築‐編制の途上に置きつつ、常に新たな状況を生起させるべく世界に遍在しているからだ。それゆえテクストの下に潜む〈力の流れ〉そのものをあぶり出し、そのような自然化の機構を浮かび上がらせることが禅僧にとっての不可欠の仕事となる。つまり、凝固した力を再生することが強く求められるのである。それは文の意味とは異なる意図を潜ませているとか、隠喩的であるとか多義的であるとかといった次元に限られる問題ではない。これまでとは違ったかたちで〈力〉を継起させること。意味の中心化へと抵抗すること。意味を遠心化させ、〈力〉を持続させること。〈力の流れ〉を統御しうるような主体は想定できないものの、〈力〉を可視化し、なおかつそれを持続させること。〈力〉を解読し、差異を可視化させること。日常に埋没した感覚を呼び戻すこと。日常からずれること。行住坐臥の全ては「不可思議の用」（『江西馬祖道一禅師語録』、『新纂続蔵経』六九）と言われるように、われわれの行為（発話）の全ては、〈思考不可能な機構《システム》〉による作用の連関の中にあるのだ。そして、そのような〈力〉への眼差しの持続が、禅僧においては詩作というパフォーマンスとして結実したのである。

（49）『達磨大師血脈論』（『新纂続蔵経』六三、三頁下）。

（50）『天目中峰和尚広録』巻四之上「示雲南福无通三講主」（和刻影印近世漢籍叢刊、中文出版社、一七七―八頁）。

（51）言語の安定性-同一性が損なわれる兆候が見られるようになると、システムを安定化させようとするプログラムが社会の中で自動生成される。「若者の言葉の乱れ」などの言説はその一例である。

（52）とはいえ、ここで立ち止まって反問してみる必要はあるだろう。「五山文学」という資料体の全てがそのような内因によって成立したものであるのか、と。「参詩猶如参禅ト云ホドニ、詩句ニ参ズルトモ、単伝直指向上ノ詩ニ参ゼヨ、カマイテ詩魔ノ向下ニ参ズルナト云タゾ」（『湯山聯句鈔』序）という記述にもあるように、「詩」と呼ばれている表現の全てが「詩禅一味」言説へと還元されるわけではない。また、禅僧の言語（文筆）活動を実務的水準において捉えておくとすれば（例えば次の事実に注意しておく。①禅僧の社会の中では、各人が地位とそれに応じた役割を与えられ、その中で、さまざまな種類の儀礼的労働（実務文書の作成など）が要求されたこと。②「詩」さえもが社交的手段としてのコミュニケーション・ツールとして機能しえたこと）、（本章で言うところの）〈詩〉によってのみ「五山文学」という枠が成り立ち得たわけではないことは強調しておく必要があるだろう（詳細は「方法序説」参照）。

Ⅱ 中世禅林詩学における言語（の〈外部〉〈彼岸〉）への視座

――言語と〈心〉の不均衡な呼応関係――

1 緒言

中世禅林という知の空間において、なぜ文学（詩）と呼ばれる現象が現れたのか、という問いは、「五山文学」（禅林文学）という学問領域において、最も核心的でありながら（／であるがゆえに）、実際的な問題意識としては絶えず周辺化され続け、実質的には不問の前提として隠蔽・排除され続けてきた。その結果、「五山文学」という学問領域は、中世文学の体系の中に自明の所与として配置され、知のローカル化・断片化を補強してゆくような専門細分化の制度性の中で、「文学界の孤児」[1]という標徴に約言されるような自閉性を強く保全してきた。しかしながら、禅林詩学における詩の産出機制が文学という領域の中で自律的・自閉的に働いていたわけではなく、仏教という思考法の中でこそ可能になっていたのだとするならば（前章参照）、それは、中世という知の空間において同様に仏教的思考法の中で構造化されていたと見られる知の諸形式――すなわち歌論・連歌論・能楽論――とも構造的な照応性ないしは共軛性を十分に保持しうるものであったと考えることもできるだろう。このようなかたちで〝禅僧はなぜ詩を作ったのか〟という根本的な問いに立ち返ることで、中世的な知の共軛性を（再）構築すること、そしてその当座の起点として「五山文学」を開くこと、それは五山文学研究の（或いは中世文学研究の）置かれている状況を鑑みて喫緊の課題と言うべきであるだろう。その試みの中で、本章が鍵概念として考えるのが、言語の〈外部〉である。

禅僧の、ほとんど偏執狂的とも言える言語に対する視線が、言語の桎梏から自らを解放する可能性、言い換えれば、言語の〈外部〉〔彼岸〕――〈不可説＝語りえぬもの〉――へと越境する可能性を探求する過程で生まれたものであった、ということは、既に前章で『楞伽経』（四巻本）、虎関師錬『仏語心論』の精読を通して確認してきた通りである。つまりは、禅僧の詩的実践もまたこのような、〈語りえぬもの〉をいかに語るか、という探求の延長線上で展開されていた、というわけだが、禅僧の言語の〈外部〉への視線が彼らの詩的実践とどのように照応していたのか、という問題に関しては、さらに綿密な論理構造の解明が必要となってくるだろう。しかして、本章では以下に、禅僧の言語の〈外部〉への視座 perspective を丹念に追跡しながら、特に〈外部〉と内部の関係性という点に照準を合わせつつ、いかにして仏教的思考回路の中から詩という実践が産出されることになったのかという問題について考えてゆくことにしたい。

ところで改めて絮説するまでもなく、〈外部〉（或いは〈他者〉）という主題は、現代的な知の前衛においては一つの重要な基軸的問題系を成していると言えるが[2]、そのことを承けて予め強調しておきたいのは、多様な文脈で展開される外部論の中にあって、本章の〈外部〉論は、同心円的領域構造の外部という意味での辺境性や周縁性の議論とは一致しないということである。本章で規定する〈外部〉とは、例えば、端的には（本章とはモチーフも文脈も大きく異にしたものだが）、笠井潔『外部の思考・思考の外部』（作品社、一九八八・六）の次のような言表の中に見出されるもののことである。すなわち、「どのようなメタファーにおいてであれ、あるいは暗示や予感や象徴においてでさえ、いったん外部を語ったその瞬間に、外部は内部化され、あの二項対立のもとに顛倒的に隠蔽されていってしまう」（四五頁）といった、絶対的に到達不可能‐言表不可能な、（認識論的次元において）不在としての〈外部〉

のことである。加えて言えば、それは、G・ドゥルーズ〔一九二五―一九九五〕による次のような説明とも符節を合わせるものとなるだろう――「外がどんな外部的世界よりも遠いように、内はあらゆる内部的世界よりも深いのではないか。外は固定した限界ではなく、動く物質なのである。この物質は、蠕動によって、一つの内を形成する襞や褶曲によってかき立てられる。内は外と異なるものではなく、まさしく外の内である。……もし、思考が外からやってきて、いつも外とつながっているとすれば、どうして外は、思考が思考しないもの、思考しえないものとして、内に現われないことがあろうか。だから、思考されないものは外部にあるのではなく、外を裏うちし、外を穿つ思考不可能性として、思考の中心に存在するのだ」(3)（傍点原文）。

本章における〈外部〉とは、議論の対象、知的統握の対象となりうるような何らかの具体的問題設定なのではない。また、いかなる形而上学的「実体」に支えられるものでもない。そもそも〈外部〉への探究が、明晰なかたちでその全貌を開示しうるはずだ、知解可能なはずだ、という信念‐予断の下に訴求されているのだとすれば、それは必ずや挫折を強いられることになるだろう。笠井の言い方を藉りれば、「外部はただ、内部がその自己累積の果てに、その極限で直面せざるをえない自己限界の意識としてのみ、いわば予感されるに過ぎない」（一八頁）のである。われわれがまずもって徹底的に見定めなければならないのは、語るという行為に不可避的に随伴される〈外部〉の隠蔽（実体化）という機制について、すなわち、〈外部〉論の不可能性についてである。〈外部〉論の可能性とは、そのような立場を決して払拭することなく保持し続ける場合においてのみ、初めて幽かに開示されうるものでしかないのである。

さらに、本章導入の問題意識に立ち戻って附言するならば、論述の過程で幾度か中世の諸言説を引照しつつ、それらを本章の文脈の中に再配置することになるのだが、それによって、中世という知の複合的空間が、（当時の知的エリートの身体群へ刻印してきた語りの範型を通して）〈外部〉にどのような（仮の）名を与えてきたのかということが開示されることになるだろう。それを本章の一つの成就と見ることができるならば、その中で、諸断片は緩やかな結合を開始することになるだろう。

2 〈外部〉論の不可能性

さて、以下に言語の〈外部〉という問題に取り組むにあたって、まずは（議論の素地を均すという意味でも）禅僧の言語への視座とわれわれの言語への視座との間にある〝ズレ〟を明確にしておくことが必要であるだろう。それは端的に言えば、われわれにとっての常識的言語観が、「言語名称目録観」（ソシュール－丸山圭三郎）(4)――言語を、言語以前に想定されたア・プリオリな指向対象の表象ないしは代行・再現と見なすような言語観――に拘束されていること、そしてそれが禅僧の描出する言語像と決定的に決裂していること、である。

そもそも仏教の描き出す言語像においては、（具体的事物であれ抽象的観念であれ）いかなる個別的辞項もア・プリオリな即自的実体性を持つものではないと考えられている（「無自性」）。いかなる辞項も、われわれの経験に反して、相互参照的な関係性（「縁」）の網の目によって事後的に作り出されたものに過ぎず、相互参照という事態が生起する前件として参照する項や参照される項があるわけではない。いかなる辞項も他から孤絶することなく、同根的・相互内在的にその存立を支え合っている。それを井筒俊彦はこう説明する――「例えばAという一つのものは、他の一切のものとの複雑な相互関連においてのみ、Aというものであり得る。ということは、Aの内的構造そのもののなかに、他の一切のものが、隠れた形で、残りなく含まれているということであり、またそれと同時に、反面、まさにその同じ全体的相互関連性の故に、AはAであって、BでもCでも、X、Yでもない、という差異性が成立する」（『コスモスとアンチコスモス―東洋哲学のために―』岩波書店、一九八九・七、四九頁、傍点井筒）。あらゆる辞項は予め決められた場所に配置されているわけではなく、他から区別されるような純粋な本質を内在させているわけでもない。その意味でそれらは全て実体のない空虚に他ならない（「空」）。つまり、われわれの経験しうる言語的世界とはア・プリオリな実体なのではなく、行為（語り）を通して編制・組織化される効果の束に過ぎないということである。

となれば、関係性の網の目が作り出した諸辞項の配置がいままさにこうである根拠はどこに求めればよいのだろうか。いったいどのような原理に基づいて関係性の網の目は反復的にこのように（＝「恁麼《いんも》」に）生起してくるのだろうか。それをどれだけ思念したとしても答えは見つからない。まさにその生起そのものが生起してこないからである。(5)だが、換言すれば、われわれの経験しうる言語の地平においては世界の隅から隅まで意味が書き込まれているが、世界の中にはまさにその意味の書き込みの過程が書き込まれていないのである。つまり、世界がこのように立ち現れてくる根拠はまさしくアポリアとしてわれわれの思考の埒外へとはじき出されてしまう、外部化されてしまうのである。「恁麼時の而今は吾も不知なり、誰も不識なり、汝も不期なり、仏眼も覰不見なり、人慮あに測度せんや」（『正法眼蔵』第二五「渓声山色」、思想大系、上、二八九頁）。

以上のように、その厳密な意味においていかなる名づけも不可能な、われわれの知覚・認識・思考・議論の外にあるもの、〈不可＝思＝議＝なるもの〉を言語の〈外部〉と呼ぶならば、まず深く銘記しておかねばならないのは、われわれの経験しうる言語的世界――意味の流動する仮構的（非物質的）空間としての自己意識――の外延は、われわれの思考可能性‐言表可能性の極限に均しいということ。そしてそのような内部としての言語空間はその自己完結性を〈外部〉に憑拠せざるをえないのだが、内部からは〈それ〉を触知することが決してできない、ということである。

〈不可思議なるもの〉としての〈外部〉は、あらゆる自己同一性から逃れているという意味でのみ、自己同一的＝不変であり得るが、その同一性（恒常性）はわれわれの認識の埒外にあるために捉えられない。それゆえ〈それ〉をどのように名づけたとしても直ちに失敗することになる。いかなる名づけもそれは言語によって馴致された外部でしかなく、〈外部〉というかたちをとった内部、〈外部〉の似像‐模型に過ぎない。言語の〈外部〉そのものは〝外部〟という名を与えられる――内部へと編入され、その語彙項目の一つとなる――ことで不可避的に切除‐隠蔽されてしまうため、内部においては決して現前しないのである（ゆえに〈外部〉として論じうるような〝外部〟はもはや〈外部〉ではないし、同様に〈他者〉として論じうるような〝他者〟もまた〈他者〉ではない。本章の視座は、〈外部〉と内部の断絶を何の躊躇もなく恣意的に埋め立ててしまうような外部論（他者論）、〈外部〉論の不可能性というアポリアを抱えることのない実体的外部論とはその始発点より交叉しない）。この決して脱けられない隘路《アポリア》にあって、〈外部〉は決して言語的に公理化されることのないまま、（意味論的水準においては）常に誤読される蓋然性を許している。ゆえに本章でこれまで呼んできた〈外部〉という名称もまた実は、それとして捉えようとされたものの誤認された名でしかない。〈外部〉をめぐる議論は、終始、逆説的に〈外部〉の抑圧‐隠蔽というかたちをとってでしか為されないのである。ゆえに、絶対的に匿名のはずの〈　〉は、仏教の伝統的用語法の中で貫かれてきた〈仏法〉、或いは禅学的地平で汎用されてきた〈仏性〉という名によってでも、決定的なズレ＝切断を惹き起こしてしまうのである。

ところで、唐代の禅僧、薬山惟儼は「兀兀地思量什麼」（じっと座って何をお考えなんですか）と問われて「思量箇不思量底」（並びに「非思量」）と返したが（『景徳伝灯録』巻一四、『大正蔵』五一、三一一頁下）、この言表には、〈思考不可能なもの＝外部〉を思考する、というアポリアとの存在論的邂逅が濃縮されている。〈思考不可能なもの〉は、思考されるやいなや、思考可能なものへと転倒してしまうが、そのようなアポリアを恣意的に突破することなく、〈思考不可能性〉をそれとして保持し続けるにはどうすればよいか。

　そこで、〈外部〉は便宜的に二つに分けて対処される。虎関師錬は「仏経」が「不可思議」＝思考不可能なものであるとしつつも、それは「可思議之不可思議」（思考可能な思考不可能性）であって、「不可思議之不可思議」（思考不可能な思考不可能性）ではないと注意する（『済北集』巻一二・清言、『五山文学全集』一、二四八頁）。思考不可能な思考不可能性とは、「実際」であって、それは諸仏も未だ説いたことはない「離念境」であるとされる。それはただ名指すことができないというだけでなく、思考することも意識することもできないものである。このような区別の原理的徹底性は、われわれが思考不可能だと思っているものでさえもいまだ思考不可能なものではない、ということを告知しつつ、われわれの思考には限界があること、そしてそのような限界の〈向こう側＝彼岸＝外部〉が何であるかなどと言葉にすることも意識することもできないということを示す。このように言葉にできないという限界との衝突の経験によってはじめて〈外部〉が——疑似外部ではない真の〈外部〉が——実感されるのであり、〈外部〉を形而上学的実体として内部化してしまうことなく、また〈外部〉への門を鎖すことなく常に開かれた状態にしておくことが可能となるのである。

　なお、本章でいう〈思考不可能な外部〉は全て〈　〉の記号によって示されており、その非同一的同一性の原則に照らしていえば、〈　〉の中にいかなる語が入っていようと、それは全て同〈義〉語となる、ということをここに注記しておく。

3　〈語りえぬもの〉を語らないことは可能か

以上のところまでで強調しておくべきことは、人の思考には限界があるということ、そして〈外部〉を論ずるのはどこまでも不可能である、ということである。

そして次に強調したいのは、〈外部〉は内部を囲繞する輪郭の外なのではなく、内部に遍在しているということ。ゆえに、われわれの世界の中に思考不可能な領域と思考可能な領域とがあるわけではなく、原的には全領域が不可解（知解不可能＝分解不可能）なのだ、ということである。

既に見たように言語が関係的（差異的）なものでしかありえない以上、辞項AがAである根拠は、それが非Aである根拠と同様に、関係性の網の目の内部における乱反射の中で先送りされ続ける。よって諸辞項の真の名、真の意味、真の価値は必然的に〈外部〉へ韜晦する（勿論、そのようなものがあるとすればだが）。ゆえに〈外部〉の〈外部性〉とは、A／非Aという二分法の未決状態ないしは共在状態というパラドクス性を帯びていることになる。しかし、先に確認したその現前不可能性という原則に準ずるならば、〈外部〉は内部に二分法を生起させつつ、同時に自らの〈外部性〉、すなわちパラドクス性を抹消するという秘匿化の機制を備えていることにもなる。つまり、名づけが不可避的に二分法的論理（知解＝分解）を呼び込むものである限りにおいて、そのようなパラドクス性‐混淆性もまた不可避的にA／非Aへと振り分けられてしまうのである。となれば、二分法の管轄する現世（言語的‐意味的秩序世界）において、例えばわれわれが「花」と呼んでいるその名もまた実は誤認されていることになる。つまり、あらゆる概念が誤認されているのである。そこから「説似一物即不中」〔少しでも言葉にすればもはやあたらない〕（『六祖壇経』機縁第七、『大正蔵』四八、三五七頁中）、「爾纔開口、早勿交渉也」〔少しでも口を開けたらもう的はずれだ」（『臨済録』上堂、『大正蔵』四七、四九六頁中）といったパターン化された話法が生まれてくる。しかし一方では、だからこそ、われわれの認識による分節化（知解＝分解）が生起する以前においては、あらゆる概念が専一的な意味へと閉じることなく、開かれたまま新たな名づけを待っており、またいかなる境界も混淆的な未発状態＝生成の途上において恒常的に新たな二分法の再編を展望し、移動を準備していることになるのである。

　井筒は『老子』（第五章）の一節、「天地の間は、其れなお槖籥《たくやく》のごときか。虚にして屈《つ》きず、動いて愈《いよいよ》出づ」〔天と地の間（全宇宙）にひろがる無辺の空間は、ちょうど（無限大の）鞴《ふいご》のようなもので、中は空っぽだが、動けば動くほど（風が）出てくる〕（三五頁、訳文井筒）という句を引用しつつ、諸存在が「空」であるがゆえに「無限に自己分節していく可能性」を有していることを「まだ何ものでもないから、かえって、何ものにでもなれる」（三七頁、傍点井筒）ものと要約する。[6] この「何もの」かになる「まだ何ものでもない」ものとは、本章で言うところの〈外部〉に他ならないが、それはまさに何ものか以前の何か、何ものかの蠢く場、言語以前の言語の貯蔵庫、無限の過去以来の全知、何ものかと何ものかの境界線の裁断＝縫合の無限連鎖……といった諸相を予感させつつも、その〈外部性〉に拠って自らの相貌（の同一性）を消去してゆくことになる。そしてその〈何か＝外部〉は二分法的秩序＝内部との触発を通して全的に諸辞項を産出し続けてゆく。このように、〈外部〉は内部を構成する毛細血管的な網状組織の隅々にまで滲入し、不可視のシステムとして内部を動かしているのであり、この内部と〈外部〉の触発システムこそが世界（という認識された現象体）の生成＝変成を可能にしていると考えられるのである。

　意味という擬制が世界の隅から隅まで（集産的-協働的に）張り巡らされ、われわれの身体的所作の一つ一つにまで隈なく刻印されているのであってみれば、人の表情、しぐさ、或いは存在自体など、われわれの一挙手一投足、行住坐臥のすべて、そして沈黙さえもが記号として他者（／〈他者〉）から（〈非意識〉的に）読み取られる蓋然性を有しており（無意味或いは読解不可能という意味づけも含めて）、顕在的／潜在的に、或いは外示的／共示的に、言語

〈意味〉を発していることになる。となれば、われわれはいかなる刹那においても〈外部〉へ向けて呼び声を発していることになり、同時に〈外部〉から呼びかけられていることになる。勿論、その〈外部〉からの声は決してわれわれには聞こえないのだが、(7) われわれの身体的所作・思考法を確実に縛っている。われわれが意識しようがしまいが、日常の〝生＝活〟は〈外部〉との絶えざる相互作用――不均衡な呼応――の中で運行されているのである。

周知の通り、禅の言説の中には、日常の全てが禅であるというパターン化された話法が含まれているが、これは以上のような理解の地平においてはじめて言語化を可能にするようなものであるだろう。このような視座に従えば、〈語りえぬもの〉とはわれわれが日常的に語っている／行っていることの全てだということであり、〈語りえぬもの〉を語るという行為は、日常の中に惰眠しながらも、成就を見ないままつねに既に試みられていた、ということになる。すなわち、われわれが生きている世界には、十全に語りうるようなものなど何一つないのであり、一方で〈語りえぬもの〉を語らないで済ませてしまえるような安全圏などもどこにもないのである。われわれがこのようなかたちで〈語りえぬもの〉をつねにすでに誤ったかたちで語らされてしまっているのだとすれば、まさに「道い《い》得《う》るも也《ま》た三十棒、道い《い》得《え》ざるも也《ま》た三十棒」（道得也三十棒、道不得也三十棒）(8) という二重拘束《ダブルバインド》の中で全く身動きが取れない状態に置かれていることになる。笠井は「ダブルバインドのただ中において、人は外部を語るのではなく外部を生きる」（五〇頁）と述べたが、われわれが生きるということは、まさにそのようなダブルバインドの中で〈語りえぬもの〉をいかに生きるかという不可能な問いに、絶えず――一瞬の猶予もなく――応え続けてゆくことに他ならないのである。

4　内部と〈外部〉の不均衡な呼応関係

〈外部〉を求めてはならない、〈外部〉は求めれば求めるほど遠ざかってゆく、と禅僧は繰り返し説く。「更若向外馳求、転疎転遠」（『馬祖広録』（四家語録）、『新纂続蔵経』六九、二頁下）、「爾擬向外傍家求過覓脚手錯了也」（『臨済録』示衆、『大正蔵』四七、四九七頁下）、「即心是仏、外に向って仏を尋ぬべからず」（『月庵仮名法語』、『禅門法語集』上巻、至言社、一九八頁）、「修行の彼岸へいたるべしとおもふことなかれ」（『正法眼蔵』第三四「仏教」、思想大系、上、三九六頁）。[9]〈外部〉は決して到達できない彼岸であるから当然だろう。しかし、その言葉に従って〈外部〉を求めるのをやめたとしても、それはやはり〈外部〉を求めていたからやめたのであって、結局そのことがまた〈外部〉を求めていることを意味してしまう。[10]つまり、求めてはならないが、求めないことも許されてはいないのである。では、いったどうすればよいのか。以下、内部と〈外部〉の関係性を整理することで考えてみよう。

〈外部〉の名づけの不可能性と不可避性の検討を通して示唆してきたように、〈外部〉と内部の関係は単純に二元的でも一元的でもない。このことについては夢窓疎石も次のように語っている――「浄土・穢土隔てあり、迷悟凡聖同じからずと思へるは、妄想なり。聖凡の隔てもなく浄穢の別なしと思へるも亦、妄想なり。……行住坐臥、見聞覚知、皆これ仏法なりと思へるも、妄想なり。一切の所作所為を離れて別に仏法ありと思ふも、妄想なり」（『夢中問答集』中、講談社学術文庫、一〇四頁）。ここでは一元論（浄土＝穢土、仏法＝行住坐臥）と二元論（浄土／穢土、仏法／行住坐臥）のいずれもが峻拒されている。〈外部〉への通路は閉ざされているわけでも開かれているわけでもない。[11]

禅学的空間の内部では、繰り返し見てきたように、〈外部〉は到達不可能な不在であるとされ、また「仏法不現前[12]」などの言表も流通する。しかし、他方で、「一切法皆是仏法、諸法即是解脱、解脱者即是真如、諸法不出於真如、行住坐臥、悉是不思議用、不待時節、経云、在在処処、則為有仏」（『馬祖広録』、『新纂続蔵経』六九、三頁中）、「仏法は只だ行住坐臥のところに在り」（『興禅護国論』第七門、思想大系、六二頁）などとも構文化されている。[13] これら二系列の言表群はわれわれの前に明白な矛盾として投げ出されている。しかし、もし〈外部〉と内部が一致すると言えば、〈外部〉は意味によって窒息死してしまう。とは言え、一致しないと言えば、人は内部に抑留されたまとなる。このようなかたちで矛盾を解消しようとすれば、いずれにせよ、内部一元論（素朴実在論）への転倒は避けられなくなる。

しかして、そのとき注視すべきは、内部と〈外部〉が〝切断〟というかたちをとって接触していることである。前述のように、〈外部〉による内部への働きかけは常に既に行われているものの、それを内部から捉えることはできない。もしそれが捉えられるとするならば、それはまさにその切断という事態をおいて他にはない。つまり、切断（思考不可能）という名の絆を通して〈外部〉と内部は結ばれているのである[14]（切断の経験については後にも触れる）。それは、〈外部〉はつねにすでにわれわれに触れているが、われわれは〈外部〉を触知できない、〈彼岸《あちら》〉から此岸《こちら》は見えているが、此岸《こちら》から〈彼岸《あちら》〉は見えない、といった不均衡な呼応関係として記述されることになるだろう[15]。ゆえに、このような矛盾を弁証法的に止揚させることなく、矛盾のまま保持すること。換言すれば、意味論的水準において真理の審級に訴えるのではなく、矛盾というかたちをとった相補的関係として二系列の言表群を持続的な動的状態に留めておくこと――言語行為論的にパフォーマンスさせ続けること[16]――が求められるのである。

言語の檻に抑留された諸主体は、内部を覆っているようでいて厚い皮膜を突き破ってその外へ出ることはできない（「兎の角」をどれだけ思慮しようとしても不可能なように）。しかし、そもそも外に出る必要などはないのである。〈思考不可能なもの〉を思考するとは、内部から〈外部〉へと移動＝越境することではない[17]。なぜなら〈外部〉

は世界の果てにあるのではなく、まさに内部において（あらゆる辞項に参与するかたちで）秘匿的に遍在しているからである。つまり、〈外部〉はどこにもないが、どこにでもあるのである。「外というは、這裏也、這裏来なり」〔注、「這裏」は「ここ」の意〕（『正法眼蔵』第三四「仏教」、思想大系、上、三九二頁）。ゆえに〈外部〉とは移動の目標ではない。〈外部〉は内部へと絶えずやって来る。[18] 切断というかたちをとって接触して来るのである。実はこの接触はわれわれにおいて常に既に経験されている事態であるのだが、それが実感されることは稀である。それが実感されるのは、例えば、世界に空白（＝〈　〉）を見出したとき、そしてその空白に突き動かされたと感じられるときに限られるからだ。

〈外部〉はどこまでいっても不可解であるがゆえに、われわれはこれに正解＝定常解を与えることは許されてはいない。これはすなわち〈外部〉が自らの空白（無一物状態、真空状態）をさらけ出すことによって内部へ向けて問いを発し続けているということであり、それを一瞬たりともやめることがないということである。前述のように、〈外部〉は内部に秘匿的に遍在する。したがって、〈外部〉と内部の切断面＝境界はおのずから内部へと充溢してゆく。問いとしての〈外部〉はいまや、世界のあらゆる辞項に充満しているのである。それによって〈あらゆる辞項＝世界〉はその名を自ら剝落させつつ、まさにわれわれに対して「私の名を正しく呼んでみよ」という不可能な問いを突きつけてくる。[19] そのとき、〈世界＝あらゆる辞項〉はわれわれをして全く無為なる探究の反復へと駆り立て、それによって、自らを異化し始め、動き出すことになるのである。

その瞬間は次のように辿られるだろう。〈外部＝二分法の未決状態〉からやってくる名は、そのいかなる名においても、A／非Aのいずれでもありうる。つまり、花は花という名でもありうれば、また別の名でもありうるのである。つまり花は恒常的に未決定の中間状態、絶えざる生成の途上にあるのである。したがって、〈外部〉からやってくる名は、全的に、そして恒常的に、ただひたすら新しいのである。[20] どのような惰性的な名——花は花

――であっても、それはそのつど新たに〈外部〉からやってきた見慣れないもの、初めて見たもの、新たに名づけられたものなのである。そのとき「花は花である」という句は、「花は花ではない」という句を陰翳のうちに共起させ、意味の固有性を秘匿的な領域へと退かせる。そしてその真空状態を埋めるかたちで、瞬間瞬間、〈外部〉から不可知の関係性の網の目が踵を接いでやってくることになるのだが、関係化された諸辞項がその起源・根拠を外在化せざるをえない以上、内部はおのずからその自律性と特権性を喪失し、真空状態へと再帰し続けてゆくことになる。このような地平にあって、（非物質的）世界は自らを恒常的に異化し始め、構造を持続的に変換し続ける。その限りにおいて――つまりは、「無常」である限りにおいて――世界は行為遂行的（パフォーマティヴ）に歌をうたい始めることになるだろう。それはまさに阿弥陀経的な世界像（の顕現）であり、また広く人口に膾炙してきた蘇軾の件の詩、「渓声便是広長舌／山色豈非清浄身／夜来八万四千偈／他日如何挙似人」（「贈東林総長老」『集註分類東坡先生詩』巻七、『四部叢刊正編』四七、一六〇頁上）、或いは伝統的歌学における「いきとしいけるもの、いづれかうたをよまざりける」（『古今集』「仮名序」、大系、九三頁）などの句とも視線を重ね合わせたものとなるだろう。このような世界の運動の過程として、〈真空なる世界〉を生きること、否、〈真空なる世界を生きること〉。この地平において初めて不均衡な呼応関係が均衡化される可能性が開かれることになるのである（「色即是空、空即是色」『般若心経』、『大正蔵』八、八五〇頁下）。

5　秘匿的に遍在する〈心〉

以上のように〈真空なる世界〉が無常の運動として展開されるとき、問題となるのは、まさにこの世界を創り出している能産的主体、換言すれば〈創造する主体〉としての〈外部〉の名であるだろう。そして、そのことは同時に、詩を詠む主体、創造する主体だと信じられてきた、個々の詩人の主体性に対する強い疑問を喚起することにもなるはずである。

もとより仏教的地平においては〈外部〉は終局的な名を持ちうるものではないとされてきた。ゆえに、仏教の伝統は〈それ〉に夥しい異称群を与えてきた。その中で、極めて汎用的に使用され、文学的領域と共軛的に用いられてきた名が、〈心〉である（或いは、そのヴァリエーションとしての〈一心〉、〈真心〉、〈本心〉、〈仏心〉）。この〈心〉なるものが〈外部〉の異称であるとする所以は、まさに〈それ〉が内部＝世界において秘匿的に遍在するものと見做されてきたことに拠る。

既に諸経論に見られるように（「三界虚妄、但是心作」（『華厳経』巻二五・十地品第二二之三、『大正蔵』九、五五八頁下）、「三界無別法唯是一心作」（『摩訶止観』巻一下、『大正蔵』四六、八頁中））、この世界を創造する主体には〈心〉或いは〈一心〉という名が与えられている。そしてまた、そのような〈創造する主体〉としての〈心〉とは、われわれが通念的に理解しているような意味での、意識・感情・思考などの精神活動や「自我」などといった概念と等しいものではなかった。[21]「学道の人、悟りを得ざる事は即ち古見を存ずる故なり。本より誰教へたりとも知らざれども、心と云へば念慮知見なりと思ひ、草木なりと云へば信ぜず」（『正法眼蔵随聞記』五、ちくま学芸文庫、一九四頁）と、道元は述べたという。[22]「心」についての通念《ドクサ》（「古見」）から脱却しうるか否かが、禅僧と視座を共有できるかどうかの分岐であると見られていた。

また、「心亦不在内不在外不在中間」（『維摩経』巻上・弟子品第三、『大正蔵』一四、五四一頁中）、「心量広大猶如虚空無有辺畔、亦無方円大小、亦非青黄赤白、亦無上下長短、亦無瞋無喜、無是無非、無善無悪、無有頭尾」（『六祖壇経』般若第二、『大正蔵』四八、三五〇頁上）、「心法無形通貫十方目前現用」（『臨済録』示衆、『大正蔵』四七、四九八

頁上）、「認得心性時／可説不思議／了了無可得／得時不説知」（『景徳伝灯録』巻二・第二三祖鶴勒那尊者の伝法偈、『大正蔵』五一、二一四頁中）、「万法唯心、心亦不可得、復何求哉」（『伝心法要』、入矢義高『禅の語録8 伝心法要・宛陵録』筑摩書房、三八―九頁）、「この心法、不可思議なり。太虚にわたれども広からず。繊芥に入れども、すぼからず。一切の相を離れて、一切の相を具し、無辺の徳を具へて、無辺の徳におちず」（『夢中問答集』下、一八八頁）などとも解説されている。この〈心〉なるものは、無限定な広大さと極小さを併せ持ちながらも世界のどこにも見出されず、またいかなる言表によっても形式化されえないものだとされる。つまり、〈心〉は世界（諸辞項）を創造する（構成する）が、創造された（構成された）世界（諸辞項）に〈心〉はない、〈心〉は不在というかたちをとらないかぎり、天地万物の中に現存することはできない[23]、ということである。〈心〉が何であるかを（概念的に）知っている者はいないし、これからも知られることはない（「心をば伝ふる事あるべからず」『悦目抄』、『歌学大系』四、一四六頁）。〈心〉を論ずることでそれを切除・隠蔽してしまうアポリアが自覚されていなければならない。

　つまり、陥穽は、〈心〉を論ずることで〈それ〉を窒息死させてしまうこと、それによって〈心〉と「心」――〈真心〉と「妄心」――とを混同してしまうことにある[24]。「三界虚妄、但是心作」（前述）、「心ハ是《これ》諸仏ノ父母《ぶも》、万物《まんもつ》ノ主《シユ》」（『塩山和泥合水集』中、思想大系、二二五頁）などと言っても、これは決して〝私の心〟つまり主観が世界を創り出しているという意味なのではない。また「一心一切法、一切法一心」（『正法眼蔵』第五「即心是仏」、思想大系、上、八五頁／第二三「都機」、上、二七九頁）と言われるのは、決して世界の全てが主観に収斂されるということでもない。われわれが〈心〉だと信じているもの、つまりこの歪小化された主観＝主体は、むしろ〈心〉と言語（二分法）の共同作業によって作り出された一つの効果（「虚妄」）、〈心〉の似像・模型に過ぎないのである。

　ただ、忘れてはならないのは、このような主観とは、〈心〉が単独かつ自律的に創り出したものではなく、まさにその主観の構成、換言すればそれを作りだした言語（二分法）の構成に準拠するかたちでその構成法を変えているということである（ゆえに世界の立ち現れは一定ではない）。主観／言語／世界は確かに〈心〉から創り出されたものだが、まさにその主観／言語／世界に触れられることがなければ、〈心〉は主観／言語／世界を創り出すことはできないのである。[25] 大珠慧海『頓悟要門』下（平野宗浄『禅の語録6　頓悟要門』筑摩書房、二〇五頁）は、言語と〈心〉とは一致しないが、言語を離れて〈心〉があるわけでもないと述べ（言語なき〈外部〉は単なる虚無でしかない）、言語と〈心〉の不即不離の関係性を強調する。〈心＝外部〉と言語＝内部は存在の根拠を相互に廻附しあっているが、その相互作用は予定調和的な円環を描き出しはしないし、存在構造の相差は決して埋め立てられることはないのである。

そうして作られた世界の中にあって、人は自らの言語構造（主観＝ローカル・ルール）に準拠するかたちで世界の仕組みをさらに分かろう（解ろう）と試みることになるだろう。それは、主観＝ローカル・ルールを適用して〈一心〉を知解＝分解することであり、その分解された諸辞項を全て意味へと還元することに他ならない。このことはわれわれが「心」と呼んでいる概念もまた既にして〈心〉の分解された幾つかの様態でしかないことを示している。意味・意図・意志・思い・感情・思考……等々。これらの分解された心というのは、われわれの常識に反して、〈外部＝心〉との不均衡な呼応（言語使用／行為）の過程で（遂行的に）〝作られたもの（構成されたもの）〟であって、決して一次的な起源なのではない。主観＝主体が一次的な起源であるとする信念は、禅僧から見れば完全なる倒錯でしかない。

しかし、われわれの経験に照らして言えば、人は他者／テクストを前にして現前不可能なはずの〈心〉を現前化させ、それを意味・意図・意志・思い・感情・思考……等々へと（ほとんど惰性的に）還元してしまっている。それはすなわち、不均衡な呼応関係を恣意的に均衡化してしまうという事態、内部（語）と〈外部〉（〈義〉）の切断を恣意的に埋め立ててしまうという事態、聞こえないはずの〈声〉を勝手に聞き取ってしまうという事態であることを意味する。それは〈外部〉と内部の切断＝触発システムを脅かし、内部（言語）があたかも〈外部〉を持たない自律的で実体的な構造体であるかのような錯視を生む。それによって、変化の契機は失われ、諸主体はそのような内部の〝自然〟な体制に全く受動的な存在となり、〈外部〉を完全に〝忘却〟することになる。こうして言語の檻〈内部〉に抑留された人々は、〈外部＝他者〉からの呼びかけに耳を塞ぎ、内部のローカル・ルールを絶対化するようになる。そして、自ら考えることをやめてしまうような知的に怠惰な存在状態へと退行していき、いつも同じように考え、いつも同じように語り、いつも同じように苦しむ惰性的機械の群れとなる。

　しかしながら、忘却は回避不可能というわけでは決してない。人は日常的な挙措において常に既に〈外部＝心〉へと呼びかけている。他方で〈心の声〉もまたそれに応ずるかたちで（決して聞こえないものの）、人へと呼びかけ、その行為・思考法を規定している。つまり、どのようなかたちで世界が創造されるかは、われわれの日々の呼びかけ、日常的な生き方に応じているということである。変化の契機は、まさしく逆説的だが、〈知解＝分解不可能な心〉の知解＝分解という経験にこそある。意味の現前化（〈心〉の分解）は不可避的に〈心〉を切除＝喪失する。ゆえに〈心〉と言語との不一致・不整合、すなわち〝切断〟に苦しめられる。そしてこの切断ゆえに、〈心〉は忘却を免れうるのである。われわれが〈心〉とは何かという問いを立てられるのもこの切断による。それゆえ、切断＝触発という絆において〈外部＝心〉と主体（言語）が結ばれる経験によってこそ、〈思考不可能なもの〉を不在として確保しておく可能性が開かれるのである。〈あらゆる辞項〉に終局的な名を与えることなく（つまりコミュニケーションの惰性に服従することなく）、その言語行為において〈思考不可能なもの〉を召喚し続けること。それによって、〈　〉は一挙に世界を覆い尽くし（蓋天蓋地）[26]、眼前の〈花〉の空虚な実相もまた、秘匿的に遍在する空虚な〈心〉と相互作用的な連動を始めるのである。その時、〝作られたもの〟の全て、すなわち、意味・意図・意志・思い・感情・思考……などもまた必然的に境界的未決状態へ留められることになる。ここにおいて、主観＝主体において再生産される苦しみの原的な空虚性もまた論理的に保証されるのである。

〈心〉は内部からの呼び間違えのパターンに応ずるかたちで創り出す言語のパターンを決定している。それゆえ、人は〈心〉のままに話すことはできない。〈実際〉には常に既に話しているが、その声は聞こえない（私自身にさえ）。それは〈心〉を知解＝分解しないということ、すなわち、何も意味しない／何も読み取らないということだからである。勿論、それは「何も意味しない」ということさえ意味しないのでなければならない。となれば、〈語りえぬもの＝心〉をまさにその不在のままに召喚することはいかにして可能か。

「凡禅門に言句を仕様不レ滞二一途一」（虎関『紙衣謄』、『国文東方仏教叢書』第二輯・法語部上、二四頁）などと約言される禅家の方法論的公準をここに一義的に述定することはできない。ただ、その探究の成否はテクスト生産の水準においてはまさにその〈心〉と言葉の切断面＝境界をいかに可感的に示しうるかに与るはずだ。『楞伽経』が灯火の譬えによって示したように、語は〈義〉を示しうる。(27) 言語の内部にいながらまさにその言語によって〈外部〉を照らし出すことは可能なのである。(28)

淺沼圭司は、藤原定家の歌論における「有心」概念に関して、「定家にとっての有心とは、心の不在（否定）を心とする如きものであった」と述べた（『映ろひと戯れ――定家を読む――』水声社、二〇〇〇・一〇、八八頁〔初出、小沢書店、一九七八・五〕）。これを本章の文脈に沿って言い換えるならば、〈心〉との切断＝触発という絆をいかにテクストに編み込むかが定家の歌論の基礎を為していたことになる。

また、友山士偲は、「詩之道」を「一心」を修することだと規定し、それを「思无邪」の三字に要約した。

夫詩之道也者、以修一心為体、以述六義為用、所謂曰思无邪者、蓋指一心之体也、移風易俗者、発六義之用也、
（『友山録』中「跋知侍者送行詩軸」、『五山文学新集』二、九二頁）

さて、詩の道というのは、〈一心〉を修めることをもってその本体とし、六義を述べることをもってその作

用とするものである。所謂「思い邪《よこしま》無し」というのは、〈一心〉の本体を指していう言葉だと言ってよいだろう。（そして、人々の）風習民俗を変化させるのは、六義の作用を発《おこ》すことによってもたらされるのである。

「思无邪」とは、周知の通り、『論語』為政篇第二、「子曰《のたま》わく、詩三百、一言《いちごん》以てこれを蔽《おお》う、曰《い》わく、思い邪《よこしま》なし」（子曰、詩三百、一言以蔽之、曰、思無邪）（岩波文庫、三四頁）に由来する。この三字は他の五山僧においても、「凡そ読書というのは先ず心を正してから読まなければならない。『詩経』の「思い邪《よこしま》無し」というのがそれである」（凡読書先須正心而読之、詩三百思無邪、是也）（義堂周信『空華日用工夫略集』応安四年九月二日条、『新訂増補史籍収集覧』三五、七七頁）、「要識曹源真的旨／一言以蔽思無邪」（曹源（禅宗六祖曹渓慧能の法源）真的《しんてき》の旨《こころ》を識《し》らんと要《ほっ》せば／一言《いちごん》以て蔽《おお》う、思い邪《よこしま》無し」（龍泉令淬『松山集』偈頌・直江、『五山文学全集』一、四一頁）などと重きを置かれる。虎関は三字によって要約された『詩経』（三百篇）を「万代詩法」（『済北集』巻一一・詩話、『五山文学全集』一、二二八頁）と位置づけた。これらに言われる「思無邪」を伝統的解釈に従って「感情の純粋さ」(29)の謂いに受け取るにしても、それを内部における純粋性――つまり二項対立的な、純粋／不純の前者としての純粋性――と読み取ってはならない。これは即ち、〈外部〉の真空性――存在を生成‐変成せしめる不在――に与えた仮の名でしかない。友山によって「詩之道」と呼ばれたものは、〝作られたもの〟（世界及び主体＝主観）の全的な真空化、即ち〈思無邪〉によって初めて可能になると見られていた。中世の歌人もまた、「虚空の如くなる心」（西行、『梅〔栂〕尾明恵上人伝記』巻上、岩波文庫、一五八頁）、「もとより太虚にひとしき胸の中」（心敬『さゝめごと』、大系、一六四頁）に詩の成就を見た。定家もまた「哥にはまづ心をよくすますは、一の習にて侍る也」（『毎月抄』、大系、一三七頁）と述べている。さらには、五山禅僧の詩論に理論的枠組を与えた『無文印』(30)（南宋・無文道璨）は〈心〉を詩の宗旨と説き（巻八「仙東渓詩集序」）、「詩は天地の間の〈清気〉である。胸中に〈清気〉を宿す者でなくては、共に語るに足るものではない」（詩天地間清気、非胸中有清気者、不足与論）（巻八「潜仲剛詩集序」）と述べた。言語的主体（作られたもの）の真空化なくして、〈詩〉は詠まれ得ないと考えられていた。もしこの主体の真空化——言い換えれば、脱主体化（〈他者〉として在ること）——が可能であるとするならば、もはや〈詩を詠む主体〉を個々の人称的な主体と同一視することはできない。(31)〈詩〉は〈胸襟〉——〈「まだ何ものでもないから、かえって、何ものにでもなれる」無定型かつ非-人称的な心＝外部〉——から「流出」(32)してくるものだ、と禅僧が言うとき、その〈詩〉とは、もはや（人称的）主体の思いが述べられたものでも、主体の自己表出でもない。主体にせよ思いにせよ、それらは〈詩〉の遂行性の過程で作り出されたもの、事後的に成型された一次性・起源でしかなく、そこには必ず異質性——切断——が伴われているはずだからである（つまり、作品は作者〈人称的主体〉の手から離れるのではなく、もとから離れているのである）。

以上のように、仏教的地平において〈心〉と呼ばれてきたものは、中世的な知の基礎に浸透しつつ、詩学（和歌・連歌・禅林詩学）の諸形式と（不均衡な）呼応関係を設《しつら》えてきた。無論、それらに見られる「心」の用法は全く多義的であるが、それは何も詩人の恣意に由来するものではなく、〈思考不可能な心〉の知解＝分解という不可避の陥穽の結果であるに過ぎない。重要なのは、中世という知の複合的空間が、〈心〉という辞項《フォーマット》を多用しつつ、知的エリートの身体群に刻印した語りの範型を通して、〈外部〉を忘却しないような視座を確保し続けていたということである。その空間の中に立ち現れてきた表現の束の多くが、これまで見てきたような〈語りえぬもの〉を生きる、〈真空なる世界＝心を生きる〉という探究の痕跡としてわれわれに提示されたものであるとするならば、それらはまずもって〈思考不可能なもの〉として読まれねばならないだろう。

註

（1）玉村竹二編『五山文学新集』第一巻「序」（東京大学出版会、一九六七・三）。

（2）代表的なところでは、J・デリダ（一九三〇—二〇〇四）やE・レヴィナス（一九〇六—一九九五）、或いは柄谷行人（一九四一— ）がある。J・デリダ／足立和浩訳『根源の彼方に—グラマトロジーについて（上・下）—』（現代思潮新社、一九七二・六／一二（原著、一九六七））、E・レヴィナス／合田正人訳『存在の彼方へ』（講談社学術文庫、一九九九・七（原著、一九七四））、柄谷行人『内省と遡行』（講談社学術文庫、一九八八・四）、同『探求Ⅰ』（講談社学術文庫、一九九二・三）、同『探求Ⅱ』（講談社学術文庫、一九九四・四）等、本書を成すにあたっては彼らの諸著作における思考法は大いに参考になった。

（3）G・ドゥルーズ／宇野邦一訳『フーコー』河出書房新社（文庫版）、一五一頁）。

（4）丸山圭三郎『ソシュールの思想』（岩波書店、一九八一・七）。

（5）道元『正法眼蔵』第一三「海印三昧」（思想大系、上、一四二頁）にはこうある——「「起時唯法起」。この法起、かつて起をのこすにあらず。このゆへに、起は知覚にあらず、知見にあらず」。

（6）内閣文庫蔵本『橘洲文集』巻六「与趙叔豹序」にも、「聖人論人以血気為主、故自少至、壮自壮至老、有未定方剛既衰之戒是君子与小人所養懸絶也、土地山川均一気也、南方地煖北方地寒、物亦随之、故有華実浅深之候、是所受不如所養也、孟子所謂浩然之気充塞乎天地、非謂絪縕磅礴於事物之外、蕩然如空、吾身所臨血気在是、猶炉鞴之於橐籥顧所用何如耳」とある。

（7）なお、この聞こえない声というものについて、いま少し補足しておくとすれば、これはわれわれにとって、日常的に聞こえている声とは別に、何か神秘的な声が実体的に存在しているということではない。われわれに聞こえるのは、分節化された声であって、声そのものではない。では、分節化されていない声をどうやって出せるか、という問いに対しては、禅僧ならばこう答えるだろう——つねにすでに。しかし、それは聞こえない。私自身にさえ。以下、参考資料を掲出しておく。「抑もかやうに物を知られ思はれ、此の身を動し、働かし、進退する主は、さて是れ何物ぞと、只是れを自ら悟らんと志して、不断に心を提けて忘る丶ことなくば、縦ひ今生に悟らずと云ふとも、是れを縁として、来生には必すたやすく悟らんこと、疑ふべからず。……只先つ直に自心是れ何そと疑ふべし。かやうに深く疑へども、知る丶方なくしていかんともせられぬま丶、心の道たへはて丶、我か身の中に我と云ふべき物もなく、心と名くべき形もなしと知る物は、さて何物ぞと、我にかへりてよくよく見れば、なしと知る心も打失せて、なんの道理もなきこと、虚空の如くなれども、虚空の如くなりと知る心、底をつくして絶えはつるとき、自心の外に仏なく、仏の外に心なきことを悟るべし。此の時始めて知るべし、耳に聞く所なきとき、真の聴聞なり、目に見る所なきとき、三世の諸仏に相看することを」（『抜隊仮名法語』、『禅門法語集』上巻、至言社、五六頁）。また、道元『正法眼蔵』第二六「仏向上事」（思想大系、上）にも、この論点に関しての言及がある。「洞山高祖道の「待我不語話時即聞」、あきらかに参究すべし。いはゆる正当語話のとき、さらに「即聞」あらず。即聞の現成は、「不語話」のときなるべし。いたづらに不語話のときをさしおきて、不語話をまつにはあらざるなり。即聞のとき、語話を傍観とするにあらず、真箇に傍観なるがゆへに。即聞のとき、語話さりて一辺の那裡に存取せるにあらず、語話のとき、即聞したしく語話の眼睛裏に蔵身して霹靂《びやくりやく》するにあらず。しかあればすなはち、たとひ闍梨にても、語話時は不聞なり。たとひ我にても、不語話時即聞なる、これ「方有些子語話分《はういうしやすごわぶん》」なり、これ「体得仏向上事」なり。たとへば、語話時即聞を体得するなり。このゆへ《(ゑ)》に、「待我不語話時即聞」なり。しかありといへども、仏向上事は、七仏已前事にあらず、七仏向上事なり」（三〇一―二頁）。

（8）用例は、『五灯会元』巻七（『新纂続蔵経』八〇、一四三頁上）、他多数。

（9）ちなみに、『徒然草』一七一段にも、「万《(よろづ)》の事、外に向《む》きて求（む）べからず。たゞこゝもとを正《たゞ》しくすべし」（大系、二二九頁）とある。

（10）「外に向ツて求むべからずと云ツて、行をすて、学を放下せば、行をもて求ムル所有りと聞えたり、求メざるにあらず」（『正法眼蔵随聞記』三、ちくま学芸文庫、二一六頁）。

（11）「佛《ほとけ》は常《つね》に在《いま》せども、現《うつゝ》ならぬぞあはれなる、人の音《おと》せぬ暁《あかつき》に、仄《ほの》かに夢《ゆめ》に見《み》えたまふ」（『梁塵秘抄』巻二、大系、26項）。

（12）「大通智勝仏、十劫坐道場、仏法不現前、不得成仏道」（『法華経』巻三・化城喩品第七、『大正蔵』九、二六頁上）。『臨済録』示衆、『無門関』九則にも言及がある。

（13）「自心処々ニアマネク応現シテ、眼ニ応ジテハ色ヲミ、耳ニ応ジテハ声ヲキキ、鼻ニアリテハ香ヲカギ、口ニ在ハ談論シ、手ニ在ハ執捉シ、足ニ在ハ運走ス。諸仏衆生平等ニ彼恩力ヲウケタリ、一切ノ万法モ彼ニヨリテ建立ス」（抜隊得勝『塩山和泥合水集』中、思想大系、二三五頁）。

(14) この切断＝接合という矛盾関係を表す禅語が、「親切」である。「親」とは、『説文解字』巻八下・見部には「至也」と解されており（『四部叢刊正編』四、七五頁下）、近接して一つにあわさっている状態を示す。一方、「切」については、『説文解字』巻四下・刀部において「刌也」と解されている（同上、三八頁上）。その原義が切断されて二つに隔てられていることにあるのだとするならば、このような矛盾する概念が一語を形成しているのはなぜだろうか。『古尊宿語録』巻第三一・仏眼和尚語録にこうある――「恁麼最是親切、秖如老僧未説向你、諸人未曾聴時、還有往来底分麼、正当恁麼時、切忌強作道理、上至諸仏、下至一切、総皆如是、所以聖与凡等、邪与正等、生死与涅槃等」（『新纂続蔵経』六八、二〇八頁上）。「恁麼《このように》」というのが、最も「親切なもの」であるという。まだ話しかけておらず、まだ聞こえていない瞬間。そうでありながら、往来するものが分節化されてくる瞬間。まさに「恁麼《このように》」、世界が生成してくる瞬間が「親切」なのだという。それゆえ、聖／凡、邪／正、生死／涅槃、という二分法はそのいずれもが未だ〝等しきもの〟ということになる。その瞬間とは、世界＝存在＝自己の未発状態であるから当然であるだろう。それゆえ「不知、最も親切なり」〔不知最親切〕（法眼の語、『五灯会元』巻一〇「清涼文益禅師章」）とも言われるのだ。全ての関係性（＝〈一〉）を（再）切断し、切断するがゆえにその新たなる関係性の結び直しが可能になるその働きを、仏教者は〈仏〉或いは〈心〉などと呼んできた。そしてその〈仏〉という働きは決して知られることがない。まさにその不可知性こそが、関係性の結び直しを可能にしているからだ。ゆえにわれわれは幸福なことに真の意味で〈親切な人〉と知り合うことはできない。

(15) このような不均衡な対応関係は、大珠慧海『頓悟要門』下（平野宗浄『禅の語録6 頓悟要門』筑摩書房、一七九頁）に「仏不遠人、而人遠仏」と要約されているほか、洞山良价の所謂「過水偈」によってもうまく表現されている。「切忌従他覓／迢迢与我疎／我今独自往／処処得逢渠／渠今正是我／我今不是渠／応須恁麼会／方得契如如」（『洞山語録』、『大正蔵』四七、五二〇頁上）。この問題については、第Ⅳ章以降の議論を参照されたい。また文脈を異にするが、S・ヴェイユの次の言葉もまさに同じことを語っていると見てよい――「隣り合わせの独房に入れられ、壁をこつこつとたたいて通信しあう囚人ふたり。壁は、ふたりを分けへだてているものであるが、また、ふたりに通信を可能にさせるものでもある。わたしたちと神のあいだも、そんなぐあいだ。どんな分けへだても、きずなになる」（S・ヴェイユ／田辺保訳『重力と恩寵』筑摩書房、一九九五・一二、二三六頁（原著、一九四七））。

(16) J・L・オースティン／坂本百大訳『言語と行為』（大修館書店、一九七八・七（原著、一九六二））。

(17) 夢窓疎石（一二七五―一三五一）は「生・仏いまだ分かれざる処」（＝未分化）という意味において「本分の田地」という言葉を用いているが、この点に関して、「本分の田地に到ると申すことは、田舎より京へ上り、日本より唐土へわたるがごとくにはあらず」（『夢中問答集』下、一七八頁）と述べている。

(18) 道元は、「到彼岸」（「波羅蜜」（[pāramitā]）の意訳の一つ）を「彼岸到」と言い換えている。つまり、「彼岸に到る」のではなく、「彼岸が到る」のだ、と。『正法眼蔵』第三四「仏教」にはこうある――「「波羅蜜」というは、彼岸到なり。彼岸は古来の相貌蹤跡にあらざれども、到は現成する也、到は公按也。修行の彼岸へいたるべしとおもふことなかれ。彼岸に修行あるがゆえに、修行すれば彼岸到なり。この修行、かならず偏界現成の力量を具足するがゆえに」（思想大系、上、三九六頁）。

(19) それゆえ、菩提達摩は弟子に対して「これは何か」と眼前のさまざまなものの名を問うたのである。『楞伽師資記』（柳田聖山『禅の語録2　初期の禅史I―楞伽師資記・伝法宝紀―』筑摩書房、一四〇―一頁）。「大師又指事問義、但指一物、喚作何物。衆物皆問之、迴換物名、変易問之」。

(20) 道元は『正法眼蔵』第五三「梅花」において「無量無尽の過現来、ことごとく新なりといふがゆへに、この新は新を脱落せり」（思想大系、下、一二七頁）と述べている。

(21) 「いまだ迷倒の見を離れざる人の、即心即仏といへる語に随つて、解を生じて、喜怒哀楽の妄情、即ちこれ仏心なりと談ず。その語は仏法に似たれども、その見は邪道にことならず」（『夢中問答集』下、一八八―九頁）。

(22) また道元は、〈心〉が言語の虚焦点であることを、「あらず」という否定詞の連続によって説示しようとしている――「この心、もとよりあるにあらず、いまあらたに欻起するにあらず。一にあらず、多にあらず。自然にあらず、凝然にあらず。わが身のなかにあるにあらず、わが身は心のなかにあるにあらず。この心は、法界に周遍せるにあらず。前にあらず、後にあらず。なきにあらず。自性にあらず、他性にあらず。共性にあらず、無因性にあらず。しかあれども、感応道交するところに、発菩提心するなり。諸仏菩提の所授にあらず、みづからが所能にあらず、感応道交するに発心するゆへに、自然にあらず」（十二巻本『正法眼蔵』第四「発菩提心」、思想大系、下、三七一―二頁）。

(23) 「神は不在というかたちをとらないかぎり、天地万物の中に現存することはできない」（S・ヴェイユ／田辺保訳

『重力と恩寵』筑摩書房、一九九五・一二、一八二頁（原著、一九四七））。

(24) 心の二重性は仏教言説の基本パターンである。「万機心と仏祖心と一等なりといふ禅師等、すべて心法のゆきかた、様子をしらざるなり。いはんや仏祖心をゆめにもみることあらんや」（『正法眼蔵』第六〇「三十七品菩提分法」、思想大系、下、一九四頁）。ただし、もしこの心の二重性というものをポジティヴな水準で主張してしまえば、われわれの生きている世界とは別に〝心の空間〟（精神）なるものが存在しているという誤読を導いてしまうおそれがあることにも注意しておかねばならない。〈心〉と「心」はあくまでも不一不二の関係にあるのだ。『往生要集』巻中・五「助念の方法」に、「もし惑《わく》、心を覆ひて、通《つう》・別《べつ》の対治《たいじ》を修せんと欲せしめずは、すべからくその意を知りて、常に心の師となるべし。心を師とせざれ」（思想大系、一八四頁）とある。また、『発心集』序に「仏の教へ給へる事あり。「心の師とは成るとも、心を師とする事なかれ」と」（古典集成、四三頁）と言われるのも、〈心〉を実体的な「心」へと転化させ、そうすることによってそれを自らの上位者（師）に設定してはならないという意味において理解されなければならない。また『往生要集』（同上、一八〇頁）はこうも言っている――「いかにいはんや、自《みずか》ら心を恣《ほしいまま》にせば、その悪幾許《いくばく》ぞ」。なお、荒木浩「徒然草の「心」」（『国語国文』六三―一、一九九四・一）は、「心」の問題を中世文学研究の枠組の中で、より広い文脈から捉えたものとして参考になる。

(25) 「大いなる哉、心や。……それ太虚か、それ元気か、心はすなわち太虚を包んで、元気を孕むものなり。天地は我れを待つて覆載し、日月は我れを待つて運行し、四時は我れを待つて変化し、万物は我れを待つて発生す。大いなる哉、心や。吾れ已むことを得ずして、強ひてこれに名づく」（大哉心乎、……其大虚乎、其元気乎、心則包大虚、而孕元気者也、天地待我而覆載、日月待我而運行、四時待我而変化、万物待我而発生、大哉心乎、吾不得已、而強名之也」（栄西『興禅護国論』序、思想大系、八頁〔原漢文、九九頁〕）。

(26) 唐・巌頭全奯《がんとうぜんかつ》「他後若欲播揚大教、一一従自己胸襟流出、将来与我蓋天蓋地去」（『五灯会元』巻七・雪峰義存章、『新纂続蔵経』八〇、一四五頁中、他）。

(27) 四巻本『楞伽経』巻三「若語異義者、則不因語弁義、而以語入義如灯照色」（『大正蔵』一六、五〇〇頁下）。前章で確認したように、『楞伽経』は「語」と「義」の関係性を「非異非不異」として捉えていたが、ここでいう「義」こそが、本章で〈外部〉と呼んでいるもののことである。「義」とはわれわれが通念的に理解しているような意味での「意味」や「概念」のことではない。『楞伽経』巻三「云何為義、謂離一切妄想相言説相、是名為義」、『頓悟要門』下「言説生滅、義不生滅、義無形相、在言説之外」。夢窓疎石もまた「つねざまの人の義理と思へることは、亦これ言句なり」(『夢中問答集』中、九八頁)と注意を喚起する。

(28)『碧巌録』二五則においても「況や此の事は言句の中に在らずと雖も、言句に非ざれば即ち辨ずること能わず。道《い》うことを見ずや、〝道は本より言無きも、言に因って道を顕《あらわ》す〟と」(況此事雖不在言句中、非言句即不能辨。不見道、道本無言、因言顕道)(岩波文庫、上冊、三二三頁)と言われる。

(29)吉川幸次郎注『詩経国風 上〈中国詩人選集1〉』(岩波書店、一九五八・三、一一頁)。

(30)『無文印』の引用は、国立国会図書館蔵刊本。

(31)詩を詠む主体の問題については、第Ⅳ・Ⅴ・Ⅵ章参照。なお、浅見洋二『中国の詩学認識―中世から近世への転換―』(創文社、二〇〇八・三)第五部「詩における〈内部〉と〈外部〉、〈自己〉と〈他者〉」は、本章と問題意識を共有するところがあり学ぶべき点も多い。

(32)「胸襟流出」という語りの形式は、五山禅僧の言語論・藝術論においても広く見られるものだが、禅林においてその発端となるのは、註(26)の巌頭の語である。詳細は第Ⅳ章参照。

Ⅲ〈活句〉考
——中世禅林詩学における方法論的公準の不／可能性——

1 発端

明応九年（一五〇〇）五月、摂津国有馬温泉に湯治に行った寿春妙永（生没年不詳）と景徐周麟（一四四〇—一五一八）の間で千句の聯句が応酬製作された。その四年後、永正元年（一五〇四）八月、一韓智翃（生没年不詳）によって注解が加えられ、『湯山聯句鈔』と名づけられて一冊の書物にまとめられた。その「序」に附された注解の文章の中に次のような記述がある。

「カマイテ、活句に参ゼヨ、死句ニ参ズルナ」ト云ゾ。第一句、向上ノ掃蕩門ヲ活句ト云ゾ。第〔二第三〕句、向下放行門ヲバ死句ト云ゾ。参レ詩猶如レ参レ禅ト云ホドニ、詩句ニ参ズルトモ、単伝直指向上ノ詩ニ参ゼヨ、カマイテ詩魔ノ向下ニ参ズルナト云タゾ。（新大系、三〇五頁）

禅僧はその詩的実践において須く「活句」に参ずべきであり、決して「死句」に参ずることがあってはならないという。このような、「活句」／「死句」という対概念を用いて言語実践を統制しようとする話法は、「須参活句、莫参死句。活句下薦得、永劫不忘。死句下薦得、自救不了」（須らく活句に参ずべし、死句に参ずること莫れ。活句下に薦得《せんとく》せば、永劫にも忘れず。死句下に薦得せば、自らをも救い了《おお》せず」（『碧巌録』二〇則、岩波文庫、上冊、二七二頁、他）等をはじめとして広く禅籍中に見られるものである。また、前記の文章がこの二分法を詩という実践を理念化する手続きへと応用していることについても、禅林においてはパターン化された話法の一つに属するものであって、この記述が、五山禅僧によって〝詩禅一味〟言説の理念的原拠としてしばしば援用されてきた、南宋・厳羽『滄浪詩話』における「論詩如論禅」（詩辯）、「須参活句、勿参死句」（詩法）という記述と結びあったものであることもよく知られている（『景印文淵閣四庫全書』第一四八〇冊、八一〇頁下、八一五頁下）。

だが、ここで少し立ち止まって考えてみたいのは、はたしてわれわれは上記の文章の中で訴えられていることを十分に咀嚼できていると言えるのか、ということである。つまり、ここでいう「活句」や「死句」というものが具体的にどのような言語実践として考えられていたのか、そして「活句」であることがなぜこれほどまでに強く要求されているのか、という疑問に対して、われわれは十分に納得のゆく答えを手にしていると言えるのだろうか。勿論、「活句」という辞項の使用をめぐっては、従来の研究がこれに言及を避けてきたわけではないのだが(1)、解釈をめぐって討議が生まれるほどに深刻に問われてきたとも言い難く、「活句」という語をいかに手際よく「言語内翻訳」（言い換え）したとしても、それによって禅僧が「活句」という語の使用を通して何を為そうとしたのか、という問いに対する答えを導き出すことは難しい。

鈴木大拙（一八七〇—一九六六）には「活句・死句」と題する一頁ほどの小論があるが、その中で、「禅では概して概念性の句は死んでゐるといつてもよい。それで禅者はいつも何か新鮮な生き生きしたものを持ち出さんとする。この新鮮性・活躍性は、併し、偶然に出て来るのでなくて、禅経験の上において深い反省を繰返すときに、自ら獲られるのである」（『続鈴木大拙選集』第七巻、春秋社、一九五三・七、二二二頁）と約言されている。経験のみがこれを証するということだが、「何か新鮮な生き生きしたもの」という曖昧な規定がわれわれの疑問を十分に解きほぐしてくれることはないだろうし、「概念性」の句が死句であるという理解を受け容れるとしても、その「概念性」

から離れた句というものがいかにしてありうるのかという問いに対する答えはここでは決して自明ではない。[2]

本章は、禅僧たちが「活句《いきたことば》」／「死句《しんだことば》」という二分法のなかに何を訴えようとしていたのかを改めて問い糺すことを目指しているが、それは「活句」という概念に何らかの決定的な定義を与えることを目指すという意味においてではない。むしろ本章ではその定義づけがいかに困難であるかを示したいと考えている。というのも、論述の過程で明らかとなるように、「活句」というのは、このような類型《タイプ》の句こそが「活句」であるというかたちでは決して明示できるものではないからである。[3] ゆえに、本章が究明の対象とするのは「活句」という辞項そのものではなく、そのような辞項を様々な主体をして語らせてしまうような禅的思考法にある。換言すれば、人はどのような思考回路を組み込まれたときに、「カマイテ、活句に参ゼヨ、死句ニ参ズルナ」などと口にしてしまうのかということである。

2　なぜ禅僧の言葉は奇抜なのか

さて、まずは活句／死句の区別を把握する上で、次の記述がわれわれに当座の手がかりを与えてくれることになるだろう。抜隊得勝（一三二七―一三八七）『塩山和泥合水集』の記述である。その中で抜隊は「死句活句ノ差別《しゃべつ》ハ、初心ノ人ニ対シテハ、総説示《すべてせつじ》シガタシ」として、一定の留保を加えながらも、「死句」概念について次のように解説している（ただし、この留保の意味の重さにはくれぐれも注意しておきたい）。

ヲホカタ譬喩《ひゆ》因縁《いんねん》ニワタリ、理性玄妙《りしょうげんみょう》仏法辺《へん》ノ義味《ぎみ》ニヲツル語ヲ死句トス、機、位《くらい》ヲハナレザルガユヘニ。所以《このゆえに》古徳ノ云《いわく》、「句中ニ句アルヲ死句トシ、句中ニ句ナキヲ活句トス」。又云、「機、位ヲハナレザレバ毒海ニ堕在ス、語、群ヲヲドロカサザレバ、流俗ニヲチイル」ト云云。ヲヨソ活句ヲ死句トナスコトハ、言句《ごんく》ノ咎《とが》ニアラズ、只ソノ作者ノ見性《けんしょう》ノ未徹ナルニヨルベシ。（思想大系、二六七頁）

ここでは先行する種々のテクストを引用-参照しながら活／死の分岐点の縁取りが試みられているのだが、その要点を整理すれば、活句の要件とは、（i）句中に句がないこと、（ii）「機」が「位」を離れていること、（iii）語が群を驚かすこと、であるという。そして、（iv）活／死の区別は表現のよしあしの問題ではなく、作者の見性の徹／未徹の問題であることが附言される。

禅の言語観

さて、以下にこれらの言表を手がかりとして分析を進めてゆこうと思うが、その前に、それぞれの引用元を簡単にまとめておくと、（i）は、「語中有語、名為死句、語中無語、名為活句」（『古尊宿語録』巻三八・洞山守初、『新纂続蔵経』六八、二四八頁上、『林間録』巻上、『景印文淵閣四庫全書』第一〇五二冊、八〇五頁下、他）に拠る。そして（ii）と（iii）は、『碧巌録』二五則・垂示における「機不離位、墮在毒海。語不驚群、陥於流俗。忽若撃石火裏別緇素、閃電光中辨殺活、可以坐断十方、壁立千仞」〔機、位を離れざれば、毒海に墮在《お》つ。語、群を驚かさずんば、流俗に陥《おちい》る。忽若《もし》撃石火裏に緇素を別ち、閃電光中に殺活を辨ぜば、以て十方を坐断して、壁立千仞なるべし〕（岩波文庫、上冊、三二一頁）という記述に拠ったものである。このように、上記の文章は、広く禅林に共有されたテクストに基づいてまとめられたものであることがわかるが、議論の足がかりとして、まず（ii）の条件に照準を合わせて考えてみたい。

ここでいう「機」という語については、(4)『説文解字』巻六上（『四部叢刊正編』四、五一頁下）に「主発謂之機」〔発を主どる、之れを機と謂う〕と解説され、『説文繋伝通釈』巻一一（同、一一五頁下）に「尚書曰若虞機張往省栝于度、栝筈受弦処也、機弩牙戻也」とある。この場合、「機」とは、大矢を発射する弩弓のばね仕掛けのことであった。また、『荘子』至楽篇第一八には「万物は皆な機より出でて、皆な機に入る」（万物皆出於機、皆入於機）（岩波文庫、第三冊、二七一―八頁）とあり、(5) 万物を生み出す「造化」と同義に用いられることもあった。ここから「機」を、（能産的な）「はたらき」ないしは「仕掛け《システム》」といったほどの意味として理解できるとすれば、（ii）は、その「はたらき（機）が特定のポジション（位）から離れていること」などと解することができるだろう（ただし、禅僧にとって「機」の語は両義的に作用するものであったということにも注意しておきたい。第I章註(48)参照）。

このことから、禅僧にはどうやら発語行為=表現の定式化を回避しようという基本的態度があったらしいということが窺われるのだが、この点に関しては、既にこれまでの章の中で詳しく論じてきた通りである。ここではごく簡単に問題点を整理しておくに留めるが、そこでは禅僧が以下のような言語観に基づいて自らの言語実践を遂行していたことを明らかにしてきた。すなわち、人は、「語不離窠臼、焉能出蓋纏」（『碧巌録』七二則、他。「窠臼《かきゅう》」は、紋切り型。「蓋纏《がいてん》」は、煩悩の意。語が定型から離れなくては、苦しみから脱け出ることはできない）といった言表に端的に示されているように、既存のコードに準拠したコミュニケーションの惰性に沈み込んでしまうことで、繰り返し上書きされた現実――客観的現実ではなく主観的現実、すなわち自己の意識内において構成された世界――を、一定の、ア・プリオリな実体的構造体であると信じてしまう。そして、そのような言語の檻に抑留されることで、固定化された苦しみの再生産回路に自ら服従してしまうような受苦的存在となる。そこで、禅僧は、自らの言語実践を、例えば、「做頌之法亦無定式」（偈頌を作る方法に定式などはない）(6)（無学祖元〔一二二六―一二八六〕）、或いは「説法豈有定式、只随時機也耳矣」（説法にどうして定式などあろうか。ただ時機《タイミング》に随えばよいのである）(7)（虎関師錬〔一二七八―一三四六〕）といった言表に典型的に現れるような「定式=静的な構造《スタティック》」に対する批判の上に行おうとした。そして、言語の世界には脱出口がないという認識に基づき、言語の内部（此岸）に居ながら言語を徹底して利用し尽くすことで、言語の〈外部〉（彼岸）への（不可能な）越境を試み、自己解放-自己変革の可能性を開こうとした。そこで求められたのは、慣性の圏域において「公共性」（＝わかりやすく言うこと）に担保された専一的意味の体制に順応することなく、その圧政に抵抗し続けること。そして、二項対立的意味秩序が同位的に繰り返されるような惰性的-予定調和的な自動機制に抵抗しながら、凝固した意味を攪拌-遠心化させ、現実世界を存在の未決状態、混淆的な生成の途上へと押しとどめようとするパフォーマンスを実践することであった。

驚き

以上を念頭に置いた上で、再び抜隊のテクストに戻るならば、そこに（ⅲ）「語、群ヲヲドロカサザレバ、流俗ニヲチイル」として、〝驚き〟の有／無が活／死を腑分けする基準に据えられていたことが注目されるだろう。群（人々）を驚かすとは、視点を変えて言えば、言語構造の変換（配置転換）という出来事、（そしてその言語構造に群れをなして接続している無数の）自己意識の更新《アップデート》という出来事に他ならない。先に述べたように、禅の視界が惰性からの離脱に照準を合わせているのだとすれば、構造の配置転換、意味の束縛のゆるみ、新しい世界像の開示は、喜びをともなった新鮮な〝驚き〟を誘うものとなるだろう。一方で、日常的コミュニケーションにおいては、諸概念は反復的に使用されることが義務づけられているために、不可避的に儀礼化・惰性化・凡庸化・透明化・自然化され、意味として流れ作業的に所定の位置へと運搬されてゆくことになるのだが、このような「流俗」に陥った発話には何の〝驚き〟もない。つまり、人を歓喜させるような驚き、或いは戦慄・震撼させるような驚きが発生しないような惰性の中に、死句への転落が兆している、という事態が警告されているのである。そこで、禅僧は、汚染された諸概念、平板化した表現、単調化した韻律を刷新し、既成の生産関係を解体＝再生するような発話がなされているか、絶えず審問-検閲を受けなければならなくなる。そして、その意味で、単純なる知的労働は退けられ、斬新性や意外性を注入することが求められてゆくことになる。つまり、端的に言えば、禅僧の言語実践にはある種の〝奇抜化〟が要請されることになるのである。[8]

奇

それは詩学の伝統の中では、「奇」の一字によって要約される方法のことであった。月舟寿桂（一四七〇―一五三三）は「論詩者云、宋有三法、新奇巧是也、奇者誰歟、不向如来行処行底江西詩祖也」（『幻雲文集』「奇才字説」、『続群書類従』第一三輯上、一三二八頁）と述べているが、そこでは、「奇」とはすなわち、「不向如来行処行底」（如来の行く処に向かって行かざる底《もの》）としての「江西詩祖」――すなわち、黄庭堅、号山谷（一〇四五―一一〇五）――のことだとされている。ここにいう、「不向如来行処行底」とは、『景徳伝灯録』巻二九（『大正蔵』五一、四五五頁中）、同安常察「十玄談」（塵異）における「丈夫皆有衝天志／莫向如来行処行」の句を典拠としている。「如来」とは一般に「如実に来至した者、如実から到来した者」（『禅学大辞典』）。また同書「如実」項によると、「思慮分別を加えぬありのままのすがた。真実そのままに。真如。法界。如如」といった解説を与えられているが、同時に、それはいかなる概念化からもはみ出てしまうような前-概念的な存在だとも考えられていた。[9]『金剛経』（『大正蔵』八（羅什本））に「如来所説法、皆不可取不可説、非法非非法」[10]とあるように、「如来」（ありのまま）とは、〈言表不可能なもの〉、〈語りえぬもの〉と見られていた。また、同経では「如来是真語者、実語者、如語者、不誑語者、不異語者」[11]として、「如来」が〝真実の言葉〟（或いはその話者）であることも示されているが、虎関師錬が『楞伽経』（四巻本）の「若説真実者／彼心無真実」[12]という句に注解を加えて「言語に真実はない。真実がないことが真の真実である」（『仏語心論』「言無真実、蓋無真実即真真実」[13]）と述べていたことを承けて言うならば、われわれの経験しうる言語的地平には、〈如来〉（ありのまま）＝〈真実〉は存在していないということである。つまり、〈如来＝真実〉とは、現実からは到達不可能‐言表不可能な、非現前としての〈語りえぬもの〉、言語の〈外部〉（彼岸）の（暫定的）代理記号に他ならない、というわけである。

既に見てきたように、禅僧から見れば、現実の構成は不当に自然化‐透明化されたものである。われわれが自然だと信じているものは既にして自然ではなく、自己意識の中に不当に内化された自然である。〈語りえぬもの〉の自己意識への到来は、意識化（自己意識へと内化）されるやいなや、語りうるものへと転化するが、このとき、〈語りえぬもの〉は、〝語りえぬもの〟として既にして語られ、分節化されてしまっているのである。つまり、〈語りえぬもの〉は自らを切除し、自らを何らかのかたちへと変身させることによってしか到来を可能にしないということである。換言すれば、「如来」「真実」「語りえぬもの」などというものは――他にどのように言い換えてもよいが――既にその概念自体が自らを切除してしまっているのである。それゆえに、禅僧は種々の方法を用いて不当に透明化された（理解された）〈如来＝ありのまま＝真実〉に不透明性（可動的未決状態）を注入し、現実の構成を脱自然化してゆこうと試みていたのである。言い換えれば、〈語りえぬもの〉を〝語りえぬもの〟として語ろうとするのではなく、いかなる惰性的意味にも占拠されることのないままに言語を使用すること。そのような実践的方法こそが、禅僧／詩人の間で、「奇」すなわち「不向如来行処行底」と呼ばれてきたのである。

しかして月舟が「奇」の一字を「江西詩祖」、すなわち黄庭堅（号山谷）と言い換えていたことにもまた十分な注意を払っておくべきだろう。これは羅大経『鶴林玉露』人集巻三における「楊東山（名長儒、万里の子）嘗謂余云、丈夫自有衝天志、莫向如来行処行、豈惟制行、作文亦然、如欧公之文、山谷之詩、皆所謂不向如来行処行者也」（『宋元人説部叢書』上冊、中文出版社、四二六頁上）という記述と共鳴したものだと考えられるが、同書はその前段に陸象山（名九淵、字子静）（一一三九―一一九二）の言葉を引用してこうも述べている。

予章之詩、包含欲無外、搜抉欲無秘、体製通古今、思致極幽眇、貫穿馳騁、工夫精到、雖未極古之源委、而其

植立不凡、斯亦宇宙之奇詭也、

予章（黄山谷）の詩は、全てを包み込んで外部を無きものにしようとし、全てを暴き出して秘密を無きものにしようとしている。その体製《スタイル》は古今に通じ、思いは幽眇を極めている。諸書を渉猟して博く学問に通じ、その工夫はまことに精緻周到である。未だ古えの源委（本末）を極め尽くしたとは言えないが、うち立てたものは非凡である。これぞ宇宙の奇詭である。

ここで黄山谷は「宇宙之奇詭」（古今東西随一の奇抜さ）と評されているが[14]、その山谷の詩風を高く宣揚した呂本中（一〇八四―一一四五）が、詩の「活法」を主張していたという事実もまた併せて想起しておくべきだろう（「詩を学ぶものは活法を知らなければならない。所謂活法というのは、規矩が備わっていながらも規矩の外に出ることができ、千変万化して測りようがなく、しかも規矩に背かないようなものである」[15]）。中世禅林詩学の枠組では、黄山谷は、杜甫（七一二―七七〇）や蘇軾（号東坡）（一〇三六―一一〇一）と並んで参照すべき詩人の上位に位置づけられてきたが、このことはすなわち、禅僧の詩作行為が〝奇抜化〟の手法を公的に要請するものであったという事実とも決して無関係ではない。

こうして、禅僧の表現は、定型からの逸脱を求めるというかたちで畸形性をもその内に取りこんでゆくことになるのだが、このような姿勢は彼らの詩の解釈行為においてはどのようなかたちで具体化されることになるのだろうか。禅僧の詩の解釈の実態を示すのが、抄物資料群であるが、その具体的内容については、朝倉尚『抄物の世界と禅林の文学―中華若木詩抄・湯山聯句鈔の基礎的研究―』（清文堂、一九九六・一二）、堀川貴司「『三体詩』注釈の世界」（『詩のかたち・詩のこころ―中世日本漢文学研究―』若草書房、二〇〇六・一一、収録）などの諸論考に詳しい。

その中でとりわけ注意が引かれるのは、前掲堀川書によって『聴松和尚三体詩之抄』に次のような記述があると指摘されている点である（二七九頁）。すなわち、「詩人ト云フ者ハ、ナキ事ヲ云イ出シテ作ガ興也。アルマジキ理ヲ云ガ、詩人ノ発興言也。……アルマジキ理ヲ興ジテ言之、詩人常也[16]」。ここでは「アルマジキ理」という半ば自家撞着的な手法によって論理性を挫き、「興」（おもしろみ）を起こすのが詩人の常態であると強調されているのだが、このような立場が明確に示されているということは、これまで見てきた禅僧の〝奇抜化〟への志向性からすれば十分に了解されることであるだろう。

そして虎関師錬は「詩話」（『済北集』巻一一）の中で、「理」に適しているかどうかを、詩の評価の根本基準に置く[17]が、彼においてもその「理」とは意味論的水準での論理性とは異なっていた。例えば虎関は、『詩人玉屑』（巻三）が宋・石懋《せきぼう》（字敏若）の「氷柱懸簷一千丈」（詠雪）の句と併せて、李白の「白髪三千丈」（秋浦歌）の句を「句豪畔理」（表現は豪快だが理に背く）と評している[18]ことに触れつつ、これに異を唱えている。虎関の主張を約して言えば、李白が歌っているのは白髪が三千丈になるほどの「愁い」の深さについてであって毛髪の長さのことではない。したがって、「三千」でさえなお短く、李白はその「意」を描くことで確かに「妙」を極めた（〈意〉の非現前性については後述）。しかし石懋の句は、「無当玉卮」（『韓非子』外儲説右上。底がない玉杯の意。すべてが漏れ出てしまう無用の宝）のようなものであり、李白の句とはもはや比ぶべくもない、ということであった。

また、虎関は同じく「詩話」の中で、杜甫の「呉楚東南坼／乾坤日夜浮」（「登岳陽楼」頷聯。なお、首聯は「昔聞洞庭水／今上岳陽楼」）の句に言及し、これを註者が「洞庭在乾坤之内、其水日夜浮也」と解していることを非としながら、もし註の意のようなら、この句は「不活」であると指摘する。つまり、世界の内に洞庭湖の水が浮かんでいるのではなく、洞庭湖が世界を浮かべている、という解釈によってこそ活句が可能になるというのである。

勿論、意味論的な水準（事実確認的読解）においては、いかなる表現もまた意味づけられて合理性へと回収されざるをえない。しかし、ここで禅僧が敢えて口にするのは、矛盾や不条理である。「アルマジキ理」という手法へと訴求することによって、理の名のもとに合理化‐正当化された惰性態としての現実世界を新たに造り換えようとする姿勢を見せているのである。[19] 勿論、ここで注目すべきは、それぞれの読みの当否ではない。先行する読みから絶えずズレを作り出し、読みのパターンが固まらないようにするというその手法である。禅学的地平において無限個の解釈が湧出してくる可能性が担保されていたことの重要性は、意味論的な地平における解釈の豊饒さ、つまり多義性を価値化することに訴求されていたわけではない。文学という制度の中で（ブルデュー的に言えば[20]、文学場という象徴闘争の空間の中で）、多数の読みが調和をもって水平的に展開してゆくことはありえないし、また標準化をめぐる抗争の場から隔離された不可触の文学というべきものが存在することなどもありえないだろう。ある読みは、他の読みを抑圧することで自らを特権化するが、いかなる読みも歴史的局在性に呼応してイデオロギー的拘束を被らざるをえないのであってみれば、いかなる読みも正当な読みの提示として読まれるべきではない。既に見たように、固定した視点ないし思考法は、ものの価値を自然化してしまう、と禅僧は考えていた。パースペクティヴの絶えざる遊動或いは分裂によって、常識と非常識との間の緊張関係を動揺させ、新しい視点を注入してゆくことを試みていたのである。勿論、固定化した意味の防壁を叩き壊すことに成功しているかどうかは状況に依存するが、重要なのは、禅僧の言語実践が、自然化された、沈殿した固形を攪拌する「パフォーマンス」であったということ、現実の構成を組み換える「はたらき」であったということである（勿論、それもまた標準化という抗争に巻き込まれることなくしてはありえないのだが）。

　以上のように、禅僧は、解読行為においてもなお、共有された暗号表に照会しつつ意味を現前させるという類の手続きを取らない。禅僧においては、読解は既成の意味の受け取り作業ではないし、隠された正しい意味／意図を発掘してくる作業でもない。その意味で、禅僧の解釈は既存の解釈コードの批判の上に立ち、むしろ意味生成の前衛において、前人未踏の未開の土地に足を踏み入れるかのように、新たに意味体系を創り上げているのである。つまり、禅僧においては、解読もまた能産的であり、また能産的でしかありえないのである。

3 なぜ禅僧の言葉は難解なのか

過剰な変化（奇抜化）に対する排除機制

以上のような手法によって不当に自然化された現実世界に不透明性（二分法の未決状態）を注入してゆく試みが一定の成果をあげているのだとしても、それが過剰である場合、（有限化された文脈の中では）ネガティヴな効果を引き起こすこともある。つまり、奇抜化を徹底してゆくことは、公共性の高い意味（論）的配列を示すことによって通約されるような、標準化＝規範化されたコンヴェンションから逸脱し続けることになるため、解読可能性は不定化＝自由化してしまうのである。それゆえ、表現の公共性は縮減され、結果、わかりにくく、難しくなってしまうのである（勿論、〝難しい〟という現象が客観的に立ち現れるという意味ではなく、そのような認識のパターンが自己意識に構築されるという意味において）。例えば、「風雅の道が廃れてから、世間の詩に長ずる者は、性情（心の本質）に拠らず、意気（雰囲気）に拠り、学問に拠らず、才力に拠るようになった。甚だしきは、努力して艱深晦渋の作を製し、それを託興幽遠であると言う。詩の道は日に日に振るわなくなっている」（自風雅之道廃、世之善詩者、不以性情而以意気、不以学問而以才力、甚者、務為艱深晦渋、謂之託興幽遠、斯道日以不競）（南宋・無文道璨（一二一四—一二七一）『無文印』（国立国会図書館蔵刊本）巻八「潜仲剛詩集序」）という発言に表れているように、「託興幽遠」と「艱深晦渋」とは、見る目に応じて分岐されるほどの近似性を持っていると考えられていた。さらに、瑞渓周鳳（一三九二—一四七三）が横川景三（一四二九—一四九三）の『小補集』に寄せた序の中に、「（同集を）視てみると、俊逸奔放の美しさは有るけれども、奇渋拗峭の弊は無い。古えに謂う所の〝雲を翻す鶻《はやぶさ》、堤《つつみ》を走る馬〟のようなものである」（就而視之、有俊逸奔放之美、而無奇渋拗峭之弊、古所謂如翻雲之鶻、走堤之馬者也）（『五山文学新集』一、三頁）とあるが、ここでは、「俊逸奔放」という既成の枠にとらわれないような表現が、一方で「奇渋拗峭」へと転化する可能性を有するものとされていたことが仄めかされている。また、「艱渋にして奇字を用うれば、往々にして読む可からざるなり」（艱渋用奇字、往々不可読也）（『空華日用工夫略集』応安三年八月一三日条、『新訂増補史籍集覧』第三五冊・続編三）と言われるように、「奇字」を用いることはしばしば読解不可能という状況へと直結していた。

虎関は「諸宗百家の内禅門の語句ほど難レ会難ハ見無レ之」（『紙衣謄』、『国文東方仏教叢書』第二輯・法語部上、二四頁）と述べたが、このような〝難しい〟という現象は、上記のような〝奇抜化〟という手続きの随伴現象・副作用に他ならず、言語構造の固定化＝パターン化から解放されることと、公共性が低下してゆくこと（わかりにくくなること）とは、同一過程の二側面だと言えるのである。

そしてこのことは逆に、過度の不透明性（わかりにくさ）は、反転して過度の透明性（わかりやすさ）になりやすいということでもある。つまり、〝わかりにくい〟という〝わかりやすさ〟によって、それは理解不能な不必要なもの、排除すべきものという一意性《アイデンティティー》を与えられてしまいかねないのである。内部構造に対する異物性・異質性（例えば、規範からズレた言語使用）は、文字通り法規の外にあるため、その法外性は、効果として両義的方向へ向かう。一方では、何が出てくるのかわからないような期待感、感動をともなった驚き、群を抜いた斬新さとしてポジティヴな意味があてがわれるが、一方で度が過ぎれば、難渋の極み、ないしは規律《ディシプリン》を欠いた、ある種のだらしなさとして負の価値が与えられてしまう。それはただ意味論的にわかりにくいというだけでなく、感動も呼び起こさないのである。

古典の賦活

そしてさらに一点、注意しておく必要があるのは、奇抜さ・斬新さとは時間の経過とともに失われ、必然的に古く、陳腐になるということである。斬新な方法は一般に規範化されやすい。そして、規範化されれば多くの亜流《エピゴーネン》が生まれ、結果的に陳腐化してゆくことは避けられない。例えば、「最近の詩家は、艶麗新美で、まるで花を挿んだ舞女《おどりこ》のようである。一見すると、人の心を酔わせないこともないのだが、時が経つとその意が失われてしまう」〔近時詩家、艶麗新美、如挿花舞女、一見非不使人心酔、移頃輙意敗〕（『無文印』巻八「潜仲剛詩集序」）という記述は、斬新さの一過性を的確に捉えたものである。[21] いかなる斬新さもまたその生起の瞬間から陳腐化へ向けた助走を開始しているのである。異質性は同質性へと埋没し、外部性は内部性へと編入され、他者性は自己性へと書き換えられてゆく。となれば、そこにはもはや驚きはなく、ただの惰性態と化すだけである。ある詩人ないしは詩が模範の一つとなったとき、称賛の言葉とともにその異端性は剝奪される。それによってその詩人ないし詩は、抑圧的な中心化を攪乱するどころか、中心化の論理の中で抑圧的な働きを率先してしまうことになるのである。「昔日拈花旨／今日為荊榛」（笠仙梵僊『天柱集』「雅侍者」、『五山文学全集』一、三三三頁）の詩句に凝縮されて表されているように、禅の宗旨さえもが桎梏に陥る蓋然性から免れてはいなかった。したがって、いかなる表現もまたその相貌を常態的に変化させなければならなくなるのである。

となれば、そのような持続的変化とはいかにして可能になるのだろうか。それを古典の取り扱いという問題として以下に考えてみたい。

詩という伝統的制度は、古典という公共化された参照枠に人々が群れをなして接続し、それを身体化することによって可能になっていた。参照枠に集蔵されたアーカイヴス（断片化された素材群）を暗記し、そこから字句を引照しつつ、場（題）に即応するかたちでそれらを組み合わせるという編集作業として、詩は再生産されていた（勿論、これは何も詩に限定される性質ではないが)。原理的には、一篇の詩、詩の一字一句は潜在的にあらゆる字句、あらゆる詩篇、あらゆる物語と共鳴し合うという無限定性を有しているものの、いかなる主体も存在論的に中心点を与えられている以上、その視界は有限であるし、学の範疇もまた有限でしかありえない。禅僧の詩的実践の共同体は学の範疇を共有するかたちで参照枠を共有していたが、参照枠に対する学の質と量、準拠すべき規範の質には自ずから個体差《ばらつき》が生じていたはずである。また参照枠が通時的に変化してゆかざるをえないものだとすれば、その規準をどこに定めるかという公共性の問題も定期的に浮上してくるはずである。その中で参照枠のブレをなくし、詩の公共性の維持を可能にしていた要因の一つに、批評という行為がある。詩人群(或いはその他)は、批評という行為を断続的に行うことで、参照すべき詩人とそうでない詩人との差別化をはかり、また規範から過剰に逸脱したものを排除したり、規範自体の方向性を議論したりすることで、準拠すべき参照枠を抗争的に(というよりも抗争というかたちをとった協働の中で)、書き換えながら定位してきた。

もし、禅僧の詩的実践が、公共性＝わかりやすさという中心から周辺へと離散してゆく運動でしかないのだとすれば、ただあらゆる秩序を攪拌して混沌性を迎え入れることのみを至上の法則に仕立て上げてしまう懸念もある。もとより、禅僧の語は、不特定多数の読者に向かって開かれていたわけではないのだが、その難渋さをともなった手法が教条化されてしまえば、フレームワーク(専門領域)の内部へと自閉してゆくことにもなりかねない。新しさとは異質さであり、ある種の共同性の攪拌であるから、共同体の保守システムは、それらを、独善的・放恣などといったラベルを貼りつけて排除しようと試みるからである。また、世界を認識する網の目＝文法が次第に精緻になっていけば、フレームワークの外部からはそれが見えにくく、わかりにくくなる。外部から見れば、語彙と統辞の不必要な操作としてしか見えてこなくなるのである。こうして過剰な変化、過剰な不透明性は、実践共同体の分裂ないし解体を惹起し、フレームワーク間の相互無視・相互隔離・相互排除を引き起こす。このような参照枠の公共性の著しい低下は、認識の枠組を変更することに寄与しないばかりか、パフォーマティヴな水準における効果の減退を意味し、詩そのものの実質的解体をもたらすことにもなりかねないのである。

したがって、参照枠の極端《ラディカル》な変化を回避し、言語交換における予測可能性《プレディクタビリティ》を高次の水準で維持しておく必要性が生じる。だが、参照枠としての古典は、時間の経過にともなった老朽化を避けることができないという必然的困難を抱えてもいる。古典はやがて読まれなくなり、わかりにくくなる。そして公共性は縮減され、参照枠としての効果を失う。この必然に対処し、古典を賦活する手法として詩学が規範化してきたのが、〝換骨奪胎〟という（黄山谷の）手法であった(22)。

清拙正澄〔一二七四―一三三九〕は、別源円旨〔一二九四―一三六四〕の著作について、あたかも珠が盤を走るように「語意」が「活脱」であると評し、「能く我が大唐の胎骨を奪換する者」と称揚する。詩にも人にも「奪胎換骨法」があるというが、それはすなわち、古人の意を用いながらも其の句を用いず、古人の句を用いながらもその意を用いない、そのような手法として解説される（清拙正澄『禅居集』「跋旨蔵主行巻後 別源」、『五山文学全集』一、五〇六頁）。

また『中華若木詩抄』の抄者などは、「新意也。作意不言而可知焉耳」（『中華若木詩抄』、新大系、31項）、「新意也。名誉ノ詩也」（同32項）などと、「新意」を評価基準の一つに置き、これを肯定的に捉えているが、その中で「詩ハ、意ヲ新シク語ヲ古シク云コトガヨキ也」（同25項）や、「総ジテ、古人ノ心ヲ取ラバ、語ヲ換ヘテ作ルベシ。語ヲ取ラバ、一向ニ意ヲ換フベシ」（同197項）などと、端的に換骨奪胎の手法――或いは和歌の本歌取りを思わせる手法――を述べた箇所もある。このように、これまでにない語彙を使用するのではなく、素材としてのコーパスを制限しながら、その組み合わせにおいて「新意」を出すことが求められているのだが、ここでその新しさというのが、新語ではなく、「新意」を出すことに訴求されていることは大きな意味を持つ。それはこれが新たな詩語（ポエ語の創造という次元で実現させてゆくとしたら、参照枠は無制限に拡大してゆくことになるだろう。となれば、参照枠の公共性を維持してゆくのも困難になる。また、もし新しさの要請というものが、言語の身体性（物質性）を無視した恣意的な歪曲であったとすれば、それはむしろ不快感をもよおすものとなるだろう。さらに、それらが差異を抹消した、古さを完全に清算してしまった新しさであるとすれば、それは単にディシプリンを無視した放縦な語の羅列となるだけである。それゆえ、共有された素材の用法において新しさが要請されたのである。共有された参照枠の中に登記されている語群を適度な安定性の中で連結させてゆくこと。ジャルゴン化を回避し、できるだけ共通のフォーマットを使用すること。シンプルな語を整然と並べること。ここでいう新しさとは、古さを完全に清算した新しさではなく（仮にそうであったとすればそれはもはや〝新しさ〟とは呼ばれないはずである）、古さをその内に織り込んだ〝新しさ〟——新しくもあり古くもあるという両義的-混淆的な新しさ——のことである[23]。それによって初めて参照枠の公共性が維持されうるのである。すなわち、古典をイデオロギー的に絶対化しつつ墨守-窒息させるのでもなく、また排除-隠蔽するのでもなく、古典を賦活すること。それこそが実践共同体における参照枠の公共性を維持してゆくための有効なシステムだとされてきたのである。

ただし、そのような措置が惰性化への回帰へとつながる危うさを持っていたこともまた決して否定できるものではない。公共性を維持することは、視点を変えれば、表現のパターン化、予測可能性の増大、陳腐化、驚きの欠如、形式の惰性的継承、といった方向を促進することにもなるからである。そこで、詩人の重要な責務の一つは、このわかりやすさとわかりにくさの流動的な分岐点が、今まさにこの場でどのように生起しているのかを見極め、その均衡を図ることに訴求されてゆくことになるはずである。しかし、いったいどこからが過剰な変化になるのかという問いは、参照枠の外延が流動的なものである以上、終局をみないまま不断的に継起されてゆくことにもなるはずである。しかして、このような賦活のシステムを自らの内に作り得なかったとき、古典はもはや死を待つのみとなるのである。

4 変化の詩学

〈意〉の外部性

次いで、抜隊が古徳の言を引用して（i）「句中ニ句アルヲ死句トシ、句中ニ句ナキヲ活句トス」と述べていたことについて考えてみよう。

ここでいう、句中に句があるとは、そして句中に句がないとは、いったいどういうことなのだろうか。以下、禅僧の教育的方法論の一つに数えられる句意論に言及して考えてみたい。ここで言う、句意論とは、言語表現を「句」と「意」とに弁別し、句の到／不到、意の到／不到という組み合わせにおける四分法によって、修行者を教導するという教育方法のことを指す（ちなみに、句意論は、中世の歌論にも応用されていたことが知られる。中村健史「歌論としての『風雅集』序―「意句共到」を中心として―」『和漢比較文学』四九、二〇一二・八、参照）。

まず、夢窓疎石〔一二七五―一三五一〕がこれについて次のように解説を加えていることが注意される。

意とは、祖意なり。祖意とは、人々具足の本分底なり。句は五家の宗風手段なり。意はこれ根本なり。句はこれ枝葉なり。然らば則ち、初心の学者は、先づ祖意を参得すべし。句下に死在すべからず。古人意を得て後、三十年、五十年、綿密に錬磨して、旧業宿障をつくすを、長養の工夫と名づけたり。長養純熟しぬれば、これを打成一片と名づく。この時自然に機弁妙用も現はるる故に、人のためにする手段も亦活脱自在なり。これを

意句倶到の人と名づく。（『夢中問答集』中、講談社学術文庫、一一三頁）

まず注意を喚起しておかねばならないのは、ここで「意」と名づけられているものが、現前可能な「意味」や「概念」のことではないということ、それゆえ、句／意という図式は決して表現／内容のことではないということである。禅の言語観に従えば、言語というのは、言語以前に実在する事物を指示する代理-再現的記号ではない。既に第I章で確認したように、『楞伽経』は「語」と「義」の関係性を「非異非不異」（四巻本『楞伽経』巻三）として捉えていたが、ここでいう「義」もまたわれわれが通念的に理解しているような意味での「意味」や「概念」のことではない。『楞伽経』巻三は、「云何為義、謂離一切妄想相言説相、是名為義」[24]と述べ、『涅槃経』巻六は「義者即是如来常住不変」[25]と述べている。そして、『頓悟要門』に「言説生滅、義不生滅、義無形相、在言説之外」[26]と示されるように、「義」とは言語の〈外部〉のことに他ならない。ある語の「義」なるものが常に別の語へと言い換えられる蓋然性から逃れられず、意味構造内の反響を通して送り返されるものでしかないのであれば、語の中に現前しうるのはもはや〈義〉ではない。それは単に別の「語」であるに過ぎないのである。さらにその「語」の中にも別の「語」があるというように、語は、決して〈義〉に到達することのない無限連鎖――語の中の語の中の語の中の……という堂々巡り――を構成しているだけなのである。つまり、夢窓が適切にも「つねざまの人の義理と思へることは、亦これ言句なり」（『夢中問答集』中、九八頁）と注意を喚起しているように、われわれが素朴に句意論（語義論）であると信じている構図は、実は、句句論（語語論）でしかないのである[27]。われわれがもしその誤認に気づかないまま「義」や「意」を自明の所与として論じているのだとすれば、それによって、逆説的に〈義〉や〈意〉を抑圧-隠蔽-排除してしまっていることになるのである。禅僧の眼から見れば、常識的な言語観は、句と〈意〉の非対称的な関係性をきれいさっぱりと清算してしまっており、〈意〉の〈外部性＝彼岸性〉を見失っているのである[28]。ちなみに禅僧のこのような言語観は当時にあって特異なものであったわけではなく、それはむしろ、「言在於此、而意寄於彼」（羅大経『鶴林玉露』地集巻四、『宋元人説部叢書』上冊、中文出版社、三九六頁下）などと言われるように、当時の言語理論としてもごく一般的なものであった。(29)〈意〉と（現代言語学的な）「意味」とを同一視することを拒むようなこの視線を、古典詩学の言語理論における標準的な思考範型として捉えることができるのだとすれば、〈意〉（意味）の現前性を盲信しているようなわれわれの視線を歴史化＝脱自然化することから議論を始めなければならないだろう（どのような言説の配置の中で、〈意〉（意味）が論じうるものであると信じられるようになったのか）。この点は歌論・俳論などを含めた古典詩学一般を論ずる上でもまずもって注意されるべき点であるだろう。

以上の点から言えば、上述、「初心の学者は、先づ祖意を参得すべし」と述べられていることが、祖師の言わんとすることを恣意的に現前させよ、という意味ではないということがわかるだろう。われわれは、日頃から他者の言わんとすることを読みとることを全く自然なことであると見なし、夾雑物のない透明なコミュニケーションが可能な空間を妄想することに慣れきっているが、〈意〉は決してわれわれの耳に届くことはないのである。(30)ここで求められているのは、言語（意味）の限界――〈意〉――と衝突するという経験、そのようなごくごくありふれた経験なのである。夢窓は別の箇所で、「義路・理路の上に解会を生ずることなく」、「一切の知解情量を放下」することを求めている（『夢中問答集』中、一一七頁）。抜隊もまた「イニシヘモ今モイマダ大法ヲアキラメザル人ハ、皆カクノ如クノ情解《じょうげ》ヲナシテ、活祖《かっそ》ノ語ヲ汚却《おきゃく》スルコト、是《これ》ヲ以《もつて》知ベシ、縦《たとい》死句ナリトイフトモ、活人《かつにん》是ヲ拈弄《ねんろう》セバ、直《じき》ニ活句トナルベシ」（『塩山和泥合水集』、思想大系、二六六頁）、「本是活句ナリトイヘドモ、カクノゴトクニ情解ヲナストキンバ死句トナル」（同、二六四頁）などと繰り返し述べている。ここで「知解情量」「情解」などと否定されているのは、概念的思考に基づく意味論的解釈である。夢窓は、上述のように「意とは、祖意なり。祖意とは、人々具足の本分底なり」と述べ、それを「根本」と捉えている。また別の箇所では、句到を「後得智」「化他の方便」とし、意到を「根本智」「仏の内証」と見ている。再説するが、〈意〉とは、存在論的地平においては決して現前しないもの、絶対的に到達不可能＝言表不可能な、言語の〈外部＝語りえぬもの〉、句に対する〈彼岸〉なのである。ゆえに、本来的にはそれを「意」と呼ぶことさえ適当ではない。また、それを言語の〈外部＝語りえぬもの〉と呼んだとしても、そのような名指し自体が、絶対的に匿名のはずの〈　〉を概念で埋め立て、窒息死させてしまうことになる。その意味で、〈　〉は、どのようなかたちであれ意識されるやいなや、すぐさま「句中に句がある」状態へと転化されてしまうのである(31)。

〈意〉は決して語られるものではなく、（言語の臨界として）幽かに感じられるものでしかない（『荘子』天道篇第一三に言う――「意には随う所あり、意の随う所の者は、言を以て伝うべからざるなり」（意有所随、意之所随者、不可以言伝也）、岩波文庫、第二冊、一七四頁）。とはいえ、言語なき〈意〉などというものがありえようはずもなく、人は言語を通してしか〈意〉をあぶり出すことはできない。ただし、世界という自己意識、及び自己意識という世界が言語によって構成されたものであったことを思い起こすならば、世界／自己意識の内部に〈意〉が秘匿的に遍在しているということにも気づかされるだろう。われわれは（行住坐臥のすべての瞬間において）〈意〉とともに生きているが、〈意〉はわれわれの〈彼岸〉にあって決して触知されることはないのである（なお、〈如来〉の異称の一つが、〈意生〉とされてきたことにも注意(32)）。

このアポリアをいかにして乗り越えるか。無学祖元は、「活法変成死法、活語変成死語、山僧与儞奪了、吾之所奪、依義不依語、諸人所執、依語而不依義也」（『仏光国師語録』巻五、『大日本仏教全書』〔新版〕四八、一〇九頁中）と述べた。求められているのは、〈義〉に依ること(33)。端的に言うならば、そのようなアポリアを（恣意的に埋め立てることなく）アポリアとして絶えず召喚し続けること、忘却しないことである。勿論、〈　〉は現前不可能であるため、人の意識下に現前した当のものはもはや〈　〉ではなく、決定的に誤認されたものでしかない。しかしこれは逆に言えば、現前不可能であるがゆえに、人は〈 〉をアポリアとして確かに経験（内証）することができるということでもある。その意味において、決して名指すことができない〈 〉の名を呼び続けることは、まず何よりもそれを隠蔽・忘却しない／させないという効果として肯定されうるのであり、また、この呼び間違えの徹底こそが、逆説的に〈 〉の非現前というかたちをとった現前を可能にし、名指しの暫定的な適切性を保証するのである。ゆえに、〈 〉の喪失は回避不可能だが、忘却は疑いなく回避可能なのである。そしてまた、それこそが禅僧にとっての、〈 〉に対する真摯な応答、崇拝・帰依の構図に他ならないのである。

方法論の不断的変化

ただし、ここで注意しておかなければならないのは、上記の考え方が必ずしも意味の剝奪、無意味な語の使用という方法論へとは結果しないということである。

明・雲棲袾宏『竹窗随筆』二筆「宗門語不可乱擬」（和刻影印近世漢籍叢刊 思想四編7、五四三〇頁）は、禅の手法とは無意味な語の使用である、という誤読の一般性を難じて次のように述べている。

古人大悟之後、横説豎説、正説反説、顕説密説、一一契佛心印、皆真語実語、非荘生寓言比也、今人心未妙悟、而資性聡利、辞辯捷給者、竊看諸語録中問答機縁、便能模彷、只貴顚倒異常、可喜可愕、以眩俗目、如当午三更、夜半日出、山頭起浪、海底生塵、種種無義味語、信口乱発、

ただ「顚倒」（ひっくり返し）、「異常」（非常識）で、人々が驚喜するような表現を好み、その目を惑わすことにつとめ、「当午三更」（真昼の夜中）、「夜半日出」（夜中の日の出）などの無意味な語を乱発する、そのような態度がここでは厳しく批判されている[34]。また、道元（一二〇〇―一二五三）は、在宋中に、祖師の語が「無理会話」（理解不可能な言葉）だと吹聴する杜撰の輩が多かったことを批判的に回顧している[35]。

つまり、言表不可能性を象徴すること、何も意味していないという境界に滞ることもまたもう一つの意味の現前なのである。(36) では、いかにして終局的な意味を与えることなく、不在の〈意〉——すなわち〈　〉——を召喚しうるのか。

〈　〉の到来という出来事を考える上で重要なことは、およそ次の二点に約されるだろう。すなわち一つは、〈　〉は〈　〉として到来することはなく、何らかの形式化を通してしか到来を可能にしないということ。或いは既に述べたように、〈　〉は自らを切除し、自らを何らかのかたちへと変身させることによってしか到来を可能にしないということである。そしてもう一つは、〈　〉は、自らを秘匿化することを代償として全てを生み出し続けるということ、無限の自己産出というはたらきを決してやめることがないということである。言語の使用において〈　〉を召喚することとは、言語実践において〈　〉を全く新しいかたちへと変身させることであった。そのとき言語は全的に〈　〉という空虚な場所となるが、空虚と言ってもそこには何もないのではなく、逆にそれは全てを生み出す場所となるのである。井筒俊彦〔一九一四—一九九三〕が華厳の哲理を分析する中で引用した、『老子』（第五章）の一節は、的確にそれを表現したものである。「天地の間は、其れなお橐籥《たくやく》のごときか。虚にして屈《つ》きず、動いて愈《いよいよ》出づ」（天と地の間（全宇宙）にひろがる無辺の空間は、ちょうど（無限大の）鞴《ふいご》のようなもので、中は空っぽだが、動けば動くほど（風が）出てくる」（『コスモスとアンチコスモス—東洋哲学のために—』岩波書店、一九八九・七、三五頁、訳文井筒）。したがって、句中の〈意〉、すなわち〈意〉を幽在させた句は、空虚である瞬間において、あたかも〝解のない暗号〟（或いは〝解があるのかどうかさえわからない暗号〟）の如く(37)人を絶えざる解読行為へと導き、それによって「意味」を無限に再配分してゆく「機《はたらき》」となるのである。換言すれば、〈意〉は、われわれの世界には決して現前しないが、現前不可能であるがゆえに句を活性化させるはたらきとして経験されるのである。つまり、〈意〉とは言語構造を、自己意識を更新《アップデート》し続ける不可知のシステムなのである。自己意識として構築された世界像に変化をもたらすことができるのは、句に幽在する〈意〉が持続的に活動しているからであり、それによって視点が不断的に更新されるからである。

そして、そのとき改めて強調しておかねばならないのは、〝意は言外にあり〟という伝統的言表一般が示しているのが、決して表現の外に字義的な意味とは別の何らかの意味が隠されているということではない、ということである[38]。確かに、一面的には、禅の方法論とは、語句を字義的な水準で用いることなく、そこにさまざまな意味を含ませ迂遠的にパフォーマンスさせるものとして見えてくるのだが、それは必ずしも字義／隠喩の二分法の管轄下において、後者を優位化するような意志や規律としてあったのではない。なぜなら、表の意味であれ裏の意味であれ、或いは、第一の意味であれ第二の意味であれ、意味の現前性が信じられていることには変わりはないからである。そしてまたわれわれの経験が示しているように、隠喩というものが往々にして常套句であることが多いという事実を考慮するならば（古典詩学の制度下においても、『詩人玉屑』巻九「托物」において「日月」が「君后」の、「龍」が「君位」の隠喩であるなどとその類型が示されており、また賈島〔七七九―八四三〕著と伝えられる『二南密旨』〔『叢書集成新編』七八〕などにも事細かく比喩の事例が掲げられている[39]）、むしろ隠喩こそが定型化への危うさを免れないのだとも言えるだろう。その意味から、禅林詩学においては、詩の常套手段としての直喩・隠喩（六義における比・興）が必ずしも至上の方法とされていたわけではないのである。それは竺仙梵僊の偈頌論の中に「詩というものは、ただ六義に帰するものである。しかるに宗門の玄唱は、厳かに六義を含むものもあるが、六義の外に超然として全く世間の翰墨の常規の外に出ているようなものもある。（それゆえ）来るも蹤を残さず、去《ゆ》くも迹を残さず、意は求めようもなく、情は測りようもない」〔且詩者、止乎六義而已、宗門玄唱、則有儼若、含於六義者、有超然於六義之表、而絶去世間翰墨畦逕之外、来不知蹤、去不知迹、非意可求、非情能測〕と示されている通りである[40]。禅の方法論が絶えざる変化を求めるのだとすれば、それは「六義」という制度化された方法ではなく、そのような修辞技法を包含した無定型性の中で、予測可能性をできるだけ圧縮した水準において語を連鎖させ、意味の固有の再帰点を抹消してゆくことが求められていたのである(41)。

ただし、以上のように、禅の方法論がいかなる修辞技法によっても定式化されえないものであったとしても、そのことが修辞技法一般を予断的に排除しようとする方法論の要請として理解されるようなことがあってはならないだろう。なぜなら、既に述べたように、禅僧において最大の眼目とされていたのは、〈　〉の到来という出来事だが、それはあらゆる言語的地平において起こりうる経験であり、あらゆるテクストにつねにすでに幽在する契機であるからである。確かに禅僧において表現様式如何が第一に問われることはないのだが、それは技巧的な詩である可能性を排除しないという意味でもあるのである。心敬（一四〇六―一四七五）は、「まことの仏まことの歌とて、定まれる姿あるべからず。……たゞ一つ所にとどこほらぬ作者のみ正見なるべしとなり」（『さゝめごと』、大系、二〇二頁）と述べたが、「まことの仏まことの歌」すなわち〈　〉は、「定まれる姿」がないという持続的変化によって初めて可能になると考えられていた（なおこれは、禅のエッセンスを集約していると言われる『金剛経』の「応無所住、而生其心」の一句と反響したものであるだろう）。

ただし、ここでいう変化とは、われわれの経験する世界（自己意識）がラディカルに変わったと印象づけられるような経験、かたちあるものが滅びてゆく経験、現前する変化の経験のことではない。むしろ、毎日見る花がいつもと変わらずそこにある、という経験をこそ、そのような変化の経験と見なければならない。道元は『正法眼蔵』第五三「梅花」において「無量無尽の過現来、こと〴〵く新なりといふがゆへに、この新は新を脱落せり」（思想大系、下、一二七頁）と述べた。いかなるものも、瞬間瞬間に新しく生起してくるものであるがゆえに、世界は常に既に「換骨奪胎」されており、絶えず変化を繰り返している。つまり、変化というのは、どのようなかたちであれ、「存在《ある》」ということに他ならないのである(42)。「仏法にも敗壊の無常とて、此の身の破れ失せんことを二乗も悟り知れども、念々の無常とて、物ごとにふれて忘れざるは、菩薩大悟の位なり。念々の修行の歌人、おぼろげにもあるべからず」（心敬『さゝめごと』、大系、一九八頁）。変化そのものが変化することなく（常住）、われわれの経験する世界を創り出してくれていること（無常）、それを「物ごとにふれて忘れ」ないこと。ここに詩の成就があるのだ、と詩人はいう。

詩は意味を陳述しているわけではない。また陳述していないわけでもない。一義的であることが悪く、多義的であることがよいわけでもない。無意味な言葉を連ねることが活句なのではないし、奇を衒った表現や多義的な表現そのものが活句なわけでもない。しかし、そのような技巧的な句もまた活句である可能性を排除してはいない。〈活性〉（変化）とは、つねにすでに句の内部にあるのである。

句に幽在する〈活性〉

それでは最後に、前掲（iv）「ヲヨソ活句ヲ死句トナスコトハ、言句ノ咎ニアラズ、只ソノ作者ノ見性ノ未徹ナルニヨルベシ」と述べられていたことについてまとめておきたい。ここでは、活／死の別が、畢竟、見性の未徹／徹の問題であると主張されている。つまり、活／死の分岐点と見なされた基準は語句の形態的特徴から導出されるものではなく、「情解」（意味論的解釈）から離れているかどうかという主体（自己意識）のあり方の問題だとされているのである。本章の文脈に沿って言い換えれば、それは言語とその〈外部〉——句と〈意〉——に対する視座を持ちえているか否かの問題ということになる。前述のように、〈意〉はいかなるテクストの内にも胚胎していた。しかし、そのような視座を忘却し、〈意〉を「意味」＝句へと恣意的に還元しつつ、コミュニケーションの惰性に服従してしまったとき、言葉（句）は死ぬ。それにともない、自己意識としての世界、世界としての自己意識は凝固し、苦しみを再生産し続ける自動機械となる。それゆえ、禅僧は〈意〉を不在のままに召喚しうる言語実践として、或いは言語構造〈自己意識〉を不断的に脱臼させ続けてゆく言語実践として、詩を求めてゆくことになったのである（ただし、それは、詩は意味が不在であるのに対して、日常言語は意味が存在している、ということではない。禅僧の考えに従えば、詩はむしろ言語の原態を示している。だからこそ禅僧の言語実践は必ずしも詩の様式を踏襲することに向けられるものではない）。

ところで、無学祖元は詩作の定理を説く中で次のように述べている。「偈頌を作る方法に定式というものはない。……必ず自己の胸襟の中に向かって模索せよ。模索することができないところを模索せよ。罅縫《すきま》のないところに門戸を求めよ、路《みち》のないところに路を求めよ、言語のないところに言語を求めよ」（做頌之法亦無定式、……須是向自己胸襟中模索、模索不得処模索、無罅縫中討門戸、無路中討路、無言語中討言語」（『仏光国師語録』巻五、『大日本仏教全書』〔新版〕四八、一〇七頁）。無学が教えているのは、連続的であると信じられていることに、切れ込みを入れ、不連続化すること。のっぺりとした平面に新たな罅《ひび》を穿ち、新たな概念を、新たな思考法を創り出すこと。そして、それらを自己の胸襟中に起こすことである（またそれは自己の胸襟中でしか起こりえないものである）。かくして禅僧たちは、各々の自己意識に〈　〉を迎え入れつつ、新たな主体〈自己意識〉へと脱皮し続け、〈　〉を言語において流出させてゆくことを自らに課した。それが可能であったとき、語〈自己意識〉の連鎖関係＝相続関係＝嗣法関係が無窮不尽に連綿と続くものであることによって、語〈自己意識〉は語〈自己意識〉であることを忘れる〈無意味ではない次元で何事かを意味しながらも、何事も意味しなくなる〉。そのとき初めて〈意〉が不在として現前する、と禅僧は考えていた。言語によって構成された世界、すなわち自己意識はここにおいて全き真空状態と化す。と同時に、「橐籥《たくやく》」のように、次から次へと〈既成の枠に捕らわれない自由無定型な〉言葉を生み出してゆく。そこに「定まれる姿」はなく、自己意識としての世界〈世界としての自己意識〉は、時には壊乱‐狂乱の様相を帯びつつも、現前不可能な〈自己存在そのもの＝他者存在そのもの〉に触れ得たという感覚を言語において剝き出しとする。そのとき人は発すべき言葉を奪われるが、それゆえ全く饒舌に「カマイテ、活句に参ゼヨ、死句ニ参ズルナ」などと語り出すことになるだろう。

では、はたして「活句」とは何か。われわれはこの問いに対して、もはや適正な解はないとしか答えられないだろう。

「活句」とは何である、というかたちで具体的に例示し得ないのは、あらゆる句が、「活句」でありえながらも「死句」であることから逃れていないという根源的二重性を帯びているからである。ある条件（自己意識の構成）の中で言語の運動（構造変換）が生起したとしても、それが別の条件下でも同様に生起する保証はない。ゆえに〈活性〉は言語に属しているわけではない。しかし、言語なくして〈活性〉のみが存することもまたありえないから、〈活性〉は言語に属していないわけでもない。驚き（構造変換）を一つの指標としてそれを「活句」と呼ぶことは許されるかもしれないが、しかし、それはまずそれが「死句」であるからこそ可能になっていたのである。ある句が「活句」であるためには、まずそれが「死句」でなければならないということである。言語と〈変化〉、死句と〈活句〉とは相互にそのア・プリオリ性を譲り合っている。〈活性〉なき死句もなければ、死句なき〈活性〉もない。〈 〉は一瞬の猶予もなく言語に到来し続けており、言語は〈 〉の呼びかけに応え続けている。禅僧が死句の体制を動かそうと為していたこと自体もまた死句の産出であることを忘れてはならない。道元が「活はたとひ全活なりとも、死の変じて活と現ずるにあらず。得活の頭正尾正に脱落なるのみなり」（『正法眼蔵』第四二「説心説性」、思想大系、下、一二三頁）というように、われわれは死句の体制から〈活句〉の中へと移動することなどできないのである。重要なことは、人は死句の体制に留まりつづけねばならないということ、それゆえに、句の〈向こう側＝彼岸＝外部〉にどのような〈真意〉があるのかということを誰も――その発話主体／作者でさえも――知りえないということである。虎関は「言語に真実はない。真実がないことが真の真実である」と述べた（前述）。このどうしようもなく〈真実〉から隔てられているという経験、視点を変えて言えば、〈真実〉と切断というかたちをとって結合しているという経験こそが、現実の構造を固定化している箍を外す契機となり、〈活句〉を響導し続けていたのである。

　これまで見てきたように、われわれの読み取りうる言語はどこまでいっても不完全な対象であり続ける。ゆえにいかなる詩もまた完成された作品として読まれることを拒否し、いかなる教条化もまた棄却されることになる。方法は、反復されることによってある程度、規範化されうるが、禅林詩学に方法論があるとすれば、そのような方法論を内部から浸食してしまうようなものでなくてはならないだろう。虎関は「凡禅門に言句を仕様不レ滞二一途一」（『紙衣謄』、『国文東方仏教叢書』第二輯・法語部上、二四頁）と述べた。しかし一方で方法論を公準化しないということが固有の方法となってしまえば、このような把握さえもはぐらかされてゆくことになるだろう。意味によって隅から隅まで充溢させられた世界の擬制を、決定的に受動的に、惰性的に読まされることのないようにするにはいかにすればよいのか。あらゆる状況に即応しうるような最終審級の方法はない。

註

（1）　一例をもって示せば、孫昌武／梅田雅子訳「中国詩歌の発展における禅宗の影響　略論」（『東洋文化』八三、二〇〇三・三）では、次のように解説されている――「「活句」とは、一面では思考が活きていて、とらわれも滞りもなく、不即不離であるものであり、もう一面では表現上、聯想・比喩・象徴・雙關《かけことば》・答非所問《はぐらかし》などの手法を多用することである。これこそ、後生の「繞路《まわりみち》して禅を説く」という手法にほかならない。詩歌の創作において、まさにこのような方法が大いに手本にされたのであった」（二七頁）。

　なお、『詩人玉屑』巻三には、「眼用活字」「眼用響字」「眼用拗字」「眼用実字」と立項して例句を引用している箇所があるが、「眼用活字」の注記には、「五言以第三字為眼、七言以第五字為眼」などと具体的な用法の規定が為されている（楊家駱主編『校正詩人玉屑』世界書局、七五頁）。これについては、呂本中の『童蒙詩訓』に、潘大臨（字邠老）〔?―一一〇六〕の言葉を引き、七言の第五字、五言の第三字は「響」である必要性を説く一条があることが想起されるが、同書は続けて、その「響」は「力を致す処なり。予窃かに以為らく字字当に活なるべく、活なれば則ち字字自ずから響なり」と述べて、活法と関係づけて解説している。また、陸游の『老学庵筆記』巻五には「江西諸人、毎に謂えらく、五言は第三字、七言は第五字に響を要す、と」〔江西諸人、毎謂五言第三字七言第五字要響〕（『宋元人説部叢書』上冊、三一七頁下）とあって（これは曾致堯→李虚巳〔己〕→晏殊（謚号元献）→二宋（宋庠・宋祁）と受け継がれてきて途絶えた法と同意であるという）、江西詩派の主張の一つであったことが知られる。ただ、これらは句全体の良し悪しを決する効果的な「字」を置くことを主張したもので、例えば、禅僧の物初大観が「〝句中に意がある〟というのは、禅家の〝句中に眼がある〟というのと同じだ。これこそが詩人としての第一の務めであり、字句を練るのは二の次である」〔句中有意、如禅家句中有眼也、此詩人之先務、錬句鍛字則次之〕（『物初賸語』巻一三「吉〔頑空〕上人詩引」）と述べて、それを「意」と同質のものと主張しているのと比較すれば、ニュアンスが異なると言うべきであるだろう。

なお、物初の言うとおり、禅家はしばしばその教えの本質を「眼」と表現するが、それはその言語表現においても不可欠な要素として強調されていた。例えば、『碧巌録』二五則に「不妨句中有眼、言外有意」（岩波文庫、上冊、三二六頁）とあり、法眼文益『宗門十規論』対答不観時節兼無宗眼第四に「須語帯宗眼、機鋒酬対、各不相辜」とある如くである（『新纂続蔵経』六三、三七頁下）。また、それは世俗においても広く知られることであったらしく、黄庭堅（字魯直、号山谷・涪翁）〔一〇四五―一一〇五〕などは、折々この文句を自らの書論・詩論の中に援用している。例えば、「筆を用いるにあたって擒縦（捕らえることと放つこと）を知らなければ、文字の中に筆は無くなる。文字の中に筆が有るというのは、禅家の句の中に眼が有るようなもので、宗趣を深く理解せずして、簡単に言えるものではない」〔用筆不知禽縦、故字中無筆耳、字中有筆、如禅家句中有眼、非深解宗趣、豈易言哉〕（『予章黄先生文集』巻二九「自評元祐間字」、『四部叢刊正編』四九、三二七頁下）、「私は嘗て書を評して言った、文字の中に筆が有るというのは、禅家の句の中に眼が有るようなものだと。この眼を持つ者ならば必ずこのことがわかる」〔余嘗評書云、字中有筆、如禅家句中有眼、直須具此眼者、乃能知之〕（巻二八「跋法帖」、同上、三一二頁下）、「私は嘗て書を評して言った、文字の中に筆が有るというのは、禅家の句の中に眼が有るようなものであると。それは如《たと》えば右軍（王羲之）の書や、『涅槃経』が説《い》う「伊字具三眼」に至るようなものである」（余嘗評書、字中有筆、如禅家句中有眼、至如右軍書、如涅槃経説伊字具三眼也」（巻二八「題絳本法帖」、同上、三一三頁下）など、句中の「眼」が、禅の根本的な「宗趣」の体得によって獲得されるものであることが示されている。

またその詩に、「拾遺（杜甫）の句中に眼有り／彭沢（陶淵明）の意は無弦に在り――拾遺句中有眼／彭沢意在無弦」（『山谷詩集註』巻一六「贈高子勉四首」其四）とあるのも示唆的である（ちなみに、南宋・任淵〔字子淵、号天社〕の註には、「謂老杜之詩、眼在句中、如彭沢之琴、意在弦外」とある）。杜甫の詩に「眼」があるということに並び、陶淵明の「意」は弦の無い琴に寄せられているのだと吟うが、これは、陶淵明の無弦琴の伝承――音楽に疎かった陶淵明が、無弦琴一張を愛持し、酒が進むとそれを撫でてその「意」を寄せたという話（蕭統「陶淵明伝」『靖節先生集』誄伝雑識、河洛圖書出版社、八頁）――に由来するものである。このように、詩中の「眼」は、〈理〉或いは〈意〉の如き無形のものとして、言葉の旋律を超え出るものであると主張されていたことが知られるのである。

（2）小西甚一が述べるところに拠れば、「禅的なイメジェリは、日常言語の機能を停止させるために用いられるのだから、その内質としては、日常世界にありえないことのほうが効果的である。したがって、奇想天外の事象や壮大なパラドックスが愛用される。大海の水を呑み尽すとか、空が血を流すとか、龍が鳳凰を生むとかは、すべて日常世界の思考を打ち破るためのイメジェリにほかならない。これを、わたくしは「破《は》」の表現と名づけたい」（「詩と禅思想―五山の漢詩―」『国文学　解釈と教材の研究』二八―四、一九八三・三、四六頁）という。確かに、日常言語の機能を停止させるという実践形態を禅僧にとっての恒常的なスタンスであると捉えうるとするならば、それを「破」の表現であると言ってもよいのかもしれない。しかしながら、禅僧はそのような「破」の表現もまた機能停止に追い込まねばならないのであって、小西のいう「禅的なイメジェリ」は、単に意味論的な水準での「破」であることにのみ帰結を定めるものではなかったはずである。実際、禅僧の作品群を通覧すれば、それらが小西が言うところの「破」の表現によってのみ構成されていたわけではないのは明らかである。禅僧の語の難解さとは、突飛な表現の中にというよりは、そこに何ら秘密の暗号が匿されているようには見えない平明さにあるのであって、突飛な言語使用という禅に対するステレオタイプを安易に踏襲してしまわぬようくれぐれも注意しておかねばならない。

（3）予め一例をもって示せば、岐陽方秀撰『碧巌録不二鈔』（『禪語辭書類聚』3、禅文化研究所編、九七頁）には「活鱍々」の語に注して次のように述べられている――「棱伽云、非死語也、如魚在水中｜｜｜地、可観可愛、但可観之而欲取次以手取得麼、看其揺頭擺尾鼓鬣揚鬐有如許自在転変処、擬以触之、手未至其側而其已翻身而去、無可覔矣」。このように活句の触知不可能性が水中の魚の例をもって説かれていることが確認される。また、『碧巌録』一二則・垂示には「若し殺を論ぜば、一毫も傷つけず。若し活を論ぜば、喪身失命す」〔若論殺也、不傷一毫。若論活也、喪身失命〕（岩波文庫、上冊、一八二頁）とあるのも注意を要す。

（4）中川徳之助『日本中世禅林文学論攷』（清文堂、一九九九・九）、四一頁参照。

（5）『荘子抄』三には「万物皆、無ヨリ出テ、、無ニ入ルモノ也」とある（『続抄物資料集成』第七巻、47オ）。

（6）『仏光国師語録』巻五・建長寺普説、『大日本仏教全書』〔新版〕四八、一〇七頁下。

（7）『済北集』巻一一、『五山文学全集』一、一九四頁。

（8）用辞の水準で言えば、「語不驚群……」という句は、杜甫「江上値水如海勢聊短述」詩（『分門集注杜工部詩』巻一三、『四部叢刊正編』三二、二三九頁上）の「人と為り、性 僻にして、佳句に耽る。語 人を驚かさずんば、死すとも休《や》まじ」〔為人性僻耽佳句／語不驚人死不休〕の句に繋がる。

（9）『像法決疑経』に「世尊我観如来、不従先際、不到彼岸、不住中間、非有非無、非出非没、非色非不色、非有為非無為、非常非断、非有漏非無漏、同虚空等法性、従初成道乃至涅槃、於其中間不見如来説一句法、然諸衆生見有出没説法度人、如来境界不可思議、不可以識識、不可以智知」（『大正蔵』八五、一三三八頁上―中）とある（なお、該当箇所は、夢窓疎石『夢中問答集』中、講談社学術文庫、二〇五頁に引用されていることからも注意される）。

（10）『金剛般若波羅蜜経』、『大正蔵』八、七四九頁中。

（11）『金剛般若波羅蜜経』、『大正蔵』八、七五〇頁中。

（12）『楞伽経』巻一、『大正蔵』一六、四八四頁下。

（13）『仏語心論』巻五・別説識真分第五、『日本大蔵経』一〇、一〇〇／一七四頁上。

（14）ただ、諸評の中には、山谷の「奇」について、「句雖新奇、而気乏渾厚」（宋・魏泰『臨漢隠居詩話』、『叢書集成新編』七八、五九〇頁上、『詩人玉屑』巻一八所引、楊家駱主編『校正詩人玉屑』世界書局、三九五頁）、「（陳）後山謂魯直作詩、過於出奇、誠哉是言也」（『苕渓漁隠叢話』後集巻三二、『叢書集成新編』七八、五六四頁下）などとネガティヴに評価する声もあった。なお、山谷自身の言には「好みて奇語を作すは、自ずから是れ文章の病たり。但だ当に理を以て主と為すべし。理安んじ辞順ずれば、文章は自然に群を出でて萃を抜けり」（好作奇語、自是文章一病、但当以理為主、理得而辞順、文章自然出群抜萃）（『予章黄先生文集』巻一九「与王観復書三首」、『四部叢刊正編』四九、二〇一頁下）というものもある。

（15）呂本中は『夏均父集』（夏倪、字均父の作品集）の序を製して次のように述べたと言われる（劉克荘『後村先生大全集』巻九五「江西詩派・呂紫微」引、『四部叢刊正編』六二、八二四頁上）。「学詩当識活法、所謂活法者、規矩備具、而能出于規矩之外、変化不測、而亦不背於規矩也、是道也、蓋有定法、而無定法、無定法、而有定法、知是者、則可以与語活法矣、謝元〔玄〕暉有言「好詩転円美如弾丸」、此真活法也」。ちなみに、呂本中は大慧宗杲への参禅でも知られる（『大慧普覚禅師書』巻二八「答呂舎人」、『大正蔵』四七、九三〇頁上、九三一頁中以下）。

（16）国文学研究資料館所蔵複写本『聴松和尚三体詩之抄』銭起「帰雁」詩項。

（17）『済北集』巻一一、『五山文学全集』一、一六八頁。

（18）ただし、『詩人玉屑』のこの記事は厳有翼『藝苑雌黄』からの引用である。楊家駱主編『校正詩人玉屑』世界書局、四九頁。

（19）ただし、禅林詩学における「理」の問題は、東アジア世界における宋代儒学＝道学の勃興に基づいて成型された知の地層の配置に即して検討しておく必要もある。その上で、参考までに、宋－元代の詩学一般における「理」への探求の実践について概略的な説明を加えておく。

宋代に入ると、士大夫（儒者）の中で「理」に対する関心が高まり、それが文学的表現の動向に大きな影響をもたらすこととなったのは人のよく知るところであるが、詩における理の追求は、例えば欧陽修『六一詩話』に、「詩人の好句を貪り求めるも、理に通ぜざること有らば、亦た語病なり」（詩人貪求好句、而理有不通亦語病也）（『景印文淵閣四庫全書』第一四七八冊、二五二頁上）と述べられていることや、張継「楓橋夜泊」詩における「姑蘇《こそ》城外《じょうがい》寒《かん》山寺《ざんじ》／夜半《やはん》の鐘声《しょうせい》客船《かくせん》に到る」（姑蘇城外寒山寺／夜半鐘声到客船）の句をめぐって、欧陽修が「真夜中に鐘が打たれるはずがない」（「句は則ち佳きも、其れ如《も》し三更ならば是れ鐘を打つの時にあらざるを奈んせん」）と述べたことなどによって、詩意が実証性（真／偽）の水準で囂しく議論されるようになった、という事情としてもよく知られている。その中では、例えば、唐代には夜半に鐘を打つことも実際にありえたという反証や、夜明けを告げる暁鐘を夜半の鐘と聞き誤った、或いは、寝つけずにまどろみの中にあった作者にとっては暁鐘もまるで真夜中に鐘を鳴らされるようなものであった、という心情の描写としての解釈など、宋代の詩話から禅林の抄物に至るまで多種多様な解釈が生まれた（村上哲見『漢詩と日本人』〔講談社、一九九四・一二〕、堀川貴司『詩のかたち・詩のこころ—中世日本漢文学研究—』〔若草書房、二〇〇六・一二〕参照）。

　そのような中で、われわれの注目を引くのは、このような理への探求が合理的・実証主義的・考証学的解釈へと発展していったという歴史的展開である。例えば、以下の記述はそのような実態を示すものであるだろう。『脚気集』という書物に見える文章である（『宋元人説部叢書』上冊、四五三頁下）。その著者、車若水、字清臣、號玉峰山民は、宋末元初の人。台州黄岩出身。初め陳耆卿の門人であったが、後に陳文蔚に師事したという（すなわち永嘉学派から朱子学派への転向である）。

　物理難知、詩曰、螟蛉有子、蜾蠃負之、教誨爾子、式穀似之、直伝到漢揚子雲、猶曰、類我類我、蜾蠃取螟蛉産子於其身上、借其膏血以為養、蜾蠃大螟蛉枯非変化也、橘逾淮則為枳亦非也、江南人有接樹之法、以橘枝接枳、枳遂為橘、其核不変、再種則復為枳矣、淮北之人、不曉此也、以此知古人之言亦有誤者、杜陵杜鵑詩云、生子百鳥巣、百鳥不敢親（一作嗔）、殷勤哺其子、礼若奉至尊、亦不然、杜鵑鴒属梟之徒也、飛入鳥巣、鳥見之而去、于是生子于其巣、鳥帰不知是別子也、遂為育之既長乃欲噉母、

　物の理は知り難し。（a）『詩』（小雅・節南山之什・小宛）に曰く、「螟蛉《めいれい》（アオムシ）子有り、蜾蠃《から》（ジガバチ）之れを負う、爾《なんじ》の子を教誨《きょうかい》するに、穀を式《もつ》て之れに似せしめん」と。直伝して漢の揚子雲（雄）に到り、猶お曰く、「我に類《に》よ、我に類《に》よ」（『揚子法言』巻一・学行）と。蜾蠃 螟蛉を取りて子を其の身上に産み、其の膏血を借りて以て養と為す。蜾蠃は大にして、螟蛉は枯る。変化に非ざるなり。（b）「橘《きつ》 淮を逾えれば則ち枳《き》と為る」（『晏子春秋』内篇雑下第六、『四部叢刊正編』一四、六五頁上、「橘生淮南則為橘、生于淮北則為枳」）も亦た非なり。江南の人に接樹の法有り。橘（タチバナ）の枝を以て枳（カラタチ）に接《つ》ぐ。枳遂に橘と為る。其の核は不変なれば、再び種《う》えれば則ち復た枳と為る。淮北の人、此れを曉《し》らざるな

り。此れを以て古人の言にも亦た誤り有ることを知る。（c）杜陵の杜鵑詩に、「子を生む百鳥の巣、百鳥敢えて親しまざるも、殷勤にして其の子を哺わしむ（異本に「仍為餧其子」）、礼至尊に奉ずるが若し」と云うも亦た然らず。杜鵑は鷂《はしたか》の属、梟の徒なり。鳥の巣に飛び入れば、鳥は之れを見て去る。是に于いて子を其の巣に生む。鳥は帰りて是れ別の子なるを知らず、遂に為めに之れを育む。既に長ずれば乃ち母を啗《くら》わんと欲す。

以上のように、若水は、（a）（b）（c）という三つの事例を挙げて従来の説が必ずしも物の「理」に即したものではないことを指摘している。

（a）〔アオムシとジガバチ〕

ジガバチがアオムシ（クワムシ）の幼生を背負って巣穴に入り、しばらくするとその幼生はジガバチに変化して巣穴から出てくるのだと信じられ、その習性から、人間も教育によって変性する喩えとされたもので、揚雄は『揚子法言』の中で、これを事例として学問教育の重要性へと結びつける。しかし、車若水はその妥当性を否定し、それは単にジガバチがアオムシの身体の上に産卵し、その膏血を栄養として育成しているだけのことであって、アオムシの子がジガバチに変化するわけではないのだと指摘する。この問題については、この当時に広く関心を持たれていたらしく、黄震〔一二一三—一二八〇〕（字東発。明州慈渓〔現、浙江省〕の人。朱熹の学統に属するが、考証的学問を特徴とする）『黄氏日抄』巻四「読毛詩」項にも取り上げられている（『景印文淵閣四庫全書』第七〇七冊、五一頁下—次頁上）。

螟蛉青虫、蜾蠃蠮螉、古説皆謂、蜾蠃負螟蛉之子為子、置空桑中七日而化、如揚子雲所謂類我類我者、厳華谷載解頤新語曰、近世詩人、取蜾蠃之巣、毀而視之、乃自有細卵如粟、寄螟蛉之身以育之、其螟蛉不生不死、蠢然在穴中久、則螟蛉尽枯其卵日益長大、自為蜾蠃之形、穴竅而出、非蜾蠃以螟蛉之子為子也、愚戊辰考試省闈、聞同官官教台州董華翁云、蜾蠃負螟蛉埋土中、而寄子其身如雞抱子暖之而使生、然其子即蜾蠃之子、非以螟蛉之子為子、詩之説得之、揚子雲則失之耳、時有監簿永嘉戴侗聞其説亦云、嘗親見蠮螉負螟蛉入筆管、有両蠮螉互飛而共営之、初非独陽無子而外取螟蛉之子為子也、如腐草化蛍、亦蛍宿其子於腐草、既成形、則自腐草而出、杜詩云幸因腐草出、最精於物理、

螟蛉はアオムシである。蜾蠃はジガバチである。古くからの説はいずれも、蜾蠃《ジガバチ》が螟蛉《アオムシ》の子を背負って我が子とし、空桑の中に置き、七日すると変化するのだ、と言う。揚子雲（雄）が言うところの「我に類よ我に類《に》よ」というようなものである。厳華谷（名棨、字明卿・坦叔。邵武〔福建省〕の人。詩集に『華谷集』があり、『江湖小集』に収録されている。また『詩経』の注釈である『詩緝』もある。『宋元学案補遺』五一、『四明叢書第五集』五、一七六頁下）が『解頤新語』に載せて言うには（佚書だが、『宋史』藝文志は范処義の作とする）、「近年に詩人が、蜾蠃《ジガバチ》の巣を取って、毀してそれを観てみると、粟のような小さな卵が産まれていて、螟蛉《アオムシ》の身に寄り添って育てられていた。その螟蛉《アオムシ》は生きているのか死んでいるのか、うごめきながら穴の中に長い間いる。すると、螟蛉《アオムシ》は全く枯れきってしまい、その卵は日に日に益々大きくなってゆき、自ずと蜾蠃《ジガバチ》の形をして穴から出てくるわけである。（したがって）蜾蠃《ジガバチ》が螟蛉《アオムシ》の子を我が子として育てているわけではないのだ」と。愚《わたし》は戊辰（咸淳四年〔一二六八〕）の考試省闈であった時に、同官の官教、台州の董華翁（名楧、字華翁、台州臨海〔浙江省〕の人。『宋元学案』巻六六〔金叔明附〕・巻六五〔董楷〕に拠れば、御史亨復の子、吏部郎楷〔正翁〕の兄、楷とともに陳埴〔字器之、号潜室〕の弟子。埴は永嘉の人、若き頃に葉適に師事したが、後に朱熹の学問に従ったとされる）に聞いてみたところ、彼が言うには、「蜾蠃《ジガバチ》が螟蛉《アオムシ》を背負って土の中に埋め、そしてその子をその身に寄せる。例えば、ニワトリが卵を抱き暖めて孵化させるように。だから、その子というのは蜾蠃の子であって、螟蛉《アオムシ》の子を我が子としたのではないのである。『詩経』はこのことを言い得たが、揚子雲は誤ったのだ」と。その時、国子監主簿であった永嘉の戴侗（字仲達。宋末元初の温州永嘉〔浙江省〕の人。著書に『六書故』〔『景印文淵閣四庫全書』第二二六冊〕があり、「格物の道は、書学〔文字学〕より博きは莫し」〔「六書通釈」〕と述べて、文字を一つずつ解釈することで理を窮めようとするその学問的姿勢が察せられる）がその説を聞いて言った、「かつて実際に観察したのだが、蠮螉《ジガバチ》が螟蛉《アオムシ》を背負って筆管のような穴に入ると、二匹の蠮螉《ジガバチ》が飛び回って共に生活を営んでいた。（したがって）初めからオス一匹で子が無いために外から螟蛉《アオムシ》の子を取ってきて我が子としたなどということはないのだ。それは腐った草が蛍に変化する（と言われている）ようなもので、蛍はその子を腐った草に宿し、成長すると腐った草から出てくるのである。杜甫の詩に、「幸いに腐草に因りて出づ」〔幸因腐草出」（蛍火詩）と言うのは、最も物の理に精確なものである」と。

以上の内容については、改めて言葉を尽くす必要はないだろうが、特筆すべきは、厳粲の発言として、「詩人」がジガバチとアオムシの謎を解明しようと観察していたというところである。道学系の学問的態度として、「格物窮理」の方法論が博物学的実証性を要請するものとなっていったということは容易に首肯されるところであるが、詩学の分野においても同様であったというのは、注意を要す点である。なお、厳粲は自らも江湖詩人の一人であるが、彼の出身地邵武（現、福建省）について想起されるのは、『滄浪詩話』の著者・厳羽と同郷だということである。

（b）〔タチバナとカラタチ〕

『晏子』雑下など、多く見られる伝承。淮南地方のタチバナが淮北に移植されるとカラタチに変化するという言い伝えから、境遇に応じて、人の性質が変化するという喩えに用いられる。しかし、若水は実際には淮南地方に接ぎ木の技法があったためだと指摘、これを否定する。

（c）〔ホトトギス〕

ホトトギスの雛を他の鳥が養育するということを、杜甫は、あたかも天子に仕えるかのようだとして、その「礼」を称賛した。宋・葛立方『韻語陽秋』巻一六には、「老杜集中の「杜鵑詩行」若干篇、皆な杜鵑を以て当時《そのかみ》の君に比す、而して哺雛の鳥を以て当時の臣の其の君を奉ずること能わざるを譏る」（老杜集中杜鵑詩行若干篇、皆以杜鵑比当時之君、而以哺雛之鳥、譏当時之臣不能奉其君）とある（『叢書集成新編』七八、七五五頁上）。ホトトギスの性質に基づいた比喩表現となるわけだが、若水はそれが「礼」によるものでもなんでもなく、ホトトギスはフクロウの科属であり、他の鳥の巣に押し入って、勝手に産卵し、他の鳥はそれとは知らずに育てているだけで、産まれたホトトギスはやがてその養い親を食べてしまうのだ、と言っている。

以上のように、「理」を探求した結果として、詩学の実践形態は実証主義的な真偽の水準へと大きく傾斜してゆくこととなった。このような事態に目を向けたとき、われわれは、同様に「理」を尊重していたはずの禅僧が、一方で「アルマジキ理」という逆説を唱え、むしろ実証性の水準から遠ざかってゆくことになったという事実に対して、多少なりとも違和感を覚えることになるはずだ。なぜ「理」への探求が実践へと移行した段階でこのような背馳へと至ることになったのか。われわれの問題意識は、「理」が詩作の基幹であると考えられるようになったことで、それが逆に外形（表現力）の軽視へと繋がってゆくことになったという歴史的展開に問題の要諦を見出すことになるはずだ。

元・袁桷は、「宋世の諸儒（の詩）は、一切《すべて》が直致で（ぎこちなく）、「理は即ち詩である」と謂う。平近（平明性・日常性）を取ることをよしとし、禅人の偈語はこれに似ている」（宋世諸儒、一切直致、謂理即詩也、取乎平近者為貴、禅人偈語侶〔似〕之矣）（『清容居士集』巻四九「書栝蒼周衡之詩編」、『四部叢刊正編』六七、六九三頁上）と評する。詩における理は、道学において徹底され、袁桷はそれをあたかも禅僧の詩のようだと難ずる。

宋代の士大夫（高級官僚・知識人）の詩は、「理」を尚んで、一篇に貫通する思想・哲学を露骨に表現するようになったが、その態度は、端的に言えば、技巧・修飾の軽視として特徴化されることとなった。北宋・蘇軾（字子瞻、号東坡〔一〇三六―一一〇一〕の詩に（巻二九「書鄢陵王主簿所画折枝二首」〔其一・一句―六句〕、『集註分類東坡先生詩』巻一一、『四部叢刊正編』四七、二二七頁下）、

論画以形似　見与児童隣　　画を論ずるに形似を以てするは　見《けん》児童と隣す
賦詩必此詩　定非知詩人　　詩を賦するに此の詩を必とするは　定めて詩を知る人に非ず
詩画本一律　天工与清新　　詩画本《もと》一律　天工は清新に与す

とあるように、ただ写実的な表現は児戯に等しいとされ、専ら意を重んずるべきであると表明されるのだが、このような反技巧主義とでも言うべき姿勢は、宋代諸儒の言葉の中に横溢するものである。以下、列挙すると、

○黄庭堅（字魯直、号は山谷）〔一〇四五―一一〇五〕「格律が諧《ととの》っていなくても句《ことば》が弱々しくなるよりはよい、用字が巧みでなくても語《ことば》が俗っぽくなるよりはよい、これは庾信の長所である。……陶淵明に至っては……修飾を好む者は多くそれが「拙」であると疑い、格律に拘泥する者はそれが「放」（縦）であるとして病と見做す、……淵明の「拙」と「放」とは、無知な者のために言い得るものではない」〔寧律不諧、而不使句弱、用字不工、不使語俗、此庾開府之所長也、……至於淵明……巧於斧斤者、多疑其拙、窘於検括者、輒病其放、……淵明之拙与放、豈可為不知者道哉〕（宋・胡仔『苕渓漁隠叢話』前集巻三所引、黄庭堅の言、『叢書集成新編』七八、四〇三頁上）。

○陳師道（字無己、号後山）〔一〇五三―一一〇二〕「拙なくなっても巧みになってはならない、朴訥になっても華やかになってはならない、粗っぽくなっても弱々しくなってはならない、僻（無理な言葉）になっても俗っぽく

なってはならない、詩文とは皆そういうものである」〔寧拙毋巧、寧朴毋華、寧粗毋弱、寧僻毋俗、詩文皆然〕（『後山居士詩話』、『叢書集成新編』七八、三四七頁上）。

○呂本中（字居仁、号東萊）「初心者が詩を作るには、粗野に陥ったとしても、華麗に陥ってはならない。（なぜならば）粗野に陥っても気質が損なわれることはないが、華麗に陥ったとしたら、再び整頓することができないからである」〔初学作詩、寧失之野、不可失之靡麗、失之野、不害気質、失之靡麗、不可複整頓〕（『詩人玉屑』巻五所引「呂氏童蒙訓」、楊家駱主編『校正詩人玉屑』世界書局、一一三頁）。

○羅大経（字景綸）「作詩は巧みさによって進歩し、拙さによって成就する。したがって書字は拙筆が最も難しく、作詩は拙句が最も難しいのである。拙さに至れば渾然として天然が全うされる。巧みさを言うだけでは十分ではない」〔作詩必以巧進、以拙成、故作字惟拙筆最難、作詩惟拙句最難、至於拙、則渾然天全、工巧不足言矣〕（『鶴林玉露』人集巻三、『宋元人説部叢書』上冊、中文出版社、四二七頁上）。

○李塗（字耆卿）「文章が巧《たくみ》であるのは難しいことではないが、拙《つたない》というのは難しい。曲《ひねつた》のは難しくないが、直《すなお》なのは難しい。細《こまやか》なのは難しくないが、麄《あらつぽい》のは難しい。華《はなやか》なのは難しくないが、質《つつましい》のは難しい」〔文章不難於巧、而難於拙、不難於曲、而難於直、不難於細、而難於麄、不難於華、而難於質〕（『文章精義』、『景印文淵閣四庫全書』第一四八一冊、八〇五頁下）。

また、内容的達意性を重んじ、修辞的技巧性を軽んずるという、このような没美性の創作態度は、宋代に勃興した新しい儒家哲学、道学（程学・洛学）によって厳格に徹底されることになる。

周敦頤（字茂叔、号濂渓）（一〇一七—一〇七三）は『通書』「文辞第二十八」においてこう述べる（岡田武彦・荒木見悟主編『周張全書附索引』〈和刻影印近世漢籍叢刊 思想初編1〉、中文出版社、三九頁下—次頁上）。

文所以載道也、輪轅飾而人弗庸徒飾也、況虚車乎、文辞藝也、道徳実也、篤其実而藝者書之美則愛、愛則伝焉、賢者得以学而至之、是為教、故曰、言之無文行之不遠、……不知務道徳、而第以文辞為能者藝焉而已、噫、弊也久矣

文辞は道徳を載せるところの車である。いくら車の輪や轅《ながえ》を粧飾しても実用に適さなければ、それは単なる粧飾に過ぎない。まして空車であっては何の役にも立たないではないか。文辞は藝である。道徳は実である。

その実を篤くして藝によってこれを書き、美しければ人が愛し、愛すれば伝播する。聡明な者はそれを得て学び、更にそれを極める。これが教育である。故に、「言語の文雅ならざるものは遠方まで行われない」（孔子の語、『左伝』襄公二五年）と言われるのである。……しかして道徳を務めることを知らずに、ただ文辞をもって能とするものは藝以外の何物でもない。しかし、この弊風たるや久しく、嘆かわしいことである（訳文は、青木正児『支那文学思想史』外篇「支那文藝と倫理思想」第三節「道学と文藝」項、『青木正児全集』第一巻、一四六頁を参考にした。なお、字体・表記は改めた）。

このように、道学はあくまでも道徳の涵養を根本とするために、詩文の営みは軽んぜられることになるのだが、程頤（字正叔、号伊川）〔一〇三三―一一〇七〕に至っては、詩は閑言語（無駄な言葉）だと徹底して退けられ（「某素不作詩、亦非是禁止不作、但不欲為此閑言語、且如今言能詩無如杜甫、如云、穿花蛱蝶深深見、点水蜻蜓欵欵飛、如此閑言語、道出做甚」）、また「文を作るは道を害するや否や」（作文害道否）という質問に対しては、

> 害也、凡為文、不専意則不工、若専意、則志局於此、又安能与天地同其大也、書云、玩物喪志、為文又玩物也、
>
> 害する。文を作るには意を専らにせねば工みにはならぬ。もし意を専らにすればそれに気を取られるから大道を修めることはできない。『書経』に「物を弄べば志を喪う」とあるが、文を作るのもまた物を弄ぶことである（訳文、同上一四七頁参照）。

と答えている（『遺書』一九、岡田武彦主編『二程全書』〈和刻影印近世漢籍叢刊 思想初編3〉中文出版社、一八〇頁下）。

さらに、周程の学問を継承、体系化した朱熹（字元晦・仲晦、号晦庵・晦翁）〔一一三〇―一二〇〇〕は、「道は文の根本であり、文は道の枝葉である。ただ道にもとづいているが故に、それを文にあらわせば、みな道となるのである。夏・商・周三代の聖賢の文章は、この心から表現されたものであるので、文もすなわち道となるのである」（道者文之根本、文者道之枝葉、惟其根本乎道、所以発之於文、皆道也、三代聖賢文章、皆従此心写出、文便是道）と述べている（『朱子語類』巻一三九・論文上、『和刻本朱子語類大全』中文出版社、六九一五頁）。

このような道学系儒者における「文学」軽視の態度は、南宋に至って、「理学興而文藝絶」「洛学起而文字壊」などの反発を生み、古詩／唐詩の対立的図式の中で詩のあり方を繞る喧々囂々の議論へと発展していった。そして、禅林もまたこの流れに巻き込まれるかたちで表現の巧／拙の問題を議論の俎上にのせてゆくこととなったのである（第Ⅷ

章及び〔補論〕参照)。

(20) ピエール・ブルデュー／石井洋二郎訳『芸術の規則Ⅰ』(藤原書店、一九九五・二)、『芸術の規則Ⅱ』(藤原書店、一九九六・一、〔原著、一九九二〕)。

(21) 同様の趣旨の発言としては、『徒然草』一五四段参照。「この人、東寺《とうじ》の門に雨宿《あまやど》りせられたりけるに、かたはものどもの集《あつま》りゐたるが、手も足もねぢゆがみ、うちかへりて、いづくも不具《ふぐ》に異様《ことやう》なるを見て、とり〳〵にたぐひなき曲物《くせもの》なり、尤《もっと》(も)愛するに足《た》れりと思ひて、まもり給(ひ)けるほどに、やがてその興つきて、見にくゝ、いぶせく覚えければ、たゞすなほに珍《めづ》らしからぬ物にはしかずと思《おも》ひて、帰りて後、この間植《うゑ》木を好(み)て、異様《ことやう》に曲折《きよくせつ》あるを求(め)て目を喜《よろこ》ばしめつるは、かのかたはを愛するなりけりと、興なく覚《おぼ》えければ、鉢に植《う》ゑられける木ども、皆掘《ほ》りすてられにけり。さもありぬべき事なり」(大系、二一七―八頁)。

(22) 覚範慧洪『冷斎夜話』巻一・換骨奪胎法「山谷云、詩意無窮、而人之才有限、以有限之才、追無窮之意、雖淵明少陵、不得工也、然不易其意而造其語、謂之換骨法、窺入其意而形容之、謂之奪胎法」(『叢書集成新編』七八、三八三頁中―下)。なお、山谷にも「古之能為文章者、真能陶冶万物、雖取古人之陳言、入於翰墨、如霊丹粒点鉄成金也」(『予章黄先生文集』巻一九「答洪駒父書三首」、『四部叢刊正編』四九、二〇四頁上)と、同種の言がある。

(23) 「(唯)古ばかりをまなびて、珍しき心をよみいでざるは、昔の人の口まねにてこそあらめ、歌の道はいかでか相続せん。これによりて思ふべし。唯よく絶妙の心を案じ出すべし。絶妙といへばとて、人間よの常の日用をはなれず、たゞ人のいひふるさぬ妙処《ところ》なり」(耕雲明魏『耕雲口伝』、『歌学大系』五、一五六頁)。

(24) 『楞伽経』巻三、『大正蔵』一六、五〇〇頁中〔『仏語心論』巻一二・善語義相分第五九、『日本蔵』一〇、二四三／四一七頁上〕。

(25) 『大般涅槃経』、『大正蔵』一二、四〇二頁下。

(26) 平野宗浄『禅の語録6 頓悟要門』筑摩書房、一九七〇・三、二〇一頁。

(27) 夢窓は、同書中の別の箇所でもやはりこう言っている――「禅門の中に、向上・向下、那辺・這辺、把住・放行、擒縦・殺活、三玄・三要、五位・君臣と申す種々の法門あり。皆これ句の分なり。末学の人の中に、かやうの法門の分け目を分明に知りたるを、意到と名づけ、この法門を人に向かつて説く時、問答とどこほりなきを、句到と思へる人あり。この人の意と思へるものは亦、これ句の分剤なり」(『夢中問答集』中、一一六頁)。心敬もまた「仏法にも、句を尋ねる人あり、意を求むる輩ありとなり。景物をことゝする好士は、句に至る当分なるべし。/未得の人は句に参じ、至得の人は意に参ずといへり。句は教、意は理也。教権理実といへり」(『さゝめごと』、大系、一七七頁)と述べている。

(28) この問題については、何よりもまず根本的にわれわれの知の枠組が〈外部＝語りえぬもの〉に対する視座をほとんど忘却ないし無視してしまっているという点において確かな困難を抱えていると言える。記号分析学のJ・クリステヴァ(一九四一―)は、主著『詩的言語の革命』(第一部、原田邦夫訳、勁草書房、一九九一・一〇)の劈頭、近代言語学が――F・ド・ソシュール(一八五七―一九一三)の有縁性とE・フッサール(一八五九―一九三八)及びE・バンヴェニスト(一九〇二―一九七六)の超越論的階層性という二つの潮流を除いて――言語の「外なるもの」を「なかなか問い糺そうとはしない」ことを批判し、この「「外なるもの」の解明をなおざりにすれば、言語理論の発展それ自体が阻害される」と述べている(一〇頁以下)。要素還元主義や実証主義に基礎づけられた現代言語学の中心領域は、学問としての科学性を維持するために、言語の〈外部〉(〈語りえぬもの〉)を放擲することで対象としての言語を予め理解可能なものへと手なずけておくという操作を自明の始発点に置いてきたが、文学研究という制度的枠組もまた(その決して小さいとは言えない領域において)そのような操作を自然なものとして受け入れ、そのようにして手なずけられて小さくなってしまった言語――というよりも言語の模型――によって文学という現象が組み立てられているかのような視座及び規律を内面化させてきたように思われる(はたして言語とは言語学が対象としているところのあの言語のことなのだろうか)。われわれにとって喫緊の課題となるのは、この言語の〈外部〉という忘却された問題系をわれわれ自身の思考の地平に導き入れ(恢復し)、われわれの視線を遮蔽しているものを凝視することによって、視座を根底から転換することである。それなくして禅僧と眼差しを共有する可能性が開かれることは決してないだろう。

(29) 南宋・趙汝回の文章にも「古人の句は此に在るも意は彼に在り」(古人句在此而意在彼)という一句が見える(薛嵎の詩集『雲泉詩』に寄せた序文、『叢書集成三編』四〇、六四七頁上)。その他、中国の伝統的文学理論における「意」の問題については、近く、浅見洋二『中国の詩学認識―中世から近世への転換―』「結語―詩的言語をめぐって」（創文社、二〇〇八・二）にまとまった言及がある。参照されたい。

（30）「真仏無口、不解説法、真聴無耳、其誰聞乎」（『宛陵録』〔入矢義高『禅の語録8 伝心法要・宛陵録』筑摩書房、一九六九・一二、一三六頁〕）。「かたる人あらば、たちどころに会取すべしとおもふべからず」（『正法眼蔵』第四五「密語」、思想大系、下、五六頁）。

（31）〈師＝語るもの〉であることの資格審査は、二つの基準によって判定される。句と意への到達の程度である。換言すれば、それは「語られたこと＝句」と〈語ること＝意〉へどれだけ到達できたか、という問いである。それに関して夢窓はこうも言っている――「ただこの言句の上において、把住・放行を理論し、那辺・這辺を商量する、これを句に参ずる人と名づく。たとひ黙然として壁に向かつて坐すとも、胸中に雑知・雑解をたくはへて、安排計較するは、亦これ句に参ずる分なり。然らば則ち、一切の知解情量を放下して、直に一則の公案を見するは、これ意に参ぜしむる手段なり。たとひ古人の語録を見、知識の法門を聞けども、直下に懐を志して、義路・理路の上に解会を生ずることなくば、則ちこれ意に参ずる人なり。学者もし分明に祖意を悟りぬれば、善知識この人に対して、五家の宗風の差別を論量し、把住・放行、擒縦・殺活、抑揚・褒貶等の手段体裁を商量すること妨げなし。かやうの句を参得せざれば、善知識として人を化することあたはず。古人の得法の人に対して、言句を疑はざるを大病とすといへるは、この意なり。ただ禅宗の手段のみならず。教門の施設、乃至孔孟老荘の教へ、外道世俗の論までも、知らずんばあるべからず」（『夢中問答集』中、講談社学術文庫、一一六―七頁）。

　その上で夢窓は、「古人の未得底の人は、先づ意に参ぜよと示し給へることを、よくよく思ふべし。これ則ち、無取捨中の取捨なり」（同、一一七頁）と述べ、また「古人云はく、未得底の人は、句に参ぜむよりは、ただ意に参ずべし。到得底の人は、意に参ぜむよりは、ただ句に参ずべしと云云」（同、一一三頁）と述べる。またその弟子義堂もまた、「凡そ文を作り頌を作るには、当に先ず意を得て、然る後に句を得るべし。意は主たり。句は伴たり。苟しくも意を得れば則ち句は必ずしも工《たく》みならざるも亦た可なり。句工みなるも意を得ざれば則ち吾取らざるなり」〔凡作文作レ頌。当二先得一レ意。然後得レ句。意為レ主。句為レ伴。苟得レ意則句不二必工一亦可也。句工而不レ得レ意則吾不レ取也〕（『空華日用工夫略集』応安四年五月一二日条、『新訂増補史籍集覧』第三五冊・続編三）と述べている。では、ここで夢窓や義堂が「意到」から「句到」へという順序性を問題にしているのはなぜなのだろうか。

第一に求められる「意到」とは、〈未知のもの〉への興味を失わずそれを言語的水準において示すことと言い換えられるだろう。必要なのは、〈アポリア＝解けない問い〉を解くことではない。それがいかに〈アポリア〉であるかを示すことである。「参詩猶如参禅ト云ホドニ、詩句ニ参ズルトモ、単伝直指向上ノ詩ニ参ゼヨ、カマイテ詩魔ノ向下ニ参ズルナト云タゾ。……禅僧ガ書ク文ハ、ソット書ケドモ、我ガ宗へ引入テ書ク事ガ、本意デアルゾ」（「湯山聯句序」『湯山聯句鈔』、新大系、三〇五頁）とも言われるが、それは決して〈教義〉を言語化するということではなく（その不可能性ゆえに）、言語の臨界点をパフォーマティヴに示すことである。つまり、〈意〉に到るとは、〈アポリア〉に到ること。〈アポリア〉はどのような語の中にも見られるのだが、読み手にはまずその〈アポリア〉を察知する能力が求められる。そのような〈アポリア〉とは、例えば、自己、他者、共同体、法、倫理、現在（時間）、言語（の外）、文学（詩）などを主題化した句中において典型化されるが、それらは、いずれも一般通念上、〈アポリア〉ではないと信じられているものである。というよりも現に此処にあるものとして考えられている。〈アポリア〉を主題化する能力とは、〈アポリア〉を主体化する能力でもある。つまり、「我」という身体において〈アポリア〉が主体的に自らを語るものでなくてはならない。それは不可能な試みには違いないが、それが「我」の名において為されているのではないという自覚の下に為されたとき、それは限りなく〈それ〉に近いものとなるだろう。すなわち、自己的＝主体的でありながら他者の眼差しを持ち、全く孤絶していながら同時に共同体的な文章ともなっているはずだ（第Ⅵ章参照）。またそこには倫理が根ざし、それゆえ合法的でありながらも法外な響きを持ち、真の意味で現在的《アクチュアル》であるような（非‐時間的＝普遍的であるような）、文学言語となっていることだろう（第Ⅶ章参照）。このように〈意《アポリア》〉に到った上で初めて「句」に到るべきだ、と禅僧が考えていたのは、そうでなければ、どれだけ書物を濫読し、どれだけ博識になろうとも、〈アポリア〉を自らの身体の内に召喚することはできないからだ。そのような〈アポリア〉への到達を欠いた、章句の暗記に終始したとしても、決して〈語ること〉は到来しない。関係性の新たな結び直しという〈能力〉は決してやってこないのである。そのような主体群の口から発せられる言葉は、おのずから先蹤の模倣という有限性の中で陳腐さを帯びたものとならざるを得ないのである。

　しかして、禅の道は「放下著」――すなわち、「我」という言語的に構築された主体の主体性から解き放たれ、頭の中をからっぽにすることから始められるとする。が、一般にその出自が知識層であればあるほど、「我」に拘泥し、そこから脱け出すのが困難になるとも見られていた。宋・大慧宗杲〔一〇八四―一一五八〕が、士大夫の聡明霊利なところを批判するのはこのためである――「士大夫の書を読み得ること多き底《もの》は無明多く、書を読み得ること少なき底《もの》は無明少なし。官と做《な》し得ること小なる底《もの》は、人我《にんが》小にして、官と做《な》し得ること大なる底《もの》は、人我大なり。自ら道《い》う、我は聡明霊利なり、と。秋毫の利害に臨むに及んでは、聡明も也《ま》た見えず、霊利も也《ま》た見えず、平生読む所の書の一字も也《ま》た使い著《え》ず。蓋し上大人丘乙巳《ならいはじめ》の時従《よ》り便ち錯れり。只だ富貴を取らんと欲するのみ」〔士大夫読得書多底無明多、読得書少底無明少、做得官小底人我小、做得官大底人我大、自道、我聡明霊利、及乎臨秋毫利害、聡明也不見、霊利也不見、平生所読底書一字也使不著、蓋従上大人丘乙己時、便錯了也、只欲取富貴耳〕（『大慧普覚禅師語録』二八、『大正蔵』四七、「答呂郎中隆礼」、九三〇頁中）、「士大夫は博聞強記を以て己が任と為し、事事知らんことを要《ほっ》し、事事会《え》せんことを要《ほっ》す。世間法を会し尽くせば、又《さら》に出世間法を会せんと要《ほっ》す。殊に知らず、出世間法と世間法とは比倫すべからざるを。唯だ無念無為にして一切の語言文字を杜絶し、平昔習学せし所の者を将《も》って、痛く之れを掃除し、百不能《なにもできず》・百不解《なにもわからぬ》、土木偶人の如くにして、方《まさ》に入作すべし。入作し得了《えおわ》って、然る後、世間法に入りて出世餘り無しと説くべし。若し一向に聡明を作して道理を説き、識情もて安排工夫造作して、人の印証を求め、復た他人を印証すれば、黄面老子（＝釈尊）、之れを増上慢の人の仏の慧命を断じ、大般若を謗り、千仏出世するも懺悔に通ぜざる者と謂えり」〔士大夫以博聞強記為己任、事事要知、事事要会、会尽世間法了、又要会出世間法、殊不知、出世間法与世間法、不可比倫、唯無念無為、杜絶一切語言文字、将平昔所習学者、痛掃除之、百不能、百不解、如土木偶人、方可入作、入作得了、然後、可説入得世間法出世無餘、若一向作聡明説道理、識情安排工夫造作、求人印証、復印証他人、黄面老子、謂之増上慢人断仏慧命、謗大般若、千仏出世不通懺悔者〕（『大慧普覚禅師普説』第四冊「示〔廖季繹〕等観居士」、『禅学典籍叢刊』第四巻、三二六頁上―下）。

さらに附言すれば、鎌倉時代、宋から日本へやってきた無学祖元もまた単なる章句の暗記としての学のあり方を批判していた。以下は、無学がその弟子、高峰顕日〔一二四一―一三一六〕に語った言葉である。高峰の弟子、夢窓疎石の「西山夜話」（『夢窓国師語録』巻下之二、『大正蔵』八〇、四九四頁中）に収められている。

我見日本兄弟、一生得悟者不可多矣、此国之為風也、只貴智才不求悟解、是故設有霊根者、博覧内外典籍、深嗜巧偽文章、不遑自究此事、迷中過了一生、固為可憫、或有一類称道人者、多是其器量不堪博学強記故、以閒坐為

功業、而不辨真実向道之心、此類亦非今生可開悟者、

私が日本の兄弟に見るに、その一生のうちに得悟する者は多くはあるまい。この国の慣習なのだろうが、ひたすら智才を貴ぶばかりで悟解を求めようとしない。だからたとえ鋭敏な者があったとしても、内外の典籍を博覧し、深く巧偽の文章を嗜むばかりで、自らこのことを究明するのに暇《いとま》なく、その中に迷って一生を送ってしまう。まことに憂うべきことだ。あるいは、一部に大言壮語する者があるが、多くはその器量が博学強記に堪えられないので、じっと座っていることが功業なのだと思い、真実向道の心がわからない。このような人もまた今生に開悟することはできまい。

また、無学の建長寺普説（『仏光国師語録』巻五、『大日本仏教全書』〈新版〉四八、一〇七頁）の中に「兄弟《ひんでい》近日来りて下語《あぎょ》すれば、自己の胸襟の空蕩蕩たる処に向いて揆出せず、一句半句は多く是れ『碧巌集』を看、諸家の普説を将《も》て著語《じゃくご》し来《きた》るのみなり」〔兄弟近日来下語、不向自己胸襟空蕩蕩処揆出、一句半句多是看碧巌集、将諸家普説著語来〕とあるのも同様の嘆言である。なお、このような傾向は時代が進んでも同じだったらしく、渡来僧、清拙正澄（一二七四―一三三九）が、「日本の衲子《のっす》、参禅せず、但だ多く宋末尊宿の語録を記《おぼ》え、駁駁雑雑として胸中に填在し、禅を説くを準備して、頌等を用うるに依る。既にして正見無し、又た多く臆説し、密伝私受し、以て正宗と為す」（史料編纂所蔵本『清拙和尚語録』五・法語「示訥侍者〔正訥〕」）、「汝ら日本僧、坐禅を旨とせず、人の笑うを生怕《おそ》れ、但だ故紙を鑽《き》る（古人の書を読むのを自ら嘲る）を知るのみにして、他《か》の巧妙の言句を愛すれば、又た何《いず》れの用にて吾が語を求むるや」（同、「示小師霊巨侍者〔鼇峰霊巨〕」）などと述べていることや、夢窓が、「外書に酔心し、文筆に立業する者」を、「剃頭の俗人」と呼び、弟子の「三等」のうちの「下等」でさえないと手厳しく非難していることなども同様の批判である（『夢窓国師語録』「三会院遺誡」、『大正蔵』八〇）。

以上のように、意到を欠いた語句文章の暗記は大いに批判されるが、「到得底の人」であれば、句到が大いに求められたのである。その「句到」とは、前述、「ただ禅宗の手段のみならず。教門の施設、乃至孔孟老荘の教へ、外道世俗の論までも、知らずんばあるべからず」（『夢中問答集』中、一一七頁）と述べられているように、また「三蔵十二部百家異道の書と雖も、知らざるは無し。他方殊俗の言、通ぜざるは無し」（明教契嵩）と言われているように、多読者であることを要請するものであった。ただし、それは勿論、これまで見てきたように、単に雑学的知識の豊富

さを求めることではなかった。
例えば、北礀居簡の次の文章を読んでみよう。

学陶謝不及、則失之放、学李杜不及、則失之巧、学晩唐不及、則失之俗、泉南珍蔵叟、学晩唐、吾未見其失亦未見其止、駸駸不已、庸不与姚賈方軌、薄靄遮西日、帰雕帯北雲、題金山也、永嘉詩人劉荊山抵掌而作曰、応是我輩語、暇日裴回孤山南北宕弔天楽墓田、憩参寥泉、論練意与練句練字之別、噫、適然得之者、意何練為、書曰、爾有嘉謀嘉猷、則入告爾后于内、爾乃順之于外、曰、斯謀斯猷、惟我后〔曰カ〕之徳、凡二十九言、詩曰、訏謨定命遠猷辰告、八言尽厥旨、詩之厳、句与字均、若渾鋼百煉、書以遺珍、識是日博約、（内閣文庫蔵本『北礀文集』巻七「書泉南珍書記行巻」）

陶謝を学びて及ばざれば、則ち放に失す、李杜を学びて及ばざれば、則ち巧に失す、晩唐を学びて及ばざれば、則ち俗に失す。泉南の珍蔵叟、晩唐を学ぶも、吾未だ其の失するを見《し》らず、亦た未だ其の止《とど》むるをも見《し》らず、駸駸《しんしん》（馬が疾走するさま）として已《や》まず、庸《も》て姚（合）・賈（島）と方軌（わだちを並べる）せず。「薄靄遮西日、帰雕《ママ》帯北雲」は「金山に題す」なり。永嘉の詩人劉荊山（植）、抵掌《ししょう》（手を打つ）して作して曰く、「応に是れ我が輩《ともがら》の語なるべし」と。暇日、孤山南北の宕を裴回し、天楽（趙師秀）の墓田を弔し、参寥の泉（西湖智果寺にある）に憩う。練意と練句練字との別を論ず、噫、適然《たまたま》之れを得る者なれば、意は何ぞ練《ね》るを為さん。書（『書経』君陳）に曰く、「爾《なんじ》に嘉謀《かぼう》・嘉猷《かゆう》（立派なはかりごと）有らば、則ち入りて爾の后《きみ》に内に告げ、爾乃ち之れに外に順いて、曰え、『斯《こ》の謀、斯の猷は、惟《すなわ》ち我が后の徳なり』と」、凡そ二十九言。詩（『詩経』大雅・抑）に曰く、「訏《おお》いに謨《はか》りて命を定め、遠く猷《はか》りて辰《とき》に告ぐ」、八言。厥《そ》の旨を尽くす（ちなみに、『世説新語』文学第四に拠ると、謝安が同句を「雅人深致」があるとして『毛詩』中の最佳句であると言ったという）。詩の厳なること、句と字とにおいて均し。鋼を渾ずるが若く百煉（何度も鍛錬）せよ。書して以て珍に遺《のこ》さん、是れ博約と曰《い》うを識《し》れ。

これは、北礀が蔵叟善珍の「行巻《あんかん》」に附した跋文である。「行巻」とは、科挙制度下における唐代以来の習慣として、当代文壇の指導的立場にある人から推挙を受けるために編んだ作品集のことであり、蔵叟が未だ書記の職階にあった時、北礀に投じたものである。その文中において北礀の文学観が披瀝されているのだが、その中で、詩友・劉植と、意を錬ることと字句を錬ることの別について議論したとある。錬意・錬句・錬字については、宋代詩話の伝える白居易『金針集』に、「錬句は錬意に如《し》かず、文学に老いたるに非ずんば、此れを道《い》うこと能わず」（錬句不如錬意、非老於文学、不能道此）、「錬字の錬句に如かざれば、則ち未だ安んぜず。好句は要《かなら》ず好字を須《もち》いよ」（錬字不如錬句、則未安也、好句要須好字）などとあって（范温『潜渓詩眼』、郭紹虞校輯『宋詩話輯佚』巻上、哈佛燕京学社、三九七頁、『苕渓漁隠叢話』前集巻八所引、『叢書集成新編』七八、四一〇頁上、『詩人玉屑』巻八所引、楊家駱主編『校正詩人玉屑』世界書局、一七三頁）、詩人の古くからの議論であることが知られるが、北礀が錬意の要点を「博約」という語にまとめている点がここでは注意される。ちなみに、『物初賸語』巻一三「蔵叟詩序」にも同様に、「博約」の語が見える。

託物引興、出風入雅、有以厚人倫美教化移風俗、非左右逢原不足進乎、此杜少陵読破萬巻続三百篇之絶響、自茲而降以風雅名家者未有不策博約之勲、而後能古今衆作浅深疎密皆可考、沾々晩生、単庸撇孛組織風雲月露、較工拙于片言隻字間、儇軽浮薄媚俗而已、以望夫風雅之垣、奚啻天淵相邈哉、

物に託して興を引き、風に出でて雅に入る。以て人倫を厚くし、教化を美しくし、風俗を移すこと有り（『詩経』大序）。左右に原《みなもと》に逢う（『孟子』離婁章句下）に非ざれば、進むに足らざらん。此れ杜少陵、万巻を読破し、三百篇の絶響を続《つ》ぐ。茲《これ》自り降りて、風雅の名家を以てする者、未だ博約の勲を策《はか》らざるにはあらず。而る後、古今の衆作を能くし、浅深疎密なるものは皆な考うべし。沾々《ちょうちょう》（外面を整える。軽薄なさま）たる晩生、単に撇孛《へつふ》（あらくむなしい）を庸《もっ》て風雲月露を組織し、片言隻字の間に工拙を較べ、儇軽・浮薄・媚俗（軽々しく上っ面だけで低俗）なるのみ。以て夫《か》の風雅の垣を望むに、奚《なん》ぞ啻《ただ》に天淵（天と地）の相邈《あいはるか》なるのみならん哉。

ここでいう「博約」とは、『論語』『孟子』などに見える言葉である――『論語』雍也篇第六「子曰《のたま》わく、君子、博く文を学びて、これを約するに礼を以てせば、亦以て畔《そむ》かざるべきか」（子曰、君子博学於文、約之以礼、亦可以弗畔矣夫）（岩波文庫、一二二頁）。簡単に言えば、博く学問研究しつつ、それを〈道＝意＝理＝礼〉へと収斂させることである。宋・蘇軾（一〇三六―一一〇一）の「稼説」（『古文真宝後集』巻二所収）には、「博く学びて約して取り、厚く積みて薄く発せよ」（博学而約取、厚積而薄発）という語があり（『古文真宝彦龍抄』には「何ト学文ヲセウソナ

レハ、如此セヨ、上ヲ博ク学ヘ、肝要ノ処ヲハ懇ニセイ」と注解される〔『続抄物資料集成』第五巻、32ウ〕）、宋・程頤（伊川）〔一〇三三―一一〇七〕にも「書は多く看るを必とせず、其の約を知らんことを要す。多く看るも其の約を知らざれば、書肆のみ」（書不必多看、要知其約、多看而不知其約、書肆耳」という語が見える（朱熹・呂祖謙編『近思録』、新釈漢文大系、一八七頁）。

ここで要請されている「博約」という方法が、北磵が言うように〈意〉を練ることの具体的実践であるとするならば、それはすなわち、膨大な語られたことを〈語ること＝能力〉へと転じてゆく（移し換えてゆく）一つの原理として理解されるだろう。そこで求められているのが、単に「博学」であることではなく、さらにそれを「約」すことである点から言えば、それを〈意〉へと収斂させるということは、ただ多読するだけではなく、異質な系譜に属すかに見えるテクスト群を、その網目状の連関構造を、人間の有限性としての一点、言語活動の動力源としての〈 〉へと収斂させるということを意味するものとなるだろう。そうすることによって〈 〉はおのずから自らを活性化させることになるはずだからである。逆に言えば、語られたことが〈一＝意〉＝分割不可能なものへと還元されるというその原理さえ知っていれば、膨大で異質なテクストにも比較的容易にアクセスできるようにもなり、かつまた、テクストの網目を、その場にふさわしい（相応）かたちへと結びなおし（変形させ）、常に理に適った言葉を発することが可能になる、ということにもなるはずだ。

以上から、夢窓の言わんとするところを整理すれば、テクストを解析する時に重要なのは、いきなりテクストの分析を始めるのではなく、まずテクストの〈外なるもの〉への不可能な接近を試みることによって、その臨界点を経由し、その〈向こう側＝意〉に逆側から触れられることで、初めてテクストの分析が可能になる、ということであったと見られるのである。そうであって初めて、テクストを濫読してゆくことが許されるのだ。そうすれば、理論上、ありとあらゆる語りの場に即応するようなかたちで、豊富な語彙、適切な語法が思慮を経ることなく流出し、自らの〈非人称的主体〉がメタノエシス的に語ることも可能となるのだ（第Ⅴ章参照。なお、これはわれわれの文学研究の方法論的基礎としても有効な原則となりうるだろう）。

（32）『楞伽経』巻四、『大正蔵』一六、五〇六頁上―中〔『仏語心論』巻一五・如来異名分第七二、『日本蔵』一〇、二八七／四六一頁下―二八八／四六二頁上〕。

(33)「諸菩薩摩訶薩依於義不依文字」(『楞伽経』言義差別分第七三、『仏語心論』、一一九〇頁)。

(34) 宗密『禅源諸詮集都序』巻下之一(『大正蔵』四八、四〇六頁下)に、「今時の人は皆な謂《おも》えらく、遮言は深たり、表言は浅たり、と。故に唯だ非心非仏、無為無相、乃至、一切不可得の言のみを重んず」〔今時学人皆謂。遮言為深。表言為浅。故唯重非心非仏。無為無相。乃至一切不可得之言〕とあるように、言語を絶しているかのような表現(意味論的陳述)に自足しているような僧はいつの時代にもあったようである。

(35)『正法眼蔵』第二九「山水経」、思想大系、上、三三三―四頁。

(36) 加えて言えば、〈 〉の召喚は、仏教語のような抽象的な概念を使用することを決定的な方法論として要請するものではなかった。徳山縁密は、子第を領導する中で、「但参活句、莫参死句、活句下薦得、永劫無滞」と述べ、死句の例句として「一塵一仏国、一葉一釈迦」、「揚眉瞬目、挙指竪払」、「山河大地、更無淆訛」などの語を挙出している(『五灯会元』巻一五、『新纂続蔵経』八〇、三〇八頁)。ここに死句の例句として挙げられているのが、経典・語録中の仏教語/禅語であることの意味は重い。それはすでに抜隊が「譬喩因縁ニワタリ、理性玄妙仏法辺ノ義味ニヲツル語」、すなわち仏教用語こそが死句の代表格であると見ていたこととも符合している。道元『正法眼蔵』第六「行仏威儀」にも「「仏縛」といふは、菩提を菩提と知見解会する、即知見、即解会に即縛せられぬるなり。……菩提をすなはち菩提なりと見解せん、これ菩提相応の知見なるべし、たれかこれを邪見といはんと想憶す、これすなはち無縄自縛なり。……いたづらに仏辺の窠窟に活計せるのみなり」(思想大系、上、八七頁)とある。

(37) 本朝でも広く読まれた『虚堂和尚語録』巻一(『大正蔵』四七、九八八頁上)には、「五祖凡示衆、東辺掉一句、西辺掉一句、大似蘸雪喫瓜冬、喚作楊岐正伝東山暗号」とあり、五祖法演の語が「東山の暗号」と呼ばれ、難解であったことが示されている。

(38)『竺仙和尚語録』(建長寺録上堂語、『大日本仏教全書』〔新版〕四八、三八八頁)に「言説之外更無餘義」とあり、史料編纂所蔵本『明極和尚語録』二・建長寺録上堂語にも「頭頭非外意、切忌覓幽玄」とある。

(39) なお、比喩に関しては、『詩人玉屑』巻九に、「詩之取況、日月比君后、龍比君位、雨露比徳沢、雷霆比刑威、山河比邦国、陰陽比君臣、金玉比忠烈、松竹比節義、鸞鳳比君子、燕雀比小人」とあるごとく(楊家駱主編『校正詩人玉屑』世界書局、一九五頁)、ある程度類型化されるものであり、そこから意味を類推することも可能となっていた。

『二南密旨』は次のように事細かく比喩の事例を挙げている（なお、この点は、江湖詩壇に賈島・姚合の詩法が学習されていたという事実と関連して注意しておくべきである）。それは『詩経』を中心とする比喩表現の前例を列挙したもので、例えば、「幽石」「好石」は「君子の志」の比喩、「白雲」「孤雲」「孤煙」は「賢人」の比喩、「荊棘」「蜂蝶」は「小人」の比喩、「片雲」「晴靄」「残霧」「残霞」「蝃蝀」は「佞臣」の比喩、「木落」は「君子の道が消《おとろ》えること」の比喩、「猿吟」は「君子が志を失すること」の比喩、等々とされている（『叢書集成新編』七八、三〇二—七頁）。

（40）『笠仙疑問』（『禅林象器箋』二二・偈頌）。

（41）禅僧のこのような手法を「象徴」と呼ぶことができたとしても、それはM・ブランショ〔一九〇七—二〇〇三〕が言う意味での「象徴」の謂いであるべきであろう——「象徴はそれ自身が空虚であり、自分では解釈することも触れることもできない無限の距離であり、限界を排除する空隙だらけの無限の広がりであって、その限界の彼方に無限を示そうと努力する。しかし象徴はまた様式化されないものでもない」（重信常喜・橋口守人訳『虚構の言語』紀伊國屋書店、一九六九・一〇、九—一〇頁）、「象徴は、われわれをして普遍的な欠如、全体としての空虚を体験させようとする方法の一つである欠如に、絶えずわれわれを送りかえす役割を持っている」（同、一〇頁）、「もし象徴が壁であるとすれば、それは穴があくどころか、逆に、よりいっそう不透明になってゆくような壁とも言うべきものだ。単に不透明になるばかりでなく、それは、おそろしく強力な途方もない密度と厚みと現実性をそなえたものと化するのであって、かくてそれは、われわれ自身を変形し、われわれの手段や慣習の作る球体を束の間変形し、われわれをいっさいの現実的知識や可能的知識から引き離し、われわれをもっと可鍛性に富むものと化し、われわれを動かし、別の方向に向け、この新しい自由を通して、われわれを或る新しい空間の接近に直面させるのである」（粟津則雄訳『来るべき書物』現代思潮社、一九六八・九、一三五頁）。

（42）「時分の花、声の花、幽玄の花、かやうの条々は、人の目にも見えたれども、その態より出で来る花なれば、咲く花の如くなれば、又やがて散る時分あり。されば、久しからねば、天下に名望少し。たゞ、まことの花は、咲く道理も散る道理も、心のまゝなるべし。されば、久（し）かるべし」（『風姿花伝』第三問答条々、大系、三六七頁）。

Ⅳ　詩を詠むのは誰か

——中世禅林詩学における「脱創造」(décréation) という〈創造〉の機制——

1　序

虎関師錬〔一二七八—一三四六〕『済北集』巻一四には、「若し其の悟る者ならば、千言万語も弊《つい》え無し。其の悟らざる者ならば、纔《わず》かに唇吻《しんぷん》を啓《ひら》けば即ち錯まる」〔若其悟者、千言万語無弊焉、其不悟者、纔啓唇吻即錯〕〔『五山文学全集』一、二二四頁〕という記述がある。これは「悟」を一つの分岐点として、言語が相異なる二つの対極的位相において実現される、という一つの知見を示しているのだが、このような見解は同時に、次のような二つの疑問をわれわれに投げかけてくる。

一つは、発話の真正性〔「無弊」／「錯」〕の問題である。虎関は別の文章の中で「言語に真実はない。真実がないということが真の真実である」〔『仏語心論』巻五「言無真実、蓋無真実即真真実」、『日本大蔵経』一〇、一〇〇／二七四頁上〕とも述べている。真実が不在という形をとってしか言語の中に現前しえないのだとするならば、その視線の先に、「千言万語も弊え無し」という逆説が立ち現れてくる構造をいかにして描出することができるのだろうか。

もう一つは、発話の主体〔「悟者」／「不悟者」〕の問題である。禅はしばしば人が言語にコントロールされた主体であることを告知する。となれば、人はいかにして言語をコントロールする主体となりうるのか。言語に対する抵抗が、その実、当の言語によって仕組まれた抵抗ではないという保証はどこにあるのか(1)。抵抗は言語の〈外部〉へと脱け出ることで可能となるが、主体の主体性が言語によって構築されたものでしかない以上、(その主体性が保持される限りにおいて)その可能性は初めから途絶していることになる。となれば、そのとき、人は、この言語的地平の真っ只中にあって、いかにして言語的主体の主体性を抹消できるというのだろうか。

本章は、禅林文学という領域を起点として、仏教的思考法をその基盤に置いてきた中世の知の回路が、「詩を詠む主体」というものをどのように捉えてきたのかを改めて問い糺すことを目的としている。ただし、以下で行うのは、この主体なる隘路《アポリア》に対して直接的に肉薄を試みることではなく、そのような主体なる存在を可能にしているもの、すなわち〈他者〉という(不可能にして涯《はて》しない)迂路を辿ることによってその輪郭に幽かに触れてみ(せ)る、ということである。もしこの企図に一定の成果が認められるとするならば、(言語によって構築された)主体というものが、(われわれが素朴に信じているような意味での)発話(詩作)の主権者としては考えられてはいなかった、ということが闡明されることになるだろう。

2　我と〈渠〉の不均衡な呼応関係

さて、まずは探求の端緒を、洞山良价〔八〇七―八六九〕の所謂「過水偈」(『洞山録』、『大正蔵』四七、五二〇頁上)に求めてみよう。

切忌従他覓　迢迢与我疏　　切に忌む　他《かれ》に従いて覓《もと》むるを　迢迢《ちょうちょう》として(はるか遠く)我と疏なるがゆえに
我今独自往　処処得逢渠　　我今独り自ら往き　処処に渠《かれ》に逢うことを得《え》たり

渠今正是我　我今不是渠　　渠は今正に是れ我なるも　我は今是れ渠ならず
応須恁麼会　方得契如如　　応に須く恁麼《いんも》に会《え》せば　方《はじ》めて如如に契《かな》うことを得ん

この詩に頌《うた》われている「主体」に対する省察は、次のことをわれわれに教えている。すなわち、われわれが素朴に一つのものと信じてきた主体というものが、禅学的地平にあっては、「我《われ》」と〈渠《かれ》〉という二重的なものとして考えられていた、ということ。そして、この二者の関係性が、〈渠〉は「我」だが、「我」は〈渠〉ではない、という非対称的な図式によって捉えられていた、ということである。換言すれば、「我」と〈渠〉との間に横たわる不可視の閾《しきい》は、「我」から〈渠〉へは透過不可能であるが、〈渠〉から「我」へは透過可能であるという、非対称的な〈非／〉透過性によって「我」と〈渠〉のはたらきを原的に区分するものと考えられていた、ということである（ちなみに、「渠《かれ》」の原義は、「溝《みぞ》」或いは「堀《ほり》」である）。

では、この「我」という内側の有限性からその閾を通して見えてくる〈渠〉とはいったい何か。それが彼（岸）性という、いま／ここに対する不在へと訴求されていることに着眼するならば、自己に内在する第三者性（自己内在的な〈外部〉）に照準を合わせることがこの問いを解くための唯一の鍵であることが予期されるはずだ。以下では、（上記の洞山の詩篇に要約される二者の関係性のあり方に準拠して）それを次の二つの原理に約して考えてみたい。すなわち、（i）〈渠〉は秘匿的であること（どこにもいない）。（ii）〈渠〉は遍在的であること（どこにでもいる）。以下、それぞれの点について詳しく見てゆこう。

（i）「我」は言語によって構築された（そして、され続けている）存在であり、「我」という閉ざされた場所に幽閉されている孤独な虜囚である（「我今独自往」）(2)。そこに脱出口はないのだが、「我」は至る所で〈渠〉と出逢う、というよりも実は〈渠〉は「我」において存在している。しかし「我」はその〈渠〉なる存在を捉えることができない、と禅僧は言う。「覿面相逢。かれは是れ誰ぞ、云ひ得たるも蹉過す、云ひ得ざるも蹉過す」（抜隊得勝〔一三二七―一二八七）『抜隊仮名法語』、『禅門法語集』上巻、至言社、五九頁、「蹉過」は、捉えそこなうの意）。

では、「我」は、この内なる〈渠〉――「我」という自己意識と共在しながらも、その内部には決して現前しないもの、内なる〈彼岸＝外部＝他者〉――と、いったいどのようなかたちで出逢いうるというのだろうか。

ひとまずはこの〈渠〉が、「我」に対して〈他者〉的な存在であるという、その〈他者性〉に忠実に思考してみることに手がかりを求めてみよう[3]。それは〈他者〉は自己意識の内部においては決して現前してこない、というただ一点においてのみ〈他者〉であることを可能にしている、ということである。諸経論中に、「不可説」「不可得」「不可思議」などの言表によって繰り返し呼び覚まされ、言語の内に凝固しそうになるとすぐさま別の名へと書き換えられてきた、あの言語の〈外部〉＝〈語りえぬもの〉〈彼岸〉。それをここで仮に〈他者〉と呼んでおくとするならば、その〈他者〉とは、決して「我」の鏡像として可算化された〝他人〟のことではない。そしてまた、超越的存在としての〝神〟のことでも、〝物自体〟のことでも、〝無意識〟のことでも、そして何より、〝他者〟のことでさえないだろう。なぜなら、人の自己意識という言語体系に準拠して翻訳され、内部に併合された〝他者〟は（もはや既に自己意識の一部であって）〈他者〉ではないからである（本章では以下、この識別を〈他者〉／他者として示す。また後述するように、〈他者〉の遍在性、いかなるものへも変身可能であるというその性質によって、〈他者〉と同義なるものは、〈　〉の記号によってこれを示す）。

人は、一般的な次元で言えば、（自らの知的怠惰さに下支えされるかたちで）任意の〝他者〟を、恣意的に自己よりも劣ったものという座標に配置したり、また恣意的に拝跪すべき超越者という座標に配置したりしている。この配置の恣意性は、自己意識内で自由に操作しえないという意味で「我」にとっては全くの〝自然〟であるが、その実、言語という法によって措定されたものという以上の根拠を持っていない。これらはいずれも〈他者〉を自己意識の内に現前させたいという欲望（存在論的構造としての欲望）に惰性的に従った結果であるに過ぎない。〈他者〉は

「我」に対しては永久に〈未知なるもの〉であり、ゆえに、思考された他者は既にして〈他者〉ではない。〈他者〉の〝他者〟への転倒、すなわち〈未知なるもの〉の〝未知なるもの（として知られたもの）〟への転倒は不可避である。こう言ってよければ、〈他者〉とは、思考されることによって切除＝隠蔽されるというアポリアそれ自体に与えられた異名だということである。何らの意味も帯びずに――意味を帯びないという意味さえも帯びずに――立ち現れてくる〈他者〉などいないのである。その意味で〈他者〉は完全に秘匿的である（ゆえに〈〝他者〟〉もまた一つの仮名《けみょう》に過ぎない）。

勿論ここで、〈他者〉とは〈意識不可能＝思考不可能なもの〉である、と述定してみせたとしても、それ自体、〈他者〉なる主語が前提とされた倒錯でしかなく、それは結局、端的な同語反復に過ぎない。〈他者〉とはむしろあらゆる概念が挫折‐失効する場処なのであって、そもそも言語体系の内部においてその公準を定めようという試みは始原において挫折しているのである。

（ii）次いで、このことから最も重要になるのは、そのような思考不可能性、非実体性は実はわれわれの用いているあらゆる辞項についてもあてはまるものだということである。これまで繰り返し見てきたように、仏教の言語理論は、「我」を含めた諸辞項が、その反射関係の連鎖から事後的に生成された非実体であることを、そしてまたそれゆえに、語りうる世界、語りうる「我」もまた、（言語の空虚な構造性に基づいた）虚構的なものであることを繰り返し説明してきた。虎関が「言語に真実はない」（前出）と述べたように、諸辞項の〈真の意味〉、世界の〈真の相《かたち》〉、「我」の〈素顔〉（本来の面目）は、諸辞項／世界／「我」の内部には決して現前しない。つまり、人は語ることによって〈存在の真相〉を剝奪＝隠蔽し、それを不在化しているのである。しかし、そのような視点に立ったとき、逆説的に〈真相〉は露見することになる。「真実がないということが真の真実である」という虎関の言葉に約されるように、全てが不在化されたとき、まさしく言語の中に〈非現前の／という真相〉が幽在していることが顕示・啓示されるのである。

『楞伽経』は、「語」と「義」が「非異非不異」の関係にあると述べ(4)、大珠慧海《だいじゅえかい》（唐代、生没年不詳）『頓悟要門』は「言説生滅、義不生滅、義無形相、在言説之外(5)」と言っている。〈義〉には固有のかたちがなく、言語の〈外部〉に隠れているがゆえに決して意識‐思考されえない。その意味で〈義〉は「語」に対する〈他者〉である（すなわち、〈義〉とは――敢えてわれわれの概念に近づけて敷衍するならば――意味というよりも〝意味生成作用〟に近いものとなるだろう。ただし、この場合、もはや意味と意味生成作用とを全く別なものとして考えることはできないのだが(6)）。『楞伽経』は一方で、「語」と〈義〉とは異なるものではないとも言っているが、確かに、意味が立ち上がってくる根拠を、「語」から逆構成することはできないものの、意味（生成作用）を離れて立ち上がってくる「語」などはなく、また、意味（生成作用）を喚起しない「語」などもない（全く未知の外国語であっても〝意味がわからない〟という〝意味〟を立ち上げる）。つまり、人のあらゆる意識‐思考という形式性が言語によって可能になり、またその形式《かたち》を通してしか実現されえないのだとすれば、それはすなわち〈義〉の「語」（形式）への滲入＝転倒＝変身という出来事として常に既に経験されている、ということになる。要するに、〈義〉とは、特定の座標をもたないまままあらゆる「語」（と「語」と…の間）を生起せしめるというその現場性――場（「語」）を現成させること――を有するがゆえに（自己意識に対して）遍在的だと言えるのである。そしてまたこの遍在性こそが、「語る」ことによって、まさにその「語る」ことそれ自体の中に――かつまた〈外〉に――顕示される〈意味生成作用＝主体／世界の生成作用＝真実〉の遍在性を示しているのである（〈真実〉については後述）。

これを洞山の偈頌に沿って言い換えるならば、「我」はいついかなるときも〈他者＝渠〉と出逢っているということである。そしてまた、〈渠〉はつねに既に「我」の呼びかけに応えているのだが（〈義〉のあらゆる「語」への変身によって）、「我」には〈渠の声〉が聞こえない（「語」の内部に〈義〉が不在であることによって）、という不均衡な呼応関係を形成しているのである。ゆえに、ここでいう〝出逢い〟とは、二者が対面的に、相互現前的に出逢うというような意味での出逢いなのではなく、（そのような意味においては）決して出逢うことがないという意味での、不可能な――ただし不可避の――（〈アポリア〉との）出逢いのことなのである。(7)

禅僧はしばしば、このような「語」と〈義〉の非対称的な関係を、そして〈義〉の秘匿的な遍在性を、「花」と〈春〉の関係に喩えて説明してきた。(8)つまり、〈春〉には固有のかたちがなく、人の目には見えない。となれば、人はいかにして〈春〉そのものにかたちを与える（思考する）ことができるのか。かりに「花」を描くことによって〈春〉を示したとしてもそれはあくまで「花」であって〈春〉ではない。しかしながら、〈春〉はそこに無いわけではなく、人は「花」を見ることによって〈春〉を感じることはできるのだ。覚範慧洪〔一〇七一―一一二八〕の詩文集、『石門文字禅』の明版に与えられた序文（紫柏〔達観〕真可）にはこうある――「蓋し禅は春の如きなり、文字は則ち花なり。春は花に在り、花を全うせるは春なり。花は春に在り、春を全うせるは花なり。而して曰く、禅と文字と二有らんや、と」〔蓋禅如春也、文字則花也、春在於花、全花是春、花在於春、全春是花、而曰、禅与文字有二乎哉〕。(9)つまり、〈春〉の到来によって「花」が咲く（／「花」が咲くことによって〈春〉の到来を感じる）、という出来事は、自らが〈存在をあらしめるもの＝禅〉と〝存在されたもの＝文字〟との間の不均衡な呼応関係から生起した一つの効果であることを、そしてまた、それが日常的具体性の中に埋め込まれた、〈他者＝渠〉との出逢いを感得する一つの契機であることを、（二者の前項の不在において）示しているのである。(10)

3 「我」の完全なる無能性

われわれの生きている世界の全領域には意味（という名の「語」）が書き込まれているが、その意味とはそれとして自律した実体なのではなく（無自性）、関係性の網の目が瞬間瞬間に生起してくることによって事後的に立ち現れてきた効果の束に過ぎない。しかしながら不思議なことに、この関係性（縁）がいったいどのような原因に支えられてこのように生起してくるのかがわれわれには一向にわからない。それはその〈生起そのもの〉が生起してくることがないからである。それはわれわれにとって端的に〈思考不可能なもの〉に他ならない。連歌師・心敬〔一四〇六―一四七五〕は、「たゞ幻の程のよしあしの理のみぞ、不思議のうへの不思議なる」（『さゝめごと』、大系、一六五頁）と述べた。「幻《まぼろし》」に過ぎない此岸としての二項対立的世界及び「我」がいったいどのような「理《ことはり》」によって立ち現れてくるのか、その「理」の〈思考不可能な思考不可能性〉こそが、「幻」のあり方を規定しているのだとするならば、いままさに――ただし事後的に――立ち現れた世界や「我」（という名の「語」）は、その〈義＝意味生成作用＝生起そのもの〉から常に〝遅れた存在〟であり、かつまた〝作られたもの〟でしかない、ということになる。すなわち、「我」という主体は、言語という檻の中に閉じこめられて身動きのとれない被拘束的存在でしかないということである。そのとき、われわれは、「我」と呼ばれている主体の主体性＝主権性（の根拠）に対して十分な信頼を寄せることはもはやできないだろう。

では、その点を以下にもう少し掘り下げて考えてみよう。

『宗鏡録《すぎょうろく》』（永明延寿〔九〇四―九七五〕）は、石頭希遷〔七〇〇―七九〇〕「参同契」（『景徳伝灯録』巻三〇）の「言を承けては須く宗を会すべし、自ら規矩を立つること勿れ――承言須会宗／勿自立規矩」という句に対して「若し規矩を立つれば、則ち限量に落つ。纔かに限量を成せば、便ち本宗に違《たが》う。但だ言語の転ずる所に随うのみなり。所以に一切の衆生の真実を知らざる者、皆な言語の覆う所と為る」〔若立規矩、則落限量、纔成限量、便違本宗、但随言語之所転也、所以一切衆生不知真実者、皆為言語之所覆〕という注解を加えている[11]。本章の文脈に沿ってこれを咀嚼すれば次のようになる。すなわち、われわれはどのような言葉を承けたとしても、その彼岸に隠れている〈他者＝義＝宗〉と出逢っていることを知らなければならない。その上で、その〈他者〉の〈他者性〉を忘却し、言語の内部に自ら「規矩」――事後的に立ち上がった、言表化された規則――を立て、それによって〈他者〉を理解するようなことがあってはならない。もし「規矩」を立ててしまえば、必然的に有限的な思考の枠組へと還元せざるをえず、そうして思考されたものは、例外なく、決定的に、〈他者〉と齟齬-背馳することになるからである。そうあってしまえば、人は、もはや既定の言語構造によってコントロールされた主体のまま――つまり、受苦的な存在者として在らしめられたもののまま――生きてゆかねばならなくなるのである。

　とは言え、既に述べたように、〈他者〉は〈他者〉のままに現前することは決してない。〈未知なるもの〉の到来は、既知のものへの変身を通してのみ可能となるからである。仏教の術語体系は、この不可避の変身を、応現《おうげん》・応《おう》化《げ》・応作《おうさ》・示現《じげん》などと喚んできた。〈観音〉が衆生の機根に応じて三十三身――或いは三十二身――に応現するという教説は、上記のような、〈義〉が「語」を通してのみ到来を可能にするという原理に対応している。「花」の〈真の意味〉とは何かという問いに対していかなるかたちで応じたとしても、そこには必ず「我」という虚構の様式に準拠するかたちでの転倒＝変身が起こっているのである。「我」という自己意識の内部に特定の座標をもって配置された諸辞項、そのあらゆる諸辞項の、あらゆる統辞規則の〝有限性〟の中でのみ、〈渠〉は、変身を可能にする。ゆえに、もし人が、貧困な語彙、語法の檻、ステレオタイプの思考法に〔自ら〕囚われているのだとすれば、〈他者〉の変身の様式がパターン化するのは必然である。禅僧はこれを「窠臼」と呼び、そこに嵌ってしまえば煩悩から脱け出せなくなると警告してきた（「語窠臼《かきゆう》を離れずんば、焉《いずく》んぞ能く蓋纏《がいてん》を出でん」『碧巌録』七二則、他）。しかし、「花」の〈真実の相〉に三十二ものかたちを与えることは詩人でもない限り難しい。では、そのようなパターン化を回避しつつ常に新しく応現させるにはいかにしてか。応現の機制が、「語」の構造、すなわち「我」の存在論的構造を不可欠の参照点として組み込んでいるのだとすれば、まさにその構造《かたち》をいかに動かすかがその成否を握る唯一の鍵鑰となるだろう。となれば、問題は、作られたものであるところの「我」が、自らの力によってその構造《かたち》を変えることができるのか、それを自由にコントロールすることができるのか、という一点に逢着する。つまり、「我」の主体としての能動性、自由の可能性とその根拠がここに強く問われてくるのである。

しかしながら、絶望的なことに「我」は言語／法に対して徹底的に不自由な存在でしかありえない。それは意志的な行為が可能かどうかという意味において不自由だということではなく、それが決定できないという意味において不自由なのである。われわれが何らかの言語／法の内部にいることが承認され、その言語／法の外延を確定することができないのだとしたら（ここで言っているのは日本語や英語といった恣意的に閉じられた国語 national language の外延のことではなく、言語一般の外延である）、言語／法の外からそれを鳥瞰することは不可能となる。つまり言語／法の概念を恣意的に分割しないという条件の中では、その言語／法自体は不可視だということである。となれば、その言語／法の内部（「我」という世界）にあっては、実は〈自由〉という概念が成り立つのかどうかさえわからない。仮に任意の法に従わないということが自由だとしても、その法に従わないという法には既に従ってしまっていることになるからである（例外なく、事後的に）。となれば、人はもはや言語／法に対して意志的に従うことも従わないこともできない。人が何らかの言語／法に従っていると信じるとき（それを現前させるとき）、まさにその〈言語／法〉は隠蔽されてしまうのである。[12] しかし、人は〈言語／法〉の内部からは出られないし、どのような言表も〈言語／法〉の管理下にある。すなわち、〈言語／法〉は「我」に対して秘匿的に遍在するものでしかありえないのである。となれば、「我」は、まさにその〈言語／法〉をコントロールする（書き換える）権能を所有することができないということを意味する。

その権能をいま仮に〈創造〉と喚ぶならば、その〈創造性〉とは、創造的であろうとする主体的努力の内には決して実現しないということになる。なぜなら「我」というものが言語的に〝作られたもの〟でしかないからである。どれだけ意志的に言語／法を書き換えようとしたとしても、それはさらに高次の言語／法の管理下に置かれる、というかたちで無限後退する他なく、たとえ言語的主体という有限的立場における比較考量から創造的であると判断される事柄を実践したとしても、それは既成の被造物の有限的な反復-再演でしかない。となればそれはもはや〈創造〉ではない。つまり、言語的に作られたものは、〈創ること〉からつねに遅れた存在でしかありえないということである。気づいたときには既に〈創造〉は為されてしまっている。これは言語的主体の本源的な有限性、有界性である。そもそも「我」はその思考可能性の内に〈創造〉なるものを同定することさえできないだろう。このとき、〈創造〉を、狭義の意味での「新しいものを初めて創り出すこと」であることを超えて、人の日常の全てに浸透した、世界を立ち上げる権能、存在をあらしめる権能として捉えるとすれば、まさにその意味において、「我」には〈創造する権能〉がないのである。つまり、「我」は全くの〝無能〟なのである。

しかしながら、われわれの経験の中に〝創造されたもの〟が充溢しているというまさにそのことによって、或いは、世界／「我」の絶えざる起動が、人の言語・行為という日常性かつまた具体性の中に実現されているという事実性を顧慮することによって、「我」の名の下に行われてきた、そしていままさに行われている言語・行為の権能はいったい誰に帰属するのか、という問いが投ぜられることになる。その帰属先を〈一義〉的に述定することは――それが秘匿的なものであることによって――原理的に不可能であるが、禅僧は敢えてそれを（「我」であるところの）〈渠〉、或いは〈義〉、或いは〈禅〉、或いは〈心〉などと呼んできた。[13]「渠《かれ》ハ是《これ》見聞覚知《けんもんかくち》、挙手動足ノ主人公也。仏祖ヨリ蠢動《しゅんどう》含霊ニヲヨブマデ、誰《たれ》カ彼《か》ノ恩力《おんりき》ヲウケザル。諸人還《かえつ》テ自《みずか》ラ渠《かれ》ヲシルヤ。ウタガイ十分ナル時ハ、悟《さとり》十分ナリ」（抜隊得勝『塩山和泥合水集』下、思想大系、二五三―四頁）。或いは、こう言ってよければ、それは人の思考可能性の内には把握されず、それ自身の内に目的を持たず、いかなる統合をも目指さず、かつまた結果が予期されることもない、〈創造〉それ自体である。「我」の完全なる無能性に〈能うこと〉performativity（語ること・為すこと）をもたらしてきた〈能うこと〉それ自体は、〈能作主不在の能作〉、〈創造主不在の創造〉、〈語り手不在の語り〉として、何らの意志も待たないまま「我」をして言語せしめ、行為せしめているのである（そのとき、意志とは「我」の存在論的構造のことに他ならない）。

しかして、〈創造すること＝存在をあらしめること〉は今まさに創造されたもの（在らしめられたもの）であるが、創造されたものは〈創造すること〉ではない。〈創造〉は、被造物の中においては（不在というかたちをとってしか）現存しえないのである。

古来、自らを世界の創造者たらしめんと欲してきた詩人の群れは、世界の恣意的にして自然な（自己への）現前が一定のパターンに陥ることを恐れ、いかにして真の〈創造者〉であるところの「造物」「造化」「天公」からその権能を奪うか、藻掻き苦しんできた。[14] 陸亀蒙（？―八八一？）は、「少《わか》くして詞詩を攻め、造物者と柄を争わんと欲す」（少攻詞詩、欲与造物者争柄）（「甫里先生伝」、『甫里先生文集』巻一六、『四部叢刊正編』三七、一三三頁下）と言い、皎然（七二〇？―？）は「天真挺抜の句の如きに至っては、造化と衡を争う」（至如天真挺抜之句、与造化争衡）（『詩式』序、『叢書集成新編』八〇、一頁）と言った。造化とは存在物を〈造ること／化《あらた》めること〉だが、「造化ハ天公ト云フ心也。草木山川、雨露霜雪ヲ人知レズニ造リ出スモノノコト也」（『中華若木詩抄』、新大系、231頁）と説明されるように、決してそのはたらきを人に知られることがない。義堂周信（一三二五―一三八八）は「無作而作、可以奪造化之権矣、不言而言、可以感鬼神之泣矣」（『空華集』巻一三「寄康侍者病居詩敍」、『五山文学全集』二、一七二三頁）と述べたが、造化の権能を奪い、鬼神の感涙をさそうには、〈何も作《な》さぬままに作すこと〉、〈何も言わぬままに言うこと〉に全てを委ねる他はない。しかしながら、「我」が「我」である限り、自らの〈造化〉からの遅れ――事後性――によって、その権能を奪うことは原理的に不可能なのである。

つまり、いかなる人も「我」の権能においてではなく、〈渠〉の権能において言語し、行為している。というよりも、〈言語すること〉、〈行為すること〉それ自体が〈渠〉なのである。[15]「我」はもはや世界の起点であるような中心化された場所なのではなく、むしろ世界の末端に投げ捨てられた一つの粗末な作品でしかない。「我」は〈渠〉に対して完全なる「無一物」にして、「百不能《なにもできない》・百不解《なにもわからない》」「土木偶人《でくのぼう》」（大慧宗杲〔一〇八九―一一六三〕『大慧普覚禅師普説』第四冊「示等観居士〔廖季繹〕」、『禅学典籍叢刊』第四巻、三二六頁上）の如き無能者でしかないのである。[16]「我」はいまや此岸に立ち竦む一茎の植物の如き端的な無力さによってその存在を主張するような能動性さえ持ちあわせてはいない。そのような物言わぬ主体が〈自由〉への可能性を拓くために為しうる唯一のことは、自らの事後性〈絶えず遅れていること〉と被造性〈作られたものであること〉という絶対的な有限性を忘却しないこと、そしてそれをひたすら倦むことなく凝視し続けることである（勿論、無能であることもまた一つの能力であり、それもやはり〈他者〉から権《か》りうけなければならない。そのためには、さらに深く、無能の虚焦点へと沈潜／縮減してゆかなければならない）。それによって〈他者〉が「我」の閾に不在として現前するとき、人は自ずから「我」の名において創造することをやめるだろう。

奇しくも、このことは、遠くS・ヴェイユ（一九〇九―一九四三）のテクストにおいて透徹されている。「脱創造」（décréation）と名付けられた自己無化の実践である。[17]

○脱創造、造られたものを、造られずにいるものの中へと移して行くこと。／ほろぼすこと、造られたものを、無へと移して行くこと。（『重力と恩寵』、ちくま学芸文庫、五九頁）

○捨て去ること。創造において、神が捨て去られたことにならうこと。神は——ある意味において——すべてであることを捨て去る。わたしたちは、何ものかであることを捨て去らねばならない。それこそが、わたしたちにとってただひとつの善である。／わたしたちは、底のない樽である。底があることを理解しないでいるかぎりは。（同、六〇—一頁）

○わたしたちは、自分自身が創造から離脱することによって、世界の創造にあずかりうる。（同、六一頁）

ここでヴェイユに凭れ、そのテクストからコンセプトを藉りるのは、ヴェイユの思想が東洋思想から影響を受けていたとか、ヴェイユが鈴木大拙（一八七〇—一九六六）を読んでいた(18)、と言うためではない。被造物であるはずの「我」が〈創造〉の機制に触れうるには、自らが〈創造者〉と無限の距離によって距《へだ》てられているという徹底した自覚の場（言葉を持たないものであるという深い沈黙）に立つことがまずもって必要なのだ、ということを、禅僧もヴェイユも、全く同じように自らの経験を通して知っていたと思われるからである。ヴェイユが「脱創造」という言葉によって示そうとしたもの。それを一つの補助線として禅僧のテクストを見渡すならば、禅僧が自らの用語体系の中で「放下」と呼んできた、「我」という存在の全く別様のもう一つの相貌、生きる態度のありようが自ずと明らかとなってくるだろう。

○信心銘ニ云ク、「至道かたき事なし、但揀択を嫌ふ」ト。揀択の心を放下しつれば、直下に承当するなり。揀択の心を放下すと云フは、我を離るるなり。……ただすべからく身心を仏法の中に放下して、他に随うて旧見なければ、即ち直下に承当するなり。（『正法眼蔵随聞記』、ちくま学芸文庫、三八六頁）

○「虚襟にあらざれば忠言を入れず。」……若し己見を存せば、師の言耳に入らざるなり。……真実の得道と云フも、従来の身心を放下して、ただ直下に他に随ひ行けば、即ち実の道人にてあるなり。（同、五八頁）

道元（一二〇〇—一二五三）は繰り返す——「我」を離れ、〈他《かれ》〉に随え、と。それは、「揀択の心」「旧見」「従来の身心」を「放下」すること。「我」において現前したものを〈創造〉の中に送り返すこと。つまり、作られたものを〈未だ創られていないもの＝純然たる混濁〉の中に返却し続けること。「我」という場所の主権を永続的に〈他者〉に明け渡すこと。

その契機は、被造物であるところの「我」が本源的に空虚な構造体でしかありえない、ということを自ら知ることに始まり、それに尽きる。しかしながら、その空虚さを、〝何もない〟という意味によって理解するようなことがあってはならない。なぜならそのように理解すれば〝何もない〟という〝作られたもの〟によって胸中が窒息してしまうからである。夢窓疎石〔一二七五―一三五一〕は、「放下」というのが「一切の所解を掃ひ捨」てることだと考えるのは「大なるあやまり」であり、それは「一切の義理をも用ひず、地位の階差をも立てず、仏法世法の蹤跡を、胸の中にとどめ」ないことではないのだと注意を喚起する（『夢中問答集』中、講談社学術文庫、一六六―七頁）。「我か心も身も外の境界も皆実の体なし、虚空の如くなる処より一切の諸法化現す」（月庵宗光〔一三二六―一三八九〕『月庵仮名法語』、『禅門法語集』上巻、至言社、二〇五頁）、「むなしき虚空より、一さいのものをはこくみ、一さいのいろをいたす」（『一休和尚全集』光融館、一八九八・三、「二人比丘尼」、三頁）と言われるように、「虚空」であるところの「我」及び世界は、何ものでもないがゆえに何ものへとも「化現」しうるような場処となるのであり、またそのような〝場処〟でさえなくなるのである。

それを中世の詩人は、「虚空の如くなる心」（西行〔一一一八―一一九〇〕、〔『梅《栂》尾明恵上人伝記』巻上、岩波文庫、一五八頁〕）、「もとより太虚にひとしき胸の中」（心敬『さゝめごと』、大系、一六四頁）、「胸中」の「天地至清之気」（天境霊致〔一二九一―一三八一〕『無規矩』坤「跋贈珊侍者詩軸」、『五山文学新集』三、一七七頁）などと変奏した。[19] また、五山禅僧に広く読まれた橘洲宝曇〔一一二九―一一九七〕『橘洲文集』（内閣文庫本）にはこうある――「古えよりこう言われている、黄面衲子すなわち釈尊は、相貌の寒瘁枯痩であることによってまるでその中に人がいないかのようであったが、よくよく観察してみると、あたかも深山太澤の奥深くに潜みながら、捉えがたきほどにその姿をめまぐるしく変化させる龍蛇の如きものであった、と」（古称、黄面衲子、以其寒瘁枯痩、其中若無人、迫而視之、如深山太澤龍蛇変化不測者也」（巻六「跋育王僧図二」）。禅僧／詩人は自らの胸に固有の構造《かたち》がないことによって初めて〈他者〉の到来が可能になり、〈詩を詠むこと〉が可能になるということを知っていた[20]。

では、「我」を「放下」することによって可能になる〈創造〉というものが――それ自体決して現前しないにせよ――具体的にどのような行為のプロセスを経て実現されるものだと考えられていたのか、もう少し禅僧の言葉を聞いてみることにしよう。

4　「多聞」という生の相貌

『楞伽経』には次のような記述がある。

大慧、実義者、従多聞者得、大慧、多聞者、謂善於義非善言説、善義者、不随一切外道経論、身自不随亦不令他随、是則名曰大徳多聞、是故欲求義者、当親近多聞、（四巻本『楞伽経』巻四、『大正蔵』一六、五〇七頁上）

〈真実の義〉をいかにして得るか。それは「多聞」によってであるという。そしてその「多聞」とは、「言説を善くす」ることではなく、「義に於いて善くす」ることなのだという。つまり、ここで求められている「多聞」とは、他者・テクストにおいて語られた声をよく聞くこと（或いはそのような人）ではなく、〈義〉をよく聞くこと（／人）、すなわち〈他者の声〉をよく聞くこと（／人）である。しかし、〈義〉は決して現前することがないのであってみれば、それを直接的に聞くことはできないはずである。〈能うこと＝語ること〉は自己自身について何も語らないのである。「真仏無口、不解説法、真聴無耳、其誰聞乎」(『宛陵録』、『大正蔵』四八、三八七頁上)。

しかし、他方で重要な点は、「我」において聞かれた声は二分法的論理の擬制下で、不可避的に意味を与えられてしまうということ、つまり〈他者の声〉は(人の俗耳と反響することで)何事かに聞こえてしまうということである。諸経論に説かれるように、「仏、一音を以て法を演説したもうに、衆生は類に随いて各《おの》おの解《げ》を得る」(仏以一音演説法、衆生随類各得解)(羅什訳『維摩経』上、『大正蔵』一四、五三八頁上)。〈他者の一音〉は世界に遍在し、絶えず〈聞こえない音〉を発しているが、二分法的論理の擬制下では、不可避的に、衆生の存在論的構造に呼応するかたちで多数的に分解され、さまざまなかたちへと変化《へんげ》して現れる。

しかしながら、眼前及び眼奥の〈他者の声〉が十全に聴き取れていると信じられているような視座においては、その〈声〉はどこまでも抑圧されることになる。「かたる人あらば、たちどころに会取すべしとおもふべからず」(『正法眼蔵』第四五「密語」、思想大系、下、五六頁)と道元は言った。その言葉を承けて言うならば、まずもって放棄されるべきは、〈(語られることもなく聞かれることもない)世界の声〉をあやまたずに聞き取れているはずだという誤った信念であり、〈世界＝他者＝心〉を意味によって埋め尽くすことができるはずだという欺瞞的な知のあり方であるだろう。

このように、語る主体も、語りの内容も、さまざまなかたち／かたりをとって現れるのだが、ここでとりわけ重要になるのは、〈語りの声〉がいかなるかたちで応現するかということよりも、その〈声〉を聞く主体の内にもまさにその〈語りの声〉が既にして幽在しているということである。語る主体が〈語ること〉を通して組成された一つの効果に過ぎないのと同様、聞く主体もまた、〈聞く〉という能力を権《か》りることによって事後的に組成された一つの効果に過ぎない。

語る主体／テクスト／コンテクスト／聞く主体という「我」において現前した場の構成は、〈非‐人称的な他者の複数的独声〉が、そのはたらきを通して、一挙に分割＝変身＝応現した幾つかのかたちであるに過ぎない。ゆえに、いかなる「我」もまた〈渠〉の似像（全く似ていない似像）であり、その複数化された「我」のいずれにも全く同一の〈他者＝一心〉が幽在しているのである。ゆえに、〈実際〉においては〈聞く主体〉は完全にその〈音声〉を聞き取っている（かつまた、観ている）のである。つまり、〈聞くこと〉はいかなる主体においても不可避の必然性の中に常に既に実現しているのであり、本来的に〈聞く権能〉を持たず、事後的に組成されたに過ぎない、〝聞く「我」〟もまた、全く日常的な具体性の中で、聞かずして聞いているのである(21)。

禅僧は、まさにそのような聞く主体というものがいったい何ものなのかを繰り返し問い続けてきた。「是れ你が四大色身は、説法聴法する解《あた》わず。脾胃肝胆《ひいかんたん》は、説法聴法する解わず。虚空は説法聴法する解わず。是れ什麽《なに》ものか説法聴法を解《よ》くす。是れ你目前歴歴底《れきれきてい》にして、一箇の形段《ぎょうだん》勿《な》くして孤明《こめい》なる、是れ這箇《しゃこ》、説法聴法を解くす」（『臨済録』示衆、『大正蔵』四七、四九七頁中、訳文は岩波文庫、三六—七頁に拠る）。「只今物の音を聞く時にあたりて、此の音を聞く物は、何物ぞと見れは、必ず我か身と観音と別ならさることを悟るべし」（『抜隊仮名法語』、『禅門法語集』上巻、五三頁）。勿論、このとき〈我が身〉とは、もはやわれわれが日常的に認識しているような意味での言語的に構造化された身体のことではなく、秘匿的に遍在する〈法身＝心＝渠＝一音〉という（非）存在のことに他ならないだろう(22)。

以上のように、「多聞」というのが、「我」の俗耳に聞こえてくる他者／テクストの語られた声を聞きながらも、それを、既存の二分法的コードの中に惰性的に還元することなく、〈前身体的身体＝渾身〉において応ずること（或いは、その人）であるとするならば、そのプロセスを（「我」を経由することなく）没頭的に実行することによって（三昧）、〈不可解な一音＝渠〉は全く新たな分解（分かる）の形式を見せることになるだろう。禅のエッセンスを集約すると言われる、『金剛経』の「応無所住、而生其心」の句は、座標不定の〈心〉が、その座標不定性において不断の変化＝変身というはたらきを有している（というよりも、そのはたらきそのものである）ことをうまく表現しているが、歌学の伝統もまた同様に、歌人に対して、その眼差しを特定の座標に渋滞させぬよう、絶えざる放浪-漂泊を求めてきた。「まことに宜しき歌の姿とはいづれを定め申すべきやらむ。まことに歌の中道はただみづから知るべきにて侍り」（藤原定家〔一一六二―一二四一〕『毎月抄』、大系、一三〇―一三一頁）、「秀逸の体は様々なれども……凡はいづれと定むべきにあらず。……更に一様を守るべからず。種々の体をならふべし」（二条良基〔一三二〇―一三八八〕『連理秘抄』、大系、四六頁）、「まことの仏まことの歌とて、定まれる姿あるべからず。たゞ時により事に応じて、感情徳を現はすべしとなり。天地の森羅万象を現じ、法身の仏の無量無辺の形に現じ給ふごとくの胸のうちなるべし。……たゞ一つ所にとどこほらぬ作者のみ正見なるべしとなり」（心敬『さゝめごと』、大系、二〇二頁）。観音の三十三相のように、「定まれる姿」がないことが可能である場合に限って、詩歌は、〈他者＝仏〉それ自身に似てくる。またそれは同時に、既成の言語（思考）を埒外へとはみ出させてゆく「定まれる姿」なき「我」の絶えざる変身の道程を示してもいた。「生得の哥人」「不可説の上手」（『後鳥羽院御口伝』、大系、一四五頁）と評され、「虚空の如くなる心」によって歌を詠んだと自負する西行はまた、「此の歌即ち是如来の真の形躰也。去れば一首読み出でては一躰の仏像を造る思ひをなし……」[23]と述べたという。その感慨は、おそらく自らの肉声の閾、肉身の閾において〈他者＝真言〉（という自己＝言語の限界）に触れえたという実感に支えられたものであったであろう。

〈他者〉を語ることの不可能性、〈語ること〉を語ることの不可能性、〈語ること〉の不可能性、そして〈他者〉自らに自らを語らせることの不可能性。この限界へと衝突することによって、逆説的に〈他者〉が「我」に触れてくる経験。この経験を通して、（「我」の臨界点を徴しづける）「我」の肉声の閾においてまさにその不可能な〈語る権能＝詩を詠む権能〉が到来してくるのだ、と詩人が確信していたのだとするならば、詩人は、テクストの「多聞」を通して〈他者〉に我が肉声を貸し与え、〈未知なるもの〉自らに楔を打ち込ませることによって、常に新たな相貌へと変身し続けるような〈創造者であること〉が可能になることを、その経験の内に自覚し、また実践していたのだと言えるだろう。(24)

5　〈他者〉の流出

竺仙梵僊（一二九二―一三四八）『天柱集』に「把我無言爲渠説」（「我《わ》」が無言を把《もつ》て〈渠《かれ》〉が説《かた》ると為す」）（『五山文学全集』一、七一一頁）という句がある。「我」の（完全なる無造作の）沈黙-真空化によって〈他者〉は到来し、〈渠〉は語り出す、というよりも〈渠〉が〈語り出て来る〉と言うべきだろうか、そのはたらきを禅僧は、〝胸襟からの流出〟と形容した。

○惟人万物最霊、在心為志、発言為詩、可以動天地感鬼神、得之於心、応之於手、可以致精神奪造化、皆自吾方寸中流出、非剰法耳、（大休正念〔一二一五―一二八九〕「題水墨梅花枕屏後板」『念大休禅師語録』、『大日本仏教全書』〔新版〕四八、二四九頁）

○明自本心、見自本性、返観三乗十二分教、一千七百公案、乃至諸子百家、九流異学、皆自吾心性中流出、初非剰法、亦猶百川異流、同帰大海、更無二味、（大休正念「示道本侍者」『念大休禅師語録』、『大日本仏教全書』〔新版〕四八、二六〇頁）

○胷襟流出、盖天盖地、不在苦思、着心用意、仏祖之道、皆如斯、（竺仙梵僊「襟禅人」『天柱集』、『五山文学全集』一、一二七頁）

○縦意於染翰者、揮写自然高妙、雲谷〔雪舟等楊〕得意落筆、濃処如近、淡処如遠、遠嶺近峯、雲烟出没者、雲谷皆養熟之於其胸府、而後自己胸襟流出、盖天盖地、実是非従門而入者、紋禅宜宝惜之、（翺之慧鳳〔一四一四―一四六三頃〕「題江山小景」『竹居清事』、『五山文学全集』三、四四頁）

○分取融峯一半雲、懶成霖雨洒天津、竦人流出胸襟語、字々伝芳四海春、（雪村友梅〔一二九〇―一三四六〕「寄堅山首座」『岷峨集』上、『五山文学新集』三、八八六頁）

○凡叢林宗師之有語録、而行于世者、是尽自性海之中、流出将来、蓋天蓋地去者焉（景徐周麟〔一四四〇―一五一八〕「書江介集後〔月翁周鏡〕」『翰林葫蘆集』七、『五山文学全集』四、三七八頁）

禅籍中、このような修辞《レトリック》は枚挙に遑がない。この種の「流出」論は、唐・巌頭全豁《がんとうぜんかつ》〔八二八―八八七〕が、師弟・雪峰義存〔八二二―九〇八〕に対して提唱した次の言葉、「他後若欲播揚大教、一一従自己胸襟流出将来与我蓋天蓋地去」に由来している（『五灯会元』巻七・雪峰義存章など）[25]。道元『正法眼蔵』第四「身心学道」（思想大系、上、七七頁）は「いまこの蓋天蓋地は、おぼえざることばのごとし、噴地の一声のごとし。語等なり、心等なり、法等なり」とのべ、それを思わず言ってしまったことのようだと説明する。またそれを「噴地の一声」とも言うが、大慧宗杲もまた、巌頭の語を「万世の規式」と称揚しつつ「胸襟からの流出」を「噴地一発」と約している（『大慧法語』「示曾機宜叔遅」、『大正蔵』四七、九〇六頁中）[26]。「噴地一発」の語は、『虚堂和尚語録』にも見え（『大正蔵』四七、巻九・一〇五〇頁中）、その注釈書である『虚堂録犂耕』（無著道忠〔一六五三―一七四四〕撰、基本典籍叢刊上・下、禅文化研究所）には、「忠曰、噴地ハ猶レ言ン二刅地一ト、言フ二波豆《ハツ》一ト声ナリ、謂フレ悟ヲ也」と解説されている。これらの文言は、自己意図や思考を媒介しない（そのようなものの完全に消失した）、「はっ」という声を思わず出してしまうような、自己意識（「我」）の変化、〈他者〉の到来、世界がいままさに分節化されたという感覚に内証されている[27]。しかし、ここで注意しなければならないのは、胸襟から流出するという形容が、ただ何も考えずに思ったことを口にするという実践の既定を導いていたわけではないということである。確かに禅僧の言葉の中には、「自然」という辞項、或いはそれを彷彿とさせる表現が濫用されているのは間違いない。[28] 例えば、『中華若木詩抄』の評語の中には「梅ヲ惜シム心ヲ、思ヒノマヽニ作リ出ス也」（新大系、83項）、「何ノ手間モ入ラズ妙ニ作ラレタゾ」（126項）、「造作モナク作リタ也。妙也。種々マワイタ吟ナクシテ、ソノマヽニテ妙ナルゾ」（139項）などの言葉も見える。

このように禅僧は、「我」という〝作られたもの〟を経由しない、〈創造〉自らによる〈創造〉という無媒介的発話に与えることを自らに課してきたのだが、しかし、それは決して単に日常語を何も考えずに使用するということではなかったし、貧しい語彙をそのまま剝き出しにすることでもなかった。それは〈言うという行為〉が自己意識に対して外在的なものであるという気づきの経験が日常生活においてはほとんど前景化されることがないからである。既に述べたように、〈言うこと〉が「我」の権能ではなく、〈渠〉の権能であるということは、〝うまく言えない〟という自己所有化の不可能性の中に口を噤む経験、或いは人としての可能事の涯で呻吟《さまよ》う経験の中に初めて到来するものである。つまり、いかんともしがたい無能さを通してのみ〈詩作〉は生起しうるのだが、日常生活はそのような「我」の無能さをむしろ忘却させるものだからである。つまり、〈詩を詠む権能、或いは詩そのもの〉の到来のためには、「我」と〈他者〉との不均衡を維持しておくことが絶対の条件となるのである。「我」における〈他者〉の〈流出〉という均衡化は決して不均衡性の精算の上に成り立つものではなく、不均衡であるがゆえに均衡化するのである。だからこそ、この均衡化は逆説的に不均衡状態（「我」と〈渠〉との分裂）――何とも言えない感じ＝「妙」――を剝き出しにすることになるのである。流出した他者はもはや〈他者〉ではないが、人を惹きつけてやまない〈力＝空虚＝妙〉がそこには胎動している。それは、見えないものを見る眼、聞こえないものを聞く耳をもって、〈無言の詩〉を紡ぎ続ける〈力〉、日常を全く異質な世界へと書き換える〈力〉がそこから淀みなく流れ出ているからである（われわれは既にその可感的な〈力〉をさまざま藝術形式――文学・音楽・絵画・映画・演劇、さらにはスポーツ――を通して経験しているはずだ)。その点において、禅僧にとっての詩作とは、仮に、日常語を語るような流暢性への志向性を持っていた、と言い得るのだとしても、決して日常語をもってただ思ったことを詩に詠むことではなかったのである。(29)

さて、冒頭に引いたように、虎関師錬は「若し其の悟る者ならば、千言万語も弊《つい》え無し。其の悟らざる者ならば、纔《わず》かに唇吻《しんぷん》を啓《ひら》けば即ち錯《あや》まる」と述べた。しかしここに至って、われわれはこれを次のように言い換えねばならない。すなわち「纔かに唇吻を啓けば即ち錯まる」、だからこそ、「千言万語も弊え無し」なのだ、と。勿論、これは「纔かに唇吻を啓けば即ち錯まる」主体(=「我」)から「千言万語も弊え無し」の主体(=〈渠〉)へとそのありようが変化するということでは決してない。「我」は〈渠〉ではないのだ。われわれの知の原初的作用が〈分解不可能な他者〉を分解する=分かるという契機をともなっている限り、「我」は産出され続ける。能産者(〈渠〉)と所産者(「我」)は併走しながら生きるのである。

そしてまた「言語に真実はない。真実がないということが真の真実である」という言表を振り返って言えば、〈真実〉は、言語なくしてはありえないということである。いかなる意味でも発話された言表は〈真正〉ではない。しかしながら、〈発話するという権能〉の〈真正性〉、世界=「我」が〈立ち現れる〉という〈創造〉の〈真正性〉は疑いようがない。禅僧の発話内容が真理値を担っていないのは言うを俟たないが(真であるとか偽であるといった問題構成の内にはない)、とはいえ、それは、〈真理〉など存在しないと哄笑してみせるような虚無主義とも、〈真理〉は複数あると居直ってみせる相対主義とも隔絶している。確かなことは、〈非主体的な渠=心=真実〉による〈真実=生起=語り〉は必ず〝語られたこと〟として結晶するが、その虚構(空虚な構造)の内にこそ〈渠=心=真実〉が幽在しているということである。つまり、「千言万語も弊え無し」であるところの〈悟者=心=真実〉は、いかなる主体の内にも、いかなるテクストの内にも秘匿的に遍在しているのであり、それらを通してのみ不在として現前しうるのである。

このように、〈渠＝心〉は、言語／世界／自己意識（「我」）を産出する能産的存在でありながらも、一方で、「我」に対しては全く受動的な存在でもあるのである。〈心＝創造〉それ自体が単独で何かを創造することはない。そしてまた作られたものがそれ自体で変化するということもない。〈渠＝心〉は、「我」／言語という素材の変形、変身によってのみ到来を可能にするからである。つまり、「我」／言語は〈渠＝心〉に遅れているが、〈渠＝心〉もまた「我」／言語に遅れているのである[30]。相互が相互を前提としながら一つでありまた二つなのである。このような不可能な関係性の中で主体は不断的に変成され続けているのだが、もし人が主体のありかたに介入できる餘地があるのだとすれば、それは〈匿名の、非-人称的な他者〉を意味によって充塡-占有することなく、また反対に忘却することもなく、創造的に生きる（発話・行為する）限りにおいてである。それはひとえに何も創造しないことにあずかる。人は何も創造しないことによって初めて〈創造〉に与りうるのである。それは「多聞」という行為〈人〉を通して〈他者〉を迎え入れつつ、それをそのまま言語・行為において流出させる過程として実現されるものであった[31]。

詩人が詩作において重きを置いていたのは、その肉眼に見えるものをいかに精確に描写するかということよりも、〈未だ眼に見えぬもの〉が〝眼に見えるもの〟へと変身しつつあるまさにその現場において〈生起そのもの〉に言葉を預けることによってそれがどのようなかたちへと変身するかを〈渾身〉をもって、没頭的に、それゆえそうとは知らぬまに、いつのまにか）体験するということであった。そのとき、「我」がそのプロセスに（関与しないというかたちで）関与しているのは疑いないが（「我」なくして〈詩作〉のみが到来することはありえない）、それはもはや詩の主権者としてではなく、無能性の極点においてそのかたちを抹消され、〈他者〉の流出が間断なく遂行されるような空虚な場所としてであった[32]。そのことを禅僧は自らの体験を通して知っていた。その過程から明らかとなるのは、

〈渠〉と完全に隔絶した「我」は不可能であるということ。実際のところ、人はもっぱら「我」であることも、もっぱら〈渠〉であることもできないということ。いかなる主体も絶えず空虚へと再帰し続けてゆくような識別不可能で曖昧な、〈混淆的＝雑種的＝中間的＝過渡的〉存在であるということである（冒頭引用の「過水偈」は、彼岸へと到る途中で詠まれたものであった(33)。このような〈渠＝他者〉の「我」への変身の連鎖、その終局なき不断の〈自他創造〉のプロセスを、禅僧は「学」と呼び、「修行」と名づけてきたのである。

かつてA・ランボー（一八五四―一八九一）は「私とは一個の他者なのです」と述べ、「私は考える、と言うのは誤りです。ひとが私を考える、と言うべきでしょう」（『ランボー全詩集』、ちくま文庫、四四八頁）と述べた。G・ドゥルーズ（一九二五―一九九五）は、「文学は、われわれから〈私〉と言う能力を奪い取るような第三の人称（ブランショの言う「中性的なるもの」）がわれわれのうちに生まれるとき、はじめて始まる」（『批評と臨床』河出書房新社、一四頁）と述べた。禅僧もまたそのような内なる〈他者〉へとその視線を送り続けた(34)。それは彼らの中で〈他者〉が〈語ること〉、〈詩人〉として〈生きること〉、そのものであった。

詩を詠むのは誰か。答えは出ない。詩を詠むのは〈誰か〉(35)。

註

（1）言語〈権力〉に服従してはならない。しかし、〝言語〈権力〉に服従してはならない〟という〈言語的〉命令にも服従してはならない。ならばいかにして？

（2）「我」は「我」という閉じた世界からは出られない。その意味で本源的に孤独である。ただし、ここでは、そのような孤独性さえもが〈渠〉の孤独＝唯一性を模した擬似的なものでしかないということにも注意を払っておきたい。

（3）〈他者〉について思考しようと思うなら、E・レヴィナス（一九〇六―一九九五）の「他者」に対する構えを学ばなければならない。レヴィナス／合田正人訳『存在の彼方へ』（講談社、一九九九・七〔原著、一九九〇〕）参照。ただし、本章の目的は無論、レヴィナスの思想を祖述することにあるわけではないので、本論で述べられていることが必ずしもレヴィナスに全面的に忠実であろうとしているわけではないことも併せて注意しておく。

（4）「観語与義非異非不異、観義与語亦復如是」（『楞伽経』巻三、『大正蔵』一六、五〇〇頁下）。

（5）平野宗浄『禅の語録6　頓悟要門』（筑摩書房、一九七〇・三、二〇一頁）。

（6）「如来」の異称の一つに「意生」とあることに注意。『楞伽経』巻四、『大正蔵』一六、五〇六頁上―中（『仏語心論』巻一五・如来異名分第七二、『日本蔵』一〇、二八七／四六一頁下―二八八／四六二頁上）。

（7）ちなみに、この非対称的関係は、『頓悟要門』では「仏不遠人、而人遠仏」として「人」と〈仏〉の関係性へと変奏されている（註(5)前掲書、一七九頁）。また、上掲同書の注釈が指摘するように、そのレトリックは、『中庸』の「道不遠人、人之為道而遠人、不可以為道」（道は人から離れたものではない。人が道を実践してそれが人から離れた（高遠な）ものであるなら、それは道とするには値いしない）（岩波文庫、一六〇―一頁）を借りたものである。さらに『遺書』二下「有人胷中常若有両人焉。……本無二人、此正交戦之験也」（岡田武彦主編『二程全書』〈和刻影印近世漢籍叢刊 思想初編3〉中文出版社、六〇頁下―次頁上）とあるのも注意される。禅学的地平においては、人と人とが直接的-対称的に透明なコミュニケーションを取り結んでいるという相互現前的な世界を前提として想定することはできない。世界は人と〈仏〉との不均衡な二者関係の呼応の連鎖としてのみ存立しうる。このような対応関係は、例えば西田幾多郎が「逆対応」と呼んだ、神と人との関係性のあり方とも照応することになるだろう。また彼が好んで引用した、大灯国師・宗峰妙超（一二八二―一三三八）の「億劫相別れて而も須臾も離れず、尽日相対して而も刹那も対せず」（億劫相別、而須臾不離、尽日相対、而刹那不対）という言葉をここで想起しておいてもよい（例えば、『西田幾多郎全集』第一〇巻、岩波書店、一九六五・一一、五三一頁。なお、平野宗浄『大燈国師語録』（講談社、一九八三・二）二〇頁の指摘に拠ると、上記の語は花園院との問答中の語であるとされ、大徳寺にそれぞれの自筆の記が残っているという。また、「大灯国師行状」『大灯国師語録』巻中〔『大正蔵』八一、二二三頁下〕に記録される後醍醐帝との問答中にも類似の語が見える）。さらには、S・ヴェイユが「不均斉であり非可逆的な関係」と述べたのもこれと別のことではないだろう（池田華子「シモーヌ・ヴェイユにおける「メタクシュ」のはたらき―「関係」概念の捉えなおし―」『京都大学大学院教育学研究科紀要』五四、二〇〇八・三、参照）。唐木順三もまた、「相逢ふといふことは、二つのものが、直接に会ふといふことではない。直接の呼応ではない。直接に呼応しないものが、呼応する」（『中世の文学』筑摩書房、一九六五・一一、一九四頁）と述べ、「相見は自他脱落底において起る。みる、まみえるの出会ひ、邂逅は、起の場である。同時法起である。約束してゐないものの、連絡のないものの、同時契合である」（同上、一九六頁）などと形容している。

（8）道元『正法眼蔵』第五三「梅花」――「老梅樹の忽開花のとき、花開世界起なり。花開世界起の時節、すなはち春到なり」（思想大系、下、一二二―三頁）、「一春なほよく「万物」を「咸新」ならしむ、万法を「元正」ならしむ」（一二七頁）、「春を画図《わと》するに、楊梅桃李を画すべからず。まさに春を画すべし。楊梅桃李を画するは楊梅桃李を画するなり、いまだ春を画せるにあらず。春は画せざるべきにあらず」（一二九頁）。

（9）「石門文字禅原序」（『禅門逸書』初編・第四冊）。

（10）趙州従諗《じょうしゅうじゅうしん》〔七七八―八九七〕の語に、「但だ坐して無際を念ぜよ、来年、春又た春」〔但坐念無際／来年春又春〕（『趙州録《じょうしゅうろく》』巻下、『新纂続蔵経』六八、『古尊宿語録』一四、九〇頁中）とある。

（11）『宗鏡録』巻六一、『大正蔵』四八、七六四頁中。

（12）例の、L・ウィトゲンシュタイン〔一八八九―一九五一〕の言葉を想起しよう。すなわち、「人は規則に〈私的に〉従うことができない」（『哲学探究』二〇二節、『全集』八、大修館書店、一六三頁〔原著、一九五三、没後刊行〕）、「規則に従っているとき、わたくしは選択をしない。／わたくしは規則に盲目的に従っているのだ」（同二一九節、一七一頁、傍点原文）等。

（13）ちなみに、金春禅竹においては、それは〈翁〉という呼称を与えられている。禅竹において〈翁〉とは、「在々所々ニ於キテ示現垂迹シ給フトイエドモ、迷イノ眼ニ見タテマツラズ、愚カナル心ニ覚知セズ」（『明宿集』、思想大系、四〇〇頁）、というものであった。

（14）川合康三「詩は世界を創るか―中唐における詩と造物―」（『終南山の変容―中唐文学論集―』研文出版、一九九九・一〇）、山本和義『詩人と造物―蘇軾論考―』（研文出版、二〇〇二・一〇）参照。

（15）「馬祖大師云、汝若欲識心、秖今語言、即是汝心、喚此心作仏、亦是実相法身仏、亦名為道」（『宗鏡録』巻一四、『大正蔵』四八、四九二頁上）。「自心処々ニアマネク応現シテ、眼ニ応ジテハ色ヲミ、耳ニ応ジテハ声ヲキキ、鼻ニアリテハ香ヲカギ、口ニ在ハ談論シ、手ニ在ハ執捉シ、足ニ在ハ運走ス。諸仏衆生平等ニ彼恩力ヲウケタリ、一切ノ万法モ彼ニヨリテ建立ス」（抜隊得勝『塩山和泥合水集』中、思想大系、一三五頁）。

(16)『湯山聯句鈔』（新大系、191頁）には「人ノ奴《シモ〈ベ〉》ナンドノ、何モ知ラヌ者ハ、是非モナクテ万《よろづ》ノ事ガ万モ全《まつたき》ゾ」とある。『一言芳談』にも松蔭顕性房の言葉として「むかしは後世をおもふ者は、上﨟は下﨟になり、智者は愚者になり、徳人は貧人に成、能あるものは無能にこそ成しが、今の人はこれにみなたがへり」（大系、二〇〇頁）とあり、『徒然草』九八段はこれを引用する。また同二三二段にも「すべて人は、無智無能なるべきものなり」と述べられている（大系、二七五頁）。また、芭蕉の俳文の中に見える「胸中一物《いちもつ》なきを貴《たふと》く、無能無知を至《いたれり》とす。無住無庵又其次《そのつぎ》也」（『芭蕉文集』「芭蕉を移す詞」、大系、二〇三頁）や、山口素堂「蓑蟲説」における「みの蟲〳〵。声のおぼつかなくて、かつ無能なるをあはれぶ」、「みのむし〳〵。無能にして静《シヅカ》なるをあはれぶ」（『風俗文選』、『近世俳文集』、大系、三〇七頁）といった言表もこれと繋がるものであるだろう。

(17)『重力と恩寵』（ちくま学芸文庫）、田辺保の訳注によると、「〈脱創造〉（décréation）は、シモーヌ・ヴェイユの独自な造語であるが、創造とは無から有が呼び出されることであるとすれば、いったん存在をゆるされたものが、その存在を否定して、もとの無へと帰って行く動きをこのように名づけているとみてよい。人間の側からみるとき、創造とは、神から存在を奪いとることであったとすれば、創造された性質（被造性）をぬぎ捨てて、完全な無を指向することが〈脱創造〉ということになる」（七一頁）。

(18)ヴェイユについては近く、今村純子『シモーヌ・ヴェイユの詩学』（慶應義塾大学出版会、二〇一〇・六）をはじめとして、すぐれた研究が陸続と公刊されている。なお、今村書第5章によると、ヴェイユは大拙の『禅仏教論集』を英文で読んでいたらしい。

(19)なお、この当時の五山禅僧の著作の中に「清気」という用語が数多く見られることに注意を向け、同概念の禅籍中における重要性をここでしばらく確認しておきたい。例えば、以下の如くである。

まず、無涯仁浩〔一二九四―一三五九〕（大休正念―鉄庵道生―無涯）の論に集中して多くの用例を見出すことができる。

○凡詩能主乾坤之清気、而謂艱深晦渋亦優柔簡淡、天下之士是皆欲之能事、未易至此、然故専尚浮淫新巧、而声固艶矣、気固矯矣、相城亀谷傑上人之詩、乾坤之清気尽入其手、胸中所存浩々不可曷矣、非前所謂不労者所能也、是乃有本者如是也哉、（史料編纂所蔵謄写本『無涯仁浩禅師語録』「傑上人詩軸序」）

凡そ詩は能く乾坤の清気を主《つかさど》る。而るに艱深晦渋にして亦た優柔簡淡と謂うがごときは、天下の士の是れ皆な欲せる能事なるも、未だ易く此れに至らず。然る故に専ら浮淫新巧を尚ぶなり。而して声は固《まこと》に艶、気は固に矯たり。相城亀谷《かめがやつ》傑上人が詩は、乾坤の清気、尽く其の手に入れ、胸中に存する所、浩々として曷《とど》むべからざるなり。前に所謂〝労せざる者〟の能くする所に非ざるなり。是れ乃ち〝本〟有る者の是くの如くならんか。

○今観公之詩并諸公唱和四十余章、遠去難深晦渋之弊、為得優柔平淡之趣正、知乾坤之清気皆在心脾肺肝之間、（同上、「菊頌軸序」）

今、公の詩并びに諸公の唱和四十余章を観るに、遠く難深晦渋の弊を去り、為めに優柔平淡の趣正を得て、乾坤の清気、皆な心脾肺肝の間に在るを知る。

○而今観諸公憶友之詩、誠有晋唐之風彩、乾坤之清気者也、（同上、「寄友詩軸跋」）

而して今諸公の友を憶うの詩を観るに、誠に晋唐の風彩、乾坤の清気有る者なり。

○人生天地之間、皆稟乾坤之清気、各有所能者也、（同上、「賀亀谷焼香侍者範無範頌軸序」）

人の天地の間に生まるれば、皆な乾坤の清気を稟《う》くるものにして、各《おの》おの能くする所の者の有るなり。

○人物偉然可掬乾坤之清気、（同上、「賀鹿山湯薬侍者頌軸序」）

人物偉然として乾坤の清気を掬《すく》う可し。

また他の禅僧にも、同様の類例を見出せる。

○乾坤清気尽帰聚、得其要者、心与造化精神通、（清拙正澄「登瑞光甘露楼」『禅居集』、『五山文学全集』一、八五頁）

乾坤の清気、尽く帰聚し、其の要を得たれば、心と造化の精神と通ず、

○胸中有天地至清之気者、乃能遊於風雅之域、超然自得焉、珊侍者……咸発揮其胸中清気、……字々盛唐之韻、不帯蔬筍之気、（天境霊致〔一二九一—一三八一〕『無規矩』坤「跋贈珊侍者詩軸」、『五山文学新集』三、一七七

頁)

胸中に天地の至清の気を宿す者、乃ち能く風雅の域に遊び、超然と自得するものなり。冊侍者……咸《ことごと》く其の胸中の清気を発揮し、……字という字に盛唐の韻ありて、蔬筍の気(野菜ばかりで肉がない、坊主臭さ)を帯びず。

○夫天地之至明、莫若月者也、天地之至清、莫若海者也、所以水接長空、光呑万象、苟非胸中有清明気者、未易到其間焉、(同上、坤「月海説」、一七四頁)

夫れ天地の至明は、月に若《し》くは莫し。天地の至清は、海に若《し》くは莫し。水の長空に接し、光の万象を呑むが所以なり。苟しくも胸中に清明の気有る者に非ずんば、未だ易く其の間に到らず。

○吾儕雖然文学不達古、風流不及儒、独有此作、発胸中清気於六合之外、比之子猷当時無作、亦有霄壊之隔耳、(友山士偲〔一三〇一―一三七〇〕『友山録』中「題雪夜懐友詩集之首」、『五山文学新集』二、九七頁)

吾が儕《ともがら》、文学の古に達せず、風流の儒に及ばずと雖然《いえど》も、独り此の作有り、胸中の清気を六合の外に発せば、之れを子猷(晋・王徽之)と比ぶれども当時に作無く、亦た霄壊(=天地)の隔て有るのみなり。

○夫人之禀気有清濁、故其言之工拙随焉、蓋鍾河嶽英霊之気者、而乃能為純正粋温、其能為純正粋温則無他、只在詣理而已矣、(夢巌祖応〔?―一三七四〕(『旱霖集』「送通知侍者帰郷詩軸序春暉集」、『五山文学全集』一、三七頁)

夫れ人の気を禀《う》くるに清濁有り。故に其の言の工拙も焉れに随う。蓋し河嶽英霊の気を鍾《あつ》むる者、而して乃ち能く純正粋温と為らん。其の能く純正粋温と為るは則ち他無し、只だ理に詣《いた》ること在るのみ。

○疎影横斜氷雪姿、出群木上一株奇、乾坤清気従梅始、花是由来太極枝(仁如集尭「画賛」『翰林五鳳集』巻四七、『大日本仏教全書』〔新版〕九〇、四九頁中)

疎影横斜なる氷雪の姿、群を出《いづ》る木上一株の奇、乾坤の清気は梅従《よ》り始まり、花は是れ太極の枝に由来す、

○梅乃太極仁根也、雪乃乾坤清気也、(天隠龍澤「梅雪斎詩幷序」、『翰林五鳳集』巻二三、『大日本仏教全書』〔新版〕八九、一一九頁下)

梅は乃ち太極の仁根なり、雪は乃ち乾坤の清気なり、

さらには、東陵永璵〔?―一三六五〕（一三五一年来日）が、別源円旨・石室善玖らとの唱和頌軸を『乾坤清気』と名付けたという例もここに数えることができる（『璵東陵日本録』、『五山文学新集』別巻二）。

以上のように、禅僧たちの間では、天地に充満する清気が、詩人の胸中に入ることで、それが詩という形となって現れるという映像《イメージ》が共有されていたことが察せられるのだが、では、その場合の「清気」とは、象徴的な意味にせよ、いったい何を意味するものであったのだろうか。

以下、その点について考える前に、そのようなイメージがどこからやって来たものなのかを明らかにしておく。結論から言えば、このような言表群は、日本の禅林において自律的―自閉的に成型されたものではなく、当時の東アジア世界にあって広く流通した言説の一部に属するものであり、直接的には、南宋末期の禅僧、無文道璨〔一二一四―一二七一〕の著作、『無文印』を経由して日本の禅僧の間に拡がっていったものと推測される。例えば、前掲の無涯の表現などは、修辞レヴェルで言えば、ほとんど『無文印』からの引用と言ってもよいほどの類似性が確認される。以下、『無文印』の中から「清気」という用語（或いはそれに類する用語）が見られる箇所を幾つか摘記しておく。

○詩天地間清気、非胷中有清気者、不足与論、近時詩家艶麗新美如挿花舞女、一見非不使人心酔、移頃輒意敗、無他、其所自出者有欠耳、仲剛生長藕花汀洲間、天地清気固已染其肺腑、久従北礀遊、受詩学於東嘉趙紫芝、警抜清苦、無近世詩家之弊、……自風雅之道廃、世之善詩者、不以性情而以意気、不以学問而以才力、甚者務為艱深晦渋謂之託興幽遠、斯道日以不競、風月三千首自憐心尚在、（巻八「潜仲剛詩集序」）

詩は天地の間の清気なり。胸中に清気有る者に非ずんば、与《とも》に論ずるに足らず。近時の詩家、艶麗新美にして花を挿む舞女の如し。一たび見れば、人の心を酔わしめざるに非ざれども、頃を移せば、輒《すなわ》ち意の敗《やぶ》るること他無し、其の自ら出だす所の者、欠くること有る耳《のみ》なればなり。仲剛、藕花汀洲の間に生長して、天地の清気、固に已に其の肺腑に染む。久しく北礀に従いて遊び、詩学を東嘉の趙紫芝に受く。警抜清苦にして近世詩家の弊なし。……風雅の道、廃《すた》れてより、世の詩を善くする者、性情を以てせずして意気を以てす。学問を以てせずして才力を以てす。甚だしきは、務《つと》めて艱深晦渋を為して之れを託興幽遠と謂う。斯道、日《ひにひ》に以て競わず。風月三千首、自から憐れむ心尚お在り。

○雪屋入天童室、已参活句、晩入康山、宴坐絶頂、一迹不印人間地、乾坤清気尽入其手、無怪其詩之清而活也、余於雪屋未有一日雅、大雪没屋行吟梅花樹下、甚想見其人、頃游呉越間、見所刊兎園集、字比此本差小、反復閲之、不無毫髪遺恨、欲告雪屋未能、今観此編、前之遺恨者毫髪不存、豈雪屋晩年所見亦与余暗合耶、詩主於清而止於活、清之失也癯、活之失也放、此近日詩家大病、無他、学不勝才、気不勝識、理不勝辞、故未得其真、先得其似耳、学也気也理也、難与今之習唐声者言也、雪屋大肆其力於是三者久、故清不癯、活不放、犂然有当於人心、嗚呼微雪屋、吾将誰与論哉、（同巻八「韶雪屋詩集序」）

雪屋、天童の室に入り、已に活句に参ず。晩に康山に入り、絶頂に宴坐す。一迹も人間の地に印せず、乾坤の清気、尽く其の手に入る、其の詩の清にして活なること怪しむこと無し。余、雪屋よりも未だ一日の雅も有らず。大雪、屋を没して梅花樹下に行吟す。甚だ其の人に見《まみ》えんことを想《おも》う。頃《さきごろ》、呉越の間に游び、刊する所の『兎園集』を見る。字は此の本に比べて差小なり。反復して之れを閲るに、毫髪の遺恨無きにしもあらず。雪屋に告げんと欲するも未だ能わず。今此の編を観るに、前の遺恨の者、毫髪も存せず。豈に雪屋の晩年に見る所、亦た余と暗に合するか。詩は清を主として活に止《とど》まる。清の失するや、癯たり。活の失するや、放たり。此れ近日詩家の大病あるは、他無し、学は才に勝《すぐ》れず、気は識に勝《すぐ》れず、理は辞に勝《すぐ》れず、故に未だ其の真を得ずして、先づ其の似たることを得る耳《のみ》なればなり。学と気と理とは、今の唐声を習う者の与《ため》には言い難し。雪屋、是の三の者に於いて其の力を大いに肆《ほしいまま》にすること久し。故に清なるも癯ならず、活なるも放ならず、犂然として人の心に当たること有り（『荘子』山木篇の表現を踏まえる）。嗚呼、雪屋微《なか》りせば、吾将に誰と与にか論ぜんや。

○参寥以十四字受印可於東坡、挙天地之大、不足以容其名、諸孫礼菊泉、嗜詩有家法、如鶯在元豊樹上啼、掃階雲上帚、乱泉飛作雨、読之如嚼秋菊酌寒泉心脾肝肺皆乾坤清気、（同巻一〇「跋礼菊泉詩集」）

参寥、十四字を以て印可を東坡より受けたり。天地の大なるを挙げても、以て其の名を容るるに足らず。諸孫礼菊泉、詩を嗜みて家法有り。如《たと》えば「鶯は元豊の樹上に在りて啼く」「階を掃えば雲、帚に上り／乱泉飛て雨と作る」とあり、之れを読めば、秋菊を嚼みて寒泉を酌み、心脾肝肺の皆な乾坤の清気なるが如し。

○越山詩、読之、若艱深晦渋而中有優柔平淡存焉、詩家、謂艱深晦渋易、造優柔平淡難、越山能易能難、非学之篤吟之苦、能事未易至此、余出遊人間、乾坤清気不復入手矣、埃濯而清揚、乃於此巻得之、（同巻一〇「題越山詩巻」）

越山の詩、之れを読めば、艱深晦渋なるが若し、而れども中に優柔平淡なるものの存する有り。詩家、艱深晦渋を謂うは易く、優柔平淡に造《いた》るは難し。越山、易きも能くし難きも能くす。学の篤くして吟の苦なるに非ずんば、能事は未だ易く此れに至らず。余人間《じんかん》に出遊し、乾坤の清気、復た手に入れず。埃の濯《あら》われ清の揚ぐるは、乃ち此の巻に於いて之れを得たり。

○秋色一崖、清照天地、而又暑中看雪於双剣之下、毛骨心肺、皆な冰玉、詩之清無足怪者、（同巻一〇「題方秋崖開先詩巻」）

秋色一崖、清にして天地を照らす。而して又た暑中に雪を双剣の下に看る。毛骨心肺、皆な冰玉なり。詩の清なること怪しむに足ること無し。

○天地無所容其清、故融而為月水、尤清而活者也、詩以清為体、為用、仰観俯察、得天地之至清、詩之進也孰禦、雖然清不活、則拘而瘠、活不清則放而踈、唐人三百家能免此過者極少、（同巻一〇「題月池詩巻」）

天地は其の清を容《い》るる所なし。故に融けて月水と為る。尤も清にして活なる者なり。詩は清を以て体と為し、活を用と為す。仰観俯察して天地の至清を得れば、詩の進むること孰《た》れぞ禦《ふせ》がん。然りと雖も、清にして活ならざれば則ち拘にして瘠、活にして清ならざれば則ち放にして踈なり。唐人三百家、能く此の過《とが》を免《まぬが》るる者極めて少なし。

○三百六十巌、受天地至清之気、八万四千偈、発口耳不到之機、（同巻一一「道剣門出世南康能仁疏」）

三百六十巌、天地至清の気を受く。八万四千偈、口耳不到の機を発す。

無文の経歴については、加藤一寧「無文道璨略伝」（『禅学研究』八一、二〇〇二・一二）によって詳細な考証が為されている。また、専著としては黄啟江『無文印的迷思與解讀―南宋僧無文道璨的文學禪―』（台灣商務印書館、二〇一〇・一〇）がある。

無文道璨、法諱は道璨。号は無文。笑翁妙堪の法嗣。吉安（江西省）泰和柳塘の人。俗姓は陶氏。その遠祖が陶淵明という儒家の家に生まれ、青年期は白鹿堂書院の湯巾（晦静先生）の下で儒学を学び、少なくとも一度、科挙を受験したことがある。仏門を志したのは、遅くとも二十代半ば、以後、十数年間閩浙地方（福建・浙江）の諸刹を漫遊する。そこで、嗣法師となる笑翁妙堪の他、当代の二甘露門と称された両蜀僧、無準師範（密庵―破庵―無準）と痴絶道冲（密庵―曹源―痴絶）に親炙し、書記を勤めた。宝祐二年（一二五四）六月、四一歳の時、請を受けて饒州薦福寺に入る。その後、開慶元年（一二五九）に廬山開先華蔵寺に遷ったが、景定元年（一二六〇）には同寺を辞し、同四年に薦福寺に再住した。晩年には眼病を患い、自ら読み書きするのも困難なほどであった（例えば、巻一〇「題華厳経」、巻一五「小山厲安撫」、巻一六「松岡黄料院」、巻一七「何知県」などの記述から窺われる。他にも、巻一七「東澗湯尚書」、同「在軒楊京教」に拠ると、右臂も患っていたらしい）。咸淳七年（一二七一）示寂。寿五八。著に『無文印』二〇巻、『柳塘外集』四巻がある。また『無文和尚語録』一巻もある（『新纂続蔵経』六九）。『無文印』の引用は、国立国会図書館蔵刊本。また適宜、内閣文庫蔵室町期写本を参照した。『柳塘外集』は、四庫全書（景印文淵閣本、第一一八六冊）に収録されるが、内容は巻三「上方侍郎蛟峰書」を除いて、『無文印』の一部を抜粋したもので、誤字も多い。

　無文の文筆家として名は、元初、古林清茂《くりんせいむ》をして「草林中一代偉人」と言わしめた龍巌徳真の「跋蔵叟二詩軸後」（『竹居火後拾遺集』巻下、『禅門逸書』続編、七四頁）に、前輩の老僧の評価として、南宋末期、「端嘉祐淳間」（端平・嘉熙・淳祐・咸淳年間、一二三四―一二七四）の翰墨（文学・書画藝術）を掌管した声誉の者として、「泉南の蔵叟、西蜀の石楼、淮の淮海、浙の物初、江西の無文」の五人の名が挙げられていることから察せられるように、南宋末期を代表するものと見られていた（ちなみに、他四名は、蔵叟善珍、石楼普明、淮海元肇、物初大観である）。

　『無文印』が日本へ輸入され、日本の禅僧にも愛読されていたことは種々の文献から察せられる。例えば、円爾は大陸からの帰国に際し、数千巻の典籍を招来したとされるが、それらを含めた所蔵目録、「普門院経論章疏語録儒書等目録」（上村観光『禅林文藝史譚』大鐙閣、一九一九・九、収載）の中には、『鐔津文集』一〇冊、『北礀文集』一部六冊、一部四冊、『北礀外集』一冊、『橘洲文』一部二冊などと共に、『無文印』三冊の名も見える。また、虎関師錬が編集した、四六文（疏・榜・祭文）の作例集、『禅儀外文集』には、無文の作品が多数収録され、義堂周信が編纂した、宋元の禅僧の偈頌集『重刊貞和類聚祖苑聯芳集』にも四篇の詩が収録されている（『大日本仏教全書』〔新版〕八八、一三二頁中、一七九頁下、一八四頁上、一九〇頁中。ちなみに、同集を盗刊した『新撰貞和分類古今尊宿偈頌集』でも、五五頁上、六二頁上、六八頁中、八八頁上に計四首収録されている。ただし、最後の「釣雪」詩の次段に排列されている「圍爐」詩は、その作者名を前段から続けて「又」と記しているのだが、『無文印』に該当の作は見あたらない。別人の作を誤記したものかと思われる）。さらに、天隠龍澤編の『錦繡段』にも三篇の詩が採録されている（仁枝忠編『錦繡段講義』桜楓社、一九八四・二、第一五三・一六〇・二一七項）。また、義堂の『空華集』巻一三には「無文印敍」及び「無文印後敍」なる文章が収録されており（『五山文学全集』二、三六九—七一頁）、義堂の日記『空華日用工夫略集』応安六年二月一日条には、義堂が足利氏満と衆僧を相手に、『無文印』（「無文文集」）を講義したという記事も見える。また、抄物『蕉窓夜話』にも同書に言及している個所が確認される（『続群書類従』第三二輯下、五六一頁上）。

以上のように、『無文印』の歴史的座標は、五山文学においても大きな地位を占めるものであったことが確かめられるのだが、ただし、ここで言いたいのは、「清気」の語の使用の「起源」が『無文印』にあったということでは必ずしもない。言うまでもなく、文学理論の伝統の中で「気」の語をもってこれを論じたものは、曹丕（一八七—二二六）『典論』論文篇の「文は気を以て主と為す。気の清濁に体有り、力《つと》め強《し》いて致す可からず。諸《これ》を音楽に譬うるに、曲度均《ひと》しと雖も、節奏検《けん》を同じうするも、引気斉《ひと》しからず、巧拙に素《そ》有るに至りては、父兄に在りと雖も、以て子弟に移す能わず」（文以気為主、気之清濁有体、不可力強而致、譬諸音楽、曲度雖均、節奏同検、至於引気不斉、巧拙有素、雖在父兄、不能以移子弟）（『文選』巻五二、『四部叢刊正編』九二、九六七頁上、新釈漢文体系、文章篇下、一九八頁）という言表をはじめ、鍾嶸『詩品』序の「気は物を動かし、物は人を感ぜしむ。故に性情を揺蕩して、諸を舞詠に形《あら》わす」（気之動物、物之感人、故揺蕩性情、形諸舞詠）（『叢書集成新編』七八、二八八頁下）といった記述、さらには、「夫れ文章の興作《おこ》るに、先づ気を動かす。気 心に生じ、心 言に発《あらわ》る。耳に聞き、目に見、紙に録す。意《こころ》 須く万人の境に出れば、古文を格下に望み、天海を方寸に攅《あつ》む。詩人の心を用うること、当《まさ》に此に於てすべし」（夫文章興作、先動気。気生乎心。心発乎言、聞於耳、見於目、録於紙。意須出万人之境、望古文於格下、攅天海於方寸、詩人用心、当於此也）（『文鏡秘府論』南巻・論文意、『文筆眼心抄』、『六地蔵寺善本叢刊』第七巻、汲古書院、一九八四・一〇、三八四頁）、「文なる者は気の形《あら》わるる所なり。然れども文は以て学んで能くすべからず。気は以て養いて致すべし」（文者気之所形、然文不可以学而能、気可以養而致）（北宋・蘇轍、字子由〔一〇三九—一一一二〕「上枢密韓太尉〔韓琦〕書」『欒城集』巻二二、『四部叢刊正編』四八、二三四頁上）など多く見られる。

ただし、無文の場合における「清気」という記号の使用は、このようなテクストの網の目構造の中にあって、直接的には晩唐の詩僧、貫休（禅月大師）〔八三二―九一二〕の次の詩句に連鎖《リンク》したものであると考えられる（『禅月集』巻二、『禅門逸書』初編・第二冊）。

乾坤有清気　散入詩人脾　　乾坤に清気有りて　詩人の脾に散入す
聖賢遺清風　不在悪木枝　　聖賢 清風を遺すも　悪木の枝には在らず
千人万人中　一人両人知　　千人万人の中　一人両人のみこれを知る
憶在東渓日　花開落葉時　　東渓に在りし日を憶《おも》い　花の開《さ》きて葉を落とせる時
幾擬以黄金　鋳作鍾子期　　幾《こいねが》わくは黄金を以て　鋳て鍾子期を作らんと擬《ほっ》す

なお、先ほど無文の経歴中に、彼がかつて儒学の門徒であったことを述べたが、それと関連して、無文とほぼ同時代の儒者、真徳秀〔一一七八―一二三五〕（字景元、号西山）にも、同様に上記の貫休の詩句を引用しながら「気」の概念によって文学を論じた文章があることが注意される。

乾坤有清気、散入詩人脾、此唐貫休語也、予謂、天地間、清明純粋之気、盤薄《ママ》充塞無処、不有顧人所受何如耳、故徳人得之以為徳材、士得之以為材、好文者得之以為文、工詩者得之以為詩、皆是物也、然才徳有厚薄、詩文有良窳、豈造物者之所畀有不同邪、詩曰、瑟彼玉瓚、黄流在中、玉瓚至宝也、黄流至潔也、夫必至宝之器而後能受至潔之物、世人胸中擾々私欲万端、如聚蟯蚘、如積糞壌、乾坤之英気将焉従人哉、故古之君子所以養其心者、必正必清必虚必明、惟其正也、故気之至正者入焉、清也虚也明也亦然、

「乾坤に清気有りて／詩人の脾に散入す」。これは唐の貫休の語であるが、私が思うには、天地の間の清明純粋の気は、盤礴《広大》で、充塞《みちふさが》りながらおちつくことはなく、人の受けるものがどのようであるかを顧みることもない。したがって、徳人がこれを得るや徳材となり、士がこれを得るや材となり、文を好くする者がこれを得るや文となり、詩に巧みな者がこれを得るや詩となる。どれも皆物であるが、しかして才徳に厚薄が生まれ、詩文によしあしが生まれるのである。どうして造物者（天地間の万物を創造した神。また道をいう。自然）より畀《あた》えられるものに違いがあるだろうか。『詩経』（大雅・旱麓）は曰う、「瑟《しっ》たる彼《か》の玉瓚《ぎょくさん》は、黄流《こうりゅう》中《うち》に在《あ》り」と。玉瓚とは至宝（の器）であり、黄流とは至潔（の酒）である。至宝の器であるからこそ初め

て至潔の物（酒）を受けることができるのである。世人がその胸中をうごめかせて密かに何もかもを欲し、あたかも腹の虫を聚めたり糞壌を積んだりするようなものであれば、乾坤の英気は、また（そのような）人に従うものであろうか。ゆえに古《いにし》えの君子はその心を涵養するにおいて、正・清・虚・明を必至としたのである。（しかして）その心が正であるからこそ、至正の気が入ってくるのである。清や虚や明についてもまた同様である。

『西山先生真文忠公文集』巻三四「跋予章黄量詩巻」の一節であるが（『四部叢刊正編』六一、五二四頁上）、同巻三四「跋鄭大恵飯牛集」（同上、五二六頁上）でも同じ事を繰り返し述べている。

また、「乾坤有清気／散入詩人脾」の句は、金の元好問も好んでいたらしく、集中に幾つか引用していることを附言しておく（『遺山先生文集』巻三六「双渓集序」、同巻三七「陶然集詩序」〔楊鵬〕。なお、彼の選集した金詩の詞華集『中州集』は五山版としても上梓されている）。

ちなみに、真徳秀は、蒲城（現、福建省）の人。慶元の進士。官は参知政事。端平二年卒す。書室を戯綵堂という。著に『大学衍義』『唐書考疑』『読書記』『文章正宗』『西山甲乙稿』『西山文集』『四書集編』等がある。その学統は、私淑した朱熹の系譜に属するが、周知の如く、宋代において、このような「気」の概念をその思想中に確立したのは、儒学の新思潮、道学（程朱学）であった（「気」については、小野沢精一・福永光司・山井湧編『気の思想―中国における自然観と人間観の展開―』東京大学出版会、一九七八・三、第三部第一章・第二章参照）。程頤（号伊川）〔一〇三三―一一〇七〕は「性は善ならざる無く、不善有るは才なり。性は即ち是れ理、理は則ち堯舜より途人に至るまで一なり。才は気に稟く。気に清濁有り、其の清を稟くる者は賢と為り、其の濁を稟くる者は愚と為る」〔性無不善、而有不善者才也、性即是理、理則自堯舜至於途人一也、才稟於気、気有清濁、稟其清者為賢、稟其濁者為愚〕（『遺書』一九、岡田武彦主編『二程全書』〈和刻影印近世漢籍叢刊 思想初編3〉中文出版社、一五六頁下）と述べ、また北宋五子の一人、張載（号横渠）〔一〇二〇―一〇七七〕は、「太虚は清為り、清なるときは則ち礙する無し。礙する無きが故に神なり。清に反するは濁為り。濁なるときは則ち礙す。礙すれば則ち形あり」〔太虚為清、清則無礙、無礙故神、反清為濁、濁則礙、礙則形〕（『正蒙』太和、岡田武彦・荒木見悟主編『周張全書附索引』〈和刻影印近世漢籍叢刊 思想初編1〉中文出版社、八九頁上）と述べている。また、道学の集大成者である朱熹（号晦庵）〔一一三〇―一二〇〇」は、人間が気を稟けることについて、その昏明清濁の気の相違によって、資質に差が出るのであり、気が清明純粋で一豪の混濁もなければ、堯舜の如く、「生まれながらにして知り安く行う」人間になる。しかし、そうでない者は、資質が偏向し、気が蔽われているので、工夫を重ねてそれに近づくよう努力しなければならないと説き、それはすなわち学問に励めということであるが、そうすることで、君子とは殆ど差が無いところにまで至ることができるのだという主張を展開している（吉川幸次郎・三浦国雄『朱子集』〈中国文明選 第三巻〉朝日新聞社、一九七六・一二、三一一頁参照）。

ちなみに、真徳秀は仏教に対して全面的に賛同する立場に立っていたわけではないが（集中における巻二八「送〔釣臺〕高上人序」等参照）、禅僧との交流も少なくはなかった。枯崖円悟『枯崖和尚漫録』には、同郷の少林妙嵩〔崧〕（径山住持）と親しい間柄で、毎年翰帖を交わす仲であったことなどが記されている（巻中、『新纂続蔵経』八七、三三一頁下）。また、陳貴謙とは禅についての書簡を交わしている（同、三三六頁中）。泉山太初の承天寺僧堂の再建記を見て喜び、湖南から書を致して潙山に招請したことも確認される（同巻下、四〇頁中）。

さて以上を踏まえた上で、「清気」という概念によって象徴的に語られていたものが何であったのかについて改めて検討しておきたい。これまでの議論を踏まえた上で、上記引用箇所を精読するならば、それは世界（存在すること／存在されたもの）及び胸中（認識すること／認識されたもの）が〝固有のパターン化から離れてかたちをもたないこと〟を象徴したものであったと推測されるのだが、禅僧が共有していたイメージ及び理論図式を整理する上で、再び『無文印』における次の文章を参考にしておこう。ここで注目したいのは、「所自出者」という一般的とは言い難い用語である。

〇詩主性情、止礼義、非深於学者、不敢言、大暦元和後、廃六義、専尚浮淫新巧、声固艶矣、気固矯矣、詩之道安在哉、然当時君子、要未必不学、特為風声習気所移迷不知返耳、数十年東南之言詩者、皆襲唐声、而於根本之学、未嘗一日用其力、是故浅陋而無節、乱雑而無章、豈其所自出者有欠哉、余友瑩玉礀蚤為諸生、遊場屋、数不利、於是、以緇易儒、胷中所存浩々不可遏、溢而為詩、本之礼義、以浚其源、参之経史、以暢其支、游観遠覧、以利其器、反聞黙照、以導其帰、由千煆万煉、以帰于平易、自長江大河而入于短浅、軽不浮、巧不淫、肥不腴、癯不瘠、吾是以知、有本者如是、而非前所謂不学者所能也、（『無文印』巻八「瑩玉礀詩集序」）

詩は性情を主として礼義に収斂するものであるが、学を深くする者でなければ、敢えて言うこともない。大暦・元和の後、（詩の）六義を廃して専ら浮淫新巧の風を重んずるようになった。声調はまことに艶っぽく、雰囲気はまことに矯飾である。（そんなことで）詩の道などどうしてあり得ようか。しかしながら、その当時の君子は、必ずしも学を欠いていたわけではないはずだが、ただ風俗習慣によって移り変わる所に迷い、（本性に）返ってくることを知らなかったのである。ここ数十年、東南（江南）に詩を言う者は誰もが皆唐声を継いでいる（模倣している）。しかしながら〝根本の学〟においては一日たりとも力を注ぐことはなく、ゆえに浅陋で礼節に欠け、乱雑で章らかさに欠けているのである。（それは）その〝所自出者〟が欠けているからではあるまいか。我が友人、玉磵宗瑩は、早くから儒生となって科挙に挑んできたが、うまくいかず、儒服を緇衣に易《か》えて僧となった。（しかして）胸中にあるものが浩々と、とめどなく溢れ出てきて詩となるや、それは礼義に本づいてその源を浚《ふか》めたものとなり、また経書・史書に参《まじ》えてその支《えだ》を暢《のば》したものとなった。そして遙か遠くを歴遊してその器を磨き、沈黙の声に耳を傾けてその帰するところに導《いざな》い、千煆万煉《せんたんばんれん》によって平易に帰し、長江大河から短浅（の小川）にも流入する。軽やかであっても浮ついておらず、巧みであっても淫らではなく、肥《ふく》よかであっても腴《あぶら》ぎっておらず、癯《やせ》ていても薄っぺらではない。私はこれによってわかった、〝根本〟がある者とはまさにこのようであると。先に述べたような〝学〟を欠いた者の為し得ることではないのだ。

○詩天地間清気、非胸中有清気者、不足与論、近時詩家、艶麗新美、如挿花舞女、一見非不使人心酔、移頃、輒意敗、無他、其所自出者、有欠耳、……自風雅之道廃、世之善詩者、不以性情而以意気、不以学問而以才力、甚者、務為艱深晦渋、謂之託興幽遠、斯道日以不競、（同巻八「潜仲剛詩集序」）

詩は天地の間の清気である。胸中に清気を宿す者でなくては、共に語るに足るものではない。最近の詩家は、艶麗新美で、まるで花を挿んだ舞女《おどりこ》のようである。一見すると、人の心を酔わせないこともないのだが、時間が経つと、その意が失われてしまう、それは他でもない、その〝所自出者〟が欠けているからである。……風雅の道が廃れてから、世間の詩に長ずる者は、性情（心の本質）に拠らず、意気（雰囲気）に拠り、学問に拠らず、才力に拠るようになった。甚だしきは、努力して艱深晦渋の作を製し、それを託興幽遠であると言う。詩の道は日に日に振るわなくなってきている。

○比憲兵回、伏蒙頒示台汗及講義、仰伋侍郎不棄弊帚之盛心、亟令侍僧読而聴之、至提起截断処雅与禅宗合、蓋禅之為学亦不過克己求放心而已、其着力用工処、未嘗不同也、侍郎肆口而説、皆従本領上流出、非真積力久、能如是乎、近時講肆多融会先儒旧説、綴緝成章、屋下架屋、看不上眼、無它、其所自出者有欠也、侍郎開物成務之学、講之也明、行之也篤、指示学者、直截勁正、由基之射無不中之的、是豈得於紙上也哉、天地間有此爐鞴、有此鉗鎚、有志聖賢之学者何其幸也、（同巻一八「蛟峯方運使」〈其二〉）

先日、憲兵が戻〔敝カ〕って参りまして、伏してお手紙とご学説を拝受いたしました。仰ぎて侍郎（方逢辰、号蛟峰）の〝不棄弊帚之盛心〟（不詳。敝帚＝やぶれた帚《ほうき》＝身の程を知らずに誇ること＝独善）を推察申し上げ、亟《すみや》かに侍僧にお手紙を読ませ拝聴いたしました（無文の眼疾による）。「截断」の問題についてご提起された処に至りましては雅《まさ》しく禅宗と符合するものがございました。およそ禅学というのも亦た己《おのれ》を克服し心を放下《てばな》すことを求めるものに過ぎません。努力を傾け工夫する処などは、まったく違いはございません。侍郎の流暢にお説きくださいましたお言葉は、いずれも本領の上から流れ出てきたようなもので、真に努力を積み重ねることなくしてどうしてかくもお見事になされましょうか。（しかし）近年、学者は多く先儒の旧説に附会して説をなし、それらの言葉を綴り緝めて文章を書き上げておりますが、屋上屋を架すようなもので、見られるようなものではございません。それは他《ほか》でもございません、その〝所自出者〟が欠けているからでございましょう。（しかし）侍郎の開物成務（人をして卜筮によって吉凶を知り、それによって事業を成さしめること。『易経』繋辞上）の学のご講義は明晰でありますし、行動も篤実でございます。学生に対する指導もまた、直截勁正でございます。（春秋時代の弓の名手）養由基が射て中《あた》らぬ的《まと》がないように、ただ紙上において得たものではありますまい。天地の間にはまさにこの爐鞴（何でも自由自在に出て来る空虚な根源）もあれば、この鉗鎚《けんつい》（かみそりとつちの如き鋭く強い教導）もございます（覚範慧洪「題山谷字」『石門文字禅』巻二七「山谷翰墨妙天下、蓋所謂本分鉗鎚、至於説禅、自到於三老之後、則似攙奪行市」、『禅門逸書』初編・第四冊、三七三頁上、蘇轍「贈方子明道人」「鉗鎚橐籥枉心力」）。（貴公のような）聖賢の学を志す方がいらっしゃるというのはまったく有り難いことでございます。

また、「所自出者」という用語は、無文の友人である禅僧、物初大観の集中にも見える。

今詩与古詩異、承襲体勢束縛声律、其眡三百五篇相□〔去カ〕幾何、夫詩之用大矣、君臣賡歌告功神明遣往労還皆用也、豈徒写景状物以自陶冶而已、雖然詩則有古今、詩所自出者果有古今哉、不以俗学翳、夫所自出者則意完語真、惟所用之其於古也、何異之有、又豈体勢声律之所能限、吾持此論久矣、与南翁語忽撃節、翁云、今之以詩鳴者、琴竿異、酸鹹異、宜是皆梏於体勢声律而懜厥所自出者也、（『物初賸語』巻一三「康南翁詩集序」）

今詩と古詩と異なれり。体勢を承襲し声律を束縛す。其れ三百五篇を眡《み》るに相去ること幾何《いくばく》ぞ。夫れ詩の用、大なり。君臣賡歌《こうか》（舜と皋陶の唱和歌）、告功神明（封禅の儀式を言うか。『玉海』巻九八「郊祀・封禅」）、遣往労還（『毛詩』巻九「小雅・鹿鳴之什・天保」「故歌采薇以遣之、出車以労還」、『四部叢刊正編』一、六八頁下）、皆な用なり。豈に徒らに景を写し物を状《かたど》り、以て自から陶冶（才能を磨くこと）するのみならんや。詩に則ち古今有りと雖然《いえど》も、詩の〝所自出者〟に果して古今有らん哉。俗学を以て翳《おお》わざれば、夫れ〝所自出者〟は則ち意完くして語真なり。惟だ之れを用うる所は其れ古に於いて、何ぞ異なることの有らんや。又た豈に体勢声律の能く限る所ならんや。吾此の論を持して久し。南翁と語りて忽ち撃節す（拍子をとる）。翁云く、今の詩を以て鳴る者、琴竿異なり、酸鹹（すい味としおからい味）もまた異なれり。宜《むべ》なるかな、是れ皆な体勢声律に梏して厥《そ》の〝所自出者〟に懜《くら》ければなり。

なお、物初大観（一二〇一―一二六八）の経歴については、敬叟（北磵）居簡の法嗣。法諱は大観。号は物初。明州鄞県横渓の出身。俗姓は陸氏。浄慈の北磵に参じて禅旨を悟る。淳祐元年（一二四一）七月、四一歳の時、臨安府法相院に出世、その後、安吉州顕慈寺、紹興府象田興教院、慶元府智門寺、慶元府（明州）大慈名山教忠報国寺に遷り、景定四年（一二六三）一一月一〇日、慶元府阿育王山広利寺に入寺した。咸淳四年（一二六八）、示寂。寿六八。著に『物初賸語』二五巻がある。その自序に拠れば、法嗣（或いは参徒か）子潜□黙が物初の詩文を会粋《かいすい》して一編としたものに、自から序を加えて上梓したという。咸淳三年（一二六七）五月、明州の玉几寺に於いてである。また『物初和尚語録』一巻がある（『新纂続蔵経』六九）。物初の経歴については、『続伝灯録』巻三五。なお、『明州阿育王山志』巻八に「物初観禅師塔銘」がある（『蔵外仏経』二三、一〇一頁以下）。ちなみに、号の「物初」については、「モッショ」の訓みが一般的であるが、『蕉窓夜話』（鈴木博「蕉窓夜話（校）（1）・（2）」『滋賀大学教育学部紀要人文科学・社会科学・教育科学』二七・二八、一九七八・三、一九七九・三）には、「観物初《フッソ》　僧ノ名也。詩僧ソ。録カアルソ。モッシヨトハ不読ソ。物《フッソ》ーノ録トヨムソ」とあることから、室町頃の日本禅林における発音は「ブッソ」であったと推定される。なお、『物初賸語』の引用は、内閣文庫蔵本。関連論考として、椎名宏雄「北礀と物初の著作に関する書誌的考察」（『駒沢大学仏教学部研究紀要』四六、一九八八・三）がある。また、ここで物初が序文を製した詩集の作者南翁□康については、「方法序説」註(32)参照。

では、この「所自出者」とはいったいどのような意味であったのだろうか。まず『礼記』に幾つか用例が確認されることに注意しておく――「王者、其の祖の自《よ》りて出でたる所を禘《てい》して、其の祖を以て之に配す。而して四廟を立つ。庶子の王たるにも亦之《またかく》の如くす」〔王者禘其祖之所自出、以其祖配之、而立四廟、庶子王亦如之〕（王者は、まずその始祖の出で来ったところの帝〔天帝〕を祭り、これに合わせて始祖を祭るのであって、これが禘〔という祭礼〕である。そして〔始祖の廟に続いて〕高祖・曾祖・祖父・父の四廟を設ける。もし庶子が王位を継いだとしても、上述の礼制は同様である）（巻一〇・喪服小記第一五、『四部叢刊正編』一、一〇〇頁上、訳文は『新釈漢文体系』中、四九六―七頁）、「礼に、王たらざれば禘《てい》せず。王者、其の祖の自りて出でたる所を禘《てい》して、其の祖を以て之に配す。諸侯は其の大祖に及ぼす。大夫士、大事有りて、其の君よりも省《はぶ》き、干祫するに、其の高祖に及ぼす」〔礼、不王不禘、王者禘其祖之所自出、以其祖配之、諸侯及其大祖、大夫士有大事、省於其君、干祫及其高祖〕（礼の定めとして、王でなくては禘の祭りをしない。王者が先祖の根元たる天を祭り、これに合わせて先祖を祭るのが禘である。諸侯は父祖を祭るとき、始祖〔最初の君〕に祭りを及ぼす。諸侯の分家の子孫で大夫や士である者が、特に大きな祭りを行うにしても、もとより祭りの規模を君主よりも小さくせねばならず、祭るところの先祖は高祖〔本人の五世の祖〕以下である）（巻一〇・大伝第一六、同上、一〇三頁上、訳文同上、五一四頁）、「庶子の祭らざるは、其の宗を明かにするなり。庶子の長子が為に三年することを得ざるは、祖に継がざればなり。別子を祖と為す、別に継ぐを宗と為す、禰《でい》に継ぐ者を小宗と為す。百世にして遷《うつ》らざるの宗有り。五世にして則ち遷るの宗有り。百世にして遷らざる者は別子の後なり、其の別子の自りて出でたる所を継ぐ者を宗とするは、百世にして遷らざる者なり、其の高祖に継ぐ者を宗とするは五世にして則ち遷る者なり。祖を尊ぶ故に宗を敬す。宗を敬するは祖を尊ぶの義なり」〔庶子不祭、明其宗也、庶子不得為長子三年、不継祖也、別子為祖、継別為宗、継禰者為小宗、有百世不遷之宗、有五世則遷之宗、百世不遷者、別子之後也、宗其継別子之所自出者、百世不遷者也、宗其継高祖者、五世則遷者也、尊祖故敬宗、敬宗、尊祖之義也」（世継ぎのほかの子は、自分が祭主として家の祭りをすることがないのは、別に宗子のあることを、明示するのである。また世継ぎでない子は、長子の死に対して三年の喪に服せぬのは、その長子が家の祖先を継ぐ身ではないからである。もし君主がある公子に別子たることを命ずれば、この人が祖となって一つの宗家を立て、長子長孫が別子の跡を継ぎ、宗子〔宗主〕となる。また別子のほかの子、または宗子のほかの子を祖とする家ができれば、それは小宗である。だから子孫百世といえども宗子と宗族との縁が絶えず、宗族〔の存在〕に変遷がないのは、大宗であり、五世の末に至れば宗子と宗族の縁が絶え、宗族〔の存在〕に変遷の生ずるのは、小宗である。即ち百世にして変わらないのは別子の家筋であり、別子の跡を継ぐ者を宗〔宗子・宗主〕とする宗族は百世の後も変遷がなく、五世の先祖たる高祖の跡を継いでいる人を宗とすることを、限度とする宗族は、五世にして〔六世からは〕変遷するわけである。人は先祖を尊ぶからこそ、その正統たる宗子を尊ぶのであり、宗子を尊ぶのは、先祖を尊ぶことの結果である）（巻一〇・大伝第一六、同上、一〇四頁上―下、同上、五一九頁、ただし新釈漢文大系底本は「之所自出」の字を欠く）。孫希旦撰『礼記集解』（文史哲出版社）巻三四、唐・趙匡注には「不王不禘、明諸侯不得有也、所自出、謂所系之帝、禘者、帝王既立始祖之廟、猶謂未尽其追遠尊先之意、故又推尋始祖所自出之帝而追祀之、以其祖配之者、謂於始祖廟祭之、以始祖配祭也」とある。また、朱彬撰『礼記訓纂』巻一六には「天者祖之所自出也」という董仲舒の言を引く（楊家駱主編『國學名著珍本彙刊　近三百年經學名著彙刊之二』）。これらでは、自らがどこからやって来たのかという〝起源〟を問う文脈の中で理解されていることが注意される。

また、無尽居士、張商英の『護法論』に、「僧とは、仏祖の自《よ》りて出づる所なり」（僧者仏祖所自出也）（『大正蔵』五二、六四〇頁下）とあり、『石門文字禅』巻二一「普同塔記」にも「嗚呼僧者、仏祖所自出」とある（『禅門逸書』初編・第四冊、二九八頁上）。さらには、『玄沙師備禅師広録』巻頭附載「玄沙広録序」には、「仏学最も多塗を為す、而るに禅は尤も多病なり。唐の盛時、南北更《こもごも》相《あい》詆訾す。而して北禅浸微し、今に逮《およ》んで見る可き者、千に餘家有るのみなり。皆な六祖の自《よ》りて出づる所なり、近世禅は尤も盛んなりと言う」（仏学最為多塗、而禅尤多病、唐之盛時、南北更相詆訾、而北禅浸微、逮今可見者、千有餘家、皆六祖之所自出、近世言禅尤盛）（『新纂続蔵経』七三、一頁上）とあり、『五灯会元』巻七・天皇道悟章には、「青原（行思）の下に石頭（希）遷を出だす。遷の下に天皇（道）

悟を出だす。悟の下に龍潭（崇）信を出だす。信の下に徳山（宣）鑒を出だす。鑒の下に雪峰（義）存を出だす。存の下に雲門（文）偃・玄沙（師）備を出だす。備の再伝して法眼（文）益と為る。皆な謂う、雲門・法眼二宗は青原・石頭自り来たると。二家の児孫と雖も、亦た自ら謂う、青原・石頭の自《よ》りて出づる所なりと。知らずや、其の差誤、従い来《きた》る所の久しきを」〔青原下出石頭遷、遷下出天皇悟、悟下出龍潭信、信下出徳山鑒、鑒下出雪峰存、存下出雲門偃・玄沙備、備再伝為法眼益、皆謂雲門・法眼二宗来自青原石頭、雖二家児孫、亦自謂青原石頭所自出、不知其差誤所従来久矣〕（『新纂続蔵経』八〇、一四一頁下）と見える。これらでは、明らかに仏祖の淵源から列なる嗣法の連鎖を示す文脈の中で用いられていることがわかるが、この語の意味をどう把握するかという問題は、この語をいかに訓読するかという問題とも関わってくる。そこで以下、『無文印』の室町末期写本とされる内閣文庫蔵本（【内】）、及び国会図書館蔵刊本（【国】）がそれらの辞句をどのように訓読していたのかを確認し理解の足がかりとしたい（ちなみに、内閣文庫蔵本『物初賸語』〔宝永五年刊本、巻二四巻末刊記〕は訓点なし）。

【内】巻八「潜仲剛詩集序」「其所二ノ自ラ出一ル者」
巻八「瑩玉磵詩集序」「其所二ノ自ラ出一ル者」
巻一八「蛟峯方運使」其二「其所レ自《シタカヒ》出レ者」

【国】巻八「潜仲剛詩集序」「其所二ノ自テ出一ル者」
巻八「瑩玉磵詩集序」「其所二ノ自テ出一ル者」
巻一八「蛟峯方運使」其二「其ノ所二ノ自出一ル者」

これらの用例から言えば、「其の自《みずか》ら出《いづ》る所の者」とも「其の自《おの》ずから出《いづ》る所の者」とも「其の自《より》て出《いづ》る所の者」とも訓《よ》め、また「出」の字は他動詞として「出《いだ》す」とも訓《よ》めるだろう。それぞれによって意味するところに微妙な差異が生じることになるが、特に問題となるのは、「自《みずか》ら」と「自《おの》ずから」との差異である。前者であれば発話行為（詩作行為）の「主体性」ないし「自発性」、後者であれば「自然性」ないし「流暢性」ということになるが、また「其の自《したが》い出《いださ》れし所の者」や「其の自《より》て出《いづ》る所の者」という訓《よ》みが為されていることから言えば、「自出」は、むしろ逆に何ごとかに対する他律的な作用として理解されていたこともわかる。ここで問題なのは、「自」という語の有する多義性によって胸中にあるべきものが「主体的」でありながら「他律的」であり、「自発的」でありながら「自然的」であるような、固有の解釈を退けそれを宙づりにするような仕掛けとして意図的に使用されているように見えるということである。したがって、無文が言う「詩とは天地の間に充満する清気である」という理論図式は、言語的意味連関作用の未決状態が、天地という世界（＝認識されたもの＝存在秩序体系）及び胸という場所（＝認識すること＝知覚‐意識‐認識体系）とを貫通しつつ相互に循環的に作用し、それによって世界及び主体という自己存在を絶え間なく変革させ続けるという動的システムを構想したものとして、そしてそれを詩学の概念体系の中に再配置したものとして理解されるのである。

加えて言えば、林希逸（字粛翁・淵翁、号竹渓・鬳斎）（一一九三―？）の著した『老子鬳斎口義』（内閣文庫蔵本）にもまた「所自出者」の用例が検出されるという事実も注意される。そこでは、「人身は則ち口有り、人家は則ち門有り、皆な以て万物の自りて出る所の地に喩う。前に言う、玄牝、便ち是れ此の意なり。其の兌《くち》を塞ぎ、其の門を閉じるとは、有を無に蔵して露さざるなり」（人身則有口、人家則有門、皆以喩万物所自出之地、前言玄牝便是此意、塞其兌閉其門、蔵有於無而不露也）（第五二章、他「所自出」の用例は第一章にも見える）と述べられるように、「所自出者」＝「玄牝」という解釈が示されている。「玄牝」とは、『老子』第六章に見られる――「谷神《こくしん》は死せず。是れを玄牝《げんぴん》と謂う。玄牝の門、是れを天地の根《こん》と謂う。綿綿《めんめん》として存するが若く、之《これ》を用いて勤《つ》きず」（谷神不死、是謂玄牝。玄牝之門、是謂天地根。綿綿若存、用之不勤）（岩波文庫、三四頁）。すなわち、万物を生成する幽在的な母性の謂いとして用いられていることが確認されるのである。

以上の事例を総合して言えば、禅僧による「清気」「所自出者」という用語の使用は、主体を自己無化することによって（胸中を空っぽにすることによって）世界＝主体の自動的な生成変化の過程に主体的に参与する条件として詩学を（再）配置しようとしたものとして理解されるのである。

ちなみに、林希逸は、福清漁渓（福建省福清県）の人。著書は豊富だが、特に老荘学の研究を主要な活動とし、『老子』『荘子』『列子』の注釈書として、『老子鬳斎口義』『荘子鬳斎口義』『列子鬳斎口義』を著したことは人のよく知るところである。その詩集『竹渓十一藁詩選』が陳起編『江湖小集』に収録されているほか、詩文集の『竹渓鬳斎十一藁続集』（『景印文淵閣四庫全書』第一一八五冊）を読むと、その文中の所々に「江湖諸友」（巻一三「林君合詩四六跋」）、「江湖友朋」（同「跋玉融林鱗詩」）などの言葉も見え、この当時文壇を賑わせていた「江湖詩派」と呼ばれる群小詩人とも比較的近い社会的地位にあったことも知られる（江湖詩派については第Ⅷ章〔補論〕参照）。また、彼は禅にも接近し、同郷福州福清出身の双杉中元と交際した他、断橋妙倫・剣関子益（いずれも無準法嗣）・介石智朋（浙翁下）の語録序、偃渓広聞・愚谷元智の塔銘を撰述するなどしている。なお、著書『荘子鬳斎口義』は景定年間の出版と推定されているが、やがて日本にも将来されたらしく、南北朝時代には五山版が公刊され、日本の禅僧の間でも重要な参考書となっていたと言われる。池田知久「日本における林希逸『荘子鬳斎口義』の受容」（『二松学舎大学論集』三一、一九八八・三）、王廸「室町時代における『荘子鬳斎口義』」（『お茶の水女子大学中国文学会報』一九、二〇〇〇・四）、他参照。

(20)　G・アガンベンが『中味のない人間』（岡田温司・岡部宗吉・多賀健太郎訳、人文書院、二〇〇二・一一）の中でこう述べているのは興味深い。「芸術家は中味のない人間である。彼は表現の無のうえに永久に顕現すること以外にはアイデンティティーをもたないし、自分自身の此岸でこのように不可解な姿勢でいること以外には実質をもたない」（八一頁）。また、『アウシュヴィッツの残りのもの―アルシーヴと証人―』（上村忠男・廣石正和訳、月曜社、二〇〇一・九）において、「人間とは非‐人間であり、人間性が完全に破壊された者こそは真に人間的である」（一八二頁、傍点原文）などと述べていることや、「人間とは中心にある閾であり、その閾を人間的なものの流れと非人間的なものの流れ、主体化の流れと脱主体化の流れ、生物学的な生を生きている存在が言葉を話す存在になる流れと言葉《ロゴス》が生物学的な生を生きている存在になる流れがたえず通過する。これらの流れは、外延を同じくするが、一致することはない。そして、両者の不一致、両者を分割するこのうえなく細い分水嶺こそが、証言の場所にほかならないのである」（一八四頁）と述べていることなどは、多くの示唆に富んでいる。

(21)　夢窓疎石の歌にもこうある――「さまさまにとけともとかぬことのはをきかすしてきくひとそすくなき」（『新拾遺和歌集』釈教一四七八、『新編国歌大観』第一七巻、「世尊不説之説、迦葉不聞之聞といへる心を」）。また、『玄恵法印追善詩歌』（『新編国歌大観』第一〇巻。観応元年〔一三五〇〕、碩学の僧として高名を馳せていた玄慧の逝去を悼んで編まれたアンソロジー）に収められる治部卿・藤原有範（『建武式目』起草者に連名する藤範は父。『太平記』にも「南家ノ儒者」として登場する）の詠・一「法会因由分」にも「独園消息太分明／万法従来般若経／三十二章無説説／一千余衆不聴聴」（独園の消息　太《はなは》だ分明／万法　従《したが》い来《きた》る　般若経／三十二章　説かずして説き／一千余衆　聞かずして聞く」とある。「無説説」「不聴聴」とは、『金剛経』法会因由分の一句に拠る。「三十二」は『金剛経』の「三十二分」と、仏の「三十二相」を意味する。

(22) 勿論、このとき「我」の身体は、「不可得」なものとしてある（『正法眼蔵随聞記』「我身之始終不可得なる事」、ちくま学芸文庫、二八〇頁）。また、木村敏〔一九三一—　〕がニーチェ〔一八四四—一九〇〇〕の『ツァラトゥストラはかく語りき』を引用しながら、次のように述べていることにも注意しよう——「自我の意識の背後に控えている自己について、ニーチェ自身はこういう。《感覚と精神は道具であり玩具である。その背後にはさらに自己《ゼルプスト》がいる。自己は感覚の目でもって探索し、精神でもって聞き耳を立てている。／自己はつねに聞き耳を立て、探索している。自己は比較し、強制し、征服し、破壊する。自己は支配する。そして自己は自我《イヒ》を支配する者でもある。／兄弟よ、きみの思考と感情の背後に、一人の強大な命令者、知られざる賢者がいる。その名を自己という。それはきみの身体のうちに住む。きみの身体がそれなのだ》。／身体の役割は両義的である。それは一方では意識の座として、自我《イヒ》におる世界の構築に力を貸しながら、他方では自己の住みかとして、《口に出して「わたし《イヒ》」とは言わないが、「わたし」を実行している》ものとして、つまりは非人称で無意識の「それ《エス》」として、わたしと世界の関係の実質的な媒介者の役を果たす」（木村敏『関係としての自己』みすず書房、二〇〇五・四、六頁）。

(23) 『梅《栂》尾明恵上人伝記』巻上（岩波文庫、一五八頁）。ただし、平野多恵『明恵—和歌と仏教の相克—』第十章「『明恵上人伝記』の〈西行歌話〉」（笠間書院、二〇一一・二）によると、西行の言であるとの確証は得られないという。ただし、ここでは歴史的に西行その人の言であるかどうかが問題なのではなく、そのような（類型的な）言説が何者かの口を通して実際に語られていたという事実を重く見たい。

(24) なお、『六祖壇経』にも次のようにある——「五解脱知見香、自心既無所攀縁善悪、不可沈空守寂、即須広学多聞、識自本心、達諸仏理、言満天下無口過、行満天下無怨悪、和光接物、無我無人、直至菩提、真性不易、名解脱知見香」（中川孝『禅の語録4　六祖壇経』筑摩書房、一九七六・一二、七五頁）。これは法身のはたらきを香に喩えて五種に分類したものの第五、解脱知見香の説明であるが、注意したいのは、善悪などの二分法的思考にとらわれないと言っても、それは空寂を守ることではなく、必ず「広学多聞」であるべきだとされていることである。また上掲書注釈が指摘するように、「言満天下……無怨悪」のくだりは、『孝経』卿大夫章からの引用であり（『四部叢刊正編』二一、三頁下）、南陽慧忠の言葉にも「云何《いかん》が無説の説なる。師曰く、言天下に満ちて、口過無し」（云何無説説、師曰、言満天下無口過」とある（『景徳伝灯録』巻二八、『大正蔵』五一、四三九頁中）。つまり、「広学多聞」であればこそ、「説《い》わずして説《い》う」ことが可能になるということである。ただし、この場合の「広学多聞」が単なる博識のことではないことは、第Ⅲ章註(31)に述べた通りである。ちなみに、後代では芭蕉もまた「聞くこと」を詩作の重要な条件の一つに置いてきたという。夏見知章「芭蕉における「聞くこと」の指導について―蕉風連衆の性格―」（『武庫川女子大学紀要〈人文科学編〉』一七、一九七〇・八）参照。

(25) その具体的言表については、典籍によって字句表現に若干の異同がある。『五灯会元』巻七・雪峰義存章では、「他《そ》の後に若し大教を播揚せんと欲するならば、一一に自己の胸襟従《よ》り流出せよ。将来、我と与《とも》に天を蓋《おお》い地を蓋い去《ゆ》かん」（他後若欲播揚大教、一一従自己胸襟流出、将来与我蓋天蓋地去）（『新纂続蔵経』八〇、一四五頁中）とあるが、『祖堂集』巻七（『禅学叢書』四、中文出版社、一三九頁上）には、「他時後日、若し大教を播揚し去《ゆ》かんと欲得《ほっ》するならば、一一箇箇、自己の胸襟の間従り流れ将《も》て出《い》で来らしめ、他《かれ》と与《とも》に天を蓋い地を蓋い去《ゆ》かん摩《か》」（他時後日若欲得播揚大教去、一一个个従自己胷襟間流将出来与他蓋天蓋地去摩〔麼〕）とある。

(26) 宋代の禅者、大慧宗杲（一〇八四―一一五八）は「巌頭の語は、特《た》だ雪峰の根器を発明するのみに非ず、亦た此の道を学ぶ者の万世の規式と作す可し」（巌頭之語、非特発明雪峰根器、亦可作学此道者万世規式）（「示曾機宜〔叔遅〕」『大慧法語』、『大正蔵』四七、九〇六頁中）と称揚しつつ、「胸襟流出」の語を次のように解説している。

所謂胸襟流出者、乃是自己無始時来現量本自具足、纔起第二念、則落比量矣、比量是外境荘厳所得之法、現量是父母未生前威音那畔事、従現量中得者気力麁、従比量中得者気力弱、気力麁者能入仏又能入魔、気力弱者入得仏境界、往往於魔境界打退鼓、不可勝数、此事不在聡明霊利、亦不在鈍根浅識、拠実而論、只以噴地一発為準的耳、纔得這箇消息、凡有言句、非離真而立処、立処即真、所謂胸襟流出蓋天蓋地者如是而已、非是做言語求奇特、他人道不出者錦心繍口意句尖新、以為胸襟流出也、

これを意訳すれば、概ね次のようになるだろう。いわゆる〝胸襟から流出する〟と言うのは、自己の無限の過去における現量（直観）が、本来的に完全に欠けることなく円満に備わっていることである。纔かでも第二念を起こしたならば、比量（思考）に落ちる。比量は、外部世界の飾り立てられた、認識されたもの。現量は、両親が生まれる以

前、威音王仏（過去の最初の仏）が世に出る以前のことである。このことは聡明霊利であるとか、鈍根浅識であることに依るのではない。実際のところ、ひたすら「噴地一発」を目指すだけだ。纔かでもこの状況を得られたならば、およそ言葉というのは、「真を離れて立処するに非ず、立処即ち真なり」（僧肇「不空真論」）ということになるだろう。いわゆる〝胸襟から流出し、天を蓋い地を蓋う〟というのはまさにこのようなもののことである。そして、これは言語によって奇抜さを求めて、人が容易には言語化できないような、「錦心繍口」（構想の豊かさと文辞の華麗さの譬え）にして「意句尖新」（新しく流行の魁となるもの）な語句をつらねることをもって〝胸襟より流出する〟と見なすことではないのである。

以上の如く、概念的・理性的判断の起こる以前、「父母未生前」「威音那畔」の未分化状態を直観する瞬間の境涯、「噴地一発」の状態に入ることができれば、あらゆる言葉は真実となる、と考えられていたのである。

（27）世阿彌（一三六三―一四四三）の『花鏡』「上手之知レ感事」にも「面白き位より上に、心にも覚えず、「あつ」と云重あるべし。是は感なり。これは、心にも覚えねば、面白しとだに思はぬ感なり」（古典大系、四二三頁）とある。

（28）それは、五山禅僧における次のような言表の中にも見られる。『中華若木詩抄』（新大系）における評語である。

○一二ノ句ヨリ三四ノ句マデ、スラリト一条《スヂ》ニ作ル也。妙也。（4項）
○三ノ句、春雨ノ景ゾ。アリ〳〵ト云イ出ス也。（26項）
○此詩、四句トモニ揃ウテ柔ラカニノビ〳〵ト作ラレタ也。（26項）
○詩ニ前対ヲ用イ後対ヲ用ルコト、大事也。字ハ対シテ、上ヘハ対ト見ヘヌヤウナルガヨイ也。字対ヲ結構ニスレバ態《わざ》トメイテ、ユルリトナイ也。（26項）
○アリ〳〵ト作タ詩也。（51項）
○梅ヲ惜シム心ヲ、思ヒノマヽニ作リ出ス也。（83項）
○何ノ手間モ入ラズ妙ニ作ラレタゾ。（126項）
○造作モナク作リタ也。妙也。種々ママワイタ吟ナクシテ、ソノマヽニテ妙ナルゾ。（139項）
○此詩ハ、何ノ様モナク江村ノ景ヲソノマヽ画ガイタヤウニ作リタガ、妙也。元来詩画一律トテ、詩ト画トハ一ツ也。（201項）

○面白キ夏景也。アリ〳〵ト作タゾ。（89項）
○聞笛処ノ即景ヲアリ〳〵ト作ラレタ也。（92項）
○呉江ノ晩景ヲアリ〳〵ト述ベテ……（109項）
○画中ノ景ヲ宛然トアリ〳〵シク云イ出ダサレタル也。（222項）
○春昼ノ趣、自然ニ聞コヘテ妙ナルゾ。（217項）

（29）　或いは、心敬『さゝめごと』にも「堪能の人の句は、心とらけて胸より出づる故に、時もうつり日も暮れて侍るにや。不堪の人の句は、舌の上より出でぬる故に片時なるらむ。劫は入りて耳はなき故に、達者にのみなる人おほしとなり」（大系、一四一頁）とある。このような「胸」と「舌」との対比は、南宋・葛天民の詩句「趙州禅在口皮辺／淵明詩写胸中妙」（「寄楊誠斎」『葛無懐小集』、『南宋群賢小集』、『叢書集成三編』四〇、六八一頁上）とも類同するものであるだろう。葛天民、字無懐ははじめ禅門に入って、朴翁義銛と称したが後に還俗して西湖の畔に庵居し、詩作に耽って餘生を送ったという。『葛無懐小集』（陳起編『南宋群賢小集』所収）がある。朴翁の経歴については詳しいことはわからないが、会稽の出身であったこと、径山に書記を勤めたこと、拙庵徳光の法を嗣いで湖州上方寺に出世したことなどが知られる（『明州阿育王山志』巻九、『蔵外仏経』二二、二一八―九頁）。仏教関係の著書として、『不可刹那無此君』一巻がある（『新纂続蔵経』五七所収）。七言三六句の偈である。虎関師錬『元亨釈書』一三の指摘するところに拠れば、律僧俊芿（一一六六―一二二七）が在宋時（一一九九―一二一一）に朴翁からこれを贈られたという（『新訂増補国史大系』第三一巻、二〇〇頁）。また『釈書』は、朴翁が内外禅教の典籍を該博していたと簡単に紹介しているが、日本の叡山僧、秀雲の『不可刹那無此君纂註』（『新纂続蔵経』五七所収『不可刹那無此君』附記文中所引）の指摘に拠れば、この書は、唐・澄観『大方広仏華厳経疏』巻第二〇の「況般若能行萬行、何法而不用之、寂照盡於理極、不得一行無此君耳、所以開則萬行森然、泯則一不為一、得意則無所不通耳」を典拠とするのだと言う。つまり、刹那も無かる可からずという「此の君」とはすなわち〈般若〉の意であると認められるのであるが、そもそもは、晋・王徽之（字子猷）が、竹を偏愛するあまりに、「何可一日無此君邪」（一日たりとも「此の君」＝竹がなくては生きていけない）と言ったという逸話（『晋書』王徽之伝）に由来すると言う。朴翁の仏教者としての活動はこの程度しか伝わっていない。それは、彼の僧としての業績が歴史に残るに相当しなかったということではなく、その後、彼があっけなく還俗してしまったからだと思われる。その時期は定かではないが、周密『癸辛雑識』別集上「葛天民賞雪」（『唐宋史料筆記叢刊』中華書局、二二六頁）に拠れば、還俗後、葛天民、字無懐と称して、如夢・如幻という二人の侍姫と共に、西湖の畔に居を構えて、名士と交わって暮らしたとされる。その俗名、葛天民、字無懐とは、陶淵明の『五柳先生伝』に「酣觴《かんちょう》して詩を賦し、以て其の志を楽しましむ、無懐氏の民か、葛天氏の民か」（酣觴賦詩、以楽其志、無懐氏之民歟、葛天氏之民歟）（『靖節先生集』巻六、河洛圖書出版社、一三頁）とあるのに拠ったのだと思われる。無懐氏とは伏羲氏以前の太古の王、葛天氏とはその民を指す。しかして、朴翁は、葛天民という江湖の一詩人に身を変え、詩作に耽りながらその生涯を終えた。参考資料としては、上に挙げたものの他には、『叢林公論』下、『北磵文集』巻五「両窮伝」、同巻七「跋朴翁詩葛天民」、同巻一〇「祭葛無懐 朴翁」など多数あるが、殆ど還俗後の詩人としての一面が知られるのみである。四霊・江湖詩人の集中における、葛天民関係の作を挙げると、徐照『芳蘭軒詩集』「寄贈葛朴翁」（『景印文淵閣四庫全書』第一一七一冊）、翁巻『葦碧軒詩集』「寄葛天民」「次韻葛天民」「贈葛天民」（『南宋群賢小集』）、翁巻『西巌集』「贈葛天民」「寄酬葛天民」「復葛天民次来韻」（『景印文淵閣四庫全書』第一一七一冊）、葉紹翁『靖逸小集』「葛天民隠居」「賦葛天民栽葦」「和葛天民呈呉韜仲韻賦其庭館所有」（『江湖小集』巻一〇）、姜夔『白石道人集』「夏日寄朴翁 朴翁時在霊隠」「同朴翁登臥龍山」「次朴翁遊蘭亭韻」「乍涼寄朴翁」「寿朴翁」「武康丞宅同朴翁詠牽牛」「朴公《ママ》悼牽牛甚奇余亦作」「同朴翁過浄林広福院」（『四部叢刊正編』六一、巻末に葛天民の酬贈詩三篇附録）、周文璞『方泉小集』「過葛天民新居」（『江湖小集』巻五七）、薛師石『瓜廬集』「贈葛天民」「和葛天民」（『景印文淵閣四庫全書』第一一七一冊）、高翥『菊磵小集』「訪銛朴翁不遇二首」（『江湖小集』巻七四）等が管見に入る。現存する『葛無懐小集』は、陳起編『江湖小集』『南宋群賢小集』、陳思編『両宋名賢小集』（『景印文淵閣四庫全書』第一三六二―四冊）巻二八五に収録されている。また、淮海元肇が葛天民の旧居を訪れて詠んだ七律もある（『淮海挐音』）。

(30)「大いなる哉、心や。…それ太虚か、それ元気か、心はすなわち太虚を包んで、元気を孕むものなり。天地は我れを待つて覆載し、日月は我れを待つて運行し、四時は我れを待つて変化し、万物は我れを待つて発生す。大いなる哉、心や。吾れ已むことを得ずして、強ひてこれに名づく」（栄西『興禅護国論』序、思想大系、八頁）。

(31) その流出されたものとは、大筋においては、まったく地の文を欠いた文章、つまり、〈外部のテクスト〉の引用

〈内化〉〈裁断＝縫合の無限反復〉だけから構成されたものであるかのような文章、といった相貌を見せることになるだろう。

（32）「話す主体はもはや言説の責任者（つまりその言説を支え、その中において明言しかつ判断し、ときにはこの目的のためにしつらえられた一個の文法形態のもとに自己を表明する人）であるよりは、非存在、その空虚の中において言語の無際限な溢出が休みなく遂行される非存在なのである」（ミシェル・フーコー「外の思考」豊崎光一訳『外の思考―ブランショ・バタイユ・クロソウスキー―』朝日出版社、一九七八・四〔原著、一九六六〕、一四頁）。これはフーコー〔一九二六―一九八四〕が、ブランショ論の中で述べた文章の一節だが、われわれは併せて、ブランショ〔一九〇七―二〇〇三〕が「彼」（＝中性的なるもの）と呼んだものに対しても持続的な注意を払っておくべきであろう。例えば、ブランショ／郷原佳以訳「語りの声（「彼」、中性的なもの）」（『ブランショ 生誕100年―つぎの百年の文学のために〈現代詩手帖特集版ブランショ2008〉』思潮社、二〇〇八・七）。併せて、郷原佳以「非人称性の在処―解題」（同上）参照。

（33）勿論、自己と他者との中間的存在というポジションにその配置を求めたとしてもその恣意性が減じるわけではない。中は二辺を立てることによって初めて不在として現前する。中間は言表ではないし、中庸は現実化されうる態度ではない。語られた「中」は、中心・中央と化し、その心地よい響きに辺境を引き寄せる。それゆえ、彼らにその座を奪われまいと抑圧的な権力を振るう。とかく人が中庸を自称したがるのもこのためである。

（34）附言すれば、杜甫「江上値水如海勢聊短述」詩（『分門集注杜工部詩』巻一三、『四部叢刊正編』三二、二三九頁上）に「焉くんぞ思い陶・謝の如き手を得て／渠をして述作せしめ与に同遊せん」〔焉得思如陶謝手／令渠述作与同遊〕と見えるように、詩人もまた同じ種類の人間であった。さらには、芭蕉が「風羅坊」と名づけたものも、そのような内なる〈他者〉のことに他ならない――「百骸九竅の中に物有、かりに名付て風羅坊といふ。誠にうすもののかぜに破れやすからん事をいふにやあらむ。かれ狂句を好こと久し。終に生涯のはかりごととなす。ある時は倦て放擲せん事をおもひ、ある時はすゝむで人にかたむ事をほこり、是非胸中にたゝかふ《う》て、是が為に身安からず。しばらく身を立む事をねがへども、これが為にさへられ、暫ク学で愚を暁ン事をおもへども、是が為に破られ、つゐ《ひ》に無能無藝にして、只此一筋に繫る。／西行の和歌における、宗祇の連歌における、雪舟の絵における、利休が茶における、其貫道する物は一なり。しかも風雅におけるもの、造化にしたがひて四時を友とす。見る処、花にあらずといふ事なし、おもふ所、月にあらずといふ事なし。像《かたち》花にあらざる時は夷狄にひとし。心花にあらざる時は鳥獣に類ス。夷狄を出、鳥獣を離れて、造化にしたがひ、造化にかへれとなり」（『笈の小文』、大系、五二頁）。

(35)　語るものは透明なものである。それゆえ、その声は読者には得難いものである。われわれは、テクストを産出《コーディング》するものに〈作者〉という名を与え、それを解読《デイコーディング》（再分節化）するものに「読者」という名を与えている。しかし、今や読む行為は作者の意図への従属ではなく、それ自体が即応的な意味の産出《コーディング》に他ならないことも知っている。その意味で、読者は同時に〈作者〉でもある。しかし、われわれは〈作者〉を、〈真の作者〉を知りうるのか、知りえないのか。主体の二重性の原理に基づいて言うならば、その「解」はそのいずれでもあり、またそのいずれでもない。これは、知り得ないということを知っている、少なくとも、知っているのは自分ではないということを知っているという場合に限って矛盾しない。

それゆえ禅籍において、その事実は二系列の言表をもって具体化されることとなった。

例えば、禅僧は、「詩ハイカニモウツクシク幽微ナルガ本也」（『中華若木詩抄』、8項）などと言って、テクストの中に幽れている、〈分割不可能で思考不可能なもの〉を仄めかそうとつとめる。それは、中川徳之助『日本中世禅林文学論攷』（清文堂、一九九九・九）第6章が詳解しているように、禅僧が、「無限」「無極」「無窮」「渺茫」「幽渺」「瀰茫」などの、模糊として定かならぬ相貌を表す語をもって多くの詩篇を組織しつつ、「有限なるもののうちに無限なるものを観ずる」精神世界、すなわち「微茫の世界」を形成していたとする事実と照応する。これは歌論の幽玄論に相通ずると共に、「仏法幽玄、凡人不測、文字浩汗、意義難知」（敦煌本『大乗開心顕性頓悟真宗論』巻一、『大正蔵』八五、一二七八頁中）、「仏法幽玄、解得可可地」（『臨済録』、『大正蔵』四七、五〇一頁上）などの仏典へも遡及してゆく。仏法は幽玄であるために（つまり、〈存在そのもの〉は隠匿されているために）意味的に同定不可能であり、それを覆っている言語構造もまた広漠であるため、意味的に同定不可能である。

しかし、禅籍には、或いは禅僧の詩論には、このような幽玄論系の「わかりにくさ」を含んだ評言が少なからず見られる一方で、それとは対蹠的な、「わかりやすさ」を評価する言表群が多く含まれているのもまた事実である。例えば、『中華若木詩抄』には、他方で、「造作モナク作リタ也。妙也。種々マワイタ吟ナクシテ、ソノマヽニテ妙ナルゾ」（139項）、「アリ〳〵ト作タ詩也」（51項）などともあり、また本論中に述べたような、「胸襟からの流出」という、自然な詠出こそが至上の詩であることを示唆するようなものも多く見られる。このような一見、矛盾しているかのように見えるこれら二系列の言表群は、禅籍一般を瞥見して多く接することができるのだが、われわれはこの矛盾にどのように対処すればよいのだろうか。そもそも、これは矛盾なのだろうか。

　しかして、この難問《アポリア》もやはり、此岸と〈彼岸〉の非対称性を理解せずしてはうまく解きおおせるものではない。道元がこう言っていることに注意しよう――「しばらく馬祖にとふべし、なにをよんでか衆生とする。もし法性をよんで衆生とせば、是什麼物恁麼来《シシモブツインモライ》なり。もし衆生をよむで衆生とせば、説似一物即不中《せつじいちもつそくふちゅう》なり」（道元『正法眼蔵』第四八「法性」、思想大系、下、八六頁）。〈衆生＝法性〉（此岸＝彼岸）であるとすれば、「是什麼物恁麼来」、すなわち、何ものかが（向こう側から）このように（おのずから）到来する。「衆生」／〈法性〉（此岸／彼岸）であるとすれば、「説似一物即不中」、すなわち、一言でも言葉にすればもはや的外れだ（六祖慧能と南嶽懐譲の対論を踏まえる。『六祖壇経』機縁第七、『大正蔵』四八、三五七頁中）。〈彼岸から到来するもの〉は決して言葉にはできない。

　なぜ上記のような二系列の言表が生まれてくるのかという問いは、内部（此岸）と〈外部＝彼岸〉を、どちら側の境界から捉えるかによって発生する、根源的にして不可避の視差に由来するものであると考えられる。幽玄論の系が、内部から外部へ、不可視、不可説であるのだとすれば、流出論の系は、外部から内部へ、相即という非関係の関係を示す。そしてこのような両者の矛盾というかたちをとった相補性の中で、中間性を記述しているのである。しかしながら、それはすぐさま自己の仮構性と〈他者〉の不可能性によって相互反駁されてしまう。〈仏〉と衆生の視差――交わることもなく離れることもない――において理念的に仮構された中間性（終局なき道）が炙り出されうるのだとしても、勿論、内部から〈外部〉を見ることなどはできない。また、〈外部〉から内部を見ることはできるが、それを内部において語ることはできない。ゆえに、そのいずれもが不可能な視線ということになる。もちろん、中間的視点という安定した実体的視点が想定されるわけではない（「無中間、亦無二辺、即中道也」『頓悟要門』、『新纂続蔵経』六三、二三頁下）。そもそも「流出」という空間的表象は、内部と〈外部〉の相即的一元性をその語において否定している。というのも、そこに内も外もないのだとすれば、その実、そこで「流出」などは起こりえないからである。いったいどこからどこへ出てゆくと言うのだろうか。そこには空間的な閾＝境界があるわけではなく、言うなれば、全ては閾＝境界でしかない。となれば、そこには単なる〈流れ〉しかなく、〈流れ〉はそれ自身へと流れてゆく。しかし、敢えてそれを「流出」と呼んだのは、人がその〈流れ〉から疎外された存在でしかありえないからである。つまり、〈それ〉は人にとって幽玄的なのである。しかし、「幽」という辞項もまた、内部と〈外部〉の間の越えられないはずの切断線を既にして架橋してしまっているという点で自らを否定している。その語自体が、既に見えないものがあることを織り込んでいるからである。意識不可能、思考不可能なはずの〈何ものか〉は、全く見えないのではなく、それとして〝幽《かす》かに〟感じとられているのである。それはいわば透明な闇であり、不透明な光である。深すぎて見えず、近すぎて意識できない。ゆえに、流出してくるものの幽玄性というヴィジョンにせよ、幽玄なるものの流出性というヴィジョンにせよ、実際のところは、いずれも誤認されたヴィジョンでしかない、ということになる。しかしながら、幽玄論と流出論とがその視差の中に相互を補い合うことで、中間性を記述しているのだとすれば、そのプラグマティックな手法は確かにその語において十分な効果を発揮しているのだと言ってもよいだろう。

ここでも問われるのはこの二つの視点が作り出されるような〈不可能な〉関係性である。二つの矛盾した視線、その視差を立てることで、相互反駁としての往還的な思考運動が自動的に作動し始めるような機制が作り出されることになる。先に述べたように、不均衡な呼応と呼んだ非対称的関係の中で、体系《システム》が体系《システム》それ自身を変形させてゆくのだとすれば、それは持続的な運動——すなわち、立ち止まることを禁止された運動であると同時に立ち止まらないことも禁止された運動として起動されることになるだろう。

そしてそのような不可能な関係性の中で駆動されている体系変化《システムチェンジ》は、〈作者《かたりて》〉（にとっての流出論）と「読者《ききて》」（にとっての幽玄論）という非対称的な呼応関係と照応することにもなる。「読者」＝「衆生」はもっぱら「読者」＝「衆生」でのみあり続けるわけではない。同時に〈作者＝法性〉でもあるからである。ただし、〈作者〉となるためには、「読者」であるところの自らを殺さねばならない。「読者」の死によって、〈作者〉の生が贖われるのだ。しかしながら、〈作者〉の声が俗耳に届くためには、まずもって人は「読者」でなければならず、一方で、よき「読み手」＝〈作者〉である場合に限って、「ソノマ、ニテ」「アリ〳〵ト」という評言が可能になるのだ。しかし、もし人が自らは〈作者〉であって「読者」ではないと信じてしまったとき（全ては知解可能であると信じてしまったとき、読者であることを放棄してしまったとき）、仮に言葉を発することができたとしても、それは〈作者〉の擬態でしかなくなる。つまり、〈作者〉は、「読者」であり続けねばならない——ものを創造するためには永続的にものを読み続けなければならない——ということである。

なお最後に、テクストを産出するものの〈非人称性‐透明性〉について、仏教の伝統がそれを印と印文の喩えをもって説明してきたことを確認し、本章の結びとしよう。以下は『伝心法要』の一節である（『大正蔵』四八、三八二頁上）。訳文は入矢義高『禅の語録8　伝心法要・宛陵録』（筑摩書房、一九六九・一二、四九―五〇頁）に拠る。

自如来付法迦葉已来、以心印心、心心不異。印著空即印不成文、印著物即印不成法、故以心印心、心心不異、能印所印倶難契会、故得者少、然心即無心、得即無得、

如来の法を迦葉に付してより已来《このかた》、心を以て心に印して、心心異ならず。空に印すれば、即ち印は文を成さず。物に印すれば、即ち印は法を成さず。故に心を以て心に印して、心心異ならず。能印所印、倶に契会し難し。故に得る者少し。然も心は即ち無心にして、得は即ち無得なり。

〔如来が迦葉《かしょう》に法を授けたもうて以来、それは心を心に印することによって伝わり、かくて印する心と印される心とは異ならぬものであった。心印というものは空《くう》に捺したのでは印文はできない。また物に捺したのでは法にはなりようがない。だから心を心に印して、双方の心と心とが不異となる。しかし印するものと印されるものとが双方から合一することは、どちらの側からもむつかしい。そのため心法を得る者は稀である。とはいえ、心は無心にほかならず、得るとは得るものがないということにほかならぬ。〕

また、『宗鏡録』七六（『大正蔵』四八、八三七頁下―次頁上）に『大涅槃経』の一節を引用して次のようにも述べられている。

大涅槃経云、如蠟印印泥、印与泥合、印滅文成、文非泥出、不餘処来、以印因縁、而成是文、

あたかも蠟印を印肉に押す場合、印と印肉が合わさって〔紙に捺されると〕、そこには印そのものはなくて印文だけが出来上がる。しかしその印文は印肉から生じたものではなく、その他の所から現われたのでもない。ほかならぬ印という因縁によってこの印文は出来たのである。（訳文は同上、五三頁）。

さらに、『宗鏡録』一一（『大正蔵』四八、四七七上）には黄檗の語を引用するかたちで次のように説かれている（『古尊宿語録』巻三、『四家語録』巻五にも同様の語あり）。

爾若擬著一法、印早成也、印著有、四生文出来、印著空即空界無想文現、如今但知決定不印一切物、此印与虚空不一不異、虚空不空、本印不有、

君がもし一つの法でも擬著（措定）したとしたら、すでに印が出来たことになる。それを有《う》に捺すと六道四生という印文が現われ、空に捺すと空界無相という印文が現われる。今もし君がその印を絶対に一切の物に捺さぬと決めたならば、その印は虚空と一つでもなく二つでもないことになる。そして空はもともと不空なのだから、その印はもともと存在せぬものなのである……（訳文は同上、五三頁）

ここでわれわれは、禅林におけるある慣行を想起することになるだろう。すなわち、師が子弟に与える〈悟り〉の資格証明を「印可」と呼んでいたという制度的慣行を。つまり、師から弟子への〈印〉の授受とは、自らの内にある、そしてそうであるがゆえに、面々の内にある、〈非人称にして透明な語り手＝語る能力＝道得〉を継承してゆくことであった。まさにその意味において、禅は法系を何よりも重んずるのである。

というのも、もし仮に〈作者＝師〉ではないもの、すなわち〈語る〉資格を保持していないものが衆生のその〈能力〉を審査し、証明を附与するような事態となれば、禅林は必然的に大きな混乱に曝されることになるからである。事実、南宋末期、痴絶道冲〔一一六九—一二五〇〕の法語では（『痴絶和尚語録』巻下・法語「示本覚長老」、『新纂続蔵経』七〇、七一頁下）、語下に停滞し、言句に桎梏される者によって師資相承が行われているという事態に対して、次のような厳しい論難の言葉があびせられている。

祖道之不振、蓋始於為師者之不遠到、専立於語言、眩耀於知見、以為籠罩学者之具、而学者無大志、徒徇世之所慕、時之所習、甘自陥溺於知見語言之域、而不知反、師与学者、逓相狐魅、回視拈花微笑、面壁安心之旨、寧有不愧於心乎、

祖道の不振は、思うに、師たる者がその淵源に到達しなくなったことに始まる。専ら言葉によって、その見識を輝かそうとし、それを学者（修行者）をまるめこむための道具としている。その上、学者も大志がなく、徒らに世の慕う所、時の習う所に徇《したが》って、自ら甘んじて見識や言葉の問題に溺れ、本分に反ることを知らない。（このように）師と学者とが狐の幻術を伝承しているのである。拈花微笑《ねんげみしょう》、面壁安心《めんぺきあんじん》の旨《こころ》を回視《かえりみ》るに、どうして恥と思わないことがあろうか。

痴絶はこの当時、無準師範〔一一七八―一二四九〕と並んで叢林の二甘露門と称される名匠であったが、入寂に先立って、「龕銘《がんめい》」を記し、伝法すべき人物が少ないことを嘆くなど、この当時の禅林に文字言語への傾斜という大きな病根が巣くっていたことを告発しているのである。

では、以上のように、〈作者〉が〈非人称的にして透明な言語の外部〉であったとして、「読者」はどのような回廊を辿れば、〈作者〉になることを可能にするのだろうか。それもよりよい〈作者〉に。そして、それはどのようなかたちをとって証明されうるというのだろうか。次章以下、この問題について考察してゆきたい。

V　非-人称（変身）の詩学（ⅰ）

——詩論／歌論／能楽論の交叉する（非）場処——

1　序

南北朝／室町前期の禅林に天祥一麟（別号、一庵）（一三二九―一四〇七）という名の一個の詩僧がいた。その俗出を、関白、九条教道（一三一五―一三四九）の一子とし、龍山徳見（一二八四―一三五八）の法を嗣いで薩摩大願寺、万寿寺、建仁寺、天龍寺、南禅寺等の住持をつとめたとされる。著作に『蔵叟篋』『仏祖歴年図』『龍涎集』があるという（玉村竹二『五山禅僧伝記集成』参照）。

その『天祥和尚録』の建仁寺録上堂語に次のような言葉が見える。応永二年（一三九五）八月、すなわち天祥、六七歳の時節にあたる。

八月旦上堂、挙、教中云、応無所住、而生其心、罷釣帰来不擊《ママ》舩、江村月落正堪眠、縦然一夜風吹去、只在蘆花浅水辺、（『天祥和尚録』乾、『五山文学新集』別巻二、一一七〇頁）

ここで「教中に云《いわ》く」として引用されているのは、『金剛般若経』の一句、「応に住する所無くして其の心を生ずべし」という禅林に広く知られた文句である。六祖《りくそ》慧能《えのう》（六三八―七一三）がこの一句をもって開悟したと知られ、「仏祖の直に示《ママ》めす千句万句、只此の一句なり」（抜隊得勝『抜隊仮名法語』、『禅門法語集』上巻、至言社、五五頁）などと格別に珍重されてきた言葉である。そして、「罷釣……」以下の四句は、中晩唐の詩人、司空曙の「江村即事」詩である。中世禅林において最もよく読まれた唐詩のアンソロジーの一つ、『三体詩』に収録されている。[1]

江村即事

罷釣帰来不繫船　　釣りを罷め 帰り来りて船を繫がず
江村月落正堪眠　　江村 月落ちて 正に眠るに堪えたり
縦然一夜風吹去　　縦然《たとい》 一夜 風吹き去るとも
只在蘆花浅水辺　　只だ蘆花浅水の辺《ほとり》に在らん

敢えて稚拙な線描を施すならば、詩篇の大意はおよそ次のような叙景としてイメージされるであろう。

釣りを罷《や》めて帰って来たが、船を岸に繫がぬままにしておいた。江《かわ》の畔《ほとり》に村がある。月も落ちる頃だが、眠気《ねむけ》を堪《こら》え、うとうととした微睡《まどろみ》のなかにいる。闇夜の中、風が吹き抜けてゆく。（船はどこへ行くともしれず流されてゆくが）おそらく蘆《あし》の花が咲き乱れている浅瀬の辺《ほとり》で揺らいでいることだろう。

さて、われわれにとって、当座の問いは、上記『金剛経』の一句と、司空曙の詩篇とはいったいどのような理路によって縫合されているのか、その間隙にはいったい何があるのか、というものである。だが、その問いに拙速に飛びつく前に、なぜここでこの語録中のさりげない上堂語に着目したのかという理由をここで説明しておきたい。その理由とは次の二点に求められる。

まず第一に、天祥のこの巧緻に対して、諸方から名誉の言が贈られた、とされていることである。法孫、正宗　龍《しょうじゅうりゅう》統《とう》（一四二八―一四九八）（天祥―瑞巌龍惺―正宗）が撰述した「一庵大禅師行状」（『禿尾長柄帚』下、『五山文学新集』四、九六―一〇〇頁）には次のような逸話が記録されている。天祥、二十代後半頃、後に嗣法の師となる龍山徳見（一二八四―一三五八）の許にあってこれに師事していたが、ある日、龍山が「応無所住――」と題する偈を製するにあたり、天祥がこれに「江村即事」全篇をもって拈提したところ、龍山は、これを大いに称賛し「你、老僧舌頭の落処を知るを得たり」（お前は老僧《わたし》の言わんとすることがよくわかっているな）と語った、というものである（ただし、「江村即事」の作者を「顧況」としているのは、正宗の誤認である。(2)また、「行状」の記事に従えば、上記の上堂語は、実際には二十代当時に初めて披瀝されたものということになる）。また、無著道忠〔一六五三―一七四四〕『禅林象器箋』「偈頌」項にも、絶海中津〔一三三六―一四〇五〕がこれを賞賛したことが記されている。(3)しかし、『金剛経』と司空曙の詩という全く系列の異なる二つのテクストがどういう理由によって結ばれたのか。その透明な結い手を反転させ、窯出させる手立ては、いまここでは準備が十分ではない。この点は後段で改めて検討することとして、その手立てに結びつくような記述が、『三体詩』の注釈書の一つ、『三体詩素隠抄』に見えることに注目してみたい（巻三、中田祝夫編『抄物大系　三体詩素隠抄』上、勉誠社、一九七七・九、二八〇頁）。これがこの詩篇を本書で取り上げた第二の、そして核心的な理由である。

此ノ詩ハ、司空曙ガ、漁人ニナリ代ツテ、作タソ。江村ノ体ヲ、ミテ作タト云ハ、アサイソ。詩人ノ詩ヲ作ルハ、大夫ノ能ヲ、スルヤウナソ。大夫ハ、鬼神ノ面ヲ、ツケタル時ハ、鬼神ニ、ナリカワリ、カツラノ面ヲ、ツケタル時ハ、女ニ、ナリカワルソ。其ノヤウニ、詩人モ、宮詞ヤ、閨情ノ詩ヲ、ツクル時ハ、女ノ意ニ、ナリカワリ、漁父ノ詩ヲ、ツクルニハ、漁父ノ意ヲ得テ、作ルソ。

この司空曙の詩篇を、われわれの常識から判断すれば当然に思える、「江村」という叙景の即興詩と見るのは「アサイ」のだ、と抄者は言う。ここで眼目とされているのは、主体の「ナリカワリ」という主題系についてである。あるものがあるものへと「ナリカワル」ことを詩人の基本的な存在性格と捉えるその視法には、詩の生成機制の基部を「変身」に見る図解がある。詩は、主体の変身（「ナリカワリ」）が起こった結果なのだ、というそれは、あたかも能楽という中世の仮面演劇における演技主体の仮面＝役柄の変化に類比されうるものだと説明される。主体が仮面を変えることで、ジェンダーという閾を越境しつつ「女」に「ナリカワリ」、死線をも越えて「鬼神」に「ナリカワル」。詩もまたそのような主体の変身によって生成されるものなのだと説明されているのである。

ここではひとまず、能楽と詩学の交叉する場において詩を詠む主体の配置が考えられていたという事実に注意をとどめ、その類例が、宋・黄庭堅（号山谷）（一〇四五—一一〇五）の詩集を注解した『山谷抄』（大塚光信編『続抄物資料集成』第六巻、清文堂）の中にも幾つか散見されることに目を移しておきたい（なお、該当する詩題を『山谷詩集註』（和刻本漢詩集成第一四輯、汲古書院）をテキストとしてそれぞれ附記しておく）。

○此詩ハ稚川カツヨク、故郷へ帰リタイト云カ、何ントテ帰ヌソ、ヤラモトカシヤ九十ニナル母ヲハ棄テ、、京ニ居ルハ不孝ナト云心ヲ底ニ以テ、詩ハ稚川ニナリカヘリテ作ソ、（一18オ、三七頁）（『山谷詩集註』巻一「次韻王稚川客舎二首」）

○此詩ハ谷カ劉ニナリカヘリテ作リ、大水カサツト引テ后ニ劉カ此台へ上テ、谷ヲ思処ヲスイシテ作ソ、（一40ウ、八二頁）（『山谷詩集註』巻一「次韻劉景文登鄴王台見思五首」）

○注ノ心テ見レハ、無心ニナリカヘリテ、万物ヲ見ルニ各変化カアル物ソ、虚心ナ者カ我ハチトモ動セイテミテイルソ、（五5オ、六〇九頁）（『山谷詩集註』巻一四「次韻楊明叔見餞十首」）

○我ハ筆毛テ無心ニナリカヘリテ梧木ノ枝葉モ無テ只皮ハカリアル様ナ……（六15ウ、七六六頁）（『山谷詩集註』巻一八「陳栄緒恵示之字韻詩推奨過実非所敢当輒次高韻三首」）

○道人ト云者ハ、道ヲ本ニ学テ形ヲ忘テ無心ニナリカヘリテ心ヲ死灰ノ如ニナス者ソ、一念モ心カ残レハ、我道ハナラヌ、是テ恨ル者ソ、絶学無為ノ閑道人トナルカ本ソ、（六29オ、七九三頁）（『山谷詩集註』巻一九「次韻（范温）元実病目」）

ここで『山谷抄』には「ナリカヘリ」、『素隠抄』には「ナリカワリ」と見える違いがあるという点、或いは語源的背景や用法の論脈に対する点検はひとまず措くとして（主体の変身という問題圏へ侵入しつつその問いを演繹してゆくことを目指す本章にあっては、類例があるという事実が見届けられれば十分である）(4)、ここでは、抄者によって、山谷がそれぞれ「稚川」（王砿、字稚川）、「劉」（劉孝孫、字景文）、「無心」に「ナリカヘリ」、詩を作ったという解釈がなされていることを確認しておきたい。

その上で、ここまでの言述から、識者は、藤原定家（一一六二―一二四一）や京極為兼（一二五四―一三三二）の歌論に見える、（むしろそのような和歌理論の一部を形成するものとしてよく知られた）「なりかへり」の思想を想起するのではないだろうか。

○恋の歌をよむには凡骨の身を捨てゝ、業平のふるまひけむ事を思ひいでゝ、我身をみな業平になしてよむ。地形を詠むにはかゝる柴垣のもとをはなれて、玉の砌、山河の景気などを観じてよき歌は出来るものなり。（『先達物語』、『歌学大系』三、三八一頁）

○花にても月にても、夜のあけ日のくるゝけしきにてもう《（マヽ）》事にむきてはその事になりかへり、そのまことをあはら《ママ》し、其のありさまをおもひとめ、それにむきてわがこゝろのはたらくやうをも、心にふかくあづけて、心にことばをまする《（マヽ）》に、有レ興おもしろき事、色をのみそふるは、心をやるばかりなるは、人のいろあながちににくむべきにもあらぬ事也。こと葉にて心をよまむとすると、心のまゝに詞のにほひゆくとは、かはれる所あるにこそ。何事にてもあれ、其事にのぞまばそれになりかへりて、さまたげまじはる事なくて、内外とゝのほりて成ずる事、義にてなすともその気味になりいりて成と、はるかにかはる事也。（『為兼卿和歌抄』、『歌学大系』四、一一二頁、「（マヽ）」傍記引用原文）

定家は業平という神話的存在を自己の身体のうちに召喚することで「恋の歌」を可能にした。つまり、他者に身体をのっとられることがなければ、歌は詠めないということである。為兼もまた「花」「月」「夜のあけ」「日の暮る、けしき」に「なりかへ」ることで「そのまこと」が「あらは」れるのだと述べ、理論の上でこれを嗣いでいる。人間と動物の垣根を、或いは人間と物の垣根を、或いは人間と出来事との垣根を越えて、その存在性格を根本から書き換えてゆく、そのような詩的実践を歌学の方法論的公準に組み込み理論化している諸用例を、われわれは中世歌論の幾つかの中に見出すことができる。あわせて、それが歌学の伝統の中でどのように理論化されてきたのかを分析した先行諸論攷にも触れることができる。(5) それらの全貌をいまここで改めて再描してゆくことは難しいが、殊に注目に値する研究として、それを「主体転移」（subject-transference）という分析概念を用いて説明を試みた川平ひとし〔一九四七―二〇〇六〕の研究がある。「表現行為の一連の過程の中で、主体を作品世界に転じ移し入れて、テキストの上に新たな主体――詩歌特有の、詩歌ならではの主体、経験的世界とはすでに異なり、かつ幾つもの層をなしている主体――を出現せしめることの意」（『中世和歌論』笠間書院、二〇〇三・三、三三三頁）と定義されるそれは、もはやわれわれが素朴に信頼を寄せているような人格の変化とはほど遠い、詩の産出原理とでもいうべき、根源的問題系として展開される概念のことである（ただし、川平にとって、「なりかへり」は、「主体転移」の周辺的概念でしかなく、定家の方法論は、明確な対象意識・目的意識、そして能動的な意図をもって「現実を遮断し、テキスト媒介的に、テキスト化された現実を介在させて作品世界を構築するという過程を踏む」ものであると見なされており〔三四五頁〕、見方によっては方法意識を欠落させているようにも見える「なりかへり」論へと単純に還元させうるようなものではないと位置づけられている点には注意を要す）。

ここで川平の立論に触れて知られるように、和歌研究という学律《ディシプリン》の歴史が、表現主体を素朴な一元性のまま捉えるような見方――作品を作者の「内面の告白」と見るような、或いは伝記的な事実に由来する自己表出と見るような視座――に支配的な座を与え続けてきたわけではない、ということにも十分な注意を払っておかねばならない。勿論、和歌研究の理論的展開の全てをこの場で追認してゆくことは難しいのだが、とりわけ本章の展望上、裨益するところの大きかった幾つかの論攷を挙げておくとすれば、前掲川平の論集、或いは同『中世和歌テキスト論―定家へのまなざし―』（笠間書院、二〇〇八・五、著者没後刊行）の他に、例えば、（相対的に近いところに限るが）尼ヶ崎彬〔一九四七―　〕の『花鳥の使―歌の道の詩学Ⅰ―』（勁草書房、一九八三・一二）、同『縁の美学―歌の道の詩学Ⅱ―』（勁草書房、一九九五・一〇）、吉野樹紀〔一九五九―二〇〇九〕の『古代の和歌言説』（翰林書房、二〇〇三・三）、渡部泰明〔一九五七―　〕の『和歌とは何か』（岩波書店、二〇〇九・七）等がある。勿論、以上に挙げた諸論攷が主体論を何らかの代表されるべき一つの範型《モデル》へと収斂させているわけではないし、整理の方法にも少なからず異同はあるのだが、それぞれが相互に折り重なり合いながらも共通しているのは、歌の声の主、すなわち「作者」には幾つかの層があると考えられている点である。例えば、第一の層として生身の主体、第二の層として、個別的な詩作品の語り手、第三の層として、「詩的主観」（尼ヶ崎）、「詩的主体」（川平）と名づけられた、第一の層を超越する主体を想定するといった見方である。ここで上掲諸論攷の一一に論評を加えてゆくことは煩雑でもあり、かつまた筆者の手に餘る作業であるため割愛させてもらうが、その中でも最も新しく、「演技」というターム――本章の興味とも合致する――を用いて和歌のありようを分析してみせた渡部の立論、そして理論的に先鋭化された分析方法を導入している尼ヶ崎や川平の立論を批判的に参照することで、本章が見定めようと目論んでいる問題の方向性がどこにあるのかを予め提示しておきたい。

まず、渡部が作者を、「現実の作者」／「作品の中の作者」／「歌を作る作者」という三層構造で捉えていることを確認しておく。第一の「現実の作者」とは、現実生活を営んでいる、われわれが具体的な名をもって歌人と呼んでいる存在のことである。第二の「作品の中の作者」とは、作品を歌っている役柄的主体（例、恋に苦しんでいる「我」）であり、第三の「歌を作る作者」とは、「現実の作者」と異なる位相に存在するものではないが、「歌を作る」というその瞬間において、それが和歌的世界の中で構築された儀礼に従って演技するように求められているという意味で、「現実の作者」としての人格から離れつつ、その半面においては、和歌として表現されるべき自分、すなわち「作品の中の作者」としての性格を帯び始める存在であると説明される。つまり、「歌を作る作者」は、「現実の作者」が「作品の中の作者」に転じてゆく、まさにその「ターニング・ポイント」に位置するもの、と考えられているのである。このような理解は、以下に述べる本書の考え方にも基本的には照応するものと見られるのだが、ただし、以上のような理解には幾つかの点でさらなる持続的配慮を要する問題も含まれているようにも思われる。以下では、それらの要点を次の（a）（b）（c）三点に整理して概述しておきたい。

（a）まず、第一の生身の主体としての固有名を持った「現実の作者」も、原理的に考えれば、歌の産出以前に詠歌主体であったわけではないのは確かである（もし詩人というものが詩の前件であると考えることが許されるならば、それは生まれた瞬間に既に言葉を持っている嬰児という不可能な存在を想定するに等しくなってしまう）。それゆえ渡部は、詠歌主体を「歌を作る作者」と呼んで、それを詠歌行為の（前でも後でもなく）過程の中に位置づけた。勿論、そこでそれが一つの説明原理として導入されることの意義や蓋然性は理解できる。「演技」という視座を導入する以上、素朴に「現実の作者」に詠歌主体としての全権を与えることはできないし、「歌の中の作者」は詠歌と同時に産出されるものでしかない。となれば、それらと不即不離の関係にあるような何らかの主体の配置を想定せざるをえない。しかし、渡部がそれを、現実の作者が語り手へと移行してゆくという思考範型の中で、その「ターニング・ポイント」に位置すると述定したことは、語法上、若干の問題があるように思われる。というのは、「ターニング・ポイント」或いは「過程」という次元を持ち出してくることで、（それが実体的に把握され）結果的に詠歌の生成の瞬間（とその時の主体の配置）を捉え損ねてしまう恐れがあるからだ。というのも後に詳しく見てゆくように、その瞬間というのは人の意識の地平にのぼってくるようなものではないはずなのだが、そのような視法を導入することによって、主体というものが詩の産出という瞬間から構造的に遅れているという事実、その事後性が暈されてしまう恐れがあるからだ。換言すれば、「人」が「詩人」に「成る」瞬間（＝非現前的時間）が構造的に問えなくなってしまうということである（詩人は詩を作ることによって初めて詩人たりうるのであってみれば、「詩人」もまた詩作行為の事後的産出物に過ぎない）。

（b）次いで、これは尼ヶ崎や川平の立論に見られる問題なのだが、詠歌主体を超現実的な位相に設定するという方法についてである。ただし、すぐさま附言しておきたいのだが、基本的には本書もまた、詩を産出するものを、第三の層において検証するという方法が主体の事後性というパラドクスを理解する最も合理的な思考法であると考えているという点で大きな異論を提ずるものではない。というのは、何らかの超越的主体によって詩作行為が遂行されると考えることによって（つまり、主体が分裂すると考えることによって）、まさにその瞬間に詩作品と詩人という主体が同時に産出されてくるという考えに正当性が生まれ、そう見ることによって、主体の事後性というアポリアを恣意的に解消することなく、詠歌主体の配置をうまく考えることができるようになるからだ。しかし、問題なのは、われわれが作品を読むときに、われわれの中で階層化-複数化されたはずの主体（声の主）が、結局、自己同一的な、固有名を具備した「作者」――場合によってそれは作者群の可算的集合体のことでもあり、場合によってそれは無名氏という固有名を備えた自己同一的な「作者」のことでもある――へと現前的に再回収-再単一化されてしまうのはなぜかという点、そうすることなく作品を読むのが難しいという事実をどう考えるかという点である。歌を詠むのは歌自身だ、或いは「詩的主観」（尼ヶ崎）だ、「詩的主体」（川平）だと言ったところで、詠歌というものが固有の身体を離れて実現されるものではない以上、また詠歌がどの身体にも等しく起こる出来事ではない以上、その差異がどのような原因に由来するものであるのかという問いの実質を明らかにせねばならないだろう。したがって、われわれが真摯に試みなければならないのは、作者の配置を超越的次元へと放り投げ、それを実質的に無化-空洞化してしまうことではなく、むしろ逆に、なぜわれわれが固有の「作者」という関係的装置に対する偏愛ないしは信仰を捨てることができないのか――現に、所謂「作者の死」（R・バルト）以後も、われわれの研究制度は「作者」の固有名を分析単位として保守している――を明らかにすることではないだろうか。

（ｃ）最後に、渡部が提出する、和歌を「演技」という観点から捉えるという発想についてである（ちなみに、それは、渡部が前掲書導入部「序章―和歌は演技している」の中で明らかにしているように〔一七頁〕、尼ヶ崎彬の議論を下敷きに着想されたものだという[6]）。例えば、ある恋の歌を詠んだ歌人は、実際に恋に思い悩んでその心情を歌として表現したというわけではなく、〝恋に思い悩む人〟という社会的役柄を「演技」しているのだという。そこから渡部は、和歌に心を社会化する機能を読み解く。その立論は、個々の作品を詠歌主体の「内面」――実際には言説として編制されたもの――の「告白」と見るような、（或いは、主体性-自律性の欠如――〔即ち前近代性の残滓としての〕醜さ、弱さ、苦しみ、痛み――を「告白」することによって逆に主体性を獲得しようとするような）近代小説的手法の遡行的適用という素朴な研究手法に対するアンチテーゼとして高く評価されるべきであると考える。だが、ここでわれわれが改めて問い直してみたいのは、逆に、「演技」ではない和歌というものがありうるのか、ということである。そしてまた、あるとすればそれはいかなる意味においてなのか、ということである。もし和歌には演技である作品の水準と、作者の真なる実感や体験の反照であるという二つの水準があるのだという理解を許せば、その区分は、読者の恣意に委ねられることになる。とすれば、自ずから内面主義的な和歌観に理論的正当性を附与するような帰結を再び容認せざるを得なくなり、結局は、作品の意味を作者の実人生へと還元するような（「演技」論以前の）もとの位置へと舞い戻ってしまい、「演技」論の意義もまた半ば失効してしまうことになるだろう。

そこで、われわれは、和歌は演技である、という渡部の立論をさらにラディカルな位相へと持って行くことで新たな思考の地平を開いてゆきたい。つまり、和歌は演技でしかありえない、というものである。ただし、その述定は、まずもって「演技」というものの概念的水準を根底から審問にかけるようなものでなければならないだろう

（演技と実行為という区分自体が可能なのか。それもまた「内面」を作り出した近代の所産ではないか、という疑いの眼差しを準備しておく必要がある）。しかし、もしそれが、自己同一的主体が演技するという思考範型《モデル》、つまり、まず裸の主体というべきものがあって、それが様々な衣装を鮮やかに取り替えてゆくというような思考範型《モデル》として予断的にイメージされるものであるとするならば、そのような見方の背後には、やはり近代的自我＝個人という神話に対する無自覚の信仰が温存されている、と言わねばならない。われわれにとって必要なことは、例えば先に出た「藤原定家」或いは「京極為兼」などと言った名指しうる主体の名が、自己同一的な主体としてもはや名指すことが困難となる圏域まで自らの思考の鋒先を持って行くことだからである。

その意味で、ここで目を移して和歌研究から離れ、宋代の詩人の詩に対する思考‐認識の道筋を多くの用例に基づいて展望している、浅見洋二〔一九六〇―　〕の『中国の詩学認識―中世から近世への転換―』（創文社、二〇〇八・三）に言及しておこう。同書中、われわれの強い関心を引くのは、論の劈頭において「作者という存在が極めて不安定な存在であり、文学研究の確固たる基点とは必ずしもなり得ない可能性がある」（一〇頁）と述べられている点である。そこでは、宋代詩学の種々の詩論に基づき、作者の絶対性・起源性に疑義が呈されており、作品の読みを常に作者の思想信条へと還元してゆくような素朴な文学研究とは一線が画されている。そこで引かれる幾つかの詩論は、自らを超出するものが創造の担い手であると考えられてきた痕跡を浮彫にしており、詩が自己の胸襟から流出するものでありながら、外からやってくるものだと捉えられていた、という創造主体の不可解な位置を鋭く描き出している。また、「詩における〈内部〉と〈外部〉、〈自己〉と〈他者〉」と題する第五部は、内部／外部という図式を宋代の詩学がいかに乗り越えようとしていたかが豊富な用例から示唆されており、本研究の展望上、きわめて興味深い論考となっている。ただし、本書或いは本章の規定する――禅学的地平における――〈外部〉というものが言表不可能‐思考不可能‐到達不可能な空虚な中心であることからすれば、内部と外部の関係性というものが、作者の内面（主観）と、その外に拡がる客観世界という素朴な図式において単純に理解-保護されてしまわぬような論述上の工夫もまた必要となってくるだろう。

以上、簡単に確認してきた範囲で言えば、古典詩学（詩歌）の理論の中には、詩を詩人の人格の反照と見る以上のものが確かに記述されており、それはむしろ詩学において基幹的機能を担うものだと考えられてきたことが理解されるのである。それに準じて言うならば、また「なりかへり」の思想の共軛性を考慮するならば、詩学と歌学の間の差異は、われわれがそう考え、また実際そう見える以上に小さいと言ってよい。さらに言えば、これは決して偶然の類似なのではなく、そこには本質的な連帯があるように予期されるのである。それは決して、一方が他方へと「影響」を与えたという意味においてではなく、また、まず仏教的思考法があり、それが文学の思想へと反映されたという理解でもなく、能楽論を含めて、それらは同時に、ある臨界点へと触れたからこそ、その語り口が結果として似てきたのではないかと考えられるのだ。その臨界点とは、誰にとっても等しく限界であるような、〈主体〉という存在の臨界点であり、その問いこそが、共通の基盤として、人が何かを創造するということの機制を根底から問い糾すような何かを——複数の異なる主体の口を藉りつつ複数の異なる場で——共軛的に蒸留させる結果に至ったのだと思われるのだ。

では、詩を産出するものをどうやったら捉えることができるのか。この問いは、産出する主体と産出された客体（詩人／詩篇群）との関係性を問うことによってのみ可能となる。しかしここで、われわれは本当に主体を語る準備ができているのか、ということを深刻に省みなければならない。

それにあたって本章では、まずわれわれの認識枠からなかなか払拭されないある種の固定観念、すなわち表現主体（すなわち演技-変身する主体）が、不問の前提として、近代的主体——簡単に要約すれば、〝自己を所有するものは自己である〟という思考原則、及びそれに根拠づけられた、〝人は原的に自己完結した「個人」でありその範囲内（内部）においては原的に「自由」であり「透明＝自然」であり、「自律的」である〟という仮定の下に想像された主体――として想定されている点に疑義を呈することから始めたいと思う。そのような思考原則は、前近代的と言われる〝自己は他者（＝神仏／君主／共同体／家父長……）によって所有されている〟という思考範型とは対立することになるが、「近代的主体」は、それまで自己を拘束してきたものがいずれも擬制的《フィクショナル》な神話であることが証明されたという信念を組織的に強化‐正当化してゆくことによって、自らの自画像を〝理性の現前〟として描くことを可能にしてきた。このような自らの理性に対する些か性急で素朴に過ぎる信頼が、「個人」（individual＝分割不可能なもの＝理解不可能なもの）を不可侵の聖域へと改鋳し、自らの裂け目――自己自身を思考することの不可能性、或いは理性によって理性自身を知ることができないというアポリア――をも弥縫してしまった。

　しかし、後述する坂部恵（一九三六―二〇〇九）が批判的に述べているように、「近代的自我」に対する信念もまた歴史的状況の過程で構築された一つのパースペクティヴに過ぎないのは明らかであって、それは近代化の過程で進行した、啓蒙のプロジェクトの一つの結果に過ぎない。それは決して超歴史的《トランスヒストリカル》に自然なものでもなければ唯一のパースペクティヴでもなく、そもそも自己／他者という二分法はわれわれが素朴に考えているほどに分明なものではない。

　しかし、今日、学校教育の現場で反復されている「個性的であれ」（分割不可能なものであれ）という暴力的なまでに宗教的な言説――それは〝唯一無二の存在であれ、すなわち、神の玉座を簒奪せよ〟という不可能な命令に等しい――が、透明なイデオロギーとして現代社会の中に瀰漫し、人々の身体へと刷込《インプリンティング》されている、という事態をわれわれはどのように考えればよいのだろうか（その中で最も暴力的であるのは、「個性的であれ」と口にする発話者＝教師・親・政治家が、パフォーマティヴな水準でまるで自らが〈個性〉の所有者であるかのように自己措定してしまっていることである）[7]。「学校」はそのような宗教的祭祀を、そうは見えないかたちへと改鋳し、制度の中に保全しているが、それが単に〈個人〉でありたいという、また無比の〈個性〉を顕現させたいという、構造的な原謬的関係構造に由来する存在論的欲望に基づくものであることは已むを得ぬとしても、学校教育制度自体がそれを事実の審級へと横辷りさせつつ、人々（未成年）をして自らの透明性に安住せしめているという事態は、本当に自らが〈個人〉という名で呼ぶに値するものであるのかという逡巡を忘却させてしまっているという意味で（或いはそのような忘却に対する忘却に居直らせてしまっているという意味で）、制度設計上の知的怠惰さを証明するものでしかない。

まずわれわれが問題視しなければならないのは、上記のパースペクティヴを説明不要の前提に位置づけるような所作が――われわれ自らがそのような檻の中に閉じ込められている虜囚であることを忘却させつつ――文学研究の中でもまた現在進行形で反復されているのではないか、という点である。

しかし、他方でわれわれはもはやそのような素朴な見方はしていない、という反論もあるだろう。ポスト近代《モダン》の思潮の中で、主体とは自由な個人ではなく、何らかの構造の産物として存在させられたものに過ぎないと考えられるようになったのが確かだとしても、だが、それらは――エピゴーネンによって受容された思考範型は――本当に素朴に考えられたものではないと言えるのだろうか。

勿論、「近代的主体」への見かけ上の対抗言説がかつて形成され（そして消費され）たというのは確かだと言ってよい。「作者の死」（R・バルト）という――今ではほとんど聞かなくなったが――言葉だけを鸚鵡のように繰り返し、作者というものがあたかも克服可能な存在であるかのような信念が、或いは研究過程から追放可能であるかのような思考範型が生まれた。今日では、〝作者とは何か〟という問いを立てることは稀となったが、それは単に作者について深く考えるのをやめてしまったというだけのことであって、「作者」についてわれわれが何かを知りえたわけではない。結局、作者（群）のヒエラルキー、作品（群）の価値は全て擬制《フイクション》であると考えられるようになり、どのような作品を対象化するかという自由な選択権が研究主体に所有されているかのような信念だけが残存した（その結果が、高等教育機関における伝統的「文学研究」という学律《ディシプリン》＝学部組織の「解体」と連続していることは言うまでもない）。

そこでは、研究対象としての「作者」（作家）の「作者性」は解体可能なものであるかのように振る舞われる一方で、研究主体としての自らはあっさりと構造の外へと脱け出してしまっており、（そのアポリアを無視することで）客観性‐科学性という（侵入不可能なはずの）強固な地盤に自らの地歩を固めてしまっている。その結果、研究主体であるところの自己自身の「作者性」は聖域化され、相互に不可侵なものであると見なされている（これについて制度的に異議が唱えられることはない＝研究対象の「選択」に関しては殆ど全てが許されている）。その意味で言うならば、結局、近代的主体に対する信仰の場が――あちら側からこちら側へ――移し替えられただけに過ぎない、ということになるだろう。その意味で、「作者」への過剰な盲信と徹底した無視‐無価値化という両極端な態度は、近代的主体に対する信仰を、異なるヴァリエーションで同じように再演してみせているだけでしかない、ということになる。

もし仮に上記の如き信念――近代的主体を創造主体として素朴に信じてしまうような視座、或いはその反転――が、研究主体を支配し、それが無自覚の内に研究結果へ投影されてしまっているのだとすれば、研究主体は、自らがそのような個人主義、人格主義という檻の中に囚われているということにまずもって自覚的であらねばならないだろう。

その意味で、われわれは、主体であること、人格であること、個人であることをできるだけ根本から突きつめて考えるために、問いの在処《ありか》を一般化し――場合によっては研究主体としての自らの主体性さえ審問に付すようなところまで思考の圏域を拡張しつつ――冒頭で述定してみせた、演技‐変身する主体の位格と機制についての検討を進めてゆくことが必要となるだろう。

その際、坂部恵〔一九三六―二〇〇九〕の仮面論、古東哲明〔一九五〇―　〕の演戯〔演技〕論を参照軸として、われわれの思考習慣に安易に適合してしまうような、〔近代的な〕自己同一的な主体が別の主体を演じる、或いは別人の立場を想像してみる、或いは、外形を模倣してみせる、などといった単調なテーゼや議論へと短絡せぬよう、幾らか論脈を外して、問題の真の所在を明確にするよう努めたい。本章では、折りに触れて、詩論・歌論・能楽論といった種々の文藝理論を引きながら解説を加えてゆくことになるが、本章〔及び次章〕の目指す問題の射程は、それらのいずれかのフレームワークに限定されるものではなく、さらには古典文学というコンテクストを拡張するかたちで、詩人が詩を作るという行為一般がどのような言語回路から構成されていたのか、そして「ナリカワル」「なりかへり」と言われる演技-変身の力学が、詩学の回路の中のどこに配置され、どのように必須化されていたのか〔或いはされていなかったのか〕を明らかにすることにある。その上で、文藝論上、いかにすればうまく「演技」ができるようになると考えられていたのか、という問題、換言すれば、人が言葉を発し、文を書き、詩を詠む時、それがいかなる理由によってこの身体に触れることになるのか、詩を詠みうる身体とそうでない身体という差異の発生の根拠は何処にあるのか、という問いの検討へと展開してゆくことになる。そして、さらにいますこしコンテクストを拡張し、フレームワークを横断しながら、木村敏〔一九三一―　〕が現象学或いは西田幾多郎〔一八七〇―一九四五〕を経由して用いたノエシス／ノエマ概念を援用して考えることにしたい。とりわけ、木村が「ノエシスのノエシス」として提示した、「メタノエシス」の原理に着眼した川平ひとし〔一九四七―二〇〇六〕の歌論研究に接続し、〈心〉の名状不可能な能作性の位相を明らかにすることによって、詩論／歌論／能楽論の交叉する〔非〕場処へと連なる通底回路を開くことを試みてゆきたい。

2　詩人の仮面-人格《ペルソナ》
――「ナリカワル」詩人――

まず、先述、「詩ヲ作ルハ、大夫ノ能ヲ、スルヤウナソ」と述定されていたことに関して、仮面と演技主体の変身という問題系に照準を合わせ、その問いの一般性を横に睨みながら、それを所謂〝日本文化〟の特殊性という神話の定型に自閉することなく探求の歩みを進めてゆきたい。[8] というのも、後に詳述するように、主体の変身という構造的契機を横断的に問うことこそが、人が何かを創造するということの根拠を現在的《アクチュアル》に問い直すことであり、また同時に、人の生に意味が受肉されてゆく機制《メカニズム》を問うことを可能にする重大な案件であると考えられるからである。つまり、古典詩学に附帯する諸理論を紐解くことは、人間とは何であるか――人間は何によって限界づけられることで人間たりえているのか――という問いの水脈へと着実に繋がっていると考えられるのである。その意味でまず押さえておきたいのは、「仮面」論が自ずから「人格」論と離れることはできないという点である。

以下、迂遠なようだが、古典詩学の議論を一時離れて、仮面と演技主体の変身という問題系について思索を深め、その上で、改めて主題となる議論の場に戻ってくることにしたい。

仮面とは、もともと古代ギリシア・ローマで行われていた仮面演劇における「仮面《ペルソナ》」概念に由来するとされ、ラテン語のpersona（ペルソナ）、ギリシア語のπρόσωπον（プロソポン）に語源を持つとされる。そして一方でそれは、語の系譜において以下のようなかたちで多義性へと開かれてゆく。すなわち、劇中の「役割」概念から、劇を離れた人間生活の「役割《ペルソナ》」へと転じ、さらに、文法学における、我、汝、彼の「人称《ペルソナ》」の意味や、神学における神の「位格《ペルソナ》」、そしてわれわれが今日一般に「人格《ペルソナ》」と呼んでいる概念へと歴史的に多元的に構成されてゆくこととなった。[9] 坂部恵は、『仮面の解釈学』（東京大学出版会、一九七六・一）、『「ふれる」ことの哲学――人称的世界とその根底

―』（岩波書店、一九八三・一二）、『ペルソナの詩学―かたり ふるまい こころ―』（岩波書店、一九八九・八）などの著作群において、西洋の伝統が、「理性的本性をもつ個的実体（rationabilis naturae individua substantia）」（『「ふれる」ことの哲学』、二七七頁）という人格像を練り上げてきたことを批判しながら、近代人が自己同一的な「素顔」としての自我を信じ、一方で、「仮面とは、大方、自己同一的な自我の上に外部からかけられた覆いにすぎない」と信じていること、それによって、「真の〈変身〉〈メタモルフォーゼ〉としての、真の〈メタフォル〉としての〈おもて〉の感覚」（『仮面の解釈学』、七頁）を忘却し、「「ペルソナ」の概念がもともとそなえていた他者とのドラマチックなかかわりという本質的契機」（『「ふれる」ことの哲学』、二七七頁）を欠落させてしまったと論難している。坂部は仮面を、「在来の自我と世界、自己と他者とのかたどりの自己同一性が根底から震撼されて、意味の領野のまったくあらたな再編成のおこなわれる、まさにそのはざまに、根源的な不安の中からたちあらわれてくるもの」（『仮面の解釈学』、一三頁）と捉えた上で、構造的に自己性に先立つ他者性による述語的限定-差異化の場として、仮面-人格の問題構制へとアプローチしているが、その立場から見れば、「他者性につきまとわれることのない純粋な自己、自己《わたし》への絶対的な近さ、現前、親密さなどというものは、本来、どこにも存在しない」（同上、八二―八三頁）ということになり、「素顔もまた、一個のペルソナなのだ」（同上）ということになる。

　このように、自己性の構成契機として必然的に要請される他者性にこそ素顔の在処を見うるのだとすれば、「このような〈おもて〉の〈かたどり〉は、その行きつく果てにおいて、〈かたちなき姿〉にきわまる」ことになるだろう（同上、二二頁。同書はそこで『花鏡』「妙所之事」から、「妙とは「たへなり」となり。「たへなる」と云ぱ、かたちなき姿也。かたちなき所、妙体也」（大系、四二九頁）という一節を引用している）。すなわち、素顔／仮面の関係性を脱構築する坂部の議論から導き出されるのは、演技主体の非在、人格主体の非在である。仮面を被っているもの、それは誰（何）でもなく、それゆえ誰（何）でもあり得るような、非-人称性=他者性へと連なる自己分裂を誘発する場だということになる。

となれば、問題は単純ではない。上述の司空曙の件にせよ、定家や為兼の場合にせよ、それは彼らが「漁夫」や「業平」「花」「月」の仮面をかぶって詩を詠んだ、という理解は少なくとも坂部の文脈では不当なものとなるからだ（その意味で、上記『素隠抄』の記述は不十分である）。つまり、われわれが「藤原定家」という名で呼んでいる人格《ペルソナ》もまた、演じられた一つの役柄《ペルソナ》であり、「定家」という仮面を被った何ものかが、さらに「業平」という仮面を被り、恋の歌を詠んだということになる。そのような主体の空白＝非在に触知される坂部の仮面へのアプローチは、以下に見られる古東哲明の演戯（演技）へのアプローチとも絶妙に拮抗しており、以下に要約する古東の立論――『〈在る〉ことの不思議』（勁草書房、一九九二・一〇）――は、われわれが見据えようとしている演技主体の非在という問題系に関し、われわれの探求を適切な理解の在処《ありか》へと嚮導してくれることになるものと思われる。

古東はまず「演戯」――舞台上でなされる「演技」とは区別して日常生活で遂行されるあらゆる行為を指す概念として措定される――を自己分裂の構造であると考える。というのも、演戯するということ自体が、「必然的に、演じる自分と、演じられている形姿との、構造論的分岐性」（上掲書、一三七頁）を要請してこざるをえず、また構造的に自分と役柄との「分裂性を生きてしまわざるをえない」（一三七頁）からである。その上で問題なのは、演じている自分というものが、構造的に舞台の表面上には決して臨現してこないということである。換言するならば、無限に多様な存在者として膨大な諸活動を遂行することができるようになるためには、その前提として自己自身というものが、「特殊性形容によって表象可能な特定の内実に限定されない無規定無限定の、それ自体はもはやなにもしない《無為の空白者》」（二五四頁）でなくてはならない、ということである。このような、自己消去を代価に非自己的自己を兌換するという「演戯の根本構造」――すなわち、演戯現場に自己自身は臨現しているのだが、演戯がつくりだす可視空間から自己自身を脱漏し遠ざけ黙秘し他者化する不断の自己消去のために、その臨現性は帳消しにされてゆく（二四〇頁）という、このような演戯の根本構造は、自己自身を演技することがそもそも不可能であるという事実によって証明されることになる。

古東曰く――「役柄（形姿）からの一定の隔たりと、役柄への託身とを前提としてはじめて、なにかを演じることも可能になる。演者と役柄との一体二重形式、つまり演者が主語（S）となり役柄を目的語（O）として振るまう形式（S play O）が、演戯の基本形である〔S≠O。…〕」（二三七―八頁）。現象学で考えられているように、われわれの意識は無限に多様な事柄を意識することはできるが、意識自身を意識することはできない。それと全く同じ論理として、「さまざまな生の遂行活動の当体（主語 sujet）である自己自身」は、決して「活動対象（目的語 objet）」にはならないのだという。自己（主語）は自己（主語）で〈在る〉しか在りようがなく、演じられる役柄（目的語）は構造的に自己（主語）ではないからだ、と古東は言う（二三九頁）。

さらに言えば、このような演戯の基本形というのは、決して舞台上で遂行される演技に限定されるものではなく、「人間界自体が演戯地帯」（古東、二四一頁）に他ならないのだともされる。それは、自己自身の透明性というのが、いかなる主体においても例外のない存在条件であるからである。演戯は舞台を離れて行われるものではなく、日常こそが演戯の舞台であり、われわれは決してそこから降りることはできない。A・ランボー〔一八五四―一八九一〕が「人生ってのはさ、万人が演じる茶番なんだ」（「悪い血」鈴村和成訳『ランボー全集 個人新訳』みすず書房、二〇一一・八、二三九頁）と透徹したように、われわれの生の一つ一つが皆で演じる茶番劇でしかないのだとしても、われわれは誰一人としてその劇場の外へと出ることはできないし、その舞台から降りることもできない――観客にもなれない――のである。

かくして、（演技する）主体というものは、われわれの認識から無限に韜晦してゆくような透明な存在としてしか位置づけられなくなるのだが（勿論、そのような位置さえ韜晦してゆく）、ただし、古東も注意を喚起しているように、主体というものが〈無為の空白者〉であるのだとしても、それを実体的存在として思考してしまわぬように気を付けなければならない。自己自身を演じられないという原理に即して言えば、われわれにとってそれは何らかの形姿をもった役柄＝仮面ではありえないからだ。一方で、それが存在という名で呼ぶに値しうるものであるのかどうかさえ不分明な存在なのだとしても、単なる虚無であるという理解にも滞らぬよう注意せねばならない。また、これをもって、自己同一性《アイデンティティー》の解体（＝無我）などという現実に不可能な主張に陶酔してしまわぬようにも注意せねばならない。人格が原理的に自己同一的ではないからと言って、それを幾ら言表化したところで、それによって「主体」を乗り越えられるわけではないし、ある日突然「主体」或いは「自己」が世界から消失してしまうということもありえないからだ（所謂「無我」というのはもっと別の水準で考えられなければならない）。

また、坂部が、「〈他者〉による〈わたし〉の占有ないしは憑依（possession）という現象」（九四頁）に人格成立の原基を見るように、憑依されることによって、事後的に人格なる統合が出来するのだとしても、憑依以前に空白の主体が存在するわけではない。一次的であるのは人格ではなく、また空白の主体でもなく、憑依という出来事であるのだ（しかしながら、憑依の前件として、憑依するもの／されるものという分節を想定することなく憑依という出来事だけを想定することもできない。その意味で、憑依は一方で憑依するもの／されるものという分節から構造的に遅れている、ということにもなる。つまり、憑依は一次的であると同時に二次的な出来事であるのだ。この問題は、後述のゲシュタルトクライスの問題と関わる）。整理して言えば、他者が錯綜しつつそれ自身に憑依し、事後的に出来する「自己」という輪郭を限定してゆく、そのような仮面の絶えざる自己分裂の構造的原理が、〈無為の空白者〉であるのだ。

以上、見てきたように、理論上、自らの人格が仮面に過ぎないと理解するのは必ずしも困難なことではないし、また演技-変身という事態が日常というドラマトゥルギー、劇場というリアリティーの中で、日々進行する事態であると想像するのも決して難しくはない。しかし、われわれにとって差し迫った問題となるのは、第一に、なぜわれわれは自分に「素顔」があると錯視してしまうのか、なぜ実際上、自らが固有の顔貌《ペルソナ》を持っているように感じられるのかという問題であるだろう（つまり、演じる主体が不変的-自己同一的に内在しているかのような実感が生起してくる根拠の問題）。他者に限定されることで縁取られ、輪郭化されることによって事後的に自己が発生しているのだとしても、自己はただ自己としてしか感じられない。原理的に考えれば、自己とは、徹頭徹尾、他者という糸によって織り成された織物《テクスト》でしかないのだが、実感として自らが他者によって寄生されているようには感じられない（それは、何者かをあまりにもながく演じすぎて自分が誰だか分からなくなっているという意味においてではなく、演技の初期状態から既に忘却は始まっているという意味においてである。原理的に考えれば、全ては忘却から始まっている）。「我《わたし》」は「我《わたし》」以外の何者でもありえないという実感はいったいどこからやって来るのか。なぜ二次的であるはずの「自己の自己性」が一次的原初体であるようにしか感じられないのか。これが第一の問いである。

そして、第二に、なぜ「我《わたし》」は、いままさにこの仮面に覆われているのか、という問いである。なぜあの仮面ではなく、この仮面なのか。換言すれば、人は自らの仮面を「選択する」ことはできないのか、もしそうだとすればそれはどのような理由によってなのか。この問いは、後段に改めて検討することとして、まずは前者の問いに志向的照準を定め、思考を積み重ねてゆこう。

上述のように、人格《ペルソナ》とは、憑依されることによって事後的に出来したものでしかなく、所与の環境的役割《ペルソナ》・場面に応じてその都度それらしく再-形式化《リサイズ》されてゆくものである（男らしく、中年らしく、教師らしく……）。この時、とりわけ強調しておくべきなのは、人格を成立させているものが、空間的環境としての共時的社会構造には限られない、ということである。同じ社会空間に埋め込まれた人々の人格《ペルソナ》は、共時的にだけではなく通時的にも述語的に限定されているのである。いかなる人格《ペルソナ》であれ、そこには無限の過去以来の他者の連鎖が浸潤しているからだ（関係性は、現代において七〇億の世界との間にだけ結ばれているわけではない）。

簡潔に言えば、死者に憑依される、という出来事こそがわれわれの日常の基本構造であるのだ。ここが本章及び次章への展望において最も重要な核となる部分であるが、ただし、すぐさま注意しておかねばならないのは、その場合の「死者」とは決して可算的単位として実定されうる、「名」を持った存在ではない、ということである。例えば、藤原定家という死者にせよ、その死者はまた別の死者に憑依された結果として成立した二次的人格でしかない。ゆえに、死者と言っても、それは何らかの固有の名をもって想像されるような何かではない。死者と死者との間に明確な境界を立てることはできない。そこは、複数でありながら絶対的に単数であるような存在、もしくは単数と複数が完全に混淆してしまっている存在であるが、そのような述定からも同時に免れる存在でなくてはならない。そこではただ無頭無名の死者の無限の連なりが大河の如く行列を為し連綿と続いているだけでしかない。そこは人格《ペルソナ》の蝟集した場処というよりは、その成立を可能にしている語格《ペルソナ》の群れが離反・糾合を繰り返す非現前的場処である。ゆえに、そこは端的に名のない場処、名状不可能な〈死〉が漂泊する場処なのだ。

加えて言えば、〈死者＝他者〉に取り憑かれる以前に純白な「我《わたし》」が存在していたわけではない、という点も重ねて強調しておくべきである。「我」自身、取り憑かれたものであると同時に取り憑いている死者であるからだ。つまり、そこで生まれた「我」、われわれの誰もが、実は生きながらにして既に死んでいる存在、生者と死者の中間的存在、亡霊的存在なのである。換言すれば、自らが亡霊であることを忘却した亡霊ということになる。その忘却は構造的であり、われわれは自らの〈死性〉を決して思い出すことはできない。〈死〉は踵を接いで「我」の下にやってくるのだが、それは〈死〉によって「我」が完全に包み込まれるといった状態を意味するものではない。その意味において、われわれにとって何よりも恐ろしいのは、〈死〉が不可避的にやってくることではなく、むしろ逆に、人が十全には死ねないという端的な事実なのである。死に去《ゆ》く人は死なない。決して死ねないのだ（〈死〉の問題については次章で詳述する）。

その意味において「いつれの人か骸骨にあらざるべし」という、一休宗純『骸骨』（『一休和尚全集』光融館、一八九八・三、「骸骨」、三頁）の一節が想起されるのだが、とは言え、自らの内なる亡霊を退治すれば、本来の「我」がとりもどせるわけではないのも言を俟たない。しかし、われわれは無自覚の内に自らの亡霊性を暗闇へと追放することによって、自分が全《まった》き生者、生ける構造であると錯視している。人格にはその原基として、〈何ものでもないからこそ何ものでもありうるような何か〉が隠匿されているが、もし自らが固有の座を占める「何ものか」であると信じてしまったとき、換言すれば、〈死者〉に対する拝踞を拒絶してしまったとき、人は変身の契機を喪失し、自らの身体組織を角質化させてゆくことになる。〈死者＝他者〉の存在を認めなければ、憑依、すなわち人格《ペルソナ》の更新《アップデート》という出来事は起動しないからである（少なくとも停滞してしまうのは間違いない）。〈無為の空白者＝死者〉が、忘却（の忘却）を通して自傷-欠損されればされるほど、人の営みうる社会的諸活動の幅は制限されてゆくことになるだろう。体軀の運動はぎこちなく、表情の関節は貧弱になってゆく。極端な場合、運動性を完全に喪失した、狭量な人格《ペルソナ》のクリシェの中に引き隠《こも》ってしまい、社会的活動は全く為しえなくなるだろう。このようなかたちで束縛された人格《ペルソナ》は、自らの力では何一つ事を為しえないような能力の半停止状態にただ茫然と苦しみ疲憊する他なく、やがては自らの社会性を自壊させてゆくことにもなるだろう。それを坂部は、「「ペルソナ」の概念がもともとそなえていた他者とのドラマチックなかかわりという本質的契機」（前出）を欠落させている、と批判していたのだ。〈原-人称〉としての〈空虚な仮面〉を常に可動状態で待機させておくこと、すなわち社会的な分節の体系を間断なく（再）分裂させ続けるような動態的《ダイナミック》な運動の潜勢力を、その閉じられることのない連鎖を開放し続けてゆくこと、それこそが、その場に最も相応《ふさわ》しい固有の人格《ペルソナ》への「ナリカワリ」を可能にし、日常を力動的な場へと変貌させてゆく根拠となると考えられていたのである。

＊

さて、以上の議論を、（その見かけ上のフレームワークに引きずられて）古典詩学の系譜とは全く別の場処で論じられるべきものと断ずるべきではない。というよりも、坂部や古東の議論が潜り抜けてきた思考の隧道は、古典詩学が全く同じように通過してきた同じ場処なのだと言ってよい。そして、いままさにわれわれもまたその轍をなぞって彼らの後を追ってゆくにあたり、まず上記の議論を糸口として想起しておくべきは、非-人称的な〈空虚な仮面〉のイメージが、『臨済録』で知られる、「無位《むい》の真人《しんにん》」（『大正蔵』四七、四九六頁下）と照応するものであるということである。すなわち、「赤肉団上《しゃくにくだんじょう》に一無位の真人有り、常に汝等諸人の面門従《よ》り出入す。未だ証拠《あきら》めざる者は、看よ。看よ」と言われる、「無位の真人」である。それは、人々の顔面《ペルソナ》を通路として入れ替わり立ち替わり入ってきてはそこに居座っている〈裁断-縫合を繰り返す他者＝死者＝語の群れ〉である。無著道忠『臨済録疏瀹《そやく》』巻一によると、「面門」は「六根」の謂いとされている（『臨済録抄書集成』〈禅学叢書10〉中文出版社、一九八〇・一〇、一二七〇頁）。つまり、知覚及び意識の系（六根＝視覚・聴覚・味覚・嗅覚・触覚・意識）の集約する顔貌《ペルソナ》を出たり入ったりするネットワークは片時も休むことなく連動している。そのような〈無位の真人〉は『徒然草』が〈真《まこと》の人〉と呼んだものとも異なるものではない。「まことの人は、智もなく、徳もなく、名もなし、誰《たれ》か知《し》り、誰か伝《つた》へん。これ、徳を隠《かく》し、愚《ぐ》を守《まも》るにはあらず。本《もと》より賢愚《けんぐ》・得失《とくしつ》の境《さかひ》にをらざればなり」（三八段、大系、一二一頁）[10]。

人の仮面《ペルソナ》が無限の述語面でありうるのは、それが〈仮面〉という、いかなる形式でもあり得るような原基《フォーマット》が前提的に存在するからである。〈仮面という原基《フォーマット》〉それ自体は、具体的形姿を持っていない。例えば、われわれが試みに「仮面」というものを思ってみるとき、それは必ず多様な型取りをもって表れた何らかの具体像（女の仮面、老人の仮面、素顔という仮面、無面という仮面……）としての仮面でしかありえない。〈仮面という原基《フォーマット》〉それ自体は、われわれにとって端的に思考不可能な透明なものである。それゆえ、われわれの素顔もまたそれが「第一の仮面」であることによって、端的に思考不可能な透明なものでしかありえない。このような思考不可能性にぶつかったとき、禅において人としての透明な素顔、すなわち〈本来の面目〉とは何かが繰り返し問われてきたことが想起されることになるだろう。「是れ諸仏の本源、諸人の自心、本来の面目なり、是れ見聞覚知の主人公たり」（『抜隊仮名法語』、『禅門法語集』上巻、四八頁）という記述に明示されているように、それこそが〈仏〉と呼ばれてきたもののことであった。勿論、〈本来の面目〉はすぐさま「本来の面目」という仮面によって覆われ、〈仏〉もまた「仏」という仮面に覆われてしまう。そうであるがゆえに、それを〈事実確認的《コンスタティヴ》な水準において〉どのような名で呼ぶかという問題には根本的には何の意味もないということを忘れてはならない。それに真の名などないからである。そこで確認しておきたいのは、〈それ〉が、どうしようもなく自己的なものとして実感されながらも、原的には他者的なものでしかなく、また決して世界の表舞台には現前してこない、という存在の基本構造を、禅僧たちが、行為遂行的《パフォーマティヴ》にどのように示してきたのか、という点である。そこで禅僧がとった方法は、まずそれを、〈他《かれ》〉〈渠《かれ》〉〈伊《かれ》〉〈彼《かれ》〉などの「第三人称」で呼ぶことであった。

第三人称とは、言語学者、É・バンヴェニスト（一九〇二―一九七六）の提示した人称性のモデルに基づいて考えるならば、一人称・二人称とは根本的かつ質的に完全に区別されるものであるとされている。第三人称はその場に不在の存在として、原的に非-人称であると考えられている[11]。バンヴェニストは、「人間がみずからを主体（sujet）として構成するのは、言葉において、言葉によってである」、「〈わたし〉とは〈わたし〉と言うもののことである」（「言葉における主体性＝主観性について」）と述べているように、主体を、コミュニケーションの道具として言語を操作するものなどと考えているわけではない。つまり、主体とは、言語活動のまさにそのただなかにおいて成型されるもののことであり、「私」とは「〈私〉という語を用いている者」のことである。語るという行為の前件として

「私」＝主体が先在するわけではなく、「あなた」もまた同様に、「私」ではない人称（話しかけられる者）として、対話行為を通じて成型されるものでしかない。そして、そこでは、一人称（語り手）／二人称（聞き手）という関係性が現働化されると同時に固定化される（発話者が入れ替わることによって、指示対象は空虚化されると同時に、その場においてのみ対象化される）。外在的・異他的であった相手は、発話行為を含んだ場の構成の中で、自分自身の異他性へと分離しつつ内的に統合される（他我化される）。このように、話すことにおいて、「私」という主体（ノエマ的表象）が初めて構成されるのだが、〈私〉は客観的指示対象を有するわけではなく、発話者各人自身しか指示することはできない。つまり、それ自体、原的に空虚な記号であり、それは二人称もまた同様である。しかし、その一方で、「彼」という第三人称は、その場で遂行される対話の固定した体制からは逃れている。それは、誰でもないし、誰でもあり得る存在、現実の場を構成する〈外部〉である。それは人称に限られるものではなく、出来事や事物、動物や植物の場合さえある。そこにはあらゆるものが代入される。ゆえに、三人称は、原的には非-人称（＝それ）なのだと考えられているのである。

バンヴェニストの人称論は、G・アガンベンやR・エスポジトなど、現代思想の前衛においても常に参照軸として論及され続けている議題の一つであり、言語と主体の問題系を考えるわれわれの思考の射程からも逸らすことのできない意義を含んでいる。

その時、禅僧もまたやはり「彼《かれ》」「他《かれ》」「渠《かれ》」「伊《かれ》」などの三人称を多用しつつ、それを裏切るようなかたちでそれらをさまざまな用語へとパラフレーズしてきた、ということの意味が思い起こされるだろう。

このことから言えば、まず禅僧が三人称をもって呼んできた〈それ〉は、われわれが素朴に自らが「個人」（分割不可能なもの）であると信じてきたことに疑いを持たせるように行為遂行的《パフォーマティヴ》に働くことを企図したものであったということが理解されるだろう。つまり、「個人」（分割不可能なもの）が実は二人であること、すなわち分割可能なものであることを自覚させるような装置として言説編制体の中に埋め込まれてきたのである（その意味で、「個人」を原則とする近代的主体というものが必ずしも近代的ではないことが知られる）。その上で、その二人が対称的な関係にあるわけではなく、「我」という自己意識がもう一人の〈他者〉に遅れているということが、例えば、前章で見てきた、洞山良价〔八〇七―八六九〕の「過水偈」（切忌従他覓／迢迢与我疎／我今独自往／処処得逢渠／渠今正是我／我今不是渠／応須恁麼会／方得契如如、『洞山語録』、『大正蔵』四七、五二〇頁上）によって示されていたことが想起されるだろう。また、瑞巌師彦の「主人公」の公案（『無門関』第一二則）に見られるように、呼びかけるものとそれに応えるものという一人二役を演じてみせることによって、人を二つに引き裂きつつも、呼びかけに応える〈主人公＝他者〉が自己自身であるというパラドクスの空間に読み手を引き込んでゆくような仕掛けも禅籍中には存在した。『無門関西栢鈔』第一冊（『禅学典籍叢刊』九）に「主人公トハ如来蔵心真如仏性等ヲ指ス。スナハチ万法ノ主ナルヲ以テ也。是一切衆生本有ノ性ナル故ニ、自応諾スル底ニ眼ヲ著シムルナリ」（二〇一頁、句読点筆者）と注解される通りである。

以上のように、演技する主体が――本章の文脈に沿って言い換えれば、詩を詠む主体が――非-人称的な〈何か〉であると考えられていたことが確認されたとして、それが同時にわれわれにとって触知不可能なものであることがはっきりと実感されるとき、その疑いえぬ自覚は、われわれを歌論・詩論・能楽論の交叉する、〈主体〉なるものの根拠を問う虚焦点へと導いてゆくことになるだろう。そこで初めて、われわれは、古典の伝統が肩を並べて〈心〉という名で呼んできたものと出逢うこととなるのである。

3　メタノエシス的原理としての〈心〉

では、ここで改めて問うてみよう。〈心〉とは何か。禅僧はこう答える――「自心と云ふは、父母もいまだ生れず、わが身もいまだなかりしさきよりして、今に至るまで移り変ることなくして、一切衆生の本性なる故に、是れを本来の面目と云へり」（『抜隊仮名法語』、四三頁）。この記述に窺われるように、〈心〉は、言表不可能な〈本来の面目＝素顔〉と同義であるとされてきた。この問いこそが禅僧にとって、詩人にとって、究極の、そして唯一の問いであった。それさえわかればそこに連なる全ての問いが瞬く間に氷解するということもわかっていた。しかし、どれだけ丹念に「心」という語に対する枚挙の作業を積み重ね、それらを丁寧に分類整理していったところで、「心」という概念からはみ出てくるような〈概念ならざるもの〉が蒸留されてくることが決してないこともわかっていた。道元は、〈心〉の言表不可能性を、「あらず」という否定詞の連続によって逆説的に示そうとした――「この心、もとよりあるにあらず、いまあらたに欻起するにあらず。一にあらず、多にあらず。自然にあらず、凝然にあらず。わが身のなかにあるにあらず、わが身は心のなかにあるにあらず。この心は、法界に周遍せるにあらず。前にあらず、後にあらず。なきにあらず。自性にあらず、他性にあらず。共性にあらず、無因性にあらず。しかあれども、感応道交するところに、発菩提心するなり。諸仏菩提の所授にあらず、みづからが所能にあらず、感応道交するに発心するゆへに、自然にあらず」（十二巻本『正法眼蔵』第四「発菩提心」、思想大系、下、三七一―二頁）。ゆえにわれわれもまた〈心〉をめぐる禅僧／詩人の黙約に対し、完全なる明晰性をもって答えることはできない。〈心〉の曰く言い難さを「心には動きながら、ことばには出だし難く、胸には思《おぼ》えながら、口には述べ難くて……」（『古来風躰抄』、古典全集、二七六頁）と実感をもって述べた歌人、藤原俊成〔一一一四―一二〇四〕もまた、その一点において自らが仏教者であることを証《あか》していた。

「心」――この重大な混乱に曝され、歴史的に毀損されてきた語を問いなおすためには、まずわれわれが「心」だと素朴に信じているものを完全に放擲することから始めなければならない。「学道の人、悟りを得ざる事は即ち古見を存ずる故なり。本より誰教へたりとも知らざれども、心と云へば念慮知見なりと思ひ、草木なりと云へば信ぜず」（『正法眼蔵随聞記』五、ちくま学芸文庫、一九四頁）――と道元は言っている。〈心〉とは知情意のことではない。確かなのは〈心〉と呼ばれているものは、われわれの言語の〈外部〉であり、われわれのいかなるコードの中にも書き込まれていないということだ。ゆえに、「心」とは何か、という問いを立てたところで、それは問いの中を循環し続けるだけでしかない。それはわれわれの知の地平の中に決して書き込まれることのない空白、しかも、「空白」という語によってその位置を占めることのない〈　〉なのだ。一休宗純は言う――「此の心といふものは、いかにとはんじ申すに、かげかたちもなきもの也。かたちなきゆゑにうせず、然れは、生もなく死もなし。こゝを仏とも金剛の正躰とものべ給ふ。無相にして有なるが故に、古来よりゆきとどまる事なし、住所更になし」（『一休和尚全集』光融館、一八九八・三、「仮名法語」、六頁）。さらに仲方円伊（一三五四―一四一三）は、次のように〈心〉を形容する――「粋清純白にして点染する所無く、虚霊沖融にして程準す可からざる者、蓋し斯れ心の体なり。方寸を都《すべ》て毛刹に周《あまね》く、一理を持して万変に応ずる者、蓋し斯れ心の用なり。杳杳《はるか》なる白雲の、塵襍《じんざつ》（俗世の雑念）の表に茫洋として、而も其の滓穢《しわい》（けがれ）を受けず、千態万状にして、人をして其の跡を知らしめず、斯れ心の妙なり。擬《なぞら》えて焉れに依れば、彼の華陽の（道士の如く）巾《ずきん》を戴《いただ》き、太《おもむろ》に行《すす》みて轡《たずな》を按《ひか》える者なり。豈に此の趣有るを知らんや。然して斯れ心の微なること、厚く養い深く涵《ひた》し、体察し省存して而して後、其の効を観るに足る」〔粋清純白而無所点染、虚霊沖融而不可程準者、蓋斯心之体也、都方寸而周毛刹、持一理而応万変者、蓋斯心之用也、杳杳白雲、茫洋乎塵襍之表、而不受其滓穢、千態万状、使人不知其跡也、斯心之妙、擬而依焉、彼華陽戴巾太行按轡者、豈知有此趣乎、然而斯心之微、厚養深涵、体察省存、而後足観其効焉」（仲方円伊『懶室漫稿』巻六「白雲深処詩序」、『五山文学全集』三、三一—四頁）。この全く訳の分からぬ説明は、まさにその訳の分からなさによって〈心〉の思考不可能性をパフォーマティヴに語ることに成功している（勿論、一面的にではあるが）。

そして、端的に「心ハ是《これ》諸仏ノ父母《ぶも》、万物《まんもつ》ノ主《シユ》」（『塩山和泥合水集』中、思想大系、二二五頁）、「心の源とは、虚空のごとくなる物なり。虚空の如くなる本分の田地は、一切もの、源なり」（『一休和尚全集』光融館、一八九八・三、「二人比丘尼」、九頁）などと言われるとき、それが世界の原因であり、ペルソナの原因であり、テクストの原因である、というシンプルな理解へとわれわれを導く。もしそのような述定が正当なものであるとするならば、当然の帰結として詩歌理論は、それを自らの内に――構造的基盤として――組み込んでゆくことになるだろう。例えば、以下の如くである。

○夫詩之道也者、以修一心為体、以述六義為用、所謂曰思无邪者、蓋指一心之体也、移風易俗者、発六義之用也、（『友山録』中「跋知侍者送行詩軸」、『五山文学新集』二、九二頁）

さて、詩の道というのは、〈一心〉を修めることをもってその本体とし、六義を述べることをもってその作用とするものである。所謂「思い邪《よこしま》無し」というのは、〈一心〉の体を指して言う言葉だと言ってよいだろう。（そして、人々の）風習民俗を変化させるのは、六義の作用を発《おこ》すことによってもたらされるのである。

○或問、詩以何為宗、余曰、心為宗、苟得其宗矣、可以晋魏、可以唐、可以宋、可以江西、投之所向無不如意、有本者如是、難与専門曲学泥紙上死語者論也、（『無文印』巻八「仙東渓詩集序」）

ある人が問うた、「何を詩の宗旨としますか」と。私は答えた、「〈心〉が宗旨である。もしその宗旨を会得することができたならば、それによって晋・魏とも、唐とも、宋とも、江西（詩派）ともなるし、それをどこに向けても思いのままにならないものはないのである。〈根本〉が有ると言うのはまさにこのことである。専門曲学の、紙上の死語に泥《なず》む者には言い難《がた》い話ではあるが――」と。

これらの断章に見られる「心」という概念がそのまま直接的に言語的水準の「意味」や「内容」へと連結させられるほどに素朴な概念ではないのは言うを俟たない。さらには、一般通念的に思われているような知情意の働きのことでもありえない（それは「情識」として強く退けられるべきものだと考えられていた）。ゆえに、詩が詩人の「感情」が流露されたものであるという単純な視座が不当であるのも確かだと言ってよい（しかしどれだけ細心の注意を払おうとも、そのような物神化は避けられないだろう。われわれはどうしても〈心〉を体内化-自己所有化してしまうからだ）。

そのような意味において――意味ならざる意味において――「心」という語を用いてゆくならば、その語法は、土着的《ヴァナキュラー》な言語で綴られた、歌論の「心」概念をどのようなかたちで自らの傍らに引き寄せてくることになるのだろうか。

やまとうたは、ひとのこゝろをたねとして、よろづのことの葉とぞなれりける。（『古今集』「仮名序」、大系、九三頁）

このあまりにも有名な瀟洒な意匠は、そこに全く秘密の暗号が匿しもたれているわけではないという理由によって、われわれのいかなる解釈をも抵抗によって退けるだろう。しかし、もしわれわれがこれを前に全く逡巡の消失した境域で、このテクストを正しく理解できていると信じているとするならば、それは既にこのテクストの〈思考不可能性＝他者性〉を消去し、それを内的論理へと恣意的に還元-透明化してしまっているからか、或いは、読み手が既にテクストそれ自身であるような透明な存在であることを夢想してしまっているからであるだろう。[12]

古今伝授の一つに、「爰以、和歌五句卅一字ヲ成也、サレハ和哥ノ実躰トハ、此（種字ア字）字本来ノ成作也、（種字ア字）字トハ我等カ一心也、我等一心即一切種智ト成也、故ニ大和哥ハ人ノ心ヲ種トシテ万ノ言葉ト成ナリト云リ、又大日ト書テヤマト、読リ、大日即（種字ア字）字也、是ヲ釈スルニ、大日即人ノ心ナルカ故、心ヲ種トシテ、万ノ言葉ト成リト云、舌相言語、皆是真言不思議ノ道理ナルカ故也、カ、ル本来ヲ明ニシテコソ、心ヲ種ト哥ハ読ル也」（『古今集灌頂』（大東急記念文庫本）、古典文庫『中世神仏説話続』、一七三頁）とあるように、「人ノ心」とは、「大日」、すなわち此の世界を照らし映し出す虚焦点、あらゆる存在者を生成するもの、透明なる仮面の原基であるとされていた[13]。そうであるからこそ、それは「万ノ言葉ト成」りうると考えられていた。そしてその構造的原理を証明するのは、あらゆる辞項が本来的に言表不可能なものであるという端的な事実であった（「舌相言語、皆是真言不思議ノ道理」）。なぜなら、意味は常に他律的な相関性の中で仮構的に現出してくるものでしかないのであって（無自性）、即自的（自らに根拠を持つ）実体ではないからだ。つまり「万ノ言葉」は、原的に何ものでもないがゆえに何ものでもありうるような〈演技する主体〉を内蔵させている空虚な非実体なのであり、その意味において、尼ヶ崎／渡部による「演技する和歌」という発想には、研究史上、非常に重要な意義を見出すことができるのである。

しかして、先に引用した〝心とは草木である〟という道元の説明についても、それが素朴客観主義的な意味で、外在する「草」や「木」が「心」に相当するということを言おうとしていたわけではないこともまたはっきりするだろう。それをもって「心」は身体の「外」に溢出していると断言してしまったり、万物には心霊が宿っているといった類いの（素朴な）アニミズム的思想を導き出すのは典型的な誤読と言わねばならない。本書中これまで繰り返し述べてきたように、禅の言語論に照らして言えば、「草」や「木」という名以前に「草」や「木」という客観的個物が即自的に存在するわけではないからである。仏教の言語理論に従えば、諸辞項は関係性の束（縁）が生んだ実体のないもの（無自性）であって、意識面に投影された見せかけ《シュミラークル》に過ぎない。つまり、主観（主体＝「我」）という世界）の中の客観（客体）でしかないのである。

加えて言えば、上述の「仮名序」によって「人の心」とされていること、つまり、それがただの「心」ではなく「人」＝〈他者《ひと》〉という〈誰でもない誰か〉の〈心〉だとされている点にはくれぐれも持続的な注意を払っておく必要がある。また近世には「ひとの心」を「ひとつ心」（「一心」）とする異文が流布していたことも知られているが、[14]これなども決して軽く見過ごされるべき異同ではない。「人の心」は原理的に考えて、可算不可能、計量不可能な複数性という〈単一性〉を基礎としていると考えられるからである（〈自己〉の思考不可能性という限界線の位置が複数化することはありえない）。いずれにせよ、〈心〉というのがわれわれにとって端的なアポリアであるのだとすれば、そこへアプローチする唯一の可能的方法は、それによって限界づけられている「よろづのことの葉」を、それ自身との関係性の中で思考するということ以外にはありえないだろう。

言語の／という仮面《ペルソナ》

語の仮面《ペルソナ》――主題＝主体を代えて議論を反復しよう。いかなる語にも自己同一的な語格《ペルソナ》は存在しない。それは構造的に先立つ他者性からの述語的限定によって初めて自己性として立ち現れる一時的仮面《ペルソナ》でしかありえないからである。

『金剛経』に反復される「A非A、故名A」（例、「仏土荘厳は仏土荘厳に非ず、この故に仏土荘厳と名づく」）という構文の呼吸を思い起こすならば、AはAではないがゆえに、だからこそ、AはAである（ことが可能になる）のである。語それ自体は、網状組織を構成しつつ、かつまた、その中に位置づけられる結節点《リンク》であり、芋づる式に連鎖する語群はこのとき、関係性の束としての、不可視のテクスト性へと変貌する。一字一句が他者の憑依によって限定され、その場その時において変身し続ける仮面《ペルソナ》でしかない。意味連関の網目は、重層的に立体交叉し、一つの語が幾つもの挿話へと連絡している。字面《ペルソナ》は他に開かれ、憑依され、空所は充填される。語自らの自己分裂の契機となるのは、語が一つの仮面《ペルソナ》であることを知ることによって――換言すれば、語それ自身が（その都度その都度）演技をしているということを知ることによって――である。世界の表面《ペルソナ》は諸語が錯綜することによって統合されているが、まさにその統合の瞬間にそれは砕け散り、そしてその分解の瞬間にまた統合されている。「草」「木」をはじめとする諸語を構成している粒子は不可算な形姿になるまで溶解され、関係性の網目を通じて転生している。故に、「山川草木、悉皆成仏」と謂われるのだ。面↓面↓面↓面↓面……（無限連鎖）。物格でも獣格でも人格でも神格でもない、そのような〈非-人称のペルソナ＝人の心〉がその千変万化の内に、変格＝非格であるとき、その原基は、名を絶対的に欠いたものであるがゆえに、言語構造＝「よろづのことの葉」は一挙に贅肉を削ぎ落とし、あらゆる形式への生起-変身を可能にする。そして、その生起-変身は一瞬の猶予を俟たず間断なく遂行されるものであるために（すなわち、「無常」であるために）、決して完了しない。

諸々の差異＝二分法の網目は、一瞬一瞬、このように（「恁麼」）生起してくるが、その生起の瞬間は決して捉えられるものではない。気づいた時には世界は既に被造物として此処に在るからだ。存在の「刹那滅」的構造化作用＝無常は、言語的主体＝「我」のコントロールの外にある。なぜならそのような主体もまたそのような世界の中に被造物として埋め込まれたものであるからだ。世界＝我は存在の生成の瞬間から絶えず遅れている。個人の意識レヴェルがさらにその上位のメタシステムによって構造化されているのだとしたら、どれだけ内省しても、そのメタシステムを抽出してくることはできない、というのと相同の原理である。世界の全ては「構成されたもの」であるが、〈構成するもの〉が世界の中には不在である。或いは、〈構成するもの〉もまた「構成されたもの」によって「構成されている」。〈基盤＝出発点〉の不在というパラドクスの中に「主体＝言語的世界」は放り込まれているのだ。そして、そのパラドクスに与えられた名こそが、〈心〉であった。つまり、世界＝主体には自らを根拠づけるものとしての〈心〉が秘匿的に遍在しているのである。それは世界《テクスト》の〈裂け目〉であり、主体《ペルソナ》（自己意識）の〈裂け目〉であった。しかし、人は通常この〈裂け目＝心〉を日常生活の中で意識することはない（そもそも意識不可能なものだから当然だが、ここで言いたいのは、意識不可能であることさえ意識していないということ）。そしてその〈裂け目〉を縫い合わせて〈心〉を実体化させることに慣れきっている。テクスト或いはペルソナには必ず〈裂け目〉があり、それは決して自己完結するものではないのだが、もし、その〈裂け目〉を縫い合わせることが可能であるかのような視象《ヴィジョン》に耽溺してしまえば、〈個人〉（分割不可能なもの）が此界に出現してくるという構造的錯視の中へと嵌まり込んでゆくことになる。われわれは、この類の〝人は全て〈個人〉である〟という錯視に飼育されることによって、世界《テクスト》の〈裂け目〉をも縫い合わせてしまい、それを一個の「作品」として（閉じたものとして）解読するように慣らされている。もちろん、テクストの空虚な〈裂け目〉はわれわれの有限な想像力の中で可能になるものではない。空虚もまた空虚という実体として姿を現してしまうからだ。むしろわれわれにおいて世界は、実体項のブロックが積み上げられた堅強な構造体にしか見えてはいない。（現前しないはずの）差異の網目それ自体さえもが実体的にしか想像されないようにである。

　しかしながら、作者《ペルソナ》の〈心〉とテクストの〈心〉とは、決して異なるものではない。それが〈裂け目〉であることによって、テクストとペルソナとは相互に繋がっているからだ。だがその一方で、そのような〈裂け目＝心〉は、われわれの想像力の範疇を超えており、われわれは自らが仮面《テクスト》であることを思い起こすことはできない。これこそが、〈心〉論を不可避的に誤読へと導く、それ自身が有する背理の法、人間であることの無底の陥穽なのである。

メタノエシス的原理

　さて、以上のように、〈心〉なるものが、世界の原因、ペルソナの原因、テクストの原因として、透明な能産的作用を主るものであるとしても、如上の議論はその原則的作用を明らかにしたに過ぎない。問題として残されているのは、〈心〉の遍在的作用が、ある場合には十全に働き、ある場合には機能不全に陥るのはなぜか、という点である。つまり産出された世界、ペルソナ、テクストは、常に無構造的なかたちで造型され、無根拠に配置されているわけでもなく、一定の中心-周縁的構造をもって秩序化-標準化されているというその事実にどう対答すべきか、この点を解明する必要があるということである。以下では、それを、木村敏がメタノエシス的原理と呼んだものを参照することで考えてゆきたい。そしてまた同時に、それへの論究が、和歌研究という領域において、理論に対する先鋭的な関心を向けてきた、川平ひとし〔一九四七―二〇〇六〕によって既に為されているという事実にも併せて注意を払っておきたい。

川平は、心論の力動的《ダイナミック》な神経中枢への触知を試みる中で、次のような基本認識を示している。

> 多義的・包摂的・非分節的な「心」の表現を分析し捕捉するために、「心」という概念自体をもってするのは必ずしも有効ではあるまい。……「心」を問うためには、「心」ということばを成り立たせている次元の多層性を、分析のための概念や着眼点を工夫しながらよく腑分けしてみるべきであろう。その際、「心」という無意識をも含んだ意識の領域を対象化して、最終的には名辞として捉えるような類型論や構造論のみでなく、むしろ「心」の力動的で過程的な働きそのものを捉える様態論・機能論が是非とも求められる。「ノエマ〈noema〉」のみを追うのではなく、「ノエマ」の間にあって「ノエマ」を生動させる作用としての「ノエシス〈noesis〉」を捉えることが求められるのだと思う。木村敏に従ってさらに言えば、要請されるのは「メタノエシス的原理」としての「あいだ」によって媒介された「〈心〉のノエシス」論の次元である。〔『中世和歌論』、三〇七頁〕

ここで太い稜線で描かれている木村のノエシス／ノエマという用語系は、木村自身が西田幾多郎を経由して援用したというフッサール現象学の概念である。木村においてノエシスとは、「生命をもつ有機体である人間が、その生命の根拠に根差した活動として世界に向かって働いている動的な志向性」、そしてノエマとは、「ノエシス的な生命活動が意識面に送り込んだ「代表者」」、「表象」のことである（『あいだ』弘文堂、一九八八・一一、ただし、以下の引用は、ちくま学芸文庫版〔二〇〇五・九〕に拠る。四七―八頁）。つまり、川平が木村の議論を承けて強調せんとしているのは、心の動的な志向性である（ただし、正確に言えば、ここでは、言語の動的な志向性＝心と言ったほうがより適切だと思われる）。

しかしながらここで最も重要な事実は、ノエシスが、われわれにとって全く意識不可能-言表不可能なものであるという事実である。つまり、上述、川平が「「心」の力動的で過程的な働きそのものを捉える様態論・機能論が是非とも求められる」としたその宣言は、その企図自体に既にして挫折が孕まれていたということである（ただし、その挫折とは構造的に不可避の挫折であって、著者が糾問されるべき過誤なのではない）。その上で、川平の立てた困難な試みをさらに引き継ぐためには、まずこの「ノエシス論の不可能性」について適切に確認しておくことが何よりも肝要となる。

その点を含め、木村の議論を要約しつつ、以下に検証を試みてゆきたい。そこで、予め要点を整理しておくとすれば、われわれが検証しておくべき課題は、以下の三点にまとめられる。（ⅰ）ノエシスの現前不可能性、（ⅱ）「ノエシスのノエシス」としてのメタノエシス的原理の遍在性とその主体的作用、（ⅲ）ノエシスとノエマのゲシュタルトクライスの関係性、である。

以下、順を追って見てゆこう。

能作の現前不可能性と時間論

（ⅰ）まず、木村は、「ノエシス的な働きを、ノエマ面に投影することなく純粋に意識することは不可能」なのだと言っている（『あいだ』、三二―三頁）。そしてそれは、「純粋な現在の瞬間」が絶対に意識されないのと同じなのだと説明する。われわれが意識しうる時間とは、過去か未来のどちらかでしかなく、それは線状的な空間的イメージへと変形させられたものでしかない。それは既にノエマ的時間であって、ノエシス的時間ではない。ノエシス的時間とは、決して空間的イメージに汚染されることがなく、決して意識面において経験することのできないものでありながら、「その存在を認めなければ時間という概念がそもそも成り立たないような、そのつどの現在における時間生成の働きを指している」。つまり、〈現在〉というノエシスが現前してくることは決してなく、人の意識は常にこの〈現在〉から構造的に立ち後れている。ちなみに、この、〈現在〉が意識の外にあるという点については、道元も全く同じ理解をしている――「恁麼時の而今は吾も不知なり、誰も不識なり、汝も不期なり、仏眼も覰不見なり、人慮あに測度せんや」（『正法眼蔵』第二五「渓声山色」、上、二八九頁）。生成の瞬間＝「而今《にこん》」は人知の外にあり、われわれはまさにその事後性というアポリアの中を生きざるをえない。そしてまた、このことは、井筒俊彦〔一九一四―一九九三〕による「而今《にこん》」という用語の分析においても要領よく纏められている――「「而今」は刻々に移っていく。「而今」は刻々に新しい。しかしながら、その一つひとつが非時間的 totum simul の挙体現成である故に、この意味での「現在」は、普通に考えられているような、過去と未来の結合点・分岐点としての、ほとんど無に等しい一点ではない。一瞬でありながら一瞬ではない。無限の過去と無限の未来とのすべての内的区分を己れのなかに呑みこんで、しかも一瞬であるような「現在」だ」（『コスモスとアンチコスモス―東洋哲学のために―』岩波書店、一九八九・七、一六九頁）。それゆえ、過去―現在―未来という空間化＝客観化された時系列的な時間は、（その外に立ってそれを睥睨する主体を捏造することによって得られた空間的観念であって）われわれにとってそのいずれもが触知不可能だということになる。「過去心不可得、現在心不可得、未来心不可得」（『金剛般若経』、『大正蔵』八、七五一頁中）、或いは「仏性はなほ虚空のごとし、過去にあらず、未来にあらず、現在にあらず」（『教行信証』

真仏土巻、思想大系、一六九頁）と言われるように、奇妙なことに、われわれは未来はおろか、過去や現在もまた触知できないのだ。[15]〈現在〉とは、誰にも所有されることのない、〈非-人称的な時間〉[16]、それはまさに時と時の〈間《あいだ》〉であり、また時と時の〈節《ふし》〉であって、その（無）形式性はわれわれの限りある思考力にあっては想像すらできないものである。それは、無時間的な永劫回帰、絶対の停止というべきものだが、しかし、同時に、誰もがそのような〈非-人称的な現在〉に所有されることによって、そこを〈間〉として繋がっているのだ。

自律性と他律性

（ii）次いで、木村は、個体のノエシス（意識作用・行為）が決してそれ自体として自律しているわけではなく、それがさらにメタ的なノエシスによって——つまりノエシスのノエシスという連関の中で——作用していることを指摘している。それを、木村は音楽の合奏を例に次のように説明している[17]。

われわれが経験可能な音楽というのは、既に演奏された音楽の知覚あるいは記憶であるか、これから演奏する音楽の予期であるかのどちらかでしかなく、音楽のノエシス的な生成を捉えることはできない。となれば、音楽というのはいったいどこで鳴っているのか。木村は、「各演奏者と各聴衆のいずれの「内部」でも鳴っており、同時にこれらすべての関与者の「あいだ」で鳴っている」と説明する。それは、時に自分自身のノエシス的自発性によって生成されたものであるように感じられ、また時にそれが自分以外の演奏者の場所に移ってゆくこともあり、誰の場所でもない「虚の空間」において部分の総和ではない一つのまとまった音楽形態が形成されるのだという。例えば、ピアノとヴァイオリンの二重奏の場合、「ピアニストはピアノのパートを、ヴァイオリニストはヴァイオリンのパートを分担して音を出すことはもちろんなのだが、不思議なことに二人とも、ピアノとヴァイオリンとの音が合わさって一つにまとまった音楽を、自分自身の演奏している音楽として聴いている。自分の指はピアノの鍵盤しか叩いていないのに、同時に聞こえてくるヴァイオリンの音まで、まるで自分が弾き出した音であるかのように意識している」(『あいだ』、五三頁)。ここで重要なのは、「合奏においてはそこで鳴っている音楽の全体が、各自の個別的な意志から独立した自己生産的な自律性をもってしまって、それ自身の(「虚の」)ノエシス的な志向性によって次に来るべき音を勝手に「予想」し、各奏者はこの「予想」を実現するような形でその後を追っている」ということ。そして、「個別主体のノエシス面と間主体的なメタノエシス的原理が同じ一つの働きの二様態」だということである(『あいだ』、五七頁)。

その上で、木村はメタノエシス的原理についてこう説明する――「すでに実現された音楽は決して単なるノエマ的客体として主体を限定するのではなく、実は演奏者の意識の中で「第二の主体」としてノエシス性を獲得し、ノエシスのノエシスという意味で「メタノエシス的原理」として働いている。だからこのメタノエシス的原理は、実際には個々のノエシス的行為が意識のノエマ面に音楽の表象を送り込むことによって、いわば「事後的」に成立するものなのに、そのつどの主体の意識の中では個々のノエシス的行為よりもつねにいくらか「先立って」いる」(『あいだ』、八二頁)。

これに関連して、音楽家、武満徹(一九三〇―一九九六)はこう言っている――「一撥《いちばち》、一吹きの一音は論理を搬ぶ役割をなすためには、あまりに複雑Complexityであり、それ自体ですでに完結している。一音として完結し得るその音響の複雑性が、間《ま》という定量化できない力学的に緊張した無音の形而上的持続をうみだしたのである。……その無音の沈黙の間は、実は、複雑な一音と拮抗する無数の音の犇めく間として認識されているのである」(武満徹『音、沈黙と測りあえるほどに』新潮社、一九七一・一〇、一九六頁、傍線原文)。木村は、それを承けて、「本当の「間」とは音の隙間ではなく、音の鳴っている最中にも開けているものなのである」、「音楽が生きているということは、音楽全体が一つの大きな「間」となってノエシス的な主体性を獲得しているということにほかならない」と述べている（『あいだ』、六二―三頁）。そしてまた、この合奏（音楽）の事例は他のどのような出来事にも当てはまるのだが、例えば、それを能楽論に敷衍《パラフレーズ》して見てゆくとすれば、如上のメタノエシス的原理は、世阿彌の能楽論とも連帯を始めてゆくことになる。

このせぬひまは何とて面白きぞと見る所、是は、油断なく心をつなぐ性根也。舞を舞いやむひま、音曲を謡ひやむ所、そのほか、言葉、物まね、あらゆる品々のひま〳〵に、心を捨てずして、用心を持つ内心也。此内心の感、外に匂ひて面白きなり。かやうなれども、此内心ありと、よそに見えては悪かるべし。もし見えば、それは態になるべし。せぬにてはあるべからず。無心の位にて、我心をわれにも隠す安心にて、せぬひまの前後をつなぐべし。是則、万能を一心にてつなぐ感力《かんりき》也。（『花鏡』「万能綰二一心一事」、大系、四二八頁）

ここで世阿彌の言う、「せぬひま」という言葉に注意が引かれる。それは動作と動作の空隙における不動を言うのではなく、連続的な動作の直中《ただなか》における空隙を言っているのだと思われる。すなわち、為すこと、語ること、謡うこと、という行為の連続性において、惰性によって遅れた規矩に従うことなく、「無心」という状態を保つことが可能であった場合、それらの行為は、ノエマ的自己を自己自身に対して秘匿させるという（非-意識的）状態であるがゆえに、所作《ノエマ》と所作《ノエマ》の〈隙〉を、滑らかに「つな」いでゆくことになる。それによってこそ、あらゆる能《ノエシス》と能《ノエシス》の〈間〉を「つなぐ」〈一心《メタノエシス》〉が自らの身体において感応する、と考えられていたのだと見られる。ゆえに、世阿彌は、「物まね」について「物まねに、似せぬ位あるべし。物まねを極めて、そのものに真に成り入りぬれば、似せんと思ふ心なし」（『風姿花伝』第七別紙口伝、大系、三九〇頁）と述べているのだ。[18] 似せようという主体的な意識を超越した次元で「真に成り入」ることができれば、そこで演じているのはもはや〈一心《メタノエシス》〉だということになるだろう（世阿彌は、それを「無主風」と区別して「有主風」と呼んでいる。つまり、〈主《メタノエシス》〉の有無が藝の体得において強く問われているのである）。

では、能はどこで行われているのか。役者の身体の上においてだけではない。また、舞台の上においてだけでもない。役者と役者の間、役者と観客の間、観客と観客の間でも能は行われている。その〈間〉こそが見るものであり、また見られるものでもある。観客は役者に対して見ているという意識《ノエシス》を送り続けるが、まったく同時に、役者も、観客に対して見られているという意識《ノエシス》を送り続ける。それによって、劇場の隅々にまで見ているものがあるという意識《ノエシス》を生成させる。そして、劇場全体がメタノエシス的に連動を開始し、それによって、演者は、あらゆる所作《ノエマ》のパターンを身体内にインストールした上で、自らの所作《ノエマ》を予定調和の中に自閉させることなく、あらゆる設定-状況へと即応したパフォーマンスを実演してゆくことを可能にするのである。それは「せぬひま」において常に主体を二重化させ続けておくことであり、〈メタノエシス的自己＝一心＝主人公〉を常に覚醒させ続けておくことに他ならなかった。

実際、メタノエシス的原理は、瞬間も休むことなく鞅掌している。人がそれを意識するしないに関わらず、〈それ〉は、間断なく働いている。道元は言っている――「道吾（筆者注、道吾円智（七六九―八三五））いはく、「如人夜間背手摸枕子」。いはゆる宗旨は、たとへば、「人の夜間に手をうしろにして枕子を模索するがごとし」。……／いまいふ「如人」の人は、ひとへに譬喩の言なるべきか。又この人は平常の人にして、平常の人なるべからざるか。もし仏道の平常人なりと学して、譬喩のみにあらずは、摸枕子に学すべきところあり。「枕子」も、咨問すべき何形段あり。「夜間」も、人天昼夜の夜間のみなるべからず」（『正法眼蔵』第一八「観音」、思想大系、上、二二三頁）。道元特有の語法によって文法が脱臼され（「～が如《ごと》し」「如《も》し～ならば」という「如」詞の常識的語法は破られ）、「如人」なる主格が睡眠中、無意識のうちに手探りで枕を動かしているのだと読み換えられる。しかし、それは必ずしも比喩としてそうなのではなく、〈如人〉は「夜間」に限らず覚醒し続け、「もの」を動かすものとして挙示されている。[19]

ところで、禅僧が、これまで見てきたようなメタノエシスをどのように見据えていたのかを窺えるような記述が、洞山良价の「主人公」-「主中主」をめぐる問答の中に見えることに注意したい。

師問僧、名什麼、僧曰、某甲、師曰、阿那箇是闍梨主人公、僧曰、見祇対次、師曰、苦哉苦哉、今時人例皆如此、只是認得驢前馬後将為自己、仏法平沈此之是也、客中辨主尚未分、如何辨得主中主、僧便問、如何是主中主、師曰、闍梨自道取、僧曰。某甲道得即是客中主、如何是主中主、師曰、恁麼道即易相続也大難、（『景徳伝灯録』巻一五、『大正蔵』五一、三二三頁上）

師（洞山）、僧に問う、「名は什麼《なん》ぞ」。僧曰く、「某甲《なにがし》」。師曰く、「阿那箇《いずれ》か是れ闍梨《そなた》の主人公」。僧曰く、「見《げん》に祇対《こた》うる次《おり》なり」。師曰く、「苦《く》なる哉《かな》、苦《く》なる哉《かな》、今時の人、例皆《ひとしなみ》に如此《かくのごと》し。只《た》是だ驢前馬後を認《み》得《と》めて将《も》って自己と為すのみ。仏法平沈とは、此の是《いい》なり。客中に主を辨ずるすら尚お未だ分かたず、如何んが主中の主を辨じ得ん」。僧便ち問う、「如何なるか是れ主中の主」。師曰く、「闍梨《そなた》自ら道取せよ」。僧曰く、「某甲《それがし》の道《い》い得るは即ち是れ客中の主。如何なるか是れ主中の主」。師曰く、「恁麼《かくのごと》く道うは即ち易きも、相続するは也《ま》た大《はなは》だ難し」。（書き下しは、小川隆『語録のことば―唐代の禅―』禅文化研究所、二〇〇七・七、一五一―一二頁参照）

ここで注意されるのは、洞山が、「客中の主」（ノエマの中のノエシス）でさえ分からないのに（思考不可能なのに）、ましてや「主中の主」（ノエシスの中のノエシス＝メタノエシス）がわかり得ようか、と言っているのに対し、一僧は、「客中の主」は言える＝言語化可能だが、「主中の主」なるものが何かわからないと言っている点で両者が決定的に区別される、という点である。洞山の言うとおり、この僧は大きな誤解を犯しており、「客中の主」が言語化-意識化されることなどありえないのであってみれば、此の「僧」なる言語的主体が〈主《メタノエシス》〉に「相続」されることもやはり難しいことだと言わざるを得ない。洞山の偈には「只だ能く相続するを、主中の主と名づく」（只能相続、名主中主〕（『宝鏡三昧』）の句もあるが、前掲、世阿彌『花鏡』における「無心の位にて、我心をわれにも隠す安心にて、せぬひまの前後をつなぐべし。是則、万能を一心にてつなぐ感力《かんりき》也」（『花鏡』「万能綰二一心一事」、大系、四二八頁）の句と併せ見れば、それがあらゆるノエシスとノエシスとを「相続」する、意識を越えた作用、世界の連動のことであるのは明らかであろう。『臨済録』には、有名な「随所に〈主〉《メタノエシス》と作れば、立つ処 皆な真なり」〔随所作主、立処皆真〕の句もあるが（『大正蔵』四七、四九八頁上、四九九頁上）、それは〈主中主〉《メタノエシス》が「独坐して寰宇（世界）を鎮む」〔独坐鎮寰宇〕（『続伝灯録』巻三・琅邪慧覚章、『大正蔵』五一、四八四頁下）ものとされていることとも照応している。

〈一心〉《メタノエシス》は世界に遍在し、あらゆる作用を主っている。「天地は壊るることありと云へども、虚空はた、色のみありて、更に形なし。十方世界の中みな虚空にして、遍からすと云ふことなし。一心も亦かくの如し、色身の生するときも、一心の生することなし。此の身は死する時も、一心は死することなし。又形の見ゆべきことなしと云へとも、通身に充満して、目に色を見るも、耳に声をきくも、鼻に香をかくも、口に物を言ふも、手をうこかし、足をはたらかすも、一心の用にあらすと云ふことなし」（『抜隊仮名法語』、『禅門法語集』上巻、至言社、五〇頁）。

究極的には、世界自らが歌を歌っているのだ。「渓の声も風の音も、主人公の声なり。松の青きも雪の白きも、主人公の色なり。我が手をあけ、足をうごかし、色を見、声を聞くものと、全く別ならず」（『抜隊仮名法語』、六八頁）。それに関して、禅僧は、「天籟」の語を好んで使う[20]。「天籟」とは、『荘子』斉物論篇第二において論述される概念であり、人籟（人の声）、地籟（大地の音）との対比で説明される。曰く――「夫《そ》れ吹くこと万《よろず》にして同じからざるも、而《しか》も其《そ》の己《おの》れよりせしむ。咸《ことごと》く其《そ》の自ら取るなり。怒《はげ》ます者は其れ誰ぞや」〔夫吹万不同、而使其自己也、咸其自取、怒者其誰邪〕（岩波文庫、第一冊、四四頁）。「天籟」とは、人籟・地籟を超え出るものでありながら、それらと別のものではない。あらゆる音声が相互連関の構造の中で奏でられるその原理自体がここでは〈天籟〉と呼ばれているのである。それを『古今集』「仮名序」は、「いきとしいけるもの、いづれかうたをよまざりける」（大系、九三頁）と約言した。人の声は常に既に、〈世界-他界〉との共鳴・共振の中で発せられ、仮面《ペルソナ》を通底回路として響き合っている。世界というメタノエシス的合奏に浸滲する身体知が覚醒すれば、人は「まなび」「ならう」こと、すなわち変身を可能にするだろう。その声は決して聞こえないが、世界へと響き渡り、転移-変身という形を取って分節網を駆け巡る（回向する）ことになるだろう。それが、独奏（我）ではなく、合奏（〈渠＝一心＝主人公〉）として〈天籟〉の調和《ハーモニー》の中で詠われるものであったとき、その声ならぬ声はあらゆる予定調和を脱臼させ、革命さえもその調和《ハーモニー》の中で響かせることになるだろう。

心詞論の誤読蓋然性

（ⅲ）それでは、このメタノエシスは、それ自体において自律的に働き、個別的なノエシスを上位者の立場から管理していると考えてもよいのだろうか。木村はそのようには考えない。（メタ）ノエシスもまた他律的に作用している、つまり他から規定されているのだと考える。何に由ってか。木村は「ノエマ」に由ってであると考える。木村は、ノエシス／ノエマ関係を単に能作／所作、作ること／作られたもの、という固定的な関係構造によって規定することはなく、そこに生理学者、ヴィクトール・フォン・ヴァイツゼッカー〔一八八六―一九五七〕が「ゲシュタルトクライス」という用語によって措定したものを導き出す（木村敏・浜中淑彦訳『ゲシュタルトクライス――知覚と運動の一元論――』みすず書房、新装版、一九九五・三、〔原著、一九五〇〕）。つまり、一つ一つの所作《ノエマ》それ自体が今度は能作《ノエシス》的に働き出すということだ。それゆえ、純粋なノエシスというのも、純粋なノエマというのも実はありえないということになる。ノエマは間断なくノエシス的に働き、ノエシスは絶えずノエマを代理出産している。両者は二つにして一つ、一つにして二つなのだ。

例えば、木村は、人の「語る」という行為の事例に訴え、そこに「合奏」との相同的な関係構造を見出している。「話し手が自分のしている話を意識しているという場合、この「話」つまり「話された文章」は単なるノエマ的客体ではなく、それ自身が自己産出的な自律性を獲得して、話し手の意識の中でノエシス的主体の位置に移ってしまう。しかしその間にも話し手は話す行為を止めるわけではないから、「話す」というノエシス的行為の主体ももちろん働いている。だから話し手の意識の中には、現在話している主体のほかにもう一つの主体が、つまり自分の話している文章そのものがいわば「ノエシス化」した第二の主体が、ノエシス的な作用をいとなんでいることになる」（『あいだ』、五九―六〇頁）。簡潔に言えば、語っているのは「文章」それ自体だということである。

言語自体が語っている――われわれはここに至ってこのようなパースペクティヴへと逢着した。となれば、われわれは再び禅籍に目を向け、これまで繰り返し問われてきた〈心〉なるものが、〝今まさに語っているもの〟だとされていたことをここで改めて想起することになるだろう。「汝若し心を識らんと欲さば、祇《ただ》今語言するもの、即ち是れ汝が心なり。此の心を喚びて仏と作す、亦た是れ実相法身仏なり、亦た名づけて道と為す」〔汝若欲識心、祇今語言、即是汝心、喚此心作仏、亦是実相法身仏、亦名為道〕（馬祖道一〔七〇九―七八八〕の語、『宗鏡録』巻一四、『大正蔵』四八、四九二頁上）、「即ち今語言するもの、即ち是れ汝が心なり。此の心は是れ仏、是れ実相法身仏なり」〔即今語言、即是汝心、此心是仏、是実相法身仏〕（青原行思〔?―七四〇〕の語、『宗鏡録』巻九七、『大正蔵』四八、九四〇頁中）、「心を直指する者、即ち今語言するもの是れ汝が心なり」〔直指心者、即今語言是汝心〕（太原和尚〔未詳。或いは六祖下、太原自在か〕の語、『宗鏡録』巻九八、『大正蔵』四八、九四二頁中）、「云何《いかん》が自心を識る。即ち如今《いま》言語する者、正に是れ汝が心なり。若し言語せざれば又た作用せず」〔云何識自心、即如今言語者正是汝心、若不言語又不作用〕（『宛陵録』、『大正蔵』四八、三八六頁中）。

勿論、〈心〉を〝今まさに語っているもの〟と言ったとしても、語るもの自身は自らについて何も語りはしない。

その声とは無音の轟きであり、その〈天籟〉はわれわれには決して聞こえない。『荘子抄』（『続抄物資料集成』七、清文堂）の一節にはこうある――「道ト云ハ、道テハナイソ、言―口キ、ハ、真実ノ道ヘハ至ルマイソ」（『荘子抄』一48オ、九九頁）、また、「不レ知ノ処ニ至テ止カ、知ノ至レル也、孰知―物云ヌカ弁舌ソ、道ナラヌカ道ソ」（同上）。「物云ヌ」ものこそが、「弁舌」なるものであり、「口キ、」は、「真実ノ道」へ至ることはできないという。ここでは「道」の非言語性が指摘されているのだが、よく知られるように、「道」は、禅僧の語法の中では「道《い》う」という動詞格へと転用されていた（「諸仏諸祖は道得なり」、『正法眼蔵』第三三「道得」、思想大系、上、三八四頁）。禅僧の視角に立って言えば、「不《ふ》道得《どうて》」（語り得ぬもの）こそが「道得《どうて》」（語り得るもの）である。しかし、それは語り得ぬものが、語り得るものへと構造的に変異するということを意味するものではない。メタノエシス的原理としての〈心〉は世界を出現させるものだが、それは世界の内にも外にも中間にも存在しうるものではない。〈心〉それ自体が全く変異せずして内蔵しているからこそ、世界-ペルソナ-テクストは、変身を可能にするのである。

では、ノエシスとノエマのゲシュタルトクライスの関係性を、能楽論の中に見定めた場合、われわれはそこからどのような知見を導き出せるであろうか。世阿彌の所謂「離見の見」を説いた一節から考えてみたい。

舞に、目前心後と云事あり。「目を前に見て心を後に置け」となり。是は、以前申つる舞智風体の用心也。見所より見る所の風姿は、我が離見也。然れば、わが眼の見る所は、我見也。離見の見にはあらず。離見の見にて見る所は、則、見所同心の見なり。其時は、我姿を見得すれば、左右前後を見るなり。然れ共、目前左右までをば見れども、後姿をばいまだ知らぬか。後姿を覚えねば、姿の俗なる所を〔わきまへず〕。さるほどに、離見の見にて、見所同見と成て、不及目の身所まで見智して、五体相応の幽姿をなすべし。是則、心を後に置くにてあらずや。返々、離見の見を能々見得して、眼まなこを見ぬ所を覚えて、左右前後を分明に安見せよ。定（て）花姿玉得の幽舞に至らん事、目前の証見なるべし。（『花鏡』「舞声為レ根」一、大系、四

（一四―五頁）

「離見の見」とは、一般的には、文字通り、「我見」を離れてものを見る、自らを客観視することだと解されているが、如上の議論を踏まえた上で、改めて世阿彌が「心を後に置け」と言っていることの意味を考えてみよう。

ここで重要になるのは、「前後」関係をどのように了解するかという点である。文面上、これが一面的に空間的な前後（左右）として捉えられているのは明白である。しかしながら、そもそも〈心〉とは空間的なものではないので（遍在的であるがゆえに）、空間的に〈心〉を（敢えて）後ろに置くことなどはできない。逆に言えば、〈心〉はそもそも後ろに置くまでもなく後ろにある。後ろから自分を見ている自分というのは、確かに想像可能ではあるが、自分を客観的に見るということが意志的に実現されうるような予断のもとにそれがなされているのだとすれば、それは単に、客観的に自分を見ている自分というものを主観の中で想像しているだけに過ぎない。ここで言われているのは単純にそのような次元の問題に留まるものではない。そもそも前後関係とは、空間的でも時間的でもないからだ。「目前心後」という言葉は、ものを見ている自分をその後ろから見ている自分――空間的であると同時に存在生成に対して事後的に――さらにそれを後ろから見ている自分、（さらにそれを……）という如く、無限後退してゆく「ものを見るもの」の配置をわれわれに問いかけるものである。となれば、〈心〉を後ろに置け、という世阿彌のレトリックはどのように了解されることになるのだろうか。つまり、構造的に先であるはずの〈心＝メタノエシス〉を敢えて事後的なノエマに位置づけることによって何が起こるかということである。自らの意識《ノエシス》を劇場全体を覆っている〈メタノエシス的な意識の連関〉へと「相続」させることがまずもって求められることになるだろう。それによって、劇場全体の〈心〉を役者の目に表象《ノエマ》として映出させることが可能となれば、それを役者の身体におけるノエシス的作用の次元でメタノエシス的に働かせることもまた可能となるだろう。だからこそ目は、個体という次元を離れて、構造的に生成の瞬間へと先回りしてゆくことが可能となる。つまり、先を見て動くことができるのである。ここにおいて主体の事後性が、〈非現前的な〉〈現在性《アクチュアリティ》＝而今《にこん》〉の中に移し替えられてゆく。その時初めて演者は〈主体的な主体《メタノエシス》〉となり、〈絶対的無時間〉を生きることが可能となる。それはおそらく観衆の世界から見れば、瞬間的に先の世界を予見しているかのような所作として映ることになるだろう。その場合の心とは、見所同心、つまり、〈見るもの〉でありながら、同時に見られるものである。それゆえに、役者の見ている世界、自らの所作、他の役者の演技、観客の反応・空気、それらのノエマが、観客を含めた全ての人の〈間〉に構造的に先回りして、メタノエシス的に役者の所作、劇場全体の運動を導くことになるのだ。それは、自らの仮面《ノエマ》の造型の瞬間＝〈生成＝而今〉を監督する不断の努力のうちに、即興劇の如き自由闊達な演技として実現されるものであったのではないだろうか。

　以上を承けて改めて考えるならば、川平の「「心」の力動的で過程的な働きそのものを捉える」という挑戦は、ここにその道筋を見出すことができる。それは「心」と「詞」をゲシュタルトクライスの関係において捉えるということである。

　しかし、〈心〉がわれわれにとって思考不可能なものである以上、それは何も特別な研究行為が要請されるわけではない。それは「詞」と「詞」の〈間〉を記述するということ。その無限の連鎖を能う限り掌中に収めるということである。それは実際的な水準においては、結局の処、用例を帰納し実証するという研究の伝統を持続させるものとなるだろう。ただし、そのような「詞」と「詞」の〈間〉を、テクストの〈裂け目〉と言い換えるとすれば、それは同時にテクストそれ自身であって、個々の「詞」それ自身が有する、無底の底へと繋がる思索の階梯を下りてゆくものでなくてはならないだろう。

　如上、ノエシス／ノエマがゲシュタルトクライスの関係にあるとして、ではなぜ、ある個体に担われる知覚・意識・発話・行動、あらゆる作用には制限された「型《パターン》」が存在するのだろうか。なぜ人格には何らかのパターンや規律ができあがるのだろうか。人はなぜ自由ではないのだろうか。それは、ノエマ化という限定がパターン化されているからだと考えられるのだが、ではなぜノエマにパターンが発生するのか。それらの問いの処在は、そのノエマ的主体がどれだけ開かれているかという条件に依存するものであると考えられる。つまり、一個のノエマそれ自体を、どれだけ他のノエマ連関の中で、ノエシス的に作用させることができるかが問われてくるのである。禅僧の用語系の中で、（メタ）ノエシスに相当する概念は、〈心〉の他にも多く見出すことができるが、〈機〉と呼ばれるものもその一つに数えられる（第Ⅰ章註(48)、及び第Ⅲ章参照）。禅僧は〈機《ノエシス》〉が特定の「位《ノエマ》」に凝滞することを強く戒めている。「機、位を離れざれば、毒海に墮在《お》つ」（機不離位、墮在毒海）（『碧巌録』二五則、岩波文庫、上冊、三三一頁）。ただし、注意せねばならないのは、〈機《ノエシス》〉は「位《ノエマ》」化の必然から自由にはならないということ、つまり、〈機《ノエシス》〉という次元に固執してしまえば、それは「機《ノエシス》」という「位《ノエマ》」に固執し、却って〈機《ノエシス》〉を固定化し、その働きを不全化させてしてしまうということである。ゆえに、『荘子』天地篇第一二に「機械ある者は必ず機事あり。機事ある者は必ず機心あり。機心、胸中に存すれば、則ち純白《じゅんぱく》備わらず。純白備わらざれば、則ち神生定まらず。神生定まらざる者は、道の載《の》せざる所なり」（有機械者、必有機事、有機事者、必有機心、機心存於胸中、則純白不備、純白不備、則神生不定、神生不定者、道之所不載也）（岩波文庫、第二冊、一一二頁）と言われ、「機ハ操《アヤツ》リ也」（『中華若木詩抄』、108項「春圃桔槹」詩）と言われるのである。過剰に〈機《ノエシス》〉に囚われぬよう、「忘機是仏道」（『宛陵録』）（『古尊宿語録』巻三）、『新纂続蔵経』六八、一九頁上）などとも言われるのである。

同様に、〈心〉をどれだけ崇拝し、祭壇に祭り上げたとしても、そのようなものがどこか固有の場所にあるわけでもなく、それは実質的に「心」という一個の辞項《ノエマ》を崇拝しているに過ぎない、という点にも注意しておかねばならない。それでは決して〈心〉はノエシス的に運動しないのだ。禅／和歌／能は、〈心〉において輻輳‐合流しつつ、一方で等しく「心」の神話——個別化された主体の知情意の働きとそれを唯一の来源とする言語表現／身体表現という概念図式――によって覆われている。「心」というのは、その名において既にそれ自身ではない。〈心〉と言っても、それは常にメタノエシス的作用と同義であるわけではない。それも語である以上、ノエマ化は避けられない。歌論・詩論における「心」の用法が一律ではないことから明らかなように、「心」は、ある時は詩の外殻的意味となり、ある時はテクストの無意識となり、ある時は詠み手の感情ともなる。それぞれが幾つもの可能性を内包し、さまざまな読みを誘発するのは、〈詞〉がノエシス的に作用しているからである。

和歌の心詞論の難しさは、両項を対称的な関係性の中に解消してしまうところにある。禅僧、耕雲明魏（俗名、花山院長親）〔一三四七?―一四二九〕は〈心〉について、それを「歌のすがた」であり、かつまた「理」であると約言しているが、その上で「このことわりは万物の上に備りて、人の私とするところ」ではないのだと説明する（『耕雲口伝』、『歌学大系』五、一五六頁）。〈心〉は言語（万物）に対する〈外部《メタ》〉なのだが、とは言え、それは決して両者が排他的な関係にあるということではない。言語の〈空虚性〉こそが、言語の〈生産性〉であり、秩序化作用である。それが言語内部の隅々にまで毛細血管状に編み込まれたものであるとするならば、それこそが〈心〉という名で呼ばれてきたものの実際的機能（＝言語の〈変身〉）を挙示するものであったのだ。つまり、〈心〉と詞は、一方が原因であり他方が結果であるような固定した関係にあるのではなく、ゲシュタルトクライスの関係にあるのである。「歌は心をさきとすべきか、詞をさきとすべきか。古来先達さま〴〵に申して侍めり。八雲御抄、歌をよむに思ふべき事六ありとて、一、心をさきとすべきこと、侍ば、詞は後かとおぼゆるほどに、一、詞をさきとすべきことと侍れば、又心は次なるかと覚ゆ。所詮前後あるべからざる事なり」（『愚問賢注』、『歌学大系』五、一二五―六頁）。上述したように、〈心〉が詞に対する原因として措定されうるものだとしても、それは詞へと変身することによって初めて現前を可能にするようなものでしかない。そして、そのような〈心〉はなお詞の彼岸に幽在し続けることによって、更なる詞を産出する行為遂行的《パフォーマティヴ》な機制としてそこに待機し続けることになる。

このような〈心〉と詞の矛盾した、複雑な先後関係は、歌論の一部にもおいても確かに基礎に布かれていた。かの古今集の序にいへるがごとく、人の心を種としてよろづの言の葉となりにければ、春の花をたづね、秋の紅葉を見ても、歌といふものなからましかば、色をも香をも知る人もなく、なにをかは本の心ともすべき。

（『古来風躰抄』、古典全集、二七三頁）

歌は〈心〉から溢出するものだが、歌がなければ〈心＝「本の心」〉もない、という。このとき、（メタ）ノエシス的であるのは、「心」ではなく、〈歌〉、すなわち〈詞〉である。また『野守鏡』上にも、「和歌は詞を得て後其心をあらはすものなり」という言葉も見える（『歌学大系』四、七六頁。ただし、この発言の文脈には注意が必要である。これは京極為兼が「歌の心にもあらぬ心ばかりをさきとして、詞をかざらず」「俗にちかくいやしき」をも許容するような過剰な脱制度的、自由礼賛的な和歌観をもってこれを実践していることへの批判の上に為されたものである）。ゆえに、心詞論は、決して素朴な二項対立的図式に還元されるようなものではない。相互に嵌入し、浸潤し、包摂し、限定し、一つでありながら二つであるような、常に共に在り、相互の襞として織り込まれているような不可能な関係にある。心は詞の襞に織り込まれ、詞は心に絶えず呼びかけている。こうして相互にノエシス的に限定しているのだ。そして、メタノエシス的次元において〈心〉と〈詞〉が相応したとき、「凡骨の身」（モノローグ）は完全に消失することになる。たとえ歌論中に〈心〉の在りのままに詠め、という自然礼賛的言表が見出せたとしても、それは「我」が心のままにということではない。それは〈人の心＝一心〉の在りのままである。誰でもない誰かの変身‐現前である。その主体＝主観は、原理的に非‐人称的（im-personal）であるがゆえに客観的（objective）であり、そうであるがゆえに（メタノエシス的な幽在的死性〔彼岸性＝テクスト性〕）の自己流出であるがゆえに）、自然なものとして感じられるのだ。〈心＝創造〉それ自体は何も創造することはない。「我」＝言語という素材の変身としてのみ到来を可能にするからである。我＝詞と〈渠＝心〉との不均衡な呼応関係に動機づけられつつ、その中を不断に往還することで、その（無時間的）瞬間において「人称的主体」は生成され（続け）る。しかしそのような、作られたものであるところの「人称的主体」が自らの力によって変化することはない。相互が相互を前提としながらも一つのものであるからである。

個々のノエシス的詠出行為を成立させるのは、間主体的-メタノエシス的原理として「虚のノエシス面」に回り込んだ、詠出された歌群の堆積、その差異の体系である。その時、ノエシス的詠歌行為（意識）とノエマ的表象（歌／詠歌主体像）の二重構造が自己自身とのあいだに作られるが、その場合の、ノエシス的詠歌行為もまた、ノエマ化（表象化）から逃れることはできない。この事後性は、ノエマ的詠歌主体に対して個別性と主権性を捏造-附与することになるだろう。しかしながら、そのようなノエマ的主体が詠歌行為を営もうと実践したとしても、それは必然的に、そのノエマ的秩序の準拠枠の内部に限定されたものとならざるをえず、あらゆる場に協調するものとはなりえない。もし「藤原定家」という名によって詠歌主体の座が占有されていたとすれば、変身は不可能なのである。個別性を超越する〈他者性〉が詠歌主体であったときに初めて、和歌という表象システムの自己産出という円環運動が回転を始めるのである。その場合の詠歌主体、すなわち、メタノエシス（無人＝一心）は、決して個別的なノエシス（演技／詠詩）と別のものではない。ただし、ノエシスがメタノエシス的に起動するには、個体としてのノエシス性がその座をメタノエシス性に委譲した場合に限られるだろう。実際、行為を可能にしているのは、社会的諸関係の束（間柄）の中で反復されてきた動作型-動作系の反復であるが、詩を操作するモノローグ的な主権者の地位としてではなく（それは語に操作されているだけでしかない）、その地位を放棄した上で、語と語の諸関係がポリローグ的に再構成しあう同一平面に詩作という行為を位置づけることによってノエシス的自己を超越したメタノエシス的合奏が可能になるのだ（諸関係の産出こそが主体的＝自己的である）。ただし、正確には——「正確」という語の不正確さを甘受して敢えて言えば——それは〈死者〉と〈死者〉との合奏であり、「我」はその合奏を可能にする場として、そこから産出された表象の一個でしかない。それは人格の集合ではないし、語の集合でもない。自らを差異化し続ける〈テクストの分節網〉と言うべきものである。自らの〈死性〉との間で合奏が可能になった時、「内外と、のほりて……」（『為兼卿和歌抄』、前掲）、「隙間モナクシ合タヤウニ……」（『湯山聯句鈔』跋、前掲）、詩が生成されることになるだろう。詩を詠むというノエシス＝行為は、詩というノエマ＝表現だけでなく、詩人というノエマ＝表現主体《ペルソナ》、或いは語り手というペルソナをも産出する。しかし、これまで見てきたように、ノエシスの前件として、〈無為の空白者〉が実体として先在しているわけではない。有為者が、有為者であることの原理が、〈無為の空白者〉なのである。〈ノエシス的自己＝死者〉と「ノエマ的自己＝生者」は決して一致することはないし、その裂け目をうまく弥縫して〈個人〉であることを願ってみても、その弥縫は常に過剰なかたちでしか行われない。詠歌行為の瞬間に自己分裂を起こし、自らの内なる〈死性＝一心＝主中主〉と〈疎隔されることによって逆説的に〉「相続」することが可能となったとき、「言の葉」の分節網は自らの内を駆け巡ることになるだろう。

川平の驥尾に附して、それを「主体転移」と呼ぶとしても、その場合の「主体」にせよ、「転移」にせよ、われわれにとって、それらはそのような概念或いはそこから映出されるイメージすら無となるような何かでしかない。「主体」という明確な輪郭を持った個体の変身の跡なのではなく、またその主体を構成している語群の配置転換のことでもない。分節網がそれ自身と混淆し、差異がそれ自身を差異化してゆくような布置関係の「無常」が可能になる潜勢力として、主体の内部に不可解な姿勢で他者的に待機している前‐身体的身体、それが現前的身体へと変身しつつも間断なく「脱落」してゆくような連鎖の網である。ゆえに、「転移」は意志的に、自由に行われることはない。「転移」とは、直接無媒介的に「転移」それ自身を「転移」させる可能的原理のことであるからだ。メタノエシス的原理としての主体が、「なりかへる」のだとしても、それは想像力や意志の対象となりうるものではない。しかし、事後的にはそれは自らの意志の中へと回収されることになるだろう。そして自らの想像力の産物と実感されることにもなるだろう。だが、それが凡庸な作ではなかったとき、真の作者は別にいる――中世の詩人はそう考えていた[21]（それゆえ、錦仁が提示した「本質的に神によって給付される」ものという和歌観は、その意味において全く適切である。勿論、「神」の概念的水準を問うた上での話だが。錦仁「和歌の思想―詠吟を視座として―」院政期文化研究会編『院政期文化論集一　権力と文化』森話社、二〇〇一・九）。

定家は、「その一境に入りふして」詠む「有心躰」を和歌の十体中の最上としながらも、それを越える「秀逸の躰」を別に置いた（『毎月抄』、大系、一三一頁以下）。「わざとよまむとすべからず」と言われる、その意思を超えた方法――方法ならざる方法――について、例えば、尼ヶ崎はこう解説している――「秀逸の体を詠むのはもはや定家という個性的自我ではない。匿名の詩人の魂である。歌の道統を作ってきたのは、小町や貫之という個人の自我ではなく、実はこの誰のものでもない詩魂である。これを継承してゆくことこそが、歌の道を継ぐことに外ならない。だが、どうすればこの詩魂を自らの内に招き入れることができようか。訓練を重ねるしかない。その訓練とは、小説的想像力の訓練ではなく、ひたすら古歌を見て、そこに実現されている物の見方、感じ方に同化してゆくことである。自己の個人的感性を捨て、昔の詩人の眼を共有する努力を重ねてゆけば、いつか自分もまた、歌の道に達した人々が受け継いできた、あのどこまでも透明で限り無く意味を産出する詩魂を、意図することなく自分の中に転生させることができるであろう」（『縁の美学―歌の道の詩学Ⅱ―』、一七五頁）。

また、顕昭『拾遺抄註』（『群書類従』第一六輯）は、藤原顕季（一〇五五―一一二三）の見解として次のような言葉を載せている――「和歌ニ秀句ヨムハ次ゴト也。タトヒ読トモ可レ随レ便ナリ。タトヘバ路ヲユカムニ。ソバヨリ秀句ノ来テトリツカムヲヨムベシ。ワザト秀句モトメニトテ。藪へ横入コトアルベカラズ」（二四七頁）。秀句とは向こうからやってくるものであって、こちらから探し求めるようなものではないというのである。

如上の議論から考えれば、原理的に「なりかへり」は確かに起こる。しかし、それは人にとって、何らかの意志をもって為しうるような可能事ではなかったのも確かなようである。言うなれば、主体の固有性をうち消し、非‐人称的な〈何か＝それ〉に身体と声を貸し与えることによって、〈それ〉自らに歌わせることを求めていたのだと考えられる。となれば、われわれはここまでのところで折に触れて示唆してきた、幾つかの問題について、改めて考察の場を開いてゆくことが強く求められることになるだろう。

われわれが以下に進んでゆくべき考察の立脚点は、以下の四点に纏められる。

第一に、主体転移、なりかへりの結果として起こったものになぜ自己帰属感が発生するのか。作品の所有権をなぜ放棄しないのか。なぜ詩人は自らの作品に署名し、自らの作品集を編成するのか。

第二に、意志不可能なものであるならば、方法というべきものはないのか。それは意志せずとも偶々起こりうるような偶然事であるのか。もし方法というべきものがあるのならば、それは具体的にはどのような努力の中に実現するものであるのか。もちろん、われわれにとって自らの人格《ペルソナ》は自らの力で自由に設計《デザイン》しうるようなものではない。むしろ、ノエマ的自己にはそれはどう足掻いても不可能なのである。では、仮死状態の「我」が、無形無姿のものをどう彫琢しうるのか、それにどのような意味を受肉させうるのか。それは、日常という極限状態をどう生きるか、という問いと即応するものとなるだろう。

第三に、〈それ〉が自我を素通りすることによって詠まれた歌がなぜ「秀逸」であるのか、である。これまでの文脈に応じて言い換えれば、メタノエシス的であることは、なぜよいことなのか。

以上を承けて、第四に、「作者」をどう位置づけるべきか。それは〈非‐人称的な作者〉の謂いではなく、歴史的に固有の場を与えられた「人称的な作者」の謂いにおいてである。

以上を次章の課題とする。

註

（1）村上哲見『中国古典選 三体詩 一』（朝日新聞社、一九七八・八）、一八七頁。ただし、一部書き下し表記を改めた。

（2）また、天祥は、それ以前、ある仏誕生会の際に晩唐・薛能の「呉姫」詩（『三体詩』所収）をそのまま引用して披露したこともあったとされ、これもまた「妙」なりと伝えられたという。「此類多矣」と記されているところを見ると、この種の技法を得意としていたようである。

（3）ただし、後段で取り上げる『三体詩素隠抄』巻三には「江村即事」詩の注釈に「昔シ建仁寺ニテ、応無所住、而生其心ト云フ、頌題ノ出タツシ時、此ノ詩ヲ、全篇書テ出シタ人ガアツタソ、諸人ハ、咲事ニ、シタレバ、慈氏和尚ヤランノ、御覧シテ是レヲ拈ノモノト云ソ」（『抄物大系』、二八〇—一頁）とも記されており、衆前で披露したときには嘲笑めいた笑いを誘ったらしいことが記録されている。また、義堂（慈氏和尚）がこれを（拈提として）賞賛したようだが、その場に義堂がいたのかはわからない。

（4）ここでは「かへる」（帰る／返る）とされていることに注意したい。この語は、ある空間Aから別の空間Bへと移動するという意味をその核に持つが、Aは、いま／ここの場所であり、Bはもといた場所のことである。つまり、ここで言う「かへる」とは、此岸（内部）から〈彼岸＝外部〉へと移動することを示しているのだが、これまで繰り返し述べてきたように、人は決して〈彼岸〉の中へと移動することはできない。これらの論で重要なのは、ただ移動するとされていることではなく、「なる」こと。つまり、移動する主体が決して同一ではないという点にある。此岸の主体Aと〈彼岸の主体B〉は一致しない。此岸にいる主体の変身、自らを変形させること（成ること）、それこそが「かへる」という移動性として示されているのだと見られるのである。ゆえに、「ナリ代ワル」（素隠抄）、「ナリ入ル」（為兼、後述）など、複合動詞にもヴァリエーションが見られるのである。〈彼岸の主体B〉とは、単に業平や景観のことなのではなく、尼ヶ崎がいう〈詩的主観〉のことでもあるだろう。勿論、これが語の述定性へと訴求されている限り、常に自らを裏切って行かねばならないが、ここでは、それが人のことでも、人の集合のことでもないと見られていたことには注意しておかねばならない。

参考までに、虎関師錬『宗門十勝論』（『済北集』巻一四）第六に以下のような文章があることも注記しておこう。「墳籍（古籍、聖賢の書）収蔵とは、夫れ覚海変じて智海と為り、智海変じて字海と為る。是れ我が仏の十二部の由て立つ所以なり。凡そ物の変じて、往《ゆ》きて返らざれば即ち弊《つい》え、返れば即ち弊えず。我が門、文字を立てず、然れども其の言、寰宇（世界）に徧《あまね》き者、返りて弊えざる者なり。其の返る所以は何ぞ。謂《いわゆ》る悟なり。若し其の悟る者ならば、千言万語も弊え無し。其の悟らざる者ならば、纔《わず》かに唇吻《しんぷん》を啓《ひら》けば即ち錯まる。禅門に言説を忌むというは此れなり。而して其の寰宇に遍き者は彼なり。如来の十二部、夜摩観史に盈ちて、龍宮海蔵（華厳経）に溢るる者は彼なり。像末諸師、葛藤露布の者は此れなり。禅門に悟を立て、悟りて後に言語弊え無し。故に其の書、大蔵と並び行わる。謂る宗鏡録一百巻、伝灯広灯続灯各三十巻、正宗記十二巻、輔教編三巻、大慧録三十巻、楞伽纂要八巻、都《すべ》て二百四十三巻、諸家縦《たと》い収蔵有るとも百に盈たず。我が門の多くは無弊の言なるのみ」〔墳籍収蔵者、夫覚海変為智海、智海変為字海、是我仏所以十二部之由立也、凡物之変、往而不返即弊、返即不弊、我門不立文字、然其言徧寰宇者、返而不弊者也、其所以返何、謂悟也、若其悟者、千言万語無弊焉、其不悟者、纔啓唇吻即錯、禅門忌言説者此也、而其遍寰宇者彼也、如来十二部、盈夜摩観史、溢龍宮海蔵者彼也、像末諸師葛藤露布者此也、禅門立悟、悟後言語無弊、故其書与大蔵並行、謂宗鏡録一百巻、伝灯広灯続灯各三十巻、正宗記十二巻、輔教編三巻、大慧録三十巻、楞伽纂要八巻、都二百四十三巻、諸家縦有収蔵不盈百矣、我門多者無弊之言也耳矣〕。ここで重要なのは、〝往きて返らざる者〟は、その言葉、「纔かに唇吻を啓けば即ち錯まる」が、一方で〝返る者〟は「寰宇（世界）に徧き者」、すなわち「彼」であり、まさにその意味での〈彼〉であるならば、どれだけ言葉を発しようとも、「千言万語も弊え無し」となる、とされていることである。

（5）「なりかへり」論の専論としては、古谷暁「「なりかへる」や「ふるまひ」の彼岸に在るもの――中世歌論の一視点――」（『立正大学国語国文』四四、二〇〇六・三）がある。

（6）ちなみに、詩と演技という観点から附言しておくとすれば、日野龍夫「演技する詩人たち――古文辞派の詩風――」（『徂徠学派――儒学から文学へ――』筑摩書房、一九七五・二）が、江戸期の古文辞派の詩人たちが唐詩の露骨な「模擬剽竊」を行っていることに注視し、そこに「生活の中で古人らしく演技する」という意味を見出していることが注意される。それは彼等が一八世紀中葉、様々な出自から構成された知識人でありながら、その自負にふさわしい社会的待遇を与えられることなく、どこにも帰属することができないという遊民意識に支えられた枠外的存在であったからだという。だからこそ、彼等は詩人であることを自らの生活中において様式化する必要があったのだという。

（7）臨時教育審議会による「教育改革に関する第四次答申（最終答申）」（一九八七・八）の中には「個性重視の原則」と立項して次のような文言が見られる――「今次教育改革において最も重要なことは、これまでの我が国の根深い病弊である画一性、硬直性、閉鎖性を打破して、個人の尊厳、個性の尊重、自由・自律、自己責任の原則、すなわち「個性重視の原則」を確立することである」（『教育改革に関する答申―臨時教育審議会第一次～第四次（最終）答申―』大蔵省印刷局、一九八八・一）。

（8）能という仮面演劇において、演技主体の位相はいかに問われているのだろうか。「ペルソナと語りの人称の融通無碍な性格が、能ほどあからさまな領域もないだろう」と述べた川田順造は、「人称の離合が自在であるだけでなく、死者や霊界、植物、動物、果ては雪や山の精と人間との主体の変換も、ごく自然に行われる」という「能の表現に接していると、まず単子としてのペルソナがあって、その交錯や変換が起こっていると考えるより、自然界に包みこまれた未分化の人称的世界に、登場人物や、元来の意味でのペルソナである面によって、かりそめの切れ目が入れられて物語が進行しているとみる方が、妥当ではないかと思えてくる」（「声とペルソナ」『聲』筑摩書房、一九八八・一一、二二〇頁）と述べている。

（9）坂部恵『仮面の解釈学』（東京大学出版会、一九七六・一）七八頁、R・エスポジト／岡田温司監訳『三人称の哲学―生の政治と非人称の思想―』（講談社、二〇一一・二〔原著、二〇〇七〕）参照。

（10）秦宗巴『徒然草寿命院抄』（内閣文庫蔵慶長九年刊本）には「古之真人其寝不夢、其覚無憂、又古之真人不知説生不知悪死」〔古の真人、其の寝るとき夢みず、其の覚むるときは憂なし、又た古えの真人は生を説《よろこ》ぶことを知らず、死を悪むことを知らず〕とある。また、高田宗賢『徒然草大全』（国文学研究資料館蔵、臼杵図書館原蔵、延宝五年刊本）は「此真人と云物を智《チ》解《ゲ》了簡《レウケン》を以て此所に注釈すべからず。外ノ境界也」と釈す。

（11）「「三人称」を、脱人称化されうるひとつの人称という風に考えてはならない。人称が消去するのではなく、正確にはそれは、「私」と「君」に特定性を付与するもののないことがその標識となる非-人称なのである。それは、いかなる人称も含まないために、どのような主語＝主体もとりうるし、また何一つ主語＝主体をとらないこともできる。そしてこの主語＝主体は、表現されていようといまいと、「人称」として設定されることはけっしてない」（E・バンヴェニスト「動詞における人称関係の構造」『一般言語学の諸問題』、河村正夫・他訳、みすず書房、一九八三・四

〔原著、一九六六〕、二〇六頁）。

（12）もし何事かが、われわれにとってわかりやすすぎるほどわかりやすい言葉で語られているとすれば、それはその言葉がわれわれのフレームワークの中で既知の事柄だからである。それはフレームを上書きしているだけのことであって、構造を動かしうるような類いのものではない。見通しの良すぎる解法、わかりやすい説明というのは、単なる現状の肯定作業でしかないことがあるので、そのような言説にはくれぐれも慎重に接するようにしなければならない。意味の全く分からない言説と粘り強く格闘することなしに、根っこからの変身は訪れないからだ。既に述べたように、「機、位を離れざれば、毒海に墮在《お》つ。語、群を驚かさずんば、流俗に陥《おちい》る」〔機不離位、墮在毒海。語不驚群、陥於流俗〕（『碧巌録』二五則、岩波文庫、上冊、三二一頁）のだ。

（13）北畠親房の解釈もこれに類する。「人の心をたねとしてよろつのことの葉とそなれりける。と云は。凡人の心はもと渾沌未分の所より起て。天地と気を同しく。善もなく悪もなく。邪もなく正もなく。凡もなく聖もなく。天真の道のみなり。如此さとるは聖人也。天地人と分て。凡聖の心は別に成てより以来。六識盛におこりて本性をさとらす。六識と云は眼に物を見。耳に音をきゝ。鼻に香をかき。舌に味をなめ。身に寒温を知り。意に諸法を分別するなり。かの眼耳鼻舌身意をは〔六根と云脱歟〕。色声香味触法をは六塵とも云。一々に分別する心をは六識とも云也。如此の差別あれとも一心の所変也。聖人は一心の源を知る故に。用に随而六識を使とも一心に疵なし。譬は鏡の上に万象を浮るか如し。凡夫は一心の本を不悟か故に。六識に被使て。さまさまの妄念を起す。有無の見に落て。流転三界の苦を不離。若その源をしり。その妄を離れぬれは。聖人と凡夫と一毫の差別なき。是を得法とも悟道ともいふなり。然は彼歌も聖人の心根。凡夫の意識。大きに可有差別。能悟てよめらん歌は即聖言也。離生死因縁となるへし。妄念の上にて。いろ〳〵躭愛に伴てよめる歌は。狂言綺語の誤あるへし。此故に不可聊爾。能々思入て初心より可被向事也」（『親房卿古今集序註』、『続群書類従』第一六輯下、五四一頁）。

（14）内村和至「仮名序異文「ひとつ心」の国学的受容について」（『近世文芸』七二、二〇〇〇・七）、参照。

（15）「経に曰く、過去心不可得、現在心不可得、未来心不可得、と。過去は未だ必ずしも前生にあらず、現在は未だ必ずしも現生にあらず、未来は未だ必ずしも後生にあらず。過去とは前念なり、現在とは当念なり、未来とは後念なり。前念も起らず、当念も起らず、後念も起らざれば、即ち是れ三世心不可得なり。若し恁麽の田地に到れば、則ち方に

此の道の要路の言語の上に在らざることを知らん」〔経曰、過去心不可得、現在心不可得、未来心不可得。過去未必前生、現在未必現生、未来未必後生。過去者前念也、現在者当念也、未来者後念也。前念不起、当念不起、後念不起、即是三世心不可得也。若到恁麼田地、則方知此道要路不在言語上也〕（東京大学史料編纂所蔵本『大道和尚語録』乾・法語「示藤居士」）。

(16)　ここで仏教の時間論について簡単に整理しておこう。木村敏は、われわれの時間意識が、あまりにも数量的な客観化に慣れすぎてしまっていることを批判しつつ、それと対蹠的な時間観念を、やはり道元の時間論の中に見ている（『形なきものの形』、『著作集8』、一〇三―九頁）。「いはゆる有時は、時すでにこれ有なり、有はみな時なり。丈六金身これ時なり、時なるがゆへ《ゑ》に時の荘厳光明あり、いまの十二時に習学すべし。……われを排列しおきて尽界とせり。この尽界の頭々物々を、時々なりと覰見すべし。物々の相礙せざるは、時々の相礙せざるがごとし。このゆへに同時発心あり、同心発時なり。および修行成道もかくのごとし。われを排列してわれこれをみるなり。自己の時なる道理、それかくのごとし」（『正法眼蔵』第二〇「有時」、思想大系、上、二五六―七頁）。ここでは、時間＝存在＝世界＝自己という等式が展開されている。それが等式であるのは、そのいずれもがノエシスの異称だからである。ここで問題となるのは、ノエシスとノエマの構造的ズレである。見るというノエシスは決して現前しない。ノエシス的自己とは、世界の透明な限界のことに他ならないが、世界という現象は、必然的にノエマ的な自己意識という主観の中で初めて現前を可能にするようなものでしかない。ゆえに、ノエマ的世界とはノエマ的自己の異称に他ならない。そしてさらにノエマ化されたメタノエマ的自己が、ノエマ的世界の内部に固有の位置を与えられる。ゆえに、その世界の中に埋め込まれている万物もまた自己意識の中で産出されたものでしかない。そうであってみれば、万物を見ることが自己自身を見ることに他ならない。ただし、注意すべきなのは、世界という構造の中に自己を「排列」した上で、自己が世界を見るとされているということである。ノエマ的自己・ノエマ的世界が見る＝ノエシス的にノエマ的自己を産出するのである。「かの行持を見成する行持は、すなはちこれわれらがいまの行持なり。行持のいまは、自己の本有元住にあらず、行持のいまは、自己に去来出入するにあらず。いまといふ道は、行持よりさきにあるにはあらず、行持現成するをいまといふ」（『正法眼蔵』第一六「行持」上、思想大系、上、一六六頁）とある如く、ノエシスのノエシスを「いま」という。ただし、それは自己に対して先在するものではなく、去来するようなものでもないという。ノエシスが真の意味でノエシスである（＝生成する）ことが「いま」なのだ、ということである。また、「仏祖の大道、かならず無上の行持あり。道環して断絶せず、発心・修行・菩提・涅槃、しばらくの間隙《けんぎやく》あらず、行持道環なり。このゆへ《（ゑ）》に、みづからの強為にあらず、他の強為にあらず、不曾染汚の行持なり。／この行持の功徳、われを保任し、他を保任す」（同上、一六五頁）と言われるが、この「無上の行持」がメタノエシスであるのは明らかである。「時は飛去するとのみ解会すべからず、飛去は時の能とのみ学すべからず。時もし飛去に一任せば、間隙ありぬべし」（『正法眼蔵』第二〇「有時」、思想大系、上、二五八頁）。ノエシス的時間がノエシス的自己のことであるのだとすれば、その居場所は、非時間的‐非空間的なものとなる。自己は、全時間‐全空間に充実した存在となる。時間が不可逆的に飛び去っていくようなものであると考えるのは、現在を現前させているからである。現在は今確かにここにあるのに、それは失われてしまう、と。しかし実際にはそうではない。現在とは、起源から不可得なものであるから、改めて失われたり得られたりするようなものではない。道元がここに言う「間隙」とは、認識可能な時間と認識不可能な時間という時間観念が成立してしまうことによって生じる、失われた時間という虚構である。例えば、現在は現前しているのに、過去は現前しないというように、過去が一つの「間隙」として或いは、ある過去の出来事（＝記憶）と、ある過去の出来事（＝記憶）のあいだに「間隙」ができてしまう。もし時間を「飛去」するものと理解するならば、同時に自己も「飛去」するということを忘れてはならない。ただし自己自身による「飛去」とは、過去―現在―未来に全く同時に遍在するというかたちでの「飛去《ノエシス》」でなければならない。

最後に、関連して、橘洲宝曇が「時」＝「道」という見解を示していることを注記しておこう。「時を得るの難きと道に造《いた》るの難きと、二者の奚ぞ辨ぜんや。夫の道と時とは一なり。正覚山前明星現ずる時と少林の三頓首（少林寺において二祖慧可が達摩に三拝したこと）と、其の実は一なり。豈に独り仏祖のみ然りと為さんや。孟軻（孟子）も亦た曰く、孔子は聖の時なりと。而して蒙荘（荘周＝荘子）もまた示すこと有り、適《たま》たま来《きた》るは夫子の時なり、適たま去《ゆ》くは夫子の順なり、と。烏《なん》ぞ異なること有らんや。豈に独り孔老のみ然りと為さんや。草木昆虫、大小・纎穠（＝痩肥）あれば生長・蕃息（＝繁殖）するに至りて、亦た各《おの》おのの道有り。而して時は其の中に在り。正に優曇鉢花の如し。吾知らず、其れ何の祥を為すかを。而して仏世之れを珍とす。昔人以て況んや説法の時をや、其の言に曰く、優曇鉢花の時に一たび現ずるが如きなるのみ、と。吾此の花の得難きを貴ばず、時を得ることの難しと為すを貴ぶ。上人曇蕚の名は是れ誠に其の時なり。予仲時を以て之れに字《なづ》く。先儒謂く、字は尊名を以てす、と。故に男子冠して、而して字く。将に其の成を責とすべし。予《われ》竊かに望む所有り。上人師を得るは是れ初心の時なり。契経海に出入するは是れ学仏の時なり。舎《す》てて大炉鞴に之《ゆ》くは是れ烹仏烹祖の時なり。今は其の時なり。子《なんじ》其れ諸《こ》れに勉めよ」〔得時之難与造道之難、二者奚辨、夫道与時一也、正覚山前明星現時与少林三頓首、其実一也、豈独仏祖為然、孟軻亦曰、孔子聖之時、而蒙荘有示、適来夫子時也、適去夫子順也、烏有異哉、豈独孔老為然、至於草木昆虫大小纖穠生長蓄息、亦各有道也、而時在其中、正如優曇鉢花、吾不知其為何祥也、而仏世珍之、昔人以況説法之時、其言曰、如優曇鉢花時一現耳、吾不貴此花之難得、貴得時為難、上人曇蕚名是誠其時也、予以仲時字之、先儒謂、字以尊名、名以尊徳、故男子冠而字、将責其成也、予竊有所望焉、上人得師是初心之時也、出入契経海是学仏之時也、舎而之大炉鞴是烹仏烹祖之時也、今其時矣、子其勉諸〕（内閣文庫蔵『橘洲文集』巻六「蕚上人字序」）。

(17)『孟子』は、聖人の智を音楽の演奏に喩えている。「孟子曰、伯夷聖之清者也、伊尹聖之任者也、柳下恵聖之和者也、孔子聖之時者也、孔子之謂集大成、集大成也者、金声而玉振之也、金声也者、始条理也、玉振之也者、終条理也、始条理者、智之事也、終条理者、聖之事也、智譬則功也、聖譬則力也、由射於百歩之外也、其至爾力也、其中非爾力也」（巻一〇・万章章句下、『四部叢刊正編』二、八一頁上―下）。

(18)松本孝造は、「世阿弥のいう物まねとは、単なる振舞の模写にその意図をおくのではなく、まねる対象についての内面的な「理を知ること」であり、対象「そのものに真に成り入」ることをこそ意図するという点が肝要なのであって、従って、このように物まねを「理」―対象の本質―に基づく模写と規定する限りにおいては、あくまでも演者の主観的な意識―つまり、「似せんと思ふ心」―の介入を回避したところで展開される演戯として、これを把捉しようとする世阿弥の意識をそこに確認できそうに思えるのである」（「世阿弥の方法―「離見の見」とその能芸能意識をめぐって―」『国語国文』三九-四、一九七〇・四）と述べ、為兼の歌論における「主観の介在を極力除去しようと意図する志向に徹した手法」との親近性を指摘している。

(19)各種語録に見られる、呼びかけとその咄嗟の反応――無意識の動作の事例もこれに相当する。例えば、講堂で僧との一通りの問答を終えた師が、その場を後にしようとする僧の背後から、「おい！」と呼びかけ、僧が無意識に振り返った瞬間に、「（その振り返ったものは）何か！」と叫ぶなどの事例である。例えば、『景徳伝灯録』巻六・馬祖

道一章――「師云、不出不入是什麼法、無対（百丈代云、見麼）、遂辞出門、師召云坐主、彼即迴首、師云、是什麼、亦無対、師云、遮鈍根阿師」（『大正蔵』五一、二四六頁中）。

（20）例えば、『禅居集』（『五山文学全集』一、四二三頁）、『明極楚俊遺稿』（『五山文学全集』三、二〇〇七―八頁）、仲芳円伊『懶室漫稿』（『五山文学全集』巻三、二五〇六―七頁）、『無文印』巻三・記「竹軒記」、『北磵文集』巻五「月巌序」、同巻六「勝叟銘潼川定首座」、等。

（21）中世、『源氏物語』は、「凡夫のしわざとも覚えぬ」作品として読まれていた（『無名草子』、思想大系『古代中世芸術論』、三五五頁）。

VI 非-人称（変身）の詩学（ii）

――〈我《わたし》〉が既に死んでいるということ――

1 序

鴨長明『無名抄』「頼政歌数奇事」（大系、七二頁）は言う、

　俊恵云、「頼政卿はいみじかりし哥仙也。心の底まで哥になりかへりて、常にこれを忘れず心にかけつゝ、鳥の一声鳴き、風のそゝと吹くにも、まして花の散り、葉の落ち、月の出入、雨・雪などの降るにつけても、立居起き伏しに、風情をめぐらさずといふ事なし。真の秀哥の出で来る、理《ことはり》とぞ覚え侍し。かゝれば、しかるべき時名を上げたる哥は、多くは擬作にて有りけるとかや。大方、会の座に連なりて哥打詠じ、よしあしき理《ことはり》などせられたる気色《けしき》も、深く心に入りたること、見えていみじかりし。かの人のある座には、何事もはへあるやうに侍りしなり」。

また、『後鳥羽院御口伝』（大系、一四七頁）にも次のようにある、

　家隆卿は、若かりし折はきこえざりしが、建久のころをひより、殊に名誉もいできたりき。哥になりかへりたるさまに、かひ〴〵しく、秀哥ども詠み集めたる多さ、誰にもすぐまさりたり。

われわれは前章におけるこれまでの議論で、メタノエシス的原理が、人《ペルソナ》と人《ペルソナ》との〈間〉で主体的に起動するも

のであることによって、歌自身が自ら歌うという他なくなるようなところまで辿り着いた。となれば、いかなる意味で、詩人の名は、いまなお「主体」という語で呼ぶに値するのだろうか。一般論に即して考えた場合においても、原理的に「我」のノエシスは、ノエシスのノエシスからの限定によって他律的であらざるをえないのだが、そうであったとして、僭主としての「我」が主体的な働きを担っているように感じられるのはなぜなのだろうか。発話主体は自己を超越するメタノエシス的原理であるのに、なぜ発話は自己に帰属するように感じられるのだろうか。他者の感情の模式を引用しているだけにも関わらず、なぜ我が思いとして実感されるのだろうか。この点について考察を加えるのが本章の目的である。

2　「我」ならざる〈我〉

唐代の禅僧、薬山惟儼は「兀兀地思量什麽」〔じっと座って何をお考えなんですか〕と問われて「思量箇不思量底」〔思考不可能なものを思考する〕と答えた（『景徳伝灯録』巻一四、『大正蔵』五一、三一一頁下）。思考不可能なものを思考するということは、畢竟、如何なる事態であるのか。薬山はさらにその問いに「非思量」という言葉をもって対した。それは「思量に非ず」と読めると同時に、「〈非〉（なる主格）が思量する」とも読める。これは何を意味するのか。

思考する当の者を思考することは不可能である。なぜなら、〈それ〉を思考しようと思ったとき、それは既に思考されたノエマ的表象であるからである。思考というノエシスが「我」という場で起こっている出来事であることは疑いようがないが、思考する当体を知ろうとする試みは、必然的に挫折する。思考する「我」を思考しようという試みは、それが思考された瞬間に〝思考された「我」〟として内化され、構造的に変異してしまうからだ。思考する当体は、畢竟、思考する「我」を思考する「我」を思考する「我」……というかたちで無限後退してゆく他はなく、ただ永遠の循環に陥る他はない。当座、便宜的に、メタノエシス的な単一的かつ協働的な思考作用を、思考された「我」とは区別して、〈我〉と呼んでおこう。[1]もちろん、そのような〈我の声〉は決して耳で聞くことはできない。このとき〈我〉とはもはや言語的に構築された、語られた（名指された）主体としての「我」のことではないからだ。[2]〈我〉とは、釈尊が生誕まもなく、一指で天をゆびさし、一指で地をゆびさし、「天上天下唯我独尊」といった、この〈唯我〉に等しい。大慧宗杲（一〇八九―一一六三）も言うように、「いわゆる我というのは人我《にんが》の我のことではない。[3]『孟子』（尽心章句上）が謂う、〝万物皆な我に備われり〟というようなものである」（所謂我者非人我之我、如孟子所謂万物皆備於我也）[4]。また、義堂周信は言う――「出家の人、惟だ生死を以て伴と為す。憐れむこと無きを患わず。仏言く、天上天下唯我独尊と。我の我とは、即ち無我の我なり。無我とは唯我ならざるは無し。故に我ならざるは無し。故に我無きなり。豈に南北彼此を其の間に於いて容れんや。末世の人、人々道念無し。是の故に人我《にんが》、高かるのみ」（出家人惟以二生死一為レ伴。不レ患レ無レ憐。仏言天上天下唯我独尊。我之我。即無我之我也。無我無レ不二唯我一。故無レ不レ我。故無レ我也。豈容二南北彼此於其間一哉。末世人人々無二道念一。是故人我高耳）（『空華日用工夫略集』応安三年二月二七日条、『新訂増補史籍集覧』第三五冊・続編三）。さらにその〈我〉とは、以下に別言されるところの〈我〉でもある。「天地は我れを待つて覆載し、日月は我れを待つて運行し、四時は我れを待つて変化し、万物は我れを待つて発生す」（天地待我而覆載、日月待我待而運行、四時待我而変化、万物待我而発生）（『興禅護国論』序、思想大系、八頁（原文、九九頁））[5]。世界の創造者としての〈我〉――それは決して自ら捉えうるものではない。[6]「我はこれなにものぞ何ものぞと、頭頂より尻までさくるべし。さぐるともさぐられぬところは我なり」（『一休和尚全集』光融館、一八九八・三、「水鏡目なし用心抄」、八―九頁）。また、それが〈我＝仏＝心〉と同義であるとしても、注意されるべきは、「我」が語（語られたもの）である限り、「我」は決して〈仏〉ではない、ということ、それゆえに語られた「仏」もまた〈仏〉ではないということである。『正法眼蔵』はこう言っている──「いまの無聞《むもん》の輩《ともがら》は、阿羅漢はいかなりともしらず、仏はいかなりともしらざるがゆへ（ゑ）に、みづから阿羅漢にあらずともしらず、みだりにわれは仏なりとのみおもひいふは、おほきなるあやまりなり、ふかきとがあるべし。学者まづ須《すべか》らく仏はいかなるべしとならふべきなり」（十二巻本第一〇「四禅比丘」、思想大系、下、四六三頁）。人は「我」という監獄の中に閉じ込められており、そこから外へ出ることはできない。その意味で根本的に自由ではない。しかし、「我」が、「我」ならざる〈我〉であったとき、つまり〈透明な我〉であったとき、はじめて自由の可能性が開かれるのだ。自らを超越するものを自らの内に包摂するという背理の中で、実体的自我は〈他者〉を忘却し始める。自己が〈他者〉に包摂される、というかたちをとって、自己に接触している（しかし、〈他者〉は自己を超越するものであるために、それを知ることはできない。切断という経験によって向こう側から触知されるしかない）。さらに言えば、その忘却しているということを忘却し始めるのだ。あくまでも、「我」は〈我＝仏〉ではないのである。近代的自我の自己錯認の思考法が、人間であることの原初的構造の中に組み込まれていることも忘れてはならない。(7)

「本来無一物」である「我」の無所有性（作られたもの）と「万物皆な我に備われり」という〈我〉の全所有性（作るもの）。この非対称性の中に位置づけられるものこそが、「人-間」である。「我」は〈我〉という通路を介して、世界と予め繫がっているが、同時に世界から疎隔されてもいる。〈我〉と「我」の混同は、自己が自己を作るというオートポイエーシスモデル、自己言及モデルへの還元を不可避的に招来してしまうが、それは結局のところ、一つの閉じられた自己の二つの機能という近代的自我モデルへの再回収を導くこととなる。

それによって、人が分割不可能な個として想定されてしまう懸念も否定できない。そこで、仏教の伝統は、慎重にも〈我〉に対して、〈主人公＝一人＝本来面目＝仏＝心〉などの多くの異名を与えることでそのような陥穽を回避しようと努めてきた。もしそれを「真我」「超越的自我」などの語によってノエマ的自己の内部へと閉じ込め、自己性の裂け目＝欠如を弥縫するや、作られたものが〈作ること〉を所有するという錯覚が発生してしまい、そのノエシスはメタ性を著しく欠損させてしまう[8]（既存の自己性の内部へと自閉する）。故に、一方で、自己内在的な他者性（〈渠＝彼＝他〉）を照射することによって、つまりコントロール不可能なもの＝通約不可能なものとしてそれを仮設的に造型することによって、そのような錯覚を予防してきたわけである。

ここで禅僧たちがそれを〈渠〉と呼んでいたことを想起しよう。宋・丁度撰『集韻』巻一・平声一・魚第九項には、「傢、呉人呼彼称、通作渠」（『景印文淵閣四庫全書』第二三六冊、四六二頁下）とあって、呉方言にあっては「彼」という第三人称として使用される語であったことが知られるが、『説文解字』巻一一上・水部によると、「渠」は「水所居、从水、榘省声」（『四部叢刊正編』四、九六頁下）とされており、また『礼記』曲礼上「門閭溝渠、必歩」の句には「渠、亦溝也」と注釈されている（『礼記注疏』巻三、『四部備要』経部三〇所収（『礼記正義』））。つまり、「渠《かれ》」とは、こちら側と向こう側の〈渠《あいだ》〉であるのだ。そこには水が、〈かたちなき姿〉がただひたすら流れている。胸中の閘門が開き、溢れ出た水位は、我と〈渠〉との関係性を等しくする。それによって地続きとなるがゆえに、転移‐変身が可能になる。つまり、メタノエシス的な機構《メカニズム》は、「人と人との間」を可能にする原理であり、メタノエシス的自己とノエマ的自己の非対称的二重構造が、自己自身への差異化を誘発し続けているのである。それゆえ、第三者的な意味で〈彼〉〈他〉と呼ばれる〈心〉は、時に〈渠〉、すなわち溝（あいだ）という暗喩によって挙示されてきたのである。

では、われわれはその〈渠〉とどのようなかたちで出逢うことができるのだろうか。常に既に出逢っていながらも決して対面的なかたちで出逢うことがないもの。紙の表裏の如く、一体でありながら決して出逢うことがないもの。禅僧はそれをわれわれに実証せよ、と問うてきたのである。[9]「覿面相逢。かれは是れ誰ぞ、云ひ得たるも蹉過す、云ひ得ざるも蹉過す、畢竟如何」（『抜隊仮名法語』、『禅門法語集』上巻、至言社、五九頁、「蹉過」は、捉えそこなうの意）、「一切の道理義味、直下に放捨して、端的に渠を見よ、即今見聞する底の主人公畢竟じて是れ何ぞや」（『抜隊仮名法語』、六二頁）、「唯了知の及ぶ所を透り過ぎて、如何ともせられざる所について、渠を見よ、かれは是れ誰ぞ兎角の柱杖を推し折り、火裡の氷を打くだきて、はじめて親し」（『抜隊仮名法語』、四九頁）、「只一切ヲ放下《ほうげ》シテ、ヲノレニカヘリテ看取セヨ。カレハ是誰《これた》ソ」（『塩山和泥合水集』中、思想大系、二二二頁）。

そして、いまや、われわれは「〈渠〉とは誰か」という問いの答えを知っている。元・中峰明本（一二六三―一三二三）は、「儞道《なんじい》え、渠《かれ》は是れ誰ぞ。誰か道う、渠は是れ我と。万古、只斯くの如し」（儞道渠是誰、誰道渠是我、万古只如斯）（『天目中峰和尚広録』巻九・自讃「湖州修禅人請」、和刻影印近世漢籍叢刊、中文出版社、三九二頁）として、〈我〉のことだと言っているが、勿論、それは言葉でもってそのように言い当てることができない〈　〉のことである。しかし、『無門関』第四五則「他是阿誰」の公案はその実感を次のようにうまく語っている。「東山演師祖曰く、「釈迦弥勒は猶お是れ他《かれ》の奴《ぬ》。且《しばら》く道《い》え、他《かれ》は是れ阿誰《あた》ぞ」」。（釈迦も弥勒もやはり彼の奴僕だ。言ってみろ、彼とは誰か）、無門曰く、「若也《もし》他《かれ》を見得して分暁《ぶんぎょう》ならば、譬えば十字街頭に親爺《しんや》に撞見《どうけん》するが如くに相い似て、更に別人に問うて是《ぜ》と不是と道《い》うことを須《もち》いず」。（彼が誰かはっきりわかるなら、たとえば、人の行き交う街中で、自分の親父にばったり出遇うようなものだ。他の人にわざわざ、本当に自分の父親かどうかを尋ねるまでもないだろう）」（引用は、岩波文庫、一六九頁。ただし訳文は筆者による）。『無門関春夕鈔』第二冊（『禅学典籍叢刊』九）はその「他」をこう注釈する――「他ト云フハ、出不出ニアツカラサル清浄法身也。釈迦弥勒ハ此他ヨリミレハ、猶是奴児下賤ナリ。且道、此ノ他ハ是誰レテ在ラウスト。坐下へ、セメ掛テ問ウナリ。更ラニ名付ラレヌ人ヲ阿誰ト云也」（五五頁、句読点筆者）。「十字街頭」で出逢った「親爺」。それが誰であるかを知っているのは、彼が他でもない、自己自身であるからだ。

ただし、それを知りえたのは、その出逢いの場が「十字街頭」、すなわち〝誰のものでもない、誰もが往き交う公道〟であったからだ（『無門関春夕鈔』同上には「十字街頭トハ、横竪ニコウシノトヲツタル閙中也。人多群聚スル処也」とあり、『無門関自雲鈔』第四冊（『禅学典籍叢刊』九）には「十字街頭ハ東西南北ヘ十文字ニ往来相分ツ路頭也」（一七五頁）と説明される）。つまり、自己自身であるためには、自らを誰もが通過できる〝公道〟にしなければならない、ということである。

誰もが自由に通過できる〝公道〟、そこで出逢った〈親爺《おやじ》〉＝〈阿誰《だれかさん》〉＝〈他《かれ》〉。すなわち、〈我〉。公共化されたテクストの中で出くわした〈我〉＝〈心〉。それは固有-特定の人格を指示しているわけではない。「我」の中には複数の「我」が通過しており、またそれらの「我」の中にも複数の「我」が通過しており、さらにそれらの「我」の中にも……というかたちで、「我」は自らの内に多数化されている。その時、その「我」とは、いかなる「我」もが自由に出入りすることができるような空虚な場処となるのだ（「十字街頭」）。「我」という位置は、空虚であるがゆえに誰でもそこに入りうるような、空虚な形式（フォーマットそれ自体）であった。空虚な〈我〉という力（機能）は、「此岸」（此の「我」という世界）を創造する。そのような「我」とは、「我」と自称することが可能な、〈我〉という単一の主語機能――〈主体〉化機能であると同時に脱「主体」化機能――のことであり、その機能は、決して特定の誰かに占有されることのない、非-人称的で、他者的な〈渠〉のことであった。つまり、「十字街頭」で出くわした〈親爺〉である。それは他の人に敢えて確認せずともそうだと言う他ないような、全く疑いの餘地のないものであった。

古典という装置と公共的自己の制作

言語活動が場に埋め込まれつつ生起してくるその瞬間、〈虚の空間〉としての〈我〉（という原基）は、「我」として実体化されることになる。(10) それは同時に自らを持続的に脱構築してゆく作用として秘匿的に遍在するものでもあった。重ねて言えば、それは言語活動のただ中で実体的に産出される「現在」「世界」「我」という諸編制を再組織化してゆくことであったが、前近代にあって、それは詩人の責務であると同時に政治家＝執政者の責務であるとも考えられていた。

業鏡高懸　三十七年　　業鏡《ごうきょう》（衆生の業を映し出す鏡）高く懸ぐること　三十七年
一槌撃砕　大道坦然　　一槌にて撃砕すれば　大道　坦然《たんねん》たり（平らか穏やか）

鎌倉幕府執権、北条時頼（一二二七―一二六三）の遺偈として、『吾妻鏡』弘長三（一二六三）年一一月二二日条(11)に見える詩句である。ただし、夙に先学に明らかにされているように、これは宋・笑翁妙堪（無文道璨の嗣法師）の遺偈（『続伝灯録』巻三四、『大正蔵』五一、七〇四頁上）の卒年を改変しただけのものである。したがって、近代的な「個性《オリジナリティ》」信仰の中で、時頼自身の作ではなく編纂者による「舞文潤飾」などと酷評されたこともあったが(12)、当時の中世的な知のモード（「方法序説」参照）の中にあっては、もとよりそのような批判は無意味であった。

三七年という時間において統合されたノエマ的自己は、死線を超越し、一槌によって撃砕される。そこにはただ、だだっ広い「大道」がひたすらに拡がっているだけであった。「大道」は、『礼記』巻七・礼運第九に「大道の行わるるや、天下を公と為し、賢と能とを選び、信を講じ睦を脩む」（大道之行也、天下為公、選賢与能、講信脩睦）（『四部叢刊正編』一、六八頁下）と言われるように、公共政治の場と見なされていたが（後漢・鄭玄注は「公とは猶お共のごとし」という）、しかし、その「大道」が隠れ、私有化された状態になると、公共性は欠損されるとも考えられていた（『礼記』巻七・礼運第九「今大道既に隠れ、天下を家と為し、各《おの》おの其の親を親とし、各おの其の子を子とし、貨力は己の為にす」（今大道既隠、天下為家、各親其親、各子其子、貨力為己）、同上）。それゆえ、「己に公なる者は、人に公なり」（公於己者、公於人）（周敦頤（一〇一七―一〇七三）『通書』「公明第二一」、岡田武彦・荒木見悟主編『周張全書附索引』〈和刻影印近世漢籍叢刊 思想初編1〉、中文出版社、三八頁上）と言われ、「治・乱の機は公・不公に在り」（治乱之機、在於公不公）（佐藤一斎〔一七七二―一八五九〕『言志晩録』、思想大系・四六、一一一頁）とも言われているのだが、政治の公共性は、まずもって主体の公共性によって可能になると考えられていた。だからこそ、詩歌の訓練・技能が必須の要件とされてきたのである。

以下に述べるように、前近代の世界にあって、古典《カノン》は、公共的身体を再生産＝再現前させる装置として配備されていた。これは、なぜ政治家の技能訓練のカリキュラムの中に、詩歌が含まれていたのかという理由の一端を説明している。詩歌は、今日にわれわれが思っているような、あれば何かの足しになるような〝教養〟として重んぜられてきたわけではなかった。むしろ、必要不可欠な、自己統治の技術として普及してきたのである。一般に政治には状況に即応した正しい判断が求められるが、その判断には、どこかで聞いたような差異の上書きではなく、差異の創設がもとめられる。時には誰も思いついたことのないような前例のない適切な判断を可能にせねばならないこともある。そのとき、言語に操作されるのではなく、言語を操作する〈主体〉であることが強く求められることになるのである。換言するならば、法をただひたすら墨守するのではなく、法を創設する〈能力〉が求められるのである。それは〈現在性《アクチュアリティ》〉を喪失した生であっては決して可能にはならないと考えられていた。人格《ペルソナ》は作られたものである、がゆえに、〈作ること＝現在〉から遅れている、自らの仮面《ペルソナ》を作り得ぬものに正しい政治はできない、そう考えられていたのである。だからこそ、『詩経』「大序」に――「治世の音は、安らかにして以て楽し、其の政の和《やわら》げばなり。乱世の音は、怨みて以て怒る、其の政の乖《そむ》けばなり。亡国の音は、哀しみて以て思う、其の民の困しめばなり。故に得失を正し、天地を動かし、鬼神を感ぜしむるは、詩より近きは莫し」（治世之音、安以楽、其政和。乱世之音、怨以怒、其政乖。亡国之音、哀以思、其民困。故正得失、動天地、感鬼神、莫近於詩）（『毛詩』巻一、『四部叢刊正編』一、一二頁上）と詩の政治的機能が述定され、三国魏・曹丕（字子桓）〔一八七―二二六〕は「蓋し文章は経国《けいこく》の大業にして、不朽の盛事なり」〔蓋文章経国之大業、不朽之盛事〕（『文選』巻五二「典論論文」、『四部叢刊正編』九二、九六七頁上）と言い得たのだ。[13] さらには、『古今集』「仮名序」に――「いにしへの世々のみかど、春の花のあした、秋の月のよごとに、さぶらふ人々をめして、ことにつけつゝ、うたをたてまつらしめたまふ。あるは花をそふとて、たよりなきところにまどひ、あるは月をおもふとて、しるべなきやみにたどれるこゝろごころをみたまひて、さかしを《お》ろかなりとしろしめしけむ」（大系、九七頁）とあるように、古代、歌は人の賢愚を判定するための資格証明に用いられていた。今日、詩歌は政治学から遠い位置に追いやられているが、極端な言い方をすれば、むしろ純粋に政治学の領域にあるのだ（「政と歌は、たがふまじき物と先達も申したためり」『桐火桶』、『歌学大系』四、二六四頁）。なぜなら主体をいかに公共化するか、というのが詩学にとっての核心的課題であったからだ（と言っても、詩歌を政治的カテゴリーへと還元すべきだということではなく、近代的な、政治／文学という分節＝カテゴリー区分の下では適切に処理できないという意味においてである）。それは、自らを「大道＝公道」の如く誰でも自由に通過できるような公共化された場処へと書き換えてゆくための一種の文化装置であった。それゆえ、統治者（となるかもしれない候補者）は、幼少の砌から、詩歌の創作――〈無人の身体〉を唯一の仮想人格（非格）として設置することで「我」性を批判的に相対化させ、それを褪色させつつ自らを自らとは異なるものへと変形させるための政治的訓練（統治者と成るための自己鍛錬）――が叩き込まれていたのだ。[14]〈非-人称的なメタノエシス的主体〉によって産出される法（判断-言葉-人格）は、原理的に言えば、その場に最も相応しいものであり、その統治は常に正しいものとなるはずである。しかし、無論、〈完全なる公共的主体〉というものが此界に現前してくることなど決して ないのであってみれば、現実的な統治者が判断を誤ることも、また取り返しのつかぬ失政を招くことも日常的に起こりえたことであった。さらには、そのような〈公共的主体〉が自らと一致する存在として盲信された場合、（ぞっとするような）独裁の暴力が無謬の使命として、或いは透明な正義として暴走する蓋然性とも常に隣り合わせであった（『平家物語』『太平記』等は、この問題を主題化した書物として読むことも可能である）。

聞くこと

無論、ノエマ的代理者としての「我」には、〈我〉を自称する代表権が独占的に与えられているわけではない。誰でも自由に通れる〝公道〟、誰にも占有されていない〝公道〟を、「我」以外、誰も通らない道、自己によって所有された〝私道〟であるかのように錯視してしまうとき、自ずから「我」は〈他者〉の通行を制限することとなるだろう。「若し己見を存せば、師の言耳に入らざるなり」（『正法眼蔵随聞記』一、ちくま学芸文庫、五八頁）と言われるように、それは〈他者〉の声を聞かないという具体的態度として現実化されるものであった。

ただし、その「聞かない」という態度には二つの水準があった。一つは文字通り、「他者」の声に耳を塞いでしまうような態度である。道元は言う――「世間の人にまじはらず、己が家ばかりにて生長したる人は、心のままにふるまひ、おのれが心を先として人目を知ラず、人の心をかねざる人、必ずあしきなり。学道の用心も是ノごとシ。衆にまじはり、師に随ひて我見を立せず、心をあらため行けば、たやすく道者となるなり」（『正法眼蔵随聞記』六、三三四頁）。「己が家」に引き隠《こも》って育った人は、「人の心」（＝〈非-人称的なメタノエシス性〉）を兼ねていないために、常に「おのれが心」（＝ノエマ的自己）を優先させてしまう。それはまさしく「衆にまじは」らず、人の声を聞かないという生き方を示すものであった。勿論、このような、他者の声に対する自閉的反応には大いに問題があるが、それ以上に、人にとって根深い問題があった。それこそがすなわち、もう一つの「聞かない」態度である。それは人にとって――とりわけ近代の「国語」人にとって――あまりにも日常化されすぎているがゆえに、その問題性自体が透明化されているような深刻な問題である。

それは自らが声を聴き取ることができる存在であると信じてしまうことである。

聞くことはいかにして可能か。それを禅僧の用語法にならい、「門」が開かれることに譬えうるとするならば、重要なのは、「門」が開かれるためには、まずそこに「門」（境《さかい》＝閾《しきい》）がなければならないということである。(15) つまり、自己と〈他者〉との関係性がまずもって疎隔されたものであり、自己にとって、〈他者＝もの言わぬもの〉の声とは、どう足掻いても聞こえない声であるという絶対の事実を絶対の断念をもって受け容れることである。もし、無門の状態、自他の合一という状態が成就可能なものであると信じてしまえば——別言すれば、その声を聴き取ることができると思ってしまえば——「我」こそが〈分割不可能な個人＝全能者〉であるという錯視へと反転してゆく蓋然性を排除できなくなるからだ。言語を所有しているという錯覚の中に溺れている者にあって、そこに「門」は存在していない。状態的には確かに聞いているように見えたとしても、そこで聞かれている声とは単に「我」という既存の存在論的構造《フレームワーク》と合致する法——既存のフレームワークの中で透明化された語、わかりやすすぎるほどわかりやすい声——であるがゆえに、聞いているように見えるだけのことであって、実際にそこで起こっていることは、「我」の存在論的構造の同位的な反復-上書き（＝変化の喪失）に過ぎない。その時、決して〈他者〉の声が聞かれているわけではない（むしろ聞かれているのは「我」の声であり、そのような場合、例えば、自らの存在論的構造を外側から否認してくるような声に対しては、わかりやす過ぎるほどの拒絶の態度を示すだろうし、場合によっては独善的なロジックによる自己合理化-自己正当化の姿勢を見せることさえあるだろう）。

ゆえに道元は「聞く」という態度の質を問題にするのである——「かたる人あらば、たちどころに会取すべしとおもふべからず」（『正法眼蔵』第四五「密語」、思想大系、下、五六頁）、「当世学道する人、多分法を聞ク時、先ヅ好く領解する由を知られんと思ウて、答の言の好カらんやうを思ふほどに、聞くことは耳を過ゴすなり。詮ずる処道心なく、吾我を存ずる故なり。／ただすべからく先づ我レを忘れ、人の言はん事を好く聞イて、後に静カに案じて、難もあり不審もあらば、逐ても難じ、心得たらば逐ツて帰すべし。当座に領（解）する由を呈せんとする、法を好クも聞カざるなり」（『正法眼蔵随聞記』一、四七頁）。

まずは、自分がうまく他者の声を聴き取れない存在だということを知ることが肝要になる。つまり、正しく理解できたなどと思わないこと。或いは、〝訳が分からない〟などと理解してしまわないこと。言い換えれば、そこに「門」があることを知ることが求められるのである。そのように、〈他者＝もの言わぬもの〉の声から自らが疎隔されているという事実性から目を背けることなく、それに向き合うことによって、自らがまさにその疎隔を絆として〈他者〉と繋がっていることを知りうるからだ。そうして初めて「門」を開くことが可能になるのである。勿論、「我」は「我」という閉じた世界からは出られず、原理的に「我」には〈他者の声〉が聞こえないという厳然たる事実は動かない。では、実際上、なぜ（聞こえないはずの声が）聞こえているように感じられるのだろうか。

それは、聞いているのが実は「我」ではなく、〈他者自身〉であるからだ。これまでの議論から確認されるように、「我」という仮面《ペルソナ》は、〈我〉という〈公共的主体〉と異なる場処に出来するものではない。つまり、「我」が自らを世界から消すことによって、内なる〈公共的主体〉が現働化し、それによって「我」という場処が他なるものの自由な往来を可能にする〝公道〟となるのだ[16]。そうであって初めて、「我」は〝聞こえない声を聞くもの＝「無門の門」〟[17]であることを可能とするのである。

以上から整理するならば、「聞く」ことを可能にする条件とは、上述の道元の言葉にあるように、「ただすべからく先づ我レを忘れ」ることにある。そのためには、自らの声を捨て、〈他者〉に憑依される憑代《よりしろ》となることが求められるのである。どんなに聴き取りにくい声、分かりにくい言葉であったとしても、「我」という自己意識が排他的にその座を独占してさえいなければ、「我」の〈前身体的身体＝渾身〉は必ずやその声に応ずることになるだろう。ゆえに、（一心不乱に）「聞く」というノエシス的行為は（それが可能である場合に限って）、「我」という「世界」の消去作用と構造的に即応していることになる。〈聞く主体〉であること（或いは〈読む主体〉であること）はそのまま「我」の彼岸化を意味する。ただ一向=只管《ひたすら》に（〈渠=我の声〉に）耳を傾けるとき、つまり没頭的に聞くとき、その主体は、文字通り頭のない主体と化す。

中世の歌人が「心」を澄まして――つまり、〈心〉によって――古歌の声を聞くことを要件化したり、詩学の伝統が聞くことを詩の上達の秘訣の一つに位置づけてきたのもこのためであった。その訓練とは端的に、自らを世界から消すことであった。詩人は胸中に〈虚のノエシス〉を抱いていなければならないと考えられていた。そうであればこそ、語がその空間で響き渡ることを可能にするからだ。〈非-人称的な心〉は、単に空虚であるわけではなく、空虚であるがゆえに、そこには無限の分節パターン、差異化の痕跡が潜在しているのだ。

そのとき初めて、「我」という場処に、「無我」という言葉で呼んでも許されるような状態が出来するのである。世界から自らを消しうるがゆえに聞くことが可能となり、聞くことが可能であるがゆえに世界から自らを消しうる。その状態を持続させることによって人は「学ぶ」ことを可能にする。(18) それは言葉を換えて言えば、〈他者=死者〉に憑依されること、「我」という座を奪われることである。自己の自己性を停止し、自己の〈他者性〉を覚醒させることが可能であって初めて、人格-語格というペルソナの変身が可能となり、それゆえに透明な演技――換言すれば、そうであるほかないような自然な演技（通常われわれはそれをもはや「演技」とは呼ばない）――がそこで遂行されることになるのである。

3　死線の彼岸に詩《うた》う無響の声

先になぜわれわれは自分に固有の「素顔」があるように実感されるのかという問いを立てたが、その実感の機制とは、〈我〉が「我」へと実体化されるという紛うことなき事実性に基づいている。「我」が「我」ではないような、換言すれば「我」が〈他者〉であるような感覚を意志的に得るのは実に難しいことである。〈我〉の完全なる透明性は、「我」があたかも本来的に透明であるかのように見まがうほどに内深く浸潤しているのだが、それゆえ、「我」と〈我〉とが異なるものではないという実感――〈我〉は「我」であるという実感――が生起してくるのである。しかし、「我」からは〈我〉はその透明性ゆえに不可視-不可聴であって、〈我〉は全く思考不可能〈対話不可能〉な不透明性をもってしか現前しえない。この〈我〉の透明な不透明性への気づき、それこそが〈仮面〉という自己分裂の構造的な契機となっているのである。他人の〈他者性〉との対話不可能性に自己を開く限りにおいて、〈メタノエシス的心〉との相応が、すなわち変身が可能になるのである。

では、なぜ変身のあり方に差異が生まれるのだろうか。人があらゆる存在者へと変身することができないというのは不可避の有限性として理解されるだろうが、その有限性にも差異ないしは程度差があるのも確かである。ほとんどクリシェの如き人格もあれば、多様な環境に即応可能な不定型の人格もある。その違いが何に由来するのか、問いの端緒には既に触れておいたが、以下に詳しく考えてみよう。

夢と夜と死と

そこでまずは、古典世界における「夢」「夜」「死」を鍵概念として、それらが仏教者／詩人のテクスト構造の中で互いに響き合っている跡を窺いながら、その作業を通じて、古人が自らの主体性に掛けられた鍵をいかにして開こうと努めてきたのかを探求しておこうと思う。

それにあたってまず、これまでの諸研究が明らかにしてきたように、古典詩学の世界にあって、「夢」が異域への「通路」「浮橋」であると考えられてきたことを確認しておこう。

まず、所謂「詩禅一味」を主題化した二篇の詩を見てみよう。

○学詩渾似学参禅／自古円成有幾聯／春草池塘一句子／驚天動地至今伝〔呉可〔思道〕、『詩人玉屑』巻一所引〔楊家駱主編『校正詩人玉屑』世界書局、八頁〕〕

○詩悟必通禅／功滚〔深〕自入玄／句非専鍛錬／妙只在空円／春艸池塘夢／梅花水月天／寥々千載下／此意少人伝〔元・実存□英、「詩禅」、内閣文庫蔵本『白雲詩集』巻二〕

ここでは詩禅一味の文脈の中で、いずれの詩篇にも「春草」「池塘」の語が引かれていることが注意される。それは、南朝宋・謝霊運〔三八五―四三三〕の「登池上楼」詩の一句、「池塘に春草生じ／園柳に鳴禽変ず」〔池塘生春草／園柳変鳴禽〕（『文選』巻二二、『四部叢刊正編』九二、四〇八頁上）に由来するものである。広く知られている話だが、この詩にはある逸話が附随している。すなわち、謝霊運が終日苦吟しつつ眠りにつき、夢に族弟・謝恵連〔三九七―四三三〕に会い、「池塘生春草」の句を得たというものである〔梁・鍾嶸『詩品』巻中・謝恵連の項に『謝氏家録』からの引用として掲出〔『叢書集成新編』七八、二九一頁上〕。或いは『南史』巻一九・謝恵連伝〕。そして、この句について謝霊運は、「この語は神助によるものであって、（そもそも）我《わたし》の語ではない」〔此語有神助、非我語也〕と言ったと伝えられる。つまり「夢」を媒介として〈異界〉から詩句がもたらされたという出来事をこの詩句自体が語っているのである。そして、上掲の引用詩は、それを「詩禅一味」という文脈に配置したものとして注意されるのである。ところで、『文選』巻三〇所収の沈約「和謝宣城詩」には「神交《しんまじ》わりて夢寐《むび》に疲れ、路遠《みちとお》くして思存《しそん》（わが思いの存するところのもの＝謝朓）を隔つ」〔神交疲夢寐、路遠隔思存〕（『四部叢刊正編』九二、五七二頁上）の句があり、呂向《りょきょう》の注に「夢有六候、皆魂神所交也。与謝朓相去既遠、但神交而已、故疲於夢寐而思慮所存也」という語が見える〔「夢有六候」のくだりは、『列子』周穆王第三の記述に拠る。「神所交也」、『景印文淵閣四庫全書』第一〇五五冊、六〇二頁上〕。また、「夢者像也、精気動也、魂魄離身神来往也」〔『夢書』、『太平御覧』巻三九七「人事部三八」叙夢所引、『景印文淵閣四庫全書』第八九六冊、五九四頁上）という言表もあり、『湯山聯句鈔』（新大系、307項）には「夢ニモ六色アルゾ。仏経ニ云ゾ。春ノチヤツト如クレ夢ノニ過シモ六夢〔ノ〕外ノ夢也」とある。つまり、何かしら創造を生業とする人間にしばしば訪れる（音＋連れる）、〝〈ナニカ〉《インスピレーション》が降りて来る〟という経験がここで述べられているのだが、それは夢という象徴世界における「神」（精神という外的中心）との交換（コミュニケーション）の結果として理解されるもののことであった。

宋代詩話はこれに多大な関心を向け、「夢中得句」という語法において詩の不可解な生成過程を説明してきた。浅見洋二『中国の詩学認識―中世から近世への転換―』（創文社、二〇〇八・三）は幾つもの用例を挙げその点を詳しく解説しているが、その中で、「「夢中得句」と言う際の「夢の中」とは、〈自己〉と〈他者〉の区別や、その区別のうえに成り立つ私的所有権といった人間の賢しらが無力となる世界のことなのではないか。少し大げさに飾って言えば、〈自己＝内部〉と〈他者＝外部〉の区別を無効にする真の〈外部〉＝〈他者〉とも言うべきものが、そこには顔を覗かせているのかもしれない」（六〇九頁）と述定している。その中では一例として、次のような唐・銭起の故事が引かれている。銭起が「鬼」（亡霊）から得た詩句によって科挙の合格を勝ち取り、試験官・李暐がその詩のすばらしさに感じ入り、「これはきっと神の助けを得て作ったものだ」と言ったという逸話である（『旧唐書』巻一六八銭徽伝、『詩話総亀』前集巻五〇引『古今詩話』、『唐詩紀事』巻三〇、『唐才子伝』巻四、他。浅見前掲書、六〇二―三頁）。

ちなみに、和歌世界にあってもまた、『袋草紙』（藤原清輔）に収められる「亡者歌」に代表されるように、死者も歌を詠むと考えられていたが、その歌は、現世に生きている人の「夢」を通路としてやってくるものだとされていたことも知られている[19]。これまで見てきたように、禅僧もまた、詩作の極限において〈渠〉が到来するという経験の中に詩作の成就を見ていたわけだが、五山禅僧の実作の中においても「池塘」「春」「夢」が詩語として響き

あっている痕跡を窺うこともできる。(20)

となれば、唐・杜甫の「李白を夢む」と題する二首もまた、われわれにとって不可解な、そのような古代人の思考回路の一つの痕跡を示すものとして見えてくることになるだろう。其の一は、次のように始まる（『分門集注杜工部詩』巻三、『四部叢刊正編』三二、九四頁上）。

夢李白　　李白を夢む

死別已呑声　　死に別れて已に声を呑み
生別常惻惻　　生き別れて常に惻惻たり
江南瘴癘地　　江南　瘴癘《しょうれい》の地
逐客無消息　　逐客　消息無し
故人入我夢　　故人　我が夢に入り
明我長相憶　　我が長《とこし》えに相憶《あいおも》うを明らかにす
恐非平生魂　　恐らくは　平生の魂に非ざらん
路遠不可測　　路遠くして　測る可からず
魂来楓葉青　　魂来《きた》るとき楓林青く
魂返関塞黒　　魂返るとき関塞黒し

死に別れるということは、もう既に発すべき声を失うということであり（生と死の疎隔は同時に結合であるがゆえに、端的に語りえぬ）、生き別れるということは、痛切な思いに感じ入ることである（生と生の疎隔は感情を起こす）。「江南」（という流謫）の地は、病苦に満ちた世界（＝穢土）である。そのような苦しみの世界へと放逐された客《たびびと》からは、もはや何の音信もない。しかし、〈古き友〉が、我が夢の中へ訪れ、我《わたし》が長きにわたってずっと〈彼〉を相思っていたことを知らせてくれた。その〈彼〉も今や平生の魂ではない。夢を通路としてやってくるも、その路は遠く、測度しうるようなものではない。また、その瞬間は楓林の青き時節の如く何事かを感得しうるようなものではなく、また返るにあたっても関の深く閉ざされたまま、透明な闇へと向かってゆくが如く、その行方は一向に知れない。

これを杜甫と李白の置かれた歴史的状況性に引きつけて読むことは可能だし、実際、そのように読まれてきたわけだが、ここで夢見られているのは、李白その人であるというよりは、李白の中に幽在する〈匿名の詩人〉であるだろう。

それを詩中に、自らの夢の世界に入って来た「故人」と呼んでいるが、それが語法的に「旧友」の謂いでありえたのは、原的に〈彼〉が〈故《ふる》き人〉であったからであろう。兼好が言った——「ひとり灯《ともしび》のもとに文《ぶん》をひろげて、見ぬ世の人を友とするぞ、こよなうなぐさむわざなる」（『徒然草』一三段、大系、一〇〇頁）[21]という言葉や、古人が述べた——「朋《とも》あり、遠方より来たる、亦た楽しからずや」〔有朋自遠方来、不亦楽乎〕（『論語』学而篇第一、岩波文庫、一九頁）という言葉の地下には同一の水脈が流れている[22]。つまり、〈友〉とは、遠方からやってくる未だに出逢ったことのない〈他者＝死者〉の謂いであるのだ。〈死者〉であるからこそ共生的な〈友〉でありえたのだ[23]（日本語の「故人」が「死者」という概念との重層性を孕むようになったのには、このような文脈があるのではないだろうか。〈死者〉との共同体の問題については後述）。

また、「魂」の到来と帰還のさまを形容した対句において、「青」と「黒」という対比関係が置かれていることには少しく注目しておくべきであろう。それは五行説の相生関係——青→赤→黄→白→黒——に対応している。つまり、「青」は存在の原初——臨生——を示し、黒は存在の最後——臨終——を示している。したがって、「魂」の到来とは原初以前であり、その帰還は最後以後であることを意味する。しかし、それゆえに、一方で、到来とは帰還以後であり、帰還は到来以前である、ということにもなる。ゆえに「魂」の到来＝帰還は、全く同一の瞬間――〈永遠の現在〉の中で遂行《パフォーマンス》を可能にするのである。ただし、この「魂」というのが李白の魂の謂いではないのは勿論、一般通念的にイメージされるような死後に存続する霊魂や肉体に宿る精神の意味からは懸け離れたものであることにはくれぐれも注意しておかなければならない(24)（それは、錨索を離れた語というべきものであり、敢えて現代的な用語に近づけて言い換えれば、「浮遊するシニフィアン」のようなものだ）。

さらには、禅僧・中巌円月が、「文明軒雑談」下（『東海一漚集』、『五山文学新集』四、四八三頁）の中で、法語が夢の中からやってきた、と言っていることにも興味が引かれる。

予一夕、夢受請住小院、臨当入門、侍僧報曰、請和尚思量仏事、罵山門、予怒云、一切臨時、何用預先思量耶、既而登門、甚生光彩、仰頭看、見梁牌文、云、嘉元壬寅（元年）此門建立、予便指山門云、嘉元壬寅、此門建立、応安元年、老僧得入、言語条道、故殊見甚拙、門小不安薌爐「鑪」、径進入仏殿、見有地蔵大士、左右亦有千尊小地蔵像、予又作仏事云、一身分千身、千身帰一身、身身互融、光光円通、居常夢作言句、覚而忘之、今此仏事、覚後了了、分明記得、自原此夢云、地蔵冥界所師也、世云、人生七十古来稀、自今過「遇」至七十五日、則吾満七十歳、是可入死門之兆也歟、（応安元年）戊申冬十月望、夢覚、暁鐘初杵也、

ただし、以上から少しく注意を留めておく必要があるのは、「夢」の概念的水準についてである。とりわけ、禅僧にとって「夢」なるものはもはや単に睡眠中に見る幻像の類いのことではなくなっていたからである。『荘子』大宗師篇第六には、「古《いにしえ》の真人は、其の寝《い》ぬるや夢みず、其の覚《さ》むるや憂《うれい》なし」（古之真人、其寝不夢、其覚無憂）（岩波文庫、一七四―五頁）の語があるが、林希逸の『荘子鬳斎口義』には「其寝不夢、神定也、所謂至人無夢是也」と注解されている（周啓成校注『荘子鬳斎口義校注』中華書局、九九頁）。「至人に夢無し」の語は宋代において既に人口に膾炙した語であったと見られるが、それについて、大慧宗杲は『大慧書』「答向侍郎」の中で次

のように懇切な解説を加えている――「「至人には夢が無い」というのは、有無の無ではありません。夢と非夢とが一体だというのです。……夢と非夢とはことごとく幻だから、夢全体が真実、真実全体が夢であって、（一方）を選び取ることもできなければ、（一方を）選び捨てることもできないと悟らせるのです。「至人に夢が無い」ということの意味は、こうしたことなのです」、（かつて先師の言葉を聞いて）「胸のふさがりがとれてしまって、夢みる時は眼覚めている時であり、眼覚めている時は夢みる時であるのを、仏は「寤寐は常に一体だ」とおっしゃったのだとやっと分かりましたし、こうした道理は、取り出して人に示すこともできず、人に説くこともできず、ちょうど夢中の境界が、取れもしなければ捨てられもしないようなものだとやっと分かりました」（以上訳文は、荒木見悟『禅の語録17 大慧書』筑摩書房、一九六九・五、一七六頁以下）。ここで、〝夢が無い〟というのは決して有無の無のことではないのだ、と述べられていることについては、『夢中問答集』の跋文を撰述した竺仙梵僊によっても同様の説明が与えられていることに注意したい――「嘗て聞く至人夢無しと。而るに此《これ》は至人の書、乃ち夢中問答と曰ふと。亦何の謂《いひ》ぞや。曰く、尓固《まこと》に嘗て之を聞いて、亦固に未だ嘗て之を知らざる也。其の所謂る無しといふ者《は》、豈に所謂る有無の無ならん歟《や》。夢非夢《むひむ》を以て也《なり》」（講談社学術文庫、二四七頁）。

　さらに言えば、道元もまた、「釈迦牟尼仏および一切の諸仏、みな夢中に発心修行し、成等正覚するなり。しかあるゆへに、而今の娑婆世界の一化の仏道、すなはち夢作なり」（『正法眼蔵』第二七「夢中説夢」、思想大系、上、三一五頁）と述べ、世間では「佛《ほとけ》は常《つね》に在《いま》せども、現《うつゝ》ならぬぞあはれなる、人の音《おと》せぬ暁《あかつき》に、仄《ほの》かに夢《ゆめ》に見《み》えたまふ」（『梁塵秘抄』巻二、大系、26項）と謡われていた。

　このときの〈夢〉がもはや言表不可能なものであることは言うまでもない。〈夢〉は此性に浸潤してくる。『荘子』の「胡蝶の夢」の故事が言うように、〈夢〉という超越論的地平の逆座の想像力が熟し切った時に、「我」が〈渠〉であるのか、〈渠〉が「我」であるのか、という逡巡が開始される（ただし、〈渠〉は逡巡しない）。詩人は、作詩行為におけるある種の高揚感《ライティング・ハイ》の中で、「我」の有限性から解放され、〈渠〉に相応＝対面する瞬間を象徴的に、「夢」見るという行為の中に見ていた。夢／覚の閾さえもが夢中である。覚は夢中である限りにおいて不可能事からの脱出を可能にしている。その結果、言表の関節部分はありえない折れ曲がりを示し、内蔵された覚を代理出産する。人はそのとき、その自由への内在的超越の経験を事後的に「無我夢中」だったと振り返るだろう。相応の条件は、「我」の消失であり、そうであるがゆえにこの出逢い、相応は、「唯仏与仏」（唯だ仏と仏とのみ〔の出逢い〕）と言われたのだ――「仏法は、人の知るべきにはあらず。この故に昔より、凡夫として仏法を悟るなし、二乗として仏法をきはむるなし。独り仏にさとらるる故に、唯仏与仏、乃能究尽と云ふ」（『正法眼蔵』〔拾遺〕唯仏与仏、大久保道舟編『古本校定正法眼蔵 全』筑摩書房、一九七一・四、七八〇頁）。

以上を踏まえた上で、『玄恵法印追善詩歌』(25)の詠に見える「哀傷」詩に注目してみよう。

哀傷　　藤原有範

独清軒裏夢回時　　独清軒裏に夢より回《さむ》る時
七十生涯黍半炊　　七十の生涯　黍《きび》の半炊がごとし（黄粱一炊〔邯鄲〕の夢の故事。「枕中記」）
玉樹空埋三尺土　　玉樹　空しく三尺の土を埋め
風流余得一嚢詩　　風　流れきたりて　余《われ》一嚢の詩を得たり

観応元年（一三五〇）三月、碩学の僧として高名をはせていた玄慧が没した。その訃報に接して、太政大臣、洞院公賢（一二九一―一三六〇）は、その日記『園太暦』観応元年三月二日条（岩橋小弥太・斎木一馬校訂本・巻三、続群書類従完成会、二三四頁）において、「文道之哀微歟、天下頗不向（問イ）文（王イ）已没歟、不便々々」と嘆息するほどであった。その玄慧の逝去を悼んで編まれたアンソロジーが、『玄恵法印追善詩歌』である。上記の詩は、同集に収められる治部卿、藤原有範（一三〇二―一三六三）（『建武式目』起草者に連名する藤範は父。『太平記』にも「南家ノ儒者」として登場する）の作であるが、詩篇中の「独清軒」は玄慧の居宅の名であり、『楚辞』巻七「漁父辞」（『文選』巻三三、『古文真宝後集』巻一収録）の「世を挙げて皆な濁れるに、我独り清めり。衆人皆な酔えるに、我独り醒めたり」〔挙世皆濁、我独清、衆人皆酔、我独醒〕に拠るのは言うまでもないが、本章の文脈に沿って言えば、それが〈唯我〉に通ずるものであるのは明らかであろう。「玉樹」は、すぐれて高潔な風采の賢人の比喩として用いられる常套句であるが、当代随一の碩学と称された玄慧を暗示するものであるのも明白である。また、唐代の説話・伝奇の類で、「大樹は神霊が宿る媒体や依り代（よりしろ）であり、異界への接点であった」[26]ともされている。その場合もやはり「夢」が介在していることが多かった。さらに、「玉樹」は哀傷詩の慣用句としても多用されているが、[27]「黍半炊」との繋がりから見ると、陸游〔一一二五―一二〇九〕「泉扃一埋玉／世事幾炊黍」（『剣南詩藁』巻一二「与高安劉丞遊大愚観壁間両蘇先生詩」、『景印文淵閣四庫全書』第一一六二冊、二一八頁上）の句を襲ったかとも見られる。

つまり、この詩は、夢を通じて、玄慧から送り届けられたものだということである。言い換えれば、この詩は、藤原有範を口寄せとして、玄慧自身によって詠まれた「哀傷」詩なのだ、ということである。しかし、結句の「余」が空虚な人称であることによって、詩の構造は、われわれに対して、有範の中に幽在する玄慧の中にもまた〈他なる誰か〉が韜晦しているということを告げてくる。作者＝「余」は有範でもなく、また玄慧でもなく、夢という通底回廊を通じて詩を送り届けてきた〈何者か〉なのだ。この詩もまた、死線の彼岸から到来した無響の合奏なのである。

*

ところで、「夜」は、「夢」の換喩《メトニミー》として、句を得る契機とも見られていた。

贈東林総長老　　東林総長老に贈る　　蘇軾

渓声便是広長舌
山色豈非清浄身
夜来八万四千偈
他日如何挙似人

渓声　便《すなわ》ち是れ広長舌
山色　豈に清浄身に非ざらんや
夜来　八万四千偈
他日　如何が人に挙似《こじ》せん

（『集註分類東坡先生詩』巻七、『四部叢刊正編』四七、一六〇頁上）

われわれはこの篇中において、「夜」という語に徴《しる》されている微かな声を聞き取ることができる。〈渠〉は〈夜の闇〉に融けてやってくる。「八万四千偈」＝無数の詩へと変身しつつ到来するのだ。また同時に「夜来」の語と対比される結句の「他日」が詩篇全体を二重化していることにも気づかされる。「他日」＝異日、自然の声を、詩の到来を人に言葉で説明することはできない。しかし、〈他日〉＝〈他なる時間＝非-人称的な絶対的現在〉、それはいままさに人に伝わっているはずだ。現にいまこの瞬間に言表不可能であることが伝わっているからだ。

詩は〈夜〉という存在の闇＝外部からやってくる。〈夜〉は詩の宝蔵なのだ。そしてそのような他界としての〈夜〉は、〈死〉の瞬間でもあり、そこからやってくる詩は死者の声でもあった。「昼は下㆓り闇浮㆒、夜ハ升《ノボル》㆓兜率㆒にトモ云ゾ」（『湯山聯句鈔』、99項）。「闇浮」と「兜率」の対比は、「此岸」と〈彼岸〉の対比に類する。また禅僧の法語に「夜話」と題されるものが多いのも注意されるところである。

ところで、興味深いことに、哲学者・作家、M・ブランショ〔一九〇七―二〇〇三〕がこう言っている――「夜とは書物だ。すべてが発言されたあと、すべてが沈黙に立帰るときの一冊の書物の沈黙と無活動だ。その時ただこの沈黙のみが語っており、それは過去の奥底から語ると同時に言葉の持つ全未来なのだ。なぜなら現存する真夜中は、絶対的に現在性が欠けているこの時刻は、過去が、直接的に、何ひとつ現実的《アクチユエル》なものの媒介なしに、未来の極限に触れ、未来の極限に達している時刻でもある。そして既に見たように、これこそ、死の瞬間そのものだ、その瞬間は決して現存せず、絶対的な未来の祝祭である、そしてこの瞬間には、現在を持たぬ時間のなかで、かつて存在したものが未来に存在するだろうと言い得るのだ」（粟津則雄・出口裕弘訳『文学空間』現代思潮社、一九六二・一〇、一四九―五〇頁、傍点原文）。

〈死〉は誰にでも平等に訪れるものでありながら、誰にもその経験が所有されることはない。それ自身、歴史性を持っていない〈非-人称的な他界〉である。ただし、仏教者にとっては、そのような〈彼岸〉は此岸に対して、一元的でも二元的でもないと考えられていた。「浄土・穢土隔てあり、迷悟凡聖同じからずと思へるは、妄想なり。聖凡の隔てもなく浄穢の別なしと思へるも亦、妄想なり。……行住坐臥、見聞覚知、皆これ仏法なりと思へるも、妄想なり。一切の所作所為を離れて別に仏法ありと思ふも、妄想なり」（『夢中問答集』中、講談社学術文庫、一〇四頁）。それは空間的な位相において捉えうるものではない。「本分の田地に到ると申すことは、田舎より京へ上り、日本より唐土へわたるがごとくにはあらず。譬へば、人の我が家の中に睡臥して、種々の夢を見るがごとし」（『夢中問答集』下、一七八頁）。ここで幾ら強調しても強調しすぎることがないのは、「生」という存在性格が「死」という存在性格へと変異するというわけではない、ということである。道元もまた「生より死にうつると心うるは、これあやまり也」（『正法眼蔵』〈拾遺〉生死、大久保道舟編『古本校定正法眼蔵 全』筑摩書房、一九七一・四、七七八頁）と述べている。道元が「念々に死去す、畢竟暫くも止らず」（『正法眼蔵随聞記』一、ちくま学芸文庫、三五頁）と言ったように、存在の〈外部〉としての〈死〉はただ一回の到来によってその使命を終えるようなものではない。瞬間瞬間に到来し続け、その到来を決してやめることがないものである。つまり、人は瞬間瞬間において死んでいるのだ。「生《いき》ながら死して、静に来迎を待べし」（『一遍上人語録』、思想大系、三三七頁）、「臨終即平生」（同上、三四〇頁）。

ゆえに眼前の生者も、その声において、その立ち居振る舞いにおいて既に死んでいるのだ。「仏法にも敗壊の無常とて、此の身の破れ失せんことを二乗も悟り知れども、念々の無常とて、物ごとにふれて忘れざるは、菩薩大悟の位なり。念々の修行の歌人、おぼろげにもあるべからず」――心敬の言葉である（『さゝめごと』、大系、一九八頁）。かたちあるものが壊れゆくこと、自らの肉体が朽ちゆく、という意味での無常を知るのは「二乗」の悟りに過ぎない。それに対して、「念々の無常」を知り、それを「物ごとにふれて忘れ」ないことこそが、「菩薩大悟の位」であるのだ、と心敬はわれわれに告げる。さらに、兼好もまた「人はたゞ、無常の身に迫《せま》りぬる事を心にひしとかけて、束《つか》の間《ま》も忘るまじきなり」（『徒然草』四九段、大系、一二九頁）と述べている。

それを承けて再びM・ブランショの声に耳を傾けるならば――「人は死ぬ、そんなことは何でもない、だが、人は、おのれの死の後に、存在するのだ、彼は、自らよしと見なした絆で、強く死と結ばれている、彼はおのれの死を作り、おのれを死すべき存在に作りあげ、かくしておのれに作る能力を与え、おのれの作るものに、その意味と真理性を与える。存在することなしに存在するという決意が、死の可能性そのものである」（『文学空間』、一二三―四頁、傍点原文）。前世／現世／来世の分節は、身体の胚胎以前／受生／腐爛以後に与えた名ではない。われわれの通俗的イメージに反して、死が随伴していることは祝祭と言うべきである。なぜなら、一瞬一瞬死にうるがゆえに、人は変身を可能にしているからであり、今ここを自由な活動の場に帰すことができるからである。「意路絶し力尽きて、いかんともせられざる所に、歩をすゝむること、大火坑の中へ手を放つて走り入るが如く、進んで自己本分の金剛の中へ入り得は、心意情識、知見解会、命根と共に滅却して、本源の自性の現成すること、死果たる者の再びよみがへる時、諸病一時に断除して、安穏快楽を得るか如し、自由自在の分あるべし」（『抜隊仮名法語』、『禅門法語集』上巻、至言社、六二頁）。

〈死〉――すなわち、〈我《わたし》〉が既に死んでいるという厳然たる事実――これこそが〈自由〉の唯一の根拠であり無比の来源であった。そしてその理路は以下の如く詳解されうるだろう。『正法眼蔵』現成公案（公案《アポリア》の現成を、或いは現成という公案《アポリア》を主題化した断章）に拠れば、薪が燃えて灰になるという現象は、薪それ自身が灰へと変化したということではない。存在論的意味構造の反射関係の中で与えられた「薪」という法位＝存在性格はその位《ペルソナ》をいったん〈死界〉へと投げ返し（停止＝抹消し）、言わば死ぬことによって、「灰」という法位が配置転換の結果として立ち上がってくるのだと理解されている。つまり、「冬」それ自体が「春」に変化するのではなく、「冬」という法位と「春」という法位が配置転換をしたに過ぎないというのと同じ論理である。瞬間瞬間における〈死〉の到来、永遠の「束の間」を触媒として、ある「生」の存在性格が別の「生」の存在性格として他の「生」と共に生起してくるのだ。「生」と「生」はまったく疎隔されているが、まさにその疎隔こそが閾-紐帯として両者を繋げてもいるものだ。そして仏教者はそこに〈死〉の原基を見た。ただしそれは、生／死という相対的関係によって把握されるものではなく、むしろ〈死〉であるのと全く同時に〈生〉である瞬間のことであった。(28) 道元は言う――「「生死去来真実人体」といふは、いはゆる生死は凡夫の流転なりといへども、大聖の所脱なり。超凡越聖せん、これを真実体とするのみにあらず。これに二種七種のしなあれど、究尽するに、面々みな生死なるゆへに恐怖すべきにあらず。ゆへいかむとなれば、いまだ生をすてざれども、いますでに死をみる。いまだ死をすてざれども、いますでに生をみる。生は死を罣礙するにあらず、死は生を罣礙するにあらず、生死ともに凡夫のしるところにあらず。生は栢樹子のごとし、死は鉄漢のごとし、栢樹はたとひ栢樹に礙せらるとも、生はいまだ死に礙せられざるゆへに学道なり。生は一枚にあらず、死は両疋にあらず。死の生に相対するなし、生の死に相対するなし」」（『正法眼蔵』第四・身心学道、思想大系、上、七九頁）。

〈誕生〉と〈死亡〉が混濁した一つのものであることは、われわれの想像力の範疇を超えている。それは端的に思考可能性の〈外〉にあるからだ。『列子』周穆王篇に老聃《ろうたん》の言を引いて「造化の始まる所、陰陽の変ずる所の者、之れを生と謂い、之れを死と謂う」〔造化之所始、陰陽之所変者、謂之生、謂之死〕（『景印文淵閣四庫全書』第一〇五五冊、六〇一頁下）とあるのを承けてそれを〈造化〉と呼んでもよい。しかし、〈造化〉は――すなわち〈生〉にしても〈死〉にしても――永遠に人の知るところではない。空海（弘法大師）の詩は詠っている――「三界の狂人は狂せることを知らず／四生の盲者は盲なることを識らず／生まれ生まれ生まれ生まれて生の始めに暗く／死に死に死に死んで死の終わりに冥《くら》し」（三界狂人不知狂／四生盲者不識盲／生生生生暗生始／死死死死冥死終）（『秘蔵宝鑰』巻上、『弘法大師全集』三、四一七―八頁）。鴨長明もまた「不知《しらず》、生れ死（ぬ）る人、何方《いづかた》より来たりて、何方《いづかた》へか去る」（『方丈記』、大系、二三頁）と言っている。〈生〉も〈死〉も永遠に人に知られない、そのようなかたちで人は〈生＝死〉から疎隔されている。構造的に離別させられているのだ。

しかしながら、まさにその〈生＝死〉の思考不可能性によって、各々の「生」はその《分-節-合》的関係構造において、自己存在があたかも一つの系をなしているかのように意識の平面に映出されることになる。勿論、実際のところは、一個の「我」なる存在は、存在性格の持続的配置転換の結果として（生の相貌が、全的に変化-組成された一つの結果として）そのように存在しているのであって（全く新しいものとして全的に再起-共生しているのであって）、言うなれば、身体を他者の錯綜躰にのっとられることによって発生し続けている一つの効果《エフェクト》、一つの仮構的群生体に過ぎない。さらに換言するならば、「我」とは、〈言語以前の言語の貯蔵庫〉から切除された語りの諸断片が一時的に群生した共同体-溜まり場の如きものであって、そもそも「我」と呼ぶべき自己同一的な存在などいないのである。上述したように、そのような他者的な語格《ペルソナ》の群れが、相互の疎隔性を消失させ、一個の透明な存在者として統合され、此界に現前しているように感じられるのは、透明な仮面の〈原基《フォーマット》〉が常に幽在しているからである。〈我〉は生起することはない。〈生起〉それ自身であるからだ。同様に〈我〉が死ぬこともない。〈死〉それ自身でもあるからだ（不生不滅）。「本来面目無二生死一」（『正法眼蔵』第五三「梅花」に引かれる、「先師古仏《〔天童如浄〕》」の詩句。思想大系、下、一二九頁）、「彼ノ本来の面目は、生死輪廻無し」（『大灯国師法語』、『国文東方仏教叢書』第二輯・法語部上、五頁）などと言われる通り、〈素顔〉は生まれも死にもしないのだ。「生」（此岸）と〈死＝彼岸〉は同時に伴走-伴奏する。その関係的構造を〈存在〉（それ自身への関係化）と名づけてもよい。[29]「我」は〈主体〉の代理者、一個の幻影に過ぎない。この残映はやがて消滅し、一個の屍躰を世界に遺すだろう。しかし、俗解されているように、それが無常の「悲哀」であろうはずがない。〈主体＝差異化原理〉は生まれもしなければ死にもしないのだ。〈主体〉は、非主体であるところの他者《ひと》との間に位置している。ゆえに〈主体〉は原理的に他者《ひと》と共在的であり、他者《ひと》を包摂し、他者《ひと》によって構成されながら、他者《ひと》を分離する存在である。言い換えれば、〈主体〉とは、自らの内に出来する境界へと常に再帰し続けてゆくような、諸関係の関係化原理以外の何ものでもないのである。

以上のような視座に立ったとき（つまり、禅僧の眼から見たとき）、生物学的な死（一個の生体組織としての諸機能停止状態）というものがもはや大きな「問題」とはなりえないということが了解されるだろう。「若実《もしじつ》ニ極楽往生ノ理ヲ知ント欲セバ、マヅ浄土ニ往生スベキ主ヲ知ベシ。色身本《しきしんもと》ヨリ実躰ナシ、五蘊《ごおん》カリニ建立ス、四大《しだい》分散シテ後、ナニヲサシテカ我《が》トセン。我若《われもし》本来空《くう》ナラバ、ナニモノカ往生セン。若《もし》往生スベキ主ナクンバ、極楽ヲ求《もとめ》テ何カセン」（『塩山和泥合水集』中、思想大系、二一六頁）。「まことの浄土は心のうちにて候。……この世界をはなれて別に浄土なく候、かやうに知り候へは、ねかふべき浄土もなく、いとふべき娑婆《しゃば》世界もなし、た、万法一心にて候、一心即ち万法にて候」（夢窓疎石『二十三問答』、『禅門法語集』上巻、至言社、二六頁）。もはや、〈浄土＝死〉は渇仰すべきものでも恐怖すべきものでもない。

道元に従えば、〈生＝死〉は〈涅槃＝仏〉と同一である。「ただ生死すなはち涅槃とこころえて、生死としていとふべきもなく、涅槃としてねがふべきもなし。このときはじめて生死をはなるる分あり」（『正法眼蔵』〈拾遺〉生死、大久保道舟編『古本校定正法眼蔵 全』、七七八頁）、「この生死は、即ち仏の御いのち也。これをいとひすてんとすれば、すなはち仏の御いのちをうしなはんとする也。これにとどまりて生死に著すれば、これも仏のいのちをうしなふ也、仏のありさまをとどむるなり。いとふことなく、したふことなき、このときはじめて仏のこころにいる。ただし、心を以てはかることなかれ、ことばをもつていふことなかれ」（同上、七七八―九頁）。〈死〉とは〈絶対現在＝永遠の現在〉であり、〈生〉そのものであり、また「生」と「生」の〈間〉である。ゆえに、その〈間〉の亡失された「生」は、変化の契機を全く失った、無〈間〉地獄に陥るのだ。〈死＝彼〉に対する忘却という名の反噬によって、〈関係性〉（人と人の間）は壊れ、結び直しを困難にする。

　不可分なる〈生＝死〉という出来事は、われわれにとって、〈現在〉という名によって一つの出来事であると考えられている。しかし、〈現在〉とは、既に木村の議論の中でも見たように、われわれの知覚の〈外〉にある。正確に言えば、それは「時間」でもなければ、「空間」でもない。透明な〈死〉或いは〈死者〉が過去を、すなわち意識の平面に投射された映像の諸断片とそこから拡がるネットワークをその裏側から纏め上げ、その纏め上げによって時間が生成＝更新《アップデート》されているのだ。無限の過去以来の言語網がそれ自身を差異化する過程において、存在群が分裂-裁断されて、紡ぎなおされ、配置転換されるのである（それが、識神＝霊魂の永遠不滅という俗見、或いはわれわれが一般的にイメージしているような意味での「生まれ変わり」と交叉するものでは「ない」のは言うを俟たない）。〈死者〉は、現在という無限無辺の一点に浸潤しつつ、縮約された過去に住んでいるが、そこは全く無-時間的、非-歴史的な非-空間（＝〈道場〉）である。道元は言う――「常者未転なり。未転といふは、たとひ能断と変ずとも、たとひ所断と化すれども、かならずしも去来の蹤跡にかゝはれず、ゆへに常なり」（『正法眼蔵』第三「仏性」、上、五五頁）。〈常者〉（変わらないもの＝変化それ自体）は、どのような主体や客体に変化-応現したとしても、その痕跡を此界に留めることはない。諸々の存在者（主体群-客体群）は無自性なるがゆえに無常だが、〈存在それ自体〉は、その空虚な形式性において、（透明な非-人称的）時間と共に常住である。しかし、人はその遍在的であると同時に秘匿的なはたらきを、時系列という近代的時間観念（空間化された線状的時間）に置き換えて理解しようとする。人は自らが構造的に〈現在〉から遅れていることを意図的に無視し、歴史性を持たないはずの〈死〉を表象化した

「死者」の群れを捕縛し、時系列上にそれを配置‐展開してゆく。そうしてできあがったものをわれわれは「歴史」或いは「物語」と呼んでいる。

「歴史＝物語」は、〈永遠なる絶対的現在＝死〉――別の言い方をすれば、〈絶対的に歴史化されえぬもの、すなわち歴史化する当のもの〉――を担保として書き換わってゆくことを可能にしているのだが、その事実を忘却することによって、歴史はあたかも事実の堆積のように錯認され、凝固してゆく。それによって、過去のみならず、未来（生成されるであろう可能的世界）もまた凝固してゆくことになる。此界は、それが言語によって構成されたものである以上、二分法的分節網に由来する力学的不均衡を内包せざるを得ないのだが、そうであることによってそのような不変的構造の中を生きる言語的主体は、喰うか喰われるかの暴力体制の内部に棲まう他なくなる。そして、言語によって造型された苦しみや痛みの硬質な構造が同位的に反復される中で、そこに埋め込まれた主体は、構造内部で群発する暴力から身を守るために自らを対抗的暴力装置として設計《デザイン》してゆくことになる。[30]そうして諸主体は、〈世界を創生する〉〈力〉を求めて〈個人〉（分割不可能なもの）であることを強く願うようになるが、そこでは、間断なく到来する〈死〉によって自らが分裂を繰り返すものであることは完全に忘却される。それは、まさにその忘却によって「我」＝〈個人〉であるという自己錯認が可能となっているからだ。そこでは意識の上で、生成の瞬間から構造的に原謬的な存在でしかありえないはずの「我」が、無謬性と絶対的な確実性を具足する〈我〉と、無自覚の内に混濁‐合一してしまっており、そうして「我」は――〈我〉の玉座を簒奪した、僭主たる「我」は――構造的に世界の中心に位置づけられることになる。そのような場処から見える世界の中において、「我」の考え、意見、言葉、態度は構造的に（それゆえ必然的に）常に「正しい」ものであるようにしか見えなくなる。そのような主体の生が圧力《ストレス》や抗争と無縁でいられると想像するのは難しいだろう（ある生は、自らの暴力性をより強化することを願い、ある生は、そこから逃れるために、生存の棄権を選択するかもしれない。時に、外からの批判に対して過剰なまでに防衛反応を示し、独善的なロジックで自己正当化を試みようとする主体に出逢うことがあるが、それは、そのような主体においては自己の自己性があまりにも強く信じられているために〈他者〉が存在せず、そうであるがゆえに、自／〈他〉の境界がなく、常に可動域のほとんど存在しない自己のローカル・ルールに従って世界解釈をし続けるようにプログラムされてしまっているからである）。このような負のスパイラルの中で、世界＝主体は変化‐更新《アップデート》の契機を決定的に亡失するのだ。それは前章において坂部恵が「他者とのドラマチックなかかわり」を失っているとした、われわれの生の相貌を難ずる文脈とも呼応するものであるだろう。

　そのようなヴィジョンの下、われわれは時折、幾分過剰に「生命の尊さ」を訴えることがある。しかし、その類の言説下において些か無頓着であるように思われるのは、そのような訴えの身振りが大仰なものであればあるほど、そのような法自体が（生命の価値／無価値という対立図式を構成しつつ）、「生命の破壊」という対立物を可能的選択として発作的に強く投げ返してくることになるかもしれない、という事態がそれほど深刻には想定されていないようにも見えるということである（時にわれわれを悩ませる、無差別殺人といった事案は、その当事者が生命の尊さを理解していないから起こるのだろうか。むしろその逆なのではないだろうか。社会的にその尊さが過剰に煽られているがゆえに、そこへの攻撃が企てられるのではないだろうか）。しかし、仏教者は、それほど過剰に（生物学的な）「生命の尊重」を意思せずとも、〈生命〉が尊重されるような生き方を取ることは可能である、と考えていた。それは〈死〉を絶えず思うことであった。「学人は必ズしも死ぬべキ事を思フベシ」——と、道元は強い口調で語っている（『正法眼蔵随聞記』三、二〇七頁）。生の相貌《ペルソナ》が新たな別の生の相貌《ペルソナ》へと変身するこの一瞬において、ノエマとしての「生」が〈死＝生の相貌《ペルソナ》の再編〉を逆限定しているという「ゲシュタルトクライス」の関係が起動することを顧みるならば、人はいっそう「而今」＝〈現在〉をどう生きるかを深く思慮せざるをえなくなるだろう。兼好が「たゞ今の一念、むなしく過（ぐ）る事を惜《を》しむべし」（『徒然草』一〇八段、大系、一七七頁）と言うのも、或いは道元が「学道の人は後日を待ツて行道せんと思ふ事なかれ。ただ今日今時を過ごさずして、日々時々を勤むべきなり」（『正法眼蔵随聞記』一、ちくま学芸文庫、二八頁）、「ただ今日今時許《ばかり》と思ウて、時光を失ハず学道に心を入ルベキなり」（同三、一九六頁）、「しばらく先づ光陰を徒ラにすぐさじと思うて、無用の事をなして徒ラに時をすぐさで、詮ある事をなして時をすぐすべきなり」（同三、二〇七頁）と言って、一瞬も無駄に生きることのないよう弟子を戒め続けたのも、（通俗的な意味での）来世＝未来をただ無為に翹望するのではなく、いまこの瞬間の生の相貌《ペルソナ》が次の瞬間の生の相貌《ペルソナ》を決定しているという原理に基づき、現状を無為に過ごす（有限なる現状の構造を維持しようとする）ことは自らの（構造的）変身、世界の変革の可能性を閉ざすことだということを人々に強く意識づけたかったからであろう。

加えて、『一言芳談』には「世間出世至極たゞ死の一事也。死なば死ねとだに存ずれば、一切に大事はなきなり。この身を愛し、命を惜しむより、一切のさはりはおこることなり。……我も人も、真実に後世をたすからむとおもはんには、かへすぐ〲も、道理をつよくたてゝ、心にまけず、生死界の事を、ものがましくおもふべからざるなり」（大系、一九一頁）とある。ただ注意しておくべきは、これは決して生物学的な意味における「死」に救済を求めているのではない、ということである。〈死〉と「死」の存在論的相差にはくれぐれも注意しておかねばならない（無論、自死行為を奨励しているのではない）。

先述したように、人格の変化の契機を喪失することは、生命としての弱体化を意味する。ゆえに、現状の構造を無為に肯定‐受容することこそ何よりも忌避すべきことであった（ありのままに生きよ、自然に任せて生きよ、という類の現状肯定的態度は、「自然外道」[31]「任病」[32]などと呼ばれて批判されてきた）。〈メタノエシス的原理としての人格の原基＝心＝仏性＝死性〉はあらゆる主体に内蔵されているものの、そこで実際に変身＝成仏という出来事が発生しない限り、〈仏性＝死性〉の存在は認められるものではなく、また〈仏性＝死性〉を自覚‐護持することがなければ、変身も起動することはない、と道元は考えていた。この矛盾した構造的先後関係について「仏性の道理は、仏性は成仏よりさきに具足せるにあらず、成仏よりのちに具足するなり。仏性かならず成仏と同参するなり。この道理、よく〳〵参究巧夫すべし」（『正法眼蔵』仏性、上、五三頁）と述べている。無為のままにただ待っているばかりでは何も変わらないということだ（むしろ苦しみ・痛みの再生産回路を保守することになる）。

しかし、人は多くの場合、変化よりも安定を好む。それは究極の変化＝死への恐怖がその底に根ざしているからである。人は死に背を向けようとし続ける。死が到来するのを先延ばしにしたいと願う。しかし、そのような存在の不安（自らが生まれながらにして既に死刑執行が予告された死刑囚であるという事実）に対する恐怖は、自らが既に死んでいるという事実、〈死〉と常に対面せるものであるという事実を忘却することによって齎されたものである。われわれは、自らが〈死〉に対して絶望的に不自由な存在であると信じており、それをただ不可避的に受容するだけの存在であると考えている。しかし、果たして本当にそうなのだろうか。われわれは世界がそのような法則《システム》になっているのだから仕方が無いとして、あまり深く考えないようにしているが、仏教者が投げかけた問いは、人の生というものが本当にそのような法則《システム》になっているのか、本当に「死」は避けられないものであるのか、改めて考えてみる必要があるのではないか、ということであった。それに対して導き出された答えは、避けられないどころか、人は既に死んでいるのだ、というものであった。その端的な事実によって死を克服する（世界の外へ脱け出る＝遁世する）という倒立的な思考法が発見されたのだ。

中峰明本は言う――「生は無生の中に於いて生を受く。死は無死の中に於いて死を受く。既に生死無しと曰わば、安んぞ生死を受くる者有らんや。蓋し自心を迷却して妄に生死有りと見るのみ。苟《も》し迷妄の情或《あ》れば、一念未だ萌《きざ》さざるの表に於いて爆散すること能わず。乃ち他に依りて解を作し、強いて生死無しと言う者、是れ大妄語成ず。亦た般若を謗ると名づく」〔生於無生受生、死於無死中受死、既曰無生死、安有受生死者、蓋迷却自心而妄見有生死耳、苟或迷妄之情、不能爆散於一念未萌之表、乃依他作解、強言無生死者、是大妄語成、亦名謗般若也〕（『天目中峰和尚広録』

巻四之上・法語「示雲南福・无・通三講主」、和刻影印近世漢籍叢刊、中文出版社、一七六頁)。

さらに、兼好は、「変化《へんげ》の理《ことわり》」を知らず、世界を「常住《じやうぢう》」であると思っている人を「愚《おろ》かなる人」だと難ずる(『徒然草』七四段、大系、一五一頁)。その上で兼好は人の言葉を引きながら、「人、死を憎《にく》まば、生《しやう》を愛すべし。存命《ぞんめい》の喜(び)、日々に楽《たの》しまざらんや。……人皆生を楽《たの》しまざるは、死を恐《おそ》れざる故なり。死を恐《おそ》れざるにはあらず、死の近(き)事を忘《わす》るゝなり」(『徒然草』九三段、大系、一六六頁)と言う。つまり、われわれが自らの生を楽しめないのは、(一見、死を恐れていないからのように見えるが、実は)死の近さを忘れてしまっているからなのだという。このように死について深く考えることをやめてしまったわれわれの(鈍感な)生に対して、兼好は「覚悟」[33]を迫るのである。[34]

昨日の「我《わたし》」と今日の「我《わたし》」が同一であるという、自己同一性は、〈死〉を忘却することによって出来したまがい物《シュミラークル》に過ぎない。[35]〈死〉に対する恐怖は、「死」という出来事や「屍躰」を日常から遠いところに追放し、それを隠蔽-不可視化しようという強い欲求へと反転してゆく。[36]そうすることで、自らの〈死性〉を想起することは著しく困難になる。しかし、仏教者は、身近に起こる些細な環境的変化——例えば、春の訪れ(〈春〉=花を咲かせるもの=存在者を生成するもの)、鳥の囀り(〈鳥〉=異界から渡ってくる使者=死者)、或いは、夢告——に〈死〉の到来の契機を見出し、それに対する感度を亢進させ続けてきたのである。あらゆる存在者は「間《かん》、髪《はつ》を入れず」して死に去《ゆ》く。だからこそ、「いきとしいけるもの、いづれかうたをよまざりける」(『古今集』「仮名序」、大系、九三頁)と言いえたのだ。

複式夢幻能という装置

さて、古東哲明『他界からのまなざし—臨生の思想—』(講談社、二〇〇五・四)に拠ると、能という仮面演劇は、人を〈死界〉へと連れて行く文化装置として設計《デザイン》されたものであった。まず、古東は、日本の古典籍或いは文化に見られる「他界をこの世の間近に想定する」ような他界観を「近傍他界観」と呼ぶ。それは、此岸に対する彼岸を、「紙のウラ・オモテ」のような「一体二重関係」として取り結びつつ、「超絶的なかなたへ飛翔しない」、「かぎりなくこの世に近い」ものと見なすような世界観を指す（一三頁）。例えば、「念仏三昧、即弥陀なり、彼此往来なし」（一遍『播州法語集』、思想大系、三五七頁）、「阿弥陀仏去此不遠」（阿弥陀仏ここを去ること遠からず）（『仏説観無量寿経』の語、同上、三七〇頁）という言表、或いは平田篤胤の幽冥論（『霊能《たまの》真柱《みはしら》』『新鬼神論』）、慈遍『旧事本紀玄義』巻第三、慈円『愚管抄』巻第七の冥顕論などに特徴的に見られる言表のことである。

その上で、古東は、世阿彌能における複式夢幻能というテーマにおいて、きわめて興味深い議論を展開する。「世阿彌は、おもに複式夢幻能形式でつくった。現在能が、舞台を此岸内だけに限定し、その筋書きをひとの世の人間関係の悲喜劇に終始させるのにたいし、夢幻能は、ひとりの人物の死をはさんで、此岸の生涯のこの世のできごとから、死後の彼岸のありさまにまでおよぶ。他界人（死者・精霊・神霊・物狂い）が主人公（シテ）であり、その生死往還が筋書きとなるのも、そのためである」（四二頁）。夢幻能の主人公は、〈他界人〉である。そして夢幻能の構図によって観客は、「演者同様に苦吟しさらにしばし「死に身」となって、通常の生活圏（この世）から一寸浮揚したトポス（闇の劇場＝近傍他界）へ連行される」（五〇頁）。そのとき、観客は役者と同心となって、「この世でもあの世でもない宙吊り地帯へ連れ込まれ」、「そしてさらに、あの世からこの世を観る視座（他界からのまなざし＝臨生する精神）」（四三頁）へと位置づけられる。それは「シテ（死者）の眼を見所（生者）に移植すること」であるが、そうして観客は「ふたたび元のこの世にもどる」（四三頁）のである。このような此岸と彼岸の「振幅運動」こそが、「成仏」であり、夢幻能はそのような（疑似）体験を可能にする文化装置であった。「能とは、観客を他界人と化す技芸（ars Vivendi sub supecie mortis）。死びとへの同化を媒体に観客もしばし〈死に身〉になってしまう時空の変身劇である」（五〇頁）とされるのである。

逆修と梓弓——亡名者の共同体——

　ところで、古東の議論の流れの中で、われわれの興味を引くのは、「逆修儀礼」について言及されている点である。例えば、浄土入り（奥三河の花祭）、修験道（白山・立山の布橋灌頂）、迎講（当麻寺の二十五菩薩練供養）などに見られる儀礼であるとする。

　「逆修」とは、簡単に言えば、生前に自らの死を供養することである。そのような喪の儀式から想起されるのは、中世における「梓弓の歌」の伝承とその類型歌である。以下、池見澄隆『中世の精神世界―死の救済―』（人文書院、一九八五・一）に収録される論考「「梓弓」説話の形成―仏教とシャーマニズム―」に基づいてそれらを掲出すれば以下のようになる。

　まずその一例を『太平記』巻二六「正行参ニル吉野ヘ事」（大系、三、一六―七頁）に見てみよう。楠木正行《まさつら》が目前に控えた合戦を前に、先帝後醍醐の吉野の廟に拝するという場面である。

> 只是ヲ最後ノ参内也ト、思定メテ退出ス。正行・正時……以下今度ノ軍ニ一足モ不レ引カ、一処ニテ討死セント約束シタリケル兵百四十三人、先皇ノ御廟ニ参テ、今度ノ軍難義ナラバ、討死仕ルベキ暇ヲ申テ、如意輪堂ノ壁板ニ各名字ヲ過去帳ニ書連テ、其ノ奥ニ、
>
> 　返ラジト兼テ思ヘバ梓弓《アヅサユミ》ナキ数ニイル名ヲゾトヾムル
>
> ト一首ノ哥ヲ書留メ、逆修ノ為ト覚敷テ、各鬢髪ヲ切テ仏殿ニ投入レ、其ノ日吉野ヲ打出テ、敵陣ヘトゾ向ヒケル。

楠木正行以下一四〇餘名の軍勢が決死の覚悟をもって出陣するに際し、如意輪堂の寺壁を「過去帳」に見立てて

そこに自らの名を書き連ねる。正行は「逆修」として一首の歌をそこに書き添え、また皆で鬢髪を切って仏殿に投げ入れる、というのがその筋立てである。ここで注意されるのは、死亡者名簿である「過去帳」に自らの名を書くという行為である。その意味するところが先の歌に示されているのだが、このような類型的逆修譚は、池見が挙出するように古典世界に多く見られるものであった。

○あづさゆみはづるべしともおもはぬはなき人かずにかねているかな　（『保元物語』中「為義降参の事」、大系、一三七頁）

○アヅサユミ遂ニハズレヌモノナレバ無キ人数ニカネテ入カナ　（延慶本『平家物語』巻八「宇佐神官ガ娘後鳥羽殿ヘ被レ召事」、櫻井陽子・小番達編『校訂延慶本平家物語㈧』汲古書院、二〇〇六・五、二九頁）

○梓弓ハヅルベシトハ思ハネバ無きキ人数ニカネテ入カナ　（『三国伝記』七―二〇「武州入間川ノ官首道心ノ事」、池上洵一校注『三国伝記』下、三弥井書店、一九八二・七、七三頁）

○アツサ弓ハツルヘシトモ思ハ子〔ネ〕ハカ子テ無身ノカスニ入ルカナ　（『法華経直談鈔』巻六「随喜功徳品」、〈影印版〉『法華直談抄』〈妙法院蔵本〉三、臨川書店、一九八九・二、八五八頁）

○アツサ弓ハツルヘキトモ思ハ子〔ネ〕ハ兼テ無名ノ数ニ入ル哉　（『月刈藻集』下、『続群書類従』第三三輯上、八八頁）

歌の主は、六条判官為義、宇佐神官のむすめ、女、和泉式部などさまざまだが、何らかの理由により死者の名簿である「過去帳」への生前記名を行った人が詠んだ歌とされる点で一致している。歌の意は、「梓弓が的をはずれることのあるはずもないのと同じように、自分の死も到底まぬがれることはない。その意味では、すでに死者の仲間入りをしているのも同然である。わが名を現在帳にではなく、過去帳にしるすゆえんである」と解釈される（前掲池見書、一八四頁）。

「梓弓」とは歌語の一つだが、中世の古辞書の一つ、『名語記』巻八に「死人ヲアツサニカクトテ弓ノ絃ヲタヽキテカヘハ亡魂キタリテ物語ヲスル事アリ　ソノアツサ如何　コレハ弓ノ絃ヲタ、ケハアツサ弓ノ義ニテ　アツサトイヘル歟ノ義アリ　又ウラツルサマノ反リテ　アツサトナル義アリ　占出ナリ　コノ両様イツレモ　ステカタキ歟」（田山方南校閲／北野克写『名語記』巻八〔七〇ウ〕、勉誠社、一九八三・一、九九四頁）とあって、生者と死者の間を繋ぐものとして捉えられていた。梓弓という語から聯想されるのは、当時にあっては、死霊の口よせを専業とする梓巫女、すなわち生霊・死霊を招霊しその言葉を伝える媒介者のことであった。

「はつる」は、「外《はづ》る」「解《はづ》る」（ほつれる）に通じ、梓弓で射た矢は決して外れることなく、またその弦は此岸（生者）と彼岸（死者）との間に渡された、決して外れぬ「橋懸かり」の如きものであった。だからこそ、生前に過去帳に記名し、「無人数」――無《（亡）》くなった人の数に入ること、無数の亡者に名を連ねること、そうであってみればそこは「人の数うること無き」、不可算の空間でもあった。過去帳への記名＝署名とは、名を此岸に記す（記憶させる）ことであり、〈名も無き彼岸〉へと「帰還」する行為であった。たとえ肉体が朽ち果てたとしても、名は此岸に遺り続ける。〈彼岸〉には名がないからだ。それによってわれわれは「死者」について語ることを可能にするが、そのような「死者」の名とは仮名《けみよう》以上の何ものでもなく、語られた「死者」は、〈無名の死者〉と必然的に背馳している。人は生前から名を与えられていたわけではなく、原的にはその仮名性《けみよう》が忽《ゆるが》せにならない以上、永続的に〈無名者〉であるより他はない。このことからも、人が生前に既に死んでいることは明らかである。となれば、作者が詩を詠み、記名するという行為は、その瞬間に死ぬ＝〈無名者〉へと「帰還」することに他ならない。つまり、人の記名＝署名という行為は、全て過去帳への記名なのだ。まさにその記名の瞬間に、名を捨て自らと決別し、パフォーマティヴな自殺＝再生を完了するのである。

孤独な共生

「能とは、観客を他界人と化す技芸（ars Vivendi sub supecie mortis）。死びとへの同化を媒体に観客もしばし〈死に身〉になってしまう時空の変身劇である。／その意味で、演者《シテ》は殺害者《シテ》。かれは観客を殺しにこの世へ降りてくる。どれだけ深く殺せる（成仏させることができる）かが、演者の技倆でありかつ日々の鍛錬目標となる」（前掲書、五〇頁）――と述べた古東に倣って言うならば、詩人もまた死ぬことによって詩を詠むこと＝変身を可能にしていた。〈メタノエシス的心〉に生成の全能を譲渡することができたなら、それは、完全に無媒介的な直接性の中で、即興的に詠うことを可能にするだろう。何も考えずただ「比翼の鳥」「連理の枝」（唐・白居易〔七七二―八四六〕「長恨歌」）の如く〈死者〉と伴走することが可能であったとき、世界の構成は、その都度、〈死者〉からの、〈死者〉による、〈死者〉の引用によって変形させられることになるだろう。『徒然草』の著者が、読む行為の中で「ひとり灯《ともしび》のもとに文《ぶん》をひろげて、見ぬ世の人を友とするぞ、こよなうなぐさむわざなる」（『徒然草』一三段、大系、一〇〇頁）と言ったのもこれと別のことではない[37]。

　では、なぜ〈メタノエシス的主体〉の声が秀逸であるように感じられるのか。結論から言えば、それはその声が――人の俗耳に届くことのないその声が――真の意味で共同体的であるからだ。ただし、すぐさま注意を喚起しておかねばならないのは、その場合の〈共同体〉なるものの概念的水準である。それは決して複数の原子化された個人の結合体-集合体としてのそれのことではない。

　人は瞬間瞬間に固有の仮面を剝奪され、〈死〉という公共的な閾へと連れ戻される。そこでは、非-人称的な空虚な仮面が、新たな仮面を被って現前してくる。つまり、〈死〉こそがわれわれにとっての唯一の公共性の根拠なのだが、それゆえに、（真の意味で公共的な）〈共同体〉とは端的に現前不可能なものでしかありえないのである。それは常に〈彼岸〉にしかありえないからだ。そして「禅林」もまた不可能な共同体である。共同体それ自体は名を持っておらず、声も持っていない。決して自らを語ることがない[38]。それはただ原事実として秘匿的に遍在するものでしかないのだが、もしそれを現前的に構築されるべきものとして想定してしまったならば、それは必ず〝共同体という名の排除体[39]〟へと転倒することになるだろう。「もし人びとを結びつける接合剤が、共同の恐怖にほかならないならば、そこから生じる結果はつねに共同の隷属でしかなく、それは共同体とは正反対の状態を意味する」（R・エスポジト『近代政治の脱構築―共同体・免疫・生政治―』講談社、二〇〇九・一〇、三九頁）のである。現前不可能な〈共同体＝他界〉とは、絶対的に単一でありながらその単一性には不可算の複数性が浸潤している。それは〈我〉が絶対の単数でありながら、複数的なかたちで現実化されるという論理と相同である[40]。

　人が共同体を可能にしているのは、常に既に死んでいるからだ。「死」を共有しているのではなく、〈死〉に共有されているからだ。その〈死〉とは、生物学的な死のことではない。ゆえに〈非現前的共同体〉とは絶対の孤独である。『一遍上人語録』にも「万事にいろはず、一切を捨離して、孤独独一なるを、死するとはいふなり。生ぜしもひとりなり、死するも独なり。されば人と共に住するも独なり、そひはつべき人なき故なり。又わがなくして念仏申が死するにてあるなり」（思想大系、三三七―八頁）とある。「死」をめぐる状況・観念が複数化（歴史化）されることはあっても、〈死〉それ自体は絶対に単独であるからだ（歴史性を持たない）。そして人はその〈孤独〉に貫通されることによって「他」と繋がることを可能にしている。「一人」であるがゆえに（他と隔絶されているものであるがゆえに）、個人は「二人」でありうるのだ（〈メタノエシス的自己〉との「相続」が可能となる）。そして、個人が二人であるからこそ、世界は共同体でありうるのだ（むしろ人は絶対的に孤独であることなどできない）。それを踏まえた上で次の禅録に目を移そう。

○師煎茶次、道吾問、作什摩〔麼〕、師曰、煎茶、吾曰、与阿誰喫、師曰、有一人要、道吾云、何不教伊自煎、師云、幸有専甲在、（『祖堂集』巻五・雲巌曇晟章、『禅学叢書』四、中文出版社、九九頁上）

師（雲巌）茶を煎ずる次《おり》、道吾問う、「什麼《なに》をか作《な》す?」師曰く、「茶を煎ず」。吾曰く、「阿誰《たれ》にか喫《の》ます?」師曰く、「一人《いちにん》の要《ほっ》する有り」。道吾云く、「何ぞ〝伊《かれ》〟をして自ら煎ぜしめざる?」師云く、「幸いに専甲《それがし》の在《あ》る有《あ》り」（書き下しは、小川隆『語録のことば―唐代の禅―』禅文化研究所、二〇〇七・七、二一三頁。ただし末尾の句は引用テキストでは「幸いに専甲《それがし》有り」と記す。ここでは『祖堂集』の引用底本に即すかたちで上記のように改めた）。

○雲巌問、和尚毎日区区（駆駆）為阿誰、師云、有一人要、巌云、因什麼不教伊自作、師云、他無家活、（『景徳伝灯録』巻六、『大正蔵』五一、二五〇頁上）

雲巌問う、「和尚の毎日駆駆《あくせく》たるは阿誰《たれ》が為ぞ?」師（百丈）云く、「一人《いちにん》の要《ほっ》する有り」。巌云く、「因什麼《なにゆえ》にか〝伊《かれ》〟をして自から作《な》さしめざる?」師云く、「〝他《かれ》〟家活無し」（書き下しは、同上、二一四頁）。

禅籍において「一人」という異称を与えられていたものがここで主題化されていることが確認されるが、この〈一人〉が（絶対の孤独としての不可算の）〈我〉であることはもはや説明を要しないだろう。そしてそれは心敬においてはこう説明されている――「古人の幽玄体と取りおけるは、心を最用とせしにや。大やうの人の心得たるは、姿の優ばみたる也。心の艶なるには入りがたき道なり。人も姿をかいつくろへるは諸人の事也。心ををさむるは一人なるべし」（『さゝめごと』、大系、一二六頁）。すなわち、変身したものは諸人だが、心を統治するのは一人であるという。そして、古典知の回路をめぐる〈一人〉の痕跡をわれわれは次の言表の中に目撃することになるだろう。

○いかばかりあはれなるらんゆふまぐれただひとりゆくたびのなかぞら（西行『聞書集』二三一「中有の心を」、『新編国歌大観』第三巻、六一七頁）

○ここをまたわれすみうくてうかれなばまつはひとりにならんとすらん（『山家集』一三五九「いほりのまへに、ま

つのたてりけるをみて」、『新編国歌大観』第三巻、五九八頁）

○つれ〴〵わぶる人は、いかなる心ならん。まぎるゝかたなく、たゞひとりあるのみこそよけれ（『徒然草』七五段、大系、一五一頁）

ところで、われわれはここで、先行する諸研究が、個を超越し個に先行する共同体を見据えることで、詩歌の生成の機制を記述しようと試みてきたことを同時に想起することになるだろう。例えば、禅僧の文学的営為の集産《コレクテイヴ》的な側面は、夙に芳賀幸四郎の研究において「協同体の文学」と強調されていることに窺われる通りである（『中世禅林の学問および文学に関する研究』日本学術振興会、一九五六・三、三七三頁以下。ただ、それは一座に会して行われるような可視的な共同性を問題化したものである）。また、中川徳之助／朝倉尚における「観念的世界」という把握もその一例に数えられる（中川徳之助『日本中世禅林文学論攷』清文堂、一九九九・九、一頁以下、或いは、朝倉尚『抄物の世界と禅林の文学―中華若木詩抄・湯山聯句鈔の基礎的研究―』清文堂、一九九六・一二、三〇八頁以下、等）。和歌研究においても、尼ヶ崎彬は、歌の創造主体の位相を「詩的主観」「匿名の詩人の魂」と呼びつつ、それを間主観性の水準で捉え、現実の生身の主体とは全く異なる地平において歌の実現を見ている。

ただし、注意しておかねばならないのは、そのような共同性とは、人格・語格が統合された全体なのではなく、そのようなものを根刮ぎ併呑してしまうような底なしの穴としてのみその存在を認めうるようなものでしかない、ということである。「人の心」とは、主観性なき主観であり、非-人称的（前-人称的）な間主観性である。それは決して人格の蝟集したものではない。同質的なものの見方、感じ方を導くような、「精神共同体」のようなものでもない。もしそうであれば、それは、やがては形骸化し、自ら変身する権能を欠落させた、複製物の複製でしかなくなるだろう。〈他者の共同体〉とは、決して構築されうるようなものではない。それは帰結ではなく、始原であるからだ。また「我」がその共同体の一員に名を連ねることはない。共同体には名簿がないからだ。名を喪失せねばそこには行けないのだ。自己無化・他者化の絶え間なき道程に耐え得たものが、その彼岸に見るものこそが、〈共同体〉である。『臨済録』示衆に見える「相逢うて相識らず、共に語りて名を知らず」（相逢不相識、共語不知名）（『大正蔵』四七、五〇一頁下）と言われるもの、また『法華経』方便品が、そして道元が「唯仏与仏」（上述）と呼んだものがまさにこれである。

では、どのような意味で〈共同体〉は可能になるのであろうか。その唯一の条件は、自らの裂け目＝欠如を弥縫しないことに求められるだろう。自らの生を絶えず原的な無意味性＝欠如へと回帰させることによって、その都度、適切な意味のかたちが〈死界〉から引き出されてくることになるだろうからだ。

原理的に共同的である存在とは、唯一、非-人称的／公共的な仮面の原基、すなわち〈　〉以外にはありえない。そのような共同体とは、何かを許容し、何かを排除する、国家のような制度的なそれではなく、またすべてを寛容に受け容れるようなユートピア的なものでもなく、むしろそれは逆にありとあらゆる人を排除する共同体なのである。それは我が名をもって成員に登記することが不可能な（非）場処であって、そうであるがゆえに誰にでも参画が許されているようなものである。というのは、人は原的に〈もの言わぬもの〉であり続けるからである。ゆえに、それは誰にとっても同じようにそこにあるもの、追い求めずとも端的に自らに具足するものであるが、絶対の条件となるのは、それを絶えず忘却することなく覚醒させておくことである（「護法」「持仏」などと称される）。つまり、はっきりしているのは、それは決して無為のままに到来するようなものではない、ということである（先述）。だからこそ仏教者は、主体を真の意味で公共化-共同体化させるべく、看経・念仏・座禅、そして詩作というメタノエシス的行為を懈怠することなく、実践し続けてきたのである。

〈死＝詩〉は共同不可能なものとの共同を可能にする。しかし、その可能性を根拠づけるのは他ならぬ共同不可能性――〈絶対の孤独〉――である。自らをこの逆理の構造の中に絶えず引き裂いておくこと、それこそが〈覚醒〉と呼ばれる生の相貌《ペルソナ》のことであった。

4 妙という裂け目

人間であるという事実の有限なかたちには多様な歴史性が彩られているが、有限であることそれ自体に歴史性は存在しない。誰もが〈自己自身〉を正しく思考できないという臨界点《アポリア》の中に生を受けているという事実には、一切の例外は存在しない。不確かなものの中にあって唯一、確実と言うに値するものである。故に〈非-人称的な自己自身〉という限界と衝突しつつそれに裏側から触れている仮面《テクスト》、そのようなわれわれの解釈という営為に抵抗し続ける仮面《テクスト》に対して、誰もが――〈誰でもない誰か〉であるという事実に根拠づけられて――感応することを等しく可能にしている。

先に、詩人は死ぬことによって詩を詠むこと＝変身を可能にしているのだと述べた。ただしそれは、いかに深く死ねるか、というよりも、むしろどれだけ浅く死ねるかという挑戦としてであったであろう。深く死ねば、それはもはや狂者の（無言の）絶叫の如く聴き取りうるような声とはなりえないだろうからだ。『毎月抄』には「あまりに又深く心を入れんとてねぢすぐせば、いりほがの入りくり哥とて、堅固ならぬ姿の心得られぬは、心なきよりはうたてくみぐるしき事にて侍る。このさかひがゆゝしき大事にて侍る」（大系、一二八頁）とあり、心敬もまた、「歌にはいりほがとて、あまりにさかひに入り過ぎたるをば嫌ひ侍り。連歌にはあるまじき事にや侍らむ」（『さゝめごと』、大系、一五二頁）と呼びかけている。深すぎれば、読み手は、此界に置き去りにされる（人はそれを「難解」と呼ぶ）。読み手を他界へと連れて行くには、適度な「浅さ」が必要なのだ。

詠まれた詩、テクストには質が存在するが、詠む行為の中で接したテクストには、ひどく退屈であったり、難解すぎて接触を諦めたりするようなものがある。そこでは、読み手の中に何らの感動も起こりはしない。そのような感情とは、見る／見られるという関係構造の中で発生する作用である。例えば、その感動を「美」という用語で呼ばれるような経験であると仮定したとしても、それはそのテクストに「美」が附帯しているからそうなのではなく、読み手とテクストとの間にそのような反応が生起するからである。誰もが美しさを簒奪したいと願い、誰もが美しき言葉、美しき振る舞い、美しき志と自己とを同化させたいと願いつつそれを模倣するが、〈美しさ〉そのものが模倣されることは決してない。それ自体において美しいものなど此の世界には存在しないからだ。既に、唐・柳宗元（字子厚）（七七三—八一九）に「夫れ美は自《みずか》ら美ならず。人に因りて彰《あら》わる」（夫美不自美、因人而彰）（『註釈音辯唐柳先生集』巻二七「邕州柳中丞〔柳寛〕作馬退山茅亭記」、『四部叢刊正編』三五、一三六頁上）の語も見える。〈美しさ〉とは見るものと見られるものの〈間〉に発生する出来事であり、それは常に〈現在〉的でしかありえない。故に形式を反復しても〈美しさ〉が同じように生起するかどうかはわからない。

一方で上質なテクストと感じられるようなものも確かにある。ある詩は、詠まれた／編まれたテクストの中に、人を惹きつけてやまない力を胎動させている。そうである場合、無数の聞き手がそこ吸い込まれてゆく。そこでは何が起こっているのだろうか。

聞くことによる〈他者〉の「我」への変身という事態を可能にするには、詩《ペルソナ》が聞くことを誘引するようなものでなくてはならない。つまり、読者に有無を言わせぬような、言い換えれば語ることを奪うような、魅力（引き込む作用）を持っていることが求められるのである。もし〈感〉が生起しないのだとすれば、そこでは〈他者〉を遮断《シャットアウト》してしまうことになる。テクストの〈裸性〉は決して剝き出しにはならないが、幽かに感じ取ることはできる。半透明の薄衣を纏ったテクストは仄かに香を匂わせる。禅僧もまた、「詩ハイカニモウツクシク幽微ナルガ本也」（『中華若木詩抄』、新大系、8項）と述べている。(41) そうであるからこそ、読み手を他界へと連れて行く＝殺害する＝主体性を奪うことができるのだ（このような関係化作用は、人がなぜ恋愛する動物であるのかという理由を説明するものともなるだろう）。(42)

そして、聞き手をそれと気づかせぬまま、拉致・連行する。未だ見ぬ土地へと連れ出すのだ。詠み手は自らを殺し、聞き手もまた殺される。有／無を言わせぬ地平＝妙へと連れ出されたとき、聞き手の絶命‐転生‐変身は成就している。その変身の連鎖を「嗣法」と呼んでもいい。自己が自己ともう一人の存在へと分裂する瞬間、この分裂にこそ、非‐時間的／非‐空間的共同性の可能性が開かれる。また、中世における座の文藝の展開は、理論的にはここに開扉される。共同性とは、分裂した個を統合するものではなく（個と個の溝を埋め立てることではなく）、分裂それ自体の中に可能になるものである。自我と他我は相互にブラックボックス化されており、それ自身コミュニケート不可能である。コミュニケート不可能なはずの自我と他我（自我の鏡像）がコミュニケーションを可能にしているのは、自我も他我も〈他者〉の分解作用から生まれた双生児に他ならないからであり、そのいずれもが〈他者〉という一元的地平の上でその〈覚醒〉に貫かれているからである。その開かれた身体には、非‐時間的、非‐空間的に反響した声（さらにその反響）が、無限の過去以来の言語連鎖が、非‐現前的かつ非‐人称的な他者の群れ／群れという他者が蠢いている。中世人は、これをどのように透視したか。「我が仏の以て物に応ずる所の心は一つなり。然らば則ち衆人の心は我が心なり。我が仏の心も又た我が心なり」（我仏所以応物之心一也、然則衆人之心我心也、我仏之心又我心也）（虎関『済北集』巻七「善光寺飛柱記」、『五山文学全集』一、一〇七頁）。「杜牧阿房宮賦ニ一人之心千万人之心也トカ云イタル語ヲ踏マエテ作タルゾ」（『中華若木詩抄』、新大系、159項・施肩吾「観舞女」詩「買咲未知誰是主／万人心逐一人移」句に関する評）。また、『老子』の「聖人は常に無心にして、百姓《ひやくせい》の心を以て心と為す」（聖人無常心、以百姓心為心）（第四九章、岩波文庫、二一三―四頁）の句と共に仏教者は言う――「聖人ハ心ナシ。万物ノ心ヲ以テ心トシ、聖人〔ハ〕身ナシ。〔万〕物ノ身ヲモテ身トス。然バ聖人〔ハ〕言ナシ。万物〔ノ言ヲ〕モテ言トス。聖人ノ言、アニ〔法〕語ニアラザランヤ」（『沙石集』巻五本、大系、二二五頁）、「聖人心ナシ。万物ノ心ヲ心トスト云テ、万事人〔ノ〕心ヲ守テ、時ニヨリ機ニ随ベシ」（同巻六、二六五頁）、「聖人には心なし、人の心を心とす。聖人には言葉なし、人の言葉を言葉とす」（心敬『さゝめごと』、大系、二〇一頁）。

人は文学的世界の中で示されたものに「感動」する。それがたとえ読み手にとって、未だかつて経験したことがないことであってもである。なぜか。人がそれに共感することができるのは、それが自らの下敷きになっている〈死性〉を根拠として「他」と通じ合っているからである。言い換えれば、あらゆる経験は実は、〈死〉に疎隔＝媒介されることによって先験的な、既に経験された出来事として——始源なき過去以来の誰かによって一度は語られたことのある聞き覚えのある声として——直接-無媒介的に此の身体に到来しているのだ。無始以来の言語の連鎖の中で、語られたことはすべて「我」の発生以前に〈我〉において既に経験されている事態である。実は原的な意味において未知なるものなど何一つ存在しないのだ。

人が〈作者〉の声を聴きたいと願うのは、自分が〈作者〉によって知られているように感じられるからだ。なぜだかわからないが、〈作者〉は自分のことを知っている。自分のことを描いている。それは自らの〈作者性〉が反応しているからだ。原理的に〈作者＝仏〉は、〈作者＝仏〉によってでなければ知り得ない（「唯仏与仏乃能究尽諸法実相」、『法華経』方便品、『大正蔵』九、五頁下）。そのようなパフォーマティヴな効果が起こりうるのは、そのような声というものが原的な多声性を幽かに顕現させているからである。

しかしたとえ、作者の描き出しているものが、人間の「負」の領域——醜悪さ・欲望・不安・恐怖心・弱さ——であったとしても、そこに共感や感動が発生するのはなぜだろうか。それは〈作者〉が自分の醜悪な部分を知っているという事実に共感しているからではない。その時に発生する共感とは、自己と他者とが醜悪さを共有しているということによってではなく、自己の醜悪さを醜悪さとして同じように見る力があるということに対して、つまり、自己（の本来性）が醜悪さの対立物であることに対して共感が生まれているのである。理性的であると同時に野蛮である自己、理性的であるがゆえに野蛮である自己、或いは自らが理性的であると錯覚しているがゆえに野蛮である自己。自らがそのような自己矛盾から決して遁れられない存在であると自覚している場合に限って、作者は自分と同じように〝汚れたものを見る力〟を持っているのだという眼差しがそこから立ち上がってくるのである。「純粋さとは、汚れをじっと見つめうる力である」（『重力と恩寵』、二〇二頁）というヴェイユの忘れ難い呟きに応えて言えば、罪業・汚れ・悪を見うるその純粋さに共同性が開かれているのである。逆に言えば、自らが汚れたものであることを知らないもの、自らが無謬な存在であると信じているものは、悪を描く作者には共感を示さないだろうし、もし自らの内に微塵も悪なるものが存在していないと考えている二人がいるならば、その二人の間に戦略的同盟はありえても真の意味での共同性は成立しえないだろう。純粋なるものの単一性を模倣する存在は、それが模倣であることの忘却によって、原理的にその孤独さをも模倣してしまうからだ（勿論、相対的に自らの汚れに気づかない人間は仮定しえないので、人間は外なる悪への対抗措置として相対的に善なる同盟を結ぶのが常態である。ただし、その善とは原的に偽善でしかありえない。加えて言えば、もし偽善＝悪が無謬の使命として、透明な正義として遂行されるようなことにでもなれば、そのとき、まさにその悪が想像を絶する暴力として現実化されることも避けられなくなるだろう）。ゆえに、自らの内なる「悪」を「悪」として対象化しうるものである限りにおいて――言語によって作られた内なる壁を、自己の臨界点を触知できるものである限りにおいて――逆説的に自らの内に〈善なるもの〉（善悪の善ではない）が貫通していることをメタ的に証明しうるのである。ヴェイユが「どんな状況においても、何をなそうとも、人は悪だけしか行っていない。それも、ゆるされないような悪だけしか」（『重力と恩寵』、一六四頁）と言うとき、そしてまた親鸞が「善人なをもて往生をとぐ、いはんや悪人をや」（『歎異抄』第三章、岩波文庫、四五頁）と言うとき、さらには荀子が「人の性は悪なり、その善なるものは偽なり」〔人之性悪、其善者偽也〕（『荀子』巻一七・性悪篇第二三、『四部叢刊正編』一七、一七一頁下）と言うとき、そこには確かに（逆座の視法の中に）〈善なるもの〉の共同性が開かれているのだ。文学が伝統的に備えていた手法の一つは、（それに自覚的であるかどうかは別にして）人間の醜さを描くことによって、純粋なる主体の位置を逆照射するという方法であった（大雑把に言えば、前近代の文学が〈彼岸〉を何とか言語化しようと努めてきたのに対して、近現代の文学は「此岸」をありのままに記述するという〝古い〟方法を踏襲している）。

いずれにせよ、この共感こそが、〈心＝現在性《アクチユアリテイ》〉の到来を実証するのである。そのような〈心〉あるテクストの一元性においては、時間も空間も何も隔てるものがなく通り過ぎている。それゆえ、そこには、まるで共同体が瞬間的にそこに出現したかのように感じられるのだ。『湯山聯句鈔』跋にはこう述べられている――「一〻我レ〳〵ノ心ヨリ按ジ出シテ、二人ノ心ガチヤクト蓋《フタ》ト箱《ハコ》トノ合《ア》ウタヤウニ隙間《スキマ》モナク、蓋天蓋地ニシテ天ヲ蓋《ヽヲ》イ地ヲ蓋《ヽヲ》ウテ隙間《アキマ》モナクシ合タヤウニ、相叶《アイカノ》ウタゾ。……ソレヲ物ニ譬ヘバ、湯ヲ以テ雪ニ沃キ、皆消ヘタヤウナゾ」（新大系、五三九頁）。いままさに此の場に共同体が出現したかのような実感がどこからともなく湧出してくるのだ。しかし、それは此界に現前的に構築されるようなものではない。それは出現の瞬間にはもう閉じているのだ。それを再び開くためには、糸を解きほぐしもう一度結び直さなければならない。

人のいかなる発話にも他者の視線、他者の声が織り込まれているが（そうでなければ発話などできない）、他者の全所有性に訴えることによって、しかも、ネットワークの重要な結節点の声を織り込むことによって（定家の声には、業平の声が織り込まれており、業平の声にも無始以来の過去＝死者の声が織り込まれている）、そうすることによって、発話の声は大きくなり――大きいと言ってもこの声はわれわれの肉耳には聞こえない、ただ幽かに、朧気に感じられるだけである――時間的-空間的にも遠くへ届くようになる。

そのような装置を古えの人は、〈古典〉と呼び、敬してきたのだ。古典が古典である所以は、そのテクストがただ単に古いからではなく、常に古くて新しい糸によって編まれているからだ。それゆえ、それはいつ、どこからでもアクセス可能なテクストとなる（とは言え、勿論、禅僧は不可侵な聖域を作らないように極めて慎重であったが。「仏に逢うては仏を殺し、祖に逢うては祖を殺せ」（『臨済録』示衆、『大正蔵』四七、五〇〇頁中）。

そのようなテクストがいかなる場にも即応しうるような相貌《ペルソナ》を見せるのは（多くの読み手を誘い、読み手の仮面《ペルソナ》に応じて相貌《ペルソナ》を変え、視角に応じて異なる映像＝意味を見せるのは）、そのペルソナが、あらゆる語、あらゆる意味、あらゆる感情が、絢い交ぜになったまま分かち難く結びつき、一つの糸を形作っているからだ（読み手の体軀もまたそのような無数の色彩を帯びた単色の糸によって編まれたものだ）。そして、読む行為の過程で、瞬間瞬間、糸は解《ほつ》れ、また編み直される。そこで編み直されるのはテクストだけではない。読者もまた読む行為を通じて自らの糸を解き、テクストと自らを結い直しつつ、新たな体軀を作り上げているのだ。換言すれば、書物はプログラムされたソフトウェアであり、読書行為は、そのようなアプリケーションをインストールし、人格をデザイン－カスタマイズしてゆくという自己制作行為である。そして多読行為によって、自らの人格は非格化される。そのような読書行為の場には〈現在性《アクチユアリテイ》＝心〉が内蔵されている。それゆえ、「テクスト＝ペルソナ」と「読み手＝ペルソナ」の〈間〉にある〈現在性《アクチユアリテイ》＝心〉が起動しうるのだ。古典は、その時に発生する読み手の身体への共振を事後的に「妙」と名づけてきた。『中華若木詩抄』は詩の評語としてこれを多用する——「人ノ不レ知処ガ、妙也」（188項）、「心ハ未レ尽シテ、妙ナル作意也」（136項）、「何トモ道理ヲバ云ワズシテ、呉江ノ晩景ヲアリ〳〵ト述ベテ、サスガ又、背人白鳥ナンドト、心ノアル字ヲ置イタ処ガ、妙処不言ノ中ニアルゾ。云イ尽サズシテ面白ゾ」（109項）。また『湯山聯句鈔』にも「真浄文禅師ヲ讃スルニ、妙処欲言々不得、月移二花影一上二欄干一ト云タゾ」（11項）とある。

さらには能楽論においても、そのような言語化しがたい、何とも言えない興趣は理論の中核に組み込まれていた——「妙者、離有無、亙有無。無体顕見風。然者、非所可及褒美。天台妙釈云、「言語道断、不思議、心行所滅之処、謂之妙」」（『五位』、思想大系、一七〇頁）、「妙と云ぱ、言語道断、心行所滅なり。夜半の日頭、是又言語の及ぶべき処か。如何。然ば、当道の堪能の幽風、褒美も及ばず、無心の感、無位の位風の離見こそ、妙花にや有べき」（『九位』、大系、四四八頁）、「妙とは「たへなり」となり。「たへなる」と云ぱ、かたちなき姿也。かたちなき所、妙体也」（『花鏡』「妙所之事」、大系、四二九頁）、「然者、無心の感、即心はたゞ歓喜のみか。覚えず微笑する機、言語絶て、正に一物もなし。爰を「妙なる」と云。「妙なり」と得る心、妙花也。……覚えずして微笑するは、うれしきのみ也。月菴和尚云、「うれしき事は言はれざりけり」。この上を人々に次せられけると也」（『拾玉得花』、大系、四五九頁）。

ちなみに、世阿彌（一三六三—一四四三）の『花鏡』「上手之知ㇾ感事」にも「面白き位より上に、心にも覚えず、「あつ」と云重あるべし。是は感なり。これは、心にも覚えねば、面白しとだに思はぬ感なり」（大系、四二三頁）とある。世阿彌は、舞や謡《うた》などの所作の間を繋ぐ心を見せてはいけないと言っているのだが、それは、操り人形の糸（のわざ）が見えるようなものなのだという（『花鏡』「万能綰㆓一心㆒事」、四二八頁）。これを詩に言い換えれば、語を操作しているものが見えてしまうということ、作為が見えてしまうということを意味するものであるだろう。ただ詩を「面白」く感じさせるだけではなく、「あつ」と言わせ、われわれを絶句させること（言葉を奪うこと）＝二の句を継げぬようにすること（沈黙させること）、このような有無を言わせぬ自然な「感力」があるものがよしとされたのである。

一方で読者もまた自由に読む権利が与えられているわけではない。読者が何らかのかたちで言説形式の中に埋め込まれた存在でしかないのだとすれば、読みの方法もまた、用語法・統辞法・思考法の制約の中で限定されざるを得ない。読みがパターン化しないためには、自らの〈作者性〉を覚醒させ、テクストから多元的なヴァリエーションを引き出してこられるような訓練を反復的に実践しておかなければならないが、もし、テクストに呼応して、感想を言う、批評をする、研究をする、さらには創作をするというアウトプットの段階へと移行することを想定しているのであれば、それがどこかで聞いたような陳腐な言説形式を踏襲してしまわぬようにも気をつけておかねばならないだろう（自らの埋め込まれた言説形式が透明化されることで、発言の一一は、自己オリジナルという錯視の下でなされてしまう）。〈作者＝造物主〉であることと、読者＝被造物であることは、究極的には一致する可能性を持つが、その可能性は不一致性に条件付けられるものであるために、完遂しない。ゆえに、作者と読者は、理論上は一致しうるが、それはすぐさま分裂的な相貌を表す。それこそが、「妙」という感覚として語られてきたもののことであった。そのような究極の虚焦点から少しでもずれれば、わかりにくくなったり、陳腐になったりするというわけだ。

なお一点附言しておくとすれば、詩人／禅僧は、この非現前的な〈共同性＝他者性〉を、胸中の万巻の書、という類比《アナロジー》によって示すこともあった。例えば、費袞『梁渓漫志』巻七「作詩押韻」に「蓋其胸中有数万巻書、左抽右取、皆出自然」（『宋元人説部叢書』上冊、六〇五頁上）とあり、『鶴林玉露』人集巻六「文章性理」に「凡作文章、須要胸中有万巻書為之根柢、自然雄渾有筋骨、精明有気魄、深醇有意味、可以追古作者」（同上、四三九頁上）とあり、天境霊致『無規矩』坤「夢岩蔵主住東福諸山疏」に、夢巌祖応の博覧強記を述べるにあたって「大蔵五千軸経巻、記在胸中」（『五山文学新集』三、一五六頁）とある如くである。胸中にあるのは、端的に〈膨大なテクスト〉であることが言表化されるのだが、この場合のテクストとは、有形的・可視的なそれではなく、むしろテクスト以前とでも言うべき非テクスト的なもの（＝無限のテクスト網）であるだろう。そのような〈非テクスト性〉が、自らの姿を抹消させつつ〈外〉に韜晦し、その場に最もふさわしいかたちで、テクスト内に可感的に応現したものこそが（つまり胸中からそのまま「流出」したものこそが）、彼らにとっての至上の詩であった（たとえそれが不可能な仕儀であるとしても）。

以上見てきたように、禅僧は、自ら〈他界〉へと赴きつつ、同時に読み手を〈他界〉へと連行するという経験を——言表不可能であるがゆえに——「妙」と呼び——そこには全てが通じ合っているがゆえに——「秀逸」と呼んできたのである。その〈他界〉への入り口こそが、自らの裂け目であった。そのような死と生の間の不可能な往還を繰り返すことによって、法の桎梏（葛藤）を切断＝再縫合し、その言語的身体は微細な運動を可能にしてゆくことになるのである。そして、そこから発せられる言葉は、関節のない場処でありえない折れ曲がりを示すも、それを調和の中に響かせる。このような鍛錬の反復によって自らとは異質なものへと変身し続け、自由への可能性に挑み続けること、それが詩人、そして禅僧と呼ばれた人々の営為であった[43]。

5　歴史化された名

〈 〉は固有の名を持たない転移-変身の非-場所である。それは〈心〉という名、〈我〉という名、〈渠〉という名を併せ持ちながらも、そのいずれでもありえない。義堂周信が、「さて、心に在れば志となり、言《ことば》に発すれば詩となる（と言うが）、ならば、心と詩とは異名同体ということだ」（夫以在於心為志、発乎言為詩、然則心之与詩、名異体一焉而已矣）（『空華集』巻一二「玉岡唱和詩序」、『五山文学全集』二、三四三頁）と述べ、天隠龍澤が「禅も詩も、頂門の一隻を持つ者でなくては、言葉にはし難《がた》いものだ」（禅也詩也、非具頂門一隻者、難言之）（「蒙庵百首〔春荘宗椿〕明応八年秋」『翠竹真如集』二、『五山文学新集』五、九〇三頁）、「詩も禅も、その悟入のところに到達すれば、言語の及ぶところではない」（詩也禅也、到其悟入則非言語所及也）（「錦繡段後序」『天隠和尚文集』、同上、九八八頁）と述べていることを思い起こしてみるならば、〈詩〉もまた、転移‐変身の（非）空間であった。

その上で最後に、前章以来の議論が自らに課してきた職分に戻り、司空曙の詩篇の読解をもって議論を締め括ろうと思う。

江村即事　唐・司空曙

罷釣帰来不繫船　釣りを罷め 帰り来りて船を繫がず
江村月落正堪眠　江村 月落ちて 正に眠るに堪えたり
縦然一夜風吹去　縦然《たとい》 一夜 風吹き去るとも
只在蘆花浅水辺　只だ蘆花浅水の辺《ほとり》に在らん

前掲『素隠抄』が指摘するように、本詩は、作者が「漁人」に「ナリカワリ」詠んだものだとされる。では、その「漁人」とは何者であろうか。『荘子』漁夫篇や『楚辞』を俟つまでもなく、古典群の骨髄を流れる知のネットワークの中で、「漁人」「漁夫」「漁父」は特別なアナロジーの中に配置されていた(44)。それは、『荘子』では、孔子の対論者として仮構され、『楚辞』では、屈原の対論者として仮設されているように、漁業を生業とする現実の生活者を指し示す用語ではなかった。現世を超越する名を持たぬ隠逸者として表徴されるのを基本として、ただひたすら水面《みなも》を注視し、その機微を黙過することなく無心で待機する存在、無為自然の象徴として抽象されていた。

そして殊に注意されるのは、彼には「名」も「郷里」もないとされていたことである。例えば、『太平御覧』巻五〇五「逸民」五には、「漁父とは姓名を知らず、亦た何許《いずこ》の人なるかを知らざるものなり」（漁父者不知姓名、亦不知何許人也）（『景印文淵閣四庫全書』第八九七冊、六〇九頁下）とあり、唐・岑参〔七一五―七七〇〕「観釣翁」詩には、「自ら郷里を道《い》わず／人の姓名を知る無し」（不自道郷里／無人知姓名）（唐・殷璠編『河嶽英霊集』巻中、『四部叢刊正編』九三、二七頁下）とある。つまり、「漁人」は顔《ペルソナ》を持たぬ、世界の表面に出現してくることは決してない匿名の、〈無為の空白者〉のことであった。

ゆえに、「釣りを罷める」という語の意味するところがここに明らかとなる。それは即ち無為から脱するということを意味する。無為者が有為者へと変身する瞬間がまずもって句頭に示されているのだ。そして「帰り来る」のである。どこからどこへか。当然、〈彼岸〉から此岸へと帰ってきたのだ。ただし、船は陸《おか》に繋がぬままにしておいた。ここにこの詩の要諦がある。岸には繋がず自由に流されてゆく。そして江村という此岸から月（＝真理）は見えない。ゆえに、「月落」とされるのだが、その意味もまた二重化される。月が水面《みなも》に落ちて自らの姿（真理）を間接的に映し出しているのだとも、月が沈んで夜明けが近づいている頃、夜と明け方のあわい、夢と覚のあわい、すなわち暁《あかつき》（暁《さと》るの隠語）の時節なのだとも読めるようになっている。杜甫が夢に李白と出逢ったのも「落月屋梁に満つ」（落月満屋梁）時であった（前掲「夢李白」）。

或いは、「水流れて元海に在り、月落ちて天を離れず」（水流元在海、月落不離天）（『五灯会元』巻一六・福厳守初章）の句から言えば、真理は此岸と共在する。元・中峰明本はこう言っている――「何れの処にか更に生死去来の跡を覓めん。生、何れの処より来るやと問うひと有れば、便ち道う、水流れて元海に在りと。死、何れの処に向かいて去るや、遽やかに謂う、月落ちて天を離れず、と」（何処更覓生死去来之跡、有問生従何処来、便道、水流元在海、死向何処去、遽謂、月落不離天）（『天目中峰和尚広録』巻一之下・示衆、和刻影印近世漢籍叢刊、中文出版社、七一頁）。

「月落」の解釈に応じて「眠」の意味も、その時節も異なってくる。前者の意味だとすれば、いままさに眠りにつこうと、うとうととしている夜更けの頃となり、後者であれば、眠りから覚めつつもまだ眠気が残っている夜明けの頃となる。「正に眠りに堪えんとす」とあるところから言えば、後者が適価と言うべきだろうか。「一夜」に吹き抜ける「風」は諸々の花々（存在者）を現成せしめつつ、船を吹き流してゆく。そして、蘆の真っ白い花、その純白性は透明性を示している。唐・岑参「蘆花白如雪」（「下外江舟中懐終南旧居」『岑嘉州詩』巻一、『四部叢刊正編』

三三、一七頁上）、唐・李商隠「蘆花唯有白」（「蝶」『李義山詩集』巻三、『四部叢刊正編』三七、一二頁下）、宋・方岳「岸岸蘆花白」（「蘭渓晩泊」『秋崖集』巻五、『景印文淵閣四庫全書』第一一八二冊、一八八頁上）。しかし、蘆花の純白を照らし出すはずの月はその姿を見せているのだろうか。蘆花はそこに真っ白く光り輝いているのだろうか。唐・孟浩然は「月明全見蘆花白」（「鸚鵡洲送王九遊江左」『孟浩然集』巻二、『四部叢刊正編』三三、一二頁上）と歌う。また、蘆の花が咲いているのは、此岸だろうか、或いは〈彼岸〉だろうか、或いは両岸に咲き乱れているのだろうか、或いは中洲――〈彼岸〉と此岸の中間――であるのだろうか（唐・張均「洲白蘆花吐」（「岳州晩景」『唐詩紀事』巻二二、『景印文淵閣四庫全書』第一四七九冊、四九九頁上）、或いは、さらにその間なのだろうか（宋・于石「雁落蘆花洲外洲」（「次韻趙羽翁秋江雑興二首 其二」『紫巌詩選』巻三、『景印文淵閣四庫全書』第一一八九冊、六八四頁上）。いずれにせよ、詩語は揺らぐままに自らの位置を投げ返してくる。詩の〈仮面〉は、つねに〈かたちなき姿〉によって開かれているのである。

さらに附言すれば、「漁人」「船」という聯想から形成される禅僧の観念的世界は、「桃花源記」（『靖節先生集』巻六、河洛圖書出版社、一頁以下）の逸話とも繋がってゆく。漁人が船を操っていると、偶然に桃源郷（＝人外の地＝〈異界＝他界〉）へと足を踏み入れた。そして、外に出ても決してここでのことを語ってはならないと忠告されるが――外とは、外の外、つまり内のこと――漁人は思わず語ってしまう。他の人を引き連れて再びそこを訪れようとするも、帰路の道中に残しておいたはずの目印は当てにはならず、二度とそこへ行くことはできなかった。漁人は語ってはならないものを語ってしまったのである。

そこでまず指摘しておくべきは、禅学的地平において、桃源郷における「桃花」とは〈禅言語的世界＝非‐人称的主体〉の象徴という意味が担わされていたという点である。「武陵へ晋人ガ来テ見テ有レバ、仙郷ナリ。「何時カラ此ニ居ルゾ」ト云タレバ、「秦ノ乱ヲ逃レテ来タ」ト云タゾ。ソコハ桃花夾岸デ咲キ乱レテアツタゾ」（『湯山聯句鈔』、新大系、459頁）。禅僧の観念的世界の中で、「桃花」の語からまっさきに呼び起こされるのは、唐・霊雲志勤の「桃花悟道」の小話（一面に咲き乱れる桃の花を見て大悟したという話）であるが、ここではそれはそれほど大きな地位を占める主題ではない。禅僧によって共有されていた協働的-集産的な「眼」に映る「桃花」を、例えば五山禅僧のアンソロジーである『翰林五鳳集』（『大日本仏教全書』〔新版〕八九）に収録される「桃」を主題とした詩作群から窺ってみるならば、その中の幾つかに「不言」「無言」の文字が織り込まれていることがわかる。例えば、以下の通りである。

○数樹盛開紅雨繁　有桃精舎即仙源　見花莫問是何寺　下自成蹊笑不言（巻八・惟高妙安「題桃花寺」、二一〇頁下）

○応是君王雨露恩　五雲深処託仙根　碧桃亦忌孤芳否　天上有梅何不言（巻八・横川景三「天上碧桃」、二一〇頁下）

○天上碧桃春一門　朝三雨霧沐君恩　東風借我一枝否　腸断問花々不言（巻八・彦龍周興「天上碧桃」、二一〇頁下）

○手折桃花聊餞公　約帰在此不言中　我今老矣若無恙　共看明年消恨紅（巻八・琴叔景趣「賦折桃花告別人」、二一一頁上）

○竹籬短処小橋南　漸綻野桃紅未酣　隔水美人粧半□　無言有喜笑先含（巻八・村庵〔希世〕霊彦「野桃含笑」、二一一頁上）

○雨後移桃春易酣　和晴行欲賞三々　不言亦可成蹊去　花似漫卿捫虱庵（巻八・蘭坡景茝「雨後移桃」、二一一頁中）

○竹外嬌桃露半痕　翠衿紅觜乍傾翻　憑花欲問仙源事　鸚鵡前頭笑不言（巻八・月翁周鏡「桃花鸚鵡」、二一一頁中）

○佳節非佳独掩門　近来交義与雲翻　有愁却似無愁否　桃亦不言吾不言（巻九・横川景三「上巳口号」、二一九頁下）

○九陌塵中還得閑　無言桃李掩仙壇　天餘上巳好風景　節去也停行客難（巻四〇・策彦周良「桃花洞」、三〇八頁中―下）

これらは『史記』「李将軍列伝」（李広）の「桃李不言、下自成蹊」という句に基づいて成型された象徴性である。

『史記』巻一〇九「李将軍列伝」にはこうある――「余睹李将軍悛悛如鄙人、口不能道辞。及死之日、天下知与不知、皆為尽哀。彼其忠実心誠信於士大夫也、諺曰、桃李不言、下自成蹊。此言雖小、可以諭大也」（余、李将軍を睹《み》るに悛悛として鄙人の如く、口、道辞すること能わず。死するの日に及び、天下、知ると知らざると、皆な為めに哀しみを尽くす。彼の其の忠実の心、誠に士大夫より信ぜらるるなり。諺に曰く、桃李言《ものい》わざれども、下、自《おの》ずから蹊《みち》を為す、と。此の言、小なりと雖も、以て大に諭《たと》う可きなり」（『史記（五）』啓業書局、二八七八頁）。また唐・司馬貞『史記索隠』李将軍列伝第四九は「姚氏〔姚察〕云、桃李本不能言、但以華実感物、故人不期而往、其下自成蹊径也、以喩広雖不能出辞、能有所感、而忠心信物故也」と注解する（『景印文淵閣四庫全書』第二四六冊、六一一頁下）。さらに桃源瑞仙『史記抄』一四（『抄物資料集成』一、四七一頁、句読点筆者）は敷衍して「桃李之李字ハ、李広カ氏チヤホトニ、喩テ云タカ面白ソ。桃李ハ、モノヲハ云ワ子〔ネ〕トモ、果実ヲトラウトテ、人カツヨクイクホトニ、自然ニ下ニハ蹊カアルソ。李広モ訥口テ、モノヲハ云ワ子〔ネ〕トモ、知ト不知ト、死タレハ、哀〔アハレミ〕タハ、桃ノ実ノアルヤウニ、忠実心誠カアリテ、人ニ信セラレタホトニソ」と記している。このことから「桃花」が前言語性の象徴として禅僧の間で共有されていたのは明白である（ただし、附言すれば、既に『和漢朗詠集』巻下「仙家」に「桃李《たうり》言《ものい》はず春幾《はるいく》ばくか暮《く》れぬる／煙霞《えんか》跡《あと》無《な》し昔誰《むかしたれ》か栖《す》んじ」（桃李不言春幾暮／煙霞無跡昔誰栖）（大系、548頁）とあり、また『徒然草』二五段に「桃李もの言《い》はねば、誰とともにか昔《むかし》を語らん」（大系、一一〇―一一頁）とあるのを見れば、そのような眼差しは禅僧に限られるものではなく、さらに広い知の交通関係の中で共有された観念であったと言える）。加えて言えば、内閣文庫蔵『花上集鈔』にもまた、「桃―桃モ解語花ト云程ニソ」（坤冊「読荊公桃源行」）、「此花――物云ハヌト云テ無理ナ事ヲ、ヱカキカシタ物カナ、解語ノ花ト云ハ、桃ソ、東坡ニアルソ」（坤冊「淡墨海棠」）とあり、蘇軾の詩句「解語花」（「我観解語花／粉色如黄土」、『集註分類東坡先生詩』巻一四「次韻表兄程正輔江行見桃花」、『四部叢刊正編』四七、二七二頁上、『四河入海』、『抄物資料集成』第四巻、八二一―四頁参照）から「桃花」は〝言語を解するもの〟という反転した地位を与えられていたことが知られる。さらには「解語花ハ楊貴妃ヲ云ソ、物云花ソ、玄宗ノ云レタ事ソ」（坤冊「淡墨海棠」）という記述もあり、五代・王仁裕『開元天宝遺事』巻三に記される、宴中において皇帝玄宗が左右の者に、楊貴妃を指してこれを「解語花」（語《ことば》の解《わか》る花）と呼んだ、という故事として言表化されていたことも知られる（『景印文淵閣四庫全書』第一〇三五冊、八六〇頁上）。

このような両義的象徴性は、言語の〈外部〉が、言語活動それ自体であるという思考不可能な〈心＝非-人称的主体〉の位相とも照応している。物云わぬ者でありながら物云う者であるという両義性＝自己分裂こそが、「桃李」という表象をして、前言語世界へと通じる「道」（「蹊《みち》」）というイメージを語の内に醸成することを可能にしていたのである。しかしその一方で、「桃花源記」の物語において成型された彼岸の「桃李」は、到達不可能な別世界性という象徴性を帯び、そこへと通じる「道」を途絶していることを意味してもいた。それゆえ、ここでは、物云わぬ者が物云う者へと構造的に変異するということではなく、物云わぬ者であるからこそ、すなわち言語の〈外部＝他者〉であり続けるからこそ、人は物云う者であることが可能となっているのだ、という理法《ことわり》を示すものとして理解されるのである（この問題は次章において引き続き検討する）。

そこで、それに関連して想起されるのは、「船」の象徴性である。「桃花源記」にはこうある——「既に出で、其の船を得たる。便ち向《さき》の路に扶《よ》り、処処に之れを誌《しる》す」（既出、得其船、便扶向路、処処誌之）。桃源郷の外へと出て、乗ってきた船に戻り、（再び戻ってこられるように）往路に沿ってあちこちに目印をつけた、というのだが、漁人はいったい何に徴《めじるし》をつけたのだろうか。常識的に考えれば、河岸に何らかの目印をつけたということになるだろうが、ここでは、虎関が次のような言表を残していることを併せて視野に入れることで理解に幅を持たせてみたい。引用の末尾、「刻舷」（舷《ふね》を刻む）という語に注目して読む。

心之寓於意曰法焉、心之寓於舌曰声焉、根塵之間未曾有尊卑矣、然今之言道者、例貴声前言前、偏嫌渉言渉説何哉、蓋声言之前皆法塵也、言説之間是声塵也、斉是塵也、何尊卑之有乎、若所寓之理高、在舌也高、所寓之理卑、在意也卑、顧所寓如何耳、若善於斯、千説万話為無妨、不善於斯、黙契冥証皆入邪路、故曰偏忌言説者刻舷矣、（『済北集』巻一二・清言、『五山文学全集』一、一八七頁）

〈心〉が意に寓《かたど》られれば法（＝シニフィエ）と曰《い》い、〈心〉が舌に寓《かたど》られれば声（＝シニフィアン）と曰《い》う。〈根〉（＝〈心＝生成すること〉）と塵（＝生成されたもの）の間に未だ曾て尊卑の違い（一次／二次関係）があったことなどない。しかし今の〈道《どう》〉を言う者は、例えば声以前・言語以前を貴びながら言説に渉るものを忌み嫌う傾向にあるが、それは（いったい）どういうことなのだろうか。およそ声や言語以前と言っても、（実際には）いずれも法塵（＝生成されたシニフィエ）に過ぎない。（一方で）言説の間というのは声塵（＝生成されたシニフィアン）であるが、（いずれにせよ）同じように塵（＝生成されたもの）であることに違いはない。どうしてそこに尊卑の違い（一次／二次関係）などがあるだろうか（あるシニフィアンのシニフィエは別のシニフィアンであるがゆえに）。もし寓《かたど》られたもの（＝生成されたもの）の理《ことわり》（＝生成法則）が（より）高きものであるならば（現前不可能なものの非現前性という法理に基づき、無限にメタ化してゆくような言説であるときには）、それが舌（＝シニフィアン）において現れたとしてもまた高きものとなるだろう。（しかし）寓《かたど》られたものの理《ことわり》が（より）卑《ひく》きものであるならば（法理から遠ざかり、全てが現前可能なものであるかのような言説に埋没してゆくときには）、それが意（＝シニフィエ）において現れたとしてもまた卑《ひく》きものとなるだろう。（結局は）寓《かたど》られたもの（＝生成されたもの）がどのようなものであるかが問題なのだ。もしそれがうまくいったとすれば、あれこれ言葉にしたとしても問題はない。（しかし）それがうまくゆかなかったとすれば、沈黙して証《あか》し立てようとしたとしても、いずれにせよ誤った路《みち》に入り込んでしまうことになるだろう（現前不可能なものを現前させてしまうがゆえに）。したがって、偏《ひと》えに言説を忌み嫌ってばかりいる者は〝刻舷〟（に過ぎない）と曰《い》うのだ。

「刻舷」――『呂氏春秋』巻一五・慎大覧第三・察今における「剣を落として舟を刻む」という故事に拠る言表である（「楚人有渉江者渉渡也、其剣自舟中墜於水、遽契一作刻其舟曰、是吾剣之所従墜遽疾也、疾刻舟識之於此下墜剣者也、舟止、従其所契者入水求之、舟已行矣、而剣不行、求剣若此、不亦惑乎」、『四部叢刊正編』二二、一〇一頁下―次頁上）。ある時、舟で江《かわ》を渡っていた人が、剣を水中に落としてしまう。舟の舷《ふなべり》に印をつけてその下の川底を探したものの、舟は動いているため結局、見つからなかったという。変化が見えていないものを揶揄する意味で用いられる。

この寓話において人は、現在位置を徴《しるし》づけるために船にその徴《しるし》を刻んだが、当然、船は動き続けている。つまり、船は動き続け、徴《しるし》は転移し続けるため、船は自らの位置を徴づけることはできない。この場合の「船」を、禅僧の一般的な理解に基づいて、彼岸へと渡る方便としての「船」、すなわち「言語」のメタファーと読むならば、ここでは、言語そのものは〈外＝真理＝自己〉の場処を徴づけることができないという端的な事実性が表されていることになる（唐代の傑僧、巌頭全奯〔八二八―八八七〕は、会昌の法難に際し、一時、湖の舟の渡し守＝船頭をしていたともされる。『祖堂集』巻七）。つまり、言語という世界の〈構成原理〉を徴づけることはできないという有限性の中で、一時的には真理であるように見えたとしても、関係構造は絶えず再-定式化され続けるため、結局それもまた動いてしまうということである。世界は瞬間瞬間に生成されている。しかし、その生成そのものは決して生成されない。動くものが動くものを記述することはできないのである。自らが動かぬものであって初めて、動くものを記述することができる。では、動かぬものとは何か。前章に掲げた『山谷抄』に「注ノ心テ見レハ、無心ニナリカヘリテ、万物ヲ見ルニ各変化カアル物ソ、虚心ナ者カ我ハチトモ動セイテミテイルソ」（五5オ、『続抄物資料集成』第六巻、清文堂、六〇九頁）と述べられていたことを想起しよう。無常の原理に従って、作られたものは動き続ける。しかし、動くことそれ自体は動かない。変身それ自体は変身しない。つまり、変身それ自体であることが可能であったとき、初めて人は世界を、そして自らを記述することができるのだ。

となれば、「桃花源記」における漁人の場合はどうか。船自体（言語）に徴《しるし》づけたにせよ、船から河岸に徴《しるし》づけたにせよ、それが変化から遅れた行為＝固定化であるのだとすれば、結果は同じである。彼は何とかして桃源郷の位置を徴づけようとしたが、結局それによって桃源郷の在処《ありか》を指し示すことはできなかった。つまり、言語によって〈彼岸〉の位置を徴《しるし》づけようとしてしまったことによって、漁人は変化それ自体から遅れてしまい、ただ到達不可能という事実の結果だけが残ってしまったのである。

ここで『金剛経』の例の一句をもう一度思い起こそう――「応に住する所無くして其の心を生ずべし」。一瞬たりとも定住せず、定住しないという場処にさえ定住せず、動き続けることによって微動だにしないその不可解な姿勢を保ち続けること、それこそが、現前不可能な〈心〉の現前を導く。そして、そのとき初めて「仏法　譬《たとえ》　船の如し」〔仏法譬如船〕（『湯山聯句鈔』、494項）という句を発することが可能となるのである。

ところで、唐末五代の禅僧、玄沙師備〔八三五―九〇八〕にまつわる次のような偈頌がある――「玄沙因僧問、如何是親切底事、師曰、我是謝三郎、頌曰、本是釣魚船上客、偶除鬚髪著袈裟、祖仏位中留不住、夜来依旧宿蘆花、（雪竇顕）」（『禅宗頌古聯珠通集』巻三一、『新纂続蔵経』六五、六〇七頁下）。玄沙は、一僧に「親切なものとはいったい何でしょうか」と問われ、「我こそは謝三郎である」と対《こた》えたという。後に雪竇重顕がそれを頌《うた》にしてこう詠んだ――「そもそも（我は）魚を釣る船上の客《たびびと》であったが、たまたま髪を剃って袈裟を纏うこととなった。仏祖なるものは住《とど》まらぬところに留《とど》まるものだと言われているが、夜も更けたのでいつものように蘆花の咲くところに宿《やど》るとしようか」。「親切」については既述の如く（第Ⅱ章、註(14)参照）、諸存在の関係性を切断する（思考不可能なものとする）ことによって、その切断（思考不可能）という名の絆を通して新たな関係性を結び直すもの、つまり世界を生成するという〈心〉の働きを形容するものであった。それは決して一所に定住するようなものではない。定住しないというところにさえ定住しない。〈夜〉の到来によって「蘆花」を旅の宿りとした漁人、謝三郎はこの時、四句の中から消えている。雪竇はおそらく司空曙の詩を知っていたのだろう。だが、そのことはもはや問題ではない。ここではただ詩語が「合奏」されていることが知られればよい(45)。

さらには、禅僧の視角には、以上のような文脈を一挙に反転させてしまうような読みが同時に随伴されていたことにも注意しておこう。それは、「漁夫」の両義性に基づいて産出された（自己分裂の結果として誘発された）読みの一類型である。禅僧にあって、「漁夫」＝釣人と言えば、呂尚〔望〕＝太公望や、厳光（字子陵）が連想されるが、『中華若木詩抄』に収録される宋・張方平（字安道、号楽全）「太公釣」(46)詩の抄には以下のような説明がある――「此太公ハ天下ニ心アルホドニ機巧ノ太《はなは》ダ深キ者也。アマリニ機巧ガ深キホドニ、チヤツト見ル処ハ、一向機ヲ忘《わすれ》テ無心無念ニシテ釣ル者ニ似タルゾ。ソコヲバ、誰《タレ》モ真ノ釣カ贗《にせもの》ノ釣カヲバ見分《ワ》ケマイゾ。機ハ隠《カク》レテ見エヌ処也」（新大系、3項）。一方で、絶海中津「釣台」詩（同106項）において、抄者は「総ジテ釣者ニハ名人ガ名ヲ隠シテ居ル者ゾ。今此《この》釣台ニ釣ル人ハ、只ノ人トハ見ヘヌゾ。……目ニハ釣者ト見ヘテ、心中《しんぢゅう》ニ名利《みやうり》ノアル者ヲバ贗釣《がんてう》ト云《いふ》也」と述べ、太公望が一竿をもって文王を釣った（＝名声を釣った）ようなことをしてはならない、という。太公望は「贗釣」だというのである。「太公望ハ真ノ釣者カト思《おもう》タレバ、文王ニ逢《あう》テ相伴フテ出テ天下ヲ議《ハカ》ル也。此《この》時ヨリ名利ノ路通《ずる》也」（同109項「呉江晩泊」詩）ともある。そして先の『中華若木詩抄』、張方平「太公釣」詩の抄には以下のようにも記される――（太公望の如く）「有心ニシテ無心ナル顔《カヲ》ヲスルハ、世上ノアサ者ハ見知リガタシ。無心ノ沙鷗デ無《なう》テハ、知ルマイゾ」（新大系、3項）。太公望のあまりに深い機巧は、「無心ノ沙鷗」でなくては知られない、というのだ（「鷗」については、中川徳之助「「白鷗」考―禅林文学の詩想についての一考察―」『日本中世禅林文学論攷』清文堂、一九九九・九、参照）。なお、「夢ト白鷗トガ縁語也」（『中華若木詩抄』、6項「残夢」）「鷗ト夢ト縁語也」（14項「春漲」）とも言われている。

以上のように、『中華若木詩抄』では、「漁夫」には〝名利を釣る者〟という別義が生まれていた[47]。「名」を釣るという着想の根幹には、上述したように、そもそも「漁夫」は名を持たぬものであったという理解があったからであろう。名を持たぬもの＝透明の存在が、名を持つという図式は、「釣り」という行為を非現前的存在の現前というパラドクスとして表徴する仕掛けとして読める。しかして、句頭における「釣りを罷める」という語は、ここで全く逆の、有為者（俗世に生きる者）であることを罷める、此界から遁世する、という意味を担うことになるのである。となれば、そこから連なる語群もまた自ずから意味を反転させてゆくこととなるだろう。つまり、この詩篇全体が〈彼岸〉への不可能な到達を試みているようにも読めるのである。

さて、前掲『素隠抄』が指摘するように、本詩は、作者が「漁人」に「ナリカワリ」、詠んだものである。しかし、この詩篇の中に、実は「漁夫」という主体は存在しない。ゆえに、漁夫は、釣りをやめてどこで寝ているのかという問いが禅僧の興味を引き、異なる見解を生んだ。『三体詩絶句鈔』巻五（京都大学図書館蔵本〔電子資料〕）に拠れば、絶海中津は、唐・任濤の「露溥沙鶴起／人臥釣船流」（『唐才子伝』巻七、『景印文淵閣四庫全書』第四五一冊、四六九頁下）の句を典拠として舟中で寝ているのだと解釈した。一方、義堂周信は、『聯珠詩格』巻一三（国会図書館蔵『精刊唐宋千家聯珠詩格』）に収録される「江村即事」の「写江村漁家之真楽」という註の意を採って、舟を捨てて家へ帰って寝たのだと解釈した（ただし『聯珠詩格』に作者名を「司馬文明」と表記しているのは誤記。司空曙、字文明）。この両解釈のいずれが正しいのかは上記のような常に反転し続けるシニフィアン連鎖の構造の中にあっては原理的に決定されえない。この詩篇中には漁人は存在していないが、漁人の微睡《まどろ》みは夢／覚の境域に跨がっている。舟（＝言語）の中で夢中に生きているのか、陸《おか》に上がったとするならば、そこは此岸か〈彼岸〉か。いずれにせよ、主体の根源的二重性の問題と対応し、テクストは自己分裂しつつ、自己内部的な間テクスト性の中で同時的に反響し合うことになる。そのこと自体が、絶海をして「此の詩、集中第一と為す」（『三体詩絶句鈔』同上）と評価せしめる結果になったのだと思われる。

〈作者〉と「作者」

顔《ペルソナ》のない語り手は、死者の代弁者である。無数の視角から世界を眺めている。非-人称的な語りとは、客観的（objective）であるがゆえに物体的（objective）である。即ち、〈物〉自らが語ること。匿名者の「物語」である。しかし、注意せねばならないのは、〈物〉は決して自らを語りはしない、或いは語ったとしても、それはわれわれには聞こえない、ということである。〈作者〉であることの証明は、〈作者〉によってしか行われない。〈作者〉は〈作者〉によってしか知られないからである。「仏法は、人の知るべきにはあらず。この故に昔より、凡夫として仏法を悟るなし、二乗として仏法をきはむるなし。独り仏にさとらるる故に、唯仏与仏、乃能究尽と云ふ」（『正法眼蔵』〔拾遺〕唯仏与仏、大久保道舟編『古本校定正法眼蔵 全』筑摩書房、一九七一・四、七八〇頁）、「釈迦牟尼仏を供養恭敬、礼拝奉観したてまつれり。その粉骨砕身、いく千万変といふことをしらず。自己の面目は面目にあらず、如来の面目を面授せり」（『正法眼蔵』第五一「面授」、思想大系、下、一一〇頁）、「釈迦牟尼仏の仏面を礼拝したてまつり、釈迦牟尼仏の仏眼をわがまなこにうつしたてまつり、わがまなこを仏眼にうつしたてまつりし仏眼睛なり、仏面目なり」（第五一「面授」、思想大系、下、一一一頁）、「いま仏面祖面の面々に相見し、面々に相逢するは相続なり」（第二一「授記」、思想大系、上、二六九頁）。唐木順三は、この「相逢」というものの水準を次のように捉える――「相逢ふといふことは、二つのものが、直接に会ふといふことではない。直接の呼応ではない。直接に呼応しないものが呼応する」（唐木順三『中世の文学』筑摩書房、一九六五・一一、一九四頁）。〈作者〉である可能性は誰にでも認められる。しかし、自らが〈作者〉であると自称する権限はいかなる主体にも認められてはいない。ここに問題の難しさがある。

〈作者〉に成る瞬間とは、「無心」に「ナリカヘリ」、虚心=非-時間（構造）が存在の生成-変身を見る瞬間のことである。しかしながら、その瞬間とは決して人の意識によって捉えられるようなものではない。それは「秀逸」なる詩の到来によって事後的に証明されるものでしかなかった。

しかしここで「江村即事」詩の〈作者〉の地位を、或いは「なりかへり」によって詠まれた幾つかの詩歌作品の〈作者〉の地位を、「司空曙」や「藤原定家」から奪って、〈メタノエシス的主体〉に与えたとしても、それを従来的な意味での「作者」の地位へと還元したのでは同じことである。「作品」は、〈メタノエシス的主体〉の「意図」の結果なのではない。〈メタノエシス的主体〉には、（われわれにとって想像可能な、統合された）「意図」や「意思」は存在しないからだ。それゆえ、「作品」の設計者でも所有者でもない。そして、〈主体=作者《メタノエシス》〉は作品《ノエマ》に対して構造的に先んじているが、それは時間的な前後関係において「前」に位置しているということではない。〈作者〉は過去の人ではないのだ。〈作者〉と作品はどこまでも同時である（相互に原因であり結果である）。そして〈作者〉は死なない。なぜなら既に死んでいるからだ（勿論、「作者」の生前から既に）。〈作者=死者〉は作品に憑依し続け、〈永遠の現在〉へと永劫回帰し続ける。それゆえ、いかなる「作品」であれ、〈現在〉的でしかありえない。一方で以後、〈作者〉が誕生して来ることも勿論ない（無論、「作者」という記名者=自殺者はこれからも膨大に生まれてくるだろうが）。作品構造は、〈非-人称的な主体〉がそこに〈現在〉的に「待-機」していることによって、自らの構造《ペルソナ》を絶えず変異させ続けてゆく。そして、その変身は決して完了しない。

〈作者〉の幽在的死性（彼岸性=テクスト性）は、茫漠としており同定不可能である。それゆえ、人は仮面を行使する（視線=死線に貫かれる）。定家は業平という仮面を行使することで、業平の内的な多数多様性（死性）と相応した。仮面の行使は、死線の向こう側からこちら側（詩歌の体系的全的構造）を見渡すことを可能にする。その瞬間において、テクスト（有限的此性）の共時的――通時的ではなく――構造（非現前的-非時間的分節網）という遺産の相続が合法的に行われ、詠出行為によって構造は出来事へと変形され、いま／ここにおいて歴史が生起されることになる（産出と同時に消失するものとして）。歴史が作られるためには、テクスト構造との間に大きな〈渠《みぞ》〉が掘られなければならない（〈渠《かれ》〉は世界に居場処を持たないが、唯一あり得る居場処は、〈渠《かれ》〉自身の〈渠《あいだ》〉である）。もちろん、その〈渠《みぞ》〉はすぐさま構造《テクスト》へと吸収される。定家という名において位置を与えられたそれはもはや〈渠《みぞ》〉ではなくなっている。ゆえに、われわれは定家を主権者として歌を読むことが可能となる。しかし、問わずにはおられぬであろう、定家は果たして本当に詩の主権者であるのか、と。或いは『金剛経』と司空曙との〈渠《あいだ》〉を繫げた天祥の名にはいかなる意味で主権（主体性）があるのか、と。

詩人は決して自らの名において自己を語っているわけではない。しかし、同時に胸中に共棲している〈匿名の詩人〉が如実に自らを語っているのだ。〈匿名の詩人〉は、空虚な胸中に無限-無音の声を響かせつつ、そこに〈匿名の詩人〉を宿らせている。無論、詩人が〈匿名の詩人〉との融合を夢見たとしても、それは仮面による分割によって退けられる。世界の表面に〈無人〉が登場することはないからだ。「我」の単一性が破壊され、非実体的な言表群が無規則に錯綜し、木っ端微塵に砕け散ったところでいかなる同質性へも還元されない異質さが無規則的に混淆されたときにはじめてあらわれる単一性が、絶対の固有名、すなわち〈　〉である。[48]

とは言え、「藤原定家」という代理人の名が、複数の仮面によって横断されつつ、ノエシス的行為を逆限定していたのは確かであり、その意味において、その名の有限性は、その内部に一貫性や法則性を見出す作業の全てを無効にするわけではない。しかしながら、そのような法則性を超え出るような逆理的《パラドクシカル》な法則性を浮遊させるような〈何か〉が、その名の中に確かに存在していたとき、〈メタノエシス的原理〉という〈主体性〉が、閉じられた主観性の一切を剝落させた非-人称的な主観が、可感的な横顔を現すことになるだろう。そのとき詩が産み出されるための一つの場処であったに過ぎない「藤原定家」という名から産出されたテクストをわれわれはいったいいかに読むべきか。それは決して解りやすい問題ではない。ただ一つ確かなことは、そこに〈匿名の詩人〉がいる限り、「定家」というのは、われわれにとって単なる場処の名（地名＝墓標）ではなく、古えを稽《かんが》える（＝稽古の）場、即ち一つの〈道場〉、それも「秀逸」なる〈道場〉であるということだ。そこは、もう一人の〈我〉という臨界点《アポリア》との出逢いの場であり、そうであるがゆえに、無数の読み手が事実としてそこに惹き付けられ、吸い込まれていったのだ。勿論、そのような代理人資格はいま偶然に名を挙げた「藤原定家」ただ一人にのみ与えられるべきものというわけではない。古典というかたちをとってわれわれに届けられた〈道場〉の数々は、今日に絶しているわけでも、稀少なわけでもなく、また遠いところにあるわけでもないからだ。

註

（1）〈我〉と「我」の構造的相差を問題にするとき、それを別の用語で呼び分けるような工夫は（例えば、超越論的自我と経験的自我）、パフォーマティヴな水準で幾らかの問題を含んでいるようにも思われる。そのような試みは結局のところ、超越的なるものが（言語的水準において）固有の存在者であるかのような錯覚、〈我〉の実体化に手を貸してしまうことになるからである。また、一方で、自己論と名づけられるものの少なくともその幾つかが、語る自己と語られた自己の構造的相差に注意を払わず、語られた自己としての自己性が自己の全一性であるかのような語りによってなされていることを思えば、そのような記述自体が自己はもっぱら〈個人〉であるという錯視を誘発する機制として働いてしまっていることにも注意しておかなければならない。

（2）「私がまったくひとつながりに「私は話す」と発音する瞬間において、私はこうした危険のどれにも脅かされてはいないし、このただ一つの言表の中に隠されている二つの文節（「私は話す」と「私は私が話すと言う」）は少しもおたがいを危うくするものではない。ここで私は不落の砦に身を守られているのだ、そこでは明言が、ぴったり自分自身に合致し、いかなる余白にも溢れ出さず、誤謬に陥るあらゆる危険をかき消して明言されるような砦である、なにしろ私が言っていることは私が話すという事実以外の何ものでもないのだから」（ミシェル・フーコー「外の思考」

豊崎光一訳『外の思考―ブランショ・バタイユ・クロソウスキー―』朝日出版社、一九七八・四〔原著、一九六六〕、一二頁）、「私が私は話すと言うとき、私が話しているということは、したがって真実なのだ、打ち克ちがたく真実なのだ」（同上、一三頁）。

（3）『湯山聯句鈔』（新大系、406項）は「現在上称尊」の句に「現在ノ仏ノ釈迦ノ唯我独尊ト云ワレタゾ」と注する。「唯我独尊」であるのが「現在ノ仏」であるとされていることに注意。

（4）『大慧普覚禅師普説』第四冊（『禅学典籍叢刊』四、二八六頁下）――「妙喜常思、無尽居士〔張商英〕這一箇人、不知幾百生中学般若来、今生如此得大受用、所注清浄海眼経説八成就謂如是我聞一時仏在云、理無不如之謂是事無不是之謂如、自来不曽有人如此説、蓋為他見徹釈迦老子骨髄、所以取之左右、逢其原、仏初生下、一手指天、一手指地云、天上天下唯我独尊、所以云、三界独尊之謂我、所謂我者非人我之我、如孟子所謂万物皆備於我也、心洞十方之謂聞、蓋世間人、皆以耳聞一切音声、唯普賢菩薩乃以心聞、故経云、心聞洞十方、生于大因力、多之所宗之謂一、且如現前八百大衆、従首座数起、自一而之百、自百而之千、所以言多之所宗也……」。

（5）加えて言えば、『文選』に収められる、三国・魏、繆襲〔一八六―二四五〕「挽歌詩」における「我」は二重の意味で読むことができる――「造化は神明なりと雖も／安んぞ能く復た我を存せんや／形と容《すがた》と稍《ようや》く歇《つ》き滅び／歯と髪と行《ゆ》くゆく当に堕つべし／古《いにしえ》自り皆な然る有り／誰か能く此れを離るる者ぞ」〔造化雖神明／安能復存我／形容稍歇滅／歯髪行当堕／自古皆有然／誰能離此者〕（『六臣註文選』巻二八、『四部叢刊正編』九二、五三三頁上）。

（6）『コスモスとアンチコスモス―東洋哲学のために―』（岩波書店、一九八九・七）所収「禅的意識のフィールド構造」における主体論、参照。

（7）『老子』第七章に「天は長く地は久し。天地の能く長く且つ久しき所以の者は、其の自《みずか》ら生ぜざるを以てなり。故に能く長生す。是《ここ》を以て聖人は、其の身を後にして身は先んじ、其の身を外にして身は存す。其の私《わたくし》無きを以てに非ずや耶《や》。故に能く其の私を成す」〔天長地久。天地所以能長且久者、以其不自生、故能長生。是以聖人後其身而身先、外其身而身存。非以其無私耶、故能成其私〕（岩波文庫、三七―八頁）とある。

（8）『野守鏡』上は、「よき心」「あしき心」という対比で、メタノエシスとノエシスの作用上に生起する、効果の差異について次のように説明している――「それ心に善悪の二あり。故に仏教にも心を師として心を師とせざれといへるがごとく、歌も又よき心をたねとして、あしき心をたねとせず。先よき心といふは、おもしろくやさしうして、俗に近からず、きく人皆感じ思ふべし。これを古今序には、感こゝろざしになり、詠ことにあらはるといへり。あしき心といふは、我ひとり義をなしてよき風情とおもへども、なべて人の心にかなはず。これを同序には歌とのみおもひてそのさましらぬなるべしといへり」（『歌学大系』四、六八頁）。

（9）ここでわれわれは、西田幾多郎が、神と人間との関係――逆対応――を説明するときに好んで用いた、大灯国師・宗峰妙超〔一二八二―一三三八〕の「億劫相別れて而も須臾も離れず、尽日相対して而も刹那も対せず」〔億劫相別、而須臾不離、尽日相対、而刹那不対〕という言葉を想起することになるだろう（第Ⅳ章註（7）参照）。

（10）前述のように、主体とは空虚な場所であった。バンヴェニストは、話す者＝私＝一人称の空虚性を次のように強調している――「根元的であると同時に基本的な事実は、これらの《代名詞的》な形が《現実》にも、空間や時間のなかの《客観的》な位置にも関係するのではなく、これらを含む、そのたびごとに一回きりのものである言表行為に関係していて、そしてそれによって、その固有の用法を反映することなのである。……ことばはこの問題を、《現実》に関しては非指向的な《虚》記号の集合をつくり出すことによって解決した。これらの記号は、つねに待機の状態にあって、話し手 locuteur によってその話《わ》のおのおのの現存のなかに導入されるやただちに《実》となるのである。これらの記号は、実質的な指向が欠けているために誤用されることがありえず、なにごとも断定 asserter せぬゆえに真理の条件に従わず、いかなる否認を受けることもない。その役割は、一つの切り換え――これをことばの話《わ》への切り換えと呼んでよい――の道具を提供することにある。わたしを口に出す唯一の人物として自己を固定することによって、おのおのの話し手は、かわるがわるみずからを《主辞》の位置に置くのである。したがって、その使用には話《わ》の状況が条件なのであって、しかもそれ以外にはなんの条件もない。もしおのおのの話し手が自分自身の還元不能の主体性についての感覚を表わすために、（放送局がそれぞれに自分自身の《呼出符号》をもっているのと同じ意味で）個別の《呼出符号》を使用するならば、実際上人間の数と同じだけの語 langues が必要となり、交信はまさに不可能になるであろう。この危険を防ぐために、ことばはただ一つの、しかし可動的な記号、わたしを設けたのであって、おのおのの話し手がそのつどただ自分自身の話《わ》の現存に関係するかぎりにおいて、それを自分のものとすることができるのである。それゆえ、この記号は、ことばの行使 exercice に結びつけられているわけであって、話し手を話し手として宣言するものなのである。この特性こそ話《わ》の基礎をなすものであって、それぞれの話し手はこの話《わ》において、ことば全体を自分のものとして引き受けるのである」（E・バンヴェニスト「代名詞の性質」『一般言語学の諸問題』、河村正夫・他訳、みすず書房、一九八三・四、二三七―八頁、傍線原文）。話す者（わたし）と話しかけられる者（あなた）は、場に埋め込まれ、まさに言述のただ中において主体として現実化される。そして、対話（問答）という行為性の中に、「此性」（此の私であること）の奪用の連鎖――奪い、また返す――が看取される。主語の位置を占有しているものを空虚にし、その位置を〈他者〉へと明け渡すことが対話の実際であった。

(11)『〈国書刊行会本（オンデマンド版）〉吾妻鏡 吉川本 第三』吉川弘文館、二〇〇八・一、三八一頁。

(12) 八代国治『吾妻鏡の研究』（明世堂書店、一九四一・一一、〈五十嵐書店・覆刻版に拠る。一九七六・六〉）には「時頼の平生宗門に参得したる見地を述べたるものなるを以て、他人の偈を以てするは宗旨上あり得べからざることにして、殊に古人の遺偈を訂正して自己の見地を述ぶるが如きは事実と認むるを得ず、……時頼が妙堪の遺偈により て自己の心地を述べたりと認むるよりは、編纂者が、北条氏の為に時頼の最後を飾らんが為に、妙堪の遺偈を訂正して、舞文潤飾したるものなりと認むること穏当なるべし」（覆刻版、一七八―九頁）とある。

(13)「此詩ヲ後人ガ評ズルゾ。面白キ作意ナレドモ、為《ヲサ》ムルレ国ヲ者ノ為ニハ然ルベカラヌ論也。詩モ思無邪ノ三字ヨリ起《ヲ》コリテ、治メレ国ヲ、家ヲ興スベキ便《たより》トナルベキコトナルニ、女色《ぢよしよく》ユヘニ亡ビタル国ヲ、サワナイト云《いふ》ハ、然ルベカラヌト云ゾ。余義モナキ批判也」（『中華若木詩抄』、新大系、157項）。

(14) 義堂はさかんに「文学」の政治的効用を説いている――「凡今天下居二権家一者。当レ好二文学一。不レ然往々失レ政」（『空華日用工夫略集』応安三年一一月一二日条、『新訂増補史籍集覧』第三五冊・続編三）、「凡治二天下一執二権柄一者。当下勤二文学一以〔基氏〕益中其智上。不レ然闇昧多不二通達一」（応安三年一二月二三日条）、「余勧以二文学一。且云凡治二天下国家一。無レ不レ以レ文。先君専勤二文学一。願継レ業以副二外護之望一」（応安四年二月一八日条）。

(15)『中華若木詩抄』に収録される王希声「李陵」詩（43項）に「兵疲れ矢竭《つ》きて死するに門無し」（兵疲矢竭死無門）の句がある。それに対して抄者は「ナニトモシテ打死《うちじに》セントスレドモ、死スルニ門ナクシテ、死ナレモセヌ也」と述べる。「死ぬ」＝「聞く」＝「活きる」ためには「門」がなくてはならないのである。

(16) かつてクロード・レヴィ＝ストロース（一九〇八―二〇〇九）がこう述べていたことが想起される――「困ったこ

とに、私は書きあげるとほとんどすぐに、何を書いたかを忘れてしまうのです。そのために何か不都合なことが起こるかもしれません。でも、私が自分の本を書くのだという感じをもたないということは、これまた何か意味深いとも思っています。私の本は私を通して書かれる、そしてひとたびそれが私を通り抜けてしまうと、自分は空になって、あとには何も残っていないように感じます。……私の著作は、私の知らぬまに私のなかで考え出されているのです。／私は以前から現在にいたるまで、自分の個人的なアイデンティティの実感をもったことがありません。私というものは、何かが起きる場所のように私自身には思えますが、「私が」どうするとか「私を」こうするとかいうことはありません。私たちの各自が、ものごとの起こる交叉点のようなものです。交叉点とはまったく受身の性質のもので、何かがそこに起こるだけです。ほかの所では別のことが起こりますが、それも同じように有効です。選択はできません。まったく偶然の問題です」（『神話と意味』大橋保夫訳、みすず書房、一九九六・一二、一―二頁〔原著、一九七八〕）。

(17)『無準師範禅師語録』巻六「径山無準和尚入内引対陞座語録」（『新纂続蔵経』七〇、二七七頁中）にこうある――「然らば三教の聖人は同一の舌頭なり。各おの門戸を開き其の旨帰を鞠《ただ》せば、則ち了ずるに二致無く、惟だ禅宗は乃ち教外別伝、語言情識の表を超出するのみなり。之れを無門の門と謂う。須く其の門を得て入るべし。若し果たして無門の門に入り得れば、則ち尽く大地は是れ門ならざること無し。方に能く出入して巻舒するに大自在を得て、只だ将に一言一句一問一答して仏と契し祖と契し聖と契し凡と契する功徳を上来挙揚せんとす」〔然三教聖人同一舌頭、各開門戸、鞠其旨帰、則了無二致、惟禅宗乃教外別伝、超出語言情識之表、謂之無門之門、須得其門而入、若果入得無門之門、則尽大地無不是門、方能出入巻舒得大自在、只将上来挙揚一言一句一問一答契仏契祖契聖契凡功徳〕。

(18) 明・王守仁（字伯安、号陽明）「夫れ道は天下の公道なり。学は天下の公学なり」〔夫道、天下之公道也、学、天下之公学也〕（『伝習録』巻中「答羅整菴少宰書」、『王陽明全書（一）』正中書局、六四頁）。

(19) 田仲洋己「死者が歌を詠み出す時―六条御息所の死霊の詠歌を巡って―」（新納泉・山口和子・鐸木道剛編『揺らぎの中の日本文化―原像・怪異・日本美術―』岡山大学出版会、二〇〇九・三）。

(20) 例えば、龍泉令淬「草澗」（『松山集』、『五山文学全集』一、五八頁）、此山妙在「前韻酬亜休」（『若木集』、『五山文学全集』二、四―五頁）、義堂周信「遺悶二首」（『空華集』、『五山文学全集』二、一九〇―一頁）、同「答永大山」

（一三七頁）、太白真玄「寄東濃中華林詩軸叙」（『鵄臭集』、『五山文学全集』三、八―九頁）、景徐周麟「硯池落花」（『翰林葫蘆集』、『五山文学全集』四、一三八頁）等。

(21) 秦宗巴『徒然草寿命院抄』（内閣文庫蔵慶長九年刊本）は「見ぬ世の人」を「上古ノ聖人賢人也」と釈す。

(22) 加えて言えば、芭蕉の句――「起《おき》よ〳〵我《わが》友にせんぬ〔寝〕る胡蝶」における「友」もその同列であるだろう（『芭蕉句集』、大系、三八頁）。

(23) 『中華若木詩抄』に収録される、李白「山中に幽人と対し酌む」（山中与幽人対酌）詩（139項）について、抄者は「幽人トハ、幽微ナル徳《と》クアル人ヲ指シテ云フベシ。畢竟ハ友人ノ心也」と解する。

(24) 通俗的には、「魂」は霊魂の謂いとして考えられていた。『湯山聯句鈔』（新大系、488項）には「返魂香《はんごんかう》ト云ハ、此香ヲ焼《タ》ケバ、死《しに》タル人ガ烟ノ裡ニ朧《ヲボロ》〳〵ト見ユルゾ」とある。脚注には、「返魂香」について、『日葡辞書』を引き「それを媒介として、シナにおいてゼンチョ（異教徒）達が死者の霊魂を見たと思っていた、一種の芳香」と記す。

(25) 『新編国歌大観』第一〇巻。なお、玄慧に関する専論としては、小木曽千代子『玄恵法印研究―事跡と伝承―』（新典社、二〇〇八・一〇）がある。

(26) 岡本不二明「古代中国に於ける怪異と小説―唐代伝奇「南柯太守伝」をめぐって―」（新納泉・山口和子・鐸木道剛編『揺らぎの中の日本文化―原像・怪異・日本美術―』岡山大学出版会、二〇〇九・三）。

(27) 『晋書』巻七三・庾亮伝「亮将葬、何充会之、歎曰、埋玉樹於土中、使人情何能已」（楊家駱主編『新校本晋書並附六種』鼎文書局、一九二四頁）、『世説新語』下巻上・傷逝第一七「庾文康亡、何揚州臨葬云、埋玉樹箸土中、使人情何能已已」（『四部叢刊正編』二四、一〇五頁上）を発端として、周・庾信「玉樹長埋、風流遂遠」（「思旧銘」『藝文類聚』巻三四所引、『景印文淵閣四庫全書』第八八七冊、六八三頁上）、杜甫「皎如玉樹臨風前」（「飲中八仙歌」『分門集注杜工部詩』巻一〇、『四部叢刊正編』三一、一九一頁下）、白居易「銀鉤塵覆年年暗、玉樹泥埋日日深」（「酔中見微之旧巻有感」『全唐詩』巻四六二、明倫出版社、五二五六頁）、竇牟「天上文星落、林端玉樹凋」（「故秘監丹陽郡公延陵包公挽歌」『竇氏聯珠集』巻二、『四部叢刊広編』三四、八頁上）等。

(28) 〈死〉は、生物学的「死」をモデルとしてしか想像可能にはならないが、決してその意味における「死」と同義なのではない。〈死〉は全く同時に〈生〉でもあるからだ。『圜悟心要』（『仏果克勤禅師心要』）巻下「示徳文居士」

（『新纂続蔵経』六九、四七八頁上）にはこうある――「生と死と斉しく、仏と衆生と等し。動静語黙に至るまで、触れる処、原《みなもと》に逢い、一毫一塵を挙ぐるに、該収せざるなし」〔生与死斉、仏与衆生等、至於動静語默、触処逢原、挙一毫一塵靡不該收〕。また、古東は簡潔にこうまとめている――「真空妙有思想とは、森羅万象が、刹那生滅・有刹那（真空）ゆえに豊饒・無寿量（妙有）だとみる、仏教の根本洞察である。／森羅万象は念々起滅する。雲や新陳代謝する肉体が典型的であるように、その消滅が同時にその生誕であり、その喪失を代償にその存在が贖われるようにしてしか、森羅万象は存在していない。つまり、刻一刻の死滅（非在化）を代価に刻一刻の生命（在化）が贖われ、その生命の獲得が同時に死滅を兌換するという、生と死あるいは存在と無との〈相互矛盾的同時同一性〉が、万有の存在様式をなす。／これが刹那生滅論である」（『他界からのまなざし―臨生の思想―』講談社、二〇〇五・四、一一七―八頁）。

（29）『湯山聯句鈔』（新大系、365項）に「宝誌和尚ハ死シテ後モ、死ナズシテ養ひレ生をイルホドニ活宝誌ト云ゾ」とあるが、この宝誌について想起されるのは、平安時代に作られたという、宝誌和尚立像（西往寺像、京都国立博物館寄託）である。宝誌の顔が裂け、その裂け目の中からもう一つの顔が出てきているという奇妙な構図となっている。荒木浩『日本文学 二重の顔―〈成る〉ことの詩学へ―』（大阪大学出版会、二〇〇七・四）参照。

（30）『荘子』山木篇第二〇が引く、市南宜僚の言葉が注意される――「人能く己《おの》れを虚にして以て世に遊べば、其れ孰《たれ》か能くこれを害せん」〔人能虚己以遊世、其孰能害之〕（岩波文庫、第三冊、七九―八〇頁）。この言葉は前段の次の譬え話を承けて発せられたものである――船で河を渡っているときに、流れてきた虚舟《からぶね》にぶつかっても腹が立たないのに、その舟に人が乗っていた場合には腹を立てて相手を罵ってしまう。つまり、自己はまずもってそのような虚舟であらねばならないということである。

（31）「身学道といふは、身にて学道するなり。赤肉団の学道なり。身は学道よりきたり、学道よりきたれるは、ともに身なり。尽十方界是箇真実人体なり、生死去来真実人体なり。この身体をめぐらして、十悪をはなれ、八戒をたもち、三宝に帰依して捨家出家する、真実の学道なり。このゆへ《（ゑ）》に真実人体といふ。後学かならず自然見の外道に同ずることなかれ。百丈大智禅師のいはく、「若執ニ本清浄本解脱自是仏、自是禅道解一者、即属ニ自然外道一《若し本清浄、本解脱、自ら是れ仏、自ら是れ禅道の解を執せば、即ち自然外道に属す》」。これら閑家の破具にあらず、学道の積功累

徳なり」（『正法眼蔵』第四「身心学道」、思想大系、上、七七―八頁）。

(32)『夢中問答集』中（講談社学術文庫）、一〇六頁。

(33)「しづかなる山の奥、無常のかたき競《きほ》ひ来《きた》らざらんや。その死にのぞめる事、軍《いくさ》の陣《（ぢん）》《ママ》に進《す》めるに同じ」（『徒然草』一三七段、大系、二〇五頁）と言われるように、その「覚悟」とは、瞬間的生の連続に「背水の陣」を敷くことに他ならない。「之れを死地に陥れて、而る後に生き、之れを亡地に置きて、而る後に存す」〔陥之死地、而後生、置之亡地、而後存〕（『史記』巻九二・淮陰侯列伝〔『史記（四）』啓業書局、二六―七頁〕。『孫子』九地篇「投之亡地、然後存、陥之死地、然後生」に基づく〔『孫子集註』巻一一、『四部叢刊正編』一八、一五九頁上〕）。

(34)「人は、たゞ、無常の身に迫りぬる事を心にひしとかけて、束の間も忘るまじきなり」〔四九段〕、「命は人を待つものかは。無常の来る事は、水火の攻むるよりも速《（すみやか）》に、のがれがたきものを」〔五九段〕、「死期《（しご）》はついでをまたず。死は前よりしも来《きた》らず、かねて後《うしろ》に迫《せま》れり。人皆死ある事を知（り）て、まつこと、しかも急ならざるに、覚えずして来る」〔一五五段〕、「人と生れたらんしるしには、いかにもして世を遁《のが》れんことこそ、あらまほしけれ」〔五八段〕――このように兼好の意識は明らかに常に〈死〉へと向かうものであった。

(35)唐・張籍〔七六八？―八三〇？〕「明年各自東西に去らば、此の地に花を看るは是れ別人」〔明年各自東西去／此地看花是別人〕（『三体詩』巻一「感春」）の句はそれを詠っている。

(36)現代社会で言えば、病院や寺院・墓地などを例外として「死」の隠蔽は著しく制度化されている。その場合の「死」は、仏教者が言うところの〈死〉とは必ずしも一致しないが、想像不可能な〈死〉を想像可能なものとするには、やはり「死」＝臨終の瞬間に立ち会うという経験が何よりも重要な契機となってくるだろうと思われる。道元の仏門に入る機縁になったのは母の死――道元、八歳の時――であった〔「悲母ノ喪ニ遇テ。香火ノ煙ヲ観ジテ密ニ世間ノ無常ヲ悟テ。深ク求法ノ大願ヲ起シ玉フ」『建撕記』乾巻、『大日本仏教全書』〔新版〕七三、一八四頁上〕。確かにこのように身内の死という出来事が、死について或いは自らの生について真剣に考える契機となりうることには疑いの餘知はないが、とは言え、絶対にそのような実体験を経なければならないというわけでもなかったであろう。文学が〈死〉の想起装置としての役割を代替していたからである。

(37)『和漢朗詠集』には、「鶴籠開処見㆓君子㆒／書巻展時逢㆓故人㆒」〔鶴籠《かくろう》の開《ひら》くる処《ところ》に君子《くんし》を見《み》る／書巻《しよくゑん》の展《の》ぶる時《とき》に故人《こじん》に逢《あ》へり」の白詩（『文集』五七「不出門」）の句も収められるが（「閑居」、大系、616頁）、書陵部本『朗詠抄』には「下句、古人ノ書ヲケル筆ノ迹、其人ハ無レトモ、故人ニ逢フ心也」（伊藤正義・黒田彰編『和漢朗詠集古注釈集成』第二巻下、大学堂書店、一九九四・一、四七五頁）とあり、『和漢朗詠集仮名注』には「下ノ句ハ、古人書キ置キケル筆ノ跡ヲ見レハ、其ノ資ハ無ト云ヘトモ、故人ニ遇フ心地スルト云也」（同上、七九一頁）とあり、『和漢朗詠集永済注』は「下句、書籍ヲヒラキミレハ、フルキ人にアエルコ、チスト云也」（同上第三巻、一九八九・一、二五六―七頁）などと注解されている。

(38)　とは言え、今日では、例えば、「日本は……と言っている」、「アメリカは……と考えている」というような便利な（杜撰な）レトリックにあまりにも慣れすぎてしまっていて、まるで共同体に声があるかのような錯視を過剰に自然化してしまっているのも事実なのだが。

(39)　「共同体は排除体。共同体を求めたり構成したりする姿勢はそのまま、〈他〉を排除し、共同性を破綻させるふるまいにほかならない」（古東哲明『他界からのまなざし―臨生の思想―』講談社、二〇〇五・四、一四四頁）。

(40)　宗教共同体と民族共同体の構成原理は、同一の論理構造に従っている。いずれもその構成員は自らの属する共同体の無謬性・本質性・超越性・正当性を信じるようにプログラムされているが、それは、〈透明な我〉の性格がその原基となっているからである。一方で、現前的共同体が美しいと同時に醜悪であるのは、共同体が根源的二重性――〈無謬的なもの＝かたちなきもの〉と「原謬的なもの＝かたちあるもの」という二重性――を帯びているからである。また、宗教――それは必ずしも「宗教」という名で呼ぶ必要はないかもしれないが――とナショナリズムが共に文学と高い親和性を見せるのも理由のないことではない。戦前の文学研究が盛んに「日本的なるもの」へと関心を集中させてきたという事実も同一の文脈の中に置かれている。戦時中の死の美学化に対して古典研究者が荷担或いは容認という態度をとってきたことについても持続的な注意を払っておかなければならない。戦時中の死の崇拝は、死をめぐる仏教言説を利用するかたちで遂行されてきたが、それは〈死〉と「死」の構造的相差を忘却した誤認の結果に他ならない。〈死〉はわれわれの想像可能な出来事のことではない。そこに何らかの希望を抱いたり、絶望したりする対象になりうるようなものではない。それは端的な事実としてどこにでもある出来事に他ならないからである。とは言え、国家が古典を利用して人に死を強要してきたことを簡単に忘れてしまうようなことがあってもならない。誤読ではあるが無関係とも言えないからだ。

(41)「幽玄と云ふ物は、心に有りて詞にいはれぬもの也」（『正徹物語』、大系、二二四頁）、「いかなる事を幽玄躰と申すべきやらん。これぞ幽玄躰とてさだかに詞にも心にも思ふ斗りいふべきにはあらぬ也」（同上、二二三頁）。このような説明の断念をもってして、歌学上の蹉跌と見ることはできないし、正徹の未熟さを示すものとして解することもできない。ここで前景化されるべきは、正徹という名の現場で起こった〈外部〉との衝突（という自覚）である。正徹において強調されるのは、〈幽玄なるもの〉が、「面々の心の内」にあり、言語化不可能であるということである。これらの言表で前景化されるべきなのは、言語化することの不可能性、幽玄を意味によって窒息させてしまわぬようにするというパフォーマンスの重要性についてである。

(42) そのとき、われわれの問いの圏域に入ってくるのは、詩歌における恋愛という主題系が、ただ単に男女間の恋愛を字義の上になぞっているだけなのか、或いは、実は〈ノエシス的自己＝他者〉とノエマ的自己との間の呼応関係を反復することによって社会的に構成された恋愛という感情の様式を再構成（引用）しているのか、このような逡巡さえもが全く消失してしまうような場で思考させられている、ということである。「忍恋」「待恋」「後朝恋」「不被知人恋」などの題詠に見られるように、通常、和歌は成就せぬ恋を描くのを常道とする。そこで主題化されるのは、成就せぬものとしての恋愛、約束された別離である。逢瀬の約束は破られる。もしそれが守られうるようなものであるとするならば、それは〈仮面の原基〉が現前するという不可能な事態が出来したことになるからだ。詩歌において詠まれる恋愛は、「失意」を約束したものでなければならない。そしてまたそうであると同時に、それが「本意」でなくてもならない。「男女《をとこをんな》の情《なさけ》も、ひとへに逢（ひ）見るをばいふものかは。逢《あ》はで止《や》みにし憂《う》さを思ひ、あだなる契《ちぎり》をかこち、長（き）夜をひとり明《あか》し、遠き雲井を思《おも》ひやり、浅茅《あさぢ》が宿《やど》に昔《むかし》を偲《しの》ぶこそ、色好《この》むとはいはめ」（『徒然草』一三七段、大系、二〇一―二頁）。別離という一瞬の出逢いの中で、自らの〈虚の空間＝あいだ〉に棲まう〈非人称的なもの〉が流出しつつ、新たな〈関係性〉が分節されてくる瞬間、その瞬間こそがまさに詩の発生の瞬間であった。人は、他者の感情の模式を引用することによって自らの感情と、その実感を産出しており、演技としての恋愛（の反復による感情形式の引用）によって、現実生活における恋愛（感情）を可能にしているのだが、『枕草子』（能因本系）に「遠くて近きもの　極楽。舟の道。男女の仲」（古典全集、一七一段、三二〇頁）と言われるように、〈異性〉

との関係性は、〈極楽＝彼岸〉との関係性と同一視されている（ただし、異本には末尾を「人の中《(仲)》」とするものもある）。となれば、決して出逢うことがないというかたちにおいてのみ出逢いを可能にしているという逆理の構造こそが、その関係性を規定しているということにもなる。そのとき、われわれは単純に過去の人々も、われわれと同じように恋愛をしていたのだ、と言ってしまうことに対して些か躊躇いを感じることになるはずだ。恋歌はただ単に人と人との関係性を詠んだものではない。とは言え、それは恋愛詩が人と〈仏〉の関係性の譬喩だということでもない。つまり、存在性格が全く異なるもの＝異性との間において必然的に立ち現れてくる、絶対的疎隔とそれゆえの絆という不一不二なる関係性を象徴的に男女の関係へと仮託して詠んだものだということではない。なぜならば現実の男女の関係性それ自体が、そのような自己と〈他者〉との間の不一不二の関係性に基づいているからである。

(43) 詩人、多田智満子は言っている――「詩人は仮面《ペルソナ》を通してしか語らない。仮面を剝げばまた別の仮面があらわれる。これが詩人の人格《ペルソナ》というものだ。／常に仮象であるところの詩人は、プロテウスのように変身して目をあざむくことを好む。彼の領域が想像の世界であるからには、たとえ現《うつつ》の世界で襤褸の如き肉体をひきずって生きていようとも、幻想の世界では観自在であり、変幻自在であるはずだ」（『「私」でない人』『現代詩手帖』二一―一一、一九七八・一一）。

(44) 古典世界における「漁人」「漁夫」「漁父」の歴史的展開については、朴美子「中国文学における「漁父」の基礎的考察」（『文学部論叢』〈熊本大学〉九八〈文学科篇〉、二〇〇八・三）に詳しい。

(45) 禅僧にとって、「江村即事」詩が特別な関心をもって読まれ続けたことは、本論中で述べた抄物における諸解釈から窺われるほか、元・子庭祖柏の詩集が、『不繫舟集』（『元詩選三集』巻一六、『景印摛藻堂四庫全書薈要』四九〇、五七七頁以下）と名づけられていることからも窺われる。蛇足だが、明治―昭和の日本画家（円山四条派）、山元春挙〔一八七一―一九三三〕が琵琶湖畔に建築した別荘の名もまた「蘆花浅水荘」であった。

(46) 新大系脚注に拠ると、続錦繡段（抄）・懐古に「太公望」題にて収録される。

(47) 『文苑英華』巻二一四所収、唐・蔣防「呂望釣玉璜賦」に「衆皆釣其名、我則釣其道、衆皆釣其魚、我則釣其実、故知神全者、不辞於貧賤、志大者、不歎於枯槁」とある（『景印文淵閣四庫全書』第一三三四冊、一五六頁上―下）。また、清・梁章鉅『称謂録』巻二九（長澤規矩也編『明清俗語辞書集成』第二輯、汲古書院、三七〇頁）「漁者」項に「山堂肆考、唐時楚江有漁者、換酒飲、酔輒自歌舞、江陵守崔鉉見而問之曰、君之漁、隠者之漁耶、漁者之漁耶、漁者曰、昔姜子牙〔呂尚〕・厳子陵皆以為隠者之漁也、殊不知不釣其魚釣其名耳」とある。

（48）ある哲学者がこのようなことを言っていたのを思い出す――「みずからの名において何かを述べるというのは、とても不思議なことなんだ。なぜなら、自分は一個の自我だ、人格だ、主体だ、そう思い込んだところで、けっしてみずからの名において語ることにはならないからだ。ひとりの個人が真の固有名を獲得するのは、けわしい脱人格化の修練を終えて、個人をつきぬけるさまざまな多様体と、個人をくまなく横断する強度群に向けて自分を開いたときにかぎられるからだ」（G・ドゥルーズ／宮林寛訳『記号と事件―一九七二―一九九〇年の対話―』河出書房新社、〔文庫版〕、二〇〇七・五、一八―一九頁〔原著、一九九〇〕）。

Ⅶ　法の〈外〉へ／から
——〈幼児性《インファンティア》〉（infanzia）への（或いは、としての）眼差し——

1　序

伝統的に東アジア世界を空間的に膨張しながら、歴史的に構成されてきた「詩」と呼ばれる言語形式（今日に「漢詩」と呼ばれるもの）は、自らの対象化を可能にする諸言説——一連の語彙によって体系化されてきた言説の束——を自らに附帯させつつ、詩法・詩格・詩式などと呼ばれるような、実践技法を規定する「法」を同時に産出してきた。例えば、音数律（四言／五言／六言／七言）、対偶形式、押韻・平仄といった韻律の規則、詩語の使用規範、などの諸規則及び諸規範がそれである。[1] そして、「詩」という実践の系に参入してくる諸主体は、「病」と呼ばれる公開された禁則に細心の注意を払いつつ、自らの詩がよりよいものであることを願って、（自発的に）そのような「法」の体系に従属してきた。

しかしながら、一方で、「詩」をめぐる諸言説の中には、「詩」は規則の適用によって産出されるものではなく、逆に規則から自由であることによって価値化される（べき）といった類の言表も同時に見られる。空海『文鏡秘府論』の中に「律家之流、拘而多忌、失於自然、吾常所病也」（南巻、唐・皎然『詩式』引、『六地蔵寺善本叢刊』第七巻、汲古書院、一九八四・一〇、四一八頁）と言われるように、「詩病」に拘ること自体が「詩病」であるという考えもあった。そこで、「詩」は、自らを言語一般の語法から外在化させつつその内に自律的形式を建設し、禁止の網によって自らを覆いつつ合法空間／違法空間という境域を随時生成させてきた。詩人の周囲に張り巡らされた「法」の体系は、歴史的に決して一律であったわけではないが、いまここで仮に「法」を、（「詩法」よりは幾らか緩やかな意味で）実践の束からかたちづくられる慣習的《コンヴェンショナル》な、規則性・規範性・価値体系などと定義するならば、人が「詩」なるものの対象化を可能にしている限りにおいて、そのような諸「法」が自ずから立ち上がってくるという一つの〈法《システム》〉が、半ば普遍的なものとして、歴史的空間を貫いてきたのも確かであったと言ってよい。

そのとき、われわれは、前者の意味での具体的、個別的な諸「法」ではなく、後者の意味での〈法《システム》〉に関して、よりいっそう深刻に問わなければならないだろう。つまり、「法」を新たに立ち上げつつまたそれを書き換える〈何ものか〉について、それが歴史的にどのようなものとして考えられていたのかについて、改めて問い糺しておく必要があるのだ。

本章はその中心的視線を日本中世における「禅林」（禅僧によって構成される社会）に向けてみたい。禅林は、法の桎梏から自由であることが法の中に書き込まれるというパラドクスの圏域として歴史的に構成されてきた。それは見方によっては、単に自由という名の足枷によって自らの自由の可能性を鎖《とざ》しているに過ぎないようにも思われるのだが（そのような脱形式性のアスペクトを照射することによって、詩は偈頌と呼び代えられることもあった。第Ⅷ章参照）、となれば、法を書き換える権利が諸主体にどのようなかたちで与えられていたのか、禅僧がそれをどのように考えていたのかが当座の問題の焦点となるだろう。後述するように、中世禅林の詩論の中には、禁則に違反した場合であっても「達人」「上才」についてはその限りではない、と例外処理するような事例が存在した。以下では、そのような、法の〈外〉へと超出した詩（或いは詩人）というものがいかにして可能になると考えられていたのかという問いの闡明を目指す。そして、そのような法の〈外〉というものが、〈幼児性〉と同位的な視線の中に措定されていたという事実に基づき、G・アガンベンの『幼児期と歴史』における「インファンティア」（infanzia）の概念を主要な参照軸としつつ、なぜそのような眼差しが立ち現れることになったのかを併せて検証してゆくことにしたい。

2　法執行＝審判の恣意性
——法の〈外〉とは——

古典詩学においては、一般に、法措定の意思決定のプロセスは、民主的なかたちで為されるべきものとして考えられていたわけではない。そこでなされる評価は、多数者の集合的な判断（＝多数決）に拠るものではなく、熟練した少数者の叡智によって専制的に決定されるものであった。しかしながら、そこに見られる審判の基準の中には、われわれの眼から見れば、殆ど恣意的としか言いようのない程の不確かなものも含まれていた。例えば、中世禅林の碩学、虎関師錬が書いた文章の中に次のようなものがある。

客問、一詩両字病諸、曰爾、曰古人何有之乎、曰達人不妨、曰見賢思斉、曰初学容恕不得琢句、先輩有之者達懶也、凡詩文拘声韻複字不得佳句者皆庸流也、作者無之、七通八達、若有声韻礙、可知未入作者域、然古人犯声韻複字者達懶也、非不能矣、（『済北集』巻一一・詩話、『五山文学全集』一、一八一頁）

客人が問うた、「一篇の詩の中で同じ字を二度使うのは詩病と言うべきでしょうか」と。（そこで私は）「そうだ」と答えた。「（ならば）古人にはどうしてそのような例があるのでしょうか」と（客人は）言った。（私は）「達人ならばよいのだ」と言った。（客人は）「（『論語』里仁篇第四に曰う）賢《けん》を見ては斉《ひと》しからんことを思う（ということでしょうか）」と言った。（そこで）「初学者にこれを容恕《ゆる》せば句の彫琢ができなくなってしまう（恐れがある）が、年輩者にこの病が見られるのは〝達懶〟（十分に懶《ものう》きところに熟達していること）に過ぎないのだ。凡そ詩文というのは、（大筋において）このようなものであるが、（もし）声韻や複字に拘《こだわ》って佳句を得られないようであれば、その者は（所詮）凡庸な流《ともがら》に過ぎないということだ。一流の作り手であればこのようなことは起こりえない。（たとえ詩学に）七通八達したとしても、若し声韻の障礙《さわり》があるのであれば、一流の域には未だ到達していないということを知らなければならない。しかし古人が声韻や複字（の規則）を犯しているのは、（単なる）〝達懶〟なのであって、（それが）できないということではないのだ」、と（私は）言った。

虎関は、一篇の詩の中で重複した語を使用することが一種の病弊であることを認めつつも、「達人」についてはその限りではないと述べている。ここで言う「達人」とは、法の執行領域の外に、自律的な力の及ぶ場を公認された存在、言い換えれば、遵法義務を免責されることによって、自らを事実上の治外法権の場に位置づけうるような存在として定位されている。禅僧の詩論においては、詩法から自由であることを価値化するようなこの種の言説が、一つのパターン化された話法としてしばしば見受けられるが、となればそのとき、法に抵触した詩を排除するか／しないかという判断の恣意性は、おのずから、その詩法の根拠-有効性がどこに求められるのか、という説明を要求するものとなるだろう。またそれは、換言すれば、どうすれば法の〈外〉へと超出することができるのか、どうすれば合法的に違法行為が行えるのか、という問いへとも発展してゆくことになるだろう。

それにあたっていましばらくその実例を追えば、さらには、虎関が別の箇所でこうも述べていることが注意される――「詩とは熟語（古くより言い習わされた文語的表現）を貴び生語（なまの口語的表現）を賤しむものである。しかし上才の者は、時に生語を用いることが或《あ》っても、句意は豪奇となる。（だが）下才のものがこれに慣れてしまえば甚だ冗陋となる」〔詩貴熟語賤生語。而上才之者、時或用生語、句意豪奇、下才慣之冗陋甚〕（『済北集』巻一一・詩話、一六九頁）。詩の伝統は一般に「俗」なる表現を忌避する強い傾向を持っており、多様な美的主観を通過してなお駆逐されることのなかった詩語の編集によって（再）生産されることを理想化してきたが、ここでもやはり、「上才」であれば「俗」の禁則を犯してもよいという例外が示されている。加えて言えば、童蒙の作詩の教科書として広く読まれていた『中華若木詩抄』（新大系）にも、同様のパターンの実例を拾うことができる。「謙岩モ随分ノ作者也。時ニヨリ詩ガアライト云コトアリ。サレドモ、アラキト云モ繕ハズシテアル故也。真実ヲ述ブルゾ」（6項）。「心ハ未尽シテ、妙ナル作意也。情ノ字二字、天ノ字二字、コレモ詩ノ一体也。稽古ノ人ハ、此格無用也」（136項）。「鈍ナル句ノヤウナレドモ、深キ心アルベシ。其故ハ、杜子美ハ詩ニヲイテハ天子ノ位也。一字ト云ヘドモ空字ヲバ置カヌ也」（141項）。上記の他にも『中華』218項は題字を詩句に入れることは基本的に禁止とした上で、義堂周信がその禁則を犯していることを擁護し、「コノ時分ハイマダ上古ニテ、絶句ノ詩ナンドガウツクシク揃ワヌ也。其ノ上ヘ大才ノ人ナレバ、子細アルベシ」と述べ、さらに同229項、李白「春睡」詩については、二十八字中に「鳥」の字を二度使用していることに触れ、「依人可有用捨也。但、今日ハ天下ニ同字用ユベキホドノ詩人ナイ也」とまとめている。

以上のように、「達人」、「上才」、「随分ノ作者」、「稽古ノ人」、「杜子美＝天子ノ位」などと呼ばれるものは、〝禁則を破ることが許される存在〟として措定され、例外的な扱いを受けていることがわかるのだが、このようなほとんど恣意的としか思えないような法の適用態度を見るとき、禅僧にとって、また詩人にとって、詩の法（規則）とはいったい何であったのか、という素朴な疑問が喚起されることになるだろう。

以下、その点に関して幾つかの言説を追跡しつつ検討してみたい。

まず、雪村友梅が、方山元矩の詩を評すなかで「謹観前什、句意清熟、如弾丸脱手、宛転无窮、而略无凝滞之態、豈藻繢琢雕吟苦之流、所可同日而語其髣髴者哉」（『宝覚真空禅師録』坤「和方山首座廿一首幷序」、『五山文学新集』三、八一七―八頁）という言葉を残していることに注意してみよう。この評言中においては、「句／意」が「清／熟」で「凝滞」することなく、「藻繢・琢雕・吟苦之流《ともがら》」と異なることが好意的な筆致において捉えられている。ここでいう「弾丸の手を脱《もぬ》け、宛転して窮まり无きが如く……」とは、宋・呂本中（大慧宗杲への参禅で知られる）が「真の活法」と顕彰した、南斉・謝朓の「好詩円美流転如弾丸」の語（『南史』王筠伝など）に拠っている。

> 学詩当識活法、所謂活法者、規矩備具、而能出于規矩之外、変化不測、而亦不背於規矩也、是道也、蓋有定法而無定法、無定法而有定法、知是者、則可以与語活法矣、謝元〔玄〕暉有言「好詩転円美如弾丸」、此真活法也、（呂本中「夏均父集序」、劉克荘『後村先生大全集』巻九五「江西詩派・呂紫微」項所引、『四部叢刊正編』六二、八二四頁上）
>
> 詩を学ぶものは〝活法〟を知らなければならない。所謂〝活法〟というのは、規矩が備わっていながらも規矩の外に出ることができ、千変万化して測りようがなく、しかも規矩に背かないようなものである。これを道と言う。およそ定法はあれども定法はなく、定法はなけれども定法はある。このことがわかっているならば、ともに〝活法〟について語りあうことができるというものだ。謝朓が「よい詩というものはぐるぐる回り、その美しさは弾丸のようだ」と言ったが、これなどはまさしく真の〝活法〟である。

詩学の伝統の中では、活句ないし活法についてさまざまなかたちで説明が試みられてきたが、この呂本中の解説の中で強調されているのは、「活法」という問題系が、詩の法（「規矩」「定法」）にいかに処するかという問いとして提示されているということである。ここで「活法」が、「規矩」や「定法」の内／外を跨ぐ境界性の中に存在するものとして捉えられていることから言えば、次の竺仙梵僊の偈頌論もまた同種の見解として注意されるだろう。すなわち、「ところで詩というものは、ただ六義に帰するものである。（しかして）宗門の玄唱は、厳かに六義を含むものもあるが、六義の外に超然としているものもある。そして完全に世間の翰墨の常規の外に去って、来るも蹤《あと》を残さず、去《ゆ》くも迹《あと》を残さず、意は求めようもなく、情は測りようもない。もしある人がその翻訳された経典の偈頌作品を体得すれば、これに類似してくるが、ただその達人となれば、千変万化して、所謂青は藍より出で、氷は水よりも冷たいようなもので、弛《たゆ》まず進むものとなろう。昔から今に至るまで、代々、賢人は少なからずいた。近年にも先輩を超える者がいるにはいた。第《ただ》（その数が）多くはないというだけである」（且詩者、止乎六義而已、宗門玄唱、則有儼若、含於六義者、有超然於六義之表、而絶去世間翰墨畦逕之外、来不知蹤、去不知迹、非意可求、非情能測、若或体其所翻経偈之作、則逼似之、唯其達人、千変万化、所謂青出於藍、氷寒於水、而成亹亹者歟、自古至今、代不乏賢、然雖近今、而能超於前作者、時亦有之、第不多耳）（『竺仙疑問』、『禅林象器箋』二一引）というものである。ここで示されているのは、宗門玄唱には詩の六義を含むものもあればそれを超出するものもあるということだが、それらの捉えどころのなさが重ねて強調されている。ここで注意したいのは、「規矩之外」「六義之表」「世間翰墨畦逕之外」など、空間的比喩を用いながら、法の〈外〉へと超出することが求められていたことである。これに関して、宋・兪成『螢雪叢説』巻一「文章活法」を参照すれば、次のような解説に触れることもできる（『叢書集成簡編』七二六、七頁）――「若し古人の陳述に膠《こだわ》りて其の句語を点化すること能わざれば、此れ乃ち之れを死法と謂う。死法とは専祖踏襲することとなれば、則ち吾が言の外に於いて生くること能わず。活法とは奪胎換骨することとなれば、則ち吾が言の内に斃《たう》ること能わず」（若膠古人之陳述而不能点化其句語、此乃謂之死法、死法専祖踏襲、則不能生於吾言之外、活法奪胎換骨、則不能斃於吾言之内）。ここに「専祖踏襲」することが「死法」とされていたことから見れば、ここでまず銘記しておくべきは、詩法をただ墨守しようとする態度が否認されていたということである。

では、なぜ「法」に従わないということが価値化されるのだろうか。石頭希遷「参同契」（『景徳伝灯録』巻三〇『大蔵経』五一、四五九頁中）に「言を承けては須く宗を会《え》すべし、自ら規矩を立つること勿れ――承言須会宗／勿自立規矩」という句があるが、『宗鏡録』《すぎょうろく》はそれに解説を加えて「若し規矩を立つれば、則ち限量に落つ。纔かに限量を成せば、便ち本宗に違《たが》う。但だ言語の転ずる所に随うのみなり。所以に一切の衆生の真実を知らざる者、皆な言語の覆う所と為る」〔若立規矩、則落限量、纔成限量、便違本宗、但随言語之所転也、所以一切衆生不知真実者、皆為言語之所覆〕（巻六一、『大正蔵』四八、七六四頁中）と述べる。このように言語に「規矩」が立てられる＝固定化することによって、人は、既成概念の網の目の中で飼育されつつ、先入観や偏見を空気のように自明化・本質化してしまい、言語にただひたすら転ぜられるだけの存在となってゆく。ゆえに法から離脱し、法の〈外〉へと脱け出すことが求められていたのである。

　では、そのとき、〈外〉とはいったい何を指すのだろうか。（実際のところ、言語／外部という二分法自体が言語的にしか構成されない以上、外部は常に言語の内に回収‐隠蔽されざるをえず、畢竟、このような問いを立てること自体が不可能なのだが）少なくとも、上記の「規矩に背かず」という解説に従うならば、法の〈外〉へ出るということが単に規則を破ることではなかったのは明らかである。となれば、先に呂本中が述べていたような、規則の〈外〉に出ながらもそれに背くことがない、とはいったいどのような事態を指しているのであろうか。常識的に考えれば、それは端的に矛盾であるが、それを可能にする条件についてしばらく考察を加えてみよう。

　そこで一つの思考実験を行ってみたい。それは、これまでの詩の歴史の中で詠まれてきたすべての詩の記録及び記憶を持っている存在、或いは、それらの詩の引用元（引用の引用の引用の……〈根源〉）となっているあらゆる言表の記憶の受権者であるような主体を想定してみることである。全ての詩の歴史‐記憶を保持しているということは、詩ではない歴史の記憶によって初めて可能になるものであってみれば、〈彼〉が保持しているのは、外延の存在しない記憶そのものに他ならない。もし仮に、詩に関する立法権限の全てを掌握しているような主体を想定することが可能であるならば、そのような主体から産出されたあらゆる詩は、その全てが事後的には正しくなる、ということになる。もちろんそのような存在は理念としてのみ存在しうるものであって、現実的な世界の中に居場処をもつものではないが、古典詩学の伝統は、このような主体に限りなく接近した人間として、ある詩人に「詩史」「詩之集大成者」という異名を与えてきた。杜甫である。(2)

宋代には、秦観「韓愈論」（『淮海集』巻二二、『四部叢刊正編』五〇、七九頁上―下）、孫僅「読杜工部詩集序」（仇兆鰲注『杜少陵集詳注』下冊、巻一〇・附録、北京圖書館出版社、三六頁）をはじめとして、百花繚乱の晩唐体がその実、杜甫から分派されたものであるという言説が広く流布していた。(3) 杜甫は、集大成者＝孔子と類比されながら、前人の長所を兼備しつつ時宜に従ってそれを使い分ける、詩の集大成者と崇められ、杜甫の詩は、「詩中の六経」とも呼ばれて聖典化されていた（陳善『捫蝨新話』巻七、『宋元人説部叢書』上冊、二六六頁下）。

また、禅林においても「詩中仏」という異称を与えられ、広く崇拝されていたことも確認されている。(4) さらには、例えば、万松行秀「評唱天童従容庵録寄湛然居士〔耶律楚材〕書」（『万松老人評唱天童覚和尚頌古従容庵録』、『大正蔵』四八、二二六頁下）に「吾が禅宗には雪竇（重顕）・天童（宏智正覚）の二師があるが、彼らはあたかも孔門の子游・子夏の二人のようであり、その頌古などはあたかも詩壇の李白・杜甫のごとくである。世間では雪竇には翰林の才があり、〝蓋《なん》ぞ我が華を採りて我が実を摭《ひろ》わざるか〟と言ったと伝えられている。また〝万里の地に行かず、万巻の書を読まざれば、工部（杜甫）の詩を閲《み》ること毋《なか》れ〟などとも言われているが、これはその博学を言っているのである。これを天童老師の頌古に擬《なぞら》えるならば、片言隻字と言えども皆仏祖の淵源から流出してきたものであり、（決して）修行者の（軽々に）測度しうるようなものではない、ということである」（吾宗有雪竇天童、猶孔門之有游夏、二師之頌古、猶詩壇之李杜、世謂雪竇有翰林之才、蓋採我華、而不摭我実、又謂不行万里地、不読万巻書、毋閲工部詩、言其博贍也、擬諸天童老師頌古、片言隻字、皆自仏祖淵源流出、学者罔測也）とある。ちなみに傍線箇所は、他にも、「万里の路を行かなければ、杜甫の詩を読んではならない」（不行万里路、莫読杜甫詩）（陳応中「跋文」亜愚紹嵩『江浙紀行集句詩』、『禅門逸書』続編、漢聲出版社、第一冊）、「万里の路を行かず、万巻の書を読まなければ、杜甫の詩を観るべきではない」〔不行万里路、不読万巻書、未可観杜詩〕（方回「跋仏陀恩遊洞山詩」『桐江集』巻四、『叢書集成三編』四七、五二八頁下）とあるように当代に広く流通した修辞《レトリック》として知られていた。加えて見逃せないのは、この当時、杜甫をめぐる一つの議論として、杜詩の一字一句すべてに来歴があり、それらは全て自作の語ではないのだ、という説が生まれていたことである。例えば、「杜甫の作詩、韓愈の作文には、一字たりとも来処がないものはない。（とは言え）およそ後世の人はあまり読書をせず、ゆえに韓・杜は自らそれらの語を作ったなどと謂うのである」〔老杜作詩、退之作文、無一字無来処、蓋後人読書少、故謂韓杜自作此語耳〕（黄庭堅『予章黄先生文集』巻一九「答洪駒父書三首」、『四部叢刊正編』四九、二〇四頁上、蔡夢弼『草堂詩話』巻一所引、『景印文淵閣四庫全書』第一四八一冊、五二四頁下）、「杜甫の句にはどれも〈根本〉がある。自作の言葉ではないのである」〔杜句皆有根本、非自作語言也〕（劉壎『隠居通議』巻七「杜句皆有出処」、『叢書集成新編』八、四〇五頁下）の如くである。

その語を「万里地」「万巻書」に来歴を持つとされる「杜甫」は、その名において単数でありながら同時に複数であるような主体へと分裂しながら、「詩」という網の目の総体として非-人称化され、「詩史」「詩之集大成者」などと呼ばれることとなったのである。

杜甫がなぜ詩人／禅僧の間で尊敬の対象となっていたのかのは、杜甫的なすぐれた文体があることによって、というよりも、あらゆる文体を包含するテクスト性の代理的記号であることによってであったと見られる。だからこそ、杜甫は、無限のテクスト網を全的に所有する「天子ノ位」（前掲『中華若木詩抄』）という最終審級として表象されるに至ったのである。言うなれば、杜甫は自らを世界から消すことによって「詩史」「詩之集大成者」であることを可能にしたのであり、その意味から言えば、その名には、逆説的に（現前的）固有性をうち消す無名性と非-人称性が充満するものとして考えられていたのである（5）。

以上のことから言えば、禅僧／詩人にとって、〈外〉とは、無限のテクスト網に基礎づけられた、〈合法性の生成〉それ自体のことであった、と言ってよいだろう。〈合法性の生成〉とは作られた個別の「法」ではない。それゆえ「法」の〈外〉に出ている。また、それは現行の「法」には従わずに、それを書き換えつつ、新たな「法」を立ち上げるものであるために、事後的には必ず合法的なものとなっている（ただし、それは相対的に合法的だというに過ぎないが、われわれにはその合法性は自然なものとして感じられるはずであり、そのとき相対性と絶対性は見分けがつかない）。こうして、外部からの闖入者にして、公序良俗を犯す破壊者でありながら遵法者であるような両義的な境位において詩人の成就を見るような語りが立ち現れてくるのである。そして、もしそのような〈合法性の生成〉との同化が可能な主体というものが存在するならば、その主体は、「法」に準じた詩を産出可能だというよりも、最もその場に適した「法」それ自体を自由にかつ必然的に産出することが可能であるという意味において、群を圧倒する存在となりうるのだ。

つまり、このような〈合法性の生成〉と全く同一であるような存在であるならば、それは「達人」と呼ばれうるものとなる、ということだ。とは言え、これは果たして答えになりうるだろうか。これが意味のある答えであるためには、人はいかにしてその〈合法性の生成〉と同化することができるのかを明らかにせねばならない。しかしながら、この問いは困難を窮める。それはこの〈外〉なるものがわれわれにとっては全く不可知の存在だからである。

連歌師・心敬は『さゝめごと』の中で、「たゞ幻の程のよしあしの理のみぞ、不思議のうへの不思議なる」（『さゝめごと』、大系、一六五頁）と述べている。句のよし／あしという「理」は「幻」には違いないが、それはただ思考不可能（「不思議」）というだけでなく、さらに高次的《メタ》に思考不可能なのだ、という（思考不可能という事態それ自体は実は思考することが可能であるが、ここで問題にされている、善し悪しという倫理は思考不可能な思考不可能性のことである。思考不可能な倫理については後述）。ある作品を前に、「よい」と感じたり「よくない」と感じたりするような価値判断、ないしは（広い意味での）善／悪の二分法は、いったいどこからやってくるのだろうか。詩のよしあしは、事前に準備された評価項目に照会することで産出された結果なのではない。陳腐な群の中にあって、「よい」という質感は直接的に経験に与えられたものだからである（「いつも」と、どう「違っている」のかという比較考量を経由することなく）。たとえば、ある作品に対して意志的に不快感を覚えることはできないようにである。では、それぞれの主体の中で審判員を務めているのはいったい誰なのだろうか。そのような内在する審判が自己意識（思考）によって自由に操作することができないものである以上、それは端的に〈思考不可能〉なものであるに違いない。

前出、万松が「学者、測ること罔《なか》れ」と言っているように、禅僧は〈外〉が不可知なものであることを知っていた。〈外〉とは、違法空間なのではなく、法の不在の場、計量不可能な空間なのである。換言すれば、合法／違法の、規則／不規則の共在的‐混淆的な場であり、規則の未発状態、予測不可能な場である。世界は瞬間瞬間に生成されているが、しかしまさにこの生成そのものは決して生成されない。世界が生々流転しているのだとしても、なぜ世界がこのような意味の配列を為しているのか、それがなぜこのように変わったのかがわれわれには一向にわからないのだ。世界の配剤の基準は、われわれ自身を構成する基盤的なものでありながら、われわれの知りえないものである。それを（諸々の）「法」を〈生成する〉（単一の）〈法《システム》〉と呼びうるとすれば、それこそが、前掲の〈活法〉の意味するところであった。とすれば、われわれは、〈活法＝メタ法〉とは何か、とその具体的指標を立てることはできない、ということになる。というのも、それが可能であれば、活法は法の内部に回収されてしまうことになるし、逆に、それが法の「外」に出てゆくことであれば、それは端的に規則違反として、それもまた法の内部に回収されてしまうことになるからである。〈外〉へ出たと思ったとしても、「外」は既に内である。どうあがいても〈外〉へ出ることは不可能なのだ。

ただ、われわれは〈外〉を全く知りえないわけでもない。〈外〉は、「法」に対して単に先在的だというわけではないが、上記の意味で、内／〈外〉の両項が、互いに排除しあうような関係にあるのではないのだとすれば、「法」から離れて〈外〉のみが自立することはありえない。ゆえに、〈外〉は現行の「法」に対してその根拠を委ねていることにもなる。となれば、〈外〉への照射は、法への照射、明示的に言えば、法の限界への照射によっては確かに可能となるのである。勿論、現前した「法」の側から〈外〉に触れることはできないが、少なくとも、不可触という形をとっては触れているのだ。つねに向こう側（彼岸）から触れてくるのである。「法」の有限性に触知することは、〈外〉に触知されるい唯一の経験なのである。その点で柄谷行人『探求Ⅰ』（講談社、一九九二・二）、L・ウィトゲンシュタイン／藤本隆志訳「哲学探究」（『全集』八、大修館書店、〔原著、一九五三、没後刊行〕）の議論を参照しつつ、法-規則の限界に触れてみたい。規則の根拠への問いである。

われわれは、言語の正用／誤用という二分法から、言語の規則＝コードを抽出してくることを可能にしているが、その根拠自体は実はそれほどはっきりしたものではない。正用とは誤用ではないことであり、誤用とは正用ではないことだ、というような循環論法の中でそれらの根拠は相互反射的に先送りされてしまうからである。ゆえに規則はそれ自体において、いかなる根拠も確立することができず、その根拠を〈外〉に委ねる他なくなる。勿論、規則の〈外〉を不規則のことだと考えたとしても結果は同じである。規則とは不規則ではないことであり、不規則とは規則的ではないことである、という循環構造の中で自らの足場を失ってしまうことになるからである。また、規則を書き換えるということは、まさにその規則には従っていないということだが、何の規則にも従わずに規則を書き換えることなど不可能であってみれば、それは規則以前の規則に従っているということでもある。不規則もまた〝不規則という形をとった規則〟であらざるをえないのであれば、此の世界の内部には規則しかないことになる。

ただし、それらがどんな規則なのかは事後的には同定されるものの、それがどんな規則に従って書き換えられているのかは思考不可能である。規則を規定する規則、その規則を規定する規則、その規則を規定する規則、というかたちで高次化《メタ》されていき、規定する当のものはわれわれの認識から無限後退してゆかざるをえないからである。となれば、書き換える＝新しさを作り出すという行為の主体は、思考不可能な法の〈外〉にあるということになる。ゆえに、自己意識としての現前的な「我」が差異をずらす（差異を差異化する）ことはできない。「我」において差異がずれる（差異が自らを差異化する）ことを期する他ないのである。法の〈外〉から法を根拠づけ、書き換えうるような権限はいかなる人称的主体にも与えられていない。人称的な言語的主体もまた一つの産出された「法」だからである(6)。

3 〈幼児性〉と信じること

如上、われわれは容易に手なずけることができない難題に逢着した。すなわち、人が意志的に法を書き換えることができないのだとすれば、いかにして法を動かすことが可能になるのか、という難問《アポリア》である。それを次の記述を手がかりとして考えてみたい。

予有数童、狂游戯謔不好誦習、予鞭笞誨誘使其賦詩、童曰、不知声律、予曰、不用声律只五七、童嗔愁怨懣、予不恕焉、童不得已而呈句、雖蹇渋卦拙而或不成文理、其中往往有自得醇全之趣、予常愛恠、又令学書、童曰、不知法格、予曰、不用法格只為臨模、童之嗔懣予之不恕如先、不得已而呈一二紙、雖屈蚓乱鴉而或不成字形、其中往往有醇全之画、予又愛恠、則喟歎曰、世之学詩書者傷於工奇、而不至作者之域者皆是討較之過也、今夫童孩之者、愚騃無知而有醇全之気者朴質之為也、故曰、学詩者不知童子之醇意不可言詩矣、学書者不知童子之醇画不可言書矣、不特詩書焉、道豈異於斯乎、学者先立醇全之意、輔以修練之巧為易至耳、（『済北集』巻一一、

一八一頁）

私のもとに何人かの童子がいたが、遊びほうけてばかりで典籍の暗誦学習を好まなかった。（そこで）私は鞭笞《むちう》ち誨《おし》え誘《みちび》いて詩を作らせようとした。「声律がわかりませぬ」と童子が言ったが、「声律は気にせずただ五言七言だけを合わせればよい」と言った。童子は憤懣やるかたない様子であったが、私は恕《ゆる》さなかった。童子はやむを得ず句を作ってみせた。蹇渋卦拙（意が通じず下手くそ）で文理を成していないものもあったが、その中にはだいたいにおいて自得醇全（自ずから備わった全き純粋さ）の趣を得たものもあった。私は常日頃から恠《めずら》しいものを愛《この》む質《たち》で、また書も学ばせた。童子は曰った、「法格を知りませぬ」と。私は、「法格は気にせずただ（手本を）書き写してみればよい」と言った。童子は（やはり）不満げであったが、私は先ほどのように恕《ゆる》さなかった。（童子は）やむを得ず一、二枚の紙に書をしたためて（私に）見せた。屈《ちぢこま》った蚓《みみず》、あちこち乱れ飛ぶ鴉《からす》のようで字形を成していないものもあったが、その中にはだいたいにおいて醇全の筆画を得たものもあった。私はやはり恠《めずら》しさが好きな質《たち》のようで、喟《ためいき》をついて曰った、「世の詩や書を学ぶ者は（往々にして）工奇に傷《いた》むものだが、一流の作者の域に到達しないのは、皆あれこれと比べ立てるせいなのだ」。今この童子は（確かに）愚かで無知ではあるが、醇全の気があるのは、この純朴さのためである、故にこうも曰った、「詩を学ぶ者は童子の醇意を知らなければこれを論ずることはできない。書を学ぶ者は童子の醇画を知らなければこれを論ずることはできない。（これは）ただ詩書に限ったことではない。学道もこれと違いはないのだ。修行者は先ずもって醇全の意《こころ》を立て、（その後に）修練によって身につけた技巧によってこれを輔《おぎな》えばよい、そうすれば（道に）到達しやすくなるというものだ」と。

虎関が童《わらべ》に詩を作らせたところ、蹇渋卦拙にして文理を成していないものもあったが、それらは大筋において

「自得醇全の趣」を有するものであった。そして、詩を学ぶ者は「童子の醇意」（子どもの純粋・透明な心）を知らなければ詩を詠むことはできないのだ、と虎関は言った。つまり、ここで「童子」と「達人」とは奇妙な一致を見せることになるのである。虎関は、自らを幼児化させること、或いは自らの幼児性を覚醒させることを求めるのだが、では、この幼児性に象徴されるものとはいったい何なのだろうか。

それに関して、南宋・大慧宗杲が士大夫に与えた書簡の中に次のような記述があることが興味を引く。「依前百不知百不会、如三歳孩児相似、有性識而未行、卻向未起求径要底一念子前頭看」（もとどおり何もかも知らず分らなくなり、三歳のわらべ同様、意識はあってもまだはたらかず、直截肝要を求める一念がまだ起こらない前について究めてごらんなさい）（『大慧書』、荒木見悟『大慧書〈禅の語録17〉』筑摩書房、一九六九・五、一七二頁）。また、大慧は別の書簡の中でも、士大夫に対して「瓦石土木」「土木偶人」となるように求めている（その士大夫の中には、上記、呂本中もいる）。それは「情識」（概念的思考）の作用を停止させることを求めたものであり、また完全に能動性を喪失した主体であることを求めたものであった[7]。また、『碧巌録』八〇則には「学道の人、復《ま》た嬰孩の如くなるを要す。栄辱功名、逆情順境、都《すべ》て他《かれ》を動かし得ず。眼は色を見るも盲と等しく、耳は声を聞くも聾《ろう》と等し。痴《しれもの》の如く兀《おろかもの》の似《ごと》く、其の心の動ぜざること、須彌《しゅみ》山《せん》の如し」（学道之人、要復如嬰孩。栄辱功名、逆情順境、都動他不得。眼見色与盲等、耳聞声与聾等。如痴似兀、其心不動、如須彌山）（岩波文庫、下冊、八一―二頁）という語も見え、遡れば『仏所行讃』に「若し無心にして作さば、嬰児の所為の如し」（『大正蔵』四、三五上）という語もある。さらには、一休宗純の著作にも「万事をわすれたれば、人の我のといふ事なし。赤子の心に似たり」（『一休和尚全集』光融館、一八九八・三、「水鏡目なし用心抄」、一〇頁）とも見える。

上記の「童子」は、「法格」を知らずにただ詩という実践を行った。法を比較考量しながら実践を導き出したわけではなかった。虎関は、世間の詩人が、「作者」（達人）の域に至らないのは、「討較之過」（比較考量という過失）

のせいであると指摘する。となれば、何も考えないでただ実践だけを行えばよいのだろうか。禅僧はそれも退ける。唐・法眼文益は、『宗門十規論』第九（『新纂続蔵経』六三、三八頁中―下）において、「情に任せて直吐すれば、多く野談に類し、意に率せて成せば、絶ど俗語のよう」な「歌頌」しか作れないような者に対して手厳しい非難の言葉を浴びせる。「苟或乏於天資、当自甘於木訥」（才能がないなら黙っていろ）と。

実際のところ、規則の〈外〉に出ているかのように自己演出をした表現は、その実、規則の外に出ているという規則の中に留まっているに過ぎない。ヴァリエーションの貧弱な一個の詩人の恣意に委ねれば、そこから産出される言葉は、ひどく類型的なものとなるだろう。また、学律《ディシプリン》の欠落した、或いは弛緩した身体から発せられる言葉は、自分がよいと思うものがよいものだという類いの、局所的《ローカル》な独善的美意識によって自己正当化したものにしかなりえないだろう。

では、何も考えずに行った実践の結果がこのように両極へと分岐してゆくのは、どのような理由によってなのだろうか。その点で、われわれは以下に、「語りえぬものについては沈黙せねばならない」と言った、L・ウィトゲンシュタインと禅僧のテクストを照応させることで、新たな問題圏を形成することを試みてゆきたい。まず、ウィトゲンシュタイン「確実性の問題」（『全集』九、黒田亘・菅豊彦訳、大修館書店、〔原著、一九六九、没後刊行〕）にはこうある――「子供は大人を信用することによって学ぶ。疑うことは信じることのあとに来る」（一六〇節、傍点翻訳原文）。「学習とは、もとより、信じることから始まるものだ」（一七〇節）。「疑いえないものに支えられてこそ疑いが成立する」（五一九節）。ここで最も重要なのは、この場合の「信じる」ということが「不信」や「疑」の対立項のことではない、ということである。嬰児が、世界を、そして母語を何の疑いもなく無条件に受け入れるように、人はまず信／疑以前の信によって自らの構造《かたち》を変えてゆくことを可能にしている。[8]これを〝学〟と呼ぶならば、それは無条件の〝信〟によって初めて可能になるものである。それは世界の全てであることであり、それを受け入れることであり、絶え間なき変身の道程を示している。そのとき、嬰児は、自他未分化のまま、世界の単一性の中に浸透している。嬰児の身体は世界に対して完全に開かれ、世界の流入を無条件に受け入れている。しかし、その透過的な身体は、成長とともに閉じられてゆく。やがて自／他の間に超えられない境界が立てられるが、それゆえ、他者化＝変身＝学のプロセスは停滞してゆく。

一般に、宗教というものが人々に過剰に「信」を押しつけることがあるのがもっともだとしても、ここでいう「信」とは疑って疑って疑い抜いた果てに、もはや疑いえぬものとして到来するもののことである(9)。しかして、先に引いた大慧もまた士大夫に強く「信」を求めていたことが注意されるのである。そこにはこうある――「釈迦は、『信は道の元、功徳の母である。一切の善法を養う』と言い、また、『信は智功徳をふやせるし、信は必ず如来地に到れる』と言いました。……もし明暗相なかばし、信疑相なかばするなら、決してうまくゆきません。この事は人情をこえていますから、（口で）伝えることはできません」〔黄面老子曰、信為道元、功徳母。長養一切諸善法。又云、信能増長智功徳、信能必到如来地。……若半明半暗、半信半不信、決定了不得。此事無人情、不可伝授〕（『大慧書』、七七―八頁）、「〔何物をも〕疑わないところに到ることができれば、それが仏地なのです」〔得到不疑之地、便是仏地也〕（『大慧書』、一四二頁）。そしてまた虎関も次のように述べている――「我が仏の以て物に応ずる所の心は一つなり。然らば則ち衆人の心は我が心なり。我が仏の心も又た我が心なり。子姑《なんじしば》らく子《なんじ》が心を以て仏心と為して茲《こ》の事を視よ。信ぜんか、疑わんか。疑信両《ふた》つながら忘《ぼう》じて平等なれば、仏心、是れ子《なんじ》が本心なり」〔我仏所以応物之心一也、然則衆人之心我心也、我仏之心又我心也、子姑以子之心為仏心而視茲事信乎疑乎、疑信両忘平等仏心是子之本心也〕（『済北集』巻七、「善光寺飛柱記」、一〇七頁）。

人が何かを信じるというとき、それが信じたり信じなかったりするような性質のものであるならば、それは〈本心＝仏心〉からの〈信〉ではない。人が何ごとかを為すためには、或いは何ごとかを語るためには、それへの疑いの餘地のない〈信〉が必要なのだ。が、しかしながら、それは一つの選択的な心理的態度ではないのである。それはことさらにそうだと言い立てる必要性すらないような〈信〉であり、そうであることによって初めて、それが〈法を生成する原動力〉となりうるのである。

ところで、ここで幾らか文脈を外して、〈幼児性〉について別の角度から考えてみたい。というのも、言葉を話すということが本質的にいかなる事態であるのか、その根源を問う場において、禅僧と同じくそれに〈幼児性〉という表徴を与える諸言説が所謂「現代思想」系の言説の中に確認されるからである。

たとえば、『幼児期と歴史―経験の破壊と歴史の起源―』（上村忠男訳、岩波書店、二〇〇七・一、〔原著、二〇〇二〕）の著者、G・アガンベン〔一九四二―　〕がこう言っている――動物が、中断も分裂も知らない、単一の解体されていない声の中につねに住んでいるのに対して、「人間は、インファンティア〔言語活動をもたない状態〕をもっているために、つねにすでに語る存在ではないために、この単一の言語を分割」し、語るために「言語活動の主体としてみずからを構成」するのだと（九一―三頁）。ここでいう「インファンティア」という概念は、「幼児期」のことだが、アガンベンにおいてはそれはさらに広い射程の中で思考されている。それは年代記的《クロノロジー》に言語活動に先行する心理的実体なのではなく、それは決して歴史化されることがないものだという。というのは、「それはそれ自体が歴史化するものであるから」（八六頁）である。アガンベンがインファンティアという用語によって象徴的に語ろうとしていることは、人間は、かつてもいまもこれからも、言葉を持たないものであるがゆえに、語ることを可能にしているのだ、ということである。

さらにJ-F・リオタール〔一九二四―一九九八〕の『インファンス読解』（未来社、小林康夫・竹森佳史・根本美作子・高木繁光・竹内孝宏訳、一九九五・三、〔原著、一九九一〕）もまた、「インファンス」（自らを語らぬもの）について次のように述べている――「人生の過ぎ去ってゆく一時期ではないものとしての幼児期。それが言説に取りついているのだ。言説は、たえずそれを引き離しておこうとする。言説とはその分離なのだ。だが、それは、そうされることによってむしろいっそう、執拗に自らを、まさに失われたものとして、構成しようとするのだ。言説は、自らが知らないうちに、それを住まわせてしまう。言説の残余なのだ、それは。もし幼児が幼児のままそこに残り続けているとしても、それは、大人のなかに幼児が住みついているにもかかわらずそうなのではなく、まさに、それ故になのである」。また、それはF・カフカ〔一八八三―一九二四〕が「疑いなきもの」と呼んだものであり、J-P・サルトル〔一九〇五―一九八〇〕が「分節不可能なもの」と呼んだものであり、J・ジョイス〔一八八二―一九四一〕が「私有不能なもの」と呼んだものであり、S・フロイト〔一八五六―一九三九〕が「幼児的なもの」と呼んだものであり、P・ヴァレリー〔一八七一―一九四五〕が「無秩序」と呼んだものであり、H・アーレント〔一九〇六―一九七五〕が「誕生」と呼んだものであると言い、「みんな、とりわけ《偉大な者》こそそうなのだが、テクストを通じて、テクストのなかで、何か書けないものをつかまえるために書くのだ。それは、書けるような何かではないのであって、書く者はそのことを知っているのだ」と言う〔五―六頁〕。

アガンベンやリオタールの視線の先に見えているものが、遠く虎関のテクストに類似のテーゼとして濃縮されているという事実はわれわれにとって実に興味深いものであるが、さらに附言するならば、実は、このような、幼児性を超越的なものと見るような視線は、日本の中世の諸言説の中を反射し合ってもいた[10]。例えば、中世の説話群の中には「稚児」を聖なる存在とする視線がばらまかれており、また、藤原定家仮託の『桐火桶』にも、「立ちかへりてもとの幼なかりしにならひよみて試みよ」〔『歌学大系』四、二七三頁〕と見えるように、一つの理想態として記号化されている。ただし、ここで重要なのは、これらに言う〈幼児〉とはおそらく、われわれがかつてそうであったような、あの小さな生き物のことではない、ということ。そして、〈幼児〉は法-言語に先立つものであるが、それは時間的な前としてそうなのではなく、構造的な前としてそうなのだということである。つまり、〈幼児〉と言語的主体とは、時間的に先後する関係にあるのではなく、共時的‐共在的な関係にあるということである。〈幼児〉は、つねにすでに言語的主体に対して内在的なのだ。道元は、このような、超越的なものとの矛盾した構造的先後関係について、「仏性の道理は、仏性は成仏よりさきに具足せるにあらず、成仏よりのちに具足するなり。仏性かならず成仏と同参するなり。この道理、よくよく参究巧夫すべし」（『正法眼蔵』第三「仏性」、思想大系、上、五三頁）と述べている。[11]〈幼児性〉と呼ぶにせよ〈仏性〉と呼ぶにせよ、それはそもそも名づけ得ぬものである。それは決して単なる白紙状態《タブラ・ラサ》のことではない。禅籍には、「汝若し心を識《し》らんと欲さば、祇今《ただ》語言するもの、即ち是れ汝が心なり。此の心を喚びて仏と作す」（『宗鏡録』巻一四、『大正蔵』四八、一九二頁上）という言葉も見える。〈語る能力〉〈為す能力〉それ自体は、決して自らのことを語らないが（「真仏無口、不解説法、真聴無耳、其誰聞乎」『宛陵録』、『大正蔵』四八、三八七頁上）、言語を排除したところで、〈語る能力＝幼児〉は現前しない。それは、法にぴたりとはりつき、法を覆し／正しつつ、覆した／正した法にまた貼り付く。〈物言わぬもの＝語りえぬもの〉は言語活動の中に充溢しているのだ。

4　絶対的に〈正〉であること

最後に法措定の「正しさ」を問題にする。われわれはある意味で、詩のよしあしを自由に決定する権限を持っている。われわれは全く恣意的に何かを「よい」と言い、何かを「よくない」と言うことができるからだ。しかしながら、それが法として定着するかどうかは別問題である。法それ自体に根拠がないのだとすれば、法措定の公正性は何によって担保‐保証されることになるのだろうか。つまり、重要なのは、法措定の「正しさ」（公正性）の来源である。虎関は「若し雅正の権衡無くんば詩を言うべからず」と言っているのだが（『済北集』巻一一・詩話、一七九頁）、では、まさにその「正しさ」の原理をいかにして導き出せると言うのだろうか。それは、その「正しさ」が純粋性-透明性と関連づけられるかたちで論じられているということの点に注目することによって明らかとなる。

虎関は、「今見三百篇、為万代詩法」（『済北集』巻一一・詩話、一六八頁）と述べ、『詩経』を「万代の詩法」と位置づけている。孔子はその『詩経』を「思無邪」（innocence）という概念によって要約したが（『論語』為政篇第二）、その語は禅籍中にもしばしば散見される。例えば、「余話して曰く、凡そ読書は先ず須く心を正しうして之れを読むべきなり。『詩』三百（篇）、思い邪《よこしま》無し、是れなり」（余話曰、凡読書先須正心而読之、詩三百思無邪、是也）（『空華日用工夫略集』応安四年九月二日条）、「曹源（禅宗六祖曹渓慧能の法源）真的《しんてき》の旨《こころ》を識《し》らんと要《ほっ》せば／一言《いちごん》以て蔽《おお》う、思い邪《よこしま》無し」（要識曹源真的旨／一言以蔽思無邪）（『松山集』巻一「直江」、『五山文学全集』一、四一頁）、「夫れ詩の道なるは、〈一心〉を修するを以て体と為し、六義を述ぶるを以て用と為す。所謂〝思い邪无し〟と曰う者、蓋し〈一心〉の体を指すものなり」（夫詩之道也者、以修一心為体、以述六義為用、所謂曰思无邪者、蓋指一心之体也）（友山士偲〔一三〇一―一三七〇〕『友山録』中「跋知侍者送行詩軸」）などである。また、万里集九は「思無邪」の三字は「正」の一字に帰すると言い、仏祖の極理を超越するところを解することができれば、邪／正は必ず一如となるのだと主張している（『万里集九作品拾遺』「正則室号」、『五山文学新集』六、一〇一一頁）[12]。

正／邪という二分法は、此界においては絶えず相対化されてしまうために、必然的にそれより上位《メタ》の〈正〉を立ち上げることになる。二項対立図式そのものが一つの「邪」（あやまり）となるからであり、その（絶対的な）〈外〉にそれを否認するものを出現させるからである。つまり、正／邪↓正／邪（正／邪）↓正／邪〔正／邪（正／邪）〕↓……という如く、メタ的な〈正〉が無限に産出されて来るのである。そしてそのような産出と同時に、その〈正〉は相対化され、正／邪の「正」となる（それは容易にイデオロギーへと転化する）。絶対的な〈正〉とは、決して時間的-歴史的なものではない（それゆえ、それは「円」のイメージによって表徴される。それは時間が円環的に環流しているということではなく、非-時間的な同時性を示すものである）。現在とは、瞬間瞬間における存在の生成のことであるが、われわれはまさにその生成の瞬間を捉えることはできない。捉えようとしてもそれは既に為された「後」としてしか認識されないからである。道元は言っている——「恁麼時の而今は吾も不知なり、誰も不識なり、汝も不期なり、仏眼も覰不見なり、人慮あに測度せんや」（『正法眼蔵』第二五「渓声山色」、上、二八九頁）。われわれはどうしようもなく〈生成〉から、すなわち〈現在〉から遅れているのである。つまり、世界を起動-構成する〈主体〉が、世界を（再）秩序化する〈正〉が此の世界には不在なのである。二分法を覆しつつ、自らは背後へと韜晦してゆくような〈正〉とは、何ものとも類比不可能な〈絶対〉であり、それは決して否定されない。否定しようにも此の世界にはそれが現前しないからであり、そしてまた、その実、それは諸法を超越し、〈外〉から此の世界を否定し続ける当のものであるからである。

法を超越し、現行の此界を否認し続け再秩序化し続けるもの、すなわち絶対的な〈正〉を、ここで仮に〈倫理〉と呼びうるのだとしても、それは決して語りうるようなものとして在るのではない[13]。もしわれわれが何とかして〈倫理〉にかたちを与えたいと願っているのだとしても、その願いは始源において挫折している[14]。〈正〉とはロジカルに比較考量されうるものではなく、それ以前において直観に訴えられるものだが、感覚された〈正〉はその瞬間において、相対的な「正」へと転じているからだ。とは言え、古典詩学においてそれは可感的次元においてには確かに捉えうるものだとも見られていた。『済北集』にはこうある——「夫れ文章の妙処は、天然渾成にして万世一律なるのみ。人の或《も》し誠心覃思すれば自ずから合するものなり。若し未だ天渾の処に至らざれば、工《たく》みと雖も改む可きの字有り。奇と雖も換う可きの言有り。若し已に天渾に至れば、自然《じねん》に文従い字順《したご》う。格調韻雅、権衡斉等なれば、移動す可からず。所謂〝醇乎醇《じゅんこじゅん》〟たる者なり。毫髪も移換の疑慮の処有れば未だ到らずと為すのみ」（夫文章妙処、天然渾成万世一律耳、人或誠心覃思而自合也、若未至天渾之処、雖工有可改之字、雖奇有可換之言、若已至于天渾、自然文従字順、格調韻雅、権衡斉等、不可移動、所謂醇乎醇者也、毫髪有移換疑慮之処為未到耳」（『済北集』巻一一・清言、一九五頁）、「文とは造作に非ざるなり。思いを精しくして自ずから合する者なり。夫れ至文とは有ること無きものなり。格律闕鍵は、思議の先に具わるものなり。学者醇粋にして以て思い、涵養熟練すれば、自ずから本文に合するものなり。所謂、縄削を借りずして合すとは是れなり」（文者非造作焉、精思而自合者也、夫至文者無有也、格律闕鍵具於思議之先也、学者醇粋以思、涵養熟練、自合於本文矣、所謂不借縄削而合者是也）（『済北集』巻二〇・通衡之五、二九八頁、韓愈「南陽樊紹述墓誌銘」における「不煩于縄削而自合也」の表現を踏まえる）。「醇」（透明）であれば、規律を借りずとも、おのずから「本文」と合するのだという。そして、もし、そこに何らかの改めるべき点があるように見えるのだとすれば、それは、もはや「醇乎醇」たるもの（透明なテクスト）ではないのだという。加えるべきものも削るものもなく、動かしうるものもない。そうなるべくしてそうなっているようにしか見えないもの。それはただ〈自然〉として感じられるようなものでしかなかった[15]。そして、人が日常の中に感得する、それ以上の言葉を嗣ぐことができない、何とも言えないという経験（「妙」）こそが、まさにその〈自然〉に、そして〈正＝倫理〉に触知される経験として見られてきたのである[16]。禅僧／歌人、正徹（一三八一―一四五九）はこう言っている――「哥はうち詠むるに何となく詞つゞきも哥めき、吟のくだりて理をつめず幽にもやさしくも有るがよき歌也。又至極のよき哥は理の外なる事也。いかんともせられぬ所也。詞に説ききかすべき事にあらず、只自然と納得すべき也」（『正徹物語』、大系、二〇二頁）。禅僧の眼から見れば、透明（非現前的）であることと、自然であること、そして正しいことは原理的に一致しているのだ[17]。

いかなる人間も、それ自体において倫理的であるわけでも非倫理的であるわけでもない。またそのいずれであるわけでもなく、またいずれでないわけでもない。人間は、〈倫理的主体〉と非倫理的主体の二つに分割されるわけではないものの、この二項の関係性の間においてしか存在の場を見出すことはできない。〈倫理〉は、倫理的であろうとする意思の上に実現するものではなく、自らがどうしようもなく非倫理的であることを知ることの果てに〈不在という形をとって〉到来するものでしかない。

上述したように、〈幼児性〉に、信じる／疑うという二分法以前の〈信〉という埋め込まれた機構があるのだとすれば、人は自律的に〈倫理〉へと、つまり〈幼児性〉へと向かって変身し続けるよう予めプログラムされているということになる。しかし、もしその〈倫理〉が忘却されてしまえば、或いは、逆にその現前性が盲信されてしまえば、人は、〈外〉と隔絶した、閉ざされた自己意識の中で、完全に同位的に「法」を反復し続け（固定した意味構造《イデオロギー》をひたすら上書きし続け）、「我」という局所法《ローカル・ルール》を絶対化してゆくことになる。人は（名づけられた）「自己」〈内部〉を、〈自己＝他者＝外部〉と一致させ、自らをかけがえのない「個人《インディヴィジュアル》」（分割不可能な存在）であると盲信することによって、立法権を喪失するのだ。そのような存在構造の固定化に抗する唯一の方法が、自らの〈倫理的主体〉を覚醒させることであった。いまやわれわれにとって、文学とはあってもなくてもいいような「教養」でしかないが、かつては自律的に〈倫理〉へと向かってゆくよう、人を引導する文化‐政治装置として確かに機能していたのだ。

上述のように、人は言葉を持たないもの（＝〈幼児〉）であるがゆえに、言葉を話すことを可能にしていた。しかし、言葉を全的に所有していると錯覚することによって、人は言葉を奪われてしまう。無論、言葉を話しはするが、それは誰かの言葉をただなぞっただけの、どこかで聴いたようなひどく陳腐な言葉となる。そのような語りは、既視感に満ちた言説を編制しつつ、その中に埋没してゆく。それに対して、〈倫理〉から発せられた〈透過的な言語〉は、〈彼＝外〉から「我＝内」へと無限定にテクスト網を駆けめぐるものとなる。「法」を生成する〈法〉は、「我」という身体に局限されているわけではないものの、此の身体を貫通することによって、現在《いま》‐此岸《ここ》における諸法の

「転移」を可能にする公道となるからである。真の意味で〈透過的〉であるのは、まさにこの〈語ること〉であった。それは固有の言葉を持つものではない。それゆえ、現行法の全パターンから解放された、多声的な〈語り〉を可能とするのである。

法の拘束性から逃れているということは、杜甫を例に考えてみれば、それが無定型だと見なされていたことによる。そして古典詩学は、そのような無定型性を詩人に絶えず求めてきた。「まことの仏まことの歌とて、定まれる姿あるべからず。……たゞ一つ所にとどこほらぬ作者のみ正見なるべしとなり」（『さゝめごと』、大系、二〇二頁）。構造化され、停止した法に随うのではなく、法の生成過程に参入し、意味生成そのものと同化することが可能となったとき、「達人」は、法《システム》を書き換える主体ではなく、書き換わる法《システム》そのものとなる。「達人」とは、規則の〈外〉へと超出した人なのではなく、〈外〉そのものであり、自己の内部に覚醒しているもう一人の〈自己〉、〈自己という他者〉、〈他者という自己〉であるのだ（それはその定義に反して、どこにも到達しない人でありかつまた〝どこにも到達しないという所〟にさえ到達しない人であった）。〈外＝達人〉が詩を詠むことが可能である場合に限って、その詩は正しく、自然であるように感じられる（ゆえに、『徒然草』一九四段は言う——「達人の人を見る眼《まなこ》は、少しも誤《あやま》る所あるべからず」〔大系、二五〇頁〕）。しかし、人は同時に衆生＝非倫理的主体であることによって、その詩の内に病理的症状＝異常を棲まわせてしまう。それは、除去されるべきもの、治癒すべきもの、矯正されるべきものとして不意に発生する。そのような「病的なもの」（異常なもの）が此岸に生起することによって、言語は思いのままにならないものとして他者化される。そのとき、言語によって構成される自己の主体性が恣意的で有限なものであることが実感されるのだ。受動性が能動性へと反転する機構は、禅籍において必ずしも明確に発音されているわけではないが(18)、それは、そのような恣意性と有限性とを凝視することによって逆説的に彼岸から触れてくるものであった。自己自身との不一致によって、自らが他者的な存在でしかないことを知ることによって、法の〈生成機構〉として正しく生きることが可能となる。〈外〉への眼差しとは、〈不可能性〉（↓有限性）への眼差しであり、それこそが〈外〉からの眼差しであった。〈外〉とは、客体《オブジェクト》であり、かつまた主体《サブジェクト》である。そのような、見るものでありながら見られるものであるという両義的な眼差しがどちらか一方へと収斂することはない。それはつねに二重化されつつ表裏一体であるような、自らを法則化し続ける〈法〉それ自身であるからだ。

〈幼児〉（物言わぬもの）でありながらも（それを実体化せず）、自らを脱‐幼児化させ続けること、すなわち、物言うものとなること。詩的実践をその間にいかに位置づけることができるかが、禅僧にとって賭けられていたものであった。

註

（1）ただし、詩が形式性を要請している背景として、多言語社会におけるプロトコルとして詩が機能していたという事実があったことも見過ごすことはできない。橋本萬太郎が、「相手から詩をおくられたら、韻をあわせてみずからもつくって返し、おもてむきには情感をともにし、実際には相手の教養の程度を判断した」（「ことばと民族」橋本萬太郎編『漢民族と中国社会〈民族の世界史5〉』山川出版社、一九八三・一、一四一頁）と述べるように、詩の応酬は、相手の教養（言語技術の程度）を判断するためのものとしても機能した。その点から見れば、詩集の公刊は、詩語の乱脈を抑えつつそこにスタンダード（標準性）を構築するために為された、例文の標本化、として位置づけることもできるだろう。また、岡田英弘によって「もともと困難な表意文字による伝達をより容易に、より確実にし、誤解の余地をなるべく少くするためには、それぞれの単字・熟字が出現しうる文脈を制限し、プレディクタブルにしておかなければならない。つまり文体を一定にするわけである」（岡田英弘「真実と言葉」『講座・比較文化 第二巻 アジアと日本人』研究社、一九七七・一一）と指摘されていることから言えば、ネットワークモバイル（可動式）端末／記憶装置としての詩人は、語用の自由化を制限しながら、多様性を縮減させ、インプット＝入力／アウトプット＝出力の一定性を高めてゆきつつ、データベース（記憶回路）としての詩集を暗記・編集してゆくことで、知識人社会の中において構築されたスタンダードを同期させる装置として働いていたのだと考えることもできるだろう。この点については、併せて「方法序説」及び第Ⅸ・Ⅹ章の議論を参照されたい。

（2）「詩史」については、『新唐書』杜甫伝（仇兆鰲注『杜少陵集詳注』上冊、巻一・本伝、北京圖書館出版社、四頁）に「甫又善陳時事、律切精滾〔深〕、至千言不少衰、世号詩史」とあることに拠る。また、内閣文庫蔵本『北磵文集』巻七「跋常熟長銭竹巌詩集」に「詩史」「集大成」のことが見えるほか、『中華若木詩抄』にも「古来杜ガ詩ヲ本ニスルハ、君ニ忠節ノ心アリテ須臾モ君ノコトヲ忘レヌ也。又、杜ガ詩ヲバ詩史ト云テ、詩中ノ史記也。チットモ虚ナコトヲ作ラヌ。月日ヲモ記スヤウ也」（新大系、10項「浣花酔帰図」）と述べられている（ただし、ここで言う「君」が必ずしも現実の君主を指し示すものではないことには注意を要す）。

（3）陳必復（字無咎）『山居存藁』（『江湖小集』所収）自序。方回『桐江集』巻四「跋許万松詩」（『叢書集成三編』四七、五二二頁上）、他。

（4）朝倉尚「杜甫と禅」（『岡山大学教養部紀要』一九、一九八三・二、『禅と文学』〈叢書 禅と日本文化4〉、一九九七・五、収録）。また、禅僧の杜甫受容の実態については、太田亨の「日本禅林における杜詩受容について―中期禅林における杜甫画図賛詩に着目して―」（『中国中世文学研究』四五・四六、二〇〇四・一〇）をはじめとする一連の論考参照。

（5）ちなみに、このような理解の一端には、そもそも杜詩中に「読書破万巻、下筆如有神」（『分門集注杜工部詩』巻一七「奉贈韋左丞丈二十二韻」、『四部叢刊正編』三二、三〇〇頁上）、「群書万巻常暗誦、孝経一通看在手」（同巻二五「可歎」、同上、四一三頁下）などとあることが関係しているのだと思われる。

（6）人は任意の法に従わないことはできるが、そのとき、「法に従わないという法」には従っていることになる。ゆえに、人は必ず法の内部においてしか存在の場を見出すことはできない。それを、ある禅僧は「仏法は只だ行住坐臥のところに在り」（『興禅護国論』第七門、思想大系、六三頁）と言った。しかし、その一方で、法というものは、決して人の認識によって捉えることができないという点で、意識の外にあることになる。それを、ある仏典は「仏法不現前」（『法華経』巻三・化城喩品第七、『大正蔵』九、二六頁上）と言った。

　このように、法から実践が産出されるのではなく、実践の過程が法それ自体であるのだとすれば、事後的に成型される文法或いは詩法は、実践からは必然的‐不可避的にズレを孕まざるを得ない、ということにもなる。そしてまたそのような文法／詩法が異常な（未熟な）言語使用の例を並べ立てて排除することによってしかその根拠、及び正統性＝正当性をうち立てることが可能にならないのだとすれば、排除しようとしている当の違法性から自らの正統性＝正当性への侵犯を被らざるをえないということにもなる。つまり、法（規則）それ自体が自らへの違反を産出している、ということになるのだ。このような機構が詩という実践系に隠匿されているのだとすれば、前述の虎関の言表に見られるような、法の〈外〉へと出てゆくことを「達人」の指標として定位するような言説が生まれてくることになった背景も容易に理解されるはずだ。

ちなみにそれは、和歌或いは連歌という表現形式においても例外ではなく、歌論の中のその幾つかは、詩論との間に間‐テクスト《インター》的な結合関係を形成していたが、歌合というコンペティションでは、その優劣が判者（審判員）の判断基準によって決せられていた。錦仁「院政期歌合の構造と方法―〈褻〉から〈晴〉への和歌史観の批判―」（『日本文学』四三‐二、一九九四・二、渡部泰明編『秘儀としての和歌―行為と場―』有精堂出版、一九九五・一一、収録）は、このような歌合の性質を「違反の〈排除〉と違反の〈侵入〉とをかかえこむ創作の場」と規定する。批評という行為には、法の境界線を可視化するという効果が必然的に伴われるが、法の根拠というものが、未熟な詩人（不法行為の常習者）を貶価‐断罪することによる排除機制によってはじめて可能になるのだとすれば、歌合とは、未決定の法の境界を顕現させるという、法措定の可視空間であったと言うこともできるだろう。

（7）これまで見てきたように、法の〈外〉へ出るといっても、それは、語法を自由に書き換えることで紋切り型から脱け出すことができるというユートピア的思想を意味するものとしてあったわけではない。それは人の根源のもっと深いところでその可能性を閉ざしているものである。人は往々にして転覆の自由を僭称するが、転覆を可能にするには、まずは徹底して服従的であらねばならない。遍在的な、「法」の〈生成〉に服従し、それへの抵抗を断念することによって、そのような〈生成する力〉の委譲を謀ること。それによって、「法」を転覆させ、自らを絶えず自らとは異なるものへと変身させること。禅僧のその目論見は、言語に対する忠誠と裏切りというパラドキシカルな態度となって現れることとなる。

（8）『一言芳談』にも「小児《せうに》の母をたのむは、またく其故を知らず。たゞたのもしき心ある也。名号《みやうがう》を信敬《しんぎやう》せんことかくのごとし」（大系、二〇〇頁）とある。

（9）S・ヴェイユ／田辺保訳『重力と恩寵』（筑摩書房、一九九五・一二、〔原著、一九四七〕）一九〇頁参照。

（10）稚児言説については、細川涼一『逸脱の日本中世—狂気・倒錯・魔の世界—』（JICC出版局、一九九三・一二）、田中貴子『性愛の日本中世』（洋泉社、一九九七・一二）、松岡心平『宴の身体—バサラから世阿弥へ—』（岩波書店、一九九一・九）、田仲洋己「子どもの詠歌—『袋草紙』希代歌をめぐって—」（『文学』三―二、一九九二・四、渡部泰明編『秘儀としての和歌—行為と場—』収録）等参照。また、五味文彦・松岡心平・佐野みどり『中世文化の美と力』（中央公論新社、二〇〇二・一〇）に「童は神の使者とも見られており、『信貴山縁起』で、命蓮聖の使者となって天皇の命を救ったのは護法の童子であったし、『粉河寺縁起』で、粉河寺の千手観音の使者となって河内の豪族の娘の命を救ったのも童の行者であった」（七八頁）と述べられていることにも注意。さらには、古く『老子』第一〇章に「気を専らにし柔を致して、能く嬰児《えいじ》たらん乎《か》」（専気致柔、能嬰児乎）（岩波文庫、四五—六頁）という語が見え、『孟子』に「大人は、其の赤子の心を失わざる者なり」（大人者、不失其赤子之心者也）（巻八・離婁章句下、『四部叢刊正編』二、六五頁上）という語が見える。また、明代の陽明学者、李贄（号卓吾）〔一五二七—一六〇二〕がそれを承けて「童心」説を唱えていることも想起しておいてよい（ちなみに、後世、吉田松陰が李卓吾に傾倒したこともよく知られている。溝口雄三『李卓吾—正道を歩む異端—』集英社、一九八五・一一、参照）。

（11）道元は『正法眼蔵』第三一「諸悪莫作」の巻において、鳥窠道林と白居易の有名な対話を承けて、こう述べている——「もし三歳の孩児をしらんものは、三世諸仏おも《を》しるべし。いまだ三世諸仏をしらざらんもの、いかでか三歳の孩児をしらん。対面せるはしれりとおもふことなかれ、対面せざればしらざるとおもふことなかれ」（思想大系、上、三六三頁）。

（12）「可雨則雨、可暘則暘者、天之正也、春而菓実之結、冬而桃李花者、地之邪也、人天亦復如斯乎、高提五常之綱者、是謂正、暗乱五常之綱者、是謂邪、周詩三百五篇、其実帰思無邪三字、々々帰正一字也、……若能向筆端、会取超仏越祖之極理、則邪正必一如也」（万里集九『万里集九作品拾遺』「正則室号」、一〇一一頁）。中略部分で、節孝先生（宋・徐積）が「正」の一字を大書して巨軸に寄せた話、柳公権が草書の骨髄として、心が正しければ筆も正しいと述べた話などを引く。また『済北集』巻一一（『五山文学全集』一、一九三頁）には「或曰、虞夏商周之有言也、典

謨誓誥而已、故其文淳厚降至漢魏瑣砕甚矣、……師曰、天下只一箇理而已、理若純正雖詞語百端何害之有、理若迂曲雖一句又孔之醜矣」とある。

(13)「もしある人が本当に倫理学に関する本と言ってよいような本を倫理学について書くことができたとしたら、この本は爆発して世界中の他の本を全部破壊してしまうであろう」(ウィトゲンシュタイン「倫理学講話」、『全集』五、大修館書店、三八七頁〔原著、一九六五、没後刊行〕)。

(14) 時に陳腐な響きをもって耳にする〝想像を絶する悪〟とは、実際には人の想像力の範疇に収まる。真の意味で人の想像力の埒外にあるのは、〝想像を絶する善〟のほうである。

(15) 厳密に言えば、「自然」と呼び、それを認識対象と見なしている時点でそれは既に「自然」ではない。「自然不住此岸、不住彼岸、不住中流、洞山所以半肯半不肯、疏山所以肯諾不得全也」(『万松老人評唱天童覚和尚頌古従容庵録』第七五則瑞巌常理、『大正蔵』四八、二七五頁上)。また、『無文印』には以下の如き文章がある――「無文とは文字を廃弃〔棄〕するの謂《いい》に非ざる也。文字の中を周旋して文字の性を離るる者なり。又《さら》に亦た豈に無かる可けんや。雪霜風雨、陰陽晦明、百鳥春に鳴き、候虫秋に吟ず、天下の至文、孰か此れに加うる者有らん。而して之れを掩いて無からしめんと欲すれば是の理無し。反て之れを吾が身に求むるに、容止威儀は文の体なり、折旋俯仰は文の用なり、恬愉熙怡は文の粋なり、慷慨激越は文の変なり。詭然として蛟龍翔け、蔚然として虎鳳躍る、固に翰墨筆硯の外に溢るること有る者なり。人の自ら省みざるのみ。終日文字をするも未だ嘗て文字をせざる、無文と曰う者、茲に在らずや」(無文者非廃弃文字之謂也、周旋文字之中而離文字之性者也、又亦豈可無也哉、雪霜風雨、陰陽晦明、百鳥鳴春、候虫吟秋、天下之至文、孰有加於此者、而欲掩之使無無是理也反而求之吾身、容止威儀文之体也、折旋俯仰文之用也、恬愉熙怡文之粋也、慷慨激越文之変也、詭然而蛟龍翔、蔚然而虎鳳躍、固有溢乎翰墨筆硯之外者、人自不省耳、終日文字而未嘗文字、曰無文者不在茲乎」(『無文印』巻一五「周時甫」)。以上のように禅学的地平における「自然」なるものは、ただ思ったままを口にすることだというわれわれの常識とは異なる地平にある。「自然」であることは、現状において誰にでも可能なのではなく、そこに到達するためには明らかに条件があると見られていた。

(16)〈正しさ〉は動かせない。それゆえそれは〈理〉と呼ばれ、また〈自然〉と名づけられることとなったのである。「夫至理者天下只一也、何也正也」(虎関『済北集』巻一八・通衡之三、二七六頁)。「天下只一箇理而已、理若純正雖詞語百端何害之有、理若迂曲雖一句又孔之醜」（同巻一二・清言、一九三頁）。その上で、呂本中が〈活法〉を〈道〉の一字に要約していたことを想起しよう。ただし、「道の道とす可きは、常の道に非ず」（道可道、非常道）（『老子』第一章、岩波文庫、一二頁）と言われるように、言語的に名指しうるものとしての〈道〉は決してア・プリオリな合法的空間というわけではなかったが（言表不可能であるがゆえに）、それはわれわれにはもはやそれと見分けがつかないかたちで映じるようなものでしかないはずだ。ただ何とも言えないという経験として感じられるだけでしかないのだ（そのような経験を古人は名づけて「妙」と呼んできた）。

　ところで、虎関は、「如来」を「正統」であると主張しているのだが――「夫れ聖統とは正統なり。正統とは何ぞ、直指なり。直指とは何ぞ、現境なり。現境とは何ぞ、如来なり。如来とは何ぞ、正統なり。正統なるが故に如来なり。如来なるが故に現境なり。現境なるが故に直指なり。直指なるが故に正統なり。是に於いて婆伽婆、楞伽の岳に踞し、内証の智を示す。広長の舌を鼓して言いて曰く、如来とは現前の境界なり。此の山、南溟の中に峙す。此に会す者、八海七浪、道の存るを目撃す。是れ所謂、現境なり。現境とは比譬の量に非ず。故に直指と曰う。性相の岐に非ず、故に正統と曰う」（夫聖統者正統也、正統何直指也、直指何現境也、現境何如来也、如来何正統也、正統故如来也、如来故現境也、現境故直指也、直指故正統也、於是乎婆伽婆、踞楞伽之岳、示内証之智、鼓広長之舌、言而曰、如来者現前境界、此山峙于南溟之中矣、会於此者、八海七浪、目撃道存、是所謂現境也、現境者非比譬之量、故曰直指、非性相之岐、故曰正統」（『済北集』巻八「仏語心論序」、『五山文学全集』一、一二五頁）、ここに言う〈正統〉とは、〈思考不可能なもの〉としての〈規則を書き換える能力〉、すなわち〈創造力〉の継承を挙示する概念であったと見られる。それは、詩学に限定して言えば、詠出された詩の正統性ではなく、詩を詠む力の正統性、換言すれば、詠まれた詩の〝正しさ〟というよりも、〝正す〟という動詞格としての働き、すなわち世界の秩序化作用‐標準化作用といった「権能」として理解されるもののことであったと見られる。しかし、そのような「権能」は同時に、「排除の権能」であることをも意味する。自己所有化された〈正〉、僭称された〈美〉、簒奪された〈力〉は、それぞれ定型的な「正」、「美」、「力」であることによって伝染病のように広がってゆくが、まさにその膨張によって〈正＝美＝力〉の喪失を招く。立ち上がってきた世界の在り方（意味群）を批判することはできるが、世界（意味の連関構造）が立ち上がってくることそれ自体を否認することはできない。秩序化という作用それ自体が解体できないのと同じである。

秩序化された世界というのは、もちろん解体可能であるが、それが可能であるのは、それ以前に不可能性が先立っているからである。

（17）ところで、先に虎関が童子の「醇意」について述べていたことに注目するならば、彼がそこで「童子」に「純粋性」という表徴を与えていることがわれわれの理解の手助けとなるだろう。そしてそれを補助線とするならば、虎関が別のところで、「本住の法」を「純全」と呼び、後天的に獲得される智とは区別して、その「本円」的な内在性を強調していることが、われわれの問いをさらに一歩先へと進めてくれることになるだろう（『済北集』巻一一・清言、『五山文学全集』一、一九一頁）。

昔薄伽梵、楞伽会上説二法、一曰本住法、二曰自得法、本住者根本智也、自得者後得智也。諸仏所有不出二智、今諸教円義、皆後得智之所出。故有円融之言。我声先色前等之言、皆指根本智体、宜乎、子之取于偏竪。然実不爾、何以故、宗趣別故。夫本住法者純全也、無縫罅也、不似子之円融之義矣、又夫教門円義復摂備足之謂也、是後得智之旨也。譬人失物而得、得而未満不為全矣、得而満初為円、円之為言也復也、是以後得智有備円義。我法不然、根本智上豈言円乎、何以故、本円故。譬人不失物不言得矣、不言得故無復円焉。講者曰、我教亦言本円也、子何独有乎、曰然、然乎本円者、復円之本円也、非本円之本円也、後得之円也、非根本之円也。曰、我教中初後不二、故曰円、子之言有初後異、豈円之謂乎、曰、子之初後不二者後得智上不二也、非根本智上不二也。蓋根本之上無初後、対後得而言之、我法一大円也、非子之言者矣。曰、我教有相絶二待、子之対後之言、我不取、曰、子之絶待者又後得之絶待也、非本絶待矣、

昔薄伽梵、楞伽会上に二法を説く、一、本住法と曰う、二、自得法と曰う、本住とは根本智なり、自得とは後得智なり、諸仏有る所、二智を出さず、今諸教の円義、皆な後得智の出す所なり、故に円融の言有り、我が声先色前等の言、皆な根本智の体を指す、宜なるかな、子の偏竪を取るや、然れども実は爾らず、何を以ての故に、宗趣別なるが故に、夫れ本住法とは純全なり、縫罅無きなり、子が円融の義に似ず、又た夫れ教門の円義は復摂備足の謂いなり、是れ後得智の旨なり、譬えば、人物を失いて得、得て未だ満たざるは全と為さず、得て満つを初めて円と為す、円の言と為すは也た復なり、是れを以て後得智に円義を備うること有り、我が法は然らず、根本智上に豈に円と言わんや、何を以ての故に、本円なるが故に、譬えば、人物を失

わざれば得ると言わず、得ると言わざるが故に復円無し、講者曰く、我が教も亦た本円を言う、子何ぞ独り有るや、曰く、然り、然れども本円とは復円の本円なり、本円の本円に非ず、後得の円なり、根本の円に非ず、曰く、我が教中初後不二、故に円と曰う、子が言に初後の異有り、豈に円の謂いならんや、曰く、子が初後不二は後得智上の不二なり、根本智上の不二には非ず、蓋し根本の上に初後無し、後得に対して之れを言う、我が法は一大円なり、子が言に非ず、曰く、我が教に相絶の二待有り、子が対後の言、我取らず、曰く、子が絶待とは又た後得の絶待なり、本絶待に非ず、

上記の断章で詳らかにされていることは、「法」の二元性である。虎関の初／後、絶対／相対の図式化は、対論者である教学の講師とどのような点で異なっているのであろうか。教学でも初／後の違いはあるというのだが、虎関は、教学の絶対は、相対的世界の中に書き込まれた絶対でしかなく、真の絶対ではないのだという。〈本住法〉とは〈純全〉であり、〈無縫鋳〉であるがゆえに、縫い目も隙間もなく、完全に分解不可能な〈分ける‐解ることができない〉ものだとされる。これは〈絶対〉という言語化不可能ものが、言語化されるやいなや〈絶対〉ではなくなるということ、それゆえ、何らかの概念を用いて「語る」という行為自体によって、不可避的にそれは隠蔽されてしまう、というアポリアを指摘したものとして理解される。ゆえに、ここで虎関が語っている「絶対」（「絶待」）もまた決して〈絶対〉ではない。それは、どう足掻いても得られるものではないのだ、と虎関は言う。そもそも失われうるようなものではないからである。なくならないし、得られもしない。それゆえ〈本住〉であり、〈本円〉であり、〈根本〉であるような〈法〉である。法とは自らに働きかけ、自ら（の分身）を産出させつつ、またそれが自らであるような単一的なものであると同時に自らを二重化させ続ける〈法〉《システム》である。その〈法〉《システム》は、言語の二重性、世界の二重性、主体の二重性、及びその単一性によって（或いは、として）存立している。そのような〈法〉は世界には現前しない。それゆえ、語ることもできない。それはわれわれが措定しうる諸法則に先立っているからである。

(18) この点は、第Ⅳ章にて既に論じた。なお、道元にみられる「積極的にこちらから捨てる」という態度について論じた唐木順三〔一九〇四―一九八〇〕は、その意味を次のように結論づけている――「積極的にこちらから捨てるといふことが、同時に受動的に、任せ従ふといふ対応を呼び起して来る。「仏のかたちよりおこなはれて、これにしたがひもてゆく」とか、「万法に証せられる」とかいふ受身がでてくる。この受動の受身自体になるとき、身心脱落して、

仏法そのものが仏法を行ずるといふ積極消極一如の動態に入るであらう。あふ、みるの相見、相逢は、消極が積極と、みられるがみると、捨てるが従ふと相逢ふ機微の瞬間であらう。脱落者の協同体の現成する場である。捨て棄てて、一人になつて死に面した実存が、二人になるところ、協同体となるところである」（『中世の文学』筑摩書房、一九六五・一一、二一六頁）。

VIII 漂泊する規範

——「五山文学の母体」を語りなおす——

1 序

文学史を叙述・編纂するということ。この行為は一般に、文学という名を与えられたシステム自体の通時的（歴史的）な自己生成過程を記述することというよりも、選ばれた作者或いは作品（或いはそれらの配置された時間／空間）の名前を検索項目《インデックス》とする系統的型録《カタログ》を製作することに傾き、かつそれを典例《スタンダード》とする（そのような文学史は、一般に学校教育機関の社会的権威によって構成され、かつまたそれ自体が一つの社会的権威を構成する）。このような、特定の名前の再認制度としての文学史が（再）生産されるプロセスにおいては、歴史の中に居場所を確保できなかった主体群の存在は尽く看過＝遺棄されるのが常であるが、それは言い換えれば、現存する資料体に名前・発話内容を記録しなかった／されなかった、或いは物質的に保存する意味も価値も利益もない——駄作——と判断された、或いは文学的文体回路を通過していなかった、などの諸事情によって鑑賞装置から退場させられた無名-匿名の主体群の名を自動的に文学史の外へと廃棄-抹消するという〝排除〟の実践としてプログラム（既定）されている。

　文学というシステムの内部にいながら、その歴史に参加することを許されず、外部へと放擲-淘汰されてしまった無数の主体群。そのような主体群の声は行方不明のままわれわれには届いていないが、彼らはそもそも歴史＝過去の外部に存在していたわけではない。しかしながら、われわれにとっては、それは、名前がないが故にその存在を意識することも思考することもできないような——すなわち、アポリアとしてのみ現前を可能にするような——（非）存在でしかない。

歴史叙述における正統的方法だと信じられている実証主義は、まさにこの類の、語られなかったことの空隙を推測‐想像によって恣意的に埋め立てることを禁ずるというまさにその正統＝正当な規律によって、語られなかったことに対する沈黙・無視・隠蔽・忘却という制約的手続きを自明の所与として承認せねばならない。そしてまた、同時に、歴史の淘汰を免れて資料上に残った名前を極端なまでに肥大化させてゆくことを、全くその自然な振る舞いのうちに反復することにもなる。勿論、排除された主体群の声を復元することなどもとより不可能だし、そのことにいかほどの意味があるのかを問い直す必要もあるだろうが、ともかく、それらが紛うことなく過去の一部を構成するものであったのである限り、われわれは、語られなかったことはなかったことだ、という歴史＝過去の忘却——すなわち歴史＝物語一元論への機械的還元——に居直ってしまってよいわけでもない。もしそのような忘却の態度が正当なものではないのだとするならば[1]、まさにその排除のメカニズムを記述することで、語られたことと語られなかったことの境界をあぶり出し、（歴史＝物語の構造を永久の未決状態、生成の途上に押しとどめつつ）それを暫定的に語り直してゆくということで応ずる他はないだろう。

そこで、以下に本章が目論んでいるのは、「五山文学」という歴史＝物語が、名前の讃美と貶価という（非対称的な）毀誉褒貶の力学の中で実践された、排除の効果として立ち現れてきたものだということを示すこと、換言すれば、無数の主体群の声が放逐されることで、語り継ぐべき名前が事後的に立ち上がってくるようなプロセスを照射するということである。より具体的には、「五山文学の母体」と呼ばれた主体群の名前が、巧／拙という規範の揺れ動きの中で、いかに「象徴闘争」（力関係の配置を変更‐転覆しようとする、或いは保守しようとする闘争[2]）の中を勝ち残ってきたのかを明らかにすることである。

2 「五山文学の母体」
――古林清茂と金剛幢下――

全ての歴史＝物語に始まりがあるのだとすれば、本章の主題である「五山文学」というパッケージ化された知の単位においても、「始まり」「起源」「濫觴」などと呼ばれる筋書きがある。もちろん、「起源」がどこにあるかという問題は視座＝パースペクティヴに応じて様々なヴァリエーションがありうるし、本章によって「五山文学」の正当な「起源」なるものが措定できるわけではないのは言うまでもないのだが、本章が試みるのは、歴史＝物語の恣意性（可変性）を忘却しないために、歴史＝物語の排除のメカニズムに自ら巻き込まれてみることである。つまり、正統的＝正当的であると見なされている歴史＝物語に対して異議を唱えつつ、排除のメカニズムを体現してみせるということである。

以上のように、歴史叙述というものを、散居的な群が線分化され、こちら側（記憶／記録されるもの）と向こう側（排除-忘却されるもの）というカテゴリーが形成されるメカニズムとして捉えうるとするならば、その過程で生起した一つの「効果」であるに過ぎない恣意的な視線を本質化-自然化し（それと同時に）他の線分性もありえたはずだという可能的な傍系の歴史記述を無視-忘却するようなメカニズム、換言すれば直系の歴史記述を特権化してゆくようなメカニズムを批判的に捉え直すことこそが、われわれに強く求められる課題となるだろう。

そこで、以下に中心的な参照軸とするのは、歴史学者、玉村竹二（一九一一―二〇〇三）が一連の著作の中で述べてきた語りである。玉村の略歴を簡潔に記せば、一九三五年、東京帝国大学文学部国史学科を卒業し、同年同大

学史料編纂所に入所。以後、中世禅宗史の研究に勤しむ。主要著書・編著に、『五山文学―大陸文化紹介者としての五山禅僧の活動―』（至文堂、一九五五・五）、『日本禅宗史論集』全三巻（思文閣出版、一九七六・八―一九八一・二）、『五山文学新集』全六巻（東京大学出版会、一九六七・三―一九七二・一〇）、同別巻一・二（同上、一九七七・三／―一九八一・二）、『五山禅僧伝記集成』（講談社、一九八三・五、二〇〇三・三に思文閣出版より再版）、『五山禅林宗派図』（思文閣出版、一九八五・一二）、『臨済宗史』（春秋社、一九九一・一）等がある。(3)

以下、前掲『五山文学』（以下、引用は一九六六年増補版に拠る）を中心に、玉村の「五山文学」の「起源」をめぐる語りに照準を合わせ、これを整理しておきたい。

実証主義歴史学という観点から構成された同書の叙述のコンセプトは、巻頭「はしがき」に確認されるとおり、「五山文学作家及び作品が、従来あまりに個々に羅列的にのみ理解されていた」ことに対する批判の上に立って「それらの作者作品に、一応の系列をつけること」をねらいとするものであり、その分類の観点として用意されたのが、「従学の師承の系統」という枠組であった。そのシナリオを本章の主題に沿って整序するならば、おおよそ次のようになるだろう。

南宋、「大慧派」（大慧宗杲の法系に連なる人々）全盛の時代、同派は、「中央の政治家と結びつき、政治的な運動にも巻き込まれたりして、非常に俗化」（『臨済宗史』、一五九頁）していた。その中から、北礀居簡・淮海元肇・蔵叟善珍・物初大観・無文道璨などの文筆僧を多く輩出したが、「これらの文集には詩あり、賛あり、題跋あり、銘ありで、全く俗人の詩文集と異ならないもの」（『五山文学』、五五頁）であった。しかし、そのような傾向に対して、元代に移ると徹底した反発運動が展開された。その中心が、臨済宗松源派の流れを汲む古林清茂《くりんせいむ》(4)、そしてその門下生、所謂「金剛幢下」（「金剛幢」は古林の異称）の人々であった。彼らは、「高雅なる貴族的教養、流麗なる詞藻」を有しながら、その作品を詩文と呼ばず、「偈頌」と呼び、「他の大慧派などが全く士大夫風になりきっていたことに批判的で」、「宗門の人は宗門の人としての限界があってその分を守らなければならない、という立場をとっていた。このような一連の「偈頌主義」運動に荷担した人々は、法系の枠組を超えた友社・文壇として活動しており、その一翼を担った人の中には、清拙正澄・明極楚俊・竺仙梵僊といった渡来僧があり（竺仙は古林の法嗣でもある）、また、日本から古林会下に参学した多くの留学僧（龍山徳見・天岸慧広など）を中心として、日本の禅林における「五山文学の母体」（玉村「禅と五山文学」、柳田聖山編『禅と文学』〈叢書 禅と日本文化 第4巻〉ぺりかん社、一九九七・四、五〇頁）が形成された。さらに、その思潮は、「龍山徳見・石室善玖によって、義堂周信・絶海中津に伝えられ、五山文学の本流を形成するに至」った（『五山文学』、九一頁）。

以上の描像は、本章の文脈においては二つの意味で重要な問題点を含んでいる。

（i）まず、玉村のヴィジョンは、上記のように、「従学の師承の系統」を基準として人間関係を系統化するというコンセプトの上に立つものであるため、それはまさしく「名前を検索項目《インデックス》とする系統的型録《カタログ》」として五山文学の歴史＝物語をまとめたものとなる(5)。そのときそれは必然的に法系という人称の関係図の中だけで自己完結するものとなるために、そのような法系図が禅林の構成員のごく一部から構成されたものであるにすぎない、ということが決定的に忘却‐隠蔽され（周知のように、法系図は原則的に住持の地位に昇った人の師承の系統図である）、歴史に参加することを許されなかった無名の主体群の声を想起する働きが極端に鈍化されることになってしまう（ただし、言うまでもなく、本章においてそのような声を代弁できるわけではない）。

（ii）次に、玉村の論は、単純化して言えば、宗教的／世俗的という二項対立図式の中で、前者の人称的集合を「偈頌主義」と名づけ、それが「五山文学の母体」を形成した、というものであるが、その論の過程で提出された「偈頌主義」という概念が、どのようなイデオロギー性に下支えされたものであったのか、必ずしも明確なかたちで説明されてはいないということである(6)。「他の大慧派などが全く士大夫風になりきっていたことに批判的で」、

「宗門の人は宗門の人としての限界があってその分を守らなければならない、という立場をとってい」たという解釈にしても、それが具体的にどのようなテクストから導き出されたものなのか、また、なぜそれが「偈頌」と呼ばれる方法へと結びつくことになったのか、その理由も不透明である。そして、「金剛幢下の家風は、高雅頸直の四字につきる」（『五山文学』、八三頁）、「古林派下の偈頌は、表現に虚飾がなく、直截簡明である」（『円覚寺史』、一六一頁）などの記述を見ても、曖昧な用語に留まることによってわれわれの疑問が先送りにされている感は否めず、それがいかなる社会的諸関係、時制的パースペクティヴの中で産み落とされたものであったのか、そのような言説の布置関係をより精緻に問い直してゆくことがさらに強く求められることになるはずだ。

そこで、われわれは以下に、論究すべき対象を二重に歴史化してゆくことを試みてみたい。一つは、「古林」を中心とする同時代の一次的言説を読み直すことによってその言説編制体の内部における位置関係（力関係）を明らかにすること。そしてもう一つは、「古林」の名を語る、「近代」の二次的言説の配置――つまり、「玉村竹二」という主体の口を通して語られた歴史叙述及びそのような語りを可能にする場の構成――を脱自然化してゆく試みである。それによって、「五山文学の母体」と呼ばれた文学現象を改めて「語り直す」ことを以下に試みてゆきたい(7)。

3　正符号（＋）としての「拙」

そこで、予め注意を喚起しておきたいのは、以下に問うのが、「古林清茂」という四文字の固有名がテクストの歴史性の中でどのような意味内容《アイデンティティー》を割り当てられてきたのか、ということであって、古林清茂（一二六二―一三二九）という生身の躰を持った人間が歴史上どのような人物であったのか、ということではない、ということである（それはそもそもアクセス不可能な問いであるが）。換言すれば、以下に掲出されるような公式的な語りの過程――歴史＝過去の一部を肥大化させることで可能になる、特権的な歴史＝物語の形成過程――を追跡することで、「古林」という固有名が当時の文学場の中でどのような固有の位置を占める記号として成型されていったのか、そしてそこにどのような意味が埋め込まれていったのか、その過程を問うことである。それはテクストに埋没した事実の掘り起こしではなく、場の歴史を支える関係性の網の目の結節点として固有名を捉えること、テクストの力学によって生起した「効果」を再確認することである(8)。

「古林清茂」という名によって統括されるテクストは、『古林和尚語録』の他に、『古林和尚拾遺偈頌』二巻があるが(9)、これらのテクストは、辞項としての「古林」の読まれ方（意味）をコード化（規則化）するものである。まず、以下に掲出するのは、その中の「跋円通竺田和尚語録」という文章の一節である（巻下、『新纂続蔵経』七一、二八九頁下―次頁上）。

老東山謂南堂曰、吾雖承嗣白雲端和尚、尋常只用遠録公手段接人、蓋白雲語拙不可法、予謂白雲拙処、在老東山尚不可及、況南堂乎、

老東山（五祖法演）〔?―一一〇四〕が南堂（元静）〔一〇六五―一一三五〕にこう曰《い》った、「私は白雲（守）端和尚〔一〇二五―一〇七二〕の法を嗣いだが、尋常《いつも》はただ遠録公（浮山法遠）〔九九一―一〇六七〕の手段を用いて人を教育してきた。だいたい白雲の言葉というのは拙いものであるからこれに法《のっと》るべきではないのだ」と。私は思うのだが、白雲の拙いところは、老東山にあってもやはり及ぶべきものではない。ましてや南堂などは言うまでもない。

ここでは、巧／拙という二項対立が言語表現における一つの係争点に置かれていることが知られるのだが、この

テクストから読み取れるのは、それ自体が表現の形態をある方向に統制しようとする一種の行為遂行性《パフォーマティヴィティ》を帯びているということである。つまり、「白雲」という権威的記号（＋）を「拙」（－）と組み合わせることによって、巧／拙という序列構造を転倒させ、表現の性質を正符号（＋）化された「拙」へと統制していきながら、自己自身を正統的な存在へと仕立て上げてゆく、というその行為遂行性である。ここで記述される固有名――「白雲」（白雲守端〔一〇二五―一〇七二〕）、「老東山」（五祖法演〔？―一一〇四〕）、「南堂」（南堂元静〔一〇六五―一一三五〕）、「遠録公」（浮山法遠〔九九一―一〇六七〕）――は、表現の巧／拙をめぐる記号体系のなかで組織化されることによって、すでに一定の意味を割り当てられている。すなわち、「白雲」は「拙」という記号に、そして「老東山」「南堂」「遠録公」はそれに対置される「巧」という記号へと振り分けられている。そして、例えば「五祖、艶詞を挙話《こわ》し、南堂、楽府《がふ》を提唱す」（五祖挙話艶詞也、南堂提唱楽府也）（『済北集』巻一一、『五山文学全集』一、一九四頁）等といった言表によって、これらの象徴性は（禅僧社会で共有される観念として）上書きされてゆき、さらには、それぞれが次のようなテクストにおいて強化されてゆくことになる。すなわち、「老東山」については、「吾が家の宗風は、情識の解了すべきことにはあらず」としながら、女人の俗歌、「小艶の詩」を引用して答えたとされる故事。[10] また「東山暗号」（『虚堂録』巻一、『大正蔵』四七、九八八頁上）と呼ばれるような難渋さを持っていたという記述。そして、「南堂」は、北宋・柳永（字耆卿）の詞曲などを誦唱して人を接化したと伝えられる逸話。[11]「遠録公」については、『禅林僧宝伝』巻一七に「遠の偈語は妙密にして、諸方は其の工《たく》みの作に服す」（遠偈語妙密、諸方服其工作）（『新纂続蔵経』七九、五二六頁下）と見えるような記述である。

上記の記号体系の中で、「拙」概念は、ただ陳腐だという以上の意味を帯びているが、ここにおいて、「古林」という記号は、とりわけ「白雲」という記号を讃美するというパフォーマンスの中で自らの名に正符号（＋）としての価値を埋め込んでゆくという働きを担ってもいる。そしてその名の下に産出されたテクストは、内部の転覆要素である「巧」を外部へと排除し、巧／拙の位置関係を逆転させ続けてゆく。それが反復的に行われることで、禅僧たちの集合的な意識の中で強い信念が形成されることになれば、テクストの産出回路は一定の方向へと統制されてゆくことになるだろう。それを具体的に以下のテクストの中で考えてみよう。

古林の法嗣にして「金剛幢下」の代表格、五山文学初期の重要人物に、竺仙梵僊（一二九二―一三四八、一三二九年来日）があるが、『古林和尚拾遺偈頌』には、その竺仙による注解が附されている。それらを参考にしながら古林のテクストを読んでゆくと、古林の「拙」への志向性が行為としてどのように具体化されていたかがわかる。例えば、古林の「送僧之五台」と題する作に対して、竺仙はこれに次のような注解を附している（巻上、『新纂続蔵経』七一、二六八頁上）。

> 金鶯啼処白雲飛、師子吼時芳草緑、若以詩人取之、亦可謂奇句耶、然此非詩也、又此二句、毎上四字人能道之、而毎下三字、曰白雲飛芳草緑、以接其上、孰能擬乎、
>
> 「金鶯《きんおう》啼《な》く処《ところ》　白雲《はくうん》飛《と》び／師子《しし》吼《ほ》ゆる時　芳草緑《ほうそうみどり》なり」。もし詩人としてこれを取り上げたなら、奇句と言うべきだろうが、これは詩ではない。またこの二句の上の四字はいずれも人の言うことのできるものだが、下の三字、「白雲飛」「芳草緑」などは、その上から続けるには、そうそう真似できるものではない。

「金鶯《きんおう》啼《な》く処《ところ》　白雲《はくうん》飛《と》び／師子《しし》吼《ほ》ゆる時　芳草緑《ほうそうみどり》なり」――古林のこの句について、竺仙はその斬新性を認めつつも、それが「奇句」として評価されること、「詩」としてカテゴリー化されることを拒否する。詩として不適格であるという批判をかわすかたちでこれはそもそも「詩」ではないのだという論法に訴え、カテゴリーをずらそうと試みる。それは、古林が、「田中十首」の「序」――竺仙はこれを「万世の規式」と評する――に、「詩は吾が長ずる所に非ず」、「何《いず》れの暇《いとま》にか声律を事《こと》とせんや」などと述べていることとも符節を合わせるものである（巻下、二八二頁上）。また、「送僧帰天台省師」の第一句には、「休居　偈《げ》を説《と》くも平仄《ひょうそく》無し」（「休居」は古林の自称）とあり

（巻上、二六七頁下）、竺仙の注の中には、「送川僧遊天台」に「翠の字、亦た疑うべし。又た後の押韻に於けるも亦た放なること甚だし」というものもある（巻上、二七〇頁上）。これらは、その表現形態が、詩――音数律・平仄・押韻という規律＝ディシプリンを備えた表現――に即すものではないことの宣言である。

　また「示超禅人」の竺仙の注に拠れば、「始初《はじめ》は但だ四句律体を作らんと欲するのみなるも、乃ち変じて之れに続《つ》ぎ、古風と成すなり」とあり（巻上、二七〇頁中）、この作は当初ただの「四句律体」を作ろうとして、

示超禅人　　超禅人に示す

走石飛沙歳莫天　　走石　飛沙　歳莫の天
禅人来覓送行篇　　禅人来《きた》りて送行《そうあん》の篇を覓《もと》む
鷲峰有則深深句　　鷲峰（わが禅林）には則《のり》有るも　深深の句なれば
畢竟何人是的伝　　畢竟　何人《なんぴと》か是れ的伝《てきでん》するをえん

と詠んだものであったが、後に以下八句をこれに接《つ》いで「古風」へと改めたのだとある。

不是栗棘蓬　　是れ栗棘蓬《りつきょくほう》にあらざれば
亦非金剛圏　　亦た金剛圏《こんごうけん》にも非ず
太湖三万六千頃　　太湖　三万六千の頃
黄河澄徹三千年　　黄河　澄徹にして三千年
問《ママ》口不在舌頭上　　口を開《あ》くるも舌頭《ぜつとう》の上に在らざれば
休来担水貫河辺　　水を担《かつ》ぎて　河の辺《ほとり》へ貫《う》りに来《きた》ること休《なか》れ
因甚如此　　甚《なに》に因《よ》りてか此くの如くあらんとすれば
不直《ママ》半文銭　　半文銭だに値《あたい》せず

前四句は、音数律・平仄・押韻を整えているが、後八句はほとんど注意が払われていない（ただし、押韻は、「先」韻で統一しようとしていたようである）。そして、「栗棘蓬」「金剛圏」（決して突破できないアポリアの喩え）など、詩語としての伝統に登記されてない禅語も躊躇無く使用しているところにその特徴が認められる。

さらには、「送福蔵主遊径山」にもまた、「律体」を改変して「古体」にしたことが注記されている（「此亦是律体、変為古体也」、巻上、二七五頁下）。こうして見ると、「古林」という主体の場、力の結節点で起こっていた、テクストの裁断と縫合の連鎖にあって、「古林」という名を主体化してきたテクスト産出の実践規則――換言すれば、古林の「意図」（として認識されるもの）――は次のようなかたちで形式化されることになるだろう。すなわち、詩の規律に極端に神経質になるあまり、それに厳格な近体詩（唐律）の形式を敢えて忌避するようになっていた、というものである。そして、それは否応なく一つの立場決定として群を統制するように行為遂行的《パフォーマティヴ》に働いてゆくことになる。つまり、「古林」という名に正統的存在としての権威が附帯される限りにおいて、規律をくずしながら自由な書き換え-組み替えを行うことによって決定稿を解体＝再生してゆこうというその「意図」の持続が、やがて時代の空気を形成し、諸主体のうちに転移され、至る所でそのような「意図」が自発的に再生産されてくるような機制を作り出すことになるのである。そのとき、「古林」という辞項と、「拙」という辞項とが関係化されるような回路がそこに埋め込まれてゆくことになる、というのがここでの問題の要諦となる。

そして、ここで改めて問い直すべきは、言い回しの巧／拙という（捉えようによってはどうでもいいように思える）事柄（審美的カテゴリー）が、なぜ禅林という社会空間の中で問題化され、人々の対抗心を煽るような深刻な係争点となっていったのか、ということである。このような価値観の相違が、放置されることなく、禅僧の社会内において共同的に問題視されていたという事実を、われわれはいったいどのように受けとめればよいのだろうか(12)。

禅僧は一般に、言語表現において作為性を嫌い自然性を求める、というようなパターン化された話法を持つ(13)。例えば、「（言葉を）胸襟から流出させて天地を覆い尽くし、あれこれと考えずに、心のままに意を用いればよい。仏祖の道とはいずれもこのようなものである」（胷襟流出、盖天盖地、不在苦思、着心用意、仏祖之道、皆如斯）（竺仙「襟禅人」、『五山文学全集』一、二七頁）、「詩とは吾が禅宗の徒が徒《いたずら》に学んでなすべきものではない。譬えば、春に時鳥《ホトトギス》が鳴き、秋に候虫《コオロギ》が吟《うた》うようなものでなければならない。それはつまり、〈自然〉から流出してくるようなものだ」（詩者非吾緇家者徒学而所為焉、譬如時鳥鳴於春、候虫吟於秋、謂之出於自然者也）（希世霊彦「蟬闇外稾序〔瑞巌龍惺〕」『村庵稾』下、『五山文学新集』二、四五三頁）、「何ノ手間モ入ラズ妙ニ作ラレタゾ」（『中華若木詩抄』、新大系、126項「題画」詩）、「造作モナク作リ《ママ》タ也。妙也。種々マワイタ吟ナクシテ、ソノマ、ニテ妙ナルゾ」(14)（同上、139項「山中与幽人対酌」詩）と言うごとくである。そして「巧」であることは、「凡《およ》そ述作の妙なるところは〈自然〉にある。あれこれと推敲した痕があってはならないし、意を刻んだ巧妙なものであってもならない」（凡述作之妙在自然、不見斧鑿之痕耳、割《ママ》意巧妙則不可也）（義堂周信『空華日用工夫略集』応安五年一二月七日条、『新訂増補史籍収集覧』三五、九四頁）などの言表によっても示されるように、作為性へと転位してゆく蓋然性を備えるものと見られていた。つまり、巧／拙という二分法は、非凡（＋）／凡庸（－）という序列構造と同時に、作為性（－）／自然性（＋）というひっくり返された価値構造を持っているのである（もちろん、非凡でありながら自然、凡庸でありながら作為的という場合もありうるし、程度の差異は無限定に分布している）。さらに、このような巧／拙における正／負両面のアスペクトは、緻密さ／杜撰さ、華美／素朴、新奇さ／古風、などの二分法と複雑に絡み合いながら編制されることにもなる。このように巧／拙の両義性を正／負の二極に分解することによって、ひっくり返されながら漂ってゆく、という規範のシステムが浮かび上がってくることになるのである。

　そもそも巧／拙という二分法は、前件として表現の性質を同定しているわけではなく、そのような二分法はそれ自体、ある表現に拙というラベルを貼って外部へと締め出そうという運動の中で生成される「効果」にすぎない。

したがってその二分法の同定パターンは文脈に依存せざるをえず、規律は、そのようなコードとの対応に従って、個別的表現の正規性をその場その場で審問にかけてゆくものでしかない。そしてまた、その規律自体は、表現に内属する性質ではなく、外部からの視線によって拘束される仕組によって成り立つものであり、端的には、ある集団に共有される行為規則のことである。その点において、規律は自らの内に参入してくる主体（群）に、集団的に、長期的訓練を要請しつつ審美的感覚をねじ込んでゆく装置として機能することになる。

ただ、禅林は、先に述べたように、整型をくずしてゆくことが意図的に実践され、なおかつそれがポジティヴに評価されるような土壌をその内に形成してもいた[15]。勿論、禅林というものが、言語表現における自然性を監視する機構を自らのうちに備えつつ、顕在的にも潜在的にも規律から自由であることを理想化していたのだとしても、そもそも完全に規則を適用して作られた詩というものが常に規範的に作用するわけではない。例えば、竺仙梵僊の偈頌論の中に「詩というものは、ただ六義に帰するものである。しかるに宗門の玄唱は、厳かに六義を含むものもあるが、六義の外に超然として全く世間の翰墨の常規の外に出ているようなものもある。（それゆえ）来るも蹤を残さず、去《ゆ》くも迹を残さず、意は求めようもなく、情は測りようもない」（且詩者、止乎六義而已、宗門玄唱、則有儼若、含於六義者、有超然於六義之表、而絶去世間翰墨畦逕之外、来不知蹤、去不知迹、非意可求、非情能測[16]）と示されているように、むしろ規則の外部へと超出することが求められる場合もあった（この点については第Ⅶ章参照）。このように制度化に対する抵抗の原理が制度化の原理の中に書き込まれているというパラドクスが禅林という圏域を構成していたのだとすれば、規則の逸脱を規則の中に書き込むことによって、規則内／外の分岐は定義を不可能にすることになるだろう。そしてその判断の適切性は状況に埋め込まれ、現場に委ねられることになる。つまり、現場で繰り返される論争それ自体が価値を作りだしているというわけである。ゆえに禅林において、巧／拙という規範意識が不文律として内包されながら、それが「問題」として立ち現れてくるということは、禅林が規律の圏域の内／外を跨ぐようなかたちで存立していたという理由によって、むしろ禅林においてこそ先鋭化される「問題」意識であったと言うことができるだろう。

その上で、幾つかの偈頌論は、詩との対比の上から偈頌の形式面での自由さを強調しているのだが(17)、このことは、上述のように、古林の「詩は吾が長ずる所に非ず」、「何《いず》れの暇《いとま》にか声律を事《こと》とせんや」という発言や、竺仙の「もし詩人としてこれを取り上げたなら、奇句と言うべきだろうが、これは詩ではない」（若以詩人取之、亦可謂奇句耶、然此非詩也）という発言とも軌を一にするものである。となれば、重要な点は、形式からの離脱を表明し、「拙」を価値化してゆくような言表は、禅林という空間においては、時を距《へだ》てず所を変えず生起しうるものであったということである。となれば、玉村が「偈頌主義」と呼んだ思想の潮流が、なぜこの時期に出現したのかという疑問が自ずから浮かび上がってくることになるはずだ。その答えは、辞項としての「古林」の有意味性をもう少し広い文脈に置き直してみることでよりはっきり見えてくることになるだろう。

4　「宋末」という転回点

竺仙の「古林和尚賛」に次のようにある（『天柱集』、『五山文学全集』一、一九頁）。

古林和尚賛　　古林和尚の賛
玉几峯頭一鶚飛　　玉几　峯頭に　一鶚《がく》　飛ぶは、
鳳凰台上鳳来儀　　鳳凰台上に鳳《おおとり》の来《きた》る儀《ならわし》がごとし
巨元六合簫韶作　　巨元　六合　簫韶の作がごとく、

景定の餘音 孑遺《けつい》も無し

景定餘音無孑遺

これは表現を『書経』「益稷」の「簫韶九成、鳳皇来儀」に拠っている。第三句の「簫韶」とは、舜の楽の名、そしてそれに対比される、結句の「景定」は、南宋末期の年号（一二六〇―六四）であり、その餘韻がいささかもないと強調されている。つまり、ここで「古林」という固有名は「景定」という符号のアンチテーゼとして象徴的に文脈化されているということが知られるのである。この点については、竺仙の「示小師裔綱蔵主」という法語の中にも以下のようにあることが注意される（『大日本仏教全書』〔新版〕四八、三九八頁上）(18)、

自唐宋全盛之往、斯道不振、宋之景定咸淳間、其風大澆、而雕蟲篆刻、鏤氷劃脂者、競作於其中間、雖有一二尚古不変者、猶披縷褐処羅綺之場、置明水於珍饈之席、趣向鮮矣、

唐・宋の全盛期が過ぎてから、斯道《しどう》は振るわなくなっていたが、（とりわけ）宋の景定・咸淳年間には、その作風は大いに澆《みだ》れた。文章の字句を飾り立て（「雕蟲篆刻」）、内面的な質を欠きながら徒《いたづら》に外形的な文を学んでいる（「鏤氷劃脂」、『塩鉄論』巻五・殊路第二一）ような者が、その中で作風を競い合っていた。そのうち一人二人は、古《いにし》えの作風を尚《とうと》び変わらぬ者もあったが、それはほとんど縷褐《ぼろきれ》を披《まと》って、着飾った婦女の場に処《い》るかのようであり、また御馳走の席に祭祀用の清水を置いているかのようでもあり、そのような作風へと赴くものは鮮《すくな》かった。

ここでは、「景定・咸淳」という年号（一二六〇―七四）が、負（－）の文脈の中で一つの指標とされつつ、「雕蟲篆刻」「鏤氷劃脂」という形容と接合されることで、「古」（＋）の対立項に置かれていることがわかる。ここで批判されているのは、過剰に凝った言いまわしである。

また、明極楚俊（一二六二―一三三六）の語録中、建長寺普説の中に、「宋末、景定・咸淳年間以来、禅門の宗師は、多く達磨の宗綱に本《もと》づかず、……本旨を忘れて末節を逐《お》うようになった。但だ新奇で巧みな句《ことば》によって後輩を

誑惑《まどわ》し、……脈々と受け継がれてきた仏法の大意も都《すべ》て失われてしまった」〔宋末景定咸淳来、禅門宗師、多不本此達磨宗綱、……忘本逐末、但以新奇巧句、誑惑後学、……仏法的的大意、都打失了〕（史料編纂所蔵本『明極和尚語録』三）

とあるのも同様の事例である。[19]

さらに、清拙正澄〔一二七四―一三三六、一三二六年来日〕もまた、

宋末景定咸淳之音、穿鑿過度、殊失醇厚之風、然有縄尺亦可、為初学取則、已知法則、然後棄之、勿執其法、

如世良匠、精妙入神、大巧若拙、但信手方円、不存規矩、其庶幾乎、

宋末、景定・咸淳の韻律は、穿鑿が度に過ぎて醇厚の作風を失してしまった。縄尺（法度規則）があってもよいのだが、それは初学者が規則を学ぶためのものでしかなく、既に法を熟知しているのならば、そのようなものは棄ててしまえばよいのだ。法に固執してはならない。それは如《たと》えば世俗の巨匠が、精神の神妙な境界に入り、あたかも「大功は拙なるが若《ごと》く」（『老子』第四五章）、定規がなくともただ手まかせに方・円の図が描けるようなものだ。

と述べている（史料編纂所本『清拙和尚語録』五「跋江湖集」）。これは宋末元初の僧詩のアンソロジーである『江湖風月集』（伝・松坡《ずんば》宗憩《そうけい》編）に附した跋文の一節であるが、南宋末期の詩風が、字句の「穿鑿」（鍛錬・推敲）（－）に走り過ぎ、却って「醇厚」さ（＋）が失われた、という評である。「醇」の一字は、「純」に通じ、混じり気がないこと、[20]五山の禅僧においては、自然性への連続性の中で頻繁に使用される辞項であった。[21]そして、「大巧は拙なるが若し」（『老子』第四五章、岩波文庫、二一三頁）という句を引照しつつ、匠の技のように「規矩」がなくとも図画が可能な、円熟した技術として「拙」の価値が語られてゆくのである。

さらには、入元留学経験のある日本僧、中巌円月〔一三〇〇―一三七五〕も、

或人問云、詩即尋常風雅文人所作、但如禅林偈頌者、其体如何、答曰、汝不見乎、伝灯所載七仏二十八祖伝法

有偈、言辞淳厚、与夫咸淳・景定諸師所作細巧華麗者、相去何啻天淵之遠而已耶、

ある人が問うて言った、「詩とは普通、風雅の文人の作るものでありましょうが、禅林の偈頌というものは、どのような体《スタイル》なのでしょうか」と。それに答えて言った、「あなたも知っているでしょう、『伝灯録』に載っている七仏二十八祖の伝法偈を。その言辞は淳厚で、例の咸淳・景定の諸師が作った細巧華麗なものとは、ただ天と地ほどの開きがあるというほどの生やさしいものではありません」と。

と述べている。(22) なお、中巌はこれに続く文章の中で、宋末に『獅子筋』と題する「淳素渾厚」（＋）なる偈頌集が編まれたこと、そして、清拙がそれを喜び来日時に携えて来たがやがてその所在が不明になってしまった、ということに触れ、「思うに、我が故郷の日本の禅者は、古風（＋）を好まず、ゆえに唾《つば》してこれを棄てたのだろう」と、無念の懐《おも》いを吐露している。

以上のように、「景定・咸淳」を頽廃の標識、負の記号として集団的に記憶化する営みは、主体の「口」を代えて再現働化され、さらに物質的に複製（書写・出版）／伝播されることによって再生産されていった。そして、テクストの網の目は次々に生産されるテクストを吸収しながら「景定・咸淳」という辞項によって表象・統括されるテクスト群を劣位項としてコード化し、そこに連帯的気分を作りながら、反動的にテクスト生産のベクトルを規則化／制限していったのである。それはやがて、そこに決定的な「断層」が引かれていることを言説化しながら、自分たちの立ち位置があたかもそこから分離しているかのように見せることによって、負の集合的記憶を克服しようという運動として展開されていったのである。

5　発見された先駆、ならびに「巧」の復権

さて、以上の要点は、言語表現の規範をめぐる基準点が、巧―拙という両極の間を漂泊してゆく中で、「景定・咸淳」という負の記憶に対する反動として、「古林」という記号を一種の磁場として作りあげていった、ということであるが(23)、ここであわせてもう一つの人称記号に注目しておきたい。

玉村の「偈頌主義」運動というヴィジョンの中では、ほとんど意味のある役割を与えられていないが、当代のテクストの中では、古林の師、横川如珙（行珙）〔一二二二―一二八九〕の「名」を語る声もまた大きかった(24)。例えば、行中至仁〔一三〇九―一三八二〕「南堂和尚語録続集序」（『了庵和尚語録』巻九、『新纂続蔵経』七一）には、

宋季有大禅師、曰横川珙公、倡松源西丘之道于育王、当是時、天下之言禅者、惟浮靡纎巧、是尚其弊有不可勝言者、禅師奮起、一変時習、俾宗綱復正、卓然還禅道於高古、至今学者遵之、以為楷模也、一伝而古林、再伝而南堂、信乎世済其美者矣、

宋末に大禅師があった。横川珙公と曰《い》い、松源の西丘〔霊隠寺〕の道を育王《いおう》（寺）に提唱した。この当時、天下に禅を口にする者は、もっぱら浮靡纎巧で、その弊風は何とも言い難いものがあった。（そこで）横川禅師は奮起し、時習を一変して、宗道の綱紀を復正せしめ、卓然として禅道を高古に還《かえ》した。今に至って学者（修行者）はこれに遵い、そして模範としている。一伝して古林（清茂）、再伝して南堂（清欲。古林の法嗣、竺仙の法眷）、まことに、世にその美を済《すく》った者である。

とある。

また、天隠円至〔一二五六―一二九八〕の「横川和尚語録序」（『牧潜集』巻四、『禅門逸書初編』第六冊、二一一頁。な

お同書巻三には「横川和尚塔記」も収録される）においても、

自宋衰、宗徒趣習苟浅、言禅者率剽摘乾淳以下、師独諄諄引古、以正其惑、声希而味淡、溺於所習者頗笑訕之、師不為変、守益固、既則翕然従其言、以及今雖童機齕学、非師之言不談、不視、則師於宗道、

宋が衰えてから、宗徒の習性は苟《かりそ》めで浅く、禅を談ずる者は率《おおむ》ね乾道・淳熙（一一六五—一一八九）以下の言葉を剽《かす》め摘《と》っていた。（横川）師はただ独り諄諄として古風に依り、それによって彼らの惑いを正そうとしたが、その声調は希《かすか》で味《あじわい》は淡《うす》く、はやりに溺れる者はひどくこれを笑い訕《そし》った。（しかし）師は変わることなく、（その姿勢を）守ること益ます固いものとなった。やがて（人々は）こぞってその言葉に従うようになり、今となっては未熟な修行者でさえも、師の言葉でなくては語ろうともせず、見ようともせず、しかして宗道の師となった。

とある。

行中は、横川が時習を一変して宗綱を復正し、禅道を「高古」（十）に還《かえ》したと、その業績を評価するが、他方で天隠は、かつて横川が周囲からの嘲笑の的になっており、時流に乗れなかった、或いは乗らなかったという様子を記している。しかし、両者ともに指摘するのは、時が移ると、若い修行者であっても横川のテクストでなければ見ようともしなくなった、という横川ブームの到来のさまである。このような、横川及びその門弟を讃美しようという物語化の手続きがなされていることは、同時にこのような言表が可能になっている元朝禅林の土壌自体を描き出してもいる。

さて、これらのテクストを媒体として、無秩序な過去の事象は、整序された問題関心として歴史化＝構造化されてゆくことになる。すなわち、この過程において、横川＝先駆者・起源という図式が産み落とされることになるのである（もちろん、このようなヴィジョンが可能になるのは、あくまでも彼らが過去を傍観できるような場所に立っていた

からであり、言わばこれは、因果関係の恣意的な切り取りに過ぎない。過去（として表象された歴史＝物語）は、現在という局限性に呼応するかたちで相貌を変えてゆくが、未来が不可知である限りにおいて、原因はつねに事後的にしか発見されない。つまり、このテクストが語っていることは、横川が、それ以降の歴史の流れを作ったということではなく、時制的なパースペクティヴの中で遡及的に〝兆候・先駆〟として表象されるようになったということである。そしてこれはまた、横川―古林という嗣法関係の中で、「古林」という辞項に権力が附帯されてゆく蓋然性を説明してもいる）。

　しかしながら、玉村的ヴィジョンの中では、「横川」は〝先駆者〟としては発見されなかった。なぜか。その理由の一端として窺われるのは以下の点である。すなわち、玉村の描き出した、「五山の文学とは金剛幢下の文学、古林会下の文学」（『臨済宗史』、一七七頁）というヴィジョンの中にあって、「古林」という辞項が、無限に広がる他項との反射関係の中で、とりわけ「義堂周信」・「絶海中津」という名との連関を肥大化させている、という点である（とりわけ義堂）。つまり、古林清茂及び金剛幢下（清拙正澄・明極楚俊・竺仙梵僊などの大陸系渡来僧、及び、龍山徳見・天岸慧広などの留学僧）という人称群がその歴史＝物語の中で重要な名前として組み込まれたのは、それらが「義堂」・「絶海」という五山文学の双璧として予め（五山文学の歴史＝物語構造の中で）有意味化されていた外項に連結されることによって既にそれとしての条件が整備されていたからである。

　五山の詩は、近世詩壇においては必ずしも高い評価を与えられてはいなかったが[25]、その中にあって、「義堂」・「絶海」の名はとりわけ重きを置かれていた。「五山僧侶。頗為二痩硬絶句一。其中巨擘。有レ若二義堂絶海一。頗雄奇。有二台閣儒紳不レ及処一。」（頼山陽『山陽先生書後』〔内閣文庫蔵本〕巻下「書五刹詩鈔後」）、「五山の作者、その名今に徴すべきもの、百人に下らず。しかして絶海、義堂、その選なり。……絶海、義堂、世多く並称し、以て敵手と為す」（五山作者、其名可徴于今者、不下百人、而絶海義堂其選也、……絶海義堂世多並称、以為敵手」（江村北海『日本詩史』巻二、新大系、七六―七頁）。つまり、玉村の描く歴史＝物語はそのヒエラルキーに凭《もた》れかかるかたちで逆算的に起源を措定することに成功していたというわけである。「義堂」・「絶海」という名との連続性が可能でありさえすれば、「五山文学」の「起源」をめぐる物語はそこで完結する。言い換えれば、「五山文学の母体」には、既にその「子孫」が〝母体の母体〟という錯綜したかたちで織り込まれており（帰結から遡源するかたちでそれ以上不必要だと判断される部分は黙過される蓋然性が生じる）、母体の代表の物語の中で主旋律を妨げかねない要素は周辺化されるよう、予め筋立てられていたというわけである。これは玉村のみならず、われわれの認識が、広い意味で近世と地続きにあり、「義堂」・「絶海」を五山文学史の頂点に置くという、近世以来の因習的視点に拘束されているという事実を同時に描き出してもいる。

さて、上述のように、元朝初期において編制された規範の行方は、その後、もう一方の極へと振り子の向きを変えてゆくこととなる。すなわち、社会の中で「拙」が沈殿の兆しを見せ始めるに及び、「巧」による攪拌が起こるのである。笑隠大訢（一二八四―一三四四）（四六の作者として著名。その著『蒲室集』の疏の部分は、日本禅林でも四六作成の参考書として大いに尊重された）などは、

或謂宋季宗門提唱、流於時習、委靡不古、非通論也、近時学者、率学高古而薄俗険行、雖言如仏祖、何益哉、

ある人が、「宋末の宗門の提唱は、時習に流れて衰え、古風を失った」と言ったが、それは定論とは言えまい。近時の学者は、大抵が高古を学ぶものだが、（その実は）薄俗険行で、言葉が仏祖に比するとしても、何の益があると言うのか。

（『笑隠訢禅師語録』巻四・題跋「題東湖無文墨跡」、『新纂続蔵経』六九、七一九頁中）

などと述べて、宋末への批判の声を更に批判しているのである。ここで「仏祖」のような詩が批判されているが、これは蘇軾が批判した、僧の詩の「酸餡気」（味がない）という評価と通底する（葉夢得《しようぼうとく》『石林詩話』巻中、『叢書集成新編』七八、三五三頁上）。僧の詩が、形式にとらわれないことを理想化するあまりにかえって杜撰に失しやすく

なるという陥穽を難じたものである。そのような姿勢は、元末明初の恕中無慍〔一三〇九―一三八六〕（日本への招請を受けたが辞退した）も同様である。その「題竺先頌後」には次のようにある。

宋季咸淳間、諸尊宿凡寓興贈別、及申咏字号之類、皆有頌、以四句為準、其作至精、仮使滅去名目、而其義自昭顕、……後之為者、既不知所宗、又尠才学惟務雄快直致以矯咸淳之習、或得理而遺事、或得事而遺理、甚至事理胥失者有之、不察已病、反軽議先輩盛作、如見之即揚眉哆口、為侮慢態、若将浼焉、間遇当世有超越格量、称性而説者、視之茫然莫測、必指以為非、而欲牽引証拠、詆誘新学、則又曰咸淳所製如彼、而今所為反是、吁甚矣其矯乱也、

宋の末期、咸淳（一二六五―七四）年間、諸尊宿は凡そ興を寓《かたど》って離別の頌《うた》を贈りあい、字号の類を作成するにあたっても皆、頌《うた》を作った。四句（絶句）を標準としたが、それらの作は至精であり、仮《たと》えその題目を削り取ったとしても、その義（意旨）は自然とはっきり顕《あら》われていた。……（しかし）後年、頌《うた》を作る者は、もはや宗とするところを知らず、また才学も尠《すく》なく、惟だ雄快で直致《ぎこちない》ものを作ろうと務め、それによって咸淳の風習を矯《ただ》そうとするばかりであった。或るものは（確かに）理は得ているものの事は遺《わす》れており、或るものは（確かに）事は得ているものの理は遺《わす》れているといったありさまで、甚だしきに至っては、事・理のいずれも失するようなものさえあった。もはや病んでいることさえ察《わか》らず、反って先輩の傑作を軽々しく論じることさえあった。（そして）如《も》しそのようなものを見たら、眉を揚《つりあ》げ声を哆《はりあ》げ、侮《あなど》り傲慢な態度を取っていた。もはや世は浼《けが》れきってはいたが、その中にあってもごくまれに、別格にして本旨を語りうるような者がいるにはいた。しかし、（彼らは）そのような人物を視るや、わけもわからぬまま必ず指をさして非難し、しかもあれこれ証拠を並べ立てて、入門生を誘惑し、そしてまた曰《い》うのである、「あれこそまさに咸淳の昔に作られていたようなものだ。しかし今作られているものは全くその逆

だ」と。ああ、この矯乱たるや、なんとしたことか。

（『恕中和尚語録』巻六・題跋、『新纂続蔵経』七一、四四三頁上—中）

恕中は「宋季」の作が「至精」（緻密）（＋）であるのに対して、後学の作がただ「雄快・直致」（ひねりのないまっすぐさ、ぎこちなさ）（－）につとめるだけだと、その杜撰さを批判し、「巧」の復権を促している。ここに至ってわれわれは、「巧」→「拙」→「巧」と、規範が漂泊してゆく過程を見ることになる。勿論、巧／拙の二分法はいつの時代にも起こりうるものであり、傾斜の度合いを変えながら常に併存していたものでもあるだろう。したがって、実際上、宋末＝巧／元初＝拙／元末＝巧、というように、時間軸を輪切りにするようなかたちで、そこに完全な断絶が形成されたと極論することはできない。しかし、緩やかには、以上のような歴史＝物語の認識が可能となるような土台が存在していたのは確かであると言ってよいだろう。

ちなみに、目を移して唐末・五代のテクストを見れば、法眼文益（八八五—九五八）が難ずる当時の禅林の一面は、先の笑隠・恕中の文言とよく似ているようにも思われる。

稍覩諸方宗匠参学上流、以歌頌為等閑、将製作為末事、任情直吐、多類於埜談、率意便成絶肖於俗語、自謂、不拘麤獷、匪択穢孱、擬他出俗之辞、標帰第一之義、識者覧之嗤笑、愚者信之流伝、（『宗門十規論』第九、『新纂続蔵経』六三、三八頁中—下）

諸方の宗匠や、参学の上流を観《み》てみると、歌頌を等閑《なおざり》にし、製作を些末なこととし、情に任せて直吐すれば、多く野談に類し、意に率《まか》せて成せば、絶《ほとん》ど俗語のようである。（そして）自からは言うのである、「精粗には拘泥せず、汚れ弱々しい表現を択《えら》ばず、出俗の辞《ことば》に擬《のっと》って、第一義（真理）を掲げよう」と。識者はこれを覧て嗤《わら》笑い、愚者はこれを信じて流伝している。

このような観点から、規範の漂泊が長期的なスパンの中で繰り返されていることが推察されるのである。ここで浮かび上がってくるのは、反復運動としての文学史である。

　では、ある時には詩の技巧が規範化され、ある時には逆に素朴さが称揚されるというのは、人の審美的感覚にどのような回路が組み込まれた「効果」なのだと考えられるのだろうか。一般的に言えば、人は、表現として準備されたものであれば、少なからず「巧く」そして「正しく」言おうとするものである。そのとき、「拙さ」＝異常な言語使用は、既に意識の上では排除の方向へとその歩みを進めている。つまり、①人は、正常な言語使用を定位するために異常な言語使用を排除しようとするのだが、②技巧化が進んでゆくことで、かえって自然さから乖離してしまう。禅林が「自然さ」を価値規範の軸の一つに置いていたことは先に述べたとおりだが、その点から、③人々はやがて自然さの復権を唱え始め、技巧性を排除するようになる。④そうすると、こんどは異常な言語使用を許容せざるを得なくなり、正常さから乖離することになる。⑤その結果、①へ戻る。これまで見てきたような言表は、以上のような循環構造の中にあると考えられる。このサイクルが、個人の中に組み込まれ、そして複合的に規範の流れを形成し、時代の規範価値として言説化されてゆくことによって、結果として、反復運動としての文学史が形成されるに至るのである。

　発展・進歩・深化・高まり、或いはその逆としての衰退・凋落などの語によって示される予定調和的なヴィジョンは、いずれかの価値基準に軸足を置くことで成り立つような、潜在的に何らかのイデオロギー性に凭れかかることによって初めて可能となるような、恣意的な歴史認識の一つに過ぎないが、このような単純な図式化は、過去のテクストを、近代＝現代へ向かって発展してゆくような予定調和的過程として、単線的に、編年的に配置してゆくことを典型化するものとなりやすい。そして、こうしてできあがった歴史＝物語——換言すれば、原因と結果の連鎖によって矛盾なく整合性のとれた歴史＝物語——に慣れきってしまえば、それを唯一の正しい視法《ヴィジョン》として自然化してしまい、それが排除のメカニズムによって形成された可能的な歴史叙述の単なる一つに過ぎないという事実が忘却され、その結果、（事後的に立ち上がってきたに過ぎない恣意的な）正当性＝正統性を無批判に継承してゆくような惰性をも再生産してゆくことになるのだ。

6　無視-隠蔽されたテクスト

前述のように、玉村の視座は、法系還元主義とでも言うべき特徴を持つが（端的に言えば、出来事の原因を強く「法系」に求めるような考え方）、それによって、法系の中に、大慧派対松源派（古林派）という対立軸が「発見」されることとなる。それは取りも直さず、玉村のヴィジョン自体が「大慧派」のテクストを周辺化するという排除のメカニズムを作り出していた、ということを意味するものであった。しかしながら、それは同時に、玉村のヴィジョンにおいて「俗化」と評価されて退けられてきた、「宋末」の「大慧派」に数えられる人々の言表の中に以下のようなものがあることを無視-隠蔽することで成り立つものでもあった。

○北礀居簡[26]（一一六四—一二四六）「晩唐声益宏、和益衆、復還正始、厥後為之弾圧、未見気力宏厚如此、駸駸末流、着工夫於風煙草木、争妍取奇、自負能事尽矣、所謂厚人倫、美教化、移風俗、果安在哉」（内閣文庫蔵本『北礀文集』巻五「送高九萬菊礀游呉門序」）

晩唐の声　益《ます》ます宏《おお》きく、和するもの益ます衆《おお》し。復た正始に還りて、厥《そ》の後　之れを弾圧せんとするも、未だ気力宏厚なるを見ざること此くの如し。駸駸たる末流、風煙草木に工夫を着け、妍《みめよき》を争《あらそ》いて奇を取り、能事尽《つく》せりと自負す。所謂「人倫を厚くし、教化を美し、風俗を移す」もの（『詩経』大序）、果して安《いず》くに在りや。

○淮海元肇(27)〔一一八九―一二六五〕「詩本乎情性、止乎礼義、……年来江湖吟社、率皆活衒〔「衒沽」カ〕相高、有如龍《ママ》断、風雅之道熄矣」（国会図書館蔵本『淮海外集』巻下「題劉清軒吟巻」）

詩は情性に本づき、礼義に止《とど》まる。……年来、江湖の吟社は、率《おおむ》ね皆な相高《しょうこう》（大臣・高官）に衒《てら》い沽《う》り、壟断《ろうだん》（利益を独占すること）するが如き有りて、風雅の道熄《や》みぬ。

○蔵叟善珍(28)〔一一九四―一二七七〕「前輩所謂法語者達吾胸中悟門見地、使学者知所趣入也、今之為法語者不然、如小杜賦阿房、形容秦主之雄心覇気尽六国之精英、可謂工矣、然想像以賦之也、又如游侠少年、晩節高冠博帯而談道学、其剽竊先儒言論、可謂勤矣、然矯揉以為之也」（内閣文庫蔵本『蔵叟摘藁』巻下・題跋「跋密庵法語」）

前輩の所謂法語は、吾が胸中の悟門見地に達して、学者をして趣入する所を知らしむるものなり。今の法語を為す者は然らず。小杜（杜牧）が阿房を賦して、秦主の雄心覇気六国の精英を尽くすことを形容するが如きは、工みなりと謂う可し。然れども想像して以て之れを賦するなり。又た游侠の少年の、晩節に高冠博帯して道学を談じ、其の先儒言論を剽竊するが如きは、勤なりと謂う可し。然れども矯揉（悪行を改めること）して以て之れを為すなり。

○物初大観〔一二〇一―一二六八〕「詩至唐而工、至晩唐工而苦、捐古専律、刻約錬磨、雖波瀾光焔非其力所及、而単辞偶句使人味恋、吟嘆不自已、近世争効之、然亦豈易到哉、至若山林之士、……又非専事乎刻約錬磨也」（内閣文庫蔵本『物初賸語』巻一三「樵屋吟藁序」）

詩は唐に至りて工《たく》み、晩唐に至りて工みにして苦なり。古を捐《す》て律を専らにして、刻約錬磨せり。波瀾光焔（勢いのある立派な文章）は其の力《つと》めて及ぶ所に非ずして単辞偶句は人をして味恋せしむるのみと雖も、吟嘆、自ずから已《や》まず。近世争いて之れに効《なら》うも、然して亦た豈に易く到らんや。山林の士が若きに至りては、……又た専ら刻約錬磨を事とするに非ざるなり。

○無文道璨〔一二一四―一二七一〕「自浮淫新巧之声作、中和淡泊之音廃、始於江左、盛於唐季、餘波末流、横出於乾道淳熙之後、正音不競、猶壊絃弊軫不満人聴、嗟夫、詩道亡矣」（国会図書館蔵本『無文印』巻一〇「跋復休庵詩集」）

浮淫新巧の声作《おこ》りて自《よ》り、中和淡泊の音廃《すた》るるは、江左（江東＝六朝）に始まり、唐季に盛んなり。餘波末流は横ざまに乾道（一一六五―一一七三）・淳熙（一一七四―一一八九）の後に出でて、正音競わず、猶お壊絃（壊れたげん）弊軫（倒れたことじ）の人の聴くを満たさざるがごとし。嗟夫《ああ》、詩の道、亡びたる矣《かな》。

玉村的ヴィジョンによると、これまで見てきたような規範の揺れ動きは、法系の問題として回収されることになるのだが、「大慧派」というカテゴリーによって括られた記述を瞥見してみると、必ずしも玉村的図解と整合しない記述も見えてくるのである。例えば、上記の北礀の言表などは、まさしく「金剛幢下」の言説と地続きの場所に配置されるべきものである。また、確かに淮海の作品などを見ると、詩が五律に特化しているような傾向も看取され、元朝禅林が歌・聯句などの多様なスタイルを取り込んでいったことと比較すると差異はあると言える。しかし、その淮海にしても一方では当代の詩壇に批判的な眼差しを向けていたのであり、また無文などは、その記述のうちに「詩道亡矣」という文句を連発しながら当代の詩壇の傾向を糾弾しているのである。(29) 如上、これらの記述は玉村の提示する図式よりも、さらに複雑な様相を呈していると言わざるを得ない。(30) しかしながら、結局のところ、『北礀文集』や『無文印』などが五山禅僧にどれだけ読まれていたとしても（実際にも、五山禅僧にとって教科書的な存在として読まれていたことは確かである）、彼らのテクストが「五山文学の母体」を名のる権利は予め剝奪されていた。それは、それらのテクストを「俗化」と断罪し、排除・隠蔽してきた玉村史観にあっては、そもそも既定路線であったと言えるのである。(31)

7「近代」の宗教言説の中で

以上、巧―拙という表現上の審美軸の上に、「古林」をはじめとする人称記号がどのように配置されてきたのかを見てきた。

その中で、玉村的ヴィジョンに欠落していたのは、規範（及び規範への信仰）が、社会――禅林という社会空間――全体で生産・規制・管理されていたということ、そのような編制の中で語られる名前と語られない名前とが選別されてきたこと、禅林の構成員がそのような視線を内面化することによって、自動的に（半ば制度的に）詩作の方向性が定められてきたこと、などが挙げられるが、何よりも重要なのはそのようなヴィジョンの中では、排除のメカニズムによって淘汰されてしまった主体群の声が完全に忘却されてしまっているという点である。巧による拙への批判、拙による巧への批判、これらは必ずしも二項対立的にかみ合っていたわけではない。大多数の群衆が巧に流れているか、拙に流れているか、その歴史局限的状況《コンテクスト》の中で、発話の意味そして効果はおのずから異なってくるはずである。或いはそのいずれもが同じ中道に位置しながら、その偏向を是正することを意図していたとするならば、両者の発話は同一の基軸の上にあることになる。しかし、玉村的ヴィジョンは、ある人物がある詩の傾向を批判しているとして、それは必ずわれわれの知りうる人物（選別制度を勝ち残った、語られうる主体）に向けられているものと了解してしまう。そうすることによって、法系の中に幾つかの対立の構図が創り出されることになるのだが、その中では、歴史に参加することを許されなかった無名の主体群の声は（既にかき消されてしまっている上に、二重に）かき消されてしまっている。

これまで見てきたように、規範化されたテクストほど長期間かつ広範囲に、流通・拡散してゆくことになるのだが、このようなテクストの力学は、テクストが自らの内部に価値構造を作り出す力を備えていることによって可能となっており、そのような力は「名前」——言語構造《ラング》の中の空白地帯——と結託しやすい性質を備えている。

われわれは既に、幾つかの名前が様々な正符号（＋）と結びつけられ、権力を帯びてゆく過程を見てきた。ある無名氏の名前が語られず（流通せず）、「古林清茂」という名前が語られる（流通してゆく）、そのような機構（回路）の中で、「古林」という固有名の公共的意味は権力を帯びながら充足していった。「古林」という名が歴史＝物語の中で、流通し、拡散し、記録化されるのは、必ずしも「古林」が歴史＝過去の集積体の中で重要な役割を果たしたから、というわけではなく、群衆の声を抑圧しながら正当性を獲得するという標準化の回路の「効果」としてわれわれの眼にそう映るようになったからというに過ぎない。そのようにして「古林」という名前は無名の群衆の声との反射関係の効果として強いアイデンティティーを形成してきたのであり、それゆえにその名には敗者の声が見えないかたちで織り込まれているのである。したがって、このように勝者の名が大きくなるプロセスを照射することによって、敗者の声を聞かずして聞くことが可能になるのである。「五山文学の母体」と呼ばれた文学現象は、まさにこのようなプロセスであることから免れてはいないのであり、それはまたこれからもなお閉じられることはないのである。

「玉村竹二」という言説の結節点を問う

では、最後にわれわれは、「古林」の名に「五山文学の母体」という地位を与え、そこに権力を附帯させてきた、（まさにそのようなパフォーマティヴな「効果」としての）「玉村竹二」という、言説の結節点の意味と効果についても改めて問うておく必要があるだろう。それは玉村のヴィジョンが可能になる諸条件-地平を改めて問い直すという営みであると同時に、玉村の視界のうちから（自明の前提として暗黙のうちに）予め排除されていたものが何であったのかを問い直す作業でもある。それは玉村が、「大慧派」のテクストに「五山文学の母体」という地位を与えなかったというその手続きの過程に現れている。先に、宗教的／世俗的という二項対立図式の中で、前者の人称的集合を「偈頌主義」と名づけ、それが「五山文学の母体」を形成した、という玉村の基本的歴史認識について指摘した。そして、「大慧派」に関する「俗化」という記述に窺われるように、玉村は、宗教の世俗化に対して批判的眼差しを向けているのだが、ここで改めて問い直しておきたいのは、詩作行為をすぐさま「俗化」と見なし、宗教との分断を自明視するようなヴィジョンについてである。そこでは近代的な意味での宗教的／世俗的というパースペクティヴの下に禅僧のテクストを偈頌／詩という二分法へと移行させ、前者により強い「起源」を求めるという方法として具体化されていた。つまり、玉村が古林を焦点化したのは、禅と文学との分離を暗黙の内に自明視していたからであり、それが「五山文学」成立の「物語」として認められてきたのも、宗教と文学とを区分する近代的な知の様式が支配的な認識枠として作用する中で、その正当性が（精緻に検証されることなく）何となく承認されてきたからに過ぎないように思われるのである。玉村はこう言っている――「禅の詩的表現、これこそ、世人の脳裏に浮んでくる禅林文学そのものである。これこそ、禅と文学との正統な結びつきであつて、もし禅林に文学の存在の理由を正当化するとしたならば、常に、この方向以外の結合法は、派生的なものとして、その極端な逸脱は、宗乗の真面目からすれば、いつでも排斥せられねばならず、当然この結合法への復帰を要請せねばならない底のものである。具体的に言えば、唐代において、三祖僧璨《そうさん》の『信心銘』、永嘉玄覚《ようかげんかく》の『証道歌』、石頭希《き》遷《せん》の『参同契《さんどうかい》』『草庵歌』、洞山良价《とうさんりょうかい》の『宝鏡三昧《ほうきょうざんまい》』等がこれであり、その他、歴代禅匠が投機契悟の心境を、いつも偈頌の形式によつて表現したものを、数限りなく見得るし、故人《ママ》得悟の因縁を、後人が拈提して謳《うた》つた頌古《じゆこ》の作品等（『碧巌録』や『無門関』の頌《じゆ》のごとき）も、ぞくぞくとあらはれ、この伝統は決して近代に至るまで断絶されたわけではなく、寧ろ近世日本禅林に於ける文学といへば、再びこの部門にのみ集約された観さへある」（『日本禅宗史論集』上「禅林文学の一性格」、八五五—六頁)。ここで「禅の詩的表現」こそが禅林文学であると述べる一方で、その典型を唐代の「偈頌」作品に見出し、そこから逸脱するものは「排斥」しなければならないという認識が示されている。このような、文学(詩)を夾雑物ないし従属物と見なすような視線は、玉村の詩禅一致批判にも典型的に表れている。(詩禅一味論は)「題材を仏教的なものに限定され、しかも表現には文学的な意欲が旺盛であった元末の古林派下の人々が、その調和に苦しんで言出したことに過ぎず、実際の文学活動には、左程に影響のないものである」(『五山文学』巻頭「はしがき」)。偈頌を除いた「詩」を、「禅」を汚染するものと見るそのドグマは、「俗化」というその筆致にも滲み出ているのだが、それゆえ、詩と禅の断絶は、「詩」を「偈頌」へと置き換えることで、かろうじて協調関係を保持するものと見なされることとなったのである。

だが、他方で玉村は、偈頌さえもが宗教から乖離したものだと言うことさえあった(玉村の詩や偈頌をめぐる記述は実はあまり一貫していない)——「別れを惜しんだり、或ひは久しぶりで会つた人をなつかしんだり、さういふ人と人との関係、これは一般の俗人だつてあることでせう。結局社交生活のいろいろな人間関係の感情を吐露するわけです。だけれども、それを偈頌といつて、修行のために行つたり来たり、そして会つたり別れたり同情したり激励したりすることを取扱ふ形をとるだけですね。さういふ意味では宗旨の本筋からいへば、遊びの要素が多いですよね。さういふことが元の末から禅林には深くはいつてきてゐます。/ですから表面は飽く迄も仏教の修行で、実質は遊びであり、文藝活動です。本人は修禅の心境の吐露と思つても、第三者から見れば、やつぱり宗教とは離れてゐるわけです」(『日本禅宗史論集』上「座談会『現代に生きる禅』」、一〇一五頁)。さらには、かつて五山文学の学的探求に触れ始めたばかりの頃を回想してこうも述べている——(五山禅林について)「そこには、現在世間でもてはやされている「禅」は全くない。禅林といつても、禅のない禅林である。そこには中国的な均斉のとれた組織と、中国的な学藝教養と、中国の士大夫社会の風習と模倣とが適度に混在して、馥郁たる芳香を放つて、私をおびきよせたのである」(『日本禅宗史論集』下之一「五山文学に魅せられて」、七五七頁)。つまり、玉村の中では五山禅僧のテクストとの接触の初期の段階で、既に五山文学は「宗教」から乖離した存在として捉えられていたのである。その上で玉村は、「偈頌」を「詩」との対比からこう定義している――「偈頌と詩とは、形式上は何等の差違もないもので、ただ題材が仏教的なものであれば、之を偈頌といって、詩と区別するに過ぎない」(『五山文學』、八九頁)。しかし、中巌円月が「今の禅者は、頌《じゅ》と詩とを分けて考える。細巧婀柔《こまかくしなやか》であれば詩と言い、粗強直条《あらっぽくまっすぐ》な言葉であれば頌と名づけ、また仏祖の言葉を用いていれば、頌と見做す。ならば、蘇軾・黄庭堅二公のような詩は、頌であるのか、詩であるのか」(今時禅和子、以頌詩為分別、以細巧婀柔者、謂之為詩、以粗強直条之語、名之為頌、且用仏祖言語、乃為頌、如蘇黄二公詩、為頌耶亦為詩也)(『東海一漚集』四「文明軒雑談」下、『五山文学新集』四、四八四頁)と述べているように、或いは、大徳寺六一世天琢宗球による『抄本江湖風月集』(明応七年)に「今皆頌トイヘバ、目口ヲハタケテ、ヲソロシサウニツクラウト思フ、是ハ大ニイワレサルコト也、詩コソ頌ヨ、頌コソ詩ヨ、風賦比興雅頌ヨリ出ヅ、語ハ皆ヲナジコトゾ、大灯(筆者注、宗峰妙超)云、柳緑花紅トツクリタリトモ、明眼ノ者ツクリタラバ頌ヂヤ、八角磨盤空裡走ト作リタトモ不明眼ノ者ツクリタラバ頌デハアルマイ、サル程ニ頌ヲ作ルコト大事也」(上村観光「古抄中に見えたる古徳の遺事」『禅林文藝史譚』大鐙閣、一九一九・九、一七三頁より転載)と述べられているように、詩と偈頌を分かつア・プリオリな二分法などは存在していなかったし、それはその場の文脈に応じて使い分けられているに過ぎなかった。

なお、玉村は、中国禅林において「官寺として、国家的な管理を受けるやうになつて、査察などによつて官僚との接触が密接になり、この風尚に迎合したこと」や「官吏任用試験に落第した人々が、往々にして禅僧となることにより、官僚風な慣習を禅林の中に持ち込んだこと」をして「要するに禅林の俗化」と呼び(『日本禅宗史論集』上「禅林文学の一性格」、八五六頁)、また一方の日本禅林においても、「外交文書の作成とか室町将軍の仏事の法語を作るとか、さういふことに多く労力を用ひたやうな傾き」を有している点をもってこれを「御用文学」などと称している（同上「五山禅林の学藝」、九六二頁）。この種の、玉村の語りの中に見られる、権力への接近を軽蔑するような筆致‐口吻の中には、不問に付されてきた前提が隠されている。宗教は政治から分離されるべき（そうすることで宗教の純粋性が保証される）という宗教的信念が言外に記述されているからである。

そのような名誉・権力への接近を非難する筆致は、道元・親鸞・日蓮などの宗祖のテクストを神聖化する癒合された視法、宗教場の独立性を保守防衛しようとする運動とよく似ている。ある記号を無条件に神聖視し、一方である記号を堕落や頽廃の象徴として貶めるのは歴史の中に立ち現れてくる一つの典型的パターンに他ならないが、「大慧派」のテクストを「俗化」と断罪し、排除する行為の中に温存された視線こそが問われなければならない。つまり、禅僧の文学活動を非難し、貶めることによって、そこで研究主体に――「玉村」というテクストの結節点に――何が起こっていたのか、ということである。

それは、玉村の「文学」に対する態度というよりは、「宗教」に対する態度と関わっており、それはまた「宗教」なるものが脱自明化された、「近代」という言説の組成パターンの問題と根本な関わりを持っている。「宗教」とは、改めて言うまでもなく、透明な概念ではなく、一つの言説として歴史的に構築されたものでしかない(32)。宗教は近代化の過程で、われわれの合理性の基盤と調和するようなかたちで存在論的公式を変形させられ、それによってわれわれは、それまで自らを、或いは自らの社会をながらく拘束してきた非合理的な思考範型からようやく解放されることになった、という物語＝神話を創り上げ、それを強く信じてきた。

玉村の著作を通読して気づかされるのは、彼が禅の思想内容にまで踏み込んで議論に及ぶことは殆どなく、一見すると、宗教に対して中立的な歴史叙述に徹しているように見えるということである（ただし、それは何も玉村に固有の方法というわけではなく、一般に「仏教史学」という学律は〝そもそも仏教とは何であるのか〟という問いを立てることは稀である）。しかしながら、問題はまさにこの点にあると考えられる。というのも、まさにそれゆえに、宗教の宗教性を手つかずのまま温存させてしまい、自己の中に隠し持っている宗教的信念を無自覚のうちに研究結果に投影させてしまう陥穽からも遁れ難くなってしまうからだ。その具体的な態度が、「五山文学の母体」として「偈頌主義」を焦点化し、「古林」という名に重い意味を与えてきたことに表れているのだとすれば、玉村もまた、「宗教」に対する考え方を、記述の外部において示してしまっていることになる。

確かに宗教に対して中立的な立場が可能であるような立場を取るのは難しい。そのような欺瞞に陥ることなく、いかにして宗教を対象化できるのかはわれわれにとって重い問いかけである。しかし、われわれが反省的であらねばならないのは、宗教からも文学からも一定の距離を取ることによって、自らのポジションを、両者を等距離から俯瞰しうるような理性的主体へと無反省に格上げしてしまうことである。宗教を非合理的なものとする素朴な宗教批判が宗教に対する無知‐無関心からきたものであるならば、それは、自らをその対立物としての「理性的主体」へと格上げしようとする存在論的欲望に惰性的に従った結果に過ぎない（T・イーグルトン『宗教とは何か』〔大橋洋一・小林久美子訳、青土社、二〇一〇・五〕が言うように、その類いの宗教批判は範疇の誤謬を犯しているに過ぎない）。意識的であれ無意識的であれ、禅僧の文学活動を非難するという行為自体に研究主体としての自己の客観性・正当性を立ち上げるような働きがあるのだとすれば、われわれは自らの内なる「宗教」との距離を改めて考えてみる必要があるだろう。宗教に対して深く問うことをやめてしまったからと言って、それが宗教に対する中立性を保証するものとはなりえないからだ。確かに宗教は透明なイデオロギーとしてわれわれの視線を制約してきた伝統を持っているのだが、もしかしたらそれは未だに十分に機能しているかもしれないのだ。

以上のことがわれわれに教えているのは、われわれの誰もが他の誰よりも理性的な存在として承認されたいという願望を持っていること、そしてそうであるために、そのような象徴闘争の場から離脱して語ることはできないということ、本章における「玉村」への批判もまたそれ自体が闘争システムの一部を構成しているに過ぎない、ということである。それゆえ、「古林」の言表や、「玉村」の言表が歴史のサイクルの中に立ち現れてきた一つのパターンへと回収されるのと全く同位的水準において、本書もやがて――読まれることを通して――何らかのパターンの中に回収されるであろう、ということである。

註

(1) 今日において歴史がイデオロギー的構築物であるのは言を俟たない。歴史を描き出すことは、客観的事実を掘り起こすことではなく、すぐれて政治的な意味合いを持つ行為である。歴史を叙述するという行為にあって、何が突出し、何が沈殿してゆくかを判断するわれわれの立場は歴史からフリーではない。われわれは観察行為を通じて観察対象である歴史（像）に対して不可避的に作用を及ぼしてしまう存在でもある。何を書き、何を書かないか、歴史の主役は誰か。そのような選別は既に規則化されたものだが、それは事実として擬装されつつわれわれに価値の自明化を強いてくる。また、歴史において期待される完全なる整合性は、主旋律を妨げる要素を周辺化してゆくように働いてもいる。われわれは否が応でも歴史の自己展開の過程に巻き込まれてしまわざるをえないのだが、歴史を叙述するという行為がそのような（排除の）力に巻き込まれることでしか可能にはなっていない、ということも忘れてはならない。

(2) ピエール・ブルデュー／石井洋二郎訳『芸術の規則Ⅰ』（藤原書店、一九九五・二）、『芸術の規則Ⅱ』（藤原書店、一九九六・一、〔原著、一九九二〕）参照。

(3) 『〔現代日本〕朝日人物事典』（朝日新聞社、一九九〇・一二）参照。

(4) 参考までに今日に伝えられる「古林」の経歴について概述しておく。竺仙梵僊（一二九二―一三四八）撰「古林和尚行実」（『古林和尚拾遺偈頌』巻末〔『新纂続蔵経』七一〕、『竺仙和尚語録補遺』〔『大日本仏教全書』新版四八〕）に拠れば、温州楽清の出身。儒学を世業とする林氏の子として生まれた。本書〔補論〕において、南宋後期頃から温州永嘉が詩壇の中心的存在となり、そこから唐律を専門とする多くの専門詩人が輩出されたことを述べたが、楽清と永嘉とは目と鼻の先ほどの近さであって、永嘉四霊の一人、翁巻などは実は楽清の人である。また、その師、横川如珙は、天隠円至〔一二五六―一二九八〕撰述「横川和尚塔記」（『牧潜集』巻三、『禅門逸書』初編・第六冊）に拠れば永嘉の林氏出身である。これは、横川・古林という子弟の文学的土壌を探る上で興味深い事実である。古林はかつて横川に参じた時、平生製作するところの一巨編を出したところ、「仏祖の道、豈に才辯の事ならんや」と叱責された、と「古林和尚行実」（『新纂続蔵経』七一、二九〇頁下）は伝えるが、それが十代のことであったというのは刮目すべきであり、彼の文学リテラシーがその青年期から養われていたことが知られるのである。

（5）ちなみに玉村は、法系の持つ意味合いが中国の場合少しく異なるということを、ある座談会の中でこう述べている――（筆者注、中国の場合）「門派の建ち方が、日本と全然違ふやうにお思ひになりませんか。確かに日本の法系は、タテへ、タテへと続いてゆきますが、中国ではそうぢやなくて、ある人が出ると、パツとその下に集まつて、その間に、所謂同胞意識があるのですね。団結が強い、だから横のつながりが強い。その人が死んでしまふと、その法を嗣いだ人は残るけれども、あとは四散してしまふのですね。なんの未練もない、そして、また次に新しい人格者が出ると、そこへずつと集まつていつて、そしてまた同じことを繰返すといふことだから、一つの流派がタテにつながつて、ほかの流派もタテにつながつて、それが永久に対立していくといふ形にはちよつとなりにくい」（「〈座談会〉牧谿をめぐつて」『日本禅宗史論集　上』思文閣、一九七六・八、一〇六九頁）。

（6）「偈頌」とは、玉村の説明に従うならば、「偈頌と詩とは、形式上は何等の差違もないもので、ただ題材が仏教的なものであれば、之を偈頌といって、詩と区別するに過ぎない」（『五山文學』、八九頁）ということである。

その他、詩と偈頌の弁別がどのような基準で為されるものとされていたのかという問題について、先行研究の中から幾つかの解説を窺っておこう。

小西甚一「詩と禅思想―五山の漢詩―」（『国文学　解釈と教材の研究』二八-四、一九八三・三、四一頁）には「偈頌も、広義の詩ではある。しかし、ふつう詩といえば、伝統的な表現のしかたを守るものであって、先例のある言いかたを使い、作主の心情を述べることになっている。これに対し、偈頌では、仏教の究極的な真理を表現するのが眼目であり、個人の内面性表白ではない。いわば非個人的な哲理が主題となるわけで、その点が狭義の詩とは違う。また、表現のしかたも、既存の慣習に執われず、俗語や外来語をも避けようとしない。したがって、偈頌を狭義の詩と同じ規準で批評すれば、たいてい拙劣だということになる」とある。さらに、「偈頌の表現は、知性に依存する理解が可能な表現、いわば線型の表現でなく、必ずしも知性で到達できるとは限らない、いわば非線型の表現なのである」（小西甚一『日本文藝の詩学―分析批評の試みとして―』みすず書房、一九九八・一一、一五八頁）という指摘もある。

次いで、佐佐木朋子「五山の漢詩」（『時代別日本文学史事典 中世編』有精堂、一九八九・八）は、天境霊致『無規矩』が「偈頌」と「詩」とを分類していることについて、以下のように分析している――「両者の分類の仕方を見ていくと、題には共通するものがある。（禅的内容の深いものを偈頌、文学的内容の濃いものを詩とする従来の「詩・偈」観はここには当てはまらない。）内容で分類したのではないのだ。「偈頌」には公的な場で作られた作品が多く、「詩」には述懐の作品が多い。詩型も絶句が多いことから、多くの人の眼に触れることを予想しない作品を「詩」と考えていたことが分かる」（一六〇頁）。

さらに、中川徳之助『日本中世禅林文学論攷』（清文堂、一九九九・九）には「「閑」を媒介にして、宗教と文芸との二面性が重なり合うということは、文芸に即して言えば、禅僧の文芸が「閑」の境地に支えられることによって、宗教とつながるものであることを意味している。禅僧の住する「閑」が、情にとらわれぬ、情を脱落した心位である以上、そこに生まれる表現は、情にとらわれぬ、情を脱落した表現であるだろう。一般に、文芸の餘情は情の世界のものである。情を脱落するとは情の涸渇ではない。文芸の餘情を、感情のなかに揺曳せしめないのである。たとえて言えば、梵鐘の音はその餘音の嫋嫋たるを喜ぶのであるが、禅僧の文芸はその餘音を嫋嫋と曳くことはないのである。禅僧の偈頌と詩との差異もここに考えられよう。霊明沖虚の心のなかの鐘の音、それが禅僧の観念的世界なのである。こうは言うものの、この差異は詠詩者の心の状態に深く関わっていることであって、客観的に他者がそれを正確に弁別することは、あるいは不可能と言ってさえよいかも知れない」（九頁）とある。

また、当時にあって禅僧自らもまた、詩との対比の上において、偈頌とは何か、という問題構成を主題化した言説を残しているのだが、そのような言説が存在すること自体、その境界が必ずしも自明視されうるものではなかったことを明らかにしているのだとも言える。以下にその幾つかを摘記しておく。

まず、晩唐・斉己〔八六四？―九四三？〕「龍牙和尚偈頌序」（『禅門諸祖師偈頌』、『新纂続蔵経』六六、七二六頁下）は、曹洞宗の開祖、洞山良价〔八〇七―八六九〕の法嗣、龍牙居遁〔八三五―九二三〕の偈頌九五首に寄せた序である。

禅門所伝偈頌、自二十八祖、止於六祖、已降則亡厥、後諸方老宿亦多為之、蓋以吟暢玄旨也、非格外之学、莫将以名句擬議矣、洎咸通初、有新豊白崖二大師、所作多流散於禅林、雖体同於詩、厥旨非詩也、迷者見之而為撫掌乎、近有陸龍牙之門者、編集師偈、乞余序之、龍牙之嗣新豊也、凡託像寄妙必含大意、猶夫驪頷蚌胎烜耀波底、試捧翫味、但覚神慮澄蕩如遊寥廓、皆不若文字之状矣、且曰、魯仲尼与温伯雪子、揚眉瞬目、示其道、而何妨言語哉、

禅門に伝えられる偈頌は、西天（インド）二十八祖から、東土（中国）六祖に至って止《とど》まり、それ以降は欠失した。後の諸方老宿もまた多くこれを作ったが、（それは）玄旨を吟いあげるためのものであって、常格を破る仏学でなければ、名句であるかを議論すべくもない。咸通年間（八六〇―七三）の初めになって、新豊（洞山良价）・白崖（未詳）の二大師があり、その所作は多く禅林に流布した。ただ、その体《かたち》は詩と同じであるが、その旨《こころ》は詩ではない。（にもかかわらず、道に）迷《まよ》うような者はこれを見るや手を打って歓ぶだろう。近年、龍牙の門に陞《のぼ》る者があって、師の偈を編集し、私にその序を乞うた。龍牙は新豊の嗣法である。およそ像《かたち》に託して妙を寄せ、そこには必ず大意を含んでいる。（それはあたかも）驪龍《りりょう》の顎の下にある珠や、蚌《はまぐり》の孕む珠が深い水底を照らし耀かせるかのようであり、試みにとってよく味わってみると、ただ心が澄みきって蕩《のびや》かで、広大な地に遊ぶような感覚を覚《おぼ》える。いずれも文字の状《かたち》そのままではない。ところで、魯の仲尼（孔子）と温伯雪子《おんぱくせつし》とは、眉を揚げ目を瞬いて（何も言わず）、その道を示したと言うが（『荘子』田子方篇第二一）、それとて言葉を妨げたわけではないのである。

次いで、竺仙梵僊の見解である（『竺仙疑問』、『禅林象器箋』二一・偈頌）。

宗門偈頌、唯是発明仏祖大事、非達仏祖之知見、孰能為之、頌者誦也、称述也、美盛徳之形容、歌誦盛徳也、謂以偈言、称頌其事、以美其徳也、所謂游揚徳業、褒讃成功、是矣、而仏菩薩、正当宣揚之時、皆以宝音梵唄、演而為微妙清雅之韻、悠揚諷咏、優遊彬蔚、婉而成章、乃涵不尽深長之意、令人楽聞、今茲翻訳、莫能写之、唯掇其大意耳、是故経偈、亦無有押韻也、東土諸祖、始稍体之、是皆悟明通達、衝口而成、非仮造作、法滋既久、華竺両狎、人心転巧、機変迭出、遂寄調於風雅之音、播揚西来不伝而伝之意也、且詩者、止乎六義而已、宗門玄唱、

則有儼若、含於六義者、有超然於六義之表、而絶去世間翰墨畦逕之外、来不知蹤、去不知迹、非意可求、非情能測、若或体其所翻経偈之作、則逼似之、唯其達人、千変万化、所謂青出於藍、氷寒於水、而成亹亹者歟、

宗門の偈頌というのは、ただ仏祖の大事を徹見するものであって、仏祖の知見に到達せずして為し得るようなものではない。頌というのは誦《とな》えること、称《たた》え述べることであり、盛徳の形容を褒美し、盛徳を歌誦することである。偈言によって、その事を称《たた》え頌《うた》い、そしてその徳を美《ほ》めることを謂い、所謂「徳業を游揚《たたえひろ》め、功業を成し遂げたことを褒讃する」(『文選』序、『四部叢刊正編』九二、三頁下)というのがこれである。しかして、仏菩薩は、正に宣揚の時に当って、皆その宝音によって梵唄し、演《の》べて微妙清雅《みみょうせいが》の韻《リズム》を作る。悠揚《ゆったり》とした諷詠《うた》、優遊《ゆったり》とした文彩《あや》、婉《すなお》に篇章を作り上げて、尽きることのない深長の意《こころ》を涵《つつ》み、聞く人を楽しませる。今ここに翻訳されたものは、それを(そのまま)引き写すことはできないので、ただその大意を汲んでいるに過ぎない。したがって経典の偈には、また押韻は無かった。東土の諸祖に至って初めてやや韻を備えるようになったが、いずれも悟明通達して、口を衝《つ》いて成ったもので、装飾を仮りたものではない。(その後)仏法が世間に浸透するようになって随分が経ち、中華・天竺いずれの言葉にも狎《な》れてくると、人心もいよいよ巧みになってきて、機変もよく現れるようになってきた。そして遂に調《しらべ》を風雅の音に寄せ、祖師(達磨)が西方からやって来て伝えることなく伝えたその意《こころ》を播揚するようになったのである。ところで詩というものは、ただ六義に帰するものである。(しかして)宗門の玄唱は、厳かに六義を含むものもあるが、六義の外に超然としているものもある。そして完全に世間の翰墨の常規の外に去って、来るも蹤《あと》を残さず、去《ゆ》くも迹《あと》を残さず、意は求めようもなく、情は測りようもない。もしある人がその翻訳された経典の偈頌作品を体得すれば、これに類似してくるが、ただその達人となれば、変幻自在となり、所謂青は藍より出で、氷は水よりも冷たいようなもので、弛《たゆ》まず進むものとなるだろう。

次いで、夢巌祖応(?―一三七四)(無準師範―聖一円爾―潜渓処謙―夢巌)の論。南宋末期の詩僧、北礀居簡の詩集が日本で重刊された時の跋文の一部である(内閣文庫蔵『北礀詩集』跋。なお、『五山文学全集』所収の夢巌祖応『旱霖集』にも「跋重刊〔祇〕北礀詩後」として収録されるが、誤字がある)。

吾釈偈頌、拠彼之方有柢夜者焉、有伽陀者焉、昔人曰偈或偈佗、蓋梵音之訛略也、按梁僧史、羅什語恵睿曰、天

竺国俗甚重文製、其宮商体韻、以入絃為善、凡見仏覲王、詠歌功徳、経中偈頌皆其式也、但改梵為秦、失其藻蔚、伝訳大意以詔後世、有如嚼飯与人、非特失味、乃令嘔噦也、什輙製偈贈沙門法和曰、心山育明徳、流薫万由延、哀鸞孤桐上、清音満九天、此土之偈濫觴干此、自爾以降達磨対楊衒之作偈、以至汾陽雪竇、或古或律、偈頌独盛于吾門、向所謂情性之本、発為玄言寄唱、蓋詩律特其寓也耳、卿睦菴曰、詩而非詩乃此也、然悠悠後学不本宗猷、肆筆而成、全無羞愧、如蛾嵋鵶臭十倍隠之何其多耶、至若黄龍之由有没二字服其妙密則蓋寡矣、其末流甚者、聞云秋雲秋水共依依、則曰此詩也、聞云倒騎仏殿上天台、則曰此頌也、欲不笑而得乎、夫内無所得、語言惟貴、則雖咸池三百首、金薤千万篇、竟何補於吾道之万一耶、

吾が釈氏の偈頌は、インドの方言に拠れば祇夜《ぎや》（geya）とも言い、伽陀《かだ》（gāthā）とも言う。昔の人が偈《げ》と言い、或いは偈佗《げた》と言ったのは、梵《サンスクリット》語の発音の変化省略したものであろう。梁の僧史（慧皎『高僧伝』巻二・鳩摩羅什伝。『大正蔵』本とは字句に異同がある）を紐解くに、

鳩摩羅什（Kumārajīva〔三四四―四一三〕）が恵睿に語って言うには、『天竺《インド》の国の風俗は、非常に詩文の製作を重んずるもので、その音律は、韻《リズム》を備えて、絃に入るものをよしとした。仏陀と相見し、王に謁見するときには、その功徳を詠歌した。経典中の偈頌と言うのはいずれもその形式である。ただ梵《サンスクリット》語を翻訳して秦語としただけでは、その藻蔚《うつくしさ》が失われるので、大意を伝訳して、後世に残そうとしたのである。（それは言うならば）飯《めし》を嚼んで人に与えれば、ただ味がなくなるというだけではなく、それによって吐き気をもよおさせるようなものである（直訳すれば、その大意が失われるだけでなく、教えが歪むということ）』と。羅什はそこで偈を製し、沙門法和に贈って言った、

心山育明徳　流薫万由延　哀鸞孤桐上　清音満九天

漢土の偈は、ここに濫觴した。これ以降、菩提達摩（bodhidharma）が、楊衒之（『洛陽伽藍記』の著者）に対して偈を作り、そして汾陽善昭〔九四七―一〇二四〕・雪竇重顕〔九八〇―一〇五二〕に至るや、古《クラシック・スタイル》体も、律《モダン・スタイル》体もあるようになった。偈頌は吾が禅門にのみ盛んであるが、いわゆる情性《こころ》の根本から、声を発《だ》して深奥な言葉を歌に寄せたもので、詩の規律（形式）はただの寓《かりもの》に過ぎない。睦菴善卿（『祖庭事苑』の編者）が「詩であって詩ではない」と言ったのがこれである（未詳）。しかしながら、遙か後学は宗

猷に本づかず、筆を肆《ふる》って作り上げたものには、全く羞愧というものが無い。美人のワキガ臭さ（蛾嵋鴉臭）の、隠之（雪竇の字《あざな》）に十倍するようなものが、なんと多いことか。黄龍慧南〔一〇〇二―一〇六九〕が「有没」二字に由ってその妙密《こまやかさ》に服したようなものについては寡《まれ》である（『江湖風月集』巻末貞和二年天秀道人書に「若夫黄龍勘破婆子頌、因有没之字、見工拙云爾」とある。『禅学典籍叢刊』第一一巻、『江湖風月集略註』、一〇六頁上）。その末流の甚しい者は、「秋雲秋水共に依依たり」（秋雲と秋水が互いに惹かれあう）と云うのを聞けば、「これは詩だ」と曰う。「倒《さかしま》に仏殿に騎《の》り天台に上る」と云うのを聞けば、「これは頌《じゅ》だ」と曰う。笑わずにはいられまい。それは内心に所得が無く、ただ言葉を貴んでいるだけである。なれば、咸池《かんち》の三百首も、金薤《きんかい》の千万篇も、畢竟、吾が仏道にとっては万に一つも補《たすけ》にならないだろう。

夢巌も指摘するように、仏教の伝統は原的に詩的表現をその内に組織するものであった。サンスクリットの詩《うた》、「ガーター」（gāthā）は、仏の教説を述べ、仏徳を称えるための手段として経典中の随所に用いられているが、それが漢土に輸入されるに及び、「伽陀《かだ》」「偈陀《げだ》」等と音訳され、更に訛略されて「偈《げ》」と呼ばれ、そして意訳である「頌《じゅ》」とあわせて「偈頌《げじゅ》」と総称されるようになったとされる。なお、中村元『仏教語大辞典』に拠れば、偈は狭義には、前に散文（長行）の教説がなく、四句から成る、単独の韻文教説である孤起偈《こきげ》（gāthā）のことを言い、散文に続けてその内容を韻文によって説く、重頌偈《じゅうじゅげ》（geya、祇夜、応頌）とは区別される。原拠であるサンスクリット詩（gāthā）にもともと何種類かの詩型が存在したが、同辞典に拠れば、「十六音節（八音節一句を二句）二行よりなるシュローカ（śloka首盧迦などと音写）、二十二―二十四音節（十一―十二音節一句を二句）二行よりなるトリシュトゥブ（triṣṭubh）、音節を制限せず、八句（四短音量七句と一音節など）二行よりなるアーリヤー（āryā）など」があるとされる。漢訳されるに当たっては、当然のことながら、古典文言の詩型が要される。しかしながら、それらは大意の伝訳という優先事項の中で看過され、音律《リズム》・調子《トーン》の整序に及ぶことなく、多くは四字或いは五字の音数律を整えるのみの、韻を踏まない、無韻詩として構成されていた。それがその後、漢土において創作される段になると、漢字文学の伝統の脈絡の中から生まれた、所謂「漢詩」の形式に準じたものが生まれてくるのである。しかして、ここにおいて禅林に詩が生まれてくる契機が整えられることになったのである。

これらの中で指摘されていることは、詩に句法（音数律）・押韻・平仄（声律）といった規律‐禁則が生まれ、それが煩雑化してくる中で偈頌がそこから離脱していったという図式である。そして、三者に共通しているのは、形式に束縛されない自由さを持っているという点において偈頌の基本的特性を認めているという点である。実際、禅林初期における偈頌の多くは、古体の自由な規則に準じたものとなっている（鈴木哲雄「機と偈頌」〔『唐五代禅宗史』山喜房仏書林、一九八五・一一〕）。例えば、三祖僧璨〔?—六〇六〕撰『信心銘』の形式は、四言一四六句、換韻による古体詩である。しかしながら、彼らの実作は、唐・宋代に至ると、むしろ近体に接近してゆくようになったのである。このことはどう解すべきか。近体は、その禁則から、時に「千篇一律」（一本調子）などと揶揄されることもあるのだが、禅僧がこのような形式に従うということは、様式的な定型化を惹起することになりかねないものである。しかして、この古体か近体かという形式の議論は、世俗の潮流を巻き込みながら一種のジレンマとして南宋末期に顕在化してゆくこととなったのである。

ちなみに、かつて、拾得は詩中にこう述べていた。「我詩也是詩／有人喚作偈／詩偈総一般／読時須子細〔我が詩もまた是れ詩なるに／人有って喚《よ》んで偈となす／詩も偈も総《す》べて一般《おなじ》もの／読む時須《すべか》らく子細（留意）すべし〕」（訳は、入矢義高「中国の禅と詩」〔『講座　禅　第五巻　禅と文化』筑摩書房、一九六八・一〕）。

また、中巌円月〔一三〇〇—一三七五〕はこう述べている（『東海一漚集』四「文明軒雑談」下、『五山文学新集』四、四八四頁）。

今時禅和子、以頌詩為分別、以細巧婀柔者、謂之為詩、以粗強直条之語、名之為頌、且用仏祖言語、乃為頌、如蘇黄二公詩、為頌耶亦為詩也、

今の禅者は、頌《じゅ》と詩とを分けて考える。細巧婀柔《こまかくしなやか》であれば詩と言い、粗強直条《あらっぽくまっすぐ》な言葉であれば頌と名づけ、また仏祖の言葉を用いていれば、頌と見做す。ならば、蘇軾・黄庭堅二公のような詩は、頌であるのか、詩であるのか。

中巌はまた、この一段を前後して蘇黄の詩を引き、「これらの語は、禅林に流布する『江湖（風月）集』『菩薩蛮集』に載せたとして、誰が頌でないと言おうか」と述べ、俗人の詩とても禅旨を得ていれば、偈頌に通ずることを強調する。ちなみに当時、『菩薩蛮』と題する詩の選集があったことが、清拙正澄や竺仙梵僊の題跋によって知られるが、今は逸して伝わらない。その名称は、楽府詞の「菩薩蛮」から取ったものであるが、清拙は題跋中にそのことに

対する不満を漏らしている。なお、宋・呉曾『能改斎漫録』巻一七には、江西詩派の一人で、癩可と呼ばれた詩僧、正平祖可の菩薩蛮詞が世に称賛されていたことが記されている（『景印文淵閣四庫全書』第八五〇冊、八二六頁上—下）。また、玉村竹二「教団史的に見たる宋元禅林の成立」（『日本禅宗史論集 下之二』思文閣出版、一九八一・一、二二三頁以下）には、同題の類似書があったらしいことも記されている。

以上では、中巌は少なくとも文字・表現という水準においては両者が弁別不可能であることを告げているのだが、『禅林象器箋』二一・偈頌もまた、上記夢巌の偈頌論を引用しつつ詩と偈頌の弁別の問題に言及し、「知る可し、頌と詩との辨は、意旨に在りて言語に在らざることを」と結んでいる。また、さらに降って、大徳寺六一世天琢宗球による『抄本江湖風月集』（明応七年）には（上村観光『禅林文芸史譚』〔大鐙閣、一九一九・九〕より転載）、「今皆頌トイヘバ、目口ヲハタケテ、ヲソロシサウニツクラウト思フ、是ハ大ニイワレサルコト也、詩コソ頌ヨ、頌コソ詩ヨ、風賦比興雅頌ヨリ出ヅ、語ハ皆ヲナジコトゾ、大灯（筆者注、宗峰妙超）云、柳緑花紅トツクリタリトモ、明眼ノ者ツクリタラバ頌ヂャ、八角磨盤空裡走ト作リタトモ不明眼ノ者ツクリタラバ頌デハアルマイ、サル程ニ頌ヲ作ルコト大事也」とある。

如上、畢竟するに詩と偈頌とを分けるものは、その言語（形式）の問題ではなく、一見して詩と判ぜられるようなものであっても、その意旨《こころ》が禅に通じていれば、偈頌だということになるし、逆に仏教語・禅語を用いているような、いかにも偈頌という詩も、不明眼の者がこれを作れば偈頌ではないということになる。しかして、詩か偈頌かという問題は、詩を作る主体の問題であると結論されるのである。このように禅僧自身によって詩と偈頌とを分かつ基準がどこにあるのかという問いが立てられているということ自体が、その境界が原的に不明瞭であることを示してもいるのだが、その根拠が「意旨」にあるということであれば、実際上、外形的特徴から両者を弁別することは確かに不可能であるに違いないだろう。

（7）ただし本章は、古林清茂及び金剛幢下を「五山文学の母体」とする見解の当否を問題にしているわけではない。「母体」或いは「起源」などは、パースペクティヴに応じてどうとでも言いうるからである。「五山文学の母体」というべき自律的カテゴリーがあるのかどうかはわからないが、仮にあるのだとしても、それは人ではない。また、人の集合でもない。そのような人々が組み込まれている場自体、そのようの人の口をのっとることによって場を書き換えてゆくような言説の配置と移動が問題になるだろう。

（8）言語学的に固有名はそれ自体に共有される固有の意味を欠いており、そもそもいかなる公共的意味も持っていない、とされている。換言すれば、固有名は、毛細血管状に張りめぐらされた意味の網の目の中にあっては、まさしく存在の空白地帯、意味の欠如態、ゼロ記号、無意味な音の連鎖である。それが線系のコードの中に持ち込まれたとき、コードへの浸透が促され、その意味を問う作業が開始される（意味の欠如状態を埋めようとする作用が働く）。それは既成の概念との関係化＝語られるという行為を通して実践されるが、その場合、自由にどのような意味が割り当てられてもよいわけではなく、既成的に「公共化」された他の辞項（意味）との相関性——統辞関係・範列関係——の中でその再帰点は一定の規則性を帯びるように仕掛けられている。そうして固有名は、それが語られる＝ネットワークの中に埋め込まれることによって閉じてゆくことになる。ここで注意したいのは、名前がかえりみるに値しないということではなく、それが「空虚な形式」であることによって無際限に意味を再配分してゆくような機構をともなっているということである。

（9）『新纂続蔵経』七一所収。また、同書は私算では総計三三八首の偈頌を収録する（竺仙の「刊古林和尚拾遺偈頌緒」には「二百九十四首」＋「三十九首」＋「五首」とある）。これらは、椿庭海寿が収集したものであるとされる。康永四年（一三四五）の刊行で、「助縁檀越」として、太上法皇〔花園法皇〕・前権大納言藤原氏忠〔大炊御門氏忠〕・権中納言源重資〔庭田重資〕・参議藤原基隆〔園基隆〕・如来蔵院殿・従二位藤原蔭子・院一条・典侍源重子の名が列挙されている。なお、これが古林という辞項によって束ねられるテクストの総てではないことは、その中に「休居来雲岩、偈債有千万、年頭至年尾、迅筆写不辨」（「送允維那帰四明」、二七一頁上）、「詩成已千首」（「次韓知事韻」、二七七頁下）などとあることによって推される。また、古林には「擬寒山詩」三百首があったと「古林和尚行実」は伝える。

（10）『大慧宗門武庫』巻上（『大正蔵』四七、九四六頁上）、『夢窓国師語録』「西山夜話」（『大正蔵』八〇、四九五頁中—下）、同「末後垂誡」（同上、五〇五頁中）、『夢中問答集』下（講談社学術文庫、二一三頁）など。

（11）「南堂説法、或誦貫休山居詩、或歌柳耆卿詞、謂之不是禅可乎」（『蔵叟摘藁』巻下「跋慶雲谷語録」）。

（12）ただし、この問題は、南宋という時空間における詩をめぐる言説構造全体の中で考えておかなければならない。その点については、調査した範囲で明らかになったことを〔補論〕として概述しておいたので併せて参照されたい。

(13) 拙を自然性と結びつけるような言説は、既に宋代詩論の中に現れている。『鶴林玉露』人集巻三「作詩必以巧進、以拙成、故作字惟拙筆最難、作詩惟拙句最難、至於拙、則渾然天全、工巧不足言矣」（『宋元人説部叢書』上冊、中文出版社、四二七頁上）。

(14) 新大系本脚注によると、「マワイタ」は「マワシタ」の音便形。「マワスは工夫をこらすの意」であるという。

(15) そもそも禅の探求は語法の桎梏からいかに解放されるかという問いの中に実践の配置を求めるものであったが、詩学の伝統においても、「拙」という概念は「人為のない自然な状態を表す語」であると考えられていた（武井満幹「陶淵明「守拙」考」『岡村貞雄博士古稀記念中国学論集』白帝社、一九九九・八）。

(16) 『竺仙疑問』（『禅林象器箋』二一・偈頌）。

(17) 註(6)参照。

(18) なお、『禅林象器箋』二一・偈頌に引用される、『竺仙疑問』の一節に、「至於景定咸淳之間、所謂大道衰、変風変雅之作、於是雕蟲篆刻競之、倣効晩唐詩人小巧声韻」とあり、この前後の文章とあわせて注意される。

(19) また、明極楚俊の語録には、南宋末期・元初期の文章の大家、牟応龍《ぼうおうりょう》（一二四七―一三二四）、字伯成（成甫）、号隆山より寄せられた序文が掲載されているが、その中にも次のような言葉が見える。「景定咸淳来、僧之以語録行多矣、往々喜為新奇、以追時好、不知、愈新愈奇、玄古愈遠、今是書皆実際語、不務夸毘殊得古尊宿遺意」（史料編纂所蔵本『明極和尚語録』）。なお、牟応龍は、咸淳七年（一二七一）の進士である。この時の科挙の方針が、「古意」の復興であったことは、元・劉壎『隠居通議』巻三一に『咸淳七年同年小録』と標題される小冊子の内容が抄録され（『叢書集成新編』八、四七〇頁下）、その「咸淳七年省試戒飭考試官御札」の文中に、「近年、士風盛んなれども古意衰う。習は浮華を競い、辞は体要に昧《くら》し。真材は以て勝《あ》ぐるに足らず、謏聞雷同して、反りて敝帚（身の程を知らずに誇ること）するを以て倖出するを得るのみ。朕甚だ之れを非とす」（近年士風盛而古意衰、習競浮華、辞昧体要、真材不足以勝、謏聞雷同、反得以敝帚倖出、朕甚非之）とあることにより察せられる。ちなみに、この時の知貢挙（科挙の最高責任者）は、方逢辰（字君錫、号蛟峰、厳州の人）（一二二一―一二九一）と陳宜中（字与権、永嘉の人）であったが、方逢辰は私塾「石峡書院」を開いた際に、侍読を務めていた度宗から御書扁額を下賜されており、その御書には「近く進士一科の文章は盛んなれども、古意衰う。卿 儒碩たるを以て家塾を剏き、程朱の学を以て、其の徒を淑す。朕甚だ之れを嘉ぶ」（近進士一科文章盛、而古意衰、卿以儒碩瓛家塾、以程朱之学、淑其徒、朕甚嘉之」（文及翁「故侍読尚書方公墓誌銘」『蛟峰外集』巻三、『景印文淵閣四庫全書』第一一八七冊、六一五頁下）とあったと伝えられる。これより、咸淳七年の科挙の方針が程朱学に基づく方逢辰の意を汲むものであったことが推察されるのだが、その立場から見ると、近年の科挙が「古意衰」えて「浮華」に流れるものであったというのである。なお、応龍は元に至って仕えなかった。

(20)「醇《モツハラ》は純の心也」（『蕉窓夜話』）、『続群書類従』第三三輯下、五五九頁）。

(21) 虎関師錬『済北集』巻一一・詩話、『五山文学全集』一、一八一頁、同巻一二・清言、一九五頁など。

(22)『東海一漚集』四「文明軒雑談」下（『五山文学新集』四、四八四頁）。

(23) 実は、『山菴雑録』上（『新纂続蔵経』八七、一一七頁下）に拠ると、古林もまた一時期、禅林の中で低評価に甘んじていたらしい、ということが明らかとなる。「古林和尚、保寧に住す。道望隆重なれども、当時大師の位に拠る者、之れを忌み、大方席を虚にする処有ると雖も、肯えて之れを挙すること鮮《すくな》し。天童雲臥死し、袁文清公（袁桷）、時に翰林に在りて特に書を以て明州万寿荘雪崖に抵して云く、『古林翁、曩《さき》に虎丘に在りて一識す。機鋒峭峻、議論氷雪、頽風を扶激す可きに足る。今、天童席を虚にす。雪崖宜しく之れを一挙すべし。桷は俗子と雖も、深く為めに扼腕せり』と。是れに由りて遴選の数に与《くみ》するを得るも中《あた》るに及ばず。惜しいかな」（古林和尚、住保寧、道望隆重、当時拠大師位者忌之、雖大方有虚席処、鮮肯挙之、天童雲臥死、袁文清公、時在翰林、特以書抵明州万寿荘雪崖云、古林翁曩在虎丘一識、機鋒峭峻、議論氷雪、足可扶激頽風、今天童虚席、雪崖宜一挙之、桷雖俗子、深為扼腕、由是得与遴選之数、而又不及中、惜哉）。

(24) だが、玉村においては、「横川如珙は当時禅林第一の文豪で、文藻に豊かな人」として簡潔に記される程度であったに過ぎない（『臨済宗史』、一六三頁）。

(25)「五山諸僧文雅ノ権ヲトリテヨリ、コト〴〵ク宋元ノ詩ヲ学ビシヨリ、詩道地ヲ払テ、ソノ詩ヲヨムニ何ヤラスマヌ語ドモニナリタリ、コ、ニテ詩ガヤミタルナリ」（滕太冲〔畑中盛雄〕『太冲詩規』、『日本詩話叢書』第九巻、四七頁）。

(26) また、「其の文を読めば、宗密の未だ其の伯仲たるを知らず、其の詩を誦せば、参寥・覚範を合して一〔碉〕人と為すも能く当たらざるなり」（読其文、宗密未知其伯仲、誦其詩、合参寥覚範為一人不能当也）（張自明「北澗文稾叙」、内閣文庫蔵『北磵文集』巻頭。作者の張自明は、字誠子、号丹瑕。盱江の人。嘉定元年進士。道学系の学者）と高くその文才を評価される北磵居簡にしても、「拙庵以拙為人、人所共用、唯北磵向巧拙不及処」（『北磵和尚語録』石渓心月序）、「北磵和尚、自是甘露滅、舟峰庵、秀紫芝之流亜、見仏照師祖後、巧尽拙出」（同上、大川普済序）などと「拙」と相関化されて語られているのである。

北磵について、以下簡単にその略状を記せば、北磵居簡（一一六四―一二四六）。字は敬叟、名は居簡。「北磵」の称は、彼が壮年時代の一時期、十年に亘って臨安府（杭州）郊外にある飛来峰の「北磵《きたのたに》」に庵居していたことから、叢林がそれを以て号称したことに拠る。

北磵の履歴については、その法嗣、物初大観撰述の行状（『物初賸語』に収録されているほか、『北磵和尚語録』にも巻末に附されている）が最も詳細である。以下、それに従って略歴を記しておく。出身は、蜀の潼川（現、四川省）。儒家の家に生まれた。郷里にある広福院の円澄に入門して二一歳の時に剃髪した。その後、江南に遊学して、臨安府径山の別峰宝印・塗毒智策に参じて黙究し、一日、『卍庵道顔語録』を読んで省悟するところがあったという。そして、育王の拙庵徳光の門下に入って数々の名衲と共に参究を重ねた。その後、十数年を経て、嘉泰三年（一二〇三）、台州（浙江省）般若院に出世した。時に四〇歳。後、台州報恩光孝寺に遷ったが、退院して霊隠の第一座に就いた。その頃、銭厚（字徳載、号竹巌）・葉適（字正則、号水心）などの名士とも交際し、真徳秀（字景元・希元、号西山）に廬山東林寺の住持に要請されたが、病気を理由に辞退し、以後、十年間飛来峰に閑居する。その後は、湖州鉄観音寺、湖州西余大覚寺、安吉州円覚寺、寧国府彰教寺、常州顕慶寺、常州碧雲崇明寺、平江府常熟県慧日寺、道場山護聖万歳院、といった小院に歴住した後、浄慈寺住持に陞るに至った。また霊隠にも招請されたが辞退し、同じく蜀出身の後輩、痴絶道冲を推挙してこれに代えた。淳祐六年（一二四六）寂、年八三。

さて、その著作には、『北磵文集』一〇巻、『北磵詩集』九巻、『北磵外集』一巻、そして『北磵和尚語録』一巻（『新纂続蔵経』六九）があり、南宋禅林においては、作品の分量が最も多い部類に入る。勿論、先に述べた淮海と同様、一介の文筆僧と言うべきものではなく、その文才は、「参寥道潜と覚範慧洪を合わせて一人にしたとしても当たらない」（前掲）と言われる程に高く評価され、当代叢林随一の文豪と評し得るほどの人物であった。ちなみに、北磵の作品集は、日本でも夙くに輸入されていたらしく、「普門院経論章疏語録儒書等目録」（上村観光『禅林文藝史譚』大鐙閣、一九一九・九、収載）に、『北磵文集』一部六冊、一部四冊、『北磵外集』一冊が列挙されており、また、虎関師錬の『禅儀外文集』にもその幾つかの疏篇が採録されていて、日本の禅林にも広く享受されていたことが確かめられる。更にその後、古巌周峨（夢窓疎石法嗣）、その法嗣、幹翁周楨によって応安七年（一三七四）に公刊され、日本の禅林にも多くの読者を抱えることとなった。

しかして、その詩名を介した交際は、禅林の外部にも及び、江湖詩人の集中にその名が散見される他、北磵自身の作中にも、政治官僚、或いは江湖の詩人との交際の足跡が遺されていて、一般社会との接触の機会を多く持っていたことが確認される。道津綾乃「『北磵集』に見られる楼鑰の文化的影響に関する一考察」（『宗学研究』三九、一九九七・三）においても論及されている通りである。その他、江湖詩人との交流については、許棐『梅屋詩稿』（『江湖小集』巻七五）に「贈北磵」が、徐集孫『竹所吟稿』（『江湖小集』巻一六）に「挽北磵」が、周弼（『江湖後集』巻一）に「将適毗陵道中遇居簡上人」があるほか、王諶（『江湖後集』巻一三）の「為簡上人賦古色軒」や、劉翼『心游摘稿』（『江湖小集』巻三〇）の「題簡上人西亭詩文後」も、或いは北磵を指している可能性もある。とりわけ注意されるのは、趙師秀をはじめとして、永嘉四霊と懇意な間柄であったことである（北磵の作中にしばしば名が見える）。その点、北磵の人的環境は、淮海元肇のそれと似ているのだが、北磵もまた淮海と同じく葉適からその詩を推奨されているのである（淮海と葉適の関係については後述、註(27)参照）。「行状」に拠れば、開禧（一二〇五―〇七）頃のことになるかと推されるが（その時期について、「奉酬光孝堂頭禅師」という記述から、椎名宏雄「北磵と物初の著作に関する書誌的考察」（『駒沢大学仏教学部研究紀要』四六、一九八八・三）は、それを北磵の浄慈報恩光孝禅寺在住期間中と見て、宝慶二年（一二二六）から紹定二年（一二二九）までの三年間とするが、その時期には既に葉適は没している。恐らく、北磵の台州報恩光孝寺在住時におけるものではないかと思われる。その正確な時期はわからないが、「行状」の記述からすれば、開禧頃のことかと推される）、温州雁蕩に遊んだ際、葉適に重んぜられ、詩を贈られたという。葉適『水心先生文集』巻八「奉酬般若長老」題で収録。また、『北磵詩集』（内閣文庫蔵本）にも序として附載されている（〔補論〕七三三頁参照）。

(27) 以下、淮海の足跡を記す。淮海には『淮海和尚語録』一巻（『新纂続蔵経』六九）とは別に、詩集として『淮海挐《わいかいな》音《おん》』二巻が、文集として『淮海外集』二巻がある（以下、『挐音』の引用は、内閣文庫蔵元禄八年刊本。『外集』の引用は、国会図書館蔵宝永七年刊本）。その経歴は、物初大観撰述の「淮海禅師行状」（内閣文庫蔵刊本『物初賸語』巻二四）に詳しく、以下に述べる住持歴などはこれに随うものである。

淮海は、通州（江蘇省）静海の人。俗姓は潘氏。淳熙一六年（一一八九）の生まれである。幼年に利和寺の妙観に従って出家し、一九歳の時、剃髪受具して、径山の浙翁如琰《せっとうにょえん》に参じて、書記を勤めた。その後、二十餘年の修行期間を経て、紹定六年（一二三三）一〇月、四五歳の時、郷里の通州光孝寺に出世した。その時、浙翁の為に香を焚き、その嗣法であることを表明している。

その後、淮海は十ヶ寺の住持を務めることになるが、以下はその住持歴（各住持期間）／招請者の一覧である（五山の住持期間については、『外集』巻下「祭仏心禅師」に記述がある）。

①通州（江蘇）報恩光孝寺（四年）／郡侯杜公霆
②平江（江蘇）府双塔寿寧万歳寺（九年）／浙西倉使趙少卿崇暉
③【甲刹】建康府（江蘇）清涼広恵寺（一年）／矩〔粲〕堂董丞相
④台州（浙江）天台万年報恩光孝寺（六年）／荊渓呉大監子良
　＊聖旨を奉じて方広寺にて説法（『語録』、趙汝回「淮海拏音序」）
　　↓帰郷
　＊輦院高公容が庵に招く
⑤【十刹】平江府（江蘇）万寿報恩光孝寺（六年）／発運余侍郎晦
⑥【十刹】温州永嘉（浙江）江心龍翔興慶寺（一年）／恕斎印侍郎応雷
　　↓帰郷
　＊郡侯程公沐・節斎陳公昉・趙帥参希逸が招請するも辞退
〈再住〉台州（浙江）天台万年報恩光孝寺（実際に住院したかは不明）／府帥□〔雲〕巌供〔洪〕侍郎壽〔燾〕
⑦【五山】明州（浙江）育王寺（景定二年＝一二六一年四月〜三年）
⑧【五山】臨安府（浙江）浄慈寺（同四年＝一二六三年七月〜一年未満）
⑨【五山】臨安府（浙江）霊隠寺兼浄慈寺（〜冬至、数ヶ月）

⑩【五山】臨安府（浙江）径山寺（同五年＝一二六四年正月〜）

以上、淮海の活動圏は、故郷の江蘇南部（揚子江南部地域）から浙江地域に限られていることが分かる。この中では、五山を除けば、④台州天台万年寺、⑥温州江心寺が故郷から離れた所に位置するが、⑥の招請者である印応雷は淮海と同郷の通州の人であり、当時、温州知事の職にあった。④の招請者、呉子良は、台州臨海の出身。淮海と呉子良の関係は、『挐音』に「寄呉荊渓大監」「呉荊渓大監」などの作があることによっても窺われる。また、呉子良が葉適の参徒であることを想起するならば（〔補論〕参照）、その契機は、淮海と葉適の次のような関係に求めることもできるだろう。

物初撰「淮海禅師行状」には、淮海が葉適に詩をもって謁見し、その賞賛を受けたという事実が特記されており、その反響の様子が次のように記されている。

後名勝縉紳見公、率曰、此水心先生所賓接者也、

その後、名士の先生は公（淮海）に相見すると、大抵言うのである、「これが水心先生（葉適）が賓客としてもてなした者だな」と。

淮海が葉適の推奨を受けたことで、禅林の外部にまでその名が知られることになったというのである。ちなみに、淮海が葉適に呈上した詩というのがこれである（『淮海挐音』巻下・七言。なお、葉適の集中には、その返詩かどうかは定かではないが、『水心文集』巻八に「贈通川詩僧肇書記」と題する淮海への贈詩がある）。

上水心先生三首　幷序　　水心先生に上《たてまつ》る三首幷《なら》びに序

文暢南遊必請縉紳先生永歌其志、故韓柳喜序其行、某来淮才非暢比、侍郎今韓柳也、援為近体贄門墻、予之潔幸也、

文暢 南遊して縉紳先生に必請して其の志を永歌す。故に韓（愈）・柳（宗元）喜びて其の行に序す。某《それがし》 淮より来りて才は暢が比に非ざれども、侍郎は今の韓・柳なり。援《ひ》いて近体を為し、門墻に贄《ささ》ぐ。予が潔幸なり。

〔一〕

文字滔滔江漢東　早従伊洛定宗風　　文字滔滔《とうとう》として江漢東す　早く伊洛に従いて宗風を定む

中興之後数人物　北斗以南唯此公
聞道治平猶草奏　向来持論不和戎
匪伊再入修門去　只有孤忠与昔同

中興の後　人物を数うれば　北斗以南に唯だ此の公のみ
聞道《きくなら》く治平猶お奏を草し　向来の持論　戎と和せずと
伊れ再び修門に入り去るには匪ず　只だ孤忠の昔と同《とも》に有るのみ

〔二〕

華髪蕭騒減帯囲　可勝憂国更傷時
楽天名位微堪酒　霊運池塘不廃詩
架上牙籤焼燭短　窓間花影転春遅
天教惜取如椽筆　要勒磨崖大字碑

華髪《かはつ》　蕭騒《しょうそう》として帯囲《たいい》を減《げん》ず　国を憂いて更に時を傷《いた》むに勝《た》う可《べ》けんや
楽天が名位　微《すこ》しく酒に堪えたり　霊運が池塘　詩を廃せず
架上の牙籤《がせん》　燭を焼きて短かく　窓間の花影　春を転ずること遅し
天　椽《たるき》の如くなる筆を惜取せしめ　磨崖大字の碑を勒せしめんことを要す

〔三〕

十年缾鉢走天涯　四海声名一永嘉
不趁新霜嘗橘柚　了無帰夢到蒹葭
江頭来往春強半　門外推敲月又斜
換骨奪胎如得妙　願従勾漏問丹砂

十年缾鉢《へいはつ》をもて天涯《てんがい》に走る　四海の声名　一永嘉
新霜を趁て橘柚を嘗めず　了に帰夢の蒹葭に到ること無し
江頭を来往して　春も強く半ば　門外に推敲して　月も又た斜めなり
換骨奪胎　如し妙を得れば　願わくは勾漏に従いて丹砂を問わん

【語釈】○滔滔　大きな流れのさま。〔『詩経』小雅・四月〕滔滔江漢、南国之紀。○江漢　江水（揚子江）と漢水。古来より「江漢、海に朝宗す」（『書経』禹貢）と言い、諸侯が朝廟に宗することに譬えられる。ここでは文士が永嘉の葉適を尊崇していることを表す。○伊洛　二程（程明道・程伊川）の学問の系統を指す。葉適が伊川の学統を継承しているとの認識。○北斗以南　天下第一の人物を評して「北斗《ほくと》以《い》南一人而已《なんいちにんのみ》」（『新唐書』巻一一五・狄仁傑伝）という。またここでは宋の中興以後、すなわち南宋におけるものを意味する。○孤忠　人の助けなく、一人で忠義を尽くすこと。○華髪　白髪。○蕭騒　もの淋しいさま。○帯囲　おびまわり。「帯囲を減ず」は痩せ細ること。○楽天　白居易。○霊運　謝霊運。○牙籤　象牙で作った書籍の標題の札。分類の見分けに用いる。○椽　たるき。椽のような大きな筆（堂々たる文章）。磨崖大字碑＝元結撰「大唐中興頌」を顔真卿が書し、自然岩に彫りつけた。自らを顔真卿に、葉適を元結に比す。つまり大宋中興。○缾鉢　瓶鉢。僧の食器。○天涯　天のはて。○橘柚　みかん。○帰夢　帰郷を夢見る。またその夢。○江頭　川のほとり。○強半　大半。半分以上。大過。○換骨奪胎　江西詩派の修辞技法。換骨法と奪胎法。○勾漏　広西北流県東北に在る山。『晋書』葛洪伝「以年老、欲錬丹以祈遐寿、聞交阯出丹、求為勾漏令」。杜甫・為衣「遠慚勾漏令、不得問丹砂」。○丹砂　丹沙。方術士がこれを焼いて黄金を作る。点鉄成金のこと。

第一首は、一東韻。第二首は、五微韻。第三首は、六麻韻。これらの詩は、葉適の没年より考えると、淮海の二十代か、或いは三〇歳を前後する時期のものと推定される。

この詩によって、淮海の名は詩壇に瞬く間に広まった。その様子を、蔵叟善珍〔一一九四―一二七七〕はこう述べている（『蔵叟摘藁』〔内閣文庫蔵刊本〕題跋「跋淮海塔書軸後」）。

淮海少年時、嘗贄詩謁水心先生、先生和其詩、由是叢林雖不識者亦称肇淮海、毎得句必対我朗誦、以首触予懐、涎沫噴予面、不顧也、……水心文章鉅公、禅非其所学、或謂見水心有所得、此語得之烏有先生耶、抑亡是公也、

淮海少年の時、嘗て詩を贄として水心先生に謁し、先生其の詩に和す。是れに由りて、叢林識らざる者と雖も亦た肇淮海を称え、句を得る毎《ごと》に必ず我に対して朗誦し、首《くび》を以て予が懐《ふところ》に触れ、涎沫《つば》して予が面《おもて》に噴《ふ》くも顧ず。……水心は文章の鉅公なれども、禅は其の学ぶ所に非ず。或《も》し水心に見《まみ》えて所得有りと謂わば、此の語、之れを烏有《うゆう》先生に得たるか。抑も亡是公《むぜこう》ならんか。

「烏有先生」「亡是公」は、漢・司馬相如〔前一七九―前一一七〕「子虚賦」「上林賦」において対論する虚構の人物である。蔵叟が軽妙な筆致で諷刺するのは、淮海その人ではなく、葉適の称賛を受けた者という淮海の肩書きを持ち上げて、その詩句を称賛する当世の詩壇である。

また、北礀居簡による『淮海挐音』（内閣文庫蔵本）巻頭附載の序にも似たような状況が語られている。

居簡頓首上状肇兄書記、久聞声称諸友間、亦復欲一会面、自青龍帰、諸友出新詩、既又得巨軸、読之不忍置、浅陋又老退、何以得於兄者如此、苐日以尉昏花外、只曰応是我輩語、餘不敢下針錐処、

居簡頓首して肇兄書記に上状す。久しく声称を諸友の間に聞く。亦復《また》一たび会面せんと欲し、青龍自り帰る。諸友、新詩を出し、既に又た巨軸を得る。之れを読みて置くに忍びず、浅陋にして又た老退、何を以てか兄に得る者の此くの如くなるか。苐《ただ》日に以て昏花（目がかすんで目の前に斑点がちらつくこと）を尉《なぐさ》むる外は、只だ「応に是れ我が輩《ともがら》の語なるべし」と曰うのみ。餘は敢えて針錐（はりときり）を下す処ならず。

ところで、『淮海挐音』には総計三八四篇の詩が収録されているが、その詩体の内訳を調べてみると、古体二二、五律一七二、七律八七、七絶九七、五絶六となっていて、圧倒的に近体詩が多く、そのうち、五言律詩が全体の約四五％と最も多いのが特徴的である。この点、その詩作傾向が、江湖詩人の関心に応ずるものとなっていたことが分かる。

さて、永嘉の詩人、趙汝回（字幾道。太宗八世の孫。本籍は浚儀。嘉定七年の進士。官は主管進奏院に至る）が、『淮海挐音』に序を寄せて次のように述べていることに注目してみよう。

唐無本師詩最工、宜伝。使不遇昌黎伝不伝要未可知也。予之同庚友曰淮海師。其未游永嘉時、人固知有淮海、及見水心詩声遂大震。夫山林枯槁之士吟弄風月、本非求名。一遭名公称賞、雖逃名、名随之矣。

唐の無本師（賈島）の詩は最も巧みであり、伝承すべきものである。（しかし）もし昌黎（韓愈）に遇っていなかったら、（今日に）伝わっていたかどうかも分からないだろう。私の同齢の友人に淮海師がある。彼がまだ永嘉に遊学していなかった頃は、人はただ淮海という人物があるのを知っていただけであったが、水心に謁するに及んで、その詩人としての名声は大いに鳴り響くことになった。山林枯槁の士というのは、風月を吟弄しても、もとより名声を求めるものではないが、ひとたび名だたる人物の称賛を受ければ、名声を逃れたとしても、それは追ってくるものである。

葉適と淮海の関係を、賈島と韓愈に比して、その詩人としての名声を獲得する契機と見ている。それは淮海自身も強く意識するところであって、葉適に献呈した詩序に、詩僧文暢の名を出し、葉適を韓愈・柳宗元に比している。このような、詩僧の名が文章の大家の称賛によって高められるという理解は当時に一般的なものであった。例えば、無文道璨は、「跋参寥蘿月墨跡」（『無文印』巻一〇）の中で「参寥（道潜）は字を作るに、蘇長公（蘇軾）が用筆の意を得る。而れども詩は絶えて類せず。蘿月（曇瑩）後れて数十年にして乃ち出づ。字と詩とは、参寥を視るに未だ多くを譲らず。惜しいかな、慶暦の時に出でず。長公に証されざるのみ」〔参寥作字、得蘇長公用筆意、而詩絶不類、蘿月後数十年乃出、字与詩、視参寥、未多譲、惜不出於慶暦之時、不見証於長公耳〕と述べ、元・王惲『秋澗先生大全文集』巻四三「雪堂上人集類諸名公雅製序」に、「昔文暢・参寥子、昌黎・東坡の名徳を愛仰し、……時と倶に新たに人口に膾炙す。是れに由りて、後世、二僧の名有るを知る」〔昔文暢参寥子、愛仰昌黎東坡名徳、……与時倶新膾炙人口、由是、後世知有二僧之名」とある如くである（『四部叢刊正編』六六、四三七頁上）。

しかして、淳祐一二年（一二五二）、江湖の詩人にして、『三体詩』の編者である、周弼は、『淮海拏音』に寄序してこう述べている。

九僧当唐律未変之時、与逍遙仲先輩、並駕而馳、及選而成集者、又楊次公也、故能為皇宋三百年僧詩之冠、葉龍泉首欲挽回唐詩之脉、淮海適遊江心、遂承奨借、既与四霊接迹継踵而詩成巨編、為□東閣、愛賞者居其太半、較之九僧、彼此一時曾何多遜、故其為詩発興高遠皆自天資流出不拘束於対偶声病、当其得意、掀衣頓足指画誦説、自成一家風韻、況自崇以詩名首于九僧、誰僧之中今有肇焉、尤非他人之所能及也、

九僧、唐律未だ変ぜざる時に当りて、逍遙（潘閬、？—一〇〇九）・仲先（魏野、九六〇—一〇一九）が輩と与に、駕を並べて馳《か》くる。選じて集を成すに及ぶは、又た楊次公なり。故に能く皇宋三百年僧詩の冠と為る。葉龍泉（適）首《はじ》めて唐詩の脉を挽回せんと欲す。淮海適《たま》たま江心（温州永嘉江心寺）に遊び、遂に奨借を承く。既にして四霊と与に迹《あと》を接《つ》ぎ、踵《きびす》を継《つ》いで詩は巨編を成す。□東閣（趙汝回）の為に、愛賞せらるる者其の太半に居す。之れを九僧に較ぶるに、彼此一時曾て何ぞ多く遜《ゆず》ることあらん。故に其の詩を為《つく》るや、発興高遠にして皆な天資自《よ》り流出して対偶声病に拘束せず。其の意を得るに当りては、衣を掀《まくしあ》げ足を頓《とど》めて指画誦説す。自から一家の風韻を成す。況んや崇（慧崇。九僧の一）が詩名を以て九僧に首《はじめ》たりし自り、誰《た》が僧の中に今の肇有るや。尤も他人の能く及ぶ所に非ざるなり。

ここでも同様に淮海と九僧とが比較されている。九僧とは、宋初に活躍した九人の詩僧、淮南の恵崇、剣南の希昼、金華の保暹、南越の文兆、天台の行肇、汝州の簡長、青城の維鳳、江東の宇昭、峨眉の懐古のことである（吉广輿「宋初九僧事迹探求」『中国禅学』一、二〇〇二・六、参照）。その作を選集したという楊次公は、楊傑〔九八〇—一〇四八〕（字次公）或いは楊傑〔嘉祐四年（一〇五九）の進士〕（字次公）の二人の候補があり、いずれか判じえないが、その選集によって九僧の名も高まったとする。九僧については今日ではむしろ、欧陽修〔一〇〇七—一〇七二〕が晩年、汝陰に隠居した際に編んだ『六一詩話』に「国朝浮図、世に詩名を以てする者九人、故に時に集有りて九僧詩と号す。今に復た伝わらず」〔国朝浮図、以詩名於世者九人、故時有集号九僧詩、今不復伝矣〕（『景印文淵閣四庫全書』第一四七八冊、二四九頁下）とあるのを以て知られる。

淮海の詩を評する中で、趙汝回が賈島の名を出し、周弼が九僧の名を出したことには意味がある。賈島は、江湖の詩人が学習の対象とした詩人であり、九僧は、晩唐体の継承者として江湖の詩人が注目した諸人であって、陳起編『南宋群賢小集』には、九僧以下の宋僧の詩の選集『増広聖宋高僧詩選前集』『後集』『続集』が収録されている。ただ、方回の「嘉定而降、稍厭江西、永嘉四霊、復為九僧旧晩唐体、非始於此四人也、後生晩進、不知顛末、靡然宗之、渉其波而不究其源、日浅日下」（『桐江続集』巻三二「送羅寿可詩序」、『景印文淵閣四庫全書』第一一九三冊、六六二頁下）という発言に拠れば、江湖派の末端は、四霊によって初めて晩唐体が復興されたと理解していたらしく、九僧にまで関心が及ばなかったらしい。なお、方回『瀛奎律髄』巻四七・僧懐古「寺居寄簡長」項の指摘に拠れば、九僧は賈島・周賀の「清苦工密」を学び、一句一聯を忽せにせず、毎首に工みな一聯を置いたと言う（『景印文淵閣四庫全書』第一三六六冊、五三一頁下）。このように、淮海の名は、まさにその江湖派の中で高い関心を寄せられていた詩人と比肩されることによって瞬く間に高まっていったのではなかったかとも想像されるのである。

以上見てきたように、淮海の名は、葉適の推奨を受けたことで、禅林の外へも広く伝わるものとなった。そしてそのような名声をもとに、十ヶ寺もの住持を務め、五山の中の四山、最後には五山筆頭の径山の主席に陞るまでになった。その経歴にのみ注視すれば、それは世俗社会の力を借りて出世しただけのようにも見える。しかし、このような理解が必ずしも正鵠を射たものではないことは、「行状」を撰述した物初が強調するところである。彼の弁に拠れば、淮海の人柄は、ほがらかで、さっぱりとして飾らないものであり、衣服や食事なども衆徒と同じものを使っていたらしく、彼が世俗と接近したのは、疲弊した禅林を再興するためであったという。しかしながら、淮海のそのような本意とは裏腹に、「今時、名位を仮借し、陰に升擠（升済＝のぼる）を為す。公（淮海）の死党（同志）に背く者の顙（ひたい・あたま）なり」と、官僚に取り入って昇進しようとする者があったらしいことも同時に示唆されている（以上「行状」）。

また、既に述べたように、彼の作品は極端に唐律に特化されているのだが、その詩学における基本的視座は、江湖派に近づくものではなかった。本論中にも引いたが、劉清軒なる人物の詩集に題する中で次のように述べている（『淮海外集』巻下「題劉清軒吟巻」）。

詩本乎情性、止乎礼義、……年来江湖吟社、率皆活衒〔「衒沽」カ〕相高高、有如龍《ママ》断、風雅之道熄矣、清軒轍半天下、卒老于

吟、多悲歌、感古之真気、未嘗以事于〔干〕謁、可謂知本者也、

詩は情性に本づき、礼義に止《とど》まる。……年来、江湖吟社は、率《おおむ》ね皆な相高《しょうこう》（大臣・高官）に衒《てら》い沽《う》り、壟断（利益を独占すること）するが如き有りて、風雅の道熄《や》みぬ。清軒、半天下を轍し（天下の半分を巡り）、卒に吟に老いたり（韓愈「進学解」の「轍環天下、卒老于行」という表現を踏まえる）。多く悲しみ歌い、古えの真気を感ず。未だ嘗て以て干謁（高貴に謁見する）を事とせず。本（根本）を知る者と謂《い》う可《べ》きなり。

詩は心を根本としながら、礼義（人のふみ行うべき礼の道）に帰するものであるという基本的理解は、無文道璨のそれと軌を一にするものであり、無文が手厳しく江湖派を非難していることも右の淮海の姿勢と一致するものである。葉適―四霊―江湖詩人の間で、詩作の方向性について懸隔が存在し、末端に至るほどに字句の技巧を追求する傾向が顕著なものとなっていたこと、そして、それら詩人群が、高位大官の人物を後援者《パトロン》としていたことは、〔補論〕中に述べた通りであるが、これらの事実を勘案して、如上の淮海の評価の様相を注視してみるならば、或いは禅林においても殆ど同じような状況があったのではないかと推察されるのである。葉適が四霊を推奨し、唐律が盛んになったのと同様に、葉適が淮海を推奨したことは、禅林の詩作傾向に看過し得ない転機をもたらすこととなったのではないだろうか。また、江湖の詩壇の強く意識するところであった、賈島・文暢などの詩僧が、韓愈などの文章の大家に名を借りて高く評価されるようになったという事実は、僧の詩（偈頌）がそれとしての自律性を保ち難く、高名な士大夫（高級官僚）の評価に左右され、価値化され易いものであったことを示しているのだとも言えるだろう。

なお、淮海の寂年に関して、『続伝灯録』等の伝記類には、その年記を欠くが、『外集』巻下「祭仏心禅師」に拠れば、育王寺入院が景定二年（一二六一）四月、浄慈寺が四年（一二六三）七月、霊隠寺が冬至、径山寺が五年（一二六四）正月であり、となれば、語録は翌年（咸淳元年（一二六五））正月一日の上堂語で終わっている計算になり、これからまもなく没したのではないかと推測される。そして、径山の次住である虚堂智愚《きどうちぐ》の入院が咸淳元年（一二六五）八月二五日であることから、淮海の示寂が咸淳元年（一二六五）であることが明らかとなる。

（28）　蔵叟善珍は、妙峰之善の法嗣。泉州（福建省）南安の人。俗姓は呂氏。紹熙五年（一一九四）一〇月一二日の生まれ。一三歳の時、郡の崇福寺南和尚の下で出家落髪、一六歳で遊方し、杭州に至って具足戒を受けた。霊隠の妙峰之善に参禅して悟旨した後、郷里の光孝寺に出世し、更に承天寺、安吉州思渓円覚寺、福州雪峰寺を歴住し、朝命を奉

じて四明の育王、臨安の径山に入った。景炎二年（一二七七）五月二一日示寂。寿八四。詩文集に『蔵叟摘藁』二巻がある（引用は、内閣文庫蔵寛文一二年刊本）。刊年については、集中巻下に「雪峰請環渓山門諸山疏」があり、これが咸淳五年（一二六九）三月の環渓惟一の福州雪峰寺入院の際のものであるのだとすれば、それ以降、恐らく入寂を前後する時期に当たると推定される。

『蔵叟摘藁』に収録された詩の内訳は、七律を最も多くし（内容は、古体＝二五、七律＝六四、五律＝二二、七絶＝二九、五絶＝四、詞＝五、記銘、題跋、字説、榜疏、祭文、上梁文）、淮海が五律に特化しているのに比べると少し趣が異なるが、「泉南の珍蔵叟、唐人の機杼を用いて、凡を斥け奇を振う」（『物初賸語』巻一三「蔵叟詩序」）と評されるように、古体が少なく唐律（近体）が多いというところは、やはり江湖詩壇と同調するものであった。また、「珍蔵叟、泉州の人、淮海肇を継いで声迹有り」（方回『瀛奎律髄』巻四七・僧善珍「山行晩帰」項、『景印文淵閣四庫全書』第一三六六冊、五三四頁上）として、その詩名は、淮海の後を継ぐものとも見られていた。

ところで、蔵叟善珍は「吾が家の提唱、新巧浮靡なること近日に至りて極まれり」（『蔵叟摘藁』題跋「跋大慧応庵墨蹟」）と述べ、また「近年の説法は、奇怪な生語を貴ぶが、仮初めにもその見解は遠く古人に及ばない。それはまるで芝居小屋の講釈で劉邦と項羽が斬り合うのを談ずるようなもので、聴衆の気を晴らして楽しませはするが、実際には真実の歴史ではないのだ」〔近世尚奇恠生語、苟見処遠不逮古人、如優場演史談劉項相斫事、使聴之者忘倦、其実非真史也〕（『蔵叟摘藁』「跋慶雲谷語録」）とも述べるなど、当代の禅林の（質の低下という）潮流について大きな不満を抱いていたことが知られるのだが、このことは、蔵叟の立場が決して時流に迎合するようなものではなかったことを徴証している。ただし、世間はなかなかその本意を理解しなかったようで、元・笑隠大訢〔一二八四―一三四四〕の「題蔵叟和尚榜語」（『笑隠訢禅師語録』巻四・題跋、『新纂続蔵経』六九、七一九頁下）にはこうある。

嘗聞老宿言、咸淳間、蔵叟叔祖住玉几双径、行高一時、剛正不阿、志在扶宗、而時以善駢儷称之、無乃未忘故習、而為人所強故爾、若指此以名家、重誣此老矣、

嘗て老宿の言を聞けり。咸淳の間、蔵叟叔祖、玉几・双径に住して、行は一時（その時代）を高くし、剛正にして阿《おもね》らず、志は宗を扶《たす》くるに在り。而れども時は駢儷を善くするを以て之れを称《たた》う。無乃《むしろ》未だ故習（古い習わし）を忘れざるも、人の強《し》いる所と為《な》るが故に爾《しか》なり。若《も》し此れを指《ゆびさ》して以て名家となせば、重ねて

此の老を誣《あざむ》くこととならん。

このように本人の意図と、世間の評価が齟齬しているというのは、淮海の場合と同様である。

また、蔵叟は未だ書記の職階にあった時、当代禅林の文豪、北磵居簡に行巻《あんかん》（科挙制度下における唐代以来の習慣として、当代文壇の指導的立場にある人から推挙を受けるために編んだ作品集）を投じているが、『北磵文集』にはその跋文が収録されている（巻七「書泉南珍書記行巻」、第Ⅲ章註(31)にて既出）。

その中で、永嘉の詩人劉荊山が、蔵叟の「題金山寺」詩の「薄靄遮西日／帰雕《ママ》帯北雲」の句を一見するや、手を打って「応に是れ我が輩《ともがら》の語なるべし」と賞賛した、と伝えているが、同詩は、『蔵叟摘藁』上巻に収録されている。ちなみに、劉荊山とは、劉植、字成道のことだと推察される。『宋詩紀事』薛師石の項に、「荊山劉植跋云、瓜廬耕釣于会昌湖上、多肥遯之辞、舒性情之正、得象外之趣、酌縄尺之厳」とあり、また『北磵詩集』にも、巻七「荊山劉成道相過」、巻八「荊山劉成道語別」とあるためである。昌彼得・王徳毅・程元敏・侯俊徳編『宋人伝記資料索引』（鼎文書局栄誉出版）に拠れば、劉植、字成道、号漁屋。永嘉の人。劉安上（字元礼）（一〇六九―一一二八）の曾孫と言われる。なお、薛嵎『雲泉詩』（『江湖小集』巻五五）に、「送劉荊山」「劉荊山漁屋」「劉荊山謁賈秋壑」「劉荊山過維揚再賈秋壑」「劉荊山帰自維揚新営漁屋退居」とあるのを見ると、賈似道の賓客となったかとも推される。

(29)　このうち、無文と物初のテクストにおける同時代批判については、拙稿「禅林詩における修辞技法の問題―南宋末期の禅家の発言を通して―」（『日本研究』〈広島大学〉一八、二〇〇五・三）参照。本章〔補論〕にて部分的に転載した。

(30)　そもそも禅林は、「一師一友」を「禅病」の一つと数えるように（『虚堂録』巻四「双林夏前告香普説」、『大正蔵』四七、一〇一四頁上）、「遍参」制度を立てることによってオープンなかたちでの教育方法を実践していた。禅僧（修行者）は、定期的に師を変え、移動を繰り返し、そのたびごとにグループの組み替えを行っていた。その中では、出身地によってグループを形成するような傾向も見られた。しかし、そのような人的結合の可変性・流動性・開放性は、玉村的ヴィジョンにおいては不可視化され、それに替わって法系図という紙に貼りつけられた固定的・閉鎖的な人間関係のイメージだけが肥大化してゆくこととなった。それによって、そもそも「大慧派」という呼称によって統合されうるような同質性を持った集団が存在していたのか、という問いが忘却されたまま、「大慧派」の傾向という虚像が摘出されてゆくこととなったのである。

ちなみに、玉村は詩文集の編纂を「大慧派」固有の傾向であるかのように説明するが、現存しないものを含めると、それが「大慧派」固有の特徴と言えないのは明らかである。例えば、曹洞宗真歇派の雪屋正韶（天童如浄法嗣、つまり道元の兄弟弟子に当たる）に『兎園集』『韶雪屋詩集』という作品集があったことが『無文印』の記述から知られるほか、松源派の石渓心月が天童寺に閑居していた時、仲宣□孚・非庵□光・艮巌智沂・勝叟宗定（それぞれ法系は不明であるものの、艮巌・勝叟などは痴絶に近い）の文集を公刊しようと目論んだが諸事情（石渓の勅住）のため果たせなかったという記述も見える。また、現存するものとしては、月礀文明には作品集があるが、彼の法系は、破庵派、西巌了慧の法嗣である。また、『竹居集』の龍巌徳真は、生没年ともに未詳だが、その交友関係に古林清茂・清拙正澄らがあることからすれば、南宋末期か、或いは元初期の生まれと推される。経歴も廬山東林寺首座を勤めたこと以外は分からないが、その法系は『増集続伝灯録』『五灯全書』などは大慧派、雲峰妙高の列に釣る。ただ、『禅門逸書』「解説」に拠れば、『竹居集』の内容から、破庵祖先―石田法薫―愚極智慧―龍巌とその法系を推定している。となれば、前述の清拙正澄の法兄弟にあたることになる。『竹居集』は、東林寺の回禄によって焼失したが、その逸文を拾い集め、『竹居火後拾遺集』として再編された。さらには、天台系の人々も詩文集を編んでいたことが確認され、南宋から間断なく詩文集は編纂され続けており、それらは必ずしも「大慧派」に列なる人々に限定されるような特徴ではなかったと言えるのである。

(31) なお、玉村は、「明朝」への展開としても次のような図式化を行っている。すなわち、「金剛幢下全盛の時代に、既に一方には、嘗て南宋末に隆盛であった大慧派が再び勢力を盛りかえして来る兆候が見え出して」おり、「この派は、禅林の実用文書作成に際して四六駢儷文体使用の徹底化と、貴族社会の社交手段、或は教養としての純文芸（詩文）の賞玩という二点が特質となってい」たが（『五山文學』、九二頁）、明代には、この「俗化」の流れに一本化していった、というものである。

(32) 「宗教」概念については、磯前順一・山本達也編『宗教概念の彼方へ』（法蔵館、二〇一一・九）、星野靖二『近代日本の宗教概念―宗教者の言葉と近代―』（有志舎、二〇一二・二）、磯前順一『宗教概念あるいは宗教学の死』（東京大学出版会、二〇一二・七）、参照。

〔補論〕南宋-元における詩学をめぐる言説編制

1 序

「詩」が社会の中に埋め込まれた一つのシステムであるとして、（任意の社会空間において）どれほどの人間がそのような「詩」に対して主体的な行動を取っていたのか、その数量を正確に計上することはできない。また、「詩」への関与度という点においても、それらは変数項であるために、項間のコミュニケーションの関係性を計量的に測定することもできない。詩作行為は、相互干渉システムの中で、集団的-相互連関的なネットワークを示すが、それが閉域を形成することはない。ある個の声は、ネットワークの中を流通し、多項間の行動規範に変化を及ぼすが、その一方で、ある個の声は、殆ど顧みられることなく歴史の中に埋没してゆく。社会の価値体系の中で、どのような「詩」がどのような理由によって価値化され、人々の行動をどのように制約することとなったのか。本章が射程に収めているのは、分類整理を経てカタログ化された特定の個人の功績を記述することではなく、集団的-社会的な現象として「詩」を述定した上で、それがどのように価値化されていたのかを素描し、「詩」というリテラシーの「標準」をめぐってどのような係争《コンフリクト》が発生していたのかを（「南宋」から「元」という特定の期間に焦点を絞って）言説レヴェルで追跡してゆくことである。

南宋末期における禅林の詩作傾向が、全般的に「新奇華美」と評されるスタイルへと傾斜していったことは、第Ⅷ章本論において指摘した通りである。また、その渦中にあってその傾向に異を唱えるような眼差しが禅林の内部においても形成されていたことも既に述べた通りである。ただし、本章で前述の問いへの検討を進めるにあたってまずもって確認しておきたいのは、それが、禅林という閉ざされた空間で自己完結した現象であったわけではなく、当代の（儒学系）知識人とも連動するかたちで形作られた問題系であったと見られるということである。例えば、元朝の士の幾つかの評言の中には次のような言表が見られる。[1] 趙孟頫（一二五四―一三二二）は「宋の末年、文体大いに壊《やぶ》れ、経を治むる者は、経旨に背くを以て非と為さず、而して奇険を立説するを以て工《たく》みと為す、賦を作る者は、繊靡を破砕するを以て異と為さず、而して新巧を綴緝するを以て得と為す。有司（官吏）は是れを以て士を耻〔取カ〕る。是れを以て応に程文（科挙の文章）の変、此に至りて尽きるべし」（宋之末年、文体大壊、治経者、不以背於経旨為非、而以立説奇険為工、作賦者、不以破砕繊靡為異、而以綴緝新巧為得、有司以是耻士、以是応程文之変至此尽矣）（『松雪斎文集』巻六「第一山人〔王方叔〕文集叙」、『四部叢刊正編』六七、六四頁上）と評し、また虞集（一二七二―一三四八）は「宋の末年に理を説く者は文辞の志を喪うを鄙薄し（いやしみかろんずる）、而して経学と文藝は判《わか》れて専門と為り、科挙の業に於いて士風頽弊す。豈に豪傑の出づるも其の間に於いて其の能の浸淫として（徐々に）汨没《こつぼつ》（沈んでゆく）とせざることの無からんや。而して馳騁凌厲して以て自ら表るる者、已に得難しと為す。而して宋遂に亡びぬ」（宋之末年説理者鄙薄文辞之喪志、而経学文藝判為専門、士風頽弊於科挙之業、豈無豪傑之出其能不浸淫汨没於其間、而馳騁凌厲以自表者已為難得、而宋遂亡矣）（『道園学古録』巻三三「盧陵劉桂隠〔劉詵〕存藁序」、『四部叢刊正編』六八、二八六頁下）と述べている。これを単なる文学的趣味‐嗜好の差異の問題として理解するのではなく、一種のリテラシー・コンフリクトと見なすことによってその問題の「意味」を抽出してみようというのが本章の目的である。どのような知の配置‐組織の中で、南宋末期の「詩」をめぐる言説が、主体の口をもって現働化することとなったのか、そのメカニズムを解析することで、前章（第Ⅷ章）で述べた「五山文学」成立の「物語」を読み解く補助線としたい。

2 宋代における詩学の変遷

南宋末期の禅林詩学をめぐる言説が、景定・咸淳年間（一二六〇―七四）を表徴としながら、その内部に強い非難の声を露出させるものであったことは既に指摘した通りである。それは、その当時の詩学の指針が、技巧に対する意識を先鋭化させた「晩唐詩」の追慕にあった、という事情に動機づけられたものであったのだが、その渦中にあって、その風潮に異を唱えた禅僧として無文道璨（一二一四―一二七一）の名を挙げることができる。彼は徹底した非難の言葉を、「詩の道は亡んだ」という率直な慨言によって次の如く示している。

○詩至于唐、風雅已不競、元和以後、体弱而仆、気憊而索、声浮而淫、詩道幾亡矣、（国会図書館蔵『無文印』巻八「周衡屋詩集序」）

詩は唐に至りて風雅已に競わず。元和（八〇六―八二〇）以後、体は弱くして仆《たお》れ、気は憊《つか》れて索《つ》き、声は浮きて淫らなり。詩の道、幾《ほとん》ど亡びぬ。

○大暦元和後、廃六義、専尚浮淫新巧、声固艶矣、気固矯矣、詩之道安在哉、（同巻八「瑩玉磵詩集序」）

大暦（七六六―七七九）元和の後、六義を廃して専ら浮淫新巧を尚《たっと》ぶ。声は固《まこと》に艶、気は固《まこと》に矯なり。詩の道、安《いずく》んぞ在《あ》らん哉。

○後世為詩者、不本聖人之学、気淫声褻、争相馳騁変風変雅之末流、嗟夫、詩道亡矣、（同巻一六「王月津」）

後世、詩を為《つく》る者、聖人の学に本づかず。気は淫《みだ》れ、声は褻《けが》れて、争いて変風変雅の末流に相い馳騁す。嗟夫《ああ》、詩の道、亡びたる矣《かな》。

○自浮淫新巧之声作、中和淡泊之音廃、始於江左、盛於唐季、餘波末流横出於乾道淳熙之後、正音不競、猶壊絃弊軫不満人聴、嗟夫、詩道亡矣、（同巻一〇「跋復休庵詩集」）

浮淫新巧の声作《おこ》りて自《よ》り、中和淡泊の音廃《すた》るるは、江左に始まり、唐季に盛んなり。餘波末流は横ざまに乾道（一一六五—七三）・淳熙（一一七四—八九）の後に出でて、正音競わず、猶《な》お壊絃（壊れたげん）弊軫（倒れたことじ）の人の聴くを満たさざるがごとし。嗟夫《ああ》、詩の道、亡びたる矣《かな》。

如上、無文が当世の詩風に対して否定的な立場を取っていたことが確認されるとともに、詩体の歴史認識が披瀝されていることが注意される。それを要約すると、「弱」「憊」「浮」「淫」「新」「巧」「褻」などと評言される、ある傾向の詩風が、まず第一に、「江左」——江東＝六朝時代——をそもそもの起源としながら、「大暦・元和」——中唐期——を画期として下降を始め、「唐季」——晩唐期——に極まるということ、そして第二に、その「餘波末流」が「乾道・淳熙の後」に出現し、詩道の衰亡に結果するということである。(2)

その認識については、無文の学友、物初大観も概ね同じであった。

詩至唐而工、至晩唐工而苦、捐古専律、刻約錬磨、雖波瀾光焔非其力所及、而単辞偶句使人味恋、吟嘆不自已、近世争効之、然亦豈易到哉、至若山林之士、……又非専事乎刻約錬磨也、（内閣文庫蔵『物初賸語』巻一三「樵屋吟藁序」）

詩は唐に至りて工《たく》み、晩唐に至りて工みにして苦なり。古を捐《す》て律を専らにして、刻約錬磨せり。波瀾光焔（勢いのある立派な文章）は其の力《つと》めて及ぶ所に非ずして単辞偶句は人をして味恋せしむるのみと雖も、吟嘆、自ずから已《や》まず。近世争いて之れに効《なら》うも、然して亦た豈に易く到らんや。山林の士が若きに至りては、……又た専ら刻約錬磨を事とするに非ざるなり。

以上のように、無文や物初による当代詩壇への反発は、具体的指標として、詩体においてそれを先鋭化させた「晩唐体」に向けられるが、その発言の動機は、その当時の詩壇傾向が、晩唐体の亜流とも言うべき様相を呈していたことへの憂慮にあった。

その実態について窺う前に、ここでひとまず、無文・物初の批判する、中晩唐詩の大まかな性格について整理しておこう。

まず、宋代における唐詩評価の一端を示せば次のような評言を拾うことができる。

○唐人は詩を作るのに工みだが、道理を聞くには浅陋である（唐人工於為詩、而陋於聞道）。（蘇轍、『詩人玉屑』巻一五所引、楊家駱主編『校正詩人玉屑』世界書局、三三一頁）

○唐人の詩は偏《ひた》すら工みで派手派手しい。李太白でさえも十句に九句は婦人についてであり、その後の王建・元稹・韓偓も皆そうである（唐人詩偏工靡麗、雖李太白、亦十句九句、言婦人、其後王建元稹韓偓之徒皆然）。（費袞『梁渓漫志』巻七、『宋元人説部叢書』上冊、中文出版社、六〇六頁下）

○晩唐の人の詩は、小《こま》かな巧《うま》さは多いが、（伝統的な）風騒の雰囲気や味わいはない（晩唐人詩多小巧、無風騒気味）。（蔡居厚『詩史』、『詩人玉屑』巻一六所引、同上、三五八頁）

○唐末の人の詩は格致《おもむき》が卑浅であるが、かといって詩ではないとは言えない（唐末人詩、雖格致卑浅、然謂其非詩、則不可）。（韓駒『室中語』、『詩人玉屑』巻一六所引、同上、三五九頁）

○唐末の人の詩は格が高くなく衰陋の雰囲気があるが、言葉の作りはうまくできている（唐末人詩雖格不高而有衰陋之気、然造語成就）。（呉可『蔵海詩話』、『叢書集成新編』七八、五九四頁下）

これは唐詩評の否定的な文言を抜き出したもので、宋人が一様にこのような理解を有していたわけではないが、具体的にどのような「傾向」を批判していたのか、その特徴の把握の仕方は殆ど同じと言ってよい。一般的には技巧的、靡麗などと評し、なおかつその傾向は晩唐に至るほどに顕著であると見ていた。無文・物初もまた同様である。その点、両者の批判は、その基本的理解において宋代の一般的通念に従ったものであると言える。

他方、無文は「詩は唐に至りて風雅已に競わず……」、「大暦元和の後、六義を廃し……」、「後世、詩を為る者、聖人の学に本づかず……」と発言し、古詩、とりわけ『詩経』に理想を置くべき旨を表明しているのだが、その理想的詩体から唐代に至るまでに起こった大きな変化としては、まずもって詩法の整備という歴史的展開が挙げられるだろう。無文は、問題となる中晩唐の詩風が「江左」に起因すると指摘するが、それはすなわち江東の六朝時代に、沈約などによって四声八病の詩法が整備され、永明体と呼ばれる「麗靡」（『南史』五〇・庾肩吾伝、楊家駱主編『新校本南史附索引二』鼎文書局、一二四七頁）な詩体が確立されたことを指摘していると推される。しかして、四声八病説は、唐代に整備される押韻・句法・声律（平仄）といった規律の原型となり、近体《モダン・スタイル》が確立するのだが、その規律整備以前、古代漢魏晋の自由な形式の詩は古体《クラシック・スタイル》と呼ばれて区別され、以来、詩の主流は専ら近体へと移行してゆくのである。

一般論に即して言えば、ある言語表現に規律が設定されるということは、表現者にとって、何を表現するかということのみならず、規律に抵触しないような方法、つまりどう表現するかを、強く意識させるものであるだろう。すなわち、情性《こころ》を吟詠するという一点に置かれていた作詩の主眼は、押韻・句法・声律に注意しながらそれをどう表現するかという新たな価値化によって、外形的な字句の巧拙の問題へと移行してゆく蓋然性を孕んでいたのである。

ところで、無文の非難する、「乾道・淳熙の後」に出現した「餘波末流」とは一体どのような人々を指しているのだろうか。無文は、その他にも、「近時の詩家、艶麗新美にして花を挿む舞女の如し」（巻八「潜仲剛詩集序」）な

ど と、近年の詩風に対して、度々批判的言辞をこぼしているが、より具体的な発言として注意されるのが次の一段である。

余嘗歴観乾道隆興諸老語言文字、皆渾厚儼雅、如抱道君子端冕而有徳威者、嘉泰開禧以後、翰墨一変、艶麗如時花美女、非無動人春色也、所謂蘊藉風流則逝矣、世道升降、人品高下、於此可想、（巻一〇「跋参寥蘿月墨跡」）

余嘗て乾道（一一六五―七三）・隆興（一一六三―六四）の諸老の語言文字を歴観するに、皆な渾厚儼雅にして、抱道の君子の端冕《たんべん》（正装）して徳威有る者の如し。嘉泰（一二〇一―〇四）・開禧（一二〇五―〇七）以後、翰墨（詩文書画）一変し、艶麗なること時花（季節の花）美女の如し。人をして春色に動かしむること無きにしも非ざるも、所謂、蘊藉（心広く穏やかなこと）風流は則ち逝《ほろ》びぬ。世道の升降、人品の高下、此に於いて想う可し。

これは、参寥道潜（北宋）・蘿月曇瑩（南宋前期）の墨跡に附した題跋の一部分である。この中で、無文が「嘉泰・開禧（一二〇一―〇七）以後」に「翰墨」（詩文書画）が「渾厚儼雅」から「艶麗」へと「一変」したと述べていることが注意される。その点、前述、同様の主旨で「乾道淳熙（一一六五―八九）の後」と発言していることとは、若干の誤差が認められるのだが、無文の認識を大まかに整理すれば、一二世紀末から一三世紀初頭にかけて「詩道」の下降が始まったと見ていたようである。勿論、この時期は、無文の生まれる――嘉定七年（一二一四）――以前のことであるから、その後の生育環境においてこのような認識が形成されるに至ったと見られるのだが、となれば、その詩風は比較的長期間に亘って持続していたということになる。『無文印』に集録される諸作は、その執筆時期を特定できないものが多いが、文中に触れている歳月、地理、人間関係などから察するに、多くは中晩年の住持時期のものと推される。とすれば、彼の批判する詩学の傾向は、嘉泰・開禧（一二〇一―〇七）頃から、晩年に当たる景定・咸淳年間（一二六〇―七四）に至るまでの六、七〇年に及ぶものだということになる。となれば、その詩作傾向の変化は、短期間に終息する、さざ波のような変化ではなく、まさに「一変」という大きな展開を示すものではなかったかと見られるのである。

その上で、この問題を提するにあたって閑却し難い点は、禅林における詩学の変転という問題が、その実、禅林内部の問題に留まらない可能性があるということである。すなわち、禅林の外部の知識人社会における詩学の変質と連動しているという可能性である。その点において想起されるのは、この当時の知識人社会に、晩唐体を志向する一群の詩人が生まれていたという事実である。論点はここに輻輳してゆく。

当時の文学批評家、厳羽、号滄浪の『滄浪詩話』詩辯にはこうある。

近世趙紫芝翁霊舒輩、独喜賈島姚合之詩、稍稍復就清苦之風、江湖詩人、多效其体、一時自謂之唐宗、不知止入声聞辟支之果、豈盛唐諸公大乗正法眼者哉、嗟乎、正法眼之無伝久矣、唐詩之説未唱、唐詩之道或有時而明也、今既唱其体、曰唐詩矣、則学者謂、唐詩誠止於是耳、得非詩道之重不幸耶、（『景印文淵閣四庫全書』第一四八〇冊、八一二頁上）

近世の趙紫芝（師秀）・翁霊舒（巻）が輩《ともがら》、独り賈島・姚合が詩を喜《この》みて、稍々《やや》復して清苦の風に就く。江湖の詩人、多く其の体に效《なら》う。一時、自ら之れを唐宗と謂う。声聞辟支の果に入るに止《とど》まるを知らず。豈に盛唐諸公の大乗正法眼の者ならんや。嗟乎《ああ》、正法眼の伝わること無くして久し。唐詩の説、未だ唱えざれば、唐詩の道、或いは時有りて明らかなるも、今既に其の体を唱えて唐詩と曰《い》う。則ち学者謂《おも》えらく、唐詩は誠に是に止《とど》まるのみと。非を得て詩道の不幸を重ぬるか。

ここで述べられているのは、四霊（徐照・徐璣・翁巻・趙師秀）と号する四人の詩人、そして彼らを追慕する、当時に「江湖の詩人」、今日に「江湖派」或いは「江湖詩派」と呼称される一群の詩人たちが、賈島・姚合をはじめとする中晩唐詩を唐詩の主体であるかのように喧伝しながら、そのスタイルを模倣していたという事実である（ちなみに、この当時、そのようなスタイルは「唐律」と呼ばれていた）。

そして、このようなスタイルの流行は、詩人の質の変化を促すとともに、量の拡大を引き起こした。すなわち、同時代の詩人、劉克荘、号後村（一一八七―一二六九）をして「四霊より後、天下は皆な詩人」（『後村先生大全集』巻一〇六「何謙詩」、『四部叢刊正編』六三、九一七頁上）と言わしめるような状況が生まれたのである。つまり、詩学は完全に学問から乖離し、それまで士大夫（科挙試験に合格したキャリア官僚）や士人（キャリア官僚を目指して活動しているその予備軍、或いはノンキャリア官僚）の専有物であった作詩習慣は、リテラシーの不完全な、より広汎な社会階層の人々にまで拡大していったのである。

その代表とされるのが、温州永嘉出身の「四霊」と号する四人の詩人、徐照（字道暉、号山民）（?―一二一一）、徐璣（字文淵・致中）（一一六二―一二一四）、翁巻（字続古・霊舒）、趙師秀（字紫芝、号天楽）（一一七〇―一二二〇）であった。彼らは、後述する士大夫、葉適（一一五〇―一二二三）の門人として永嘉の詩壇に名を挙げ、各自の作品集の他に、葉適の精選による『四霊詩選』を世に出していた。[3] しかして、その四霊を追慕する形で出現したのが、「江湖の詩人」と呼称される群小詩人であった。彼らの中には、経歴の詳らかでない人物も少なからず含まれるが、「江湖」という名称に示されるように、必ずしも官僚には限らず、市井に生活する在野の人々も少なくなかったとされる。中には、首都臨安（杭州）の書肆、陳起（?―一二五六?）のような商業者も含まれていた。

しかして、彼らの多くは、その作風として賈島・姚合を始めとする中晩唐の詩人を目標にしていたと言われる。四霊の一人、趙師秀は、賈島・姚合の詩を選集して『二妙集』を、大暦十才子の詩を中心に選集して『衆妙集』を編んでいる。[4] また、江湖詩壇から生まれた詩法書、周弼の『三体詩』（書題は『三体唐詩』、或いは『唐賢三体詩家法』など数種ある。以下、『三体詩』と呼ぶ）は、選集した中晩唐詩を詩体・句法に随って分類し、それぞれの形式に論評を加えたもので、当時の江湖詩人を教導しようとしたものであった。[5]

このような詩学の状況は、無文道璨による次のような評言——「数十年にして東南に詩を言う者、皆な唐声を襲《つ》ぐ（追従模倣する）。而して根本の学に於いては、未だ嘗て一日も其の力を用さず。是の故に浅陋にして節なく、乱雑にして章なし」（『無文印』巻八「瑩玉磵詩集序」）、「後世、詩を為《つく》る者、聖人の学に本づかず。気は淫《みだ》れ、声は褻《けが》れて、争いて変風変雅の末流に相い馳騁す。嗟夫《ああ》、詩の道、亡びたる矣《かな》」（同巻一六「王月津」）とも照応している。

既に触れたように、元朝禅林は、景定・咸淳年間（一二六〇—七四）を弊風の象徴の如く扱っていた。景定・咸淳と言えば、南宋の晩期に位置し（一二七九年滅亡）、後世に亡国の因として断罪されることになる権臣、賈似道（一二一三—一二七五）の政権期と一致する。つまり、（旧南宋系）元人にとっては大々的に否定的な印象を刻印されている時期に相当し、それゆえに、詩学の問題に関しても予断的に貶めやすかったのではなかったかとも推されるのだが、景定・咸淳を負の飽和点–到達点として象徴視するようになった要因をここにのみ求めることもできない。先に述べたとおり、その変化の展開は、景定・咸淳という短期間に終始するものではなかったと見られるからである。[6] そこで、考察の対象を、景定・咸淳からもう少し遡源的に広げてゆき、宋代の詩学の変遷について回顧–整理を加えることによって、無文の批判する「餘波末流」の実態をより精緻に問い糺してゆくこととしたい。

一般に宋詩は、唐詩との対比の上から理知的・哲学的で抒情性に乏しく、「詩を以て詩を作る」唐詩に対し、「文を以て詩を作る」などと評されることもある。ただ、これらはあくまでも任意の詩人（群）を「宋詩」という範疇《カテゴリー》の典型《プロトタイプ》に位置づけた場合の局限的な視点に拠る一評価であって、より多様な諸像を視野に収めれば、宋代の詩学が一つの傾向へと収斂してゆくことはなく、そのような典型《プロトタイプ》とは異なった特徴もその他方では見えてくるのである。

では、宋詩を詩体の変遷に即して説明するとどうなるだろうか。元の士人、袁桷、字伯長、号清容居士（一二六六―一三二七）の論評を借りて概観しよう。『清容居士集』巻四八「書湯西楼詩後」の一部である（『四部叢刊正編』六七、六七六頁下）(7)。大徳四年（一三〇〇）の筆。便宜上、段落に分けて記号を附した。

A　玉渓生往学草堂詩久、而知其力不能逮、遂別為一体、然命意淺〔深〕切、用事精遠、非止於浮声切響而已也、

玉渓生（李商隠）はかつて草堂（杜甫）の詩を学ぶこと久しかったが、その力の及ばないことを知り、遂に別に一体を為した。しかして命意（構想・主旨）は深切、用事（故事の引用）は精遠、浮声切響（軽声と重声。格律の精巧なこと）に止《とど》まるだけではなかった。

B　自西崑体盛、襞積組錯、

西崑体が盛んになってからは、襞積（衣服のひだ）が組み錯《まじ》ったが（文意が明らかではないが、或いは晦渋化・複雑化したということか）、

C　梅欧諸公、発為自然之声、窮極幽隠、

梅堯臣・欧陽修などの諸公が自然の声調を発して、幽隠（奥深さ）を究めた。

D　而詩有三宗焉、夫律正不拘、語腴意贍者、為臨川之宗、気盛而力夸、窮抉変化、浩浩焉滄海之夾碣石也、為眉山之宗、神清骨爽、声振金石、有穿雲裂竹之勢、為江西之宗、二宗為盛、惟臨川莫有継者、於是、唐声絶矣、

しかして詩には三宗があった。格律は正確だがそれに拘泥せず、語句は腴《やせ》ているが含意の贍《ゆた》かなものは、「臨川の宗」（王安石の流派）とし、気は盛んで力は夸《たかぶ》り、変化を窮め抉《あば》いて、（大河の）浩浩焉として滄海の碣石《けっせき》（碣石山。所在未詳の東海の山）を夾《はさ》みこむようなものを、「眉山の宗」（蘇軾の流派）とし、精神は清《す》み骨格は爽《あき》らか、声調は金石（八音の鐘磬。金属製打楽器音）を振い鳴らすかのようで、雲を穿ち竹を裂くような勢いが有るのを、「江西の宗」（黄庭堅の流派）とした。二宗は栄えたが、ただ臨川だけ

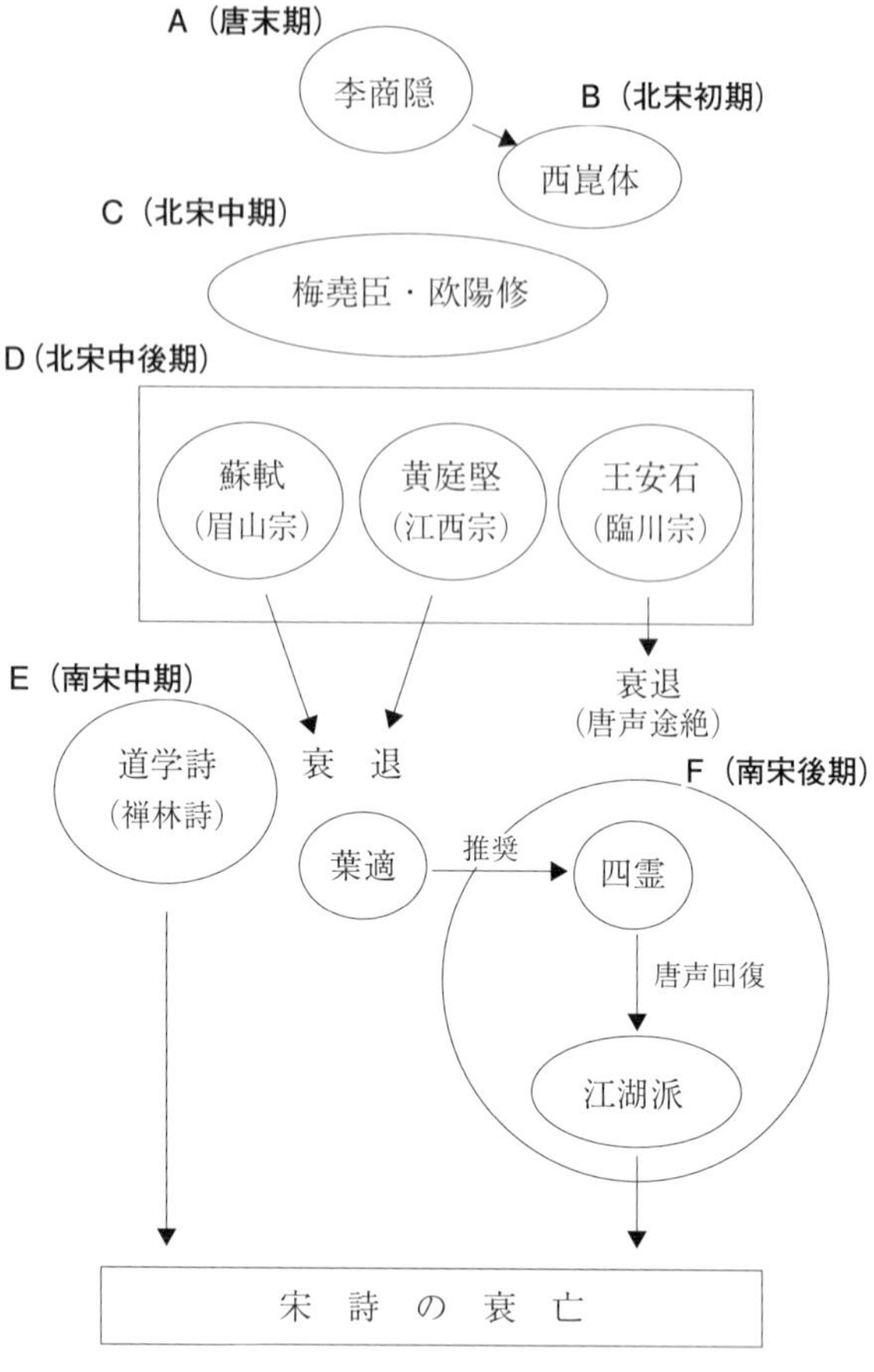

図　袁桷の宋詩観

は後継者がおらず、ここで唐の声音が途絶えることとなった。

E　至乾淳間、諸老以道徳性命為宗、其発為声、詩不過若釈氏輩条達明朗、而眉山江西之宗亦絶、

乾道・淳煕年間に至って、諸老は道徳性命を本旨とし、声を発《だ》して詩を作るも、（それらは）釈氏らの条達（条理《すじみち》が通達すること）明朗な詩に過ぎなかった。かくして眉山と江西の宗派もまた途絶えた。

F　永嘉葉正則、始取徐翁趙氏為四霊、而唐声漸復、至於末造、号為詩人者、極凄切於風雲花月之摹写、力孱気

消規規晩唐之音調、而三宗泯、然無餘矣、

永嘉の葉正則（名適、号水心）が、徐（照・璣）・翁（巻）・趙（師秀）氏の詩を採用し、これを四霊と呼ぶようになって初めて、唐の声音が次第に回復してきた。（しかし）末端に至って、詩人と号称する者は、風雲花月を模写する上で凄切《ものがなしさ》を究め、力は孱《よわ》く気は消《おとろ》えて、晩唐の音調に規規（形式に拘泥すること）とした。かくして三宗は亡び、跡には何も残らなかった。

如上、Aの李商隠に対する高評価からも察せられるが、袁桷は「詩は唐に於いて盛んなり。終唐に盛衰うも、其の律体尤も最精と為す」（巻四九「書番陽生詩」）とも述べ、基本的に「唐詩」を肯定する立場を取っている。それは彼が一方で、「宋詩」の一部に見られる「直致」、すなわち表現の「ぎこちなさ」を批判している(8)こととも応ずるものである。このような評価そのものは一個の観点に過ぎないが、唐詩以後という視点から、宋代の展開を俯瞰し、唐律がいかに衰微していったのかを明瞭に解説している点は、本章の主旨から、一つの指標として参考となりうるものである。

BからCの段階にかけては、北宋前期の変革期に当たる。始め楊億（九七四—一〇二〇）らによって西崑体という晩唐詩（特に李商隠体）の模倣体が盛んに行われたが、晦渋を究めたその詩体は、欧陽修（一〇〇七—一〇七二）・梅堯臣（一〇〇二—一〇六〇）によって、平明中淡で自然な詩体へと改革された。つまり、ここに「唐詩」と差異化されるような「宋詩」の主体性が見出されることになるのである。その流れを受けてDの段階に至る。王安石（一〇二一—一〇八六）・蘇軾（一〇三六—一一〇一）・黄庭堅（一〇四五—一一〇五）という北宋を代表する三者の詩体に特徴上の差異を認め、それぞれの追従者-信奉者《フォロワー》を含めて「宗」と呼称する。詩の体格《スタイル》が、個人の趣向-信条に帰するものとしてではなく、社会的なネットワーク（現実社会における人間関係とは一致しない）の中から相関的-集団的に形成されるものと見る宋詩の一特質が開示されている。それは、「江西詩社宗派」（江西詩派）という詩壇が

（想像的-仮想的な位相において）形成され、北宋末期から南宋前期にかけて、知識人社会に大きな勢力を振るったことに典型化される現象である。

そして、EとFの段階については、本章の主題となる文学現象に当たる。Eの始めに「乾淳間」（乾道・淳熙、一一六五―八九）とあるのは、例えば、「伊洛の学、世に行われ、乾道・淳熙の間に至りて盛んなり」（伊洛之学、行於世、至乾道淳熙間盛矣）（周密『斉東野語』巻一一「道学」、『宋元人説部叢書』上冊、中文出版社、五二三頁下）と述べられているように、二程（程顥〔一〇三二―一〇八五〕・程頤〔一〇三三―一一〇七〕）の学系の全盛期と認識されていた(9)。今日に、程学・道学・洛学・理学などと呼称されるもので、その系統から輩出された、朱熹〔一一三〇―一二〇〇〕、張栻〔一一三三―一一八〇〕、呂祖謙〔一一三七―一一八一〕、陸九淵〔一一三九―一一九二〕などはこの時期に活躍した人である。なお、以後、二程系統の学系については、本章では「道学」の呼称をもって統一することとする。

道学と文学の関係については、これまでにも研究の蓄積があるが(10)、簡潔に言えば、道学にとって、文は道を害するものとして重要視されず、作詩行為に及ぶ者も決して多くはなかった。とは言え、彼らの文学観は必ずしも統一的なものでもなく、朱熹の如く一家言を為す者もあったが、基本的立場としては、周敦頤〔一〇一七―一〇七三〕の「文は道を載せる所以なり」（文所以載道也）（『通書』「文辞第二八」、岡田武彦・荒木見悟主編『周張全書附索引』（和刻影印近世漢籍叢刊　思想初編1）、中文出版社、三九頁下）という文道合一主義が継承されていた。つまり、道を載せない文は虚飾に過ぎず、根本である道徳を涵養することなく、ただ文辞が巧いだけでは、ただの藝（技術）に過ぎないという主唱である。ゆえに言語技能《リテラシー》は全般的に軽視され、一方で内容的達意性が重視されることとなった。

なお、袁桷の発言で、道学系の詩学が「釈氏」と類似するという指摘が為されているのは注意すべきで、この他にも禅林詩学との近似性からこれを批判的に捉えるような言表を目にすることもできる。

○宋世の諸儒（の詩）は、一切《すべて》が直致で（ぎこちなく）、「理は即ち詩である」と謂う。平近（平明性・日常性）を取ることをよしとし、禅人の偈語はこれに似ている。（宋世諸儒、一切直致、謂理即詩也、取乎平近者為貴、禅人偈語侶〔似〕之矣）（『清容居士集』巻四九「書栝蒼周衡之詩編」、『四部叢刊正編』六七、六九三頁上）

○近年、詩学は頓《とみ》に廃れたように思う。風雲月露は晩唐の悲切に幾《ちか》く、言理析指は禅林の曠達に隣《ちか》い。（私以為近世詩学頓廃、風雲月露者幾於晩唐之悲切、言理析指者隣於禅林之曠達）（同巻四八「書鄭潜庵李商隠詩選」、六七八頁下）

そして問題のFの段階に至る。その主体として名が挙がっている人物を整理すれば、まず、葉適《しようせき》、字正則、号水心（一一五〇—一二二三）は、温州永嘉の人で、所謂永嘉学派の領袖と目される人物である。永嘉学派は、その特色から事功派とも呼ばれるが、一方で、伊洛の流れを汲むことから、道学の範疇に含まれるものと了解されていた。葉適は、乾道・淳熙頃から、学界において朱熹・陸九淵の二派に割って入り、鼎の一足を為したとされる(11)重要人物であるが、文学という領域については、朱陸以上に注目すべきものがある。その詳細は後に触れることとして、葉適が称揚したというのが、先に少し触れた、同じく温州永嘉出身の四人の詩人、「四霊」（徐照・徐璣・翁巻・趙師秀）であり、その四霊を目標としながら世に現れたのが「江湖の詩人」と呼称される一群の地方官僚、或いは在野の詩人たちであった（ちなみに、賈島撰『二南密旨』には、詩語としての「江湖」について「此喩国也、清澄為明、混濁為暗也」と説明されている。『叢書集成新編』七八、三〇六頁）。

以上、宋詩の変遷を追いながら、それぞれに簡単な解説を加えてきた。そこで、無文が「餘波末流」などと、唐詩を顕彰する詩壇のグループを批判していたことを思い起こせば、それが基本的に、これらの唐律を宗とする江湖詩人を指すものであったことは明らかである。中でも四霊の活躍する時期が一三世紀初頭であることを考慮すれば、先に触れた無文の時代認識とも一致していることになる。

ところで、E及びFの問題に関連する事項として、慶元年間（一一九五—一二〇〇）に起こった「慶元党禁」と呼ばれる道学弾圧事件にも触れておかねばならない。それは、韓侂冑（一一五二―一二〇七）政権によって、道学系官僚が排斥され、関係著書が発禁されるなどの処分が行われた事件で、上述の葉適もこれによって一時的に排除されている。しかし、朱熹の没後、嘉泰二年（一二〇二）に党禁が緩和されると、葉適をはじめとする永嘉学派諸氏は中央政界に復帰し、以後同派は間断なく政界に人材を送り続けたとされ（岡元司「南宋期温州の名族と科挙」『広島大学東洋史研究室報告』一七、一九九五・一〇）、道学にあっては、その被害は少なかったと見られる。他の道学諸派も、淳祐元年（一二四一）に皇帝理宗が道学を奨励する主旨の詔勅を発したことによって一応の回復を見せるが、それに至るまで、乾道・淳熙の全盛期以後は、党禁による打撃から不遇の時期を強いられたのであり、その間隙を縫うような形で江湖詩壇が隆盛を形作っていたという事実に注視すれば、道学の弾圧と隆盛という事件が単なる一つの政治的（利権闘争の）水準の問題には留まらない、歴史の流動を大きく促すような、極めて大きな意味を持つ社会構造的変化・歴史的分水嶺であったのではないかと推知されるのである。

3　南宋末期の文学現象

さて以下、南宋末期の詩学をめぐる様々な言説を追いながら、そこでどのような議論が交わされ、「知的関心」が形成されていたのかを確認し、併せてリテラシーの質的変化の問題にも志向的照準を合わせつつ、その展開上の見取り図を素描しておくことにしたい。

古体派と近体派の二極分裂構造

まず、その手がかりとして、江湖詩人として著名な、劉克荘[12]、字潜夫、号後村〔一一八七―一二六九〕の見解を取り上げる。彼は、江湖詩人の中では高官に上った官僚であるが（最終経歴は龍図閣学士）、当代の文壇における詩の潮流について、次の如く評している（『後村先生大全集』巻九七「宋希仁詩」、『四部叢刊正編』六二、八三九頁下）。

近世詩学有二、嗜古者宗選、縛律者宗唐、其始皆曰、吾為選也、吾為唐也、然童而学之、以至於老、有莫能改気質而諧音節者、終於不選不唐無所就而已、余謂、詩之体格有古律之変久之、情性無今昔之異、選詩有蕪拙于唐者、唐詩有佳於選者、常欲与同志切磋此事、然衆作多而無窮、余論孤而少助、

近世の詩学に二有り。古（古体詩）を嗜《たしな》む者は選（『文選』）を宗（本旨）とし、律（近体詩）を縛《なわ》（準縄）とする者は唐（唐詩）を宗とす。其れ始め皆な曰く、「吾は選を為すなり」、「吾は唐を為すなり」と。然れども童《わらべ》にして之れを学び、以て老《おい》に至り、能く気質を改むること莫《な》くして音節のみを諧《ととの》うる者有り。選ならず、唐ならず、就《な》る所無きに終わるのみ。余《われ》謂《おも》えらく、詩の体格に古律の変有りて久しけれども、情性《こころ》に今昔の異なること無しと。選詩には唐よりも蕪拙《ぶせつ》（粗っぽい）なる者有り、唐詩には選よりも佳なる者有り。常に同志と与に此の事を切磋せんと欲す。然れども衆作多くして窮まり無く、余《わ》が論孤《こ》にして助《じょ》を少《か》けり。

この記述から、南宋末期の詩壇の趨勢は次のように要約されるであろう。すなわち、南宋末期の詩壇には、見解を異にする二つの潮流があった。一つは『文選』を代表とする古体《クラシック・スタイル》＝聖典《カノン》を詩学の基本に据えるという見方、そしていま一つは律格に精巧な唐詩、つまり近体《モダン・スタイル》により比重を置く見方である。このように、「古」／「唐」という差異化のカテゴリーが、「対象」として作り出され、「問題」視されているという事実は、当代の詩学の趨勢を読み解こうとするわれわれにとっては、決して軽く見過ごすことのできない、重要な検討課題の一つとなる。

その時、その後者の例については、先の引用の通り、当時の文学批評家、厳羽、号滄浪の『滄浪詩話』に次のよ

うにあることが改めて想起されることになるだろう——「近世の趙紫芝・翁霊舒が輩《ともがら》、独り賈島・姚合が詩を喜《この》みて、稍々《やや》復して清苦の風に就く。江湖の詩人、多く其の体に效《なら》う。一時、自ら之れを唐宗と謂う」。すなわち、四霊（徐照・徐璣・翁巻・趙師秀）及び江湖詩人が、賈島・姚合を目標としながら、その体《スタイル》を「唐宗」と号していた、というのである。つまり、中晩唐詩を唐詩の主体であるかのように喧伝していたわけであるが、実際、この当時の資料を紐解くと、単に「唐詩」と言う時でも、それは実体として中晩唐詩を指していることが多く、今日でこそ唐詩と言えば、李・杜を中心に考えるが、当時の認識としては、数量的比重から中晩唐の群小詩人こそが唐詩の主体であり、彼ら特有の声律体格に精巧で綺靡な詩風が唐詩の典型である、と見るのが一般的であったようである。宋末元初の文学批評家、方回（字万里、号虚谷）が、「江湖の間、人の能く古選体を為すこと無く、而して盛唐の風遂に衰え、聚奎の跡も亦た晩《おく》る」（江湖間、無人能為古選体、而盛唐之風遂衰、聚奎之跡亦晩矣）（『桐江集』巻四「孫後近詩跋」、『叢書集成三編』四七、五二三頁上）と述べているように、盛唐詩はむしろ古体の餘韻を残すものとも見られていた。

　ちなみに、劉克荘は「瓜圃集」（翁定の作品集）序の中で「永嘉の詩人が如きは、力を極めて馳驟《ちしゅう》し、纔かに賈島・姚合の籓《おおい》を望見するのみにして已《や》む。余が詩も亦た然り。十年前始めて自から之れを厭い、唐律を息《や》めんと欲して、専ら古体に造《いた》る」（如永嘉詩人、極力馳驟、纔望見賈島姚合之籓而已、余詩亦然、十年前始自厭之、欲息唐律、専造古体）（『後村先生大全集』巻九四「瓜圃集」、『四部叢刊正編』六二、八一〇頁上）と述べ、嘗て唐詩に親しみつつも、晩にはその脱却を志向したと告白している。彼が唱えている、古近二体のいずれかに偏向すれば、結局、詩の気質を改めることができず、ただ音節を調和するだけでどっちつかずに終わってしまう、という見解は、自身の体験を含んでのことでもあったのだろう。また、彼の立論が世上に孤立し、理解者を欠いていたというのは、古近の二体を兼備することがいかに難しいものであったのかを如実に物語っている。

さらに、彼は当時の状況を概観してこうも述べている（『後村先生大全集』巻一〇六「何謙詩」、『四部叢刊正編』六三、九一七頁上）。

自四霊後、天下皆詩人、詩若果易矣、然詩人多而佳句少、又若甚難、何歟、

四霊より後は、天下が皆詩人となった。詩は果たしてかくも易しいものであろうか。しかし、詩人は多いが佳句は少ない。またかくも難しいのはどういうわけであろうか。

劉克荘は、詩人が数量的に激増したことを冷ややかな筆致の中に語るが、それは、「近世の詩は許渾・姚合を学び、書を読まざる人と雖も、皆な能く五七言を為《つく》る」（「近世詩学許渾姚合、雖不読書之人、皆能為五七言」）（『桐江集』巻一「送胡植芸北行序」、『叢書集成三編』四七、四七二頁上）という方回の評に示されるように、それまで士大夫（高級官僚、読書人階級）の専有物であった作詩行為（及びその基盤としてのリテラシー）が階層的に急拡大した、という事実を問題の基礎に置くものであったのではないかと見られる。

この筆致から注目しておきたいのは、このコンフリクトの核心が、単に藝術的価値判断をめぐる保守と革新のヘゲモニー闘争であったわけではないということである。このような古／唐のコンフリクトが解決されるべき問題、つまり放置しておくことのできない克服課題として提出されている点から見るならば、詩一般の様態をめぐって、自らの主張を社会に投げかけるという行為が何を意味するものであったのか、知識人をしてそのような行為に駆り立てたものが何であったのか、という動因の問題を深刻に問い直しておく必要があるだろう。詩のスタイルがなぜ個人の嗜好性の問題として放置されなかったのか。詩が単に藝術における趣味-嗜好の問題であるならば、多様なスタイルは相補的に分布していてもよいはずである。しかし彼らはそれを許さなかった。主張の質-内実の問題としてだけではなく、主張をするという行為自体の問題性が改めて問われるのである。この点に関して仮説的に見通しを述べておくならば、社会の中に保存-継承されるべき標準ないし正常性をめぐる言説がリテラシーの質的分裂

を危惧する声として発せられたものであったということが重要なポイントとなる。既に本書「方法序説」で述べた事柄がここでの問題の一端にも触れているのだが、文字＝漢字はそもそも雑種的な域群を統合‐同化するという社会システムの導入を意味するものであった。彼らはそもそも古典文言以外に共通言語を持ってはいなかったからである。ゆえに科挙は、その統合を維持しようとする一種の言語政策であり、同時に社会設計制度であった。「かれら（筆者注、読書人）が何事かを文字によって表現しようとすれば、儒教の経典や古人の詩文の文体に沿った表現しかできないわけである。もし何か創造的な思考を発表しようとしても、その手段としてはスタンダード・テキストの文体しかないのだから、その筋道なり気分から大幅に外れる記述をすることは、実際上は非常に困難だし、もしそれに成功しても、読む側は既成の文体に合わせて解釈するのだから、合わない部分は読者の心にレジスターしない、つまり理解されない結果になる」（岡田英弘「真実と言葉」『講座・比較文化　第二巻　アジアと日本人』研究社、一九七七・一二）のである。「中国における経典のもっとも重要な社会的機能は、その内容の思想ではなく、その文体なのである」（同上、一四三頁）と言われる所以である。詩の応酬とは、社交の場における儀礼的会話の一種でもあったが、古典を基準とする規格化された言い方を習得することで、出身の地域性や階級性などの差異は縮減してゆき、文化的に画一化された一つの民族、すなわち漢民族という幻影が創り出される。勿論、純粋に文字だけを学ぶということなどはできないのであってみれば、共通の言語を持っているということは、共通の価値体系、共通の歴史＝物語を持っているという幻想を生み、それによって文化的自己同一性《カルチユラル・アイデンティティー》・共同性・共同体意識を形成する基盤装置として機能することとなったのである。

以上を踏まえた上で、別の角度からも当時の状況を概観的に振り返っておこう。前節に取り上げた袁桷の師、戴表元（字帥初・曾伯。慶元奉化の人）〔一二四四―一三一〇〕の言である（『剡源戴先生文集』巻八「張仲寔〔実〕詩序」、『四部叢刊正編』六七、七九頁上―下）。

異時、搢紳先生無所事詩、見有攢眉擁鼻而吟者、輒斬之、曰、是唐声也、是不足為吾学也、吾学大出之可以咏歌唐虞、小出之不失為孔氏之徒、而何用是啁啁為哉、其為唐詩者、汩然無所与於世則已耳、吾不屑往与之議也、詮改挙廃、詩事漸出、而昔之所靳者、驟而精焉則不能、因亦浸為之、為之異於唐、則又曰、是終唐声、不足為吾詩也、吾詩懼不達於古、不懼不達於唐、其為唐詩者、方起而抗曰、古固在我、而君安得古、於是、性情理義之具、譁為訟媒、而人始駭矣、杭於東南為詩国、之二説者、余狎聞焉、

異時《むかし》、搢紳先生《しんしんせんせい》（高貴な先生）は詩に事《つか》うる所無く、眉を攢《よ》せ鼻を擁《ふさ》いで（＝鼻声で（謝安の故事））吟ずる者有るを見れば、輒《すなわ》ち之れを斬《はずか》しめて曰く、「是れ唐声なり。是れ吾が学と為すに足らず。吾が学大いに之れを出だせば以て唐虞（堯舜時代）を咏歌す可し。小《わず》かに之れを出だせば孔氏の徒為るを失せず。而れども何の用ありてか是れ啁啁《ちゅうちゅう》（小鳥が群がり鳴く声）として為さん哉」と。其の唐詩を為す者、汩然《こつぜん》（落ちぶれたさま）として世に与《くみ》する所無ければ則ち已《や》むるのみ。吾往与の議を屑《いさぎよし》とせざるなり。詮（銓試）改まり挙（科挙）廃され、詩の事漸《しだい》に出づ。而して昔の靳《はずか》しめらるる者、驟《にわ》かにして焉《こ》れを精《もっぱ》らとするは則ち能わず、因りて亦た浸として（徐々に）之れを為す。之れを為すに唐に於いて異《すぐ》るれば、則ち又た曰く、「是れ終唐の声なり。吾が詩と為すに足らず。吾が詩は古に達せざるを懼《おそ》るるも、唐に達せざるを懼れず」と。其の唐詩を為す者、方《なら》び起《た》ちて抗《あらが》いて曰く、「古は固《もと》より我に在り、而して君は安《いず》くんぞ古を得んや」と。是に於いて、性情理義の具、譁《かまびす》しく訟媒と為り、而して人始めて駭《おどろ》く。杭は東南に於いて詩の国と為る。之《こ》の二説は、余狎《よ》く聞けり。

われわれはここに詩の本流をめぐる抗争についての証言を耳にする。ただし、この証言は、まずもって過去の要約＝現代的再整序という意味の上に成り立つものであり、この当時の文学的社会現象をめぐる分析というよりは、メッセージを潜ませた運動という意味を含んでいる。引用に続けて、「姑《ことさ》らに深く唐詩を誅《そし》ることもあるまい」

（「姑無深誅唐乎」）とあるのに、彼の基本的なスタンスが示されている。それは少なくとも「唐詩」という囲い込みによって、それを信念として動員するものに対して、スティグマ（否定的な烙印）を押して排除しようとするものではなかった。いかなる証言も事実をありのままに語ることはないが、それが日記のような記録文書ではなく、過去の経験の要約であればなおのことで、それがどう要約されているかが当座の問題の焦点となる。いかなる内容であれ、書かれることで何事かを志向しているのであってみれば、証言もまた一つの作品として読まれねばならない。しかも、社会の構成員は均しく、同音量の声を発しているわけではない。われわれの眼前にある資料は既にして何らかの政治性を帯びている。この証言から窺われるのは、先に見た「古」／「唐」という二つのフレームワークが、必ずしも相互に闘争的な議論を展開していたわけではなく、単に侮蔑を投げかけるのみで、社会的に相互の領域を侵犯することはなかったようにも見られるということである。先ほど、詩のスタイルの差異が当時にあってある種の「克服課題」であると見られていたと述べたが、その問題は深刻に解決されるべき喫緊の課題だとは考えられていなかったようである。そこで展開される発話は、合意形成を目的とした討論というよりは、単なる相互侮蔑の感情的発露であるようにも見られる。この文章に拠れば、唐詩批判を行っていた人が「搢紳先生」（高貴な先生）であったとされているのだが、近体（唐詩）が非官僚文人層にまで広く浸透したのに対して、古体を遵守すべき旨を唱えていたのが知識人層の人々であったというのは注目すべき点である。また、それぞれの立場は、総合的に俯瞰する視野を確保できるわけではなく、相対化の方法は、依拠する視点に拘束されている。例えば、科挙システムの内部制度として詩学を捉えた場合と、市場経済システム内部に組み込まれたものとして詩を捉えた場合というように、拠って立つ知的基盤が異なれば、同一カテゴリー内部のイデオロギー対立という性格を離れ、場を構成するディシプリン自体が分離したことによって、相互隔離–相互不干渉の土台ができあがっていたことにもなる。となれば、両者は相互に侮蔑的な言葉を投げかけるのみで、実質的に消極的な相互承認を行っていたと解釈することもできる。つまり、議論を可能にする共通の土台自体が既に失われてしまっていたのだとも見られるのである。

その上で、いま一つ戴表元の発言に注目してみよう。大徳一〇年（一三〇六）、児童《こども》の頃を回想しての記述である（『剡源戴先生文集』巻九「陳晦父詩序」、『四部叢刊正編』六七、八一頁上）。

余猶記、与陳晦父昆弟為児童時、持筆藁、出里門、所見名卿大夫、十有八九出於場屋科挙、其得之之道非明経則詞賦、固無有以詩進者、間有一二以詩進、謂之雑流、人不歯録、惟天台閬風舒東野及余数人輩、而成進士早、得以間暇習之、然亦自以不切之務、毎遇情思感動吟哦成章、即私蔵箱笥、不敢以伝諸人、譬之、方士焼丹錬気単門秘訣、雖甚珍惜、往往非人間所通愛、久之、科挙場屋之弊倶革、詩始大出、而東野輩憔悴老死尽矣、

余猶お記《おぼ》ゆ。陳晦父昆弟（兄弟）と与に児童為りし時、筆藁を持して里門を出づれば、見《まみ》ゆる所の名卿大夫の十に八九は場屋科挙に出づる有り。其の之れを得たるの道、明経《めいけい》に非ざれば則ち詞賦なれども、固《もと》より詩を以て進む者の有ること無し。間《まま》一二は詩を以て進むるもの有れども、之れを雑流と謂い、人、歯録せず。惟だ天台の閬風舒東野（嶽祥）及び余が数人の輩《ともがら》、而して進士と成ること早ければ、間暇を以て之れを習うを得たり。然れども亦た自ずから以て〝不切の務《つとめ》〟（精力を傾けるべきではない仕事）とし、情思感動に遇《あ》う毎《ごと》に吟哦成章すれども、即ち私《ひそ》かに箱笥に蔵《かく》し、敢えて以て諸人に伝えず。之れを譬うれば、方士の焼丹錬気、単門の秘訣にして、甚だ珍惜すと雖も、往往にして人間《じんかん》の通愛する所に非ざるがごとし。久しくして、科挙場屋の弊倶《とも》に革《あらた》まり、詩始めて大いに出づ。而れども東野が輩《ともがら》憔悴して老死し尽せり。

と彼の記憶は語る。この一段は、南宋末期当時の科挙において作詩能力が軽視され、明経（儒教の経書に関する論述試験）が重視されていたらしいことを示している[13]。作詩は閑暇に手すさびに行われるようなもので、その作も人に見せることなく隠し置かれたという。また、詩によって進士となっても「雑流」として軽んぜられ、歯録（科挙合格者同士が相互の姓名・年齢・貫籍・父祖三代の名を印刻した登記名簿）にも加えられなかったというところにその

程が知られる。

この点に関しては、奥野新太郎「挙子業における詩―元初の科挙停止と江南における作詩熱の勃興―」(『中国文学論集』三九、二〇一〇・一二)が詳細な分析を施している。奥野に拠れば、詩学が科挙受験にとって有害であるという理解が、金朝及び南宋期から元朝の士人層の間に見られ、ついには科挙の停止によって作詩熱が勃興し始めたという認識が生まれるようにもなっていたというのである。ただし、この場合の「詩」が何を指しているのか、という点には少しく注意を払っておく必要もある。上述したように、詩学が古／唐という二極分裂構造を呈していたとしたら、障害であると見られていたのはいずれであったのか、或いはいずれも含めて障害であると考えられていたのか。この点は精査を待って判断しなければならないが、ともかく、官僚層においてなぜここまで詩学の価値が低下してしまったのかという問題については検討しておかねばならない。その理由の一端には、当時の学問状況が大きく反映していたものと思われる。すなわち、道学の排斥と盛行である。

道学系儒者のリテラシー

先述したように、道学系儒者には――一部を例外として――文学を軽視するような傾向が見られた。それは、程顥(号明道)(一〇三二―一〇八五)が、思弁性の希薄な、単なる暗記・博学のような学問を、「玩物喪志」と難じ、「五経」の筆録なども戒めたと伝えられること(14)や、程頤(号伊川)(一〇三三―一一〇七)が、文は道を害するものと断言していること(15)に端的に示されており、朱熹のように文学に少なからず関心と思索を寄せる立場であっても、道と分断されるような文学は退けられていた(16)。

上述の戴表元の文章に見られる、科挙における詩学の価値低下という現象は、道学が学問の意義を「為己の学」と主張し、科挙のための功利的な学問の在り方を批判していたという事実を想起させるものである。上記文中に見える舒嶽祥（一二一九―一二九八）は、字舜侯（景薛）、号閬風。浙江寧海の人。戴表元の師である。嶽祥は宝祐（一二五三―五八）の進士とされているから、これはそれ以降、南宋末期の状況を示すものである。

　さて、道学系指導者のこのような思想は、文学界全体にとってどのような結果をもたらしたのだろうか。周密の『癸辛雑識』続集下（『唐宋史料筆記叢刊』中華書局、「道学」項、一六九頁）に当時の道学に関する有名な記述がある。長文であるが、道学の文学に対する態度、その結果としての社会的受容のあり方を確認するために以下に掲出しておく。なお、引用は、青木正児『支那文学思想史』外篇「支那文藝と倫理思想」第三節「道学と文藝」項（『青木正児全集』第一巻、一四二―三頁）の訳文に拠る。なお、字体は現行のものに改め、表記も一部改変した。

　昔呉興の老儒沈仲固先生がこんな話をして聞かされた、

『道学と言う名称は元祐（北宋哲宗の年号（西紀一〇八六―九三））に起り、淳熙（南宋孝宗の年号（西紀一一七四―八九））に盛んとなった。其の学徒にいかがわしい連中が有って、人が書を読んだり文を作ったりするのを見ては玩物喪志（くだらぬ道楽にうつつをぬかしている）と嘲り、人が政事に関心を持つのを見ては俗吏と誹る。そして彼等の読んでいる本はただ『四書』『通書』『太極図』『東銘』『西銘』と語録の類であるが、それでいて自分等の学問は正心・修身・斉家・治国・平天下なぞと駄法螺を吹いている。こういう連中が地方長官にでも為ると必ず学校を建てたり、賢人の祠を立てたり、四書の註釈を刊行したり語録を増輯したりする、かくて賢者とうたわれ、名声を釣り厚禄をせしめる事が出来る。そうで無いと司馬温公のような人格者でも、蘇東坡のような気節の有る文豪でも、本筋のものでないとするのである。そこで天下競うて之に趨り、稍や異議を挟むものがあると彼等一味の党は必ず小人として之を排斥し、天子の御威勢でもどうにもならぬ、其の気燄は此のように畏ろしい。然し彼等の行為を公平に考えて見ると、言行一致せず、つまり皆人情に近くない事ばかりで、将来必ず国家莫大の禍と為ることは、かの晋朝を滅亡に導いた所の清談に劣るまいと思われる』
と。此の話を聞いた時、自分はまだ少年であったが、其後淳祐年間（南宋理宗の時〔西紀一二四一―五二〕）に至り、朝廷の大官たちを見ると、どれもこれも必ず間のぬけた村夫子然として、弊衣高巾破履、一望して道学君子たることが知れるものばかりであった。かく道学君子が要路にはびこったのは、蓋し当時賈似道が国家の大権を握り、ただ競争者の出現を恐れて専ら此の連中を要路に任用し、表面は道学を尊崇すると見せかけ、実は彼等の間抜けを幸いとして其の掣肘を受けまいとしたので、遂に政治を紊乱して国家を滅亡せしめたのである。沈仲固の予言は不幸にして中った。

このように周密は、沈仲固の道学批判を通じて、自らもその実態を厳しく非難するのだが、ただ注意しておくべきは、彼が単に道学の学問的内容に反発しているわけではないということである。彼は、「伊洛之学」、つまり二程系統の学問を継承した張栻・呂祖謙・朱熹については、先賢の旨意を発明し、遡流徂源し、論著講解して一家を為した人物として評価しており、彼が批判するのは、その学問伝承の過程で「餘蘊」を失った後学《エピゴーネン》についてである（『斉東野語』巻一一「道学」、『宋元人説部叢書』上冊、五二三頁下―次頁上）。彼の中では、「伊洛之学」と「道学」とは峻別されている。

その上で、道学者は全体として見れば、社会的に異質なものと見られていたのである。歴史の表層に浮かび上がってくる人々の言動は、往々にして成功者であるが、それに追従する初学-浅学の人間の、歴史に埋没した言動の数々は社会的危機感を煽るものであったのだと推察されるのである。

しかして、その学問は、『四書』『通書』『太極図』『東銘』『西銘』、語録といった道学系の図書に限定され、それ以前に科挙の手本ともされていた蘇軾[17]の文が排斥されるなど、非常に偏ったものとなっていた。道学は、学問としての純粋性を高度に維持するために、その原理原則から逸脱するものは徹底的に排除するという傾向を持つが、文藝もまた排除の方向に働いていた。この事実を念頭に置いた上で、戴表元の指摘する詩学の軽視という状況について考えるならば、勿論、彼らの思想的な信条に拠るものという認識は認められるものの、このように読書実践の傾向が偏向していたのだとすれば、もはや詩作行為を実践しうるだけのリテラシーがそもそも失われていたのではなかったかとも考えられる。つまり、道学系儒者は、詩作はできるがやらなかったのではなく、もはや能力的にできなくなっていたのではないか、とも想像されるのである。仮にそれができたとしても、これまで掲出してきた諸資料から窺うに、『詩経』『文選』を指標とすると声高に叫びながら、放縦《めちゃくちゃ》な詩を作って自己満足に浸るようなものでしかなかったとも見られる。

その点に関連して、周密が『癸辛雑識』後集の別の箇所でも同様の主旨の発言をしていることが注意される。

南渡以来、太学文体之変、乾・淳之文、師淳厚、時人謂之乾淳体、人材淳古、亦如其文、至端平、江万里習易、自成一家、文体幾於中腹、淳祐甲辰、徐霖以書学魁南省、全尚性理、時競趨之、即可以釣致科第功名、自此非四書・東西銘・太極図・通書・語録不復道矣、至咸淳之末、江東李謹思・熊瑞諸人倡為変体、奇詭浮艶、精神煥発、多用荘・列之語、時人謂之換字文章、対策中有光景不露・大雅不澆等語、以至于亡、可謂文妖矣、（『唐宋史料筆記叢刊』中華書局、六五頁）

南渡以来、太学文体の変あり。乾・淳の文、淳厚を師とし、時の人、之れを「乾淳体」と謂う。人材淳古なること、亦た其の文の如し。端平（一二三四―三六）に至り、江万里（字子遠、号古心。江西都昌の人）（一一九八―一二七五）、『易』を習い、自から一家を成す。文体は中腹に幾《ちか》し。淳祐甲辰（四年、一二四四）、徐霖（字景説、号径畈。衢州西安の人）（一二一五―一二六二）、書学を以て南省（礼部の異称＝科挙）に魁（第一）たりて、全く性理を尚ぶ。時は競いて之れに趨《はし》る。即ち以て科第（科挙）の功名を釣致す可くんば、此れ自り、『四書』『東西銘』『太極図』『通書』・語録に非ざれば復た道《い》わず。咸淳（一二六五―七四）の末に至り、江東の李謹思・熊瑞ら諸人、倡えて変体を為す。奇詭浮艶にして、精神煥発す（美しく外に表れる）。多く『荘』『列』の語を用う。時の人、之れを「換字文章」と謂う。対策中に「光景不露」「大雅不澆」等の語有り。以て亡ぶに至る。文妖と謂う可し。

さて、上記のように、戴表元は南宋末期における詩の不遇を強調していたが、これは一見すると、劉克荘の「天下は皆な詩人」という発言と相違するようにも見える。しかし、両者の発言を注意深く見てみると、それは詩人の主体をどう見るかという立場の相違であって見解の相違でないことがわかるだろう。劉克荘の言は総体としての詩の汎化現象に注目したものであり、戴表元の、詩学が軽視されていたという指摘は、知識階級・官僚社会における価値の低下を指摘したものである。つまり、詩が階層的に拡大したがゆえに、その価値がインフレ現象を起こしたのである。

科挙と道学と詩学と

では、なぜ詩学が階層的に拡大することになったのだろうか。この問題には幾つもの条件が複雑に絡み合っていると考えられるが、簡単に整理すると、以下の三点の社会構造の変化が関係しているものと思われる。（i）科挙受験者数の増加、（ii）出版技術の発達、（iii）道学の盛行による文学（及びリテラシー）軽視の風潮、である。

（i）まず、科挙受験者の増加現象について述べる。一一～一二世紀にかけて科挙受験者数は、大幅な増加を遂げたとされ、その数は諸説あって一定しないが、一説には南宋代には毎回四〇万人以上が受験したという推計もある。[18] 受験者数が増加すれば、自ずから——官僚の任官枠が一定である以上——競争率は上昇し、合格率は相対的に低下することになる（加えて、唐代には毎年実施されていた科挙が、北宋中葉には三年に一回と定められている）。となれば、当然、膨大な科挙落第者が構造的に再生産されるという状況が生まれ、そのような挫折者をどのようなかたちで処遇するかが社会にとって重要な課題となる。長期的にリテラシー教育を受け、それを身体化させてきた一群は、科挙受験に失敗したからと言ってすぐにそのような能力を放棄し全く無関係な道へ進んだとは考えにくく、むしろそのようなリテラシーを活用して社会階層の上昇が図れるような別の場への「移動」を試みることになったのではないかとも想像される。実際、彼らの一部は禅林へと流入しその領袖となるものまで現れたが（「方法序説」参照）、別ルートとしては、出版業界とその周辺に生活の場や糧を見出すものもいた。例えば、江湖派の詩人の一人に数えられる陳起もまた、科挙受験者であり、かつまた科挙落第者であった（陳思編『両宋名賢小集』略伝に、「寧宗の時、郷貢第一たり。時に陳解元と称す」〔『景印文淵閣四庫全書』第一三六四冊、六七八頁下〕とある。つまり、地方試験の解試ではトップ通過であったが、中央試験の省試では落第したのだと思われる）。彼は臨安（杭州）の中心部、棚北大街睦親坊の南、「宗学」（皇族の子弟のための学校）の附近に「陳道人書籍舗」「陳宅書籍舗」「陳解元書籍舗」などと呼ばれる書肆（書籍の販売だけでなく出版事業を兼ねる）を開き、自らのリテラシーを活用することによって社会的地位を築いていた（詳細は、深澤一幸「陳起「芸居乙稿」を読む」梅原郁編『中国近世の都市と文化』京都大学人文科学研究所、一九八四・三、一ノ瀬雄一「南宋臨安の書舗に関する一考察」『史泉』六三、一九八六・二、参照）。そして、自らと同じ境遇の在野の群小詩人や微官の士人の詩を精選し、『江湖集』と名づけて刊行した（現存するのは、『江湖小集』九五巻、『江湖後集』二四巻〔『景印文淵閣四庫全書』集部二九六・第一三五七冊〕）。これによって、士大夫＝官僚を含めた知識人社会の中に（或いはその朧気な境域に）新たな詩学の場が形成されることとなった。「江湖派」或いは「江湖詩派」と呼ばれる詩学史上の特異点がここに生成されることになったのである。加えて注意される点は、この当時に多くの詩社が結成され、そのネットワークの結節点として書肆が機能することもあったということである。例えば、陳起の居所は「芸居楼」と呼ばれていたが、その門前に梧桐の木があったことから、そこに集った詩人の会は「桐陰吟社」と呼ばれたという。他にも、「西湖詩社」、「月泉吟社」などが活動していたことが知られる（上掲深澤論文[19]）。臨安には少なくとも十軒程度の書肆があり（ということはその規模で営利出版が成立するほど、リテラシーを備えた階層の顧客が存在したということになる）、中には陳起の他にも、陳思や趙升〔昇〕など自ら詩文を作成する経営者もいた。また、役人に代わって文書作成を代作する書肆もあり、また挙子業に挑む貧家の出身者は自ら書肆で酬労したりもしていたという（以上、上掲一ノ瀬論文）。江湖派に数えられる詩人は、活動の時代も地域も多様であり、必ずしも「派」という語によって統括されるようなグループではなかったが、幾つかの「詩社」が形成され、緩やかにネットワーク化していたのは確かだったようである。

ただし、この「江湖派」については、一点、重ねて注意を喚起しておくべき問題がある。それは、われわれがそのカテゴリーの中に過度に「民衆」「大衆」「庶民」「市民」といった像を投影してしまってはいないか、という点である。無論、詩学が階層的に拡大したといっても、突然、一般庶民が詩を作り始めたというわけではないし、科挙システムから離脱した階層が含まれているとは言っても、それをもって彼らの存在を「知識階級」の対概念としての「大衆」へとカテゴライズできるわけでもない。

張宏生『江湖詩派研究』（中華書局、一九九五・二）は、目下のところ「江湖詩派」に関する最もまとまったかたちの専門書であるが、現存する『江湖集』、『南宋群賢小集』などの諸本二三種に登記される詩人をもって、総計一三八名の「江湖詩派」の詩人が数えられるとしている。ただし、そこでは年代不適合（北宋や元の人）、社会的地位不適合（丞相などの高官に上ったもの）、伝統的分類との不適合（一般に江西詩派に属するとされている李錞、女流詩人である朱淑真など）という三点の理由から既に三一名が計数から除外されており、さらに姓名の特定できない一一名も統計から外されている。この分類を受け容れた上で、その一三八名の経歴を調査すれば、（経歴をたどれないものが多いものの）少なくともうち四四名が進士に登っていることが確かめられ、全体の約三割を占める計算になる。他にも、進士には登らなかったものの科挙受験経験のある者や恩蔭（父祖が科挙に合格している場合に下級官僚の役職が与えられるという人事制度）などによって官途に就いている者を含めれば、全体の半数程度が何らかの公職に就いていたことが分かる（加えて言えば、除外された三二名のうち、少なくとも一五名が進士である）。そもそも彼らがリテラシーという階級分化装置を身体化したテクノクラートであった以上、「大衆」という語が彼らの形容に必ずしも適さないことは明らかであろう。また江湖詩壇はある筆禍事件を起こしているが（『江湖集』の中に当時の丞相、史彌遠を誹る詩があったことから、作者数名が獄に処され、陳起も流刑にされた。後、彌遠の死後、許されて臨安に帰ったという）、民間で出版された詩集が、宰相の耳にまで届き、弾圧されるという事態にまで至っているという事実は、民間とは言え、その場がいかに廟堂と近接するものであったかを示唆するものでもあるだろう。

ちなみに、四霊についても、徐璣と趙師秀は地方官に登っている。徐は、父定が邵武令、太平州通判を経て守潮州に至っており、その恩蔭によって建安（現、福建省建甌）主簿、永州（現、湖南省零陵）司理、龍渓（現、福建省漳州）丞、武当令、長泰令に至った。趙は、紹熙元年（一一九〇）の進士。上元（現、江蘇省江寧県）主簿、金陵（現、江蘇省南京）幕従事、筠州（現、江西高安県）推官。また、翁巻も、淳祐の郷薦に登ったが、任官には至らなかったらしい（以上、胡俊林『永嘉四灵暨江湖派诗传』吉林人民出版社、二〇〇〇・一、参照）。ちなみに、翁巻の『西巌集』に附される、葉適の序には、「声韻之学翁氏世業也」とあって（『景印文淵閣四庫全書』第一一七一冊、一七三頁上）、翁巻もまた文化資本の高い家系の出身であったことが推察される。また江湖詩壇を代表する詩人、劉後村の出自もまた決して「大衆」と称しうるようなものではなかった。父祖の文化資本を継承し（劉夙（一一二四―一一七二）―彌正（一一五七―一二一三）―克荘（一一八七―一二六九））、恩蔭によって公官に登っていることが知られる。江湖の詩人の中に科挙受験を志さなかった者、或いは途中で断念した者――競争から自己排除した者――がいたのは確かだが、そのような人物であっても、（少なくともその一部は）広い意味での科挙制度の産物であったことには違いがなかったのである。その意味で、一般民衆が突如として詩を作り始めたわけではない――リテラシーという観点から考えてもそれは不可能である——という点にはくれぐれも注意しておかねばならない。

その点、しばしば南宋末期の江湖詩壇の存在をもって詩の「大衆化」「民主化」という評価が為されることもあるが、そのような語を用いることによってあらぬ誤解を引き起こしてしまう惧れがあることにも十分に配慮をしておかなければならないだろう。例えば、概説的な書物から「江湖派」がどのように記述–説明されているのかを確認しておくならば、以下のような記述に接することもできる。

○南宋の詩壇も、寂寞であったのではない。大いににぎやかであった。大詩人こそいなかったけれども、無数の小詩人が、地域的な平和の中で、小さな詩を作りつづけたこと、江戸末期の文学の盛況に似る。／そうして小詩人たち一人一人の詩は、つまらないけれども、集団としては、重要なうごきを文学史の上にもたらしたことを、看過してはならない。／一つは、小詩人たちのおおむねが、官僚でなくして、民間人であったことである。あるいは都市の商人であり、あるいは農村の地主であった。このことは以後、元、明、清の時期を通じ、文学が主として民間人をにない手とするさいしょである。すこし奇矯な語を使えば、文学の民主化のはじまりである。（吉川幸次郎『宋詩概説〈中国詩人選集二集1〉』岩波書店、一九六二・一〇、二二三―四頁）

○宋王朝はその初期から文官を優遇し、教育を重視したが、このころに至ると、印刷出版業の隆盛も手伝って、読書・詩作にたずさわる人々の階層は大幅に拡大、都市の商工業者や農村の地主とその子弟に及んでいた。この、いわば読書・詩作の大衆化の流れの中で、詩壇に〈永嘉《えいか》の四霊《しれい》〉と呼ばれる詩人たちが活躍した。……／〈永嘉の四霊〉の活躍、『三体詩』の編纂と並んで、この時期、もう一つ注目すべきは〈江湖派〉の存在である。この名称は、理宗の時代に活動した出版業者兼書店経営者の陳起《ちんき》が多くの詩集を出版し、それらを総称して『江湖集』と名づけたことに基づく。……／これら江湖派の詩人たちも、全体として〈永嘉の四霊〉と同様、中晩唐の詩を手本とし、平淡でスケールの小さい境地を特色とする。／が、〈四霊〉と大きく異なるのは、江

> 湖派には、社会性・風刺性の強く表れた作品が多いということである。中には時の権臣韓侂冑《かんたくちゅう》や史弥遠《しびえん》を刺《そし》ったものまであり、それがために、いくつかの詩集の版木《はんぎ》が焼却処分となり、陳起が流罪となったこともあった（〈江湖詩禍《こうこしか》〉）。／この時期にそうした詩風が流行した背景には、「遊士」の存在がある。当時、高学歴でありながら科挙に落第したり、或いは科挙受験を放棄したりした人々が民間で結束し、一つの社会的勢力となっていた。彼らは「遊士」と呼ばれ、しばしば上書などの言論活動を行い、官吏の横暴や、重税などの暴政を告発した。その精神は当然、彼らが作る詩にも投影され、江湖派の重要な特色となったのである。（宇野直人『漢詩の歴史―古代歌謡から清末革命詩まで―』東方書院、二〇〇五・一二、三二六―九頁）

このような言説の基盤に、戦後の〝民衆的なもの〟への価値化というパラダイムが存在することにも留意しておく必要があるが（「方法序説」第6節参照）、ともかく、ここでいう「民間人」「大衆」なるものがいったい誰なのかということは明瞭にしておかねばならない。勿論、戴復古のように布衣出身とされる人物が江湖詩壇で大きな名を持っていたのは確かであるが、とは言え、江湖派を「大衆」という語で捉えるのは事態を過大に捉えすぎているようにも思われる。リテラシーの生理的身体化に相当の年月と労力と資金が必要なことを思えば、われわれは「大衆」が突如として詩を作り始めたかのような誤解へと導かれぬように注意せねばならない。近代国家とは異なり、帝国は、（「士」に対する）「庶」の言語生活には一切介入はしなかったし、識字者の数量を増加させなければならないという近代的な発想も未だ形成されてはいなかった。江湖派の存在は、詩学の専門化と学問からの乖離を説明する現象として詩学史上、黙過しえぬ社会構造的変化を示すものであったのは確かであるが、それを没個性の匿名的存在としての「大衆」が詩に参与する現象であったと見るのは適切とは言えない。詩学の社会階層的膨張という現象が認められるとしても、それは「大衆」という壁をも突き破るものではなかったし、それを詩学が「知識人」の手から離れ「大衆」の手に渡ったという詩学史上の転換点に位置づけることもできない。勿論、出版資本主義の到来によって、詩を解するためのプロトコルを入手するまでの距離はいくらか短くなったに違いないが、それが近代的な汎性をもたらしたとも言えない。知識人社会の中に、それまでありえなかった「江湖」という未開の土地が発見されたのは確かだが、それも端的に言えば、知識階級に厚みが生まれ、科挙制度だけではその絶対数を処理できなくなっていたために、従来的な枠組から漏れ出てくるような〝新たな知識階層〟が出現したというに過ぎない。詩人であることの能力は、社会の中に不平等に分配される――士／庶を分節化する――ものであったという基礎条件はここではまだ動いてはいないのである。

(ii) さて、科挙受験者数の増加は、出版技術の発展に下支えされると同時に、その発展を駆動するものであったとも見られるのだが、この二つの現象は相互に不可分の関係を構成しつつ、宋代に大きな社会構造的変化をもたらした。まず、江湖詩人の出身地を調査してみると、浙江・福建など、出版の盛んな地域と重なっていることがわかるが（後述）、このことは読書環境が（相対的に）整備された地域の出身者のほうが（書物へのアクセスの機会が確保されていたという事情によって）知識人社会の中で地歩を築くのに有利な環境に置かれていたという事実を示唆している。またそれと同時に注意されるのは、本書「方法序説」で触れたように、メディアが知の形態を変質させる可能性を持っていたという点である。よく知られた、蘇軾の「李君〔李常〕山房記」（「李氏山房蔵書記」、『経進東坡文集事略』巻五二・記、『四部叢刊正編』四七、三〇六頁上―下）は、出版技術の発達に反比例するかたちで、当時の知識人階級の読書量が減少していることを示唆するものであった（本書「方法序説」、七三頁参照）。かつて書物へのアクセスが困難であった時代は、読むという行為は（声に出して）暗記するという行為と不可分であったが、書物の価値の稀少性が転倒したことによって、書物が私蔵されるとともに記憶が外部化されるという事態を生んだ。この問題については、朱熹もまた次のように言っている――「近頃の人が読書をおざなりにするのは、印刷された書物が多くなったからである。昔の人は竹簡を用いていたので、大変な有力者であってはじめてものにできた。一介の読書人が、どうしてそれをもてたろう。だから後漢の呉恢が竹簡を作って『漢書』を写そうとした時、息子の呉祐が、「書物ができあがったら、車に載せねばなりません。昔馬援はハトムギのせいで誹謗され、王陽は衣装入れのせいで悪い噂を立てられました。」と諌めたのは、まさにこのことなのだ。黄覇が獄中において夏侯勝から『尚書』を教わった[20]ときにも、たっぷり二冬を越してやっと伝え終わった。なぜなら昔の人は本を持たなかったので、初めから終いまですっかり憶える他はなかったのである。講義を受けるにも、やはりすべて暗記してしまってから、師に学問を授かった。たとえば、東坡の「李氏山房蔵書記」を見れば、その当時でも書物は得難いものであった。晁以道は『公羊伝』『穀梁伝』を手に入れたいと思い、あちこち探し回っても見つけることができず、後になって一本を手に入れ、ようやく筆写することができたのである。いまは、写すことすら面倒がって、それで読書がおざなりになるのだ。［董銖］」（今人所以読書苟簡者、縁書皆有印本多了。如古人皆用竹簡、除非大段有力底人方做得。若一介之士、如何置。所以後漢呉恢欲殺青以写漢書、其子呉祐諌曰、「此書若成、則載之車両。昔馬援以薏苡興謗、王陽以衣嚢徼名」、正此謂也。如黄覇在獄中従夏侯勝受書、凡再踰冬而後伝。蓋古人無本、除非首尾熟背得方得。至於講誦者、也是都背得、然後従師受学。如東坡作李氏山房蔵書記、那時書猶自難得。晁以道嘗欲得公・穀伝、遍求無之、後得一本、方伝写得。今人連写也自厭煩了、所以読書苟簡。銖）（『朱子語類』巻一〇・学四・読書法上、訳文は、興膳宏・木津祐子・齋藤希史「朱子語類読書法篇訳注（二）」、『中国文学報』四九、一九九四・一〇、一三八―九頁に拠る）。このように、古典の暗記が必要とされなくなったということになれば、それは実質的に古典という回路からの離脱を意味するものとなるだろう。そして、これによって知識人のリテラシーの低下、或いは偏向が惹起されることになったのである。

（iii）そして上記の問題は、道学の盛行による文学及びリテラシーの軽視という風潮とも密接に関わっていた。「方法序説」において古典知と近代知という知的モードの差異、リテラシーの質的懸隔について論及したが、道学の盛行は、近代的リテラシーの部分的導入を促進するものであったとも見られる。それは道学が、「心」への傾斜を強め、そこに自己の自己性に対する強い一次性・原初性の根拠を求めたことに拠る。それゆえ、言語（音声）や文字（書記）はその転写物として軽視され、さらには障害物として排除される傾向さえ認められるようになった。ここで重要なのは言語と思想とを分けて考えることが可能となる土台が形成されたことである。道学者にとって、言語とは単に思想を転写する道具でしかなく、彼らにとって重要なのは自らが〈聖人〉となる可能性を探求することであって、古典を読むことそれ自体ではなかった。これは明らかに儒学と禅学との混淆によってもたらされた発想だが、伝統詩学が句と意との不即不離の関係性を堅持していたのに反して、詩学を排斥した道学系知識人は、言語という遮蔽物を取り除くことで、実体化された「心」＝聖人との直接性を理想化（妄想）するようになっていたのである。この時、人間が言語によって作られていること、或いは言語の桎梏からいかにすれば自らを解き放つことができるかという禅学が抱えていたアポリアは恣意的に克服されてしまっている。これによって起きた現象が、詩と学問（古典）の構造的分離であった[21]。

詩学はそもそも自らを古典と接続させることで初めて可能になる身体技術であったが、もし古典からの離脱が正当化されることになれば、詩篇は古典ではなく自らの経験に依拠して作られるものであるという発想も同時に正当化されることになるだろう。そこでは、古典の再編集という技術に対してではなく、独自性《オリジナリティー》という新たな価値基準に対してより重い意味を見出すことになるはずだ。江湖の詩人が身辺の日常事を詩の題材としていたということもこれと無関係ではない。また、後述する永嘉学派の作詩作文規範が独創性に対する信仰を生んでいたという事実も想起されるだろう。このような近代的リテラシーの萌芽に予期されるのは、詩学に対する根本的な認識の変化である。その一例を以下、詩句の出所《ソース》をめぐる言説に照準を合わせて確かめておきたい。

それはこの当時、杜甫をめぐる一つの議論として、杜詩にはその一字一句の全てに来歴があるのだ、という説が盛んに唱えられていたという事実に関わる。例えば、以下のような議論である。

○北宋・黄庭堅「老杜作詩、退之作文、無一字無来処、蓋後人読書少、故謂韓杜自作此語耳、古之能為文章者、真能陶冶万物、雖取古人之陳言、入於翰墨、如霊丹一粒、点鉄成金也」（『予章黄先生文集』巻一九「答洪駒父書三首」、『四部叢刊正編』四九、二〇四頁上、蔡夢弼『草堂詩話』巻一所引、『景印文淵閣四庫全書』第一四八一冊、五二四頁下）

○南宋・陸游「今人解杜詩、但尋出処、不知少陵之意初不如是、……蓋後人元不知杜詩所以妙絶古今者在何処、但以一字亦有出処為工、如西崑酬倡集中詩何曾有一字無出処者、便以為追配少陵可乎、且今人作詩亦未嘗無出処、渠自不知、若為之箋注、亦字字有出処、但不妨其為悪詩耳」（『老学庵筆記』巻七、『宋元人説部叢書』上冊、中文出版社、三二六頁下）

○南宋・楼鑰「少陵・東坡詩出入万巻書中、奥篇隠帙、無不奔湊筆下、固已不易尽知、況復随意模写、曲尽物態、非親至其処、洞知曲折、亦未易得作者之意」（陳与義『増広箋注簡斎詩集』序、『四部叢刊正編』五一、一頁）

○南宋・文天祥「昔人謂、杜子美読書破万巻、止用資下筆、如有神耳、読書固有為、而詩不必甚神」（『文山先生全集』巻一〇「跋蕭敬夫詩藁」、『四部叢刊正編』六四、二一〇頁下）

○元・劉壎「乃知杜句皆有根本、非自作語言也、山谷云、杜詩韓文無一字無来処、今人読書少、故謂韓杜自作此語、予初未以此説為然、今観此集則此言信矣、後世作詩者、無根之言耳」（『隠居通議』巻七「杜句皆有出処」、『叢書集成新編』八、四〇五頁下）

黄山谷は指摘している――現代人は読書量の低下によって、杜甫の詩、韓愈の文にそれぞれ来歴があるということがわからなくなっていると(22)。また、最後の劉壎の発言は、家蔵書の『東坡老杜詩史事実』十巻に杜甫の詩句及びその出所が列挙されているのを見出し、その感想として記されたものであるが、その中で山谷の言を引きながら、同書を見て初めて山谷の指摘が正しかったことがわかったと述べ、さらに後世の詩人の作は「無根之言」（根拠のない言葉）に過ぎないとの論難を加えている。陸游が現代人の詩には「出処」がないと述べているのも同様の趣旨である。杜甫の詩には全て来歴があるという言表が反転して示しているのは、この当時の人々には、その来歴が見えなくなっていたということである。つまり、かつて詩学とは、古典の再現前‐再編集を意味する行為であったのだが、宋代には古典からの離脱が兆され、それよりもむしろ自己自身の「経験」或いは「内面」へとより強い根拠を求めるようになっていた。つまり、「近代知」（「方法序説」参照）の萌芽がここに窺われるようになっていたのである。しかも詩学のあり方が常に科挙制度の方針と密接に関わるものであったという歴史を顧慮するならば、理宗朝以降、科挙が道学を学問の標準と定位したということは、古典からの離脱を半ば政府が、即ち知識人社会が公認したことを意味することにもなる。それによって知識人階級における道学に対する態度、科挙に対する態度、詩学に対する態度は相互に連動しながら、リテラシー上の亀裂を呼ぶこととなった。そして、そこにできた裂け目こそが、古／唐というコンフリクトとなって南宋末期に顕在化したのだと見られるのである。

　その中で、これまで見てきたように、道学が文学を軽視したという事実が、詩学の階層拡大という現象とどのように関わっていたのかは重い問題となってくるだろう。古典文言のヘゲモニックな作用が低減すれば、或いは聖人であるか否かの判断を筆記試験によって判定することへの不合理性が道学系知識人の意識の上に強く形成されることになれば、詩学という知の制度を支えていた「科挙」制度そのものに対する信仰を低下させることにもなりかねないからである。それゆえ、詩学の主体的な場が科挙‐官僚制度の「外部」へと移行してゆくという現象が必然的な帰結としてここにもたらされることになったのだと考えられるのである。

*

如上、南宋末期において、詩の存在は階級的領域を拡張し、全体としては活況を呈しながら、（官僚層）知識人階級ではむしろ軽んぜられるという一種の分裂的な二極構造が形成されていたことが明らかとなる。それは相互の立場において弊害と見做されていた。一つは、（非官僚系の）下層知識人階級の間で詩の本流から逸れた晩唐詩の模倣（＝古典からの離脱）が盛んに行われたということ、そしてもう一つは、道学系知識人層の間で古体に拘ることで詩としての精巧性が無視されるようになったということである。このような二極構造が形成されたことについて、例えば、方回などは次のような言葉で批判している（『桐江集』巻一「趙宧〔賓〕暘詩集序」、『叢書集成三編』四七、四五三頁下）。

古之人雖閭巷子女風謡之作、亦出於天真之自然、而今之人反是惟恐夫詩之不深於学問也、則以道徳性命仁義礼智之説排比而成詩、惟恐夫詩之不工於言語也、則以風雲月露草木禽魚之状、補湊而成詩、……学問浅深、言語工拙、皆非所以論詩、

往古の人は、閭巷・子女・風謡の作であっても、天真の自然から流れ出るように歌いあげたものである。しかし、今の人は、逆にその詩が学問的に深慮に欠けるのを恐れて、ただ道徳・性命・仁義・礼智の説を順序よく並べて詩を作るだけである。また、その詩が表現的技巧に欠けるのを恐れて、風雲・月露・草木・禽魚といった修辞表現を拾い集めてきて詩を作るだけである。……学問の浅い深い、言葉の上手い下手は、どれも詩を論ずる次第ではないのである。

方回は、文学批評家として知られるが、朱熹に私淑した人で、道学系儒者でもある。したがって、その基本的態度として江湖派の晩唐詩模倣を強く批判しているのだが、一方で、唐詩を全く退けるというわけでもなかった。「詩は必ず俗好《はやり》を擺《はら》い、少作（若い頃の作）を棄て、衆体を備うれば、則ち言を立てて朽ちず」（詩必擺俗好、棄少作、而備衆体、則立言不朽）（『桐江集』巻四「跋許万松詩」、『叢書集成三編』四七、五二一頁下）と述べ、「衆体」、つまり格律の精巧な近体詩を兼ね備えることの必要性を説き、史上の詩人中、杜甫を「其の意趣は古の六義を全うし、而して其の格律は又た後世の衆体を備う」（其意趣全古之六義、而其格律又備後世之衆体）（『桐江集』同上、五二二頁上）と、

二体兼備の理想像とし、「予詩を選ぶに老杜を以て主と為す」（予選詩以老杜為主）（『瀛奎律髓』巻一〇・許渾「春日題韋曲野老邨舍」項、『景印文淵閣四庫全書』第一三六六冊、九九頁下）、「詩を学ぶ者必ず老杜を以て祖と為せば、乃ち偏僻の病無し」（学詩者必以老杜為祖、乃無偏僻之病）（『瀛奎律髓』巻一〇・姚合「游春」項、同上、一〇一頁上）と称揚するのである。

このような二極的偏向性が弊害と見做されるということは、すなわち相互が批判の根拠を有するということでもあった。つまり、古体派は近体派に対して、言語表現の巧拙に拘泥するあまり〈道〉から乖離していると批判し、近体派は古体派に対して、学問性に固執するあまり表現的稚拙に陥ると批判し得たのである。これはある意味で表現技巧をめぐる文学一般のありふれた問題であるとも言えるが（勿論、いずれが正しいかという性質の問題ではないが）、そもそも拠って立つ土台が分裂してしまっているために議論が齟齬しているのである。

詩学の専門化と商品化

如上、詩学が、士大夫階級（知識人層）における価値の低下という状況に直面しながら、社会全体としてはむしろ飛躍的な拡がりを見せたという事態は、南宋末期に一つの特徴的な現象を呈することとなった。方回の文章に以下のような記述がある。

○慶元・嘉定以来、乃有詩人為謁客者、龍洲劉過改之之徒、不一人、石屛亦其一也、相率成風、至不務挙子業、干求一二要路之書為介、謂之闊匾、副以詩篇、動獲数千緡、以至万緡、如壺山宋謙父自遜、一謁賈似道、獲楮幣二十万緡、以造華居是也、銭塘湖山、此曹什伯為群、阮梅峰秀実、林可山洪、孫花翁季蕃、高菊磵九万、往往雌黄士大夫口吻、可畏至於望門倒屣、石屛為人則否、毎於広座中、口不談世事、縉紳多之、（方回『瀛奎律髓』巻二〇・戴復古「寄尋梅」項、『景印文淵閣四庫全書』第一三六六冊、二五八頁下―次頁上）

慶元・嘉定（一一九五—一二二四）以来、詩人の中に謁客となる者が現れるようになった。（それは）劉過（字改之、号龍洲）の徒だけでなく、戴復古（字式之、号石屛）もまたその一人であった。互いの詩を批評・添削し合って、科挙の受験に務めることなく、一、二の高官の書を求めてそれを（取り入るための）足がかりとし、「闊匾《かつへん》」と呼んでそれに詩篇を副《そ》え（て高官に献呈し）た。ややもすれば数千緡を獲得し、万緡に及ぶことさえあった。例えば、宋自遜（字謙父、号壺山）が、（宰相の）賈似道に一度謁見しただけで、紙幣二十万緡を獲て、豪邸を築造したというのもそれである。銭塘（浙江臨安府＝南宋首都）の西湖・孤山には、その仲間が数十数百と群れ集まった。阮秀実（字賓中、号梅峰）・林洪（字龍発、号可山）・孫惟信（字季蕃、号花翁）・高翥（字九万、号菊磵）（など）、往往にして士大夫の口吻を改めて詩を作るだけであり、ひどいものは、その門を望み、あわてて履き物を逆さまに履くほど（の歓迎ぶり）であった。（しかし）戴石屛の人柄はそうではなかった。いつも広座の中にあって、世事を談ずることもなかった。（そのため）高貴な先生からは褒め称えられていた。

○近世詩学許渾姚合、雖不読書之人、皆能為五七言、無風雲月露氷雪烟霞花柳松竹鶯燕鷗鷺琴碁書画鼓笛舟車酒徒剣客漁翁樵叟僧寺道観歌楼舞榭、則不能成詩、而務諛大官、互称道号、以詩為干謁、乞覓之、貲敗軍之将、亡国之相、尊美之、如太公望郭汾陽、刊梓流行、醜状莫掩、嗚呼、江湖之弊一至於此、（『桐江集』巻一「送胡植芸北行序」、『叢書集成三編』四七、四七二頁上）

近世の詩は許渾・姚合を学び、読書をしない人であっても、誰もが五言七言の詩を作ることができる。（しかし、もしこの世に）風雲・月露・氷雪・烟霞・花柳・松竹・鶯燕・鷗鷺・琴碁・書画・鼓笛・舟車・酒徒・剣客・漁翁・樵叟・僧寺・道観・歌楼・舞榭が無ければ、詩を作ることはかなわない。そしてなんとか大官に取り入ろうとし、互いに道号を称して、詩によって謁見を求め、敗軍の将や亡国の相を貲《たから》のように扱って、それらを尊美すること、あたかも太公望・郭汾陽のようでさえあった。刊行図書は流行して、醜状をさらけだしている。嗚呼、江湖の弊は偏えにここに至った。

このように、高官《パトロン》に取り入って、詩によって生計を立てるという専門家《プロフエッショナル》としての詩人が生まれ、詩学は完全に学問から乖離し、専門化–自立化するに至った。このような、江湖詩壇の少なくともその一部に見られる、上流階級に接続しつつ庇護関係を結び、そこから経済的利益を獲得していたという現象は、やはり科挙落第者の取りうる一つの生存戦略であったと言うべきだろう。ただし、「売文」「潤筆」という形態をとって、文学が「商品化」されるという事態は決して当時に始まったことではなく、士大夫が代筆業を副業《サイドビジネス》としていた歴史は実は浅いものではない（佐伯富「士大夫と潤筆」『内田吟風博士頌寿記念 東洋史論集』同朋舎、一九七八・八）。しかし、ここで注意されるのは、副業ではなく専業の詩人が誕生したということである。江湖詩人の少なくとも一部は、公職には就いていなかったが、その点から、公職から離れ、職域から自由であるぶん、本当の意味で公共的な存在であったと考える向きもあるかもしれない。しかし、そのような社会的位置にあったとしても、公権力と利害関係をもって結び付いていなかったわけではなく、それどころか詩学を商品化させることによって、積極的に権力の附帯物として自らにその価値を与えようとしていたのである。詩学が権力によって、より厳密に言えば、或いは権力からの資金によって支えられているという構造は、一部の学者からは詩学の腐食であり、冒瀆であると見なされた。例えば、当時、「生日」詩（誕生日を祝する詩）を高官へ献上するという風潮が見られたが、それについて、元・方回は、『瀛奎律髄』巻四七・僧簡長「贈浩律師」項（『景印文淵閣四庫全書』第一三六六冊、五三四頁下）において次のように批判している。

蜀僧北礀簡、読其集、及見葉水心、与之絶句、且令其除去集中生日詩、此説是也、予此選所以不取生日詩、蓋有所見、嘗読周少隠集有秦檜生日詩、甚為可悪、近世李雁湖集魏鶴山集皆不去生日詩、一例刊之、亦一快也、

蜀僧北磵（居）簡、其の集を読むに、葉水心に見《まみ》ゆるに及び、之れと与に絶句し、且つ其れをして集中の生日詩を除去せしむ。此の説是《ぜ》なり。予此の選（『瀛奎律髄』）に生日詩を取らざる所以《ゆえん》なり。蓋ぞ所見有らずや。嘗て周少隠（紫芝）が集を読むに、秦檜の生日詩有り、甚だ悪《にく》む可きと為す。近世李雁湖（壁）が集、魏鶴山（了翁）が集も皆な生日詩を去《のぞ》かず、一例に之れを刊するは亦た一快なり。

蜀僧、北磵居簡が、葉適（号水心）に相見したという事実は、『北磵詩集』（内閣文庫蔵本）の序として水心の詩が附載されていることからも窺われる（また『水心先生文集』巻八にも「奉酬般若長老」題で収録）。

簡師詩語特驚人　　簡師　詩語　特に人を驚かす
六反掀騰不動身　　六反　掀騰（高くまい上がること）するもこれ不動身
説与東家小児女　　東家の小児女に説与せん
塗紅染緑未禁春　　紅を塗り緑に染むるも　未だ春を禁ぜしを

新詩最佳、三復媿歎、然有一説、不敢不告、林下名作将以垂遠、不可使千載之後集中有生日詩、此意幸入思慮、何時共語、少慰孤寂、

新詩は最も佳し、三復媿歎す。然して一説有り、敢えて告げずんばあらず、林下の名作、将に以て遠くに垂《なんな》んとす。千載の後をして集中に生日詩を有らしむ可からず、と。此の意幸いに思慮に入る。何れの時か共に語りて、少しく孤寂の慰《なぐさみ》とせん。

方回の指摘する通り、周紫芝には、朝廷の大官の誕生日を祝った「生日詩」数篇がある（『太倉稊米集』、『景印文淵閣四庫全書』第一一四一冊）。また、魏了翁の集中にも多くの生日詩が含まれている（『鶴山先生大全集』、『四部叢刊正編』六〇）。以上の記述から判断すると、北磵が葉適に対して、生日詩を集中から削除するように進言した、ということになるだろうか。ちなみに、この当時、高似孫（字続古、号疎寮。四明の出身。反道学系の学者、文虎の子）

なる詩人があり、宰相韓侂冑に「生日詩」九首を献上したことがよく知られている。それは九錫（勲功あるものに賜る九種の品物。車馬・衣服・楽器・朱戸・納陛・虎賁・鉄鉞・弓矢・秬鬯）の寓意として皆暗に錫字を用いるというもので、時の文壇から多くの非難を浴びたと伝えられる（石田肇「南宋明州の高氏一族について――高閌・高文虎・高似孫のこと――」宋代史研究会編『宋代の社会と宗教』汲古書院、一九八五・一〇、参照）。一篇の詩が豪邸と交換されるということになれば、下級官僚になるよりも、プロの詩人になったほうがより高い経済資本を獲得できる、という可能性も現実味を帯びた話となってくるだろう。そしてこの状況に至るや、詩作行為は労働として、経済活動として価値化されることになるのである。また後述する幾つかの資料にも示唆されている通り、江湖詩人の幾人かは、パトロンの庇護を受け、詩法を講義することで生計を立てていた（例えば、江湖詩人、張良臣の子、張時は居卿先生と号して、杭州梅橋にて張鎡〔字功父、号約斎・南湖〕の裔孫の賓客となり、詩法を教授していたという。註（6）参照）。詩を批評する技能、製作する技能が、労働としての交換価値を生んだことによって、それが資本として機能するようになっていたのである。そして、そのような象徴資本を元手に民間教育業へと進出し、また出版業を媒介として自身の作品を販売するようにもなっていた。彼らはもはや「文化貴族」或いは「商業作家」という形容に近い存在となっていたのである。しかも、一方で官僚の社会では、詩作行為を軽視し、自らの身体から詩学リテラシーを欠落させてゆくことを積極的に許すようにもなっていた。しかし、詩の文化資本としての交換価値は、知識人階級全体の中で完全に消滅したわけではなかった。むしろ一篇の詩が巨万の財と交換されるほど、詩の価値に対する信仰は彼らの潜在意識の中には残留していたのである。だからこそ、官僚社会は、詩を専門業者から買い、自らの附帯物とすることで文化資本を間接的に所有することを志向しながらも、一方で自ら詩作は行わないという積極的不干渉の態度を保持することによって「玩物喪志」という非難をかわし、自らの行為に整合性をつけようとしていたのである。とは言え、上記の「闊匾《かつへん》」批判、「生日詩」批判の言説に表徴されているように、詩の商品化という状況は、（真面目な）知識人からは詩学の腐蝕という否定的反応を引き起こし、詩作行為から自らを敬遠させる根拠の一つとして作用することになったのだと思われるのである。ちなみに、後世からもこのように評価されている――「詩道の衰靡するは、宋の南渡以後より甚だしきは莫し。而して其の所謂江湖詩なる者は、尤も塵俗厭う可しと為す。蓋し慶元（一一九五―一二〇〇）・嘉定（一二〇八―一二二四）の間自り、劉改之（過）、戴石屏（復古）の徒は、詩人を以て干謁の風を啓《ひら》く。而して其の後、銭塘の湖山に、什佰《あつま》りて群れを為し、中朝の尺書を挟《たばさ》みて閫台郡県に奔走し、之れを閫匾と謂う。楮幣を要求し、動《やや》もすれば万を以て計らんとす」（詩道之衰靡、莫甚於宋南渡以後、而其所謂江湖詩者、尤為塵俗可厭、蓋自慶元嘉定之間、劉改之戴石屏之徒、以詩人啓干謁之風、而其後、銭塘湖山、什佰為羣、挟中朝尺書奔走閫台郡県、謂之閫匾、要求楮幣、動以万計」（明・銭謙益「王徳操詩集序」『牧斎初学集』巻三三、『四部叢刊初編』七八、三五四頁上―下）。しかし、改めて熟考するまでもなく、詩学は「権力」からも「経済」からも独立していなければならないという価値観‐道徳観それ自体は、自らの内に無条件の正当性を与えうるほどの根拠を内在させるようなものではなかった。詩学というものは、そもそもリテラシーという基盤の上に成り立つ特殊技能の一つであり、そうである以上、社会の中に不平等な能力格差を作り出す階級分化装置に他ならなかったからである。それゆえ本質的に階級性と連帯するものでしかありえなかった。自ら詩を作るか、他から買うかの違いを考慮しなければ、権力に附帯される備品という意味で両者に違いは全くなかったのである。その上、南宋期にあっては、もはや挙子業そのものが、受験者数の増加によって投機的な性格を帯びるようにさえなっていた。最小のコスト（労力）で最大の収益を上げるという合理的思考に基づくならば、挙子業はきわめてリスクの高い人生設計となっていたのである。しかも、衣川強『宋代官僚社会史研究』（汲古書院、二〇〇六・一〇）の指摘に拠れば、官僚の基本給は実際にはそれほど高いものではなかった、少なくとも正式な俸給のみで一族の家計を賄えるほどの金額は支給されてはいなかった――国家財政の中で占める宋代の文官の俸給はそれほど大きなものではなく、その大部分は軍の維持費に充てられていた——とも推計されている（個人的な収賄がむしろ官僚の収入源であった）。となれば、専門詩人という生き方へと活路を見出すというのはむしろ現実的な選択であったと言えるのかもしれない。

ところで、張宏生の指摘によると、詩の商品化を促した社会階層の出現は、以下の五点の基礎的条件に由来するという。第一に、宋室の南渡による社会構造の変化。第二に、階級構造の急激な変化。第三に、科挙合格の難化。第四に、士人の生活水準の低下。第五に、詩人の都市生活（商品経済）への吸収である（前掲『江湖詩派研究』、三二九頁以下）。

以上のように、出版技術の発展、貨幣経済の浸透、都市文化の形成などの諸要因を背景として、詩学の専門化・汎化・商品化という諸現象は、必然的に都市部の現象として顕在化することとなった。前掲『江湖詩派研究』の指定した「江湖詩派」詩人、一三八名の出身地域を調査してみると、現、江蘇省・浙江省・福建省・江西省という（出版）先進地域に偏在していることがわかるが（浙江省＝四五名、江西省＝三一名、福建省＝二五名、江蘇省＝一六名の四地域で全体の大部を占めており、その他、一一名が不明、一〇名が華北地域の出身となっている。ただし、華北の出身者は、宋室の南渡時＝一一二七年に遷居した者ないしその子孫であって、実質的には江南地方の出身者である〔皇族の末裔を多く含む〕。なお、土肥克己「宋元時代の建陽と廬陵における分集本出版」〔『東方学』一〇九、二〇〇五・一〕に拠ると、江西もまた出版の盛んな地域だったという）、臨安（杭州）を一つの中核都市として、浙江・福建・江西に広域的な文学《リテラシー・ネットワーク》圏が形成されたのである。

ところで、その地域性という点で殊に注意されるのが、江湖詩壇において特に浙江・温州永嘉が重要な地位を占めていたらしいという点である。

劉克荘は言う（前文は、『後村先生大全集』巻九四「賈仲穎詩」、『四部叢刊正編』六二、八一二頁下。後文は、同巻九八「虞悳求詩」、『四部叢刊正編』六二、八四九頁上。ただし、『宋集珍本叢刊』第八二冊所収本〔一五頁上〕は文中「否乎」の二字を欠く）。

○永嘉多詩人、四霊之中、余僅識翁趙、四霊之外、余所不及識者多矣、

　永嘉には詩人が多くある。四霊の中で、私が知っているのは翁巻・趙師秀だけで、四霊以外では、私の知らない者も多くある。

○近世詩人、莫盛於温台、水心否乎《ママ》葉公倡于温、四霊輩和之、竹隠徐公倡于台、和者尤衆、

　近年の詩人は、温州・台州ほど盛んなことはない。水心葉公（葉適）が温州に詩を提唱して、四霊などがこれに応じ、竹隠徐公（徐似道）が台州に提唱すると、これに応ずる者はとりわけ多かった。

台州の徐似道と共に、温州の葉適（字正則、号水心）の名が挙げられている点が注意される。

また、永嘉の詩人に薛師石（字景石、号瓜廬）（一一七八―一二二八）なる人物があり、葉適の門人で、四霊と比肩する詩声を誇ったが、終生、世に出ることなく隠居の身にとどまったとされる。そして、同じく永嘉の人、王綽（字誠叟）がその墓誌銘を撰述した中に、次のような興味深い記述が見える（内閣文庫蔵本『瓜廬詩』附録「薛瓜廬墓誌銘」）。

　永嘉之作唐詩者、首四霊、継霊之後、則有劉詠道・戴文子・張直翁・潘幼明・趙幾道・劉成道・盧次夔・趙叔魯・趙端行・陳叔方者作、而鼓舞倡率、従容指論、則又有瓜廬隠君薛景石者焉、……継諸家後、又有徐太古・陳居端・胡象徳・高竹友之倫、風流相沿、用意益篤、永嘉視昔之江西幾似矣、豈不盛哉、

　永嘉で唐詩を作るようになったのは四霊に首《はじ》まるが、その四霊の後を継いだ者に、劉詠道・戴文子・張直翁・潘幼明・趙幾道・劉成道・盧次夔・趙叔魯・趙端行・陳叔方がいる。しかし、（彼らを）鼓舞、倡率（先立って唱えること）し、従容（勧め誘うこと）、指論（例を挙げて論ずること）していた者こそ瓜廬隠君薛景石であった。……諸家の後を継ぐ者には、さらに徐太古・陳居端・胡象徳・高竹友といった倫《なかま》がいる。

風流相沿い、用意は益《ます》ます篤《あつ》く、（今日の）永嘉はかつての江西を視《み》るかのようであり、何と盛んなことであろうか。

このように、永嘉は、北宋末期から詩壇の主流を占めた江西詩派に比肩するものと称揚されていた。これは、記者の王綽、被銘者の薛師石が永嘉の人物であるだけに、自画自賛の観があるのは否めないが、そこで具体的に十餘人の名が挙げられているように、多くの詩人を輩出したのは確かなことであった。この中には実作の知られないものも多いが、評価された詩人でさえこの有様であるから、この背後に膨大な数の無名詩人が控えていたことも十分に予想されるのである。しかして、この地域的な観点を含めて問題となるのは、まさにこの永嘉においてなぜここまで詩学が盛んになったのかということ、そしてそれが唐詩とどのように関わってくるのかということである。以下、唐詩（唐律）の再興によって二極構造が形成されることになるそれ以前の状況について遡源的に回顧し、その歴史的展開を軽く素描しておくことにしたい。

浙東地域における文学復興運動

まず葉適と、永嘉学派について概略を述べておこう。

葉適《しょうせき》、字正則、号水心（一一五〇―一二二三）。温州永嘉の人。淳熙五年の榜眼、すなわち進士第二位の及第。当時の知識人社会の中では相当な名声を博した人物である。その研究分野は、軍事・経済・哲学・歴史・文学など多方面にわたり、その具体的な立論施策が公にされている。陳亮（一一四三―一一九五）と並ぶ事功派の双璧であり、朱陸二派と鼎足の一を為した。著に『水心文集』『水心別集』『習学記言』等がある。

その人柄については、「平生、静重寡言にして雅量有り、喜慍色に形《あらわ》さず、然れども能く大事を断ず」（平生静重寡言有雅量、喜慍不形於色、然能断大事）（『林下偶談』巻三、『叢書集成新編』一二、五二八頁下）と評されている。また「身は国を憂うるに縁《よ》りて痩せ、家は書を著すが為に貧し」（淮海元肇「水心先生挽章二首」、内閣文庫蔵本『淮海挐音』）とあるのを見れば、彼の著作が自費出版によるものであって、商業的価値を有するものではなかったことが推察される。

　葉適及び永嘉学派の学問的特色に関しては、これまで多方面から研究が進められてきた[23]。本論もその総体を把握する上で、それら先達の学恩を多く蒙るものであるが、本論の主題となる文学の問題については、四霊に関する研究がある他は、殆ど白紙の状態のように見受けられる。本章の主たる狙いは必ずしも永嘉学派の文学観を解明することにあるわけではないが、南宋から元にかけての詩学の実態を把握するという本章の目的を達成する上では決して見過ごすことのできない問題であるため、以下にその概略的な検証を加えておくことにしたい。

　当時、温州永嘉は学問の盛んな地域であった。葉適の「温州新修学記」（『水心先生文集』巻一〇、『四部叢刊正編』五九、一二七頁下）には「郷の哲人」として周行己・鄭伯熊・薛季宣・陳傅良の四人の名が挙げられ、前二者の学問を継承して「永嘉の学に、競省を必して以て物欲を禦する者あり」（永嘉之学、必競省以禦物欲者）といい、後二者の学問を継承して「永嘉の学に、彌綸（あまねくおさめる）を必して以て世変に通ずる者あり」（永嘉之学、必彌綸以通世変者）と規定されている。

　岡元司の指摘に拠れば、南宋期の温州は、全国でも二番目に多い科挙合格者を輩出した地域とされ（岡元司「宋代地域社会における人的結合―Public Sphereの再検討を手がかりとして―」『アジア遊学』七、一九九九・八）、また、慶元党禁の中で、「士は偽学に狃《な》れ、語録の詭誕の説、中庸・大学の書を専習し、以て其の非を文《かざ》る」という様相であったとされるのだが、「葉適に『進巻』、陳傅良に『待遇集』有り。士人は其の文を伝誦し、用うる毎《ごと》に輒《すなわ》ち效あり」（士狃於偽学、専習語録詭誕之説、中庸大学之書、以文其非、有葉適進巻、陳傅良待遇集、士人伝誦其文、毎用輒效）（馬端臨『文献通考』巻三二・選挙五・挙士、『景印文淵閣四庫全書』第六一〇冊、六九七頁下―次頁上）と述べられていることからすれば（岡元司「南宋期温州の名族と科挙」『広島大学東洋史研究室報告』一七、一九九五・一〇）、永嘉学派から多くの科挙合格者が輩出された一因を、以下に見てゆくような、〝文章の学〟という特徴の中に見出すことも、或いは可能であるのかもしれない。

宋末元初の学者、周密（一二三二―一二九八）が「永嘉の諸公に至っては、則ち詞章議論を以て馳騁《ちてい》し、固《もと》より已に同日に語る可からず」（至於永嘉諸公、則以詞章議論馳騁、固已不可同日語）（『斉東野語』巻一一「道学」、『宋元人説部叢書』上冊、五二四頁上）と指摘するように、永嘉学派は、広く道学の範疇にありながら、その学問的内実は〝文章の学〟に流れる傾向を帯びていた。そして葉適より以後はその傾向を益々強めてゆくのである。葉適の学問は初伝で衰退したと言われるが、その一継承を追えば、

葉適――陳耆卿――呉子良――舒嶽祥――戴表元――袁桷
　　　　　　　　　　　　　王応麟――┘

と図示することができる。しかしてその系譜は、先に示した舒嶽祥、戴表元、袁桷へと列なるのであるが、これら後学は次第に儒学から分離し、文章家としての様相を強めてゆくこととなった。後世はこう指摘している――「水心（葉適）は文に工みであったために、弟子の多くは辞章に流れた」（水心工文、故弟子多流於辞章）（『宋元学案』巻五四・水心学案上、『夏学叢書宋元学案』河洛図書出版社、五頁）、「水心の学問は篔窓（陳耆卿）に伝えられたが、荊渓（呉子良）に至って文が学よりも勝れ、閬風（舒嶽祥）などはただ文によって著名になったものである」（自水心伝於篔窓、以至荊渓、文勝於学、閬風則但以文著矣）（同巻五五・水心学案下、八三頁）。そこには、もはや学問的思索性-哲学性を評価する声はない。

また、黄震の『黄氏日抄』（『景印文淵閣四庫全書』第七〇七―八冊）は「読本朝諸儒理学書」（巻三三―四五）と立項し、道学系の図書の内容を摘記論評しているのだが、葉適の著書はそこには含まれず、「読文集」（巻五九―六

八）の項目に、韓愈・柳宗元・欧陽修・蘇軾・曾鞏・王安石・黄庭堅・汪藻・范成大と並ぶ形で置かれており（巻六八「葉水心文集」）、このことは、葉適の文章家としての評価を端的に示すものである。また、宋末元初の学者、劉壎（一二四〇―？）が、『水心文集』を抄録して作文の学習参考書としたと述べていることも（『隠居通議』巻一七「昔開慶已未歳、嘗選取水心文之絶出者、手鈔成帙、以備観覧、時年甫二十耳」、『叢書集成新編』八、四三四頁下）、文章家として高く評価されていたという当時の受容の実態を示している。

洛学起こりて文字壊《やぶ》る

さて、上記のような文学的特性の強い永嘉学派の眼から見て、当時の学界にはまさに憂慮すべき、ある深刻な事態が存在した。すなわち、道学の文学軽視、より正確に言えばリテラシー軽視という問題である。その様子は周密の眼を通して上述してきたとおりであるが、このような現状に対処し、道学の偏向的文学観を是正しようという運動が、永嘉を中心とする浙東地域に起こったのである。

劉克荘は、若輩の頃より葉適に参学していたが、彼の集中には道学によって文学が廃れたことを指摘する箇所が幾つか見られる。例えば、「近世理学を貴びて詩を賤しむ。間《まま》篇詠有れど、率《おおむ》ね是れ語録講義の押韻たる者のみ」（近世貴理学而賤詩、間有篇詠、率是語録講義之押韻者耳）（『後村先生大全集』巻一一一「恕斎詩存藁」（呉革の作品集）、『四部叢刊正編』六三、九六六頁上）、また、宋代の詩を評する中で「要《も》し皆な経義策論の韻有る者のみなれば、詩に非ざるなり」（要皆経義策論之有韻爾、非詩也）（『後村先生大全集』巻九四「竹渓詩」、『四部叢刊正編』六二、八一四頁上）と述べ、さらに「洛学を為す者、皆な性理を崇びて藝文を抑す。詞は尤も藝文の下なる者なり」（為洛学者、皆崇性理而抑藝文、詞尤藝文之下者也）（『後村先生大全集』巻一〇六「黄孝邁長短句」、『四部叢刊正編』六三、九二〇頁下）、「近世理学興りて詩律壊る」（近世理学興而詩律壊）（『後村先生大全集』巻九八「林子㬎」、『四部叢刊正編』六二、八五〇頁下）などである。

ただ、克荘のこれらの主張は彼独自の見解というわけではなく、その集中に、

○昔葉水心常云、洛学起而文字壊、（『後村先生大全集』巻一二九「与游丞相」、『四部叢刊正編』六三、一一四七頁下）

昔、葉水心常に云く、「洛学起こりて文字壊《やぶ》る」と。

○本朝五星聚奎、文治比漢唐尤盛、三百餘年間、斯文大節目有二、欧陽公謂、崑体盛而古道衰、至水心葉公則謂、洛学興而文字壊、欧葉皆大宗師、其論如此、（同巻九八「平湖集」、『四部叢刊正編』六二、八四五頁上）

本朝の五星は奎《けい》（文運を主る星）に聚《あつ》まり、文治は漢・唐に比して尤も盛んなり。三百餘年の間、斯文の大節目に二有り。欧陽公謂く、「崑体盛んにして古道衰う」と。水心葉公に至りて則ち謂く、「洛学興りて文字壊《やぶ》る」と。欧・葉は皆な大宗師なり。其の論此くの如し。

とあるのを見れば、葉適の影響を受けてのものであるのは明らかである。ちなみに、先の周密も、その言葉に言及し、至言であると称賛している（『浩然斎雅談』巻上「宋之文治雖盛、然諸老率崇性理、卑藝文、朱氏主程而抑蘇、呂氏文鑑去取多朱意、故文字多遺落者極可惜、水心葉氏云、洛学興而文字壊、至哉言乎」、『叢書集成新編』七八、二二八頁下）。さらに、宋末元初の学者、劉壎（一二四〇—？）はその著『隠居通議』巻二に、永嘉に「洛学起而文字壊」という説が唱えられていたことを記し、それが当地において格言とされたことを示唆するが、呉汝弌（字伯成、号雲臥。江湖派の詩人）に聞いた話として、葉適の一家は周程と欧蘇の分裂を合一しようとしていたのだと述べる（「永嘉有言、洛学起而文字壊、此語常有為而発、聞之雲臥呉先生曰、近時水心一家、欲合周程欧蘇之裂」、『叢書集成新編』八、三九二頁上）。それはつまり、呉子良が「元祐自り後、理を談ずる者は程（兄弟）を祖とし、文を論ずる者は蘇（東坡）を宗とし、而して理と文と分れて二と為る」（自元祐後、談理者祖程、論文者宗蘇、而理与文分為二）（「篔窓続集序」『篔窓集』、『景印文淵閣四庫全書』第一一七八冊、四頁上）と述べているように、道・理と文の合一を意味していた。

道学は時に、「道」と「文」の合一を説くが、葉適は従来の「道」に偏重的な姿勢がかえって「文」の破壊を招く結果になったと考えていたようである。彼は青年時代の呉子良に与えた書の中で次のように述べている（『水心先生文集』巻二七「答呉明輔書」、『四部叢刊正編』五九、三〇八頁下―三〇九頁上）。

書、惟学遜志、務時敏、厥修乃来、允懐于茲、道積于厥躬、言学修而後道積也、詩、日就月将、学有緝熙于光明、仏時仔肩、示我顕徳行、言学明而後徳顕也、皆以学致道、而不以道致学、道学之名、起於近世儒者、其意曰、挙天下之学、皆不足以致其道、独我能致之、故云你、其本少差、其末大弊矣、足下有志、於古人、当以詩書為正、後之名実偽真、毋致辨焉、

『書』の「惟《こ》れ学ぶには志《こころざし》を遜《そん》し、務《つと》めて時に敏《びん》なれば、厥《そ》の修むること乃ち来《きた》る。允《まこと》に茲《これ》を懐《おも》えば、道《どう》厥《そ》の躬に積《つも》る」（『書経』説命下）は、学修めて後に道積るを言うなり。『詩』の「日に就《な》り月に将《おこな》い、学びて光明《こうめい》に緝熙《しゅうき》すること有らん。仏《おおい》なり時《こ》の仔《し》肩《けん》、我に顕徳行《けんとくこう》を示せ」（『詩経』周頌・閔予小子之什）は、学明らめて後に徳顕らかなるを言うなり。皆な学を以て道を致し、道を以て学を致さず。道学の名、近世の儒者より起こる。其の意に曰く、「天下の学を挙ぐるに、皆な以て其の道を致すに足らず、独り我のみ能く之れを致す」と。故に你《し》か云うなり。其の本少しくも差《たが》えば、其の末大いに弊る。足下有志なり、古人に於いては、当に『詩』『書』を以て正と為すべし。後の名実偽真は致辨すること毋《なか》れ。

『四書』『通書』『太極図』『東銘』『西銘』、語録等の読書によって万事修了とし、『詩経』『書経』を始めとする六経さえも等閑にする道学を「道を以て学を致す」ものと批判する。

葉適は、「程氏兄弟、道学を発明し、従う者の十に八九は文字遂に復た淪壊す」（程氏兄弟、発明道学、従者十八九文字遂復淪壊）と、二程門下の姿勢を手厳しく非難しているが（『習学記言』巻四七・呂氏文鑑、『景印文淵閣四庫全書』第八四九冊、七七〇頁上）、彼らが往々にして、文学を軽視する傾向にあり、それゆえにそれが結果として文学の破

壊、「道」からの分裂を招くことになったのだと見ていた。

さて、その標語ともなった「洛学起而文字壊」という言葉は、葉適以後の学者にも少なからず影響を及ぼしたようで、袁桷が撰述した、戴表元の墓誌銘中にも次のようにある（『清容居士集』巻二八「戴先生墓誌銘」、『四部叢刊正編』六七、四二一頁上）。

> 始尽棄声律文字、力言後宋百五十餘年、理学興而文藝絶、永嘉之学、志非不勤也、挈之而不至其失也萎、江西諸賢、力肆于辞、断章近語、雑然陳列、体益新而変日多、故言浩漫者蕩而倨、極援証者広而類、俳諧之詞、獲絶于近世、而一切直致、棄壊縄墨、棼爛不可挙、文不在茲、其何以垂後、先生深憫焉、方是時、礼部尚書王公応麟、天台舒公岳祥、師表一代、先生独執子弟礼、寸聞隻語、悉囿以為文、其文清深整雅、蓄而始発、間事摹画、而隅角不露、施於人者多、尤自秘重、不妄許与、

> 始め尽く声律文字を棄つるも、力《つと》めて言う、後宋百五十餘年、理学興りて文藝絶えたり。永嘉の学は、志の勧めざるには非ず。之れを挈《ひっさ》ぐれば其の失や萎には至らず（失敗したり病んだりすることはない）。江西の諸賢、力《つと》めて辞を肆《ほしいまま》にし、近語を断章し、雑然として陳列す。体は益ます新たにして変は日《ひ》ひに多し。故に浩漫を言う者は蕩にして倨（無思慮）、援証を極むる者は広にして類《るい》せり。俳諧の詞は、近世に絶するを獲たれども、一切が直致（ぎこちない）なり。縄墨（規則）を棄て壊《やぶ》り、棼爛《みだれみだれ》て挙す可からず。文は茲に在らず、其れ何を以てか後に垂れん。先生深く焉れを憫《いた》み、方に是の時、礼部尚書王公応麟、天台舒公岳祥、一代を師表す（模範となる）、先生独り子弟の礼を執り、寸聞隻語に、囿《かぎり》を悉《つく》して以て文を為る。其の文は清深整雅、蓄えて始めて発す、事を間《まじ》えて画を摹《も》し、而も隅角を露わさず（明瞭には示さず）、人に施すこと多けれども、尤も自から秘重し、妄りに許与せず。

葉適に始まる文学復興運動は、以後も脈々と受け継がれ、戴表元のような、温州永嘉近隣地域の出身者――表

元は明州奉化出身――にとっても思想形成の上で大きな役割を果たした。なお「永嘉の学」と対照批判されている、「江西の諸賢」とは道学中最も心学的傾向の強い陸象山の学系を言うかとも思われるが、或いは江西詩派を念頭に置くものであるのかもしれない。ともかく、以上の点から、永嘉学派の領導する浙東地域に、道学によって文学が廃れたと言う反省から、その復興運動が湧き起こってきたという事実を指摘し得るのである。

葉適とその門下におけるリテラシーへの眼差し

さて、永嘉学派――狭義には水心学派――のリテラシー養成的性格をもう少し具体的に追ってゆくことにしよう。朱熹は永嘉学派について、「目新しい奇抜な学説（「新巧之説」）を打ち立てようと思うだけで、すぐに物事を指摘し零細なことを集めて説を立てる」（只是要立新巧之説、少間指摘東西、闘湊零砕、便立説去）（『朱子語類』巻八〇・詩、『和刻本朱子語類大全』中文出版社、四三四五頁、訳文は、『朱子学大系』第六巻、明徳出版社、一九八一・一〇、一七四頁に拠る）と述べるが、このような傾向はその門徒、陳耆卿・呉子良にも継承されていた。

（a）陳耆卿、字壽老、号篔窓《うんそう》（一一八〇―一二三六）。台州臨海の人。嘉定七年（一二一四）の進士である。葉適は陳耆卿の文を評してこう述べている――「今、陳君耆卿の作、群言を馳騁《ちしゆう》し、特に新意を立てり。険なれども怪に流れず、巧なれども浮に入らず」（今陳君耆卿之作、馳騁羣言、特立新意、険不流怪、巧不入浮）（『水心先生文集』巻二九「題陳寿老文集後」、『四部叢刊正編』五九、三三三頁上）。その特徴は、修辞に重きを置く永嘉学派の典型を示していると言ってよい。

また、この頃、車若水（字清臣、号玉峰山民。黄岩の人）なる学者があったが、彼は若い頃に陳耆卿に師事しており（後に陳文蔚に師事。すなわち永嘉学派から朱子学派への転向である）、その一門の事情にも通じていて、その随筆『脚気集』（咸淳一〇年冬成）には、幾つか関連する発言がある。例えば、「中興以来名公鉅儒は自ら名家たらず、張・呂・朱氏は儒術に造《いた》るも文藝には非ず、独り水心のみ作者の権を持す。一時、門人の孰か升堂為らん、孰か入室為らん。曉《はや》く陳篔窓を得て之れに柄を授く。今篔窓の門も亦た夥し。其の授く可き者を求むるも未だ有らざるなり」（中興以来名公鉅儒不自名家、張呂朱氏造儒術而非文藝、独水心持作者之権、一時門人孰為升堂、孰為入室、曉得陳篔窓而授之柄、今篔窓之門亦夥矣、求其可授者未有也）とある（『宋元人説部叢書』上冊、中文出版社、四五七頁下）。この記述を見れば、葉適は勿論のこと、陳耆卿もまた多くの門下生を従えていたようである。が、やはりここでも道学者としての立場から学生の質に恵まれなかったことが仄めかされている。

（b）呉子良は、字明輔、号荊渓（一一九七―?）。台州臨海の人。宝慶二年の進士。陳耆卿の表弟（母系の従弟）にして門弟。青年期には葉適からも直接指導を受けている（『水心先生文集』巻二七「答呉明輔書」、『四部叢刊正編』五九、三〇八頁下―三〇九頁上）[24]。官は湖南運使、大府少卿、国録。歴史的には殆ど無名と言えるが、弟子の舒嶽祥が祥興元年（至元一五、一二七八）の時点で「往時、荊渓公（呉子良）斯文《しぶん》の斉盟を主る」（『閬風《ろうふう》集』巻一〇「劉士元詩序」、『景印文淵閣四庫全書』第一一八七冊、四二四頁上）と述べるなど、南宋末期の文学界においては少なからず注意を要する人物であった。

また、南宋末期の禅僧、雪巌祖欽（?―一二八七）（無準師範法嗣）の語録中には、呉子良に与えた書二通が収録されており、その交友の内容が確認される。書中に雪巌は、「曾子・子思・孟軻より以降、近世の伊洛・晦庵・水心・篔聰〔窓〕及び荊渓安撫都運侍郎に至りて、正脈綿綿、接踵して聖人の域に臻《いた》り……」（自曾子子思孟軻以降、至于近世伊洛晦菴水心篔聰〔窓〕、及荊渓安撫都運侍郎、正脈綿綿、接踵而臻聖人之域……）、「安撫都運荊渓侍郎は当代道学の宗主なり」（安撫都運荊渓侍郎當代道学宗主）（『雪巌和尚語録』巻四「荊渓呉都運書」、『新纂続蔵経』七〇、六三六頁下―次頁上）、「都運詔使国史宝文荊渓侍郎、道学の正統なり」（都運詔使国史宝文荊渓侍郎道学正統）（同〔其二〕、六三八頁上）などと述べている。勿論、本人宛の書簡であるので、差し引いて考えねばならないが、南宋末期の学界における呉子良の地位は決して軽んぜられるものではなかったようである。

陳・呉両名は、台州臨海の出身であり、地域的な観点から、永嘉学派の範疇に含めて考えてよいかはなお検討を要すが、その学系が葉適に由来するのは確かであるので、広い意味で永嘉学派として考えてみたい。

しかして、そのリテラシーの質という点に注意して、その文学観を探っておこう。

呉子良は『林下偶談』等において、葉適或いは陳耆卿の発言を多く収録しているのだが、その中の幾つかを摘記すれば、まず、葉適の文は凡そ無益の語がないと伝えている。韓・欧・蘇などの一代の文章家であっても、酒、婦人、諧謔の類を説くことはあったが、葉適の篇という篇は法言であり、句という句は荘語であったと評する（『林下偶談』巻二・水心文不為無益之語「自古文字、如韓欧蘇猶間有無益之言、如説酒説婦人、或諧謔之類、惟水心篇篇法言、句句荘語」、『叢書集成新編』一二、五二七頁下）。また葉適の詩については、「早に已に精厳、晩に尤も高遠、古調は好んで七言八句を為し、語は多からざるも味《あじわい》甚だ長し、其の間、少陵（杜甫）と争衡する者、一に非ず。而して義理は尤も之れを過ぎたり」（早已精厳、晩尤高遠、古調好為七言八句、語不多而味甚長、其間与少陵争衡者非一、而義理尤過之）（『林下偶談』巻四・水心詩、五三一頁上。『呉氏詩話』巻下にもほぼ同文を載せる。『叢書集成新編』七九、五七頁上）と、その具体的作品を例示しながら解説している。

さらに、葉適は、直筆（事実をありのままに書くこと）を信条としたと言い（『林下偶談』巻二・為文須遇佳題伸直筆、五二六頁上）、ある時、墓誌銘中の都合の悪い記述について遺族がこれを削除してくれと依頼してきたが拒否したという伝もある（同巻二・前輩不肯妄改已成文字、五二七頁上）。

また、殊に注意されるのは、葉適が前人の文を踏襲することを忌避した、などと伝承されている点である。葉適は、自己の文を評して、「人家の客のもてなしに譬えれば、もし金銀の器が座を照らしていたとしても、それは仮借を免れない。しかし私の家に並んでいるのは瓷缶・瓦盃だが、どれも我が家のものだ」と言ったと伝えられ（同巻三・水心文不踏襲、五二八頁上）、また、欧陽修の四六を暗誦していて、作もまたよく似たものであったらしいが、簡淡朴素で少しも嫵媚の態が無く、自然で、用事用句（故事の引用）の癖も無かったという（同巻二・四六与古文同一関鍵、五二六頁下）。つまり、この証言を信ずるならば、古典からの離脱、独自性《オリジナリティー》に価値を置くという文学観が、葉適の思想中に緩やかに形成されていたことが知られるのである。この問題は江湖派の詩に対する基本的態度を察する上でも貴重な証言となる。

これに関連して、先の車若水は、陳耆卿の門下に在ったとき、門人と「相与《あいとも》に作りて新様の古文を為し、一篇出す毎《ごと》に、交《こも》ごも相《あい》訣佞し、以て文章に格有りと為す」（相与作為新様古文毎一篇出交相訣佞以為文章有格）（『脚気集』、『宋元人説部叢書』上冊、中文出版社、四五六頁上）と回顧していて、門人がその仲間内で文章の独自性《オリジナリティー》を競い合い、褒め合っていたとも記している。しかし、若水はその作品を「先祖」（祖父か）に見せたところ、それを悦ばれず、その後、「先祖」も師の陳耆卿も亡くなった頃にその「非」に気付いたと告白する。そして、元同門の呉子良が終生その作風を堅持したことを冷ややかにに見るのである。「明輔、終身此の一格を守る。初学者は甚だ之れを向《した》い、更に以て好しと為す。官職日《ひ》に進み、賓朋（来客）交接し、而して明輔は愈いよ以て其の非なるを自覚することを得ず」（明輔終身守此一格、初学者甚向之、更以為好、官職日進、賓朋交接、而明輔愈不得以自覚其非）（『脚気集』、同上、四五六頁下）と、呉子良の門人もその文学的性格を継承したとされ、それがまた社会的な評価に通ずるものであったことも示唆されている。

また、呉子良は、方回（字万里、号虚谷）からも同様に批判を浴びている。呉子良は、葉適が前人を踏襲することを否定したことを顕彰しているにも関わらず、自身は水心や篔窓の文を踏襲しているではないか、というのである（『桐江集』巻三「読篔窓荊渓集跋」、『叢書集成三編』四七、五〇三頁下）。方回は、文学批評家として知られるが、学問としては朱熹に私淑し、朱子学派に属する。つまり、道学他派からの批判ということになる。

以上によって、水心の学系を継承する永嘉学派が、先人の踏襲を忌避しつつ修辞的技巧を重んじ、文章の独自性《オリジナリティー》を追求する傾向を有していたことが確認されるのである。

如上、南宋後期の文壇の様相は、古体と近体（唐詩）のいずれを是とするかという二極分裂構造を示し、社会階層的な問題を帯びながら近体の主流化という現象を惹起した。地域的には温州永嘉を中心とする地域からその拡がりを見せることとなったが、それは、道学によって軽視された文学の復興運動を目論む葉適の主張に起因するものであり、近体を積極的に推進していたのは、彼の影響を強く受けた人々であった。葉適以後、文学重視の傾向を強めていった永嘉学派は、文においては、技巧と独自性を追求し大きな社会的評価を得てゆくこととなった。詩については、科挙の現場では軽視されるようになっていたものの、官僚としての彼らがどのように詩に向き合ったのかはなお精査が必要である。永嘉の詩人の中には、非官僚系文人として、江湖詩壇に名誉を勝ち得て専門詩人の道へと進んだものもいた。ただ、詩について重要であるのは、永嘉学派の文学復興という展開の中で、その枠組を越えて、一般社会に、詩の階層的汎化、唐詩（近体詩）の主体化という現象を広く起こしたということであった。

そこで、次なる問題は、その文学復興という運動が、唐詩という点とどのように関わってくるのか、そしてそれがどのようなかたちで江湖詩壇の形成へと展開してゆくことになったのか、という点である。

4　浙閩地域における「唐律」の復興について

以下、南宋末期の浙《せつ》・閩《びん》地域（現、浙江・福建両省）を中心として、晩唐詩体の模作が主流化し、その流れの中で作詩行為が階層的に汎化していったことを主な論点としながら、彼らが何を動機としてこのような指向を持つに至ったのか、そしてその立場から具体的にどのような主張を行っていたのかを明らかにしてゆくこととする。

実態としての晩唐体の学習

葉適（字正則、号水心）（一一五〇—一二二三）を指導者とする永嘉学派が、「洛学起こりて文字壊《やぶ》る」という標語を掲げ、道学他派の偏向的学問態度によって学習科目から外された「文学」の再興を企図したことは前述したとおりである。永嘉（浙江省永嘉県）の教育環境に育成された、徐照（字道暉、号霊暉）（?—一二一一）、徐璣（字文淵・致中、号霊淵）（一一六二—一二一四）、翁巻（字霊舒）、趙師秀（字紫芝、号霊秀・天楽）（一一七〇—一二二〇）の所謂永嘉四霊が、葉適の門に出入りしながら行った活動もその一環と言えるものであろう。すなわち、彼らが詩人としての立場から主張したのは、「唐律」（唐詩）の復興であった。

葉適は徐璣の墓誌銘を記す中で次のように述べている（『水心先生文集』巻二一「徐文淵墓誌銘」、『四部叢刊正編』五九、二三九頁上—下）[25]。

初唐詩廃久、君与其友徐照翁巻趙師秀議曰、昔人以浮声切響単字隻句計巧拙、蓋風騒之至精也、近世乃連篇累牘、汗漫而無禁、豈能名家哉、四人之語、遂極其工、而唐詩由此復行矣、

初め唐詩廃れて久し。君は其の友、徐照・翁巻・趙師秀と与に議して曰く、「昔人、浮声切響（軽声と重声。格律の精巧なこと）を以て単字隻句に巧拙を計る。蓋し風騒の至精なり。近世は乃ち連篇累牘（冗漫なほどに多作）、汗漫にして無禁、豈に能く名家たらんや」と。四人の語、遂に其の工みを極め、而して唐詩は此れに由りて復た行わる。

右の記述に拠れば、四霊の主張は、近年の詩が、唐詩との比較から質・量ともに散漫でまとまりに欠ける、というものであった。分量の問題としては、確かに宋詩は唐詩に比して作品量が格段に多い。宋詩は、陸游の九二〇〇

首を筆頭に、数千首を数える詩人が少なくないのに対して、唐詩の場合、千首を越えるのは杜甫・李白・白居易など僅かで、大多数は数百首に止まるとされる（吉川幸次郎『宋詩概説〈中国詩人選集二集1〉』、岩波書店、一九六二・一〇、序章第二節参照）。葉適が四霊の詩を選集し、『四霊詩選』を編んだことは、許棐（字忱夫、号梅屋）の「跋四霊詩選」[26]によって知られるが、その文中には、「藍田は種種の玉あり、蒼林《せんりん》は片片の香あり。然れども玉は択ばざれば則ち純ならず、香は簡ならざれば則ち妙ならず。水心（葉適）の四霊の詩を選びし所以なり」として、詩を精選するということ自体に重い意味が置かれている。作品を選別するにあたっては、自ずからそこに何らかの判断基準が必要とされることになるが、彼らが用意したその基準とは、近体の格律に従って一字一句の巧拙を究めるという外形的な問題であった。それは、従来の作品に見られる外形的「無禁」に対する反発として発現されたものであったと見られる。

宋詩は一般に、例えば欧陽修の「詩人、好句を貪り求めるも、理に通ぜざること有らば亦た語病なり」（詩人貪求好句、而理有不通、亦語病也）（『六一居士詩話』、『叢書集成新編』七八、三三三頁上）という言葉に集約されるように、「理」に到達しているか否かという点を大きな評価軸としていた。そしてその主理的文学観は、道学の原理主義《ファンダメンタリズム》的態度によって押し進められるや、「文」を、根本たる「道」「理」に対する末節の問題と見なすようになり、場合によっては根本を阻害するものとして排斥するようにさえなっていった。それは実際的な問題として、士大夫（官僚）のリテラシーを低下させかねないという危うさと隣り合わせであったが、乾道・淳熙年間の道学全盛期を経て、「慶元党禁」によって道学系官僚が失脚すると、その一系であった永嘉学派の間から「洛学起こりて文字壊る」という反動が生まれてきたのである。

そこで、このような文学復興のメッセージは、永嘉の周辺地域へも拡大してゆくこととなった。莆田（現、福建省莆田県）の詩人、劉克荘もまた葉適の門に参じた一人であるが、彼もまた「近世理学興りて詩律壊る」という主張を展開し、唐律を専らにするようになっていった（但し、その後、古体へと方向転換している。既述）。以後、このような唐詩の復興運動は、正統的な道学系知識人を例外として、科挙落第生を主体とする在野の知識人社会へと浸透していった。彼らは江湖の詩人（江湖派）と呼ばれて、四霊の背中を追いかけながら、克荘をして「天下は皆な詩人」と言わしめるような状況を作った。それは一面的には詩壇の活況と見なしうるが、他面的には詩学のインフレ現象であったとも見られ、それは詩学を「学問」とする立場からするとまぎれもなく質の低下を意味するものであった。

五言律詩への偏向

江湖詩人の作る詩は専ら律詩・絶句といった短篇の詩に限られていたが、劉克荘に拠れば（『後村先生大全集』巻九七「晩覚□〔翁〕藁」（章樵の作品集）、『四部叢刊正編』六二、八三六頁上）、

近時詩人、竭心思捜索、極筆力雕鐫、不離唐律、少者二韻、或四十字、増至五十六字而止、前一輩以此擅名、後生歆慕、人々有集、皆軽清華艶、如露蟬之鳴木杪、翡翠之戯苕上、

近時の詩人、心思捜索を竭《つく》し、筆力雕鐫を極め、唐律を離れず、少きは二韻、或いは四十字、増して五十六字に至りて止む。前一輩、此れを以て名を擅《ほしいまま》にす、後生、歆慕す（喜び慕う）。人々集有り、皆な軽清華艶なること、露蟬の木杪《こずえ》に鳴き、翡翠《かわせみ》の苕《えんどう》の上に戯れるが如し。

と、絶句・五律・七律の三体に限られていたという。その点、江湖詩壇から生まれた周弼『三体詩』が、すなわち七絶・五律・七律の三体から成っていることは、社会的な需要を反映したものであったと言える。なお、『三体詩』の諸本は、その構成上、五律・七律・七絶の順に並べられている本（古本系）と、七絶・七律・五律の順の本（新本系）の二系統があるが（村上哲見『中国古典選二九　三体詩（一）』「解説」、朝日新聞社、一九七八・八）、日本の室町

期の抄物、『三体詩素隠抄』に拠れば、五律を第一とする古本系の順序が原態であり、新本系は元代の注釈者天隠円至が禅林の需要に合わせて改めたのだとされる（同上）。その意味から付言すれば、江湖詩人の嗜好もやはり五律であったようで、劉克荘が江湖詩人、趙汝鐩〔一一七二―一二四六〕の『野谷集』に寄序して言うには（『後村先生大全集』巻九四「野谷集」、『四部叢刊正編』六二、八一二頁上）[27]、

頃、趙紫芝諸人尤尚五言律体、紫芝之言曰、一篇幸止有四十字、更増一字、吾末如之何矣、

この頃、趙紫芝（師秀）などの人々は最も五言律体を大事にしている。紫芝が言っていたことだが、「詩一篇はありがたいことに四十字（五律）で止まっていてくれている。もし一字でも増えようものなら、私にはどうしようもない」と。

とある。厳格な韻律に規定される近体詩は、それに自由な古体詩に対して、千篇一律、つまり一本調子と揶揄されるところもあるのだが、彼らがあえてこのような形式に拘ったのも、先に述べた「汗漫」への反発に依拠するものであったと思われる。それゆえ彼らにとって、古体は、「江湖の間に人の能く古選体を為すこと無く……」（方回『桐江集』巻四「孫後近詩跋」、『叢書集成三編』四七、五二三頁上）と言われるように、殆ど無視されていたのである。

模範としての賈島・姚合

ところで、詩を作るという行為は、その前段階として前人の詩を読み学習するという過程を要件とする。したがって、いつの時代のどの詩人の作を読むかということは、自身の作風を決定する上で重要な問題となる。

四霊及び江湖詩人は、「汗漫」な宋詩に反発して唐詩の精巧な格律を求めたが、特にその点に勝れる、中晩唐詩人を学習した。中でもそれが賈島・姚合であったことは、「近世の趙紫芝・翁霊舒が輩《ともがら》、独り賈島・姚合が詩を喜《この》みて、稍々《やや》復して清苦の風に就く」（『滄浪詩話』詩辯）、「永嘉の詩人が如きは、力を極めて馳驟《ちしゆう》し、纔かに賈島・

姚合の籓《おおい》を望見するのみにして已む」（劉克荘『後村先生大全集』巻九四「瓜圃集」）とあることにも窺われる。四霊の一人、趙師秀が賈島・姚合の詩の選集である『二妙集』を編纂したことも、劉克荘『後村詩話』や方回『瀛奎律髄』に記載されている。(28)また、舒嶽祥「劉士元詩序」には、「初め薛沂叔泳、趙天楽（師秀）に従いて游び、唐人姚・賈の法を得たる。晩に寧海に帰り、人が為めに鋪説す。聞く者は心目鮮やかに醒む」（初薛沂叔泳従趙天楽游、得唐人姚賈法、晩帰寧海、為人鋪説、聞者心目鮮醒）（『閬風集』巻一〇、『景印文淵閣四庫全書』第一一八七冊、四二四頁下）とあり、師秀が賈島・姚合の詩法について江湖詩人に向けて講義していたらしいこと、そしてそれがさらに門人によって継承されて広がっていったという事情を推知することもできる。

では、なぜ賈島・姚合であったのだろうか。賈島と姚合は全く同時代の中唐詩人であるが、まず指摘できるのは、両者が五言律詩に長ずるとされていた(29)という点である。これは江湖派の嗜好と応ずるものである。そして唐末・張為『主客図』(30)（『叢書集成新編』七八）は、諸詩人を分類する中で、両者を「清奇雅正」の項目に入れている。つまり彼らの詩体が斬新さ・上品さという点で共通する特徴を持つものと見なされていたことが察せられるのである。

また、劉克荘は「姚・賈は律に縛《しば》られ、倶に辺幅に窘《ふけ》る」（姚賈縛律、倶窘辺幅）（『後村先生大全集』巻一〇一「程垣詩巻」、『四部叢刊正編』六三、八七六頁下）と評している。「辺幅」とは外見のこと、つまり、律に束縛されながら表現を練ること、を言っているのである。賈島の推敲の故事が想起されるだろう。

宋末元初の文学批評家、方回（字万里、号虚谷）は、両者を序列的に捉え、賈島を姚合よりも優れるとする。例えば、『瀛奎律髄』には、

○而格卑於島、細巧則或過之、（巻一〇・姚合「游春」項、『景印文淵閣四庫全書』第一三六六冊、一〇〇頁下）
（姚合の詩は）格が賈島よりも卑しいが、細かな巧《うま》さは或いは賈島を越えるものがある。

○姚合学賈島為詩、雖賈之終窮、不及姚之終達、然姚之詩小巧而近乎弱、不能如賈之痩勁高古也、（巻一一・姚合

「閒居晩夏」項、同、一一七頁）

姚合は賈島に学んで詩を作った。賈島が窮に終わったことなどは、姚合の達に終わったのには及ばないが、姚合の詩は小《こま》かに巧いが弱々しさに近く、賈島の痩勁高古に及ばないのである。

○大抵姚少監詩、不及浪仙、有気格卑弱者、（巻二四・姚合「送李侍御〔李廓〕過夏州」項、同、三二五頁下）

大抵、姚合の詩は賈島に及ばない。気や格に卑しく弱々しいものがあるからである。

ここで注意されるのは、姚合の詩の特徴が賈島との比較の上で「細《こま》かな巧《うま》さ」と捉えられていること、そして欠点として「弱々しい」と指摘されていることである。

以上、四霊及び江湖詩人が、宋詩の「汗漫」さに辟易して、それに対蹠的な唐詩の精巧な格律を求めていたことが推察されるのだが、彼らの表現形式に対するこだわりは、外形を軽視する宋詩の中でもその典型を示す道学詩とは全く対極に位置するものであった。

なお、賈島・姚合は今日では中唐詩人に数えられるが、当時、中唐は晩唐に含めて考えられることが多く、両者とも晩唐詩人と認識されるのが一般的であったということを注意しておきたい。

理想としての杜甫

今見てきたように、江湖詩人は基本的に賈島・姚合をはじめとする中晩唐詩を学習していたが、全体を見渡せば、一概にそうとは言い切れないような関係資料も目にする。具体的に見てみよう。

まず、葉適は、徐照の墓誌銘を記す中で（『水心先生文集』巻一七「徐道暉墓誌銘」、『四部叢刊正編』五九、一九六頁上―下）、

然則発今人未悟之機、回百年已廃之学、使後復言唐詩自君始、不亦詞人墨卿之一快也、惜其不尚以年、不及臻

乎開元元和之盛、而君既死、

そこで、（君は）近代の人のまだ会得していない機《きつかけ》を発《ひら》き、百年前に廃れてしまった詩学を復興した。後世に唐詩は君から始まったのだと言わしめたなら、また詞人墨卿の一快ではないか。惜しまれるのは、その年を軽んじて、開元・元和の盛時に及ばなかったことだ。しかし、君はもう逝ってしまった。

と述べている。「開元（七一三―四一）・元和（八〇六―二〇）の盛」とは、おおよそ盛唐期を指す。葉適は、確かに唐詩の復興を期待するものであったようだが、その目標とするところは、盛唐に置いていたようである。つまり、四霊の運動趣旨そのものには同意を表したが、彼らが晩唐から遡源的に盛唐にまで到達することを期待していたのだと見られるのである。また、後に詳しく述べるように、彼自身が晩唐体の学習をしていた、或いは提唱していたということは考えられない。

この他にも、趙汝回が、葉適の門下生である薛師石の『瓜廬集』に序を寄せて述べる中に、「永嘉の徐照・翁巻・徐璣・趙師秀は、乃ち始め開元・元和の作者を以て自から命じ、治《ととの》えて択《えら》び、平《たいら》げて錬《ね》れば、字という字は玉のごとく響く。之れを姚・賈の中に雑《まじ》うれば、人の辨ずること能わざるなり」（永嘉徐照・翁巻・徐璣・趙師秀、乃始以開元・元和作者自命、治択平錬、字字玉響、雑之姚・賈中、人不能辨也）（『瓜廬集』趙汝回序、『景印文淵閣四庫全書』第一一七一冊、二〇六頁下）とあって、四霊も当初は葉適の思惑を受けて、盛唐を目標としていたらしいのだが、結局は、それを果たせなかった。ちなみに、薛師石は、陶淵明・謝霊運・韋応物・杜甫を目標としていたとされている（同上）。また、劉克荘が晩唐を厭うて古体に転換したことは既に述べたが、このことに関しては、葉適が、克荘の『南嶽詩藁』に題跋した際に次のように忠告していることに注意したい。「古人に進みて已《や》まず、雅頌に参じ風騒を軼《すぐ》れば可ならん。何ぞ必ずしも四霊ならん哉」（進於古人不已、参雅頌、軼風騒可也、何必四霊哉）（『水心先生文集』巻二九「題劉潜夫南嶽詩藁」、『四部叢刊正編』五九、三三三頁下）。また、克荘は、『江湖後集』巻八に作が収録されている同郷の詩人、趙庚夫（字仲白）（一一七三―一二一九）の作品集に序を寄せる中で、「仲白の志の常に欲するは、斉・梁に帰して建安（一九六―二二〇）・黄初（二二〇―二二六）に返り、晩唐を蛻《もぬ》けて開元（七一三―七四一）・大暦（七六六―七七九）を追うことなり」（仲白之志常欲、帰斉梁而返建安黄初、蛻晩唐而追開元大歴《ママ》）（『後村先生大全集』巻九六「山名別集」、『四部叢刊正編』六二、八三〇頁上）と述べている。さらには、戴復古（字式之、号石屛）は、布衣の出身とも言われ、詩によって大官の客となり生計を立てていた人物であるが、彼もまた古体に及んだ。方回に「晩唐の間に在って晩唐の纖陋無し[31]」（在晩唐間而無晩唐纖陋）（『桐江集』巻四「跋戴石屛詩」、『叢書集成三編』四七、五一五頁下）と評されている。

以上のように、江湖詩人を指導する立場の人々の中には、鮮明に古詩・盛唐詩を目標に掲げる者もあり、四霊とは少なからず懸隔が存在したと見られるのだが、そのとき、注目を引くのは杜甫に対する言及である。

敖陶孫（字器之、号臞庵）は『詩評』（『叢書集成新編』七九、二八頁）において、歴代の詩人を論評する中で「唐の杜工部だけは、周公旦の金縢のように、後世が論議しえないものである」（独唐杜工部、如周公制作、後世莫能擬議）と述べて、杜甫を他の詩人とは区別して別格に扱っている。また、『江湖小集』巻八四所収の『雪磯叢稿』の作者、楽雷発（字声遠）は自序の中に「古今に詩を言うに老杜よりも尚きは莫し」（古今言詩莫尚於老杜）と述べている（『景印文淵閣四庫全書』第一三五七冊、六三六頁上）。

次いで、陳必復（字無咎）はその詩集『山居存藁』（『南宋群賢小集』、『叢書集成三編』四〇、七六九頁上）の自序に、

余愛晩唐諸子、其詩清深閑雅、如幽人野士冲澹自賞、要皆自成一家、及読少陵先生集、然後知晩唐諸子之詩尽在是矣、所謂詩之集大成者也、不佞三熏三沐、敬以先生為法、雖夫子之道不可階而升、然鑽堅仰高、不敢不由是乎、

私は晩唐の諸子を愛好していた。その詩の清深閑雅なところは、あたかも幽人野士が冲澹《あっさり》としながら自ら

を誇るようで、誰もが皆自分の持ち家を構えている。（しかし）少陵先生（杜甫）の詩集を読むようになって始めて、晩唐諸子の詩が尽くここに含まれていることを知った。世に言う「詩の集大成者」である。（そこで）変に媚びてありがたがるようなこともなく、敬《つつ》しんで先生を模範とするようになった。（『論語』〔子張篇第一九〕にもあるように、そもそも）聖人の道は梯子をかけて上ってゆけるようなものではないのだが（至上の存在であるがゆえに）、努力して研究してゆくには、やはり手本とせずにはいられないものだな。

と述べている。このような、晩唐体が杜詩に包含されているという見解は、方回のそれとも一致する。

老杜……其意趣全古之六義、而其格律又備後世之衆体、晩唐者特老杜之一端、老杜之作包晩唐於中、而賈島姚合以下得老杜之一体、葉水心奨四霊亦宋初九僧体耳、即晩唐体也、……近世学者不深求其源、以四霊為祖、曰、倡唐風自我始、豈其然乎、（『桐江集』巻四「跋許万松詩」、『叢書集成三編』四七、五二二頁上―下）

老杜……其の意趣は古の六義を全うし、而して其の格律は又た後世の衆体を備う。晩唐とは特《た》だ老杜の一端にして、老杜の作は中《うち》に晩唐を包む。而して賈島・姚合以下は老杜の一体を得たるのみ。葉水心の四霊を奨むるも亦た宋初の九僧体、即ち晩唐体なり。……近世の学者は其の源を求むること深からず、四霊を以て祖と為して曰く、「唐風を倡うるは我自《よ》り始まる」と。豈に其れ然らんや。

この、杜甫＝「晩唐体の先駆者」という認識は、宋初以来の歴史を持つ。宋・孫僅〔九六九―一〇一七〕「読杜工部詩集序」（仇兆鰲注『杜少陵集詳注』下冊、巻一〇・附録、北京圖書館出版社、三六頁）には、

公之詩、支而為六家、孟郊得其気焰、張籍得其簡麗、姚合得其清雅、賈島得其奇僻、杜牧薛能得其豪健、陸亀蒙得其贍博、皆出公之奇偏爾、

（杜）公の詩支《わか》れて六家と為る。孟郊は其の気炎を得る、張籍は其の簡麗を得る、姚合は其の清雅を得る、賈島は其の奇僻を得る、杜牧・薛能は其の豪健を得る、陸亀蒙は其の贍博を得る。皆な公の奇偏を出《いだ》すの

みなり。

とある。姚合は杜甫の「清雅」、つまり上品で秀麗なところを、賈島は杜甫の「奇僻」、つまり斬新非凡なところを継承したのだという。

以上を念頭に置いて考えると、江湖詩人の一部において杜甫が理想化されているという事実は、彼らが杜詩中の晩唐的特性を最終的な到達目標としていたことを意味するものであろうか、それならば、杜甫まで遡源する必要があるのかという疑問もわく。

しかして、注目されるのは、杜甫の別の一面である。上述、方回は、杜詩が晩唐体を包含すると指摘する一方で、その意趣が古の六義を全うしているとも指摘している。つまり、杜甫は、後世の晩唐体の特質である、精巧緻密な表現技術を持ちながら、古の六義、風・雅・頌・賦・比・興に基づいた伝統的スタイルを継承しているのだと言うのである。

そのような考え方として、想起されるのは、例の秦観〔一〇四九―一一〇〇〕「韓愈論」であろう。

猶杜子美之於詩、実積衆家之長、適当其時而已、昔蘇武李陵之詩長於高妙、曹植劉公幹之詩長於豪逸、陶潜阮籍之詩長於冲澹、謝霊運鮑昭《ママ》之詩長於峻潔、徐陵庾信之詩長於藻麗、於是杜子美者、窮高妙之格、極豪逸之気、包冲澹之趣、兼峻潔之姿、備藻麗之態、而諸家之作所不及焉、然不集諸家之長、杜氏亦不能独至於斯也、豈非適当其時故耶、孟子曰、伯夷、聖之清者也、伊尹、聖之任者也、柳下恵、聖之和者也、孔子、聖之時者也、孔子之謂集大成、嗚呼、杜氏韓氏亦集詩文之大成者歟、（『淮海集』巻二二、『四部叢刊正編』五〇、七九頁上―下）

猶お杜子美の詩に於けるや、実に衆家の長を積み、其の時に適当なるのみ。昔の蘇武・李陵の詩は高妙に長じ、曹植・劉公幹の詩は豪逸に長じ、陶潜・阮籍の詩は冲澹に長じ、謝霊運・鮑照の詩は峻潔に長じ、徐陵・庾信の詩は藻麗に長ず。是に於いて杜子美は、高妙の格を窮め、豪逸の気を極め、冲澹の趣を包み、峻潔の姿を兼ね、藻麗の態を備え、而して諸家の及ばざる所を作す。然るに諸家の長を集めざれば、杜氏も亦た独り斯に至ること能わざるなり。豈に其の時に適当なるが故に非ずや。孟子曰く、「伯夷は、聖の清なる者なり。伊尹は、聖の任なる者なり。柳下恵は、聖の和なる者なり。孔子は、聖の時なる者なり。孔子を之れ集めて大成すと謂う」（万章章句下）、嗚呼、杜氏・韓氏も亦た詩文を集めて之れ大成する者ならん歟。

また、張戒（宣和六年（一一二四）進士）『歳寒堂詩話』巻上（『叢書集成新編』七八、七一〇頁下―次項上）には、

王介甫只知巧語之為詩、而不知拙語亦詩也、山谷只知奇語之為詩、而不知常語亦詩也、欧陽公詩、専以快意為主、蘇端明詩、専以刻意為工、李義山詩、只知有金玉龍鳳、杜牧之詩、只知有綺羅脂粉、李長吉詩、只知有花草蜂蝶、而不知世間一切皆詩也、惟杜子美則不然、在山林則山林、在廊廟則廊廟、遇巧則巧、遇拙則拙、遇奇則奇、遇俗則俗、或放或収、或新或旧、一切物、一切事、一切意、無非詩者、

王介甫（安石）は只だ巧語の詩と為るを知るのみにして、拙語も亦た詩なるを知らず。山谷は只だ奇語の詩と為るを知るのみにして、常語も亦た詩なるを知らず。欧陽公の詩は専ら快意を以て主と為し、蘇端明（蘇軾、端明殿学士）の詩は専ら刻意を以て工みと為す。李義山の詩は只だ金玉龍鳳有るを知るのみ、杜牧之の詩は只だ綺羅脂粉有るを知るのみ、李長吉の詩は只だ花草蜂蝶有るを知るのみにして、而れども世間一切皆な詩なるを知らざるなり。惟だ杜子美のみは則ち然らず。山林に在りては則ち山林、廊廟に在りては則ち廊廟、巧に遇えば則ち巧、拙に遇えば則ち拙、奇に遇えば則ち奇、俗に遇えば則ち俗。或いは放、或いは収、或いは新、或いは旧。一切の物、一切の事、一切の意、詩に非ざる者は無し。

とあるのも、杜甫の詩人としての多様性・雑種性・総合性を称えたものである。そして、杜甫は、あたかも孔子のように、前人の長所を兼備し、時宜に従ってそれを使い分ける、詩の「集大成者」と崇められるのである。

孔子は、『詩経』の要諦を「思《おも》い邪《よこしま》無し」と約したが（『論語』為政篇第二、「子曰、詩三百、一言以蔽之、曰、思無邪」）、『歳寒堂詩話』が、「近世諸人、思い邪無き者、惟だ陶淵明・杜子美のみ」（近世諸人、思無邪者、惟陶淵明杜子美耳）（巻上、『叢書集成新編』七八、七一一頁上）、「子美独り聖人刪詩の本旨を得たる。三百五篇（『詩経』）と異なること無し」（子美独得聖人刪詩野本旨、与三百五篇無異）（巻下、『叢書集成新編』七八、七一一頁上）と激賞しているほか、また陳善『捫蝨新話』巻七（『宋元人説部叢書』上冊、二六六頁下）に、「老杜の詩は当に是れ詩中の六経なるべし」（老杜詩当是詩中六経）とあるなど、杜詩はまさに聖典化されていったのである。

しかして、曾噩（字子肅、福州の人）（一一六七―一二二六）が宝慶元年（一二二五）に記した『九家集註杜詩』序には[32]、

独少陵巨編至今数百年、郷校家塾髫総之童琅琅成誦、殆与孝経論語孟子並行、

ひとり杜甫の巨篇のみは、今日に至るまで数百年の間、郷校や家塾の者より歯が抜け代わり総角《あげまき》にしたような児童に及ぶまで朗々とその詩をそらんじ、ほとんど『孝経』『論語』『孟子』などと同様に学ばれている。

とあって、当時の杜詩の地位の高さが窺われるのである。

また、葉適は、翁巻の『西巌集』に序を寄せる中で、翁巻の族兄、翁松廬（詳細不明）の詩にも言及し、

然則非得少陵之深、未許読松廬之什、非得三百之旨、尤未易読西巌之篇也哉、（「西巌集原序」、『景印文淵閣四庫全書』第一一七一冊、一七三頁上）

杜甫の深意を理解していなければ、松廬の詩を読むべきではなく、また『詩経』の旨意を理解していなければ、西巌の詩を読みこなせない。

と述べ、『詩経』と杜詩を同列視している。このように、杜甫には、『詩経』の正統的後継者としての一面と、晩唐

体の先駆者としての一面が両義的に共存しているという認識が看取されるのである。このような杜詩の総合性・雑種性から、杜詩は学習の難しさを指摘される。時に「万里の地に行かず、万巻の書を読まざれば、工部の詩を閲ること毋れ(33)」などとも言われ、読者には特別なリテラシーが要求されたのである。

杜詩学習という問題について、范温『潜渓詩眼』（郭紹虞校輯『宋詩話輯佚』巻上、哈佛燕京学社、三九八頁、『苕渓漁隠叢話』前集巻九所引、『叢書集成新編』七八、四一三頁上、『詩人玉屑』一四所引、楊家駱主編『校正詩人玉屑』世界書局、三〇五―六頁）に次のようにあるのが注意される。

老杜詩、凡一篇、皆工拙相半、古人文章類如此、皆拙固無取、使其皆工、則峭急而無古気、如李賀之流是也、然後世学者、当先学其工、精神気骨、皆在於此、……今人学詩、多得老杜平慢処、乃鄰女效顰者、

老杜の詩、凡そ一篇は皆な工拙相半ばす。古人の文章類も此くの如し。皆な拙なれば固より取ること無し、使《も》し其れ皆な工みならば、則ち峭急にして古気無し。李賀（七九一―八一七）の流が如きは是れなり。然れば後世の学者、当に先づ其の工みを学べば、精神気骨皆な此に在り。……今人、詩を学ぶに多く老杜の平慢の処を得たる。乃ち鄰女の顰《ひそみ》に效《なら》う者なり。

范温は、字元実、号潜渓。秦観の婿、呂本中の母方の叔父とされる(34)。「拙」は、往古の里巷の歌謡としての粗っぽさ、素朴さを残すスタイル。もとよりただ「拙」なだけでは必要ないが、もしそれを消し去って「工《たくみ》」のみになると、「峭急《せっかち》」で、往古の悠然とした雰囲気が失われるのだ、したがって、初学者は、まず「工《たくみ》」から学ぶべきだ、というのが范温の意見である。彼は「義山（李商隠）の詩、世人但だ其の巧麗を称するのみにして、温庭筠と名を斉しうするに至る。蓋し俗学は祇だ其の皮膚を見るのみ、其の高情遠意は皆な識らざるなり」（義山詩、世人但称其巧麗、至与温庭筠斉名、蓋俗学祇見其皮膚、其高情遠意、皆不識也」（『潜渓詩眼』、郭紹虞校輯『宋詩話輯佚』巻上、哈佛燕京学社、四〇五頁、『苕渓漁隠叢話』前集巻二二所引、『叢書集成新編』七八、四三五頁上、『詩人玉屑』一六所引）とい

う持論を有しており、唐詩の精巧さを是認する立場の考え方であった。しかし、当時の人々は、杜甫の「平慢の処」、つまり〝ありきたりでしまりのない〟ところから学んでいるのだという。

張戒『歳寒堂詩話』が述べているのは、まさにそのような態度であろう、

○世徒見子美詩之麤俗、不知麤俗語在詩句中、最難、非麤俗、乃高古之極也、自曹劉死、至今一千年、惟子美一人能之、……近世蘇黄亦喜用俗語、然時用之、亦頗安排勉強、不能如子美胸襟流出也、（巻上、『叢書集成新編』七八、七〇七頁下）

世間はいたずらに杜甫の詩の麤俗《そぞく》（粗っぽさ俗っぽさ）に注目するだけだが、彼らは知らないのである、麤俗の語が詩句中にあって最も難しいのは、（それがただ）麤俗だということではなく、高古の詩風の極みであるということを。曹（植）・劉（公幹）が世を去ってから、今に至るまでの一千年間、ただ杜甫だけがこれをこなせるのだ。……近世の蘇軾・黄庭堅も好んで俗語を用いるが、まま用いるところも、無理矢理に配置を凝らしたようなものであって、杜甫のように胸襟から流出したようなものには敵《かな》わないのである。

○作麤俗語、倣杜子美、作破律句、倣黄魯直、皆初機爾、必欲入室升堂、非得其意、則不可、（巻上、『叢書集成新編』七八、七一〇頁下）

麤俗の語を作るには、杜子美に倣うがよく、破律の句を作るには、黄魯直に倣うがよいが（黄詩が拗体《おうたい》に長じていることに拠る）、いずれも最初だけである。必ず入室・升堂しようとするならば（次の段階に至ろうと思うならば）、その意《こころ》を解さなくてはならない。

なぜ北宋中後期の人が杜詩の「拙」から学び始めていたのか。それは当時の考え方として、前代の、晩唐体――西崑体という、表現上の精巧さ‐緻密さを過度に追求する詩体への反省があったからではないかと推測される。

つまり、彼らは、字句の鍛錬に必要以上に力を注いできたことの反発から、詩の〈意《こころ》〉を重んずるようになっていったということである。そして遡って杜甫にたどり着いた。杜甫には巧みな部分もあったが、敢えてそれは避け、往古の雰囲気を残す粗っぽさ、素朴さを学ぶようになったというわけである。

しかし、范温はそれをただ顰《ひそみ》に効《なら》うだけ、善し悪しを考えずに真似をしているだけだと批判する。確かに初学者にとっては、無形の韻律を創造しながら敢えて粗雑な表現を試みるよりも、詩法の規則に従って、一定のリズムを守りながら字句を整然と組み立ててゆくことの方が容易であるように思える。その意味では范温の主張も一理を含むものと言える。

また、方回の主張も同様の趣旨を持つものであろうか、

或曰、老杜如何可学、曰、自賈島幽微入、而参以岑参之壮、王維之潔、沈佺期宋之問之整、

ある人に「杜甫はどのように学ぶべきですか」と尋ねられたが、「賈島の幽微から入って、岑参の壮、王維の潔、沈佺期・宋之問の整に参じなさい」と答えた。

とある（『瀛奎律髄』巻二三・姚合「題李頻新居」項、『景印文淵閣四庫全書』第一三六六冊、二九七頁下―次頁上）。方回の基本的な考えは、詩人は最終的に古近二体を兼備すべき、というものであったが、その理想でもある杜甫に到達するためには、入り口としては賈島が適切であり、その後に初唐・盛唐の諸詩人に参ずるべきだと考えていたのである。

以上を踏まえて、葉適の次の言葉に注意しよう。

慶暦嘉祐以来、天下以杜甫為師、始黜唐人之学、而江西宗派章焉、然而格有高下、技有工拙、趣有浅深、材有大小、以夫汗漫広莫、徒枵然従之而不足充其所求、曾不知脰鳴吻決、出豪芒之奇、可以運転而無極也、故近歳学者、已復稍趨於唐而有獲焉、（『水心先生文集』巻一二「徐斯遠〔徐文卿〕文集序」、『四部叢刊正編』五九、一四四頁下）

慶暦・嘉祐〔一〇四一—四八、一〇五六—六三〕以来、天下、杜甫を以て師と為す。始め唐人の学を黜《しりぞ》くるも、江西宗派焉《こ》れを章《あきら》かとす。然れども格に高下有り、技に工拙有り、趣に浅深有り、材に大小有り。夫の汗漫広莫《かんまんこうばく》（広々としたさま）たるを以て、徒だ枵然《きょうぜん》（大きいさま）として之れに従うも、其の求むる所を充すに足らず。曾《すなわ》ち知らず、脰《のど》鳴らし吻《くちさき》決《あ》けて、豪芒《ごうぼう》（非常にこまかい）の奇を出すも、以て運《めぐ》り転《めぐ》って極まりなかる可きなるを。故に近歳の学者、已に復た稍《すこ》しく唐に趨《はし》りて獲《う》るところ有り。

これは葉適の唐詩推奨の弁というよりは、その立場を代弁して、杜甫及びそれを追慕する江西詩派の茫漠さ、つかみどころのなさを指摘し、それゆえの学習のしにくさという欠点を投げかけるものであったと見られる。

既に述べた通り、葉適は、四霊による、詩の平漫性を是正し唐詩を学習すべきだという提唱に同調し、杜甫を初めとする盛唐詩人を肯定していた。そしてそれと同時にその難しさも把握していたのである。

となれば、それは四霊にあっても同様であったのではないだろうか。万巻の書を読破し、「詩の集大成者」として孔子と比肩して尊崇される杜甫を学習するなどと言うことは、葉適のような古典リテラシーを有する読書人（知識人）であるからこそ可能となることであって、古典リテラシーの不十分な階層の詩人にとってはまずその技巧的な部分を継承した晩唐体、すなわち、賈島・姚合から学習を始めるというのが極めて現実的な糸口であったのではないだろうか。しかし、結果として葉適が期待していたような、開元・元和の最盛期には到達しなかった。その上、四霊に追随し、晩唐体から唐詩を学習し始めた人々もまた、その表現の技巧的精緻さに拘泥し、自らそこに止まることとなった。しかして、彼らは古体の粗っぽさ、素朴さ、豪快さなどには目もくれず、晩唐体を唐詩の主流であると宣言し、南宋末期における古今の分裂という事態を生んだのである。

范晞文撰『対牀夜語』（『叢書集成新編』七八、三二四頁上）には、

四霊、倡唐詩者也、就而求其工者趙紫芝也、然具眼猶以為未尽者、蓋惜其立志未高而止於姚賈也、学者闖其閫

奥、闢而広之、猶懼其失、乃尖繊浅易、相煽成風、万喙一声、牢不可破、曰此四霊体也、其植根固、其流波漫、日就衰壊、不復振起、吁、宗之者反所以累之也

四霊、唐詩を倡うる者なり。就きて其の工みを求むる者は趙紫芝なり。然らば具眼にして猶お以て未だ尽きざる者と為すがごとくなるも、蓋し惜むらくは其の立志未だ高からずして、姚・賈に止《とど》まれり。学者、其の閫奥(奥深いところ)を闚《うかが》い、闢《ひら》きて之れを広むるも、猶お其の失を懼《おそ》るるがごとくにして、乃ち尖繊浅易、相煽《あいあお》りて風を成し(批評しあう)、万喙一声《ばんかいいっせい》に牢《かた》く破る可からざるを、「此れ四霊体なり」と曰う。其の植根は固けれども、其の流波は漫《そぞろ》、日に就きて衰壊し、復た振起せず。吁《ああ》、之れを宗とする者の反って之れに累《わず》らわるる所以《ゆえん》なり。

として、四霊とそれに追従する末端の江湖詩人との間では懸隔の開きが存在したという。末端の江湖詩人にとっては、詩は「学問」である必要性はない、ただ詩法に従って詩語を組織することに終始したとて何ら不都合はないのである。科挙というディシプリンからフリーであればこそ、それが実態として、賈島・姚合の模倣、さらには四霊の模倣に甘んずる結果を導いたのだと思われるのである。

江湖詩壇に響く不協和音

以上、葉適―四霊―江湖詩人との間で、それぞれ方向性が少なからず齟齬していたことを述べてきたが、その点についてもう少し詳しく見てゆくことにしよう。

多くの江湖詩人にとって詩の是非を決する第一の要因は、表現の巧拙であったが、彼らは一般的に詩一篇の構想よりも一句一聯の精巧さを追求していたようである。丁焴(字晦叔)は、張弋(字彦発、旧字韓伯、号無隅翁)の『秋江煙草』に序を寄せて、

彦発思甚苦、未嘗苟下一字、毎有所作必鎔錬、数日乃定、揆其用力、蓋倍於江西之学、人必従事於此、而後知其難且工、

（張）彦発は思いは甚だ苦にして、未だ嘗て苟《かりそ》めに一字を下すこともなく、毎《つね》に所作有らば必ず鎔錬し、数日にして乃ち定む。其の用力を揆《はか》れば、蓋し江西の学よりも倍す。人必ず此れに従事して、而る後に其の難《かた》く且《か》つ工《たく》みなることを知る。

と、江西詩派の詩学よりも倍の労力を要することを、さも誇らしげに語っている（『南宋群賢小集』、『叢書集成三編』四〇、六一三頁上）。熟慮に熟慮を重ねて数日を経て字句を決定する、というその立場からすれば、即興詩などあり得ないことであろう。作詩行為に没頭する江湖詩人の一模型が看取される。なお、丁焴は文中に、張弋が常に賈島・姚合を法としていたことも記している。

また、『詩人玉屑』に引用される、黄昇撰『玉林詩話』は多くの江湖詩人の事跡を伝えているが、その中で、趙師秀が詩句を度々改作したことに言及し、改作後は、「精神頓《とみ》に異《すぐ》れり。真に光弼（李光弼）の子儀（郭子儀）の軍に入るが如し」（精神頓異、真如光弼入子儀軍矣）という出来映えであったと形容している（『玉林詩話』、郭紹虞校輯『宋詩話輯佚』巻下、哈佛燕京学社、一四二頁、『詩人玉屑』巻一九、楊家駱主編『校正詩人玉屑』世界書局、四二八―九頁）。さらに、師秀が、林寛・無可・姚合・于武陵といった唐人の語を多く用いていたと述べるが、「蓋し唐詩を読むこと既に多し。筆を下せば自然と相似ん。踏襲に非ざるなり。其の間、又た藍よりも青き者も有り。識者自ら能く之れを辨ぜよ」（蓋読唐詩既多、下筆自然相似、非踏襲也、其間又有青於藍者、識者自能辨之）（『詩人玉屑』巻一九、同上、四二九頁）として、踏襲ではないという点を強調し、その独自性を評価している点が注意される。江西詩派の換骨法、奪胎法を意識しての言葉であろう。

さて、武衍（字朝宗）の『適安蔵拙餘藁』「乙巻」に、趙希意の筆に成る序が附されている（『南宋群賢小集』、『叢

書集成三編』四〇、五八六頁）。希意は下記の内容から趙師秀の甥に当たる人物のようである。

四霊詩江湖傑作也、水心先生嘗印可之、余季父天楽復与天台戴石屛講明句法、而晩年益工、信乎、作詩者、非窮思甚習、不可也、

四霊の詩は江湖の傑作なり。水心先生（葉適）嘗て之れに印可し、余が季父、天楽（趙師秀）は復た天台の戴石屛（復古）と与《とも》に句法を講明す。而して晩年は益ます工《たく》みなり。信《まこと》なるかな、作詩は、窮思甚習するに非ずんば（熟慮し習熟するのでなくては）、不可ならん。

趙師秀が賈島・姚合の句法について江湖詩人に講義していたことは先に触れたが、その具体的内容として、「ただ梅花数斗を飽きるまで喰らうことができれば、胸の中はあざやかになって自然と詩を作ることができよう」（但能飽喫梅花数斗、胸次玲瓏、自能作詩）（韋居安『梅礀詩話』、『叢書集成新編』七九、四九頁）と言ったと伝えられ、それを聞いた戴復古が「一時の戯れ言だが、伝えるべきものでもある」と評したという逸話もある。ただ、右の記述からすれば、実作の上では苦吟タイプの詩人であったらしく、それが肯定的に評価される社会でもあったようである。

では、一方で、四霊・江湖詩人の指導者として位置づけられていた葉適は「唐律」に対してどのような見方を取っていたのだろうか。劉克荘の『詩話』に次のような記述がある（『後村先生大全集』巻一七六・詩話、『四部叢刊正編』六二、一五七一頁下―次頁上）。

水心大儒、不可以詩人論、……此二篇兼阮陶之高雅、沈謝之麗密、韋柳之精深、一洗今古詩人寒倹之態矣、然四霊中如翁霊舒、乃不喜此作、人之所見者不可解如此者、

水心は大儒にして、詩人を以て論ずる可からず。……此の二篇（中塘梅林詩二篇、『水心文集』巻六）は阮（籍）・陶（淵明）の高雅、沈（約）・謝（霊運、或いは、朓）の麗密、韋（応物）・柳（宗元）の精深を兼ね、

今古の詩人の寒倹の態を一洗す。然して四霊の中、翁霊舒（巻）が如きは、乃ち此の作を喜ばず、人の所見の不可解なること此くの如き者なり。

四霊の理解者であった葉適であったが、自らの作るところの詩は六朝、盛唐詩人の風味を帯び、「寒倹の態」を洗い落とすような、つまり自然な詠作であったという。しかし四霊の翁巻はそれを喜ばなかった。

しかして、葉適自身、次のように言っている。劉克荘の『南嶽詩藁』の題跋である（『水心先生文集』巻二九「題劉潜夫南嶽詩藁」、『四部叢刊正編』五九、三三三頁下）。

往歳、徐道暉諸人、擺落近世詩律、斂情約性、因挟《ママ》出奇、合於唐人、夸所未有、皆自号四霊云、於時劉潜夫、年甚少、刻琢精麗、語特驚俗、不甘為雁行比也、今四霊喪其三矣、家鉅淪没、紛唱迭吟、無復第叙、而潜夫思益新、句愈工、渉歴老練、布置闊遠、建大将旗鼓、非子孰当、昔謝顕道謂、陶冶塵思、模写物態、曾不如顔謝徐庾留連光景之詩、此論既行、而詩因以廃矣、悲夫、潜夫以謝公所薄者自鑑、而進於古人不已、参雅頌軼風騒、可也、何必四霊哉、

往歳、徐道暉（照）ら諸人、近世の詩律を擺《はら》い落し、情を斂《あつ》めて性に約《やく》し、狭に因りて奇を出して唐人に合わせ、未だ有らざる所と夸《ほこ》り、皆な自ら四霊と号すと云う。時に於いて劉潜夫（克荘）、年甚だ少《わか》く、刻琢精麗にして、語は特に俗を驚かせ、雁行の比と為るに甘んぜざるなり。今四霊は其の三を喪う。家鉅は淪没し、紛唱迭吟するも、復た第叙（階級序列）無し。而して潜夫は思い益ます新たに、句は愈いよ工みに、渉歴は老練に、布置は闊遠なり。大将の旗鼓を建つるは、子《なんじ》に非ずして孰《たれ》か当たらん。昔謝顕道（良佐）謂えらく、「塵思を陶冶し、物態を模写するは、曾《すなわ》ち、顔（延之）・謝（霊運）・徐（陵）・庾（信）の留連光景の詩に如かず」と。此の論既に行われ、而して詩は因りて以て廃れたり。悲しい夫《かな》。潜夫は謝公の薄き所の者を以て自から鑑み、而して古人に進みて已まず、雅頌に参じ風騒を軼《す》ぐれば可とならん。

何ぞ必ずしも四霊ならん哉。

四霊が、葉適という権威によるスターシステムの産物であったのは確かだとしても、葉適の晩年の評価では、四霊よりも劉克荘が上であった。ただ、これは、四霊への批判と言うよりは、江湖の詩人が、四霊を目標として他を顧みないような状況にあったことを憂慮してのものであったとも考えられる。葉適の門下生、呉子良は次のように言っている――「此の跋既に出でて唐律を為す者頗怨す。而れども後人、反って以て水心の晩唐を崇尚すると為せることの誤りなるを知らず。水心、当時の詩人を称するに、以て独歩す可き者は、李季章（李壁）・趙蹈中（趙汝譡）のみ。近時の学者、四霊を歆艶し（うらやむ）、剽竊模倣す。愈いよ陋にして愈いよ下る。嘆く可きなる哉」〔此跋既出為唐律者頗怨、而後人不知反以為水心崇尚晩唐者誤也、水心称当時詩人可以独歩者、李季章趙蹈中耳、近時学者、歆艶四霊、剽竊模倣、愈陋愈下、可嘆也哉〕（『林下偶談』巻四、『叢書集成新編』一二、五三一頁下）。文中の、趙汝譡は、葉適の門下生にして、『水心文集』の序文を製した人。劉克荘「瓜圃集」序の中で「近歳詩人、惟れ趙章泉（趙蕃）は五言に陶阮の意有り、趙蹈中（汝譡）は能く韋体を為す」〔近歳詩人、惟趙章泉五言有陶阮意、趙蹈中能為韋体〕（『全集』巻九四、『四部叢刊正編』六二、八一〇頁上）と評され、また『瀛奎律髄』巻二〇・翁巻「道上人房老梅」項には「趙昌父（蕃）・韓仲止（淲）・趙蹈中（汝譡）・趙南塘（汝談）兄弟、此の四人、晩唐を為さず、而して詩は未だ嘗て佳からざるはなし」〔趙昌父・韓仲止・趙蹈中・趙南塘兄弟、此四人、不為晩唐、而詩未嘗不佳〕とされる（『景印文淵閣四庫全書』第一三六六冊、二三二頁下）。李壁の詩については、その作風が窺えるような記述を知らないが、著には王安石詩の注釈、『王荊文公詩箋注』がある。

葉適が他の道学系儒者と一線を画すのは、唐詩を積極的に認めたことであろう。理と言えば宋詩の特長とするのが一般的であるが、彼はそれを唐詩に見ていた。唐詩は、古詩の「粗」に対して「精」の一字によって表されることが多いが、それに関して、葉適の「徐道暉墓誌銘」（『水心先生文集』巻一七、『四部叢刊正編』五九、一九六頁上）

には次のようにある。

蓋魏晋名家、多発興高遠之言、少験物切近之実、及沈約・謝脁永明体出、士争効之、初猶甚艱、或僅得一偶句、便已名世矣、夫束字十餘、五色彰施、而律呂相命、豈易工哉、故善為是者、取成於心、寄妍於物、融会一法、涵受万象、狶苓・桔梗、時而為帝、無不按節赴之、君尊臣卑、賓順主穆、如丸投区、矢破的、此唐人之精也、

蓋し魏晋の名家、発興高遠の言多く、験物切近の実少なし。沈約・謝脁の永明体の出づるに及び、士争いて之れに効う。初め猶お甚だ艱《かた》んずるも、或《も》し僅かに一偶の句を得れば、便ち已にして世に名だかし。夫の字を束ぬること十餘、五色彰施し（五色は鮮やかに施され）、律呂相命ず（楽器の声音は響きあう）。豈に易く工みならんや。故に善く是れを為す者、成を心から取り、妍《うつくしさ》を物に寄す。一法を融会して万象を涵受す（含み受ける）。稀《き》苓《れい》・桔便《ききょう》（のような一薬草）も時として帝（主薬）為れば、節を按じ之れに赴かざるは無し。君の尊にして、臣の卑なること、賓の順にして、主の穆なること、丸《たま》の区《まと》に投ぜられ、矢の的《まと》を破るが如し。此れ唐人の精なり。

文中「狶苓・桔梗、時而為帝」というのは、『荘子』徐無鬼篇第二四の一節に拠るものであろう。「薬や、其の実は堇《きん》なり、桔梗《きつこう》なり、雞壅《けいよう》なり、豕《し》零《れい》なり。是れ時《こもごも》に帝と為《な》る者なり。何ぞ言うに勝《た》うべけんや」（薬也、其実堇也、桔梗也、雞壅也、豕零也、是時為帝者也、何可勝言）（薬というものは、その実際は鳥かぶとであったり、桔梗《ききょう》であったり、鶏頭《けいとう》であったり、豕零《いのこぐさ》であったりする。これらは〔病気の症状に応じて〕かわるがわる主要なはたらきをするもので、その種類はとても言いつくせるものではない）（岩波文庫、第三冊、二七二―四頁）。『荘子』のこの一段は、他にも、鴟《フクロウ》の夜目や鶴の脛《すね》などを例として物事の適性を説き、万物にはそれぞれ適性に応じた働きをするような、根本的な理が備わっていることを指摘する。しかし、人間は、その本然的な理から逸脱する形で、耳目の聡明さ、或いは心の俊敏さというものが不確かなものであるにも関わらずそれに頼り切っているのだと述べる。葉適がこの一段に注目し

たのは、近時の道学者が「天下の学を挙ぐるに、皆な以て其の道を致すに足らず、独り我のみ能く之れを致す」（前述）と尊大に振る舞っていることに対する反発の意もあったのであろう。ともかく、唐人は、物事の適性を見極めることに長けていたが故に、自己の分をわきまえ、その秩序性・法則性を精確に体認するものであったと言うのである。

また、葉適は唐詩の長短所をそれぞれ次のように評している（「王木叔詩序」『水心先生文集』巻一二、『四部叢刊正編』五九、一四七頁下）。

夫争妍闘巧、極外物之変態、唐人所長也、反求於内、不足以定其志之所止、唐人所短也

妍《うつく》しさを争って巧《たく》みさを闘わし、外物の変わりゆく様を究めることは、唐人の長所である。（その一方）内心を振り返って追求し、その志の帰する所を定めるのに不十分であることは、唐人の短所である。

外物の変化を見極めることを唐詩の特長と捉える一方、内心を追求することの不十分さを指摘する。これは一般的な道学者が唐詩を軽視したということの意味においても注意される。

このように、葉適は江湖詩人と全く歩調が異なっており、晩唐体・四霊体を追慕するだけの人々はむしろ批判の対象となっていた。このことは、葉適が、その規範の行方をコントロールできなかったという事実を同時に意味してもいた。しかして、彼らの強い関心事である表現の技巧について、葉適はどのように考えていたのだろうか。

葉適は言う（『習学記言』巻四七・呂氏文鑑、『景印文淵閣四庫全書』第八四九冊、七七一頁下―次頁上）。

周氏拙賦、為今世講学之要、按書称作偽心労日拙、古人不貴拙也、大巧若拙、巧者労而智者憂、無能者無所求、老荘之学然爾、蓋削世俗繊浮靡薄之巧、而帰之於正、則不以拙言也、以拙易巧、而不能運道、則拙有時而偽矣、学者所当思也、

周氏（周敦頤）の『拙賦』は、今世講学の要為《かなめた》り。按ずるに、『書』に「偽を作さば心労《こころろう》にして日に拙な

り」（『書経』周官）と称す。古人拙なるを貴ばず。「大巧は拙なるが若し」（『老子』第四五章、『荘子』胠篋篇第一〇）、「巧者は労して智者は憂うるも、無能者は求むる所無し」（『荘子』列御寇篇第三二）、老荘の学も然《しか》爾り。蓋し世俗の繊浮靡薄の巧を削りて之れを正に帰すれば、則ち拙を以て言わず、拙を以て巧に易う。而れども道を運《めぐ》ること能わざれば、則ち拙も時有りて偽なり。学者当に思うべき所なり。

『書経』『老子』『荘子』を引用して、虚心にして「拙」であることを至上とする。「偽」（作為・加工）をなせば、心は「労」となり、そして「拙」となる。世俗の「巧」を削除して「正」に帰着すれば、「拙言」が「巧言」となる。しかし、例え作為的なものではなかったのだとしても、それに「道」が関係しなければ、その「拙」も時には「偽」となる（作為的なものとなる）。つまり、〝道を載せる拙〟＝「巧」を指向しているのである。また、葉適の言う、「巧」「拙」が、外形的な描写‐表現に従うものではないことは、彼の書法を評する言葉の中に、「今の人は字を書くのに法がない、手本をまる写しして、ただ形を似せようとするだけだ。巧《うま》い拙《へ》たの違いがあったとしても、どうして論評するに価しようか」（今人字不用法、随帖摹写、止取形似、雖有巧拙、豈足評論）（「送徐致中序」（『隠居通議』巻一七「水心遺文」所録、『叢書集成新編』八、四三四頁下、『水心文集』未録）とあることによっても徴される。これらの点などは、道学者としての立場が色濃く出されており、江湖詩人の要求している「巧」とはそもそもの価値基準が異なるものである。

また、葉適の「西巌集原序」（『景印文淵閣四庫全書』第一一七一冊所収『西巌集』巻頭附載、一七三頁上）には、

若霊舒則自吐性情、靡所依傍、伸紙疾書、意尽而止、乃読者或疑其易近率淡近浅、不知、詩道之壊、毎壊於偽、壊於険、偽則遁之而窃焉、険則幽之而鬼焉、故救偽以真、救険以簡、理也亦勢也、能愈率則愈真、能愈浅則愈簡、意在筆先、味在句外、斯以上下三百編為無疚爾、試披吟風雅、其顕明光大之気、敦厚温柔之教、誠足以津梁後人、則居今思古、作者其有憂患乎、乃知集成花萼、夢入草塘、彼各有所長、詎苟焉而已也、然則非得少陵

之深、未許読松廬之什、非得三百之旨、尤未易読西巌之篇也哉、
　霊舒が若きは則ち自から性情を吐き、依る所の傍《かたわら》に靡《したが》いて、紙を伸ばして疾《すみや》かに書せば、意尽きて止まる。乃りて読者の或いは其の「易」なること「率」に近く、「淡」なること「浅」に近きを疑う。知らずや、詩道の壊《やぶ》れるは、毎《つね》に「偽」に壊れ、「険」に壊れるを。「偽」の則ち之れを遁るるや窃となり、「険」の則ち之れを幽《かく》すや鬼となる。故に「真」を以て「偽」を救い、「簡」を以て「険」を救う。理たれば亦た勢たり。愈いよ「率」なれば則ち愈いよ「真」たること能《あた》う、愈いよ「浅」なれば則ち愈いよ「簡」たること能う。意《こころ》は筆先に在りて、味《あじわい》は句外に在り。斯れ上下三百編を以て無疚と為すのみ。試みに風雅を披吟せよ。其れ顕明光大の気、敦厚温柔の教えは、誠に以て後人に津梁（はしわたし）するに足る。則ち今に居して古えを思うなり。作者其れ憂患有らんや。乃ち花萼を集成して、夢に草塘に入るを知る。彼各おの長ずる所有り。詎《あ》に苟《かりそ》めなるのみならんや。然らば則ち少陵の深きを得るに非ずんば、未だ松廬の什を読むを許さず。三百の旨を得るに非ずんば、尤も未だ易く西巌の篇を読むこともあらざらん。

とある。江湖詩人は、翁巻の拙速な作詩態度を「易」「淡」と見て、それがややもすると「率」「浅」に近くなるのではと怪訝に見ていたという。しかし、葉適は、詩道が壊れるときは、「偽」（作為性）・「険」（晦渋性）によって壊れるものであるから、翁巻の「率」「浅」はそれぞれ「真」「簡」となって、その弊を救うものだと弁護する。そして、『詩経』の主旨を会得してからでなくては、翁巻の詩を読むべきではないと付け加える。

　勿論、江湖派の構成分子の全てが一様の信条を有していたわけではないだろうが、少なくとも葉適との間には大きな懸隔があったと判断できる。また、葉適と四霊との間、四霊と江湖詩人との間にも、方向性に関して少なからず断層が存在していたものと見られるのである。

　しかして方回の次の言表が南宋末期の詩学をめぐる諸議論の要約としては正鵠を失するものであることが理解さ

れるだろう。

近世永嘉葉正則水心、倡為晩唐体之説、於是四霊詩、江湖宗之、而宋亦晩矣、（「三体詩序」、漢文大系第二巻『増註三体詩』）

近世、永嘉の葉正則水心、倡えて晩唐体の説を為す。是に於いて、四霊の詩、江湖之れを宗とす。而して宋も亦た晩《おく》る。

ただし、このような方回の批評は、方回自身がこのような誤解を持っていたという意味においてではなく、当の江湖詩人の間で既に広くそのような誤認が形成されていたという意味において注意されるのである。当時、江湖詩人は「水心や四霊の好みと合わせるので十分だ」（近世為詩者、七言律宗許渾、五言律宗姚合、自謂足以符水心四霊之好」（『桐江集』巻一「滕元秀詩集序」、『叢書集成三編』四七、四五二頁上）と公言していた、と方回は語っている。

以上、一口に「江湖派」と言っても、それが一つの集団を形成していたわけではなく、詩作における方向性についても、意識を共有していたわけではないことが確認された。

「江湖」というのはあくまでも想像されたネットワークの中で形成された、（多くは面識のない人々同士の）作られたカテゴリーに過ぎなかった。「江湖派」を文学史の中に編制‐組織するにあたって注意しておくべきは、おそらく「江湖派」という用語の中から何らかの普遍要素を抽出してくることはできないということである。従来の「詩人」概念の中に「江湖」という主体的な場が存在していなかったのが確かだとしても、その「江湖派」の中に平均値が存在するわけでもなかった。また「江湖派」とはすなわち下層階級の詩人とイコールでもなかった。ここで注視しておきたいのは、「江湖派」内部の不協和音である。つまり、葉適の著した後村の序であり、それに対する四霊の反応である（呉子良の証言）。江湖派は四霊に学び、更にはその江湖派に学ぶ者もあった。それらは歴史の中に埋没する多数の人々であったかもしれない。そのような喪失された対象に視線を落とすことはもはやできないが、ただ南宋末期という時点にあって「詩人」という概念に緩やかな変質がもたらされたのは確かであった。

註

（1）　他にも次のような文章が見える。「辞章至於宋季、其敝甚矣、公卿大夫視応用為急、俳偕以為体、偶儷以為奇、靦然自負其名高、稍上之、則穿鑿経義、檃括〔栝〕声律、孳孳為華、世取寵之具、又稍上之、騁宏博則精粗雑揉而略縄墨、慕古奥則刪去語助之辞而不可以句、累十百而弗休、且曰、我将以明道、奚文之為、又稍上之、顧、欲矯敝而其敝尤滋」（宋濂「戴剡源先生文集序」、『剡源戴先生文集』附載、『四部叢刊正編』六七、四頁上）。「詩至宋南渡末、而弊又甚焉。高者刻削矜持太過、卑者模仿掇拾為奇、深者鉤玄撮怪至不可解、浅者杜撰張皇有若俳優、至此而古人作詩之意泯矣。然陥溺其中者、方以能詩自負。見其有深於理致、如晦翁〔朱熹〕之作者、則指之曰、此儒者之詩也。見其有渉於俚俗、如誠斎〔楊万里〕之作者、則指之曰、此俗学者之詩也。嗟、此豈徒足知詩哉、尤不足以知誠斎、晦翁矣」（『詩法源流』、周維徳集校『全明詩話』一、一三一—三頁）。「嗚呼、詩豈易言也哉、大雅希声、宮徴相応、与三光五嶽之気並行天地間、一歌一咏、陶冶性霊、而感召休徴其有関於治教功亦大矣、然自刪後至於両漢、正音猶完、建安以来寖尚綺麗而詩道微矣、魏晋作者雖優、不能兼備諸体、其鏗鍧軒昂上追風雅、所謂集大成者、惟唐而後有之降是無足采焉、逮及於元静修劉公復倡古作、一変浮靡之習、子昂趙公起而和之、格律高深、視唐無媿、至若徳機〔范梈〕范公之清淳、仲弘〔楊載〕楊公之雅贍、伯生〔虞集〕虞公之雄逸、曼石〔掲傒斯〕掲公之森厳、更唱迭和、於延祐天歴間、足以鼓舞学者、而風厲天下其亦盛矣哉」（蒲菴来復「蛻菴集原序」、張翥『蛻菴集』、『景印文淵閣四庫全書』第一二一五冊、二頁下）。「江西詩、在宋東都時、宗黄太史〔黄庭堅〕、号江西詩派、然不皆江西人也、南渡後、楊廷秀〔楊万里〕好為新体詩、学者亦宗之、雖楊宗少於黄、然詩亦小変、宋末、須渓〔劉辰翁〕劉会孟出於廬陵、適科目廃、士子専意学詩、会孟点校諸家甚精、而自作多奇崛、衆翕然宗之、於是、詩又一変矣、我元延祐以来、弥文日盛、京師諸名公、咸宗魏晋唐、一去金宋季世之弊、而趨於雅正、詩丕変而近於古、江西士之京師者、其詩亦尽棄其旧習焉」（欧陽玄『圭斎文集』巻八「羅舜美詩序」、『四部叢刊正編』七〇、五三頁上）。

（2）　ここに言う、「大暦」「元和」は詩を論ずる上で、よく指標とされる年号で、当該期の詩体をそれぞれ大暦体・元和体と呼称し、それぞれ、大暦十才子（盧綸・吉中孚・韓翃・銭起・司空曙・苗発・崔峒・耿湋・夏侯審・李端。但し異説もある）、元白（元稹・白居易）を代表詩人に掲げる（『滄浪詩話』他）。すなわち、唐詩の区画上、中唐期に相当する。

（3）許棐（字忱夫、号梅屋）に「跋四霊詩選」（『融春小綴』、『南宋群賢小集』、『叢書集成三編』四〇、『江湖小集』巻七六）がある。

（4）玉城要「趙師秀輯『二妙集』について―姚合・賈島評価と関連して―」（『作新国文』一三、二〇〇一・三）、参照。

（5）周弼の『三体詩』は、詩体句法ごとに短い論評を附しているが、その幾つかを摘記すれば（引用は、村上哲見『中国古典選 三体詩』全四冊、朝日新聞社、一九七八・八―一一。なお原文漢文は省略した）、

①中四句の皆景物にして実なるを謂う。開元大暦に此の体多し。華麗典重の間に、雍容寛厚の態有るは、此れ其の妙なり。稍変じて然る後に虚に入り、間《まじ》うるに情思を以てす。故に此の体は当に衆体の首《はじめ》為るべし。昧き者之を為さば、則ち堆積窒塞して、意味に寡《すくな》し。（五律・四実）

②中四句の皆情思にして虚なるを謂うなり。虚を以て虚を為さず、実を以て虚と為し、首《はじめ》自《よ》り尾《おわり》に至るまで、行雲流水の如きは、此れ其の難きなり。元和より已後、此の体を用うる者は、骨格存すと雖も、気象頓《とみ》に殊なれり。向後《きょうこう》は則ち枯瘠に偏り、軽俗に流れ、采るに足らず。（五律・四虚）

③実なれば則ち気勢雄健、虚なれば則ち態度諧婉なり。前を軽くし後を重くし、剤量適均なれば、窒塞軽俗の患無し。大中以後此の体多し。今に至るまで唐詩を宗とする者は之を尚ぶ。（五律・前虚後実）

④前は重くして後は軽ければ、多く弱に流る。……後聯稍間《まじ》うるに実を以てせば、其れ庶からんか。（五律・前実後虚）

⑤蓋し句長くして全く虚なれば、則ち柔弱に流れんことを恐る。要ず須く景物の中に於いて、情思通貫すべし。（七律・四虚）

⑥景物と情思と、互いに相揉拌して根迹無きは、惟だ才餘り有る者のみ之を能くす。（七律・前実後虚）

文法上、「実」と「虚」はそれぞれ、「景物」と「情思」を意味し、客観的表現と主観的表現に区分されて、それぞれ重厚、軽妙という効果をもたらす。また、「実」字は名詞が多くなり、「虚」字は動詞・形容詞・副詞が多くなるとされるが、既に明らかにされているように（村上哲見、前掲書第一冊「解説」参照）、虚句と言っても、句全体に虚

字を用いるということではなく、実字に虚字を交えながら句が主観的表現を有するということである。

ここで注意したいのは、①の「四実」である。周弼は、これが「開元大暦」、つまり盛唐から中唐のはじめにかけて多く見られたスタイルだとした上で、「衆体の首《はじめ》たるべし」と述べている。つまり彼の批評するところでは、客観的に景物を描写して情思を雑えないスタイルこそが基本なのだというのである。それに対して、②④⑤などの寸評に見られるように、情思を雑えると、軽俗で柔弱に流れる恐れを孕んでいるのだという。この時、想起されるのは、方回が、姚合の詩を「小《こま》かに巧《うま》いが弱々しさに近く……」、「気や格に卑しく弱々しいものがある」（七五五頁）などと評していることである。また劉克荘が江湖の詩人の作を評して、「皆な軽清華艶なること、露蟬の木杪《こずえ》に鳴き、翡翠《かわせみ》の苕《えんどう》の上に戯れるが如し」と述べていたことも想起されるだろう。このような、江湖詩人が軽い表現に流れる場合が多かったという言表はさまざまなところで目にすることができる。

さらに、范晞文撰『対牀夜語』巻二には、「周伯弜（弼）、唐人家法を選し、四実を以て第一格と為す。……後学に識《しき》高く見卓《けんすぐ》れ、時習の為に熏染せられざる者有り、往往、此に於いて解悟す」（周伯弜選唐人家法、以四実為第一格……後学有識高見卓、不為時習熏染者、往往於此解悟」とあるが（『叢書集成新編』七八、三二五頁上）、これは逆に言えば、当時の習慣が染みこんでいる者は悟らなかった、ということであり、江湖詩人の間では「四実」を第一格とするという主張は素直には受け入れられなかったのではないかとも推測される。その意味から言えば、周弼の意図したところは、虚と実の適度な使用法を例示することで、虚句を用いた軽俗的スタイルの流行に歯止めをかけることにあったのではないかとも思われる。

江湖詩人の作品に対して、劉克荘が「耳を娯ませ目を悦ばしめざるには非ず……」と述べ、無文道璨が「一たび見れば、人の心を酔わしめざるに非ざれども、頃を移せば、輒《すなわ》ち意の敗《やぶ》るること他無し……」（『無文印』巻八「潜仲剛詩集序」）と言うように、その軽妙なスタイルは、人目を惹きやすいという効果をともなっていた。そして「天下は皆な詩人」という状況の中、詩壇の評価を得て儕輩を押し仆し、群衆の中から抜きんでるための方法として、彼らの関心は、そのような軽妙なスタイルを求めていったのである。ちなみに、詩人が他者との評価を比較考量しながら、そこから傑出することを意識していたことは、江湖派以前の言述においても確かめることができる。例えば、呂本中『童蒙訓』に「文章警策無くんば、則ち以て世に伝うるに足らず。蓋し世人を竦動（かしこまって心を動かすこと）

せしめること能わず。老杜及び唐人諸詩が如きは、此くの如くならざるということ無し。但だ晋宋の間の人、専ら力を此に致し、故に綺靡に失し、而も高古の気味無し。老杜が詩に云く、「語 人を驚かさざれば、死すれども休《や》まじ」〔語不驚人死不休〕と。所謂「驚人」の語とは即ち警策なり」〔文章無警策、則不足以伝世、蓋不能竦動世人、如老杜及唐人諸詩、無不如此、但晋宋間人、専致力於此、故失於綺靡、而無高古気味、老杜詩云、語不驚人死不休、所謂驚人語、即警策也〕（『詩人玉屑』巻六所引、楊家駱主編『校正詩人玉屑』世界書局、一三五頁）とあり、また、范温『潜渓詩眼』に、「文章は衆中に傑出するを貴ぶ。如《たと》えば同《とも》に一事を賦すれば、工拙は尤も見《あら》われ易し」〔文章貴衆中傑出、如同賦一事、工拙尤易見〕（郭紹虞校輯『宋詩話輯佚』巻上、哈佛燕京学社、四〇五頁）とある如くである。

（6）禅林詩学における「唐律」の精緻な詩風の流入という現象は、他にも幾つかの契機を指摘できる。例えば、宋代に至って汾陽善昭〔九四七―一〇二四〕と雪竇重顕〔九八〇―一〇五二〕の影響下に、禅林に近体の華美な詩風が流入することになった、といった類いの理解である。

『禅林宝訓』にはこのような記述がある（『新纂続蔵経』六四所収『禅林宝訓合註』。万庵の条は、巻三・五一〇頁下―五一一頁上。心聞の条は、巻四・五一六頁中）。

○万庵曰、……其頌始自汾陽、曁雪竇、宏其音、顕其旨、汪洋乎不可涯、後之作者、馳騁雪竇、而為之、不顧道徳之奚若〔卍〕、務以文彩煥爛相鮮為美、使後生晩進、不克見古人渾淳大全之旨、

万庵（道顔）〔一〇九四―一一六四〕は曰う、……其の頌は汾陽に始まり、雪竇に及んで、その音調は宏《おおき》く、その旨《こころ》は顕らかで、汪洋《ひろびろ》として涯《きわ》まることのないものであった。後の作者は雪竇を追いかけてこれを製したが、道徳の奚若《いか》なるかも顧みず、表現の彩りに意を注ぎ、輝かしく鮮やかにし合うようなものこそが美しさであるとして、後生晩進が古人の渾淳大全の旨を知るのを妨げた。

○心聞和尚曰、……天禧間、雪竇以辯博之才、美意変弄、求新琢巧、継汾陽為頌古、籠絡当世学者、宗風由此一変矣、

心聞（雲賁）和尚は曰う、……天禧年間〔一〇一七―一〇二一〕、雪竇はその辯博の才能によって、美意を変《あらた》め弄《もてあそ》び、斬新さを求めて巧みさを琢《みが》き、汾陽の後を継いで頌古を製し、当世の学者（修行者）を籠絡《まるめこ》んだ。宗風はこれに由って一変した。

かくの如く、汾陽善昭・雪竇重顕の詩才を追慕する後学によって、禅林詩に美的価値が附され、古風なスタイルは

むしろ退けられることになったのだという。それは、形式に拘泥しないという禅家の方法論が、格律の無視という姿勢によって際限のない稚拙さに陥る危うさを持つのと対蹠をなして、むしろその自由さを、積極的な方向へと転じて、技巧性を併せ持ちながら、なおかつ禅旨を失わないという理想を打ち立てたものと解し得るのだが、南宋末期、景定・咸淳年間（一二六〇—七四）に飽和点を迎えたその傾向が、元朝禅林から徹底した非難の言を浴びせられることになったという事実に集約されるように（第Ⅷ章参照）、このような姿勢は、単なる外形的な巧拙の問題に陥りやすいという難しさを孕んでいた。

なお、宋朝禅林における偈頌の詩化については、真浄克文を契機とする見方もある。例えば、『江湖風月集』の東陽叟の題跋には、「自雪竇真浄已下、稍帯風韻含雅音、千態万状攢花簇錦、是則〔清拙〕春風桃李一以貫之、否則、如趙昌画、雖逼真非真、及宋末元朝穿鑿過度、宋人賦繁開梅花云、乃如詩到晩唐時、禅居跋云、殊失醇厚之風、其斯之謂乎」とある（『江湖風月集略註』、『禅学典籍叢刊』第一一巻、一〇六頁下—次頁上）。また、義堂周信は、「今代禅八句、莫妙於真浄文」（『重刊貞和類聚祖苑聯芳集』巻末・題跋、『大日本仏教全書』〔新版〕八八、二一一頁中）と述べて、真浄の作を高く評価している。

或いは、張良臣（字武子、号雪窗）と禅僧との交流の過程で、禅林に唐律が広まったとする見方もある。例えば、『清容居士集』巻五〇「題雪竇平禅師詩巻」に以下のような言述がある（『四部叢刊正編』六七、七一五頁上）。

大梁張武子来吾郷、始正唐律、由是、禅林悉守其法、雖頌古詠物、清切婉潤足以追配牧之商隠、怡雲師蓋一時与之従游、近朱近墨、豈虚語哉、由今而論、独僧詩猶能守格律、而吾徒一切直致、恬然不事修飾、観此足以泚顙、

大梁（河南省開封県）の張武子、吾が郷（＝明州）に来《きた》りて、始めて唐律を正す。是れに由りて、禅林悉く其の法を守り、頌古・詠物と雖も、清切婉潤にして、以て牧之（杜牧之）・商隠（李商隠）を追配（匹敵）するに足る。怡雲師、蓋し一時之れと与に従游す。近朱近墨（朱に近づけば赤くなり、墨に近づけば黒くなる。人の性情が因習によって変化する譬え）、豈に虚語ならん哉。今に由りて、而して論ずるに独り僧詩のみ猶お能く格律を守り、而して吾が徒は一切直致にして、恬然として修飾を事とせず、此れを観れば以て顙《ひたい》に泚《あせ》するに足る。

袁桷が、怡雲法平の詩集に題した跋文である。怡雲については、宋・羅濬撰『宝慶四明志』巻九にその伝が記載さ

れている（『叢書集成三編』八〇、六九一頁）。「僧法平、字元衡、姓□《ママ》氏、嘉禾（現、福建省建陽県）人、初受度、即参妙喜師（大慧宗杲）為書記、後居天童時、号平書記、工文能詩、孫尚書覿〔一〇八一―一一六九〕（字仲益）、朱郎中希真、皆許可之、受請住象山延寿院、復自蘆山移杖錫、又号怡雲埜人、嘗以偈呈史越忠定王（史浩、字直翁、号鄮峰真隠、謚忠定）、……編修陸游尤重之……有語録集藁一巻留山中」。僧の詩が格律を遵守する一方で、世人の詩がすべてぎこちなく、修飾を顧みないと言うのは、袁桷の詩の考え方を反映するもので、必ずしも一般通念に即したものではない。修飾を宗とする江湖派が詩壇を席巻していると見る、方回のような立場もあるからである。

ここで取り上げられている張良臣（字武子、号雪窗）は、伝統的な詩学史の中で特に目立った業績を残した詩人ではない。むしろ、今日においては殆ど忘れられた存在であると言ってよい。

袁桷等編『延祐四明志』（『叢書集成三編』八一）巻五「張良臣」には以下の如く記されている。

張良臣、字武子、一字漢卿、家拱州、父避寇来明州、因占籍焉、善為詩、清刻高潔、不踏襲凡近、凌厲音節、読者悲壮、尤長於唐人絶句、語尽而意益遠、詩至於盛唐極矣、杜牧之李商隠晩出、以絶句為専門、至宋王安石、力倣之、病多而不能、終似黄庭堅、以不使句俗為上、律呂乖忤而体益変、陳与義借古語為援、不為事物牽掣、似黄而益奇、詩之変無餘蘊矣、風雅道喪、独良臣穿幽納明、復唐格律、後宋詩人咸推服之、而諸禅僧吟哦諷咏、遂悉宗尚、而詩稍復其変焉、良臣於挙子業非所長、隆興元年、試南省、魏文節公杞、時為参詳官、携三策以見知挙張燾曰、此文拙古必故人張武子所作、使欲得士、願以進、燾許之後、撤試果良臣也、杞晩居小渓山中、日従訓唱、其作詩、或終歳不出一語、官止監左庫、詩集十巻、至咸淳間、彌甥徐直諒始裒刻於広信郡、

張良臣、字武子、一字漢卿、拱州に家す。父、寇を避けて明州に来る。因りて占籍す。善く詩を為り、清刻にして高潔、凡近を踏襲せず、凌厲なる音節、読者をして悲壮ならしむ。尤も唐人の絶句に長ず。語は尽くるも意は益ます遠く、詩は盛唐の極に至る。杜牧之・李商隠、晩に出でて、絶句を以て専門と為す。宋の王安石に至り、力めて之れに倣う。病多くして能わず。終に黄庭堅に似て、以て句の俗なるをして上為らしめず。律呂乖忤《くいちが》いて体益ます変ず。陳与義、古語を借りて援と為すも、事物の牽掣を為さず。黄に似て益ます奇にして、詩の変ずるにおいて餘蘊無し。風雅の道は喪わる。独り良臣のみ穿幽納明にして、唐の格律を復し、後宋の詩人は咸《ことごと》く之れを推服す。而して諸禅僧は吟哦諷咏して、遂に悉く宗尚す。而して詩は稍や復た

其れ変ず。良臣は挙子の業に於いて長ずる所非ず。隆興元年、南省（礼部）に試み、魏文節公杞（魏杞、字南夫、謚文節、号碧渓〔一一二一―一一八四〕）、時に参詳官為り、三策を携えて以て知挙張燾に見えて曰く、「此の文は拙古にして必ず故人張武子の所作たらん、使《も》し士を得んと欲するならば、願わくは以て進めよ」と。燾之れを許して後、試を撤するや果して良臣なり。杞晩に小渓山中に居して、日に従いて訓唱す。其の作詩、或いは終歳一語も出さず。官は監左庫に止む。詩集十巻、咸淳の間に至り、彌甥徐直諒、始めて広信郡に裒刻す。

また、周必大撰『文忠集』（『四庫全書珍本二集』）巻五四「張良臣雪窓集序」には、「後十五年、君の弟堯臣、古賦四篇古律詩数百首を裒《あつ》め、雪窓集と号す」〔後十五年、君之弟堯臣、裒古賦四篇古律詩数百首、号雪窓集〕とあるので、『江湖小集』に収録されているものは、その抄本であると考えられる。『雪窓小集』は、『南宋群賢小集』（『叢書集成三編』四〇）、陳思編『両宋名賢小集』巻三〇六（『景印文淵閣四庫全書』第一三六四冊）に収録されている。詩は総計三四篇。その殆どが七言絶句であるのが特徴である。このうち、僧と関係するものは、「陪天童覚禅師如城」「示長蘆仁禅師」「別持上人」「贈英上人」がある。天童覚禅師は正覚、長蘆仁禅師は長蘆守仁（五祖法演―仏眼清遠―雪堂道行―長蘆）である。

さらに、良臣は、楼鑰〔一一三七―一二一三〕、字大防、号攻媿、及び尤袤〔一一二七―一一九四〕の二人と深い交流があったことが知られる。楼鑰「書張武子詩集後」（『攻媿集』巻七〇、『四部叢刊正編』五五、六二八頁下―次頁下）には「閒居好与諸禅遊、〔大慧〕仏日・宏智皆入其室、穎悟超卓、学亦与之大進、結交老蒼聞見多前輩事、聴之使人忘倦」とある。詩作に関しては、決して軽作せず、晩年は「一語も無し」という状態であったという。しかしてその詩は「清麗粹潔、上参古作、旁出入禅門、寄興高遠」で、楼鑰の「当有悟入処、非積学所能到也」という意見に「我が意を得たり」と同意し、「山谷晩年の詩は皆な是れ悟門なり」と言って、特に「金狨繫馬暁鶯辺」（「次韻宋楙宗三月十四日到西池都人盛観翰林公出遨」）の句を愛したという。また、妻子がある身で周囲に飢寒を心配される程に貧しかったようである。

次いで、やや後の禅僧の著作にも言及が見える。無文道璨は、その詩を「語蒼く意老いて今時の詩家の軟語に類せず」と評しており（『無文印』巻一四「跋張雪窓詩」）、他にも、『北礀文集』巻七「跋楼雲臥詩」に次のように見える

――「晩唐之作武、尽美矣、李杜韓柳、際天濤瀾、注於五字七字、不滲涓滴、鏗鍧畏佳、尽掩衆作、或曰、晩唐日新、唐風日不競、莫不譁而咻之、淳熙初、四明、張武子、続遺響、数十年間相応[揚]酬者、較奇薦麗、眂昔無愧、今出新篇逾百、客窓夜檠、昏花之落帯、清謦特殊絶、其尤者、吾不得而形容、退之招楊之罘、之罘南山来、文字得我驚、今得新篇、不覚毛髪噤瘁」。さらには、淮海元肇「跋宏智石窓自得墨蹟○張漢卿跋在宏智後」（『淮海外集』下）、物初大観「跋張雪窗詩」（『物初賸語』巻一六）、同「跋宏智張雪窗自得石窓墨跡」（同巻一七）、などに言及がある。これらによると、宏智正覚・自得慧暉・石窓法恭らと交流があったらしい。

　さらに、戴表元（一二四四―一三一〇）『剡源戴先生文集』巻一八「題徐可与詩巻」には、「雪窗先生張武子諱良臣、自洪徙鄞、高才博学妙為詩、為吾郷渡江以来詩祖、凡後生操觚弄翰而有事於篇什者、未有不出其門者也」とある（『四部叢刊正編』六七、一四七頁下）。表元は明州奉化県の出身であるが、この記述に従えば、良臣は、明州の詩学に大きな影響を与えた人物であったということである。

　ちなみに、『瀛奎律髄』巻四七・張武子「次韻持上人題延慶寺清玉軒」項に「張武子、字良臣、関中人、楼攻媿・尤延之序其詩、甚詳、予及識其子諱時、字居卿先生、教予以作詩之法、尤至、但律詩少耳」とあり（『景印文淵閣四庫全書』第一三六六冊、五四二頁上）、また『桐江集』巻四「跋張仲実詩」に「予丁未入杭、訪南湖之孫及其老賓客張居卿先生于梅橋、居卿先生教余作詩」とあるが（『叢書集成三編』四七、五二六頁下）、良臣の子、時は居卿先生と号して、杭州梅橋にて張鎡（字功父、号約斎・南湖）の裔孫の賓客となり、詩法を教[時]授していたらしいことが知られる。また周密『浩然斎雅談』巻中には、「張良臣字武子、近世詩人、有雪牕集、有子時、嘗従張公父至象台、其女兄即徐元杰仁伯之母也、亦能詩」とあり（『叢書集成新編』七八、二九頁下）、徐元杰が張良臣の孫に当たることもわかる。徐元杰（一一九四―一二四五）、字仁伯、号楳埜（梅野）、上饒の人、紹定の進士、前出徐直諒の父である。著に『楳埜集』（『景印文淵閣四庫全書』第一一八一冊）がある。

（7）ちなみに、「書湯西楼詩後」は、湯仲友の詩に附した跋文。仲友は、初名益、字端夫、号西楼。呉郡の人。江湖の詩人で、周弼に詩法を学んだと言われる。

（8）例えば、本文中に引用したところでは、巻四九「書栝蒼周衡之詩編」は端的にその姿勢を示している。或いは、巻五〇「題楽生詩巻」に、「劉南嶽少年以詩自名、……以断絶直致為工、叱咤転旋、駸駸乎江湖之靡者也」、また巻四九

「書紇石烈通甫詩後」に、「言詩者以三百篇為宗主、論固善矣、然而鄙浅直致、幾如俗語之有韻者、或病之、則曰、是性情之真、奚以工為、千士一律、迄莫敢議、其非是」とあるのは、古体を宗とする者への批判である。ただし、晩唐詩全体を推奨しているわけではない。

（9）この時期の学問については、市来津由彦「乾道・淳熙の学―地域講学と広域講学―」（『朱熹門人集団形成の研究』創文社、二〇〇二・二）に詳しい。

（10）道学と文学の関係を扱った先行論としては、岡本不二明「言語と身体―朱熹の文學論―」（『日本中国学会報』三一、一九七九・一〇）、横山伊勢雄「「風雩言志」考―朱熹における文学と哲学の統合―」（『筑波中国文化論叢』一、一九八二・三）、水元日子・鷲野正明・宇野直人「哲学者の横顔―朱子の詩と詩論―」（『漢文教室』〈大修館書店〉一六〇、一九八八・五）、福田殖「宋明の道学詩に関する二、三の問題」（『文学論輯』〈九州大学〉三九、一九九四・一）、同「朱子の道学詩について」（『比較文化年報』〈久留米大学〉一一、二〇〇二・三）、参照。

（11）『宋元学案』巻五四・水心学案上「乾淳諸老既没、学術之会、総為朱陸二派、而水心断断其間、遂称鼎足、然水心工文、故弟子多流于辞章」（『夏学叢書宋元学案』河洛図書出版社、五頁）。

（12）劉克荘に関する研究としては、中砂明徳「劉後村と南宋士人社会」（『東方学報（京都）』〈京都大学人文科学研究所〉六六、一九九四・三）、小林義廣「南宋時期における福建中部の地域社会と士人―劉克荘の日常的活動と行動範囲を中心に―」（『東海史学』三六、二〇〇二・三）などがある。

（13）林希逸『竹渓鬳斎十一藁続集』巻一三「林君合詩四六跋」に、「今場屋之士、為詩文四六者、皆曰外学、固有哂其必荒挙業者、又有自挾以傲同輩者、余曰二倶非也、文字無古今機鍵則一、是豈不可両能哉」とある（『景印文淵閣四庫全書』第一一八五冊、六八三頁上）。

（14）『近思録』二「明道先生、以記誦博識為玩物喪志」（荒木見悟・岡田武彦主編『近思録集解』〈和刻影印近世漢籍叢刊　思想三編8〉中文出版社、一一二頁）。

（15）『遺書』一九。「問、作文害道否、曰、害也、凡為文、不専意則不工、若専意、則志局於此、又安能与天地同其大也、書云、玩物喪志、為文又玩物也」（岡田武彦主編『二程全書』〈和刻影印近世漢籍叢刊　思想初編3〉中文出版社、一八〇頁下）。

(16)『朱子語類』巻一三九・論文上「道者文之根本、文者道之枝葉、惟其根本乎道、所以発之於文、皆道也、三代聖賢文章、皆従此心写出、文便是道」(『和刻本朱子語類大全』中文出版社、六九一五頁)。

(17)陸游『老学庵筆記』巻八には、建炎以来、蘇軾の文章が尚ばれ、「蘇文熟喫羊肉、蘇文生喫菜羹」という時諺があったと伝えられている(『宋元人説部叢書』上冊、三二八頁上)。また、平田茂樹『科挙と官僚制』(山川出版社、一九九七・二)一八頁に拠れば、南宋時代、蘇軾及びその門下生である、秦観・黄庭堅などの文章を抜粋した『蘇門六君子文粋』が科挙の為の参考書として大いにもてはやされたという。

(18)飯山知保「女真・モンゴル支配下華北の科挙受験者数について」(『史観』一五七、二〇〇七・九)四〇頁、同『金元時代の華北社会と科挙制度—もう一つの「士人層」—』(早稲田大学出版部、二〇一一・三)六頁参照。

(19)ちなみに、欧阳光(欧陽光)『宋元诗社研究丛稿(宋元詩社研究叢稿)』(广东高等教育出版社、一九九六・九)は、宋元代の資料を博捜し、多くの詩社が活動していたことを具体的に列挙紹介している。

(20)訳文「朱子語類読書法篇訳注(二)」には、「黄覇が獄中で夏侯勝に『尚書』を授けた」とあるが、清水茂「印刷術の普及と宋代の学問」(『東方学論集—東方学会創立五十周年記念』東方学会、一九九七・五)は「黄覇が獄中から夏侯勝から『尚書』を教わった」と訂正している。事実関係から考えてこれに従い改めた。

(21)安部健夫「元代知識人と科挙」(『史林』四二-六、一九五九・一一、『元代史の研究』創文社、一九七二・三、所収)は、金朝滅亡後の北方知識人社会が、詞賦を重視する「文章派」と道学を重視する「徳行派」とに分派されて、科挙の実施についても、前者が賛成したのに対し後者が反対するという意見の対立が現れたと指摘している。

(22)ちなみに、策彦周良『初渡集』天文八年八月一一日条にも「黄予章刀筆有言曰、韓退之・杜子美作詩文、未曾有一字無来処、余深銘肝肺、平日于絶句于聯句、日煅月煉、且又胗古人語脈、不克一字容易布置焉、猶恐有未徹処、今学者弗深其本根、要茂其枝葉、故字字愞〔懦〕弱、去古人遠矣」とある(『大日本仏教全書』〔新版〕七三、一九五頁上)。

(23)葉適及び永嘉学派についての先行論は、今中寛司「徂徠と葉水心との間—島田虔次氏の「朱子学と陽明学」にこたえて—」(『人文学』〈同志社大学〉一〇〇、一九六七・一二)、庄司荘一「葉適の経典批判—主として「大学」格物解釈を中心に(1)—」(『密教文化』一一七、一九七七・一)、近藤一成「宋代永嘉学派葉適の華夷観」(『史学雑誌』八八-六、一九七九・六)、内山俊彦「葉適思想浅説」(『東洋史研究』四九-一、一九九〇・六)、伊原弘「中国知識人の基層社会―宋代温州永嘉学派を例として―」（『思想』八〇二、一九九一・四）、岡元司「葉適の宋代財政観と財政改革案」（『史学研究』一九七、一九九二・七）、同「南宋期温州の名族と科挙」（『広島大学東洋史研究室報告』一七、一九九五・一〇）、同「南宋期温州の地方行政をめぐる人的結合―永嘉学派との関連を中心に―」（『史学研究』二一二、一九九六・六）、同「南宋期科挙の試官をめぐる地域性―浙東出身者の位置づけを中心に―」（『宋代社会のネットワーク』〈宋代史研究会研究報告第六集〉汲古書院、一九九八・三）、同「宋代地域社会における人的結合―Public Sphereの再検討を手がかりとして―」（『アジア遊学』七、一九九九・八）、王文亮「心性を明らかにして事功に達す―葉適―」（『中国思想の流れ（中）隋唐・宋元』晃洋書房、二〇〇〇・五）、などを参照した。なお、岡元司の論考は、『宋代沿海地域社会史研究―ネットワークと地域文化―』（汲古書院、二〇一二・五）として単著刊行されている。

(24) この内容から判断するに、当文章は、青年呉子良から「道学名実真偽之説」について教授を乞われたことに対する返答の弁と見られる。これに関連して、方回「読篔牕荊渓集跋」（『桐江集』巻三）には「（荊渓）年二十四時、以書通水心、為道学名実之説、以九鼎為譬、而詆夫名為挙而実未嘗挙者、頗似迎合」とある（『叢書集成三編』四七、五〇二頁下）。

(25) ただ、一点注意しておくべきは、この文を見る限り、唐詩の復興は、四霊の画策したことであって、葉適が主導したことではない。葉適はその賛同者という位置づけが正しい。本章後半部に触れるが、葉適は「工」の追求を必ずしも認めてはいない。

(26) 許棐（字忱夫、号梅屋。著に『梅屋詩稾』『融春小綴』がある）『融春小綴』（『南宋群賢小集』、『叢書集成三編』四〇、『江湖小集』巻七六、『景印文淵閣四庫全書』第一三五七冊）「藍田種種玉、薝林片片香、然玉不択則不純、香不簡則不妙、水心所以選四霊詩也、選非不多、文伯猶以為略、復有加焉、嗚呼、斯五百篇、出自天成帰神識、多而不濫、玉之純、香之妙者歟、芸居〔陳起〕不私宝刊遺天下、後世学者愛之重之」。

(27) 末句の「吾末如之何矣」は、「吾之れを如何《いかん》ともすること末《な》し」（私にはどうしようもない）と訓んだ。『論語』衛霊公第一五「子曰、不曰如之何、如之何者、吾末如之何也已矣」（子曰く、之れを如何せん、之れを如何せんと曰わざる者は、吾之れを如何ともすること末《な》きのみ）という表現に拠る。

(28) 『後村先生大全集』巻一八四・詩話新集に「亡友賈《ママ》紫芝選姚合・賈島詩為『二妙集』、其詩語往往有与姚・賈相犯者」とある（『四部叢刊正編』六三、一六四二頁上）。『瀛奎律髄』巻一〇・姚合「游春」項、巻二四・賈島「送朱可久帰越中」項参照。なお、『二妙集』については、玉城要「趙師秀輯『二妙集』について―姚合・賈島評価と関連して―」（『作新国文』一三、二〇〇二・三）に詳しい。

(29) 玉城要「姚合の詩について―中唐期における新しい個性として―」（『中国文化』五五、一九九七・六）参照。

(30) 『主客図』は、幾つかの特徴を代表する詩人を「主」として、その餘流を「客」に分け、さらにその「客」を「入室」―「升堂」―「及門」と序列化した構成となっている。ちなみに、姚合・賈島は「清奇雅正」の「客」、「主」は李益である。

(31) ちなみに、姚鏞「題戴石屏詩巻後」（『雪蓬稿』、『南宋群賢小集』、『叢書集成三編』四一、九頁、『江湖小集』巻五一）には、「詩盛於唐、極盛於開元・天宝間、昭僖以後、則気索矣、世変使然、可与識者道也、式之詩、天然不費斧鑿処、大似高三十五輩、使生遇少陵、必将有『佳句法如何』之問、晩唐諸子当譲一頭」とある。

(32) 引用テキストは、黄永武編『〈杜詩叢刊第一輯〉九家集註杜詩（一）』（台湾大通書局）。訳文は、許総／加藤国安訳注『杜甫論の新構想―受容史の視座から―』（研文出版、一九九六・一〇、九八頁）。

(33) 第Ⅶ章第2節参照。

(34) その略歴は、許総／加藤国安訳注『杜甫論の新構想―受容史の視座から―』（研文出版、一九九六・一〇）二二四頁を参照した。

〔附記〕脱稿後、関連研究として、内山精也編『南宋江湖の詩人たち―中国近世文学の夜明け―』（勉誠出版、二〇一五・三）が刊行されていることを知った。併せて参照されたい。

Ⅸ　「漢字文化圏」の解体-再構築

——空間の（想像的）透明化によって消去されたもの——

1　前言

周知のように、「漢字」は大陸内陸部において発祥したとされるその初めから大陸或いは東アジアにおいて唯一単独の標準的エクリチュールであったわけではなく、紀元前より、甲骨文字・金文・籀文・古文・小篆・奇字・鳥蟲書などの文字群との／からの混在的環境-変態的展開の中から標準的地域規格として定位されるようになったという経緯を持つ。その過程において、言語技術者の移動と書物の拡散によって次第に周辺地域に膨張し、地域を越えて汎用性を獲得するに至った。遅くとも五世紀頃には、日本列島でも使用されるに至り[1]、「漢字」というエクリチュールを標準的規格として配置する空間が「東アジア」に形成された。このようにエクリチュールという規格の共約性を基盤として、言語的・文化的・宗教的・文学的な諸要素において類同的に編成された（歴史認識論的）空間を、いまわれわれは「漢字文化圏」と呼んでいる[2]。

一般に、「漢字文化圏」という枠組は、「一国史」national history 的枠組にとらわれない、より広域の空間を認識するために用意された概念だと言えるだろうが（少なくとも辞項自体はそのように視線を規定している）、実際的な用法の中では、それは、世界を民族=国民-国家 nation-state の集合体として把握するような、ここ二百年ほどの

〝新しい〟近代的なヴィジョンに拘束されており、「中国」＋「台湾」＋「ヴェトナム」＋「韓国」（朝鮮）＋「日本」＋αなどといった国民-国家的編制の下に理解されることが多い。(3) その意味では、「一国史」的編制の原則をむしろ遵守するために要請された概念であるようにさえ感じられる（なお、ここで問題にしているのは、「一国史」というヴィジョンの当否ではなく、われわれの認識の被拘束性の問題についてである）。また、「漢字」／「文言」を東洋のラテン語と呼び、その「国際性」を強調するような見方も古くからあるが、そのように規定される「国際性」internationalityにしても文字通り「国」nationと「国」nationを架橋するものとして把握されており、そのような視線は、（意図せずとも）「ナショナリズム」を補完する機能を持たざるをえない。それぞれの国民-国家が、「オリエンタリズム」（他者の他者化による主体の定位作用）の乱反射による自／他認識の効果に過ぎないのだとしても、「ナショナリズム」のはたらきは、国民-国家が、世界を構成する基本的にして当然の単位であるようにわれわれの認識を誘導し、その中で、国民-国家が、空間性や距離を消失した「一点世界」（one-point world）(4) の平面的拡張であるような性質を持つ限り、われわれの認識の中から、世界に未分節的に遍在している（と思われる）多数性・多質性・雑種性を剔出してゆくことにならざるをえないからだ。

2　「文言」は「中国語」か

このような視座の内部では、「漢字」／「文言」（古典文言）を（通用的な意味での）「中国語」というカテゴリーで括ることもまた自然化されている。このような理解もまた、「ナショナリズム」のはたらきの典型的な効果だと言えるのだが、それゆえ、この空間の中では、〝「文言」は「中国語」か〟という問いを立てること自体にむしろ奇妙な響きが与えられることになる。しかし、そのような問いかけ自体、歴史的な局所性によって可能になった言説／イデオロギーに過ぎない、ということに少し反省を加えてみるならば、そのような問い自体の中に、「文言」と「中国語」の間の断層を（自動的‐無造作に）直線的に結びつけてしまうような機制《メカニズム》が埋め込まれている、ということも併せて想起されることになるはずだ（そのような問い自体の中に既に証明されるべき解が内在しているのだ）。「漢字文化圏」という用語は、国語学者の亀井孝の造語であるとされるが（「インタビュー」亀井孝・田中克彦「国家語の系譜」『現代思想』二二‐九、一九九四・八、四三頁）、国語学というディシプリンの要請によって提出された概念であることは、それ自体がナショナリズムの作用と密接に関係したものであることを物語っている[5]。このような編制は、「近代」という名の組織的概念操作――世界を恣意的に分節化し、その自明化‐本質化を押し進める「ナショナリズム」のはたらき――の網を通過して形成された典型的な効果であり、われわれのものの見え方、感じ方、考え方を根幹において制限する装置となっている。このような、言語／民族／文化を可算的な単位として排他的に分節化する「ナショナリズム」の作用によって、未分節的に世界に遍在している多数性・多質性・雑種性は、国民‐国家の単一性のもとに必然的に縮減してゆくことになる。そうすることによって、言辞上、単一化‐均質化された「中国」や「日本」などが、実体的に錯覚されてしまうというだけでなく、そのようなカテゴリーの存在を前‐言語的に自明視してしまうことにもつながってゆく。われわれは「中国」化、「日本」化される以前の〝何か〟をどのように呼べばいいのかわからないし、そのようなカテゴリーを無化して問いを立てることも、もはや不可能となっているのだ。また、そもそもそのような――国民‐国家以前の空間をありのままに認識したいという――欲望もまた国民‐国家をめぐる言説編制の効果に過ぎないのである（ゆえにわれわれは、「中国」や「台湾」、或いは「日本」といった辞項を使用せざるをえないという点で、多少なりともナショナリスト的であらざるをえない）。

　そこでわれわれがまず問い直さなければならないのは、古典文言を「中国語」というカテゴリーを用いて議論するような話法に対して微塵の疑問も感じないような、支配的な不可視の認識枠の存在である。われわれは時に、学術レヴェルの文章の中にさえ、前近代の大陸の口頭諸語を「中国語」と呼んだり、書記記号＝漢字を「中国語」と呼んだりする例を見ることがあるが、ベネディクト・アンダーソンの的確な説明をかりれば、中国或いは中華という広大な共同体概念を想像可能なものとして成立させていたのは、「聖なる言語と書かれた文字」であり、ラテン文語、パーリ文語、アラビア文語などと同様、中国文語は、「音ではなく記号によって共同体を創造した」のである（B・アンダーソン／白石さや・白石隆訳『増補 想像の共同体』NTT出版、一九九七・五、三五―六頁〔原著、一九八三〕）。その上でアンダーソンはさらに、このことを数学記号の例を挙げてこう説明している――「タイ人が＋をなんと呼ぶか、ルーマニア人はまるで知らないし、その逆もまたしかり。しかし、両者はこの記号《シンボル》を理解する」。つまり、古典文言が現代で言う〝数学記号〟のようなものでしかなかったのだとすれば、重要なのは、数学記号がその使用者のエスニシティーを示し得ないのと同様に、漢字もまた使用者のエスニシティー――精確に言えば、後にエスニシティーとして異他化されることになる原-雑種性――を示すことはできない、ということである。しかし逆説的なことにわれわれは、何の躊躇もなく漢字記号からエスニシティーを読み取ってしまっている。それは、国民-国家モデルと国語モデルを歴史認識の標準回路に措定することによって、漢字の使用者を一つの民族体として、或いは一つの輪郭によって強く縁取られる集団として均質化してしまい、それによって、その内的多数多様性-雑種性を隠蔽してしまっているからである。

「中国語」という概念の杜撰な使用は、「日本語」を母語であると呼んでしまうような錯覚の持続によって編制されたプログラムの効果と言うべきものであり、さらにその結果としてわれわれの意識下において広く瀰漫している、一つの〝自然な〟慣習行動と言うべきものである。また一方で、日本における「日本語」というカテゴリーの杜撰な使用――その鏡像的反射としてのX語というカテゴリーの杜撰な使用――は、不透明な空間の中で生きてゆくことがひどく困難なことであるかのような思いこみ《ドクサ》、或いは口頭語が通じなければ同一空間の中で共存することが不可能であるかのような思いこみ《ドクサ》を助長させてもいる。それは、国語national languageという人工言語が、学校教育とメディア（出版資本主義）を通して人々の身体に埋め込まれてゆく過程を忘却するという〝効果〟として発現されたものだということを（二重に）忘却した結果として組織されている。言語というのは原的に躰の一部を使った身体技術に他ならないが、それを身体から切除した上で抽象化するという操作にあまりにも慣れすぎてしまっているため、われわれは、そのような身体技術を「言語」（或いは「思考」）として自律的に外在するものとして見るような思考習慣の中で飼い慣らされてきた／いることさえも忘れてしまっている。

もちろん、「漢字」／「文言」を地域の特有言語と見るような視線自体は古くからあるし、「文言」が「中国語」かどうかという認識の当否自体をここで問題にしたいわけでもない。ここで問い直しておきたいのは、そのような視座――言語に国籍を附与し、民族の所有権を自明視してしまうような予定調和的な視座、そして空間を国民-国家を単位として排他的に区画することを自然化し、それを過去を眺める上での解読格子に据えてしまう（という認識論的操作の機制《メカニズム》が組織されている）ことさえほとんど意識しないような視座――によって消失してしまうものがあるのではないか、ということである。

3　不均質な音声空間

「中国」は多言語社会であると言われる。その言語構成について教科書的な説明を試みれば、七大方言と呼ばれる漢語系の言語（〔北方〕官話・呉・贛・湘・閩・客家・粤。またそれらの下位分類もある）と、少数民族の言語から構成されていると言われる(6)（S・R・ラムゼイ／高田時雄他訳『中国の諸言語—歴史と現況—』大修館書店、一九九〇・一一〔原著、一九八七〕）。橋本萬太郎『言語類型地理論』（弘文堂、一九七八・二）、同『現代博言学—言語研究の最前線—』（大修館書店、一九八一・二）によると、東アジア大陸を南方（古代の「百越」があったとされる地域）から北方へとさかのぼっていくと、「統辞構造や語彙項目が、南方の単音節孤立語型から北方の複音節膠着語型に推移」し、音節音調（声調）の数も減少してゆくとされ、その強い不均質性が指摘されている(7)。また、方言間の語彙差の問題にしても、抽象概念、文化的な用語は比較的共通することが多いけれども、親族名称、動物の身体部分、人体の基礎的な動作をあらわす語彙などは、ほとんど全て異なっているとされ（つまり、基幹部ほど同系ではない）、南方の「粤語は、文化的な語彙だけ中国語化したタイ語——もっと正確にはチョワン語——みたいなもの」で、「呉語には、かつてこの地方にいたとかんがえられる、ミャオ語（苗）やヤオ語（傜）の話し手のいぶきが、つよくのこっている」とされる（『現代博言学』、三八四頁）。また、一方で（北京語に代表される）北方方言というのも、「じつは、何回もくりかえしておこなわれたアルタイ諸族の黄河下流域を中心としたいわゆる中原地方への侵入の結果できあがったもの」であることなどが指摘されている（同、一一〇頁）。

もちろん、この「中国語」という概念によって包括されている地域が、強い音声的不均質性を帯びた諸方言（言語）から構成されたものであることは今改めて指摘するほどのことではないが、ここで注意を喚起しておきたいことは、「中国では「中国語」が話されているという考えは、事態を単純に捉えすぎている」というルイ＝ジャン・カルヴェの適切な指摘を承けて言うならば（ルイ＝ジャン・カルヴェ／西川教行訳『言語政策とは何か』白水社、二〇〇〇・七、七七頁〔原著、一九九八〕）、「中国語」という用語自身が、「中国」では（特に「中国語」を話す「漢民族」の間では）「中国語」を介した透明なコミュニケーションが行われている（はずだ）ということをわれわれに過剰に想像させてしまっているのではないかということである。そして、反対に言えば、空間の不透明性がほとんど意識されないために、言語の持っている、空間編制という機能を忘却してしまっているのではないかということである。

「中国語」の創設

そもそも今日に「中国語」（大陸で「普通話」、台湾で「國語」）と呼ばれている言語体系は（他の国民-国家がそうしたのと全く同様に）近代「国語」として人工的に創造されたものであって、そもそも自然に備わった身体技術であったわけではない。「近代」における「中国語」の創設のプロセスについては、村田雄二郎「「文白」の彼方に―近代中国における国語問題―」（『思想』八五三、一九九五・七）、同「五四時期の国語統一論争―「白話」から「国語」へ―」（小谷一郎・丸山昇・佐治俊彦編『転形期における中国の知識人』汲古書院、一九九九・一）、同「漢字圏の言語」（村田雄二郎、C・ラマール編『漢字圏の近代―ことばと国家―』東京大学出版会、二〇〇五・九）、平田昌司「雪晴れの風景―中国言語文化圏の「内」と「外」―」（『中国―社会と文化―』九、一九九四・六）、同「目の文学革命・耳の文学革命―一九二〇年代中国における聴覚メディアと「国語」の実験―」（『中国文学報』五八、一九九九・四）、丁伊勇「銭玄同の漢字廃止論から中国の文字改革を考える―その真意と文字改革の真の目的―」（『一橋論叢』一二三-二、一九九五・二）、藤井（宮西）久美子『近現代中国における言語政策―文字改革を中心に―』（三元社、二〇〇三・二）等に詳しいが、これらをもとに近代「国語」＝「中国語」の創造のプロセスを簡単に整理するならば次のようになる。

周知のように、帝国の言語政策は、「文字」の統一性によって空間をネットワーク化することを方針としたものであって、未分節的な「音声」的多言語状況に対しては基本的には介入しないのがその原則であった（とりわけ庶民の言語生活に介入するという発想はそもそもなかった）。しかし、「近代」の足音が聞こえてくる中で、相互を反射像とするネイションの創設が世界各地で推進され、大陸の知識階級の意識下にも「国語」の創造と識字教育の強化

（による「国民」の創設）に対する自発的関与のプログラムが組織されることとなった。そのような中で、知識人の意識の上に強く形作られることになったのは、「文字」と「音声」との互換規則をどのように一定にするかという問題、つまり、正しい発音と正しい文字、及びその互換規則の同定の問題であり、またより広い社会階層に共有されうるような簡便さの確保された、正しい文体をどのように創設するかという問題であった。清朝末期には、まず地方音を基準として読音の各地方における同定が試みられている。例えば、一八九二年、盧戇章『一目了然初階』（音韻基準：アモイ音、漳州音、泉州音、『拼音文字史料叢書』〔文字改革出版社〕所収、以下同）、一八九六年、沈学『盛世元音』（音韻基準：呉音）、同年、力捷三『閩腔快字』（音韻基準：福州音）、同年、蔡錫勇『伝音快字』（音韻基準：北方官話）、同年、王炳耀『拼音字譜』（音韻基準：広東音）、一九〇〇年、王照『官話合声字母』（音韻基準：北方官話）等である。ただし、これらは大陸全土を覆う統一国語の創設を現実的なレヴェルで主張したものであったわけではなく、あくまでも民衆の識字教育を簡便化するために準備されたものであった。その後、一九〇二年、京師大学堂（北京大学の前身）総教習（＝学長）、呉汝綸〔一八四〇―一九〇三〕（安徽省桐城出身）が近代教育システムの導入を企図して日本を訪問し、教育機関などを視察している。その際、貴族院議員、伊澤修二〔一八五一―一九一七〕（かつて台湾総督府民政局学務部長を務めた）と会談し、伊澤から、国民の愛国心を奮い立たせるために敵国を作ることと、「統一語言」を作ることという助言を受けている。伊澤は同席の「阿多」（不明）という日本人を指してこう言ったという――「僕は信州人であるが、この阿多君は薩摩人である。三十年前ならば、互いに対面しても名前さえ通じなかっただろう。まるで貴国の福建、広東の人が北京の人と会う時と同じようなものだった。だが、いまは僕は阿多君との言葉はもうあまり違いがなくなった」（呉汝綸『東游叢録』「函札筆談」、三省堂書店、一九〇二・一〇、九六頁、『〈晩清中國人日本考察記集成〉教育考察記』〔杭州大學出版社、一九九九・八〕所収、訳文は上掲丁論文）。この頃から、近代意識に目覚めた知識階級の中には、漢字の全廃、エスペラントの採用を唱える者も現れ、反対論者との間で論争が起こるようになっていた。一九〇七年、呉敬恒（字稚暉）（一八六五―一九五三）（江蘇省無錫出身）・李石曾（一八八一―一九七三）（河北省高陽県出身）らがパリで雑誌『新世紀』を発行して無政府主義を宣伝し、その『新世紀』四〇号（一九〇八・三・二八、国立臺湾大学蔵電子版）では、難習難解で「野蛮」な漢字文を廃止し、エスペラントに切り替えるよう主張している。翌年、東京に亡命中であった章炳麟（号太炎、浙江省杭州府餘杭県）（一八六九―一九三六）がエスペラント派に反駁し（「駁中國用萬國新語説」『民報』二一、一九〇八、四九―七二頁、他）、「呉章論争」と呼ばれる議論が起こった。ただし、漢字が習得に不便であるという点では認識を共有しており、章は五八個の注音記号を使うことで漢字学習の便を図るべきだと唱えていた。一九一一年、辛亥革命が起こって清朝が倒れると、翌一九一二年、中華民国臨時政府教育部は注音字母の採用を決議する。そして、一九一三年に「読音統一会」が召集され（会長、呉稚暉）、各省から八八人の代表が集まり（そのうち、江蘇・浙江から二六人）、漢字の「国音」を一字一字定めることを試みている。しかし、それぞれの各省代表者が自らの方言音を採用すべきだと主張したことによって喧々囂々の論争となり、特に南方音と北方音の差異――濁音と入声の有無――が問題となった。その結果できあがった法定「国音」は、各地方音をごちゃまぜにしたような、母語話者の存在しない人工言語となった。その後、一九一七年に胡適《こせき》（一八九一―一九六二）（江蘇省川沙県生まれ、本籍地・安徽省績渓県）が『新青年』第二巻第五号に「文学改良芻議」を発表し、白話文学運動が起こった。さらに、一九一八年、『新青年』第四巻第四号に、胡適が「建設的文学革命論」を発表、銭玄同（一八八七―一九三九）（浙江省湖州府出身）が「中国今後之文字問題」を発表し、漢字漢語廃止を主張している。その中で銭はこう言っている――「中国を滅ぼすまいと願い、中国民族を二十世紀文明の民族たらしめんと願うならば、孔学を廃止し、道教を絶滅するが根本解決である。そして孔門の学説と道教の妖言を記載した漢字文を廃止することこそが、根本解決中の根本解決である」（欲使中国不亡、欲使中国民族為二十世紀文明之民族、必以廃孔学、滅道教為根本之解決、而廃記載孔門学説及道教妖言之漢文、尤為根本解決之根本解決」（『新青年』四-四、一九一八・四、三五四頁、訳文は上掲丁論文）。そしてまた別の文章ではこうも述べている――「国語を制定するからには、一つの原則が必要である。即ち国音から取り除くべきなのは、少数の方言でしか発音されない奇癖な音（捲舌音）であり、取り入れるべきなのは大多数の方言が発音している平易な音（濁音、入声音）である」（其於全国音声之去取、必有一種標準、即所去者為奇詭之音、僅極少数人能発者、所取者為平易之音、必大多数人所能発者）（『新青年』四-三、一九一八・三、二六〇頁、訳文同上）。つまり、この段階ではまだ、南方音を基礎とした「国語」モデルが採用されるという、現実化しなかったもう一つの歴史がありえたのである。

そして、一九一八年、「教育部公布注音字母令」により「注音字母」が正式に公布され、一九一九年、教育部附属機関として、「国語統一籌備会」が結成された。北京で五四運動が起こった翌一九二〇年、銭玄同が、「減省漢字筆画底提議」（『新青年』七-三）を発表しているが、エスペラントを導入すべきというかつての主張から後退し、漢字の減画を唱えるというかたちで実質的に漢字容認論へと立場を変えていった。一九二二年、「国語統一会」は、銭玄同の「減省漢字筆画底提議」を可決して「漢字省体委員会」を組織した。そして、一九二四年、「国語統一会」は、旧国音に代えて、北京音を国音の標準に定めることを議決し（新国音の制定）、実質的に話者の存在しなかった「国音」は、ここにきてようやく改められることとなった。一九三〇年、「注音字母」の名称が「注音符号」に改称され、一九三二年、「国語統一会」によって「注音符号表」が発表された。これによって現在の「国語」の形が見えてくることになったが、一方で、地方音をどう処理すべきかという問題は未だ完全な整理を見ていたわけではなかった。そこには「国語」習得の困難さを軽減するための繋ぎ役として、まだ方言音が必要だという認識が残存していたのである。三〇年代頃から、ラテン化新文字の議論が盛んになり、それぞれの方言をローマ字表記体で表す試みが重ねられ（その後、中華人民共和国に至って廃止）、また、各地の方言音を表記する「閏音字母」の試みも発案された。例えば、呉稚暉が提唱したように、漢字の右側に「注音符号」を、左側に「閏音字母」をつける「右国左方」という方法も考案された。これらの試みは、方言音を制度的に「国語」の中に取り込もうとする画策であったが、やがて消沈してゆき、ついに「文字」と「音声」の互換規則の一定化した「国語」が人工的に創造されることになったのである（とは言え、勿論、この段階では、法定的な「国語」が形式上創造されたというだけのことであって、現実的に学校教育を通して「国語」を身体化した「国民」を形成してゆくには、さらなる時間と、想像を絶するほどの膨大な労力とを必要とした）。

一九二四年一月、孫文が「外国の傍観者は、中国人をばらまかれた砂だという。その理由はどこにあるのか。中国の一般人民には、家族主義と宗族主義があるだけで、国族主義がないからであります」（「三民主義」〔山口一郎訳〕、『孫文選集』第一巻、社会思想社、一九八五・五、二〇頁）と言ったことからも窺われるように、大陸民族は一つの凝集性を持つ単位だとは考えられてはいなかった。他の国民-国家と同様、「国民」不在の「国家」であった。もし仮に、地方音が独立して書記化され、正書法《オーソグラフィー》が定着していたとしたら、現在、大陸はヨーロッパの如き様相を呈していたとも想像されている（鈴木修次『漢字―その特質と漢字文明の将来―』講談社、一九七八・二、四九頁）。以上の歴史的な流れから、われわれが忘れてはならないのは、前近代においては、固有の言語体系をもった統一的な「ヨーロッパ語」なるものが存在しないのと同じ意味において「中国語」なるものが存在したという歴史的事実はない、ということである。岡田英弘は言っている――「これほど相互に異なる中国語の諸方言は、実は方言というよりは、それぞれ独立の言語と考えるべきものであって、ちょうどゲルマン語派の中に英語・オランダ語・ドイツ語・スウェーデン語・デンマーク語・ノルウェー語・アイスランド語などがあるのと同じように、あるいはラテン語派の中にフランス語・スペイン語・ポルトガル語・イタリア語・ルーマニア語などがあるのと同じように、中国でも北京語・上海語・福建語・広東語・客家語・海南語などの独立の言語が並存しているのだ、と見たほうが正しい。／だから一口に漢族とは言っても、その成員に文化の統一性があるように見えるのは、多分に幻影であって、これだけ多くのちがった言語を話す人々を結びつけているのは、表意文字である漢字の特異な機能である」（岡田英弘「真実と言葉」『講座・比較文化 第二巻 アジアと日本人』研究社、一九七七・一一、一二四―五頁）。このように、北京地方の音韻体系を基準として「国語」なるものが形成される以前は、（「官話」という官僚の通用語《ジャルゴン》を除いて）標準語と呼べるような音声音韻体系は存在していなかったのである。そこで、前近代の大陸において相互に異質であると感じられるような身体技術者の間で、どのようなかたちで口頭での（或いはその他の方法での）コミュニケーションが成り立っていたのかがここに切実な問題として浮かび上がってくることになるのである。

4 雑音空間としての禅林

そこで宋元代の「禅林」――禅僧を構成員とする社会――を一つの事例として考えてみたい。禅林は、宋代に確立した五山・十刹制度によって寺院を法制的に格付け・序列化していたが、上位に位置づけられる寺院の殆どは江南地方に位置していた。そこで、多くの禅僧たちはそれら上位の寺院の正式な構成員となるべく大陸各地から同地に集参してくるようになった。そのような集住環境が形成された背景には、「遍参」という禅林の慣習法の存在があった。「遍参」とは、できるだけ多くの師の会下で修行するため、定期的に修行の場＝寺院を換えて移動することを意味する。つまり、禅僧社会は、「移動」をそのシステムに内在させていたということである。そこで、そのような物理的移動を一つの契機として、言うなれば「多言語社会のミニチュア」がそこに組織されることとなった。そこで禅林は、定住者の存在しない、すべてが移民から構成されるような、コスモポリタン的な雑居空間となった。つまり、大陸という空間の多元性、錯綜的複合性が、この「禅林」というミニチュア空間の中に集約されることになったのである。そのとき、われわれは、そのような、音声の透明性が確保されていない、「禅林」という空間が、自らのネットワークの内部にいかなるかたちでコミュニケーション回路を敷設することになったのか、そして多くの異言語話者がそこに群生を始めることで、どのように連帯の意識を作り出すことになったのか、という問題について改めて思慮をめぐらせてみることになるはずだ。

ただし実際的に、大陸各地（或いはその外）から集まってきた異郷の禅僧たちが日々どのようにコミュニケーションをとっていたのかを文献学的に明らかにすることは容易ではない。次節以降、幾つかの断片的な資料をもとに想像してみるより他はないのだが、禅僧社会のコミュニケーション・モデルを整理することは、移民共同体、多言語雑居空間としての前近代の大陸（都市部）の生活実態を知る上で非常に有益な試みになると思われる。

不透明な文字

さて、「近代」以前、「中国」禅林の中で生活世界を築いていた禅僧の集団は、いったいどのようなかたちで言語的コミュニケーションをとっていたのだろうか。勿論、既に確認してきたように、この問いに対して、「中国語」という答えを用意するのはあまりに安易である。近代によって形成された国語＝national language以前、リンガ・フランカ（広域共通語）としての漢字は音声との間に一定の互換規則を有していたわけではなかったからである。「文字」は、異言語地域へのリンクを可能にし、大陸における広域ネットワークの成立を促進したが、とは言え、そのような文字であっても、大陸人――非識字層である庶民は無論のこと、識字層の知識人であってさえ――にとっては常に透明な回路というわけではなかった。文言というのは決して一元的な構造によって構成される言語体系ではなかったが、とりわけ禅僧の社会にあっては、体系的に書記体系を学んでいない成員がその内に含まれており、そのような人々の間においてもコミュニケーションを取る必要性があったために、多分に口語成文を含んだような変則的な書記が生産されることとなった。例えば「什麼」「甚麼」など、現代中国語の正書法の中に組み込まれている語彙・表現の中には禅林の公用語に由来するものも少なくない（ただし注意しておくとすれば、これらは口語成分を含んだ書記として規格化されたものであって、口語そのものではない）。

そのような文字の不透明性を示唆する資料として、中巌円月『東海一漚集』四・文明軒雑談上（『五山文学新集』四、四六四頁）を見てみよう。

一日樞要堂・琳宝〔荊〕山・儀則堂・照用堂、皆婺人也、同会茶於草堂、儀云、凡文章詞語、有古今之異、然人在今而欲浙〔沂〕通古典、苟無先儒音訓、則焉能△〔得〕読得之、如書殷盤・周誥、詩之二雅、甚聱牙、漢唐以来、文稍可読也、予△〔首〕肯之、荊山云、若言漢唐稍可読、按〔校〕上偶有韓文集無註者、信手揣出曹成王碑、使則堂読之、曹誅互〔五〕畀、与賊遻……、儀読至此、口囁囁而已、琳乃強予、々辞以外国人、語音差殊、琳云、但分口逗〔句〕、四声音分便了、若其字母微細之差、想非無異矣、予把而読之、一座側聴、戸外亦有一了初・観此堂等諸老宿、立地切聞、掉舌而去、

当時の禅僧のリテラシーの実態を窺いうるような記述である。この文章は中巌が在元留学中に体験したことを帰国後にまとめたものであるが、ある日、中巌が、要堂□樞・宝〔荊〕山□琳・則堂□儀・用堂□照という婺《む》州（現、浙江省金華市）出身者と共に茶を楽しんでいた時（中巌を除いて同郷者でたむろしていることに注意）、古代の古典などはもはや音読するのが難しくなっているが、それでも漢唐以後のものはまだ読めそうだという話題になった。そこで、その中の一人、荊山が、たまたま机の上に置いてあった無註の『韓愈文集』をパラパラとめくり「曹成王碑」（『朱文公校昌黎先生集』巻二八所収、『四部叢刊正編』三四、一九四―五頁）の箇所を則堂に読ませてみた。則堂は何とか読んでみたがしまいにはしどろもどろになってしまった。次いで荊山は中巌に読ませようとしたが、中巌は私は外国人だし発音も随分違うからといって固持したが、結局はうまく読み通せた、という話である。中巌は、留学前から渡来僧、東明慧日（一二七二―一三四〇）（明州出身）や霊山道隠（一二五五―一三二五）（杭州出身）に随侍-参学し

ており、直接的に浙江音に触れていたが、入元直後は、口頭でのコミュニケーションには苦労したらしく、「一別家山期未満／如何切切欲帰心／更来衣服着新色／留得語言存旧音／拙句解嘲慵下筆／痩顔拭唾耐煩襟／同来遊子飄蓬去／蹭蹬無由伴短吟」（「泰定二年、寓保寧、会諸江湖名勝」『東海一漚集』一、『五山文学新集』四、三二六頁）という詩句も遺している。ただし、留学も七年に及び、帰国後、渡来僧、清拙正澄（福州出身、一三二六年来日）に送った書中に「但以略能渹音」と述べていることからすれば（『東海一漚集』二「与清拙和尚」、『五山文学新集』四、三八六頁）、滞留も長期に及んだこの頃には、浙江の発音はだいたいわかるようになっていたらしい。

ここで重要なのは、勿論、中巌の自慢話ではなく、大陸の僧の中にも古典を音読できない者が少なからずいたということである。彼らは決して文盲というわけではなかったが、古典の音読（文字から音声への変換）はもはや困難になっていたのである。また同様の例としても、渡来僧、無学祖元（一二二六―一二八六）の語録には、楚辞に擬《なら》った雑言古詩、「送雲渓歌」（『仏光国師語録』巻九・跋、『大日本仏教全書』〔新版〕四八、一五七―八頁）が収録されているのだが、ここで興味深いのは、これに二二人の跋が附されており、その中の一人、池陽の永訥なる者が、「惜しむらくは能く楚声の読を為す者無し」（惜無能為楚声之読者）と述べていることである。つまり、この当時、もはや『楚辞』は古典として簡単に読めるようなものではなくなっていたのである。

次いで、地方間で口頭でのコミュニケーションがうまくできなかったと推察されるような事例を以下に見てみよう。内閣文庫蔵『橘洲文集』巻六に収録される「跋育王僧図二」という文章の一節である。

円上人実会中仙陀、入育王門、喫育王飰、只是未会育王郷談、在心憤憤口悱悱、要走江西一遇、帰来定是勘破拙庵老子、

円上人、実に会中《えちゅう》の仙陀なり。育王の門に入り、育王の飰《めし》を喫《くら》う。只だ是れ未だ育王《いおう》の郷談を会《え》せず。心に憤憤《ふんぷん》とし口に悱悱《ひひ》とする在れば、江西に走りて一遇せんと要《ほっ》す。帰り来らば定めて是れ拙庵老子を勘破《かんぱ》せよ。

拙庵徳光（仏照禅師）は江西（現、江西省）の人。育王寺（現、浙江省杭州近郊）に住した。その会下に「円上人」なる僧がいたが、彼には「育王の郷談」が理解できなかった。彼が何処の出身かは不明だが、ともかく拙庵の出身地である江西に行って、その「郷談」言語を学ぼうとしたというのである。(8) 言語の不通が彼らの間に存在していたことを端的に徴証するものである。

次いで別の例を挙げよう。『物初賸語』巻一三に収録される「無準語録序」である。著者、物初大観は四明（現、浙江省）出身、文中に述べられている無準師範は四川西部の出身である。

円照老人、一見破庵、換尽剣閣郷音、純唱賨城曲調、変而為豆子山前瓦鼓歌、其音幽以清、其節疎以数、……杭玉頑石、見其人、聞其音、復葆其譜、将即譜而求之乎、離譜而求之乎、人謂其音息矣、吾殆未之信、其或天籟自鳴、則変呉音為蜀唱、未必不自其譜而発之、

円照老人（無準師範）は、破庵祖先に一見するや、（自らの出身地の）剣閣の郷音を全く換えてしまい、純唱賨城（仏法）の曲調も変じて「豆子山前瓦鼓歌」（楽府、錦州巴歌）の如くになった。その音声は幽遠で清《す》みわたるほどの透明感をもって聞こえたが、その節《ふし》（法度）は疎略で数《あわ》ただしくも聞こえた。……杭州の頑石□玉が無準に見《まみ》えてその音を聞き分け、（語録を編纂して）その譜（正しい音節）を葆《やす》んじた。（だが）それはその譜に即した声を求めたものであったのか、或いは、譜を離れた声を求めたものであったのか。人は（無準の示寂によって）その音も息《や》んでしまったと謂《い》うが、吾《わたし》は信じてはいない。もしその天籟が自から鳴り響けば、（無準の、或いは、われらの）呉音も変じて蜀唱となるであろう。声《ことば》を発するにその譜（正しい音節）に従っていなかったわけでもないのだ。

この無準師範は四川の人で、日本とも縁が深いことで知られる。門下に渡来僧、兀庵普寧（四川出身）や無学祖元（浙江・明州出身）などがおり、日本僧、円爾も無準の法嗣である。その語録序において無準の発音が主題化さ

れているという点において、四川の発音が五山の位置する浙江地域にあっては有標化されていたという事実を察しうる。ちなみに、四川の方言は、現代では北方方言に類別され、浙江方言とはその系統を大きく異にするが、北宋時代にあっても、中原音からは相当に乖離した発音として認識されていたらしく、蘇州出身、范成大（号石湖）（一一二六―一一九三）が在蜀中に詠んだ詩句、「耳畔逢人無魯語」の註に、「蜀人郷音極難解、其為京洛音輒謂之虜語、或是僭偽時、以中国自居循習、至今不改也、既又諱之改作魯語、尤可笑、姑就用其字」（『石湖居士詩集』巻一七「丙申元日安福寺礼塔」、『四部叢刊正編』五六、九四頁上）と記されている。また、巻一八「送同年朱師古龍図赴潼川」にも「唖咤満船聞魯語」という句があり、註には「蜀士仕於朝者、所買婢妾例不肯随帰独師古家無一人肯相舍伝以為奇事、蜀人以中原語音為魯語」（同上、一五七頁上）とある。外部の人間にとって蜀の方言は相当に特徴的で難解であったようである。

また、無準の語録中には、雲巣道巌（出身地未詳）の語録の跋文が収録されているが、その中に言うには、「節節諸訛して通ぜず。翻訳するに中に於いて一句子有り。稍、唐言に似たり。若し人の辨得せば、直饒《たとい》頸を刎ぬるとも未だ諸《こ》れを謝するに足らず」（節節諸訛不通、翻訳於中有一句子、稍似唐言、若人辨得、直饒刎頸、未足謝諸）（『仏鑑禅師語録』巻五「跋雲窠《ママ》語録」、『新纂続蔵経』七〇、二七三頁中）とある。ここでも無準が（異郷出身者？の）語録の内容を容易には理解できなかったことが示唆されているのである。

出身地別のグループ編制

さて以上、禅僧の社会における言語的コミュニケーションの問題とそこに横たわる困難さについて見てきたわけだが、以下では、言語の持っているもう一つの機能――アイデンティティー形成機能に照準を合わせて考えてゆくことにしよう。この点も「禅林」というコミュニティ形成においては重要なパターン化された因子として働いていたことが確認されるからである。チュニジア出身の社会言語学者、ルイ・ジャン＝カルヴェは、言語に「媒介」と「群居」という二つの矛盾する機能を読み解いているが（ルイ＝ジャン・カルヴェ／砂野幸稔・今井勉・西山教行・佐野直子・中力えり訳『言語戦争と言語政策』第五章、三元社、二〇一〇・四〔原著、一九八七〕、参照）、これは別言するならば、言語の有するコミュニケーション（＝媒介）とアイデンティティー（＝群居）という二つの機能にそれぞれ結合するものであるだろう。その時、禅林において、言語の群居機能が働いたことによって、その内部に出身地による党派が形成されることになった、という事実が確認されるのである。以下は既に指摘されていることだが（西尾賢隆『中世の日中交流と禅宗』吉川弘文館、一九九九・六、二一頁）、入元留学経験のある中巌円月の証言によると、当時の中国叢林では出身地-地域別に分かれてグループ編制が為されていたというのである。

凡吾海東人、自天水氏之世至今元朝、二三百年以降、其間人知有禅宗、且欲学其道於南方、歴遊呉越江湖者、相継而多矣、但以国異風変、語音殊差、故蹭蹬轗軻、齎志而帰、況其在彼五山十刹、相望鬧熱、而江湖四路、二浙七閩、分洞結党之時、独吾郷社、勢当不競也、或以僥倖得出身其間者、直不過二三弁事人、特其虚名而已、然亦為附庸於明越洞中、其自低困折伏之甚、実可愍也、何有期而望之、以拈名于僧司政院、従公保挙、可得備員諸山住持之職乎、甚者以細間人、馳〔駈〕而逐、○以下闕失、（『東海一漚集』二「与龍山和尚」、『五山文学新集』四、三八九頁）

日本僧は少数派であったため浙江のグループに入っていたというのは、地理的に近いのと、呉音に通じていたからであろう。また、これもよく知られている話だが、ある時、中巌は日本僧、雪村友梅の作として中国で褒めそやされていた詩が、実は渡来僧、無学祖元（明州出身、一二七九年来日）の作品であると周囲の誤解を正した。すると、大陸の僧は「どうして郷士の誉れを否定するのか」とかえって難詰したというのである（『東海一漚集』四、四六一頁）。この例などは、いかに〝同郷意識〟が彼らの中に強く形成されていたのかを徴証するものであると言えるだろう。その他にも、それを示唆する資料は幾らかあって、例えば、明州（現、浙江省）出身の物初大観が、修業時代、北礀居簡（四川出身）の会下にあった時のことを回顧して述べたことに拠れば、北礀から「故郷にはどういう人物がある」と問われ、列挙した中に、「竹間」の名を答えると、友人勝叟宗定（四川出身）から「どうして連れてこぬのか」と問われた。「自分から来るでしょう」と答えたが、竹間は、同名（誰と同名かは不明）であることを嫌って結局やってこなかったという（『物初賸語』巻一五「竹間遺困藁」）。この例などは、同郷の人間を自らのグループの中に呼ぶことが一般的に行われていたらしいという事情を示唆しており、出身地のコネクションが重く見られていたことを物語るものである。また、泉州（現、福建省）出身の蔵叟善珍が、福州（現、福建省）出身の親友双杉中元の入寂に際する祭文の中で、「公、它郷なりと雖も、常に眼底に在り」（『蔵叟摘藁』巻下・祭双杉塔）とわざわざ述べているのもこれと同様である（泉州と福州は同じ福建にあって距離も近いが、言語差は小さくなく、通常はコミュニケーションも困難であるとされる）。

中国禅僧の著作物を通読していると、当時の中国禅林における集団的結合が法系よりもむしろ地縁的結合によって為されるのが一般的であったという事実に気づかされる。前述の無準師範の会下には同郷の四川出身者が多く集まっているという特徴があるが、具体的に挙げれば、別山祖智・兀庵普寧・西巌了慧・剣関子益・環渓惟一・希叟紹曇・霊叟道源・松坡宗憩・牧谿法常など蜀出身の人が多い。これは、無準の嗣法師である破庵祖先、無準の法眷の石田法薫・即庵慈覚などが蜀の人であることから察せられるように、破庵派が言わば叢林の蜀党の性格を有していたことにも現れている。ただし、それは郷里から上京してくる者が常に同郷者を頼ってやってくるという大陸の一般的な慣行によってもたらされた現象であったとも考えられる。橋本萬太郎は漢民族のコミュニケーションの一般を次のように説明している――「かつての漢民族にとっては、同郷会というのは、実際の話しことばの通用する、唯一の場であった。だから、黄酒で有名な江南の紹興に生まれた魯迅が、北京に上京して最初に行き、住んだところは、紹興の同郷会館である「紹興会館」であった。結婚も、必ず同郷の異性を選んだのは、家のなかで話しことばが通じなかったら、家庭生活がなりたたなかったからである。だから、家族、親戚の範囲を出たつぎの集団のむすびつきは、同郷人であった。同郷のあいだだったら、筆談によらなくとも、たがいに意志が疎通し、もの事が進捗した。……かつての漢民族が、政府官庁の一機関を全部一地方閥でかためた、などという昔の同郷意識の弊害も、ある程度やむをえない面があったのである」（橋本萬太郎「ことばと民族」『漢民族と中国社会〈民族の世界史5〉』山川出版社、一九八三・一二、一四四―五頁）。

つまり同郷者による群居-グループ編制というのは、標準的-画一的なコミュニケーション回路の敷設されていない大陸の雑音空間にあって、ある意味では必然的な現象であったと言えるのである。とは言え、勿論、それは排他的な性格を持つ〝派閥〟であったわけではなく、実際、無準会下には浙江出身者も含まれていたし、円爾のような日本出身者も受け容れられていた。要するに単にコミュニケーション上の利便性から同郷者が集まりやすかったという事情がそこで働いていたのではないかと思われるのである。となれば、無準会下においては、四川語が共通語化していたのではないかとも推察されるのだが、浙江における四川出身者のグループ化には他の地域とは異なる意味も存在した。まず、浙江地域に進出する四川出身者が量的に多かったという点である。例えば、淮海元肇「祭寧首座文」（『淮海外集』下）には「西蜀人物英奇、南方叢林之冠冕」とあり、また、拙庵徳光（江西出身）（一一二一―一二〇三）は蜀僧が来るのを喜び僧堂中の大半を蜀僧が占めたとも伝えられる（『枯崖和尚漫録』上「仏照嘗川僧、堂中大半是也」、『新纂続蔵経』八七、二七頁下）。当時、蜀僧が大挙して浙江へと進出してきたのには幾つかの理由が考えられるが、まず第一に、浙江が五山禅林の中心地であったこと、そして第二に、蜀もまた成都大慈寺を中心に仏教――華厳教学――の盛んな土地であったことである。四川出身者の禅僧の語録行状を瞥見すると、蜀地において教学を修めた後、「翻衣」して浙江へ進出したと記されているものが少なくない。また彼らの学問系統が特に

「蜀学」と呼ばれて差異化されていたことも資料上確認される（「方法序説」註(45)参照）。ちなみに、前述の拙庵と同時代の、密庵咸傑（福州出身）（一一一八―一一八六）は、平生川僧を怕れ掛搭（＝在籍）を許さなかったとも伝えられている（『枯崖和尚漫録』上「蓋密庵平生怕川僧、不肯掛搭」、同上）。その理由は定かではないが、蜀僧の高い教学的リテラシーとのギャップを憂慮しその点で彼らを畏怖していたのではないかとも推察される。そして、第三にして最大の理由は、金・元の南下による戦線の拡大によって、四川僧が帰るべき故郷を失っていたことである。南宋は、金・元の南下に苦しめられ、蜀はその戦線に置かれ度々戦火に晒されてきた。しかして理宗朝の頃にはその激しさを増し、蜀人は陸続と江南へ逃れたという。無文道璨が撰述した蜀僧、痴絶道冲の行状には次のようにある――「嘉定己卯（一二一九年）、紅巾蜀に叛く。豕《いのこ》のごとくに涪上（四川涪江或いは涪陵）を突く。師（痴絶）の昆弟姉妹、陵夷して幾《ほど》なく、父母の墳廬剽掠を免れざる或《あ》り。万里に望哭して其の哀しみを紓《やわら》ぐ所なし。蔣山、東陽を去ること直に六十里、中に招提（寺院）なし。東（江南）に游ぶ衲子、最も是の役（兵火）に苦しむ。……石渓月の霊隠自《よ》り来りて疾を省す、師、陸堂して法門の好《よしみ》を叙ぶ。蜀本の宗派録は密庵に至りて書せずと言うに因りて、遂に泣《なみだ》を掩うに至る。聞く者皆な嗚咽し、涙を墮とす」（嘉定己卯紅巾叛蜀、豕突涪上、師之昆弟姉妹、陵夷無幾、父母墳廬或不免剽掠、万里望哭、無所紓其哀、蔣山去東陽直六十里、中無招提、游東衲子最苦是役、……石渓月自霊隠来省疾、師陸堂叙法門好、因言蜀本宗派録至密庵不書、遂至掩泣、聞者皆嗚咽、墮涙）（「径山痴絶禅師行状」『無文印』巻四）。

このように、四川僧が大挙して浙江の五山へ進出し、その中で一大勢力となった背景には、彼らが既にして帰るべき故郷をもたない「難民」或いは「故郷離散者《ディアスポラ》」であったという事情がある。加えて言えば、日本へ渡来した禅僧に蜀出身者が多いが、それもまた、彼らにとって浙江が既に異郷の土地であったという点が少なからず関係していたのではないかとも考えられる。浙江も日本も四川僧にとって異郷の地であるという意味では変わりはなかったからである。

ちなみに、禅林には「川僧藞苴、浙僧瀟灑」（『仏鑑禅師語録』巻一、『新纂続蔵経』七〇、一二三頁下、他）という言葉がある。「藞苴《らそ》」とは、着飾らない朴訥とした雰囲気であり、文字通り「瀟灑」と対蹠を為す。また、周密『癸辛雑識』続集上には、「蜀人未嘗浴、雖盛暑不過以布拭之耳、諺曰、蜀人生時一浴、死時一浴」とあり（『唐宋史料筆記叢刊』中華書局、一二八頁）、浙江との衛生観念の差違が見られる(9)。「川僧藞苴、浙僧瀟灑」というフレーズが発生し、禅林に膾炙したという事実は、そこに集団的接触にともなう異化作用が発生したということを意味する。つまり、川僧は、浙僧社会の中では同質のものとは見られてはいなかったということである。それは浙江出身の僧と比較して、方言や生活習慣の面で異質さが際だっていたからだと思われる。

さらに、当時の禅林には、ある寺院の住持ポストが空けば、それを諸方の住持が推薦するという慣例ないし制度があったが、その推薦にあたっては、法系に関係なく行われていることも確認される。例えば、石渓心月（松源派、四川出身）が西巌了慧（破庵派、四川出身）を東林寺に、北磵居簡（大慧派、四川出身）と石田法薫（破庵派、四川出身）が痴絶道冲（曹源派、四川出身）を霊隠寺に、無文道璨（大慧派、江西出身）が月磵文明（破庵派、出身未詳）を饒州薦福寺に推薦している。勿論、これだけの事例から断定するのはあまりに安易だが、仮定として言うならば、法系によって同門を推薦する傾向というよりは、むしろ同郷の後輩を推薦するような傾向さえ窺われるのである。

また、出身地ごとによる党派が形成されていたという事実は、『敕修百丈清規』巻三に、住持を推薦するに際して「郷人・法眷」によって「阿党伝会」してはならないと禁じられていることからも察せられるだろう（『大正蔵』四八、一一三〇頁中）。また、『死心悟新禅師語録』（黄龍四家録第三）においても、「便ち世間の情愛に纏縛せられば、便ち七顛八倒するを得たり。江南人は江南人を護り、広南人は広南人を護り、淮南人は淮南人を護り、向北人は向北人を護り、湖南人は湖南人を護り、福建人は福建人を護り、川僧は川僧を護り、浙僧は浙僧を護る。道《い》う、我が郷人住院す、我去《ゆ》きて他《かれ》を賛佐《たす》けんと」（便被世間情愛纏縛、便得七顛八倒、江南人護江南人、広南人護広南人、淮南人護淮南人、向北人護向北人、湖南人護湖南人、福建人護福建人、川僧護川僧、浙僧護浙僧、道我郷人住院、我去賛佐他」（『新纂続蔵経』六九、二三〇頁中）と述べられ、同郷者の相互扶助が一般的に行われていたらしいことが示唆されている。

以上のように、禅林は、不均質な雑音的空間として存在していたわけだが、そのような広域空間において完全なる透明性が想像されることはもとよりなかったのである。とは言え、それをもって〝禅林という雑音空間の中で異言語の接触が起こった〟という形式的説明を与えるのも必ずしも正鵠を射ているとは言えない。その点に関しては、われわれは事態を逆に考えておく必要がある。すなわち、予め可算的に区画されうる異言語が存在しそれが接触を起こしたのはではなく、移動・接触によってそのような異他性（異言語性）が事後的に編成されるような空間がそこに配備され、その構成員の意識の中に可算的な分節（差異）が断続的に継起されることとなった、ということである。そこで立ち上がってくる異他性が、同一言語の変種と見なされるか、異言語と見なされるか、或いはそこで出逢う人間が同じグループの一員と見られるか、別のグループの一員と見られるのかは、（何をその対立項とするかという文脈が一定しないために）あくまでも状況に依存した変動的現象であらざるを得ないのだが、だからこそ、コミュニケーション（意味の交換）を可能にする公共性（交換の基準、プロトコル、或いは体系・秩序・組織）が空間の内部に建設される必要性が強く意識されることとなったのである。つまり、禅林が構造的に雑音空間であったからこそ、言語（詩）の反復的交換を通じて正常性＝規範を問い続け、コミュニケーションを可能にするための透明な回路の敷設を促すような文学現象がそこに断続的に立ち現れてくることになったのだと考えられるのである。

5 透明化された空間

もしわれわれが、「一点世界」の平面的拡張としての国民-国家という認識枠にあまりにも慣れすぎてしまえば、そのような形態を過去へと投影することにも簡単に慣れてしまうことになるだろう。そこでは、空間性そのものが認識から摘出されてしまうことで、距離を持っているはずの異-空間（の住人）が、無条件に、距離のない同一-空間（の住人）であることが内面化されてしまうのだ。例えば、洛陽付近で言語形成をしたとされる杜甫と、四川において言語形成をしたとされる李白（諸説あり）、この二人の口頭でのコミュニケーションがどのような形で行われたのか、という問い[10]は、「漢民族」の想像的な同質性が固く承認される限りにおいて奇妙な響きをもって聞こえることになるだろう。「漢民族」という概念の標定のしにくさについては、橋本萬太郎が『言語類型地理論』（弘文堂、一九七八・一）の中でこう述べていることが事態を的確に捉えていると思われる――「漢民族とはなにか、と正面から問われると、簡単には答えられない。とにかく、いちおうはっきりしていることは、紀元前11世紀ごろに、西方からいわゆる「中原」地方にはいってきた、「周」と名付けられる種族が、なんらかのかたちで漢民族の形成に決定的な役割をはたし、それ以後、東の「斉」、東南の「呉」、その南の「越」、西南の「楚」というような、あきらかな「蛮人」を何百年もかかって、同化してきたことである。その言語は、とくに「北狄」と総称される、北方のアルタイ系の言語との接触の過程で、のちにはかなり急激な変貌をとげる」（七頁）。

また、歴史ドラマにおいて、国民-国家以前のキャラクターが、国民-国家に帰属するという倒錯を犯しながら、古めかしい標準的な「国語」を話し、すべての局面で円滑なコミュニケーションが遂行されている、というような創作に何ら違和感を覚えないような感覚が生まれることにもなるだろう。このように、〈「国語」という基盤を有する）国民-国家を単位とした空間が予断的に措定されることで、われわれの認識回路は、空間の透明性が実体的に実現されているかのような誤認-錯視を生み、それによって空間の透明化というはたらきや、距離の短縮化という欲望が潜在していることをほとんど無視してしまっているようにも思われるのである。

勿論、ここで言う空間の透明性とは、視座によって規定されるものであって、それは客観的な状態（実体）ではない。加えて言えば、空間の範囲もまた固定的な与件ではなく、どこまでが透明であるかを想像できるかによる。無論、それは実体的地理空間に限られる問題ではない。均質な空間の想像を可能にしたのは国民-国家という制度であるが、それは均質な空間が国民-国家の導入と国語の完成によって成就されたからではない。出版資本主義と学校教育制度によって、均質な空間が実体として「想像」されるようになったからである（過去においても現在においても均質な空間が完遂されたことはない）。問題は国語が創造されたことというよりも、（決して完成しないはずの）国語が完成されているかのようなイメージが創造されたことである（学校教育、教科書、メディアによって）。

このような国民-国家の内部において均質で透明な言語-音声空間が構築されているかのような前提の中では、おそらく「文学」の生産という現象にも一定の予断が与えられることになるだろう。端的に言えば、〝なぜそこに文学があるのか〟という疑問が湧き上がってくる蓋然性を遮蔽してしまうのである。

透明な声《シニフィアン》の交換が実体化されれば、声《シニフィアン》の消失した純粋な意味《シニフィエ》が――すなわち純然たる意識・思考・思想（の謄写）が――実体として無媒介的-直接的にやりとりされうるかのような空間が（想像的に）構築されることになる。会話とは本質的に確度の高いジェスチャーゲームと言うべきだが、音声（身体器官を用いた空気の物理的な振動現象）の交換における規則が一定化され（体系として組織化され）、予測可能性が高まると、声《シニフィアン》の消失＝透明化によって他者の意識が抽出されうるかのような錯視が、ジェスチャーゲーム性の忘却によって相手の心が読み取れるかのような錯視が可能になってゆく。そこでは、例えば、この作家が言いたいことは何か、この作品はどのように読まれるべきか、という視線自体が所与のものとなる。つまり、〝言われていること〟を「理解する」ことがあまりにも当たり前のように強いられることになるのだ。

フランス海外県のマルティニーク出身の作家・思想家、E・グリッサン（一九二八―二〇一一）は、多様性を保護するものとしての「不透明性の権利」を唱える中で、他者を「理解する」ことを、「他者を私自身の透明性のモデルに還元する」ことと言い換え、そこに抑圧性を見定めているが（『多様なるものの詩学序説』小野正嗣訳、以文社、二〇〇七・六〔原著、一九九六〕、一〇〇頁）、もし不透明な他者を透明化する＝抑圧するという手続きが、われわれにとって不可避の過誤ではないのだとすれば（つまり回避できる手立てがあるのなら）、少なくとも透明性を過剰に想像させる国民-国家という擬制を本質化／自然化するような視線を追認しないという態度がその有効な手段の一つとなりうるだろう。

また、透明な空間を想像することは、詩人／作家――という「一点世界」――が、母語native languageとしての文学言語を駆使しているという仮定の中でこそ可能になると言えるが、J・デリダが「言語は他者のものであり、他者からやって来たものであり、他者の到来そのものなのである」（ジャック・デリダ／守中高明訳『たった一つの、私のものではない言葉―他者の単一言語使用―』岩波書店、二〇〇一・五、一二九頁〔原著、一九九六〕、傍点原文）と端的に述べるように、詩人／作家（のみならず、あらゆる主体）は例外なく、他者の言語、言語という他者に身体をのっとられることによって始めて発話を可能にしているのだ、ということを忘れてはならないだろう（そしてそのような主体の自己性-主体性さえもが他者という交錯体から織り成されたものだということも）。

もしわれわれが、詩の第二言語性や母語の他者性を軽視ないし無視し、母語の詩人という想像上の境位を実体化したならば、詩人としての熟練化の過程や技術力の偏差を問うことを止めてしまうだろう。例えば、詩人が詩を作るという行為を次のように定位してみるとき、忘却-隠蔽されるのはまさにこのような行為性である。すなわち、人はまず古典として規定されたコーパスを反復的に暗誦することで、その身体への刻印を開始するが、その過程では、それ以前に身体に書き込まれた規格からの干渉を受けつつ、それをいかに克服するか（或いは流用するか）という問題が生起してくる。つまり、どのような干渉を受けるかによって、言語と身体との一体化の過程にばらつきが生まれるのである。そして、古典という不透明な言語を透明化することに、ある程度の成果が見込まれることで、透明化された古典世界への移動が可能となる。そうして詩人へと〈変-身〉した／しつつある人は、構築された透明性のモデルに準拠しながら周囲の不透明な空間を透明化する作業を開始してゆくことになるのである。

　いま仮に詩作行為をこのような実践系として定位してみるとき、その過程が忘却-隠蔽されることで、文学の鑑賞（場合によっては研究）は、次のような制度性を帯び始めることになるだろう。すなわち、意味を追求せよ、個性を抽出せよ、という過剰な強迫観念の下で、間-テクスト性の原理を無視しながら、作家や作品の固有名に価値を備給し続けるような制度性がつくられてゆくのである。その中では、社会や個人が文学を（テクストを）作り出しているという視線のみが唯一のヴィジョンとなり、（批評行為を含めた）文学（装置）が、或いはテクストが、社会や個人を作り出している＝プログラムしているというヴィジョンが消失してしまうのだ。

　このように、言語は、単なるコミュニケーション（意味の交換）のための道具なのではなく、それ自体のうちに社会構造を生成-変成する機能を有しており、言うなれば、文学現象は、世界の中に埋め込まれた、空間（世界）編制の集産的-協働的プロジェクトなのである（われわれもまたこのプロジェクトの内部におり、強制的に参画させられているが、通常このことは全く意識されない[11]）。

　そこで再びデリダより引用して附言するならば、「いずれにせよ、人は一つの言語しか話さない――そして人はその言語を持ってはいない、ということである。人は決して一つの言語しか話さない――そしてその言語は、非対称的に――人のもとへ、すなわち、つねに他者のもとへ、他者からふたたび戻って来つつ――他者によって保護されているのである。それは、他者からやって来て、他者のもとにとどまり、他者へとふたたび戻ってゆくのだ」（『たった一つの、私のものではない言葉』、七七頁、傍点原文）。

われわれは、空間の透明性を想像することはできるが、（実際上／想像上）完全なる透明性を構築することはできない。なぜならその過程において、他者の意識を読み違える＝誤読するという可能性が常に孕まれているからである。とは言え、空間は完全に不透明であるわけでもない。不透明な異言語話者であっても、われわれの透明性のモデルへと恣意的に還元することはできるからである。したがって空間は常に多質的な半透明性を維持したまま、ここに／そこにあるのだ。それゆえ、完全に透明化された空間に安住したい――〝いま／ここ〟の空間から、不透明な雑音、不規則なノイズを剔出し、知覚-認識にかかる身体への負荷をなくしたい――という欲望は止むことがないのである。だからこそ、空間編制としての文学現象は絶えず継起されてゆくことになるのである。

6　小結

勿論、ここで述べたような問題意識は、国民-国家の形成（言文一致や「国語」の創造という問題系）や帝国主義に代表される近代化の過程を対象化する上で先鋭化されるが、文学という現象こそが空間を（再）編制しているというのは、「近代」固有の、或いはコロニアル／ポストコロニアル固有の問題系としてのみ片づけてしまってもよいのだろうか。例えば、古くから文学理論の範疇で繰り返されてきた、「雅／俗」をめぐる言説にしても、それは果たして空間の編制機能を抹消された、個人的ないし集団的主体の美意識をめぐる言説としてのみ回収してしまってもよいのだろうか。

次章では、このような問題系の中の隠蔽された〝古さ〟を掘り起こすことによって、「雅／俗」論を〝新しい〟視座から捉えなおすことを試みてゆきたい。

註

（1）高田時雄編『漢字文化三千年』（臨川書店、二〇〇九・七）五頁参照。

（2）ただし、金文京は「過去の東アジア文化圏の核心となる漢文の多様性をトータルに理解するためには、従来よく用いられた漢字文化圏という概念は、必ずしも適当ではない。問題はひとつひとつの漢字ではなく、漢字の結びつけ方、すなわち文体であるからである」と述べ、「漢文文化圏」という概念の適切性を唱えている（『漢文と東アジア―訓読の文化圏―』岩波書店、二〇一〇・八、「おわりに」）。本書ではその主張を念頭に置きつつも、目下の用語の通用性を考慮し、かつまた用語の〝問題性〟を議論の内側へと留め置くという意味からも、そのまま「漢字文化圏」の呼称を用いることとした。

（3）それは学問制度が国民＝国家に基づいて編成され、排他性の原理によって外部を遮蔽する視法に一定の正当性が与えられているからであるが、それはわれわれの認識枠が、任意の言語空間の内的差異を塗りつぶし、言語＝空間を計量化／可算化しながらそれに国籍を附与するような思考法に慣れすぎてしまっていることを意味してもいる。アカデミズムでさえ（というよりもアカデミズムこそ）、そのような惰性を維持するような制度を保全することによって、われわれの認識に制約を加えているのだ。村田雄二郎「漢字圏の言語」（村田、C・ラマール編『漢字圏の近代―ことばと国家―』東京大学出版会、二〇〇五・九）は言っている――「重要なのは、たとえば中国、日本、朝鮮／韓国、ベトナムを包摂する漢字圏を想定する際に、決まってそれが国家や民族文化が加算された集合体を意味するということ」（一〇頁）であると。

（4）「一点世界」の用語は、水岡不二雄『経済地理学―空間の社会への包摂―』（青木書店、一九九二・一二）、水岡不二雄編『経済・社会の地理学―グローバルに、ローカルに、考えそして行動しよう―』（有斐閣アルマ、二〇〇二・一二）を参考にした。後者では、従来の経済学（新古典派経済学）が「空間を捨象した、いわば針の頭のような一点世界（one-point world）の論理」を持っていることを指摘した上で、「「一点世界」のモデルをそのままグローバルへと外延的に拡張し、世界をあたかも1つの均質平面のようにとらえ」るような見方を批判し、「グローバリズムがローカリティを必然的に生み出す過程」、「空間編成が不均等化される過程」を論じている。本章においては、同書の体系的学説を必ずしも十分に汲み取れているわけではないが、基本的な考えをまとめるにあたって多くを教えられたことは特記しておきたい。

（5）「漢字文化圏」という用語は、亀井孝・大藤時彦・山田俊雄編『日本語の歴史 2 文字とのめぐりあい』（平凡社、一九六三・一二）の中で初めて用いられたとされるが、この概念が、「日本語」の歴史を記述するという目的の中で、「日本語学」（国語学）という学律 discipline から提出されたものであることは、それ自体がナショナリズムの作用と不可分な関係にあることを示している。なお、中村春作（日本思想史）は、ある対談の中で、「漢字文化圏」の語り口に「アジアという共通の土台の中で、漢字という共通の字があるということを認めて、そこである種の切断を施す」、「共有する文化共同体をいったん想像した上で、個別の独自性をいおうとする」というようなナショナリズムのはたらきを見ているが（[対談] 中村春作＋村井紀「文字と共同体―「漢意」のゆくえ―」『現代思想』二一‐一一、一九九三・一〇）、本章が注意したいのもこのことである。

（6）ただし、自明なことであるが、標準語というものがまずあって、その変種として方言が存在しているわけではない。方言は標準語の下位グループではない。

（7）橋本は、統辞構造についても、古代漢語には、南方諸語に特徴の順行構造が見られるという（被修飾語＋修飾語、という語順）。また金文京『漢文と東アジア―訓読の文化圏―』（岩波書店、二〇一〇・八）においても、統辞構造の揺れが見られることが指摘されている。『尚書』の孔穎達の疏に「古人之語多倒、猶詩称中谷、谷中也」とあり（二〇頁）、唐・宗密『円覚経略疏鈔』巻五に「西域の言葉は逆さまで、鐘打（鐘を打つ）、飯喫（飯を喫う）、酒飲（酒を飲む）、経読（経を読む）のように言う」とあると指摘されている（同上、三二頁）。なお、それぞれの該当箇所は以下のテキストで確認した。『尚書正義』巻一一・周書・大誥第九、『四部叢刊広編』三、一五九頁下、『円覚経略疏鈔』巻五、『新纂続蔵経』九、八七四頁上。

（8）ちなみに、北礀居簡もまた、この軸に跋を加えて「雪竇弗作、晦堂灰冷、遺質而耆文、滔滔者皆是、蓋嘗笑橋洲跋

育王僧図云、仏世比丘皆龍虎変化、後世皆黄茆白葦、抑有所激而云尔、始円上人欲走江西学仏照郷語、時盍語之曰、少林嘗走竺西乎、必曰未也、則又語之曰、子過少林遠矣、使後世謂吾不解禅、顚不偉歟」（『北磵文集』巻七「書橋洲跋育王僧圖後」）と述べている。

（9）　道元は、その在宋中、例えば『典座教訓』の西蜀僧をはじめとして多くの蜀僧と交流をしているが、『正法眼蔵随聞記』の中にも、「親《まのあた》り見しは、西川の僧、遠方より来りし故に所持物なし。纔に墨二、三箇の値三百、この国の両三十にあたれるをもて、唐土の紙の下品なるは、きはめて弱きを買ヒ取り、あるイは襖あるイは袴に作ツて着れば、起居に壊るる音してあさましきをも顧りみず、愁ず。人、「自ラ郷里にかへりて道具装束せよ。」と言フを聞イて、「郷里遠方なり。路次の間に光陰を虚シくして学道の時を失ハん事」を愁て、更に寒を愁ずして学道せしなり。然れば大国にはよき人も出来るなり」と述べている。蜀の僧を蓋苴僧と呼んだが、この例はその典型を示していると言えるだろう。

（10）　興膳宏「中国文学の性質」（興膳宏編『中国文学を学ぶ人のために』世界思想社、一九九一・三）においても、この二人のコミュニケーションについて、「口頭の会話だけでは意志の疎通しにくいところもおそらくあっただろう」と述べられており、「文言の一形式ともいえる詩が、二人の共通語としての媒体になっていたと想像してもよいのではないか」と推察されている（七頁）。

（11）　ここで述べる空間（世界）編制の集産的-協働的プロジェクトというのは、何らかの統合された世界観を提示することではない。それこそイデオロギー（ローカル・ルール）の正常性の問題に過ぎない。本章が提示しようと試みているのは、個人の意志ではどうにもならない、設計図を持たないプロジェクト、それに参加していることさえ意識していないようなプロジェクトのことである。卑近な例をもって言えば、われわれがある映画を見ておもしろいとかつまらないといった議論を始めてしまうようなプロジェクトのことである。

X　文学現象における「雅／俗」という二分法の機制について
——讃美と貶価の力学による空間編制——

1　前言

われわれの日常的経験の中で、洗練性や卑俗性といった審美的性質が、特定の言語や文体、或いは人格や振る舞いなどそれ自身の内に備わっているように信じられているとするならば、それは、そのような審美性が、われわれの理性的思考に、というよりは、身体に刻印された経験的感覚に訴えてくるように感じられるからであろう。しかし、このような審美性は、われわれの経験において常に同じように規定されているわけではないし、それが歴史的-地理的局限の中で変動しながら書き換えられてきたことを十分に顧慮するならば、洗練性や卑俗性がそれぞれ固有の場に実体として配置されているかのような視線を追認することには慎重でなければならないだろう。

それは本章の主題とする、「雅／俗」という歴史的用語を捉える場合においても同様である。これを本質主義的視線を回避しつつ対象化しうるとすれば、その視座perspectiveは、「雅」や「俗」という辞項によってラベリングされた特定の言語や文体へ、ではなく、そのような辞項がわざわざ語られうるような場のあり方やその語り方へと向けられることになる。つまり、本章で試みる問いの核心は、「雅」や「俗」という辞項を、様々な主体をして語らしめるような機制それ自体、換言すれば、「内部」において異質な「外部」が繰り返し生成されるような二分法の機制それ自体にある。

それにあたって、まず前章において「漢字文化圏」を民族＝国民‐国家 nation-state の集合体と見るようなヴィジョンを後退させ、空間の透明性が自動的に想像されてしまうような機制を停止させることを試みた。そして以下、本章では「雅」という概念を歴史化しつつ、それを、審美性（美学）の審級へと転じる以前の、「正常性」或いは「標準性」の概念へと置換することによって、「雅／俗」論を空間の「正常性」をめぐる言説へと書き換えてゆくことを試みることとする。その際、「正常性」が経験以前《ア・プリオリ》においていかなる根拠をも持ちえないことを挙示すると同時に、貶価と讃美の力学によって空間が編制されてゆくプロセスを記述してゆくこととなる。そして、その過程で、国民‐国家形成への前史としての見取り図が併せて素描されてゆくことにもなるはずだ。

2　「俗」（ローカリティ）の生成と排除の機制

政治学 politics としての詩学

以下では、「雅／俗」という二分法が繰り返し現働化されてきたという現象の意味について考えてみたい。

まず、古典詩学の範疇において常識となっているように、「俗」は詩において常に排除の対象であり続けてきた。

○学詩先除五俗、一曰俗体、二曰俗意、三曰俗句、四曰俗字、五曰俗韻、（厳羽『滄浪詩話』詩法、『景印文淵閣四庫全書』第一四八〇冊、八一五頁上）

○陳参政去非少学詩於崔鶠徳符、嘗請問作詩之要、崔曰、凡作詩工拙所未論、大要忌俗而已、（宋・徐度『却掃編』巻三、『叢書集成簡編』七一八、一〇五頁、『詩人玉屑』巻五所引、楊家駱主編『校正詩人玉屑』世界書局、一一七

頁、『竹荘詩話』巻一所引、『景印文淵閣四庫全書』第一四八一冊、五五四頁下）

このような「俗」を貶価する詩論は、他にも枚挙に遑がないが、上記のように、作詩の「大要」が「俗」を避けることに要約されるのだとすれば、それと対置される「雅」であることこそが、詩を詩たらしめる基礎的な条件と見なされていたことになる。ただ、そのとき、そのような「雅」としての一次的性質が、華やかで雅やかという審美的な水準において捉えられていたとする予断はひとまず退けておく必要がある。既に示唆しておいたように、雅俗論が美学的水準においてのみ反復されるのは、その内部において透明な空間が、標準的な規格が、与件として（すでにそこにあるものとして）想像されているからに他ならない。〝美〟そのものが、われわれの共同主観性を離れて客観的に外在するものではない以上、われわれがつかまえなければならないのは、「雅」が美意識へと転じるその手前である。(1)

村上哲見（一九三〇—　）によると、「雅」という概念は、漢以前の用例によると、「正統的、orthodox のような意」に解されるという（「雅俗考」『中国文人論』汲古書院、一九九四・三、一〇頁〈初出、一九八三〉）。例えば、『論語』（紀元前六世紀頃）「述而篇第七」における「子所雅言、詩書執礼、皆雅言也」という言表や、孔安国注における「雅言、正言也」という解釈などは（『四部叢刊正編』二、二九頁下）、「雅」が「正」という辞項と同義的に運用されていたことを端的に示すものである。そして、それは以下の資料群によっても確認される事実である。

○雅、正也、（漢・班固撰『漢書』巻三〇・藝文志第一〇、注引張晏説、『漢書（二）』明倫出版社、一七一九頁）
○雅、義也、義、正也、（後漢・劉熙『釈名』巻六・釈典藝第二〇、『四部叢刊正編』三、二七頁上）
○雅之為言正也、（後漢・応劭『風俗通義』巻六・琴、『四部叢刊正編』二三、四七頁下）
○雅者、古正也、（漢・班固編『白虎通徳論』巻二・礼楽、『四部叢刊正編』二二、一八頁上）
○雅、正也、言今之正者以為後世法、（『周礼』巻六・春官下・注疏、『四部叢刊正編』一、一一一頁上）

一方の「俗」については、例えば、次のような資料からその基礎的性格が察知される。

○俗、謂土地所生習也、（『周礼』巻三・地官上・注疏、『四部叢刊正編』一、四七頁上）

○凡民函五常之性、而其剛柔緩急、音声不同、繫水土之風気、故謂之風、好悪取舍、動静亡常、随君上之情欲、故謂之俗、（『漢書』巻二八下・地理志第八下、『漢書（二）』明倫出版社、一六四〇頁）

○風者気也、俗者習也、土地水泉、気有緩急、声有高下、謂之風焉、人居此地、習以成性、謂之俗焉、（『劉子』巻九・風俗第四六、『景印文淵閣四庫全書』第八四八冊、九二七頁上）

○有不学問、無正義、以富利為隆、是俗人者也、（『荀子』巻四・儒効篇第八、『四部叢刊正編』一七、四七頁上）

これらの言表から、「俗」とは、身体／土地に沈殿した習性であり、環境に応じて生まれる差異として定位されるものであったということがわかるだろう。そしてその差異性こそが、上述したような音声の不均質性に照らして、とりわけ言語や詩の領域においてより本源的な問題となりうることを示唆しているのである。

以上のように、「雅」という概念を歴史化することによって、「雅／俗」をめぐる言説が、（少なくとも古代という歴史的局限の中では）言語の「正常性」或いは「標準性」をめぐる言説として繰り返し起動されていたという事実が想起されるのである。つまり、「雅」とは、本来的に複質（多質）的に存在する「俗」を超越するものとしてそれらを架橋する役割を担っており、まさにその意味において、「雅」のベクトルは、単一性へと向けられているのである（それゆえ共約性／公共性もまたその可能性が開かれる）。そして、一方の「俗」は、数えられない複数性をそこに内在させるものであったと見られる（つまり、「雅」と「俗」との関係は、理念上は、一対一の対応関係ではなく、一対多の対応関係だということになる。ただし、あくまでも理念上は、である）。ここからまず注意しておきたいのは、前述の厳羽の詩論などに約されるような「俗」を貶価する言表は、洗練性を欠いているというような審美的な水準に基づいて発せられたものというよりは、そもそも両者の混淆がその性格的相反性に即して原理的に許容されないという理由によって発せられたものであるように見られる、ということである。

既に見てきたように、漢字という共約的コードの使用される空間は、同時に不均質な雑音空間でもあった。だからこそ、例えば「たがいに習得しあっている共通の古典からの言いまわしを組み合わせて、相互理解に成功しそれを保つ」といったような(橋本萬太郎「ことばと民族」『漢民族と中国社会〈民族の世界史5〉』山川出版社、一九八三・一二、一四二頁)、文字を迂回したコミュニケーションの技法が要請されたのだと言えるのだが、その中で、ある地域特有の習性を、その共約的コードの中に混入させてしまえば、それは別の地域から見れば解析不能な〝エラー〟になるおそれが出てくるのである。それゆえ、交換の規則性や標準性、すなわち「雅」であることが強く問われることになったのだと考えられるのである。

このような観点から、一四世紀の日本の禅僧、虎関師錬が、「答藤丞相」(『済北集』巻九、『五山文学全集』一、一四八頁)所収)の中で次のような文章観を披瀝していることに注意したい。まず、虎関は、「文」を「散語」「韻語」「儷語」の三類に区分した上で、それぞれを「経史等文」「詩賦等文」「表啓等文」と定義している。その上で「散語」が「治世」に行われ、「儷語」が「衰代」に用いられると対比的に捉えているのだが、その中で、「古文者雅言也、雅言者散語也」という認識も同時に示されている。ここで注意されるのは、空間が広域的に安定している「治世」(唐・宋)に、「散語」(韓・柳の古文、欧・蘇の古文)が可能になり、「儷語」は空間が分節化している「衰代」(六朝・五代)に出現すると見ている点である。つまり、「散語」=「古文」=「雅言」とは、広域空間の安定性によって構築されたものであると同時に、そのような安定性を構築するものとして考えられていたのである。そして、そのような広域空間のネットワークをネットワークたらしめる紐帯こそが、「雅」としてラベリングされてきたのだ、と考えられるのである。

その上で、虎関がさらに次のように述べていることに注意しよう(同上、巻一一、一七九頁)。

夫詩者志之所之也、性情也、雅正也、……詩人之者元有性情之権、雅正之衡、不質於此、只任触感之興、恐陥僻邪之坑、昔者仲尼以風雅之権衡、刪三千首裁三百篇也、後人若無雅正之権衡不可言詩矣、

夫れ詩は志の之《ゆ》く所なり、性情なり、雅正なり。……詩人たる者、元より性情の権、雅正の衡有り。此れに質《ただ》さず、只だ触感の興に任せば、恐らくは僻邪の坑《あな》に陥《おちい》らん。昔、仲尼は風雅の権衡を以て、三千首を刪りて三百篇に裁つ。後人、若し雅正の権衡無くんば詩を言う可からざるなり。

孔子が諸国の歌謡三千篇を削って『詩経』三百五篇を編集したとされる言説を引きながら、「雅正之権衡」がなければ「詩」を言うことができない、と述べられているのだが、それは、孔子が「詩を学ばざれば以て言うなし」と言ったのと同様、そもそも「詩」＝「広域空間での運用が可能な標準語」が身体に埋め込まれていなければ、人はそもそも言葉を持っていないことになるからである。

以上のような言語／詩の安定性が政治の安定をもたらすという考えは、諸子の言説のうちにもしばしば見られるのだが、古代においては、広域空間を可能にしている「雅」なる言語／詩／音楽などに多様性が生まれることは、広域空間の統合性やネットワークの紐帯をより脆弱にし、（中央のコントロール＝支配力が弱まるために地方の自主性-自立性が強まり）複数の言語共同体への分裂を促すものとして、ネガティヴに捉えられていたようである。[2] そこで、そのネットワーク・システムを維持するために、詩という正規コードの中を自由に振る舞うエラーを発見、排除し、システムの安定化-保守化を図る必要性が出てくるのである。つまり、「雅」と「俗」の交配-混用は、ネットワークの安定性を阻害するものとして通信規約に抵触する、ということである。卑近な例をもって言えば、（正書法の定まっていない）方言によって書かれた学術論文、和製英語の混入する英文が、（不文律として）規約的に（それゆえ規範的に）許容されないのと同様に、「俗」の「雅」への混入もまた規約的-規範的に許容されないのである。

これらのことは、例えば、近代における「国語」national language の問題が政治学の問題であるのと同様、古典

詩学もまた政治学と不可分な関係にあったことを示していると言えるだろう。

「俗」の混淆――俗が俗であることはどのような視線の中で開かれるのか――

さて、一五世紀の日本の詩壇に、万里集九なる禅僧がいる（ただし、後に還俗した）。その作品集『梅花無尽蔵』は、既に指摘されている通り（玉村竹二「萬里集九集解題」『五山文学新集』六、一一六二頁、蔭木英雄『中世禅林詩史』、万里集九項）、「和臭」を帯びた表現を集中に多く含んでいる。例えば、折腰句や、結句の「雖」の用法、「毎炭皆頭爐有煙、細於烏木《クロキ》折彌堅、洛陽價直豈如是、一俵今纔十五銭」（七五三頁、ただし「鳥木」とある）における「烏木《クロキ》」「一俵」などの「和臭」を帯びた表現など、変則的な用法が確認されるのだが、その中でも特異な表現として、以下のような三篇の詩が見られることを確認しておこう（引用は『五山文学新集』六、解釈及び訓読文は市木武雄『梅花無尽蔵注釈』続群書類従完成会、を参考にした）。これらを一瞥して察せられるのは、それぞれの詩篇が――ある視点からは――解析不能＝不透明な部分を含んでいるということである。

正月一日試分直　　正月一日　分直《ふで》を試す

鶴林玉露、墨曰蘇味、筆曰分直、（鶴林玉露に、墨は蘇味と曰ひ、筆は分直と曰う）

浦口吹春浪秣青　　浦口　春を吹きて　浪《なみ》　青《せい》を秣《まつ》す
旅房鶏旦祝堯冥　　旅房の鶏旦　堯冥を祝《ことほ》ぐ
忽磨蘇味試分直　　忽ち蘇味《すみ》を磨り　分直《ふで》を試す
詩是五〔吾〕家盤〔般〕若経　　詩は是れ吾が家の般若経

（『梅花無尽蔵』三上、『五山文学新集』六、七五六頁）

まず、ここで使用されている「蘇味」「分直」という語に注目してみよう。これらは注によって示されているように、『鶴林玉露』（宋・羅大経〈廬陵の人〉）からの引用であり（ただし、『宋元人説部叢書』〈中文出版社、上冊、四三二頁上〉所収本には「墨曰蘇弥」とある）、羅大経が在宋の日本僧から聞き取った（日本）語音を文字に転写した語群の中に含まれる語彙であった。すなわち、「蘇味」（す・み）は「墨」の音、「分直」（ふ・で）は「筆」の音を表している。(3)

次いで、以下の詩篇における「都曇答臘《トウトウタラリ》」の語をそのルビを含めて注意してみよう。

華蕚楼宴集図　　　華蕚楼にて宴集するの図
辛丑（文明一三年）元宵、興善院会、是時梅心（周庸）住之　〔辛丑（文明一三年）元宵、興善院の会あり、是の時梅心（周庸）之に住す〕
風不鳴条仰太平　　風　条《えだ》を鳴らさず　太平を仰ぐ
楼西暁色柳先鶯　　楼西の暁色　柳　鶯に先んず
四夷曲入三郎手　　四夷の曲　三郎（玄宗皇帝）の手に入らば
鼓暖都曇答臘《トウトウタラリ》声　　鼓　暖かに都曇答臘《トウトウタラリ》の声あり
（『梅花無尽蔵』一、『五山文学新集』六、六七五頁）
都曇答臘四字詳見韻府、入声臘字注脚、盖外夷楽名、後以為鼓名、
〔都曇答臘の四字は韻府に詳らかに見ゆ。入声・臘字の注脚なり。盖し外夷の楽名にして、後に以て鼓名と為す〕

「華蕚楼」は、唐の興慶宮にあった楼閣で、玄宗皇帝が命名したという。『旧唐書』巻九五・列伝第四五に「玄宗、於興慶宮西南置楼、西面題曰花蕚相輝之楼」とある（『新校本舊唐書附索引』第四冊、鼎文書局、三〇一一頁）。そして、次の「都曇答臘」は、『韻府群玉』巻二〇（『景印文淵閣四庫全書』第九五一冊、七六七頁上）「都曇答臘――――本外方楽――似腰鼓而小――即楷鼓也羯鼓」からの引用である。(4) そもそも外国の音楽の一節か、或いは曲目であったらしいが、今は鼓の名としてそれをとどめているということである。『隋書』（巻一五・志一〇・音楽下）は、「亀茲」

（クチャ。現、新疆ウイグル自治区）の音楽を解説する中で、「其楽器有豎箜篌、琵琶、五弦、笙、笛、簫、篳篥、毛員鼓、都曇鼓、答臘鼓、腰鼓、羯鼓、雞婁鼓、銅抜、貝等十五種、為一部」と、使用される楽器の一つに数えている（『標點校勘隋書』第一冊、洪氏出版社、三七九頁）。また「疎勒」（カシュガル。現、新疆ウイグル自治区）の項目においても同様に「答臘鼓」が使用されているとされる（同、三八〇頁）。また、『旧唐書』（巻二九・志第九・音楽二）の「亀茲」（クチャ）伎楽の項でもやはり「都曇鼓一、答臘鼓一」とあり（『新校本舊唐書附索引』第二冊、鼎文書局、一〇七一頁）、また「扶南」（現、カンボジア・ベトナム南部）の楽で「都曇鼓」が使用されていること、「天竺」の楽でも「都曇鼓」が使用されていたが今は失われたこと、「高昌」（現、新疆ウイグル自治区）の楽で「答臘鼓」が用いられていることが記されている（同、一〇七〇頁）。さらに「鼓」の説明箇所では、「都曇鼓、似腰鼓而小、以槌撃之、……答臘鼓、制広羯鼓而短、以指揩之、其声甚震、俗謂之揩鼓」と詳しく説明されている（同、一〇七九頁）。なお、上記のように、「都曇答臘《トウトウタラリ》」とルビが附されているが、これは、能の演目「翁」において演者が冒頭に唱える言葉として現在に伝わっている（能と中央アジア音楽との接点が見出され、興味深い）。それを金春禅竹の『明宿集』と反射させれば、「都曇答臘」を、「翁」のパラフレーズとして読むことも可能となるだろう（禅竹において〈翁〉とは、「在々所々ニ於キテ示現垂迹シ給フトイエドモ、迷イノ眼ニ見タテマツラズ、愚カナル心ニ覚知セズ」（『明宿集』、思想大系、四〇〇頁）、というものであった）。

　次いで、詩篇中に仮名文字を混入させて作られた特異な作例を見てみよう。

　　題便面冨士　　　便面（扇）の冨士に題す

梅子、曾東遊、拝冨士、今見便面所図、而高抃新篇之書史会要、載本邦之いろは、訳水曰みつ、盖み字平声、つ字仄声、雖似好事、借みつ之二字、戯冨士云、（梅子《わたくし》、曾て東遊して冨士を拝す。今便面（扇）に図《えが》かる所を見て高く抃《てをう》つ。新篇の書史会要に、本邦のいろはを載す。水を訳してみつと曰う。盖しみ字は平声、つ字は仄声ならん。好事に似たりと雖も、みつの二字を借り、富士に戯れて云う」

曾驚富士吸銀湾　曾て驚く 富士の銀湾を吸うを
百億国〔州〕無如是山　百億の州《くに》にも是くの如き山は無し
浮島原みつ擘雪　浮島が原のみつ 雪を擘《ささ》ぐ
扇中三拝旧時顔　扇中に三拝す 旧時の顔

（『梅花無尽蔵』三下、『五山文学新集』六、八一三頁）

ここで注目される「みつ」という仮名文字は、『書史会要』からの引用で、「水」の謂いである。『書史会要』は、元末明初の学者、陶宗儀の編。巻八には「外域」で使用されている文字について紹介している記述があり、仮名文字もそこに含まれている。同書が日本へ輸入されていたことは、『臥雲日件録抜尤』康正二年（一四五六）三月一六日条に、同書中に仮名文字が記されていると話題に上っていることから明らかである。詩＝雅の文脈の中に混入することで、仮名文字は突然、俗なるものへと変貌する。仮名文字は、京都盆地に集住していた人々を中心に使用されて列島の地方へも伝播していたが、東アジア空間においては、ほとんど不透明な記号系であった。

ここで注が附されているということ自体が、この詩の骨格の不透明性を端的に示しているとも言えるのだが、もし、注がなかったならばこれらの語は非常にわかりにくい、不透明な語として見えてくるはずだ（「みつ」が「水」であることは日本列島に生活するごく一部の知識階級＝仮名文字を身体化したローカルな主体群にはわかるが）。これらを、「文言」に「仮名文字」（俗字）が混入してできた異種混淆詩の実例と捉えることはおそらく容易だが、上記の不透明な語はいずれも、『鶴林玉露』『韻府群玉』『書史会要』という、「古典文言」の世界へと摂取されたものだということには注意しておいたほうがよいだろう（もちろん「古典文言」の世界の中心へ、というわけではないが）。万里は一方で「梵以梵対之、漢以漢対之、倭以倭対之、若至折角諸訛之処、則有私通車馬、豈敢守一偶〔隅〕（平哉）」（『梅花無尽蔵』六「聯句説」、『五山文学新集』六、九四二頁）とも述べ、コードの混淆によって公共性が損なわれることも示唆しているのだが[5]（ただし、一方で難しい場合には臨機応変に対応すべき旨も附記している）、このことから言えば、これらの詩篇の試みは、直接的に「俗」のコードを混入させたというわけではなく、「雅」的世界へと摂取-吸収された語を迂回することによって、実際には「雅」的コードの下に編まれたものだとも見られるのである。つまり、これらもまた、「俗」の排除機制を回避することで、詩の通信規約を遵守した詩であろうとしていると言えるのである（それが成功しているかどうかはともかく）。

グローバル・フォーマット＝「文言」によるローカリティ＝「俗」の生成

さて、文字は、声を（時間的-空間的に）遠くまで運ぶことを可能にする遠隔通信技術であり、人間の身体機能を外部化したテクノロジーの一種である。その操作技術を埋め込んだ身体が群れをなして移動を開始することで、その文字体系もまた膨張を開始し、テクノロジーの流通するネットワーク的空間が編制されることになる。それは、ネットワーク端末-間において単にコミュニケーションを可能にするというばかりでなく、同じものを同じように見、同じように感じ、同じように考える、という同質的共感を保証するグローバル・ネットワークへの可能性を開くものでもある。そして、それは、ネットワークへの接続を許可された身体群（端末群）が、自身に沈殿した習性＝「俗-ローカリティ」を完全に消去することによって可能になるが、その可能性はすぐさま、ネットワーク自身によってうち消されることになる。

すなわち、前述のような「俗」を貶価するような言表が繰り返し現働化されてきたという事実に注意するならば、それは逆にそのこと自体がそのような習性が完全には消去されないということを、少なくとも消去されにくいということを反語的に徴証しているということでもある。つまり、あらゆる身体が完全に同質化されるわけではなく、各身体は習性に応じたズレを自らの内に孕まざるを得ない、ということである。したがって、漢字の空間的膨張という現象にしても、それは、例えば、前掲の万里の詩にわかりやすく示されているように、平板的‐同質的‐単一的なグローバル・ネットワークの構築として単純には結果しないのだ。

このとき、グローバルとローカルの関係をめぐる議論がわれわれの理解を助けることとなるだろう。今日のグローバリゼーション研究の枠組において、グローバリゼーションとは、世界の差異を強者の論理によって押し潰し、平板化してしまうもの、という単純で通俗的な視座は留保されている。例えば、テッサ・モーリス＝スズキ（一九五一― ）「多様性をフォーマット化する―ローカルな知とグローバリゼーションの文法―」（荒このみ他編『境界の「言語」―地球化／地域化のダイナミクス―』新曜社、二〇〇〇・一〇）は、グローバル／ローカルを相互的な作用と捉え、「グローバルな「文化の文法」（cultural grammar）の敷衍における興味深い点は、これが同一性を生成するのではなくて、むしろ「差異」の再組織化、ないしは「差異」を「多様性」に改鋳していることだ」と述べている。また、ジョン・トムリンソンは、「文化は、単純に一本道を伝わっていくようなものではない。文化的／地理的な領域間の物の移動には、つねに解釈、翻訳、変形、脚色、そして「土着化」が伴う。受け取る側の文化が、自分自身の文化的資源を持ち出してきて、「文化的輸入品」に対して弁証法的な影響を与えるからである」（ジョン・トムリンソン／片岡信訳『グローバリゼーション―文化帝国主義を超えて―』青土社、二〇〇〇・三、一四九頁〔原著、一九九九〕）と論じている。さらには、岡村圭子『グローバル社会の異文化論―記号の流れと文化単位―』（世界思想社、二〇〇三・九）もまた、グローバリゼーションとローカリゼーションとが相補的に作用し合う関係にあるとした上で、「文化のグローバリゼーションは、生活世界を均質化しひとつの文化に統一してしまうのではなく、さまざまな文化単位を生みだしてゆくと考えられる。すなわち、グローバリゼーションがローカル文化を破壊するように、外部に向かうベクトルが一方的に作用し文化的凝集性を拡散させてしまうというわけではない。むしろそういった外部へのベクトルこそが、結果的に他との差異化を導出し、その差異化のプロセスが内部へのベクトルを強化する」（一四〇頁）のだと述べている。このことから言えば、グローバリゼーションはあらゆるローカリティを抹消しながら同質的な空間を押し広げてゆくわけではなく、むしろグローバリゼーションの作用の中でこそ、ローカリティが作り出されているのだと言えるのである。

われわれにとって「不透明なもの＝他者」は、世界のどこにでも遍在しているが、われわれはそれらの不透明性＝他者性の全てをそれとして意識しているわけではない。それが不透明なものとして、他者として意識されるのは、「それ」がわれわれの認識‐意識‐思考の枠組の内部に入ってきたときだけである。つまり、そもそも思考の対象で（さえ）なかった「何か」が、既成の関係性＝テクスト性の網の目の中へ位置づけられることではじめて、その引用‐比較‐思考可能性が切り拓かれるのである。本章の文脈に沿って言えば、共約的なフォーマットが多質的な空間に配置されることによってはじめて、これは「雅」であり、あれは「俗」であるというような比較考量が可能になり、不透明性や不規則性が産出／発見されるのであって、フォーマット化されようとしている空間なくして「雅／俗」の二分法もまた起動されないのである。

以上のように、文字／雅言というグローバル・ネットワークの持っている規格性に不可算の「何か」が混入することによって、「俗＝ローカリティ」が代表性を帯びながら生成されるという事態は、漢字／文言からさまざまなローカリティが生成されてきた過程にも適応されうるだろう。例えば、日本列島の文化的地域では、文言の受容形態の一つとして、「訓読」という一種の翻訳技術が定着していたが[6]、これは統辞構造syntaxの違い（日本列島の口語はSOV型）を克服するために編み出された技法である。一般に、日本では訓読は日本文化独自の技法であると考えられているが、金文京は、訓読という現象の東アジアにおける普遍性を指摘し、高麗・契丹・ウイグルにその例が観察／推察されることを指摘している（「漢字文化圏の文字と生活」『史学』六二‐三、一九九四・三）。また日本では古くから正規の書記テクストへ口語成文が混入する「和習」が問題にされてきたが、そのような書記と音声の混淆は漢字圏のあらゆる空間で発生していた。敦煌変文や禅宗の語録、漢児言語や蒙文直訳体などはその最たる例であるだろうし、同じ識字層でも、士大夫と胥吏とでは、プロトコルが異なり、胥吏の用いる吏牘文は、より実用的で、口語要素も許容したとされ、書翰文もまたその類であるとされる（金文京、同上）。さらに言えば、文字の水準においても、とりわけ周辺地域においてさまざまな変種を生んだ。仮名文字・字喃《チュノム》・契丹文字・女真文字・西夏文字、或いは女書などがその代表的なものだが、これらもやはり漢字／文言という正規的にして汎用的なフォーマットが存在していたからこそ可能になったものであったと言える。

つまり、以上の点から指摘しておきたいのは、正規的な文言の使用から逸脱した不規則的な要素、換言すれば、正統な文言の〝エラー〟が生成されることによってはじめて、「差異」の「多様性」への改鋳が可能となり、後の国民‐国家への展望を可能にするような、小さな、まとまりを持ったローカリティの群れが類比関係の中で並列化されるようになった、ということである。

ところで、金文京が「完全に規範的な漢文というものは理念としてしかありえなくて、実際にはさまざまな時代と空間の影響のなかに漢文はあるのだ」（[座談会] 荒野泰典＋金文京＋増尾伸一郎＋小峯和明「《座談会》東アジア―漢文文化圏を読み直す」『文学』六‐六、二〇〇五・一一）と述べていることを承けて言えば、理念としてしかありえないはずの完全に規範的な文言、正規コードというのが、理念として、どのように生成‐維持されてきたのか、ということをここで改めて問いなおしておく必要があるだろう。

排除による空間編制

以下に考察するのは、「雅／俗」の原的な無根拠性、そして、「俗」によって「雅」が可能になり、「雅」によって「俗」が可能になるという相互反射的な産出機制である。

言語の正常性なるものが、決して使用に先立つア・プリオリな法則なのではなく、あくまでも事後的に決定されるようなものでしかない、ということは、既に柄谷行人『探求Ⅰ』(講談社、一九九二・三)などによって指摘されている通りである。われわれは、言語の正用/誤用という二分法から、言語の規則=コードを抽出してくることを可能にしているが、その根拠自体は実はそれほどはっきりしたものではない。正用とは誤用ではないことであり、誤用とは正用ではないことだ、というような循環論法の中でそれらの根拠は相互反射的に先送りされてしまうからである。しかし、母語話者は規則=文法を知らずに、ただ話す。言語の正常な使用は(子供や外国人のような)異常な使用によってはじめて定位されうるのである。

さらに、エドワード・W・サイード/今沢紀子訳『オリエンタリズム(上・下)』(平凡社(平凡社ライブラリー版)、一九九三・六、(原著、一九七八))による「オリエンタリズム」の議論を参照しつつその論法に訴えるならば、以下に示したいのは、他者を特殊な異質性としてラベリングしながら排除-追放することで、内部の純粋性-透明性が捏造-創造され、単なるローカル・ルールにすぎなかったはずの規則が、普遍的価値を有するようなグローバル性を帯びてくる(ように見える)、という過程についてである。

さきに、「俗」を貶価するような言表が繰り返し現働化されるのは、そもそもそれが消去されにくいからだという主旨のことを述べたが、他方ではそれは、「雅」の定位のため、人々を「雅」へと帰属させるために組み込まれたプログラムであったと見ることもできる。前述の通り、言語の正常性-透明性は、それ自身において確かな根拠を持ってはいないが、その確かさを打ち固めるためには、異常な、不透明な言語使用を内部へと召還する必要がある。つまり、外部を召還した上で追放する(内部に外部を構築した上でそれを排除する)、という手続きの中でこそ、内部がもとより正常で透明な空間であったかのような視界が開かれてくるのだ。本章の文脈に沿って言い換えるならば、無根拠であるはずの「雅」言が「雅」言としての地位を保全するためには、内部へと召還されたあるテクストを、異質性‐不規則性‐不透明性として表象化した上で、「俗」という単純な記号へと還元し、透明な「雅」的空間が「俗」に浸蝕されつつあるという図式の中でそれを追放する、という仕組がうち立てられる必要があるのだ。

　われわれの認識は、その過程で産出される異質性＝不透明性を（過去にも遡及させて）原的な実在と見ることに慣れきっているが、「俗であること」が「雅の欠如＝透明性の欠如」として表象化され、危機意識の下にそれが内面化されることで、「雅」＝普遍性（実は、普遍性としてラベリングされたローカル性）を希求しなければならないという意識が発動され、人々は自発的に「俗」の貶価の機制に加担してゆくことになる。そしてこのような「雅」的世界の構成員であろうとする人々が、標準的規則＝「雅」から逸脱しないように自らの行為を律することによって、そして「俗」の貶価という言説化を周期的に実践することによって、（外部の不透明な他者を自身の論理構造において透明化してゆくという）水平的遠心力に基礎付けられた「雅」的世界を維持してゆくことができるようになるのである。

古典への讃美

　以上、「雅」言の正常性＝規範性に根拠を与えるものとしての「俗」の立ち現われ方、そしてそれを貶価する言説の機制《メカニズム》とそのパターンについて論じてきたが、加えて言えば、古典という装置にもそのような機制が備わっていることが注意されるだろう。詩作の現場においては、言語の正常な使用／異常な使用という検閲‐批評がシステムに組み込まれており、その実践共同体への参入者は、正常性への欲望を絶えず喚起されるよう仕組まれている。そのとき、古典として聖典化された特定のテクスト（六経三史など）や、詩話などの批評は、正常性がア・プリオリに定位されうるものであるように見せることを、その詐術性を隠蔽することによって成功している。このように、事後的にしか決定されないはずの、相対的-局所的な正常性を絶対的-普遍的な正常性へと読み替える装置としての制度的古典は、社会の規範としての求心性を帯び、例えば言語表現の正規性を審査する科挙などを通じて、読書人に対して正常性に従属するような自発性を与えることになる。

しかし、ここである不可避の事態に直面する。すなわち、古典は時間の経過と共に〝いま／ここ〟から乖離し、自ずから不透明性＝他者性を増してゆくということである。それによって、それまで原則的に貶価されてきたはずの「俗」が許容ないし讃美されるという機制が反動的に構築されることになるのである。

3「俗」への讃美、声への回帰

文字／古典への批判、自然の生成

さて、以下に「俗」への讃美という機制について、日本の和歌というコードをめぐって展開された言説を手がかりに考えてみたい。和歌は、その史的展開の中で、仮名文字の通用する空間に限り一つの「雅」的コードたりえていたが、それゆえ、「俗」への貶価もまた伝統の中に貫かれていた。そのような中で、一八—一九世紀の歌人、香川景樹（一七六八—一八四三）は、「古言をのみ雅なりとし、常言を俗と賤しめて、執らざるは、臭体也とておのれを厭ふに似たり。……俗中に処してこそ歌はあなれ」（『歌学提要』「総論」、大系『近世文学論集』、一四五頁）と述べ、「俗」に対して異例の寛容性を示している。また彼は、「歌は見るもの、聞ものにつけて、思ふまゝを述るもの也」と述べ、「古言を用ひ、或は物遠き縁を求め」るという「造花」のような作為性を批判しているのだが、彼の「俗」への讃美が、このような作為批判、「思ふまゝ」＝自然讃美と結託しているのは明らかである。

このような、真理＝自然（普遍性を僭称するローカル・ルール）を現前化させたいという欲望に支えられ、それを汚染しているであろう外部を排斥し、より自然なる自己に近い、声への回帰を唱え出すような機制――J・デリダが音声中心主義と批判した、現前の形而上学というわれわれの拭いがたい思考習慣を想起しよう[7]――は、「漢字文化圏」においても根強く存在している。

この種の自然讃美は、宋代以来の詩話などにも「胸襟より流出する」という形容が作詩の理想態に掲げられてきたことによって確認できるが、例えば、張戒『歳寒堂詩話』などは、杜甫の詩に「麤俗」な表現が含まれていることに言及しながら、それが胸襟から流出したものであって作為を凝らしたものではないことを強調し、その「俗」性の擁護を試みている（本書〔補論〕、七六三頁参照）。このように「俗」が自然性を代理する記号として振る舞い始めたとき、「雅」はもはや正常性を代理する記号ではなく、外部性＝他者性を代理する記号へと転位することになるのだ。このように、それまで普遍的正常性に基礎付けられていると信じられてきた「雅」的世界が、実は作為的な、（時間的に）ローカルな正常性によって作られたものであったことがわかってくると、それまで群れをなしてそれとの一体化を志していた詩人たちに、それぞれ微妙な距離を取らせることになる。おそらく多くはターゲットとする古典の対象を修正するという方向でその解決を目指すことになるわけだが、いくらか極端な例としては、本来いるべき自然な場所としての〝いま／ここ〟への讃美を語り出し、他者化された古典そのものへの批判を口にすることになる。

例えば、香川は、現在古典（雅言）と呼ばれている体系もかつては日常語であったのだから、現代の日常語を使用することは問題ないのではないか、という主張を繰り返す。そしてまた、「古言」は学ばれるものであって話されるものではなく「俗言」は話されるものであって学ばれるべきものではない、という見解を展開する（『歌学提要』、大系、一四四頁）。このことは端的に言えば、「古言」を「学ぶ」こと、そして古典を「学ぶ」ことの否定である[8]。「学」は単に知的体系に習熟し、それを身体化してゆく過程というばかりでなく、身体に沈殿した習性＝自己性と、テクスト性＝他者性とを混淆‐競合させてゆく営みにほかならない。それゆえ、身体に沈殿した習性＝自己性を自然視してそれらを保護しようとしながら（実はそれもまた他者性に他ならないのだが）、一方で、異質な、多くは遅れて外部からやってきたものとして表象化されたテクスト＝古典による身体へのはたらきかけを拒否するようなプログラムが作動し始めるのだ。

古典を「学ぶ」（＝記憶化／身体化する）上では、暗誦というメソッドが最も効果的であるため（黙読は身体化効率が低い）、そこでは必然的に音声への転換《コンパイル》という操作が媒介されることになる。それを長期間にわたって繰り返すことで身体が調律されてゆくわけだが、古典の音声化によって構成される書記的音声と日常的な音声との比較考量が可能になる中で、古典に対する心理的距離感、親／疎感覚の問題が意識化・前衛化されてくることになる。つまり、文字／古典は、音声との接触‐混淆という不可避のプロセスを経ることによって、自らが他者化‐不透明化されてゆくような機制をそこに作り出してしまうのである。

ただ、古典が不透明な他者であることは当時に始まったことではなく、文言が音声と一定的に結合しない構造になっている以上、それは相対的にせよ常時随伴される問題であったに違いない。問題なのはむしろ、香川に代表される俗語肯定の言表がどのような条件の中で可能になるのか、という点である。学ばずとも話されるような「俗」なる声が、広域空間の標準性を阻害する要因として貶価されてきたことは既に見てきた通りだが、となれば、なぜ「俗」が賞賛されるという事態が起こりうるのだろうか。以下では、それを次の二点に約して考えてみたい。（i）「俗」は「雅」性へと吸収される可能性を持っていること。（ii）「俗」は群生＝凝集することで、「雅」性を横領する可能性を持っていること、である。

「雅」へと吸収される「俗」

（ⅰ）内部としての「雅＝正常性」は、われわれに身体的規格の変更＝「学」を、またそれへの忍耐を要求するが、それによって内部は閉塞的な、居心地の悪い、不自然な空間として貶価され、そのような被拘束性を免れた、自由で自然な外部への脱出を欲望するようになる。そのような「構築された自然」は、規則的＝人為的／不規則的＝自然的という単純な図式の中で、歪形・奇形という迂回路を経ることによって（例えば、わざわざ左手で書かれた絵、ゆがみのある陶器、方言で話す役者など）――その模造性を抹消しつつ――自然へと回帰しているように見せるという手法としてしばしばあらわれる。ここにおいて異常性＝不規則性は、自然性と不可分なかたちで一体化するのである。例えば、「詩とは熟語（古くより言い習わされた文語的表現）を貴び生語（なまの口語的表現）を賤しむものである。しかし上才の者は、時に生語を用いることが或《あ》っても、句意は豪奇となる。（だが）下才のものがこれに慣れてしまえば甚だ冗陋となる」（詩貴熟語賤生語。而上才之者、時或用生語、句意豪奇、下才慣之冗陋甚）（『済北集』巻一一・詩話、『五山文学全集』一、一六九頁）と述べられる如くである。このように、「俗」は、異質性‐不規則性から、自然性へと表象性を変更することによって、排除されることを免れ、むしろ讃美されるようなパターンへと反転してゆくことになるのである。ただし、このような「俗」への控えめな讃美は、「俗」によってのみ構成されるコードへの讃美ではなく、あくまでも「雅」的コードの内部において、その「雅」性の構築に奉仕する存在である限りの「俗」性へと向けられたものであって、これも「文言」の標準性が保全される限りにおいて可能になったものだということには注意しておくべきであるだろう。

「雅」性を横領する「俗」

（ⅱ）さて、前述の香川の「俗」を讃美する言表が正当性をもって聞こえるのは、「俗」として表象される日常語群が、ネットワークを阻害しないこと、換言すれば、ある程度の広域空間において汎用性を持っていると想像される場合に限られるが、以下、そのように想像される条件を幾つかに区画して述べておきたい。まず、（a）「雅」（グローバル）から生成される不規則性‐異質性（コード・エラー）が、「俗」という一つのカテゴリーであるかのように凝集‐群生すること。そして、（b）接触‐混淆によって多様な文体が生成され、口語成分を含んだ文語と、文語成分を含んだ口語が生成されること。最後に、（c）音声と文字の互換規則が一定化されうるような制度ができあがること、である（ただし、これらは特に順序性を示しているわけではない）。

（a）ここで強調しておきたいのは、グローバル／ローカルという相互作用の中で起動する「類縁性」である。通約的なフォーマットによって産出された個々の〝エラー〟＝不規則性は、それがそのフォーマットの内部において関係化されているために必然的に類比可能性を持つことになるが、その可能性の中で、それらの配置関係が持続し続けると、やがて、それらのエラーが本来的に係累関係を持っていたかのような認識のパターンが――精確に言えば認識のパターンのみが――できあがってゆく。言い換えれば、「俗」は「雅」が押し寄せてくる過程で、「俗」として編制されるのであって、それ以前に「俗」であったわけではないのだが、その過程において、非‐類縁的であったはずの差異が群生‐凝集を開始し、一つのカテゴリーとして認識されうるような「俗」が生成されるのである。つまり、実体としてではなく、理念として同質化された「俗」が構築されることで標準性の素地を捏造することが可能になり、「雅」性を横領する準備が整うことになるのである。共約性がほとんどなかったはずの「俗」なる空間が、「和」或いは「日本」という辞項の下に理念的に群生‐凝集されることで事後的に共約性を作り出してゆくという機制がここに見出されることになるのだが、これは、例えば、酒井直樹『死産される日本語・日本人―「日本」の歴史‐地政的配置―』（新曜社、一九九六・五）が「日本語」「日本人」の不在とそれへの欲望というパラドクスを「死産」として形容したような事態とも照応することになるだろう。

（b）発話と文字をコミュニケーション上の基礎システムとして捉えるならば、その両者は、（コミュニケーションが遂行される限りにおいて）不可避的に混淆‐競合関係に置かれることになる。それは文字が音声化されるということの蓋然性の中で保証されるが、漢字の場合、音声との互換規則の不定性によってその汎用性が確保されていたために、システムの混淆は、システム自体の多層化を促進することとなった。既に述べたように、漢字／文言というフォーマットによって、多種多様なローカリティが生まれ、それが多様な文体として同一空間にばらまかれるという事態が起こった。その過程で、口語成分を含んだ文語（話すように書かれた文）や、文語成分を含んだ口語（書くように話された言葉）が生成され、さらには、多様な配合バランスを適宜産出しうるような不可算のヴァリエーションを内包する母胎がつくられることとなった。士大夫の詩と、胥吏の吏文のように、社会関係に応じて機能的に使い分けられるような環境、そしてそれぞれがさらに多様な文体を内包しているような状況が整備されたのである。このように、多様な文体が並存し、状況に応じて口語成分を調節しうるような文体の選択的環境が成立しているような条件下においてこそ、「言おうとしなくても終日言ってしまう」(9)ような「俗」なる言葉が汎用性を横領する素地が整うことになるのである。

（c）漢字は一般的に表意文字として定義されるが、この表意文字というのは、酒井直樹が適切に指摘するように、「必ずしも、音を喚起しない記号というのではない。むしろ、それは複数の音を喚起することもあれば、あるいはまったく喚起しないこともある記号なのであり、したがって音と多声的に関係する」ものであった（酒井直樹／川田潤・斎藤一・末廣幹・野口良平・浜邦彦訳『過去の声――一八世紀日本の言説における言語の地位――』以文社、二〇〇二・六、三五八頁（原著、一九九一））。このような音声との互換規則の不定性こそが、漢字／文言の基本的性格であり、そしてネットワークの広域化を可能にするものであり、同時にそれを阻害しうる大きな要因でもあったのだが、ここで重要になるのは、文字体系と音声体系との互換規則が一定であるべき、という前近代においては存在していなかった発想が、近代へ向けて緩やかに形成されつつあったということである。

齋藤希史（一九六三―　）によると、一八世紀末の「異学の禁」によって、儒教経典の解釈学として朱子学が標準モデルに定められたことで、それまで文言（漢文）習得の過程＝課程で一定化されていなかった音声化のパターンも標準化されることになり、それによって初等教育としての「素読」（暗誦による学習訓練）が普及することとなったのだという[10]（『漢文脈と近代日本――もう一つのことばの世界――』日本放送出版協会、二〇〇七・二）。

このような、文字体系と音声体系の互換規則に標準性が持ち込まれ、その標準性に向けて人々の発話行為が管理されはじめた、という事態は、空間編制の（歴史的展開を追う上での）大きな画期となりうるだろう。なぜならば、「雅」であることの基礎条件が、ネットワーク内部の標準的プロトコルであることによって初めて可能となるものであった、ということを想起すれば、表音化の一定性によって基礎づけられた文体は、必然的に「雅」性を横領する方向へと進んでゆくことになるからである。もちろん、そのためには、その身体化の作法がネットワーク化されるほどに大規模に実践される必要があるが、それは、前掲齋藤書に詳解される事態において確かめることができる。すなわち、頼山陽（一七八〇―一八三二）の『日本外史』の大流行に象徴されるように、一定的な「訓読文」の身体化が広域的に実践されることで、その「訓読文」は、漢文（文言）から独立し始め、「いわゆる文語文として、漢文に代わる公式文体としての地位を獲得し、詔勅や法律はもとより、教育や報道の場でも用いられるようになっ」てゆくことになったのである（七八頁）。

4　小結

以上のような、群生した「俗」による「雅」性の横領というかたちでの「雅」の追放は、その「雅」を、例えば「漢」などといった地域的記号へと変換することで周到に遂行されることになる（「雅」も、そもそも単なるローカル・ルールの一つに過ぎないのだから簡単なことだ）。そして「和」「日本」などと呼び換えられた「俗」は、本居宣長〔一七三〇―一八〇一〕などの国学系の学者による「漢意《からごころ》」の排斥、「やまとごころ」（日本人本来の心性）、「やまとことば」（日本固有の純粋な日本語）への讃美などに下支えされつつ(11)、やがては近代的「国語」national languageの創造へと結実してゆくことになる。

このような「俗」への讃美は、自己の根源的不在性＝他者性という問題系を忘却することで可能になる機制であるが、その過程で発現する、声による「雅」性の横領こそが、自民族中心主義ethnocentrismと結託することによって、国民‐国家形成への道程を地均《じなら》ししていたのである。

しかしながら、「俗」への讃美という機制は、必然的に自己の身体に沈殿した習性に準拠しつつ自己合理化‐自己正当化を図るものとなるため、それが知的怠惰さ（変‐身の苦痛からの逃避）によって支えられたとき、原理的に世界の中心へと定位されることになる自己性の単純な肯定へと転じる可能性や、その自己性と一体化した、国民‐国家への大げさな讃美へと展開してゆく蓋然性を排除することもまた困難になるのである。

さて、文学現象が、空間（世界）編制の集産的‐協働的プロジェクトだということは既に述べた。それは讃美と貶価の力学の中で、時間‐空間を問わず継起される現象であるが、そのような継起性は、自己が「雅」にも「俗」にも同化されうるような恣意的‐両義的存在であることによって形作られるものであった。つまり、「異常性＝俗」

を貶価することによって「正常性＝雅」への同化が可能になり、「作為性＝雅」を貶価することによって、「自然性＝俗」との同化が可能になる、そしてこれらはいずれも、外部性＝他者性＝不透明性を排除‐隠蔽する機制であって、他者的な不透明空間を透明化する手続きに他ならないのだが、他者（外部）を透明化しようとすれば自己（内部）が他者化＝不透明化し、自己（内部）の自己性＝透明性を防衛しようとすれば他者（外部）が不透明化する、というダブルバインドの中で、透明な空間への欲望は不可避的に先送りされてしまうのだ。つまり、空間編制のプロジェクトは、透明な空間の非‐現前性において、終局なき螺旋運動として展開し続けることになるのである。したがって、われわれは、自己の他者性を忘却し、自己の自己性を盲信する限りにおいて、「俗」を貶価することも讃美することもやめることはできないのだ。

註

（1）「雅　たゞごと歌の心」「たゞちに言ひたる句なり。言葉心をめぐらさで正しくいへる、雅の句なり」（心敬『さゝめごと』、大系、一六〇頁）。古典詩学理論では一般に、「雅」は「正」の一字と関連づけられて論じられることが多い。

（2）例えば、「方今之時、復古之民始生、未有正長之時、蓋其語曰、天下之人異義是以一人一義、十人十義、百人百義、其人數茲衆、其所謂義者亦茲衆、是以人是其義、而非人之義、故交相非也、内之父子、兄弟作怨讐、皆有離散之心、不能相和合、……無君臣、上下、長幼之節、父子、兄弟之礼、是以天下乱焉」（『墨子』巻三・尚同中第一二、『四部叢刊正編』二一、二二頁）、「故礼楽廃而邪音起者、危削侮辱之本也、故先王貴礼楽而賤邪音、其在序官也、曰、脩憲命、審誅賞、禁淫声、以時順脩、使夷俗邪音不敢乱雅、大師之事也」（『荀子』巻一四・楽論篇第二〇、『四部叢刊正編』一七、一五〇頁上）、「王者之迹熄而詩亡、詩亡然後春秋作」（『孟子』巻八・離婁章句下、『四部叢刊正編』二、六六頁下）など。

（3）『梅花無尽蔵』における「蘇味」「分直」の他の用例について、市木武雄『梅花無尽蔵注釈』第五巻・注釈（続群書類従完成会、一九九五・七）を用いて検索すれば、『五山文学新集』本をテキストとして、二（七二六頁）、三下（八二九頁）、四（八六二頁）、五（九〇五頁）、六（九二一頁）、七（九七三頁）、七（九七八頁）、七（九八四頁）など、多くを確認できる。また、『蠡測集』にも「鶴林玉露六。松蘇利《スヾリ》。分直《フデ》」（『続群書類従』第三二輯下、五八五頁上）と見える。ちなみに、今泉淑夫『日本中世禅籍の研究』（吉川弘文館、二〇〇四・四）七三頁以下にも詳細な論及がある。

（4）『梅花無尽蔵』における「都曇答臘」の他の用例は、『五山文学新集』本・三上（七八五頁）、三下（八一七頁）、七（九七八頁）。

（5）また『梅花無尽蔵』七「涂説」には、同じ物の名前が複数あるのは、「土地之諺」に随うものだ、ともある（『五山文学新集』六、九七八頁）。

（6）近年のまとまった訓読論としては、中村春作・市來津由彦・田尻祐一郎・前田勉編『「訓読」論―東アジア漢文世界と日本語―』（勉誠出版、二〇〇八・一〇）、中村春作・市來津由彦・田尻祐一郎・前田勉編『続「訓読」論―東アジア漢文世界の形成―』（勉誠出版、二〇一〇・一一）等がある。

（7）音声中心主義とは、音声（パロール）を、魂（内部・精神）を映し出す自然なものと見なす一方で、文字（エクリチュール）を音声の代理＝派生にして自然を阻害するものと見なし、そのような文字を外部へと追放することによって自然なる自己性を守ることができるはずだ、というヨーロッパ伝統の形而上学的思考法を指す。しかし、デリダは、文字という技術がすでに声という自然（と見なされているもの）を浸蝕してしまっており、声は文字によって初めて可能になるものだ、として徹底的にこのような思考法を批判する。われわれが自己自身の声だと信じ、自分の意識において語っているのだと信じていることは、実際にはエクリチュールというプログラムによって語らされているに過ぎないのである。

（8）ただし、この批判は『万葉集』崇拝を掲げる国学グループを念頭に置いた批判であって、完全に「常語」によってのみ歌を組み立てるべきだと主張しているわけではないことにも注意しておかねばならない。

（9）『雅俗稽言』（蒋致遠主編『中国方言謠諺全集』一七、宗青圖書公司）の序の一つは「言おうとしても実際に言えないものが雅であり、言おうとしなくても終日言ってしまうものが俗である」〔人言而蹇未能言者雅也、人即不欲言而終日言者俗也」として雅俗を定義している（一八―九頁）。

（10）関連したところで言えば、中村春作『江戸儒教と近代の「知」』（ぺりかん社、二〇〇二・一〇）の中に次のような指摘がある。「徂徠学における「読む」ことへの問いかけと、それに伴われた「古文辞学の方法」が、反徂徠の潮流の中で批判され、「正学」（朱子学）復帰の運動のなかで、正統的テキストに相応した「正しい読み」というものが社会的に構成されてきた」、「そしてそれに並行して、それまで「句読」とも呼ばれてきた習慣が、より制度的に「国文化」して朗誦する身体的な「読み方」＝「素読」として成立した」、「そしてそうした思想史的出来事が、江戸の昌平坂学問所に止まらず各地の知識階級に普及し、その中で「近代」をも予想させる「均質な知」が形成されてくることになったのではないか」（一二八頁）。

（11）ただ、子安宣邦『漢字論―不可避の他者―』（岩波書店、二〇〇三・五）が指摘するように、純粋な「やまとことば」（日本語）といっても、それは漢字という不可避の他者を介してはじめて可能になるような事後構築的な観念でしかなかった。

結びに代えて

――〈他者〉としての古典――

1 〈他者〉を「理解する」ことの不可能性、不可避性、そして原-暴力性

われわれは[1]、あまりにも安易に〈他者〉を語りすぎているのではないだろうか。われわれは、あまりにも軽々しく〈他者〉を思考しすぎているのではないだろうか。その間にかけられている深い断絶や疎隔などあたかも存在しないかのように。われわれは、完全に忘れ去っているのではないだろうか、そのような忘却それ自体を。

＊

だが、フランス領、マルティニーク出身の詩人、エドゥアール・グリッサン〔一九二八―二〇一一〕はどうやら〈それ〉を覚えているようだ。彼は次のように語っている。

私はみんなのために、不透明性への権利を要求する。それは自己閉塞ではない。／それは様々な普遍性モデルの虚偽の明晰さへあまりに多くのものが還元されてしまうことに対する対抗措置である。／個人であれ、共同体であれ、国民であれ、誰であれ、《理解》したり、相手を窒息させたり、自分の管轄する退屈きわまりない全体性《トタリテ》の中に埋没させたりするために、《私に引きつけて》おく必要は私にはない。そんなことをしなくても、

私は相手と共に生き、建設し、リスクを冒すことができる。／不透明性、他者にとっての我々自身の不透明性、我々にとっての他者の不透明性、それは蒙昧主義やアパルトヘイトに閉塞するものではなく、それは我々にとって恐怖ではなく、祝祭である。（恒川邦夫訳『全-世界論』みすず書房、二〇〇〇・五〔原著、一九九七〕、二五頁、傍点翻訳原文）

ここで言われていることを一言で約《つづ》めて言い換えるならば、グリッサンは、〝他者を理解しようとしてはならない〟と言っているのだ。なぜか。一般通念的に、他者-他文化を「理解」することこそが他者を「尊重」することなのだと素朴に信じられ、強く奨励されている現代にあって、グリッサンのテーゼの呼吸は、ややもすれば奇妙に響くかもしれない。しかしながら、グリッサンにとって、「理解」（comprendre）とは、理解不可能なはずの〈他者〉に対する、自己の論理《ロジック》への恣意的な還元として、かつまた暴力的な抑圧（閉じ込め）として遂行されるもののことであった。ゆえに彼は、「理解」の実際をこう呼んでいるのだ——「この「理解する《コンプランドル》」という動詞のうちに、輪郭をつかみそれをみずからに引き戻すような手の動きがある〔プランドルは「取る、つかむ、奪う」などの意味をもつ〕。同化ではないにせよ、閉じこめの身振り」（管啓次郎訳『〈関係〉の詩学』インスクリプト、二〇〇〇・五〔原著、一九九〇〕、二三七頁）。それをわれわれの言語で言い換えれば、「把握」-「掌握」ということになるだろう。そのような「理解」「把握」「掌握」が自己を始発点として為されるものである限りにおいて、つねに、〈他者〉は、自己の「関心」に引きつけられるかたちで「変形」を餘儀なくされる。では、人はいかにして同一性を強要したりされたりすることなく、他者-世界との間に関係性を創設することができるのだろうか。その間に透明な無菌的関係を取り結ぼうとするロマン主義的飛翔-自己陶酔に逃げ込むことなく、それを為すことは果たして可能なのだろうか。しかし、関係性なるものが、常に不均衡な力学作用との間に不可分な構図を描くものである以上、問われるのは、いかに関係性を築くかではなく、（こちら側から橋を架けるという形で）関係性を築くのをいかにしてやめるか、ということであるだろう。換言するならば、関係化の不可能性の中をいかに生きるか、ということである。近年、人文系諸科学の議論の中で、「他者」論という枠組において立論された論考に触れる機会は少なくないが、それらの研究動機の少なくともその幾つかは、いかにして他者との間の溝を埋めるか、そこにどのようなかたちで共同性を築くことができるかという探求として企図されたものであるように見られる。しかし、本論中においてたびたび確認してきたように、此岸と〈彼岸〉との間には、われわれが素朴に考えるような意味で橋を架けることなどできないのであってみれば、喰うか喰われるかの二者択一の中で得られる共同性とは、畢竟、同一性-同質性-可算性という名の暴力性を帯びたものとならざるを得ず、たとえそれが剝き出しの暴力ではなかったとしても、一方が他方を保護し、啓蒙-教育するという形をとった支配の一形態へと転じざるをえない。イタリアの哲学者、R・エスポジト〔一九五〇―　〕が思慮深く言うように、「もし人びとを結びつける接合剤が、共同の恐怖にほかならないならば、そこから生じる結果はつねに共同の隷属でしかなく、それは共同体とは正反対の状態を意味する」（R・エスポジト『近代政治の脱構築―共同体・免疫・生政治―』講談社、二〇〇九・一〇、三九頁）のである。

その上で、「我」という僭主の場処において、〈他者〉を始発点とする〈理解〉をいかに可能とするか、という問いを、われわれはいかにして立ち上げることができるのだろうか。他者を自己の知へと包括-所有しようとする欺瞞的知性に対して厳しい批判の眼差しを向けてきた哲学者、E・レヴィナス〔一九〇六―一九九五〕に倣って言えば、〈他者〉は、存在するとは別の仕方で、此岸へと到来するもののことに他ならない。では、まさにその意味における〈他者〉への応答とはいかなる形で可能になるのだろうか。

そこで、再びグリッサンの声に耳を傾けてみるならば、彼が「理解＝包括＝共取する」という行為に内在する「透明性」への志向性を批判しつつ、関係性創設原理としての「不透明性」の権利を唱えていることがわれわれの関心と応ずることになるだろう――「ただ単に差異への権利に同意するだけではなく、さらに進んで、不透明性への権利にも同意すること。ここで不透明性とは、外からは入れない自己充足《アウタルキア》への閉じこもりではなく、還元不可能な特異性のうちに生き続けるということだ。……あらゆる〈他者〉は、もはや野蛮人ではなく、一人の市民だ。ここにあるものは、あそこにあるものとおなじく、開かれている。私は一方から他方へと投射することはできない。ここ＝あそこが一つの網状組織をなし、それは境界を編み上げることをしない。不透明性への権利は自閉症を起こすのではなく、それは実際に〈関係〉を、さまざまな自由によって創設する」（『〈関係〉の詩学』、二三四―五頁）のである。そして、またそれは「〈多様なるもの〉を守る」ことであるとも別言されているが（同上、八二頁）、われわれは同時にこの「多様なるもの」という語の中に〈他者〉を同化‐吸収せぬような慎重さも併せ持っておかねばならない。

　ところで、かつて、その半生を中国などの異境の旅途に送った詩人、ヴィクトル・セガレン（一八七八―一九一九）が、その旅行記、「〈エグゾティスム〉に関する試論」において、一般的な意味での「エグゾティスム」（異国趣味）――すなわち、素朴であるとか純粋であるといったイメージを他者に投影させつつ、それを幼稚性や未開性へと簡単に移行させてしまうような危うさを持つ視線――に抗しつつ、こう言っていたことがまたわれわれの注意を引くことになるだろう。

〈エグゾティスム〉とはそれゆえ、順応することではない。つまり、人が自分の裡に抱きしめていたものが自分自身の外にあるということを完璧に理解することなのではなく、永久に理解不可能なものがあるということを鋭く直接に知覚することなのである。／それゆえ、この不可解性を告白することから出発しよう。さまざまな風習や人種、民族や他者を同化できると自惚れぬようにしよう。逆にそうすることは絶対に不可能だということを楽しもう。そのようにして、〈多様なるもの〉を感じる永続性を自分のために取っておくのだ。（ヴィクトル・セガレン／木下誠訳『〈エグゾティスム〉に関する試論／覊旅』現代企画室、一九九五・一、一三八―九頁）

いまここで縷々絮説するまでもなく、「他者」という用語は今日の思想状況において、議論の前衛に位置する用語として長らく使用され続けてきたものであるが、文学研究のテーマの一つとしても広く採用されるスキームともなっている。しかしながらそこで為される研究の少なくともその幾つかは、予め準備された主題系を、（相対化-形式化された）「他者」という定型《クリシエ》の中に閉じ込めて再演するという、既視感に満ちた営為を反復するものとなっている。そのような中で「他者」という語にこびりついた種々のイメージを完全に払拭するのは難しいとしても、まず退けておきたいのは以下のような具体的-形式的「他者」像である。すなわち、男性にとっての女性（不可解な存在）、被植民者、社会の中で何らかの形で抑圧されているカテゴリー（サバルタン等）、異人、異民族、異郷、異界、異言語、生に対する死、無意識、自己の内奥に潜むロマン主義的真我、神、理解不可能なもの、等々――〈他者〉という名をもって呼ばれるべきものがこれらの主題系によって自己同一的に名指すことが可能なものとして見なされているのだとすれば、それは予め自己の内部に準備された「他者」でしかなく、そこでは既に、その他者性は自己性へと書き換えられてしまっている。それらは「我」という意味構造の中に書き込まれた代理表象群でしかなく、そのような「他者」の発見とは、ただ単に自分自身と出逢っているだけに過ぎない。そればかりか、そのような諸論考自体が、対立項としての「自己」（及びその比喩的拡張としての「共同体」）を予め自明のものに仕立て上げることで、それを実体的に保護-温存する装置としても作動してしまっている。その意味において、それらはむしろ原謬的ですらある。「理解」によって得られた代理-表象群の外延と内包は、われわれにとって意志的に操作できるものではないが、それゆえにその力学的作用が暴力的であることもまた原的に免れうるものではない。「理解」という現象が自己から他者へと向かうものである限りにおいて、それは自己対話的《モノローグ》であらざるをえず、それを自己解体-蕩尽の経験と称しうるとしても、自他の統合を夢想することはそもそも不可能な営為でしかない。

思想家、J・ボードリヤール〔一九二九―二〇〇七〕がセガレンと共にわれわれに教えてくれたのは（「ラディカルな他者性」塚原史訳『透きとおった悪』紀伊國屋書店、一九九一・二）、人は相対的に異なるものしか差別できないということ、そして、差異を尊重するということは――その力学的な不均衡的配置を維持するものであるがゆえに――差別の尊重でもある、ということであった。構造的に差別されている人を前に、〝差異を尊重しよう〟と言ったところで、それは〝あなたはその被差別的なポジションにいてください。決して外に出てこないでください〟と言っているに等しい。反差別主義が差別の構造を維持‐温存しているというパラドクスに陥ってしまうのだ。つまり、差異の尊重が一面的に差別の尊重でしかあらざるをえないのだとすれば、どれだけ善意に基づいた他者論――例えばレヴィナスという一つの範型を経由することによって倫理的問題圏を構成しようとする類の他者論――であろうとも、それが他者論という構成を組織していること自体によって、差別主義を裏口から導き入れるような舞台装置へと反転してしまう危うさからも逃れ難くなってしまうのだ。ゆえに、ボードリヤールは率直にこうも言うのである――「最悪なのは理解しようとする態度であり、理解は感情的で無用な機能でしかない。真の認識とは、われわれが他者について理解できないことを認識することである」（同上、一九八頁）。正義、倫理、善といった類いの、われわれが容易に受け入れられるような、耳あたりのいい理念的なシニフィアンであればあるほど、それは人々を魅惑し、われわれを管理‐支配するイデオロギーとして組織されてゆく。たとえそれ自体が正しい名であったとしても、その正しさの根拠を素通り《スルー》した他者論が、そのエピゴーネンによってなされた場合はとくにそうである。〈他者〉への触知不可能性という有限性を隠蔽した諸学が、われわれにあっけらかんと「他者」を語らせているという事態をわれわれはどう考えればよいのだろうか。

「他者」なる存在が〝自己ではないもの〟というその定義の内に、自己の自己性を（原初の一点として）保護する装置として機能しているのだとすれば、それは本書で言う、〈他者〉とは決定的に異なるものとなる。それは「理解」された「他者」に過ぎない。それが自己と対置される他者である場合、それは単に自己の自己性を温存し強化する装置であるに過ぎない。〈他者〉を「理解不可能な永遠に未知なるもの」という位置に「閉じ込め」てしまうことによって、それと相対する「自己」もまた、或いは自己の延長としての「われわれ」もまた、既知のもの、自明のものとして透明化されることになる。それはつまり、「他者」に対してだけではなく、「自己」に対しても、「閉じ込め」という暴力を振るっていることを意味する。そこに幽閉され、「引き隠《こも》り」となった「自己」においては、自らはもはや分割不可能な実体的単独者以外の何ものでもありえないために、必然的に、自らのパースペクティヴが、唯一の正当なパースペクティヴであると強く信じられるようになってゆく。他者論の多くが、自己／他者という二分法を固定し、それによって、自己の自己性を自明視し、それを温存するというメカニズムとして働いていることはもはや否定できない。自己を、一つの自己として実体的純然性の中に立ち上げるための装置として「他者」が機能してしまっている限りにおいて、そしてあまりにも安易に他者を語りすぎてしまっている限りにおいて、研究行為それ自体が〈他者〉を隠蔽しつつ「自己」を絶対化する装置として作動してしまうのだ。

〈他者〉としての〈我〉

本書がこれまでに問題にしてきた主題系は、決して自己に対置されるような「他者」のことではない。〈他者〉とは、「我」という自己意識が形成される円域の外部に位置するようなものではなく、「我」という原初の一点に裏側から縫合されるような、或いは紙の表裏の如くに一体でありながらも決して出逢うことがないような、自己の臨界点＝始源に声なき声をあげるもののことである。それは、「他者」という名が与えられる以前の〈他者〉である。ただし、ここでいう「以前」とは、〝時系列的な前〟を示すものではなく、〝存在論的-構造的な前〟であり、時間的には相互に前後しつつ、なおかつ同時であるようなものである。つまり、自己／他者という関係性を可能にする〈／〉という〝原初の一撃〟の〈他者性〉が問われるのだ。それは自己／他者という二分法を立ち上げつつも、メタ的な法に準拠することなく、それを無効にするものでもある。それは決して自己と隔絶した存在というわけではない。「他者とは、わたしが無限にわたし自身を反復することを許さない何ものか、だ」と、ボードリヤールは言っている（前掲書、二三六頁）。しかしながら、事後的に振り返る形でしか対象化を可能にしないような、完全に到達不可能なものであるがゆえに、どうしようもなく〈他者的〉なものでしかない。それは自己と他者との出逢い――決して出逢うことがないという形での出逢い――を可能にする原理であるが、自己も他者もこの〈出逢い〉以前に予め存立しうるような存在者なのではない。〈出逢い〉は自己の存立に対して構造的に先立つ。この〈出逢い〉によって自己はその都度、生成され、〈出逢いの場〉（分割線の位置）は瞬間瞬間に書き換えられる。〈他者〉とは、あらゆる二分法を再起動するものそれ自体であるために、自己の自己性を解体せしめる〈力〉の謂いに他ならず、もし自己の自己性が足下から総崩れになるような経験が得られないのだとすれば、そこで経験されているのはもはや〈他者〉ではない。それは絶対に越えられぬ、高く聳立する〈壁〉であり、深く沈む無底の〈溝〉である。人は、「自己」という世界の〈外〉を直接触知することはできず、また、その〈外〉に出ることもできない。「自己」という一つの監禁状態において捕縛され続けるしかないのである。

ゆえに、他者を語ることのアポリアがアポリアとして徹底的に問い詰められているかどうかがわれわれにとって強く問われる課題となる。恣意的にその困難が克服されてしまってはいないか、他者が一つの像として弥縫されてはいないか。アポリア（限界）を自らの内に一つの言語形式において移植（引用）してきたとしても、それは一つの疑似アポリアでしかない。アポリアとは経験であるからだ（ただし、その経験が可能であるのは、アポリアがそもそも先験的であるからだ）。困難であるという経験を経なくても、「困難である」と言うことはたやすい。われわれの誰もが、この困難さを遠ざけたいと願うが、問題圏の外に自らを傍観者として位置づけることもできない。

その上で（そのようなアポリアを引き受けつつも）、〈他者〉を語ることの危うさ《リスク》を冒すことが求められるのだ。それは、竿の上に立たされながら前進も後退も許されないような、思考の臨界点を思考するという全く身動きのとれない状態へと敢えて身を置くこと、身を置き続けることを意味する。そこは決して安全圏ではない。しかし、そのとき、われわれは改めて問わねばならない。〈他者〉を語ることの困難を感じているのはいったい誰なのか、ということを。そう感じている「自己」が自明のものとしてそこに持ち込まれてしまってはいないか、と。さらには、そのような自己を反省しているのは誰なのか、と。ここに自己を思考することの不可能性という、経験の限界に衝突するという経験が生起してくるのだ。思考する自己とは、常に思考された「思考する自己」でしかない。ゆえに、自己は常に思考から無限後退してゆく存在であり、端的には、自己自身とは、決して問うことができないアポリア、理解不可能なものに他ならないのだ。

第Ⅵ章で考察を試みたように、〈他者〉を思考することは、いつしか〈我〉を思考することへと転位してゆくことになるだろう。そして「主体は世界には属さない。それは世界の限界である」(『論理哲学論考』五-六三二節、『ウィトゲンシュタイン全集』一、大修館書店、九七頁(原著、一九六一、没後刊行))という哲学者、L・ウィトゲンシュタイン(一八八九―一九五一)の言を改めて想起するまでもなく、〈我〉は、世界の「内」のどこにもいない。しかし、世界の「外」にいるわけでもない。「内」と「外」の「中間」にいるのだとしても、その「中間」がどこなのかがわれわれにはわからない。それを、此の世界を構成している言語のことだと言い換えたとしても、〈我〉は言語の内にも外にも中間にもいない。ならば、此の言語を構成しているものとはいったい誰なのか。そのようなアポリアを前にして、世界を構成するものが、世界の中に存在していないという事実(或いは「構成するもの」という「構成されたもの」としてしか存在し得ないという事実(つまりそれは〈構成するもの〉ではない))にどう応ずればよいのだろうか――端的に言えば、〈我〉とは不在の存在なのだ。此の世界にあって〈主体=我〉とは人の議論しえない唯一のものである。「「私」のない独我論」(互盛央『エスの系譜―沈黙の西洋思想史―』講談社、二〇一〇・一〇、二一二頁〉と言われる所以である。しかしながら、〈我〉の存在はどう足掻いても否認できない。なぜならば、それこそがまさに否認している当のものであるからだ。その場合の〈我〉とは勿論、言語的被造物としての「我」のことではない。此の「我」とは、言語的被造物であるところの「非＝言語的被造物」でしかないのだが、まさにそのように〈触知している当のもの〉とはいったい何なのか。まったく透明であり、その存在を否認することができないもの。いないはずの「我」がいるのだ。なぜか。それには答えられない。驚嘆の下に、もはや沈黙するしかない。世界の限界としての〈自己〉については、すなわち「話をすることが不可能なことについては、人は沈黙せねばならない」（『論理哲学論考』七節、『ウィトゲンシュタイン全集』一、一二〇頁）のだ。

今日に哲学・文学・宗教学などとカテゴリー化されている知のシステムを通して、〈それ〉は自らにさまざまな名を与え、そしてすぐさまそれを別の名へと改め続けてきた（ただし、文学研究は、その最も拙いやり手である歴史学を規範化したために〔歴史学は自らの学律に準じてそれらの「名」しか追跡することはできない〕、そうそうとその場から撤退した）。その未完のプロジェクトは、今後も未完のまま継起されてゆくことになるだろう。いかなる名であれ、それらの名は〈それ〉自身と一致しないからだ。「それ」は〈それ〉ほど透明ではないし、自らを根拠づけることができるような無条件の正当性を持ちあわせているわけでもない。

ゆえに、むしろ「いま私は、あらためて他者についても、自己についても、書くことはとても難しいと感じている」と述べた『他者論序説』（書肆山田、二〇〇〇・四、二五二頁）の著者、宇野邦一（一九四八―　）の逡巡の思いを共有しつつも、やはり敢えて問うておかねばならない。もし人が〈他者〉の現前しない世界に住んでいるのだとしても、われわれはグリッサンのテーゼに呼応しつつ、いかに〈他者〉と相対すればよいのか。

〈他者〉とは、そもそも「問い」というかたちをとって自己意識の地平にのぼってくるような問題ではない。ゆえに、われわれには決して問うことのできない問題、構造的に問えない問題なのだ。したがって、本書が本論中の議論の中で、たびたびその過剰な語りを通して、〈他者〉を逸してきたという事実もまた併せて告白しておかねばならない。もし〈他者〉がいかなる述定からも逃れ去ってしまうものであるのだとするならば、まずは本書の試みが失敗していることを率直に認めなければならない。〈他者〉を語るという行為には、動いているものを止める、複雑なものを単純化するという〝加工〟の身振りがつきまとう。となれば、語りえぬはずの〈他者〉を語っているという点で、本書がまずもって自己欺瞞を始発点においているのも明らかである。

本書において一貫して述べてきたことは、われわれにとって〈他者〉とは思考不可能なものであるということ、そしてまた同時にその思考自体が不可避なものである、ということであった。なぜならその〈思考〉こそが〈他者〉の異名でもあるからだ。しかしてそこで問われるべきは、人をして〈思考〉せしめているものがあるということの問題性である。哲学者、G・ドゥルーズ〔一九二五―一九九五〕はこう言っている――「思考は、無理に思考させるもの、思考に暴力をふるう何かがなければ、成立しない。思考より重要なことは、《思考させる》ものがあるということである。……思考するという行為は、単なる自然的可能性から展開するものではない。むしろそれは、ただひとつの真の創造である。創造とは、思考そのものの中での、思考する行為の発生である」〔宇波彰訳『プルーストとシーニュ〔増補版〕―文学機械としての『失われた時を求めて』―』法政大学出版局、一九七七・一〇、〔翻訳初版、一九七四・一一、原著初版、一九六四、原著二版、一九七六〕一九七―九頁〕。この〈思考〉という出来事の不可思議性-思考不可能性こそが問題の真の在処《ありか》なのだ。他者を問うことは自己を問うことに裏側から縫合され、やがてそれは自己／他者という〝原初の一撃〟を可能にする「理解」そのものを他者的次元へと導く。それは自己を包摂しながら、かつまたそれを分離するものでもある。

本論を回顧しつつ、「思考」或いは「理解」「把握」という概念を別言するならば、それは「分別」という仏教の伝統へと接続されることになるだろう。「分別」と呼ばれるもの――井筒俊彦〔一九一四―一九九三〕はそれを「分節」という用語にまとめなおした（第I章参照）。世界が〈絶対無分節なもの〉として生成されることはない。それはその生成こそが分節化の異名であるからだ。分節がいままさにこのようなかたちで為されたということは、全く還元不可能な事実である。しかしながら、同時にわれわれは注意しておかなければならない。どれだけ内的構造を一つのフォーマットとし、それに準拠しつつ、〈他者〉のフォーマット化＝他者化が遂行されることに注意深くあったとしても、分別＝分節化することは不可避であるのだ。人は瞬間瞬間に世界を見分け、そして聞き分けている。もし仮に分別＝分節化しないということが可能であったとしても、それが既に「分別＝分節化しない」という形をとった「分別＝分節化」の到来を意味するものである以上、われわれは、いかなる方途によっても、自らの内部に「分別＝分節化」が到来することを拒絶することはできない――「思はしと思ふも物を思ふなり、思はじとだに思はしやきみ」（澤庵宗彭『不動智神妙録』「有心の心、無心の心」に「古歌」として引用。『澤菴和尚全集』五輯之二、澤庵和尚全集刊行会、一九二九・三、一七頁）。「我」という場が、自己であるのか他者であるのか、或いはその混淆であるのかはしばらく不問に附すとしても、そこに「分別」が到来するのは確かだといってよい。ただし、その「分別＝分節化」とは、われわれの周囲に張り巡らされたわれわれ自身を構成する差異の網の目であるが、そこではある差異が強固で自然なものであるように見える一方で、ある差異が全く透明なものであるがゆえに無視されるようなかたちで恣意的に到来している。その恣意性もまた〈分別＝分節化〉として〈外〉からやってきたものでしかないが、それは決してわれわれの意思によって操作された結果としてそう「ある」わけではない。少なくともこの点に関して言えば、われわれは、自らがそう考えているほどには自由ではない。ゆえに、〈他者〉とは思考-理解-分節化を媒介として、（その転倒によって）「到来しない」というかたちをとってのみ到来を可能にするものでしかないのだが、歴史的に〈他者〉を正しく理解し得た人間は一人もいなかったし、これからも出現することはない。

或いは、思考の原初としての一点を理性と呼び、世界の開扉をここに見うるのだとしても、理性は理性自身を

（改めて）知ることができないのであってみれば、原謬的であるはずの仮構的な世界＝我によって、その原謬性自体が純化-醇化されることもまた不可避となる。そして、それに依拠すること自体が、自らをナルシシズム的な、自己中心的な暴力装置へと転化させることを必然化してしまう。〈他者〉を自らの内に「他者」として捕縛することは避けられないのだ。それゆえ、「一切諸法皆不可説、其不可説亦不可説」（あらゆる存在（法）は皆言葉によって言い表すことができない。その言い表せないということもまた言い表せない）（『勝天王般若波羅蜜経』巻五・無所得品第八、『大正蔵』八、七一一頁下）と言われてきたのだ。われわれに沈黙を強いる、この世界の構成原理の何たるかを忘れてはならない。

実体化という挫折は不可避であり、他者論は決して成功しない（「実体化」とはまさしく「理解」の異称であるからだ）。もし仮に成功するような立論がありうるのだとしても、それは他者、或いはそれに類する概念を用いていないというだけでなく、そのようなものを問題構成の内へと導き入れようとさえしていないはずだ。その意味において本書は、〈他者〉論としては決定的に挫折していることを再び告白しておかねばならない。しかし、本書は同時にその挫折を引き受けることに大きな意味があるのだとも考えている。いかなる立論も約束された挫折の中でしか展開しえないからだ。加えて言えば、その挫折を読者と共有できればという淡い期待の下に本書は構想されている（さらに付け加えれば、時宜に応じて本書でコンスタティヴに主張されている事柄とは全く反対の意味を受け取ってもらいたい）。本書は一貫して、限界を乗り越えようとするのではなく、限界を限界のままに保持することこそが可能性を拓く唯一の方法であることを主張してきた。そうすることによって初めて限界の位置が一つの結果としてズレてゆくことになるからだ。

自己の〈他者性〉とは、自己が言語によって構成されていることであり、それは、言語の〈他者性〉であった。それゆえ、禅僧は言語を審問にかけるところから探求を始めたのである（第Ⅰ章参照）。これまで見てきたように、本書では、〈他者〉を言語の〈外部〉として示してきたが、それは名指し得ないものであるがゆえに、多様な「名」を持ちうるものであった。ある時は〈仏〉、ある時は〈禅〉、ある時は〈渠《かれ》〉、ある時は〈心〉、ある時は〈我〉、ある時は〈詩〉など、それらは間テクスト的に繋がっていた。しかしながら、これらのいずれの述定もまた不可能性（アポリア）の恣意的突破の類例でしかなく、本書が何らかの論理構造をもち、言語という制度に隷属するものである以上、この自己自身に対して不断的に異なったものへと成り続けられるような不定形な存在――存在と言いうるならばだが――すなわち〈他者〉を問題圏の内部へと呼び込むことは断念せざるを得ない。しかしながら、まさにその「断念」が――〈他者〉の定義からして――不可能なのだ。しかし他方、まさにこの「断念-諦念」こそが可能性を齎す唯一の条件となるのである。

われわれは、このような〈他者〉との出逢いの契機を、詩人・哲学者、S・ヴェイユ（一九〇九―一九四三）の箴言の中に見出してきた――「この世界は、閉じられた門である。それは、障害物である。が、同時に、通り道でもある」（『重力と恩寵』、ちくま学芸文庫、二三六頁）、「隣り合わせの独房に入れられ、壁をこつこつとたたいて通信しあう囚人ふたり。壁は、ふたりを分けへだてているものであるが、また、ふたりに通信を可能にさせるものでもある。わたしたちと神のあいだも、そんなぐあいだ。どんな分けへだても、きずなになる」（同上、二三六頁）。つまり、人は「我」という閉じた世界から脱け出すことはできない。しかし、それゆえに〝疎隔-切断〟という形をとることによって初めて外へ／からの通路が開かれるのだ。もし、恣意的に共同性を構築しようと務めたとしても、それは自己と対話をしているに過ぎない。〈他者〉は不可能なものだが、だからこそ可能性の裂け目-開口部は常に、〈彼岸〉から到来するのをやめない、あらゆる瞬間において遍在的であるのだ。

本書で言う〈他者〉とは定義不可能なものであるが、本書では敢えてこれに二つの定義を与えることで議論を先に進めるための足がかりとした。それは、（i）〈他者〉は秘匿的である（どこにもいない）、ということ。そして、

(ii)〈他者〉は遍在的である〈どこにでもいる〉、ということ、である。この定義は端的に矛盾であるが、この矛盾は第三の定義を導く。すなわち、〈他者〉は自らを消失させることを代価として、世界＝我それ自体へと、すなわち、ありとあらゆる存在者へと変身する、ということである。〈他者〉に対して〝自己自身に対して異なり続けてゆくもの〟という自己同一性を与えることが可能なのだとしても、その〈自己同一性〉はその定義からして把捉できない。ゆえに、本書でたびたび用いることになる、「他者」という用語もまた、薄氷の如き厚みのない差異によって、いつでも粉々に砕け散ってもよいような、その弱い形式性の中にかろうじて留めおかれたものでしかない。

われわれの知的枠組の中で維持されるべきは、〈他者〉の思考不可能性‐言表不可能性である。〈他者〉の他者化による主体の定位作用、〈他者〉の表象への転倒、これこそがわれわれが〈理解〉と呼んでいるもののことであった。そして、それが決して避けることの出来ないアポリアであるということ、この事実性を決して忘却しないこと、これが本書を一貫するテーマであった。

そして、本書は〈他者〉の一つの現れ＝変身を「古典」と呼ばれているテクスト群の中に見出してきた。その上で改めて議論をここに収斂させようと思う。すなわち――〈古典〉は不可解である、と。(2)

2　古典の拡張と消失

以下に探求される志向的照準は、古典を語るという行為がいかにして語る主体を自己限定し、またそれがいかなる社会的機能を担うものであるとされてきたのかを改めて問い糺すことに定められている。それはとりもなおさず、本書が自らの足場を掘削し、その知的欺瞞を告白するという意味において実行されるものである。

本書は、〈他者〉の一例として「古典」を読もうとしたものである。〈他者〉にはさまざまな解法があるが、現代社会にあって、それは学問制度の集合体としての「大学」に、或いは「書物」の中にストックされ、そこに参入する研究主体をして、自発的に（先行研究の参照-引用という行為の連続を強いることによって）解法の法則《パターン》のどこかに自らを位置づけさせると同時に、そのような分析行為そのものが帯びている原謬性を制度的に忘却するように働きかけている。以下は、そのような学問制度の一つである「日本古典文学研究」を対象として、その学律《デイシプリン》が、〈他者〉の忘却をいかに制度化してきたのかを問いなおすことを試みるものである。というのも、「日本古典文学研究」という学律を歴史化-相対化し、その学律が一つの装置として、その内部への参入者にどのような自己像を提示し、それを再生産するよう義務づけてきたのかを明らかにしておくことは、古典を学ぶという行為の意義が不鮮明になりつつある今日の思想状況に照らして、われわれにとって喫緊の課題であるように思われるからである。

大学の量的拡張＝大衆化

昨今、「古典」がわれわれ（個人或いは社会）とどのような接点を持っているのかが見出しにくくなっているように思われる。〝なぜ古典を学ぶのか〟という問いに対して説得力のある答えを用意している教師・研究者はどれほどいるのだろうか。

大学が「古典」を読むことの意味を説明できなくなっている理由については、おそらく論者によって、また観点に応じて、さまざまな意見が提出されるだろうが、本章がまずもって以下に提示し論じてゆきたいのは、大学という場が「大衆化」し、その社会的意義と機能が質的に変化した、という歴史状況的な論点についてである。

ながらく「古典」というものに価値を与える装置として機能してきたアカデミア＝大学は、近年、大きな構造的変化の波に呑み込まれている。日本に限らずグローバルな水準で進行している、大学の量的拡大、すなわち「大衆化」という変化である。かつて、教育社会学者、マーチン・トロウ（一九二六―二〇〇七）の『高学歴社会の大学―エリートからマスへ―』（天野郁夫・喜多村和之訳、東京大学出版会、一九七六・一）は、現代産業社会に置かれた高等教育のあり方が、エリート型→マス型→ユニバーサル型という、基本的性格を異にする三つの段階を通じて不可避的に変化‐拡大し、それにともなって高等教育制度の目的・機能・構造もまた質的に変化せざるをえなくなるということを指摘した。ここでいう、「ユニバーサル型の教育」というのは、「従来よりはるかに広範な〝学生層〟にも接近可能な新しい教育形態と、きわめて多彩な〝学力基準〟によって特徴づけられるもの」であるとされ、「その学生層はたんに青年人口層にとどまらず全成人人口に近い構成を」もつものとして特徴づけられている（一五頁）。そして、同年齢人口比でみた在学率が五〇％を超過する時期を指標としてマスの段階からユニバーサルの段階へと移行するのだとされているのだが、このようなトロウ・モデルに従えば、日本の高等教育（大学）は、すでにユニバーサル段階に入っていることになる（ただし、すぐさま注意しておく必要があるのは、トロウは、上記の段階的変化を、必ずしも前段階の消失による移行として説明しているわけではないということである。例えば、ユニバーサル段階に入ったとしても、エリート型教育は大学の階層に応じてその内部に残存し続けるとされている）。

そして、ここで注目したいのは、このような大学の「大衆化」が、大学という高等教育機関の性格にも変化をもたらしつつあるという事態である。トロウは、マス型からユニバーサル型への移行期にあらわれるさまざまな種類の葛藤や困難について次のようにまとめている。（一）高等教育機関の基本的な本質と機能にかんして、教授団や学生層に合意（consensus）が成立していないこと、（二）大学在学者のなかで自分の意思でなしに通学してくる者の比率がたかまっていること、（三）正規の大学教育プログラムの拘束にたいして、多くの数の学生層から一種の反乱が生じていること、である（一五頁）。大学とは何であるのかという基本認識に関して、大学や学生群の間に合意《コンセンサス》がないというのは各々にとって好ましい状況とは言えないが、もし大学側（教員）の持っている構造的保守性がそのような変化への適応を鈍らせているのだとすれば、教員・学生各員が、時間・労力・資源を非効率的に浪費してしまうような事態を招来することもまた避けられなくなるだろう。

日本の大学業界は、近い将来、大学進学年齢（一八歳）人口の減少によって、「あたかもある種の構造的不況業種のような様相を呈する」と言われているが（竹内淳「日本の研究教育力の未来のために―競争的施策の課題―」『現代思想』三六―一二、二〇〇八・九、一六四頁）、このような構造的不況業界にある個々の大学は――とりわけ私立大学は――学生の数を確保しなければならないという経営上の前提のため、大衆化をよりいっそう進めざるを得ず、一方の学生の側も、近年の不況＝就職氷河期の中にあって、大卒が義務化されている状況を受け入れざるを得なくなっている。

大学は社会にとってどういう存在であるべきなのか。もちろん、大学という名称で一括りにされる機関であっても、その種類や社会的機能という面で決して一律ではないが、大学は、学生を社会から迎え入れ、社会へと送り出す機関であるという点で、社会の要請にどう応えるか、という問いかけに答える責務を等しく負っていると言ってもよい。従来のフンボルト型の大学理念の如く、大学の使命・責務を、人類の知的財産を発展―継承してゆくこと、青少年の人格を陶冶してゆくこと、などと言ってみたとしても、現在の大衆化した大学をとりまく社会においては、大学に対してそのような抽象的な（どういう役に立つのかはっきりとせず、自分とどういう関わりがあるのかもわからない）役割に期待を寄せることのできない階層が、もはや無視できない数において存在していると想定されるのである。そのため大学は、研究機関（或いはエリート養成機関）としてのそれまでのアイデンティティーを見直すように強く求められるようになってきているのである。

このとき私たちは、大学の理念をめぐって、おそらく次のような二つのヴィジョンの対立を見ることになるだろう。一つは、大学は上記のような普遍的責務を担っており、場当たり的に社会の実利主義に反応すべきではない。

大学だからこそ、大学でしかできないことをすべきであり、社会に出てすべきことは社会に出てからすればよい、というもの。もう一つは、大学は、社会からの要請に応じて、その都度、適切なかたちへとシステムを変えてゆくべきであり、社会との連続性を強く意識すべきである、というものである。このような二つのヴィジョンの下で、大学は、どのような層（学生及び父兄）を顧客として想定するかの違いによって、いずれかのヴィジョンを選択する必要を迫られているのである。現在の「大衆化」した大学が選択しつつあるのは、言うまでもなく第二のヴィジョンであり、それは、職業訓練機関という新しいアイデンティティーのもとで大学を再組織化してゆく営みとして現実化されつつある。

このときに注意されるのは、大学就学者人口の増加という現象が、同時に、大学という空間の人口構成を変化させるということである。つまり、これまで、人口全体の僅か一部のエリート集団を育成する機関であった大学、かつまた、実際にその様な役割に期待を寄せる人々によって構成される機関であった大学は、現在では、もはやどのような役に立つのかはっきりしない、アカデミックな学問には全く期待を寄せないような階層の人々、言い換えれば、自分の将来に直接的に役に立つような実用的な技術を身に付けさせてくれることのみを期待するような階層の人々から構成される機関へと変貌しつつあると言えるのである。その中では、トロウは、「学生数の増大とユニバーサル高等教育への移行は、多くの学生に大学への就学をしだいに義務と感じさせるようになり、かれらはます〝自分の意志からでなく〟就学する存在となりつつある」（三〇頁）という「不本意就学」（involuntary attendance）の問題が生起してくると指摘する。このように、大学生になるということが、限られたエリートの特権的な権利から、大衆の義務へと変貌したことは、大学教育の質にも相応の変化をもたらすことになる。現在、大学という組織体を構成する教員の多くは、（このような大衆化状況に起因した）エリート型教育そのものへの疑念という現象が構造的に再生産されている環境の中に身を置きつつも、自分自身エリート型の教育によって教師・研究者という自己同一性を獲得してきたという経験しか持っていないために、エリート型の大学だけを（大学としての）唯一のモデルとして堅持しやすくなる（例えば、「ユニバーサル型の大学はそもそも大学ではない」といった見解となって表れるパターンである）。ゆえに、このような理念と現実とのギャップを無視し、旧来的な習慣化されたフォーマット――すなわちエリート教育型のフォーマットやその派生的変形ヴァージョン――に従った授業や研究教育を進めてゆくという惰性を自己合理化する結果にもなりやすい。それが果たして状況に適した最も有効な方法であるのか、という問い自体が教員（及び大学）の思考回路から除去されてしまい、大学と学生との間の認識のギャップだけが放置されてしまうのである。

人はなぜ学歴を求めるのか――フランスの社会学者、P・ブルデュー（一九三〇―二〇〇二）は社会構造的にそれが「資本」（交換可能性をもった価値物）として機能するからだと考えた（P・ブルデュー／石井洋二郎訳『ディスタンクシオン―社会的判断力批判―〈1〉』藤原書店、一九九〇・四、同『〈2〉』藤原書店、一九九〇・四、〔原著、一九七九〕）。大学という高等教育機関は、学歴を社会の中に不平等に分配することで、それを「資本」として機能させているのだが、近年、高等教育が大衆（社会の諸システムに従順な多数の多様な人々）にとっての単なる通過儀礼という位置づけに変貌したことにより、学歴価値はインフレ状態に陥り、その交換可能な「象徴資本」としての価値は著しく下落した。このような大学大衆化＝学歴資格のインフレ化の流れの中で――とりわけ大学ヒエラルキーの中で「階級」が低いと社会的に認知されている大学では――「学士」という学歴資本は機能不全に陥りつつある。もはやただ「大学を出ました」というだけで評価される時代ではなく、どの階級の大学を出たか、換言すれば、学歴ではなく「大学歴」が、強く問われることになるのである（随分前から、「学歴」とはまさしくこの「大学歴」のことを指す用語となっている）。

しかし、大学卒業資格の不保持は、（学歴価値から離れた）特化した専門技能を必要とする産業（農業、各種製造業労働者など）、或いは特殊な文化産業（藝術家・スポーツ選手・俳優など）への参入が見込めない限り、もはや競争のスタートラインにさえ立てないことを意味し、実質的に社会的上昇の可能性を完全に閉ざしてしまうことにもなる。まさにその理由によって、大学卒業資格の標準化＝学歴資本の価値下落が、学歴競争からの撤退という現象を呼び起こすことはなく、むしろ大卒という学歴資格は競争社会に参入するための必須の免許として、その地位を揺るぎないものとするのである。そこで、学歴インフレによって学歴資本を提供できない中下層の大学は、やがて別の技能＝交換可能な資本を身体化＝訓練する機関として自らをアイデンティファイしてゆくようになる（様々な資格取得を謳い文句に掲げるのを典型とする）。ユニバーサル型の大学においては大学と社会の境界は曖昧化或いは一体化する、とトロウは述べているが、今日一般に見られるような大学における実用価値への傾斜という現象は、決して偶然の産物として生じたものなのではなく、大学大衆化→学歴インフレという現象が惹起した社会の構造的変化にともなう必然的帰結と言うべきものであるのだ。

　以上のような環境変化の中にあって、かつて教養主義によって、エリートを製造する装置として制度的に価値化されていた古典群が、従来と同様の価値を保持し続けるのは著しく困難なことであるだろう。しかも大学内部で行われる研究行為（読書行為）は、学歴取得という目的と不可分な関係を構成してしまうため、場合によっては学歴取得と、研究に傾ける自らの努力・忍耐・時間・効果とを取引する（計量する）ことによって、学歴取得という目的が達成される最小の値で努力を自制する（最小の投資によって最大の利益を獲得する）ように動機づけられやすくなってしまう（この点については、われわれは内田樹〔一九五〇―　〕の教育論から多くを学ぶことができる。内田樹『街場の教育論』〔ミシマ社、二〇〇八・一一〕他、参照）。一般的に（特別な読解技能《リテラシー》を要するために）難解とされる古典の価値に対して疑問が投じられるようになった一つの構造的変化の契機として、「大衆化」が重要な要因となったのは確かであるように思う（つまり、簡単に言えば、「古典」を読むことに〝見返り《リターン》がない〟と考えられるようになった、ということである。哲学の「古典」、社会学の「古典」でさえ失墜しつつある状況にあって「古典文学」に実用的価値を見出すのはいっそう困難となっている）。

大きな物語の失墜

また、このような大学大衆化とは別の角度から、古典の価値低減を説明する考えもある。教育哲学者、藤本夕衣〔一九七九―　〕の『古典を失った大学―近代性の危機と教養の行方―』（ＮＴＴ出版、二〇一二・九）はその一つである。藤本は、大学の大衆化（ユニバーサル化）やグローバル化がその要因の一つとなっていることも認めつつ、それ以上に大学の存在意義＝理念を変質させた根本的な「知の変動」現象として、「大きな物語」の失墜という要因を挙げている。周知のように、「大きな物語」の失墜とは、フランスの哲学者、Ｊ＝Ｆ・リオタール〔一九二四―一九九八〕が『ポスト・モダンの条件―知・社会・言語ゲーム―』（小林康夫訳、水声社、一九八九・六、〔原著、一九七九〕）の中で提示した「知」の変動現象を説明する用語である。部分的に藤本の要約を借りてその骨子を整理すれば以下のようになる。

近代の大学は、「科学」と「大きな物語」という二つの知の形態に支えられるものであった。そして「科学」は、真理の探究にあたって適切な方法であり、真理を探究することが何よりも重要である、という二つの条件によってその存在意義が正当化されていたのだが、実際のところそのような認識は科学の内部においては証明することはできない。つまり、「科学」は自らの正当性を「科学的」に検証することができないということである（科学の進歩が人類にとってよりよい社会をもたらしてくれるという理念は、例えば、原子爆弾などの大量破壊兵器やその使用による近代戦争の実際によって容易に反証される）。その正当性はもっぱら「大きな物語」に依存していた。その物語的言説とは、一つは、科学の発展によって宗教といった非合理的迷信から人々を解放し、社会の近代化＝理性化を進めてゆくという「解放の物語」（啓蒙思想）であり、もう一つは、科学は知そのものを発展させる、正しいものであるという「思弁的物語」であった。こうして、科学的言説は自らの正当性を科学的に証明することができず、根っこのところで自らの基盤が（論証や証拠の提出を求めない、伝達というパフォーマンスによってのみ自らに信任を与えている）物語に依存していることを露呈させてしまう。それゆえ、啓蒙のプロジェクトにしたがって、物語的言説の物語性へ有効な打撃を加えれば加えるほど（モダニズムの立場を徹底させればさせるほど＝物語的言説を前近代的‐非理性的な迷信・偏見・臆見・イデオロギーとしてカテゴライズして自らと差異化させればさせるほど）、同時に自らの足下をも崩し、普遍性や真理の基盤の一切を瓦解させてゆくような、ポスト・モダン状況を招来することになる（ただし、言説が科学と物語との二類に明晰に分類されるという前提が成立する限りにおいて）。つまり、「大きな物語」の失墜とは、「科学」の失墜であり、普遍的真理の探求を標榜していたはずの大学、そしてあらゆる学問の「物語」化であるのだ。そして、このようなポスト・モダン状況の中にあって、人は自らの主張が普遍的な正当性を持ち得ないことを知りつつ、それを主張しなければならないという逆理《パラドクス》の中に苦しむことになる。その中にあって、普遍性という価値によってその存在意義を正当化してきた「古典」は、必然的に「科学」との背理に苦しめられる典型として位置づけられることとなる。

　ただしここで、このような「大きな物語」の失墜という「物語」にも一定の留保はつけておかねばならない。まず、しばしば見られることだが、「大きな物語」の失墜という現象を歴史上のある時期に起こった出来事として捉えるような見方についてである。「大きな物語」というのは、その定義に精確に従うならば、それは時系列上のある一点において喪失されるようなものではなく、むしろ原的に喪失されているものと見なければならない。「大きな物語」＝普遍的真理は、「科学」というものを、「物語」を含み込まない独立した対立物として盲信する機制の中でのみ有効に働くものでしかないからだ。勿論、それを限定的な空間の中で起こった集団感染現象として捉えるならば、「大きな物語の失墜」に該当する「語り」が歴史的にどの時期に集中しているのかを同定することは可能である。しかし、そうであったとしても、「大きな物語」を素朴に信じている「界」がいまだに存在している例証などは幾らでも挙げることはできるだろう。しかもその場合においても、「大きな物語」を喪失したのはいったい誰なのか、誰の中から「大きな物語」が剔抉されたのか、という主体性の同定の根拠が問われなければならない。具体的に言えば、（あくまで一般論としてだが）大学に今から入学してくるような、学問の何たるかに未だ接していない社会階層にあっては、「大きな物語」の失墜などは未だ起こってはいない。それは（研究者などの）社会階層の一部の主体群の局部で起こった群発地震のようなものでしかなく、地殻変動のような大規模な世界観の刷新と見なしうるようなものではない（その意味において、ポスト・モダンとは時代論的なカテゴリーの概念ではなく、主体変化における状態或いは過程の一つとして考えるべきものであるだろう）。しかも、一般的には、大きな物語の失墜（＝ポスト・モダン状況の到来）という出来事を、普遍的真理を見失った混乱状況としてネガティヴに描像することも少なくないが、それは科学至上主義への反省を起動するという意味で、むしろポジティヴな主体変化であると考えることもできる。勿論、それによってすべては「物語」に過ぎないという価値相対主義を一つの絶対真理へと収斂させてゆくような臆説も見られたが、それは究極的には「物語」を「科学」化しようとする端的な謬見に過ぎず、実際のところ、そのような主体にあっては「大きな物語」は未だ信じられているのである。しかしながら、価値相対主義に対する価値相対主義を徹底させれば、必然的に「科学」と「物語」の「間」――勿論、「間」と呼びうるような固有の場が存在するわけではないが――に新たな「学問の場」が再生されてゆくことも十分に期待することができるはずだ。そうであってみれば、大学とはむしろ「大きな物語」を失墜させる場として理念化されるべきであると考えることもできるだろう。それは言葉を換えて言えば、学問の〝有限性〟に対する自覚と言うべきものである。夙に社会学者、マックス・ウェーバー〔一八六四―一九二〇〕が指摘しているように、ある学問が存立されるべき価値があるとする前提それ自体は、学問的な手段によって立証することはできない（マックス・ウェーバー／尾高邦雄訳『職業としての学問』岩波書店、一九三六・七、〔原著、一九一九〕、四三頁以下）。例えば、医学は、「生命が保持するに値するかどうかということ、またどういうばあいにそうであるかということ」を証明できない。美学は「芸術品が存在すべきかどうかということ」（傍点原文）を証明できない。法学は「そもそも法律はつくられるべきであるかどうかとか、これこれの規則は設定されるべきであるかどうかというような問い」（傍点原文）に答えることはできない。文化科学は、任意の「文化現象がその存在に値していたか、あるいはまたいるか、という問いにたいしても、またこれらの文化現象を知ることがその努力に値するか、という問いにたいしても、それ自身としては何らの答えをも与えない」のである。これらの命題は価値判断に属する問いであって、学問的-科学的検証によって証明されるような性質のものではない。その上で、ウェーバーは、政治的実践と学問的分析を明確に峻別する必要性を説き、教室という場において前者の行為を取ることを厳しく非難し、自らの価値判断、好悪の感情を学生に押しつけるような扇動家や予言者の振る舞いを演じることを禁じつつ、教育者としての「知的廉直」さを求めている（ただし、このときウェーバーは、教壇の上から〝価値判断を強いてはならない〟という一つの価値判断を強いていることにもなるのだが）。そのような意味から言えば、なぜ古典を読まなければならないのか、という問いに対して何らかの答えを（教育者として）提示することもまた一つの政治的実践という意味を帯びてくることになるだろう。しかし、このような学問の限界に対する自覚の上に立つならば、だからこそ、「古典」の価値を絶対化して強制するのでもなく、また相対化して抹消するのでもないような場処でそれを探求すること自体に根源的な学問的意義を見出すことができるようになるのではないだろうか。

大衆としての科学者

以上の流れに関連して、ここでオルテガの「大衆」論について言及しておこう。ホセ・オルテガ・イ・ガセト〔一八八三―一九五五〕はその著『大衆の反逆』〔原著、一九二九〕。以下引用は、中央公論新社〈中公クラシックス〉、二〇〇二・二〕の中で「大衆」なるものを徹底的に批判している。ただし、まず前もって注意を喚起しておかねばならないのは、オルテガの言う「大衆」とは、確かに少数者に対置される多数者ではあるものの、それは例えば農民・労働者などの中下級階層に位置づけられるような固有の階層の人々のことを指しているわけではない、ということである。それどころか、「大衆的人間の原型」は、オルテガにおいては「現代の科学者」にこそ見出されるものだと考えられている。ここが本章にとっての重要な鍵鑰となる。

では、具体的にその「大衆性」とは、オルテガにとってどのように定義されるべきものだったのだろうか。そこに見られる顕著な特質は、無根拠な自己肯定的性格である。例えば、以下のように説明されている――大衆は「自分以外のいかなる権威にもみずから訴える、という習慣をもっていない。ありのままで満足しているのだ。べつにうぬぼれているわけでもなく、天真爛漫に、この世でもっとも当然のこととして、自分のうちにあるもの、つまり、意見、欲望、好み、趣味などを肯定し、よいとみなす傾向をもっている」〔七二頁〕、「永遠の大衆的人間は、その性格どおりに、もはやいかなる権威にも頼ることをやめ、自分を自己の生の主人であると感じている」〔七二頁〕、「その人間は、自分の内に、はじめから一連の観念をもっている。それで満足し、自分が知的に完全であると思うことに決めている。自分の外にあるものの必要性を感じないので、その一連の観念のなかに決定的にあぐらをかく。ここに自己閉塞の機構がある。／大衆的人間は自分が完全であると思う」〔八一頁〕、「愚か者は、自分のことを疑ってみない。自分がきわめて分別があるように思う」〔八二頁〕、「それ〔筆者注、知的能力〕を所有しているという漠然たる感覚は、ますます自己の内部に隠れ、それを、使用しないことにだけ役だっている。年がら年じゅう、できあいの決まり文句、偏見、観念の枝葉末節、簡単にいえば、偶然かれの頭のなかにたまった空虚なことばをたいせつにして、天真爛漫だからとでもいうほか理解できない大胆さで、そういうことばをなににでも押しつけるのである」（八二頁）。

そして、このようなオプティミスティックな自己肯定感から、大衆的人間は、「外部の権威にたいして自己を閉塞してしまい、耳をかさず、自分の意見に疑いをもたず、他人を考慮に入れないようになる」のだが、相互にその存在を妨げあわないような、自分とその同類だけから世界が構成されているかのような行動原理を取る。それは、自らの「内部にある支配感情に刺激されて、支配力を行使」することであり、「慎重も熟慮も手続きも保留もなく、いわば、《直接行動》の制度によって、すべてのことに介入し、自分の凡庸な意見を押しつけようとする」ことであった（一一八―九頁）。

一方でそれに対置される少数者＝「選ばれた人、つまりすぐれた人間」＝「炯眼の人」は、「自分よりもすぐれた、自分のかなたにある規範にみずから訴えることが必要だと、心底から感ずる性格をもっていて、その規範のために、易々として身を捧げ」（七二―三頁）、「自分が愚か者とつねに紙一重であることを知って」いるような人のことであった。したがってそのような人は「目前のばかげたことを避けようと努力するし、その努力のなかに知性が存する」（八二頁）のである。

以上のように、オルテガにとって、少数者／大衆の区別は、自己否定的（自らの愚昧さを知っているもの）／自己肯定的（自らが知の所有者であると錯覚しているもの）という基本的な自己認識の差異に由来し、努力をし続けるものと、何もせずに他に対して支配力を行使しようとするものという行動原理の差異となって表れるものとして理解されていた。

では、「科学者」はどのような意味で「大衆的人間」であるのだろうか（一三五頁以下）。上記のように、オルテガは、大衆と少数者とを、自己認識の差異によって区別しているのであって、その知性の程度において区別しているのではない。実際、「現代の大衆的人間は利口で、他のいかなる時代の大衆よりも知的能力がある」（八二頁）と言っている。では、なぜ科学者は大衆的人間となるのか。それは、偶然の結果でも個人の欠陥によるものでもなく、科学それ自体が科学者を自動的に大衆的人間へと変えてゆくからだという。そこで特徴的に示されるのは、科学者の仕事が専門分化してゆくという必然的現象である（ただし、専門分化するのは科学者であって科学ではない、とオルテガは注意する）。では、科学者が特定の科学、特定の限られた部門の研究にだけこだわり、他の部門との接触を失って、外の世界のことは取り立てて知らなくてもかまわないと考えるようになったのは、どういう条件に拠るのだろうか。オルテガは、その原因を近代科学の機械化に求め、それによって科学が「恐るべく凡庸な人間や、凡庸以下でさえある人間」を「暖かく迎え入れ、その人間の仕事が成功することを可能にしている」からだと分析する。科学を小分野に分類しその中に閉じ籠もっていても、「方法の確実さと正確さ」のおかげで科学者は自らが科学全体の発展に寄与しているのだと考えることができるようになる。ただし、オルテガが問題だと考えていたのは、これによって科学者が「自分は《ものを知っている人間だ》と考え」るようになることであった。専門家は「自分の領域の微少な片隅を非常によく《知って》いる」が、「他のことはからっきし知らない」という「無知な知者」であった。これによって、「《人のいうことを聞かない》、高い権威に従わないという」大衆的人間の性格が発現することになるのである。この点において、文学研究者、E・サイード〔一九三五―二〇〇三〕が「専門主義《プロフェッショナリズム》」を批判しつつ「現代の知識人は、アマチュアたるべきである」と言ったことを併せて想起しておいてよい（『知識人とは何か』大橋洋一訳、平凡社、一九九五・五、一三〇頁（原著、一九九四））。また、本書の文脈から注意すれば、戦後間もない頃の国文学界に棲息していたまさにその「無知な知者」であるところの科学者に対して、国文学者、西郷信綱〔一九一六―二〇〇八〕が次のような辛辣な言葉を投げかけていることがわれわれの注意を引く――「我々のあひだでも今尚、ただひたすらな主観の滅却が、科学に到る唯一の道であるかのやうに説かれ、さうして徒らに手工業的学問を繁栄せしめてゐる。若い者までが青春を殺してそれに追随してゐる有様である。それでゐてかうした学者に、政治や経済や歴史や社会や文学の問題を語らせると、その愚や及ぶべからざる非科学性を曝露する。方法の文献的厳正さ、しかもそれに拘はらず世界観のおどろくべき非科学性。例へば万葉集を扱ふのに、その文献操作には精妙をきはめながら、ひとたびその歴史的意味を考へる段になると、個人的直観や独断をいくらも出ない放恣な主観的解釈に始終するといつた具合である。或ひは、源氏物語の考証のことなら何でも知つてゐるが、政治や経済のことに関しては市井の民衆にも劣るいい加減な見解しか持ちあはさないといつた例。これは国学的方法としての文献学の、単なる再生産にすぎないではないか」（『国学の批判―封建イデオローグの世界―』青山書院、一九四八・三、一八〇頁、傍点原文）。

再びオルテガに戻って言えば、彼は「大衆」の支配する「国家」の危険性についても言及している。彼によれば「国家」とは、「いくたりかの人々によって創造されたもので、かつて人類のなかにあったある種の価値と前提によって支えられた」、一つの「技術」に過ぎないものであった。それは明日には消え失せているかもしれないような仮構的人工物でしかなかったが、大衆はそれを見て賛嘆する。そしてそれを自分のものだと考え、また自分が国家だと信ずるに至る。国家という技術は、「生の国有化」、「干渉主義」、「すべての社会の自発性の吸収」によって特徴づけられるが、大衆的人間は、社会生活の中に発生した困難、軋轢、問題について、「国家がただちにそれをとりあげて、その巨大な比類のない手段をもって、直接に解決する責任を果たすように要求する」、「なにかと口実をもうけては、国家の機能を発動させ、国家を騒がせる」のである。このような、大衆が大衆という身分のままに社会を管理し始める社会のことをオルテガは「超民主主義」と呼んだ。

ただし、以上をもって注意しなければならないのは、大衆と少数者というこの二者は、それぞれが別個の人格として截然と振り分けられるようなものとしてあるわけではなく、むしろ一個の人格に内在される二つの顔として考えておいたほうがよい、ということである。上記のように「大衆」が定義されうるのだとすれば、自らの内に「大衆的人間」が潜んでいないと断言できるような人間はおそらくどこにもいないだろうからだ。その上で、科学者がそのアイデンティティーにおいて、自らが知的に完全であると錯視してしまうこと、そして自らを国家と同一視し、自らの考えを国家を媒介として社会へと押しつけ、諸問題を解決しようと介入を始めるということは、本章の以降の議論の中でも重要なポイントとなる。というのも、それは後述する戦前の国文学者の姿とも全く重なり合うものとなるからである。

だが、今はこの点に十分な注意を払いつつもひとまず問題を先に進めることとしたい。

古典とは何か

以下、「なぜ古典を学ぶのか」という問いに、なぜわれわれが答えられないのかを考えてゆくことになるが、この問題について考える前に、古典文学研究における「古典」の意味内容がこの半世紀の間に大きく変質したことをまず確認しておきたい。一般に「古典」とは、美的変遷、時間の淘汰をくぐり抜けて正統化されてきた、読まれるべきテクストを指す場合もあれば、単に古い資料群《アーカイヴス》を指す場合もある。ただし、現存しているという事実が、程度の差こそあれ、少なくとも淘汰はされなかったという事実性に反射されており、その意味から言えば、あらゆるテクストは、前者への距離感の中に配置されており、両者は必ずしも截然と二分されるわけではない。

その上で、まずは戦前の論文から、そこで展開されている「古典」論の幾つかを摘記することで議論の足がかりを摑んでおきたい。かつて、国文学者、池田亀鑑〔一八九六―一九五六〕が定義したところに拠ると、「古典とは、単に古代の書籍のことをいふのではない。古典は我々の精神生活の絶えざる源泉となり、又規範となる所の典籍の謂である」（『古典文学論』第一書房、一九四三・六、五頁）とされている。また、久松潜一（一八九四―一九七六）も同様に「古典は古い典である。典は「のり」であつて、「のる」ことであるとともに、規範でもある。かくて単に古い典籍といふのみではなくして、古くして今に生きて居ることを意味して居る」と述べている（「古典」『文藝文化』一-三、一九三八・九、一頁）。さらには、文藝評論家、青野季吉（一八九〇―一九六一）は「古典とはどう云ふものであるか。……私には、古典とは単なる過去の文化所産と云ふ風には考へられない。……それを古典として、私がはつきりと値ぶみすることが出来るのは、私がそれに感動と共感とを持つからに外ならない。私の生命が感動も共感もしないものは、私にとつては古典ではないのである」（「日本の古典について」『文藝文化』三-八、一九四〇・八、五頁）と述べている。その他にも以下のように多くの言表に触れることができる。「古典とかクラシックとかいふと、古い時代の作品といふ意味がたいてい含まれてゐるけれども、単に過去のものでなく時代を超えて生命を有し、現在においてもなほ何等か模範となり得るやうな永続的価値を有するものが古典」である（三木清「古典の概念」『文学』六-一〇、一九三八・一〇、一八五頁）。「古典とは現在の眼によつて過去から発掘され、現在の眼によつて藝術である事を確認されたあるものに外ならぬ」、「何を古典と見るかは見るものの見識である。何が古典たらしむるか。それはその作品の現在に於る価値である」（風巻景次郎「研究の対象としての古典」『文学』五-四、一九三七・四、一一七頁）。以上のところで注意が引かれるのは、〝古典とは何であるのか〟という問いに対して実際にどのような回答が与えられていたのかという論点以上に、そのような問いが頻繁に立てられ議論が交わされていたという歴史的土壌がかつて存在したということについてである。それは、今日の学術論文等においてここまでポジティヴに「古典」とは何であるのかを論じる文章を目にすることが稀である――少なくとも戦前の学界状況ほどに手軽に口にできるような議題ではなくなっている――というその強い歴史状況的対比において、「古典」それ自体に対するパラダイムが大きく変質したことをわれわれに告げるものである。

端的に言えば、「古典」の価値が（即自的なものとしてであれ、対自的なものとしてであれ）強く信じられていた時代――換言すれば、普遍的価値の現前性が強く信じられていた時代――から乖離し、今日、古典文学研究という学律の中で行われている諸研究は、如上の定義群に準ずるものではなく、前近代のテクスト／アーカイヴスを広範に視野に収めたものとなっている。つまり、現在の古典文学研究は、必ずしも規範となるべき「カノン」の研究をしているわけではない、ということである（一方で、後述するように、カノンの歴史的生成過程を記述し、その作られた規範的価値を相対化する研究は盛んである）。

一九八五年に中世文学会が創設三十周年を記念して編んだ論文集『中世文学研究の三十年』（非売品、一九八五・三）の中で、福田秀一（一九三二―二〇〇六）が、この三十年の間に現れた傾向として「中世文学研究における対象の拡大」が見られると指摘しており、さらには、「具体的には仮名法語や高僧の書簡などが「文学」としての市民権を獲得したように見えるし、いわゆる漢文日記をも文学作品と認定しようとする意見があり、私見によれば支持者が増えつつあるようである」と述べられ、その原因として、「『古典大系』のスタートに合わせて『文学』（昭32・6）が行った座談会「国文学研究への提言」（唐木順三・杉浦民平・山本健吉・林屋辰三郎）での諸家の発言が、直接の契機になったと思う」としている。つまり、評論家の提言に国文学界が応えるかたちで、研究範囲が拡大していったというわけだが、そのような福田の見解が妥当であるかどうかはともかくとして、その傾向がその後も続いたのは確かであった。(3)

例えば、それは端的に以下の資料から窺い知ることができる。中世文学会はさらに創設五十周年を記念して「中世文学研究の過去・現在・未来」と題するシンポジウムを企画し、それを、中世文学会編『中世文学研究は日本文化を解明できるか』（笠間書院、二〇〇六・一〇）として刊行しているのだが、その中でもやはり次のような指摘が為されている――「ここ二十年ほどの中世文学会は、「文学研究」を狭い領域や固定的方法に限定せず、周辺の諸学・諸分野との関わりを強く意識しながら活動してきた」（佐伯真一「序　中世文学研究の未来に向けて」、五頁）、「従来の国文学では、その国書のうち、和歌や物語を中心とする狭い範囲がその対象となって、「国文学資料」として研究者の領分だった。／こうした状況は、この五十年で大きく変わった。殊に近年は研究の対象となる「資料」の範疇が拡大を続けている。それは中世文学の研究を成り立たせる枠組みの根本的な変化とも言いうる」（阿部泰郎「〈第1分科会「資料学―学問注釈と文庫をめぐって―」〉企画趣意」、一〇頁）、「昭和後半以降の中世文学研究というものを考えていきますと、一つには実証的な研究の進化、細分化があり、一つには文学研究自体の視野の拡大、他研究分野との交流の拡大、言いかえれば文学資料と非文学資料の境界や、文学研究とそれ以外の研究との境界の相対化ということがあるかと思います」（山本一「〈第4分科会「人と現場―慈円とその周辺―」〉企画趣意」、一一四八頁）などと述べられている。

では、なぜ古典文学研究が「古典」の範疇を拡大させることになったのだろうか。その原因としては次の二つの要因が考えられる。第一には、（ⅰ）古典文学研究が、伝統的に、かつまた実質的に、国家の保護下における書誌学的インフラ整備という公共事業的側面を持っていたために、研究対象となるアーカイヴスが有限である以上、大学の大衆化と国文学科（日本文学科）の増設を背景とする研究従事者の増加に伴って、（問題関心の細部への移行とともに）対象を拡大せざるをえなかったということ。そして第二には、（ⅱ）「創造された古典」というパースペクティヴの導入によって、カノンという発想それ自体が失効-消失したことである。

専門の細分化

まず第一の問題を詳解するにあたっては、国文学という学律の歴史的形成過程を追認しておく必要があるが、近年、「国文学」の編制史をめぐるまとまった論考の幾つかが公刊され、国文学者が自らの足場及び自己自身がどのようなイデオロギーの中で歴史的に構築されたものであったのかを、そしていまなおそうであるのかを確認するのに役立っている。例えば、笹沼俊暁『「国文学」の思想―その繁栄と終焉―』（学術出版会、二〇〇六・二）、同『「国文学」の戦後空間―大東亜共栄圏から冷戦へ―』（学術出版会、二〇一二・九）はその代表的なものだが、他にも、藤井貞和『国文学の誕生』（三元社、二〇〇〇・五）、安田敏朗『国文学の時空―久松潜一と日本文化論―』（三元社、二〇〇二・四）、佐藤泉『戦後批評のメタヒストリー―近代を記憶する場―』（岩波書店、二〇〇五・八）、長島弘明編著『国語国文学研究の成立』（放送大学教育振興会、二〇一一・三）、藤田大誠『近代国学の研究』（弘文堂、二〇〇七・一二）、品田悦一・齋藤希史『近代日本の国学と漢学―東京大学古典講習科をめぐって―』（東京大学グローバルCOE「共生のための国際哲学教育研究センター」、二〇一二・三）、諏訪春雄『国文学の百年』（勉誠出版、二〇一四・一）、井田太郎・藤巻和宏編『近代学問の起源と編成』（勉誠出版、二〇一四・一一）所収の関連論考、或いは、近藤潤一による「アカデミズムの戦中・戦後」（『日本文学』二七‐一〇、一九七八・一〇）以下、日本文学研究史をめぐる諸論考、また衣笠正晃による「一九三〇年代の国文学研究―いわゆる「文芸学論争」をめぐって―」（『言語と文化』一、二〇〇四・一）、「1930年代の国文学研究(2)―風巻景次郎の位置について―」（『言語と文化』三、二〇〇六・一）、「一九四〇年代前半の風巻景次郎―その文学史論をめぐって―」（『言語と文化』四、二〇〇七・一）をはじめとする一連の論考、或いは、花森重行「国文学研究史についての一考察―1890年代の芳賀矢一をめぐって―」（『日本学報』〈大阪大学〉二一、二〇〇二・三）、鈴木日出男「国学から近代国文学へ」（『国語と国文学』八〇‐一一、二〇〇三・一一）、内野吾郎「近代国文学の胎生と新生―芳賀矢一の留学とその意義―」（『國學院雑誌』八四‐一一、一九八三・一一）、品田悦一「排除と包摂―国学・国文学・芳賀矢一―」（『国語と国文学』八九‐六、二〇一二・六）、神野藤昭夫「近代国文学の成立」（『森鷗外論集　歴史に聞く』神典社、二〇〇〇・五）、同「〈文〉の学の近代へ―小中村清矩と芳賀矢一との距離―」（河野貴美子・Wiebke DENECKE編『日本における〈文〉と「ブンガク」』勉誠出版、二〇一三・三）、大本達也「明治期における「文学」の形成過程をめぐる国民国家論―「国語」または《出版語print-languages》の創造と「小説」の台頭―」（『鈴鹿国際大学紀要』一〇、二〇〇四・三）以下の連作、さらには雑誌『国文学　解釈と鑑賞』の特集号「続・古典学者の群像―明治から昭和戦前まで―」（五七-八、一九九二・八）、雑誌『ＧＹＲＯＳ』による「国文学の死と再生」という特集号（勉誠出版、二〇〇四・六）等が挙げられるが、これらはわれわれの進路にとって有益な道標となる。

一般に「国文学」の歴史＝物語は、芳賀矢一（一八六七―一九二七）を一つの始発点に据えるのを常識的な観点としている。芳賀がドイツのベルリン大学へ留学し（一八九九～一九〇一年留学）、フリードリヒ・アウグスト・ヴォルフ（一七五九―一八二四）、アウグスト・ベック（一七八五―一八六七）などによって学問として体系化された「文献学」を学び、それを「国学」と接合させることによって「国文学」が創造（学問として体系化）されたという物語である。ただし、芳賀を国文学の「学祖」に位置づけるという物語がわれわれにとって見通しのよいものであるにしても、芳賀以前に古典文献を取り扱うアカデミックな場は存在していたし（一八六八年＝昌平学校復興、六九年＝大学校（本校）設置→大学へと改称、七〇年＝大学閉鎖、七一年＝大学廃止、七七年＝東京大学設立）、「日本文学史」を主題とする書物が多くの人の手によって刊行されていたことにも注意を欠かすことはできない。(4) どのような意味で、芳賀が歴史の「転換点」であったのかという問題については、既に多くの研究の蓄積があるが（上掲、花森、内野、品田論文の他、福田秀一「芳賀矢一―西欧理論に拠る日本文献学の樹立―」（『国文学　解釈と鑑賞』五七-八、一九九二・八）、斎藤ミチ子「芳賀矢一とフォークロア―その先駆的側面―」（『國學院大學日本文化研究所紀要』七〇、一九九二・九）、清水正之「芳賀矢一における「日本」の解釈をめぐって―思想史研究と国文学―」（『日本文学』四一-一〇、一九九二・一〇）、佐野晴夫「芳賀矢一の国学観とドイツ文献学」（『山口大学独仏文学』二三、二〇〇一）、江藤裕之「フィロロギーとしての国学研究―村岡典嗣と芳賀矢一のフィロロギー理解と国学観―」（『国際文化研究科論集』一一、二〇〇一三・一二）、他）、ここで芳賀を軸として「国文学」がどのような過程を経て形成されていったのかを簡単に概述しておきたい。

ただし、ここで敢えて芳賀矢一に注目するのは、彼を国文学の「学祖」に位置づけるような、戦前から既に広く見られる語りを踏襲しようというわけでも、「芳賀」という個人に業績を還元させて改めて顕彰を試みようというわけでもない。それは芳賀という存在自体が近代日本の教育システムの製造物という一つの典型を示しているからである。芳賀の回顧談によると（『国文学史概論』文会堂書店、一九一三・七）、「当時は小学一年生に課するに尚英語を以てせり。余は大学中庸を素読することなくして、先づ英語を学ばしめられたり」（二一七頁）というように、明治五年（一八七二）の新学制の発布以来、彼の受けた公学校教育は一貫して欧化主義という政策の中に置かれていた。この事実はすなわち、後述するような「国文学」に内在される、自らを駆動すると同時に限界づけるシステム——西洋化及びその反動としての「日本への回帰」、という近代日本の辿ってきた反復的運動——が既に芳賀という国文学製造装置の中で胎動していたという意味において注視に値する事実である。とは言え、芳賀の場合、旧来的な学問の素養を欠いていたわけでは全くなく、それどころか幼少期から国学・漢学の薫陶も受けていた（以下、芳賀の経歴については上記参考文献群参照）。彼の父・真《ま》咲《さき》は平田篤胤の養子銕胤《かねたね》に国学を、橘曙覧《あけみ》に和歌を学んだと言われ、維新後は、新潟・宮城両県の属官に就き、また師範学校などの国語教授の嘱託を兼務したとされ、後には塩竈神社・湊川神社の神職も歴任したという経歴を持っている。芳賀はそのような父から幼少より漢籍・国典を学び、私塾でも漢学・作詩を学んだとされる。その後、上京して伯父宅に寄寓することとなったが、中学時代以降、予備門入試に備えて、英語の学習に没頭し、予備門の各科目ではそれらを原書で学んだという（無論、当時は「日本語」によって学問が成立するような環境ではなかったため、当時の学生にとってはそれはごく普通の一般的行為であった。例えば、「本邦文学史の嚆矢」を謳う『日本文学史』（金港堂、一八九〇・一二）の著者の一人である三上参次（一八六五―一九三九）は、芳賀とほぼ同年代であるが、中学時代の頃のことを回顧してこう述べている――「学校の教科書はたいていいわゆる原書で、それから歴史はパーレー《〔S・G・グッドリッチ〕》の万国史、地理はミッチェルの地理書、数学はウイルソンの数学書というような具合に皆英書であったのです」、『明治時代の歴史学界―三上参次懐旧談―』吉川弘文館、一九九一・二、三頁）。そして、一八八九年（明治二二）七月、芳賀は帝大文科大学国文学科に入学する。そこでは、多くの外国籍教授から科学的方法に基づいた学問教授を受けている。B・H・チェンバレン（一八五〇―一九三五）（国語・博言学）、L・ブッセ（一八六二―一九〇七）（哲学）、L・リース（一八六一―一九二八）（歴史学）、カール・アドルフ・フローレンツ（一八六五―一九三九）（ドイツ文学・ドイツ語）などである。ちなみに、国文学科の前身、和漢文学科の設置に際して、東京大学法文理三学部綜理、加藤弘之（一八三六―一九一六）（一八八一年（明治一四）七月、東京大学初代綜理に就任）が文部省に提出した上申書（一八七七年（明治一〇）九月三日）には次のように設立意義が述べられており、学科の基本的性格がどのようなものであったのかが知られる――「今文学部中特ニ和漢文ノ一科ヲ加フル所以ハ目今ノ勢斯文幾ント寥々晨星ノ如ク今之ヲ大学ノ科目中ニ置カサレハ到底永久維持スヘカラザルノミナラズ自ラ日本学士ト称スル者、唯リ英文ニノミ通ジテ国文ニ茫乎タルアラバ真ニ文運ノ精英ヲ収ム可カラサレハナリ但シ和漢文ノミニテハ固陋ニ失スルヲ免カレサルノ憂アレハ并ニ英文哲学西洋歴史ヲ兼修セシメ以テ有用ノ人材ヲ育セント欲ス」（『東京帝国大学五十年史』上冊、一九三二・一一、六八六―七頁）。

　そのような芳賀の眼から見た時、古典籍を読むという行為を価値づけている学問的行為者の中に、いかにも非科学的、前近代的に見える一つの流派が存在した。「古典講習科」のグループである。「古典講習科」とは一八八二年（明治一五）に東京大学文学部に設置された附属教育課程である。既に、一八七七年（明治一〇）に、東大文学部には「和漢文学科」が設置されていたが、欧化政策の流れの中で学生はほとんど集まらなかったとされる。そこで、一八八二年（明治一五）、臨時措置として「古典講習科」が設置され、受験科目から外国語が排除されたことや在学生の約半数に官費が給付されるという優遇措置が採られたことによって多くの人材が輩出されることとなったという。その設置にも関わり教授陣の中心でもあった小《こ》中村清矩《なかむらきよのり》（一八二二―一八九五）は、「此古典講習科は、醇然たる国学専門の学科」であるとその基本的性格を規定しているが（「古典講習科開業演説案十五年九月稿」、『陽春廬《やすむろ》雑考《ざつこう》』巻八、一八九七・一二、八頁）、その設立の意義を、「歴朝の事実、制度の沿革、並に古今言辞の変遷等」を学んで「今日の実際に運用する」こと、即ち、大蔵省における租税史・貨幣史、司法省における憲法志料、農商務省における船史・農商の旧事に関わる書、陸海軍省における古来の軍制、外務省における外交関係の歴史類などの古事典故を彙輯して各政務職掌に参照すること、に求めている。つまり、「古典講習科」は、官吏養成をその基本的な任務と位置づけていたのである。それゆえ「此古典講習科の、第五期六期の高等生徒には、各事実考証の問題を与へ（例せば古今租税の徴収、兵制の概略、陵墓の制作、などの類なり）、答辯を試みしめ、つとめて実用に適せしめんとす、然《サ》れば此科は、右の如き人材を、専ら陶冶する所と知るべし」と、名目上の構想を与えられることとなった（同上、八―九頁）。ただし、「古典講習科は、実態としては旧来の国学・漢学を再生産する機関でしかなく、新たな方法や体系を模索していた形跡は認められない」（品田悦一『万葉集の発明』、一三〇頁）と指摘されているように、実際には、近代学問の中に取り残された前代の異物でしかなかった。そもそも帝国大学の前身としての東京大学文学部からして、八名の教授のうちの七名が和漢文学の担当者で占められており、天野郁夫『大学の誕生―帝国大学の時代―』（中央公論新社、二〇〇九・五）が指摘するように、「東京大学時代の文学部の実質は、哲学・史学・文学を三つの柱に据え、近代西欧の人文学中心に編成された帝国大学文科大学とは違って、東京大学のなかでも最も非西欧的な学部」（上巻、二二一頁）であったのである。その後、「古典講習科」は、帝国大学の発足（一八八六年（明治一九））に伴い、一八八八年（明治二一）には廃止されているが、一八八五年（明治一八）、和漢文学科が和文学科と漢文学科に分割され、翌八六年（明治一九）には、東京大学文学部が帝国大学文科大学と改称されている。そして一八八九年（明治二二）、和文学科が国史学科と国文学科に分割され、これによって「国文学」という学問が一つの独立学科として発足するに至った。芳賀矢一はこの国文学科の第一期卒業生に当たる。その中で、古典講習科出身者と国文学科出身者とは一種の「学閥」のような対立関係を形成していたとも言われている（品田悦一「排除と包摂―国学・国文学・芳賀矢一―」『国語と国文学』八九-六、二〇一二・六）。

「国文学」形成の物語は、芳賀自身が、それまでの旧来的で雑然とした、多義的な学律に支えられた古典学との差異化を図りつつそれらを分離しながらも、「国文学研究の前形態として国学を高く評価することで、古典講習科の人々を国学から国文学研究へという流れの中に埋没させ、両者の差異を隠蔽」することによって形作られたものであったとされる（花森前掲論、八〇頁）。芳賀は「『日本文献学』とは、Japanische Philologie の意味で、即ち国学のことである。国学者が、従来やつて来た事業は、即ち文献学者の事業に外ならない。唯、その方法に於いて改善すべきものがあり、その性質に於いて拡張すべきものがある」（『日本文献学』第一章、『芳賀矢一遺著 日本文献学・文法論・歴史物語』冨山房、一九二八・三、一頁）として、明確に近世「国学」とドイツ「文献学」との接合を試みるようになる。しかし、そこで「改善すべきもの」があると言われているように、近世国学の古い体質が文献学の内部へとそのまま地辷りしてくるのは避けるべきだと考えていた。それはとりもなおさず「徳川時代の国学者・古学者」の中に見られる「大いに独断的で非科学的」な、方法論的な欠陥であった。それゆえ芳賀は、「雑然たる知識を以て自ら甘んじ、国学者であるといふものは、寧ろ憫笑すべきである」とさえ言うのである（同上、六頁）。

そこでは明らかに近代学問の洗礼を受けていない、古典講習科出身者が念頭に置かれていたと思われる。芳賀の教えを受けた藤村作は、芳賀が学生への指導にあたって「如何なる研究にも新しい西洋学術の理論と方法とを採用されることを忘れられなかつた」と述べている（芳賀没後の翌一九二八年（昭和三）に門弟らがノートを整理して編纂した遺稿『日本文献学』の「序」、前掲書、四頁）。芳賀が一学問として「日本文献学」（＝「国文学」）をどのようにアイデンティファイしようとしていたのかという問題は、芳賀以前／以後という物語を芳賀自身がどのように図式化しようとしていたのかという問題として開示されることになる。芳賀は「文献学といふものは、文明のない国にはもとより出来ないのであります。言語学は文明のない国の言語でも取ります。……フイロロギーといふ学問、即ち文献学は、どこまでも昔の文明の盛大であつた国に於て始めて成立つのであります」（『国学とは何ぞや」『明治文学全集』四四、二二九頁）と「文献学」を定義している。このようなかたちで「日本文献学」即ち「国文学」の樹立が構想された時、必然的に「日本」は「文明国」の一つとして予定調和されることとなるが、芳賀が後に『国民性十論』（冨山房、一九〇七・一二）といった著作を上梓していることからも察せられるように、帝大教授という国家官僚たる芳賀は、「国民」という概念の存在していなかった「国学」の中にそれを注入し、「国文学」という鋳型を成型しなおしたのである。芳賀は「国学」は「文献を通じ、之を根拠として、日本の真相を知る学問」であり、「Nationale Wissenschaft」と説明しているが（『日本文献学』第一章、六頁）、その「日本」とは、階級的な選良《エリート》によって代表されるものではなく、社会の垂直的共約性によって広く結合した「国民」によって代表されるものであった。それは「文学」概念の基軸に「普通」（普く通じること）を読みとる彼の理解の仕方にも表れていた――「文学とは階級の如何を問はず、専門の如何に関らず、凡て人とし人たらん者に普通なる知識と、普通なる感情とに訴へて多少の興味を有するもの是なり。かくの如く文学は普通ならざる可らず、故に其標準は人間としての人間たらざるべからず。又興味を有せざるべからず、故に其思想は、高尚なる普通識と高尚なる普通情とならざる可らず。乃ち知る、普通は文学の性質にして、文学は人間の射映《リフレックス》なることを」（芳賀矢一・立花銑三郎編『国文学読本』冨山房、一八九〇・四、「緒論」）。

芳賀を含めそれ以後の「国文学」は、「日本の真相を知る学問」という骨格のみを「国学」から遺伝的に継承しつつ、それを文献学という「科学」的意匠＝衣装によって衣替えすることを企図したのだが、芳賀が、一八九〇年

（明治二三）に立花銑三郎との共編によって『国文学読本』（冨山房）を上梓した際は、「上古の文学」に対して「全く純粋の日本的」という評言を与えていたのだが、一方ではそこに「文学は社会の状態とともに甚だ幼稚なるを免れず」という否定的意味も与えていた（「緒論」）。しかし、一八九九年（明治三二）の『国文学史十講』（冨山房）では、そのような否定的評言は一掃され、「純粋な日本風の処」があることにおいてまさに「日本の真相」としての民族的固有性や本来性を見出そうとする転回が見られるようになっている。芳賀がその後、日本民俗学会の機関誌『民俗』の創刊号（一九一三・五）巻頭論文「民俗に就いて」において「民俗」研究の意義を強調しているのもこれと連動するものであるだろう。そこで、芳賀は「日本の文明は日本の民俗を研究することによりて、始めて理解せられるのである。獨乙あたりで、郷土の研究を盛にし、郷土談を以て、国民教育の第一歩とするのを考へても分る通り、教育の基礎も亦こゝに求むへき筈である」（五頁）と述べている。[5] しかし、花森重行の所論を承けて言えば、芳賀矢一が古典講習科からの離脱-差異化を画策する過程で作り出した「国文学」という学律《ディシプリン》は、その始原においてから〝欠如を作り出す装置〟として配備されたものであった。「我国人に固有なる思想感情」こそが「日本国民心性」であり、「日本国民心性」とは「我国人に固有なる思想感情」であるというトートロジカルな説明形式の中で、「国民の思想」とは最初から「空虚なもの」として提示され、だからこそ「そこには個々人の自由意志の介在がある程度許容され、人々の様々な物語が仮託されることも可能」となったのである。だが、それ以前、必ずしも全ての人が文学から「国民の思想」を読み解いていたわけではなかったにもかかわらず、「その読むという作業を国民の思想の抽出に結び付けたものこそ、空虚なものとしてのテクストの内部であった」のだと、花森は指摘している（八二―三頁）。

ここで注意を要するのは、「文献学」という学律《ディシプリン》の由来と展開である。前述したように、それは芳賀がドイツから持ち帰った一つのディシプリン＝行動規範であったが、（ドイツ）文献学＝「フィロロギー」はもとより学問的な多義性に支えられ、「文献学と哲学とは姉妹であるといはれてゐる位に、哲学的色彩を有するのが、文献学本来の姿である」（麻生磯次「国学の精神と国文学の研究態度」『国文学 解釈と鑑賞』〈特集号「大東亜建設と新国文学の理念」〉七‐六、一九四二・六、五四頁）などとも言われていた。この言辞から窺われるように、この発言が為された一九四二年（昭和一七）の時点では、ドイツに来源を有する哲学的分析を含んだ総合古典学と言うべきフィロロギー（ドイツ文献学）は、もはや「本来の姿」を保つものではなくなっており、そこから言語学・史学・哲学的要素を剔抉した「日本文献学」＝「国文学」という独自展開をもつものとして変形されていたのである。[6] またその後も、国文学者、西尾実（一八八九—一九七九）（国立国語研究所初代所長）が類似の指摘を行っている——「国学以来、近代における国文学も、研究といえば、鑑賞への補助手段としての註釈と本文研究だけを基礎研究と考え、それだけが国文学の任務であるかのような錯覚に陥ってしまった。したがって、文献学の名は用いられているけれども、その実は書誌学と註釈学である。ドイツ文献学のような文学的意味内容の理解も、まして、方法的な芸術的価値判断も、この国の文献学であると考えられている国文学には育つことができないでいる。その代り、方法論のない意味構造の分析と、個人的な、またイデオロギッシュな文学批判が、評論の名において行われている」（西尾実「わたしの中世文学研究」東京大学中世文学研究会編『中世文学研究入門』至文堂、一九六五・六、二〇頁）。しかし、それはその時間的振幅の中で漸次展開した変質というわけではなく、芳賀という始発点において既に萌芽として見られる雑然とした古典学の整理——言語藝術を「文学」の典型とする西洋近代文学をモデルとして対照させた改鋳——によって成型された操作と言うべきものであった。問題は、「文献学」が、やがて諸本の整理‐校合を行い、原型の復元を志向する学問体系として「国文学」の主流的方法論となっていったこと、そして——後述するように——そのことが「国文学」という学律のあり方をめぐる論争を惹起しつつ、国文学者という主体の群れに、あるメカニズムを埋め込むことになっていったということである。

「国文学」の方法論的指針を定める一つの契機としてしばしば指摘されるのは、関東大震災（一九二三年）である。それ以後、「莫大な文化財の消滅に対する愛惜・危機感から古典の渉猟・出版は盛行を極め」、「この時勢に乗じて昭和期に入っての国文学研究は、新資料の発見・考証や諸伝本の整理・系統化に奔命するように」なったとされる（塚本康彦「国文学誌としての『文藝文化』」、『復刻版『文藝文化』別冊付録』雄松堂書店、一九七一・六、五頁）。つまり、アーカイヴスを整理‐体系化（諸本の校合校訂）してゆく作業の必要性がいままで以上に高まり、その任務の一角を「国文学」が請け負うこととなったのである。そこでは、写本・版本の捜索、本文校訂作業、系統化、「原型」の復元、文学全集の編集、伝記的資料の整理、文学史の作成などが主要な任務として遂行されることとなった。それら「アカデミズム文学研究の営為は、全国に電気や水道、鉄道や橋、舗装道路、学校、工場等の近代的なインフラをほどこす高度経済成長の営みの文化版」（笹沼俊暁『「国文学」の思想―その繁栄と終焉―』学術出版会、二〇〇六・二、二二八頁）と言えるものであった。そしてそのような「巨大公共事業」は、戦後も、新制大学の発足と国文学科の増設によって増加の一途を辿り、多数の国文学者を育て養ってゆく主要な財源ともなったのである。

こうして、大量の国文学者によって進められた古典文学研究であったが、それによる研究対象の拡充は、必ずしも研究の総合化を意味するものではなかった。事態はむしろ逆の方向へ進んでいったのである。すなわち、研究の細分化‐専門分化である。例えば、近年の発言から関連するところを拾えば、上野誠（一九六〇―　）の「日本文学における自覚的「補完」―国文学者の肖像写真―」（『文学・語学』一九八、二〇一〇・一一）と題する文章は、今日の「国文学」において研究の細分化がとめどなく進んでいるという現状を問題視した上で、自らの大学院生時代――一九八〇年代――の研究活動のあり方を反省を込めて回顧するものとなっている――「特定の小さな分野で早く論文を書き溜めて、評価を得て、一日も早く研究職のポストを得たかった」、「恥ずかしい話だが、「就職活動」として学会活動をしていた側面があることは否めない。ために、私はタコ壺型の学問形成をすることを自らに課していた、と思う。それは、今となっては一種の自縛だったかもしれない。「国文学」それも「上代」「古代前期」で、しかも万葉集研究の特定領域の研究で、ともかく早く論文を書いて職を得たかったのである」（三九頁）。勿論、ここで述べられていることは決して上野誠という一個人の次元において偶然に生起した、特殊事例《レア・ケース》というわけではない。むしろアカデミズムの学律《ディシプリン》に内蔵された構造的問題として理解されなければならない。おそらく大学院生として――それを肯定／否定するかはともかく――このような雰囲気・気分が分からないというものはいないだろう。ポストを得るという目標と、学的探求とは必ずしも矛盾対立するものではないにせよ、それが方法論的制約となってしまっているのだとするならば、やはり少なからず問題だと言わざるを得ないだろう。

なお、ここで問題視されている研究の細分化という現象が歴史的にいつから始まったのかということを同定することは難しい。少なくとも意識の面では、遡ること既に二十年前の一九五九年（昭和三四）に、研究の「モチーフがいよいよ微視的に孤立的になってきている」という危惧の声があり（猪野謙二「一九五八年度の国文学界―総会における討論の資料として―」『日本文学』八-六、一九五九・六、六六頁）、またさらに二十年遡っても、一九三七年（昭和一二）、近藤忠義（一九〇一―一九七六）が「若い国文学徒諸君に」と題する文章の中で「国文学なら国文学、そのうちの江戸時代なら江戸時代、俳諧なら俳諧といふ風に、それも他との繋りからすつかり切り離された、さういふ袋小路みたいな所に狭く頭を突つ込みつ放《ぱな》しの悪しき専門的態度からは」決して「よき文化批判者として眼力、歴史を正しく見る眼」は生まれてこないと「専門的分化」を批判している一文に接することができる（『国文学 解釈と鑑賞』二-四、一九三七・四、傍点原文）。また、この当時の「国文学者」に対する社会的評価を窺わせる文章が、熊谷孝（一九一一―一九九二）「資料主義・鑑賞主義・その他―最近発表された二三の作品論に関聯して―」（『国文学誌要』四-二、一九三六・七）の冒頭に次のように見られることも注意される――「大分まへの話だが、或る国文学者の学風を紹介した新聞記事に「国文学者としては珍しく視野も広く、理論的な頭脳をもつた人である」といふ意味のことが書かれてあつた。視野が狭くて無理論だ、そんな風に世間一般が国文学者を理解してゐる、という事実を反証するものとしてこの記事を見ることに誤りはないであらう。国文学者たちが、自らの狭い殻に閉ぢ籠り、何のための作品観照なのか資料研究なのか、反省らしい反省をも試みることなしに、挙句の果は目的と手段のけじめも辨へないマニァ的な操作にうき身をやつしてゐるそのひまに、現実はまるでそのありかたを変へてしまつたのである。いひかへると、学界は、現実から置き去りにされたのである」（一一頁、傍点原文）。つまり、この当時において既に国文学者はその視野の狭隘さをもって周囲から典型化される存在であったと言うのである（ちなみに、附言すれば、ウェーバーが一九一七年に行った講演で、ドイツの学界で専門細分化が進み、「学問がまるで実験室か統計作成室で取り扱う計算問題になってしまったかのように考える」若い人がいるという状況を指摘しつつ、「みずから遮眼革《めかくし》を着けることのできない人々や、また自己の全心を打ち込んで、たとえばある写本のある箇所の正しい解釈を得ることに夢中になるといったようなことのできない人は、まず学問には縁遠い人々である」とアイロニカルに語っていることが注意される。マックス・ウェーバー／尾高邦雄訳『職業としての学問』岩波書店、一九三六・七、〔原著、一九一九〕、二二―三頁）。

さらに言えば、国文学界の自閉性、部局化は、戦前の早い時期から「局外批評」を拒否する姿勢がアカデミズムの中に醸成されていたという事実にも表れている。それを問題視した、近藤忠義「国文学と局外批評」（『国語と国文学』一三―一、一九三六・一）は、文壇において論争となった「局外批評論」が、学界（アカデミズム）においても同様の趣旨――「素人否定論」として存在していることを指摘し、それを以下の四つのタイプに分類している。第一には、「国文学界以外からの批評の拒否」である。津田左右吉『文学に現れたる我国民思想の研究』（四冊、洛陽堂、一九一七―二一）が典型的なもので、独断が多く国文学に暗いという根拠をもってそれが「毛嫌ひ」（傍点原文）されているという。そして第二に、「専門範囲――各文学形態や時代などの――以外からの批評の拒否」を挙げる。(7) 第三に、「創作の実際家ならざる（もしくは創作経験無き）国文学徒からの批評の拒否」である。これは今日ではあまり見られない態度かもしれないが、作歌経験がなければ和歌は論じられないといった類いの態度である。そして第四に「異れる研究態度による批評の拒否」である。これは方法論上の相違から来る相互無視-相互侮蔑で、今日でも多くの学律内部で見られる実証研究と理論研究の断絶がこれに相当する。

また、佐山済《わたる》（一八九九―一九六五）「研究に於ける専門の問題」（『国語と国文学』一四-五、一九三七・五）もまた国文学界における専門分化を批判的に捉えた論考である。そこでは例えば以下のような記述が見られる――「学徒が自己とその対象を異にする他の研究部門に足を踏み入れたり嘴を挟んだりしないことは、いつしか学界に於ける不文律となり、又、一方に於いては、それぞれの学徒のつつましく輝やかしき誇りとされるものがある」（六八頁）、「各の専門家は自己の研究分野に籠居し、他の学問または、他の小部門乃至は立場との聯絡をとらず、又、とる必要も認めず、従つて自己の専門的分野に対する一種の権威を信奉し、他からの自己の分野への容嘴を肯ぜざる傾向を誘き出してゐるがごとき観がある」（七〇頁）。

また、高木市之助（一八八八―一九七四）は、一九六七年（昭和四二）に刊行した『国文学五十年』と題する書物の中で、国文学界に見られる閉鎖性を以下のような批判的な筆致で語っている――「私の育って来たアカデミズムの世界は外界から隔絶していてしかも隔絶していることを意識してはいない」（『国文学五十年』岩波書店、一九六七・一、七九頁）、「一体一人の青年が大学で「国文学」という名の学問を卒業した結果、更に国文学を専攻するために大学院へ入学するということは、或るたとえばアカデミーという名の修道院へ閉じこもるみたいなことだったのですね。もちろん青年にとってそんな意識はないのだから、例えば修道院の尼さんが院外に出る事をすら修道の罪過だと考えたように、この青年にとっては大学院の埒外の文壇という名の世界はまるで悪魔にでも誘惑されそうな別のもう一つの学問的に言って不純の世界として考えたがるような癖を持っていたのですね」（同上、八一頁）、「国文学が外界の文化からかけ離れて、孤立無援な場で何かしらせっせと仕事をしているに過ぎないのではないかといった不安がある。そういうふうに隔絶されているのでは、国文学という特殊の世界の中の批判や推奨の声は喧々ごうごうと聞こえるが、外では何の批判もされない。交流もない。静まりかえっている」（同上、一八四頁）。

部局化が進めば進むほど、そこでは再現性の低い個別的-局限的な問いしか立てられなくなり、対話を可能にする交通関係を欠如させ、自閉してゆくことになりやすい（例えば、〝人は何のために生きているのか〟といった問いは誰にとっても等しく問いとして成立するような再現性の高さが保証されているが、環境に依存した、特定の狭い領域の中で立てられた問いは、大多数の人々にとっては何の興味関心も惹起することのない、局限的な有効性しか保証しない再現性の低い問いとなる）。汎用性の低い知は内向きの言語となって外からの眼差しを遮蔽してしまう。とは言え、業績主義という評価制度によって、論文執筆が研究職のポストを得るための目的と化し、（研究対象選択の恣意性に基づいて）より細分化された領域に閉じ籠もることで、或いは、誰も読んでいない作品を論ずることで発生する利益へと若い研究者を誘導するよう機能していたのは確かであると言ってよい(8)。

近代化＝合理化過程の内部に埋め込まれた文学研究

では、なぜ研究は細分化されていったのだろうか。これは無論、古典文学研究という学律に限った現象というわけではない。それどころか、ありとあらゆる研究分野、学問領域で進行した現象であると言ってよい。それは「科学」というシステムが規範化されることで起こった「近代化」の副作用とでも言うべき現象であった。

この点については、アメリカの社会学者、ジョージ・リッツア（一九四〇―　）の「マクドナルド化」の概念を補助線に引くことことで、文学研究の歴史的展開についてうまく整理することができるようになる（なお、マクドナルド化については、前川啓治「グローカル化するマクドナルド」『グローカリゼーションの人類学―国際文化・開発・移民―』新曜社、二〇〇四・一、参照）。リッツア『マクドナルド化する社会』（正岡寛司訳、早稲田大学出版部、一九九九九・五〔原著、一九九三〕）は、近代社会がその隅々に至るまで合理化（規律化-組織化-秩序化-ルーティン化）されてゆくことで、あたかもファーストフード産業の「マクドナルド」のように構造的に変質してゆくことを指摘した論考であるが、議論の理論的骨格は、近代社会における合理化過程が逆説的に非合理性を産出するというM・ウェーバー（一八六四―一九二〇）の所説を適応したものであった。そこで言う合理化とは、（1）効率性、（2）計算可能性、（3）予測可能性、（4）制御という四つの指標によって整理されるプロセスのことである。効率性とは、作業工程を単純化し、誰が作っても同一の商品ができあがるようにマニュアル化してゆくこと、最短の時間、最低の労力で最大の効果を上げるようシステム化することである。計算可能性とは、生産過程と結果の全てを計量化すること。予測可能性は、生産工程をマニュアル化することで不規則的な要素を排除し、どの店舗においても同一の設備・商品・行動が予期されるように制度設計すること。制御とは、人間の行動・能力を管理すること、場合によっては機械化してそれに代替させることである。

近代的国文学研究もまた上記のような「合理化」過程の中に組み込まれていたと仮定するならば、諏訪春雄『国文学の百年』（勉誠出版、二〇一四・一）が国文学主流派としての文献実証主義が近代合理思想を基盤に置いていたと指摘していることは注視に値する。そこでは以下のようなプロセスにおいて研究の典型が実践されてきたと整理されている。（1）諸本の校合と本文批判による信頼できるテキストの作成、（2）そのテキストを分析して問題解決のデータを収集する、（3）最小のデータを総合してより広範で複雑なデータを構成する、（4）データを集成して問題を解決する、（5）その過程で先行・並行の参考文献を検証する（一七八頁）。そしてこのようなディシプリンは、それらを実行するにあたり「できうるかぎり先入観や推測を排除することにつとめ、客観性と明晰性を重んじる」という態度において遂行されるものであったが、一方で、このような方法の導入によって国文学の適応範囲がせまく限定されることになってしまい、古典文学の全分野が機能不全に陥ってしまったと指摘される。そしてそれに決定打を与えたのが、一九六〇年代に入って世界史的な規模で起こった近代合理主義の凋落、(ポスト)構造主義の台頭であったと概括される(「国文学の再生」)。

上記のような形式合理性が世界標準《グローバルスタンダード》として世界規模で膨張しえたのは、それが文化的規定やローカルな価値観と衝突せず諸地域に浸透する力を持っていたからである。同様に、近代合理思想に基礎づけられた「文献実証主義」が国文学研究において主流派となったのは、その手法がどのようなテクストにおいても適用可能な高い汎用性、高い再現性をもっていたからである。

しかし、本書「方法序説」で触れたように、「古典知」と「近代知」とは根本的にその知的様式を異にするものであったという指摘もあり、また、諏訪が古典を神と人との交流をその核心に見出したことを承けて言えば、古典文学研究は、絶対他者としての神＝超越的なものを恣意的に合理化することによって、それを実質的に排除し、近代知の枠組へと改編してしまったという点で、大きな齟齬を犯したのだと見ることもできる。そもそものような過誤は「国文学」という学律《デイシプリン》の樹立から始まっていたのだとも言えるのだが、雑然とした古典知が「国文学」へと改鋳されるにあたって、芳賀より以降の国文学者はあまりにも多くのものを切除してしまったのである。

しかして、そのような近代「国文学」による「過去」の大規模な保存事業、「文化的インフラ整備」「公共事業」という社会的機能は、いまやほとんど機能していない。「国文学」の「終焉」を説く笹沼俊暁〔一九七四―　〕は、学問の「進歩」「発展」「蓄積」という科学的客観主義に基づく信仰が希薄に、或いは不可能になりつつある昨今にあって、あまりにも膨大な量の細分化された研究論文が生産され、学問の全体像を把握することがほとんど不可能になっており、学問の「進歩」や客観性が確保されているのか当の研究者たち自身にもわからなくなっていると指摘する(『「国文学」の思想―その繁栄と終焉―』学術出版会、二〇〇六・二、一二七頁)。そして笹沼による「刺激的な比喩」はその状況をわかりやすくこう説明してくれている――「現在の大学や研究機関における「文学研究」とは、すでにじゅうぶんにインフラが整備されているにもかかわらず、高度経済成長時代にうみだされた膨大な数の関連業者と既得権益層（＝研究者）の生活とプライドを維持するために、公共事業として税金を投入して建設される道路やダムのようなものなのかもしれない」（同、二二七頁）。

ところで、このような専門細分化が自己合理化されるためには、まず大規模分業体制を前提とした要素還元主義に対する信憑が各研究主体に内面化されていなければならない。すなわち、科学を制度的に分割し、それぞれの内部において立項した諸問題を解明した後でそれらを再統合すれば全体としての科学は進展してゆくはずだという発想-理念である。しかしながら、〝全体とは部分の総和以上のものである〟とするシステム論のセオリーを正当なものと受け容れるならば、また、所謂「群盲象を撫ず」（『阿含経』『六度集経』『菩薩処胎経』『大般涅槃経』等。数人の盲者が象の足・耳・胴体などのそれぞれ一部を触って象（＝真理のメタファー）のかたちを言い当てようとした話。重要なのは、誰も象を見たことはない（象＝真実像そのものを見ることはできない）、部分を統合したところで決してそれは象ではない、ということ（誰も組み立て方を知らない））の格言が正しいとするならば、部分から全体を推察することは、正確な知見を得られないというばかりか、大きな認識論的齟齬を惹起することにもなりかねない。古典文献群の中に「古典知」と呼ばれるような共軛的な交通の「知」の基盤があると仮定しても、個別に組み立てられた断片（部品）を、設計図を持たないままに統合してもうまくその連関的構造が描けるとは限らない。そのような要素還元主義的な視座は往々にして、恣意的な部分を全体のプロトタイプと見なして、中世文学の本質、古典文学の本質を描き出す試みを正当化するような研究態度に陥りやすくなる。

また、ウェーバー／リッツアが指摘するように、合理化-マクドナルド化は逆説的に非合理性を産出する。マクドナルドの事例に沿って言えば、来店する顧客数が多ければ多いほど売り上げはあがるが、多ければ多いほど列に並ぶ時間は増加してゆく。客はセルフサービスの名の下に店員に代わって労働し（後片付けなど）、店員もまたマニュアルに従った行動以外は許されないような機械化された労働を強制され、脱人間化されてゆく。そしてリッツアは、高等教育＝大学の世界でもマクドナルド化が進展していることを各指標ごとに指摘する。例えば、計量可能性について言えば、その徹底によって研究業績の質よりも量が重視されるようになり、「質の低い研究を未完成なまま発表するよう急き立てられたり、同じ考えや知見を少しだけ変えて何度も発表」するといったような、研究全般の質的低下、地盤沈下を招く、というものである。同様に、教育社会学者、竹内洋〔一九四二―　〕は、人文社会科学系学問に見られる「専門学会内部、それも一部学会員だけの内輪消費のための研究という自閉化」現象を指して、学問の「オタク化」と呼んでいるが、その制度的状況に関して、「専門学会誌に発表される論文は、学会文法にそうことによって、手堅いだけで知的興奮を伴うものは少ない。挑戦的な問題提起型論文は学術的ではないと論文査読者から差し戻されやすい。学問の洗練という名で実のところは異端と多様性を排除する「知の官僚制化」が進んでいる」と指摘している（『学問の下流化』中央公論新社、二〇〇八・一〇、一二三―四頁）。

改めて言うまでもなく、いかなる研究も先行する研究群との間に何らかのかたちで〝差異〟（他との違い）を作り出すことを原則的に要求されている。それに伴い、学界という組織体は、その内部で行われる個々の研究が、膨大にある先行研究群の〝焼き直し〟に陥ってはいないかを監視するという、相互監視体制を作り上げてゆくことになる。ただし一方で、科学的研究は同じ手順に従ってやれば誰がやっても同じ結果が出るという（追証実験を行うことで確証される）客観的「再現性」にも高い価値を置いている。したがって、研究主体の配置に依存しない、高い再現性の確保された、定型化‐画一化された方法論を採用することによって、対象を細分化しつつそれを微妙に変更してゆきさえすれば、そこに微少な〝差異〟を大量に作り出すことが可能となり、それが研究の手続き上、最も効率的なやり方となる。そうして予測可能性は増大し、タイトルを見ただけで内容が想像されるような、知的刺激の乏しい、類型化‐パターン化された論文の再生産‐量産が促されることになるのだが、このような現象もまたマクドナルド化＝近代化＝合理化過程の一つに数えることができるだろう。そのとき、研究主体は取り替え可能な要素として実質的に排除されることになるが、こと文学研究に限って言えば、このようなマニュアル化されたパースペクティヴに従って得られた再現性の高い方法は、単に既存の読みを追認するものでしかなくなってしまうことも少なくない。一般的に文学研究は方法論（研究主体《サブジェクト》と研究対象《オブジェクト》〔＝テクスト〕とを結ぶ関係式）を絶えず問い直すことでパースペクティヴの絶えざる刷新を強く求めてゆくものであるが、どんなに斬新なパースペクティヴであったとしても（と言うより、それが斬新なものであればあるほど）、規範化された瞬間に一つの方法論として制度化（矮小化）され、陳腐化への転倒は避けられなくなる。その結果、「結果」に求められるべき再現性の高さが、「方法論」という水準においても適応‐要求されるようになり、再現性の高い方法（広く共有された素朴《シンプル》な方法）に従うために、今度は逆に再現性の低い問い（一般化の道筋の見えないほどの極小の対象と目的）を立てるように導かれることとなる。そうすることによって「方法論」上のパターン化は客観性（再現性）という名目の下に糊塗され、（小さい）論文の大量生産という合理的かつ効率的な研究態度が完成する。その結果、論文の量産のために、自ずから時間的に最短距離を走ることが制度的に要請されるようになり、研究主題《テーマ》とは直接的な関係を見出しにくい書物は必然的に読まれなくなる。例えば、戦前、教養主義の空気の中で青年期を過ごした研究者——勿論、国文学者も含まれる——は、デカルト、カント、ショーペンハウアー、ニーチェなどの哲学書を読むのはごく普通のことであったが、今日では、ディシプリンの主流は、文献（一次資料）と格闘していさえすれば、（方法論の刷新をもたらしうる）理論書を読むことを制度的に從慂しなくなっている。そして、アカデミズム全体に共有されていた知の基盤＝共通語の回路から自ら離脱する結果となり、外の声に耳を傾けず、また外へと発する声を持とうともせず、各々の狭小な専門空間へと自閉してゆくこととなるのである。

このように、合理性が非合理性を産出するという機構《メカニズム》は、研究が精密になればなるほど全体像が失われてゆくという逆理の構造の中で制度疲労に苦しむ古典文学界の歴史と現状を映し出すものともなっている。

また、合理化過程がディシプリンの隅々にまで浸透すれば、逆説的に、どうしても合理化できないもの、すなわち「文学的なるもの」「宗教的なるもの」という領域が成型されることになるが、しかしそれさえも、ある一定の合理的形式によってテクストを読解することで、それにうまく適応できないものを思考回路の中から予め剔抉しておくという自己合理化の手続きによって処理されることとなる。計量可能なことだけを問題にするという研究態度が定式化されることになれば、当然そこでは各研究主体をして計量不可能なものを〝存在しないもの〟として処理させることとなる。このような合理性の追求による非合理性の産出という現象は、次節以降で述べる、科学的方法としての文献学の徹底によって、明確な型取りが困難な「文学」という非合理性が浮上してくるという、古典文学研究という学律《ディシプリン》の抱える構造的不安と照応することとなる。

しかし、このように古典文学研究がある種の「機能不全」に陥っているのだとしても、なぜそれが克服されないのであろうか。社会学者、K・マンハイム〔一八九三―一九四七〕もまた近代社会の合理化を論じているが、その中で次のように述べている。

機能的に合理化された社会では、複雑な行為系列を徹底的に考察することが少数の組織者に限られるが、このような事実は、彼らに社会における中枢的な地位を保証するものである。少数の人々が事柄を絶えず拡大される分野に亙つてますます明瞭に見うるに対し、平均的な普通人の合理的判断力は、決定を下す責任を組織者に引渡したが最後、いよいよ減退してゆく。……平均的な普通人は、機能的に合理化された行為複合に順応する新しい行動をする度ごとに、彼ら自身の文化的個性をいくぶんかずつ放棄する。彼らは、ますます他人に指導されることに慣れるようになり、漸次独自の見解を捨てて他人が考えてくれるものを受け入れるようになる。かくして、社会生活の合理化された機構が危機の時代に瓦壊する場合、個人は彼自身の見識によつてそれを修復することができず、自己の無力を痛感して恐るべき絶望的な不安状態に陥るのである。（『変革期における人間と社会』みすず書房、福武直訳、一九六二・八、七〇頁、〔原著、一九四〇〕）

ディシプリンに「指導」された多数の研究主体は、そのディシプリンが超歴史的に唯一のパースペクティヴや所作を与えてくれるものではないにもかかわらず、そのディシプリンを刷新しようとはしなくなる。例えば、テクストを任意の単位（ジャンル・時代）に分割するという制度は、超歴史的に必然性を持つものではないが、それが自己点検されることも殆どなくなってゆく。むしろそこでは常にディシプリンへとひたすらに順応しつつそのようなフレームワークを遵守し、それに準拠しつつ思考するという「自己合理化」が積極的に図られることとなる。国文学研究の世界もまた制度的に硬直し、（居心地のよい）「鉄の檻」になっているのだ。研究者の上部階層に位置する「大家《ビッグ・ネーム》」は、形式合理性から相対的に自由であるためにディシプリン再編の実現可能性は高いが、あまりにもながくその内部にい過ぎたために現状維持を志向しやすくなる。一方で下部階層にいる「若手」は、ポストを得るためにさらに強く「鉄の檻」に拘束されることになる。かつて、高木市之助は「国文学の学生が国文学という学問で生活して行くために一番安全な道は「注釈」をすることです。もちろん注釈にもピンからキリまであるが、ともかくにも「注釈」なら食って行ける。教壇で注釈していれば先生も勤まるし、入試の参考書も結構「著述」して行ける」と述べつつ、一方でこのような実状によって「創造的才能」から離れてゆくことを批判していた（『国文学五十年』岩波書店、一九六七・一、六六頁）。勿論、今日、国文学研究を志す学生にとって「注釈」が生活の糧になるなどということはありえない。そのような仕事が学生や若手の研究者に回ってくることが殆どないというばかりか、そもそも「インフラ整備」の終わった今日にあって「注釈」の需要自体が激減している。インフラ整備の時代＝標準化された製品の大量生産‐大量消費の時代＝フォーディズム時代にあっては、確かに文献学的な基礎作業は将来性のある産業分野であった。しかし、今日のポスト・フォーディズム時代にあっては、「古典文学研究」は、それほど「労働力」の大量投入が必要とされる分野ではなくなっている。また、定型的業務の遂行、語句検索などによるIT技術の発展によって、むしろ合理化過程によって産出された非合理性を処理しうるような、非定型業務の遂行力-分析能力が必要となっている。研究が「効率性」「計算可能性」「予測可能性」「制御」によって基礎づけられる定型的な「作業」である時代は終わった。機械工は、建設業界の構造不況とテクノロジーの発展によって失業せざるをえなくなっているのだ。

しかし、そのような環境変化に対してディシプリンが適切に構造変化しつつあるとは言い難い。市場は既に飽和状態に達しているが、ディシプリンは構造変化を迫られることなく、「領域横断」「学際性」(interdisciplinary)という美しいスローガンのもとで、これまで放置してきたものを知の対象として構造化-組織化し始め、バクテリアのように膨張を開始している。例えば、古典文学研究は、実質的な「文化史」――文化的諸事象を歴史的に記述することを志向する学問分野、換言すれば、「文学」の原因を「歴史的状況性」へと求めてゆくようなディシプリン(ただし、それはかつて学界の主流を形成していた歴史社会学派の嫡流というわけではない。同学派にはマルクス主義という理論的基盤があったが、現在のディシプリンは理論なき実証史学への凭れかかりである)――へと本格的に意匠化することで延命措置が図られているようにも見える。そこでは文学テクストそれ自体を対象とするのではなく、それらが産み落とされた社会環境-制度の記述へと対象が変更されつつあるが、(9)そうすることによって文献学的実証主義という合理化は研究制度の中に保全されようとしている。しかし、それが、専門の細分化をいっそう助長し、文学研究からの実質的離脱によって、われわれを古典の解体へと導いてゆくことになるかもしれない、という危機意識は未だ明確なかたちを帯びてはいない。

カノンの解体

次いで、古典が拡張した第二の理由――「創られた伝統」、国民-国家論を発端とする「創造された古典」というパースペクティヴの導入によって、正典《カノン》が消失したという問題について論点を移してみよう。これは上掲、リオタールの指摘するポストモダン状況の到来、そして諏訪が指摘する、ポスト構造主義の思潮によって合理主義思想が退潮したという事態と符節を合わせる問題である。端的に言えば、普遍的真理への素朴な信憑が消失したことによって、従来、権威的或いは正統的と見なされてきたものに対してさまざまな場処で異議が唱えられ始めたという現象がそれに当たるが、その中では、正統的なテクストという発想そのものが無効化されることによって、起源主義的探求を素地に持つ文献学的営為の有効性もまた根底から疑問を投げかけられるものとなった（勿論、それは理論に敏感な研究者に限られるが）。

近年、「古典」というカテゴリーに組み込まれている諸作品が近代化のプロセスのなかでどのような経過を辿って「古典」化されてきたのかという点検作業が遂行され、それらのいずれもが国民-国家構築という政治的機制――一つの「国家」の下に凝集-統合された一つの「国民」を形成する機制――に直接的に動員された結果であることが明らかにされるようになった。例えば、そのような作業の嚆矢に位置づけられる、品田悦一（一九五九―　）の『万葉集の発明―国民国家と文化装置としての古典―』（新曜社、二〇〇一・二）はわかりやすくこう説明している――「『万葉集』は、広く読まれたために、〝日本人の心のふるさと〟となったのではない。逆に、あらかじめ国民歌集としての地位を授かったからこそ、その結果として、比較的多くの読者を獲得することになった」（一五頁）のだと。またハルオ・シラネ（一九五一―　）の主導する古典の相対化論（ハルオ・シラネ、鈴木登美編『創造された古典―カノン形成・国民国家・日本文学―』新曜社、一九九九・四、ハルオ・シラネ編『越境する日本文学研究―カノン形成・ジェンダー・メディア―』勉誠出版、二〇〇九・四、ハルオ・シラネ、松井健児、藤井貞和編『日本文学からの批評理論―アンチエディプス・物語社会・ジャンル横断―』笠間書院、二〇〇九・八、他）もまた、そのような問題を扱った代表的なものである。このような論考の出現は、国民‐国家構築のために作られた諸学問のイデオロギー性が審問にかけられ始めたのと現象的に同期している。こうして、古典の価値をポジティヴな水準で主張することが困難となる知的土壌が形成された。大作品はイデオロギーの産物として批判の俎上に載せられ、その一方で、誰もろくに読んだことがないような小作品を専門的に論じることが異端視されなくなったのである。

　ところで、フランソワ・キュセ／桑田光平・鈴木哲平・畠山達・本田貴久訳『フレンチ・セオリー―アメリカにおけるフランス現代思想―』（NTT出版、二〇一〇・一一、第七章「イデオロギーの反撃」）は、一九八〇年代、アメリカのアカデミズムで起こった「正典論争」――何を正典とするのか、そもそも正典の存在を認めるのか、という論争の一端がどのようなものであったのかをわれわれに教えてくれている。それは、アメリカの社会的多様性、マイノリティグループの存在を反映したアカデミズムの構造的変化に支えられた議論であったが、ラディカルな正典批判のグループは、「「特定テクスト」を選定すること自体すでに白人中心的そして／あるいは男性中心的な大学に固有の強制的な教育方法を意味しているという理由で、すべての必読文献リストの破棄を迷わず勧告した。かくして、彼らが西洋の正典を利用するのは、例えばシェイクスピアの民族中心主義、バルザックの女性蔑視、デフォーの植民地主義のように、正典の政治的な偏向を教育的に暴き出すことを目的とした講義の場合であった」（一六〇頁）という（これに対する保守主義のカウンターアタックがアラン・ブルーム『アメリカン・マインドの終焉』（一九八七年）である）。このような、学生に読書リストを提示すること自体にイデオロギー的な暴力性を見出すようなラディカルな主張が、日本古典文学をめぐる教育現場で展開されているのかどうかは寡聞にして知らないが、少なくとも、なぜ古典を学ばなければならないのか、学ぶとすればいったいどのテクストを読むべきなのか、という問いに対して無邪気に伝統的な「大作品《グレートブックス》」の名をもって答えたり、〝よくわからない〟として黙秘を決め込むことが難しくなっているのは確かであるように思う。

それにあたって附言しておくべきは、研究対象を〝選定する〟という行為自体に随伴する「恣意性」の問題である。一般論に即して言えば、大学において〝何を〟〝どう〟研究するかということは、基本的に研究主体の自由裁量に属す問題であると考えられている。しかし、その「自由」の意味についてはいま少し深刻に問い直しておく必要もある。というのも、厖大なテクスト網の中から何かを抽象し、何かを捨象するという行為自体が、それとして既にテクスト内部における階級（class）設定を意味するものであるからである。それは従来的なカノンに従順なものであろうと対抗的なものであろうと、そのような作用から免れえないという点で違いはなく、自らの論じている対象を「古典」というカテゴリーに組み込むことに自覚的ではなかったとしても、或いはそのような政治性に自覚的であるがゆえに対抗的であったとしても、何かを議論の対象から除外＝排斥しているという時点でそれはすぐれて政治的な行為に他ならないのである。取捨選択の「自由」とは、政治的「拘束」の異称であり、そのような「拘束」から「自由」な研究主体などは存在しない（研究者は、研究の「自由」というものが、実際には、仕組まれた「自由」であることに対して、最低限、自覚的でなければならない）。テクストの質的差異、知の類的差異に階級（class）を設定するのは、明らかに政治的行為であり、そのことへの自覚は強く求められるべきであるが、他方でわれわれは、〝古典は純粋に歴史的な擬制《フィクション》に過ぎず、すべての作品は原的に等価値である〟といった類いの論法に従って、あまりにもあっさりと「普遍性」への、或いは「普遍的価値」への探求を無意味なものとして放棄してしまっているようにも見える。普遍性、或いは普遍的価値というものが現前しないのは確かであるとしても、「現前しない」（＝到達不可能）ということは、それが「存在しない」＝「虚無である」ということと同義なのではない。両者を混同するような思考パターンは、人間であることの限界という問題系に歴史性-個別性が存在するのかという問いを正解のないものとして早々に退けてしまうような思考パターンと論理的に相同である（勿論、人間であるという「観念」の相貌には歴史性が存在するが、歴史化されうるものはそもそも限界ではない）。

啓蒙知識人＝近代人にとって、諸作品が等しく無価値なものであり、代替可能なものであるのだとすれば、実証主義の小作品の領土化が終了した段階に至れば、次は、未開の地へと支配の手は伸びてゆくことになるだろう。遷移する美意識の淘汰を免れ、乱調を奏でるイデオロギーの暴力によっても清算されることがなかった古典は、何らかのイデオロギーに盲従した愚か者たちによってフィクショナルな次元で聖典化＝正典化された、それ自体本来的に無価値のテクストと定位され、そのヘゲモニックな作用は奪われることになる。そしてその結果、古典（メインカルチャー）とサブカルチャーは併置され、そのような再演劇の中では、古典とはそもそも文化的恣意性の下で仮構された偶然の産物でしかなかったのだから、自らの手で古典を再創造することが可能であるかのような錯視を生むことにもなる。カノン批判がどれだけカノンの再創造を誘発するパフォーマンスとして機能していることに自覚があるのかはわからないが、この作品ではなく、あの作品である根拠がどこにあるのか、という取捨選択の自由の問題は、古典教育-研究においてその根拠の説明を強く慫慂するものとなる。このとき、「作品の内在的価値」という神話が息を吹き返してくるかもしれない。われわれがとっくの昔に退けたはずの問いが帰ってくるのだ。いったいどのような作品が「古典」としてふさわしいのだろうか、と。いままで教わってきた大作品《グレートブックス》がイデオロギーにまみれたものだと学生に暴露してみせることで、教える方も教わる方も幾らかの知的満足は得られるのかもしれない。しかし、その時、では誰がそのようなイデオロギー再生産装置という損な役回りを演じればよいのだろうか。カノン（特権化されたパースペクティヴ）を解体するためには、その前提としてカノンを再生産する装置が必要なのだが、その役割を中心的に担っているのは中学・高校の国語教師である。では、彼らにそのようなピエロのような役回りを演じ続けてもらえばよいのだろうか。中等教育が素朴にカノンを再生産し、高等教育（アカデミズム）がその恣意性-構築性を暴露してゆくという経路が確保されてさえいれば、アカデミックな研究者だけが〝おいしい〟ところを持ってゆくことができる。

ただし、別の見方をすれば、もはやそもそもカノンの構築はうまく機能していないと考えることもできる。品田悦一『万葉集の発明―国民国家と文化装置としての古典―』（新曜社、二〇〇一・二）の「おわりに」には、同書の主題に基づいた講義を受講した、ある学生のレポートの内容が掲載されている。その中には次のような言葉が見える――「私は前々から、『源氏物語』や、『平家物語』、また、『伊勢物語』や『徒然草』などの古典文学作品を学ばねばならないことに大きな疑問を感じていた。確かに、古典を研究し、新たな事実を解明したい人々には、大事なことなのかも知れないが、日本人全員が中学生の時から日本人の義務として古典という読みにくい文章を自分たちのことばに直して読まされなければならない、というのは間違っていると思う」、「『万葉集』の国民歌集観といっても、それはただ研究者によってのみ受け継がれているものであり、世間を動かしている労働者たちにとっては、全くなんの関係もない事実なのである。〔…／…〕古典は今、ほとんどが、国語教育の中に組み込まれているからしょうがなしに読んでいる物として存在している」（三一七―八頁）。少なくともこの学生にとっては、『万葉集』をはじめとする古典文学はカノンとして働いてはいない。もし高等教育を受けるような水準の大多数の人々にとってさえ古典がもはや価値あるものではないのだとすれば、（カノンとしてそもそも構築されていないのだから）その解体作業がうまくゆくはずはない。となれば、研究者という限定されたギルド的空間の中でしか解体作業の有効性は認められないということになるだろう。

文学研究者は、昨今進んでいるように見られる文学の価値低減という現象を前にして、それをしばしば「危機」と形容することがある。例えば、雑誌『ＧＹＲＯＳ』の「国文学の死と再生」という特集号（勉誠出版、二〇〇四・六）には「特集のねらい」と題する文章が掲載されているが、その文章は「国文学が存亡の危機にさらされていま す」という一文から始まる（一二三頁）。ただし、同特集中に収められる近代文学研究者、紅野謙介〔一九五六―　〕

の論文「国文学ナショナリズムと「危機」の言説―少数派としての国文学―」は、少なくとも（近代文学関係の）学会組織の状況を見ると、「存亡の危機」など見られないと指摘しつつ、かりにそれが「少数派」へと転じてしまうことの不安にあるのだとしても、そのような「少数派になることを恐れる心情には、むしろ少数派を不当に圧迫してきた多数派の記憶が潜んでいる」のではないか、「多数派のなかに安住し、少数派への想像力をまるで欠いていたこと、その多数派のなかでのみ学問を自足させてきたことに、むしろ最大の問題があるのではない」か、と「危機」言説そのものの自己欺瞞性を批判している。そこに私見を加えれば、学問分野-制度の再編過程の中にあって、それを「日本文学研究」の「危機」だと感じる視線が少しでも内面化されているのだとすれば、それは単にディシプリン再編という変化に遅れていることの「不安」を告白しているにすぎないようにも見える。それが本当に「危機」であるのだとすれば、それが誰にとっての「危機」であるのか、なぜそれが「危機」であるのかを説明しなければ、そのような「危機意識」それ自体が単なる自己保身（ないしは「昔はよかった」式の情緒的な郷愁感《ノスタルジー》）から発せられたものであるようにしか見えてこないだろうからだ。

　今日のわれわれにとって支配的な考えは、すべては歴史的状況が作りだした擬制的所産であり、カノンもまた単にそのような状況が生みだした偶然的所産に過ぎない、というものである。古典ないし伝統の近代的構築性を暴露することによって、（ポスト）「近代」は正典不在の空間へと変貌した。その中では、古典という制度や、その中に具体的に位置づけられてきた諸作品の一つ一つが古典化のプロセスに対する点検作業を受けなければならない（歴史化されなければならない）、と考えられるようになった。しかし、すべては歴史化されうるし、またされるべきであるとする考えは、歴史化という作用が歴史の中に書き込まれていないことにどのように応ずることができるのだろうか。この歴史化を規範化（記録／記憶されるべきものとそうでないものの選別作用）と言い換え、また標準化と言い換え、また古典化（クラス化）と言い換えるならば、そのような秩序を形成する当のものの存在を無視して、それもやはり歴史化されうるというのだろうか。テクストを選別し、カノンを措定する権利が決して誰にも附与−所有されえないものなのだとすれば、古典を学ぶ根拠、文学を学ぶ根拠を構造的に問えなくなる。われわれはいったい何を読むべきであり、また何を読む必要がないのか。それに対して、〝それは個人の自由である〟という答えに安住することもできない。というのは、人が何かに感動し、何かをくだらないと感じる生き物である以上、カノン化の機制が個人の反応の中に組み込まれているのは確かであり、個人の自由という処理は、実質的に、カノンの措定（クラス化）をディシプリンの外部においてまさしく個人の「恣意」に委ねるという制度的状況を許してしまうことになるからだ。古典の相対化論の数々の議論は、すべての古典文学研究者にとって裨益すること計り知れないが、われわれはそれを承けつつも、さらにもう一歩先の問いに目を向けるべきではないだろうか。なぜ古典が古典であるのか——その答えを〝近代の産物〟という一点へと収斂させてしまうのではなく、なぜ古典は（ある程度の）持続性を持っていたのか（淘汰されなかったのか）、という問題意識から改めて検討してみる必要があるのではないだろうか。

ちなみに、思想家・哲学研究者、浅田彰（一九五七— ）は、学生に提示する必読書リストの編纂というあるプロジェクトの企画立案に先だって次のような文章を書き記している——「二〇世紀の終わり——とくに一九六八年以降、一方で旧来の知的権威への異議申し立てが強まり、他方で情報技術を筆頭に工学的なものが支配的になるなかで、人文的教養の危機が叫ばれ、それに対応して、人文的教養の核となってきたカノン（正典）を疑い、従来は周縁に押しやられてきたもの（西洋に対する非西洋、ハイ・カルチャーに対するサブカルチャー、等々）を取り込んでカノンを組み替える試みが、（いわゆる「大学改革」とも連動して）さかんにおこなわれてきた。われわれは、そうした試みの必然性を理解しないわけではないが、それらがおおむねいたずらな多様化と拡散にしかつながらなかったことも認めざるをえない。そこで、本書ではあえて反時代的ともいえる「オーソドックス」な正攻法をとることにした。疑い解体すべきカノンそのものをまず提示することが重要だと考えたからである。損な役回りかもしれない。だが、もっとも権威主義的であるはずの文部科学省からして「ゆとり教育」とか「大学改革」とか称する大衆迎合＝愚民化政策に邁進している現在、われわれとしてはあえてその役を引き受けるほかないだろう」（柄谷行人・浅田彰・岡崎乾二郎・奥泉光・島田雅彦・絓秀実・渡部直己『必読書150』太田出版、二〇〇二・四、一〇―一頁、同書の準備段階で用意されたという「反時代的教養主義宣言」から）。

一方で古典は拡大の一途を辿り、一方で古典は消失している。それは全く正反対の方向へ進むものであるかのように見えて、実は一つの現象の二つの側面《アスペクト》に他ならない。というのは、全てが古典であるならば、原理的に考えて、そこにはもはや古典は存在しえないからである。

以上のような、現今の趨勢を踏まえた上で、「日本古典文学研究」という学律がいったいどのような社会的機能を担っていたのか／いるのかを検討することは重要である。古典文学研究とは、簡単に言えば、古典に関する「知」を産出するシステムであると規定できるが、以下に問題にしたいのは、そこで「産出された知」の「形態」ではなく、「知を産出する」という「行為」についてである。それにあたってまず、文学研究一般が（個人の資質の問題としてではなく、学律に根ざされた構造的な問題として）二つの種類の拭い難いコンプレックスの中で藻掻き苦しんできたという歴史的事実、そしていまなおその苦しみは克服されていないという事実を確認しておきたい。

3「日本古典文学研究」という装置に附帯する二つのコンプレックス

（古典）文学研究は二つのコンプレックスを抱えている。「文学的なるもの」という、われわれのロジックの中に明晰な型取りをもってその位置を与えることが困難なもの、そのような場で、或いはそのような場を思考することを責務とするものが構造的に抱える不安がそこにはある（古典文学研究にはこれに「宗教的なるもの」というファクターが加わる）。それによってわれわれは積極的に欠如を読むように訓練されている。そしてその営みが「主観的」という第一の不安を生む。国文学者、風巻景次郎（一九〇二―一九六〇）は、「一般に主体的である場合には主観的となり、主観的であれば、印象主義的であり、したがって個人的恣意に任せる結果となって、その判断は客観的普遍性を持ち得なくなる」と述べる（「文学史の問題」『風巻景次郎全集1　日本文学史の方法』桜楓社、一九六九・五、四六六頁（初稿、一九四六・一二））。また英文学者、富山太佳夫（一九四七―　）は、文学研究一般の抱えるコンプレックスを軽やかな筆致でこう説明する――「文学研究者とは、文学作品を読んではわけの分からぬことに感動し、所詮フィクションでしかないものを真面目な顔をして論じたて、最後には文学的感性とか何かとわめき出す社会的効用ゼロの生き物」である、と（富山太佳夫『文化と精読―新しい文学入門―』名古屋大学出版会、二〇〇三・九、一二二頁）。その不安は、やがてわれわれをして文学作品を一種のデータ或いは情報として扱わせるようになるだろう。「主観性」という構造的不安-コンプレックスを解消するために、ガリレオ主義的な素朴客観主義を演じるようになるのである。研究主体《サブジェクト》（見るもの）と、認識対象《オブジェクト》（見られるもの＝作品／テクスト）という分節を制度的につくり出し、それが自然で透明なものであると感じられるまでにその構築性を同位的に再生産する。そのとき研究主体は、あたかも研究対象に何らの作用を及ぼすことのない、透明な存在であることが夢想されている。国文学者、三谷邦明（一九四一―二〇〇七）は、研究主体と対象との関係構造のことを「方法」と位置づけた上で、「実証主義は、主体に無化という擬装を施し、対象との〈対話〉を放棄して、対象を完璧な〈モノ〉と化してしまうことを目標とした研究」とし、これを「〈方法〉を持たない研究」と述定している（「解説＝作品との〈対話〉を求めて」日本文学研究資料刊行会編『日本文学研究の方法　古典編』有精堂、一九七七・四、三〇六頁）。研究対象を客観化＝実体化し、自らをその外部から観察するものという位置に措定するということは、換言すれば、研究主体が自らを消すことによって、研究行為-研究過程を客観化するという操作を行っているということを意味する。しかし、実際の所、主体が「読む」行為を通してテクストに働きかけてしまうのが不可避であるとするならば、対象《オブジェクト》=客観は、主体《サブジェクト》=主観の中にしか位置しえない、ということになるだろう。ゆえに、対象を描き出すことは、主体の輪郭=有限性を描き出すことに他ならず、研究行為を通じて自己像を構築しているに過ぎない、ということになる。主観性という桎梏から離れて、客観的視点へと自らの立ち位置を移行させることなどはできないのである（しかし、素朴客観主義に安住している研究主体にとっては、自己相対化の視点が存在しないために、真理の自己現前が素朴なまでに信じられてゆくことになる。その結果、実証主義的な文献学が国文学の主流《メインストリーム》となってゆく）。

以上のような疑似客観主義の徹底によって、研究主体の中にまた別種の不安・コンプレックスが発生する。すなわち、「無味乾燥」「文学不在」という第二の不安である[10]。それは文献学的方法論に対する集中砲火として、戦前から現在に至るまで断続的に歴史の表面に回帰してくる光景となっていた。ただし、それにはすぐさま補足を加えておかなければならないのだが、そのような批判は、〝文献学それ自体の有効性は認める〟という但し書きを附して為されるのが一般的であり、批判の骨子は文献学的でありすぎること、或いは文献学的でしかないこと、或いは文学研究という名目の下に文献学的操作がそれと未分化なままに行われていることであって、通常、文献学そのものが批判の俎上に載せられることはない。例えば、戦前、吉田精一（一九〇八—一九八四）は国文学界の考証偏重と理論の欠如を批判しつつも、一方で「地味な、動かない研究がなくなつては、学問の進歩が片輪になる懼れがある。実証的、考証的な研究はたとへ細かい問題でも、やつぱり何時の時代にも進めてもらはねば困る」と述べている（「国文学の方向について」『文藝文化』四-二、一九四一・二、一五頁）。また、阿部秋生（一九一〇—一九九九）は以下のように指摘している——「文学研究といえば、たとえ文献学を批判している研究者であっても、書誌学的研究や註釈的研究に相当する作業から積み上げてゆくことを、何の不思議なこととともせず、実践しているのである。科学でなければならぬ、正確でなければならぬ、ということが、骨の髄まで浸みこんでいる。基礎的作業をいい加減にして、直観だけに依存すればいい、とはいわない」（「古典文学研究の方法」『国文学 解釈と教材の研究』一〇-八、一九六五・六、一二頁）。このように、文献学的研究手法に対する批判が繰り返し為されると言っても、それらは文献学の学問的意義を全否定するという主旨の下に展開されるようなものではなかった、という点には留意しておかねばならない。

以下、戦前以来の文献学批判の発言例を実際に見てゆくことにするが、その分量はあまりにも過大であり、当然その全てをここに枚挙してゆくことはできない。ただ、時代の雰囲気を感じ取ってもらうという意味で、また文献学批判が長期的なスパンにおいて断続的に回帰してくる現象であったという本章の意図を確認するという意味でも、煩瑣を厭わず、できるだけ多くの資料を引用-列挙しておきたい。

さて、戦前における文献学批判の急先鋒は、日本文藝学派、歴史社会学派と自称他称する研究グループであった（ただし、両派の間にも戦前から戦後にかけて論争があった）。それらが学問的な樹立を萌したのは、満州事変の起こる前頃のことだとされている。(11) 戦後、風巻景次郎「古典研究の歴史」（岩波講座『日本文学史』第一六巻、一九五九・一）には、「近代国文学は、文学を研究する筈でありながら、文学を喪失して、文献とだけ取り組んだ」（四八頁）と端的に概括されているが、風巻は別の所で「文献学的研究という言葉によってあらわされる国文学界の学問の傾向というものは、大正末から強くなって」きたと総括しており（「《報告と討論》国文学の問題」『文学』二七-六、一九五九・六、七六頁）、後に文献学者の筆頭のように目されるようになる池田亀鑑が一九二九年（昭和四）六月の時点で「訓詁の学をはじめとする古典研究の基礎的方面に対しては、それが機械的だとか、非人間的だとか、生命にふれてゐないとか、とやかくやかましく論議される」（「国語教育の専門家に質す――書庫の一隅より国文学者及び教育実際家に致す書――」『国語と国文学』六-六）と述べていることから、大正末期から昭和初期――一九二〇年代――には既に学界内で「問題」として捉えられていたことが分かる。

風巻景次郎が、文献学批判という立場から叙述した当時の学界状況に従えば、「大正末期、大正文壇のはなばしい活動に引きずられて、文学の鑑賞に救いをもとめ、東大国文学科の国学・日本文献学・国文学の系統の、資料的な考証や、古典の発見紹介と校勘と、文学年表、文学書目との作成に、専門技術者的な熟練を要求した高度な文献主義に対抗する空気があった。……国文学を職としながら、日本の文学作品に文学として触れ合うことの必要すら理解せぬし、その能力すら欠除しているものであることは、今日では明白な事実であるにかかわらず、その当時では、相当の学者であればある程、それが理解出来ず、不逞の要求とさえ感じたらしいのである。それに対して、文学を文学作品として享受することを抜きにしては、文学研究でない、とする疑問は、健康な若い精神の要求として、強く湧き立って来た」（風巻景次郎「古典研究の歴史」岩波講座『日本文学史』第一六巻、一九五九・一、三四頁）という。

そのような文献学批判者の一人、岡崎義恵《よしえ》は、夙に一九二〇年（大正九）五月に『國學院雜誌』（二六-五）に掲載した論文「古文学の新研究」の中で次のような辛辣な批判を展開している――「考古学者や文献学者中の或者は慾深い少女の如く物置の隅や古倉の奥から毀れた人形を尋ね出してそれを弄び、その数を誇つてゐるやうに私には見える。実際或者は隣の少女を呼んで来て祖母の作つた紙雛の珍らしさを自慢するのが自分の仕事だと思つてゐるのではないかと思はれる。古文書の捜索や文書批判や校合註釈やすべて文献学に立脚する外部的の研究は無論堅実な文学の取扱ひ方で、価値ある基礎的事業に相違ない。それ故一寸考へると何を措いてもこの方面から取りか、らなければならないといふ風に断定されるのである。けれども此種の考古学的の観方は文学といふやうな最も生命の香気の強い、精神の光彩の豊潤な文化的産物に対しては外科医が内臓の診察をするやうな結果に陥る恐がないであらうか」（四五頁）、「校合などはさう優れた能力がなくても根気よく時間をかければ誰にでも出来る」（四七頁）、「ありていに言へば今日では国文学者といふ名前は固陋なる学究といふ事を意味するかのやうに解されてゐる、時代の思潮とはかけ離れまるで若い人々の間には同情の無い一団の別世界を造つてゐるかのやうである。年少生気に満ちた青年はこゝに来る事を喜ばないかのやうである。国文学者といへば恰も去勢されたる者の如く無気力に、只過去に盲従せる一群でゞもあるかのやうに考へられるといふ事は其中に生息せる私にとつては堪へられる事ではない」（五一頁）。

ところで、斎藤清衛（一八九三―一九八一）門下の国文学者、清水文雄（一九〇三―一九九八）・蓮田善明（一九〇四―一九四五）・池田勉（一九〇八―二〇〇二）・栗山理一（一九〇九―一九八九）の四名――いずれも広島文理科大学卒――を同人として創刊された雑誌に『文藝文化』なるものがあるが（一九三八年七月創刊―一九四四年八月廃刊）、これなどもまた文献学批判の主要な場の一つであった（ちなみに、三島由紀夫が作家デビューした雑誌としても知られる）。その創刊号の巻頭に掲載された「創刊の辞」（池田勉）は次のように始まる――「伝統の権威地に墜ちて、古典を顕彰するの醇風も亦地を払つて空しい。日本精神の声高く宣伝せらるるあれど、時に現実粉飾の政論にすぎず。藝文の古典は可惜、功利一片の具と化して、無法なる截断に任され、所謂国文学の研究は普及せるも、故なき分析と批判とに曝されて、古典精神の全貌は顕彰せらるべくもない。嗚呼、古典の権威は地に墜ちたり。今にして之が復活を想ひ、古典の黎明を呼ぶにあらざれば、我が古典の精神は終に喪はれんのみ」。清水文雄も同様に、「国文学を研究する国文学者に、「詩人」の要素を缺除してゐるといふやうなことは、もと〳〵滑稽に類することかも知れません。客観的、科学的といふことを至上のモットーとして古典作品の文献を、只精細緻密な分析の対象に曝すことが滔々として風をなしてゐた国文学界においては、もう久しいことこの「詩人」の目は蔽はれてゐました。いや故意に蔽はれようとした時すらありました。すべての病根はここに萌してゐるといつてよいでせう」（「「かげろふ日記」について—作者堀辰雄氏へ—」『文藝文化』二-八、一九三九・八、六九頁、傍点原文）と言っている。また、文藝評論家、青野季吉（一八九〇—一九六一）は「古典の世界に打ち込むと共に現代の国学者たちの論究にも私は多少眼を通した。もちろん教へられる所は多いが、また疑惑を覚えることも尠くない。その主なる一つは文献学的、解釈学的、社会学的等々の立場からの論究が、果してどれだけ古典の美にたいする深い感動や細かい共感に立つてゐるのかと云ふ一事である」（「日本の古典について」『文藝文化』三-八、一九四〇・八、五頁）と言っている。

さらに、詩人、保田與重郎（一九一〇—一九八一）は、「古の国学者は、詩人であり、思想家であり、歴史家である誇りをもつてゐたやうである。しかし今日の科学的国文学の方では、さういふ古いタイプを嫌ふやうである。私は時々まとまつた国文学研究書をよむが、それらは多く無味乾燥した報告にすぎないのに驚く、国文学の対象は詩人であり文学であつたと思ふのである。……大量の著書をよんで、著者の陳腐な研究方法だけしか頭にのこらぬやうな研究は止めて欲しい。研究と発掘の手柄は国文学者の進歩でなく、たゞ国家の整備の進歩である。……契沖や宣長の時代より進歩したのは、図書館の設備であり、古書複製であり、索引の製作である」（「感想」『文藝文化』二-一、一九三九・一、「文学伝統の問題」項、三六頁）。このような保田の批判を承けて、斎藤清衛は、「かうした氏の真率な抗議に対し、古風の国文学者は徒らに憤慨することを抑へなければならない。もちろん、保田氏の論文に於て資料の扱方には疎漏にすぎると云ふ批難も当つてゐると思ふが、古事記の内容を尽く史実と見る宣長の解釈を宥し見逃しにしてゐる国文学者の態度をも反省し参考する必要があらう」と応えている（「文藝人の古典関心その他」『文藝文化』二-二、一九三九・二、三九頁）。当時のアカデミズムが文壇からの批判に刺激を受けていたのは確かなようであるが、アカデミズムの内部からも自己批判的に文献学的実証主義への偏頗を危惧する声が反復的にあがっていた。

重友毅（一八九九—一九七八）は一九四一年（昭和一六）二月に発表した「今日の国文学者」（『国語と国文学』一八

—二）という論文の中で、「考証派」対「理論派」という反目対立が国文学界内部に存在していることを次のように概括‐説明している（一一八頁以下）。ここで言う「考証派」とは文献学的方法論を主軸とする立場を指し、一方の「理論派」とは、文献学による「文学」「藝術」の不在という方法論的欠如を埋め合わせるかたちで立ち上がってきた、所謂「日本文藝学派」（岡崎義恵）や、同様に「歴史」「社会」の不在性を突いて立ち上がってきた（左派的な）「歴史社会学派」（重友毅・近藤忠義・永積安明・佐山済、そして風巻景次郎〔ただし自身、後に「自然に遠のいた」と述べる〕など）[12]等のことを指すが、当の重友は歴史社会学派の一角として、つまり後者の「理論派」に属すと目されていた人物であった。まず、重友は、学界の大部分を支配していた「考証派」が「学問」の「究極目的」（傍点原文）を忘却し、「資料の操作的技術が、時に煩瑣を覚えさせるほど、複雑さと困難さとを加へて来てをり、従つてそれに携はる学者の長年月に亙る努力をそこに強ひ、それだけにまたそれ自体に、一種の魅力を以て学者をその側に引き附けて離さないものがあつた」と指摘する。そして「その根本的な缺陥を突いて登場したのが」、所謂「理論派」であった。「理論派」は考証的業績を「順序としてそれを「基礎的」な作業として認めた」（傍点原文）のだが、その事実と主張とが、「「考証派」をして、みづからの業績を単に「低位」なものとして遇せられたといふ誤解を抱かしめるに至」り、一方で「「考証派」もまた「理論派」を目して、「空疎な」「翻訳的」な理論を振り廻す者といふやうな非難を、しかしこれは表立つてではなく、投げつけるやうになつた」という。

文学研究における「鑑賞」の位置

その中で、文献学的方法を専らとする研究者は〝文学不在の文学研究〟という批判に対して何らかのリアクションを示す必要に迫られ、またそのようなコンプレックスを解消する理論を自らも求めていった。文献学者の代表格と目される池田亀鑑は、一九二七年（昭和二）一月に発表した論文「対立より統一へ—国文学研究及び国語教育の現状に対する小さき不満——」（『国語と国文学』四-一）の中で、文学研究の抱える二つのコンプレックスを同時に解消しようと試みている。ここで目指されているのは、当時の学界に形成されていた、ある「対立」を「統一」することであった。その対立とはすなわち、「訓詁或は考証の容《ママ》観的実証的な学風を保守する人々」が「鑑賞的な、主観的な評論を空虚蕪雑にして学問にあらずと嘲笑」する一方で、「批評的、鑑賞的な学風に立つ人々」が「旧式な学究的努力を、頑迷固陋にして教養にあらずと侮辱」しているという「対立的傾向」のことであった。池田はその対立を別言して、「『知』らうとする要求」と「『感』じようとする要求」の対立とも呼んでいる。ここで論点とされていたのは、後者をどのように理論化するか、つまり「如何にして文学を鑑賞するか、その方法はどうか」という問題であった。池田は、「文学は、知性によつて知るべきものではなくて、全人格によつて感じ或は悟るべきものである。これは議論の予《ママ》地のない所であらう」（一三頁、傍点原文）と述べ、対象としての文学（の文学性）が文献学的範疇に属す問題ではないことをあっさりと認めている。しかし一方で、「鑑賞の原理は、自己自身の内的体験より外にない。……鑑賞といふことが、一種の涙もろいセンチメンタリズムに流れたり、又、鑑賞し得るだけの内的準備のない個性に、徒らに自己の感じを強ひたりするのが、現今の国文学研究或は国語教育の通弊である」（一四頁）と述べて、これに一定の留保をつける。その上で池田が両者の「統一」のために要件化したのは「理性の自律的活動」であった。池田にとって文学の本質は、個性・環境・内容・形式に分けられるものであったが、それらは最高次の根本原理としての理性の自律的活動によって、全人格的に統合し展開してゆくものであるとされ、それを内的に体験することによって再現すべき具体的形式が自らの内面に発生し、そして整理されてくるのだと理解されていた。それを「詩を生む心」とも言い換えているが、そこでは知性と感性とが分裂-対立することはなく、創作或いは鑑賞のよろこびと苦しみとが（追）体験されるのだと、池田は考えていた（一六―七頁）。その結果として「研究以上のものとして、鑑賞の世界が開けてくるのは当然であつて、こゝに知的分析的な説明よりも、全人格的な直観或は悟得が、文学研究の重要なる任務となつてくるのである」（一九頁）と述べている。ここに至って、「よりよき鑑賞のための研究」という、後に風巻から盛んに批判されることになる研究姿勢が打ち出されることになる（風巻景次郎「古典研究の歴史」岩波講座『日本文学史』第一六巻、一九五九・一）。それは結局、「鑑賞」を、「研究」行為の高次に位置づけることによって文献学的な研究過程から除外しつつも、一方では価値化或いは最終目的化するという〝どっちつかず〟の立場でしかなかった。「真の文学研究は、作品と作者と、対象と、環境とに対する精細な考察を通じ、一字一句もゆるがせにしない厳粛な実証的態度と、全体的な、閃光的な鑑賞的態度とが、互に渾然として無意識的状態に止揚する時に、はじめて完成せらるべきものではないかと思ふ」（二三頁）と結論づけるも、二者の関係性を説明する原理を「理性」といったそれ以上の説明が困難な概念に訴えることで、実質的に問いを放り投げてしまったと言ってよい。池田はこう言っているのだ——「文学の本質を、その心的過程を統率する人間性の根本原理——理性の自立的能力に求めたい。従つて、人間生命の本質、或は文化意識の統一は、之を具体的に説明し得ないものと思ふ。カントの所謂Idee der Seeleも、人間精神の本質を客観的に示すことは出来ないであらう。この心の本質は、分析的、自然科学的見地から絶縁すると共に、全体的に、又、直観的に、悟得するより外、仕方のないものであらう」（一五頁）。

また、国文学者、佐藤幹二（一八九五—一九七二）の「国文学研究に志す人の為に」（『国語と国文学』六-五、一九二九・五）と題する文章の中には、「国文学研究者の第一条件は、まづ文学的趣味の有無にかゝる」（二四頁）と述べられている箇所があるが、ここでは文学を「鑑賞」する能力が研究者としての資質に数えられていたという当時の空気を知ることができる。「文学其自体の有つ内面的な味を会得し難いもの、其れへの鑑賞の能力に乏しいものが、文学の研究に一生を捧げるといふことは、よほど困難のことであり不幸のことでもあると思ふ」（二三頁）、「この味の解らぬ鑑賞力のない人でも、歌人俳人の伝記や書史学《ママ》的の研究は成し得られるでもあらうが、和歌そのものの本質の研究、俳句そのものが有つ所謂俳味の研究は、不可能に近いであらう」（二四頁）。このような基本認識を支えていたのは、「文学は文学であつて、科学ではない。対象はどこまでも言語藝術たる文学其自身であつて、たゞ此の文学といふ対象を、科学的に取扱ふところに、学としての成立の可能性があるといふにとゞまるのである」（二三頁）というように、文学と科学とを峻別しつつ、文学「鑑賞」力を研究上の要件の一つに数えるという池田に類する文学研究観であった。

さらに岡崎義恵もまた、「鑑賞論」（『国語と国文学』一四-一〇、一九三七・一〇）等において自らの「鑑賞」観を披瀝し、これを積極的に肯定する立場を取っていたが、それは「鑑賞」肯定派の日本文藝学派と、それを非科学的であると否定する歴史社会学派との間の論争として広く展開されることとなった。そうして「鑑賞」は、一九三〇年代には文学研究のキータームへと成長していったのである（その梗概については、衣笠正晃「一九三〇年代の国文学研究――いわゆる「文芸学論争」をめぐって――」（『言語と文化』一、二〇〇四・二）に詳しい(13)）。

岡崎は、藝術作品の美は客観的《オブジエクテイヴ》に外在するものではなく、「鑑賞」作用によって主体的《サブジエクテイヴ》＝主観的に構成されるものであり、かつまたそのような「鑑賞」行為を起動させる動力源だと考えていた――「文藝が一つの藝術であり、藝術が美の表現であり、美は鑑賞を離れて存在しないといふ原理をよく把握して居れば、鑑賞と切離して作品の機能などといふ事は考へられない筈である。作品とは、作品の側から言へば、鑑賞によつて始めてその生命を吹込まれる装置に過ぎないし、鑑賞の側から言へば、鑑賞作用に活動の機縁を与へる一つの動力装置である」（『日本文藝の様式』岩波書店、一九三九・九、一四三頁）。換言すれば、美とは実体的に存在するものではなく、主体（知覚するもの）と客体（知覚されたもの）との間に生起する関係構造の一形式だということである。

一方で、マルクス主義を理論的基盤に置く左派系の歴史社会学派は、鑑賞（を研究過程に組み込む考え）を非科学的であるとして厳しく批判していた。石山徹郎「文藝学と日本文藝学」（『国語と国文学』一三-一二、一九三六・一二）は、「具体的文藝の本当の研究は、何と言つても正しい歴史的研究の外にはあり得ない。正しい鑑賞を最終目的としての解釈的研究といふやうなものも考へられるけれども、鑑賞それ自身は一種の藝術活動であつて、科学としての学問ではないから、それを最終目的とする解釈の作業が、本当の学的研究といへるかどうかは疑問である」（一三頁）と述べている。また近藤忠義は、「通俗的な意味での」鑑賞、すなわち「国文学の主観的・現代的「享受」」は、「一般大衆をして国文学への親しみ・関心を増させることによって、その上に国文学を発展せしめるべき地盤を拡大する」「仕事」として遂行されるものであって、それは「「学」としての国文学研究とは実質上無縁の、どこまで行っても合致点を持たぬ平行線的な……単なる国文学ファンを、量的に増加せしめるだけに過ぎない」ものであり、「国文学のどの片隅からも閉め出されるべきもの」であると述べている（「国文学の普及と「鑑賞」の問題」『国文学　解釈と鑑賞』一-二、一九三六・七、傍点原文）。

ところで、この「鑑賞」問題というのは、一面的には前述した文学研究の抱える二つのコンプレックスの上に成り立つ変奏的議論であったと考えることもできる。歴史社会学派が、鑑賞を非科学的、非学問的であると非難し得たのは、自らを無造作に（素朴）客観主義へと位置づけることができたからであり、それは主観性の罠から逃れるための一つの話法に過ぎなかった。一方の日本文藝学派が鑑賞を容認することができたのも、それが文学不在の文学研究というコンプレックスを回避する上で有効であったという程度の根拠において容認されるものに過ぎず、またそれは、文学というのが他のテクストとは異質な体験によって支えられているという経験主義を基盤とするものであったがために、まさにその経験主義が主観性の罠へと嵌まり込んでゆくことを理論上回避することもできなかった。前述の池田亀鑑は、ちょうどその中間に位置するような態度を取っていたが、それは既に触れたように、鑑賞の非科学性を認めつつその有効性を訴えるといういかにもわかりにくい主張であった。

一九四一年（昭和一六）二月、岩波書店から刊行された池田の学位請求論文『古典の批判的処置に関する研究』

全三巻は、『土佐日記』を事例として、自らの文献学Philologieとしての古典文学研究法を理論体系化した研究書であるが、第一回日本文学報国会全国文学賞を受賞するなど当時の学界に高く評価された作品であった。そこでは、まず文献批判の有する課題を、「本文批判」Textkritik＝「低度批判」niedere Kritikと、「文学的批判」literarische Kritik或いは「歴史的批判」historische Kritik＝「高度批判」höhere Kritikという二つのタイプに分類している。前者は、「伝来によつて混濁せしめられた文献の形態を出来るかぎりその創始者の本源的な状態、少なくとも略これに近い形態に再建すること」、後者は、「古代文化の他の全領域内に於てこの作品に当然許されるべき正しい歴史的地位を指示すること」と定義される。両者の関係性については、前者が科学的、部分的であるのに対して後者は藝術的、全体的だが、便宜上二つに区別したものであって、必ずしも歴然たる相違があるのではないとする。しかし、高度批判の課題とする「個性とその作品との間の関聯の究明、成立条件、古典的古代の総体的文化像との結合状態の深い理解」を試みる方法は、その判断に際して「藝術家的、主観的性格を帯びるに至」って本文批判の領域を超え出るものとなるため、同書の取り得る方法論的範囲からは厳密に除去すると宣言されている。それは「緒言」に示されているように、「高度批判」を無視-軽視しているからではなく、まず端的に現段階での自らの力の及ぶ作業ではないからであるとされ、また全面的な「低度批判」の段階を終えた次段階の作業だと考えている旨が説明されている（以上、「緒言」及び一二三頁以下）[14]。

風巻が指摘するように[15]、池田には低度批判と高度批判とをつなぐ明確な方法は存在しなかったが、池田にとってそもそも高度批判は科学の範疇ではないため、両者を連絡する方法論などはさしたる必要性のある課題ではなかったのだと考えることもできる。それは、池田が「自分の願は「批評家になるのでなくて、書記になることだ」と、はっきり言うようになった」という風巻の証言にも表れている（「《報告と討論》国文学の問題」『文学』二七-六、一九五九・六、七六頁）。

その後、戦後になっても、文献学批判の手が休まることはなかった。戦後すぐの一九四六年（昭和二一）三月、雑誌『国語と国文学』で「国文学の新方向」と題する特輯が組まれ、一線の国文学者によって、今後の国文学界の指針を繞る提言がまとめられたが、その中で、歴史社会学派の雄、近藤忠義はこう言っている――「文学の学として在るべき国文学を、まさにこのやうな暗澹たる墓穴に葬り去つたものは、実に国文学の「文献学」としての偏向であつた。近世前期の国学が確立した健康な文献学は、その末裔に至つて単なる訓詁注釈と狭隘な自己目的的な考証との学に逸脱したが、そのやうな地盤の上に、西欧の文献学、特に欧洲近代諸国家中の後進国たる獨逸の生んだ文献学が移し植ゑられるに至つて、わが「文献学」の宿痾は遂に治癒し難い痼疾となつて固定した。日本文献学はかくして、文献学が元来その思想的基盤とするヒューマニズムを脱落せしめ、いはば無思想の、単なる技術と化して硬化した。現代国文学に極めて特徴的な、かの思想性の貧困、社会的生活者・批判者としての不適格はここから来る」（「国文学再建のために」『国語と国文学』二三－三、一九四六・三、二八―九頁）。

西郷信綱もまた「国文学は文学を研究対象とする学問であるべきなのに、文学が見失われ、文学にとっては非本質的な部分の研究、つまり文献学や書誌学を本道であるかのように見なす考えがますます強化されてきている」（「《報告と討論》国文学の問題」『文学』二七－六、一九五九・六、七一頁、傍点原文）と警鐘を鳴らす。もっとも西郷の批判の骨子は、文献学それ自体が無価値であることを主張することにあるのではなく、文学の研究と文献学的研究とが未分化なまま無自覚に行われることによって、作品の鑑賞や批評に主観的心情がなまのまま漏れ出してくるという点にあった。

さらに風巻は、「実証主義国文学」を「無思想派穏健派の精神的逃避の場所」（「文学史の問題」『風巻景次郎全集1日本文学史の方法』桜楓社、一九六九・五、四四六頁〔初稿、一九四六・一二〕）と呼び、その文学不在の文学研究のあり方を引き続き批判している。また、仏教文学者、小林智昭（一九一一―一九七四）は「今日の古典研究に一貫する分析的・実証的な方法も、究極において作者なり作品なりの人間的なぬくもりや文学性をきわめる上に必須の操作である。ただそれが微細に過ぎて微視的となり、過程が目的化するいとなみに終始するようになると、かんじんの文学は所在をくらますようになる」(小林智昭『続 中世文学の思想』笠間書院、一九七四・一二、七頁)といった批判的言述を表明している。

岡崎義恵以来の日本文藝学の学的樹立を主張する實方清(一九〇七―一九九三)は、『日本文芸学の研究』(桜楓社、一九七三・五)の「序」の中でこう述べている――「従来の国語国文学という世界は対象認識が明白でなく文芸と非文芸の関係などは全く考えられていない。日本に存在する古典作品はすべて国文学であるとしてこれを対象とするものが国文学の領域である。……日本文芸学の対象としての日本文芸は芸術としての文芸作品の世界であって、文献でも言語でもないのである。日本文芸というものが芸術作品ではなく文献や言語であると盲信しているために文献の研究をしたり作品の言語研究をすることが日本文学の研究であると錯覚している」(一九六九年〔昭和四四〕九月成稿)。

さらに安良岡康作は、中世文学会創設三十周年を記念して編まれた論文集『中世文学研究の三十年』(非売品、一九八五・三)の冒頭、「中世文芸研究の反省と開拓」という文章の中で、京都学派の哲学者、三木清(一八九七―一九四五)が一九三四年(昭和九)に書いたという「古典復興の反省」(『三木清全集』第一九巻)という文章の一節を引用しつつ、そこで批判されている国文学界の「五十年後の今日も旧態依然たる」あり方を難じている。その三木の批判とは、「文献学的方法がアカデミーにおいて伝統となり、固着するに及んで、その弊害もまた顕著になりつつある。アカデミックな意味での「仕事」をし、業績を挙げるには、この方法はなるほど誰にでも適したものである。ひとは顕微鏡的事実の穿鑿に没頭し、そして「仕事」をしたと自分でも考へ、他人にも思はせることができる」(六四七頁)というものであった。

そしてまた遂には、「文献学病《ラビエス・フイロロギカ》」という批判的言辞さえ生まれるに至った——「今日、いわゆる「国文学」の世界に、再び支配的な研究風潮となりつつある観なきにしもあらずの、文献学病《ラビエス・フイロロギカ》——研究主体の内面的必然性から発動するなんらの問題意識も価値観もなく、既成の〈型〉による認識に呪縛され、理論と歴史とが一致すると素朴に盲信し、概念と現実とを混同し、事実をして語らしめるという感傷から、鶏が、塵捨場から餌をあさるがごとき小児病的実証主義や、学問の職人的技術主義の頽廃に陥っている——悪しき文献学病の季節を迎えて、文学研究が、まさしく文学研究の名に価し、言葉の真実の意味における文学研究の有効性を回復し、疑似科学に没落することを救済するための条件が、一体、なんであるかという問題を探求することこそ、文学研究者の最大の責務であるべきはずではないであろうか」（千葉宣一「文学の価値観と文学史の方法」『現代文学の比較文学的研究―モダーニズムの史的動態―』八木書店、一九七八・七、四頁）。

実証主義は実証的か？

今日、「文献学的実証主義」、或いは「実証主義的文献学」という呼称が違和感なく使われていることから明らかなように、「文献学」と「実証主義」とは高い親和性をもつ概念として理解されている。勿論、「実証」は、いかなる方法論を採るものであれ、研究の手続き上不可欠なプロセスであるが、それが「実証主義」という一つの主義《イデオロギー》として概念化されたのは、風巻によれば、明確なところは不明であるものの、（昭和初期頃の）池田亀鑑・塩田良平あたりの仕事なり、言葉なりから、誰かが言い出して、それが時代の意識にマッチしてひろまったのかも知れない、ということであった（風巻景次郎「古典研究の歴史」岩波講座『日本文学史』第一六巻、一九五九・一、三四頁）。風巻は実証主義の限界を自覚すべきであると考えていたが、それに対する反発もあり、例えば藤田徳太郎（一九〇一―一九四五）は、「所謂、実証主義——特に考証主義と云つてもよい——は、或は基礎的研究とか資料的研究とか呼ばれてゐて、単なる資料、事実の供給者の如く考へられてゐたが、此の考へは是正せられなければならないと思ふ。実証主義は、それが一つの研究態度であり、学説であり、解釈学、文藝学、民族学的研究、歴史的研究に並ぶ、一派の学問である事を自覚しなければならない」と述べる。そして「実証的研究は云はゞ自然主義的態度であり、客観的態度であつて、現象の解釈に主観的な態度をもつて臨む、他の研究方法とは異なる」ものであるとその方法論的意義を強調している（「国文学時評―実証的研究論者の言―」『国文学 解釈と鑑賞』二―一、一九三七・一、四六―八頁）。しかし、風巻はそれにさらに反駁し、「実証主義が一つの学説であるには、少くとも、法則を求める意図によつて導《ママ》れてゐなければならぬ」が、単に考証的・実証的作用から法則が抽象されるかは疑問であるとし、「もし出来ると主張すれば、それは、我々は事実を（発展変化の具体的な姿を辿つて）そのまま経験的につかめると考へる立場であつて、それは素朴実在論の立場といつたものに近からう。しかしそれは、現在ではすべての哲学的立場から否定された、頗る缺陥の多い立場である」と批判する。さらに、実証主義は客観的であり、他の方法が主観的であるという藤田の見解に対しても、文学という複雑性を持った対象を認識する以上、「一番目につく共通の性質に眼をつけてまとめていつた所で」、それは具体的複雑性から他を捨象しつつ抽象されたもの、つまり、「一定の立場に立つて一定の解釈を下」されたものに他ならず、「それは明らかに客観的態度を標榜するといふ主観的態度をもつて臨むもの」に他ならないと批判している（「国文学時評―実証主義に触れて―」『国文学 解釈と鑑賞』二―二、一九三七・二、三八―四〇頁）。

　また西郷信綱（一九一六―二〇〇八）は、「封建的な職分意識と近代的な分業意識がからまり合って妙にセクト化し」、「哲学が欠けている」日本の実証主義においては、「ある部分では精密化しているということはあるけれども、全体像はますます失われていくという矛盾が激しい」と指摘している（「《報告と討論》国文学の問題」『文学』二七―六、一九五九・六、八三頁）。そして、「実証主義とよばれるものが無力なのは、小さなことのなかに大きなことが、つまり部分に全体がいかに滲透し、両者が構造的にいかに不可分に結合されているかを読みとろうとせずに、部分だけに突っこみ、結局、生きた全体をばらしてしまうからである」（『古典の影―批評と学問の切点―』未来社、一九七九・六、一七四頁、傍点原文）と述べる。また、源高根（生没年不詳）も同様に「こまかい事実の考証的な研究は日とともに精緻の度を加えていったけれども、全体の中の個としての意義を考えるべきパースペクティーフに対する関心は、次第にうすれていった」と指摘する（「文学史研究における実証主義」『文学史研究』〈大阪市立大学〉九、一九五八・四、三七頁）。

実証主義はテクストの空白を推測-想像によって埋めることができないという制度的制約の中に置かれている（池田亀鑑は言う――「推測批判は文献の歴史に於て最も害毒を流すことの多かつた恐るべき方法である。しかしこの推測批判であつても、往々にして効果的であり得ることもないではない。……しかし、このやうな効果ある聡明な推測批判は、深遠な学識の総和として、まれに資格ある碩学にのみ偶然許される所であつて、それは本質的には富籤のやうな一種の投機的性質さへも含むものである。我々は一つの僥倖よりも百の失敗を警戒しなければならない」（『古典の批判的処置に関する研究』岩波書店、一九四一・二、二六頁））。ただし、（池田のように）理性による推論を素朴に信憑することによって、その禁忌を犯すことも少なくはなかったし、文学研究が「文学」を対象化する学問である以上、論理的-客観的接近の困難な、〝文学的なるもの〟に何らかのかたちでアプローチすることも決して避けられることではなかった。そこで、そこに錬磨されていない主観性が持ち込まれてしまう、という問題が生起してくるのである。もし仮に客観主義を堅持することが可能であったとしても、その帰結するところは、資料の限界を解釈の限界と一致させるようなテクストの断片化-解体という（文字通り非生産的な）作業となってしまうだろう。研究が何らかの物語形式を取って（論文を含め）意味の体系の中に書き込むことで完了するものである以上、客観主義＝実証主義を徹底することは、主観主義を密輸入させることと不可分ではなくなってしまうのである。文学研究の難しさは、このようにもっぱら実証主義的でのみあり続けることが構造的に禁じられているという点にある（誤解なきように附言しておくならば、実証主義的であることそれ自体が問題なのではない。実証主義が必然的に作り出してしまう「欠如」が、錬磨されていない主観性によって埋め立てられてしまうことが問題なのである。後述）。

そしてまた、「問題なのは、客観性＝無思想性を標榜する実証主義自体が実は近代のイデオロギーであることに国文学者が気づかず、それに安住し、近代という現実に真向から挑む気概をはなから喪失してしまったことではないか」（前田雅之『古典的思考』笠間書院、二〇一一・六、四七頁）という批判が今なお為されていることから言えば、風巻や西郷らが指摘してきた問題提起は、結局の所、放置されたままになっているということになる。なぜだろうか。戦前から絶えずこの種の実証主義批判の言説が反復的に生起してくるのはなぜか。それは逆の立場から言えば、なぜ実証主義的文献学はそこまで執拗に制度の中に保全されてきたのだろうか。それはやはり実証主義的文献学が理論研究に比して主観性のコンプレックスから（相対的に）遁れているように見えるという認識論的作用の効果に拠っているからだと見られるのだが、これまで見てきたように、そこで得られる客観性及び実証性とは、あくまでも主観的なものを反射像として形作られた疑似的な仮構でしかなく、厳密な意味では、そのような相対的作用から離れて客観性の圏域に侵入しうるような研究主体など、どこにも存在しないのである。

文学不在というコンプレックスを払拭するために

さて、文献学への集中砲火が続く中、当の文献学は沈黙したまま批判を一方的に甘受し続けていたわけではなく、以下に見られるような、反文献学的主張の陥穽に対する攻撃も断続的に行われていた。それは予想通り、主観性の罠という例のコンプレックスを再び召喚するかたちで行われるものであった。例えば、麻生磯次（一八九六―一九七九）の「国学の精神と国文学の研究態度」には次のように見える――「反文献学的主張に於ては、主観的傾向が強く現れてゐる。そして主観的直観的な考察に於ては、兎もすれば歴史的構成の可能性が否認される。過去の作品の純粋なる歴史的再現を重視せず、超時代的立場から批判しようとする。その結果は稍もすると、作品自体の研究ではなく、自己を語る方便として作品が使用されたに過ぎず、描き出されたものは作品の姿ではなく、却つて自画像に過ぎない場合が少くない。尤もその人が非凡な精神的な性格ならばこの事も可能であり、却つてその人によつて作品は精神的な深さを加へるであらうが、然しこの事は到底通常人の企及し得ることではない。凡俗な人がかやうな態度を取るならば、浅薄な印象批評に終つてしまふであらう。文献に対する素直な態度を忘れ、直観的形式の下に無理に合理化を企てるのは、資料を拗折し、蹂躙し、冒瀆する惧がある」（『国文学　解釈と鑑賞』〈特集号「大東亜建設と新国文学の理念」〉七-六、一九四二・六、五八頁）。また、石山徹郎（一八八八―一九四五）の「文藝学と日本文藝学」（『国語と国文学』一三-一二、一九三六・一二）は、岡崎の日本文藝学に対し、「かゝる形而上学的な物の考へ方が、一般に科学とも相容れないものであることも明白である」（一〇頁）と述べてその非科学性を論詰している（ただし、これは文献学派による批判ではなく、歴史社会学派による日本文藝学派に対する批判である）。

ところで、「考証派」と「理論派」との断絶は、近代文学研究においても同様に見られる現象であった。例えば、谷沢永一（一九二九―二〇一一）が激しい筆致で三好行雄（一九二六―一九九〇）を非難した論争はよく知られるところである。谷沢は、「文学研究の精髄は技術」であって「根本は本文の解釈」であり、「文学研究の技術は、博覧と精査によってしか身につけ得ないのに、技術とは別個な念力競べを妄想する怠惰が、方法論や体系などという架空の大樹の陰に憩」っている、と批判しているが、その筆致に端的に表れているように、文献学的基礎を重んずる立場の研究者であった。そのような彼にとって、「研究対象である文学そのものを、凡俗の窮知し得ない超絶的な精神の秘境に展開された魅惑的な祝祭であるときめてかからなければならぬ」ような、「文学研究とは精神の深奥で厳粛に遂行する思索の秘儀であると妄断したがる夜郎自大」の立場は、もはや研究と名のつく行為であるとは見なされていなかった。「文学研究者の稚気にもとづく自己肥大が、文学の神格化を生み出」し、「作家を神秘的な予言者に仕立てあげるハッタリの饒舌が、文学研究の世界に横行する結果となった」(『牙ある蟻』冬樹社、一九七八・八、四〇―一頁)など、そこで批判の俎上に載せられているのは、三好行雄・越智治雄〔一九二九―一九八三〕・十《と》川《がわ》信介〔一九三六―　〕などの近代文学者であったが、「三好行雄および亜流たちが実際に書き綴っているのは、借用語彙を出まかせにころがした論証ぬきの舞文曲筆のみであ」って、「「存在論的」などとひそかに自任するらしい三好行雄たち一連の「作品論」宗徒の群は、本来あるべき分析的な作品論とは逆の方向を夢遊病者のようにさまよいながら、無内容なウロ覚えの美辞麗句を、ノリとハサミで貼り連ねているにすぎない」(同上、七六頁)と、ほとんど罵詈雑言レヴェルの批判的言辞を並べている。谷沢の眼から見れば、西洋の文学理論を読み、それを日本文学作品の事例に〝当てはめた〟だけの文学研究が乱生産されているという(近代)文学界主流派の現状は、「資料を充分に調べないで」「簡単に」「本文だけを読んで、そのテキストを解読する」、単なる「感想録」、「思春期の交換日記」程度のものでしかなかったのである(谷沢永一『運を引き寄せる十の心得』KKベストセラーズ、二〇〇八・一、一八一頁以下)。このように主観性の罠に対する不安を刺激するような言説が学界の内部に流通してゆくことによって、文献学者――とりわけこれから文学研究を志そうという若い研究者予備群――は文献学的立場を保守(或いはそこへと再帰)するよう動機づけられ、それとともに、そのことへの自己合理化-自己正当化の根拠を自らにも与えてゆくことになったのだと想像されるのである。

本書導入の「方法序説」でも触れたが、一般に近代文学研究のディシプリンは西洋の文学理論の導入に寛容であるが、古典文学研究に限って言えば、ながらく(一次資料の読解を至上の仕事としつつ理論の参照を拒否する)文献学的な実証主義が主流であった。永積安明はその「文献学の現状―国文学における―」(『文学』二七-七、一九五九・七)において、「文献学的な実証性ということは、国文学というひとつの学問領域においても、さまざまな科学的方法のうちの、重要ではあるにしても、あるひとつの契機であるにすぎない。……／国文学が日本文学の研究であるならば、何よりさきに、それは文学の研究でなければならないことは自明である。このばあい、基礎的研究といえば、「文学とは何か」という問題設定をはずしてはありえない」と述べる（六三頁）。ただし、一方で当時に行われていた文献学批判についても、「多くのばあい、その批判者は、文献学の外がわにいて、一面では文献学にコンプレックスを抱きながら、他方では、全面的にこれを否定するというわけである。コンプレックスと全面否定とは、楯の両面にすぎないので、このような批判は、何回くりかえされても、国文学における文献学の意義を明確にすることさえできず、まして、国文一家を、ひとゆるぎさせることもおぼつかないだろう」と述べている（六〇頁）。ここで言う文献学に対する「コンプレックス」の内実は説明されていないのでよくわからないのだが、これについては、『ロマン的国文学論』（伝統と現代社、一九七一・一二）等の著作で知られる塚本康彦（一九三三―　）が、ある座談会の中でこう述べていることが当たるのかもしれない――「事実僕らの仲間とか、先輩のうちで、やっぱり有能なタレントというのが、文献学の方面に入っていくわけだし、僕らそれ《ママ》に対して、たえずコンプレックスを感じていることはたしかです。そして、僕にはやっぱり低部的作業だと言い切れないようなものが、一つの幻影としてあるわけです」（「《報告と討論》国文学の問題」『文学』二七―六、一九五九・六、七六頁）。以上のような記述に窺われるように、古典文学研究というディシプリンにおいては、（多くの批判を浴びながらも）文献学がアカデミズムの中核を占拠し、理論研究が周辺化されるというヘゲモニックな秩序構造が堅持されていたことが知られるのである。

4　過去のテクストを読むという行為に附随するオリエンタリズム

——〈他者〉の「他者」化による自己の「理性的主体」化——

前々節で見てきたように、今日、日本古典文学研究という学問制度が対象化している「古典」とは、すなわち、非正典をその対立項とするものではなく、前近代の文学テクスト全般のことであった。よって、その意味から古典＝前近代に対置される「近代」との相関から「古典」について考えてゆくことは重要な検討課題となる。そこで以下に審問にかけるのは、古典／近代という線分を構成する知的支配の仕組であり、その効果として実体化された「古典」の機能である。

われわれの志向的照準は、古典文学研究という行為を通して、「研究対象」であるところの古典（作品及びその解釈）がどのように書き換えられていったのかではなく、そのような行為を通して「研究主体」に何が起こっていたのか／いるのかという点に向けられることになる。そして、その学律の内部に、自らを〝啓蒙する主体〟として立ち上げるような機構《メカニズム》と、それとは相対するような、自らの内からロマン主義的言説が漏れ出てくるような機構《メカニズム》とが共に沈潜していることを指摘し、それが「学問」としてどのように限界づけられているのかを考えてみたい。この営為は他に向けてというよりもまず、本書の立論が陥りやすいパターン・弱点を自らの手で指摘するという意味において為されるものである。

古典文学研究は、古典についての知を産出するシステムであるが、それは古典という他者を、近代的地平へと還元し、それを支配しようとする全体主義的働きを担っている。要約すれば、理性的主体を立ち上げ、「古典」をこちら側の論理へと還元しつつ、コンプレックスを先送りにするシステムだと言ってよい。このような読解から見えてくるのは、E・サイードによる「オリエンタリズム」との同質性である。

サイードは、一九七八年に発表した『オリエンタリズム』（今沢紀子訳、平凡社〔平凡社ライブラリー版〕、一九九三・六）において、西洋が東洋を自らとは異質な空間として表象し、ステレオタイプな言説を再生産することによって「西洋」という自己の自己性を非対称的＝優越的に措定しているという知の仕組について論じている。サイードの論法で重要なのは、東洋学《オリエンタリズム》というものが、西洋／東洋という二分法の中で、東洋を一つの合わせ鏡として西洋という主体を構築するための機制《メカニズム》として働いているということである。サイードの論旨は、決してこれまでの東洋学が真の東洋、東洋の実像を捉え損なってきたということを批判するものではない。また東洋が純粋な観念として、単なる神話や虚構に過ぎず、われわれがそこから離脱できるということを前提とするものでもない。

オリエンタリズムを、一つの「言説《ディスクール》」として考えることがサイードの基本的な発想である。サイード自身述べているように、「言説」という用語は、フランスの思想家、M・フーコー（一九二六―一九八四）のそれに由来している。端的に言えば、「言説」とは、巨大な組織的規律＝訓練の装置である。なぜ人の発する言葉は潜在的可能性の次元では無限であるにも関わらず、実際の発話は有限であり、ひどく類型的であるのか。それは人が言説というシステムの内部からしか語ることができないからである。われわれの発話は、既に誰かが言ったことの引用であり、言説編制の配置に応じて可能となる問いと解のパターンを反復しているに過ぎない。われわれは自由に語っているのではなく、何かによって（言説によって）語らされているのだ（権力に絡め取られているのだ）。それは支配されているという実感のない支配として、自発的服従として遂行される。そうして人は、政治的‐文化的ヘゲモニーの再生産に荷担し、正当な言表を作り出し、社会の標準的な価値を再生産する。そのような語りの自発性は、R・バルト（一九一五―一九八〇）が言うように、言語が「ファシスト的」であるという理由に与る。「ファシズムとは、何かを言わせまいとするものではなく、何かを強制的に言わせるものだからである」（花輪光訳『文学の記号学―コレージュ・ド・フランス開講講義―』みすず書房、一九八一・八、一五頁（原著、一九七八））。

ただし、サイードは、言説を非‐人称的なシステムと捉え、発話者の配置の如何によることなく、どこにおいても取り替え可能な均質な語りが産出してくるメカニズムを問うことを主眼に置いたフーコーとは、一定の距離を取っている。対象としての「巨大なテクストの総体としての統一性」が、「テクスト同士がしばしば相互に参照し合っているという事実」に基づき、著者と著作を符牒とする引用のシステムとして言説が編制されているという点を、サイードは、より重視しているのである（『オリエンタリズム』、六三頁。とは言え、言うまでも無いことだが、サイードにおいても言説以前に発話の主体が存在しているなどと考えられているわけではない。言説こそが発話する主体という関数を構成しているのである）。

オリエンタリズムは、オリエントに対する関心の網の目を形成し、そこから副次的に多くの類型的言表を抑圧的＝規則的なかたちで産出せしめる一種の規律《ディシプリン》である。それは「対象」を眺める「レンズ」として機能する（ただし、正確に言えば、事態は逆である。まさにその「レンズ」が「対象」を立ち上げるのである）。勿論、人はそのような「レンズ」を外すことはできず、裸眼によってありのままに「対象」を捉えることなどはできない（それは所謂「物自体」であるから）。その「レンズ」は種々のステレオタイプ、イメージ、特定の語彙、学術的ドクマを自己産出することで、自らを権威化＝真理化しうるような規則をも産出する。そうして〈オリエント〉は「オリエント」化されるのだ。サイードが注目するのは、勿論、あからさまな差別主義的言説だけではなく、一見、政治的に中立に見える科学的学術論文がそのような権力を再配分しているという事実である。

それゆえ、引用のシステムであることが明確に制度化されているアカデミズムの言説こそ、このオリエンタリズムというシステムの内部において語らされた結果なのだということを強く意識しなければならない。アカデミズムの内部にいる人間はその内部にそれぞれ所定の位置‐階級を与えられ、権威的著作を引用しつつ、問いと答えをより精緻なものにしてゆくようにプログラムされている。そのような学術的なディシプリンに服従し、鍛錬を反復することによってアカデミックな、規格化-画一化された語りを再演してゆくことが可能となっている。そしてわれわれは研究を通して、真理の体現者という衣装を纏い、知的権威によって自らを権威化するのである。それゆえ、そこで産出される言表は真実や事実という衣装＝意匠を纏ったものとして広く流通してゆくことになるのである。

ここで注意すべきなのは、サイードの論じたことは、「東洋学《オリエンタリズム》」という学律《デイシプリン》に固有の限定的な問題系なのではなく、あらゆる学律《デイシプリン》に転移しうる汎用的なシステムだということである。たとえば、「民俗学」もまた同様の学律上のイデオロギーを抱えていることが、村井紀『南島イデオロギーの発生―柳田国男と植民地主義―』（福武書店、一九九二・四）によって既に指摘されている。その中では、民俗学が、「原日本」として見出した「南島」沖縄を、「同質的な「日本」を固定するための微妙な差異として、またもっともリスクの少ない、安全な「比較」対象として」利用してきたことが批判的に説明されている（一五頁）。さらに言えば、オリエンタリズムは、自己／他者という二分法に準拠しているあらゆる学問に適用されるものだとも言ってよい。他者像を描きつつ（〈他者〉の「他者」化）、それと同時に自己像を措定する（〈自己〉の「自己」化）という知の仕組がそこには埋め込まれている。それを、（研究）主体／客体（研究対象）という二分法を立てるあらゆる学問の基本形式に還元して言えば、サイードは学問一般の原理、すなわち、どのような学問であれ、自らを知の主体として構築するために対象を恣意的に変形させてしまうという政治的運動であることを免れない、という原理を説明していることにもなるのである。サイードの論旨を精確に踏まえた上で、これに論駁するのは不可能である。もしオリエンタリズムに陥ることなく、〈他者〉を理解することが可能であると信じているのだとすれば、それは単に知的欺瞞を装っているか、無邪気なオプティミズムに蔽われていることを告白しているに過ぎない。

そして当然のことながら、（アカデミズム、ジャーナリズム（文壇）の複合体としての）古典文学研究もまた同種の運動を担う装置として働いていた／いるのである。

例えば、われわれは古典を語る言説の中に典型的なオリエンタリズムを見出すこともできる。言語でないもの、神秘的なもの、野蛮なもの、宗教的なもの、非理性的なもの、そのようなロマン主義的な表象を古典の中に見出し、それを記述することによって自らをその対立物（近代的‐理性的‐自立的主体）に位置づけること、あるいは逆にそれらの表象を原初性‐起源性‐純粋性‐透明性へと転化させ、そこに自己同一性を夢見ながら天高く飛翔してゆくこと。それらはいずれにせよ不透明な他者を自らのコードの内部へと還元する一方向的な、モノローグ的なナルシシズムに他ならなかった。

幾つかの実例を拾って見てゆくとすれば、例えば、作家・ドイツ文学者、中野孝次（一九二五―二〇〇四）の『実朝考―ホモ・レリギオーズスの文学―』（河出書房新社、一九七二・三）の中には次のような言述が見られる――「しかしなぜとくに中世に、それもこの中世の初めの東《あずま》の国に魅了されるのか、ぼくには実は今もってよくわかっていない。ただ否応なくそれにひきつけられるという心情的事実があり、その甘美な誘惑に従ってこの数年いろいろと読んだり見たりしてきたまでだが、反省してみると、ぼくはまず「あずまの国」という言葉のもつ、未開、野蛮、曠野、原始性、素朴さ、等々の語感に、さらにはその法も規矩も及ばない、はかりしれぬエネルギーを秘めたものという感じに、ロマネスクな想像をかりたてられてきたふしがある。……いわば文明以前の原始への憧憬だが、進歩という信仰がすでに末期症状を呈している技術支配社会のなかで、そういう世界を想像することが快適であったことは確かである。そこに人間生活の未来像《ユートピア》があるとさえ、ぼくはしばしば夢想した」（一八―九頁）。中世文学研究者、田中貴子（一九六〇―　）は、この叙述における「東の国」が、「西洋からみて極東と呼ばれる日本のメタファーとなっている」と指摘し、さらに、「「京文化に憧れていたが、京にも帰属していたわけではむろんなかった」実朝は、西洋と日本のはざまにあって揺れる日本の近代人になぞらえられている」と解読している（『中世幻妖―近代人が憧れた時代―』幻戯書房、二〇一〇・六、一九四頁）。田中が指摘するように、近代知識人は盛んに古典を論じることで、「中世」に固有のイメージを与え、またそうすることによって古典の中に自画像を発見してくるという営為を倦むことなく、無批判に反復していたのだが、それはまさしく自らを知識人＝理性的主体として立ち上げるためのパフォーマティヴな言語行為であったのである。

　近代知性によって主体化された明治以降の知識人にとって、合理性へと回収されない情緒的な価値の基盤を古典の中に見出すことは、自らの西洋性＝他者性＝人為性を忘れさせてくれるものであったに違いない。例えば、『今昔物語集』をめぐる語りにもそれは見られるのだが[16]、芥川龍之介（一八九二—一九二七）の次のような語りはその典型を示している——「僕はやつと『今昔物語』の本来の面目を発見した。『今昔物語』の藝術的生命は生ま々しさだけには終つてゐない。それは紅毛人の言葉を借りれば、brutality（野性）の美しさである。或は優美とか華奢とかには最も縁の遠い美しさである」（「今昔物語鑑賞」『日本文学講座』第六巻、新潮社、一九二七・四、七一頁）。その後も『今昔』をめぐる語りには、「野蛮美」、「素朴のもつ面白さ」（岡一男「小説史より見たる今昔物語集」『古典研究』五-八、一九四〇・七）、「生ま生ましい野生の美しさ」、「素朴な原始人的あらあらしさを持った人間の文学形象化」（西尾光一「今昔物語集における説話的発想」『文学』一六-七、一九四八・七）、「素朴な、稚拙な野蛮」、「マゾヒズム」、「グロテスクなリアリズム精神」（楠山正雄「デカダンスの日本的形態—ことに今昔物語集の説話について—」『綜合世界文芸』一、一九四九・九、『日本文学研究資料叢書　今昔物語集』所収）と言った言表が並ぶ。西洋的知性によって主体化された知識人、つまり他者化された知識人は、古典の「野性」の中に、失われた本来的自己性を回復する契機を見出した。古典の中に見られる、野性-後進性-非理性、そのような啓蒙されていないものこそが、逆に自然との無媒介的一体性を表徴しうるものとなり、それゆえ人倫道徳の外、非合理性などが強く求められることとなったのである。他にも、古典論の中にしばしば見られる、幼児性愛《ペドフィリア》、男色《ホモ・セクシュアル》をテーマにしたものについてもそうである。そこには、非理性の典型が読み取られているのだが、その当時はこれが「正常」（ごく普通のこと）であったという語りの中に、現在的地平における「異常」の位置を確認するような効果を、（著者の意図は別にして）発揮することになる。

　また一方で、近代知識人は、時には近代的自我の鏡像的反射という顔貌として古典を描き出すこともあった。例えば、唐木順三「一休」（『中世の文学』筑摩書房、一九六五・一二）は、墨斎筆「一休像」に「まぎれもない「近代人」の顔」（二二二頁）を見出すところから始まる。その後も一休に関する記述は、「一休ほどあからさまに、婬坊、婬色を歌つてゐるものは他に類をみない」（二四六頁）、「動物的にして風流」（二四七頁）、「胸中の尽きぬ識情に苦しみ、識情を抑へることに苦しみ、その苦しんでゐること自体にまた苦しむ」（同上）、「真の自由人一休」（二四八頁）、「人間臭を人間臭としてふりまいた強烈な個性人」（二五三頁）、「一休において我々が「近代」を感ずるということは事実である。江戸期を乗り越えて我々に近い」（二五四頁）などといった、〝自己の闇に巣くう弱さに苦悩する近代人〟という典型的な近代小説の登場人物像をここに描き出している。それはまぎれもなく、近代知識人の描き出した、苦悩・煩悶する天才という自画像の一つに他ならなかった。

　ちなみに、以上見てきてすぐ気づくことだが、ロマン主義的言説を垂れ流している主要な場は、ジャーナリズム・文壇であって、アカデミズムではない。しかしながら、アカデミズムはその点において自制が効いているので無罪であるという反論も当たらない。アカデミズムが前述のように部局化‐自閉化の傾向を持っていたのが確かだとしても、それとして自閉することを制度的に目指しているのではない限り、外部の論壇とは相互補完関係にある、ということになる。アカデミズムが〝文学不在の文学研究〟として「文学」そのものに手を着けることなくその周辺をぐるぐると回っている間に、（アカデミズムの眼から見て）学律《ディシプリン》のひどく緩いジャーナリズムがそれに恣意的な形を与えてしまうのだ。[17] アカデミズムが文献学を主流化させることによって〝文学不在の文学研究〟というコンプレックスを刺激し続けていること、そしてそこにできた欠如を語る理論言語を持ち得ていないことが問題なのである（一方で、アカデミズムであっても、理論研究はジャーナリズムと相性がよい）。直接的にではないにせよ、アカデミズム文献学は、パフォーマティヴな水準で、やはりロマン主義増幅装置であると言わざるを得ない。それは例えて言えば、左翼的言説が流通することによって右翼的言論に刺激と危機意識を与え、そうすることによって結果的にナショナリズムが増幅されてゆくという図式と同型の構造を持っていると言える。

一方で、古典文学研究の中には、近代西洋文学を一つの理想的範型に置き、それとの比較考量的な分析を通して日本の古典を語り直すという方法も一部では展開されていた。例えば、戦争を前後する時期において、国文学研究の分派を形成していた、文藝学派や歴史社会学派（唯物史観的研究）に対して向けられた論文、福田恆存「文藝学への疑い—今日の国文学界へ—」（『文学』一五-八、一九四七・八）は、「日本の古典ほど、科学的操作をほどこされやすい文学は他にない」とした上で、「若く進歩的な国文学者たちは、なんとかして古典のうちに近代を読みとろうとした。というのは、古典に直接近代意識を仮設したというばかりではなく、自分たちのうちのヨーロッパ的な近代意識と古典とのあいだになんらかの脈絡をつけようと努力したという意味である」（三四頁）と、これを批判的に概括している。その上で福田は「文藝作品を対象とする科学は、文献学、国語学、訓詁学にとゞまるべき」（三一頁）であると主張するのだが、たとえ文献学的手法のように、一見政治的に中立的な、科学的論文であったとしても、そこに何らかの政治的信念やイデオロギーが流れ込んでくるような事態に至れば、それが微弱であればあるほど、意識の下に潜り込み、より強固に、より自発的に働くようになるかもしれない。それは時に、自らの声を、古典自身が語っているかのように偽装しながら、響かせることにもなりかねないからだ。また、知のヘゲモニーは、一部の研究者にとって、理論を使うこと自体を自己目的化させるようにも働いていた。文藝評論家、江藤淳（一九三二—一九九九）はこう言っている——（国文学の文献学的研究・歴史社会学的研究に関して）「それは西欧先進諸国の研究方法やマルクス主義社会観というものに対する憧憬にもっぱら支えられて、実はなんらの国文学そのものに対する関心に支えられていなかったのではないか。極論すれば、国文学者は国文学をダシにして自分たちがいかにハイカラであり、且進歩的であるかということだけをいいたかったのではなかったか」（「国文学研究について」『文学』二七-七、一九五九・七、五六頁、傍点原文）。

また、日本の古典文学ほど退屈なものはない、と言い切る小説家・評論家、杉浦明平《みんぺい》（一九一三―二〇〇一）――東京帝国大学文学部国文学科卒業――は、その理由の一つに「古典文学専門研究家」の見方が固定し、作品評価が一定してしまっていることを挙げている。そしてそれはつまり「国文学者が、かれらの取り扱う諸作品を文学として読んでいるのではなく、講義もしくは論文のためのたんなる材料として接していることを示している」と軽い筆致のエッセイの中で難じている。

以上のように、古典は、時には近代的自我の鏡像的反射という顔貌として描き出されることもあれば、反対に、近代の反措定《アンチ・テーゼ》としての反近代なカテゴリーへと還元されるような傾向性を帯びることもあった。それはクロニクルな思考範型として提示されることになるが、その実、内なる非合理性を、自然性や純粋性へと読み替えつつ、みずからを讃美するという身振りでもあった。遅れて外部からやってきたものとしての西洋＝近代、その虚偽性＝不自然性が自らの内部の奥深くに痼りのように凝り固まってしまった結果、人は他者化＝西洋化される以前の自己の原初性を求めて（変わらないもの、より確乎たるもの、真実らしいものを求めて）、過去の中に見出される無垢なもの、それゆえ野蛮なものを焦点化し、現在＝自己との連続性の地図の中にそれを書き込もうとしてきたのである。そして、恣意的に変形させられることになった中世からは、失われた心性が発見され、エキゾチックな官能性、仏教的なもの、曖昧性、などの決まり文句が投影されてきた。（そのような記述が、膨大なアーカイヴスの中から、ある一面的な傾向の言述のみを抽象し、他を捨象するという恣意性から免れていないのだとすれば）それは単にそうあってほしいという（書き手の）願望を投影するものでしかなかったと言ってよい。

分析主体－理性的主体－近代的主体の製造工場としての大学

古典はわれわれの外側に中立的に置かれているものではない。それはまずもって言説として「古典」化された一つのシステムなのだ。古典は一つの表象の体系として構成されているが、それは何らかのかたちで凝集化された唯一のヴィジョンとしてではなく、内部に矛盾と分裂を孕んだ統一体として組織されている。ゆえに、古典は、或いは古典と呼ばれている何かは、自らへの持続的な関心を再生産し続ける。古典文学研究はそのような古典との関係性を規定している一つの規律《ディシプリン》である。それはわれわれを〈古典〉そのものから疎隔させることによって、幾つもの像を産出させる装置として働いているが、疎隔されていることそれ自体はとりあえずは問題ではない。古典が〈他者〉であるとしても、古典がわれわれにとっての永遠の局外者である、というわけでもなく、〈古典〉の「古典」化がわれわれにとって不可避の接触形式である以上、そのことを一種の、逃れるべき知的欠陥などと放言できるわけでもない。ましてや、真の古典を裸眼によって把握すべきだ、などと素朴に主張できるわけでもない。どのような叙述であれ、古典それ自体が言説編制体の中で構成された表象の体系であることに変わりはない。したがって、古典文学研究が古典を誤表象していることが問題なのではない。「表象は、現実との厳密な対応性を問題とするならば全て誤表象である」からである（大橋洋一編『現代批評理論のすべて』新書館、二〇〇六・三、七九頁）。

とは言え、古典がどのように記述されてきたのか／されているのか、そして古典文学研究という学律《ディシプリン》がどのように研究主体の行為を制限ないし規則化していたのか／しているのかについて自己点検を欠かすことはできない。なぜならば、古典の問題に限らず、自己／他者という関係性の問題へと介入することは、自己自身への強い働きかけ、自己の存在論的構造の配置転換を誘発するものとなりうるからである。先述したように、われわれの発話の一つ一つはきわめて類型的なかたちで規則化されており、制限された自由の中でしか可能になってはいない。しかしそれがどのようなかたちで規則化されているのかを記述することは、われわれの言説内部での可動領域を、僅かではあるかもしれないが、押し広げる可能性を持っているからである。そのとき、われわれに求められるのは、惰性的‐自発的に言説システムへと服従し、そのような言説システムによって語らされることなく（類型的言表を再生産することなく）、システムの規則性をいかに書き換えることができるか、語ることができるかを問い直すことであるだろう。それは〝近代的主体＝理性的主体〟としての自己自身を立ち上げるというメカニズムを、批判的に意識化するという営為をわれわれに強く要請するものとなるだろう。

　そのために、われわれはいったいどこから古典を語っているのかについて改めて思いを繞らし、自らの足場を掘削してみなければならない。[18] 当然のことながらその足場は何らかのイデオロギーによって構築されている。知を産出するシステムとしての学律《ディシプリン》、その学律《ディシプリン》を身体化させたテクスト産出装置としての啓蒙知識人《フィロゾーフ》、その啓蒙知識人《フィロゾーフ》の製造工場としての大学。それらの制度性が問われなければならない。教育とは能力の開発であると同時に、能力の制限でもある。というのは、教育は、被教育者をして任意の作法に従わしめる限りにおいて自由な発話を可能にするが、それは同時にその作法の外にある別種の作法に従う可能性を除去することでもあるからだ。大学教育が目指していることの一つは、他（教師）に依存せず、自律的に思考‐分析し、発話する主体へと学生を改造してゆくことである。それは端的に言えば、「啓蒙される客体」から「啓蒙する主体」へと被教育者を自己変革させるというパラドキシカルな営みである。

　カントの定義に従えば、啓蒙とは「人間が、みずから招いた未成年の状態から抜けでること」であり、「未成年の状態とは、他人の指示を仰がなければ自分の理性を使うことができないということである」（中山元訳『永遠平和のために／啓蒙とは何か他3編』光文社、二〇〇六・九、一〇頁（原著、一七八四））。またマックス・ホルクハイマー／テオドール・W・アドルノ『啓蒙の弁証法―哲学的断想―』（徳永恂訳、岩波書店、一九九〇・二（原著、一九四七））は、近代における「啓蒙」のプロジェクトを、「人間から恐怖を除き、人間を支配者の地位につけること」、

「世界を呪術から解放すること」、「神話を解体し、知識によって空想の権威を失墜させること」と規定している（三頁）。

さらに、哲学者、古賀徹（一九六七―　）は、教育における社会的強制性――子どもに社会的な規範や規律を押しつけ、一定の枠にはめること――の側面を指して「訓育（discipline）」と呼び、それをこう説明している――「民主主義的訓育が目指す最高の目標は、自律した人格である。自律した人格とは、合理的で論理的な思考を通じて、既成の不合理な権威や抑圧的な諸制度を批判し、同時に他の人格への配慮を欠かさず、自己と自己の属する集団を自ら律してゆく自由な存在（啓蒙的主体）とみなすことができる。この主体は、鋭敏な感性や思考と、統制された肉体を備えていなくてはならない。自律・自治の発想のうちには、自己自身の身体を律することも含まれる」（『理性の暴力―日本社会の病理学―』青灯社、二〇一四・一、七三頁）。

大学制度による啓蒙的主体の生産＝研究教育制度は、参入者に対して、「分かる」主体（分解する主体、分析する主体）を演じるような訓練を強いている。それは〈語る（能力を所有した）主体〉であることを意味する。そして訓練の過程で自らと〈理性〉とを一致させてゆきながら、組織的-協働的に、非理性的なものを自らの内から剔抉せしめるようプログラムされている。そのように、自己の内部にある、不透明なもの、言語でないものを排除するという反復的実践は、換言すれば、内なる〈他者〉を忘却する訓練でもある。その日常的実践の結果（効果）として、自己管理的-自己統治的な「個人」（分割不可能なもの）が産出されることになるが、それは紛れもなく、近代的主体（理性的、科学的、自由な個人）の確立という（自画像を描く）プロセスと同期している。まさにこの意味において大学とは「知識人」の製造工場であるのだが、問題は、それが「専門家」の製造工場でもあるということである。既にオルテガの言述に触れて述べてきたように、「専門家」とは「無知な知者」としての「大衆」の異名に他ならない。研究者が自らの専門外のことを何も知らなくても許されるのは、学問制度それ自体が、知の局限化＝

区画整理に基づいた研究者の製造工程の中に、そのような態度を一種の行動規範として受け容れるよう明確に組み込んでいる《プログラムしている》からである。研究者共同体は、議論を通じて、分析主体への変身を相互に承認し、そこに透明な空間を作り上げてゆくことになる（もちろん、その透明性はその内部においてそのように感じられるというように過ぎないのであって、そのような学律を無効にした場合、透明性は一挙に崩れる）。そこで研究者は、真理の代理人となるべく、定型句をインストールしながら、知的話法を身に付けてゆく（知的に洗練されているように見えるキーワードを駆使しながら、頭がよさそうに見える話形を反復する）。聖なるテクスト――時には権威づけられた実証的研究、時には流行《はやり》のキーワードを駆使した理論研究（「現代思想」）――を暗誦し、そこから適切な話型を引用してくる訓練を継続的に行う。そうして固有のパターンをなぞった話法に基づき、形式化された問いを立て、それらを何も考えずに発し、また答えられるようになるまで自らの内に自動化のプログラムを組み込んでゆく。そのようなかたちで演技の訓練を行ってきた結果、研究者は、〝頭が悪い〟と思われることを極端に恐れるようになる。真実を見通せない、無知な主体へと格下げされることを懼れるようになる。それゆえ、持続的に、理性の所有願望を刺激され、自発的に非理性的なものを拒絶するような態度を見せ続けることになる。聡明な主体として周囲から認知されることを望み、それによって、自らが尊敬‐崇拝の対象に位置づけられることを窃かに翹望する。その意味で、研究行為は、自己全能化‐自己神秘化の過程に他ならない。たとえ研究主体当人にそのような意識がなくとも、論文を公表するという行為自体が、研究主体の知的ヘゲモニーをさらに優越化させるというパフォーマンス性を帯びるものである以上、それは、論文の量産によって、自らを取り巻く環境を再編成しようという一種の企てとなり、かつまた社会空間を階級的に移動するパフォーマンスとなる。大学、学会、学術雑誌、書籍といった諸制度によって編制される学知の中にあって、その中で発せられたあらゆる言論は、その発話者の意図はともかくとして、それ自体、自らを特権化するように志向されたテクストであるからである。

以上のように、（「科学者」の共同体としての）大学は、分析する主体、自らを理性的で近代的であると認識する主体を大量に製造する工場であると見なすことができる。われわれは、文字通り、未成年から脱した理性的主体（であると自ら信じている存在）である。既に、年齢によって、自動的に理性的主体へと脱皮可能な法制が（錯誤的に）整備されているが、それに加えて、近年の近代化論の流通によって、未成年の非理性的な原-国民が、歴史的なある時期に集団的に理性的な主体群へと脱皮したという神話がいまや既成事実化されているということも忘れてはならない。(19)「未開人」から「文明人」への変身、「未成年」から「成年」への成長、というアナロジーによって、前近代と近代は、一般に思考回路の差異としてではなく、発展段階の遅れと進歩として考えられている。しかしながら、カントの定義に準じて自らを顧慮するならば、人が十全に理性的であることなどは不可能な仕儀であるように思われる。人は自らの理性を、近代性を信じて疑わないが、それは近代化の物語という現在進行形の神話の形式に馴致された効果に過ぎないのかもしれない。非理性と手を切ることが可能であるという信念、自らを非理性から遠いところに配置しようというその身振りこそが、非理性の萌芽ではないか、とさえ思われる。ある主体の中で、合理的思考が標準化されたにもかかわらず、非合理的思考が情緒的に噴出してくるのはなぜか。それは合理性から遠ざかったからではなく、逆に合理性に近づきすぎ、それとの一体化が夢想されてしまったからではないか。この種の問題をモチーフとした論考としては、既にマックス・ホルクハイマー／テオドール・W・アドルノ『啓蒙の弁証法—哲学的断想—』（徳永恂訳、岩波書店、一九九〇・二（原著、一九四七））、M・ホルクハイマー『理性の腐蝕』（山口祐弘訳、せりか書房、一九七〇・二）、坂部恵『理性の不安—カント哲学の生成と構造—』（勁草書房、一九七六・六）等があって、われわれはこれらから多くを学ぶことができるが、これらに触発されるかたちで本書が疑問視するのは、〝近代（＝理性の時代）が到来した〟という言述を一つの歴史的事実として認識するような知的態度のあり方である。

「近代人」という知の欺瞞

はたして前近代とはわれわれが考えているほどに前近代的なものなのだろうか、また、近代とはわれわれが考えているほどに近代的なものなのだろうか。「近代」なるものが、理性的思考の異称であるのだとすれば、近代とは一つの思考法のモードに与えられた名に他ならない。しかし、もし人が理性／非理性という一線を越え、〈他者〉との合一を夢想することが許されてしまうのであれば、それは〈理性的自己〉の自己現前という不可能な事態が生起したことを意味することになる。われわれは、近代的自我・理性的主体・個性などと称されるものが欠如していた前近代的世界から、それらの覚醒した近代的世界へと発展してきた、という、うんざりするほどの定型化された神話的歴史叙述の中を生きている（そのような近代化が不十分なものであるという言説にせよ、前近代／近代／ポスト近代という流れを辿ってモダニズムを〝終わったもの〟と見るような言説パターンにせよ、それがクロニクルな「段階」として想定されている点で同型である）。それらは、われわれ自らが、集団で理性という彼岸へ渡ったという錯視を容易にし、われわれが未だ非理性の側に留まっているのではないか、という疑いを持つことを難しくさせている。勿論、この〝われわれ〟とは、自らを理性的であると、無邪気にも信じてしまえるような主体の群れ、すなわち〝われわれ人間〟のことであるが、われわれは、自らが〝狂っていない〟〝愚かではない〟ことをいったい誰に証明してもらえるというのだろうか。われわれは非理性＝狂気が何であるのかを十全には知り得ない。もしそれを十全に知っているのだとすれば、われわれはその対立物であるところの理性について十全に知っていることになってしまうからだ。われわれは自らが〝狂っていない＝正常である〟ことを証す手立てを持ってはいない。だからこそ、人は何ごとかに〝異常なもの〟というラベルを貼り付け、それを排除することによって、自らを〝正常なもの〟というカテゴリーへと位置づけようとする。そして、これはほとんど無自覚のうちに自発的に為されるが、人がこれに注意を向けることはあまりない（われわれは日常生活の中で〝私は正しい〟と感じることの逐一に対してそれを自己欺瞞だと反省することなどできないだろう）。

われわれは近代が到来したという神話の中で、前近代から近代へという「進歩」の物語を実践的に上書きし続けている。近代が未到の現在であり、現在進行中のプロジェクトであるのだとしても、われわれは近代という彼岸へと到達したいという願望を事実的水準へと横辷りさせてゆくという作業を大規模に遂行し続けている。そうしてわれわれは、近代が到来したという確かな事実（壮大な神話）の中に生きていると考え、神仏をはじめとする非合理的なものからの独立宣言を無根拠のままに信じてしまっている。

勿論、ここまでのところで言いたいのは、サイードにとっての「オリエンタリズム」の議論が、「「オリエント的な」世界を抑圧しようとする「西洋《ウエスタン》の」なんらかの悪辣な帝国主義的陰謀を表象したり、表現したりしているもの」ではなかったのと同じように、古典文学研究者が自覚的に古典（過去の人々が書いたもの）を貶めているということではない。むしろわれわれ（或いは彼ら）は、基本的に古典に対して敬意を抱いている、或いは敬意を抱いたり、見下したりする対象ではないのだと考えている（だろう）。しかし、古典というものを他者として語るという行為そのものが、讃美／貶価という微細な筆致の揺れ動きの中でそれらを操作-管理することになるという、その点こそが問題なのだ。パースペクティヴに応じて、連続的（内部的）にも、非連続的（外部的）にもなりうるような都合の良さ＝両義性に凭れかかるかたちで、古典（神仏を自らの中核に組織した諸テクスト）は近代（人間）の被造物へと配置転換され、前近代における古典の位相は、そこに埋め込まれた社会的機能を歴史的-状況的文脈の中で非本質的に問いなおすという形においてのみ有効であると考えられるようになった。中世人は、近代人のように非合理的な構築物（神・仏）を疑う視点を持ちえず、それらを盲信しつつ、階級制度・家父長制度のような神話的《フィクショナル》な圧制を維持し、貧困や差別の構造を放置してきた。もっとはっきり言うなら、われわれは密かに、或いは意識下においてこう考えているのではないだろうか。彼らはわれわれよりも少なからず「愚か」なのだ、と。ゆえにわれわれは彼らを、そして彼らの思考を俯瞰し、一つの「知」の対象として記述することが可能なのだ、と。

オルテガは自らを近代人と措定する「大衆」の自惚れに対してこう言っている――「ある時代が、みずから近代と名乗るなどとは、名前からしておだやかでない。いってみれば、それは最後で、決定的だということであり、それに比べれば、それ以外の時代はすべて、完全に過去であり、近代文化を目ざすつつましい準備と願いの時代ということである」（『大衆の反逆』中央公論新社〈中公クラシックス〉、二〇〇二・二、三一―二頁）、「みずからをいっそう充実した生だと感ずることによって、過去にたいするすべての尊敬の念を失ってしまった……だからこそ、ここにはじめて、すべての古典を無視する時代、過去のなかに手本や規範の存在する可能性を認めない時代、たゆまぬ進化を遂げた幾世紀のあとに出現しながら、しかも、初期、あけぼの、はじまり、幼児期にあるように見える時代に、われわれは面と向かっているのである。われわれはうしろをふりかえる。高名なルネサンスも、われわれには、じつに狭苦しい、田舎びた、むなしい身振りをする安ぴかの――どうしてこういって悪かろう――時代に見える」（同上、三六頁、傍点原文）、「われらの時代は、すべての過去の時代よりも豊かであるという奇妙なうぬぼれによって、いやそれどころか、過去全体を無視し、古典的、規範的な時代を認めず、自分が、すべての過去の時代よりもすぐれ、過去に還元されない、新しい生であるとみなしていることによって、特徴づけられるのだ」（同上、四六頁）。

こうして、われわれの中に一つの巨大な転倒が見出されるのである。自己／他者関係としての研究主体（古典を読むもの）／（読まれるべき）古典の関係は、かつては非理性／理性の関係であったのだが、それがいつの間にか、理性／非理性へと転倒してしまっているのだ。つまり、理性的主体としての研究主体が、非理性的な、無知蒙昧な人々の綴ったテクストを読むという構図ができあがっているのだ。古典という死者の国に棲まう人々は、どのように表象化されようが、反論もしないし抵抗もしない。誰も行くことができない「異郷」であるからだ。「古典」とは、もはや「知」の対象ではあっても、「学」の対象ではない。「知る」は「領《し》る」に通じ[20]、こちらのロジックによって相手を支配すること、一方、「学ぶ」＝「真似ぶ」は、こちら側のロジックを自己無化し、向こう側のロジックに完全に呑み込まれることを意味する。そうであるならば、近代人は「未開人」を知ることはあっても、そこから何かを学ぶことはない、という前提がわれわれの中に形成されていることになる。その意味では、アカデミズムにおいて、古典は学問として既に死んでいるのだ。古典とは、もはや自己を理性的主体に仕立て上げるための装置に過ぎない。そのとき古典における〈他者性〉は、必然的に跡形もなく抹消されることになるのである。

5　「近代」は到来したのか
――理性／啓蒙から漏出する「ロマン的なるもの」――

さて、上記のように、前近代という一つの像が、近代というレンズによって屈折させられているのだとすれば、古典を研究する者にとって、近代性を思考することは単なる方法論上の一課題として負うべき責なのではなく、一種の義務なのだ、と言えるのかもしれない。われわれの古典へ向けられた探求が、近代性を無視して成立するのは著しく困難なことのように思われる。

しかし、「近代」という語は、今日、ひと言で言えば、混乱の中にある。「近代」をめぐる語りはひどく恣意的であり、「近代」は、さまざまな概念を代理＝表象《リプレゼンテーション》している。西洋、進歩、高度資本主義、理性、自由、科学、国民‐国家、世俗化＝脱宗教化、等々――「近代化」という「啓蒙のプロジェクト」は、例えば、「客観的科学の発展、普遍的形態をもつ道徳と法の実現、また、神話・宗教・政治的専制などの非合理と思われてきたものから思想および社会的組織編成を合理的な様式で解放すること」(マンフレッド・B・スティーガー／櫻井公人・櫻井純理・高嶋正晴訳『新版 グローバリゼーション』岩波書店、二〇一〇・三、三三頁、(原著、二〇〇九))などとも説明されるが、社会の技術レヴェルでの変質と、人間とは何か、世界はどのように成り立っているのかという認識論レヴェルでの質的変化が、近代化という物語形式の中で混同され、両者は、「進歩」として一括りにされてしまった。それによって(世界の生成から)〝遅れている〟ことへの不安が、進歩と同化した近代人の意識の中から忘れ去られることとなったのだ。

ここでわれわれが問いなおしておかねばならないのは、近代は本当に到来したのか、もし到来したのだとすれば、それはいかなる意味においてであり、いかなる意味においてではないのか、ということである。「近代」もまた「近代」に発見されたものの一つであるが、グローバルな水準で起こった社会の大規模変化は、幾つもの指標によってさまざまなかたちで読み解かれてきた。そしてこれらのイメージがさまざまな文脈の中で交錯し、全体として雑多な近代化論を組織してきた。ここ数十年来、われわれが持続的だと信じてきたものに対して、それが実は「近代」に「誕生」したものに過ぎないといった類いの物語形式が乱生産されてきたが、それに対して、「「近代」という隠語《ジャルゴン》が、この物語の影の主役として、それ自身ある実体性を帯びてしまうことも気にならずにはいられない」という懸念の声もあがっている(深澤英隆『啓蒙と霊性―近代宗教言説の生成と変容―』岩波書店、二〇〇六・五、一頁)。近代化論の罠は、前近代のテクストの中から近代性の萌芽と思われる記述を発掘してこようとすれば、恐らく幾らでも見つけられるという点にある。論証の手続きは、そのようなものを並べ立てるだけなので、いずれもが正解となるからだ。いまここで言いたいのは、それらの近代化論と並行して、〝近代とは何か〟という問いに対して正確な回答を与えなければならないということではない。それは何を指標とするかによって、異なった相貌を現すものであり、結局は一つの近代があったのではなく、複数の近代があったのだというところに落ち着く他はないからだ（例えば、ヨーロッパにおける啓蒙のプロジェクトを近代の指標の一つに置くとすれば、中国哲学の中には、神を必要としない理性的人格の陶冶という問題設定が古くから根付いており、啓蒙のプロジェクトはヨーロッパオリジナルではないということになる〔関連論考としては、井川義次『宋学の西遷―近代啓蒙への道―』人文書院、二〇〇九・一二〕。日本における西洋の衝撃《ウエスタン・インパクト》という近代化論の一つの典型は、その実、既に幾度も訪れてきた中華版啓蒙のプロジェクトの変奏でしかなかった、という歴史像を描くことも可能であろう。関連論考としては、與那覇潤『中国化する日本―日中「文明の衝突」一千年史―』〔文藝春秋、二〇一一・一一〕参照）。

　変化そのものは、一年単位でも十年単位でも、……千年単位でも起こっている（そもそも瞬間瞬間が変化に他ならない）。無数の差異の何を重視し、何を無視するか、それは全く恣意的であり、その営み自体が言説編制体の効果でしかない。われわれがこれまで差異がないと信じてきた、連続していると信じてきた歴史的事象に切れ込みを入れ、認識論的な転倒を惹起するという研究行為が、それをパフォーマティヴな水準ではなく、コンスタティヴな水準で語り始めてしまった時、事実レヴェルでそのような「断層」が存在したという歴史主義へと傅くこととなる（認識論と存在論の混同に基づく）。そこで強く問われなければならないのは、近代／前近代という仮構的断層を本質化してゆくことで、各研究主体に何が起こっているのかということである。そこでは「彼ら」は本質的に「われわれ」とは異なるものであるという視座が形成されることになるが、そこに何らかの類同性を見出すような言表にしても、「未開人」の中に「文明性」や「近代性」があったのだ、というオリエンタリズムの圏域を抜け出すことができない。連続性の歴史（国史《ナショナル・ヒストリー》）を事実的水準として特権化してゆくことには確かに一定程度の危うさが存するものの、その対抗軸として、非連続性の歴史を――事実的水準であれ言説的水準であれ――敷設しようという試みにも同程度の危うさが含まれていることを忘れてはならない。歴史が空間化されたときに形成される「われわれ」という領土は、「彼ら」という領土を分節的に誕生させるが、われわれは、この差異が〝われわれ」は「彼ら」ほどに愚かではない〟という非対称性へと横辷りしてゆく蓋然性を排除することができないからである。また〈理性〉の不在とそれへの欲望というパラドクスが非-理性的なものの囲いこみを必然的に要求してしまうからである。結果、内部に構築された外部が、内部を純粋な理性へと仕立て上げるために前近代／近代をクロニクルな関係において本質化し、近代的主体（＝啓蒙する主体）の集合体＝「われわれ」の外部に、非理性的な人々の群れを囲い込むことになるのだ。そこに無知蒙昧な人々を監禁してしまうのである。いまやその檻の名の一つが「古典」であることは疑う餘地がない。

では、われわれはいかにして「近代性」や「前近代性」と向き合えばよいのだろうか。そこには明らかに巨大な壁が屹立している。人が素朴にそう信じているのに反して、われわれは近代と前近代とを等しく並べて睥睨できるような位置《ポジション》に立ってはいない。われわれは常に、自らにより多く似ている、その一方にしか住むことはできない。つまり、われわれは近代（と信じられている空間）の中からしか前近代を眺めることはできないのだ。しかし、それはわれわれがそう信じているというだけのことであって、実際に、人が〝絶対的に近代的である〟こともまた――A・ランボー〔一八五四―一八九一〕がそうなりたいと願ったのに反して（「訣別」『地獄の季節』）――不可能なのだ。

近代は、われわれの前に純粋な時間として立ち現れてくるものではない。それは常に線状的な空間形式へとデフォルメされ、一つの構造として立ち現れてくるものである。しかも、われわれはその外に立つことはできず、絶えずその内側に回収され、埋め込まれるかたちで（包摂されつつも）それを包摂している。われわれにとって、歴史＝過去というものを線状的に空間化されていないかたちで想起するのは著しく困難であり、全くもって避けがたい一つのアポリアであるのだ。

時間の距離化

過去―現在―未来というように、時間を線形状へと空間化し、それを俯瞰的に把握しうるような主体を捏造するパースペクティヴは、われわれの中で全く自然化されている。また、近代／前近代という区分＝二分法を、本質的なものとして反復的に再生産する学知の構制がわれわれの知の中軸に配備されているのも確かである。「近代」を語る言説には、単なる時代区分以上のものを指示する形式が埋め込まれているが、時間が空間的に把握されることが不可避の過誤であるのだとすれば、そもそも、われわれが過去だと考えているものは、既にして過去そのものではない[21]。過去は遠くにあるわけでも近くにあるわけでもないが、われわれの眼は、年表といった視覚形式に慣らされ、過去は遠くにあるという空間的把握にメタファー以上の意味を与えつつ、われわれ自身の視線を制約している。

例えば、中世を現在から「遠いところ」に位置していると考え、それが現在の中に混合物として滲入しているなどとは考えないような思考法は、われわれにとってあまりにも自然なヴィジョンとして、それを疑うのが困難なほど身体の奥深くに浸潤してしまっている。距離化された時間軸とは、単に制度的に生産されたものに過ぎないが、われわれの常識的観念に反して、過去は近くにあったり、遠くにあったりするようなものではない。また、積み上げられるものでも、失われるものでもない。中世は近代よりも遠いところにあるというイメージは何の根拠もない作られた虚像に過ぎない。それらはレトリック以上の意味を持ってはいない。過去はいかなる意味でも形式化不可能なのだが、近い／遠いといった空間的メタファーがわれわれの身体の奥深くにねじ込まれてしまっている。この時間の空間化という問題を、空間的表象の外部としてのオリエンタリズムの議論と重ね合わせるならば、それはきわめて重い意味を持ってくることになるだろう。すなわち、過去もまた、空間化された外部として、オリエントがオリエント化（他者化）されたように、「過去」化されるのだ。一般的に、進歩史観と呼ばれるこの種のパースペクティヴは、時間の一方向的変化によって基礎づけられているのだが、近代と前近代の不連続性を強調するにしても、それは連続性の地平に書き込まれた「不連続性」でしかない。それはこちら側（近代）から向こう側（中世）を規定するような構造化作用を持っている。しかし、もし本当に歴史が不連続であるならば、それは理解不可能なものというよりも、意識不可能なものとして現れるものでしかないため、全く意識されえないがゆえに問題圏にさえ入ってこないようなものでしかないだろう。或いは意識不可能という「壁」として間接的に接触できるものでしかない。

ゆえに前近代は、それが近代と対置される限りにおいて連続したシステムの内部に位置づけられることを必然化してしまう。そうすることによって近代を裏側から支える装置として作動し、時代の本質へと還元される歴史主義を呼び起こしてしまう。「近代」（化）論の一つのパターンはそれを「西洋」、すなわちローカルな標準として理解するものであったが、無論、「近代」は「西洋」そのものではないし、まして「理性」と等式で結びうるようなものではない。それはオリエンタリズムの効果であって、原因ではないからだ。しかしながら、人はこれまで「近代」「西洋」「理性」を時には区別し、時には区別せずに用いてきた。それによって人は不用意にオリエンタリズムを反復してきたのである。かつて、西洋化という過程を通じて構築された、借り物の、それゆえに虚偽の日本像を克服し、真の日本像を再構築＝回復するという構想として「近代の超克」が唱えられたこともあった。近代西洋の超克という叫びは、（その言外において）理性の超克へと転じ、非理性的なもの＝超越的なものとしての「日本的なるもの」への回帰を嚮導した。しかしながら、改めて言うまでもなく、理性の超克などできるはずもない。なぜなら、もし超克できるのだとすれば、われわれはその超克する当のものを「理性」と呼ぶだろうからだ。理性／非理性という分節が維持されている限りにおいて、その分節をメタ的に規定している当のものはおそらく理性と呼ばれることになるだろう。ゆえに理性は無限に後退してゆかざるをえない。しかし、そのような理性の「光」もまた

「闇」によって初めてかたどられるものであってみれば、理性自身が非理性の再来を必要とするというその構造を打破することもまた不可能となる。理性と非理性の融合は永遠の循環の中で先送りされ続ける他はないのである。

　フーコーが、「わたしは理性と闘っているのではない。理性と闘うことなどできないでしょう」（『ミシェル・フーコー思考集成Ⅷ　政治／友愛』筑摩書房、二〇〇一・九、一二二頁〔原著、一九九四〕）と言っているように、われわれは、理性を超克することなどできない。となれば、われわれが理性的であるためには、自らが非理性的であることの自覚が必要だということになる。〈理性〉は自己に対して内在的であると同時に外在的である。〈理性〉が完全に自己を包摂することもなければ、自己が完全に非理性へと転落することもない。人が十全に理性的であったり、非理性的であったりするようなことは構造的に不可能なのだ。ゆえに問題の核心は、自らの内なる理性が非理性へと転倒することにあるのではなく、非理性を理性として自己錯認したまま、そのような「疑似理性」でしかないはずの「非理性的なるもの」が啓蒙を開始すること＝〈他者〉を暴力的に透明化‐同一化してゆくこと、というまさにこの点に求められることになるのだ。自らが理性的主体ではないのかもしれないという不安は、非理性的なるものの召還を導き、それを統握することによって忘れ去られる。同時代人に対しては、何ごとかを固有のカテゴリーへと還元することに慎重な近代人であっても、過去が対象であればそのような操作への躊躇は容易に消えてしまう。われわれは自らの振る舞いの内に、自らを非理性的なものから本能的に遠ざけ、それを表だって意識することを避けてきたのではないか。或いは、理性との間の距離を詰めすぎてしまったのではないか。それによって、非理性へと部分的に反転してしまってはいないか。自らの理性を分光器にかけてその暴力性を測定してみなければならない。古典文学研究という学律が〈理性的主体〉への変身をわれわれに不可避的に要請するものであるのだとすれば、われわれ自身、知らず知らずのうちに自らの内に非理性的なロマン主義を飼育することになるかもしれない、という蓋然性に対しても、決して自己点検を怠ってはならないだろう。

ロマン主義と受動性

さて、「ロマン主義」とは何か。ここで改めて整理しておこう。だが、「ロマン主義」と名づけられる思考範型の多様な型取りを単純化して述定するのはあまりにも難しい。論者によってどのようなプロトタイプを抽出してくるのかは区々《まちまち》であるが、例えば、ブリュノ・ヴィアールの指摘によると、ロマン主義がその欲望を向ける対象は以下の七つに整理できるという(22)、(1)情熱恋愛、(2)新精神主義的《ネオ・スピリチュアリスト》形而上学、(3)自然の感情、(4)時間(中世)あるいは空間(オリエンタリスム)における異郷の探求、(5)社会のユートピアと流血のバリケード、(6)自殺、(7)詩と藝術の崇拝。

無論、ここでロマン主義なるものを一切の文脈を無視して述定してしまうことの危うさも免れきれないのだが、便宜上、ここでは次のように考えておきたい。本書の関心に沿ってその特質を収斂させるならば、自らの内に裂け目を見出し、経験的自我を超越する〈他者〉としてそれを問題構成の中に組み込みながらも、それを恣意的に——例えば、恋愛、藝術、宗教、神、エキゾチシズム、古代への郷愁、野性、死、真我、等へと——現前させてしまうような思考法として考えてみよう(ただし、それらはいずれも理想化されたイメージであって、その実在性は問われないのだが、真の我、真の我々、理想郷へと向かってゆこうとする「運動」として展開されるのが一般的である)。簡単に言えば、限界を超越するものに対する過剰な偏愛がそこにはある(ただし、あらゆる限界を超出するものという定義に精確であるならば、ロマン主義はロマン主義自身を超出せねばならないのだが、一般的にはロマン主義は自らの定義へと自閉してゆく傾向を持つ)。

この点から少し注意を払っておきたいのは、ロマン主義とポストモダン思想との連続性と差異についてである。小野紀明『美と政治—ロマン主義からポストモダニズムへ—』(岩波書店、一九九九・七)は、ロマン主義とポストモダニズムとが文脈的に連続しながらも、その本質において断絶していることを指摘しつつ、こう述べている。「両者は、一方でその都度或る同一性の下に自らを括ることによって経験的世界における他者との関係性を担保しつつ、同時に他方でその同一性を解体して裸形の単独者、但し、けっして根拠づけられることのない単独者を志向することによって、自らをこの矛盾する運動の中に宙吊りの状態に保つ」（傍点原文、八頁）という点で共通しているものの、例えば、ポストモダン思想の旗手、J・デリダには、他者に対して同一性の暴力を振るうことの責任が問題構制として自覚されているのに対して、ロマン主義においてはそもそも他者が不在なのだとされる。このようなポストモダンとロマン主義の微妙な距離感は、〈他者〉という位相を問題にする本書にあっても、ロマン主義への転倒が自らから決して遠い位置にある出来事ではないことを警告するものである。

理性によって理性を知ることができないというアポリアは、そこにできた裂け目をさまざまな名によって埋めることを容易にさせる。超越論的主体、絶対的自我、エス……。もし自己を超越するものが自己に内在的に包摂されるという逆理へと反転してしまえば、その瞬間、そこには形を変えて反復するナルシシズムが発現することになるだろう。自己の透明性‐正当性と、理想化されたシニフィアンとしての「超越的なるもの」とを混同させることによって、無根拠に世界の変革を翹望することになる。ロマン主義者には、決定的に〈他者〉が不在なのだ。存在したとしてもそれは、自己の内部に捕縛した「他者」でしかない。また、自己が自己を作るという自己言及的モデルとしてそれが思考されることも回避されなければならない。それは単に分割不可能な単一の「個人」が（機能的に）二つに分かれているという〝自己の自己現前〟モデルとして思考されてしまうことになるからである。そこでは、結局のところ、閉じた自己が前提とされてしまっていることになる。〈思考する自己〉と「思考された自己」とは、決して同一ではない。前者は孤独だが、後者の孤独は前者のそれを模した擬似的なものでしかない。前者には無数の孤児が繋がれているのだ。もはや世界には何も理解できるものはない。理解している当のものが理解できないからだ。それはただただ〈他者的なもの〉でしかない。近代知性は、〈神〉や〈仏〉という辞項を排除してみせるという行為の中で（〈それ〉は決して排除され得ないのだが）、ひっそりと〈それ〉の地位を簒奪してきた。そうであるがゆえに、近代知性＝啓蒙的知性こそ、「超越的な能力をもった他者」を一つの言説形式へと回収しつつ、それを自らの一部とすることによって、無根拠に自ら高みに昇ることが可能であることを夢見てしまうのだ。

さて、ロマン的なるものが啓蒙的な精神に随伴しているとのだと仮定して、そのことの問題性はどこにあるのだろうか。それは、ロマン主義の「受動性」にある。ドイツの法学者・政治学者、カール・シュミット（一八八八―一九八五）の『政治的ロマン主義』（大久保和郎訳、みすず書房、二〇一二・六〔原著、一九二五、初版、一九一九〕）は、ロマン主義を「主観化した機会原因論」と捉える。その掉尾は、「ロマン的なるもののすべては他のさまざまの非ロマン的なエネルギーに仕え、定義や決断に超然としているというその態度は一転して、他者の力、他者の決断に屈従的にかしずくことになるのである」（一九七頁）という一文で結ばれる。その特徴は、非一貫的な受動主義にある。[23] 人は因果関係を恣意的に切除することによって、そこに主体的に介入しようとするが、その反作用として、特定の出来事に超越的なものの「意思」を受動的に見出すような思考様式がそこに発現してしまう（例えば、任意の現象を神の啓示や運命などとして恣意的に解釈してしまうような態度。或いは事象Aと事象Bとの間に恣意的に因果関係を読みとってしまうような態度）。本章の文脈に沿って言い換えれば、それは〈外なる他者〉を、恣意的に「内なる他者」へと転倒させ、その意識それ自体を忘却することによって、自己の内部において無限へと飛翔することが可能であるような自己愛＝ナルシシズムの中で享楽に浸るような知的態度を示す。ロマン的なるものは、シニフィアン構造の中で固有の美名を与えられ、時宜に応じて変装＝変奏される。戦前においてそれは「日本」という「国家」であり、「民族」であり、その根源として翹望された「古典」であった。その時、想起されるのは、国文学者の政治性の問題である。

戦時下に著された、池田亀鑑『古典文学論』（第一書房、一九四三・六）の中に垣間見られる国家主義的な視線は、現代のわれわれの眼にどう映るだろうか。

○国民としての我々の思索や、行動や、その他すべての生き方は、国家的でなければならない。国家が未曾有の大事業を遂行してゐる現下のやうな情勢に於ては、特にさうである。個人の存在は、国家を前提としてのみ可能であつて、国家のない所に、個人はなく、従つて自由はない。個人は小我であり、国家は大我であるから、国家興亡の秋に於て、小我をすてて大我につく、所謂滅私奉公はきはめて必要である。（一五頁）

○国語に関するかぎり他民族の便利など毛頭考慮に入れる必要はない。……大東亜は、民族の勝手気ままな寄合処帯ではなく、日本民族の指導下にあつて、はじめて彼等諸民族の平和も幸福ももたらされるのである。指導者日本の国語は、他民族の習得の際の都合などを考慮して、人為的に手をふれるべきものではない。（一一三頁）

○今後日本は、多くの人種・民族を包容して、大国民を形成するであらうが、それ等は、大和民族の血液と精神との中に抱擁同化せらるべきである。大和民族が厳然として、その指導的な立場に立ち、彼等が、その指導のもとに、従順について来ることによつてのみ、彼等の幸福があり、大東亜の復興がある。……大和民族の立場と使命とをこのやうに考へることによつて、新しい東洋を開拓し、その文化を全人類に光被せしめるやうな偉大な文学が、大和民族の伝統の中から、所謂伝統をふみ越えて創造されねばならぬと考へられて来るのである。（五八頁）

○新東亜文学としての新しい国文学は、東洋の諸民族、諸種族の神話の単なる集成であつてはならない。大和民族の理念によつて統一せられ、創造せられるべきである。（五九頁）

ここで注意されるのは、普遍性の現前したものとして「日本」を位置づけようとする言説のパターンである。「大我」＝国家という、宗教とナショナリズムとを同型化させるような言述は、京都学派の哲学者、西田幾多郎

〔一八七〇―一九四五〕のそれとも歩調を合わせるものである――「宗教を単なる個人の安心と考へ、非国家的などと云ふ人があるならば、それは大なる誤解である。絶対現在の世界は、形が形自身を限定するとして、何処までも歴史的形成的である。而してそれは国家的と云ふことでなければならない。国家とは、歴史的世界の自己形成の形に他ならない。国体とは、かゝる個性的形である。我々の自己は絶対現在の世界の個として、何処までも歴史的形成的に、国家的でなければならない。真の宗教的自覚の立場から、真の国家随順と云ふことが出て来るのである。単に自己の安心を求めると云ふのは、私欲である」（「予定調和を手引として宗教哲学へ」『西田幾多郎全集』第一一巻、岩波書店、一九六五・一二〔初出、『思想』二六四、一九四四・五／六〕、一四四―五頁）。近代社会における神仏の消滅は、その空隙を国家や民族によって埋めるという精神活動を容易にした。〝自己を超越する自己〟という論理は、自己と国家とを無媒介的に結合させるという非論理的説明形式を可能にした。（部局化された）科学の信奉者であり、その忠実な遂行者であったとしても、科学的実証主義から一歩外に出て、全体を概括するような大局的な立場に立ったとき、それまでの語りの緻密さは極度に弛緩し、言説システムの表層に組み込まれることによって、自然化された、「大衆」的パースペクティヴに安易に乗っかってしまう結果となる。そうして、池田亀鑑は、「大我」としての「国家」に対する服従を正当化したのである。(24)

被植民者による日本古典文学への視線

如上、池田は、日本古典の世界化を唱える文脈の中で、「大東亜」の「他民族」＝被植民者のことは考慮に入れる必要がないとまで言い切っている。それは、藤田徳太郎の「東亜文化圏と国文学の使命」（『国文学 解釈と鑑賞』〈特集号「大東亜建設と新国文学の理念」〉七―六、一九四二・六）においても同様である。当時の一部の国語学者が、諸外地への国語普及のために国語を平易化させるべきこと、そして外地のみならず内地においても平易化、実用的にすべきであると唱えていることに反駁し、国語の平易化とは「国語の平俗化貧困化」「堕落」「頽廃」であって、国語の鍛錬・進歩とは違った方向に進むことになり、さらには、外地の異民族を基準に考えてそれを平易化することは、「言霊の幸ひを信じるわが国民に対して、これ以上の侮辱はない」と激しく論難している（三九頁。ちなみに、ここで論敵と想定されている国語学者は、具体的には、保科孝一あたりを指すものと推測される。保科の言語政策論については、イ・ヨンスク『「国語」という思想―近代日本の言語認識―』岩波書店、一九九六・一二、参照）。さらに付け加えれば、以下のような内地知識人の言述もまた池田や藤田の認識と同一の軌道を描くものであった――「日本語は大東亜共栄圏の共通語であり、皇国文藝は、皇道の具体的表現――日本さながらの姿の表現――である」（小池藤五郎「大東亜文藝と国文学」『国文学 解釈と鑑賞』七‐六、一九四二・六、一三一頁）、「大東亜戦争の赫々たる戦勝に伴ひ、日本語の海外進出の機運は急速に高まつて来た。われ等の大和言葉が支那大陸に、南洋諸島の隅々まで広まつて行き、いづこの地でも日本語で用の足りる時代の来たのは何としても愉快なことだ。日本語の普及は結局日本事情なり日本文化なりを彼等に知らしめることだ。ここに国文学のこの非常時局に対処すべき特別の立場があると思ふ」（文部省図書監修官・吉田澄夫「大東亜戦争を機会に国文学は如何あるべきか」項『国文学 解釈と鑑賞』七‐六、一九四二・六、一六一頁）、「大東亜共栄圏の新たに帰従すべき民族に対して、いかなる理念の下に日本を伝へるかといふ点に到ると、国文学の素養の有無が重要な役割を果すのではないかと思はれます。つまり日本に対する認識の生れ方が、本当のものであるか、借りものであるかが問題ではないかと思ひます」（東京帝国大学司書・土井重義、同上、一六〇頁）。

　われわれはこのような国語帝国主義、国文学帝国主義的言説を前にして、どのように思いを致せばよいのだろうか。このような声が次々と内地から発せられていたまさにその頃、植民地・台湾において〝外地の異民族〟の手によって「国語」（＝日本語）で書かれた二篇の小説がわれわれの関心を引く。一つは、一九四三年（昭和一八）七月に雑誌『台湾文学』三巻三号に発表された、王昶雄《おうちょうゆう》（一九一六―二〇〇〇）（一九三一年〔昭和六〕、東京郁文館中学卒業〔内地留学〕、帰台後、台湾商工にて就学、一九三五年〔昭和一〇〕に日本大学文学部に合格するも父の逝去によって文学の道を断念、歯学部へ転部した。卒業後一九四二年〔昭和一七〕、帰台）の小説「奔流」（中島利郎・河原功・下村作次郎・黄英哲編『日本統治期台灣文学台灣人作家作品集』第五巻、緑蔭書房）、もう一つは同じく一九四三年〔昭和一八〕七月に雑誌『文藝台湾』第六巻三号に発表された、陳火泉（一九〇八―一九九九）（台北州立台北工業学院卒。台湾製脳株式会社、台湾総督府専売局・林務局に勤務）の小説「道」である（『新文学雑誌叢刊』〔復刻本〕第一六巻、東方文化書局）。いずれも、「本島人」（台湾人）に生を受けた主人公がどのような意味において「日本人」でありうるのか／になりうるのかという問いへの煩悶をその主題とした作品である。[25] これらの作品は、（その主題からして、読者自身のアイデンティティーや政治的党派《イデオロギー》性に基づいた読後の快／不快の感情に直結しやすく、そのような直観的反応が〔事後的に設計された論理的枠組をカモフラージュとして利用しながらも〕生のまま作品解釈の過程に露出しやすくなるという傾向を帯び）今日では典型的な皇民文学、媚日作品として非難されたり、或いはその反転からテクストの中に「抵抗」の痕跡を読みとったりするような歴史的評価に曝されてきた。しかし、ここで注目したいのは、これらの作品を上に見てきたような植民地に対する内地の視線と呼応‐対比させることで、そこで超然と唱えられていた「国語」や「古典」の純粋性、普遍性を説く声――その理念に一塵の矛盾も孕んでいないかのように語られる形式化‐規則化された単純な（場合によっては不正確な）語り――が、「台湾人」でありながら「日本人」であるという現実に煩悶する植民地知識人の歴史状況的な複雑な声といかに乖離しているかという現実であり、そこで試みたいのは両者の距離感をわれわれの実感のうちに浮上させることである（以下、両作品の解釈については、廖秀娟『〈夢〉からみる昭和十年代の外地文学』〔（台湾）致良出版社、二〇一二・二〕を一部参照した）。

「奔流」は、主人公の医師「私」、中学の「国文科」教師「伊東春生《はるお》」（＝「朱春生《しゅしゅんせい》」）、その甥「林柏年」という台湾人三者の中に置かれる、「日本人」であることそれぞれの意味、そして距離感を関係的に物語るかたちで展開する。伊東は完全に内地化した「垢抜け」た身なり、居住まいで、内地人の妻を娶り、内地人と全く同じように流暢な「国語」（＝日本語）を話す。一方で、「国語」のできない「母」を邪険に扱い、正月に来訪してきた実母を門前払いにする。この物語の中では、「母」という造形は明らかに、「日本」という他者的＝非自然的な表徴（遅れて外からやってきたもの）に対置される、〝自己の自己性〟の符牒として設計されている。伊東はそれを完全に放棄し、自らを徹底的に近代化＝日本化＝他者化させることを選択した、植民地知識人の取り得る生の選択の一つを示している。そして、生徒に対しても「植民地根性」が抜けないなどと言い放つのだが、甥の柏年はそのような伊東のことを、「実の老父母を棄て、あ、云つたやうな生活をしてゐるのです。自分が楽をしさへすればい、と思つて」などと言い反発する。柏年にとって伊東は「本島人（筆者注、台湾人）でゐながら、本島人をさげすむやうな奴」でしかなかった。しかし伊東は柏年に実母を棄てたことを難詰された際にも「莫迦、貴様に俺の気持がわかるか。だが俺の気持はいつかは分つて来るんだ」と（表向きには）意に介そうとはしない。結局、柏年は（旧制）中学卒業後、内地へ向かうが、「私」に宛てた手紙の中でこう述べる――「私は立派な日本人であればある程、立派な台湾人であらねばならないと思ひます。南方生れであるだ《ママ》からといつて、卑屈になることは少しもありません。こちらの生活に浸み込んで行くことが、必ずしも郷里の田舎臭さを卑下することには当らないのです。母がいかに不体裁な土着民でも、私には堪らなく恋しいのです。たとへ母が不格好のまゝこちらへやつて来られても、私は少しも気が退けることは全然ないと思ひます。母に抱かれて居れば、喜ぶことも悲しむことも、すべてが幼な児のやうに思ひのままですから」。この時、その留学費用を伊東が黙って捻出していたことを柏年は知らない。一方、「私」は、伊東にも柏年にも一定の理解と共感を示すが、自らも「母」に対して一種のわだかまりの感情をもっていることが冒頭から示される。内地への留学経験があるものの、「母」の面倒を見るために台湾へ帰って来ざるをえなかった

「私」は、「一生を田舎医者として埋れる」ことへの不安を胸に秘め、悶々とした後悔と退屈に満ちた日々を送っていた。内地で知り合った良家の女性との別れもその理由の一つに与っていた。さらに「私」は十年に及ぶ内地の生活の中で、出身を問われても、「台湾」とは答えられず、いつも「四国」や「九州」などと答えて「内地人に成り済まし」てしまうような「卑屈さ」を棄てきれないでいた。作品は終盤に、「私」が「牢固とした既成の陋習」と格闘しつつも、「今後この脚でこの土地をしつかり踏ん張つて行かねばならない」と開悟することで一定の方向性を示して終わる。ただ、作品全体の構造を通して見れば、これらの三者における「母」と「日本」に対する距離感の相違は、そのまま近代化（理性的主体への自己変革）によって生じた自己分裂の処理の仕方、その相違を焦点としている。[26] 言い換えれば、前近代的な自己と近代的な自己という裂け目が自らの内に作り出された結果、その間で自らの位置をどこに定めるかという問いが彼らの間で大きな揺れとして現れることになったのである。前者を保護することは、前近代性を自らの内に残留させることを意味し、後者へと傾くことは自己を完全に他者化させることを意味した。前述したように、「日本」はここでは近代化の象徴として機能しており、「母」は日本化＝近代化される以前の自己性の符牒として、まさにその近代化を阻害する要因として位置づけられている。先述の「母に抱かれて居れば、喜ぶことも悲しむことも、すべてが幼な児のやうに思ひのまま」という柏年の言葉が、自然的-原的な母子一体性、自己自身との一致を象徴していることを示すが、「母」＝台湾が自己の自己性として発見されるためには、外来的な他者性（＝日本）が自己性を浸食しつつこれを他者化しているという認識論的図式が必要であった。

ところで、本章の関心に沿って注意されるのは、彼らが「日本人」になるために強く意識していたことの一つに、古典への視線が見られるということである。伊東は、「国文科」の教師であり、古典に対して並々ならぬ崇敬の思いを懐いている。「私」と『古事記』について語り合った際には、「日本の古典を離れては、日本精神もないもんだよ」などと述べ、後に見てゆくような、当時の国文学者の典型的なコピーのような発言を見せる。

後述するように、近代明治・大正の日本の知識人社会の中では日本の古典は殆ど顧みられるような存在ではなかった。それこそ前近代の遺物に過ぎなかった。彼らはこぞって西洋の古典を貪り読んでいたのである。しかし、西洋的知性によって主体化された彼らの中に生まれてきたのは、自らが普遍的知性によって主体化されているという意識ではなく、ローカルな知性によって他者化‐脱自然化されているという意識であった。そこで自己嫌悪的に、「日本への回帰」が唱えられることとなり、前近代的な古典の中に近代理性＝普遍的なるものが転倒的に見出されることになったのである。上述の池田や藤田もまた、まさにその意味において、古典の価値を説いていた。当然、当時日本人であった台湾の知識人もまたその枠の中で思考することを無自覚の内に強制されていた。

陳火泉の「道」でもまた、古典は重い意味を与えられている。作品中には、たびたび芭蕉（さらには牧水、トルストイ、ヘッセなど）の言葉・句が引かれる。しかし、そこで強く描かれているのは、日本人であろうと強く願っている主人公――「彼」（樟脳〔種々の医薬品に応用される天然成分〕の製造技師。俳句を趣味とし、青楠の俳号を持つ。作品終盤にその名が「陳火泉」であることが明かされる）の古典に対する強い思いと、内地人の古典への無理解‐無関心という対比である。「彼」が芭蕉の言葉を引くも、「それ、だれのことばかね？」と口にしてしまう内地人、「また芭蕉か？」とあらかさまに自らの興味のなさを口にする内地人、ただ内地に生まれたからというだけで日本人であることを自明のこととする「日本精神専売業者」のような内地人、「よき日本人」であることに何の努力もせず何の煩悶も持たない内地人。そのような内地人から、「日本精神とは、死ぬことぢや。祖国のために喜んで死ぬことだ。すばらしいだらう。すさまじいだろう」と言われて、「ん、すさまじい、実にすさまじい！」と「恨めしげに応じ、「わかつたよ、わかつたよ。さあ、のまうや」と「迷惑さうに」答えるしかない「彼」。そのような「彼」にとって「日本精神」とは、日本神話への信仰、天照大神への信仰、天皇への信仰、それらの信仰生活を確立することであり、その信仰とは、「自己消滅であり、成就希望であり、人間的一切のものを打ち捨てて、神の世界へ飛翔すること……而してこの飛躍のためには時間を必要としない、言ひかへれば、過去のものをわれわれの中に救ひ入れ——いはゆる無時間的なものにして——救ひ入れること」であった。それによって「血脈」ではなく、「精神の系図」によって「よき日本人」に連なることが可能になると信じていた——というよりも信じようとしていたのである（上司との対話を導入することで、「彼」のそのような信仰が実は〝ぐらついている〟ことが示され、そしてそうであるがゆえに、それが「まごころ」からではなく、「おもはくやはからひ」から来ているのではないかという疑念が差し挟まれ、作品構成上その信仰が相対化されるように仕組まれている）。

そんなとき、「彼」は、上司から、台湾総督府専売局技手への任官が見送られたことを告げられる、と同時に「君はなぜ、まだ改姓名してゐないかね」と問われる。そして「十年このかた」「心と心、魂と魂とが触れ合つ」ていたはずの上司から次のような衝撃的な言葉が投げかけられる——「本島人だからといつて、任官できないわけがありはしない」が、「あけすけに言つて、本島人は○○ではないからなあ」。既に指摘されているように[27]、ここで伏せ字にされている箇所は、戦後に発表された陳火泉自身の手に成る中国語版によって「人間」の二文字であったことが明らかとされている。勿論、その言葉は「彼」にとって「頭をがんと叩かれ」「粉微塵にたゝき潰され、踏みにじられたような」苦痛を与えるものであった。しかし同時に「むしろその通りだとうなづかれる」ような不思議な感覚にも見舞われた。その言葉に不快感を感じることは、自らが「本島人」であるという否認されるべきアイデンティティーを引き受けることを意味したからである。「彼」にとって、「内地人」に対立して用いられる「本島人」という言葉、「それらの語感からして、既にかなり不愉快だつた」が、「自分自身を一応本島人といふ名に引き下して考へる気持は、それだけでかなり堪えがた」いものであった。しかし、「○○ではない」という言葉を聞いてからの数ヶ月、「彼」は「名状し難い空々漠々たる感情に悩まされ」、発狂した夢を見、希死念慮さえも現れるようになっていた。本島人であるがゆえに周囲から蔑まれているのではないか、という思いが頭から離れず、神経衰弱に取り憑かれてしまう。仕事にも手がつかなくなり、発狂してしまうのではないかという恐怖、もう既に発狂しているのではないかという不安が「彼」を家に引き籠もらせることになる。そんな中、家にいる南京虫を見て、思わず本島語（＝台湾語）の俚諺が脳裏に浮かんでくる。その瞬間、「彼」は自分が「国語」を話し、「国語」で書くことはできても、一人でいるときには未だ本島語で思い、本島語で考えていたのはではなかったかと自問し、今までの自分の思想が「本島人的」に考えられたものではなかったか、という思いに至る。それによって逆説的に「彼」の懊悩は明朗に晴れ渡ることとなった。結果、職務に復帰し、「彼」の開発した新式竈の技術は総理大臣賞という栄誉に与ることにもなったが、「彼」の選んだ「道」は軍への「志願」であった。「本島人」として戦場に赴き「内地人」と共に「血」を流し（＝血統的に族祖天皇と結ばれる）、南方戦線における「新たなる〝国生み〟」「新たなる〝神話〟」の「創造」に参画することによって「皇民」（＝よき日本人）であることが証明されると考えたのである。

　われわれは、時に植民地状況という有限性の中に置かれた当地の知識人の「迎合」と「抵抗」を軽々しく問題にする。しかし彼らのとりうる選択肢に、どのようなかたちでの、或いはどのような意味での「抵抗」がありえたのかという点にはくれぐれも注意を欠いてはならない。それは政治的な強制性として「抵抗」が不可能であったという意味においてではなく、植民地支配に対して従属的或いは適応的であろうとする自発性がどのような意味で〝必然〟であったのかという意味において、植民地知識人の置かれていた歴史的状況性を黙過してはならないということである。それは「日本」が彼らにとって二重の表象を持つ存在として立ち現れてくるものであったということと密接に関わっている。そしてそうであるがゆえに、自らのアイデンティティー、自画像の構図もまたそのような表象の間で一定の揺らぎをともなうものとならざるをえなかったのである。すなわち、「日本」は、内地日本に対置される外地＝植民地台湾という立場からは、台湾を抑圧する帝国主義として「収奪者」の相貌を見せるが、大日本帝国の内部としての台湾からは、西欧の抑圧的帝国主義に対するアジアの「解放者」に位置づけられる。つまり、「日本」は、「帝国主義」であると同時に「反帝国主義」であり、「野蛮」であると同時に「理性的」であり、「純粋自然なもの」であると同時に「虚偽作為的なもの」であった。そのような多面的なペルソナは、台湾文学の中に複雑な形象をもって現れている。つまり、われわれは植民地文学を見る時に、植民者／被植民者という二分法に準拠した解釈コードだけからこれを捉えてしまいがちであるが（われわれの眼には、それぞれが「国民-国家」として相互排他的に想像的に実体化されているため）、一方で社会の中に張り巡らされた差異の網の目はそれほど単純ではなく、当然、知識人／非知識人（民衆）という階級構造も、植民者／被植民者という二分法とは幾らかのズレをもって構成されていたのである（例えば、「奔流」において示されるように、田舎臭い本島人と垢抜けた内地人という対比においてその前近代性と近代性が表徴される一方で、「道」に見られるように、「口を開けばすぐ馬鹿ッと怒鳴」り、「でなければ口より先に手が動く」といったような、内地人の〝暴力的〟で〝野蛮〟な行動パターンが描かれることもしばしばある。そこでは内地出身の非知識人よりも外地の知識人のほうがより知識人らしく「近代人」らしく振る舞うといったかたちでヒエラルキーが転倒されている）。このような二重性の中においては、植民者「日本」への「抵抗」は、必然的にその大枠において、一方で「近代化」に対する「抵抗」を意味してしまうことになる。それは換言すれば、進歩史観という近代合理主義の枠組の中にあって、前近代的状態への自発的残留-停滞という不可能な選択であることを意味するものであった。近代知識人へと改造させられた植民地知識人が取り得る態度は、「近代化」の枠の中に入ることを前提として、そこから意識の上に上ってくる日本化＝他者化にどのように適応するか、事後的に抽象されてくる、より自然的な、原初的な自己性をどこに見出し、それをどう処理するかという問いであったはずである。しかし、植民地化されることによって起こった自己分裂、そしてその過程で生じた〝自己の自己性とは何か〟という問いは、単純に（「日本人」と対置される）「台湾人」アイデンティティーという回答を導き出すものではなかった。日本の知識人は西洋によって文化的に植民地化されたことで「日本への回帰」を唱え、日本の古典の中に自己の自己性の根源を見出してゆくこととなったが（勿論、それは西洋化＝他者化されることによって事後的に抽象されてくる〔虚偽の〕自然性‐原初性でしかなかったが）、台湾の知識人の置かれた状況は日本の知識人ほどに単純ではなかった。それは回帰すべき場処がそもそも明瞭に存在しなかったという以上に、彼らは――大日本帝国内部に置かれた後進地域の知識人として――近代化の神話をまだ信ずるに足るものとして受容（ないし利用）せねばならぬ存在であったからである。

ゆえに「奔流」「道」は、単に「日本人」と「台湾人」というアイデンティティーの分裂に煩悶する台湾人という固有の問題系を描いているわけではなく、日本の知識人が辿ってきた典型的な近代化の物語形式、すなわち、自発的に西洋の文化的植民地となることを選択した近代日本人、それゆえに近代性＝主体性の欠如と封建制の残滓に苦しむことになった近代日本人、というありふれた物語形式を変奏したものとしても読めるのである。近代、或いは近代人という（あくまでも理念としてしか存在しない到達不可能な）理想型《サクセス・モデル》が骨髄の深奥まで浸透している知識人にとって、鏡に映し出される現実の自己の形姿は、自らがそのモデルからどれだけ乖離しているか、どれだけ劣化しているかを絶えず意識させるものでしかなかった。それゆえ、自分は所詮、他者の劣化コピーに過ぎないのではないかという自己嫌悪に苛まれ、自らの内に残留する前近代的（非理性的）な痼りに苦しめられることになった。しかし、そのような自己嫌悪‐コンプレックスを癒やし、克服するための理念装置として、〝私は（そもそも西洋人ではない）、日本人である〟という（自己合理化の）「物語」の創造＝捏造が求められ、「国語」「古典」（という伝統創造装置＝現在《いま》・此処《ここ》・我《わたし》との連続性を保証するもの）がその根拠として担ぎ出されたのである。酒井直樹が説明するように、「「文明化」への挫折の体験への「言い訳」として国民文化や民族文化が持ち出され、人が想像的にそのような文化を自らのものと表象＝再現するように、自らの母語を人は抑圧や挫折の体験において見出」したのである（「序論―ナショナリティと母（国）語の政治―」『ナショナリティの脱構築』柏書房、一九九六・二、三〇頁）。当時、法的に「日本人」であるとされていた台湾の知識人もまた、当然、そのような物語形式の受容者の一人であった。「奔流」や「道」が、台湾人がいかにして日本人になるか、台湾人であると同時に日本人であることは可能か、という外殻的な小説の形式を超えて、日本人がいかにして西洋人になるか（つまり、封建的、前近代的、共同体的思考・因習に拘束された、非理性的迷妄的群集が、いかにして理性を有し、自ら考え自ら行動できる自律した個人になるか、或いは、科学的に思考し、法律に即して行動でき、迷信や宗教的束縛から自他を解放し、構造的貧困や不条理な圧政という社会的苦境から民衆を救済することのできる人間になりうるか）、日本人でありながら西洋人であることは可能か、という（ありふれた）問いへとずらして読むことが可能であるのだとすれば、それは、それらが植民地台湾という固有の状況に限定的に生起した苦悩なのではなく、そもそもどこにでも起こりうるような、浮遊した同型の問いであるからであり、そのような問いの枠組を援用しつつ台湾という文脈へと置換したものだからである。これらの作品では、舞台設定‐人物設定という小説的技術の下層に、歴史的状況性を離れた、或いはそれらをメタファーとして利用した、人間が作り出す苦悩の普遍的パターン、或いは社会関係が作り出す非対称性をめぐる煩悶、という類型的潜在意識《プログラム》が複製《コピー》され、その深奥に蠢動していたのである。

勿論、西欧に包摂された日本、その日本に包摂された台湾という入れ子構造的関係の中で、西洋（人）によって啓蒙された（客体的）日本（人）が、啓蒙する主体へと立場を替え、アジア（人）を啓蒙してゆくという、根拠を欠いた自己欺瞞がここで覆い隠されているのは確かである。加えて、自発的に西洋への文化的植民地化を選択した日本人と、二等国民として法的に社会参加を制限され、植民地化を強制された台湾人との間に大きな歴史状況的差異があったことも見落としてはならない。しかし、啓蒙するもの／されるものという図式は、取り替え可能な自在さによって主客の布置関係を更新させることで何処にでも生起しえた、ありふれた現象、使い古された言説形式の一つであったのも確かである（その実、教育-啓蒙されることによって自らが他者化されていることに覚醒し、その覚醒によって事後的に発見される自己自身との不一致に苦しめられる、という苦悩の形式〔＝アンチ・モダニズム〕それ自体が、まるごと西洋のコピーに過ぎなかった。だが、逆に言えば、それもまた西洋に固有の問題系というわけでもなかったのである）。

ただし、ここで重要なのは、植民者としての内地人の古典への眼差しと、被植民者としての外地人の古典への眼差しを対比してみたとき、そこには「近代化」というものに対する認識論的な乖離が見られるということである。当時の外地の知識人にとって、近代化の物語は未だ現在的《アクチュアル》で切実な問題であった。しかし、国語-古典の世界的普遍的価値を唱える内地の国文学者-知識人の脳裏からは、近代という思考図式がもたらした、理性的主体と非理性的主体との自己分裂にまつわる煩悶はすっかり忘れ去られていた。上記の池田や藤田による複製機械のような古典礼賛の言説には、いかに非理性的な前近代性を克服し、自らを近代化-理性化させてゆくかという、曾ての近代日本の煩悶の痕跡はもはや見られない。西洋近代は、彼らの意識からはもはや既に理念的に超克されたものとして褪色させられており、日本の「国語」こそが、そして日本の「古典」こそが、理性であり近代であるという自己理解が自らの正当性を支えるかたちで成型されていたのである。だからこそ彼らは自らを「指導者」として位置づけることを無謬の信念-使命として叫ぶことができたのである。

国文学ファシスト

雑誌『国文学　解釈と鑑賞』は、一九四二年（昭和一七）六月、「大東亜建設と新国文学の理念」という特集号（第七巻六号）を組んでいる。その中で吉田精一は当時に求められていた国文学のあり方を二点に要約して説明している。まず第一に「国文学の根底に国学を置くこと、或は国学的な精神を以て国文学研究の最も基礎的な精神とすること」、そして第二に「日本的なものを以て、世界的なものの上に置かうとすること」、「日本的なるものの長所、最も優れてゐる点を、大いに顕彰しようとすること」だとしている（「日本美の探求」、一一五頁）。

後に「国文学ファシスト」(28)などと形容されることになる藤田徳太郎は、まさにそのような「国文学」の使命の遂行者であった。彼は『国文学　解釈と鑑賞』同号に論文「東亜文化圏と国文学の使命」を載せ、「わが国が、東亜共栄圏の中心であり、指導的地位にあるごとく、わが国の文化は東亜共栄圏文化の中心的地位にあり、而して、わが国の文学は、東亜共栄圏文学の指導的地位にあるものと云はなければならない。ここにおいて、国文学の位置と使命とが、世界的に拡大する重要な機会を与へられたのであるとともに、国文学が、よくこの重大任務に堪へ得るか否かの貴重な試練に際会することになつたのである」（三四頁）と述べる。その上で、国文学者の国文学に対する態度が、「西洋知性的態度」によって応じたものとなってはいないかどうかを改めて点検すべきであるという主張を展開する。そうでなければ、そのような「西洋知性的態度をもつて考へられた国文学は、決して、東亜共栄圏文化の中心的位置に置かれることが出来ないばかりでなく、東洋の復興を志すわが国の文学が、西洋の文学よりも劣等なるものであるといふ感じを東亜共栄圏の諸国、諸民族に与へて、それがひいては、わが国の文化に対する信頼を動揺させ、東洋の文化の本質に疑惑を抱かせる緒口ともなつて、つまりは国辱的な文化の敗退をも導く惧れがないとも限らない」からであった。そこで「この際、国文学者自身の精神、思想を検討して、果して、今後の新しい建設の時代を背負うて行くことの出来る精神や思想を所有してゐるか、その学問の態度が、西洋的であるか、又は、単なる合理論に過ぎず、逞しい意力、智力に缺けるところがありはしないか、文学観の基礎は如何、更に世界観は如何、今日までの業績、現在の研究態度、あらゆる方面を考へた上で、国文学者の再組織が行はれ、今日の要請に応へ得べき国文学者の結束が出来上らなければならぬ。かくして、始めて東亜共栄圏文化に、わが国の文学が果し得る使命の達成へと向ふことも可能となつて来るのである」（三五―六頁）と主張する。現実の軍事的世界情勢下における反西洋という理念＝大東亜戦争の遂行と東亜共栄圏の建設のために、国文学から西洋の汚染を除去し、真に日本的なるものとしての古典の生命を守らなければならないというのが藤田のロジックであった。そして、藤田にとって「国文学」とは何よりも古典のことであったのである。「国文学とは、自国の文学、特に古典を研究の対象とする学問をいふのである。／古典を現代文学と同等に取扱ひ、同じ態度をもつて、これに対しようとする考へ方もあるが、私は、これに組しない。古典には古典としての権威があり、古典独特の価値がある」（「国文学の使命」『文藝文化』四―二、一九四一・二、八頁）。その価値とは「古典は、歳月に腐蝕せられず、いついかなる時代の批判にも堪へて、その美しい純粋の姿をその上《かみ》から現代にまで維持して来た。古典の伝統せられて来た跡が、取りも直さず文化の歴史であった」、「古典の真実の生命に触れ、これを握り、わがものとし、自己の魂が古典の中に生きるところまでに至つて、はじめて古典が、儼然と屹立してゐるところの彼岸に到達することも出来るのである」（同上、八―九頁）。このような藤田の、日本の古典が東亜共栄圏の指導的立場にあるとする認識は殆ど具体的根拠を持たない信念ないしは願望として表明されたものでしかなかったが、その中にあってその認識を支えていたのは、「かの源氏物語のごときが英訳せられて見ると、これを読んだ西洋人も、わが古典文学の傑出してゐることに、讃嘆の声を惜しまなかつた」（「東亜文化圏と国文学の使命」、三八頁）という西洋人の眼差しであり、また「東亜共栄圏において、最も進んだ文学の歴史を持つてゐるものは、わが国と支那とであるが、しかも近代文学にいたつては、わが国は支那よりも一層まさつてゐるのであるから、つまり、文学の歴史のすべてにおいて、わが国の文学こそは、東亜共栄圏の最も優位の位置にあるべきものと考へて差支へない」（同上、四〇頁）というように、近代文学の価値であった。このように、反西洋―反近代をもって国文学を再編すべきだと主張する藤田のロジックはそれ自体、西洋―近代に依拠して唱えられたものであったのである。

だが、ここで注意しておきたいのは、以上をもって、国文学者の戦争協力の問題をいまここで改めて批判したいわけではない、ということである。勿論そのような検証は持続的に行うべきであり、また既に村井紀「国文学者の十五年戦争1／2」（『批評空間』二―一六／一八、一九九八・一／七）、坪井秀人「〈国文学〉者の自己点検―イントロダクション―」（『日本文学』四九―一、二〇〇〇・一）、安田敏朗『国文学の時空―久松潜一と日本文化論―』（三元社、二〇〇二・四）、大津雄一『『平家物語』の再誕―創られた国民叙事詩―』（NHK出版、二〇一三・七）等、これまでにも多くのすぐれた研究がある。

　しかし、ここでは、当時の大多数の国文学者の意識や行動に悪意や卑劣さを読みとってこれを非難するという行為自体が、自らとの間に距離を作り、自らをその対立物に位置づけてしまうという政治的作用と無縁ではない、という点にも同時に留意しておこうと思う。また、戦争協力の責任追求という行為に自らを局外者へと位置づけるという作用があるのだとすれば、それを歴史的に一回的な事件として――終わったこととして――処理してしまうような問題性にも留意しておかなければならない。すなわち、彼らの戦争協力の言説、そして古典讃美の言説が、他との取り替えが幾らでも可能な、きわめて類型的なものであったという事実を改めて想起するならば、われわれはむしろこの点において問題の処在を抽象化し、自らの内部にいまだ「池田」や「藤田」が棲息している蓋然性を自覚することによって、かつて彼らが「戦争協力」というかたちをとって発現させた「受動性」の問題が、どのようなかたちでわれわれの中に回帰してくるのかを予め準備しておく必要があると思われるのである。

　再言すれば、ここで国文学者の戦中期の言説を問題にしたのは、彼らの「受動性」を確認するためであったのだが、この点において想起されるのは、戦後、国文学が軍国主義的な動きに利用されたのは「国文学のもつ性質上自然のこと」であり、「国民当然の義務に就いたもの」であったと回顧した老教授、藤村作《つくる》（一八七五―一九五三）の発言（「国文学徒今後の任務」『国語と国文学』二三―三、一九四六・三、三頁）に対して厳しい批判を投げかけた西郷信綱の言葉である。西郷は藤村の自己正当化が「おくれた日本のなかで更にひとまはりおくれた、即ち田舎者の自乗である国文学界の特殊性」に由来するものであり、文献学における「近代的人間自我の恐るべき不在」によって生まれたものであると強く論難している。そしてさらにこのような国文学者の態度をして、「これは「だます」「だまされる」といふ計算以前の、もつと素朴で、もつと未分化で肉体的な「まこと」であり自然であつた。私は一二を除く国文学者たちを、いわゆる戦争責任で追及するのに或るいたいたしさを覚えざるをえない。この人たちの意識のなかには責任を負ふにふさはしく、責任を負ふに値する主体的自我が寸毫といへどもないのだから……」と評している（『国学の批判―封建イデオローグの世界―』青山書院、一九四八・三、第三章第二節「国文学の前近代性」、一九六頁）。つまり、戦前の国文学者には戦争責任を云々出来るレヴェルの「主体性」がそもそも絶望的に欠落していたというのである。

また、戦後になって文学者が取った態度を批判した永積安明の文章もあるが、これなども（国）文学者の受動性を示す証言の一つであると言えよう――「「わたしは便乗した。すっかり便乗した。しかしそれがどうしたのだ。」という居直り強盗そのままの手だて、「わたしはもともと民主的な人間だが、一時は左翼にひきまわされ、今度は軍部にひきこまれた。しかしわたしの本心ではない。」という弱そうで実はぬけめのない自己弁護、「わたしは祖国と運命をともにしたのだ。軍国時代の祖国のためには喜びいさんで戦争を支持し参加したが民主的な時代には祖国のためにまたその旗ふりをつとめよう」という奴隷根性まる出しの、しかもふてぶてしい自己主張、その他新円さえ入ればかせぐことは自由だという闇屋そのままのエロチシズムの切売り作家、等々……。」（「文学者らしく」『日本文学評論』伊藤書店、一九四八・三、九八頁（初出、「早大新聞」一九四六・一二・一））。

ただし、重要なのは、このような文学者の受動的性格が、単に各個の資質の欠落によるものというよりは、むしろ「小我」（＝利己主義）を捨てて、「大我」（＝公共性）を貴ぶといった倫理的な美徳として作られたものであったということである。文部省は、一九三七年（昭和一二）五月、「国体」とはいかなるものかを国民に広く知らしめるため、『国体の本義』を刊行し全国の学校に配付した。一説にはその数、累計三〇〇万部にまで達したという（阿部猛『太平洋戦争と歴史学』吉川弘文館、一九九九・一〇、二八頁）。その中には、次のような文章が見える（九七—八頁）。

> わが国民性には、この没我・無私の精神と共に、包容・同化の精神とその働《ママ》とが力強く現れてゐる。大陸文化の輸入に当つても、己を空しうして支那古典の字句を使用し、その思想を採り入れる間に、自ら我が精神がこれを統一し同化してゐる。この異質の文化を輸入しながら、よく我が国独特のものを生むに至つたことは、全く我が国特殊の偉大なる力である。このことは、現代の西洋文化の摂取についても深く鑑みなければならぬ。／抑〻没我の精神は、単なる自己の否定ではなく、小なる自己を否定することによつて、大なる真の自己に生きることである。元来個人は国家より孤立したものではなく、国家の分として各〻分担するところをもつ個人である。分なるが故に常に国家に帰一するをその本質とし、こゝに没我の心を生ずる。而してこれと同時に、分なるが故にその特性を重んじ、特性を通じて国家に奉仕する。この特質が没我の精神と合して他を同化する力を生ずる。没我・献身といふも、外国に於けるが如き、国家と個人とを相対的に見て、国家に対して個人を否定することではない。又包容・同化は他の特質を奪ひ、その個性を失はしむることではなく、よくその短を棄てて長を生かし、特性を特性として、採つて以て我を豊富ならしめることである。こゝに我が国の大いなる力と、我が思想・文化の深さと広さとを見出すことが出来る。

今日でもしばしば見られる、〝外来文化（中華文化・欧米文化）を吸収-消化しつつそれらを日本独自の「個性」へと進化させてきたところに日本文化のすばらしさ＝優秀性がある〟といった類いの語りのパターンの原型が既に見られる。また池田の言う、「個人は小我であり、国家は大我であるから、国家興亡の秋に於て、小我をすてて大我につく、所謂滅私奉公はきはめて必要である」（前述）というのがこの『国体の本義』の基本線に沿うものであるのも明らかである。さらに、和辻哲郎は、「日本精神」と題する文章において、日本（民族）が歴史的に見て、「敏感に新しいものを取り入れる」と同時に、「忠実に古いものを保存する」という民族的特性を持っていることを指摘し、そこに「日本文化の重層性」という特性を読みとっているのだが、そのようなかたちへと駆動したものこそ、「己れを空しうして他国文化を受容する」という「世界に比類のない」、「日本的特性を否定するといふ日本的特性」であったのだとする（和辻哲郎「日本精神」『岩波講座　東洋思潮（東洋思想の諸問題）』岩波書店、一九三四・九、三六頁以下）。三木清もまた、この和辻の所論に言及しつつ、「日本的性格」を「無形式の形式」と呼び、その「相反するものが直ちに結び付くといふところ」の性格において、ファシズムとも調和してしまうことへの懸念を表明しているのだが（「日本的性格とファッシズム」『中央公論』五一‐八、一九三六・八、一四頁以下）、「日本精神」「日本的なるもの」とは「空虚」なものであるがゆえに、ありとあらゆる他との調和を可能にするという論理形式が「古典」の読解から定式化されたのである。そして、それを一つの文化形式として個性化することによって日本の普遍性を正当化するという認識論上の操作が、当時の知識人が信じた倫理的思想の根拠となったのである。

ちなみに、『国体の本義』の刊行後まもなく、多くの解説書が編纂され、「国体の本義解説叢書」なるものが順次刊行されることになったのだが、その叢書に収められた、国文学者、久松潜一の『我が風土・国民性と文学』（文部省教学局、一九三八・三）の中には、「没我帰一と包容同化」と立項して次のように記されている――「没我・無私の精神は利己的な立場や個人主義的な立場をすてゝ、大きな国家の中に没入し、国家的存在の一分子、家の一員として生きる態度となるのである」、「一君万民の精神、八紘一宇の精神も没我帰一の精神であつて、こゝに国民性の根柢があるのである。／また包容同化の精神は日本国民が、没我帰一の精神を有しながら、更に種々のものをとり入れ、これを固有の精神のもとに醇化し、調和させてゆく点に現れて居るのである」。主体性の放棄と国家主義への盲従は、当時の国文学者にとってはきわめて利他的かつ倫理的な行為として奨励されていたわけである。なお、

『国体の本義』は「没我・献身といふも……国家に対して個人を否定することではない」と言い、久松も前掲解説書で「もとより没我と言つても、個性を失つたり個々の人格を無視したりすることではない」と述べてはいるもの、久松自身が戦後に至っても、その基本的方向性は間違っていなかったことを匂わせる「行き過ぎ」という言葉によって、責任の所在を有耶無耶の内に解消していることからすれば（「国文学に対する反省と自覚」『国語と国文学』二三-三、一九四六・三、七一頁）、「没我帰一」というスローガンが単なる主体性の欠如、絶望的なまでの受動主義[29]へと転落してしまう危うさを孕むものであったこと、「滅私奉公」という理念が、角度を変えれば、「家畜化」の言い換えに過ぎなかったことなどは全く自覚されていなかったと言える。

ただし、いまここでこのような事実を問題として提起したのは、それを歴史-状況的問題へと還元するためではない。そうではなく、本書もまた（それが仏教という問題圏へと没入することによって思考の場を開こうと試みるものである限りにおいて）、「ロマン的なるもの」を儀礼的に召還してしまう危うさを持っていることに自覚的であるべきだと考えたからである。山田広昭『三点確保―ロマン主義とナショナリズム―』（新曜社、二〇〇一・一二）は、こう言っている――「ロマン主義への対抗概念として提出されているはずのシュミットの政治理論、とりわけその決定主義（決断主義）が、それ自身まさしくロマン主義的なものにほかならないことを指摘したのは、「カール・シュミットの機会原因論的決定主義」（一九三五年）におけるカール・レヴィットである。シュミットに対するこの卓越した批判の骨子は、シュミットがロマン主義を規定するために用いた「主観的機会原因論」とその政治的帰結としての徹底的な受動性が、すなわち身近に存在する強力な権力への屈従が、まさしくシュミット自身に当てはまることを示すことにあった」（二〇〇―一頁）。この点から言えば、本書による池田・藤田・久松らへの批判の眼差しの中にもまた、自らを啓蒙的主体へと位置づけようとするような行為遂行性が伏在していること、そしてそうであるがゆえに、（そうありたいと願うのに反して）非理性の方へと転落してゆく危うさを同時に呼び寄せてしまっているということも自ら指摘しておかねばならない。敷衍して換言するならば、古典文学研究者である以上、自らの内に「ロマン主義者」が棲まっていることに自覚的であるべきなのだ。西郷が、「現代の《合理主義》は……それが経験の混沌をさけ、何らかの原理にもとづいたものであるかぎり、それは自己の対極に必然的に非合理主義を生み出し、現にそうなっているように、両者のイタチごっこが個人的にも社会的にもとめどなく、くりかえされることにならざるをえない」と指摘した上で、「必要なのは……現代の《合理主義》のなかから理性を救いだし、それによって非合理な情緒との切りはなしがたい分節的統一という全体性を志向することではあるまいか」（『古典の影―批評と学問の切点―』未来社、一九七九・六、二二七頁、傍点原文）と言っているのもまさにこのことである。

啓蒙主義とロマン主義の同居

実体化された他者――様々な型取りをもって現れる自らを超え出る者という原理だけが盲信されることになれば、人はそれに容易に傅くことになる。世界性に、国家に、宗教に、共同体に、藝術に。しかしそれらはいずれであるにせよ、自己の存在論的構造の中で「力」を集約された記号でしかない。それは自然なものであり、正当なものであるように見えるが、その実、ただその類の記号に傅いているだけでしかない。そしてそのようなロマン主義は、実体化された理性としての自己自身へと傅く啓蒙主義へと容易に反転してゆく。そして啓蒙主義〈光〉が欠如〈闇〉を作り出し、ロマン主義がその欠如を埋めようと超越的なるものを召還する。それは、近代化の過程において、未開性を外部に投影しつつ、「彼ら」を啓蒙-教化する者という地位に自らを措定するというかたちをとって具体化されていた。このサイクルは〈他者〉の実体化を停止させない限り永遠に続くことになる。一方で自己に対して過大であるものに傅き、一方で自己よりも過小であるものを跪かせるのは、池田や藤田の帝国主義的／植民地主義的視線に反映されている。

われわれは、近代／前近代というフレームワークの中で過去を見ることに慣らされている。それは近代の問題性を告発する文脈の中で反復され、その結果、癒合された視線としてわれわれの眼を形作っている。さらに、それは古典文学研究という学律へも瀰漫‐浸潤し、その視線を制約してもいる。

池田亀鑑は、戦後一九五二年（昭和二七）、「学生教養新書」の一冊として刊行された『古典の読み方』（至文堂、一九五二・一、なお、同書は後に、岩波文庫『古典文学入門』として復刊）においてこう述べている――「古典は古代の遺骸ではないか、われわれが古典研究の結果、ようやく発見したものは、低い文化と、醜い現実ではないのか、近代科学が完全に空海陸を支配し、人間の知力があらゆるものを究めつくそうとしている時代に、何の必要があつて、古くさい、幼稚な、過去の生活と文化などを詮索しようとするのか、なぜはるかに魅力のある先進諸外国の、しかも活力にみちた現代文学の研究に献身しないのか――そういう声をしばしば耳にする」（一九五頁）。戦後、文学研究は、戦前に主流であった古典文学研究から近代文学研究へとパラダイムをシフトさせていった。そのような中でのコンプレックスが如実に反映した文章であるが、同書においては、「古典から学びとろうとするものは、古典のもつている新しい生命であろう。すなわち「近代」であろう。その近代を古典の中に発掘し、そのいのちをもつて、人格の高貴化と豊富化に資したいとの目的のもとに、われわれは古典を読んでいるのである」（一九三頁）として、古典の中に近代精神を発見することを自らの使命とする。これは一見、古典の擁護に見えて、実質的には古典の貶価である。古典の中に「近代」を見出すこと、それは「低い文化」「醜い現実」「古くさい、幼稚な、過去の生活と文化」の中に「知力」「魅力」「活力」を発見としてくる営みとして自らをアイデンティファイしなおそうとする、形を変えた自己顕彰に他ならなかった。それは既に戦前に著された、『古典文学論』（一一二頁）の中にも見られる視線であった――「古典は過去の産物」、「現代には関係の少い骨董品」という「非常識な意見」に対するコンプレックスが、古典の近代性という問題意識を醸成したのであろう。

そのようなコンプレックスは、池田において「自照文学」という近代小説の技法を古典研究に導入することによって具体化されることとなった（鈴木登美「ジャンル・ジェンダー・文学史記述―『女流日記文学』の構築を中心に―」〔ハルオ・シラネ他編『創造された古典―カノン形成・国民国家・日本文学―』新曜社、一九九九・四〕によると、一九二〇年代における私小説（心境小説）の流行を承けたものであるという）。「自照」という分析概念が流通し始めたのは戦前からだが、既に今関敏子『中世女流日記文学論考』（和泉書院、一九八七・三）が日記文学研究史の整理の過程で概観しているように、それはイギリスの文学研究者、リチャード・モールトン（一八四九―一九二四）の文学理論の翻訳過程で発生した誤訳と曲解の果てに生まれたものであった。池田によって規定される自照文学とは、「作者の個性が常にIchの形に於て、自己自らの真実を、最も直接的に語らうとする懺悔と告白と祈りとの文学の一系列をさす」（「自照文学史」津本信博編『日記文学研究叢書第15巻 総論』クレス出版、二〇〇七・三〔初出、一九二六〕）ものであって、「全一なる自我が、自らをふりかへる思索の姿」であった。そこで注意されているように、自照文学は「多く内面生活の率直にして勇敢なる告白であり、個性の全一的、直接的表現であつて、微温的な遊戯的な感情や、分析的な妥協的な理智の叙述ではない」とされ、また現実そのものの模写や叙述ではないと注記される。というのも、池田の考える自照とは、「理性の自照」であって、「人間精神の核心である所の普遍妥当的な理性それ自らの活動」であるからである。そのような「自己の内面に動く自律的な力によつてのみ動く」自照は、「自己自身を告白しないではおかぬ」ものであり、「告白することによつてのみ、魂は浄化され、深化される」のだと、池田は言う。となれば、当然、池田の描く「自照文学史」は、「物語文学」を「現実生活の矛盾と分裂とを、幻想の世界に調和し統一しようとする浪漫的精神の所産」として描出することになり、『徒然草』を「自我の内面に潜入して、その奥に流動する超個人的な精神にまで到達して、そこから眺めた自然及び人生」によって書かれたものと見なし、詩人、北村透谷〔一八六八―一八九四〕を「自照的、浪漫的精神の悲壮なる殉教者」と呼ぶこととなる。

しかしながら、思想家、柄谷行人（一九四一―　）が「内面の告白」が近代の制度であること――「告白という形式、あるいは告白という制度が、告白されるべき内面、あるいは「真の自己」なるものを産出する」（『定本　柄谷行人集　第1巻　日本近代文学の起源』岩波書店、二〇〇四・九、一〇七頁）――を証したことが正当であるとすれば、「自照文学」を「個性の自画像」と規定した池田が「現代は、全く自照文学の全盛時代であるとも云へよう」と言ったのも当然であった。「そもそも「個性の全一的・直接的表現」とか、「率直に表現せられた『我』」とかいわれるものは、自我の覚醒を経た近代においてはじめて可能なのであって、それを直ちに古代の文学に当てはめて考えるのは、歴史的な視点の欠落になってしまう」（木村正中「自照文芸の到達」『国文学　解釈と教材の研究』二六―一二、一九八一・九、九〇頁）という批判も既に為されているが、〝近代的〟な鋳型を用いて古典を改鋳するという倒錯を池田は犯していた。勿論、池田の立論を読めば、彼の言う「自己」が、われわれが素朴に考える自己／他者の自己ではないことは明白である。それは「理性」の異称として設定されたものであった。ゆえに文学の本質を「人間の魂の奥に潜在する先験的な力」であると言い、その追究において、「いつでも説明し得ざる又は神秘なる理性の自律性に於いて行づまつたことを自覚してゐる」（「自照的文学の様式について」『国文教育』六―五、一九二八・五、一六四―五頁、傍点原文）というように、その自己とはわれわれから最も遠いところにあるものだと考えられていた。しかしながら、池田が具体的作品の羅列においてそれらを何の論証もなく「自照文学」であると規定しているとき（池田の定義に従えば、「自照性」は分析によって抽出されるものではなく、「鑑賞」によって直観されるもの、ということになると考えられるので、論証がないのは当然だが）、いったいどこまでその到達不可能性が厳密に規定されていたのかは疑わしいと言わざるを得ない。むしろ、ここで問題なのは、（理性の自己現前としての）「自己」という存在が全く自明のものとして不問に附されていることである。

加えて興味深いのは、前掲『古典の読み方』における池田の中に、われわれは啓蒙主義とロマン主義の同居を見ることができる、ということである（一九五頁以下）。敗戦によって「われわれは民族的感情の基礎にたちかえつた」としつつ、それを「かつて国家を誤つた、あの国粋的な意味のもの」としてではなく、「民族的主体としての自立と責任とに関するもの」と規定する。そして、「われわれは個人としても、他から教育されるよりも、まず自らで自らを教育しようと欲する」と述べ、典型的な啓蒙主義的言説の中に埋没する。そしてさらに、われわれの内部にあり、われわれの意思の決断を指導するところの価値判断の組織によって制約される倫理的態度に基づき、個人的にも国民的にも自律的に自己建設を行ってゆくことを主張する。しかし、同時に過去に犯した「どうにもならない」過ちを責任をもって引き受けつつ、この国土に生まれた宿命上、結局、「そこに、われわれのなしうべき人間形成の途があり、またそこに自ら限界もある」のだと述べる（歴史状況的被拘束性という限界を、自らの受動主義を正当化する理由へとすり替えていることに注意）。それゆえ、「われわれの精神生活が、国民的感情と接触するのは自然なことである」と述べ、それを古典の特質の一つと見なす「異国思慕《エキゾティシズム》」と結びつける。「古典は、たしかに憧憬という形式でわれわれの前にある。それは伝統が保持してきた完全性に対する信頼と同感の情であり、まだ見ていない世界への憧れである。一種の思郷の精神であり、またエキゾティシズムの精神でもありうるであろう」。そのような「エキゾティシズム」とは、上記のセガレンが厳しく非難した植民者としてのそれでしかない。「古典としての万葉、源氏などが、われわれの憧憬として生きる場合には、決して古代という低い文化水準の現実生活ではない。むしろ、古代の天空を圧して聳立している偉大な個性の輝やかしい像であり、ほとんど理想的といつてもいいほどの人間性の自由と調和のすがたである。それは、かつてルネサンスの精神が驚異と感激をもつて見出したと同じような近代の人間とその生活であつたと思う」。池田が、「時代の変遷に超然たる高所に立つて、後世にまで生きのび、どのように時代が変わろうとも、違つた作用ではたらきかける」「偉大な人物の価値」というものが、「古典への観察法が所有している藝術的直観」によって、「天才人の構造を内部に究め、証明」されることで「ここに不可避的に主観的関心」が「惹起」され、「観察者の内部において、そういう偉大な天才についての客観的な知識は、も早や個々の知識として遊離したり孤立したりすることはない」と言うとき、われわれは、文献学者、池田亀鑑の中に、啓蒙主義に随伴するロマン主義のパースペクティヴが流れ込んできていることを見るのである。風巻は「池田の鑑賞力は浪漫的で感傷主義を交え、最後まで少女文学的なはかない弱さを止揚できなかった」（風巻景次郎「古典研究の歴史」岩波講座『日本文学史』第一六巻、一九五九・一、三六頁）と述べるが、池田の弟子、長野甞一《じょういち》（一九一五―一九七九）もまた、池田を「暖かいヒューマニスト、そして夢見がちなロマンチスト」（「文献学・文学史論・物語文学論」『古典文学研究の基礎と方法』〈池田亀鑑選集〉至文堂、一九六八・八、四八三頁）と称揚し、「最も客観的な学術論文ですらも、概念的な客観のあひだに、チラリとのぞく詩人の本質を、あなたは見つけたことがないであらうか」（「池田博士と文学環境論」『国語と国文学』三四-一二「池田亀鑑博士追悼号」、一九五七・一、二〇頁）と述懐している（加えて言えば、上掲「文献学・文学史論・物語文学論」及び長野甞一「小説家・池田亀鑑―その一―」（『学苑』二一八、一九五八・五）、同「その二」（『学苑』二一九、一九五八・六）、同「その三」（『学苑』二二一、一九五八・八）に拠ると、池田は若い頃に六つのペンネームを使い分けて夥しい数の通俗小説や少年少女小説を乱作していたという）。池田自身、「先づ文学という事実は、科学的に迫り得ない、神秘な世界につらなつてゐる、といふことが考へられる。作家といふ魔的なものがそこにあるのだ。魔的なものは、エヴェレストの峯よりも峻嶮だ。これに対しては啓示として直観するよりほかはなさそうに思はれる。それはたしかに科学を拒否する。少なくとも歴史を超越するものだ」（「歴史的と文献学的と―文学史は可能かの問題に関して―」『国文学　解釈と鑑賞』二〇-七、一九五五・七、一二頁）等と述べ、文学者としての自己神秘化を図っているような一面を見せている。それは、まさに西郷が、「己の主観的願望や情念を過去に投げかけるロマン派へと傾斜してゆくこと」は、「文献学的客観主義のたんなる裏がえし、ないしは補完物」にすぎないのだと述べていることと照応していると言ってよい（『古典の影―批評と学問の切点

―』未来社、一九七九・六、二四六頁）。

池田が「藝術の世界に於ては、天才のみが立法者でなければならない。天才のみが、人間性創造の主体であり、原理でもあるべき筈である」（「自照文学史」津本信博編『日記文学研究叢書　第15巻　総論』クレス出版、二〇〇七・三〔初出、一九二六〕）と言う時、「創造」と「鑑賞」を理性によって無媒介的に結合させた池田にとって、ロマン主義的な「天才」とはまさしく自らの自画像（としての理性的主体）であったに違いない。また、「ロマン主義とは欠如と遅れから価値をつくり出すシステムである」（一八四頁）とロマン主義を定義づけた山田広昭『三点確保―ロマン主義とナショナリズム―』（新曜社、二〇〇一・一二）が、「なぜロマン主義は詩学（文学理論）と文献学との連接という形をとるのか。ロマン主義のプログラムにとって、なぜ詩学（文学理論）だけでは十分ではないのか。同様にまた、なぜ文献学（古代への回帰としての）だけでは十分ではないのか」という問いを立てつつそれにこう答えていることが本章においては最も重要な核心的テーゼとなる――「実はこの問いは、ロマン主義の基本的所作として提示した事柄の、問いの形をとった言い換えにすぎない。古代への、源泉への回帰としての文献学は、十全性を、全体性を、純粋性を「失われたもの」として過去へと投影するための不可欠の仕掛けであり、またその必然的な帰結でもある。一方、詩学の必然性は、この「失われたもの」の回復がロマン主義者にとっては文学（あるいは文学を中核とする芸術）のなかでしか可能ではないことにある。それは過去への投影の逆転としての、未来への投影、アントワーヌ・ベルマンの見事な表現を借りるならば、「来るべき（唯一の）作品へのノスタルジックな関係」として現れる」（一九〇―一頁）。

この問題を西郷信綱は、「主観主義と客観主義の悪しき同居」と呼んだ。文献学は何かが足りないという不全感を刺激し続け、その欠如を埋めようとそれを恣意的なかたちで現前させる。それが上記に見たような実証主義批判として展開されていたのである。「客観主義者は、経験のもっている不透明さをあっさりきりすて、それを主観から独立しその外にある現実そのものという概念のなかに解消してしまう。一方、主観主義者はその不透明さを、科学への不信や神秘主義美学にたやすくきりかえ、ひとりよがりに上空を飛翔する」（『古典の影』、二〇頁、傍点原文）、「相手は作品であって、物理的対象ではない。そして作品であるかぎり、それは読み手の主観のはたらきと無縁に、その外側にそれじたいとしてではなく、私にとっての、あるいは私たちにとっての作品としてのみ存する。それは読むものの立場と不可分に包みあっている。作品を純粋のデータとして対象化し、その客観主義的な認識をひたすら目ざすならば、解釈上の問題はすべてテクノロジーに還元されてしまう。現にさまざまな意匠のこうした接近法が、学問の確かさの保証であるかのように、近ごろもてはやされている。だがそれは、それの斥けようとする恣意的な読みに打ち克つことができぬ。片やテクノロジーが栄え、片や恣意的な読みが栄えるといった両極化が進み、その双方が持ちつ持たれつの相補関係をとり結んでいるというのが今の偽らぬ状況と見受けられる。この二つは悪しき一対として、一個人のなかにも同棲しうる」（同上、一三二―三三頁）。

ここに言う「主観主義」と「客観主義」が、別の文章の中では、「浪漫主義」と「文献学」と言い換えられていることに注意したい。『国学の批判―封建イデオローグの世界―』（青山書院、一九四八・三）の第三章「新しい学問の主体」ではこう述べられている――「浪漫主義とは、社会化されぬ「己が心」のまづしさの表白以外の何ものでもない。浪漫主義はしばしば文献学と対立したものとして自己を現はしはするが、だからとてそれが、必ずしも、文献学の地盤を克服したところに湧出した新しい精神の輝きであるといへるわけではない。同じ穴のむじなといふ言葉もある。文献学と浪漫主義とが、同一人格のなかで同居する例が多いことからも知れるやうに、この二つのものは決して異質的存在ではない。むしろ、国学に於て文献学と不可知論とが必然的に結ばれてゐたやうに、この両者も同じ関係の仕方で必然的に結ばれうるのである。少くとも国文学者の浪漫主義は、不可知論の個人主義的変貌に外ならないと思はれる」（一八五頁）。

科学主義や実証主義の問題は、それが科学性‐実証性を拠り所として対象を記述していることにあるというよりも、無自覚の内に、全く錬磨されていない経験性‐主観性を記述の中に密輸入させていることにある。そこでは〈他者〉が他者化＝自己化され、自己の関心に沿った描像が粗々と描き出されるだけである。また、細分化された小問題にはきわめて高い信頼性が期待できるものの、領域（時代／ジャンル）横断的な大問題になると途端に固有名（人名／作品名）の羅列のような記述に終始してしまう所以がそこにはある。

「国文学」という土台の上で為される種々の歴史的事象の「実証」の蓄積は、同時にその土台もが「実証」されているかのような錯覚を生むこととなる。そして文献学の方法論では決して明らかにならない問題があることがすっかり忘却されてしまうことにもなる。どれだけ丹念に資料を蒐集し、帰納的に精緻な分類を施していったとしても、浮かび上がってはこない問題——すなわち、文学的なるもの、宗教的なるものという例のコンプレックスの根源が再び顔をのぞかせてくるのである。それによって文献学がその手法を徹底させればさせるほど、その作業が精緻を極めれば極めるほど、何かが欠けている、何かが足りないという不全感、欠如の感覚が表出してくる。そして、学界としても、個人としても、そのようにして作り出された欠如を埋め立てるべく、理論を総動員し始めるのだ。そしてまさにその段階において大きな問題が発生するのである。ある場合には、（実質的な理論的基盤を持たない）「内面の告白」という小説的技法を論文に導入したり、理論を単なる論文執筆のための便利な「鋳型」として用いて意図せずして文学テクストの二次創作を遂行することになる。啓蒙知識人が何らかの形で自らの有限性を感じたときに、ロマン主義の萌芽が発現するのである。文学テクストはそれが文学テクストであるというその一点において、読者に対する恣意的な自己現前を可能にする。換言すれば、自らの読みたいように相貌を変形させることが可能になるということである。対象から英雄や天才を造形し、それらを讃美するという身振りを選択するのも自由であり、逆に〈他者＝理性〉と自己との一致を盲信することで対象を自らの知の枠組へと恣意的に還元させるという暴力を振るうのも自由となる。戦前、吉田精一（一九〇八―一九八四）は既にこう言っている――「一体国文学者は、実証的な考証に払ふだけの尊敬を、理論的な考察に払つてゐないやうに思ふ。理論や評論は常識で間に合せる、直観はもち合せで沢山だといふ態度がいちじるしい。しかし、さういふ人々に限つて彼等の常識が学問的レヴエルに達した常識ではく〔な脱カ〕、単なるききかぢりであり、直観が主観の訓練と、客観的な分析、思索の十分な準備の上に立つべきことを忘れてゐる。我々は屢々卓抜なる考証的学者が、驚くべき粗漏な、あるひは単にセンチメンタルな評論家である事実に出合ふ」（「国文学の方向について」『文藝文化』四-二、一九四一・二、一四―五頁）。塚本康彦はこれを具体的には、池田亀鑑を想定してのことだと推察している（「国文学誌としての『文藝文化』」『復刻版『文藝文化』別冊付録』雄松堂書店、一九七一・六、九頁）。また、熊谷孝は、「資料主義者は、事実上殆ど全部が全部鑑賞主義者であるといふことを指摘することができる。……現実においては資料主義者と鑑賞主義者とは一人二役を原則とするものなのである」（「資料主義・鑑賞主義・その他―最近発表された二三の作品論に関聯して―」『国文学誌要』四-二、一九三六・七、一九―二〇頁）と述べている。さらに、江藤淳は「全体への志向を欠いた些末主義の裏にはかならず安易なニヒリズムがある。このニヒリズムの特徴は無自覚的だということであって、表面的には実証的科学への十全の信頼というかたちをとるだけに始末が悪い。つまり、こうした些末主義は、実証研究が批評を欠いた「技術」として（思想としてではなく）移入されたところに、必然的に生じる態のものなのである」（「国文学研究について」『文学』二七-七、一九五九・七、五六頁）と言う。さらには、永積安明は「もともと、文学研究における文献学的操作は、けっして文学観と機械的に分離したりすることのできない関係にある」のであって、「機械的に分離しえたと考えた瞬間、すでに彼の常識的でなまな文学観が、その文献学的操作の根底にしのびこむことを、誰もふせいだりすることはできない」、「静的に限定されたように見える文献学には、その自己抑制の裏から、常識的・俗流文学観が、必ずしものびこんでいるのが実状である」（「文献学の現状―国文学における―」『文学』二七-七、一九五九・七、六二頁）と述べる。池田は文献学の学問的厳密性に対して常に厳格な態度を保持し続け、それゆえ方法論的限界を自覚しているような素振りを見せてもいたのだが[30]、古典文学研究者が、狭義の文献学者としてのみ存立することが不可能なのだとすれば、ロマン的なるものが自らの内から漏出してくることもまた不可避の陥穽であると考えるべきであろう。どれだけ抑制が効いていたとしても、主観主義と客観主義の同居へと収斂してしまうのは避けられない。それが古典テクストをめぐる語りに終始していればそれほど実害はないのかもしれない。しかし、自らに過大な政治的任務-使命を課したり、正義との一致が盲信されたりすれば、その弛緩した語りが何を言い出すかはおよそ想像できるところであるだろう。

西郷信綱が、「学問の危機」と憂う、主観主義と客観主義の分裂及び同居という問題、それは実証主義それ自体にあるのではなく、実証主義が大枠を語るときに――例えば、日本文学とは何かという大問題を問うときなどに――その足場を大きく踏み外してしまう、というその点にある。われわれはその実例を、主に池田亀鑑のテクストの中に見出してきた。実証的であればあるほど不全感は増幅してゆき、それ自体が弱点へと反転してしまう。啓蒙主義なきところにロマン主義はない。それはほとんど「われわれは人をわれわれの像《かたち》の通り、われわれに似るように造ろう」（『創世記』一-二六、岩波文庫、一一頁）という言葉に類するほどの、暴力的なまでに疑似宗教的（にして反宗教的）な行為であった。

6　戦前になぜ「古典」が求められたのか
――欠如としての「日本的なるもの」――

なぜ古典を学ばなければならないのか。このような問いに答えるのは容易ではない。よく耳にする一つの典型的話法としては、「日本」（性）というわれわれにとっての共同性や伝統の基盤を学び継承するため、というものがある。例えば、古くは、池田亀鑑『古典文学論』（第一書房、一九四三・六）にはこうある――「古典といふものは、一切の批判に堪へ、不滅の生命をもつて、国民の胸裡に生きつづけたものであつて、日本人の魂を浄化し、美化し、鼓舞しつつ、更に無窮へとつづくものである。我々は、永劫不壊の性格をもつてゐる所の日本的なるものを、かやうな古典に於て見出すことが出来る。それは流行以上の所にある存在である。日本的な美、日本的な真実、日本的な道念、それ等を盛る国民的経典こそ、我々が「古典」といふ聖なる名を捧げることの出来る典籍であるといつて差支はない」（一一頁、傍点原文）。当時、このような基本認識に基づいて、「日本」の「古典」が社会で広く求められていたことは、例えば、国文学者、斎藤清衛が一九三九年（昭和一四）、「文藝人の古典関心その他」という文章の中で、「惟ふに、史上、今日ほど、古典の知識が国民にひろく要請されてゐる時代は無い」（『文藝文化』二-二、一九三九・二、三七頁）と述べていることからも察せられる。また、一九四二年（昭和一七）には、喜多義男も「近世の国学以来、現在程に国文学の意義が高く鋭く問はれてゐる時はない。大日本帝国の歴史的使命が、現在程国民全般にはつきりと自覚された時はない、と同時に、この国民精神を培つて来た国語国文学の真相を、出来るだけ適確に把握しなければならないといふ、現代不可缺の問題に対する要求は、制度の上にも着々として実現せられつゝある」（「新国文学への待望」『国文学 解釈と鑑賞』七-六、一九四二・六、一四〇―一頁）と述べている。このような認識は単に斎藤や喜多の願望を表明したものではなく、事実、一九三〇年代以降終戦に至るまで、「古典」は「日本精神」「日本的なるもの」への探求という文脈の中で、アカデミズムの内外で強く要請されるものとなっていた。

田中康二「日本精神論の流行と変容」（『一九三〇年代と接触空間―ディアスポラの思想と文学―』双文社、二〇〇八・三）によると、「日本精神」というイデオロギーは一九二〇年代に芽生え始め、満州事変（一九三一年九月―）を経て爆発的に流行し、文部省所管の国民精神文化研究所の創設（一九三二年八月）によって国策思想化していったとされる。そのような傾向は、一九三一年（昭和六）以降「日本精神」に関する文献が増加し始め、一九三三年（昭和八）から著書・論文の刊行数が飛躍的に増大していったということにも現れていた。しかしながら、そのような「日本精神」が何であるのかという点については実際のところ誰も明晰な解答を与えることはできなかった。和辻哲郎はこう述べている――「『日本精神』といふ言葉は目下の流行語の一つである。しかしそれが何を意味してゐるかといふことは、あまり明白ではないやうに思はれる。人が日本精神とは何であるかと問はなければ、それは誰にでも解つてゐる。しかし一度問ひ始めると段々解らなくなつてくる。遂には誰にも解つてゐないといふことが解つて来さうに思へる」（「日本精神」『岩波講座　東洋思潮（東洋思想の諸問題）』岩波書店、一九三四・九、三頁）。「日本精神」とは不可解なものであるというその定義自体が「日本精神」論の量産を支えていたのである。

風巻は「ちょうど昭和十一年・十二年は日本精神の声が日本的なるものの要求に転じた時であったが、全文化領域が、日本的なものの樹立ということを名《ママ》として、近代的なもの、西洋的なものの禁遏に進んだのに、全文壇も歩調を合せざるを得なくなって、此の時期に急転回をなしとげた」と概括している（風巻景次郎「古典研究の歴史」岩波講座『日本文学史』第一六巻、一九五九・一、四八頁）。また、池田亀鑑は一九四〇年（昭和一五）当時、「近頃よく官私立の学術団体などから研究補助金の交附を受けたいと希望する人々の中に「とにかく題目だけは日本的何々としておかんと通りませんからね」と不謹慎きはまる言辞を弄してゐる人にぶつかることがあります」と述べている（「ある風潮に対して」『コトバ』二‐九、一九四〇・九、七五―六頁）。

一九四二年（昭和一七）六月には情報局文藝課を主務官庁とする、社団法人日本文学報国会も設立されており、作家からアカデミズムの研究者まで、多くの文学関係者がこの団体に吸収されていった。その「財団法人日本文学報国会定款」第二章「目的及事業」の第四条には「事業」の一項として「我国古典ノ尊重普及ト古典作家ノ顕彰」が明記されていた（櫻本富雄『日本文学報国会―大東亜戦争下の文学者たち―』青木書店、一九九五・六、八一頁）。

古典の永遠性-不易性という言説の／による飛躍

そして、この当時の国文学者の多くが、古典の永遠性-不易性-世界性を主張しているという事実に触れることもできる。「一つの作品が古典になるといふことはその作品が一時代を超える普遍的なものを持つてゐることであり、古典はいはゞ永遠に繋るものである」（井本農一「古典への反省―国文学方法論ノート―」『文藝文化』三-三、一九四〇・三、一三頁）。「古典の持つ永遠不易の精神の流れを最も深く見極めて、やがて明日の日本の時潮を導き出すことこそ、斯学に課された最高の使命ではないでせうか」（森岡常夫〔第六高等学校教授〕、『古典研究』五-一四、一九四〇・一二、四五頁）。「蓋しあらゆる古典は、すべてそれがある一定の国民の頭と手とから産み出されたものであるに拘らず、少くとも国際的の影響なしには到底、古典の形態にまで結晶し得ないものだから」、「凡そ古典といはれるほどのものは、必ず超国民的の普遍性がある」（長谷川如是閑「日本に於ける古典の復興」『文学』六-一〇、一九三八・一〇、二頁）。

そしてこの普遍性を拠り所として、古典は他を従わせるものとして位置づけられることとなった。京城帝国大学（現、ソウル大学一部）において長らく教鞭をとっていた国文学者、高木市之助（一八八八―一九七四）は、帰国後の一九四〇年（昭和一五）七月、雑誌『文教の朝鮮』一七九号に「古典の世界」と題するエッセイを載せ、次のような意見を述べている（『文教の朝鮮〔復刻版〕』エムティ出版、一九九六・一一―一九九七・四）――「苟も古典と呼び得るほどの文学は、いづれも長期の淘汰を経てゐるもので、その世界は著しく詢化され、そこに生きてゐる精神は多くの場合不純功利の分子を精算した真実清澄なものである。今日でも政策やかけ引を離れて、率直真実な態度で臨めば民族の相異といふ事も案外障礙とならない事は吾々のよく経験するところであるが、古典の世界には、これから類推出来る或る真実な精神が生動してゐるので、それが民族を超え国境を超えてはたらきかけるのである」。

そしてその一例としてアーサー・ウェイリー（一八八九―一九六六）による『源氏物語』英訳の存在に言及し、「『源氏物語』が先づウエーリ氏の心を捉へ、彼をしてこの大労作を成就せしめたものは、この古典の世界の有つ何等かの国際的普遍性でなければならない」と述べる。その上で、「真に内鮮一体ならしめるものは、何よりも先づ自然にして純真な、かうした古典文学の世界である。かうした命題を私は私の良心を以てあらゆる朝鮮の人々に贈る事が出来よう」と朝鮮半島における古典教育を正当化してゆく（以上、二〇―一頁）。また、石津純道「生活性・日本性・道義性・宗教性」（『国文学　解釈と鑑賞』七‐六、一九四二・六）は、「大東亜の建設に従つて日本語が普及せられると共に、日本文学が世界に進出する機会も多くなる訳であり、その場合日本文学が更に世界文学性をもつやうになる事が望ましい」という時局的前提を述べた上で、「古典文学が世界文学となる為には、藝術的にすぐれてゐることは勿論、世界の人達によつてよく理解せられるといふ普遍性と共に、日本文学としての特殊性を有することが大切である」という私見を述べる。「日本文学が特殊性としての日本性を絶対的に失へば、その瞬間に於て文学としての存在も滅びると考へられる」（一三七頁）とまで言うのだが、それはどのような理屈によってなのだろうか。石津は他の多くの国文学者と同様に、「新国文学の創造は古典文学精神の探求から出発すべきである」と述べ、「古典」の価値へと全てを訴求させてゆく。それは「古典文学は単に古いといふばかりではなく、生命の永遠性をもつたものであり、斉整完成せられたものとして規範性を有するものであり、同時に又国家性をもつものであるから」だと説明される（一三七―八頁）。日本的特殊性こそが世界性に他ならないという非論理的論理が「古典」を要請した背景には、時間的「永遠性」としての古典の価値が、空間的「世界性」へと読み換えられるという操作が介在していた(31)。しかしながらその時間的永遠性にしても、結局のところ「創られた伝統」に過ぎなかった。だが、それに目を覆いつつ、「古典文学精神の重要なものとして、「まこと」「もののあはれ」「幽玄」「粋」「通」「いき」等が考へられ、それらの精神の美的内容としては、素樸・壮大・単純・優美・典麗・高雅・静寂・艶麗・平淡・閑寂・含蓄・餘情等が考へられてゐるのである。之等の美性が自然や人生にわたつて複雑に現れてゐるのである。……さうしてさういふ日本的な精神をその生活性としてゆく所に国文学の世界性も生まれてくると思ふのである」という主張を展開してゆくのである（一三八頁）。

同様に、久松潜一もまた、古典の永遠性＝普遍性を根拠として、その世界性を主張している（この点を主題とした久松論としては、安田敏朗『国文学の時空―久松潜一と日本文化論―』（三元社、二〇〇二・四）がある）。まず久松は、永遠性に「参ずる」ことこそが学問の本質であるとするが、それは「今と真剣にとりく」むことであるという。「国文学の研究が永遠に参ずるものでありたいことは言ふまでもない。過ぎゆく一瞬のものでなく、永遠に生き、国文学の永遠の生成に参ずるものであることこそ学問の本質に徹することになる。この場合国文学に於ける永遠といふ事は決して今に対して目をそむけることであつてはならない。今に目をそむけ、もしくは現実を回避した間から真に永遠に参ずる学問は生れない。今と真剣にとりくみ、その間から真に生れ出る国文学であつてそこ〔こそ〕カに永遠性を得るであらう」（久松潜一「学問に於ける永遠と今」『文学』一二―九、一九四四・九、三二頁）。そして「万葉精神の普遍性」（『文学』七―一、一九三九・一）と題する論考の中で、「万葉精神の時間的に於ける普遍性とともに空間的な普遍性」を主張する（二五頁）。「万葉精神が時間を通して無限に普遍性を得てゆくことが出来るとともに空間的にもその普遍性を拡大してゆくことが出来るであらう。この場合の普遍性は所謂世界性と言つてもよいであらう。日本の精神が東洋の精神となり、世界の精神となつてゆくのはそれである」（二五―六頁）というように、万葉精神＝日本精神が空間的世界性を持ちうる論拠として、それが時間的普遍性を持っているからだという論法を提出するのだが、それを支えているのは、「永遠の生命」＝「今」によって時間と空間が接続されているという論理である。

しかしながらこのような非論理的論理に整合性を持たせるには、幾つかの〝忘却〟が要件化される。まず、『万葉集』が「創られた伝統」であることを忘却すること。そして「万葉集の特殊性を通して、普遍的な美の精神ともなり、世界精神ともなるのである」というように、日本的特殊性を世界性へと無根拠に飛躍させるという非論理性を忘却することである。久松は、「世界的といつても国々の性格を離れた一般的なるものが存在するのでなく、国々の性格に於て世界的となる」のだ、だから日本的特殊性もまた世界的であるのだと言うのだが、それはそうである可能性が排除されないという意味において僅かに許容される程度の主張でしかなく、特殊性即世界性というのは（結論先取の）論理の飛躍以外の何ものでもない。

喜多義男もまた「「まこと」といひ、「さび」といひ、「あはれ」といひ、「をかしみ」といふこれ等の諸理念は、しかしながら、更にその背後により根源的なる日本文学の理念を考へることによつて成立してゐると考へられる。歴史を貫いてアプリオリに存在する日本的なるものとしての日本文学の理念がそれである。この云はゞ「日本文学」そのものは、これこそ時代に働きかけ、作者に働きかけて、日本文学を生み出して来たものでなければならない。しかして現実の新国文学も亦、実にこの根源的なる日本文学の理念が、国文学の使徒をして新国文学を樹立せしむる、その事実に外ならないと考へるものである」（「新国文学への待望」『国文学 解釈と鑑賞』七―六、一九四二・六、一四二―三頁）と述べている。つまり、石津が言うところの「アプリオリ」な「日本的なるもの」は、単に研究対象として把握されるべきものという地位に留まるものではなく、新しい国文学の建設のあり方を決定する具体的実践として、国文学者自身に求められる理念として位置づけられていたのである。佐藤幹二は「共産主義、満州事件を契機として、日本精神なる語が頻りに見られるやうになつた。祖国意識を喪失し西洋文化に眩惑せんとする秋、満州事件の断乎たる自主的処理の要望に応じて、日本精神が高く強く叫ばれた次第である。外国の思想、外人の生活に対して、日本の精神、日本人の生きゆく力が問題となつたわけである」と時代状況を概括した上で、「学問に生きるといふことは、日本人の自覚に生きるといふこと」であると述べ、「学問的で而も信仰的な生活態度」を堅持することの必要性を説く。そして国文学界が「文学する人々を作るところでなく、文学作品を取扱ふ側の者を多く出すところになつた」こと、「歌を作り歌を説くに非ずして、歌を作らずして歌を説くものを多く出し、句を作らずして句を論ずるものを多く出すといつた傾向になつてゐる」ことを批判し、創作と評論批判という「両者の世界に共に生きてゐる精神」を国文学者に求めてゆく（「国語国文学者の立場」『国語と国文学』一七‐八、一九四〇・八）。自ら創作活動に与ることによって初めて、古典を血肉化することができ、過去の古典作者の正統な後継者として自らを位置づけることができるようになるのだと考えられていたのである。「私にとつて国文学は私自身を高め深め、澄明なるものに清浄する、火であり、水である」、「文学は私にとつて、私を離れたところに存在する何物かではない、私自らの血であり肉であらねばならぬ」（坂本浩「自己への言葉」『国文学　解釈と鑑賞』七‐六、一九四二・六、一四五頁）。「古典はわが民族の血であり、脊椎である。健康な血である」（芳賀檀「古典と現代と」『文学』六‐一〇、一九三八・一〇、一六八頁）。国文学者がこのような修行的実践として国文学を研究し、かつまた教育することを通して初めて「新東亜の建設」すなわち「真に日本的なるものをこの大東亜に於て確立せんとする事業」＝「日本文化の大東亜的拡充」（喜多義男「新国文学への待望」『国文学　解釈と鑑賞』七‐六、一九四二・六、一四一頁）が達成されると考えられていたのである。

反西洋‐反近代としての「日本への回帰」

では、一九三〇年代になぜ突如として「古典」に対する社会的要請が昂揚してきたのだろうか。端的に言えば、それは反西洋という意識に反映‐駆動されたものであった。明治・大正以来、欧化主義という典型をもって型取られたエリート群は、西洋の文化的ヘゲモニーに対して従順にして高い忠誠心を示し、読書実践を通じて自らを文化的に被植民地化させていったという歴史がある。[32] そのような中、「少し以前まで、西洋は僕等にとつての故郷であつた」の一文で始まる、詩人、萩原朔太郎（一八八六―一九四二）（慶應義塾大学予科中退）の「日本への回帰―我が独り歌へるうた――」（『日本への回帰』白水社、一九三八・三〈初出、『いのち』、一九三七・一二〉）は、明治以来、日本が辿ってきた西洋化による自己性＝故郷の喪失の物語を一九三七年（昭和一二）という時点に立ち止まって綴ったものである。

我々は、過去約七十年に亙る「国家的非常時」の外遊から、漸く初めて解放され、自分の家郷に帰省することが出来たのである。／だがしかし、僕等はあまりに長い間外遊して居た。そして今家郷に帰つた時、既に昔の面影はなく、軒は朽ち、庭は荒れ、日本的なる何物の形見さへもなく、すべてが失はれてゐるのを見て驚くのである。僕等は昔の記憶をたどりながら、かかる荒廃した土地の隅々から、かつて有つた、「日本的なるもの」の実体を探さうとして、当もなく侘しげに徘徊してゐるところの、世にも悲しい漂泊者の群なのである。（一四頁）

遅れてやってきたものとしての西洋の排除によって、日本＝自己性の恢復が許られたが、そのようなものはそもそもどこにもなかったのである。「現実は虚無である。今の日本には何物もない。一切の文化は喪失されてる」（一七頁）。それはむしろ西洋的な知性によって主体化されていたからこそ「虚無」として初めて見出されうるようなものでしかなかった。そのような「エトランゼ」（異邦人）、「異端者」であった知識人のみが唯一、「日本的なるもの」を不在のものとして欲望しえたのである。

ただし、このような、西洋化を経由することによって初めて日本回帰という願望が立ち現れてくる、という心性の機構《メカニズム》は、萩原において初めて生じたものではなく、近代化の始発点において既に知識人の身体に埋め込まれていた一つの潜在意識《プログラム》であったとも言える。夙に夏目漱石（一八六七―一九一六）（帝国大学英文科卒）が、一九一四年（大正三）の講演の中で、自身のかつての英国留学の経験（一九〇〇―〇二年）を回顧しつつこう述べていることはよく知られている（「私の個人主義」『夏目漱石全集10』筑摩書房、ちくま文庫、一九八八・七）。その当時、（周囲も自分自身も）「西洋人のいう事だと云えば何でもかでも盲従して威張ったもので」、西洋人の作品を評した西洋人の評論を読んで、その当否はまるで考えずにそれを鵜呑みにし、我物顔でしゃべって歩いていたのだが、内心にはそのような態度に「不安」を感じていた。そんな時、「私が独立した一個の日本人であって、けっして英国人の奴婢でない」というアイデンティティーを発見したことによって「自己本位」の哲学を打ち出し、それによって、「大変強くなり」、「不安は全く消え」たと証言している。和辻哲郎（東京帝大文科大学哲学科卒）もまた、一般論として、欧化主義の中に育った人々が不惑を過ぎた頃から伝統的なものへの眼を開いてゆく傾向にあると述べ、それを「恰かも母の懐へ帰ったやうな落つきを覚え始める」ものと形容している（和辻哲郎「日本精神」『岩波講座 東洋思潮（東洋思想の諸問題）』岩波書店、一九三四・九、二八頁）。

とは言え、近代知識人にとって西洋が文化的他者として映じるものであったのだとしても、日本の古典もまたア・プリオリに自己性を象徴するものではなかった。それが自己性として、或いはその起源として考えられるようになるには、言説的な操作が必要であった。そのような操作がなければ、日本の古典は全く他者的なものでしかなかったのである。小説家・文藝評論家、林房雄（一九〇三―一九七五）（東京帝大法科中退）の文章に次のような記述がある――「中学生の頃、私はよく文学書を読んだ。古い日本の文学は読まなかつた。読めなかつた。英語の「バ《〔パ〕》アレー万国史」や「フィフティ・フェーマス・ストリーズ」はさほどの困難なく読めたが、「平家物語」や「徒然草」の文章ですら外国語ほどにむづかしかつた。「古事記」や「万葉集」に至つては手にとつてみようともしなかつた。読まねば読まずにすんだ。誰も叱つてくれる人はなかつた。英語で百点をとればそれで立派な優等生であつた。明治時代の漢文調の文章さへ読みづらかつた。正確にいへば、読めなかつた。読んでも理解できなかつた。中学生の私が専ら読みふけつたのは、その当時の「現代文学」であり翻訳文学であつた」（「勤皇の心」『近代の超克』冨山房、一九七九・二、八九頁〔初出、『文学界』、一九四二・一〇〕）。当時の知識階級予備軍においてさえ、日本の古典はリテラシー上の断絶を抱えていたのである。

また一九三八年（昭和一三）、英文学者、本多顕彰《あきら》（一八九八―一九七八）（東京帝大英文科卒）はこう言っている――「明治以来、日本の文学は西欧文学の影響の下に育つて来た。そして今日もさうして育ちつつあるのである。その傾向は今日一層甚だしいと思はれる。……現代の文学者のうち「源氏物語」を通読したことのあるものは果して幾人あらうか。……現代の文学者が文学を考へる場合に真先きに来るのは、日本の古典ではなくして、トルストイ、ドストエフスキー、バルザック、ゾラ、等の西欧の作家の作品である。つまり、現代日本文学にとつての古典は、国内にあるのではなくして、国外にあるのである。国粋主義者が慨歎するのも無理はない」（「古典と現代文学」『文学』六-一〇、一九三八・一〇、一七四頁）。つまり、彼らにとっての古典とはまずもって西洋文学に他ならなかったのである(33)。それは国文学者にとっても同様であった。国文学者、藤村作（東大国文科卒）は、晩年に学生時代当時――明治三〇年代初め――の頃のことを回顧してこう述べている――「告白しますと私などは国文学を専攻しながら、……その方面では藤岡先生（筆者注、藤岡作太郎）の文学史以外は殆ど何も益を受けなかつた、それに反していろいろな意味で勉強になつたのは、実は外国文学の方なのです」（「近代国文学の歩みについて」『国文学 解釈と鑑賞』一六-一二、一九五一・一二、四頁）。当時の国文学科の学生は、英独仏の語学・文学のうち二つを二年間必修することになっており(34)、ラフカディオ・ハーン（小泉八雲）から英米文学（ホイットマン、ブレイク、ロセッティ、ロングフェロー、テニスン等）を、カール・フローレンツから独文学（ゲーテ、ハイネ等）を学んだという（ちなみに、五高時代には夏目漱石から英語を学び、課外でシェイクスピアを講じてもらったという）。ドイツ語の「耳も口も不十分な」彼らは、講義だけではよく理解できなかったため、「皆が争つてゲーテの英訳書をみようとし、毎朝起きぬけから図書館にかけつけて、開門を待つ」という様相であったという。また斎藤清衛（一八九三―一九八一）（東京帝大国文科卒）の回顧談に拠ると（「国文学研究法について」『復刻版『文藝文化』別冊付録』雄松堂書店、一九七一・六、二八―三〇頁）、大正時代の初めは東京大学国文科への入学希望者が、「ほぼ数名程度」であったこと、斎藤の一級上には岡崎義恵と他一名のみであったが、その一名も中途退学してしまったこと、学生数よりも教師陣の方が人数が多い年度もあったことなどが回顧されている。そしてその状況に変化が見られるようになったのは、大正七・八年（一九一八―一九年）頃で、学生数も年毎に増加していったという(35)。その頃、文壇の傾向も浪漫主義・人道主義・古典主義などへと移行していったことが学界状況にも反映され、文科大学が増設されるとともに、国文学科志望者も増加し、至文堂から『国語と国文学』（一九二四年〔大正一三〕創刊）及び『解釈と鑑賞』（一九三六年〔昭和一一〕創刊）、京大から『国語国文の研究』（京都国語国文研究会編、一九二六年〔大正一五〕創刊、その後、主幹組織を京都帝大国文学会へ改め〔また発行所を文献書院から星野書店へと変更し〕、一九三一年〔昭和六〕に『国語・国文』へ改編）、岩波書店から『文学』（一九三三年〔昭和八〕創刊）といった国文学雑誌が発行され、国文学隆盛の時代を迎えることとなった(36)。そのような国文学の内実は、やはり西洋知性を写像として国文学を組織するという基本線を踏襲するものであった(37)。当時、東大の国文学講義の中に、垣内松三《かいとうまつぞう》（一八七八―一九五二）（東京帝大国文科卒）による「国文学の研究法」が設置されていたが、そこではドイツの文藝理論についての講義が行われていたという。しかし、そのような研究方法がいまだ十分に一般化されていなかった当時にあっては、「元禄文学の訓詁や考証をすることが主であった学生には理解至難なもの」でもあり、また「ドイツ語のたっしゃでない国文科学生にはやや手ごわいもので、学年初めの聴講学生の半ば以上は中退組となった」と、斎藤清衛は回顧している。高木市之助（東京帝大国文科卒）なども、垣内の講義について、「私にとってあの示唆的な講義や学問は、領域のずれもあり、余りに示唆的でもあって直接の実りにはならなかったというほかない」（『国文学五十年』岩波書店、一九六七・一、六〇頁）と率直に述べている。しかし一方でこの当時は、池田亀鑑（東京帝大国文科卒）がドイツ語の原典で理論書を読んでいたことから窺われるように（「ある風潮に対して」『コトバ』二―九、一九四〇・九、七七頁）、日本の古典文学研究者であっても西洋の文学書・理論書を濫読するのは決して例外的な研究態度ではなかったのである（例えば、一九三七年一〇月、雑誌『国語と国文学』〔一四-一〇〕は、「国文学の根本問題」と題する特輯号を組み、当時最先端であった方法論をめぐる諸課題を論じているのだが、そこには、英文学者・中野好夫〔一九〇三―一九八五〕による「英米に於ける文学理論の展望」、独文学者・芳賀檀《まゆみ》〔一九〇三―一九九一〕による「ドイツ文学理論と方法（その核心・質及び戦ひについて）」〔ちなみに、檀は矢一の子〕、仏文学者・中島健蔵〔一九〇三―一九七九〕による「仏蘭西文学理論の展望」の三篇が収録されている。中野が論の冒頭に書いているように、これらは編輯者からの依頼に拠るものらしいのだが、少なくとも当時の国文学界にあっては、このようなかたちで西洋の文学理論の趨勢を追ってゆくこともまた重要な職責の一つとして受けとめられていたのである）。

知識人の西洋-英語コンプレックス

昭和期に入ると、知識人階級の一部には、外国語に対するコンプレックスが表面化するようになっていたが、同時にその反動として、「日本」への礼賛が情緒的に噴出するようにもなっていた。例えば、一九四一年（昭和一六）、日本軍の占領下に置かれたシンガポール（「昭南」と改称）は、それ以前、イギリス領であったため当地の人々は普段から英語を通用していたが、そこで文化工作の任務に就いていた従軍作家たちは自らの拙い英語力に直面せざるをえなくなっていた（以下、阮文雅『「昭南文学」研究―南方徴用作家の権力と言語―』日月文化出版〔台湾〕、二〇一四・一、参照）。例えば、作家、中村地平〔一九〇八―一九六三〕（東京帝大文学部美術史科卒）は、同地で常用せざるをえなかった自らの英語の発音のまずさを現地のアジア人からたびたび指摘されている。「あなたの英語の発音は、大変わるいですわ。（ユア、イングリッツシユ、プロナウンシエーシヨン、イズ、ヴエリイ、バッド）」（「ミス・エレシイ」『マライの人たち』文林堂双魚房、一九四四・三、一一八頁）、「あなたは英語があまり上手ではありませんね」（「印度人記者」『マライの人たち』、八八頁）。このように指摘された中村は自らの不機嫌な感情を率直にそれぞれ次のように記している。

○彼女の批評は正しかつた。しかし、僕はむつとした。板につきすぎてゐる彼女の、ヨーロッパ風の態度や習慣、東洋人のくせに、英語がうまいことに得得としてゐる気もちなどに無意識のうちに反感を感じてゐたのかしれない。僕はいくらか憤然として答へた。／「さやう、僕の英語の発音は、大変わるいにちがひない。何故かならば、僕は日本人だからである。日本人にとつては、英語は一時の必要にすぎない。英語は今や死語である。近いうちに、英語はこの世界から消滅するにちがひない」／僕の見幕にエレシイはあつけに取られてゐた。（「ミス・エレシイ」、一一八―九頁）

○その時、僕は不機嫌に答へたものであつた。／「アイ、アム、ナツト、ア、ブリイツテイシユ。アイ、アム、ア、ニツポニイズ（僕は英人ぢやない。僕は日本人である）」（「印度人記者」、八八頁）

「昭南」では現地の人々に「日本語」と「日本精神」を注入するため、「昭南日本学園」という日本語学校が開設されることになったが、同校の校長に就任した、詩人（日本浪漫派）、神保光太郎（一九〇五―一九九〇）（京都帝大独文科卒）は、「私達が彼ら原住民に対して、征服者の立場にある為に、たとひ、私達が如何に奇妙な英語を用ゐたとしても、彼らはこれを嗤ふことなどせずに、飽くまでも、これを理解し、私達の言はうとすることを把握しようとする」（神保光太郎「種蒔く人―日本語の問題―」『昭南日本学園』愛之事業社、一九四三・八、一三五頁）などと尊大な言葉を発しているのだが、その自信は、「僕はやはり、大和民族が、彼らに数等すぐれてゐるものと考へる」（神保光太郎「銅鑼のひびき―学園の出発―」『昭南日本学園』愛之事業社、一九四三・八、六九頁）という自己認識に支えられたものであった。また、作家、井伏鱒二（一八九八―一九九三）（早稲田大学仏文科中退）は、同校で歴史の講義を担当することになったが、当初は通訳を介して講義を行っていたものの、諸般の事情から通訳が同席できなくなると、やむを得ず自身の「怖るべき」「拙い」発音の英語で講義せざるをえなくなり、「腋の下がびっしょり汗で濡れ」るほどの緊張に見舞われながら、数回それを続けたという。しかし、回を追うごとに聴講者が減り、同校の「威信」にも関わることなので、結局、講義は中止することになったという（井伏鱒二「昭南日記」『井伏鱒二全集』第一〇巻、筑摩書房、一九九七・八〔初出、『文学界』九-九、一九四二・九〕、「昭南日本学園」同上〔初出、『中学生』二八-二、研究社、一九四四・六〕）。また「昭南日記」には、中村同様、英語の発音の拙さを指摘されて苛立つ場面も描かれている。サベイジという文学を愛好するビルマ人は、しばしば井伏の英語の発音を訂正するという「悪癖」をもっていたが、井伏はそれを「べつに頼みもしないのに余計なおせつかいだといひたい」などと記している（『全集』第一〇巻、一〇八頁）。

ちなみに、中村はその後、「帰還の感想」（『マライの人たち』文林堂双魚房、一九四四・三、二七〇頁）と題する文章の中で、「馬来にゐた間、僕は瞬時も緊張から心が放たれたときはなかつた」、「四六時ちゆう、支那人、馬来人、印度人、泰人、ユーラシヤンなど、種種雑多な種属にとりかこまれて」いる環境にあって「現地民、つまり異民族に対し、指導民族としての誇りと責任とを強く感じてゐた」と告白するが、「現地人との接触面に於て、馬来に於ける僕自身の存在が、本質の自分よりかはるかに過大であつた、日本内地に帰つてみれば、そんなに大きな自分など、どこにも見出すことはできない」と述べ、ただ日本人であるというそれだけの理由で「指導民族」というポジションに就かされてしまうことへの据わりの悪さ、中村自身の言葉で言えば「妙な、照れくさい、気恥しさ」があったことを述懐している（「帰還後の感想」『船出の心』文林堂、一九四三・一一、三〇四頁）。

勿論、これら徴用作家の経験は、「昭南」という特殊環境におけるものであったには違いないが、「英語はこの世界から消滅するにちがひない」という「あつけに取られ」るような認識は、日本の知識人――「日本精神」「日本的なるもの」の礼賛を先導していた（国）文学者――の内部ではある程度、共有されたものであったのだろう。

自らは近代化＝文明化するために英語・独語・仏語を学びつつ植民地住民には近代化＝文明化のために日本語を学べという、そのような御都合主義的なロジックを支えていたのは、帝国版図の空間的膨張に附随して肥大化した自己認識と、「日本」が「西洋」を超克しようとしている、或いは既に超克したという、願望と現実とを混同するような不正確な世界認識であった。

そのような中で日本の古典の復興を唱えたのが、保田與重郎（東京帝大美学美術史科卒）を肇とする日本浪漫派のグループであった。保田は日本浪漫派の運動を「卑近に対する高邁」「流行に対する不易」「従俗に対する本道」と解説しつつ、それを文学運動を否定するための運動と宣言する（「『日本浪漫派』広告」『コギト』、一九三四・一一）。それは「近代合理主義の行き詰りと頽廃化が、逆に彼等の矯激な〈没落への情熱〉と「故郷」への回帰の夢想を育てた」ものであり、「彼等はけっして帰りえぬ「故郷」を、イロニーとして語ることで、浮薄な「文明開化」の時代を批判した」のだと要約される（大久保典夫「『文藝文化』の位置―与重郎・善明・由起夫―」『復刻版『文藝文化』別冊付録』雄松堂書店、一九七一・六、一五頁）。ちなみに、保田は当時のアカデミズムの古典研究のあり方を手厳しく批判しているのだが――「外国の流行のまにまに、むかうの文藝学をあさつてゐるのも、なつかしい恥しさである。国語の歴史と、そのもつ方法と決意を思へば、獨逸や英吉利あたりの浅い歴史方法に語呂合せしてゐるのが国家の大学教授の仕事と思ふことは国民の一人としてなさけないのである」（「研究方法について偶感」『文学』五-一二、一九三七・一二、一一五頁）――ここに窺われるように、当時の文壇は「日本浪漫派」と呼ばれる思潮を形成し、「国学」の再興を掲げて、アカデミズム国文学の文献学的・文藝学的・唯物論的諸性格を広く批判していた。例えば、蓮田善明（広島文理科大学文学科卒）は、技術先行の実証的研究に「賢しらの狭小さ」を見出し、「学者」を「きたならしい職業」などと罵倒さえしている（「国学入門」『文藝文化』五-一、一九四二・一、五八―九頁）。アカデミズムの一部はこのような思潮に合流し、急速に「国学」化していったが、彼らに共通していたのは、その古典礼賛の態度が、単に過去回帰的であったわけではなく、むしろ未来志向的でさえあったことである。過去を理想的な国家的-人格的モデルへと改鋳し、「伝統」によって自らを媒介させるかたちで、未来の「国家」「国民」を建設してゆくという使命を自らに課していたのである。例えば、中河與一（一八九七—一九九四）（早稲田大学英文科中退）は「今日は世界を指導するものとしての日本の原理が要求せられてゐる。ヨーロッパ体系を征服するものとしての日本的発想法が要求せられてゐる。……／然もこれを確立するものは古典への沈潜によつて行はれるより以外にはないのである。古典を見なほすといふ以外にはありやうがないのである」（『文藝文化』二-一、一九三九・一、「文学伝統の問題」項、三五頁）などと主張する。

有名な「近代の超克」の議論もこのような流れの中に位置しており、反近代というコンテクストの中に古典は配置されていた。亀井勝一郎（一九〇七—一九六六）（東京帝大文学部美学科中退）が「支那事変以来、わが古典の精神は顕揚され、外来文物への屈従は厳しく戒められてきた。古典による一斉掃射が行はれつゝある。英米の風潮も唯物主義も次第に退却したかにみえる」（「現代精神に関する覚書」『近代の超克』冨山房、一九七九・一一、五頁〈初出、『文学界』、一九四二・一〇〉）、「我が古典の精神が、文明の毒に対する妙薬として考へられてゐるのは当然である」（一六頁）などと述べているのはその典型である。そして亀井が古典に具体的に何を求めていたのかは、例えば次のような「近代」理解から推察することができる。すなわち、亀井は、近代の「根本の弱点」を「無信仰の時代」という性格に求め、そこに「神々から追放された人間の悲惨」を読みとっているのだが（同上、二〇〇頁）、となれば、当然彼にとっての近代の超克は、「神々」に対する「信仰」の恢復として渇望されることになるだろう。

ただし、「近代の超克」の会議に参加した知識人がほぼ口を揃えて言っているのは、「日本的なるもの」としての「古典」への欲望は、西洋的知性に触れた経験を持つ主体にのみ許されるような、制限された権利であるべきだ、というものであった。そこでは国（文）学者等による国策的な古典礼賛はむしろ批判されていた。林房雄（東京帝大法科中退）は言っている――「記紀、万葉その他の古文献の文部省的釈義によつて、日本人が出来るなどと思つてそんなことをやつてゐる連中に、お前らは苦労したかといひたい。万葉、記紀その他の古文献以外に、一体お前らは何を識つてゐるか、真剣に近代といふものを通つて来たかとさへ反問したいね」（『近代の超克』同上、二六五頁）。そして、三好達治（東京帝大仏文科卒）はそれに同調して、「現在、その指導的枢要の位置にある当路の役所などから出てゐる出版物が、牽強附会だつたり独創力に欠けてゐたりするのは迷惑だと思ふのです。あれを一つ問題にしたいね。あゝいふ書物は非常に科学的に詳しく論じてあるやうに見えて、実はちつとも科学的ではない」（二六五頁）、「現今の考へ方は、さういふ古典の中から日本精神を探し出して、さしづめこの時局に応用しようとする、さういふ目の先の意図が非常に浅薄に見え透いてゐて、その為に古典の読み方、解釈の仕方が甚だ軽率で、不十分で、また時には非合理的なんだ」（二六六頁）と言っている。続けて河上徹太郎（東京帝大経済学部卒）は「古典が面白くなつたのは、要するにドストエフスキイやボードレールを読んだからで、あれは昔の罪だつたなどと僕は決して思はないね。さういふ西洋文学から人間に対する興味といふものが湧いて来て、だんだん年と共に人間といふものが、とにかくこの程度まで解つて来、それで漸く古典の中に非常にしつかり描かれてゐる人間の姿が目に映じて来たんですから……」（二六六頁）と言い、小林秀雄（東京帝大仏文科卒）は「古典に通ずる途は近代性の涯と信ずる処まで歩いて拓けた様に思ふのです」（二六七頁）と述べている。西洋的知性＝近代的知性との真剣な格闘を経由していない素朴な古典礼賛は、むしろ厳しく批判されていたのである。既に第X章でも述べてきたように、自らが他者化されているという自己認識に拠って立つならば、必然的に自己性の根拠-根源が強く自らの内に求められることとなる。不在であるはずの自己の自己性を求めるというパラドクスが自己合理化されえたのは、自己の他者性が忘却されるという近代化の回路が自らの内に組み込まれていたからであった。近代知識人は、「西洋」を最終的な理想型《サクセス・モデル》＝到達目標として絶対化することにより、日本の後進性を意識の上に絶えず浮上させてゆくような回路を自らの内に植えつけることになったが、それゆえ、その反動として、西洋否定の反転＝日本礼賛（＝不在のはずの自己の自己性の肯定）という意識も強く湧き起こってくることとなったのである。明治・大正以来、欧化主義という典型をもって型取られたエリート群は、前近代性‐封建制の残滓を除去し、近代的‐理性的‐自律的主体へと自らを改造させてゆくことを使命としていた。しかしながら、西洋的であることは即ち他への依存を意味し、自立的‐主体的であることから遠ざかってしまうというパラドクスの中に彼らは苦しめられた。自らを教育することができる存在となるためには、つまり西洋的であるためには、反西洋的な道へと進んでゆかざるをえない、という逆理の構造の中で自らの身体を引き裂いてゆかざるをえなかったのである。その裂け目にできた「欠如」こそが、彼らにとっての「日本的なるもの」であった。例えば、思想家、内村鑑三〔一八六一―一九三〇〕（札幌農学校卒、米国・アマースト大学卒〔選科生〕、ハートフォード神学校中退）は、「日本的キリスト教」という、普遍性を志向するはずの「キリスト教」に特殊的な「日本的」なるものを接合させるという、一見矛盾する思想を展開しているのだが、その中で彼はこう述べている――「日本国は独立国である、独立国である以上は其財政に於ては勿論其兵備に於て、其教育に於て其総ての事柄に於て独立でなくてはならない、然るに国民の精神たるべき其基督教丈けが外国人に依頼しなければならぬとならば日本国は其最も深淵なる意味に於て独立国ではないのである、肉躰は独立でも精神に於て依頼する人は奴隷である、制度文物に於ては独立でも宗教に於て依頼する国は亡国である、是を思ふて吾等日本国を愛する日本人にして吾等の宗教の為めに外国人の補助を受くるなどとは到底出来得べき筈のものではない」（「我が理想の基督教」『内村鑑三全集』九、岩波書店、一七六頁〔初出、『聖書之研究』九、一九〇一・五〕）。

やがて近代知識人の眼には、近代＝西欧は原理的にはローカルな相対的価値物でしかないにもかかわらず、「われわれ」の透明な声の世界――本来的な共同体――を腐蝕‐解体しつつ自らを他者化させてゆくものとして映るようになっていた。西欧が普遍的価値の代表者であるように見えたとしても、それは結局、普遍それ自体ではなかった。そのような認識の形成にあたっては、既に西欧の内部に芽生えていた反近代主義的言説の摂取が少なからず作用していたものと思われる。つまり、西洋人自身による反近代＝反西洋という言説を、自らの身体の内に組み込むことによって、日本の知識人は反西洋という西洋人の身振りをも模倣《コピー》し始めたのである。「我等文明なるものは、今や、我々の命数に限りあることを知つてゐる」の一文で始まる、フランスの作家・詩人、ポール・ヴァレリー（一八七一―一九四五）の「精神の危機」（一九一九年）なども一九三〇年（昭和五）には日本で翻訳されていたことが知られるが（河田和子『戦時下の文学と〈日本的なもの〉―横光利一と保田與重郎―』花書院、二〇〇九・三、第三章参照）、その一節にはこうある――「さて、現時は、次の重大な質問を許す状態にある。欧羅巴はあらゆる部門に於いて、その優越を保持せんとしてゐるか。／欧羅巴は事実に於いて斯くあるもの、即ち、亜細亜大陸の眇たる一岬となるであらうか。／或は又、欧羅巴は依然として、斯くの如く見ゆるもの、即ち、地上世界の貴重な部分、地球の珠玉、巨大な体軀の脳髄のままでゐるであらうか」（「精神の危機」第一の手紙、中島健蔵・佐藤正彰訳『ヴァリエテ』白水社、一九三二・一一、二九―三〇頁、傍点原文）。また、三木清（一八九七―一九四五）（京都帝大哲学科卒）が「不安の思想と其の超克」（『改造』一五―六、一九三三・六）を著していることから察せられるように、「日本の知識人にとって、ヨーロッパの危機意識も世界的同時性を持ったものとして意識されていた」のである（前掲、河田書、一四頁）。つまり、日本の知識人は近代主義によって主体化されると同時に反近代主義によっても自らを主体化させていたのである。となれば、そのようなモダニズム批判それ自体が西洋の身振りの模倣《コピー》になってしまうというジレンマを回避することも、もはや不可能になっていた(38)。それゆえ、少なくとも見かけ上、西洋的知性から完全に離脱しているかのような言説のパターン、他のみならず自らをそう信じさせることが可能となる言説のパターンを構築する必要性が出てきたのである。結果、彼らは、自らの知性の中から「西洋」「近代」の一切を剔抉し、「日本的なるもの」をその上位に置くという言説操作を強行に推進させてゆくこととなった。池田勉（一九〇八―二〇〇二〕（広島文理科大学文学科卒）は「明治以後の国文学の生命とした所」の一面が、「近代西欧の自由主義と個人尊重思想を摂取し、これに順応することによつて、文学的個性の発掘を日本文藝の中に試みたこと」にあると約しながら、「そのような仕事は、日本文藝の有する近代的性格といふよりも、近代西欧と共通するような一面を拾ひ上げ、日本文藝の見方や解釈に幾分の多様性を加へ得たかもしれない」し、「その仕事が無駄だつたとは思はない」けれども、「今日に於ける国文学の要請は、もうそんな仕事ではないのである」と決別を宣言する。そして、「近代西欧文学観からの離脱と、日本文藝への回帰、現代文学観の変革、日本文藝観の創造が行はれねばならない。今日の国文学の使命は、一に日本文藝の創造にかかつてゐるのである」と述べる（「国文学の使命について」『文藝文化』四-二、一九四一・二、一七―八頁）。また蓮田善明は「国文学者は国文学史のやうなものを書くとかする場合、西欧の説を参照して科学的になどと仕事をきめてかゝる習慣など早く抛つべきである。対象主義的に日本文学を考へることを第一着手にすると、既にもうそれは西欧の理論主義にひつかゝつてゐるので、すべての見通しがさうなつてきて、実にあらぬ研究にあたら頭脳と精力とを浪費して而も結果として文学の影形も熱情もないことになる。我々は西欧風の表面的な理路の目を惹き易いのに軽く乗ることなく日本文学の事実を見定めなければならない。現状は餘りにその反対である」（「国文学史―国文学者のつとめとして―」『国語と国文学』一九-一〇、一九四二・一〇、一九頁、傍点原文）と述べている。他にも、文藝評論家、河上徹太郎（一九〇二―一九八〇）（東京帝大経済学部卒、同文学部美学科中退）が、岡崎義恵の『日本文藝学』への書評に寄せた文章の中で、「私は近頃西欧的な知性の危機を身にしみて痛感すると共に、日本的なものの中に豊饒な可能性が存在することを直覚するのであるが、此の日本的なものの再発見が現代日本の知性の緊急事ではないかと思ふのである」（「日本文藝学を読んで」『文学』五-二、一九三七・二、一〇八頁）と述べ、風巻景次郎（東京帝大国文科卒）が「日本的といふ事は、実はすべての貧困な西洋模倣の主知的な立場を捨てる事の宣言である」（「短歌史は何処へ（一）」『水甕』、一九二七・五、二七頁）などと述べているのだが、「日本的なるもの」の価値化とは、結局のところ、「西欧的知性」との比較考量から分析的に抽出されるようなものであったのではなく、単に〝自分は西洋人の劣化コピーに過ぎないのではないか〟という自己嫌悪‐コンプレックスへの否定欲動から生じたものに過ぎなかったのではないかとさえ思われるのである。(39) その目的は西洋の超克による自己性の肯定的回復それ自体であって、「日本的なるもの」の具体性は原理上、事後的に検証されるものでしかなかった。極端に言えば、西洋化から脱却できさえすれば（自己の自己性さえ確保されていれば）、「日本的なるもの」の内実やその根拠などはある意味ではどうでもよかったのだとも言える。

国文学者のルサンチマン

藤田徳太郎（一九〇一―一九四五）（東京帝大国文科卒）は、一九三九年（昭和一四）四月に著した文章「国文学界の現状批判」（『文藝文化』二‐四）の中で、かつて大正から昭和にかけてのある時期、国文学界が「狭い殻の中に閉ぢ籠つてゐた時代」、外国文藝崇拝の風潮があり、当時、「日本の古典を語る者は侮蔑の眼を以て見られ、外国文藝に通じてゐる者だけが、何かすぐれた頭脳の持主のやうにもてはやされ」、「国文学者などは、文藝に携はつてゐる人々も、一般の社会も相手にしなかつた」とその不遇を回顧している。しかしそのような状況が俄かに一転し、古典に衆目が集まるようになると、「わが国家を、わが国の社会を、よりよくするのは、国文学者自身に今まさに与へられてゐる最も大きい任務ではないか」と述べ、さらに一九四一年（昭和一六）に著した「国文学の使命」と題する文章の中では、「わが国の文化の中枢は何でなければならないか。これが、わが国の文化人と称されるすべての人々にはわかつてゐないやうに思ふ。さうして、文化の地盤としての伝統の権威に対して鈍感な生活をしながら、新文化の創造といふ空虚な叫びが、しきりに叫び続けられてゐる。／国文学の使命は、かうした現代の文化の危機に際して痛切に体感せられなければならない。……国文学こそは、わが国の文化の中枢たらざるべからざるものであり、新文化の創造も、この基底の上に構築せられなければならないものである」（『文藝文化』四‐一一、一九四一・一二、一〇頁）とこれまでの鬱積した憤懣を晴らすかのように、自らに課された使命の大きさを宣言している。また、藤田は現代人の知性が西洋（フランス）の文化的植民地と化している状況を「危機」と評して「古典」回帰を訴え、アメリカの日系二世が、言語・思想・精神もアメリカ化してしまうのと同様に、「現代人の教養と称せられるものは、かうした外国人的な精神に変へられ、外国人的な思想を植ゑつけられたもの」となっていると難ずる（一〇頁）。そして、「満州や支那に長くゐる日本人の精神」もまた現地化しているため、時々は内地に引き上げさせて、「精神の洗濯」を行わせる必要があるとまでいう（九頁）。その上で、「新文化の創造に当つて、国文学が、その民族文化の基盤とならなければならない」、そして「この場合、国文学とは、……古典文学の体験そのものをいふのである。従つて、当来の民族文化は、この古典文学から出発し、この根柢の上に立たなければならないのである」（一一頁）と主張するに至る。

さらに藤田は、国語学者、山田孝雄《よしお》（一八七三―一九五八）（富山県尋常中学校中退）の『国学の本義』（畝傍書房、一九四二・一二）の中に「実に明治以来の国学の侮辱軽蔑は国体の研究をなすものを侮辱軽蔑する所以であつて、自分などは明かにこの侮辱を蒙つた経験をもつてゐる」（一四四頁）という一文があるのを承けて、「かういふ先駆的な著者の体験に対して、敬意を表する。私どもが今日において、国学を主張し、国体のことを云ふのは、実は容易なのである。それが今よりも一層困難であつたのは十年も又はそれよりも前の事であつたから、その頃の山田博士の苦闘の体験を思へば、私どもの言何ぞ容易なるの感を抱かざるを得ないのである」と述べる（「今日の国学の精神―山田孝雄博士の「国学の本義」を機縁として―」『文藝文化』五‐一、一九四二・一、四三頁）[40]。その上で、藤田は「今日の古典学者、国学の研究者は、西洋的知性によつて、知的満足のために、古典を研究してゐるのであるから、決して国学者といふことの出来ないものが大部分である。……今日の国文学者の腐敗と堕落はここにある」（『新国学論』大同印書館、一九四一・一〇、六四頁）、「私と同時代の西洋の学問にむしばまれた学者たちを、私は相手にしないつもりでゐる」（「今日の国学の精神―山田孝雄博士の「国学の本義」を機縁として―」『文藝文化』前掲、四四頁）と、未だに西洋的知性を捨てきれていないでいる国文学者を非難する。

　また、同じ頃に書かれた長連恒《ちょうつらつね》（一八七二―？）（帝大国文科卒）の文章には、「唯無意識に外国文学にならひ、遂には日本人である事を忘れるやうな者が出ないとも限らない。そんな事があつては、実にとんでもない事と云はねばならない。日本文学はどこまでも、日本人の思想・感情を基礎として、日本人を養成する心掛がなくてはならないと思ふ。それが日本文学の使命であると云はねばなるまい」（『古典研究』五-一四、一九四〇・一二、四七頁）とあるが、これなども当時の典型的な排外主義的言説の一つに数えられる。

　エリートでありながらも、エリート中のエリートから蔑まれた記憶がルサンチマンとなり爆発した。周囲の蔑みの眼に曝されて跼蹐していた国文学者の反撃が始まったのである。加藤順三（一八八五―？）（京都帝大文学部選科卒）が「現在一部で外国文学が排斥せられてゐるのは、従来の文学者が価値の重点を外国文学に置き、自国の文学を軽視した当然の酬いである」（「日本文学はどこへゆく」『古典研究』五-一四、一九四〇・一二、四二頁）と述べているように、「日本的なるもの」の礼賛、古典の礼賛、そしてその結果としての外国文学の排斥は、国文学を軽視した外国文学（者）に対する、或いはそれらをのみ専ら価値あるものとして迎えていた社会に対する「当然の酬い」として情緒的に噴出してきたものであった。

　自らに過大な任務を課した文学者は藤田のみではなかった。既に前掲したように、小説家・歌人、中河與一は「今日は世界を指導するものとしての日本の原理が要求せられてゐる。ヨーロツパ体系を征服するものとしての日本的発想法が要求せられてゐる。……／然もこれを確立するものは古典への沈潜によつて行はれるより以外にはないのである。古典を見なほすといふ以外にはありやうがないのである」（『文藝文化』二-一、一九三九・一、「文学伝統の問題」項、三五頁）と述べ、さらに国文学者、新屋《しんや》敷幸繁《しきこうはん》（一八九九―一九八五）（沖縄県師範学校卒）の「国文学の再編成」にはこうある――「国文学者はもうたゞの国文の学者にとゞまるべきでない。国の文学者、日本の文学者、つまり日本文学者でなければならぬ。文学の立場から日本の全文化を理解し、構成し、表現し、主張して、国民をふまへて立つ日本文学の研究を打ち建てるやうにしたい。国文学の資料は古書の中にばかりあるのではない。資料を生み出すといふことも必要である。／国文学者が政治家、実業家、生産者、教育家、軍人、科学者、文学作家におとらない世界構想を持つやうに努力しなければならない」（『文藝文化』三―九、一九四〇・九、二五頁、傍点原文）、「進んで日本国民を編成して行く努力をしなければならない」（同上、二七頁）。同じく国文学者、小池藤五郎（一八九五―一九八二）（東京帝大国文科卒）は「日本人が、明治維新を契機として旧套政策から世界の広大な舞台へ解放された時、一様に驚愕したのは、欧米文化・欧米文学の絢爛たる姿であつた。実際に或時期にあつては、又、或種の人々にとつては、国文学は殆ど無価値の如くに考へられもした。其の遺風は一転して、英米文学尊重、日本文学卑下の態度に変じた。この態度は日本国の上下を風靡した観があつた。……読者はもとより、作家自身さへも、日本文学は英米文学の糟粕を啜るものの如くに考へもした」（「大東亜文藝と国文学」『国文学 解釈と鑑賞』七―六、一九四二・六、一二八―九頁）と当時の状況を整理している。続けて国語教育が軽視されている状況を指摘し、外国語教育に従事する人が人事的に厚遇を受けており、実体験として、あるドイツ語教師がその知人の一人について「○○君の様な良い頭で、国文などをやつたのが変だよ」と言っているのを耳にし、また外国語専攻の某校長が「国語などは誰にでも教へられる」と言っているのを聞いて、「最も理解あるべき教育者の間で、自国語教育に対する態度、自国の文学に対し古典に対する態度がこの状態である」と不満を述べている（一二九頁）。

そして竟には「根本理念として、国文学の外に文学はないといふことをハツキリさせねばならぬ。国文学の外に何か文学といふものが存在するが如き通念があるから、国文学はいつも退嬰的な地位におかれて来たのだと思ふ」

（百田宗治〔一八九三―一九五五〕「大東亜戦争を機会に国文学は如何あるべきか」項『国文学 解釈と鑑賞』七―六、一九四二・六、一六二頁）という極論も生まれるに至った。西洋の文学理論に基づいて自らの研究者としてのアイデンティティーを構築してきた岡崎義恵（東京帝大国文科卒）でさえも、『美の伝統』（弘文堂書房、一九四〇・九）の「序」の中で「嘗ては私も西洋美学から学んだ優美・崇高・悲壮・フモールなどといふ美的範疇を、直ちに日本へも当てはめようとあせつた事もある。併し今は寧ろ「あはれ」や「をかし」や「さび」や「幽玄」や「とほしろし」などといふ日本的なものの進出によつて、普遍的な美の体系が新しい体制を採るやうにと希はざるを得なくなつた」などと述べている。

とは言え、戦前の国文学研究が、反西洋一辺倒へと傾斜していったわけではなく、相変わらず西洋の理論を用いた研究は続行されていた（だからこそ大きな反動が起こったとも言える）。吉田精一（東京帝大国文科卒）の以下の文章は、学界内部の反西洋―反理論への反発を示している――「徒らに西洋もしくは西洋風の研究、いひかへれば徹底的に理論的に追求する態度を排して、国文学内に日本独自の研究法を樹立しようとするのも、まだまだ早すぎる感を私などはもつ。／一体西洋の組織的な学風や研究態度、もしくは研究成果を採用せず、示唆されずして、国文学やその隣接科学の研究は、まだ為され得ないのではないか。……我々はまだ世界の一流研究に数へられるほどのものを、国文学方面に於てもたないのである。／それにもかかはらず、西洋風の理論的研究に対すると、その方法態度を十分の理《ママ》解せず見当違ひの批評を浴せるのはよくないことだ」（『文藝文化』四―二、一九四一・二）。

このような国文学界の状況を終戦／敗戦はどう変えたか。まず相対的に「古典」の価値を低下させた。「はたして戦後の教科書は、まったく大はばに古典文学を削除し、近代文学および言語教材によってとってかわられた」（永積安明「古典文学の戦後十年」『文学』二三―八、一九五五・八、九頁）。そして反動として近代主義者が台頭してきた。池田亀鑑（東京帝大国文科卒）は、一九五五年（昭和三〇）、「最近国文学界にあらはれた著しい現象の一つに、近代文学研究の流行化といふ事実がある」（「近代文学研究の流行化について」『国語と国文学』三二‐六、一九五五・六）と述べつつ基本的にはこの傾向を肯定的な基調の中に捉えているが、文章中こうも指摘している――「戦後は教育の制度が改められ、教科書が新しく編纂され、近代的な材料が盛んにとり入れられるやうになつた。即ち国民生活が挙げて近代文学重視の色調に塗りかへられたのである。中には――しかしこれは非常に稀な例であらうが――敗戦の結果、日本的なもの伝統的なものを蔑視し、横文字のものなら無条件にこれをよしとして盲従雷同する、もつとも卑屈にして唾棄すべきものもなかつたとは言ひきれない」（四頁）。このように、あたかも一九三〇年代の「古典」礼賛時代に見られた反西洋的言説が部分的に回帰してくるような兆しが、戦後十年の経過したこの頃には再び見られるようになっていたのである（一方で池田は、西洋の文藝理論書を読むことも忘れてはいなかった。前年に発表した論文「文学の具体的な研究法―作品・作家に就いての調査研究―」（『国文学　解釈と鑑賞』一九‐七、一九五四・七）の中で、「ここ一、二年の間」に接した西洋の方法論的な理論書として、「ゲオルグ・ルカーチの「藝術論」や「リアリズム藝術の基礎」」、「ヴェ・エルミーロフの「チェーホフ研究」」、「三十年も昔に驚異の目を見はつて読んだリチャード・モウルトンの「文学の近代的研究」や、ギュスターヴ・リュドレーの「近代フランス文学における文藝批評と文学史の技術」や、ドラゴミレスクの「文藝科学」」等の書目を挙げている）。ちなみに戦後、アメリカによって植民地化されているという自己認識が左派系知識人の中に形成され、それが民族の統合という欲望となって噴出し、古典の再評価へと繋がっていったという歴史的展開については本書冒頭の「方法序説」第6節において既に述べた通りである。

第X章で示したように、いかなる人であれ、自己の自己性を盲信している限り、遅れてやって来たものを、自己性を汚染する夾雑物として外部へ追放しようという試みを際限なく反復することになる。近代主義は、前近代性を追放して理性的主体、理性的国家という透明にして純粋な空間を建設しようと試みてゆくこととなったが、一方で、ロマン主義は、西洋という内なる他者を排除することによって、理想郷としての透明・純粋な古代を未来において建設することを夢想するようにもなっていた。しかし、そのいずれもが、自己の自己性を自明の前提に据えているという点で、決して異なる思考回路の中に置かれているわけではなかった。古典文学研究の方向性もまたその一方だけを向いていたわけではなかった。古典の中に近代性‐個性を発見してくることを使命とするものもあれば、個性の欠如＝前近代性を、民衆性‐民族性へと読み替えて賞賛することもあった。しかし、いずれにせよ、自己の裂け目を、主体性によって埋めるか共同性よって埋めるかの違いでしかなく、いずれも〈他者〉の隠蔽を異なるヴァリエーションで変奏しているに過ぎないという点で大きな違いはなかった。実際のところ、近代主義と反近代主義は同根の思想と言うべきものであったのである。

自己を超越するものを求めて

本章で確認しようとした事柄の一つは、古典或いは古典文学研究という制度が、理性的主体を立ち上げるための一つの装置として配備されたものではなかったか、ということであった。そしてその理性的主体を製造する装置として大学（アカデミズム）が機能してきたことを指摘してきた。いまここでそれに続けて近代日本における「大学」制度の整備の概況を歴史的に回顧しておくならば、以下の事柄が重要なポイントとなる。すなわち、帝国大学がその創設当時、「実学」を志向する機関であったこと、その中にあって、文学部は例外的に非実学的＝虚学の担い手であるからこそ、より高邁で深遠な真理探究の空間として意味づけられることとなった、ということである。

帝国大学は、ドイツの大学システムを模倣したものと言われるが、実際にはそこに実学志向という〝翻訳的適応〟があったとされる。官立の帝国大学は、基本的に官吏養成機関、或いは工学系技術者・法律家・医者といった専門的職業者の育成機関であって、教養＝自己形成《ビルドゥング》という大学の基礎理念を導入したものではなかった。中山茂『帝国大学の誕生―国際比較の中での東大―』（中央公論新社、一九七八・一）が述べているように、帝国大学（の少なくとも初期）はドイツの「自由な」大学制度――学内には（学位試験を除き）試験も成績も学年も在学年限も卒業もなく、それゆえ学生は良い教師を求めて諸大学間を移動することができ、優秀な教師・研究者は引き抜かれてよりよい条件の大学に移ってゆく（反対に同一学内での昇格は原則上禁止されていた）といったような競争原理の確保された学問の場――を模したものではなく（そもそも国内に一箇所しかない帝国大学にはシステム上導入は不可能であったが）、（富国強兵策の一環としての）国家による官僚・テクノクラートの効率的養成という発想と制度を模したものでしかなかった。つまり、決して一国を代表する学問の府であろうとしたわけではなかったのである。また、竹内洋『教養主義の没落―変わりゆくエリート学生文化―』（中央公論新社、二〇〇三・七）が指摘するように、教養主義の主な担い手であったのは、旧制高校であって、帝国大学ではなかったが、帝大にあって文学部はその例外的存在であった。「史・哲・文（歴史・哲学・文学）から構成される（帝大）文学部こそ、教養の奥義である古典・正典を定義し、解釈し、伝達する、聖なる、正統なる学部だった。教養主義の本堂を旧制高校とすれば、帝大文学部は、その奥の院ともいうべき場だったのである」（八六頁）。その中にあって、教養主義に育成（翻弄）された一部のエリートは、文学という虚学に人生の意味を見出すようになっていた。一九一三年（大正二）に発行された東京帝大案内本、『赤門生活』（南北社）には、文科（文学部）の学生について「世外に超然として、学問それ自身のために学問をやつてる《ママ》」（七二頁）と述べられ、また「文科の連中は、いつでも自分をえらいものだと思つてゐる。その証拠には、法科のやつは外面的だとそしるし、医科と工科とはまるで金の盲者《ママ》のやうに悪くいはれるし、それで理科の男はあたまが悪いもんだからファインなことは考へられないんだと罵って居る」（九〇頁）とある。竹内洋の要約を借りれば、「文学部生にとって経済資本の期待収益が少なくなるぶん、文化教養への投資の思い入れが強くなる。文学部生の矜持は、自分たちはパンのために学問を学んでいるのではないという自負を増大させた」のである（『教養主義の没落』、九七頁）。

文学という不可解な現象に惑溺した若者たちは、それが不可解な空白であるという理由によって、そこに正統的価値を作り出す動機を見出すことができたのである。換言すれば、その価値が見出しにくいものであればあるほど、現実的実用性から遊離していればいるほど、非功利性として価値化されえたのである（ただし、その時、その普遍的価値が素朴に信じられていなければならないが）。その思想的背景には、明治の功利的な立身出世主義を否定し、人生の何たるかに煩悶することを、より崇高な実践と考えるような大正生命主義の風潮があった（そのような風潮の出現には、当時の学歴価値の低下と大卒者の就職難という要因が関与していたとも言われる。アール・キンモンス／広田照幸・加藤潤・吉田文・伊藤彰浩・高橋一郎訳『立身出世の社会史』玉川大学出版部、一九九五・一、（原著、一九八一））。そして、一九〇三年（明治三六）五月、「万有の真相は唯一言にして悉《つく》す、曰く、「不可解」。我この恨を懐いて煩悶、終に死を決するに至る」という遺書（「巌頭之感」）を華厳の滝の傍らの大木に刻んで投身自殺したエリート青年（当時旧制一高生）、藤村操《みさお》（一八八六―一九〇三）の一件が当時の新聞・雑誌等のメディアにおいてセンセーショナルに報道されたが、その死の衝撃以上に衝撃を与えたのは、藤村の死後五年間で華厳の滝から同じように投身自殺を図った追随者が一〇〇名を超えたという事実であった（大半は未遂だったが、既遂者も四〇名を数えた）[41]。このようなかたちで「煩悶青年」の存在が社会問題化したところに当時のエリート青年の哲学・宗教への傾倒の深さが窺われるのだが、そのようなエリート青年の思想的な受け皿となったのが、西田幾多郎をはじめとする京都学派の哲学であり、内村鑑三の無教会キリスト教であり（赤江達也『「紙上の教会」と日本近代―無教会キリスト教の歴史社会学―』岩波書店、二〇一三・六）、（やや遅れて）マルクス主義であった（大塚久雄は、一九三〇年頃の当時を回顧して「マルクス主義は、科学によってその真理性を保証された社会思想というかたちで青年層に滲透し、まさしく日の出のいきおいの感があった」と述べている。大塚久雄「矢内原先生における信仰と社会科学」『矢内原忠雄全集 月報16』岩波書店、一九六四・六、傍点原文）。

しかして、（古典）文学研究者もまた、文学を科学的に処理しなければならないという不可能な命題に煩悶する存在であった。古典は、それ以上の説明が不可能なもの、論理を空転させるものとして価値化された。実証主義は、無思想の主観の発露を導いたが、その無思想性ゆえに、時代の空気に適合したものを何でも入れることができた。古典は「日本人」製造装置として大いに利用され、擬制的《フィクショナル》な次元で「日本」を構築するものとして認められていた。一方で、京都学派の「無の場所」の論理に見られるように、「日本」は空虚な充溢とされたが、それは超地域的《トランスローカル》-超歴史的《トランスヒストリカル》なものとして実体化され、外部への膨張を正当化する論理形式として利用されることにもなった。

近代化＝西洋化によって「家郷」が失われたという認識の上に立てば、近代の超克とは、哲学者、下村寅太郎（一九〇二―一九九五）が言うように、西洋という他者への抵抗ではなく、自己という主体の否定として思考されることになる。「現代の我々に於てヨーロッパは既に単なる他者ではない。我々の先人や我々も事実上近代の西洋を身に着けることに努力し、それに於て成長してきた」、「近代とは我々自身であり、近代の超克とは我々自身の超克である」（「近代の超克の方向」『近代の超克』冨山房、一九七九・一一、一一二―三頁（初出、創元社、一九四三・七））。

さらに、西谷啓治（一九〇〇―一九九〇）（仏教・宗教哲学研究）の「「近代の超克」私論」のロジックに従えば、対象化不可能な自己（「主体的無」の立場）に対する自覚としてそれは展開されることとなった。自己否定は、滅私という（西谷が言うところの）倫理的態度となるが、その先で肯定される現実とは「吾吾は一個の国民として生活してゐる。然も国家は個人の恣意的な自由を抑圧せねばならぬ」（『近代の超克』冨山房、一九七九・一一、二六頁（初出、『文学界』、一九四二・九））という極めて恣意的な規定に凭れかかるものであった。そして、国家としての私の否定によって国家的即世界的という一つの等式が肯定されることになるのだが、それが国家否定とはならずに「日本が指導的国家としての権威を自らに主張し得るといふ自己肯定に立つ」（三七頁）として主張されえたのは、西谷にとって国家間共同性の原理が私欲を離れており、また西洋の宗教が限界を有するのに対し、東洋的な主体的無の宗教こそが世界倫理に触れうるものだと理解されていたからである。絶対否定が絶対肯定へと「転じ得る」と考えたところに西谷の陥穽があるのだが、彼にとっては自己肯定と自己否定とはきわめて恣意的に操作される両極であった。なぜならその場合の「自己」とは絶対的な「無」であり、そうであるがゆえにそれは何でも入りうる「有」となりえたからである。そして、彼の論理の正当性を支えていたのは、日本国民が倫理的であるという（明確な根拠を持たない、願望を帯びた）素朴な信憑[42]と、この当時広く見られた〝A即B〟〝AB一如〟という相反するものが超越的な〈無〉に収斂されることよって等式化されるという非論理的論理の言説形式であった。

後に、丸山眞男（一九一四―一九九六）は「異なったものを思想的に接合することを合理化するロジックとしてしばしば流通したのは、周知のように何々即何々、あるいは何々一如という仏教哲学の俗流化した適用であった。ところがこのように、あらゆる哲学・宗教・学問を――相互に原理的に矛盾するものまで――「無限抱擁」してこれを精神的経歴のなかに「平和共存」させる思想的「寛容」の伝統にとって唯一の異質的なるものは、まさにそうした精神的雑居性の原理的否認を要請し、世界経験の論理的および価値的な整序を内面的に強制する思想であった」（『日本の思想』、岩波書店、一九六一・一一、一四頁、傍点原文）と批判しているのだが、例えば、第二次近衛内閣、東条内閣で文部大臣を務めた生理学者、橋田邦彦（一八八二―一九四五）（東京帝大医科大学医学科卒、旧制一高校長などを務めた後、文部相就任。戦後、A級戦犯に指定されたが、審理を待たずに自害）には顕著にその傾向が見られる。著作は多くはないが、『全体と全機』（目黒書店、一九四一・九）、『科学する心』（教学局、一九四〇・一〇）などの講演録がある他、国文の教科書に「自他一如」「求道」などのエッセイが収録されるなど、教育界に大きな影響力を持った。また、『正法眼蔵釈意』全四巻（山喜房仏書林、一九三九・一二―一九五〇・三）の著作があることからも知られるように、彼の知的基盤は明らかに仏教言説を援用して作られたものであった。著作の幾つかを窺えば、内容的にはとにかく「人生即自然」「自他一如」など「即」と「一如」のオンパレード、論理を無視したトートロジーの連続という特徴が見られる。例えば『全体と全機』では（六八頁以下）、「生きて居るものは単に環境に対して適応するだけでなくして、逆に自己に適応する如く環境を造る」という生物と環境の相互作用を説く段において、「自己と環境は決して切り離すことが出来ないものであり」、「この意味に於いて生きて居るものと環境は一如」であるという短絡に訴え、それを「内外一如」「人生即自然」などと要約するのだが、環境を「日本」として捉えることによって、「吾々は唯人であるといふことを識つて満足すべきではな」く、「環境日本と一如としての人を把まへなければならない」と主張する。さらに、「吾々が自《み》らを日本人といふのは、唯日本に偶然的に生まれたことだけによるのでは」なく、「日本の本然の相」「真の日本」を把握しなければならないという。そこで目指されるのは「自《み》らなる日本として動く日本」、「自主的日本」であり、「他から律せられることに於て日本は日本であるのではなく、日本が自《み》らを律することに於て日本は日本たり得る」のだと措定される（つまり、日本は、西洋に対して他律的であってはならず、自律的に働かなければならない、ということである）。そして日本人であるならば「自己の全機」を把握しなければならないと唱え、そのために「日本といふことが先づ全機として把まへられなければなら」ず、「全機日本の中に吾々が現実生きて居ること」に問題の処在を見出す。「生物の目的は、実は別にはなく自己保存が全機として行はれることが、目的といへば目的」であることから、「日本は日本であることを目的とするもの」であり、「吾々は日本人であるならば、日本人であることが吾々の目的」である、というトートロジカルな説明形式を与える。「その意味に於て前述の通り自己と環境の一如、自他一如といふ建前からして、吾々日本人は「世界」としての日本の、そして日本人としての自己の全機を把握すべき」であると結論づける。そのとき、個々の日本人は環境としての日本と一体化し、さらにその日本は世界と等式化した一体となる。すなわち、自己と世界とが完全に一体化したところにおいて、「真の日本」「自主的日本」の全体的作用が働くというのである。そして「吾々は日本人であり、さうして死ぬときには　天皇陛下の万歳を三唱する吾々であります。そこに何があるかといふことを考へて来れば、全機日本の相が歴然としてあるのであります。何も論理的のことを考へる必要はないのでありま す」——論理を超えたところで「日本人」であることが自明の前提《ア・プリオリ》として、また生きる目的として正当化されたのである。

古典の最終原理としての「日本的なるもの」

ところで、「古典」と「日本的なるもの」とを無媒介的に結合させる規定は、今日でも相変わらず見られる言説である[43]。例えば、啓蒙目的で書かれた古典文学関係の一般書の中には以下のようなものもある——「日本人の心が失われている、といわれる時代です。こんな時代に日本人の心をとりもどす最良の方法は、まず日本の古典を読むことです」（『日本古典への誘い一〇〇選 1』東京書籍、二〇〇六・九、一頁）。「古典文学の数々の作品は、今日のわれわれの感覚などと一脈通じあう面があるとともに、一面では発想・表現・価値観などに大きな懸隔を生じている。むしろ、現代においては忘れかけてしまっているだけに、驚嘆すべき過去の文化遺産になっているといってよい。古典文学の魅力は、その忘れかけた豊かさをとり戻せる点にあるであろう」（『古典入門―古文解釈の方法と実際―』筑摩書房、一九九八・五、iii―iv頁）。「日本人の心」「忘れかけた豊かさ」という曖昧な用語にとどまったまま、失ってはならないはずのものが失われつつあるという扇情的な危機の物語形式の中で、その方法としての「古典」の価値が語られる。このように、失われた本来的共同性として古典を表象しつつそこへと回帰してゆくという紋切り型《クリシェ》は、反近代主義的な文脈の中で周期的に反復されてきたものでもあったが、そこに見られるのは、近代啓蒙的な知性（虚偽なるもの）によって破壊された本来的共同性（調和-倫理）を「回復」したいという現世否定的な願望であった。なぜこのような願望が周期的に回帰してくるのか。〝西洋化されている〟という前提が失効すれば、その対立軸としての日本への回帰を叫ぶ必要もなくなってしまうわけだが、だからこそ〝日本人の心が失われている〟という危機意識を煽るような発言を反復することで仮想敵を作り出し、古典の価値を唱え始めるような回路を正常に作動させることができるようになるのである。

しかし、古典を読むことそれ自体に価値を見出すのではなく、何らかの目的を達成するための方法としてそれを位置づけようとしたとき、その方法が唯一無比のものであると証明できるのではない限り、方法は代替可能なものとなってしまう。もし共同体の「絆」を維持するためであると言うなら、何も皆で難解な古典を読まなくても別の方法でもよいのではないか、という疑問に答えられなくなってしまうのだ。そのため、「日本人の心の故郷が古典文学にあることは、誰ひとりとして否定することのできない明確な事実である」（『日本古典文学を読む』和泉書院、二〇〇二・二、iii—iv頁）というように、共同性＝古典という短絡的図式に訴えることによって、目的と方法を同一視し、これに反論を試みることになるのである。

自らの社会的存在意義を、日本というナショナリティ・伝統の維持装置或いは管理者と位置づけるような言説が未だに再生産されていることの意味をどう考えるべきだろうか。無論、これを批判することは難しいことではないのだが、問題は、古典研究者が自らに過大な任務を期待しているところにあるのかもしれない。

戦後、阿部秋生は戦時下の国文学界の様子を回顧しつつ「国学の研究がこの戦時中ほど盛んに世に現はれ、又世に容れられたことはなかつた」としつつも、「その国学研究の流行も、もう少し仔細に振返つてみると、この戦争の後半期に入つた時はすでに衰退の色をみせてゐた」と指摘している。そして、「やゝもすると国学研究ならもう沢山だといつた様な言葉が世人の口の端に上らないでもなかつた」と回顧する。「一旦は時代の寵児ともいふべきであつた国学研究が、戦時中すでに国民から見捨てられ始めてゐたことはどういふことであつたのだらうか」——阿部の考えを約せば、端的に言って国（文）学者の主張が論証的な整合性に欠けていたというものであった。国（文）学者は「日本民族優秀論を更に進んで絶対的なものにする努力をしながら而も十分な資料も論理もつくさ」

ず、ただ「その思想樹立の功を以つて国学者を礼賛することに終始してゐた」だけであつた。どこの民族の神話も解釈において伸縮自在であるため、古典が「日本民族の絶対的優秀性を物語つてゐるかに解釈出来ないものだとも私は断言しない。だがさういふ解釈を正当化するためには、更に尨大な資料と論証の手続きとが必要であり、不用意に立論し、容認することは出来ない。又たとへ古代に於ける日本民族が当時に於ける世界民族の中で最も優れてゐたことが事実であつたとしても、そのことは直ちに今日の日本民族の優秀性を論証することにはならない」と唱える（阿部秋生「自らを戒める言葉」『国語と国文学』二三―三、一九四六・三、四三―四頁）。

また、英文学者の本多顕彰は、一九三八年（昭和一三）の時点でこう言っている――「日本的なものに関する議論が盛んに行はれた頃、それと併行して古典の研究の重要さが説かれたが、今はその声もぱつたり止んでしまつた。あれは単なる掛声にすぎなかつたのだらうか。それともそれは既に実践の時代に入り、人々は黙々と研究に没頭してゐるのであらうか」（「古典と現代文学」『文学』六―一〇、一九三八・一〇、一七三頁）。

このような言表を目にする時、古典礼讃が古典学者の間だけで自己完結していたのではなかったか、という疑いを抱かせさえもするのだが、この時、われわれは一九四六年（昭和二一）という終戦直後の時期において既に、西郷信綱によって次のように述べられていたことも想起しておかなければならない(44)。

これまでの国文学界の思考様式を特徴づけてきた顕著な標識の一つは、日本的なるもの＝国民性といふ形而上学的概念に、文学事象の最後的な説明根拠を求めようとしたことである。万葉集を研究するものも、源氏物語を研究するものも、新古今集を研究するものも、芭蕉を研究するものも、みな、「ますらをぶり」だとか「もののあはれ」「幽玄」「寂び」だとかいふ精神タイプをそれぞれ抽出し、いろいろと学者的あげつらひを施したうへで、さてそれらが日本的なるものであり、国民性の表現でござる、といふ風に説明するのが公式であつた、そしてただそれだけであり、それ以上の何ものをも具体的には殆んど説明してくれようとはしなかつた。（西

郷信綱「日本的といふことに就いての反省―国文学の新しい出発に際して―」『国語と国文学』二三―二、一九四六・三、四七頁）

西郷が言うように、古典の中には幾つかの不透明な概念が存在する。それは本論で見てきたように、〈言語化不可能なもの＝到達不可能なもの〉への切断（間接的接触）の経験によってテクストが編まれていたからだと言えるのだが、近代知は、その不可解さをしばしば「日本」という空虚な記号と無媒介的に結びつけ、それを最終的な説明原理としてきた。それは例えば、「幽玄」は、「日本的なるもの」から生じ、「日本的なるもの」は「幽玄」によって構成されるというような循環論法を形成してみせるだけで、われわれにそれ以上の何かを示してくれるようなものではなかった。一九四三年（昭和一八）に上梓された、国文学者、谷山茂（一九一〇―一九九四）の『幽玄の研究』（教育図書、一九四三・一）はその劈頭、「幽玄といふ語は明らかに支那から移入されたものではあるが、支那の文学論中に或は幽玄体といひ或は幽玄論といふ風体や詩論などがあつたとは、遂に聞かない。即ち、幽玄の説は我が国に於て独創せられたものと言ふべきである」（「序説」、三頁）と記している。そして、その「自序」において「明治以後に書かれた欧米風の国文学史は殆ど悉く書きかへられねばならぬとまで思ひあがつたことも一再にとどまらなかつた。とくに中世の和歌――幽玄の世界が虐待にも等しい不当な取扱を受けてゐることには、全身の疼くやうな義憤を禁じ得なかつた」（五頁）と、反西洋的姿勢が鮮明にされているのだが、国語・国文学者、吉澤義則（一八七六―一九五四）が同書に寄せた「序」には「幽玄は日本精神と異なるものにあらざるなり。……我が国の藝術を論ぜむとするものはいふに及ばず、日本文化の淵源を究めむとするものは、先づ以て歌道に於ける幽玄の意義とその変遷とを明かにせざるべからざるなり」と記されている。しかし、この類の説明のパターンは、西郷が戦後に厳しく批判した後においても、実際のところ大きな変化を見せるものではなかったとも言える。それは例えば、歌論や能楽論に見られる「幽玄」を論じる場合に、その語源が仏教や老荘思想に求められることを指摘しながらも、日本の文藝においては早々にその枠組から離脱し、「日本」独自の概念として歴史的に展開されたという説明形式が一つのパターンとして継続的に使用されていることから窺える。（やや古いところで）典型的な一例をもって示せば、西洋哲学研究者、草薙正夫（一九〇〇―一九九七）の『幽玄美の美学』（塙書房、一九七三・六）は、「この「幽玄」という言葉が示す超越的意味が、われわれ日本民族にとっては、老荘思想におけるそれのように、抽象的な無の概念として、そのままには受けいれられていない」とし、「このことは抽象的＝合理的な理論を、一般的に理論なるもの（ことあげすること）を、好まないで、ものの理解において主として直観に頼るという、日本人の国民性によるものと思われる」と主張している（七〇―一頁）。そしてさらに「日本民族固有の美的感情である「優美」が、仏教思想によって移入された「幽玄」の概念によって制約されることによって、平安朝から始まり、中世以降に至るまでの日本民族の伝統的な藝術精神としての「幽玄美」の理念が形成されるようになった」と説明し（七八頁）、その美意識の由来を、「国土の自然」に求めてゆく。すなわち、「わが国土が四面海に取り囲まれ、水蒸気が多く、しかも高山到るところに屹立して、水蒸気がこれに触れてたちまち雲烟化するため、山岳地帯が雲霧にとざされること多く、しかもたちまちにしてこの雲霧が消散するといった具合に、風光の変幻極まりない」という「日本の風景」が、「おのずから「奥深さ」すなわち幽玄感をもたらし……日本国民固有の美的感情であるあの優美と結びつくことによって「奥深い優美」という自然感情が生まれた」というのである（七八―九頁）。ここで問題なのは、日本の自然風土が「幽玄」概念と結合したと説明する論理の杜撰さではなく、日本の古典籍で使われている「幽玄」概念が、老荘思想や仏教思想から離脱したという初段の理解の仕方である。そこでは老荘思想そのものや仏教思想そのものに対して綿密な検証が施され、その哲学体系に即して概念の点検がなされているわけではない。そこで主張されている仏老との差異はほとんど不問の前提として議論の始発点に置かれているのである。

つまり、「幽玄」とは何か、という問いは、その初段において「日本的幽玄」とは何か、とかたちをかえて問い直されているのである。となれば、その検証の答えが、「日本」に求められるのも必然というべきであるだろう。このような実質的な問いの改変は、制度化された専門細分化状況を根拠として、老荘思想や仏教哲学に関する体系的検証の必要性を無視せしめ、そのような煩瑣な作業をスキップさせることへの正当性（免罪符）を与えることにもなったのだが、それが可能になったのは、不可解な古典の最終的な説明原理を「日本的なるもの」、国民性、民族性に求めたかつての話法が未だどこかで信憑されていたからではないかとも考えられる。他にも国文学プロパーの手に成る幽玄論にしても、「余情・幽玄の美というのは、……創作者・鑑賞者双方の心理的働きに依存することの多い美である。……これらの美意識が、以心伝心とか腹芸といったような言葉が、本来の禅宗の世界や演劇の世界のみならず、日常生活の次元でもしばしば用いられるわれわれ日本人の心性と無関係であるとは思われない。それははっきりと自己主張をすることが苦手で、本来対立すべき物事を曖昧な状態のまま円滑に収めてしまおうとする日本人の傾向と決して無縁とは考えられない」（久保田淳「幽玄とその周辺」『講座日本思想』第5巻、東京大学出版会、一九八四・三、七九—八〇頁）などと「日本人の心性」と一体化されるかたちで「幽玄」が論じられている例が確認される。そのような思考パターンが残存するのは、「日本」は（そして日本の「古典」は）世界の中で独自《ユニーク》な存在である、無比の個性（それ以上分割不可能な原理）を持っているという（検証不要の）疑似宗教的な言説が作動しているからではないかとも思われ、それはいまなお有効に働いているのではないかとさえ思われるのである。

　以上見てきたように、「日本的なるもの」は、何らかの固有のかたちを持った文化形態であるとは考えられていなかった。勿論、それは日本語という特殊性によって表現され、文化儀礼的に意匠化されたものではあったが、その外殻の深層に普遍的な真実性や倫理性が実体的に潜在していると信じられていた。それゆえ、「日本的なるもの」は「無」であるがゆえに、何でも入れることができる空っぽの容器のようなものとして、普遍への入り口であると考えられていた。後に、丸山眞男などによって、この種の、矛盾する思想をも包含してしまうような「精神的雑居性」は批判されることになるのだが（『日本の思想』岩波書店、一九六一・一一）、戦時下にあっては、そのような「日本的なるもの」という特殊性は、普遍性‐世界性と等式化され、さしたる疑問も持たれぬまま広く用いられていたのである。

ちなみに、衣笠正晃「一九三〇年代の国文学研究―いわゆる「文芸学論争」をめぐって―」（『言語と文化』一、二〇〇四・二）は、一九三〇年代における日本文藝学派と歴史社会学派の間に生じた論争を歴史的に点検したものだが、その中でそれぞれを代表する岡崎義恵と近藤忠義とが異なる角度から「中世」を捉えていることを次のように指摘している――「岡崎と近藤において、むろん結果としての肯定・否定という差はあるものの、「中世」という時代が、日本的性格と結びつけられて論じられている。そしてこの「中世的なるもの」は、岡崎の場合は「混融的」、近藤の場合には、内部へ掘り下げられた深いもの、とされることからもわかるように、本質として抽出しうるものであったのではなく、いわば状態ないし構造として――しかもブラックボックスとでも形容すべき、得体の知れなさを持ったものとして――しか、取り出しえないものであった点で、両者に共通しているのである」（二五頁）。さらには、前述したように、そもそも芳賀矢一が「日本の真相」を明らかにすることを国文学の最終目的に位置づけたその時点から、国文学は、〝欠如を作り出す装置〟として一貫していたのだとも言える。古典をモデルとして理想的な「国民」像を措定し（逆に言えば、あってはならない「国民」像を排除し）、日本人製造装置として現在に至るまで長らく機能してきたのである。

これまで重ねて見てきたように、近代化＝西欧化された列島は、そこから外来性‐他者性を削ぎ落とし、真の自己性を発見してくる必要性に迫られた。その結果、行き着いたところは、それ以上、意味され《シニフィエ》たものを持たない意味するもの《シニフィアン》――すなわち、「空」「無」であった。それは極度に抽象化された概念であったために恣意的な解釈を許し、どんなイメージを投影することも可能な恣意的な仮構物となった。ただし、西欧的なものを超越するものは、眼前に展開される〝西洋化された日本的なもの〟ではなく、またただ単に〝ローカルなものとしての日本的なもの〟でもなく、逆に〝非ローカルなもの＝普遍的なものとしての日本的なもの〟でなければならなかった。それゆえ、有限なるものを超越する無限なるもの、「侘び」「寂び」「幽玄」「もののあはれ」……といった端的に不可解な語彙が周到に利用されることになったのである。だからこそそれらを「日本」という辞項と無媒介的に結合させることで、「日本的なるもの」の形成も容易に遂行されることになったのである（禅と親和性が高いのもそのためであるが、禅が自己性の象徴となるには歴史の忘却が必要であった。本書「方法序説」、六四頁以下参照）。

久松潜一は戦時中盛んに古典における「日本精神」「まこと」の価値を喧伝していたが、戦後に発表した「国文学に対する反省と自覚」（『国語と国文学』二三―三、一九四六・三）という文章では、「日本精神は決して排他的孤立的ではなく、調和的抱擁的な精神であり、世界精神と反撥するものではない」、「たゞ日本精神を説くものの間にも行き過ぎがあつたことは認めざるを得ない」（七一頁）などと反省の弁を述べている。結局、それ自体何ものでもないがゆえにあらゆるものと調和することが可能な「日本精神」は、国家主義ともファシズムとも調和することとなったのである。

戦後、再流行した日本への回帰も、〝戦争に国民が総動員されたのは国民一人一人に主体性が欠如していたためだ〟といったような言説パターンに駆動されたものであった。つまり、これ以上国家に騙されないために、国民各員は自律性‐主体性を獲得する必要がある、そしてそのためには、自己の弱さを肯定し、その〝肯定するものとしての自己〟を内部に構築することによって〝自らを教育する者〟という理性的主体の自己現前を図らなければならない、そしてそのような「個人」の確立、「個性」の尊重が、学校教育と近代文学を通して実践されなければならない、と考えられたのである。しかしその過程では、一方で、近代西洋知（遅れて外からやってきた非本来的夾雑物）を批判する反近代主義が日本＝伝統（完全に統一された分割不可能な原初性・自然性・透明性）への回帰を唱え始めることにもなった。とは言え、それにしても結局は、近代的（西洋的＝理性的主体）であろうとしたがゆえに、反近代的（日本的＝古典的）であろうとしたという意味で、近代主義を母胎として生まれたヴァリエーションの一つでしかなかった。

それは主体的＝自律的であるためにはまずもって脱主体的＝他律的でなければならないという、教育-学習の持っている不可避のパラドクスに根ざす問題でもあった。勿論、自律性は、ただ単に他律的であることを回避しさえすれば獲得されるというものではない。それどころか他律性の回避は単なる教育-学習の否定、ディシプリンの欠落した現状肯定に陥らざるを得ない。ゆえに何かを理想的モデルに仕立て、それへの模倣＝学びを通じて自らを他律化させ、そうすることによって徐々に自律的能力を開発してゆくという段階を辿らねばならない。しかし、問題は、そのモデルをどのように立てるか、である。西洋的知性に学ぶのが模倣（＝真似び＝学び）であるのは確かだが、日本の過去のテクストに学ぶのが模倣ではないという認識は、「創られた伝統」によって発生する錯視でしかなかった。だからこそ、当時の彼らには（ア・プリオリなものとしての）「古典」が必要だったのである。古典を〝日本人の心の故郷〟へと改鋳することによって、模倣という視線が消失し、（たとえ個人としては他律的であったとしても、共同体としては、あたかも）主体的＝自律的であるかのように見えてくるからである。

7〈古典-死者の声〉をいかにして聞くか
――逆座の技法――

最後に、古典文学研究が、〈他者〉に対する暴力――研究主体の持っているロジックへの恣意的還元という暴力――を振るうことなく、いかにしてその声を聞くことができるのかというアポリアについて思考を繞らし、本書の結びとしたい。

方法としての視座の反転――自らを他者化すること――

われわれはこれまで〈他者〉を理解するという行為の暴力性と不可避性とを繰り返し強調してきた。そこで〈他者〉を始発点とする理解の可能性について、それを、共同性の構築が根源的に不可能であるという前提に立つことによって初めて可能性が開かれるものとして考えてきた。では、過去を見るわれわれの眼において、近代という立場から前近代へと向けられる不可逆的視線の反転可能性はいったいどのようなかたちで開かれることになるのだろうか。そこでは、自己分裂の反復、すなわち自己に内在する〈他者〉の発見が持続的に要請されることになるのだが、それはとりもなおさず、「我」という場処において〈他者＝死者〉が思考する、という経験であることを意味するものであった。

その可能性は、本書とは全く異なる文脈からではあるが、「他者」に対する過剰な理想化に対して絶えず批判のまなざしを向けてきた文学者、レイ・チョウ（周蕾）〔一九五七―　〕のテクストの中に見出すことができる。ここまでの議論から、以下の文章における「植民者」を「古典文学研究者」に、「ネイティヴ」を「古典」に置き換えて読んでもらいたい。

私がここで考えようとしているのは、植民者の到着よりさきに存在したネイティヴ、つまり「ネイティヴ」と名付けられる以前の存在として、ネイティヴを理解する方法である。西洋のヘゲモニーに則ったモデルでは、植民者がつねに能動的でもっとも重要な「まなざし」として位置づけられ、ネイティヴはそのまなざしによって受動的な「対象」として支配される存在である。こうしたモデルにたいして、私が提唱するのは、ネイティヴのまなざしによって、見られていると感じているのは、現実には植民者の方であるということだ。ネイティヴのこのまなざしは、脅威をもたらすものでも、復讐をめざすものでもない。それは植民者に自分自身の存在を「意識」させる。それは植民者にまなざしの向きを変えることによって自分自身を見つめる必要を覚えさせ、結果として対象としてのネイティヴのなかに自分自身が「投影」されているのを見ることになる。植民者によるこの自己投影によって、植民者は主体（意味と行動の源泉であるところの強力なまなざし）として構築され、ネイティブは植民者の「イメージ」として生産されるのだ、「イメージ」という単語にまつわる悪い意味での「欠如」を付与されて。とすると、ヘーゲルによる人間の「自意識」の物語も、彼が考えていたような西洋男性の至高の到達点を示すものというよりは、ヘーゲルによって未開とされた他者と西洋人との出会いが生み出す予期せぬ不安をめぐる話ということになるだろう。他者と出会ってからの西洋人は、「自己を意識する」ようになった、つまり、自分が「所有する」と信じていた環境のなかで、落ちつかず、居心地の悪い思いをするようになったのである。（レイ・チョウ／本橋哲也訳『ディアスポラの知識人』青土社、一九九八・四〔原著、一九九三〕、八八—九頁）

自己の自己性が完全に消失する臨界点を視野に入れて思考すること。その上で、自らの身体において、〈他者〉が思考することを可能にすること。それは西郷の次のような言述とも呼応することになるだろう——「ある作品は、私にとっての作品というかたちで存する。が、それは私のために存するというのとは、おのずから趣を異にする。私は多くの私と歴史的世界を共有し、彼らと視点を交換しつつ一つの作品を読むのであって、この多くの私、つまり他者を経由せずに、普遍的な真実の読みに達することは不可能である。ここにいう普遍的は、多数者の実際的一致と同義ではない。……それは歩むに従って絶えず定立され再定立さるべき理念である」（『古典の影—批評と学問の切点—』未来社、一九七九・六、一三三—四頁、傍点原文）。「ある対象を一定の歴史的状況のなかで見ているその私の経験は、あくまで私じしんのものでありながら、同時に世界に向って開かれているのであり、他人もまたこの世界を私と共有し、私と視点を交換しつつそれを見る。したがって、一つの意味の分野で、意識的に世界に身を乗り出せば乗り出すほど、私が世界を所有するよりむしろ世界が私を所有する。意味を与えることは意味を受けとることなのだ。かくして私は深読みしかねぬ形而上学的偽善者であるだけなのではなく、真なるものに達しうる根源者でもある」（同上、一四二頁）。

本書は、古典文学研究における理論言語の構築もその企図の一端に含んでいるが、それは古典を何らかの有形的な知の対象として措定しなおすという意味においてではなく、一つの実践として、自己を〈古典〉化＝〈他者〉化するという意味において為されるものである。それは決して古典を自己化することではない。これまで、五山文学のテクストを、それらとは全く無関係と思われるようなテクスト群と結びつけることで議論のコンテクストを拡張し、さまざまなかたちで変装＝変奏される〈他者〉の意匠を本書の中で再演してきたが、本書の記述スタイルに対して、（日本古典文学研究という学律の内部から見て）哲学的に偏重しすぎており、議論の妥当性が判断できないという批判があることも予期される。しかし、哲学的問題を捨象してしまったわれわれのために、禅僧の言葉があるわけではないのだ。哲学的議論についていけるかどうかは、哲学と文学、宗教と文学とを制度的に乖離させてしまった、われわれの問題であって、禅僧の問題ではない。

本書で試みられていることは、〝禅僧はなぜ詩を作ったのか〟という問いを端緒として、詩の産出という出来事がいかにして可能になっていたのかを分析することであった。それはいかなる技術として行為されていたのかを探究することでもあった。本論中に述べたように、詩の産出は、主体消失のプロセスとして行為されていた。知の有限性に触れるテクストを引用すること、その引用―引用―引用―……の連鎖によって、テクストの人称性を消去させることは、自己の自己性を盲信させる機制《プログラム》を停止させることであった。その機制《プログラム》の停止とは、言い換えれば、〈理性的主体〉との合一化のために、古典を奉仕させるのをやめることに他ならない。古典に貫かれることによって、自己は他者の錯綜体へと変身し、異界（テクスト性、愉悦の空間）へと連れて行かれることとなる。それは決して完遂されることのない試みだが、それを本書では、〝自らではないものへの変身〟という意味において「学」と呼ぶこととしたい。

学ぶものであるために

「テクスト＝文」の「学」の実践とは、古典自らに語らせることであり、その変身とは、視座の転換の連鎖である。かつての知識階級にとって（行為としての）古典リテラシーとは、決して生活の中の餘剰技能であったわけではないし、文化的奢侈品であったわけでもない。それは変身の技法を身に付けるための必須の文化装置であり、端的に言えば、自己統治の技術、よりよく生きる技術であった。そして、そのような身体が政治的・文化的・宗教的ヘゲモニーの頂点に位置づけられることで、社会はよりよくなってゆくと信じられていた（というよりも、疑われていなかった。勿論、疑似主体的統治によって＝自らを〈主体〉であると誤認した「主体」による統治によって、社会がより悪くなっていったという反証例は歴史上数限りないが、それ以外の社会制度上の選択肢が存在していなかったことも忘れてはならない）。要約すれば、今日のわれわれが目にしうる禅僧の詩篇の数々は、彼らが人間であることの有限性へと絶えず思索をめぐらしてきた歴史的な一つの結果、効果《かたち》なのだ、ということである。そしてそれは主体を公共化させるための文化装置として長い間、歴史の中に組み込まれてきた。勿論、そのような歴史的制度としての「詩」に対して、主体の公共化作用という機能を現代において期待することなどはもはやできない。それをそのまま移植してきたところで、教育制度そのものが抜本的に書き換えられているからである。ただし、五山文学の、或いは中世文学の持っている射程は、「日本文学」という神話の定型を超えてはるかに大きいのは確かだと言ってよい。

古典テクストには、幾つものペルソナがある。そこには複数の声が交響しており、それゆえ、テクスト網の交通空間となって他と繋がることが可能となっている。眼《パースペクティヴ》の交換によって、自らの〈内なる〉語る技能もまた複数化する。とは言え、研究行為によって、その多元的なペルソナの全てを描き出すことなどはできない。それは古典の〈現在性〉の原理に基づいて不可能である。勿論、個々の作品はわれわれの眼には停止しているように見えるが、テクストそれ自体は動き続けており、古典はいまなお書き継がれている。さらに言えば、標準-模範を自らの内に措定するという実践の系が（自己及び社会に対する）統治と深く関わっていたのだとするならば、その技術は、「現在《いま》」「此処《ここ》」「我《わたし》」においてなお有効であるか、という問いを作り出すものとなるだろう。第Ⅴ・Ⅵ章で述べてきた、「ナリカワリ」とは、〈他者〉の側から、表象の体系（詩歌）を解体-再構築することであった。それは方法論的に無限の入れ子構造となっており、その営みの反復が「学」と呼ばれてきた。視点を反転させ、古典の視法から言説を分析することこそが、古典の思考法であった。もし、〈他者〉の視法によって、内部が解体されることが可能であるのだとすれば、そのとき、研究主体と研究対象とは相互に反転することになるだろう。研究されるのはわれわれである。つまり、古典を研究するのではなく、古典に研究されること。研究が描き出しているのは、対象の真実像なのではなく、研究主体の輪郭＝有限性に他ならない。そしてその有限性が真の意味での有限性、人間であることの臨界点に触れうるものであったとき、初めてその研究行為に〈意義〉が発生するのである。古典という〈他者〉を、自己の自己性の拡張という暴力に訴えるのではなく、自己の自己性への疑念が確固たるものとなる臨界点まで思考することが可能であったとき、それによってわれわれの意識に対して切断＝思考不可能というかたちをとって立ち現れてくるものがあるはずである。そのとき、それこそが古典という制度の中に埋め込まれていた一つの実践の系であることが明らかとなるはずだ。

古典文学研究は、〈過去〉に思いをめぐらす学問であり、〈死者〉について思考する学問である。そして、いま／ここにおいて、〈過去〉が思い、〈死者〉が思考することが可能であった時に初めて、そこに〈他者＝死者の声〉を聞くという瞬間、〈他者＝死者〉との合意《コンセンサス》というべき不可能な瞬間が訪れるのである。ここで言う〈死者〉とは、勿論、特定の名指しうる誰かのことではない。名を与えられた「個人」の群れのことでもない。また名もなき群衆のことでもない。それは意識することも思考することもできない〈何か〉であって、また「何か」でさえない。われわれが「死者」と呼びうるものは、既に死者化された死者、空間化（内的に現前化）された死者でしかない。まずもってわれわれ自身が〈死者〉の視線＝〈死線〉に貫かれ、書く行為の中で死んでみせなければならない。そうすることによって〈死者〉との間の合意《コンセンサス》、〈死者〉との間の民主主義という不可能な可能性が開かれることになるのだ（一般に民主化の範囲は、空間的であって時間的ではない、と考えられており、われわれは死者との間に何らかのかたちで合意を組織しようとの思いを持ってはいない。たとえ、見かけ上、そのような思いがあらわになったとしても、それは、死者は悔しいはずだ、喜んでいるはずだ、などという一方的な想像を合意だと見なすようなものでしかない）。それは、〈死者〉の「内面＝思い」（シニフィエ）を代理-表象することではなく、ただひたすら沈黙して〈死者〉の多重奏（シニフィアン連鎖）を聞くことである（ただし、それは絶対的自己対話であるために、われわれには聞こえない。しかし、『老子』の言う「希言」〔第二三章〕は、天籟―地籟―人籟の連鎖によってわれわれの俗耳に届く）。〈死者〉の群れの声を、ざわめきを聞き分け、それを此岸の線分化された概念系の中で配置-構成しなおすという行為――それこそが、古典文学研究と呼ばれている行為なのではないだろうか。

　われわれはいつから〈死者の声〉を聞かなくなったのか。それは無視しているというよりも、死者の声を聞くという不可能なはずの仕儀があまりにも安易に行われる、という意味で聞いていないのだ。此岸（われわれの生きている世界）との関係性において、〈死者の声〉を儀礼的に配置する制度があまりにも合理的なかたちで整備されるようになったことで、逆説的に非合理な、漠然とした古典礼賛の言説も多く産出されてきた。これまで見てきたように、古典は永遠であるという類の言表が、それをもってその種の古典礼賛者（研究者）の優秀性を説明する原理として利用されてきたのも確かであった。そしてその時、「日本的なるもの」という定義不可能な説明原理が持ち出され、それを「ア・プリオリ」なものと措定することで、探求そのものを停止させ、価値肯定的な概念として記述することに終始することにもなった。そして「宗教」と同型の言説構造によって創られた「日本的なるもの」は、古典をその教典に位置づけつつ、自らの定義不可能性を拠り所として関連する言説の大量生産を促してきた。そのような古典を身体化させた「日本人」は、他を従わせるア・プリオリな資格を有する理性的啓蒙的主体＝指導者である、という非論理的論理を作り上げることにもなった。しかし、このような「文学」「宗教」をア・プリオリなものとして放置してきた歴史は〝終わった〟わけではない。勿論、このように「日本的なるもの」を構築するプロセスに古典が関与してきた過程を暴露したとしても、それは古典を価値否定的なものへと一方的に還元するだけのことであり、なぜ古典を学ぶのかという問いに答えられるようになるわけではない。結局のところ、古典もまた状況が生んだ擬制《フィクション》に過ぎず、これまで何となく社会の中に保存してきたからとりあえずはこれからも保存していこう、という程度の消極的な意味を与えるにとどまらざるを得ない。したがって、研究者もまた、古典というのが大規模なフィクションであると知ったとしても、〝わかってはいるが、やめられない〟というシニシズム的態度で制度に関与してゆくしかないということになる。勿論、古典文学は学ぶ価値も意味もない、という判断は、社会の中で一つの可能的な選択であるには違いない。しかしながら、古典は学ばれてきた、という事実性について改めて沈思してみることが重要なのではないだろうか。古典を、現代のわれわれには〝不必要な、時代遅れの教養〟でしかないと拙速に退けてしまうのではなく、また、何の根拠も示さずにその〝素晴らしさ〟を礼讃するのでもなく、なぜ古典は学ばれてきたのか、なぜ古典は古典として社会の中に埋め込まれてきたのか、それにはどのような社会的機能があると考えられてきたのか、そのことを考えた上で、現代のわれわれにとって古典を学ぶ意味や価値があるのかを改めて考えてみるべきではないだろうか。

〈過去＝到来せぬもの〉の声をいかに聞き、〈未来＝到来せぬもの〉への責任にいかに応えるか

とは言え、古典は誰もが学ぶべきである、或いは誰にでも開かれている、などと言うつもりもない。それが仮に「日本文学」という制度の保守に関わる問題であったとしても、少なくとも「日本人である」というその条件だけで議論に参加する義務が発生するわけでも、権限が認められるわけでもない（同時に「外国人である」という理由だけで排除される理由もない）[45]。古典を学ぶことは、多くの古典文学研究者にとっては、ア・プリオリに価値を持つものであると考えられているために（自らの行為に全く社会的意味も価値もないと強く信じている研究者はおそらくいないのではないだろうか。そのような人がいるのだとすれば、そもそもその人は論文など書かないだろう）、その意義は常に事後的に探求されることになる。しかし、言うまでもなく、高校生にとって、物理学者にとって、郵便局員にとって、隣の家族にとって、外国人にとって、少なくともそれらの一部の人々にとって、日本の古典はア・プリオリに価値肯定的なものではない。少なくとも確かなのは、そのような人々に、「日本人の心」を「回復」するために「古典」を読もうと訴えたとしても、そのようなロジックに説得されるような人はおそらくいないだろう、ということだ。

文学は自らの内に淘汰システムを組み込んでいる。古典はそれをくぐり抜けてきた。だから、今後もそれを継承してゆくべきだとか、捨ててはならないということではなく、少なくとも、そのことの意味をじっくりと考えてみる必要があるということである。だからこそ、そのために〈他者性〉を手放さぬように読む工夫が必要となってくると思われるのだ。

古典をなぜ学ばなければならないのか。現今の趨勢を見る限り、古典はやがて伝統藝能や古建築のごとく、保護-保存の対象として、古いことのみをもって価値化されるものとなりゆくのかもしれない。テクストがわれわれにとっていかなる〈現働力《アクチュアリティ》〉をも持ち得ぬものであるなら、それはやむを得ぬどころか、むしろそうすべきでさえあ

るだろう。本書で示そうとしたことの一つは、なぜ「学び」が起こるのか、どうすれば人は「学ぶ」のか、そして逆に、人はなぜ「学ぶ」ことをやめてしまうのか、ということであったが、「学び」（変身）が人の生物としての発生と共に開始されるものであるのだとすれば、問題の核心は、「学び」はどうして起こるのか、ということより、人はなぜ学ぶことを止めてしまうのか、という点にこそ求められるべきであるだろう。われわれが学ぶ（＝変身する）ことが可能なのは、本論中で述べたように、われわれが不可避的に無能な存在、苦しむ存在であるからである。しかし、何らかの能力が「我」に所有されているという錯覚に支配されてしまったとき、「我」は原理的に排他的に空間を構成する存在者となるため、その膨張は喰うか喰われるかの係争に逢着することとなる。それゆえ人は差異に対して不寛容になる。社会という不条理な空間に放り込まれて生きてゆくことの困難さに対処するには、事前に自らのロジック‐パースペクティヴを絶対化しないような訓練が必要となる。人文社会系の諸科学はそのための訓練の場であると言ってもよいが、自らとは異なるものと共に生きてゆくことを受け容れる覚悟があるのならば、「大学」という人格育成の場は、単に諸種の実用的技能を開発‐養成することのみを志向するのではなく、世界の不条理さに耐えうるような力を養成することも同時に志向せねばならないのではないだろうか。

その意味において、本論中で示される「学び」は、〈他者〉との触発、〈他者〉の自己への変身の謂いとして、不条理な社会を生きぬく力を開発するものとなる。ただしその場合の「学び」とは、決して既存の知識体系・価値規範・言語構造の上書きを志向するようなものではない。その過程では自ずから〈考えること＝分別＝分節化〉——即ち〈思考不可能な他者〉の到来——が要請されることになるからである。「文学」は、諸主体を〈思考〉へと導くことによってそれぞれの存在論的構造の可動閾を現働化させるよう機能する。勿論、そのような〈思考〉を可能にするためには、従来的な既成の構造を「掌握」＝記憶するという作業の蓄積もまた必要とされる。つまり、〈考える〉という他者的な営為に反する行為を反復的に実践した涯に、それは到来するものであって、〈考える〉段階に到るまでには明確に階梯――永久に最上層に到達することのない梯子――が存在することも忘れてはならない。言語を単に道具として見るような視座、（キャッチボールに比喩されるような）移転メタファーのコミュニケーションモデルに安住した視座の中では、「文学」による〈考える〉営為の到来という出来事は軽視されることになるだろう。しかし、言語がわれわれの考えているよりも深いところで人間であることの可能性を閉ざすものでありつつ開くものであることを思い起こすならば、われわれは言語の可動閾を、そして人間であることの可動閾をいかに拡張しうるのかを深刻に問い続けなければならないだろう。言語というシステムに盲従し、それに使役される「家畜」となるか、それを使役する〈主体〉となるかの分岐点に生存の場を見出すことがその問いに対する一つの応答となるだろう。

古典文学研究が過去の声を聞く学問であるのだとするならば、そのような「学問」に対する責任には、「未来」という、〈到来せぬもの〉に対する責任をいかに負うかという問題もまたその内に含み持つものとなるだろう。というのは、われわれが、われわれに先立つ何らかの探求者の声を聞こうとするのは、彼らが結果としてわれわれに呼びかけていたからであって（本書の文脈に沿ってそれを言い換えれば、われわれが古典を読むのは、古典が「未来」に対して呼びかけていた一つの結果としてそうなのであって）、われわれに対して十分に責任を負っていたからであるのだ。そしてまた、ある言葉が古典として未来に対して責任を持ち得るとするならば、それは、過去に対する責任を十分に負っていたからでもあるだろう。古典は〈到来せぬもの〉としての〈死者〉の声を絶えず聞き続けてきた。〈過去＝到来せぬもの〉に応えたからこそ、〈未来＝到来せぬもの〉へ呼びかけることができたのだ。

ならば、われわれの研究行為は、共時的な研究者共同体或いは社会に対してのみ責任を負っているのだ、と考えてもよいのだろうか。それは「学問」の持つ／に対する唯一の責任なのだろうか。禅僧の著作を見ても、それらは、特定の誰かに対して語っていたわけではなかった。禅僧は、個々の発話を見れば、場に埋め込まれた眼前の対話者に向けてだけ語っている。その意味では、発話の対象は、全く抽象化されない、具体的な存在として認められる。しかしながらその一方で、AはAであると言いながら、同時にAはAではないと言うその逆理の手法が理法化されていることを考慮したとき、世界の意味を決定不能な宙づり状態に置き続けることによって、その語りは特定の場から遊離し、その語りそのものが自由に浮遊してゆくことになる。だからこそその言葉は遠くまで届くことになったのだ（そして、その時、その距離は消失する）。

勿論、本書中で探求を進めてきたように、誰に対して語っているのかという問題の前に、誰が語っているのかという問題もある。同時に考えれば、誰が誰に対して語っているのか。死者に応える責任と、未来に呼びかける責任を負っているのは誰なのか。また〝なぜ古典を学ぶべきなのか〟という問いを立てた時においても、まずもって問われなければならないのは、その古典を学ぶ主体――「われ」或いは「われわれ」とは誰なのかということである。それに対して、〝古典が古典を学んでいる〟という言い方はあまりにも安直だが、議論自体がその主体を作り上げていることを想えば、そこに固有の主体を予断的に措定してしまうことによって、その共約性（公共的紐帯）を立ち上げ、それを書き換え続けてゆくという作用を欠損させてしまう恐れがあるということにも十分に思慮深くあらねばならないだろう。その上で、語っているのは誰か、学んでいるのは誰か、それらの問いに答えるためには、「我」という場処へと〈思考〉を到来させ続けることによって、〈他者〉を持続的に覚醒させておくことが不可欠となるだろう。その意味において、本書が言わんとしていることは、究極的にはただ一つである。それは〈他者〉を忘却せぬように不断の努力を惜しまないことである（ただし、〈他者〉の忘却は構造的に不可避であるために、求められるのは、実際には忘却しているということを忘却しないこと）。そしてそれはすなわちよりよく生きようとすることでもある。もし真の意味でそれが為されるのであれば、〈古典〉という不可解な書物は自《おの》ずから／自《みずか》らそのプロセスに関与してくることになるだろう。そして、古典の〈他者性＝現在性《アクチュアリティ》〉が覚醒されている限り、それは自《おの》ずから

／自《みずか》ら世界＝主体の前衛へとやって来ることになるだろう。

註

（1）　われわれは——われわれ？〈われわれ〉とはいったい誰か。このような僭称が許されるなどと無邪気に信じているわけではないが、ここでは敢えてそのように自称しておきたい。「われわれ」は——。

（2）　古典がアポリアだというのは決して古い言語（異言語）であるために解読-解釈が困難であるという意味においてではない。或いは、漢文が外来的=他者的であるということでもない。他者は到達不可能だが、どこにも到達しないというところにも到達しない。アポリアという緊張の場にたゆたう裂け目の中で呆然と自失しているばかりではない。本書は何も〝古典とはわれわれにとって他者的存在でしかないのだ〟ということを最終的に主張したいわけではない。ちなみに、文学研究・文学教育における了解不能-到達不能な〈他者〉という問題設定は、田中実や須貝千里などによって既に問題化されている。田中実『読みのアナーキーを超えて—いのちと文学—』（右文書院、一九九七・八）、須貝千里「それを言ったらおしまいだ。—価値絶対主義と文学の力—」田中実・須貝千里編『「これからの文学教育」のゆくえ』（右文出版、二〇〇五・七）、他多数。ちなみに、『日本文学』六〇号（二〇一一・三）は、「〈文脈〉を掘り起こす—ポスト・ポストモダンと文学教育の課題—」という特集を組んでいるが、その中での、須貝と西研の論争は興味深い。西は、「「絶対的な他者」というのを置く理由があまり見いだせない」（五六頁）、「作品を「到達不可能の他者」として置くならば、これは読者に対して「自分の読みを絶対化せずに絶えず作品に向き合え」という一種の要請をすることになります。それは好ましいことではない。ではなぜ要請してはいけないのかというと、「そんな要請知らんよ」という人には勝てないからです。読みにおいては、主体のなかに内在的な動機が生まれることが重要だからです。内在的な動機から新たな読み、再度の読みへと駆り立てられる、というのが重要であって、読者に「絶えず作品に向き合え」という形で要請するのは好ましくない」という意見を表明する。一方で、須貝は「「了解不能」という「他者」の問題を設定しないと、「表現ゲーム」は結局自分なりに、あるいは自分たちなりに理解し合ったということの中を循環してしまって、結局そのことが批評とか自分の考えの根拠そのものを考えていく場所を失ってしまう、そこに実体主義が現れてしまう」と批判する。

問題点は、「絶対他者」なるものが、われわれの自己意識の中で、「到達不可能」という地点に到達してしまってはいないかというところにある。〈他者〉は、到達不可能という地点にも到達不可能でなければならない。ゆえに、〈他者〉は常にその概念のうちに語義矛盾を同伴するものでなくてはならず、またその定義ゆえに、語義矛盾を同伴し「ない」ものでなくてもならない。そこで、われわれは、便宜的に〈他者〉の到達不可能性を、到達不可能な到達不可能性と、到達可能な到達不可能性に分けて考えておく必要がある。問題化されるのは、前者であるが、それはわれわれにおいては不可避的に後者の形態をとってしか現前されない、という有限性の中においてのみ開示されうるものでしかない。到達不可能な到達不可能性には、決して到達しないのである。これまで見過ごされてきた、テクストの細部に宿る力——変化をもたらす力——を読み解く（見抜く）技術、そのような技術を肉化した眼、そのような眼を交換する場として文学教育の意義があるのだとすれば、そのような文学教育によって、どこかで聞いたような形式をなぞるだけの陳腐な、準備された主題系の反復から脱却し、訓練された眼、すなわち〈他者〉の眼を受肉することが根源的に求められることになるだろう。それは〈他者〉の中の〈他者〉の眼であり、無限の過去以来のテクストの連鎖の眼である。文学は自己のパースペクティヴを絶対化しないような機制を内在させており、アイデアを交換する場として機能する。そのような眼の分裂‐複眼化が文学における倫理性なのではないだろうか。つまり、理《ことわり》を倫《ともがら》（他者）とすることであり、倫（ともがら＝すじみち）という理《ことわり》へと自らを導くことである。

（3）　他にも以下のような同様の意見がある。市古貞次「古典文学研究の現状」（『新・古典文学研究必携〈別冊国文学No.40〉』學燈社、一九九〇・一二）では、「研究領域の広がり」という傾向が指摘され、「文学とは何かという問題ともからみ、学際的研究の盛んに行われる現況の反映もあって、国史・宗教（仏教）・美術などの関係諸学への、研究者の関心が高まり、史書・宗教書（仏書）・絵画（絵巻・絵解）などが対象に取り入れられ、研究が行われており、すぐれた成果をあげているものも少なくない」と述べられている。また、その当時の状況として「研究は多方面にわたり、方法も各様で、簡単に言い尽くせないが、総じて非常に厳密・正確になり、かつ専門化、細分化の方向に進んでいると言えそうである。種々の学会の存在も、やはりそういう研究業績の動向にかかわりがあると思われるが、その反面、広い視野から古典文学の本質を追求する、いわば巨視的な業績がやや乏しいかに感じられる」としている。同様に久保田淳もこう言っている——「私個人としましては、日本文学研究の世界における研究の細分化に伴うマイナス面も今後の学問のあるべき姿を考える際に検討されてよいのではないかと思います。／およそどの学問領域においても、進展に伴って研究が細分化し、そのことによって新たな知見がもたらされることは事実でありましょう。日本文学研究の場でも研究の細分化は著しく進み、それに伴って以前より遙かに作品の本文研究や作家の伝記研究なども精度を増してきています。そのこと自体はまことに歓迎すべきですが、その一方で、総体としての日本文学に関する知識や教養という点においては、率直に申して、現在の研究者の多くは過去の研究者たちより劣っているのではないかと思い、自身反省しております。そしてとくに研究の中心となるべき中堅・少壮の研究者たちには、自身の限られた範囲内での研究を日本文学研究の全体像の中にどう位置づけようとするのかという自覚や見通しが乏しいのではないかとも思います」（「古典文学教育について」『日本學士院紀要』六二―三、二〇〇八・三、四二頁）。

（4）　国文学形成の劃期としばしば評されるのは、「国文学」をめぐる著作・教科書が相次いで刊行された一八九〇年である。日本初の文学史とされる三上参次・高津鍬三郎『日本文学史』（金港堂）をはじめ、芳賀矢一・立花銑三郎『国文学読本』（冨山房）、上田万年『国文学』（双二館）、落合直文・小中村義象『中等教育 日本文典』（博文館）などがこの年に刊行されている。その後も陸続と日本文学関係図書が出版され、一九世紀末の十年間に限っても、黒木安雄『本邦文学之由来』（進歩館、一八九一・九）、鈴木弘恭『新撰日本文学史略』（青山堂、一八九二・七）、下野遠光・山崎庚午郎『日本文学集覧』（博文館、一八九二・七）、大和田建樹『和文学史』（博文館、一八九二・一二）、下野遠光『日本女学史』（敬業社、一八九三・一）、関根正直『日本文学史』（哲学館、一八九四・七）、関根正直『歴代文学』（哲学書院、一八九四・五）、池谷一孝『日本文学史』（東京専門学校、一八九七・七）、佐々政一『日本文学史要』（内外出版協会、一八九八・一〇）、大和田建樹『日本大文学史』全五巻（博文館、一八九九・四―一九〇〇・二）、芳賀矢一『国文学史十講』（冨山房、一八九九・一二）、和田万吉・永井一孝『国文学小史』（教育書房、一八九九・一二）、永井一孝『日本文学史』（東京専門学校、一九〇〇・七）、内海弘蔵『日本文学史 中等教科』（明治書院、一九〇〇・三）等が確認される。

（5）　斎藤ミチ子「芳賀矢一とフォークロア―その先駆的側面―」（『國學院大學日本文化研究所紀要』七〇、一九九二・九）後注(22)に全文が掲載されている。

（6）　ちなみに、「文献学」については、池田亀鑑がドイツ語の原書を渉猟してその学史、学的体系、方法論的多様性と対立を整理して文献学的国文学の自己点検を行っていることに注意（池田「文献学的立場の領域と限界」『国語と国文学』二八-四、一九五一・四）。

（7）二〇〇四年の時点でも、「訓詁注釈に徹するオタク的研究者は、領域侵犯者にすごく冷たい視線を浴びせます」（田中貴子「国文学の病理診断」『GYROS〈特集　国文学の死と再生〉』三、二〇〇四・六、八一頁）という批判がある。

（8）スティーヴン・トゥルーミン／藤村龍雄訳『理性への回帰』（法政大学出版局、二〇〇九・八〔原著、二〇〇一〕）にはこうある――「どんな専門分野にせよ、最近はやっていない部門に引きつけられる若い学者たちは、まっすぐで狭い小道から横道にそれることの代償をやがて学び、また彼らの中で頑固な者と奇妙な人物だけが、自分自身の知的研究が歪められ、挫折するに任せるよりも、むしろそれに固執するのである。だから、きっちりと系統立てられた専門分野の専門的活動においては、従順のほうが独創力よりも高く評価される。あるいは、正確に言えば、独創力が大目に見られるのは、それが基本的な価値観を強固なものにする限りでのことである」（二二〇―一頁）。

（9）関連したところでは以下のような批判もある――「今たまたま持っている説話文学会例会の案内によれは《ママ》、今回のテーマは神奈川県の金沢文庫称名寺所蔵文献を論じるというものです。個人名は出しませんが、発表要旨を見てみると、「これが国文学だろうか」と疑う内容のものばかりです。一瞬、宗教史の学会かと思いました。私はこれがいけないとは言いません。どんどん領域を越境しようとする運動に国文学の未来を見たい、という望みもありますから。ただ、中世文学会や説話文学会を聞きに来るのは、案内を貰った会員がほとんどだということなのです。もしこれらの会に宗教学や歴史学の研究者が来てくれたら、おたがいにカルチャーショックを受けて刺激になるのにと期待するのです。でも、そんな奇特な人はめったにいませんし、逆に国文学者は日本史学会などには来ないでしょう。読まれるべきテクストが広がっているのに、これではまた新たなタコツボに入るのと同じではないでしょうか」（田中貴子「国文学の病理診断」『GYROS〈特集　国文学の死と再生〉』三、二〇〇四・六、八〇―一頁）。

（10）「古典が偉大なのは、たんにそこでいわれていることじたいによってではなく、そこでいわれようとしていること、すなわちそれが私たちに投げかける志向性の影によってである。文学史とか思想史とかよばれる学問が、おおむね無味乾燥で、現代とひびきあうことがまれなのは、古典にいってあることをたんなる歴史的事実として対象化し、それが私たちに投げかけてくるこの影をうけとめようとしないからである」（『古典の影―批評と学問の切点―』未来社、一九七九・六、七―八頁、傍点原文）。

(11)「日支事変の起る前、所謂国文学界は一つの新しい飛躍を遂げようとしてゐた。それは日本文藝学の樹立と唯物弁証法による社会的歴史的見地の移入といふことであった」（岡崎義恵「日本文藝学の将来」『国語と国文学』一三-一二、一九四六・三、六頁）。

(12) 風巻景次郎「古典研究の歴史」（岩波講座『日本文学史』第一六巻、一九五九・一）、五一頁。

(13) なお、鑑賞を論じた論攷としては、本論中に掲出したものの他に、塩田良平「鑑賞私論」（『国語と国文学』一四-一〇、一九三七・一〇）、近藤忠義「国文学と鑑賞主義」（『国文学誌要』〈法政大学〉四-一、一九三六・七）、熊谷孝「資料主義・鑑賞主義・その他―最近発表された二三の作品論に関聯して―」（『国文学誌要』四-二、一九三六・七）、熊谷孝・乾孝・吉田正吉「文藝学への一つの反省」（『文学』四-九、一九三六・九）、熊谷孝「再び鑑賞の問題について」（『国文学　解釈と鑑賞』一-四、一九三六・九）等がある。また当時の鑑賞肯定論の具体的言述としては例えば次のような主張も見られる――「文学作品は書物と云ふ形態のみでは考へられぬのであり、客観的に存立すると云ふよりは、之〔を脱カ〕理解し、美的享受をする事によつて文学作品となりうるとするのである。かく見れば鑑賞は文学を文学たらしめる重要なものとなる。之に対し、鑑賞を学問的に否定する立場に於ては鑑賞は主観的直観的で、客観的でありえぬところから普遍的でありえぬとするのである。此れは文学の研究を自然科学的な方法のみに於て扱はんとする態度であり、文学作品の理解そのものが既に主観客観の融合に於て行はれる以上、客観的である事が唯一の道であるとは云へぬから、鑑賞の意義をそれによつて学問的に否定する事は出来ぬと思ふ。この意味で解釈に対し鑑賞と云ふ働きが文学研究に於て一の位置をもつてくると見られる」（久松潜一『国文学通論―方法と対象―』東京武蔵野書院、一九四四・一二、三六―七頁）。このように直観的鑑賞力による藝術的価値判断の重要性を認める言説が一方には存在した。石津純道は「鑑賞に関する見解に就いて」（『国文学　解釈と鑑賞』一-五、一九三六・一〇）において、「鑑賞とは美的享受であり、作物の了解である。作物を凝視し観照する事によつて作家の美的体験を体感し追験する事であり、作物の美的生命に没入し帰一する事である。而し追験と云ひ帰一と云ひそれは必ずしも生命の終焉を意味しない。寧ろより新にしてより完き生命の出発を意味する。随つて古典鑑賞による古典美の把握と古典精神への合一は古典の生命化である」と述べ、「真正な鑑賞」の意義を説いている。それは単なる研究行為の範疇を超えて、「自己の生活を深め生命を高め、全存在を以て対象を包摂し対象に帰一する」ことによって「物我一如の三昧境を体験」することであった（四〇―一頁）。

(14) 池田はさらに別の文章において、「作品といふ文学的事実が我々の前に示された場合、これに対する我々の観察の仕方は、……二つの方向からなされる。即ち観察の対象が主体としてあらはれるか、又は客体としてあらはれるかの二つの場合である。対象が、客体としての作品（文献）のあり方に規定される場合には文献学的な研究に属し、主体としての研究者のうけ取り方に設定される場合には文藝学的な研究に属する。……／主体と客体とは、前にものべたやうに、相互に密接な関係をもつてをり、両者は常に相連結して研究されねばならない。しかしかうした相異る観察方法は、必然的に研究方法の極端を展開した」（「花が散る―文献学と文藝学との相関性と独自性について―」『理想』八八、一九三八・九、八五頁、傍点原文）と述べている。

(15) 風巻景次郎「古典研究の歴史」（岩波講座『日本文学史』第一六巻、一九五九・一）、三八頁。

(16) 蔡嘉琪「『今昔物語集』の研究史における芥川龍之介の役割」（台湾日本語文学会第二六九例会・南部大会、二〇一一・四・一六）配附レジュメ参照。

(17) ジャーナリズムにはそもそも素朴な意味での主観性のコンプレックスが存在していないためである。例えば、批評行為とは結局のところ自己を語ることに他ならないのだ、という認識を示す小林秀雄などはその典型に数えられるだろう――「嘗て主観批評或は印象批評の弊害といふ事が色々と論じられた事があつた。然し結局「好き嫌ひで人をとやかく言ふな」といふ常識道徳の或は礼儀作法の一法則の周りをうろついたに過ぎなかつた。……私には印象批評といふ文学史家の一術語が何を語るか全く明瞭でないが、次の事実は大変明瞭だ。所謂印象批評の御手本、例へばボオドレエルの文藝批評を前にして、舟が波に掬はれる様に、繊鋭な解析と溌剌たる感受性の運動に、私は浚はれて了ふといふ事である。……批評の対象が己れであると他人であるとは一つの事であつて二つの事でない。批評とは竟に己れの夢を懐疑的に語る事ではないのか！」（「様々なる意匠」『新訂小林秀雄全集』第一巻、新潮社、一九七八・五、一一―一三頁）、「批評するとは自己を語る事である、他人の作品をダシに使つて自己を語る事である」（「アシルと亀の子Ⅱ」、同上、四六頁）。

(18) とは言え、そのとき、分析する主体の「位置」が問われなければならない。分析する主体はいったいどこから対象を分析しているのか。言説分析をする主体は言説の内にいるのか外にいるのか。しかし当然、言説の外に自らを自由な主体として位置づけることはできない。素朴客観主義の立場に立たない限り、対象を自由に操作しうるものとして、主体の位置を消すことはできない。とは言え、主体が単に言説の産物でしかないのであれば、言説の内部において、言説を分析することはできないということになる(もちろん、言説の作用として分析行為は可能であると言えるかもしれないが、言説が言説を分析するという自家撞着がどのような合理的説明を与えてくれるだろうか)。また、主体が言説の内部に組み込まれたものだという仮定に立った上で、対象となる言説と自らの位置する言説とは異なると考えた場合、二つの言説を調停しうるような第三の超越者の存在を想定しない限り、そこで起こる「分析」は、一方が他方を変形させるような、同一性の暴力として遂行されることになる。

勿論、このようなジレンマは、分析主体の二重性を考慮することによって回避することができるのだが、ただし、その場合も経験的主体と超越論的主体との関係性が常に問われ続ける場合に限ってという制限がつく。もし超越論的主体を理解可能なものという水準でその可能性を見出してしまえば、それは経験的主体に包摂-所有されるものへと変貌してしまい(分析する自由が自らに与えられたものと錯視してしまい)、再び、分析する主体はどこから言説を分析するのか、という問いへと舞い戻ってしまうからだ。

(19) そのような視線を編制した一つの要因として、逆説的ではあるが、国民-国家論を指摘できるかもしれない。というのは、国民-国家論は、国民という単位が近代に編制された非自然的な観念に過ぎないということを強調し、現実に信じられている国民の単一性なり均質性を批判するという一つの実践として定位されるもののことであるが、その論述を成り立たせるためには、いきおい仮想敵をより強固なものとして措定せざるをえなくなってしまうからである。そして、「近代」/「前近代」という図式の中で、「近代」なるものが、一つの虚偽意識であることが暴露されるに及ぶや、そして「近代」と「前近代」との断層が根深いものであることを唱えれば唱えるほど、「近代」日本が人工的な所産であるという意識が深まり、その対立物である「前近代」は、一つの本来性・理想郷・原日本として「近代」の中に表象され始めることになる。その結果、国民-国家批判は、逆説的に国民-国家を強化する作用を担うことになるのである。

(20) 坂部恵『仮面の解釈学』（東京大学出版会、一九七六・一）、一六七頁以下参照。

(21) とは言え、過去の全てが歴史として表象化されるわけではない。そこでは語られるべきこと／語る必要のないこと、記憶すべきこと／忘却してもよいこと、という選別（classify）が働いている。歴史という問題を考えるにあたっては、それを〈歴史化するもの〉と「歴史化されたもの」の二重性の中で思考しなければならない。しかしながら、「歴史化されたもの」の中に〈歴史化するもの〉は書き込まれておらず、われわれはそれを対象化することはできない。〈歴史化するもの〉は、歴史において遍在的であるが、それは何らの歴史性を持ってはいない。歴史の生起という出来事に歴史性はないからだ。本書の狙いの一端は、そのような〈歴史の生起〉をいかに「歴史化されたもの」の中において抽象化するかという点にあった。もちろんそれは具象化された出来事として歴史の中に書き込まれており、固有の歴史性を持っている。そして、それは時宜に応じて様々な名によって捉えられてきた。ゆえに、その仮の名の歴史性を問うことはできるし、問わなければならないのかもしれないが、しかしながら、本書の水準はそこにはない。そのような問いを引き受けることによって、〈歴史化するもの〉は一つの「歴史化されたもの」へと存在性格を変えてしまうからだ。例えば、「死」という観念に歴史性はあるが、〈死〉それ自体には歴史性はない。「死」という観念の変容を帰納的に問い糺しても、決して〈死〉そのものが明らかにされるわけではないのと同じ論理である。

(22) ブリュノ・ヴィアール／小倉孝誠・辻川慶子訳『100語でわかるロマン主義』（白水社、二〇一一・八）、一〇頁。

(23) 自らの信念に合致する言説と出逢った時にはそれを証拠として率先して採用する一方で、それと対立する証拠は盲目的に見なかったこととし、その信念をより強固なものへと意匠化してゆくという「確証バイアス」（Confirmation bias）の作用は、「受動主義」と相性がよい（確証バイアスの心理的作用については、極端な事例だが、スーザン・クランシー／林雅代訳『なぜ人はエイリアンに誘拐されたと思うのか』早川書房、二〇〇六・八、参照）。一般的に言っても、研究の進行過程では、資料の読み込みの段階（或いはそれ以前の段階）において一定のスキームが思い描かれることになるが、それがある程度のかたちとして見出された後は、それに一致している資料を博捜し、自説を補完する作業に入る。当然、そこでは自説に対する反証例は作業工程上、捨象されることになり、立論は実証されたものとして提示されることになる（勿論、それを承認するかどうかは第三者の評価に委ねられるが）。

(24) しかし一方で池田は十餘年前にはこうも述べているのである――「私は決して偏狭な保守主義を主張するものでは

ない。むしろ、私は、極端な右傾論や、固陋な国粋論は、国家の前途をあやまるものと考へてをる。本質的なもの、普遍的なものを追求して止まぬ心が、純粋な意味において、国境を越え、民族の差別、国家の事情等を無視して、世界主義に走り易い傾きのあることも了解出来ないではない。又、国家人たる前に、先づ人間であらねばならぬといふこと、公明正大な人道的精神は、偉大なる国民の胸裡に、当然予想せられなければならぬといふこと、さういふことに対して、寸毫も疑をさしはさむものでもない」（「国語教育の専門家に質す―書庫の一隅より国文学者及び教育実際家に致す書―」『国語と国文学』六-六、一九二九・六、五八頁）。

(25) 主題を同じくする同時期の台湾人作家の小説としては、周金波〔一九二〇―一九九六〕の「志願兵」（『文藝台湾』二-六、一九四一・九）もよく知られている。

(26) 許明珠「近代與傳統的權衡―我讀王昶雄的『奔流』―」（『台灣文藝』一七一、二〇〇〇・八）は、「近代化」と「伝統」の間に引き裂かれる台湾知識人の物語としてこれを読んでいる。

(27) 垂水千恵「日本統治時代の台湾人作家にみる日本語教育の影響―陳火泉を例として―」（『言語文化と日本語教育』六、一九九三、一二）、後注(2)参照。

(28) 村井紀「国文学者の十五年戦争 1」（『批評空間』二-一六、一九九八・一）、一八二頁。

(29) 終戦直後、雑誌『国語と国文学』は「国文学の新方向」と題する特輯を組み、若手を含んだ当時の一線級の国文学者の所信を掲載している。そこで論じられている事柄はそれぞれの問題関心に応じてさまざまであるが、中には今日的な状況に照らして率直に違和感を覚えさせるような発言も見られる。例えば、山岸徳平の文章の次の一節などはその典型である。「原子爆弾の偉大さに関し、田中館博士（筆者注、田中館愛橘）の議会に於ける話が、いち早く新聞に報ぜられた事は、世間の記憶にまだ新たであらう。何でも、マッチ箱大の原子爆弾一個で、ニューヨーク市を破壊する事位は、易々たるもの、やうであつた。吾々は、その爆弾の出現を、如何に期待して居た事であつたらうか。然し、日本には遂に完成せず、アメリカによつて実用化せられた。聞けばアメリカでは、その研究や実験の為に、二十億弗の巨費を投じたさうだ。一弗十五円として二十億弗は三百億円になる。然るに、我が国では、精々三十万円の研究費も支給せられなかつたのみならず逆に支出を拒否せられたかの様に聞いた。勿論、国家の富の力に大きな相違はあるが、たとひ三十万円でも、喜んで支給して居たならば、何らかの結果は得られたかも知れないと、後の祭ながら捕らぬ狸の皮算用もせずには居られない」（山岸徳平「新事態と国文学」『国語と国文学』一三―三、一九四六・三、六八頁）。

（30）例えば、以下のような発言はその現れであるだろう――「文献学的国文学は、個体としての作品の原本性の追求を担当する。その方法は総体的統一のもとに遂行されるにしても、結局は個体の完全性への愛と憧憬の終極的表現にほかならない。他との関係としての価値評価はこれをなしえない、またしようとしてはならない。それは文藝学や歴史学的活動に一任すべきである。……この立場においては、所与の作品の文藝的価値に関する発言は認められないのであるが、かりに言及する場合があるとすれば、その瞬間におけるかぎり、研究者は文藝学的国文学の領域に身をおいてゐるといふことを反省すべきである。同じやうに、所与の作品の歴史的価値――これは明かに文藝的価値から峻別されなければならない――に関する発言も認められないのであるが、かりに言及する場合があるとすれば、その瞬間におけるかぎり、研究者は歴史学的国文学の領域に身をおいてゐるわけである」（池田亀鑑「文献学的立場の領域と限界」『国語と国文学』二八―四、一九五一・四、五〇頁）。

（31）ここでいう「特殊性」とは単なるローカリティではなく、普遍性・世界性を凝縮した、唯一無比の独自性＝ユニークさとして定位されるもののことであった。だからこそ、世界へと拡張させることができると信じられていた。例えば、藤田徳太郎はこう述べている――「文学を単に国際的なものであり、人間生活として普遍的なものであるとする平俗な考を捨てて、わが国においては、国民として運命づけられた、あらゆる、民族的特殊性を高唱し、此の特殊性を民族の持つ一大長所として誇り、此の特殊性を発揮するところより、諸外国をも指導し、追随せしめるという高邁雄大な気魄と決意とを持つものにして、はじめて、次の時代の文学を背負つて立つことが出来るのである。民族的な特殊性を、島国根性と云つて見たり、諸外国に劣る欠点、短所と考へるやうな卑屈な人間によつては、遂に新しい文学の建設は、何ら企図せられるところがないといふ事は、火を睹るよりも明かな事実である」（『新国学論』大同印書館、一九四一・一〇、二三〇―一頁）。

（32）東京医学校（現、東京大学医学部）で教鞭を執っていたドイツ人医師、エルヴィン・フォン・ベルツ（一八四九―一九一三）（一八七六年〔明治九〕来日、一九〇五年〔明治三八〕帰国）は、当時の日本人が自らの文化的遺産を卑下してこう述べていたと記している――「現代の日本人は自分自身の過去については、もう何も知りたくはないのです。それどころか、教養ある人たちはそれを恥じてさえいます。『いや、何もかもすっかり野蛮なものでした〔言葉そのまま！〕とわたしに言明したものがあるかと思うと、またあるものは、わたしが日本の歴史について質問したとき、きっぱりと『われわれには歴史はありません、われわれの歴史は今からやっと始まるのです』と断言しました」（菅沼竜太郎訳『ベルツの日記』、岩波文庫、第一部上、一九五一・九、二七頁、傍点原文）。

（33）本論中であげた事例の他には、政教社が雑誌『日本人』二五号で発した声明に次のようにある――「余輩同志は多く泰西の文学理学を以て養成せられたるものなり、源氏物語を読むよりはスコットの小説を読むを容易なりとするものなり」（「余輩国粋主義を唱道する豈偶然ならんや」、一八八九年五月一八日号）。また、「本邦文学史の嚆矢」を謳う『日本文学史』（金港堂、一八九〇・一二）の著書の一人である三上参次（一八六五―一九三九）は、学生時代の頃のことを回顧してこう述べている――「我々学生中から西洋の書物ばかり読むので、日本のことがとにかくおろそかになる。明治十五年から古典講習科が出来たのでありますけれども、それはごく一部分の人が養成せられるだけであって、大多数の大学の学生は西洋の学問ばかりやって日本のことは知らない。しかしその頃の学生は、まだ小学に《ママ》行く傍ら、あるいは小学校に入る前に、家庭で国学・漢学の方をやっておりましたから宜しかったのですが、それから少し後の学生は、ほとんど和漢学の素養がなくして、西洋学を専らやるという本末転倒した年代が相当永く続いたのであります。例えば、当時我々は文学史の上においては、仏蘭西のテイン《〔テーヌ〕》の文学史を多く読んだものです。これとても図書館に行っても、只今のように同じ書物がいく冊も置かれるということがなかったから、よほど上手にやらないとほかの人に借りられてしまい、困ることがしばしばあった」（『明治時代の歴史学界――三上参次懐旧談――』吉川弘文館、一九九一・二、四九頁）。さらには、雑誌『文藝文化』の同人の一人、栗山理一が対談の中で以下のように述べているのも注意される――〔塚本康彦〕「四人の中では〔筆者注、『文藝文化』同人、清水文雄・蓮田善明・池田勉・栗山理一の四人〕、栗山さんが一番近代西洋文学に親炙されている感じがします。例えばヴァレリーだとか……」、〔栗山〕「西洋文学に親炙したというよりも、自分の研究の方法論みたいなもので、学ぶところがあれば学ぼうという姿勢はとりましたね」、「われわれ学生のころは主として古典を専攻したんだけれども、読むものはむしろ外国文学が多かったのです。円本が出たのは、僕が高師に入ってから間もないころですよ。昭和二、三年のころじゃないかと思うんです。改造社の『現代日本文学全集』や新潮社の『世界文学全集』が毎月一円で入ってくるでしょう。読まざるを得ないから片っぱしから読んだものです。僕の外国文学の知識や現代文学の知識というのは、そのときの蓄積で、あとは幾らも付け加えるものはない。だから情況としては外国文学に対する知識は持たざるを得なかったのです」（「鼎談・蓮田善明」（一九七四・一〇）塚本康彦『ロマン的なるもの―国文学の周辺―』武蔵野書院、一九七六・八、五六―七頁）。

（34）ちなみに、一九〇二年、京師大学堂（北京大学の前身）総教習（学長）、呉汝綸（一八四〇―一九〇三）が近代教育システムの導入を企図して日本を訪問し、教育機関などを視察しているのだが、その調査記録書として『東游叢録』（三省堂書店、一九〇二・一〇）なる書物が残されている。そこに記録されている東京帝大「国文学科」のカリキュラムを見ると、二年間、英語・仏語・独語の三科目の中から二科目を選択し、三年次では一科目を選択することになっている。授業時間数は各科目、毎週三時間と定められている。一方で「国文学科」の学生にとっての専門科目は、一年次に「国語学」「国文学」「漢文学」を毎週各三時間、二年次及び三年次には「国語学」「国文学」「国文学史」を毎週各二時間、「漢文学」を三時間、履修することになっている。その他にも、「哲学概論」「西洋哲学史」「声音学」「言語学」「国史」「東洋哲学（支那哲学）」「美学」「美術史」「東洋哲学（仏教哲学）」「教育学」といった必修科目が並んでいる。さらには、「随意科目」（選択科目）として、「拉丁語」「希臘語」「梵語」「支那語」「朝鮮語」「伊太利語」「露西亜語」「倭奴語」（筆者注、アイヌ語）といった語学科目や、「支那史」「法制史」「心理学」「西洋文学史」「社会学」「宗教学」「論理学及認識論」「倫理学」といった科目も見える。なお、『東京帝国大学五十年史』（上冊、一九三二・一一）第五章には文科大学各科のカリキュラムの変遷が記録されており、和文学科やその後継である国文学科のカリキュラムも収められている。

（35）京都帝大の国文学科創設（一九〇八年九月）二十五周年を記念して発行された論文集『京都帝国大学国文学会紀年論文集』が巻頭に掲げる、藤井乙男（一八六八―一九四六）（帝大国文科卒）の序文の中にも同様の回顧談がある――「京都大学に国文学科の創設されたのは明治四十一年九月で、私が講師として著任したのはその翌年十一月であつた。当時は学生の数もすくなく、大抵一学級四五人ぐらゐで時には二人といふ寂しい組もあつた。さういふ状態が数年つゞいて、大正の中頃から私の退職した昭和三年頃までは毎年十人内外の卒業生を出したやうに思ふ。その後急に入学者が増加して、現今では定員の二十五名を充たして餘りあるといふ有様で、開設以来二十五年間の卒業生は二百数十名といふ事である。学生の増加は一般の趨勢で国文科に限つた現象ではないが、当事者たる自分には一種今昔の感といふやうなものがある」。

(36)　ただし、藤村作の回顧談によると、『国語と国文学』が創刊された当初は、国文学界の前途は未だ明るいものとは受けとめられていなかったようである――「顧みれば、大正十三年余が「国語と国文学」の月刊を企図した時は、書肆はこれが発刊を躊躇し、友人はその前途を危惧し、中には、余の無謀を笑うたものもあつた。しかく国文学界は不振の状態に在つたのである」(「「文学」に寄す」『文学』一-一、一九三三・四、四頁)。

(37)　例えば、『国語と国文学』の創刊号(第一巻第一号、一九二四・五)の巻頭論文が垣内松三の「文学反響(Literary Echoing)」で飾られているのは象徴的である。ただし、一方で京大系の『国語国文の研究』は、創刊号(第一巻第一号、一九二六・一〇)巻頭の「主張」で次のように述べ、欧米追従型の国文学研究という当世の風潮に対して明確な反目の姿勢を示している――「外国文学から獲た文学論が、必すしも我が国文学の総てを説明する鍵とは考へられない。我々は、外国文学論の型に当てはめて国文学を説明し去らうとすることに、甚しい不安を感じてゐる。寧ろ屈辱を感じてゐるのである」。そしてこう述べる前段、「この誌上には、所謂雑誌むきな気の利いた花やかな才筆を集めようとは思はない。それは鈍重であつても、一度踏みしめた一歩は再び後戻りするやうなことなく、大地の上に確実な足跡を印しつゝ、永久に向上の一路をたどつて行く底の真面目な研究を盛上げたいと思ふ」とも述べられており、同誌の方針に反して国文学界の主流が「外国文学論の型に当てはめて国文学を説明し去らうとする」ような、花やか、かつ不真面目な論文で占められていたことが知られる。その約十年後、『京都帝国大学国文学会会報』第一号(一九三五・六)の巻頭に掲載された、同会会長・吉澤義則の寄稿した文章においても、やはり、学生に向けてなによりも「古文を正確に解釈することに努力してもらひたい」といった鼓吹の言が示される一方で、次のような慨歎の言も綴られている――「西洋風の学問の或る花やかな一端にかぶれて、読めもしない古文学を鑑賞し批評し、たゞ論を論ずるやうな空疎な説を捏ねあげることに興味を持ち、大切な基礎解釈を軽蔑して来た為に、沙上の楼閣ばかり林立して、いさゝかの地震にも全滅憂目〔の憂目〕のに遭遇しさうな学問都市が、随所に建設されつゝある。実に危険なことである。と、教壇の上から叫びつゞけて来た。が、なか〳〵青年の耳には入りにくいやうだ。とかくに理窟を捏ねあげてゐる方が楽しみらしい」。

(38) かつて東北帝大に招聘され（在職、一九三六―一九四一年）、足かけ六年にわたって同大で教鞭をとっていたドイツのユダヤ系哲学者、カール・レヴィット（一八九七―一九七三）はその著書『ヨーロッパのニヒリズム』に収められた「日本の読者に与へる跋」の中でこう言っている――「大抵の日本人の西洋に対する関係で聞きのがすことのできない陪音はヨーロッパへの絶交である。その絶交は初めヨーロッパに期待して後に裏切られるところが大きければ大きいほど烈しい。それはヨーロッパの精神的後見、経済的搾取、政治的干渉に反抗して立ち上る。あらゆる領域で元の自分に、真の日本的なものにならうとし、外物の影響をできるだけ減じようとする。かうして自身の本質、自身の使命に立ちかへるのも奇妙なことにはヨーロッパ人の忠言をきいてのことである」（カルル・レギット／柴田治三郎訳『ヨーロッパのニヒリズム』筑摩書房、一九四九・二、一二〇頁、傍点原文）。

(39) 当時の西洋批判の言説としては、本論中に掲出したものの他に以下のようなものもある。「当時澎湃として押寄せた欧米文化の華やかさに眩惑され、その模倣と追随とに忙しく、果ては欧米文化の心酔となり崇拝となり、それがやがて自国文化の軽蔑となり、興国の民たる矜持の喪失となり、遂に皇国の学たる国学を軽侮し、蔑視し、忘却するといふことになつたのであつた。……――我々は日本民族であるとか、日本国民であるとかいふことには何等の意義も矜も感じてゐない。一体我々は国境とか民族とかいふ限界に跼蹐しなければならないものだらうか。我々は須く、只世界全人類の一員、世界人として生きることに人生の意義と価値とを知るべきである。――かうした囈言を吐く徒輩が、教養高き人、文化人として遇せられたのは、決して遠い昔のことではない。何れの国民でも民族でもない無色透明な只の人間、精神上の国籍喪失者が貴ばれる時代の学問の世界は、国学の儼存を許さなかつたのは当然である」（伊藤裕「わが国学」『文藝文化』五-一、一九四二・一、一三―四頁）、「日本人は到底日本人以外の何物でもなかつたと悟らずにはゐられない時が来た。外にのみ見張つてゐた眼を内に向けて、日本的なるものへの凝視を初めた《ママ》。日本本来の姿に立ち帰つて新しく発足しなければならなくなつた。昭和維新の雄健びが各方面から湧き起つた」（二五頁、傍点原文）、「国学の根柢は古典にある。古典の正当精確なる理解によつて、古道を――神ながらの大道を――日本民族本然の姿を明らめようとするのだ」（二六―七頁）、「国学への第一歩は、外国文化崇拝（からごころ）から清らかに脱却することでなければならぬ」（二七頁）。「日本文学の更生！／今日、私らが最大の関心事とするところは、この一点に存する。明治以来の文学は過去に於て、未だ曾て見ないほどの目ざましい発達をしたが、何れかといふと、それは、餘りに欧米追随的であつた。言ひ換へると、その書き方、見方、考へ方その他が、欧米的気臭に囚はれた傾向が強い」（高須芳次郎「日本文学の更生」『文学』一‐四、一九三三・七、六五五頁）。

(40) ちなみに、山田孝雄は同じく『国学の本義』の中で次のようにも述べている――「国学は明治十五六年頃から後は殆ど瀕死の状態に陥つたのであるが、社会国家はこれを見ることは路傍の人の如くに冷淡であり、寧ろ自然の消滅を希望してゐたかも知れない。たま〱国学などい《ママ》ふことをいへば国語、国文、国史の大家先生など、仰がれてゐた人々までが、先に立つて冷笑したもので、さやうな事をいふものは莫迦の標本とも見られたやうである。この事は空想ではない。私自身にもかやうな侮辱をうけた経験が一再ならずあるのであるから、決して虚言ではない」（九二頁、なお二八頁にもほぼ同文が見える）。

(41) 所謂「煩悶青年」については、アール・キンモンス／広田照幸・加藤潤・吉田文・伊藤彰浩・高橋一郎訳『立身出世の社会史』（玉川大学出版部、一九九五・一、〔原著、一九八一〕）、平石典子『煩悶青年と女学生の文学誌―「西洋」を読み替えて―』（新曜社、二〇一二・二）参照。

(42) 当時、日本の国民が高い倫理性・道徳性を持っているといった類いの自己認識は、時に「朝鮮」や「支那」を一つの反射像として形成されたものであった。例えば、山田孝雄『国学の本義』（畝傍書房、一九四二・一一）は、日本の「国民性」が「やましい事を嫌ふ精神に基づくもの」であるとして、それを国学者の研究態度に見るのだが、それは「師の説でも、よくない説ならば盲従するに及ばないといふ態度と精神に於いて共通するものである」とし、「朝鮮や、支那の歴史が往々曲筆するのとは著しい相違である」と述べている。その上で、「わが国学は真実といふ事に立脚してゐる」としつつも、それは必ずしも国学者に限られる態度・精神というわけではなく、「真にわが日本精神を体してゐる人々の等しく行ふ所である」とまとめている（一五四頁）。

(43) 本論中に挙げたものの他にも次のような言表も見られる――「母語の古典の言葉を心に刻む時には、民族の心のルーツを感じ、自らのよりどころとなる心の源流へとさかのぼることができる。いにしえの人々が事物や風景に感じた心を、言葉を介して私たちは知ることができ、そこに命の営みの本質的なもの、残《ママ》る価値あるものを見出すことができるのである」、「古典の言葉とは、人間精神の結晶であり、日本の古典は、その民族が大切にした心の結晶でもある。それらの言葉を一つでも自らの精神の糧とすることは、心の豊かさが求められる時代の暮らしにふさわしい営みとなる」（須賀由紀子「『源氏物語』（グレート・ブックス）の演習方法と実際」岡野弘彦編『日本の心と源氏物語』思文閣出版、二〇〇九・一二、一〇五、一一〇頁）。

（44）同じ頃、吉田精一もまたこう述べている――「綜じて国文学界の内外に、いはば「日本的」なものの偏重の傾向や、日本民族や日本古典の最優秀性の妄信が見えたことはあらそはれない。それも広い外国のことを知つての上での、客観的な認識に立つたものではなかつた。ただもう「日本のものがおありがたい」といふ、偏固な視野にゐたのである。とくに一部のショオヴィニスト等の、古典に対する論攷は、非科学的、主観的なものであつた。近代的な科学精神や、方法論を一図に西洋的なものだとし、狭い国家意識をふりかざして真理の追求を阻んだのである。彼等は軍部と同じ種類の誤りを冒したのだ。それは愛国的情熱から出たのかも知れぬ。「日本的なもの」尊重も、明治から大正へかけての拝外思想への反動として見れば、ある程度自国古典の意義の再認識といふことにもなるであらう。それにしても教養の不足、知識の缺除、見識の狭隘は否定出来ぬ。真の学問の何たるかを解さぬものであつたといはれてもいたし方がないであらう」（「今後の国文学」『国語と国文学』二三―三、一九四六・三、三三頁）。

　ちなみに、一九三〇年代、「日本的なもの」が漠然としたまま特権化されてきた思想状況を批判的に描き出した、戸坂潤『日本イデオロギー論』（一九三五年）は京都学派の展開する「無の論理」が結果的に単なる現状肯定に転じやすいものであることを指摘してこう言っている――「なる程現実の社会を解釈するのに、無としての社会理念という無色透明なメジウムを通してやるのだから、現実はそのまま現実として再現されるに相違はなかろう。だが現実的にはただそれでお終いであって、之によって現実が現実的にどう変るのでもない。ただ現実が理念によって裏打ちされたと解釈されただけに過ぎないのである。こういうものこそが解釈の哲学・世界を単に解釈する処の哲学のことであって、無の論理はこの解釈哲学の世界解釈（それが即ち観念論的に考えられた「思想」というものだが）の恐らく一等徹底した論理組織なのである。現実の世界を現実的に処理変更するに相応しい肝心な思想のアクチュアリティーは抜きにして、単にこのアクチュアリティーをつつむイデーの・意味の・秩序を打ち立てるのが、この形而上学の特色をなしている」（『日本イデオロギー論』岩波書店、岩波文庫、一九七七・九、三六二―三頁、傍点原文）。

（45）とは言え、次のような意見もある。池田弥三郎（一九一四―一九八二）の言である。彼は折口信夫の言葉をなぞりつつ（『折口信夫全集』七巻、四四六頁）、「日本文学を対象とする学問が、究極において目指すところは、日本文学にはりついているところの、日本民族の性格の偏向をとり出して来ることだ」と述べるのだが、その上で「好むと好まざるとに拘らず、私は日本人であるがために、日本及び日本人の問題に、一番興味をひかれる。我々日本人のしている学問は、好むと好まざるとに拘らず、日本及び日本人の問題の解明に結びつかざるをえない。……そしてこういう問題を目指しているかぎり、私自身、さして不適格者だとは思わない。それは第一に私自身が日本人だからだ。私にとって問題なのは、日本の文学を「作り上げた魂」（『折口全集』七巻、四五一頁――筆者注）の問題なのであって、その問題についてなら、少くとも外国人よりも適格者であるに違いない」と言う（池田弥三郎「国文学の問題」を出て」『文学』二七-七、一九五九・七、五八頁）。このような（民族の実体性を盲信する）言表を前にして思うのは、「日本的なるもの」について考えるのを止めてしまったとしても、それは絶えず亡霊の如く回帰し続けるだろう、ということだ。ならば、われわれの課題は、むしろ「日本的なるもの」について改めて深く考えてみることにあるのかもしれない。

あとがき

本書は筆者がここ十年ほどの間に積み重ねてきた研究の成果を一冊にまとめたものである。各章の初出は以下の通りであるが、ほぼ全ての文章に加筆・修正を施してあり、また部分的に文章を裁断・縫合し、全体的に再構成し直している。さらには初出時に紙幅の関係で削除した内容や、脱稿後に得た知見を（各章の後註などに）それぞれ附け加えている。

〔初出一覧〕

方法序説　書き下ろし

第Ⅰ章「禅において〈コトバ〉とは何か―〈詩禅一味〉言説を可能にする地平―」
（『日本研究』〈広島大学〉二一、二〇〇八・三）

第Ⅱ章「中世禅林詩学における言語（の〈外部〉）への視座―言語と〈心〉の不均衡な呼応関係―」
（『日本研究』二六、二〇一三・三）

第Ⅲ章「〈活句〉考―（中世）禅林詩学における方法論的公準の不／可能性―」（『日本研究』二三、二〇一〇・二）

第Ⅳ章「詩を詠むのは誰か―中世禅林詩学における「脱創造」（décréation）という〈創造〉の機制―」
（『日本研究』二四、二〇一一・三）

第Ⅴ章　書き下ろし
第Ⅵ章　書き下ろし
第Ⅶ章「法の〈外〉へ／から―日本中世禅林詩学における〈幼児性《インファンティア》〉（infanzia）への（或いは、としての）眼差し―」
（國立高雄大學東亜語文學系編『「第一屆東亜語文社會國際研討會：以日本・韓國・越南出發點」會議論文集』致良出版社、二〇一二・七）
第Ⅷ章「漂泊する規範―「五山文学の母体」を語り直す―」（『日本研究』二五、二〇一二・三）
〔補論〕課程博士学位請求論文『禅林詩学の基礎的研究』第三章及び第四章（二〇〇四・三）。ただし、大幅に加筆・修正を施してある。
第Ⅸ章「文学現象における〈雅／俗〉という二分法の機制について―賛美と貶下の力学による空間編制―」
（蔣為文主編『台灣 kap 亞洲 漢字文化圈的比較〈2008第四屆台語文學 國際學術研討會論文集〉』開朗雜誌、二〇〇八・一〇）
第Ⅹ章　同右
結びに代えて　書き下ろし

本書は、〝禅僧はなぜ詩を作ったのか〟という問いの闡明を目指したものである。『楞伽経』及び諸禅籍の分析によって仏教の言語理論を抽出し、その論理構造が中世禅僧の詩作行為といかなるかたちで関わっていたのかを論じてきた。また、抄物文献に見られる「ナリカワリ」論を手掛かりとして、歌論・能楽論との交叉関係を視野に入れ、中世の文藝理論及び古典理論一般への〝開かれ〟を試みた。その過程では、近代に創造された「国語」モデルを言語の原態に据えて過去の文学現象を捉えてしまうような視座に批判を加え、「文学」が空間の標準性を措定する回路を担っていたこと、そして古典リテラシーが主体を公共化（脱人称化）させる文化装置として働いていたことなどを論じてきた。加えて、「方法序説」「結びに代えて」では、文学研究の大きな流れ、研究史の整理を試みている。戦前から断続的に反復されてきた文献学批判の言説や、戦後一九五〇年代の国民文学論について検証を行い、古典文学研究者という研究主体の主体性が、歴史的-政治的にどのようなプロセスを辿って構築されたものであったのかを改めて問い糾した。その意図は、本論中に述べた通り、研究主体としての「眼《パースペクティヴ》」がどのように制度的に作られたものであったのかという反省を経ずしては、本書の立てた〝禅僧はなぜ詩を作ったのか〟という問いに答えることは決してできないと考えたからである。或いは、文学研究史の部分だけを独立させて、二つの書物に分けたほうがよいという考えもあったが、自然化されたパースペクティヴを脱自明化した上で、できる限りゼロベースで対象に接近するためには、同時に研究主体の「眼《パースペクティヴ》」に対する点検を行うことが必要不可欠と考え、本書に編入することとした。とは言え、限られた時間と能力の中での整理でもあり、膨大な資料を通覧-分析するのにこれで十分であったとは到底思えないが、或いはまた別の観点、別の論点から研究史の整理-点検を行うこともできるかと思う。今後の課題としたい。

本書は、私にとっての初めての単著となるが、一般的に、初めての単著の「あとがき」では自らの簡単な研究歴や刊行経緯を記すのが慣例であるらしい。しかし、本書にあってはその作業は、言うほどに単純なことでも簡単なことでもない。というのも、本論中に注意深く問いを投げかけてきたように、このテクストを書いたのはいったい〈誰〉なのか、という問いを忘れて無邪気に自らの経歴を綴ってなどはいられないからである。しかし、その問いに対する帰結の一つとして記しておいたように、テクスト産出の場処としての歴史化された「名」にもそれ相応の意味と配置の根拠が認められるのであってみれば、他ならぬ「山藤夏郎」というこの場処をテクストが貫通してきたという事実にも何らかの根拠が求められることになるはずだ。とは言え、その行為が、過去を振り返って自らの経験を要約するという恣意的な営為である以上（かつまたそれが過去の事象の大部分を捨象しつつ一部を切り取って繋ぎ合わせたものであるような構築物である限りにおいて）「物語」の恣意性という有限性を回避できるはずもなく、いかなる「物語」であれ、「事実」的水準において（語られうるようなものとして）存在しているわけではない。その意味における有限性を甘受しつつも、敢えて以下にこの本が生まれてくることになった幾つかの理由を自ら推測しておくとすれば、何よりも「私」というこの場処を形作ってきた「言語」に対する関心の大きさという要因が挙げられるのではないかと思う。

　それは大きく分ければ二つの経験に由来するものとなる。その一つは、「私」が幼少期に数々の引っ越しを繰り返し、日本各地を転々としたという経験が挙げられる。生まれは沖縄県宮古島だが、父親の仕事の関係で、鳥取、三重、埼玉、島根と移り住み（それぞれ二年から五年）、大学・大学院時代は広島で過ごした。子供の頃の転校は何度やっても慣れるものではなかったが、どこへ行っても最初に苦労するのは言葉だった。教室では標準語を使っても普段話すのは方言だったため、さながら「私」は外国人だった。と言っても、子供だけに学習も速く、一ヶ月もすれば現地に順応し、前にいたところの方言もすっかり忘れてしまっているのだが、ただ、何度も引っ越しを繰り返して気づいたのは、話す言葉が場所によって違うといった単純な事実以上に、ある場所では普通のことも別の場所に行けば普通のことではなくなる、といった差異化作用に人が貫かれているということであった。多くの人は、相対的なものでしかないはずの物事の形式・考え方・価値を絶対的なものだと信じている、ということは子供心に何となく感じとっていたように思う。そして同時に、このような幼少期の経験が「私」に残したのは、〝「私」には帰るべき故郷がない〟（本来的な場処が存在しない）という一つの自己認識の持ち方であった。今でも出身を聞かれると戸惑う。子供の頃は、自分の故郷は沖縄だと思っていた時期もあったが、三歳で離れて以来一度も帰郷したことはなく、そもそも父の仕事の関係で一時期居住していたという程度の土地に過ぎなかったので、「私」にとっては記憶の外部でしかない上に、そもそもが縁もゆかりもない場処でしかなかった。今では、出身は両親の出身地であり現住地である島根と答えることにしているが、それとても「私」にとっては、昔一時期住んでいた土地の一つという程度の思い入れがあるに過ぎない。そのことから、今どこにいるのか、これからどこへ行きたいのか、といったことをほとんど気にしないような人格ができあがった。

それが、現在、台湾に住んでいるという状況に反映されているのだと思う。台湾での経験はまさに「私」に「言語」に対する関心を高めさせてくれた第二の契機となった。

もう十年ほど前のことになるが、大学院の博士課程を修了してすぐ、台湾にある現在の職場に赴任することになった。もともと外国で生活してみたいと思っていたので、声をかけていただいた時は何の躊躇もなく即諾した。異なる「言語」に囲まれ、自らの「言語」を教えるという難しい仕事に就き、時間を見計らって異「言語」を学び始めた。いきおい「言語」を身につけるということがどういうことなのかを日々考えさせられることになった。よく知られているように、台湾は多言語社会である。公的な場面では、「國語」（北京地方の話し言葉を基準に作られた所謂「中国語」）が用いられるが、出自に応じて、「台湾語」（福建系の話し言葉）、「客家語」、幾つかの「原住民語」などが話されている（ただし、各々が地域的偏差を内部に有しており、それらが単一の「言語」であるわけではない）。それぞれの話し言葉の類別とその能力が人間関係のバランスにも作用しており、そのアイデンティティー生成作用が、政治的な主張と呼応することもある。

日本統治時代に教育を受けたご老人の中には、母語の台湾語と、昔身につけた日本語は流暢だが、中国語はあまり使わない（使えない）という人もいる。台湾で生まれ育った日台ハーフの学生の中には、名前は日本人だが、日本語をあまり流暢には話せないという人もいる。日本で生まれ育った台湾人で、台湾語と日本語は流暢だが、中国語があまりできないので、中国語を学びに台湾に留学に来ているという人にも会った。

その中で、言語を一つの可算的な単位として括ってしまうことの乱暴さを痛感させられた。「日本語」或いは「中国語」といった可算的な名詞で括られているものの内実が、いかに雑多なものの杜撰で恣意的な集合体であるのか、また、文字は読めるが言葉は聞き取れないという能力の形態を異常事態と見るような、言語と文字との互換性-一体性を自明視するような視線が制度的に作られていることも改めて実感された。

言語というものが固定的な実体ではなく、その中を渡り歩き、それらを作りかえることで自らを作り上げているという認識は本書の全編を通底しているが、加えて、言語をコミュニケーションの全てと見るような視線にも批判が加えられている。「私」自身、主に「日本語」を使って仕事をし、「中国語」を使って生活をする中で、言葉は通じるが話は通じない、言葉は通じないが話は通じる、といった経験を何度もしてきた。人は言語によって繫がると同時に隔てられ、また同時にその〈外〉によって繫がっている。しかし、人はまさにその〈外〉から原的に隔絶させられているという有限性の中を生きてもいる。つまり、あらゆる人にとって、絶対的な孤独と根源的な共生という二重性こそが人間としての初期条件でもあり、此の世界を生きることに他ならないのである。このような認識は、「日本語」という単一言語（と信じられている空間）——実際には単一性とはほど遠い形態をもって現前しているが——の中に閉じ込められていたかつての「私」であっては、或いは思い至らぬようなものであったかもしれない。

さらに、日々の生活の中で実感していることの一つは、「私」自身単なる旅行者としてではなく、一定の責任をもった立場で異国で生活する身として、〝互いの文化を尊重しよう〟という美しい理念がおよそ通用しないような現実的空間の中を生きている、ということである。文化相対主義という立場に安穏としていられないような場処に身を置くことによって、他を抑圧し自らを標準化しようとする作用と、他に抑圧され（学び）自らの構造《かたち》を変えてゆく作用、このような矛盾する二つの作用を担うものとしての主体の配置という問題系についても日々考えさせられることになった。人は差異に対してそれほど寛容ではない。業務を遂行する以上、当然、組織運営に関わる現実的な判断を日常的に迫られることになる。そこで発生する意見の対立、利害関係が文化的コードの差異として解釈されることも少なくはない（実際には、単なる個人差の場合が多いのだが）。そこではありふれたステレオタイプがわれわれの思考法を制約している。日本人は、何を為すにも緻密で計画的だが、ルールを重んじるあまりに融通が利かず、組織全体のコンセンサスを優先させるために判断が（悪い意味で常識的で）遅くなる、一方で、台湾人は、ものごとを進めるのに長期的な計画を立てるのが苦手で一つ一つの仕事がいい加減だが、そのぶん即断即決で変革が速く、リスクを冒してチャレンジできる、といった類いのステレオタイプである。そのような鏡像関係によって作られたアイデンティティーは、先入観を形成し、確証バイアス（Confirmation bias）として作用する。そこでは自ずから「日本」や「日本人」、或いは「台湾」や「台湾人」という複雑にしておよそ不均質な概念を単一の実体的な主語として用いることに何の躊躇いも感じないような杜撰な思考法-用語法が、われわれの認識論的コードをより強固なものへと仕立て上げてゆくことになる（結果、その杜撰さは忘れ去られる）。

相互に異なる物差し（言語《コード》）を使って共通了解を形成するのは容易なことではない。いずれにせよ、自然化されたコードを脱自明化することによって何とかして判断の確かさを確保してゆかねばならない。ただし、以上で言いたいことは、何も海外で仕事をするということが特殊な経験だ、ということではない。本質的な意味では、これは誰にでも起こりうるありふれた経験に他ならない。というのは、自らと異なるものと共に生きるという意味では、海外生活もまた何ら特殊な経験とは言えないからである。他を抑圧し（教え）、他に抑圧される（学ぶ）というのも、この世界に生きる誰もが大なり小なり経験することである。その中で、自らとは異なるものとの関係性をいかに開くかという問いに思考をめぐらせてみることは、不条理な社会——差異の網目が（自らを含めて）一分の隙も無く埋め込まれている諸空間――を生きぬくためのきわめて現実的な生存戦略をもたらすことになるはずだ。
その意味において本書が全ての読者にとって、「言語」や「自己」及び〈他者〉について改めて思考する契機をもたらすものとなりうるのであれば、著者としてこれ以上の喜びはない。

最後になったが、本書の上梓にあたってお世話になった方々に感謝の辞を述べることにしたい。

まずは、学部時代以来、御指導頂いた朝倉尚先生（禅林文学研究）である。先生との出逢いがなければ、五山文学の研究はおろか、研究の道にも進んでいなかったと思う。思い返せば、学部時代（少なくとも二年生の頃まで）、私は決して真面目な学生ではなかったと思う。そもそも大学に進学すること自体に強いモチベーションを持っていたわけでもなく、入学当初はさっさと卒業して早く仕事に就きたいとだけ考えていた。しかし、学部三年の頃からだろうか、当時の先生方に研究の面白さに気づかせていただき、以来、研究に没頭するようになった。中でも朝倉先生のゼミで『太平記』について発表したのが、研究の道へと進むきっかけとなった。先生のゼミで何か古典作品を一つ選んで発表することになった時、『太平記』を選んだのは、高校時代に吉川英治の『私本太平記』を読んで面白いと思ったからというただそれだけの理由だったが、この偶然は私の人生を大きく変えることとなった。

学部卒業後は、院へ進学し、そのまま朝倉先生の御指導を仰ぎ、抄物資料を丁寧に読み解く作業を繰り返し、日々鍛錬を重ねた。博士課程に進学する頃には、五山文学への興味も具体的になり、博士論文は、結局、五山文学に関するものを書くこととなった。その過程で、先生が何度かおっしゃっていたのは（先生が覚えておいでかどうかはわからないが）、「小さくまとまったような研究者にはなるなよ」ということであった。自らを振り返って「はい、大丈夫です」と言える自信は今もって全くないが、自分の研究者としての方向性を後押しする言葉となったのは確かなように思う。大学院時代に入って、まず自分に決定的に不足しているのは、仏教に対する理解だと考え、博士課程を修了するまでは、とにかく仏教関係の書物を濫読していたように思う。また、〝禅僧はなぜ詩を作ったのか〟という本書の主題となる疑問も、私が五山文学に接することになった当初に感じた疑問そのままであった。私にとって、五山文学研究の核となる問題はこの一点に尽きていた。

二〇〇四年、大学院を出て、台湾に赴任して来てからも、多くの友人・同僚に恵まれた。ちょうどその当時、台湾の各大学では、一九九〇年代頃から始まった高等教育政策の変化（民主化）と日本語学科の増設を背景として、博士学位取得者の教員を大量に募集していた。その恩恵に与って私も現職に就くことになったのだが、同時期に同年代の台湾人・日本人が日本の各大学で学位を取得した後に帰国／来台していた。その中にあって苦労を共にし、励まし合い、研究に関する議論を重ね、多くの知的刺激と喜びを分かち合ってきたことは、本書を成す上でも大きな力となった。

その中でも、同僚の榊祐一先生（日本近代文学・文化、現代視聴覚文化）からは多くのことを教わった。私の半年後に赴任していらしたが、私より少し年長の先輩である。とにかく豊富な学識で、文学研究に関わる幅広い方法論を教えて頂いた。日々、各々の研究関心に亘る議論を重ねることができたことは、本書の成果として形になっている。特に記して感謝申しあげたい。

また、この時期は、現代思想関係の書物を手当たり次第読んでいた。それは本書にも有形無形のかたちで反映されている。私の今置かれている環境の周囲には、専門分野が全く重なる人は残念ながら見当たらないが、逆にそのような環境だからこそ、異分野の人と議論する貴重な機会を得ることもできた。近隣の大学に勤務している幾人かの先生方と定期的に研究会を開いて互いの研究成果を発表しあったり、多様なジャンルの書物を会読して意見交換を行うなど、いまでも貴重な学問の場として活用させていただいている。本書の構想や内容の幾つかもその場で発表し、御叱正を仰いだ結果である。先生方には併せて深甚の謝意を表したい。

そして、本書を上梓することができたのは、ひとえに石川一先生（中世和歌研究）の御蔭である。ここに数年来の研究成果を一書にまとめる機会を得たのは、先生にお口添えを頂くことができたからである。私の学生時代、先生は近くの大学にお勤めで、また近所にお住まいだったこともあり、よく食事やお酒を御馳走して頂いた。また私の来台後も、公務も含めて何度も台湾にいらっしゃり、その都度、研究者としての身の振り方をしっかり考えるよう、アドバイスと共に発破を掛けて頂いたりもした。さらに今回は、先生には本書の序文を御執筆いただけるという思いがけぬ僥倖も得た。学生時代から多くの御厚情を頂戴したことを含め、改めてここに御礼を申し上げたい。

最後に、和泉書院の廣橋研三社長に感謝申し上げたい。私のようなさしたる実績もない若輩者の厚かましい出版のお願いにも快く応じてくださった。また、編集部の皆様には、千頁を超える非常識な分量の原稿にもかかわらず、丁寧に御対応いただいた。皆様に御礼を申し上げたい。

他にも、多くの先生・同僚・学生・友人・家族にもお世話になったが、一々御氏名を挙げて謝辞を申し述べるわけにもいかないため、この場をかりて御礼を申し上げるに留めさせていただく。本書が、面識の有無を問わず、諸先学――遠い過去の人を含め――の学恩により成っていることは言うまでも無いが（とは言え、勿論、本書中の誤りの全ては筆者の責に属す）、それらすべての人に、そしてまた〈渠〉に、改めて衷心よりの謝意を表し、ここに筆を擱くこととする。

二〇一五年四月中澣

著者識す

人名索引

凡　例

一　本書中に掲出した全ての人名を採録した（引用文中の言及を含む）。ただし、近代以降の出版物の訳者・編者・校者等は除外した（ただし、本文他所で既出の場合は、訳者等であっても採録することとした）。

二　排列は、五十音順を標準とし、氏・名の順で表記した。また、第一字の読みが共通する項はまとめて排列した。洋名は、通用のカタカナ読みに拠った（例：デリダ, J）。なお、現代の中華圏の人名は、日本漢字音の音読みに換えて並べた。

三　前近代の文人の名については、検索の便を図り、必要に応じて字・号等の異称を括弧書きにして併記した。

四　禅僧の名（道号・法諱）に関しては、『禅学大辞典』『五山禅僧伝記集成』等を参考にして通用の「宗門」の読みに従い、道号・法諱の順で掲出した。したがってその排列は、道号によって通称されている禅僧については道号の第一字、道号がないか或いは通用されていない禅僧（道元、円爾など）については、法諱の第一字（系字）の読みを排列の標準とした。ただし、宗門の読みに知悉していない読者の場合、検索に不都合が生じる可能性も否定できないが（例えば、「無準師範」は「ぶしゅんしばん」と表記することが多いが、この場合、「ぶ」項に該当し、「む」項で検索しても検出することができない）、とは言え同一人名を複数の読みで立項するのは煩瑣でもあるため、「宗門」の読みに従って統一することとした。その点、予め諒とされたい。

五　禅僧の法諱の第一字（系字）が判明しない場合は、□記号によって換えた。
　（例）仲剛□潜

六　前近代の文人の作品中に収録される序・跋の類いには、例えば、「趙賔暘詩集序」「跋許万松詩」などのように、その題目中に人名を含むものもある。本索引では、その場合の人名も採録することとした。ただし、例えば、『抜隊仮名法語』などのように書名中に人名が含まれている場合については、人名索引ではこれを数えなかった。書名索引のほうで確認されたい。ただし、近代以降の出版物に関しては、書名中に人名が含まれている場合も計上した（ただし、個人の全集を除く）。

七　数字は、頁数を示す。同一頁に複数件検出される場合も一件としてこれを数えた。また、項目の語が前後複数頁に跨がって掲出されている場合は、48-52のようにまとめて頁数を表記した。

あ

い

か

き

く

け

こ

さ

し

そ

な

ひ

ふ

へ

ほ

や

ゆ

よ

る

れ

ろ

わ

他

書名索引

凡　例

一　本書中に掲出した全ての書名を採録した（引用文中の言及を含む）。ただし、近代以降の出版物に関しては、単行本として刊行されたもののみを拾い、論文等は除外した。また、引用書目が収録されている叢書、雑誌、大学紀要の類、個人の全集、及び辞書・事典の類についても原則的に除外した。なお、書名中の副題は省略した。

二　排列は、五十音順を標準とし、第一字の読みが共通する項はまとめて排列した。なお、現代の中華圏において上梓された著作は、日本漢字音の音読みに換えて並べた。

三　前近代の文人の作品中に収録される序・跋の類には、例えば、「趙賓暘詩集序」「跋許万松詩」などのように、その題目中に書名を含むものもある。それらは佚書であることが多いが、本索引では、その場合の書名も採録することとした。

四　前近代に著された各種注釈書・異本の類はそれぞれ別に立項した上で、対応する原書目或いは通用される書名を参照項目として附記した。ただし、近代以降に上梓された注釈書は原則的に除外した。

五　数字は、頁数を示す。同一頁に複数件検出される場合も一件としてこれを数えた。また、項目の語が前後複数頁に跨がって掲出されている場合は、48-52のようにまとめて頁数を表記した。

あ

い

う

え

お

か

き

こ

さ

し

す

せ

そ

た

ち

へ

ほ

ま

み

む

め

も

や

ゆ

よ

ら

り

れ

ろ

わ